LANEVAEL - SAGA DES TOTEN LEBENS

Für DAG SØLVE SKORGE

Du lehrtest mich das Geschichtenerzählen.

BJØRN DECLAN SKORGE

LANEVAEL - SAGA DES TOTEN LEBENS

Bibliografische Information der Deutschen Nationalbibliothek:
Die Deutsche Nationalbibliothek verzeichnet diese Publikation in der Deutschen Nationalbibliografie; detaillierte bibliografische Daten sind im Internet über dnb.dnb.de abrufbar.

Kartenillustrationen: Jasmin Kreilmann
Umschlaggestaltung: Julia Rohwedder (www.lunaryxdesign.com)

Verlag: BoD · Books on Demand GmbH, Überseering 33, 22297 Hamburg, bod@bod.de

Druck: Libri Plureos GmbH, Friedensallee 273, 22763 Hamburg

ISBN: 978-3-7693-8507-6

INHALT

KRISTALLE – DRITTE ERZÄHLUNG

DIE REVOLUTION – VIERTE ERZÄHLUNG

BJØRN DECLAN SKORGE

DIE EXPEDITION

ERSTE ERZÄHLUNG

DIE EXPEDITION

Träume, die zu schnell verblassen,
viel zu schnell, um sie zu fassen,
künden von den Seelenfahrten,
da unentdeckte Welten warten.

Ein jeder geht auf diese Reise,
auf seine und auf meine Weise.
Ein Labyrinth aus tausend Bildern,
dies magisch' Buch wird sie nun schildern.

SCHWARZLAND
N
W
O
S
Bergwerke
EB Eisannischer Bund
NU Novedanische Union
EISKOHLDIASA zu EB
Selas
Neuees
Aasei
Seil
Leilei
NEOSANNA zu EB
Olhalia
Naan
Easan
Eikali
Schwarzberg
Wald der Indianer
Kannarip
Aslong
LUK-BUCHT
MONTAGY
zu Noveda
Sonnlada
LANDMARK
Srück
Tuu
Schlechter
Gräufelden
CANNA LAND
Cannas
Losb
See der Ohkk
See des Schweigens

Titi
Naomili
VIDESSA
zu EB/NU
ADEVON
zu NU
SILVESTER
INSEL
Schreckinsel
SPITZUNHEIML
Un
zu Eisanna
Verlassene
Stadt
Waldruinen
UNERSCHLOSSENES
LAND

KAPITEL I

Der Sommernachtskönig

Benelon war nachdenklich, aber guter Laune. Er beobachtete, wie sich auf den Straßen Easans betrunkene Seeleute in den späten Abendstunden gegenseitig Glückwünsche zuprosteten. Das sich anbahnende Rotmondfest verbreitete eine magische Atmosphäre. Der grüne Frühlingsmond Alion hatte nun sein geheimnisvolles Antlitz von der Landwelt abgewandt und Platz für seinen roten Nachfolger Ranuk gemacht, der die Sommerzeit einleitete. Benelon hatte sich soeben am Hafen von seiner Frau Esanaria verabschiedet und ging nun gemächlich Richtung Rathaus. Er spürte die milde Meeresbrise immer noch auf seiner Haut und schmeckte sehnsüchtig dem glühenden Kuss nach, den seine Frau ihm zum Abschied geschenkt hatte. Sie hatte sich ausdrücklich gegen die Teilnahme am Fest ausgesprochen, da ihr die Feiernden in den letzten Jahren zu aufdringlich geworden waren.

Als Benelon am Marktplatz vor dem Rathaus angelangt war, sah er, dass die letzten Vorbereitungen für das große Fest abgeschlossen waren. Er schmunzelte, musste er doch dabei an seinen Gast Kanu denken, der aus dem fernen Reich Tunikagu gekommen war, um die neosannische Kultur kennenzulernen. Deswegen war Kanu auch sehr neugierig bezüglich der Gepflogenheiten der Neosannas und hatte ihn gefragt, ob diese denn gar keinem Gott huldigten.

»Schaut Euch die vier Monde an«, hatte Benelon, der die Fragen seines Gastes zu seiner Kultur sehr ernst nahm, geantwortet. »Alion, Ranuk, Zilin, Gelisei: Ihre Himmelsbahnen bestimmen Ebbe und Flut. Die Gezeiten wiederum lenken das Schicksal der Menschen. Mein Volk lebt zu großen Teilen an der Küste, uns verwandte Völker leben nicht anders. Warum sollten wir uns für die Götter interessieren? Das Wasser im Bauch meiner Mutter nährte mich, bis ich geboren wurde, und meine Leiche wird nach alter Sitte im Meer versenkt werden. Ich bestehe selbst überwiegend aus Wasser; und für diejenigen, die unbedingt eine Gottheit anbeten müssen, gibt es ja immer noch Pulsaron, den Gott aller Gewässer.«

»Was ist mit den Munklern?«, wollte Kanu wissen. »An was glauben die?«

»Die glauben nicht an unsere Götter, sondern nur an den einen Gott Mul. Doch ihre Gebete sind mir fremd …«

In dieser Nacht tanzte der große Ozean, die Mutter allen Lebens, mit Ranuk, dem Sommernachtskönig. Ihm zu Ehren montierten die Feuerwerksexperten ihre Lichtwunder überall, wo diejenigen Einwohner Easans, die den alljährlichen Krach nicht ertragen konnten, sie nicht schimpfend vertrieben. In den Straßen duftete es nach Braten, Wein wurde freizügig ausgeschenkt und Stände jeglicher Couleur boten ihre Waren zur Unterhaltung und zum Wohlsein der Einwohner Easans feil. Die Festmeute jubelte und krakeelte bereits kurz vor dem offiziellen Festbeginn wie aus tausend Mäulern, doch ihre hedonistische Choralsparodie war lediglich eine Aufwärmübung für die weiteren Festivitäten und damit verbundenen Exzesse, die noch die ganze Nacht für sich in Anspruch zu nehmen trachteten. Auf der Hafenmeile tanzten die Seemänner, im großen Ballsaal demonstrierten edle Damen ihre elegantesten Tanzschritte und in den verwinkelten Seitengassen feierten Freier, Dirnen und Liebestrunkene ihr eigenes kleines Fest.

Nüchtern schüchtern, aber besoffen offen, dachte Benelon.

Derweil wehte das Banner mit dem blutroten Halbmond unter dem schwarzen Schrägkreuz majestätisch im Küstenwind. Die Feuerwerksexperten zündeten nun die Lichtwunder, die Kanonen der Küstenwache salutierten, das Fest war offiziell eröffnet und artete rasch zu einem taumelnden Spektakel aus, so wie jedes Jahr.

Während Benelons Augen das Geschehen auf dem Marktplatz verfolgten, wanderten seine Gedanken von Kanus Fragen zu den Ereignissen zurück, die sich seit dem letzten Rotmondfest ereignet hatten:

Seit drei Monaten bin ich nun wieder in Easan. Was für eine Atmosphäre das Fest hat! Ich habe vor meiner Rückkehr viel zu viel Zeit im Ausland verbracht. Immer blieben mir nur wenige Tage mit Esanaria, dann wurde ich erneut fortgeschickt. Ist das den hohen Sold wirklich wert? Meine Nari … Sie war nicht glücklich, dass ich so viel weg war: Lehrgänge in Fingerland, die ich leiten musste … dann der Besuch bei der Botschaft von Videssa … die Scharmützel auf dem Blatt Plüschland … oder »Kontinentalebene«, wie manche dazu sagen. Ich sage stattdessen lieber »Blatt«, das ist einfacher, weniger steif.

Die Einwohner Easans starrten zum Himmel, wo die Feuerwerke immer neue Bilder in die Nacht zauberten. Doch Benelon fand es interessanter, die Menschen zu beobachten.

Sie kennen nur ihre Feste und die beschränkte Sicht ihrer Stadt, wenn es hoch kommt, ihres Landes. Dabei ist die Welt so groß … Viele von ihnen wissen wahrscheinlich nicht einmal, was in Krekru, diesem großen Reich im Herzen Plüschlands, für eine Katastrophe passiert ist. Räuberbanden in den Wäldern, Überfälle von marodierenden Bergingerhorden auf die Reisenden der Handelsstraßen, schwarzer Zauber durch die rätselhaften Omøn. Ich war dabei, ich habe gesehen, wie viel Leid über die Menschen Krekrus gekommen ist.

Doch diese schmerzhaften Gedanken drängte Benelon rasch zur Seite. Heute Nacht wurde gefeiert, und nachdem er drei geschlagene Frühlingsmonate seine Wunden geleckt und seine Füße hochgelegt hatte, wurde es Zeit, sich nach neuen Aufgaben umzusehen, hier im befriedeten Süden. Er wandte seine Aufmerksamkeit wieder dem Fest zu.

»Wie fühlt Ihr Euch, großer Höhlenerforscher?«, wollte ein Parlamentsmitglied wissen, mit der einen Hand einen Kelch Wein, mit der anderen die Taille einer jungen Schönheit vom Lande umklammernd.

»Großartig. Ein herrlicher Abend in einer freien Stadt mit Freunden ist ein Ereignis, mit Gold nicht aufzuwiegen!«, gab Benelon etwas gestelzt zurück. Dann machte er sich, hier und da kurz plaudernd oder grüßend, gut gelaunt auf den Weg. Er nahm leichtfüßig die schneckenartig gewundenen Treppen, die zum stark befestigten Tempel von Ranuk oberhalb des Tempelwalls führten. Die Wachen kontrollierten ihn gar nicht erst, sie kannten ihn alle.

Was für ein Abend, dachte er, als er den Vorhof des Tempels betrat, wo die Diener der hohen Herren sich um deren Reisegepäck kümmerten. *Was wohl dieses Jahr so alles im Tempelinneren an Exzessen zu erwarten ist?*

Im Kreis der hohen Herren

Benelon betrat das Tempelinnere und fühlte sich sichtlich wohl hier im Kreis der Fürsten, Konsuln und Könige verschiedener Reiche, da er mit viel Respekt behandelt wurde. Man verneigte sich vor ihm, benahm sich ungemein zuvorkommend und zeigte sich glücklich, seine Aufmerksamkeit zu erlangen, sei es durch die Art der Begrüßung oder der Gesprächsführung. Selbstverständlich war dies allerdings nicht. Er war jemand, der unter anderen Umständen vielerorts misstrauisch beäugt und nicht gerade selten abschätzig behandelt wurde. Ein Produkt der »Operation Mischblut«.

Während er so tat, als nehme er interessiert an den Feierlichkeiten teil, drifteten seine Gedanken ab. *Meine Mutter eine Rükka, ein Spross der »schwarzen Brut«, mit ihrer geschmeidigen dunklen Haut, mit ihren geheimnisvollen dunklen Augen … und mein Vater ein neosanischer Soldat: grob, diszipliniert, brutal, stolz.* Benelon schmunzelte. *Und jetzt ich. Ein Exot.*

Er war mit Vorurteilen aufgeladene Blicke schon seit frühester Kindheit gewohnt, kannte sie zur Genüge, hatte sie zu hassen gelernt, jedoch zeitlebens zähneknirschend akzeptieren müssen. Die weißen Neosannas hatten ihn schon immer schief angeschaut. Er wusste, wie sie untereinander hinter seinem Rücken tuschelten: »Das sind alles Diebe, man sieht es ihnen an, Diebe und Betrüger.« Vorurteile, die seine Seele verbrannt hatten.

Sein eigener Lehrer hatte derlei schmerzhafte Worte über ihn und die anderen

Mischlinge auch öffentlich ausgeschüttet. Noch viel schlimmer war die Missachtung der Kinder auf dem Schulhof gewesen. »Ihr kocht eure eigenen Kinder, stimmt's? Mein Vater sagt, die dunklen Menschen würzen ihre Suppen mit ihrer eigenen Pisse!« In dieser Art hatten ihn die Leute etliche Jahre lang mit Häme überzogen.

Doch am heutigen Abend nahm Benelon keine schiefen Blicke wahr; alles, was er bemerkte, waren die dem Anlass angemessenen gekünstelten Verbeugungen, das Klimpern der Juwelen, das Funkeln der Diamanten aus Eiskohldiasa, der Bann einer Adelsszene, die sich in Prunk, Pracht und Gloria aalte. Feierliche Lichter, freudige Stimmen. Fremde Adelige wie neosannische Grafen erkannten an seiner polierten Medaille, dass er ein Würdenträger war. Ein Träger des Goldenen Eisannischen Kreuzes, ein Mann, der vor kurzer Zeit zu allerhöchsten Ehren gekommen war. Dies war ein Draufgänger, ein Exot, ein moderner Neosanna, so waren sich alle einig.

Ehre, wem Ehre gebührt. Ich habe sie mir verdient!

Insgeheim erhoffte sich Benelon noch mehr. Ein Zeichen wollte er setzen, ein Vorbild sein für alle anderen Mischlinge und geknechteten Rükkenländer. Viele unter ihnen verehrten ihn ohnehin bereits als modernes Idol, warum sollte er ihnen nichts zurückgeben?

Lächeln, mein Freund, immer schön lächeln. Es ist besser, wenn ich lächle und mit diesen auf Geld und Macht fixierten Geiern in ihrem Spukschloss auf Ranuk anstoße. Feiern und die Klappe halten. Feiern und die Klappe halten. Feiern und die Klappe …

»Benelon! Wie geht's dir, mein Junge?« Sein alter Vorgesetzter, Leutnant Volilei, der ihn zu seinen Infanteriezeiten geformt, angeschrien und zurechtgebogen hatte, schloss Benelon, der widerwillig lächelte und bereitwillig schwieg, in die Arme. Volilei war kein strammer, Furcht einflößender Leutnant mehr, hatte jetzt einen kahlen Kopf und wirkte mit seinem tiefroten Umhang etwas angeberisch. Er qualmte ununterbrochen das euphorisch stimmende blaue Bilbikraut, welches die Bilbis auf dem alljährlich stattfindenden Schachtelbasar verkauften. Benelon nahm ein paar Züge vom Bilbikraut aus der ihm hingehaltenen Pfeife, was sein Lächeln etwas ungezwungener machte.

Feiern und die Klappe halten …

Im Taumel

Der Tempel des Ranuk quoll in dieser Nacht vor Menschen über. Mehr als tausend konnten im Inneren untergebracht werden, wie man sich auf der Straße erzählte. Eine solche Anzahl war bestimmt auch zugegen. Der Festsaal platzte aus allen Nähten. Da zeitgleich zum diesjährigen Rotmondfest auch der 185. Jahrestag der Ausrufung der Republik Neosannas und der 300. Jahrestag der Entdeckung Schwarzlands durch die Seefahrer Eisannas gefeiert wurden, fuhren die verantwortlichen Zeremonienmeister sogar noch mehr Pomp auf, als zu Ranuks Ehren ohnehin schon üblich war. Drei Feiern auf einen Streich, und dazu Menschen, überall Menschen. Ein Meer aus Gesichtern. Ein Basar der Emotionen.

Viele von den ordensbehangenen Veteranen des Rükkenlandkrieges gaben sich als Grafen zu erkennen und trugen, wie Benelon mit einem unterdrückten Seufzen feststellte, alberne spitze Hüte mit lachhaft langweiligen Fahnen ihrer Grafschaften, mit denen sie sich äußerst wichtig vorkamen. Des Weiteren fielen die betörenden Damen adeligen Geschlechts auf, die neureichen Ärztinnen und Handelsfrauen, über und über mit prächtigen Juwelen behangen, manche jung und lockend, andere alt und berechnend, wiederum andere irgendwo dazwischen und doch von keinem so richtig etwas. Überall Bilbikrautraucher, Generäle, Kreuzritter, Parlamentsangehörige, Musiker, Dichter, hochrangige Gäste aus fernen Landen; tänzelnd und schwafelnd und feixend und taktierend in einer Welt aus purpurnen Vorhängen, festlichen Feuern, umhereilenden Bediensteten und außerweltlichen Parfumschwaden. Benelon war sich sicher, dass er ein paar Getränke mehr als üblich benötigen würde, um diesem Spektakel etwas abzugewinnen.

Das Buffet konnte als kulinarisches Meisterwerk bezeichnet werden, und ein dicker Ritter brachte es – sehr zur allgemeinen Unterhaltung der Umherstehenden – tatsächlich fertig, einen ganzen Schweineschenkel auf einmal in seinem Froschmaul unterzubringen. Beliebter noch als der Schmaus waren die zahlreichen hochprozentigen Spirituosen, die überall verfügbar waren, und viele Gäste wirkten schon nach kurzer Zeit extrem enthemmt. Statt vornehmer Redensarten begannen einige Anwesende zu lallen oder beleidigten einander grob. Andere warfen mit den sorgsam zubereiteten Salaten, Brotspeisen, Käsevariationen, Törtchen, Fisch- und Fleischspeisen jeglicher Art nacheinander, dass es eine Schande war. Am meisten trug zu diesem unfeinen Verhalten eindeutig der berüchtigte Zaubertrunk Videssas bei, »von dem man so schöne Farbillusionen bekommt«, wie der Regent von Easan zu sagen pflegte, »nur um nachher mit starken Kopfschmerzen zu kämpfen«.

Die scheinbar niemals endenden Festreden konnten ebenfalls Kopfschmerzen auslösen. Viele davon wurden in Sprachen aus Kernland oder Krug gehalten, sodass der nächste Redner oftmals ohne jede Ahnung, wovon sein Vorgänger gerade gesprochen hatte, zu reden begann. Immer wieder wurden die Kelche munter angehoben, es wurde den Rednern zugeprostet und aufs allgemeine Wohl getrunken, egal was der Inhalt der jeweiligen Rede wohl gewesen sein mochte.

Benelon schüttelte derweil viele Hände, gerne ließ man sich mit ihm blicken. Er wollte den Anschein wahren, dies alles gut gelaunt zu verfolgen. Seine Mundwinkel taten ihm weh, so breit lächelte er. Einige Gäste meinten, er sei betrunken, aber die feinfühligeren Gemüter erkannten sofort, dass seine Mimik gekünstelt war, jedenfalls las er dies aus ihren ihn bedauernden Blicken heraus.

Als die Menschen von Rang und Namen schon reichlich bedient waren und der diamantfarben funkelnde Videssatrank auch Benelon das erste kleine Farbenspiel vorgaukelte, kündigte der stockbesoffene Regent Easans zu früher Morgenstunde den letzten Redner an. Ein zierlicher Mann, der seltsam zackig gewundene Augenbrauen hatte, betrat das Podium. Sein pechschwarzes Gewand schien alles Licht im Umkreis zu schlucken.

»Es ist ein Bsonna«, flüsterte eine wissende Stimme hinter Benelon, und eine weitere ergänzte erstickt: »Böse Augen lugen unter seinen Brauen hervor. Viele Inselvölker fürchteten diesen dunklen Namen.«

»Wieso?«

»Weißt du denn nicht, dass Bsonnas die Heerscharen des Todes sind?«

»Leise!«, zischte eine weitere Stimme. »Ich möchte wissen, was der Redner zu sagen hat. Er ist immerhin den ganzen Weg aus Smaragdana zu uns gekommen!«

Der Bsonna erhob seine Hände in der feierlichen Pose der Verherrlichung schwarzer Magie. Dabei spreizte er den kleinen Finger und den Daumen jeweils ab, während Ring-, Mittel- und Zeigefinger zusammengedrückt waren. Er sprach: »Werte Damen und Herren, zunächst haben Sie Dank für Ihre Gastfreundschaft. Auch wenn vieles hier Geschehene mir etwas dekadent erscheint, so erfreut es mich sehr, dass die Herrschaften sich so großartig amüsieren. Unumwunden möchte ich direkt auf den Punkt kommen, und wer noch bei Sinnen ist, der höre mir jetzt aufmerksam zu.« Seine Augen funkelten diabolisch. »Trotz wochenlanger Verhandlungen sind wir nicht in der Lage gewesen, die Abgeordneten des neosannischen Parlaments, und hierbei betone ich unser tiefstes Bedauern, für unsere Vorschläge zu begeistern, was ich im Namen aller Bsonnas nicht … gutheißen kann.«

Die Bsonnas haben eine merkwürdige Art zu reden.

»In der Frage des Abtritts gewisser Küstenabschnitte an das Bündnis Smaragdana-Lalai, und das ausschließlich zu Forschungszwecken, sind wir leider nicht zu einer befriedigenden Einigung gekommen. Die zur Debatte stehenden Abschnitte befinden sich im … «

Warum redet er denn so langsam?

»… sogenannten … Hoheitsgebiet … Cannalands«, bei der Aussprache der letzten beiden Worte rümpfte er angewidert die Nase, »und wir dürfen in dieser Frage leider nicht auf die militärische Unterstützung der hochwohlgeborenen Neosannas zählen. Daher haben wir ein Abschiedsgeschenk vorbereitet, um uns gemäß unseres, nun ja, flammenden …

Temperamentes … gebührend zu bedanken. Das Geschenk wird in der Hafengegend das Herz der Bürger Easans etwas … erwärmen und, gestatten Sie mir den Ausdruck, die Mienen … erhellen … und ein wahres Freudenfeuer der Begeisterung entfachen, wenn Sie wissen, was ich meine.« Er verneigte sich.

Die Menge jubelte trunken: Hatte der Bsonna nicht gerade ein weiteres Fest angekündigt?

»Haben Sie vielen Dank. Möge das Licht der Erleuchtung noch lange … brennen.«

Der Bsonna verbeugte sich und verließ den Saal sardonisch grinsend durch einen Hinterausgang. Ein paar weitere, komplett in Schwarz gehüllte Gestalten, über deren Herkunft Benelon nichts bekannt war, gesellten sich zu ihm. Es handelte sich dabei wahrscheinlich um eine zwielichtige Gruppe Magier, die ihrem Botschafter niemals fernblieb. Es ging das scheußliche Gerücht um, dass sie keine Gesichter hatten. Sollten sie tatsächlich zu den gesichtslosen Omøn zählen, hätte man sie gar nicht erst ins Land lassen dürfen. Im Gefolge der Smaragdaner genossen sie allerdings zunächst diplomatische Immunität, wer immer sie auch sein mochten.

Des Bsonnas Rede hatte für Jubel und Heiterkeit gesorgt. Nach der offiziellen Auflösung des Festes torkelte bald ein jeder seiner Wege, einige mussten auch getragen werden. Auch Benelon wankte zum Ausgang des Rotmondtempels, immer noch trunken von den fantastischen Farben, die vor seinen Augen tanzten.

Am Ausgang des Tempels

Seron, der Berater des Regenten Easans, wartete auf Benelon. Er hatte nüchtern an der Saaltür im Vorhof des Tempels ausgeharrt, während der Mob sich dem Rausch ergab, und sich genau eingeprägt, wer in dieser Nacht alles ein und aus ging. Zumeist hatte es sich entweder um verspätete Gäste gehandelt oder irgendwelche Noblen, die ihre Grenzen nicht kannten und direkt mit der Kutsche ins Krankenhaus verfrachtet worden waren. Eine Ärztin hatte ihn gefragt, warum er den ganzen Abend hier bei den Wachen stünde. Aber was sollte er darauf schon antworten? Das sei nun mal das Unglück des Regentenberaters, ließ er verlauten. Ein Berater müsse immer gut informiert sein, vor allem über diejenigen, die etwas über die Stränge schlügen.

Zum Glück war es warm, sodass er auf seinem Posten nicht zu frieren brauchte. Er drehte seine kleine Sanduhr einige Male, während er darauf wartete, dass die Dekadenz des Festes ein Ende fände. Er wollte Benelon an der Saaltür abfangen, kurz informieren und sich im Anschluss ausschlafen. Über die Notwendigkeit derartiger Festivitäten dachte er eher kritisch.

Klar, es ist zweifelsohne gut, sich einmal im Jahr austoben zu können, sich gehen zu lassen und seine Triebe zu entfesseln. Aber es herrscht keine Disziplin mehr unter meinen Landsleuten, vor allem nicht mehr in unserer Hauptstadt. Und nicht nur einmal im Jahr, nein, gleich viermal, zu jedem Mondfest, führen die Selbstverliebten ihr Spektakel auf, und immer in diesem Tempel, und immer auf die gleiche Art und Weise; nur Dekoration und Jahreszeit ändern sich. Zum Speien! Wenn man sich anguckt, wen die hier alles rausschleppen, im wahrsten Sinne des Wortes. Halt. Ruhe. Alles nicht so eng sehen. Was hast du gelernt auf der Akademie? Ruhe. Logik. Jedes Problem lässt sich per Verstand durchdringen und auflösen. Ich verstehe die Gesellschaft nicht mehr? Dann führe ich eben eine Suche durch … nach … einer Philosophie. Nein … nach einem Grundsatz, einem Gesetz, einem Dogma. Bei Ranuk, bin ich denn der Einzige, dessen Verstand hier noch ungetrübt ist? Der Einzige bei Sinnen? Erinnere dich an das Paradigma. Ich muss das, was ich sehe, nur richtig einordnen. Einordnen, sortieren, durchdringen, verstehen … Ich brauche ein Paradigma, Rationalität, ein allumfassendes Denk- und Deutungsmuster der mich umgebenden Sachverhalte …

»Störe ich?«

Verdammt, nicht aufgepasst, wo ist Benelon … ?

»Keinesfalls«, log Seron wenig überzeugend.

Eine Frau war plötzlich aufgetaucht, sie sah aus wie eine Rükka. Die Frau machte einen Schritt auf ihn zu. »Ich wollte nur fragen, ob … «

»Rükkenländern ist der Eintritt nicht erlaubt. Wache, zu mir!«

Die Wachen eilten mit finsteren Mienen und gezückten Waffen herbei. Sie guckten sich an, grinsten und steckten ihre Revolver wieder ein.

»Wache! Was ist das für ein Betragen? Hier darf keine Rükka hinein!«

Die Wachen lachten laut los. Dann trat die eine Wache an Seron heran. »Verzeiht, Seron, aber diese Frau ist aus dem Tempel *herausgetreten*, wie sollen wir dann verhindern, dass sie überhaupt *eintritt?*«

»Was bildet Ihr Euch ein, Wache! Habt wohl selbst getrunken?«, polterte Seron mit weit aufgerissenen Augen, worauf die Wachleute laut loslachten. Weitere Wachen eilten herbei, um zu sehen, was für ein Tumult hier stattfand. Diese merkwürdige Situation war eine willkommene Auflockerung ihres Soldatenalltags, und nun hielten sich ein halbes Dutzend von ihnen hemmungslos lachend die Bäuche. Die bitterböse, bierernste Miene Serons steigerte den Geräuschpegel der Wachmannschaft ins geradezu Manische. Seron war sprachlos. Als die Wachtposten sich einigermaßen gefasst hatten – die Frau war inzwischen mit beleidigtem Gesichtsausdruck in den Tempel zurückgekehrt –, informierten sie den Berater, dass die Rükkenländerin Benelons Schwester Alinas war, die sich ganz legal im Tempel aufhalten durfte.

Euch wird das Lachen schon noch vergehen, ihr Tiere.

Seron erkannte, dass er sich schwer blamiert hatte. Erzürnt brummte er den Wachen dreißig unbezahlte Stunden »Strafdienst wegen Respektlosigkeit einer Obrigkeitsperson gegenüber« auf und versprach ihnen zudem, bei ihrem Leutnant für eine Soldkürzung zu plädieren; und der respektlose Haufen lachte immer noch.

Im Morgengrauen torkelte Benelon, inzwischen durch eine imposante Parade von ihm aus allen Richtungen gereichten Videssagetränken völlig dem Farbenrausch verfallen, zur Tempeltür hinaus und bemerkte angewidert, wie eine große, gelbe Nacktschnecke in erstaunlich hoher Geschwindigkeit auf ihn zukroch. Seltsamerweise nahm sie nahezu menschliche Proportionen an und richtete in ihrer verzerrten Stimme verdächtig nach dem Regentenberater Seron klingende Wörter an ihn. Obwohl Benelon versuchte, sie im Vorbeigehen möglichst zu ignorieren, kroch sie ihm nach und sprach eine unangenehme Reihe von Sätzen, deren Zusammenhang sich ihm nicht erschließen wollte. Die Schnecke drängte ihm ein Stück Papier auf und bewegte sich anschließend Richtung Regierungsviertel von ihm fort. Benelon wollte sich gerade mit den vor seinen Augen verschwimmenden Buchstaben auf dem Stück Papier beschäftigen, als er dadurch abgelenkt wurde, dass rechts und links an ihm vorbeihuschende bunte Tiere den Tempel verließen: Gangus, Golobären und Fissler, allesamt menschenartige Laute äußernd. Benelon fasste sich an seinen Schwindelkopf. Es graute ihm vor dem nächsten Morgen.

KAPITEL II

Bei Nedova

Als Benelon im Sonnenschein des nächsten Morgens, der durch die Fenster seiner Residenz fiel, mit einem ordentlichen Kater und ohne jegliche Erinnerung, wie er wieder sicher nach Hause gekommen war, erwachte, fiel ihm nach dem Waschen auf seinem Schreibtisch ein Stück Papier auf. Mit schmerzendem Kopf las er:

BESCHAFFEN SIE MORGEN BEIM KONSULAT GEHEIMES DOKUMENT: REGAL II, DRITTE REIHE VON UNTEN, ZWEITES BUCH LINKS, SEITE 227! SIE WERDEN ERWARTET.

Das ist ein eindeutiger Befehl, aber er verwirrt mich. Dem Berater des Regenten zu widersprechen, heißt Rufmord zu begehen. Wenn ich bedenke, was meinem Vorgänger passiert ist, als er Serons Befehl nicht ausgeführt hat … Aber warum bin ich überhaupt damit beauftragt worden? Warum gerade heute, am Tag nach dem Rotmondfest? War das gestern überhaupt Seron oder eine Einbildung? Mein armer Kopf …

Die Bediensteten hatten die Frühstückstafel gedeckt, an der seine Frau Esanaria bereits Platz genommen hatte. Ihr Bauch war von der Schwangerschaft gewölbt.

»Wie war das Fest, Bene?«, fragte sie ihn lächelnd. »Wenn du wüsstest, in welchem Zustand du nach Hause gekommen bist! Hast du gut geschlafen?«

»Frag mich nicht, Nari. Es ist sehr anstrengend, so viel zu lächeln, wenn man nicht dahintersteht. Ich habe auch keine Zeit, viel dazu zu sagen.« Benelon fühlte sich völlig zerknautscht, dabei unter Druck, den Auftrag schnell auszuführen.

»Warum nicht? Ich dachte, wir reden in Ruhe über alles?«

»Das hatte ich auch vor, aber jetzt ist mir etwas dazwischengekommen, von dem ich noch nicht weiß, was ich davon halten soll. Es hat mit einer Schnecke zu tun, die wie Seron aussieht.«

»Was ist dir dazwischengekommen? Eine Schnecke? Du sprichst in Rätseln, Bene!«

»Ich lebe in Rätseln, Nari!«, sagte Benelon, die Tafel verlassend, ohne einen Bissen zu sich genommen zu haben.

»Hast du gestern Abend überhaupt auch nur einen Moment an mich gedacht?«, hörte er noch aus dem Hintergrund, als er sich hastig auf den Weg machte.

Das novedanische Konsulat war von hohen schwarzen Mauern umgeben. Die Wachmänner, ein kleiner Dicker und ein kräftiger Mittelgroßer, ließen Benelon ohne jegliche Kontrolle passieren. Sie hatten ihn schon von Weitem erkannt und das eiserne Tor rechtzeitig geöffnet. Als er ihnen seine Papiere zeigen wollte, winkten sie gelangweilt ab und wandten sich wieder ihrem Würfelspiel zu. Offensichtlich hatten sie momentan nicht viel zu tun. Er wurde nicht einmal auf Waffen kontrolliert.

Das Konsulat war von einer üppigen, prächtig aufblühenden Gartenanlage umgeben. Rote Papageien tummelten sich in den Palmen, während auf den Steinen rechts und links des gepflasterten Weges Eidechsen reglos in der Sonne lagen. Allerlei Gärtner waren darum bemüht, die Rasenlänge in akkurater Kürze zu halten und die Vielfalt an Blumen mit Wasser zu versorgen. Einige Maurer arbeiteten emsig daran, einen kleinen Anbau hochzuziehen, und ihre Arbeit ließ sie in der vergleichsweise milden Morgenhitze ächzen und stöhnen. Später, in der prallen Mittagssonne, würden sie nach alter Tradition anfangen zu fluchen. Und die Papageien würden sie imitieren.

Die Novedaner sind inzwischen sehr wohlhabend geworden; sie transportieren auf riesigen Schiffen allerlei Waren aus Kernland, Krug und von verschiedenen Inseln nach Easan. Die Novedanische Union und der Eisannische Bund, die beiden Hauptseemächte, haben vor einigen Jahren ein Handelsabkommen abgeschlossen, was diesen Handel zusätzlich beschleunigt hat. Zum Eisannischen Bund gehört auch Neosanna, meine junge Republik, welche gerade aufblüht wie die betörend duftende Vaela, eine der großen Blumen dieses Gartens. Mein Land wird aufgrund der günstigen wirtschaftlichen Optionen von Noveda als Handelspartner besonders favorisiert.

Benelon schlurfte in seinem dem Wetter nicht ganz angemessenen, hastig umgeworfenen Mantel zum Eingang hinein, gedanklich immer noch mit dem Wohlstand der Novedaner beschäftigt. Eine prächtig gekleidete junge Dame empfing den Würdenträger hinter einem kunstvoll aus Mahagoni gezimmerten Schreibtisch und bat ihn in seiner Sprache, sich einen Moment zu gedulden; er möge sich auf das Sofa gegenüber setzen. Die Dame war schwer beschäftigt: Vor ihr lagen lauter Schriftrollen, die offensichtlich größtenteils Verzeichnisse der Schiffsladungen beinhalteten, die sie genau zu prüfen hatte; ein Dienstbote brachte kontinuierlich neue Unterlagen. Der Diener, der Benelon ein köstliches, nach exotischen Früchten schmeckendes Erfrischungsgetränk brachte, wäre wohl öfter über seine Haare gestolpert, hätte er sie nicht kunstvoll zu vielen Knoten verknüpft.

Wie anstrengend! Warum glauben sie bloß, sie zu schneiden bringe Unglück?

Nach einigen Momenten des Wartens traten zwei schwer bewaffnete Männer, bei denen es sich um die Leibwächter des Konsuls handelte, hinter einem silbernen Vorhang hervor.

Der größere von ihnen sprach Benelon mit deutlich erhobenem Kinn auf Neosannisch an: »Werter Herr! Wir müssen Euch bedauerlicherweise mitteilen, dass der Diplomatenkonsul Nedova im Moment noch beschäftigt ist. Der berühmte Expeditionsleiter Benelon, den Ihr repräsentiert, ist als Vertreter der Neosannaregierung für heute offiziell zur Konsultation angekündigt worden, was Konsul Nedova nicht vergessen hat. Doch die Erledigung dringlicher finanzieller Angelegenheiten kann noch eine ganze Sanduhrfüllung andauern, wir bitten dafür tausendmal um Entschuldigung. Der Diplomatenkonsul lässt höflichst fragen, ob der berühmte Expeditionsleiter in der Zwischenzeit nicht ein wenig in unserem Blumengarten spazieren gehen will.« Dann senkte er sein Kinn und verneigte sich.

Bei Pulsaron, die sprechen hier ja gut Neosannisch, aber so würde ein Einheimischer das nie formulieren. Dennoch, das ist eine willkommene Gelegenheit!

»Natürlich bin ich bereit zu warten, es ist sehr respektabel, wenn Konsul Nedova so gewissenhaft arbeitet. Sagt, werte Leibwache, ich habe schon viel von Eurer Konsulatsbibliothek gehört. Sie soll einige interessante Schriftstücke enthalten. Wäre es möglich, dass ich dort warte, bis der Konsul bereit ist, mich zu empfangen? Vielleicht kann ich ausgleichenderweise auch ein bisschen Novedanisch lernen, wenn Ihr schon meine Landessprache so gut beherrscht?«

»Selbstverständlich, wir geleiten den berühmten Expeditionsführer gerne einige Treppen hinauf in den zweiten Stock, wo er in Ruhe lesen kann, falls er das wünscht.«

»Danke, das wäre mir lieb.«

Die Leibwächter führten Benelon zur Bibliothek, die aus einem kleinen Raum mit mehreren Bücherregalen bestand.

»Wir lassen Euch dann wunschgemäß einen Moment allein, Herr Benelon«, meinte der kleinere Leibwächter. Dann gingen die beiden die Treppe wieder hinab.

So kann ich mich umschauen … Regal II, dritte Reihe von unten …

Er nahm das entsprechende Buch heraus, welches mit *Geschichte der Konsuln Zacklands seit dem Beitritt zur Novedanischen Union 4860* betitelt war.

Was? Ein Geschichtsband!

Immer noch ein wenig benebelt von der Ranukfeier, begriff Benelon nicht ganz, warum Seron an einem derart langweiligen Buch Interesse zeigte. Dann besann er sich. Innerhalb weniger Sekunden schlug er es auf Seite 227 auf und ließ den versiegelten Umschlag, den er dort fand, blitzschnell in seine Manteltasche gleiten.

Uff, mein Herzschlag. Ich hasse es, geheimnisvolle Aufträge auszuführen. Hoffentlich hat das niemand gesehen.

Nachdem er die ersten vier Seiten von *Novedanisch für Anfänger* von Telenova durchgeblättert hatte, kehrten die Leibwächter des Konsuls zurück.

»Vona laba Novedana!« Benelon grinste.

»Et vona laba Neosanna.« Sie lächelten zurück.

Trotzdem konnte sich Benelon des Eindruckes nicht erwehren, dass sich unter dem Lächeln etwas anderes als Höflichkeit verbarg.

Ist da etwas faul?

Die Leibwachen führten ihn zurück ins Erdgeschoss, wo Nedovas Empfangsraum lag. Der Konsul hieß ihn mit ernster Miene, Platz zu nehmen, und eröffnete das Gespräch: »Benelon, ich freue mich, dass Ihr von Eurer Regierung für dieses Konsultationsgespräch freigestellt worden seid. Was für eine Disziplin Ihr habt, so kurz nach einem großen Fest zu mir zu kommen! Ich will alles über die Lage in Krug wissen. Das heißt, ich will Eure Version davon hören. Man hat mir mitgeteilt, dass Ihr dort gewesen seid.«

Benelon wollte gerade höflich antworten, da unterbrach ihn Nedova: »Es ist gerade eine kritische Zeit für mein Tausende von Seemeilen entferntes Heimatland: Zur Westseite liegt das im Moment friedliche, jedoch nach wie vor waffenstarrende Lalalai; auf den Seewegen ist es zu Auseinandersetzungen mit den Bsonnas aus Smaragdana gekommen.«

Wieder wollte Benelon etwas entgegnen, doch Nedova kam ihm mit schneidender Stimme zuvor: »Mit diesen Schurken treibt Euer Volk Handel, während die Lage auf Plüschland eskaliert: Der östliche Nachbar Novedas, Krekru, ist inzwischen vollkommen zerfallen. Schwarzmagische Omøn sind dort gesichtet worden, schlimmer noch, marodierende Berginger überfallen Händler und Reisende, sodass die Menschen des krekruer Farmlands sich in den ohnehin schon überfüllten Großstädten Ossmy und Nussmy verschanzt haben.« Sorgenfalten zierten das Gesicht des Konsuls.

Jetzt war Benelon irritiert, denn er wurde, ehe er noch Einwände hervorbringen konnte, schon wieder unterbrochen: »Droht denn eine Ausbreitung der Gefahr durch die schändlichen Handlungen der schwarzen Magier von Omøn?« Konsul Nedova rutschte auf seinem Stuhl nervös hin und her.

Benelon räusperte sich demonstrativ, ehe er antwortete. Doch da Nedova keine Anstalten machte, ihn erneut zu unterbrechen, sagte er schließlich: »Soweit ich weiß, bleiben die Omøn weitestgehend innerhalb der Mauern ihrer Felsenfestung. Sie sind zwar ab und zu überraschend in Krekru aufgetaucht, aber immer nur einzeln oder in kleinen Gruppen. Sie verfügen über keine Armee, allerdings vergiften sie die Flüsse, Seen und Bäche, woran viele Menschen und Tiere sterben.«

»Das klingt gar nicht gut«, antwortete Nedova mit sorgenvoller Miene.

»Die großen Festlandshandelswege sind unsicher, der Handel ist zusammengebrochen. An den Grenzen zu Segal und Papleta tummelt sich Diebesgesindel, weiter im krekruer Inland, besonders in den Wäldern, haben sich brandschatzende Berginger breitgemacht.«

»Eine Rückeroberung Krekrus ist nicht möglich?« Nedova sah nicht glücklich aus.

»Es ist zu kompliziert. Zu weit nach Osten traut sich keiner, denn dort wirken die bösen Zauberkräfte der schwarzgalligen Omøn.« Benelon fasste sich. Er hatte in Krekru schlimme Erfahrungen gemacht. »Die Räuber und Berginger ziehen wahllos zerstörend umher, es gibt kein konkretes Zielgebiet, in dem wir sie vernichtend schlagen könnten. Rottet man eine Horde aus, so hat eine andere in der Zwischenzeit rücklings ein Dorf überfallen. Krekru ist viel zu groß, um es angemessen zu sichern. Die Armee Segals schützt zwar die großen Städte Krekrus, aber in der Einöde außerhalb, in den großen Wald- und Wiesengebieten östlich des Flusses, ist sie machtlos. Zwischen den Völkern Kernlands und Plüschlands gibt es keinen Handel mehr, weder auf dem See- noch auf dem Landweg. Über den Seeweg ist das ein unrentables Unternehmen, über den Landweg ein zu gefährliches. Alles in allem ist es zu aufwendig. Krekru ist isoliert. Es stirbt.«

»Krieg, Grausamkeit, Eroberungen ... « Nedovas Stirn war in Falten gelegt. »So können Menschen nicht leben. Ich möchte wissen, warum die Omøn wieder so angriffslustig geworden sind. Seit ungezählten Jahren haben sie sich ruhig verhalten; auf einmal brauen sie ein Unheil über Krekru zusammen, und keiner weiß, warum!«

Benelon wusste nicht, was er darauf erwidern sollte. Aber er brauchte nichts zu sagen; Konsul Nedova spielte gedankenverloren mit seinen langen grauen Haaren und vertiefte sich in einen Monolog, während er sich eine Meerschaumpfeife anzündete.

»Vor einigen Tagen hat mich ein äußerst obskurer Zauberer aus dem Reich der Xlaovaner aufgesucht, und er meinte, die Omøn hätten das Tor zu einer anderen Dimension geöffnet. Seiner Meinung nach ein unfassbares Verbrechen an den Naturgesetzen mit unabschätzbaren Folgen. Der Xlaovaner, Xûzûl, sprach davon, dass der Frieden aller Völker der Landwelt davon abhinge, dass die Omøn zur Vernunft kämen und ihre verbotenen Experimente einstellten. Ich verstehe das nicht! Herr Benelon, es ist an der Zeit, dass wir über den Grund sprechen, warum ich Euch heute wirklich empfange! Könnt Ihr mir nicht weiterhelfen? Wir haben es im Moment doch so gut! Der internationale Handel ist in ein goldenes Zeitalter eingetreten, Menschen können in vielen Ländern Güter erwerben, von deren Existenz sie bisher gar nichts wussten. So modernisieren sie nach und nach ihre Kulturen. Alle könnten gut miteinander auskommen, überall könnten volle Geldbeutel klimpern. Doch bösartige Wesen wie Bsonnas und Omøn sabotieren all das; sie wollen alles in einen sinnlosen Sog der Vernichtung ziehen. Unsere Welt, unser Lanevael hat sich verändert, Herr Benelon.«

Benelon räusperte sich erneut. Er schaute sich einen Moment lang den goldenen Kronleuchter an.

Allein die goldenen Fassungen müssen ein Vermögen wert sein.

»Ihr dürft das Ganze, mit Verlaub, nicht zu schwarzsehen, Herr Konsul. Noveda ist stark, und es hat viele starke Verbündete. Die Technologien Novedas und Neosannas sind unter allen Kulturen die am höchsten entwickelten, da wird kein fauler Zauber und keine rohe Gewalt ernsthafte Gefahr bringen.«

»Nun gut, ich glaube, wir kommen hier nicht weiter. Ich dachte, Ihr könntet mir vielleicht aufhellende Informationen liefern, aber ich sehe diese Hoffnung gerade schwinden. Bitte nehmt dies nicht zu persönlich. Ich habe heute noch so viel zu tun. Habt Ihr alles, was Ihr braucht?«

Benelon erstarrte. *Wie meint er das?*

»Nun, Herr Konsul, es geht mir alles etwas schnell. Gestern war ich noch auf dem großen Rotmondfest, und heute soll ich Euch bei der Verbesserung unlösbarer Probleme ferner Länder helfen.«

»Das ist schade, Benelon, vom Gespräch mit Euch hatte ich mir mehr erwartet. Meine Leibwachen werden Euch in den Mantel helfen.«

»Auf gar keinen Fall!«, rief Benelon, dem Schweiß auf die Stirn trat.

»Benelon, ist Euch nicht wohl? Habt Ihr zu wild gefeiert?«

»Mir war gestern auf dem Fest sehr übel, und etwas von meinem Mageninhalt ist auf meinen Mantel gekommen, und ich habe vergessen, einen anderen anzuziehen, und es wäre mir daher wirklich sehr peinlich ...«

Der ob Benelons verlegenen Gestammels leicht irritierte Nedova wollte die Leibwache hinzuholen, drehte dann aber ruckartig den Kopf zum Fenster.

»Was ist das denn für ein Geräusch in der Ferne? Sind das die Alarmglocken Easans?«

Beide Männer sprangen auf, denn die Empfangsdame stürmte in den Raum und berichtete, dass alle Menschen unverzüglich das Haus verlassen mussten. Im Hafenviertel sei Feuer ausgebrochen. Benelon nutzte die Aufregung durcheinanderlaufender Novedaner für eine unzeremonielle Verabschiedung und hastete hinaus.

Feuer

Als Benelon nur noch ein paar Häuserblocks vom Hafenviertel trennten, bot sich ihm in einiger Entfernung das Bild dicker schwarzgrauer Rauchschwaden, die sich über den Dächern der Häuser Richtung Himmel wanden. Die Alarmglocken der Stadt läuteten in der Ferne. Benelon fing an zu rennen. Panische Menschen stoben links und rechts an ihm vorbei, während der Brandgeruch die Atmosphäre verpestete. Die Feuerwacht hatte schon

Wasserketten organisiert, und auch aus der anderen Richtung drängten ihn Menschen aus dem Weg, vom Feuer angezogen wie Insekten nachts von Lampen. Aus dem Geschnatter zweier aufgeregter alter Damen konnte Benelon entnehmen, dass mittlerweile wohl schon über zwanzig Häuser den Flammen zum Opfer gefallen waren. Die gigantische Rauchwolke kam eindeutig aus der Richtung des Fischereihafens. Sein Herz schlug wie wild, es fühlte sich an, als wolle es explodieren. Er rannte und rannte, bis er keine Puste mehr hatte, und trotzdem fand er irgendwo tief in seinem Inneren die Kraft, noch weiter zu laufen.

Ein vollkommen mit Ruß bedeckter Fischer stolperte ihm entgegen, seine bewusstlose kleine Tochter im Arm. »Die Bsonnas!«, schrie er, seine Stimme fast versagend. »Die Bsonnas haben den Hafen in Brand gesteckt!«

Damit hatte Benelon nicht gerechnet. Wie alle anderen auch hatte er die Worte, die der Bsonna auf seiner Rotmondfestrede an die Anwesenden gerichtet hatte, nicht ernst genommen. Und nun hatten die geheimnisvollen Bsonnas der Aussage des Fischers nach einen Brand gelegt, um unter den Bewohnern des Hafenviertels ein heilloses Durcheinander anzurichten. Rasend schnell fingen die umliegenden Häuser Feuer. Die erbarmungslose Sommersonne, die Ranuk noch am gestrigen Tage symbolisch eingeweiht hatte, sorgte dafür, dass das ausgedörrte Holz schnell abbrannte. Die Flammen schlugen wild nach allen Seiten aus und peitschten tödlichen Sturmeswellen gleich, die Mensch und Tier erbarmungslos verschlangen. Augen und Gelenke derer, die sich nicht mehr retten konnten, zerflossen und verkohlten in dem tödlichen, alles vernichtenden Feuer.

In der Ferne war ein Schiff zu erkennen, möglicherweise saßen darin die feigen Bsonnas. Benelon war sich sogar sicher, dass die Bsonnas unbemerkt geflohen waren, als innerhalb des Hafengebietes das Chaos wütete. Wahrscheinlich hatte auch einer von ihnen die entsetzliche Feuersbrunst entfacht und war dann nach alter smaragdanischer Sitte in den Flammen den symbolischen Opfertod gestorben, während die anderen längst in Sicherheit auf dem offenen Meer segelten. Diese selbstmörderischen Aktionen machten die Seefahrer der smaragdanischen Sekte auf allen Meeren gefürchtet. Dank ihrer vordergründigen Großzügigkeit machten jedoch viele Häfen den Fehler, diese rücksichtlosen Menschen an Land zu lassen. Easan war nun als ein aktiver Teil in diese fatale historische Entwicklung verstrickt worden.

Benelon rannte weiter ins brennende Hafenviertel hinein. Händler wurden beim verzweifelten Versuch, ihre Waren aus der Flammenhölle zu retten, völlig kopflos. Von allen guten Geistern verlassen, stürzten viele von ihnen in die flackernde Hölle und wurden dabei lebendig gegrillt. Zu ihrem Glück hatten die Easaner den Ernst der Lage rasch erkannt und frühzeitig Wasserketten organisiert, die vom Meer und von den nahe gelegenen Brunnen ausreichend Nachschub lieferten, um die Flammen einzudämmen. Auch arbeitete die Feuerwacht sehr effektiv. Nach kurzer Zeit gelang es den Feuerbekämpfern, die Flammen einzukreisen und so weitere Gebiete vor der vollständigen Zerstörung zu bewahren.

Gegen Abend flackerten nur noch ein paar winzige Flammen auf den Gebäuderesten des Hafenviertels, und durch die Ruinen der abgebrannten Häuser heulte bald ein ruchloser, unheimlicher Wind. An diesem Tag verloren viele Hafenarbeiter, Händler und Touristen ihr Leben. Die Bsonnas hatten ganze Arbeit geleistet.

Schon am folgenden Tag beschloss das Parlament von Neosanna in einer Krisensitzung nahezu einstimmig, Smaragdana für diesen grausamen Anschlag den Krieg zu erklären. Zwar werde man aufgrund der enormen geografischen Distanz keinen direkten militärischen Gegenschlag landen; jedoch werde in Zukunft jedes Schiff der Smaragdaner und ihrer Verbündeten Lalalai, welches das Hoheitsgebiet der Gewässer Neosannas passieren sollte, direkt und ohne vorherige Warnung unter Beschuss genommen. Benelon hatte während dieser Sondersitzung auf einem Zuschauerrang Platz genommen.

Um von Smaragdana oder Lalalai aus zum Blatt Schwarzland zu kommen, muss man entweder durch das Hoheitsgebiet Neosannas oder an Eiskohldiasa vorbei. Alles andere wäre ein sehr kostspieliger Umweg. In Eiskohldiasa liegen hundertfünfzig Schiffe der eisannischen Südflotte … Da werden sie nicht durchfahren. An Neosanna vorbeizufahren, ist aussichtslos. Unsere Schiffe haben Dampfradantrieb und Geschosse mit einer größeren Reichweite als die der Smaragdaner. Nee, die sind wir los. Die haben sich nur so grausam verhalten, weil sie wussten, dass sie niemals wiederkommen würden.

In diesen bewegten Tagen waren Benelon und Esanaria, die Frau, die er vor fast genau einem Jahr geheiratet hatte, sich gegenseitig Stütze und Trost. Sie war schwanger und benötigte im Moment sehr viel Zuwendung. Trotzdem ruhte sie in sich, sicher wie ein Anker am Meeresgrund, und sorgte dafür, dass die Gedanken ihres Mannes nicht mit dem Strom der Zeit in Gebiete getrieben wurden, wo sie in sorgenvollen Strudeln verenden würden. Wann immer er sich sorgte, war sie zur Stelle und beruhigte ihn. Viele Menschen sagten von den beiden, sie seien ein großartiges Paar mit einer aussichtsreichen Zukunft.

»Meinst du, die Smaragdaner kommen zurück?«, fragte Esanaria. Sie und Benelon saßen in einer weit vom Hafenviertel entfernten Schenke, um sich von dem Schrecken des vorigen Nachmittags abzulenken, welcher ihre Gedanken noch immer beherrschte.

»Sei unbesorgt, Liebste«, sagte Benelon und nahm ihre Hand. »Die haben die Hosen voll, die kommen nicht zurück.« Er streichelte ihr über den Bauch.

Bald werde ich Vater.

»Fühlst du dich gut, Nari?«

»Unser Kind tritt. Ich glaube, es ärgert sich über die Bsonnas.«

Nachdem sie heimgekehrt waren, konnten beide lange nicht schlafen. Dies mochte auch an der schwülen Luft liegen, die zu dieser Jahreszeit die Nächte unerträglich machte. Aber sicherlich auch an den jüngst vergangenen Ereignissen. Viele Menschen zeigten sich tief schockiert über die maßlose Skrupellosigkeit, mit der die Bsonnas vorgegangen waren. Im Zuge der Katastrophe wurden zweiundvierzig Tote gezählt, dazu über dreihundert Verwundete. Das stolze Hafenviertel war zur Hälfte niedergebrannt oder schwer beschädigt worden, ehe die Feuerwacht den Flammen hatte Einhalt gebieten können. Besonders die kostbaren Holzschnitzereien der Rükkenlandindianer, die für den Export nach Neuland, Dalesa und Fingerland bestimmt waren, bedeuteten herbe finanzielle Einbußen für die Stadt; und das alles war zu einem Zeitpunkt geschehen, wo noch viele Menschen von den gewaltigen Feierlichkeiten und zeremoniellen Handlungen des Ranukfestes halb betäubt gewesen waren. Viele Menschen werteten die Überschneidung dieser beiden Ereignisse als böses Omen, dem in naher Zeit noch weitere schlimme Ereignisse folgen würden. Die kleinen Kirchen der in diesen Tagen immerzu betenden Munkler waren voller als sonst, denn das Feuer zeugte in den Augen der Bevölkerung vom Einfluss einer bedrohlichen, zunehmenden Gewalt höherer Ordnung. Erschüttert und weinend ließen sich viele Stadtbewohner angesichts des schrecklichen Tages, der gerade vergangen war, zu Munklern taufen, wobei sie ihren alten Glauben an die eisannischen Götter von einst ablegten. Ein mulmiges Gefühl hatte sich in Easan breitgemacht.

Plötzlich fuhr Benelon aus seinen düsteren Gedanken hoch. Er hatte angesichts des Feuers gar nicht mehr an das Dokument in seiner Manteltasche gedacht!

Kanu

Benelon hastete zu seinem Mantel im Flur, wo er in der Innentasche das angesengte, aber intakte Papier vorfand. Er beschloss, das versiegelte Dokument sicherheitshalber in seine Truhe zu packen, und widmete sich wieder seinen düsteren Gedanken …

Kaum war er nach ausgiebigem Herumwälzen im Bett eingeschlafen, läutete es draußen an der Tür seiner Residenz. Erol, der greise Diener des jungen Ehepaars, kündigte durch ein Sprachrohr die Ankunft eines Regierungsbeamten an, welcher Benelon in dringender Angelegenheit zu sprechen wünschte. Nari stöhnte. Es war bereits sehr früh am Morgen, aber es fühlte sich an, als sei es noch mitten in der Nacht. Benelon glitt behäbig in seinen Morgenmantel und bat Erol, eine Kanne Muta-Moli aufzusetzen. Dann trat er dem Besucher, der es sich im Gästezimmer gemütlich gemacht hatte, gegenüber.

»Besitzt Ihr das Dokument aus dem Hause Nedova, Benelon?«, flogen ihm Schallwellen, gekleidet in einen scharfen Tonfall, unvermittelt entgegen. Es war kein Geringerer als Seron selbst. Und der hielt nichts von einführenden Bemerkungen.

Bei Ranuk, warum so früh? Schläft diese alte Schnecke denn nie?

Benelon fühlte sich noch immer wie in einem Traum. Er kam nur langsam zu sich. »Selbstverständlich. Ich hole es.« Dann schloss er seine kleine, eisenbeschlagene Truhe, angefertigt aus den jahrhundertealten Eichen Bilbis, mit einem winzigen silbernen Schlüssel auf und reichte Seron das Dokument. Der überprüfte das Siegel, indem er den Umschlag gegen den Schein seiner Laterne hielt. Es war echt: Das novedanische Wasserzeichen, der rote Stern im blauen Kreis, war deutlich erkennbar. Er brach das Siegel. Sodann las er sorgfältig, es schien nicht viel Text zu sein. Seine Miene erhellte sich.

»Sehr gute Arbeit, Benelon. Ihr werdet Eurem Ruf gerecht.« Er wandte sich zur Tür. »Leider darf ich Euch nicht mitteilen, was hierin geschrieben steht, aber glaubt mir, es sind profunde Nachrichten. Findet Euch bitte in etwa acht Sanduhrumdrehungen auf der Empore des Rathauses ein. Bis dahin Euch und Eurer reizenden Gattin noch eine gute Nacht.«

Nanu, auf einmal so freundlich?

»Seron, bitte klärt mich auf! Wer wusste, wo sich dieses geheime Dokument befand, und warum hat er es Euch nicht direkt gebracht? Warum musste ich das tun, einen Tag nach dem Rotmondfest?«

»Werter Benelon, ich habe dafür jetzt wirklich keine Zeit.«

Seron empfahl sich eilig, setzte sich in seine Kutsche und ließ sich forttransportieren, eilig in die dunkle Nacht hinein. Das Muta-Moli dampfte unangetastet in den frühen Morgenstunden in der ursprünglich für Seron bestimmten Tasse vor sich hin, die sich Benelon jetzt griff. Er sog das dunkle Getränk mit dem süßen, warmen Geschmack gierig in sich auf.

Esanaria, die hinter der Schlafzimmertür gewartet hatte, trat nun ebenfalls in den Flur.

»Kann ich Euch etwas bringen, gnädige Frau?«, fragte Erol mit zittriger Stimme.

»Ist gut, Erol. Du darfst dich zurückziehen.« Esanaria lächelte sanftmütig. Dann wandte sie sich ihrem Gatten zu. »Warum wollen sie, dass du in den Palast kommst?«

»Wenn ich das nur wüsste, Nari. Vielleicht hat es etwas mit dem Feuer zu tun.«

»Vielleicht wollen sie dich wieder auf eine Reise schicken … «

Auf eine Reise? Auf eine Reise!

»Das glaube ich nicht. Wohin sollten sie mich denn schicken?«

»Sie werden dich mir wieder wegnehmen, Benelon.«

»Aber Nari.«

»Eine Frau spürt so etwas.«

»Du bist schwanger, da kann ich gar nicht auf Reisen gehen … «

»Das ist denen doch egal. Die finden schon einen Weg, dich mir wieder wegzunehmen. Das sind verschlagene, machtgierige Heuchler; denen fällt immer eine plausible Begründung ein.«

Benelon nahm seine Frau zärtlich in den Arm.

Ich hoffe nicht, dass ich von dir wegmuss. Aber ich fürchte, dass du recht hast.

Als Benelon das futuristisch anmutende Rathaus von Easan betrat, traf er sogleich auf Kanu, seinen Gast aus Tunikagu, den er in den letzten Tagen zu Hause gar nicht mehr gesehen hatte. Kanu hatte seine Zeit im zotigen Vergnügungsviertel verbracht, welches sich zwischen dem touristischen Teil des gigantischen Hafengebietes und dem zentral gelegenen Regierungsviertel erstreckte. Da er insbesondere letzte Nacht mit ein paar wilden Mädchen aus Cannaland wüst gefeiert und danach ein bisschen zu viel Pjort intus gehabt hatte, war er nicht mehr zu Benelon und Esanaria zurückgekehrt, und so saß er nun mit dumpfen Kopfschmerzen in der Empfangshalle. Benelon lächelte. Dem Tunikaguer schien das Großstadtleben zuzusagen.

In dem monolithischen Bau aus ultrahartem schwarzen Gestein fühlte sich sein Gast hingegen sichtlich unwohl. Der eigenartige Felsbaustoff war charakteristisch für Schwarzland, niemand sonst wusste ihn richtig einzusetzen. Kanu, der eine Reise von Tausenden von eisannischen Kilometern auf sich genommen hatte, kam aus dem Nordwesten Lanevaels. Er war ein viel milderes Klima gewohnt und hatte schwer mit der unerbittlichen Mittagshitze Neosannas zu kämpfen.

»Es ist schon seltsam«, stellte Kanu fest, nachdem er Benelon förmlich begrüßt hatte. »Die schwarzen Strukturen Eures Rathauses scheinen die Hitze gar nicht zu absorbieren und auch nicht zu speichern. Ich hätte erwartet, dass es im Inneren heiß und stickig ist, dagegen wird man von einer angenehmen Frische umfangen.«

Die beiden Männer begaben sich Richtung Empore.

»Ja, ist es nicht unglaublich?« Benelon zwinkerte seinem Gast zu. »Das Schwarz der Berge ist so dicht, dass es das Sonnenlicht geradezu verschluckt. Variiert ein neosannischer Architekt die Breite des Daches, so adjustiert er auch dessen Absorptionsfähigkeit der Sonnenstrahlung. Lässt er ein dünnes Dach bauen, wird es im Gebäude sehr heiß. Je dichter jedoch die Formationen aus Gesteinsblöcken angelegt werden und je massiver das Baumaterial und je größer das Steinvolumen, desto kälter bleibt es im Inneren des Gebäudes.«

Kanu räusperte sich. »Mir sind große Gesteinsbauten ohne Fenster aufgefallen, als ich gestern durch Easan flanierte. Wird dort etwas aufbewahrt?«

»Das kommt auf das Zeichen über der Tür an. Die mit einem schrägen Längskreuz gekennzeichneten Häuser sind für Nahrungsmittel gedacht. Es handelt sich bei diesen Bauten um Lager, in denen wir Lebensmittel kühl und trocken aufbewahren können, sogenannte Kühlhäuser. Die Gebäude mit dem Ausrufezeichen sind Mausoleen, wo wir wichtige Personen aufbewahren. Unsere Krankenhäuser haben ebenfalls solche Totenzentren im Keller, um kürzlich verstorbene Personen anatomisch begutachten zu können.«

Und die nennen wir auch Kühlhäuser, aber das behalte ich für mich.

Benelon sah beiläufig aus dem Augenwinkel, wie sein Gast aus Tunikagu schwer schluckte, richtete seine Konzentration jedoch auf etwas anderes. Oben auf der Empore saß neben zwei Schreibern, die die Gespräche der Regierungsmitglieder protokollierten, die Person, deretwegen er heute hergekommen war: Regent Nerian von Easan. Benelon wollte ihn gerade formell begrüßen, kam jedoch gar nicht erst zu Wort.

»Benelon, da die Zeit drängt, möchte ich keine umständlichen diplomatischen Floskeln anwenden«, kam Nerian unumwunden zur Sache, und es trat tatsächlich ein, was Esanaria mit finsterer Miene vorausgesagt hatte. »Das Parlament Neosannas hat in einer streng geheimen Sondersitzung eine Expedition ins unerforschte Herz Schwarzlands beschlossen, und Ihr als Expeditionsleiter sowie die Euch unterstellten Expediteure seid angehalten, so schnell wie möglich mit dieser Aufgabe zu beginnen.«

Benelon protestierte verzweifelt: »Nerian, ich muss bei allem gebotenen Respekt entschieden dagegenargumentieren! Eine Expedition stellt ein Wagnis dar, welches aufgrund der damit verbundenen Unsicherheiten für Mensch, Tier und Ausrüstung äußerst strapaziös ist und deswegen unter allen Umständen lange im Voraus und sehr sorgfältig geplant werden muss!« Nerian wollte ihn unterbrechen, doch Benelon war nicht mehr zu bremsen: »Man müsste doch erst mit einer kleinen Probeexpedition herausfinden, ob die Expediteure sich überhaupt verstehen. Und selbst wenn ich mitmachen sollte, dann erst, wenn mein Kind zur Welt gekommen ist und ich sicher bin, dass es meiner Frau nach all den damit verbundenen Torturen gut geht!«

Nerian, der alte Fuchs, hielt ihm prompt entgegen: »Benelon, wir haben das Vorhaben aus zeitlichen Gründen gesundgeschrumpft. Es handelt sich bei dieser spezifischen Expedition eben um einen Sonderfall. Anstatt einer unbeweglichen großen Expedition nehmen wir lieber eine kleine, anstatt einer relativ unerfahrenen Neosannamannschaft eine Expeditionsgemeinschaft, die aus Spezialisten besteht. Das sind alles Profis, Benelon. Die lassen nichts anbrennen. Wir bezahlen sie sehr gut, und dementsprechend werden sie sich auch verhalten. Ihr werdet in Kürze ausführlich mit ihnen sprechen dürfen, sodann werdet Ihr feststellen, dass jeder einzelne von ihnen über besondere Fähigkeiten verfügt.« Nerian lächelte.

Benelon ereiferte sich. »Aber meine Frau ist hochschwanger! Ich kann jetzt nicht los!«, rief er voller Verzweiflung.

Der Regent zog ihn zur Seite. »Nun hört mir aufmerksam zu«, flüsterte er dem armen Benelon ins Ohr. »Es tut mir aufrichtig leid, dass die Schwangerschaft Eurer Frau und dieser besondere Auftrag zeitlich kollidieren, aber die speziellen Umstände erfordern unumwundenes Handeln. Der Brief, den Ihr auftragsgemäß aus dem novedanischen Konsulat geschmuggelt habt, enthielt sinngemäß folgende Botschaft: Einerseits planen die Novedaner nächstes Jahr eine große Expedition von ihrem Stützpunkt im Osten aus. Andererseits werden auch die mit ihnen verwandten Cannaländer demnächst eine Miniexpedition starten, und zwar ins Inland. Benelon, wir müssen der Novedanischen Union um jeden Preis zuvorkommen. Keiner verfügt über Eure Kompetenzen hier im Lande, keiner! Euch würde jeder folgen, Euer Geschick ist von internationaler Vorzeigbarkeit. Ihr seid ein Mann von Rang und Namen, überall geachtet und respektiert. Wenn Ihr die Expedition nicht leitet, kann sie einfach keinen Erfolg haben, deshalb liegt es nun in Eurer Verantwortung, ob unsere Nachfahren in einem schönen, großen Land voller Ressourcen leben oder ob sie im Schatten des immensen Imperiums verrecken werden, welches die Novedanische Union in unserem Rücken und gleichzeitig vor unseren Augen zu errichten trachtet!« Er betonte die letzten Worte mit Nachdruck.

Benelon atmete tief und schwer. Krampfhaft suchte er nach innerer Gelassenheit.

Ein und aus, immer ein und aus; was ist jetzt zu tun?

Dann schluckte er und folgte einem Impuls, den er sich nie vergeben würde: »Na gut, ich mache es. Aber eines sage ich Euch: Sollte ich wegen dieser Expedition mein Kind nicht zu Gesicht bekommen, dann werdet Ihr auf irgendeine Weise dafür zur Rechenschaft gezogen werden, ungeachtet Eures politischen Ranges.«

Nerian nickte unbeeindruckt zu diesen Worten und empfahl sich in höflicher, aber zugleich sehr oberflächlicher Manier. Benelon, der mit den Tränen zu kämpfen hatte, war schwer entsetzt über sich selbst. Er hatte sich entschieden, Nerians Druck nachzugeben, ohne dies vorher mit Nari zu besprechen, und er spürte einen Moment lang, dass die Konsequenzen dieser Entscheidung sein Leben zerstören würden. Doch schon auf dem Weg aus dem Rathaus sagte er zu Kanu: »Es wird schon ein gutes Ende nehmen. Ganz wie Eure Aufenthalte im Vergnügungsviertel.«

Das Zusammentreffen

Drei Tage gab man Benelon, sich ein Bild von seinen zukünftigen Expeditionsgefährten zu machen und sich auf die Expedition vorzubereiten. Seine Frau hatte mit einem Zornesausbruch sondergleichen reagiert, sich selbst aber aufgrund ihrer fortgeschrittenen Schwangerschaft und zugunsten des Kindes, welches er vielleicht niemals zu Gesicht bekommen würde, umgehend zur Ruhe gezwungen. Er hatte sie noch nie so gesehen. Die sonst so sanfte und gelassene Esanaria war voller Verzweiflung. Auch Kanu war enttäuscht. Benelon hätte ihn gerne auf die Expedition mitgenommen, doch Nerian hatte es ihm untersagt. Darüber hinaus hatte Nerian Kanu bezüglich der eigentlichen Motive der Expedition auch noch schamlos angelogen, was Benelon sehr zusetzte.

Wenig später saß der werdende Vater im Examinationsraum der neosannischen Regierung und bat die für die Expedition ausgewählten Teilnehmer zusammen hinein, um sich seine Meinung über sie zu bilden. Er hatte zunächst Einzelgespräche in Erwägung gezogen, um sie in vertraulicher Atmosphäre kennenzulernen, sich jedoch dagegen entschieden, denn er wollte von Anfang an prüfen, wie sie gemeinsam agierten. So saßen sie dann beisammen: Kernländer, Neosannas, ein Novedaner, ein seltsamer Mensch in einer weißen Robe und seine Schwester Alinas, was Benelon ebenso beunruhigte wie erstaunte.

»Werte Teilnehmer an der Expedition, mein Name ist Benelon. Einige Expeditionen habe ich schon auf der Landwelt geführt, aber diese ist eine ganz besondere. Wie der Regent Euch bereits informiert hat, geht es bei dem bevorstehenden Unternehmen um nichts Geringeres als die Zukunft Neosannas. Versteht irgendjemand in diesem Raum hier nicht, was ich sage?«

Die Neosannas schauten neugierig zu den Fremden.

»Ich verstehe dich sehr gut, Sanna«, meinte ein blonder Hüne, der sich mittig in der Gruppe platziert hatte. Dann stieß er den Mann mit der weißen Robe an, der neben ihm mit geschlossenen Augen im Schneidersitz auf dem Boden saß. »Was ist mir dir, bist du eingeschlafen, Xlaovaner? Verstehst du, was Benelon spricht?«

Der kahlköpfige Mann sah den Hünen freundlich an und meinte mit sanfter Stimme: »Das habe ich alles gut verstanden.«

»Und was ist mit den Eierköpfen aus Kernland?« Der große, blonde Novedaner grinste. »Versteht Ihr den Expeditionsleiter?«

»Wahrscheinlich besser als Ihr«, gab ein kleiner Mann mit einem dunklen Spitzbart und einer Federkappe in einem roten Gewand kernländischer Schneiderkunst zurück.

Der Hüne lachte. »Oh, der Kernländer wird frech. Das kann ja heiter werden.«

»Ihr seid ja ganz schön forsch, Novedaner«, meinte Benelon zum Hünen.

»Ich denke, genau das wird auf einer Expedition nötig sein«, gab dieser unverblümt zurück.

»Das ist tatsächlich ein wichtiger Punkt«, erwiderte Benelon nachdenklich. »Ihr solltet vielleicht alle einmal erzählen, wer ihr seid, wo ihr herkommt und was ihr denkt, in diese sehr wichtige Expedition einbringen zu können.«

Sogleich fingen alle zu reden an, was in einem verbalen Chaos mündete.

»Doch nicht gleichzeitig!«, brüllte Benelon irritiert, und alle verstummten. »Entschuldigt«, fing dieser sich wieder, »ich hätte das genauer anleiten sollen. Also, ich wähle aus, wer sich vorstellt, und die anderen unterbrechen denjenigen nicht.« Dann machte er eine Pause, um Luft zu holen. »Ich schlage vor, Ihr fangt an, forscher Novedaner.«

»Bringen wir es also hinter uns«, sagte der Kerl mit schulterlangen blonden Haaren, silberblauem Stirnband, offenem Hemd und muskulösem Körperbau. »Ich bin Navolis, Sohn von Admiral Quonian, und stamme aus der reichsten Gruppe Novedas. Ich weiß, ihr Sannas lebt nicht in Gruppen, sondern Familien. Wir sind da sehr flexibel, man kann leicht zu einer anderen Gruppe wechseln, wenn einem die eigene missfällt. Was bringe ich mit? Zwei silberne Revolver, meine große Klappe und meine Muskeln. Hat irgendwer ein Problem damit? Nein? Gut. So viel zu mir.«

»Seid Ihr bereit, Euch meiner Führung bedingungslos unterzuordnen?«, fragte Benelon streng.

»Solange ich weiterhin von Eurer korrupten Regierung so viel Geld kriege wie bisher …«, Navolis grinste.

»Gut«, sagte Benelon, der das Thema nicht weiter vertiefen wollte. Die einzelnen Verträge waren Sache der Regierung und der Expeditionsteilnehmer; Diskussionen um eventuelle Ungerechtigkeiten wollte er gar nicht erst aufkommen lassen. »Nun zu Euch, Xlaovaner«, richtete Benelon das Wort an den Xlaovaner in der weißen Robe. Dieser trug keine Haare auf dem Kopf, dafür eine Tätowierung, die einer schwarzen Spirale glich, die sich von innen nach außen wand und seine Vollglatze komplett bedeckte. Eine geheimnisvolle Aura umgab den Mann.

»Ich bin Xûzûl aus dem Reich der Xlaover. Ich bin ein Zauberfürst, und so bringe ich die Zauberkunst mit ein.«

»Was bedeutet das genau?«, wollte Benelon wissen.

»Ich bin ein Arex-Xaria, ein Astrologe und Traumdeuter. Ich vermag im Sternenverlauf und im Traumgeschehen Hinweise auf regionale und überregionale Veränderungen zu erkennen. Im Gebiet von Neosanna werden sich in Kürze Dinge ereignen, welche den Kurs der Geschichte Lanevaels in eine völlig andere Richtung lenken werden, und darum bin ich hierhergereist.«

»Erzählt mir bitte etwas über Eure, äh, Zauberkraft.« Benelon sah ihn skeptisch an.

»Nun, ich vermag kraft meines Willens Gegenstände für einige Sekunden zu bewegen. Zudem verfüge ich über druidische Fähigkeiten.«

»Warum setzt Ihr Euch nicht auf einen Stuhl?«

»Wir Xlaovaner sitzen lieber so: in aufrechter, meditativer Haltung. Das ist gesünder für Geist und Gemüt.« Während Benelon immer ratloser dreinblickte, schien sich auf dem Gesicht des Xolos überhaupt nichts zu regen.

»Wie seid Ihr zu Eurem Titel gekommen?«

»Man wird Zauberfürst, indem man den Feind, der sich einem im Traume offenbart, tötet und seine Überreste zum Rat der Zauberfürsten bringt. Dieser Titel wird höchst selten vergeben, da viele Leben vergehen mögen, ehe man den Feind aus den Träumen trifft, und viele weitere, bis man sich mit ihm zu messen vermag. Der Rat untersucht den Axon, den Traumfeind, im Hinblick auf dessen Authentizität, und wenn sie ihn als echt anerkennen, wird man in die geheimen Zauberkünste der Xlaovaner eingeführt.«

»Wie sah denn Euer Gegner aus?«

Xûzûl holte tief Luft. »Meine Träume führten mich auf eine lange Reise, in der ich Bekanntschaft mit verschiedensten Kulturen machte. Schließlich traf ich meinen Axon auf einem Feuerberg im Dämonenreich der Omøn. Mein Axon war ein seelenloser Dämon. Wir kämpften ewige Zeiten, die mir jedoch wie ein kurzer Augenblick vorkamen. Schließlich konnte ich ihn zurück in die Feuersbrunst werfen, aus der er dereinst hervorgekrochen war. Ich habe diesem Wesen mühevoll seine Rubinaugen ausgestochen; danach war der Kampf schnell vorüber. Nach meiner Wiederkehr bin ich in der Hauptstadt Xlaover zum Zauberfürsten ernannt worden, als ich die Rubine des Dämons vorlegte. Die Zauberer weihten mich in die Geheimnisse der Sternenkunde, der Telekinese und weitere Künste ein, und ich freute mich über ihre Gaben sehr.«

»In Ordnung. Wir werden sehen, inwiefern Eure magischen Fähigkeiten uns auf der Expedition behilflich sein werden.« Benelon wandte sich, innerlich an der Existenz von Magie zweifelnd, dies aber für sich behaltend, den Kernländern zu. »Die Namen Sede, Olo, Nilu und Onasula stehen in meinen Unterlagen. Stellt Euch den anderen vor. Sede, bitte beginnt.«

Sedes etwas ängstliche, aber ungemein wache hellgrüne Augen suchten den gesamten Raum genau ab. Dieser junge Mann machte auf Benelon den Eindruck, als entginge ihm nichts. Er stellte sich vor: »Ich bin als jüngstes von acht Kindern eines Goldschmieds auf der seledanischen Inselkolonie Camario aufgewachsen. Als junger Mann von achtzehn Jahren bin ich in die seledanische Hauptstadt Seleda gekommen, um an der dortigen Universität zu studieren. Ich habe mir das Studium als Übersetzer verschiedener kernländischer Sprachen finanziert und meine Studien mit guten Noten in den Fächern Kartografie und Archäologie abgeschlossen. Nun bin ich vierundzwanzig Jahre alt und erst kürzlich von meiner Regierung beauftragt worden, Skizzen verschiedener unerforschter Gebiete in fremden Landen anzufertigen.« Er wirkte motorisch etwas gehemmt, jedoch sprühte seine Sprache vor Energie und Tatendrang.

»Seid Ihr bereits auf einer Expedition gewesen?«, wollte Benelon wissen.

»Nein.«

Dies versetzte Benelon einen Dämpfer.

Da mache ich mich ungewollt auf die Reise in gefährliche und unerforschte Gebiete, und wen bekomme an die Seite gestellt? So einen Unerfahrenen!

»Dann kommen wir zu Euch, Olo. Wie ich sehe, kommt Ihr aus Dalesa.«

»Das stimmt. Ich wuchs als ältestes von zwölf Geschwistern einer bäuerlichen Familie auf dem Hof Ogo in der Nähe der Stadt Agos auf. Mein Geburtsdatum: der 43. Sommertag 5101. Aufgrund meiner ausgeprägten Intelligenz beendete ich die Schule mit fünfzehn und ließ mich an der Universität von Arpus immatrikulieren. Fünf Jahre später schloss ich mein Studium mit einer umfangreichen Arbeit über das Leben und Wirken meines großen Vorbildes Sima ab. Er ist der legendäre Gelehrte, der das Axiom von Arpus begründet hat.«

»Von diesem Axiom will ich nichts hören!«, sagte Benelon brüsker, als er es meinte.

»Es hätte mich auch gewundert, wenn Euch Sima kein Begriff wäre. Wie dem auch sei, ich widme mich seitdem der Erforschung von Analogien zwischen der menschlichen Gehirnstruktur und den Hirnen von Affen und Bergingern und sorgte vor Kurzem in Fachkreisen für viel Aufsehen, als ich aufgrund invasiver chirurgischer Eingriffe an toten Bergingern den Beweis erbringen konnte, dass diesem Volk von äußerst aggressiven Tiermenschen immanent wichtige Sprach-, Lokalisations- und Wahrnehmungszentren fehlen. Für einen wahren Schock sorgten meine Kollegen, die Forscher Olka und Hulb von der Halbstädter Universität, als sie, danach bestrebt, meine Erkenntnisse zu widerlegen, einigen Insassen des Halbstädter Kerkers die von mir beschriebenen Sprach- und Wahrnehmungszentren entfernten. Das Resultat dieser – wie ich nicht müde bin zu betonen – ethisch indiskutablen Aktion war, dass die so behinderten Verbrecher sich fortan wie Berginger benahmen. Inzwischen gilt als belegt, dass sämtlichen durch die Bergingerkriege in Gefangenschaft geratenen und darob untersuchten Bergingern diese Hirnregionen entfernt worden waren, bevor sie, einmal gefangen, in den Kerkern und Arbeitslagern Kernlands und Novedas zugrunde gingen … Wer allerdings für die Eingriffe verantwortlich war, ist unbekannt. Die Gelehrten des Reiches der Xlaover, aber auch die Seefahrer Papletas und Segals halten die schwarzen Magier aus Omøn für die Verbreitung und

Züchtung der kriegerischen Berginger verantwortlich. Aufgrund schärfster Kritik der in Dalesa recht einflussreichen Munkler legte mir die biologische Fakultät von Arpus nahe, auf eine Forschungsreise nach Neosanna zu fahren, wo ich in Ruhe Daten erheben und Untersuchungen durchführen könne, bis sich in der Heimat der Rummel um meine kontroversen Ansichten irgendwann gelegt habe.«

»Dann kommen wir zu den Damen. Ihr seid Nilu, richtig?«

Die zierliche junge Frau mit langen, schwarzen Haaren und kastanienbraunen Augen meinte schüchtern: »Das stimmt, ich bin Nilu, eine ausgewiesene Kräuterkundige.«

Nilu kümmert sich also um unsere Verletzungen. Das wird wichtig sein, denn jeder von uns wird mit hässlichen Narben nach Easan zurückkehren.

»Ich bin im Herzen Dalesas, in einem ländlichen Gebiet geboren. Meine Eltern zogen mit mir in die Hauptstadt Arpus und hielten sich mit Botengängen für das dalesanische Wirtschaftsforschungsamt über Wasser. Sie waren bei meiner Geburt beide sehr jung gewesen und hatten keinen Beruf erlernt. Mein Vater ist bei einem Fußballspiel in Arpus gestorben, wo er in ein Handgemenge mit drei Zackländern geriet, die ihren Wetteinsatz nicht bezahlen konnten.«

Sede drehte darauf den Kopf zu ihr, und er sah aus, als hätte ihm nicht gefallen, was er gerade gehört hatte.

»Als er die Zackländer zwecks Einforderung des Einsatzes tätlich angriff, wurde er von ihnen niedergestochen. Meine Mutter floh daraufhin mit mir in die Wälder Bilbis, wo wir von dem freundlichen Waldvolk aufgenommen und in deren geheimen Kräuter- und Heilkunden unterrichtet wurden. Ich bin ein paar Jahre später als Kräuterkundige durch Dala gezogen und habe bei verschiedenen Privatpersonen gearbeitet, wobei ich mich in der Heilung von Geschwüren und Pusteln profilieren konnte. Mit fünfundzwanzig lernte ich einen fünf Jahre älteren Fischfänger aus Seleda kennen, in den ich mich verliebte und den ich fortan auf seinen gefährlichen Fahrten über das große Meer begleitete. Als ich ihm nach mehreren Jahren keine Kinder gebären konnte, setzte mich mein Mann wutentbrannt in Easan aus. Die Ärztin Onasula rettete mir dann das Leben, als ich mich von der großen Landungsbrücke Easans stürzen wollte. Fortan arbeiteten wir zusammen. Wir eröffneten eine Arztpraxis und ergänzten uns bei unserer gemeinsamen Arbeit sehr gut, denn dort, wo Onasula mit ihrem medizinischen Fachwissen nicht weiterwusste, half ich ihr dank meiner umfangreichen Erfahrung, und so erarbeiteten wir uns als Duo den Ruf, auch unheilbare Fälle kurieren zu können. Den Bilbis, die mich ausgebildet hatten, wurden schon immer magische Fähigkeiten im Umgang mit Zierpflanzen, Tieren und vor allem Bäumen nachgesagt. So enthalten viele Bäume Substanzen, die, richtig portioniert, menschliche Krankheiten zu heilen vermögen, doch die wenigsten wissen davon.«

»Danke, Nilu. Und neben Euch sitzt Onasula, wenn ich das richtig lese. Onasula, ergreift bitte das Wort.«

Die neosannische Ärztin Onasula hatte halblange, zu einem kleinen Zöpfchen zusammengebundene blonde Haare und recht strenge, eher knochige Gesichtszüge. Mit medizinischer Präzision musterte sie Benelon kühl, als würde sie sein Profil in ihr Hirn einspeisen. Im Gegensatz zur schüchternen Nilu wirkte Onasula sehr direkt.

»Ich bin eine angesehene Ärztin und arbeite im Lannesa-Spital, dem größten Krankenhaus der Stadt Easan. Ich bin 5087 geboren. Im Alter von zweiundzwanzig Jahren habe ich als Krankenschwester im Lannesa-Hospital angefangen und bin aufgrund meiner ungewöhnlichen medizinischen Begabung noch im gleichen Jahr Ärztin geworden.«

Das ist also der Plan: Das Parlament hat beschlossen, eine internationale Expedition aus individuell Hochbegabten zusammenzustellen. Alle sind auf irgendeinem Gebiet Spezialisten. Und alle werden wahrscheinlich genauso gut daran verdienen wie ich.

»Ich habe es tatsächlich geschafft, die Ärztinnenprüfung, völlig einmalig in der Geschichte der Medizin Neosannas, ohne Studium abzulegen. 5120 habe ich eine Prothese für Beinamputierte und gleichzeitig eine Art Benutzertraining entwickelt. Diese Erfindung hat meinen Namen in Neosanna bekannt gemacht. Unabhängig davon habe ich Nilu vor dem Tod vor Ertrinken gerettet. Seitdem sind wir unzertrennlich in Freundschaft verbunden.«

Benelon ergriff darauf erneut das Wort: »Danke, Onasula. Gemäß meines Ranges stelle ich nun sehr knapp das meinen Befehlen direkt unterstehende Personal der Expedition aus Neosanna vor. Aufstehen!« Das uniformierte Personal erhob sich.

»Dies ist Larean, ein erfahrener Leutnant. Neben dem Leutnant sind mit Larinea, einer militärisch geschulten Fährtensucherin, Gruff, dem Pferdemeister, und Ane Dolon, der für die Waffenwartung zuständig sein wird, drei gut ausgebildete Neosannas bereitgestellt, die über Erfahrung mit Expeditionen verfügen.« Benelon seufzte. »Und schließlich Alinas!«, rief er empört. »Dich hätte ich hier als Allerletztes erwartet.«

»Dann habe ich dir ja eine erfreuliche Überraschung beschert. Von mir brauchst du keine Daten zu erheben, du kennst mich schließlich genau«, antwortete sie keck.

»Richtig. Du wirst nämlich gar nicht erst an der Expedition teilnehmen, Alinas. Ich werde nicht zulassen, dass du dein Leben für die Pläne der Regierung aufs Spiel setzt.«

Die anderen Expediteure raunten.

»Du klingst genau wie unser Vater.« Sie verzog höhnisch ihre Miene. »Aber diesmal kannst du nicht mit deinem brüderlichen Schutz intervenieren: Der Regent Nerian von Easan höchstpersönlich hat sich für meine Teilnahme ausgesprochen. Er will, dass ich als Späherin fungiere. Da staunst du, was? Außerdem habe ich genau gesehen, wie du Nilu angeschaut hast. Hallo, Nilu.«

Nilu errötete und senkte den Kopf.

»Ich werde im Namen deiner schwangeren Frau gut auf dich aufpassen, mein Lieber.«

»Das reicht jetzt. Das Zusammentreffen ist hiermit aufgelöst. Alinas, wir sprechen uns noch.«

»Gerne, Bruder. Aber der Regent hat mich beauftragt mitzukommen, und den wirst du nicht vom Gegenteil überzeugen können.«

»Dir ist klar, dass du mich in meiner Autorität als Expeditionsleiter zu respektieren hast?!«

»Jawohl, Herr Expeditionsleiter!« Seine Schwester salutierte.

Nachdem die Expediteure den Raum verlassen hatten, blieb Benelon eine Sanduhrfüllung lang regungslos sitzen. Schließlich schüttelte er den Kopf und raffte seinen Kram zusammen. Er seufzte, doch statt sich seinen trüben Gedanken zu ergeben, schlug er die Tür zu und lief los. Sein Heruntereilen hallte durch das Treppenhaus und wenig später durch den ganzen Gebäudeteil. Auf dem Heimweg, immer noch laufend, als wäre ein zweites Feuer ausgebrochen, musste der Expeditionsleiter an seine Schwester denken.

Tja, was ist eigentlich mit ihr? Ich bin damals zum Militär gegangen, und sie … sie träumte vor sich hin. Sie ging in den Wald und sprach mit den Eichhörnchen in den Bäumen, und später, wenn sie zurückkam, setzte sie sich in ihr Atelier und zeichnete seltsame Dinge: brennende Totenköpfe, eiserne Drachen und Frauen, die Affen an ihren Brüsten stillen; Mutter wollte sogar schon eine Ärztin holen lassen …

Benelon hielt an, völlig außer Atem. Er blickte gedankenverloren einen älteren Herrn an, der Süßkram in sich hineinstopfte.

Alinas hatte nie ein festes Lebensziel, und dann, vor ein paar Jahren, als sie um die siebzehn war, da sollte sie diesen Kaufmann heiraten, Losenos hieß der, den Fischereikönig, den Krabbenmogul, den Inhaber der Fischwerke Easan-Nord. Der stank ihr zu sehr, so einen wollte sie nicht küssen, eher wäre sie gestorben. Mutter hatte die Hochzeit fest geplant, das hätte Ruhm und vor allem Geld gebracht, Vater hätte einen Palast bauen können … Mutter wurde traurig und zornig, Alinas floh immer wieder in die Wälder und malte eine Mappe voller Bilder, die die Geschichte von Fischwesen mit Tentakeln und Kiemen illustrierte, welche aus dem Meer hervorgekrochen kamen, die Menschen unterjochten und sich schließlich zu Untertanen machten. Sie hatte von uns allen immer die ausladendste Fantasie.

Benelon bog nun etwas ruhiger in die Seesternallee ein, wo seine Frau und er ihre Residenz bezogen hatten.

Ja, ich erinnere mich, die kleine Alinas … Künstlerin wollte sie vielleicht werden, nach Krekru reisen und die gigantischen sagenumwobenen Kunstgärten sehen … Doch Vater sagte, ich sehe es noch genau vor mir: »Du musst zur Armee gehen, Kind. Das ist das einzig Vernünftige. Sieh mich an, ich fing als Soldat an, nun bin ich Graf.« Aber was sollte sie da? Die Sitten des Krieges sind rau. Na ja, das wollte sie zum Glück nicht, und in der Militärverwaltung den ganzen Tag auf einer Stube hocken und Schreibarbeiten erledigen, so was schon gar nicht. Aber dann schloss sie sich auf einmal den Spähern an: Da konnte sie Einzelgängertum und Abenteuerlust produktiv integrieren. Jetzt wird sie offiziell zur Expedition bestellt und kann sich ihren Traum, in unentdeckte Gebiete vorzustoßen, verwirklichen. Dass ich dagegen bin, weil ich um ihr Leben fürchte, scheint sie nicht zu begreifen …

Benelon wurde von Erol an der Tür begrüßt.

Endlich zu Hause!

Esanaria versuchte noch einmal mit allen Mitteln, ihren Mann zur Abkehr vom Expeditionsvorhaben zu bewegen. Er wollte jedoch nichts davon hören. So sehr er anfangs auch gegen diese ihm rätselhafte Expedition gewesen war, das Zusammentreffen der Mitglieder der Expeditionsgruppe im Regierungsbüro hatte seinen Widerstand aufgeweicht und sein Interesse geweckt. So hatte er keinen Sinn dafür, dass seine Frau ihn schützen wollte. Sie drohte ihm, sie lockte ihn, sie stellte sich gleichgültig und sie regte sich auf. Es half alles nichts. In ihrer Verzweiflung zog sie sogar eine gemeinsame Flucht auf dem nächstbesten Schiff in Erwägung, doch Benelon ließ sich nicht überzeugen. Er habe schließlich nicht umsonst neun harte Ausbildungsjahre hinter sich gebracht. Die Expedition würde sowieso nur einen, allerhöchstens zwei Sommermonate in Anspruch nehmen, danach könne er sich umso intensiver dem Familienleben widmen.

In dieser Nacht hatte Benelon einen seltsamen Traum: Alles war weiß geworden. Er befand sich in einem vollkommen gebleichten Land ohne Konturen, doch vermochte er am Horizont wechselweise Schatten und Lichtblitze zu erkennen. Er versuchte sich den Erscheinungen zu nähern, doch je schneller er rannte, desto weiter schien er sich von den Blitzen und Schattengestalten wegzubewegen. Auf einmal tauchte der Mond Alion auf, groß und der Welt weitaus näher als üblich. Und aus seinen Kratern entsandte er kleine grüne Schiffe, Raumschiffe, Luftschiffe, Mondwesen. Diese tränkten die bleiche Welt in Farbe, sodass Benelon endlich sehen konnte, in was für einer Landschaft er sich befand. Honigblumen schossen aus dem Erdboden und aus seltsamen Pfauenfächern gossen kleine Zwerge süßliche Melodien aus. Seine Beine versanken im Griesschlamm, und seine letzten Gedanken, bevor er versank, drehten sich um seine Frau … Doch er starb nicht. Auf der anderen Seite des Schlamms stand die gesamte Welt Kopf, und ehemalige Kasernenkameraden hatten sich in Fledermäuse verwandelt. Die größte und dickste unter den Fledermäusen war ein riesiger König, der ihn mit funkelnden grünen Augen durchdrang und ein geheimnisvolles Bild seiner Seele offenlegte: die goldenen Masken des Teufels.

Doch ehe die Rätsel sich auflösen konnten – Benelon griff mit seinem Geist nach ihnen –, verschwamm alles, und er wachte auf.

Die ersten dünnen Sonnenstrahlen tänzelten schon zwischen den blauen Gardinen. Zwei Tage noch, um sich zu entspannen. Er beschloss, angeln zu gehen. *Erst mal angeln, der Rest ergibt sich von selbst.* Das hatte schon sein Vater so gesagt. Doch die Fische wollten nicht anbeißen, ebenso wenig wie sich seine Zweifel an der Richtigkeit seines Vorhabens zerstreuen lassen wollten.

Die Zukunft ist ungewiss …

KAPITEL III

Regeln

Der große Tag brach an. Am frühen Morgen versammelten sich unter der Leitung von Benelon Alinas, Sede, Olo, Onasula, Nilu, Larinea, Gruff, Ane Dolon, Larean, Navolis und Xûzûl im Hof einer kleinen Kaserne des II. Neosannischen Korps und bereiteten sich, ausgestattet mit olivgrünen Expeditionsuniformen, auf den Abmarsch vor. Der Einzige, der von der Kleiderordnung abwich, war der xlaovanische Zauberfürst, da er auf seine weiße Robe, der er Zauberkräfte nachsagte, nicht verzichten wollte. Wie unschwer zu erkennen war, versuchten die Expediteure, so wenig öffentliches Aufsehen wie möglich für die Expedition zu wecken: Sie konnten auf Presse, offizielle Zeremonien und Schaulustige verzichten und brachen deswegen von dieser unbedeutenden Kaserne aus zu ihrem Abenteuer auf. Benelon paukte seiner Mannschaft im Dunst des Morgengrauens noch einmal die Regeln ein, die jede und jeder von ihnen auf dieser Expedition unbedingt zu befolgen hatte. Seine Stimme klang gedämpft, aber eindringlich.

»Expediteure, hört mich an! Wir haben uns hier versammelt, um in Gebiete vorzudringen, von denen wir nicht wissen, ob sie zivilisiert sind oder nicht. Wir wissen nicht, was uns erwartet. Ob wir überleben oder sterben werden, ist vollkommen ungewiss. Deshalb fordere ich von jedem von Euch, dass er die Regeln, die während der Expedition für uns alle gelten, von ganzem Herzen und mit klarem Verstand befolgt. Die Verantwortung für das Scheitern oder Gelingen dieser Sache liegt auf allen Schultern gleichermaßen verteilt, und keiner kann sich erlauben, auf dieser Reise egoistisch zu handeln. Meine Erfahrung hat gezeigt, dass das schwächste Glied der Kette für das Überleben aller Beteiligten maßgeblich ist. Deshalb fordere ich von jedem zu jedem Zeitpunkt einhundert Prozent Einsatz, Loyalität, Mut und Ehrlichkeit. Denkt daran, Ihr schwört gleich einen Eid auf Leben und Tod.«

Er sah die Versammelten prüfend an. Sie hielten seinem strengen Blick stand. Seine Schwester grinste.

»Nun zu den Regeln!«

Hier meine berühmte Kunstpause.

»Regel eins: Die Kommunikation erfolgt ausschließlich auf Neosannisch, um Geheimabsprachen und gegenseitigem Misstrauen vorzubeugen. Abweichungen werden hart und absolut konsequent bestraft. Andere Sprachen sind nur erlaubt, wenn sie für die Kommunikation mit expeditionsfremden Wesen unumgänglich sind.«

Benelon sah insbesondere Navolis dabei hart in die Augen, doch dieser blickte einem kleinen Vogel nach, der gerade einen Wurm zu seinen Küken im Nest trug. Der Expeditionsleiter schüttelte den Kopf.

»Regel zwei: Wir alle schwören gleich einen Eid, dass wir jederzeit unser Leben für ein anderes Mitglied der Expedition einsetzen werden, sollte dieses gefährdet sein.«

Es fiel ihm auf, dass Sede und Olo etwas abseitsstanden, also ging er auf sie zu, ehe er fortfuhr.

»Regel drei: Mitgliedern fremder Kulturen, Völker oder höherer, das heißt mindestens humanoider, Wesensarten ist ausschließlich in Notwehr entgegenzutreten. Diplomatie ist der Auseinandersetzung vorzuziehen.«

Benelon ließ erneut einen ernsthaften, eindringlichen Blick durch die Runde schweifen. »Hat noch irgendwer Fragen?« Er sah prüfend in die Augen der Männer und Frauen. In allen konnte er eine gewisse Erwartung erkennen, Wagemut gepaart mit Neugier. Seiner Erfahrung nach war dies ein Indiz für einen relativ reibungslosen Ablauf der Geschehnisse. Niemand hatte noch etwas zu fragen oder hinzuzufügen, was auf ein gewisses Vertrauen hinwies.

Nachdem jedes Mitglied der Expedition den Eid geleistet hatte, hängte ihnen eine Delegation Munkler, die unwillkommenerweise aufgetaucht war, noch einige Blumen ins Haar oder steckte diese in ihre olivgrüne Kleidung. Navolis rollte mit den Augen. Nach dem gemeinsamen Abschiedsgebet erfolgte der Aufbruch.

Ausrüstung

Jedes Expeditionsmitglied verfügte über ein eigenes Pferd, wobei sich die Reitkünste recht unterschiedlich ausnahmen. Letztendlich zeigte aber jedes Mitglied einigermaßen Geschick im Umgang mit den Vierbeinern, die nach gängiger regionaler Sitte natürlich pechschwarz waren. Es handelte sich um große, ausgesprochen kräftige Hengste, bei denen sämtliche Muskelpartien auf langes Durchhalten unter schwierigen Bedingungen hin abgerichtet und trainiert worden waren. Die Ennasonnas, wie die Pferde im Militärjargon genannt wurden, waren der ganze Stolz der neosannischen Kavallerie. Proviant in Form von Wasser, Brot und den von den Eisannas erfundenen, ekelhaft schmeckenden, aber ungemein praktischen Vitaminpastillen war ausreichend vorhanden.

»Von dem Zeug überlebst du monatelang.« Onasula grinste Nilu mit Ironie andeutender, spitz hochgezogener linker Augenbraue an. »Probier ruhig mal.«

Nilu steckte eine Vitaminpastille in den Mund, den sie unmittelbar verzog. »Von dem Zeug kann man bestimmt auch monatelang kotzen. Es schmeckt wie die Essenz verfaulter Karotten«, klagte sie dann, sehr zum Vergnügen von Navolis, der direkt hinter ihr ritt. Er wusste bereits jetzt, dass er lieber verhungern würde, als davon zu kosten.

Gruff hingegen schlug die Hände über dem Kopf zusammen, als er sah, wie die Kernländer Sede und Olo sich anstellten, als sie die Satteltaschen zu packen versuchten.

»Bei Pulsaron, was macht Ihr da?! Eure Pferde verfügen über jeweils zwei Satteltaschen, auf der linken Seite befindet sich ein Überlebensset! Es besteht aus einem Seil, Feuerstöcken, Zunder, Proviant, einer Decke, Geschirr und kleineren Hygieneartikeln! Und Ihr wollt all das zurücklassen, weil Ihr beide mit Euren Forschungs- und Messinstrumenten vollgepackt habt?«

»Wahrscheinlich kann der Stallbursche nicht mal schreiben«, meinte Sede kichernd zu Olo, auf Gruff deutend.

»Gruff, fragt doch die Frauen, ob sie den Kram einpacken können«, meinte Olo hochnäsig.

»Die Frauen transportieren doch schon Heilkräuter und Behälter für die medizinische Versorgung«, grummelte Gruff. »Die haben auch keinen Platz für euren Ballast. Habt Ihr wenigstens Waffen?«

Sede und Olo guckten sich ratlos an. Dann meinte Sede: »Natürlich haben wir keine Waffen. Wir sind Wissenschaftler!«

Gruff schüttelte verächtlich den Kopf und beachtete die beiden vorläufig nicht weiter.

Während sich die Expeditionsteilnehmer mit der Ausrüstung vertraut machten, sah Benelon schon erste Sorgenwolken am inneren Horizont heraufziehen. Diejenigen aus Übersee waren mit Schlachtrössern kaum vertraut, und er machte sich ernsthafte Gedanken um die Fähigkeit der Expediteure, diese wandelnden Muskelberge im Extremfall unter Kontrolle halten zu können. Auch hatte er zu bedenken, dass die Pferde aufgrund ihrer starken Belastung nur langsam vorankamen. Galoppieren wäre unter diesen Umständen nahezu unmöglich, was die Expedition in ihrer Bewegung einschränkte und zudem für schnelle Gegner anfällig machte. All dies bedachte Benelon, während er gemeinsam mit seiner Schwester der Truppe vorantrabte. Alinas hingegen war guter Dinge. Sie hatte noch am Morgen Esanaria gut zugeredet und ihr Benelons Abwesenheit so schmackhaft wie möglich gemacht. Benelon war immer wieder erstaunt, über welchen Charme Alinas verfügte.

Aber warum ist sie überhaupt hier? Warum wollte die Regierung, dass ausgerechnet sie als Späherin mitkommt? Ich werde nie wirklich gut über irgendetwas informiert …

Es war noch sehr früh und die wenigen Straßen, die zwischen der alten Kaserne und dem kleinen Stadttor zurückzulegen waren, überwiegend menschenleer. Einige Betrunkene, die ihren Rausch quer über der Straße liegend ausschliefen, galt es geschickt zu umkurven. Die Reiter machten sich Richtung Hafen auf. Besonders die Prospektorenstraße, welche das Stadtzentrum mit der Hafengegend verband, glänzte in der aufgehenden Sonne, welche die hellen Häuserfarben und üppigen Grünflächen in frischen Farben erleuchtete. Die von Müdigkeit geprägten Gespräche der Expediteure drehten sich hauptsächlich um die Ausrüstung und die Abenteuer, die einige schon erlebt hatten oder die noch auf sie zukommen würden. Meistens sprachen sie aber über Waffen, denn Bewährung in gänzlich unbekanntem Territorium glich einem Kampf auf Leben und Tod.

Insbesondere Benelon wollte mehr über die Ausrüstung, dabei speziell die Bewaffnung und den Umgang damit, in Erfahrung bringen: »Kameraden und Kameradinnen, wollen wir doch mal sehen, ob Ihr Euch für kampftauglich haltet. Ich trage einen kleinen silbernen Dolch, einen Degen und eine eisannische Pistole bei mir, die extra für Expeditionszwecke angefertigt worden ist. Das heißt, sie funktioniert selbst unter extremen Bedingungen wie Temperaturschwankungen oder Nässe und ist leicht mit unterschiedlicher Munition zu laden und zu bedienen, ansonsten noch einen Kompass, was wohl neben Leuchtstoff für Wegmarkierungen der wichtigste Gegenstand überhaupt auf einer Expedition ist. Der Kompass ist von einem schwarzen Metallgehäuse umgeben und kann somit im Notfall ebenfalls als Waffe eingesetzt werden. Wie sieht es bei Euch aus?«

»Ich verlasse mich gänzlich auf meinen Dolch mit Giftspitze«, gab die neben ihm reitende Alinas geheimnisvoll zurück.

»Und ich trage überhaupt keine Waffen. Meine Taschen sind vollgepackt mit Tinte, Federn und viel Papier, da der Gedanke einem kingwikker Sprichwort zufolge mehr Macht beinhaltet als das Schwert«, meinte Sede hinter ihnen, aber genauere Ausführungen zur Herkunft dieses Sprichwortes mochte sich keiner der Expediteure anhören.

Bei Olo sah es ähnlich aus. »Ich verfüge über ein Mehrzweckmesser.«

»Dies wird Euch in akuter Gefahr kaum das Leben retten«, spottete Gruff. »Meine grobe Axt auf den Rücken geschnallt, mein Spitzdolch in der Scheide, damit kriegt mich niemand klein.«

»Waffen, wie sie die Verbrecher in den Hafenkneipen öfter mit sich führen«, spottete Sede.

»Und im Gegensatz dazu, Stallknecht, nenne ich als zivilisierter Mensch verschiedene Phiolen und Behälter mein Eigen, um Pflanzen und Insekten darin aufzubewahren«, ergänzte Olo.

Onasula wetzte einige Skalpelle, Nilu führte lediglich drei Sicheln mit sich, um Kräuter sammeln zu können. Die beiden Frauen hatten jedoch keine Lust, etwas zu diesem Gespräch beizutragen.

Navolis protzte: »Ich habe nicht nur meine beiden langläufigen silbernen Pistolen am Gürtel befestigt, sondern verfüge zudem über ein modernes Gewehr und einen Jagdbogen. Da könnt ihr nicht mithalten.«

»Teilweise kann ich schon mithalten, denn ich schultere auch einen Bogen und feine Pfeile eines rükkenländischen Schamanen, für deren Spitzen ich eine kleine Kanüle letalen Indianergifts parat halte«, meinte Larinea. »Das heißt, ich könnte Euch lautlos töten, Novedaner.« Doch der lachte nur höhnisch, gab seinem Pferd die Sporen und ritt nach vorne zu Benelon.

Dieser meinte: »Der stumme Ane Dolon, der ganz hinten reitet, ist ein wandelndes Waffendepot, wie ich eben gesehen habe. Neben einem Dutzend Dynamitgranaten und einer riesigen Kiste voller Munition verfügt er über zwei Revolver, einen Degen und eine großkalibrige Jagdbüchse, um größere Tiere zu schießen. Der ist Euch mindestens ebenbürtig, Navolis.«

Larean, der inzwischen auch neben Benelon ritt, meinte dazu trocken: »Ich stelle ein Gewehr, einen Dolch und einen kleinen smaragdanischen Revolver zur Schau, über den unser Navolis schon in gebrochener Neosannasprache abfällige Bemerkungen gemacht hat.«

Navolis ging darauf gar nicht ein. Er interessierte sich mehr für den Xlaovaner, der sich überhaupt nichts aus Waffen zu machen schien.

»Ihr schweigt. Erzählt mir, weiß man im Reich der Xlaover auch zu kämpfen?«, forderte Navolis den Zauberer heraus.

»Nach Zaubererart lehne ich herkömmliche Waffen ab, halte aber in meiner Hand einen Stab, der aus drei ineinandergewundenen Kristallästen besteht. An dessen Kopfende umfasst eine Drachenklaue eine große blaue Kugel, die sogenannte Bûxxox. Diese und ähnliche Kugeln sind ein Grund dafür, dass Wahrsager und Zauberer aus der Xlaovergegend an internationalen Königshöfen und in angesehenen Konsulaten mit gebührendem Respekt behandelt werden. Angreifer sind dadurch schon in Krähen oder Schlangen verwandelt worden. Der wohl bekannteste Fall ereignete sich 4201 auf Lalawanga, wo ein xlaovanischer Zauberfürst den Präsidenten mittels eines schwarzen Zauberstabes mit dem Fluch belegte, fortan immer die Wahrheit sagen zu müssen. Er wurde nicht wiedergewählt. Ein anderes Mal verwandelte ein Fjällzauberer eine Horde marodierender Kamelanier in Wühlmäuse. Die grausigste Geschichte lieferte ein niederträchtiger Magier aus dem Schattenreich Omøn, der, einmal in papletanische Gefangenschaft geraten, im Moment seines Todes durch den Strang seinen Körper mit dem des Kaisers von Papleta tauschte, um anschließend in eine andere Dimension zu fliehen. Ich bestreite keinesfalls die Wahrheit dieser und anderer Ereignisse, über die ihr tuschelt, aber lasst mich hinzufügen, dass Zauberer aller Art nichts weiter als normal sterbliche Menschen sind, welche die Grenzbereiche der Naturgesetze erforschen.« Dies war eine für Navolis, der nicht besonders aufmerksam zugehört hatte, akzeptable Definition.

Die ersten Schritte

Die Gruppe erregte auf ihrem Weg zum Hafen wenig Beachtung. Die Morgenpatrouille der Polizei nahm die Expediteure kaum zur Kenntnis. Sie dachte, es handele sich um eine übliche Pachtgeschichte am Hafen – ein Reeder hatte seine Pacht nicht bezahlt und jetzt schickten sie mal wieder das obskur verkleidete Sondereinsatzkommando los, dem gemeinen Polizisten trauten die da oben so etwas ja nicht mehr zu; und da wegen des Rotmondfestes sowieso in letzter Zeit die merkwürdigsten Gestalten aus verschiedenen Winkeln Lanevaels die Runde in Easan machten, verwunderte sie auch der komische glatzköpfige Mann im weißen Gewand nicht, der als letzter Reiter diese uniformierte Truppe abschloss. Aber auch sonst unterlag dieses geschichtsträchtige Unternehmen der Gleichgültigkeit; es fand weitgehend ohne die Aufmerksamkeit der Bevölkerung Easans statt. Keine Fanfaren; keine letzten Tränen des Abschieds; keine offizielle Abschlussfeier, keine öffentliche Kundgebung; lediglich ein bescheidenes Gebet der Munkler – es war nicht der Stoff, aus dem Heldensagen gestrickt wurden, so viel stand fest.

Kaum jemand wird es bemerken, wenn wir sterben. Vielleicht gelten wir einfach nur als verschollen, wenn wir dereinst in der Fremde verrecken.

Das kleine Kanonenboot Em legte unbehelligt von der gigantischen Hafenanlage Easans ab, passierte die Luk-Bucht und kam am frühen Vormittag in der kleinen rükkenländisch-cannaländischen Hafenstadt Kannarip an, welche einst ein berüchtigtes Piratennest gewesen war. Auf See hatte sich die Stimmung der Expediteure erheblich gebessert. Die Müdigkeit war verflogen und die Sonne schimmerte golden am Horizont, umspült von glitzerndem Meereswasser. Die Bucht von Neosanna mit ihren großen Inseln galt als eine der schönsten Gegenden Lanevaels. »Ich kann das Abenteuer schon fast spüren«, fasste Navolis die allgemeine Aufbruchsstimmung akkurat zusammen, und dabei strahlte er Nilu an, die sein Lächeln schüchtern erwiderte.

Kannarip war gänzlich anders als die überwiegend gepflegten Hafenstädte Novedas, Neosannas oder Kernlands. Verfaulende Baracken, oftmals morsch, stümperhaft zusammengezimmert oder beides, reihten sich in endlosen Ketten trostlos aneinander. Das Mol stank nach verdorbenem Fisch und das brackige Wasser war voller Abfälle und Exkremente. Die Bevölkerung setzte sich aus einem rükkenländisch-cannaländischen Gebräu der übelsten Sorte zusammen. Einige waren Piraten, andere Betrüger und Halsabschneider. Nur wenige ehrbare Menschen hielten sich noch in der kleinen Küstenstadt auf, zumeist Händler, Bauern oder Zimmermänner von außerhalb der Stadtmauern, die sich in schäbige Appartements oberhalb zwielichtiger, vergammelnder Schenken einquartiert hatten, und das auch nur so lange, bis die Handelssaison vorüber war. Die Beamten galten als korrupt und regelten die Kriminalität über eine hohe Toleranz, Schmiergelder und sporadische Razzien oder Festnahmen, wenn ein cannaländischer Inspektionskonsul von der Ostküste sich mal in ihre Gegend verirrte.

Larinea verzog die Nase, als sie hinter Benelon in die enge Stube des für die Expedition zuständigen Beamten der cannaländischen Hafenpolizei trat. »Uff, wie das stinkt! Was ist das?«

»Kennt Ihr denn kein Pjort, Larinea?« Ane Dolon lachte. »Das ist doch das verruchte Schwarzbier, das man hier trinkt! Welches man aufgrund seiner Stärke und seines gewöhnungsbedürftigen Geschmacks in Neosanna nicht verträgt, es sei denn man lungert zu viel in gewissen Kaschemmen des Freudenviertels herum.«

»Mir dreht sich gleich alles um, widerlich!« Larinea drehte sich weg.

Ane Dolon musste noch mehr lachen. »Soll ich Euch verraten, wie Pjort gebraut wird? Also, man nimmt verschimmelte Gerste, getrocknete Krötenbeine … «

»Was führt die Herrschaften ins herrliche Cannaland?«, wollte ein schon zur Mittagszeit betrunkener Beamter von den Expeditionsteilnehmern wissen, die sich alle zwecks Registrierung in die enge Stube drängten.

»Wir sind eine internationale Handelsgesellschaft und wollen zur Flussstadt Losb in Rükkenland-Neosanna … «, begann Benelon.

»Ist gut!«, lallte der Cannaländer, der stark nach Schweiß roch. Er hob seine Flasche. »Trink dir einen!« Dann zögerte er einen Moment, um Benelon anzustarren.

Wahrscheinlich siehst du mich eh schon doppelt, so viel, wie du intus hast.

»Ach nee«, fuhr der kleine Beamte fort, die Flasche wieder zurücknehmend, »ihr verweichlichten Sannas vertragt das Zeug ja nicht.« Die anderen Expeditionsteilnehmer wurden unruhig. Larinea meinte im Flüsterton zu Onasula: »Heftig, was der sich traut. Jemanden einen Sanna zu nennen ist eine ziemliche Beleidigung.«

»Warum nennt er ihn denn so?«, fragte Onasula sie mit weit aufgerissenen Augen.

»Für die Cannaländer sind alle Mitglieder des Eisannischen Bundes gleich. Sie machen sich nicht die Mühe, zwischen Eisannas, Lesannas, Neosannas und Eiskohldiasas zu unterscheiden.«

Onasula erwiderte: »Dieser Beamte ist mir nicht ganz geheuer. Warum lässt sich Benelon das überhaupt gefallen?«

Der kleine Cannaländer lehrte seinen Humpen in einem Zug. Dann füllte er rülpsend aus der Flasche mehr Pjort nach. Anschließend torkelte er, den neu gefüllten Humpen in der Hand, hinaus zu den Pferden, durchsuchte unangekündigt ihre Satteltaschen und spuckte verächtlich auf den Boden. Die Soldaten guckten ihn böse an, Navolis legte eine Hand an eine seiner silbernen Pistolen.

»Wo ist euer Gold?«, fauchte er Benelon an.

»Bitte?«, versuchte dieser sich weiterhin in Höflichkeit, die dritte Regel der Expedition sehr ernst nehmend.

»Dein Gold, Sanna! Ohne Gold kommt niemand nach Cannaland rein!«

»Aber wir haben unsere Landegebühr bereits bezahlt. Zudem führen wir kein Gold mit uns, nur ein paar Münzen … «

»Verdammt noch mal, Sanna«, der Cannaländer fuchtelte mit dem Zeigefinger vor Benelons Gesicht herum, »in euren Beuteln muss doch mehr sein. Eure mickrigen Münzen interessieren mich einen Scheiß! Ich will Gold! Ohne Gold seid ihr keine echten Händler.« Er trank noch mehr Pjort, wandte sich Benelon rülpsend erneut zu. »Ein Händler ohne Gold ist so nutzlos wie eine Kneipe ohne Pjort!«

Diese Äußerung rang Benelon ein demonstratives Seufzen ab. Er überlegte sich gerade, was am diplomatischsten zu erwidern wäre, als Navolis der Kragen platzte. Er packte den Beamten, welchen er um gut vierzig eisannische Zentimeter überragte, am Kragen und drückte dessen Rücken mit festem Griff an das morsche Holz der heruntergekommenen Dienststube.

»Jetzt hör mir mal gut zu!«, donnerte Navolis in scharfzüngigstem Novedanisch, »ich bin Navolis, Sohn des novedanischen Flottenkonsuls der Südmeere, Admiral Quonian, und du Wurm bist eine Schande für die Novedanische Union! Nun gib uns endlich die Passierscheine heraus, oder ich sorge kraft meiner Beziehungen dafür, dass du den Rest deines Lebens in den Bergwerken von Noveda verbringst!«

Der schmierige Beamte war von diesem Ausbruch beeindruckt. Der zitternde, leichenblasse Mann kroch zu seinem Schreibtisch, füllte schlampig die Papiere aus und übergab sich anschließend ausgerechnet in Richtung der Fahne Cannalands, die an der Wand hing. Die Expediteure verließen teils angewidert, teils belustigt den Raum.

»Wir hatten zwar gesagt, dass keine fremden Sprachen auf der Expedition geduldet werden, aber in diesem und nur in diesem einzigen Fall drücke ich ein Auge zu!« Benelon klopfte dem immer noch erzürnten Novedaner auf die Schulter.

»Das kommt ganz darauf an, wie man diesen Vorfall bewertet«, warf Sede ein. »Gilt dieses Wesen nun als der Expedition fremd oder nicht?«

»Gilt dein Wesen nun als das eines Klugscheißers oder nicht?«, fauchte Navolis zurück.

»Definitiv ein Klugscheißer«, kommentierte Gruff.

Für Benelon, dessen Anspannung sich inzwischen gelegt hatte, war nun klar, dass er sich auf Navolis zukünftig verlassen konnte und dass er sich ganz schön strecken musste, um dem großen, langhaarigen Mann überhaupt auf die Schulter klopfen zu können.

Am Abend des nächsten Tages erreichten die Expediteure die rükkenländisch-neosannische Stadt Losb, die vor mehr als tausend Jahren von den Ureinwohnern Rükkenlands am westlichen Ufer des großen Rükkenlandstroms errichtet worden war. Die Expediteure wurden von Stadthalter Sannisol, der in die Pläne der Regierung eingeweiht war, aufs Herzlichste empfangen. Er bereitete ihnen nach alter Sitte ein privates Festmahl zu. Die Stimmung war ausgezeichnet, auch wenn niemand einen Tropfen Alkohol anrührte. Benelon hatte es verboten, da für den langen Ritt am nächsten Tag alle verfügbaren Kräfte benötigt werden würden. Sie feierten also so fröhlich man ohne Alkohol nur feiern kann und legten sich anschließend schlafen.

KAPITEL IV

Die Warnung

Beim ersten Hahnenschrei schreckte Benelon hoch. Er rieb sich behände den Schlaf aus den Augen.

Nun kann es also endlich richtig losgehen!

Benelon trommelte eilig die müden Expediteure aus dem Schlummer und hielt sie an, sich zu sputen. Er freute sich, dass ihn so viel Euphorie durchströmte.

Die Expediteure ritten südwärts und passierten die Landesgrenze Neosannas. Schon nach einem Tagesritt kamen sie im Dorf Kohoent an. Die Expediteure waren die ersten Menschen aus dem Norden, die das Dorf seit vielen Mondzyklen betraten. Zu Zeiten des Königreichs Rükkenland hatten dereinst lose Handelsbeziehungen existiert, doch waren diese seit der Kapitulation Rükkenlands vor Neosanna nicht mehr aufgefrischt worden.

Benelon schenkte dem Häuptling, der die rudimentärsten Sprachbausteine eines obskuren Rükkadialektes beherrschte, die Felle einiger unterwegs geschossener Ebulbüffel als Zeichen diplomatischen Wohlwollens. Der Häuptling lud ihn zum Abendschmaus in seine Hütte ein, wo ein paar Wildgänse über dem Feuer schmorten. Er verhielt sich ausgesprochen freundlich und umgänglich, bis er Benelon fragte, was die Neosannas eigentlich vorhatten. Als der Expeditionsleiter ihm erklärte, dass er plane, in bisher unerforschte Gebiete entlang des Rükkenlandstromes vorzudringen, verfinsterte sich Biluks Miene. Er sprach ein Gebet, warf die Überreste einer Gans über seine Schulter ins Feuer, was laut dem Glauben seiner Kultur vor bösem Zauber schützt, und sprach zum neosannischen Expeditionsführer: »Ich, Biluk von Kohoent, Sohn des Häuptlings Tryfüser von Kohoent, Sohn des Häuptlings Tyldo-Dono-Ad von Kohoent, Sohn des Häuptlings Adnas von Kohoent, Sohn des Häuptlings Baln von Kohoent, Sohn des Häuptlings Loci-Fose-Hiamma, welcher Kohoent im heiligen Schein des grünen Mondes gründete, möchte Euch hiermit ausdrücklich warnen: Reitet nicht den Fluss entlang! Im und am Wasser dieses Flusses wohnen schreckliche Wesen. Sie sprechen die Sprache des Todes, die der Untiere, die sich an Fäulnis und Verderben laben. Entlang dieses Flusses wohnt die schwarze Brut der sternlosen Nacht, und ihr Herr und Meister ist der Tod selbst!«

Benelon irritierte dies sehr. Nicht nur die Namensaufzählung, die selbst die alten Rükkakönige seit Langem nicht mehr benutzten; vor allem die geschwollene Rükkenlandsprache, die altmodisch klang und inhaltslos war, trieb ihm den Ärger in die Schläfen. Er musste sich erneut bemühen, diplomatisch zu bleiben, was ihm schwerer fiel als bei dem betrunkenen Cannaländer am Tag zuvor.

Ich muss klare Worte finden. Klare, unmissverständliche Worte.

»Wir werden unsere Expedition definitiv fortsetzen; Ammenmärchen werden uns davon nicht abhalten.« Er wandte sich zur Tür, doch Biluk hielt ihn fest, bevor er hinausgehen konnte. Der Einheimische wurde persönlicher.

»Unglückseliger Mischlingsneosanna! Du reißt deine Freunde ins Verderben! Ihr habt gute Pferde. Ihr verfügt über mir gänzlich unbekannte Waffen, und ich habe gesehen, wie deren Geräusch großen Tieren den Tod bringt, aber dennoch … «

Benelon löste sich sachte aus Biluks Griff. »Tut mir leid, Häuptling Biluk von Kohoent. Habt Dank für Speis und Trank.«

Doch Biluk ließ sich so leicht nicht abschütteln. »Hör mich an, Benelon!«, rief er in seinem ihm eigenen Rükkadialekt. »Trotz eurer fabelhaften Ausrüstung und eurer unglaublichen Willenskraft werdet ihr nichts ausrichten können, wenn ihr Nordmenschen in das verwunschene Gebiet des Südens kommt. Jenseits des undurchdringlichen Waldes, jenseits der garstigen schwarzen Berge – der Fluss windet sich unbeirrt durch jedes dieser Hindernisse hindurch Richtung Meer – lebte vor ungezählten Monden ein Volk, die sagenumwobenen Horokk. Verwegene Menschen, die mit ihrem gesamten Volk diese unsägliche Strecke voller Strapazen und Qualen auf sich nahmen und zu großen Teilen überlebten.«

»Na bitte«, wandte Benelon in einem Anflug von Sarkasmus ein, »wenn selbst ein Buschvolk diese Strecke bewältigt, sehe ich keinen Grund, warum eine gut ausgerüstete neosannische Expedition das Ganze nicht ebenso gut bewerkstelligen könnte …«

»Die Horokk trafen am Ende ihrer Reise auf Sugam«, sagte Biluk ruhig.

Einige Mitglieder des Dorfrates hatten sich nach und nach zu Benelon und Biluk gesellt, um der Diskussion zu lauschen und zu beobachten, ob daraus ein Streit würde. Bei der Nennung des Namens flohen sie so plötzlich, als würde ihnen der sofortige Tod drohen, rannten blindlings in ihre Hütten und versperrten diese, so gut sie konnten; dort jammerten, klagten und flehten sie dann aufs Erbärmlichste.

Wer ist dieser Sugam?

Biluk schien seine Gedanken lesen zu können. »Sugam ist der Todesfürst. Er ist der Leibwächter der Götter, die in den Tiefen des scheußlichen Wasserlochs lauern, der mit dem großen Strom der Rükkas verbunden ist. Die Seegebiete dort sind für Menschen tabu. Die Götter töten auf bestialische Weise diejenigen, die sich herausnehmen, ihren Frieden zu stören.«

Was redet dieser Mensch? Irgendwie riecht es auf einmal so komisch. Ist das Fäulnis? Wo kommt das her?

»Die Horokk verehrten Sugam vor langer Zeit und über ewige Mondzyklen hinweg, und Sugam schützte sie im Gegenzug vor dem Zorn der Seegottheiten. Eine Zeit lang blühten die Horokk auf, bauten groß angelegte Städte mit Tempelanlagen und goldenen Kultstätten, wo sie zu Sugam beteten. Im prächtigsten aller Tempel, dem Tempel von Shragan, wohnte fett und gierig Sugam und forderte Menschenleben als Opfergabe, zunächst nur alle paar Jahre, doch je mehr die Menschen sich vermehrten, desto dekadenter wurden sie, und je ausschweifender ihr Gottesrausch, desto maßloser wurde Sugam. Vor allem die Hohepriester der Horokk wurden machtgierig, verrieten ihre Ideale und badeten in Juwelen und Blut. Doch das Volk duldete die Verbrechen irgendwann nicht länger und brachte seine Hohepriester um, zerstörte anschließend die ruchlosen Kultstätten und Tempel im Zuge der entfesselten Revolution. Den Haupttempel zündeten sie an, auf dass der schreckliche Sugam verbrennen mochte. In der Tat verschlangen die Flammen seinen Körper, aber seine unsterbliche Seele konnte nicht sterben. Einen Mondzyklus benötigte Sugam, um sich zu regenerieren, und das Volk von Horokk erlebte eine kurze, ausgesprochen friedliche Zeit voller Harmonie und Liebe. Doch als der rote Mond ein zweites Mal über dem niedergebrannten Tempel erschien, stieg Sugam aus seiner Ruine auf, schrecklicher als jemals zuvor, und verwandelte das Land der Horokk in ein grausiges Schlachthaus. Er badete im Blut Tausender Menschen und verschlang ihre Eingeweide. Nachdem er alle Menschen umgebracht hatte, die er finden konnte, kroch der ungeheure Dämon zurück in seinen Tempel, den er heute immer noch bewohnt. Seitdem ist dieses Gebiet für Menschen unbetretbar.«

»Aber wenn Sugam alle Menschen umgebracht hat, wer konnte Euch dann von ihrem Schicksal berichten?«

Benelon dachte, er hätte Biluk entlarvt. Doch dieser blieb erstaunlich gefasst.

»Niemand in der Welt der Materie«, antwortete er selbstbewusst. »Ich habe davon geträumt. Die Geister der Traumwelt taten mir all dies kund.«

Das reichte Benelon.

Der Mann hat kranke Fantasien.

Er rief Larean zu sich und befahl ihm, darauf zu achten, dass Biluk den Expeditionsteilnehmern für die Zeit des Aufenthalts in Kohoent absolut fernblieb. Larean selbst fand Biluk nicht annähernd so seltsam wie den Zauberer Xûzûl, der sich ebenfalls dazugesellt hatte.

»Gibt es auch irgendetwas, das Ihr nicht wisst?«, fragte Larean ihn, nachdem Xûzûl den aufgebrachten Biluk erfolgreich beruhigt hatte.

»O doch, na klar«, erwiderte der Xlaovaner ernsthaft, aber gelassen.

»So lasst meine Wenigkeit doch daran teilhaben«, spöttelte Larean weiter.

»Nun denn, etwas, das ich nie verstanden habe, ist das Rätsel der sich verschiebenden Stadt.«

»Hm?«

»Es gibt auf dem Blatte des Geheimen Flusslandes eine Stadt, welche nie genau dort steht, wo sie stehen sollte, und niemand findet eine zufriedenstellende Erklärung dafür.«

»Wollt Ihr mir einen Bären aufbinden?«, fragte Larean erzürnt.

Doch der Xolo blieb vollkommen gleichgültig. Dann antwortete er, wohlbedacht: »Die Bewohner dieser Stadt werden dies auch häufig gefragt, und obwohl die Stadt sich täglich nur ein paar eisannische Zentimeter bewegt, kann es durchaus irritierend wirken, wenn man zum Beispiel nach vielen Jahren zu ihr zurückkehren will. Ich weiß nicht, ob das Eure berechtigte Eingangsfrage beantwortet, aber ich habe wirklich keine Ahnung, wodurch sich dieses Phänomen erklären lassen könnte.«

Neosannas Vergangenheit und Zukunft

Der Morgen brach an, und die Gruppe machte sich auf den Weg zum nächsten der drei Dörfer, die sich am Flussufer befanden, zu einem verschlafenen Nest, welches die Eingeborenen als Dinipe bezeichneten. Man hatte von seiner Existenz durch die Lektüre rükkenländischer Geschichtschroniken gehört. Dinipe war von Rükkenländern errichtet worden, die vor gut dreihundert Jahren einen neuen Ort zum Leben gesucht hatten, der im Süden liegen sollte. Niemand war den Siedlern seither gefolgt.

Benelon verlebte überhaupt keinen guten Tag, und er freute sich auf das echte Leben, die wirkliche Abenteuersituation, wenn sie endlich die komischen Eingeborenen hier verließen und in unerforschte Weiten aufbrächen. Zudem war der Expeditionsleiter sehr verärgert. Kurz nach dem Aufstehen hatte er eine cannaländische Fahne entdeckt, die erst vor Kurzem auf einem Giebel einer der Hütten am Ausgang der Siedlung angebracht worden sein musste. Allem Anschein nach waren ihnen die »Bier saufenden Schwachköpfe«, wie sie Larean gerne beschrieb, zuvorgekommen.

Sollten die Cannaländer tatsächlich überall ihre Fahnen aufstellen und dadurch das gesamte unerforschte Innere Schwarzlands für sich beanspruchen, käme dies einer nationalen Katastrophe gleich; und ich sehe mein Kind nicht aufwachsen … für gar nichts! Denn scheitert unsere Expedition, dann lässt man uns gnadenlos verschwinden, wahrscheinlich nachdem man uns zu Tode gefoltert hat.

Das nächste Ärgernis erwartete ihn bereits in Dinipe: Biluk hatte über Nacht Boten ins

Nachbardorf gesandt, sodass sich die Einwohner aus Angst vor den berittenen Fremden in ihren Hütten verbarrikadiert hatten und nur wehleidig winselten, als die an ihre Türen klopften. Viel schlimmer war für Benelon jedoch, dass der redselige Sede immerzu Fragen zur neosannischen Geschichte stellte. Zunächst wehrte der Expeditionsleiter diese brüsk ab, aber als die Truppe des Abends im Halbkreis ums Lagerfeuer saß und solcherlei Mythen und Geschichten die Runde machten, die man sich auf Wanderschaften zu erzählen pflegt, gab er nach und erzählte Sede die Vorgeschichte dieser Expedition.

Ranuk schien in voller Pracht auf die Gruppe herab. Benelon und Sede, in dunkelrotes Mondlicht getaucht, saßen nebeneinander auf einer wärmenden Bärenfelldecke und verzehrten ein paar Hühner, die Ane Dolon mit seiner Jagdbüchse im Umfeld des Dorfes geschossen hatte. Xûzûl und Olo saßen nebenan und studierten Schriftsätze und Hieroglyphen der Ratach.

»Woher habt Ihr die alten Karten aus dieser Gegend, Benelon?« Sede hatte die fremdartigen Karten aus dem alten Rükkenland schon auf der Em eingehend und mit stetig wachsender Begeisterung studiert.

»Es handelt sich um Kriegsbeute.« Benelon nahm einen tiefen Zug aus seiner Pfeife.

»Wie ist es denn überhaupt zum Krieg gekommen? Die Geschichte des Blattes Schwarzland wird in Seleda nicht gelehrt«, meinte Sede, der ob seiner Unwissenheit leicht errötete.

»Alles begann vor vierzig Jahren. Mein Vater und Großvater waren selber dabei, sie haben mir die Geschichte Dutzende von Malen erzählt. Die Armee von Rükkenland überquerte ohne vorherige Kriegserklärung mit dreitausend Mann die Schwarzberge und richtete unter den Arbeitern des Kohleförderwerkes Nolan ein Massaker an. Der Angriff kam völlig unangekündigt, sie ließen keinen der Bergleute davonkommen. Später haben die Rükkenländer behauptet, sie hätten die Neosannas lediglich aus Schwarzland vertreiben wollen. Unsere Luftspäher in ihren Heißluftballons entdeckten weitere Truppenbewegungen frühzeitig und leiteten die Evakuierung der neosannischen Bevölkerung aus den Dörfern um Easan ein, denn es wurde offensichtlich, dass die Armee genau diese Richtung einschlagen würde.«

»Die Rükkenländer haben damals tatsächlich die Hauptstadt angegriffen?«, fragte Sede begeistert und wischte sich Schweiß von der Stirn.

Benelon warf einen Hühnerknochen ins lodernde Feuer. »Die rükkenländischen Truppen erreichten am Abend des Tages nach dem Massaker von Nolan die Hauptstadt. Es war ein ungleicher Kampf. Die zahlenmäßig weit unterlegenen Rükkenländer griffen mit brennenden Pfeilen und primitiven Steinwurfgeschossen die hinter dicken Stadtmauern verschanzte Verteidigungsmannschaft an, zu der, wie gesagt, auch mein Großvater, der am Ende seiner Soldatenlaufbahn war, und mein Vater, der noch als Rekrut diente, gehörten.

Binnen weniger Stunden schoss die Stadtwache die Angreifer mit Kanonen und Gewehren zusammen; im Morgengrauen war die Schlacht entschieden. Mein Vater gehörte zu denen, die die Leichenteile zusammensuchen und nach Wertgegenständen durchkämmen mussten. Das betont er jedes Mal, wenn er diese Geschichte erzählt.«

Den Seledaner schauderte es bei diesen Worten. »Aber wie kam es dann zur Eroberung Rükkenlands?«

Benelon seufzte. Die Ersten legten sich schon schlafen, doch er hatte wohl noch eine lange Nacht vor sich. »Das Parlament beschloss damals unvermittelt die Invasion. Offiziell hieß es, sie hätten damit weiteren Übergriffen des Aggressors zuvorkommen wollen. Der Leiter der Waffengilde, der Chef des kaufmännischen Bundes und der Großadmiral waren sich jedoch einig, dass die Besetzung Rükkenlands eine für alle Seiten vorteilhafte Gebietsvergrößerung darstellen würde. Nach dreimonatiger Vorbereitung griffen neosannische Truppen den Hafen Srück an, der die einzige Verbindung zum Meer darstellte.«

»Details! Details!«, schrie Sede wie besessen. Er sprang aufgeregt ums Feuer wie ein kleines Kind. Proteste schlugen ihm von denjenigen entgegen, die versuchten einzuschlafen.

»Nach novedanischem Vorbild gebaute Landungsboote setzten fünf eisannische Kilometer südwestlich von Srück achthundert schwer bewaffnete Soldaten aus, welche den Fluchtweg ins Inland abschnitten und die Flanken kontrollierten. Zu diesen Soldaten gehörte auch mein Vater. Er betont immer, wie viele Rükkenländer er bei der Landung getötet hat. Vier große Fregatten nahmen währenddessen Srück von der Seeseite unter Beschuss, während von einem Heißluftballonverband Dynamitbomben auf die Stadt geworfen wurden. Die Rükkenländer reagierten panisch und konnten sich im Durcheinander, den der Beschuss auslöste, nicht zur Verteidigung organisieren. In den folgenden Wochen wurde die Stadt Tuu widerstandslos erobert; viele Bewohner flohen in Kanus und Fischerbooten Richtung Landmark und wurden nie wiedergesehen. In Aslong, der damaligen Hauptstadt, leistete die zusammengezogene Armee zunächst hartnäckig Widerstand; doch als die Stadtmauern endlich in Stücke geschossen waren, leitete König Sraal die Kapitulation ein. Er übergab General Silo Krone und Zepter und entsandte Boten, die die Kunde der Kapitulation verbreiteten. Viele geschlagene Rükkenländer flohen über die zu diesem Zeitpunkt noch freie Bergstadt Losb, die Ihr ja vor Kurzem besichtigen konntet, auf das Hoheitsgebiet von Cannaland. Dort wurden sie aufgenommen und gründeten unter cannaländischer Flagge die Stadt Kannarip.«

»Kein Wunder, dass die Cannaländer nicht gut auf Neosannas zu sprechen sind … «, sagte Sede mehr zu sich selbst als zu Benelon.

»Ach, die Cannaländer! Die sind an Gold interessiert, Gold und Ländereien, das ist alles. Beruhigenderweise ist ihnen kaum daran gelegen, etwas dafür zu tun, sie wollen es lediglich besitzen. Das verschafft uns einen Vorteil, da wir Neosannas viel aktiver expandieren als diese Idioten. Politik ist denen total egal, das ist nur ein Mittel zum Zweck.«

»So, und nun erzähle ich Euch die Geschichte der Bergingerkriege … «

»Sede, Ihr solltet Euch schlafen legen. Es geht morgen nach Konnium, da braucht Ihr Eure Kräfte noch.«

Aber Sede war nicht zu beruhigen. »Vor vier Jahren saß ich oft auf der Veranda des Studentenwohnheims. Dort sann ich über wesentliche Fragen nach, die mir in der seledanischen Universität, in den langen Stunden der Abendveranstaltungen, eingefallen waren.«

»Welche waren das?«, wollte Olo, der einige Zeit unbemerkt gelauscht und sich nun näher zu ihnen gesetzt hatte, wissen.

»Es waren die Analogien, die Professor Sau in seiner Vorlesung aufstellte: Der Wissenschaftler ist wie ein Schneider. Er muss sich oft irren, so wie ein Schneider oft in seine Finger sticht. Aber die Erkenntnis wird ihn am Ende stattlich einkleiden.«

»Das ist nicht besonders gut formuliert.«

»Aber so hat er es eben ausgedrückt, und ich frage mich: In Ordnung, jeder muss die eigene Theorie gegen allerhand Irrtümer abgrenzen, um ihr Halt zu geben, das verstehe ich. Aber wenn man immer einer *Masche* folgt wie ein Schneider, wie will man dann auf etwas noch nicht Erfasstes stoßen?«

Benelon gähnte. »Es sind doch immer schon die unbekannten Dinge gewesen, die uns anziehen.«

Olo ergänzte: »Sede, Professor Sau hat eine Methode beschrieben, mit deren Hilfe man etwas Unbekanntes erforschen kann, und nicht, wie man etwas ganz Neuartiges auftut.«

Xûzûl, der sich nun ebenfalls ins Gespräch einbrachte, gab zu bedenken: »Wenn man etwas wahrhaft Neues sehen will, muss man das Reich Blogol aufsuchen, das Land des toten Lebens.«

»Wieso?« Sede runzelte die Stirn.

»Weil es im Land des toten Lebens niemals hell wird. Alles, was man dort erkennen kann, ist ein immerwährender violetter Nebel.«

»Violett wie das Blut, nachdem Ihr Euch in die Finger gestochen habt.« Benelon lachte und bemerkte nicht, wie beleidigt sich Sede deswegen fühlte.

Zu exakt diesem Zeitpunkt, als einige der Expediteure an der Feuerstelle im roten Mondlicht ihre Gedanken austauschten, hielten die Personen, die sie mit unterschiedlichen Druck- und Lockmitteln zu diesem Unternehmen überredet hatten, eine flammende Rede im Parlament von Neosanna. Auf diese Weise machten sie das Expeditionsvorhaben öffentlich bekannt und brachten die Propagandamaschinerie vor der gesammelten Pressevertretung – teils aus Übersee angereist – nun ordentlich ins Rollen.

Als Erstes sprach der alte Großadmiral Alesol: »... ist an der Küste nichts mehr zu holen. Auf dem Hoheitsgebiet von Cannaland dürfen wir keine Stützpunkte errichten, da sie lächerlicherweise die gesamte Küste für sich beanspruchen und die diplomatischen Konsequenzen unabsehbar wären. Wir haben zwar einzelne Stützpunkte und Forschungsstationen an den östlichen Küsten Schwarzlands, doch diese sind viel zu weit entfernt, das Land dort ist sehr karg, die Bergwerke werfen überhaupt keine Rohstoffe ab. Die Schwarzberge bilden einfach nur eine unüberwindbare Masse nahezu undurchdringlichen schwarzen Gesteins. Aber das Inland, meine Damen und Herren, der weiche Unterbauch Schwarzlands quasi, vermutlich voller Seen, Wälder, Berge und Flüsse, wahrscheinlich über weite Strecken unbewohnt oder nur spärlich besiedelt, bietet eine reiche Fülle ungezählter Schätze, Rohstoffe und Erzeugnisse der Natur. Lasst uns dieses Gebiet besiedeln und bemannen! Ich spreche über die Gebiete südlich und östlich von Rükkenland-Neosanna. Lassen wir den Cannaländern ihre Küste; wir haben unsere eigene. Ich träume von einem Neosanna nach dem Vorbild des alten Noveda; ein Neosanna mit einem üppigen, prosperierenden Handelszentrum, einer dynamischen, beweglichen Bevölkerung, die leben kann, wo es ihr beliebt, und von der größten Flotte, die diese Welt jemals zu Gesicht bekommen hat!«

Die Abgeordneten honorierten seinen Beitrag mit tosendem Applaus.

Wenig später sprach der gleichaltrige Chef des neosannischen Kaufmannsbundes, Siresel: »Ich stimme voll und ganz mit meinem alten Freund Alesol überein. Wenn wir das Interessengebiet erst einmal erforscht, besiedelt und kultiviert haben, dann bauen wir die mächtigste Flotte der Welt auf, und dann formen wir unsere eigene Union, die Union Neosanna, nach dem Vorbild des Eisannischen Bundes unserer Vorfahren. Unsere Unionspartner sollen Eisanna, Lesanna, Eiskohldiasa, Berging-Eisanna und die Ypsalei sein. Und Neosanna bildet das Zentrum dieses gewaltigen Bündnisses!«

Der tosende Applaus von den Rängen des Parlaments schwoll zu ekstatischem Beifall an.

Abschließend schwadronierte noch Senfbein, der alte Leiter der Waffengilde. Seine gebrechliche Stimme war erstaunlich klar zu vernehmen: »... und dann wird Eisanna, der ehrwürdige alte Vater, voller Stolz auf das größte, stärkste und erfolgreichste seiner Kinder zurückblicken und muss niemals mehr um die Bedrohung oder Verletzung allgemeiner eisannischer Interessen fürchten ... «

Seine gefühlsschwangere, mit Pathos aufgeladene, vielleicht ein klein wenig zu rührselig ausgefallene Rede ging in stampfendem, ja frenetischem Applaus und völlig losgelöstem

Jubelgeschrei unter. So wurde im Tempel des Ranuk das nächste große Fest zur Überraschung und Freude des Volkes ausgerufen, das sogenannte Expeditionsfest, welches sich noch prächtiger und protziger als alle vorangegangenen Feste zusammen ausnahm.

Konnium

In der Nacht hatten die Flussmücken ihr eigenes Fest bei den Mitgliedern der Expedition gefeiert. Aber im Gegensatz zu dem spirituell erleuchteten Xlaovaner, der »gerne den Mücken das Blut« gab, weil er es als »Teil des natürlichen Kreislaufs von Geben und Nehmen zwischen Mensch und Natur« sah, fluchten die übrigen laut und ausgiebig, da ihre Haut furchtbar juckte, ein Zustand, der sich durch ausgiebiges Kratzen nur noch verschlimmerte.

Nach einem Ritt von etwa zwei Sanduhrfüllungen erreichte die Gemeinschaft das letzte Dorf in dieser Region, Konnium. Die Einwohner fürchteten sich nicht vor den Expediteuren und reichten ihnen zum Gruß – Benelon empfand es als puren Hohn – eine cannaländische Fahne. Ein kleiner Mann namens Hobschka bot ihnen gegen ein paar cannaländische Münzen sogar eine Führung durch Dorf und Umgebung an. Hobschka sprach zwar kein Rükkenländisch, dafür aber fließend Cannas. Er war vor Jahren aus Cannaland hierher ausgewandert, aber kein Cannaländer sei jemals zuvor weiter ins Unbekannte vorgestoßen als bis zum Orte Konnium, wo er nun lebte. Nach seinen Angaben hatte die aktuelle cannaländische Expedition, welche zehn Mann umfasste, etwa drei Tage Vorsprung vor den neosannischen Expediteuren. Allerdings waren sie zu Fuß unterwegs, was Benelon aufatmen ließ. Hobschka erzählte, seine Landsmänner seien mit dem Plan aufgebrochen, den Flussverlauf zu erkunden und für nationale Interessen Gebiete zu sichern. »Sie sind verrückt«, der drollige kleine Hobschka lachte, »keiner, der bei Sinnen ist, folgt dem Flussverlauf, nichts für ungut.«

Die übrigen Expeditionsteilnehmer gingen während dieser Phase der Expedition unter der Ägide Benelons geregelten Aktivitäten nach. Die erste Gruppe mit Onasula, Nilu und Olo untersuchte die Vegetation. Alinas, Larinea und Navolis erkundeten die Umgebung, während die dritte Gruppe, bestehend aus Gruff, Ane Dolon und Larean, bei den Pferden und der Ausrüstung blieb, nicht das geringste Interesse an Landschaft oder Kultur zeigte und, da sich keine Aufgaben ergaben, wo sie sich hervortun konnten, lieber Karten spielte.

Xûzûl erlernte die Dialekte der Einheimischen, während Sede und Benelon die Diplomatie vorbehalten war. So waren es auch diese beiden, die von Hobschka auf ihren

Pferden zu einem Steinbruch geführt wurden, wo ein seltsames kleines Mädchen mit langen, lockigen blonden Haaren hauste, welches einen ziemlich verwahrlosten Eindruck machte. Am Fuße des Steinbruchs lagen einige zerbröckelnde Wallanlagen, die über und über von Moos und Pilzen bedeckt waren. Sedes erster Einschätzung nach waren sie vor über siebenhundert Jahren errichtet worden. Hobschka konnte ihm dazu nicht viel sagen, außer dass er sie sehr viel älter schätzte. In Konnium kursierten viele Mythen, und eine besonders bekannte Fabel erzählte von den Horokk, die die ersten Menschen auf der Landwelt gewesen sein sollen und deren erster König hier in einer kleinen Burg gelebt habe.

Unmittelbar vor dem Steinbruch ragte ein hoher, uralter Baum in die Höhe, in dessen Krone das blonde Mädchen hauste. Sie glubschte die drei Männer aus großen blauen Augen an.

»Zwei Dinge sind hier sonderbar«, teilte Sede Benelon stirnrunzelnd seine Überlegungen mit. »Warum wohnt das Mädchen in einer solchen Höhe, direkt über dem Abgrund des Steinbruchs? Warum ist sie allein und lebt nicht mit den anderen im Dorf?«

Benelon nickte zustimmend. »Recht habt Ihr, Sede. Ich möchte noch anmerken, dass ihre Haarfarbe sehr sonderbar für diese Gegend ist. Alle anderen Einwohner haben dunkle Haare.«

»Ja, und braune Augen.«

»Vielleicht haben die Cannaländer sie hier ausgesetzt?«

»Nein, das glaube ich nicht. Warum sollten sie ein kleines Mädchen mit auf ihre Expedition nehmen? Außerdem sind die Cannaländer doch selber eher schwarzhaarig und braunäugig. Sie sieht aus, als käme sie weit aus dem Norden, aus Kingwikk oder vielleicht aus Goldland.«

»Ja, aber das ist ja nun vollkommen unmöglich.«

»Hm.«

Die beiden Männer schwiegen. Hobschka hob seine Augenbrauen. Er verstand nicht, was sie da redeten. Aber er sah die prall gefüllten Geldbeutel. Mit dem üppigen Münzgeld, das sie ihm zahlten, konnte er nach langer Zeit mal wieder nach Cannaland reisen und wochenlang nach Herzenslust in Kneipen herumlungern. Was für ein schöner Tag für ihn! Dann brach er das Schweigen: »Das Mädchen ist eines Tages im Dorf aufgetaucht und wurde zunächst von einigen Frauen in Konnium gemeinsam adoptiert. Doch sie lief immer wieder weg, jeden Tag, drei Jahre lang, musste immer wieder eingefangen werden. Dann zog sie fort, um in diesem Baum hier zu leben. Da sie nahezu vollkommen stumm blieb und fortwährend aus weit aufgerissen Augen glotzte wie ein Fisch, wusste niemand etwas mit ihr anzufangen. Sie gestattet jedoch gegen den Tausch von Töpfen und Geschirr, einzelne Locken abzutrennen. Unser Medizinmann schreibt ihren Haaren eine geheime Zauberkraft namens Stenth zu.«

Sede und Benelon versuchten, mit dem seltsamen Mädchen Kontakt aufzunehmen, doch alles, was sie von sich gab, war ein schmerzhafter Schauer Bucheckern. Zornig beschloss Benelon, diesen rätselhaften Ort zu verlassen. Er hatte genug von diesen primitiven, verschrobenen Menschen. Er wollte endlich die Cannaländer abfangen … und dann als Pionier vollkommen unbekanntes Gelände betreten. Er war nun wieder voller Zuversicht!

KAPITEL V

Träume

Vor den Menschen, die eine Reise entlang des großen Rükkenlandstromes unternahmen, ohne zu ahnen, was ihnen bevorstand, taten sich in der Ferne die mächtigen Gebirge Schwarzlands auf. Am Horizont waren schon die Ausläufer eines ausgedehnten Waldgebietes zu erkennen, und endlich wagten sie sich in gänzlich unbekanntes Terrain vor. Die Teilnehmer der Expedition waren aufgekratzt. Benelon hatte den Eindruck, dass einzelne Expediteure sich unbedingt auszeichnen wollten, um später mit ihrer Waghalsigkeit prahlen zu können. So war der Hauptjagdbeauftragte Navolis schneller als die anderen zum Waldesrand geritten, wo er köstliche Wildschweine erlegt hatte, während Alinas und Larinea sogar schon eigenständig in den Hauptwald eingedrungen waren, während sich der restliche Pulk der Expediteure eher angespannt dem unbekannten Wald näherte.

Der Einzige, den die aufkommende Aufregung nicht im Geringsten berührte, war Xûzûl, der immer am hinteren Ende der Truppe ritt und stets bedächtig sprach, jedoch niemals meinte, sich hervortun zu müssen. Der Xlaovaner erschien undurchschaubar. Benelon, der schon eine Weile rätselte, warum der Mann aus dem Geheimen Flussland schon lange vor der Ausrufung der Expedition den weiten Weg über das Meer hierher gemacht hatte, hielt seine Neugier nicht mehr aus und fragte: »Was ist nun der wahre Grund für Eure Teilnahme an der Expedition, Xûzûl?«

»Ein Xlaovaner lässt sich im Leben ausschließlich von seinen Träumen leiten, Benelon. Nur die Träume führen den Menschen in die Tiefen der Wahrheit, während seine Zunge gerne zur Lüge neigt … «

»Ihr wollt damit sagen, dass Euch Eure Träume hierhergeführt haben, Tausende eisanische Kilometer von der Heimat entfernt, die Ihr liebt?«

»Ein Xlaovaner liebt immer nur den Ort, an dem er sich im Hier und Jetzt befindet.«

Das »Hier und Jetzt« … Ich erinnere mich an das »Dort und Damals« … an die sonnendurchfluteten Straßen Easans, vor allem an die große Hauptstraße, die mehrere Gegenden miteinander verbindet … an die Palmen am Meer, an das rote Licht, in das Ranuk die endlosen Sandstrände taucht …

»Xûzûl, versteht mich bitte nicht falsch. Ich weiß, dass Ihr als weiser und mächtiger Zauberer anerkannt seid und Euer Wert für die Expedition wohl entsprechend hoch ist. Aber ich stelle Eure Ausführungen infrage, denn ich komme aus einer Kultur, in der Träume nur schmückendes Beiwerk des Schlafes sind, nichts weiter.«

»So habt Ihr bereits Biluk von Kohoent, wenngleich rüder, ebenfalls zurechtgewiesen.«

»Aber ich trage die Verantwortung für unser Überleben! Ich muss Prognosen auf sicherer Basis erstellen, muss als Expeditionsleiter Entscheidungen treffen, und bei jeder dieser Entscheidungen muss ich abwägen, wie riskant sie sind.«

»Das ist wahr, Benelon, und Eure Gewissenhaftigkeit zeugt von einer unverdorbenen Wesensart. Doch hört mich an: Derjenige, der nicht geübt darin ist, sich von der reinen Unschuld des Traums und seiner Wahrheit leiten zu lassen, wird in seinen Träumen nichts weiter als Irrungen eines erfinderischen Hirns sehen. Wer aber bereit ist, die Bilder seines Traums in sein Herz aufzunehmen, der erkennt, dass das Wachbewusstsein eine Fehlinterpretation der Wirklichkeit, eine bewusst vorgenommene Illusion vom Sein ist.«

»Aber warum sollten unsere Sinne uns täuschen?«

»Weil sie das Ziel haben, den Organismus zu erhalten, sodass der Mensch überleben kann. Deshalb täuschen sie den Menschen, welcher glaubt, dass er den Mittelpunkt seiner Umgebung darstellt. So egozentrisch muss er zeitlebens bleiben, sonst fällt ihm das Überleben schwer. Wenn er diese Illusion überwindet, dann sieht er die Welt nicht mehr als Kulisse, in der er sich unter anderen Schauspielern bewegt; er sieht die Welt im Zusammenhang des Kosmos, als das Chaos, dessen Kleinstbestandteil sie in Wirklichkeit ist. Aber wenn er das kosmische Chaos wahrnimmt, dann verliert er vielleicht den Verstand. Deshalb flüchtet er lieber in die Illusion.«

»Heißt das, meine Sinne täuschen mich, um mich vor der Wahrheit zu schützen?«

»So könnte man es sagen.«

»Dann wüsste ich verdammt gerne, welch bildgewaltiger Traum Euch dazu bewogen hat, uns zu begleiten … «

Die beiden Männer unterbrachen ihr Gespräch, denn die Waldgrenze war nun deutlich zu sehen. Alinas und Larinea warteten schon, wie angeordnet, am Waldesrand und hoben zum Gruß die Arme. Sie hatten bereits einige bis dato unbekannte Tiere gesehen. Aus dem dunkelgrünen Dickicht heraus funkelten von Zeit zu Zeit bösartige Augen, doch waren sie schon bei vorsichtigsten Näherungsversuchen verschwunden. Die Frauen wirkten angespannt.

Xûzûl fuhr, wie zur Beruhigung Benelons, der die veränderte Stimmung der Expeditеurinnen bemerkte, mit weicher, gleichmäßiger Stimme fort: »Es waren vier einzelne Träume, Benelon, nicht ein gewaltiger. Als ich auf der Suche nach dem dämonischen Wesen war, welches ich zu bekämpfen hatte, um Xolo zu werden, hatte ich in einem Wirtshaus in Segal einen merkwürdigen Traum. Ich zahlte dem Wirt die Zeche und zog mich auf meine Kammer zurück, um zu meditieren. Auf einmal verloren meine Muskeln alle Kraft. Ich fiel zu Boden und konnte mich nicht mehr bewegen. Dann sah ich eine Landkarte, einen Kompass und ein Schiff, das Richtung Süden fuhr. Ich hörte entsetzliche Schreie und verzweifelte Hilferufe … in verschiedenen Sprachen. Ich erwachte verwirrt und erlangte die Kontrolle über meinen Körper glücklicherweise schnell wieder zurück.«

Die Expediteure schlugen unter Benelons Anweisungen ein kleines Lager auf.

Während der Expeditionsleiter sein Zelt aufbaute, fügte Xûzûl, der ihm dabei half, ein weiteres Versatzstück hinzu: »Den zweiten Traum hatte ich in der mystischen Nacht, in der ich zum Zauberfürsten ernannt wurde. Während einer Meditation verließ mein Geist meinen Körper; ich konnte mich plötzlich mit unglaublicher Geschwindigkeit bewegen. Zunächst nur im dunklen Zimmer unmittelbar über meinem Körper, dann stellte ich fest, dass Zeit und Raum in diesem Zustand keinerlei Bedeutung mehr hatten. Ich sah auf meiner darauffolgenden Reise, die keine messbare Dauer oder Begrenzung kannte, viele Trug- und Irrbilder, sehr schöne wie sehr schreckliche. Aber ich kehrte immer wieder zu einer Art magischen Tür zurück, die eine besondere Anziehungskraft auf mein Wesen ausübte. Mit all meiner Willenskraft versuchte ich die Tür zu öffnen, doch vergebens. Dann zog mich mein Körper wieder in seine Hülle zurück.«

Anschließend ging Xûzûl Feuerholz holen. Es machte den stets ruhigen Xlaovaner in der Gruppe ungemein beliebt, dass er sich trotz seines offensichtlichen Wissens um geheimnisvolle Dinge und rätselhafte Macht nicht zu schade für die einfachsten Arbeiten war. Überhaupt harmonierte die Truppe mittlerweile gut. Es war bisher zu keinen Auseinandersetzungen gekommen. Benelon wusste, dass die Gemeinschaft erst bei einem Gefecht ernsthaft auf die Probe gestellt werden würde. Ein Gefecht, schwere Erkrankungen oder Nahrungsmangel, das waren die Prüfsteine jeder Expedition. Er hatte solche Situationen während seiner Ausbildung zum Expeditionsleiter immer wieder simulieren und bewältigen müssen.

»Wie verhalte ich mich bei einer drohenden oder tatsächlich durchgeführten Meuterei?« Ich habe drei Bücher dazu gelesen. Ich müsste es folglich wissen.

Xûzûl schichtete nach seiner Rückkehr zum Lager seinen ersammelten Stapel Holz neben die Feuerstelle. Dann entfachte er das Feuer auf wundersame Weise: Er nahm ein kleines Päckchen Pulver, zerkaute es mit etwas Trockenbrot und spie zum Erstaunen aller Anwesenden eine große Flamme unters Holz.

Am Feuer saß er neben Benelon und erzählte von einem weiteren Traum. »Die dritte Quelle wurde konkreter: Wiederum schwebte ich, doch dieses Mal durch ein komplexes Kellergewölbe. Überall standen Statuen und Vasen, und in einzelnen Nischen trafen sich schwarz gekleidete Leute und tuschelten. Ich drohte mich schon zu verirren, da gelangte ich an einen Aufstieg, und nach unzähligen weiteren Gängen, Fluren und Passagen, die es zu durchschweben galt, gelangte ich wieder an diese merkwürdige magische Tür. Diesmal klopfte ich lediglich, und sie tat sich von alleine auf. Hinter ihr befand sich ein Aufstieg, den ich erklomm. Ich erblickte einen reich geschmückten Raum, Menschen tanzten und lachten, allerlei seltsames Volk, ich hörte mehrere Stimmen verschiedene Sprachen sprechen. Als ich erwacht war – es war immer noch die Nacht der Ernennung zum Xolo –, begab ich mich in die Bibliothek von Olax und schaute nach Beschreibungen von Thronsälen verschiedener Herrschaftshäuser. Ich wurde nicht fündig. In den folgenden Tagen ging ich systematisch vor und beschrieb jedem Menschen, den ich traf, diesen Thronsaal. Ein Seemann in einer Gastwirtschaft in Yuxx erzählte mir, ich hätte ihm exakt den großen Festsaal von Easan beschrieben, samt den Gerüchten über geheime unterirdische Gewölbe, die kaum ein Mensch kenne und nur denen zugänglich seien, die ein bestimmtes Wort nennen können.«

Benelon warf gedankenverloren ein Stück Holz ins Feuer. Es raschelte und zischte; Funken zerstoben in der lauen Abendluft, während Xûzûls Stimme langsam und bedächtig die Geschichte weiterwob: »Ich war zum Xolo ernannt worden, nun hatte sich mir meine Bestimmung offenbart. Sobald die Zeremonie vollendet und mein Geheimwissen komplettiert war, beschloss ich, meinen Träumen zu folgen und nach Neosanna aufzubrechen. In der Kajüte eines Schiffes aus Novana hatte ich einen Albtraum. Wieder waren meine Muskeln taub: Mein Körper lag starr, als ob ich schliefe, doch mein Geist war hellwach und im Körper eingesperrt. Ich wusste, da kam etwas auf mich zu … Ich getraute mich kaum hinzusehen … Dann ertappte ich mich dabei, wie ich den Kopf gegen meinen Willen zum Kajütenfenster drehte … und dann kam es … Ich kann Euch nicht genau sagen, was ich sah, Benelon. Innerhalb von Bruchteilen von Momenten wurde mein Geist mit den grausamsten aller Eindrücke bombardiert … Ich sah unheimliche Geister, schreckliche Untote aus einer Zeit diesseits und jenseits des irdischen Lebens, es war nicht genau auszumachen … und alles kam auf einmal!« Der sonst so besonnene Xûzûl schluckte. »Sie warnten mich vor einer Seuche, einer Pest, dem Feind allen Lebens, der irgendwo auf Lanevael auf seinen großen Auftritt wartet. Es ging alles viel zu schnell, mein Geist war nicht konzentriert genug, um den bizarren Bildfragmenten akkurat zu folgen. Ich glaube, die von meinem zu weit geöffneten Geist empfangenen Bilder waren nicht für Menschen bestimmt.«

Benelon dachte noch lange über die Worte des Xolos nach. Sein letzter Gedanke vor dem Einschlafen war:

Wo wartet das wahre Unheil auf seine Geburt … ?

Von Irrlichtern und Waldskorpionen

Am nächsten Morgen fanden sich die Expeditionsmitglieder schon kurz nach dem Aufbruch mitten im Wald wieder. Die Bäume waren hochgewachsen und von unbekannter tropischer Gestalt. Um viele von ihnen rankten sich Lianen, und manchmal befanden sich darunter auch Schlangen, die in Farbe und Form den Rankenpflanzen bis ins Detail glichen, sodass sie mit bloßem Auge nicht von diesen zu unterscheiden waren. Benelon beschloss, strikt dem Verlauf des Flusses zu folgen, und sein Kompass zeigte ihm an, dass sie sich stark nach Osten orientierten, nachdem der Fluss zu Reisebeginn nach Süden und etwa auf Höhe der Dörfer Kohoent, Dinipe und Konnium nach Südosten geführt hatte.

Alinas' Pferd wurde gleich am ersten Tag von einer Schlange gebissen und begann zu hinken. Irgendein bösartiges Gift war hier am Werk: Der ganze Oberschenkel des armen Rappens war blutrot angelaufen und das Tier litt offensichtlich unsägliche Qualen. Nilu gelang es recht schnell, eine Salbe herzustellen, welche die Schmerzen lindern half, aber das Pferd sollte sich von diesem Biss nie vollkommen erholen.

Entlang des Ufers des Flusses, der an dieser Stelle etwa hundert eisannische Meter breit wurde, wuchsen riesige Schleimpilze, an deren Oberflächen leuchtende, extrem kontrastierende Farbkombinationen schillerten, die der Biologe Olo als »fragwürdig« bezeichnete. Überall wimmelte es von kleinen, orangefarbenen Ameisen, die in der Nacht über die Körper der Expediteure krabbelten und peinigende Bisse verursachten. Auf den Blättern mancher Wasserbäume saßen große, haarige Spinnen, die widerwärtige schleimige Fäden sponnen, in denen sich Tiere von erschreckender Größe verfingen, und die Temperatur nahm gegen Mittag Grade an, die Menschen kaum zuzumuten waren. Die Eindringlinge waren eindeutig unwillkommen.

Doch die Expedition schlug sich tapfer, und vor allem Nilu bewies nun ihre unschätzbare Wichtigkeit, da sie gegen alle großen und kleinen Wehen und Wunden stets ein Gegenmittel fand. Benelon hatte gelegentlich den Eindruck, dass die männlichen Expediteure sich öfter und länger behandeln ließen, um der wohlgeformten Nilu, die ob der großen Hitze wenig Kleidung am Leibe trug, möglichst nahe zu sein. Besonders Pferdemeister Gruff schien ihre Aufmerksamkeit stark zu beanspruchen, und der Expeditionsleiter mahnte ihn ausdrücklich, sich zusammenzureißen. Auch mit Ane Dolon ging Benelon hart ins Gericht.

Alinas hatte noch vor dem kollektiven Eintritt in den Wald von seltsamen Lichtern berichtet, die an einigen Stellen tagsüber und vor allem in der Nacht durch die Bäume schimmerten. Doch was sie verursachte, fand zunächst niemand heraus. Drei Tage später gelang es Benelons Schwester, den rätselhaften Lichtern eine beträchtliche Weile zu folgen, aber weil sie ihre Position häufig änderten und die Späherin sich nicht zu weit vom Fluss entfernen wollte, da es leicht war, sich in dem großen, unbekannten Tropenwald zu verirren, führte sie die Verfolgung nicht mit letzter Konsequenz durch. Allerdings stieß sie auf einer kleinen Waldlichtung auf einen seltsamen Fund, der sie schnell zurück zu ihren Gefährten eilen ließ.

Zunächst traf sie auf Onasula, die sofort bemerkte, dass Alinas sehr aufgeregt war. »Was habt Ihr, Alinas? Seid Ihr auf ein Schlangennest gestoßen?«

»Nein, aber ich habe auf einer Lichtung etwas entdeckt, was ich Euch unbedingt zeigen muss! Wo ist Benelon?«

An diesem dritten Tag der Walderkundung war der von Alinas Gesuchte morgens unterwegs, um einige der köstlichen Bananen von den eben entdeckten Stauden zu pflücken, um seinen Beitrag zum Lagerfrühstück zu leisten, als überraschend unmittelbar neben ihm auf einer Lichtung eines jener Lichter aufleuchtete, von denen sich alle untereinander in letzter Zeit so viel erzählt hatten. Es war in etwa so groß wie ein Menschenkopf und von gleißender Helligkeit; es wirkte wie ein kleiner Stern, der an einer Art Kran befestigt war. Benelon trat einen Schritt näher und bekam einen gewaltigen Schrecken. Der leuchtende Stern erlosch unmittelbar vor seinen Augen und an seine Stelle trat nichts weniger als der Stachel eines gewaltigen Skorpions, eines etwa vier eisannische Meter langen und fünfzig eisannische Zentimeter hohen Untiers. Das riesige Biest glotzte ihn aus sechs gelben Augen an, seine Scheren stoben rasch auseinander, während acht gepanzerte Beine hektisch den Waldboden aufwühlten. Benelon war vor Angst paralysiert. Nicht nur der massive Panzer ängstigte ihn, auch der gewaltige Giftstachel, der auf seinen Kopf zielte, legte auf drastische Weise nahe, dass ein qualvoller Tod drohte. Hinter dem Skorpion befand sich eine Höhle, in der riesige Eier lagen. Der Morgen dämmerte, und offenbar war der Skorpion von der Jagd zurückgekommen, überrascht von einem seltsamen haarlosen Wesen, wie Benelon ihm erscheinen musste. Vielleicht wollte das primatenartige Tier sogar an die Spinnen heran, die der Skorpion erlegt hatte! Benelon drehte sich um, um zum Lager zu fliehen, da ging der Skorpion schon auf ihn los. Dummerweise hatte Benelon seine Pistole ausgerechnet heute nicht geladen, und der Degen schien zunächst keine akkurate Waffe gegen ein solches Monster zu sein. Er brüllte wie am Spieß, denn er befand sich nicht weit vom Lager. Die gewaltigen Scheren schnappten nach seinen Beinen, doch er schaffte es, auszuweichen und im Gegenzug dem Skorpion ein Auge auszustechen, was diesen rasend machte. Der Giftstachel schoss knapp an Benelons Kopf vorbei. Da der Skorpion deutlich langsamer war, konnte Benelon ihm zunächst entkommen, nur um wenige Meter weiter über eine Wurzel zu stolpern. Da lag er nun, und der sich aufbäumende Skorpion holte zum tödlichen Stich aus.

Plötzlich ertönte eine Gewehrsalve, kurz darauf eine zweite und dritte, tödliche Bleigeschosse, welche das Schicksal des Skorpions besiegelten. Es war Ane Dolon, den Benelon am gestrigen Tage noch gescholten hatte. Seine Jagdbüchse hatte dem Skorpion Löcher in den Rückenpanzer geschlagen, sodass das zuckende Ungetüm direkt vor den Augen des Expeditionsleiters hilflos zu Tode blutete.

Am Mittag kochten sie die Skorpioneier, die Benelon und Ane Dolon aus der Höhle mitgenommen hatten. Diese stellten sich für die meisten der Gruppe als äußerst delikat heraus, wenn auch für den Geschmack von Ane Dolon etwas zu salzig und bei Alinas üble Magenschmerzen verursachend.

Bei dieser Mahlzeit erzählte Alinas ihrem immer noch leicht zitternden Bruder, was sie am Rande eines kleinen Nebenarms des Flusses entdeckt hatte: eine cannaländische Fahne, die über drei beschrifteten Holzgräbern wehte. Wegen der Skorpion- und Schlangengefahr wollten nicht alle Expediteure zu diesem interessanten Ort aufbrechen, ruhten sich lieber aus und bewachten die Pferde. So machten sich Benelon, der sich vorgenommen hatte, sich zwecks Erhaltung seines Ansehens vor den anderen demonstrativ zusammenzureißen, und Navolis unter Führung von Alinas zu der ihrem Bericht entsprechenden Stelle auf, die sie schließlich nach einem langwierigen, anstrengenden Fußmarsch erreichten. Benelon fiel auf, wie geschickt der Novedaner mit Waffen umgehen konnte; lästige Spinnen schoss er punktgenau ab, versehen mit dem Kommentar: »Es ist mir egal, wie viel Munition ich noch habe. Gehen mir die Patronen aus, benutze ich Pfeile, gehen mir solche aus, nehme ich Steine.« Dabei lachte er lapidar.

Benelon erwiderte: »Solange Ihr die anderen gewissenhaft mit Eurer Waffenkunst schützt, ist die Art der Waffen, die Ihr einsetzt, tatsächlich egal. Ich verlasse mich darauf, dass Ihr zu Eurem Wort steht, Navolis.«

An der von Alinas entdeckten Stelle änderte sich die Stimmung des Novedaners schlagartig. »Die Cannaländer haben in ihren Reihen ihre ersten Opfer zu beklagen«, meinte Navolis mit Trauer in seiner Stimme.

Benelon konnte ihm ansehen, dass er trotz aller Missbilligung seines entfernt verwandten Volksstammes ob ihres Schicksals betrübt war.

Dann fasste er sich jedoch wieder. »Wahrscheinlich waren sie betrunken«, meinte er mit einem Hauch Resignation in der Stimme. Die Gräber waren einfacher Art: Man hatte Erde ausgehoben und simple Holzkreuze nach Art der Munkler mit Seilen zusammengebunden. Auf jedem Grab hatte man zudem in Sternenform Wasserlilien platziert.

»Die Erde riecht frisch«, meinte Alinas. »Sie waren erst vor Kurzem hier. Ich schätze, erst vor zwei bis drei Tagen.«

Die Cannaländer sind verdammt schnell. Jetzt, da sie drei Mann verloren haben, sind sie wahrscheinlich fähig, ihre Geschwindigkeit noch zu steigern ...

Benelon dachte eine Weile nach. Dann wandte er sich an Navolis: »Was steht auf dem Holz geschrieben? Könnt Ihr das entziffern?«

»Neco Nucove Oliko Inco. Das ist schwer zu verstehen. Man versteht ja deren Kauderwelsch an sich schon schlecht, aber ihre Schriftsprache ist der Gipfel. Das ist eine wilde Mischung aus Donia- und Skatsprache.«

»Was steht auf den anderen Gräbern? Ich kann die Schrift nicht entziffern.«

»Neco Nucodo Konoli Inco. Und: Neco Nucove Conucortra Oliko Inco. Was könnte das wohl bedeuten?«, murmelte Navolis nachdenklich und kratzte sich langsam seine Nase.

Alinas und Benelon sahen einander fragend an, während der große Novedaner nachsann.

»Neco bedeutet tot oder sterben, glaube ich. Nucove ist eine sehr altmodische Bezeichnung für Soldat, und Nucodo heißt definitiv Leutnant, das ist Novedanisch. Den Rest verstehe ich nicht, wenngleich Conucortra wohl ein Stachelmonster oder so etwas sein könnte«, meinte er achselzuckend.

Alinas gab sich damit nicht zufrieden. »Navolis, was ist mit den anderen Wörtern? Gebt Euch Mühe!«

»Wie ich schon sagte«, wendete sich Navolis ihr gereizt zu, »ich verstehe dieses Kauderwelsch, das die Cannaländer ihre Sprache nennen, nicht ganz. Beständig verstümmeln sie die poetische Sprache Donias und versetzen sie mit Bruchstücken der hässlichen Piratensprache aus Skat!«

»Alinas, Navolis, lasst es sein. Stören wir die Totenruhe nicht unnötig. Lasst uns hoffen, dass wir morgen keinen Conucortras mehr begegnen«, intervenierte Benelon, der am eigenen Leib erfahren hatte, wozu so ein Tier fähig war. »Denn morgen müssen wir nach frischem Wasser suchen. Die Vorräte gehen uns langsam aus.«

Fortan nannten alle im Lager der Expediteure die Riesenskorpione nur noch Conucortras, und Olo trug die neue Skorpiongattung, von deren Entdeckung er gänzlich entzückt war, unter dem Namen »Conucortra« in sein Artenbuch ein. Welch ein Erfolg für die dalesanische Biologie!

Als es Nacht wurde, stimmte Navolis, der eine erstaunlich schöne Stimme für einen Krieger derart grobschlächtiger Erscheinung hatte, zu Ehren der gefallenen Cannaländer die fünfstrophige Hymne *Sternzeichen der Nacht* an, die man noch heute in allen Ländern der Novedanischen Union zu singen pflegt:

Du entschleierte Sonne funkelst
Inmitten aller Sternenbilder
Um dich herum ist es dunkel
Und in der Ferne noch wilder

Zwischen dem kühlen Abend
Und dem goldfarbenen Morgen
Hat die verschleierte Nacht das Sagen
Sie hält alle Novedaner geborgen

Dann wurde seine Stimme plötzlich lauter:

Sternzeichen der Nacht!
Deine rätselhafte Kraft
Hat Zeit und Ewigkeit entfacht!
Götter und Geschöpfe erwacht!

Du Nachthimmel mit deinem Sternengewimmel
Bist ein Spiegel all unserer Dinge!
Ob für die Ewigkeit erhalten oder bald schon verschimmelnd
Du bist der Grund, warum ich heute singe!

Nach einer kleinen Pause fügte er leise hinzu:

Die Lieblichkeit des Nichterscheinens
Lebt in der dunklen Seele der Nacht
Doch ein Novedaner muss niemals weinen
So lange unser Sternenbanner lacht

Die Augenblumen

Auf einer Waldlichtung entdeckte Larinea eine Wasserquelle. Sie erfüllte ihren Auftrag, den anderen um einige Stunden voraus zu sein, um das der Expedition bevorstehende Gebiet auszukundschaften, stets mit großer Gewissenhaftigkeit. Sie kostete von dem

Wasser, und dessen süßlich-herzhafter Geschmack ließ sie von den goldenen Springbrunnen im Hochzeitsgarten von Easan träumen. Doch die Erinnerung währte nur kurz, und rasch brachte sie den Rückweg hinter sich, um ihren Gefährten von ihrer Entdeckung zu berichten.

Schon bald füllten alle Expediteure frohen Mutes ihre Kanister, danach konnten ihre Pferde sich am kühlen Nass erquicken. Deren ausgedörrte Leiber zeugten von der Not, welcher die Tiere aufgrund des Wassermangels ausgesetzt gewesen waren. Die Menschen waren ausgelassener Stimmung.

»Das ist doch mal ein Erfolgserlebnis«, schwärmte Navolis und nahm einen herzhaften Schluck. »Nun können wir unsere Bestände auffüllen, ohne unsere Reserven anbrechen zu müssen.«

»Und ohne dass die Pferde verenden«, warf Gruff irritiert ein.

»Auf jeden Fall ist Sparsamkeit geboten«, sagte der neben ihm stehende Sede. »Wer weiß, in welche Situationen wir noch kommen werden, wer weiß, wie lange unsere Reserven halten müssen.«

Navolis drehte sich mit einem Ruck um. »Belehre mich nicht, Kernländer«, fauchte der Novedaner den überraschten Seledaner an. »Ich habe schon Abenteuer erlebt«, brüstete er sich, »da warst du noch an deinen Schreibtisch gebunden und hast in Bücher über Gesteinsformationen geglotzt!«

»Expediteure, bitte! Vertragt Euch!«, versuchte Benelon die Situation höflich zu entschärfen. »Wir sitzen alle im selben Boot. Wir sollten aufeinander hören, anstatt uns gegenseitig in den Rücken zu fallen, und darüber hinaus …«

Er konnte seinen Satz nicht beenden. Olo, der ein paar botanische Proben in der näheren Umgebung der Waldlichtung hatte nehmen wollen, kehrte mit leichenblassem Gesicht zu ihnen zurück und packte Larinea am Kragen. »Larinea!« Er war vollkommen außer sich. »Du Schandweib, hättest du uns nicht warnen können?« Benelon, Larean und Ane Dolon mussten ihn mit Gewalt zurückhalten, sonst wäre er prügelnd auf die Fährtensucherin losgegangen. Diese zog gleichgültig an ihrer Pfeife.

»Haben Euch etwa die Bäume erschreckt, Olo?«, warf sie ihm spöttisch zu. »Oder hat vielleicht ein blutrünstiges Eichhörnchen Euren Weg gekreuzt?«

Olo erwiderte ihren Blick zornig. »Die Blumen hier haben Augen …«, presste er mit gedämpfter Stimme heraus. Dann erfolgte unvermittelt wieder ein Wutausbruch: »Das hätte Euch auffallen müssen, schludriges Weibsbild!«

Da hatte er auch schon eine Pfeilspitze an der Kehle. »Der letzte Kerl, der es wagte, mich *Schandweib* oder *schludriges Weibsbild* zu nennen, liegt jetzt sechs eisannische Meter unter der Erde, Kernländer!« Die übrigen Expediteure verfolgten das Geschehen halb schockiert und halb gebannt. Einerseits wollten sie eingreifen, andererseits hatten sie das Verlangen, den Ausgang des Konflikts mitzuerleben.

Auch der vorübergehend erstarrte Benelon wurde sich plötzlich wieder seiner Rolle als Anführer bewusst und ergriff die Initiative. Er schob Larineas Pfeil mit einer Hand sachte zur Seite, mit der anderen schob er Olos Fäuste ruhig zurück. Seine Stimme klang hingegen laut, durchdringend und bestimmt:

»Bei Gammels Bart! Eine Horde Kleinkinder ist einfacher zu handhaben als Ihr beide! Als alle von Euch! Nun zeigt schon etwas Disziplin! Wir können uns keine interne Auseinandersetzung leisten! Seid Ihr denn blind? Unter den Bäumen kriechen die Schlangen, Conucortras und bissige Flussfische trachten uns nach dem Leben! Wir verballern unsere Munition, sind dabei erst am Anfang unseres Erkundungsauftrags und Ihr zwei macht allen Ernstes Anstalten, Euch gegenseitig zu zerfleischen?!«

Nachdem sich die beiden etwas beruhigt hatten, wandte sich Benelon an Olo.

»Also, was genau habt Ihr gesehen?«

»Lasst … lasst mich Euch hinführen.«

Olo brachte die Gruppe zu einer kleinen, weit abseits vom Fluss gelegenen Lichtung, die nur wenige Meter Bäume und Gestrüpp von der Wasserstelle entfernt lag. Zur allgemeinen Überraschung blinzelten tatsächlich Augen aus dem Dickicht heraus. In jeder der mannshohen sonnenblumenartigen Gewächse steckte ein neugieriges Auge, das bald diesen, bald jenen Expediteur anglotzte. Die Augen blinzelten, drehten sich und schauten auch einander an. Sie waren jedoch viel größer als menschliche Augen und schienen keine Adern zu besitzen.

»Hexenwerk …«, murmelte Ane Dolon, eine Hand an der Waffe.

»Sind das nun Tiere oder Pflanzen?«, fragte Benelon den immer noch blassen dalesanischen Biologen. Noch ehe Olo diese Frage beantworten konnte, lugte ein Tier zwischen den an die kleine Lichtung angrenzenden Bäumen hervor und entlockte der Gruppe einen kollektiven Schrei. Es handelte sich dabei um ein kleines Katzenwesen, dessen Gesichtszüge denen eines stark behaarten Menschen glichen. Der Schrei erschreckte es so sehr, dass es gleich wieder zwischen die Bäume stob.

»Nun, was sagt Ihr dazu, Olo?«, fragte Xûzûl neugierig. »Wie beurteilt Ihr als Biologe diese merkwürdigen Erscheinungen?«

»Ich schwanke noch«, begann Olo sich zu fassen, »zwischen einer möglicherweise perversen Laune der vielfältige Arten hervorbringenden Natur und Resultaten fragwürdiger Experimente unbekannten Ursprungs. Auf jeden Fall gefällt mir die Sache nicht.«

Benelon zückte symbolisch seinen Degen. »Wir brechen so schnell wie möglich auf.«

Einige Tage folgten sie dem Fluss, der sich unbeirrt durch den unheimlichen Wald wand und von dem niemand sagen konnte, wo er enden oder wie weit er sich erstrecken mochte. Deutlich verhärteten sich nun auch die Fronten: Die Neosannas blieben unter sich, die Frauen blieben unter sich, Sede und Olo bildeten ein zynisches Kernland-Gespann, während der mysteriöse Xûzûl, der selbstherrliche Navolis und der verzweifelt um den Gruppengeist kämpfende Benelon die Truppe anführten. Das Unglück ließ nicht lange auf sich warten. Zunächst erkrankte Gruff, der normalerweise immer bei den Pferden schlief, an einer Art Drüsenfieber, und da Nilu und Onasula ihm viel Ruhe, Schlaf und Wärme verordneten, schlief er fortan in der Mitte des Lagers, nahe der Feuerstelle.

Larinea und Xûzûl versuchten sich gegenseitig Mut zu machen, indem sie sich viel austauschten. So meinte Larinea zum Zauberer: »Am meisten gehasst habe ich den Schlafsaal, in dem ich in der Ausbildungszeit zur Fährtensucherin meine Nächte verbracht habe! Der Gestank und das Geschnarche der anderen waren unerträglich. Am Schlimmsten war der Wärter, der am nächsten Morgen den Zustand unserer Betten überprüft hat. Am liebsten wäre ihm gewesen, wir hätten überhaupt nicht darin geschlafen. Ich glaube, er betrachtete den Schlafsaal als eine Art Museum.«

»Ein Museum?«, fragte der Xlaovaner ungläubig.

»Glaubt mir, wir Kadettinnen haben vertuscht, dass wir überhaupt irgendwelche Bedürfnisse hatten. Der Wärter war schlimm. Seine Schikanen waren sehr lästig.«

»In welcher Form hat er Euch bestraft?«

»Er hat uns nach und nach die Sachen geklaut, die wir unter unseren Betten verstaut hatten. Ich habe vier Mal gegen eine seiner pedantischen Regeln verstoßen, und so hat er mir eine Schere, mein Ausbildungsbuch, meine Teetasse und schließlich sogar den Schlüssel zum Schlafsaal entwendet, wodurch ich ihn letztendlich überführen konnte!«

»Gab es denn weitere Schikanen?«, hinterfragte der Xlaovaner die Ausführungen genauer, doch Larinea winkte nur resigniert ab.

»Nicht der Rede wert. Das war ein Urlaub im Vergleich zu dieser Expedition, von der ich nicht viel Gutes erwarte, wenn ich ehrlich bin.«

In dieser Nacht schlief niemand gut. Die Teilnehmer waren entnervt und begannen, emotionale Fronten gegeneinander zu vertiefen, die Stimmung war dementsprechend im Keller. Insbesondere Olo wälzte sich unruhig von einer Seite auf die andere. Als er gerade die Augen einen Spaltbreit öffnete, um sich zu orientieren, durchzuckte eine messerscharf schneidende, aber nicht allzu laute Stimme die Nacht. Es war Xûzûl.

»Wacht auf! Conucortras nähern sich den Pferden!« So gefasst sich der Xlaovaner verhielt, der nun flink und mit hell leuchtendem Zauberstab den Skorpionen entgegeneilte, so chaotisch benahmen sich die übrigen Teilnehmer. Ohne Uniformen und in leichter Bekleidung stolperten die Expediteure den Monstern entgegen.

»Umkreist sie!«, brüllte Benelon. »Treibt sie von den Pferden weg!«

Abseits des Geschehens wimmerte elendig der übel erkrankte Gruff. Er wollte eingreifen, war jedoch zu schwach, seinen Körper zu bewegen, der den Strapazen des Fiebers nicht gewachsen war. Gruffs Pferd wurde von drei Stacheln durchbohrt und sank leblos in sich zusammen. Die Gewehre und Pistolen fügten den Conucortras im Gegenzug furchtbare Wunden zu, weshalb sie sich schnell in die Dunkelheit der Nacht zurückzogen. Als Onasula Gruff die traurige Nachricht vom Tod seines Pferdes überbrachte, war dieser außer sich.

»Ich habe es schon als Fohlen gekannt! Habe es auf meinem eigenen Bauernhof heranwachsen sehen.« Er wimmerte.

Fortan geriet Gruff in eine innere Dunkelheit, aus der er sich nicht mehr lösen konnte. Nilu verabreichte ihm zwar kresepanisches Lachkraut, was seine Stimmung für ein paar Tage anhob, aber nachdem es aufgebraucht war, versank er täglich stundenweise in seiner eigenen schwarzen Gedankenwelt. Nach zwanzig mühsamen wie zerstrittenen Tagen, in denen sich die Expeditionsteilnehmer durch den Wald kämpfen mussten, lichtete sich dieser endlich und der Fluss wand sich ins Freie.

Am Fjord

Wenigen vereinzelten Bäumen am Waldesrand folgte ausgedörrtes Felsenland, welches langsam, aber stetig zu einem mächtigen schwarzen Gebirge emporstrebte, durch welches der Fluss in Form eines gewaltigen Fjords schlangenförmig, aber unbeirrt weiter gen Osten floss. Wobei Sede und Olo dieser Feststellung einstimmig entgegenhielten, dass die Fließrichtung genauso gut umgekehrt sein könnte. Denn der Fluss schien die Strömung zwischenzeitlich zu ändern, und bedrohliche Strudel bildeten sich an der Wasseroberfläche. Die Befürchtung, die Pferde wegen des Gebirges zurücklassen zu müssen, erwies sich aber – Ranuk sei Dank – als haltlos, da auf der Flussseite, der die Expediteure seit Tag eins des Unternehmens folgten, saftiges Gras- und Schilfland eine Bufferzone zwischen dem Fjord und den steil ansteigenden Bergen darstellte. Selbst der schwer angeschlagene Gruff, der abwechselnd auf verschiedenen Pferden mitgeritten war, lächelte darob schwach.

Endlich trauten sich die Expediteure wieder, ein ausgiebiges Bad im Fluss zu nehmen, was ihnen im unheimlichen Waldesdunkel als zu gefährlich erschienen war. Blutegel und bissige Fische hatten dort das reißende Gewässer bevölkert, doch in den Bergen war das Wasser kristallklar und kontrastierte stark gegen die pechschwarzen Felsen. Hier störte man höchstens ein paar Fische, und am Abend duftete es im Lager nach gebratenen Süßwasserspeisen.

Auch die Spannungen zwischen männlichen und weiblichen Expediteuren hatten sich etwas gelockert. So sehr hatten beide Parteien der körperlichen Hygiene bedurft, dass Männer und Frauen völlig ungeniert gemeinsam splitternackt ins Fjordwasser sprangen, um sich im klaren, angenehm temperierten Nass die schmutzigen Blessuren auszuwaschen. Selbst Olo und Larinea hatten sich inzwischen versöhnt, nachdem sich beide über ihre gemeinsame Vorliebe fürs Angeln ausgetauscht hatten. Sie verbrachten Stunden stillschweigend angelnd miteinander und kamen auf dem Rückweg über gegenseitige Anerkennung ihrer prächtigen Ausbeute immer mehr ins Gespräch. Onasula zog Benelon nach dem Fischfestschmaus in einem unbehelligten Moment zur Seite.

»Ich muss mit Euch reden, Benelon. Mir ist da etwas aufgefallen.« Die beiden bewegten sich etwas abseits des Lagers in der Dunkelheit.

»Was gibt es?«

»Nilu hat am heutigen Tag beim Bad Navolis mit großen Augen angeschaut. Ist Euch das auch aufgefallen?«

»Werte Onasula, ich habe im Moment anderes im Sinn, als mich mit Liebesgefügen zu beschäftigen«, gab Benelon von sich, über die Schulter auf die Reste seines Fisches schielend.

»Werdet nicht gemein, Expeditionsleiter. Ich halte dies für ein angemessenes Anliegen«, erwiderte sie in scharfem Tonfall.

Benelon rollte mit den Augen. Dann seufzte er und wandte sich ihr zu: »Die beiden haben einander angeschaut, weil sie nackt waren und sich gegenseitig begehren. Das ist nun mal die Voraussetzung zur menschlichen Fortpflanzung. Aber habt Ihr mal ein Auge auf Gruff geworfen? Dem Pferdemeister geht es nicht gut. Er brabbelt den ganzen Tag unnützes Zeug und stellt allerlei bizarre Regeln auf, die den Umgang mit *seinen* Pferden betreffen. Zudem ist er der Einzige, der sich heute geweigert hat, ein Bad zu nehmen.«

»Aber meint Ihr nicht, werter Benelon, dass dieses Techtelmechtel den ohnehin schon arg strapazierten Gruppenzusammenhalt beeinträchtigen könnte?«

Das Lagerfeuer loderte auf. Die beiden schauten sich einen Moment lang abschätzend an. Onasula hatte die Arme verschränkt und den Mund zusammengekniffen, Benelon seine linke Braue hochgezogen. Dann waren wieder bloß ihre Umrisse präsent.

»Wie ernst ist es denn mit den beiden?«, wollte er plötzlich von der Ärztin wissen.

Sie schluckte. »Bei der heutigen Jagd auf die Bergbären war Nilu die Letzte, die Navolis verabschiedete, und die Erste, die ihn empfing. Danach hat sie sich ständig mit seinem Wohlbefinden befasst und ihm Kräuter gegeben, die seinen Gelenken Erholung verschafften. Ane Dolon, der auch auf Jagd war, wurde diese Ehre nicht zuteil.«

»Nun«, Benelon lächelte und hob den Blick zu den Sternen, »vielleicht hat sie sich wirklich in Navolis verliebt. Er ist ein stattlicher Kerl, gut aussehend, stark, mit reicher und prominenter Verwandtschaft …«

»Und einer Klappe größer als alle Krater des heiligen Mondes Ranuk zusammen!«, wandte Onasula ein. »Die anderen Teilnehmer«, wisperte sie dann, »runzeln schon sehr die Stirn darüber, wisst Ihr?«

»Hat sich denn irgendwer beschwert?«

Außer dir?

»Hört zu, Expeditionsleiter Benelon. Ihr wisst, dass Nilu mir schon seit Jahren eine kompetente Kollegin und darüber hinaus noch eine gute Freundin gewesen ist. Ich habe Angst um sie und auch um das Gelingen dieser Expedition.« Sie atmete viel Luft ein, seufzte tief. »Zuerst werden die beiden sich nicht an generelle Abmachungen halten«, fuhr sie fort, »dann werden sie sich heimlich treffen, und irgendwann, was mir wirklich Sorgen bereitet, verliert Navolis das Interesse an ihr, und seine Gleichgültigkeit wird sie zornig machen. Aus Liebeskummer geborener Zorn ist eine gefährliche Waffe …!«

Das weißt du wahrscheinlich aus eigener Erfahrung, Onasula. Du Ärztin, du schneidest Körper auf und nähst sie wieder zu, verabreichst Medikamente und guckst uns in den Rachen, aber du teilst niemandem etwas von dir mit, außer medizinischen Daten und unbegründeten Sorgen.

Wiederum verkniff es Benelon sich zu sagen, was er dachte.

»Es ist noch viel schlimmer, als Ihr denkt«, raunte Onasula finster. »Ich bin den beiden vorhin heimlich gefolgt. Sie vergnügten sich am Ufer des Wassers, während die anderen noch schmausten. Das rote Mondlicht fiel auf ihre nackten Körper, ich hörte, wie sie kicherten und stöhnten.«

Sie schaute weg, wirkte angewidert. Benelon nahm sich einen Moment, um nachzudenken. Drei Expeditionsmitglieder hatten sich also davongestohlen, ohne ihn zu informieren. Niemand hatte ihn davon unterrichtet.

Entweder hat Onasula das alles erfunden, oder Navolis und Nilu haben den anderen gesagt, ich hätte sie mit irgendetwas beauftragt. Allerdings ist mir beim Fischverzehr gar nicht aufgefallen, dass sie weg waren … Verdammt, wir sind doch nur so wenige, warum habe ich das nicht bemerkt? Ach ja, ich war so froh, dass Olo und Larinea sich wieder vertragen haben, und Olo hat mir im Überschwang so endlos viel über seine Angeltechnik erzählt und dann noch generell über die »Zoologie der aquatisch lebenden Wirbeltiere« doziert, während Larinea die Fische kopfschüttelnd zubereitet hat … Hm, aber was ist nun mit Nilu und Navolis? Die offiziellen Expeditionsrichtlinien enthalten keine Regeln, was Liebesverhältnisse unter Expediteuren angeht …

»Onasula, Ihr seid eine kluge Frau. Informiert mich über alle außerplanmäßigen Aktivitäten der beiden. Ich erteile Euch hiermit die Sondervollmacht einzuschreiten, falls das Verhalten von Nilu und Navolis in irgendeiner Art und Weise die Zielsetzung dieser Expedition gefährdet. Ich weiß, dass ich mich auf Eure Urteilskraft verlassen kann.«

»Habt Dank, Benelon.«

Zurück im Lager schaute Benelon nach den zwei vermeintlichen Turteltäubchen. Tatsächlich schliefen sie Rücken an Rücken auf einem Bärenfell, welches Navolis erbeutet und hergerichtet hatte. Was sollte er dazu sagen? Nilu war eine kompetente Heilkundige und Navolis war ein mutiger Jäger. Er hatte nicht den Eindruck, dass sie sich nicht voll und ganz für die Expedition einsetzten. So ließ er die beiden schlafen.

Sie sehen glücklich aus. Jetzt wäre ich gerne bei meiner Nari.

Für Nilu war derjenige Reiseabschnitt, welcher sich am Fjord entlangzog, besonders anstrengend. Ihre fein gearbeiteten Lederschuhe, welche sie sicher und wasserfest durch die bisherigen Teilabschnitte und Etappen gebracht hatten, zeigten erste Risse, ehe sich die Sohlen vollständig vom restlichen Schuhwerk lösten. Fortan verletzte Nilu sich an den spitzen Steinen, die immer häufiger vorzufinden waren und das Vorankommen im Allgemeinen erschwerten. Sie biss jedoch die Zähne zusammen und ertrug mutig die Wunden, die erbarmungslos bei jedem einzelnen Schritt brennen mussten. Hier entstand ein seltsamer Wettkampf zwischen der Ärztin Onasula und Navolis, dem Elitenovedaner: Beide versuchten, Nilu zu helfen, so gut sie konnten, und schon bald wetteiferten sie, Onasula etwas verbissener, Navolis höhnisch triumphierend, dabei aufreizend lässig, wer *besser* im Helfen sei.

Die sensible Nilu nahm all dies dankend an und versöhnte die beiden schließlich, wenn auch nur vorübergehend: »Onasula, du Teure, du hast mit deinen medizinischen Kenntnissen, deinen Salben und Verbänden mir viel vom Schmerz in den Füßen genommen. Doch du, Navolis, du Engelsgleicher, hast mir schöne neue Schuhe angefertigt, innen reich gefüttert mit Federn und Fell. Ohne euch beide wäre ich verloren. Danke!«

Am nächsten Morgen begutachtete Benelon die Karten, die Sede von Wald und Umgebung angefertigt hatte. Sie waren erstklassig. Präzise gezeichnet, enthielten sie, um den Südstrom herum aufgebaut, alle nennenswerten Details der bisherigen Expedition. Dazu kam noch das umfangreiche Datenmaterial, welches Olo über Vegetation, Tiere und Insekten mit unermüdlichem Fleiß und großem wissenschaftlichen Eifer stetig festhielt und erweiterte, und dies obendrein unter mühsamen Arbeitsbedingungen. Am beeindruckendsten war jedoch das Pergament von Xûzûl. Es handelte sich um eine sehr lange

Pergamentrolle, die sich ständig wie von Geisterhand erweiterte. Der Zauberfürst nannte es »eine sich selbst schreibende Karte«, die Xlaovaner oftmals auf Reisen benutzten. Die Kernländer hielten Derartiges allerdings für Hexenwerk und bedienten sich strikt herkömmlicher Methoden. Benelon störten die Reibereien im Wald nicht. Er redete sich ein, ein absolut unschlagbares Team beisammen zu haben. Ganz Neosanna würde stolz sein!

KAPITEL VI

Zweifel

In den ersten Tagen, in denen die Temperaturen weiter anstiegen und der Fjord stetig nach Osten führte, herrschte die reinste Idylle. Alle verstanden sich miteinander, es gab ausreichend zu essen und zu trinken, und wenn es jemandem nach einer Erfrischung verlangte, so sprang derjenige kurzerhand ins Wasser. Die lockere Atmosphäre resultierte auch aus Benelons weitestgehend laxer Handhabung der Organisation von Bereichen wie Jagd, Nahrungsmittelzubereitung und Kommunikation. Zeitweise mutete das Ganze an wie ein netter Ausflug.

Der physisch genesene, aber nicht mehr ansprechbare Gruff allerdings hatte nur noch die Pferde im Sinn, deren Gesellschaft er nie mehr verließ. Ging er baden, nahm er sie alle mit zum Wasser, grasten sie, erzählte er ihnen immer wieder die Geschichte von den bösen Skorpionen und mahnte sie, ihre Hufe zum Schutz einzusetzen. Da er seine Arbeit gewissenhaft ausführte und tat, was man ihm auftrug, fanden sich alle damit ab, dass er beharrlich schwieg. Alles hatte seine Ordnung, und Benelon schloss daraus, dass die Expedition erfolgreich verlaufen würde.

Am fünften Tag der Fjordwanderung wurde auch dem größten Optimisten unter ihnen, dem stets vergnügt plappernden Seledander Sede, bewusst, dass die überwunden geglaubten Feinde und ungünstigen Umstände nur durch neue ersetzt worden waren. Mächtige Gewitter zogen nachts herauf, und die Expediteure waren ihnen schutzlos ausgeliefert. Es blieb ihnen nichts anderes übrig, als unter Felsvorsprüngen und in Gebirgshöhlen Unterschlupf zu suchen. Das unterwegs gesammelte Feuerholz wurde nass und ließ sich fortan nicht mehr richtig entzünden. Eines Nachts schliefen sie durchnässt auf dem kalten Felsboden in einer zugigen Höhle und viele zogen sich hartnäckige Erkältungen zu. Oft fanden bei niedrig loderndem Kerzenschein wilde Scharmützel mit Bären oder Berglöwen statt, denen die menschlichen Eindringlinge in ihren Höhlen nicht gefielen und die diese deshalb konsequent attackierten, meistens aber schon von durch die Höhlen hallenden Gewehrsalven abgeschreckt werden konnten. Es schien im Höhlenbereich verschiedene weitverzweigte Gänge zu geben, deren Erkundung Benelon stets untersagte. Nur ein einziges Mal, als sich alle auf die Suche nach einer unterirdischen Zisterne machten, entdeckte Nilu eine gigantische Tropfsteinhöhle, in deren funkelnder Umgebung sie ob ihrer Schönheit wie eine Bergprinzessin wirkte.

Von anderer Seite zog das Unheil herauf. Die Pferde kamen nachts in den Höhlen nicht zurecht. Sie lahmten und wurden immer träger, sodass das Vorankommen sich noch einmal stark verlangsamte. Benelon musste in dieser Zeit oft an seine Frau denken, und an das Kind.

Ist es eine Tochter oder ein Sohn geworden? Ist es überhaupt schon da?

Bald trat ein unüberwindbares Problem ein. Das Wasser im Fjord stieg mit dem dauerhaften Regen ständig an, und bald wurde allen klar, dass dem armen Gruff der nächste traurige Verlust bevorstehen würde. Der Plan war, sich in die Anhöhen der Berge zu retten. Dabei mussten sie die Pferde zurücklassen, da sie gemäß ihrer Natur nicht klettern konnten. Gruff war außer sich. Er schlug um sich, er schrie und spie, führte sich auf wie ein wild gewordener Berginger. Es half nichts; Gruff wurde gewaltsam von seinen geliebten Pferden weggezerrt, und auch einiges an Nahrung und Ausrüstung blieb zwangsläufig zurück. Zwar ließen sie die Pferde im inzwischen knietiefen Wasser frei, aber alle waren sich darüber einig, dass sie zwangsläufig ertrinken mussten. Fortan zog sich Gruff tagsüber komplett zurück. Nachts beschwor er weit abseits des Lagers den roten Ranuk mit obskuren magischen Riten, welche die Pferde ins irdische Leben zurückholen sollten; es passierte jedoch nichts dergleichen.

Nach zwei Tagen elender Kletterei in den schwarzen Bergen stießen die Expediteure auf einen Pfad, der offensichtlich von Menschen angelegt worden war, Menschen, die vor langer Zeit an genau der gleichen Stelle vor einem ähnlichen Problem gestanden haben mussten. Sogar Feuerstellen waren unter Felsvorsprüngen in regelmäßigen Abständen angelegt worden, und die sie umgebenden Felswände hatte jemand mit allerhand rätselhaften Zeichen versehen. Sede, Olo und Xûzûl bot dies natürlich reichlich Gesprächsstoff, und sie debattierten oft stundenlang über den Sinn und Gehalt der geheimnisvollen Symbole. Die übrigen Expediteure bemühten sich, besonders freundlich zu Gruff zu sein, welcher es ja doppelt schwer hatte: Nicht nur hatte er seine geliebten Pferde verloren, auch war ihm seine Aufgabe innerhalb der Expedition genommen worden, welche ihm Rückhalt und Lebenssinn gegeben hatte. Den fand er jedoch erstaunlich rasch bei den Neosannas der Expedition und deren militaristischer Schulung wieder. Er übte jeden Tag mit Larean, Benelon oder Ane Dolon Kampfmanöver, und seine grobe Doppelaxt bereitete den Höhlenbären und Bergbestien gehörigen Ärger. Gruff kämpfte, als ob er nichts mehr zu verlieren hätte, oder »wie einer, der schon alles verloren hat«, so Alinas' Sichtweise seiner Veränderung. Ein abschreckender Mann war dieser Gruff nun geworden: In ein Bärenfell gehüllt, im Kampf wütend und rücksichtslos dreschend, ansonsten traurig und alles und jedem stets mit einem melancholischen Blick begegnend.

Sede und Xûzûl arbeiteten inzwischen sehr effektiv miteinander. Beide hatten den

Sommertag dazu genutzt, die Zeichen zu entziffern und schriftlich festzuhalten, während die anderen die Umgebung ausspähen, Holz sammeln oder Beute jagen gegangen waren. Nach getaner Arbeit saßen sie beisammen am Feuer und tauschten ihre Ideen aus. Bald gesellte sich auch Olo zu ihnen, der einen genervten Eindruck machte.

»Diese komischen Augenblumen lassen mich an der Biologie, die ich studiert habe, sehr zweifeln.« Der Dalesaner seufzte.

»Sie wurden auch grafisch festgehalten. Siehst du dieses Symbol hier, Olo?« Sede war sehr aufgeregt. Mit hektischen Handbewegungen fuchtelte er vor dem Gesicht des Dalesaners herum, mit dem er sich auf der Expedition angefreundet hatte. »Sie haben Augenblumen, Menschgesichtskatzen, Conucortras und unzählige andere Tierarten, denen wir im Wald glücklicherweise nicht begegnet sind, als Schriftsymbole verwendet. Was meint Ihr, Xolo?«

Der Zauberfürst legte die Stirn in Falten. »Warum zweifelt Ihr, Olo?«, fragte er dann.

»An der Universität von Arpus habe ich gelernt, dass es zwei Arten von Lebewesen gibt: solche mit und solche ohne Nervensystem. Erstere sind zum Beispiel Menschen, letztere sind zum Beispiel Blumen. Was aber sind dann Blumen mit menschenartigen Augen?«

»Aha!« Xûzûl stand auf. »Das finde ich wichtig, Dalesaner. Die Erforschung dieser Dinge füllt Euer Bewusstsein. Aber erst der Zweifel sorgt dafür, dass Euer Bewusstsein nicht eng und schmal wie ein Zwergensarg wird, sondern offen und aufnahmefähig bleibt. Euer Zweifel ist also an sich nicht schlecht, auch wenn er Euch in diesem Moment quält.«

»Warum bist du denn so unglücklich, Olo?«, fragte ihn der Seledaner.

»Mein Problem ist ja bloß: Bisher hatte ich ein unerschütterliches Ordnungssystem. Sagte jemand *Blume*, so dachte ich an Pflanzen. Dann sagte jemand *Auge* und mir traten braune, grüne oder blaue Augen von Tieren oder Menschen ins Bewusstsein. Nun weiß ich nicht, ob die mühsam errungene Forschung, die Professor Sima begründet hat, überhaupt noch einen Sinn macht.« Er warf ein großes Holzscheit aus dem fleißig gesammelten Bestand ins Feuer.

»Ich zweifle eher daran, ob die Augen der Blumen echt sind«, sagte Xûzûl ruhig.

»Wie bitte?«, rief Olo aus.

»Nun ja, wir Xlaovaner glauben wie Euer Gelehrter Sima, dass die Welt das ist, was wir in ihr sehen. Ich stelle mit meinem Zweifel nicht die Existenz der Augenblumen an sich infrage. Wie viel Sinn macht es, etwas Verborgenes im Tatsächlichen zu suchen, wenn wir automatisch das sehen, was unsere Augen zu sehen meinen? Ist das verlässlicher als irgendeine Spekulation? Aber ich behaupte, die Blumen wollen den Eindruck erwecken, sie hätten so etwas wie Sehorgane. Woher wollen wir wissen, ob sie tatsächlich in der Lage sind zu sehen? Und wenn ja, sehen sie dann wie wir? Können sie das Gesehene verarbeiten?« Er schaute Olo mit großen Augen an. »Ich habe mir erlaubt, mit einer von Nilu freundlicherweise ausgeliehenen Sichel einige von ihnen abzuschneiden. Sie sind vom Aufbau wie andere Blumen auch; sie haben kein Hirn. Wie wollen also die Augenblumen dann aus dem, was sie, nun ja, sehen, so etwas wie Wahrnehmung konstruieren? Sehen ist nicht gleich wahrnehmen.«

»Deshalb wolltet Ihr also die Sichel haben, die Nilu Euch so gedankenlos überreichte!« Olo klang zornig.

»Aber Olo. Es sind doch nur Pflanzen«, wollte Sede seinen Kollegen beschwichtigen.

»Nein, nein, nein! Ich habe mich zu Recht geweigert, diese unbekannte Gattung, deren Namen erst noch gefunden werden muss, anzurühren! Ich habe schon genug Ärger wegen meiner Thesen, die auf der Entfernung bestimmter Hirnregionen aus den Bergingerköpfen resultieren!«

»Und das als Biologe!« Alinas hatte sich nun ebenfalls dazugesellt.

»Ich hatte Mitleid mit den Augenblumen.« Olo zuckte mit den Schultern, plötzlich wieder gefasst.

»Dann hätten die vermeintlichen Augen ihren Zweck ja erfüllt.« Xûzûl schmunzelte.

Olo kam sich vor wie ein kleiner Junge, dem der Lehrer gerade demonstriert hatte, das eins und eins zwei ergibt.

»Was ist los mit Euch, Xûzûl?«, fragte Alinas neckisch. »Haben Xlaovaner letzten Endes doch einen Sinn für Humor?«

Der Xlaovaner sah sie freundlich an. »Ich spüre, dass ich heute Nacht wieder träumen werde. Ich habe schon lange nicht mehr das Reich der Träume betreten dürfen. Deshalb bin ich sehr heiter.«

»Wenn Ihr mich entschuldigt«, Sede lachte, »werde ich jetzt auch das Land der Träume betreten. Gute Nacht.«

»Und ich wäre hocherfreut«, wandte sich Xûzûl der Späherin erneut zu, »wenn Euer achtsames Auge diese Nacht das Lager überwachen könnte, Alinas.«

»Gerne!«

Nur Olo wirkte noch etwas griesgrämig. »Träume scheinen in Eurer Kultur ja etwas *ganz* Besonderes zu sein«, meinte er abfällig zum Xolo.

»O ja!« Xûzûl grinste. Er schaute mit weit geöffneten Augen zum Himmel, als habe er dort etwas wahrnehmen können, das den anderen nicht zugänglich war. »Im Leben eines Xlaovaners gibt es drei Prinzipien: die Exposition, in Kernland auch *Geburt* genannt; dann die Komplikation, also das *Leben*. Die Komplikation wird von dem *Tod* beendet, der Lösung, auf Xlaovanisch ‚Y^x'. Für uns ist Y^x nicht negativ besetzt, sondern vielmehr die Möglichkeit des Anfangs all dessen, was positiv ist. Der Traum aber ist der Bereich jenseits von Leben und Tod, in dem alles möglich ist und der nur während des Lebens auftritt. Das Leben an sich ist mit Leid verbunden: Wir altern, werden krank, haben Schmerzen. Aber Träume sind etwas sehr Kostbares. Der Traum ist eine Art Spiegel des Kosmos im Kleinen, in der Seele. Der Traum enthält eine tiefere, verborgene Wahrheit über das Schicksal, und deshalb träumt mein Volk auch so gerne.«

»Ich vergesse meine Träume immer«, meinte Alinas. »Aber heute Nacht werde ich eh nicht träumen, sondern die Ehre der Wache hochhalten. Der gute alte Olo sollte hingegen mal wieder eine gesunde Mütze voll Schlaf einfahren.« Sie klopfte dem sichtlich irritierten Dalesaner auf die Schulter.

Er schnaubte verächtlich und zog sich grummelnd auf sein Nachtlager zurück. »Eine Expedition ist eine ernste Angelegenheit, dafür scheint es hier einigen an Sinn zu fehlen. Gute Nacht.«

»Was machen Eure Träume mit Euch, Xolo?«, wollte Alinas wissen.

»Sie bieten eine Art Vorschau auf das, was kommen wird. Wir Xlaovaner fürchten daher nicht um die Ereignisse der Zukunft. Die Probleme, die sich uns stellen, nehmen unsere Träume vorweg.«

»Dann seid Ihr Xlaovaner ja eine Art Überrasse.«

»Nein, so etwas gibt es nicht. Wir sind ganz normale Menschen, wir bestehen aus Wasser und Knochen, aus Fleisch und Blut. Wir werden geboren, wir zeugen Kinder, wir werden krank und wir sterben. Wir haben keine Flotte wie Noveda oder Dynamitgranaten wie Eisannas. Wir weichen nur von den Konventionen des Lebens der modernen Wirtschafts- und Entdeckervölker ab. Daher erregen wir Aufsehen bei Menschen, die anders aufgewachsen sind als wir.«

»Aber warum hat sich die xlaovanische Kultur so entwickelt? Warum nicht in eine Richtung wie zum Beispiel Neosanna, wo man erobern und besitzen will?«

»Wir sind Entdecker und Forscher, wie die Neosannas. Aber wir haben nicht den Drang, zu kämpfen und Macht auszuüben, da wir an Gebietsvergrößerungen und Linien und Punkten auf Landkarten nicht sonderlich interessiert sind. Landesgrenzen und Kriege sind nicht das, was ein Menschenleben erfüllen sollte. Wir können uns gut verteidigen, wenn es sein muss. Wir greifen jedoch niemals an.«

»Aber als Menschen gesprochen, als Individuen. Was ist mit Euch persönlich, Xûzûl?«

»Ich hasse nichts so sehr wie Gewohnheiten und automatische Denkvorgänge. Ich halte mich nicht an Denkmuster oder angepasste Überlegungen. Jede Sekunde bin ich bereit, meine gesamte Weltanschauung über den Haufen zu werfen, wenn ich von etwas wirklich überzeugt werde.«

»Wenn also irgendwer beweisen könnte, dass Träume überhaupt keine Funktion haben, würdet Ihr sie nicht mehr Euer Leben bestimmen lassen?«

»Ja, ungefähr so. Wobei ich die persönliche Einsicht sogar noch höher werte als den sogenannten … *Beweis*.«

»Faszinierend.« Die beiden schwiegen eine Weile. Alinas fühlte sich stark zu dem Xlaovaner hingezogen. »Xûzûl, Ihr seid ein netter und kluger Mann. Warum können die neosannischen Männer nicht so sein? Die meisten raufen sich nur und spielen Ballspiele, und danach trinken sie, bis sie umfallen. Je betrunkener sie jedoch werden, desto zudringlicher verhalten sie sich dann.«

»Ich weiß nicht, warum das so ist. Ich müsste darüber nachdenken …«

»Begegnet Euch die Frau Eures Lebens auch im Traum? Ich meine die, die Ihr auch heiratet?«

»Das tut sie. Allerdings heiraten Xlaovaner nicht. Sie leben zusammen, bis ein Partner stirbt.«

»Aber was passiert, wenn Ihr im Traum eine neue Frau trefft? Oder aufgefordert werdet zu reisen?«

»Das tun wir nicht. Wenn Mann und Frau sich finden, verlassen sie die Straße der Träume, dann leben sie nur noch für ihre Kinder.«

»Finden sich denn immer Mann und Frau?«

»Nein. Mann und Mann sowie Frau und Frau können sich ebenfalls finden. Ausschlaggebend ist da nur die Liebe.«

»Aber so etwas ist bei uns verboten.« Alinas wurde rot.

»Bei uns nicht. Die gleichgeschlechtlich Liebenden sind zwar in der Minderheit, aber sie kümmern sich oft um auf ihren Reisen auftretende elternlose Kinder und lieben diese, als wären sie die leiblichen Eltern. Andere bleiben auf der Straße der Träume, reisen aber stets zu zweit.«

Alinas runzelte die Stirn. Sie wäre gerne näher an den Xlaovaner herangerückt, doch stattdessen wandte sie sich der Glut des niederbrennenden Feuers zu. »Verlassen sie die Straße der Träume dann nicht auch?«

»Nur, wenn sie sich um Kinder kümmern wollen …«

»Ihr nehmt die Liebe wohl sehr ernst?«

»Die Liebe ist die stärkste positive Kraft, so wie Hass die stärkste negative Kraft ist. Manche Gelehrte behaupten sogar, dass die Liebe eine wunderschöne Frau mit zwei Fischköpfen ist, die im mystischen Reich Édén wandelt, welches jenseits von Ratach liegen soll. In der xlaovanischen Religion gibt es jedoch keine Götter, nur göttliche Lebensprinzipien. Es gibt bei uns weder gut noch böse, sondern das Lebensprinzip Liebe und das

Lebensprinzip Hass. Letztendlich wird jedoch das Lebensprinzip Liebe triumphieren, weil der Hass lediglich eine Spiegelung der Liebe ist, eine fehlgeleitete Art der Liebe. Die Liebe bedeutet Leben, während der Hass totes Leben bedeutet. Der Hass will das Leben vernichten, weil der Mensch die ungeheure Kraft der Existenz nicht zu ertragen vermag. Er sieht das Leben nicht als Geschenk, vielmehr als Last.«

Alinas dachte eine Weile nach. »Also bringt der Hass das Leben dem Tod schneller näher als die Liebe?«

»Ja. Wie gesagt, ich hasse nichts so sehr wie Gewohnheiten und automatische Denkvorgänge, und dieser Hass wird meinen Tod leider beschleunigen.«

»Aber der Tod ist doch etwas Positives?«

»Ja, aber nur, wenn das Leben voller Liebe war. Ein liebender Mensch fühlt Schmerzen wie ein hassender, aber er kann sich im Leben nach dem Tod an seiner Liebe festhalten. Der hassende Mensch geht kraftlos in das Leben nach dem Tod ein und wird viele Umwege gehen müssen, ehe er bei denen ist, die er eigentlich liebt. So wie es in seinem Leben schwer war, zu seiner Liebe einen Zugang zu finden, so wird es auch nach seinem Tod schwer sein. Selbst der mit dem bodenlosesten, grausamsten Hass erfüllte Mensch, der Millionen andere Menschen umbringen lässt, ist im Grunde nur jemand, der sich nach Liebe sehnt und missverstanden wurde. Er hat den weitesten Weg von allen zu gehen, nachdem er gestorben ist.«

»Bei Ranuk! Hat es denn jemals einen solchen Menschen gegeben?«

»Ein solcher Mensch wird kommen. Vielleicht schon bald. Werte Alinas, entschuldigt mich, ich werde mich nun zurückziehen. Meine Augen fallen zu, ich höre schon die Stimmen des Traums …«

Bald darauf hielt Alinas aufmerksam Nachtwache, und sie sehnte sich sehr nach Xûzûl, während dieser die ganze Nacht lang auf der Straße der Träume wandelte. Doch in seinen Träumen erschien sie ihm nicht …

Das Höhlenlabyrinth

In den nächsten Tagen verschlimmerten sich die Widrigkeiten des Geländes, was neue Strapazen aufwarf, doch die Expediteure ließen sich nicht unterkriegen. Zwar schlitzten ihnen die scharfen Felszacken, die ab und an den von unbekannter Hand künstlich angelegten Weg zierten, die Schuhe auf, zwar wurde die Gruppe zunehmend langsamer und holte sich Schwielen an den Füßen, doch es ging stetig vorwärts, Tag für Tag. Benelon wurmte nur, dass sie die Cannaländer immer noch nicht eingeholt hatten, obwohl diese von Anfang an auf Pferde verzichtet hatten. »Vielleicht hätte ich stärker auf ihre Verfolgung drängen sollen. Meinst du, wir haben zu viel Zeit verloren?«, fragte er seine Schwester, die ihn zwar sorgsam beobachtete, aber seit dem Aufbruch kaum Kontakt zu ihm gesucht hatte.

»Bei Gammels Bart, du bist hier der Expeditionsleiter, Bene. Du musst wissen, auf welchen Überlegungen deine Entscheidungen fußen. Die cannaländischen Spuren waren an den Lagerstellen deutlich zu erkennen; sie müssen exakt denselben Weg eingeschlagen haben wie wir.« Sie rümpfte die Nase. »Die Erkältung macht mich fertig. Wahrscheinlich hat Xûzûl mich angesteckt.«

Dich angesteckt?! Was ist denn da schon wieder gelaufen? Egal. Die verdammten Cannaländer können nicht weit sein; die Spuren sind frisch! Wir müssen ihre Fährte genauer verfolgen.

»Alinas, ich möchte, dass du deine Spähgänge ab jetzt noch intensiver ausführst! Achte auf jedes Detail, das uns helfen könnte, die Cannaländer schnellstmöglich einzuholen. Da hast du meine wohlüberlegte Entscheidung.«

»Mach ich, Bruder. Jedenfalls, insofern es meine Gesundheit zulässt.« So machte sie sich hustend auf den Weg.

Am vierten Tag nach seinem Befehl entdeckte die schnell genesene Alinas auf einem Spähgang dann endlich eine cannaländische Fahne.

Vor allem Navolis war erstaunt. »Dies ist das erste Zeichen der Cannaländer, seit wir Konnium verlassen haben. Mitglieder der Novedanischen Union stellen traditionell nur an solchen Stellen Fahnen auf, die ihnen wichtig sind oder die sie für sich in Besitz nehmen wollen. Wir müssen uns auf jeden Fall die Gegend um die Fahne herum genauer ansehen.«

Am Fuße einiger sich schätzungsweise Tausende eisannische Meter über den tropischen Fjord erhebender Schwarzberge entdeckte Larinea die Überreste eines cannaländischen Lagers. Rasch fanden sich die übrigen Expediteure ebenfalls dort ein. An den Felswänden lehnten Schwarzbierkrüge, Decken und Kleidung, alles wirr verstreut über ihre ehemalige Feuerstelle. Noch vor wenigen Tagen war hier ein Lager gewesen.

»Irgendetwas muss geschehen sein«, grübelte Alinas. »Niemand lässt ein Lager ohne Wache zurück. Hier sind noch Lebensmittelvorräte, Kleidung und Munition. Seltsam.«

»Sie sind geflohen …«, murmelte Navolis etwas beschämt.

Die Expedition der Cannaländer hatte sich, falls dies kein Nebenposten war, auf ganze fünf Mann beschränkt, plus diejenigen, die im Wald ihr Leben gelassen hatten. Eine kleine Expedition, die mit enormer Geschwindigkeit vorangekommen war.

Die Expediteure suchten die Umgebung ab. Es war Alinas, die hinter einem großen

Felsvorsprung oberhalb des Lagers einen Höhleneingang entdeckte. Dort lagen einige Goldklumpen.

»Gold!«, schrie Navolis. Seine Augen waren geweitet, während er die in der Sonne glänzenden groben Klumpen edlen Metalls behutsam in den Armen wiegte, als wären sie Babys. Dann wurde er etwas ernster. Er übergab das Gold Benelon, der es in seinen Rucksack steckte.

»Ich wusste es!«, ereiferte sich Navolis, ob der Torheit der Cannaländer zornig geworden. »Deshalb haben sie also das Lager verlassen! Wahrscheinlich sind die gierigen Dummköpfe in die Höhle gegangen, um mehr davon zu suchen …«

»Vielleicht haben sie sich auch einfach nur verirrt«, wandte Larean ein.

»Einfach? Nur?«, warf Navolis mit blitzenden Augen zurück.

Doch Larean zuckte nur mit den Schultern. Sein Gesichtsausdruck bildete ein deutliches »Na und?« ab.

Eine geschlagene Sanduhrfüllung lang debattierte die vor der Höhle versammelte Expeditionsgemeinschaft, was zu unternehmen sei. Ja, man müsse ihnen helfen. Nein, es sei zu gefährlich. Ja, sie seien wohl Konkurrenten, aber schließlich habe man die ethische Pflicht, sich nach ihrem Verbleib zu erkundigen. Darüber hinaus könne man auch selbst nach Gold suchen. Zumindest aber sei die Höhle für die eigene Expedition von Interesse, vielleicht könne man sie als Nachtlager gebrauchen.

Schließlich beschloss Benelon, darüber abstimmen zu lassen, ob die Höhle erforscht werde oder unerforscht zu lassen sei. Schlussendlich beharrten nur Larean und Nilu auf ihrer Meinung, die Höhle nicht betreten zu wollen. Während Larean diese Aufgabe für Zeitverschwendung hielt, war Nilu besorgt, es könne sich um eine Falle handeln. Sie blieben die Nacht über vor der Höhle und hielten abwechselnd und zu zweit Wache. Xûzûl bewachte derweil den Pfad.

Am nächsten Tag machten sich die Expediteure mit Fackeln, Kreide und ihren Waffen an die Erkundung des Höhlenschlunds. Benelon hatte eindeutig davor gewarnt, hierbei dem Orientierungsvermögen zu trauen. Jede Abzweigung vom Hauptgang sei penibel mit Leuchtstoff zu markieren. Während die anderen in Gruppen von zwei bis drei Personen die riesige Höhle enterten, beschloss Benelon als erfahrener Höhlenforscher, sich als Einziger allein unter der Erde fortzubewegen.

Ironischerweise war es letztlich der in der Höhlenerforschung erprobte und für seine Verdienste auf diesem Gebiet mit diversen Orden versehene Benelon, der einem langen, vielfach gewundenen Gang immer weiter folgte, bis er die Stimmen der anderen nicht mehr vernehmen konnte. Seine Fackel würde zwar noch lange brennen und auch sein Leuchtstoffvorrat war immens, doch immer neue Verzweigungen, Unterführungen und Nebengänge machten seinem Gehirn zu schaffen. Er geriet jedoch nicht in Panik.

Mein Markierungssystem wird mich mit absoluter Sicherheit wieder hinausführen.

Als er schließlich umkehren wollte, entdeckte er – sehr zu seinem Erstaunen – eine gigantische Treppe, die sich gleich einer Wendel immer tiefer in das Innere des Berges schraubte. Sie war grob und ungleichmäßig gebaut, aber eindeutig künstlich angelegt.

Beim roten Blut des Ranuk! Wer mag wohl so tief unter der Oberfläche hausen?

Masurl

Benelon ging die etlichen Stufen der sich stetig abwärts windenden Steintreppe hinab. Je tiefer er kam, desto penetranter wurde der beißende, an Fäkalien gemahnende Geruch. Die Fackel in seiner Hand warf unruhige, lebhafte Schatten an die Höhlenmauern, die einen irrsinnigen, manischen Tanz aufzuführen schienen. Als ihm alle Kraft zu schwinden drohte – er befand sich nun sehr tief in der Höhle, sodass wieder hinaufzusteigen eine sehr anstrengende Aufgabe würde, jedoch immer noch nicht am Ende der Treppe –, stieß er auf etwas Beängstigendes. Blut klebte an den Steinstufen, und ein zerquetschter Leichnam versperrte ihm den Weg nach unten. Ein schrecklicher Verdacht pflanzte sich in seine Gedankenwelt. Weitere Leichname und geronnene Blutlachen ließen keinen Zweifel zu: Dies war das Ende der cannaländischen Expedition.

Da Benelons Fackel beinahe erloschen war, nahm er rasch einen neuen Fackelstab aus seinem Rucksack und entzündete diesen. Die Flamme brannte hell und stark, und er erkannte, dass die gewundene Treppe circa einhundert Stufen unter ihm in einem großen Gewölbe mündete. Gruselig war der vielfach wiedergegebene Nachhall seiner Schritte. Wenn er innehielt, wurde sogar sein Atem als sehr schwacher Schall in den endlosen Weiten der Höhle reflektiert. Benelon bohrte die Fackel vorsichtig ins Fleisch eines dahingeschiedenen Cannaländers, sodass sie nicht umfiel. Diese Position schien ihm für die Fackel stabiler, als sie an die Wand zu lehnen. Er lud seine Pistole erstmals mit Spezialmunition und holte tief Atem. Dann nahm er sie in seine linke Hand und hob die Fackel, deren Stil nun nach verderblichem Fleisch roch, auf.

Roter Ranuk steh mir bei. Lass mich hier nicht sterben.

Die Spezialmunition war grausam. Die Patronen waren eigens für die Expedition angefertigt worden und normalerweise nicht käuflich zu erwerben, da per Gesetz verboten. Die Spitzen der Patronen waren abgesägt, sodass sie im Stande waren, dem wie auch immer gearteten Gegner die Körperteile abzureißen.

Benelon war erstaunt, dass die Cannaländer schwerfällige alte Musketen mitgenommen hatten.

Konnten sie sich keine moderneren Waffen leisten? Sind sie überrascht worden? Angst vor Querschlägern?

Eine hastige Untersuchung der Musketen ergab, dass sie nicht einmal richtig geladen gewesen waren.

Sie wurden definitiv überrascht!

Der Expeditionsleiter trat in das Gewölbe ein. Der ätzende Gestank hatte sich ins nahezu Unerträgliche gesteigert. Er hielt sich sein Hemd vor die Nase. Offenbar befand er sich nun in einer Art Schatzkammer. Neben rohen, unbehauenen Edelsteinen und jeder Menge Gold entdeckte Benelon cannaländische Goldstücke. Ihre feine Prägung war unverkennbar: Wenn sich diese Saufkumpanen auf eins verstanden, dann aufs Schmiede- und Prägehandwerk. An die Schatzkammer schlossen sich weitere, ähnlich konstruierte Gewölberäume an. Aus dem einen stammte der schreckliche Gestank.

Benelon zuckte zusammen. Exkremente und widerliche fremdartige Substanzen erfüllten den Raum mit äußerster Ekelhaftigkeit. Der Expeditionsleiter wandte sich schnell zur Nebenkammer hin, welche Stroh, Blätter, Felle, verkrüppelte Knollengewächse und wurmstichiges Fleisch enthielt.

Dies scheint eine Art Schlafgemach oder Vorratsraum zu sein.

In einer weiteren Höhle stapelten sich verschiedene Schädel, unter anderem auch Totenköpfe von Menschen.

Der grässliche Bewohner hat also im Grunde genommen menschliche Züge – er ist ebenfalls eine Art Jäger und Sammler.

Benelon wandte sich gerade zum Ausgang, denn der Gestank raubte ihm die Sinne, da fuhr es ihm durch Mark und Bein – er hörte von hoch über sich donnernde Schritte, als schlüge jemand mit dem Hammer gegen die Steinstufen.

Ich sitze in der Falle! Höhle, Gestank. Sinne versagen.

Tod.

Immer lauter und eindringlicher wurde das krachende, hämmernde Geräusch. Erst jetzt fiel Benelon auf, dass die Decken des Gemachs ungewöhnlich hoch, auf vielleicht vier Meter angelegt worden waren. Auch die Treppe war für Menschen zu weit gewesen, die Stufen boten viel zu viel Platz. Eine tiefe Stimme dröhnte. Etwas, was wie ein lautes »Masurl!« klang, hallte durch die Höhle. Das Geräusch war markerschütternd. Benelon stellte sich darauf ein, dass er es mit nur einem Gegner zu tun hatte; das war der Vorteil an seiner momentanen Situation. Der Nachteil: Der Gegner schien sehr groß zu sein. Benelon überlegte fieberhaft, was zu tun sei. Er presste seinen Rücken an den regelmäßig gehauenen Stein seitlich des Eingangs und nahm sich vor, den Gegner zu überraschen.

Sobald er eintrifft, schieße ich ihn nieder. Bei Ranuk, dem großen Roten!

Der Kampf

Benelon zögerte keine Sekunde. Sobald das über und über mit Fell bedeckte Untier seinen Körper in den Eingang gewuchtet hatte, schoss er und traf das Wesen mitten in den Bauch. Der bärenstarke Höhlenbewohner schrie vor Pein, war jedoch nicht gefällt. Purpurne, schleimige Eingeweide traten an der getroffenen Stelle aus. Der Schuss hätte einen Bären getötet. Doch der Gegner, der nun wieder »Masurl!« röhrte, war nicht so leicht umzubringen. Er schnaubte. In Bruchteilen von Sekunden sammelte Benelon Eindrücke von seinem Feind. Das in dunkelblaues Fell gehüllte Ungetüm trug eine groteske Krone, die ihm viel zu klein war. Sie musste einem Menschenkönig gehört haben. Um seinen zotteligen Hals hing eine Kette von Menschenschädeln, denen jeweils auf grobe Weise ein Paar Diamanten in die Augen gebohrt worden waren. Sie klapperten und knackten bei jeder athletischen Bewegung. An den Füßen trug das Masurl klobige Steinschuhe, welche den ungewöhnlichen Krach in der Höhle erklärten. Allerdings blieb Benelon wenig Zeit, darüber nachzudenken. Er duckte sich unter dem frontal angreifenden Masurl hinweg und schoss auf den Arm, welcher ein fürchterliches Knacken von sich gab. Benelon wurde immer schwindeliger. Der pestilente Gestank und die Todesangst brachten seine Gedanken an den Rand der Desintegration. Nun war er allerdings viel zu weit weg vom Ausgang. Das brüllende Masurl, offenbar schwer verwundet, brach mit dem unversehrten Arm einen Steinbrocken aus der Wand und schleuderte ihn nach dem sich reflexartig duckenden Expeditionsleiter. Der Stein streifte seinen Kopf um Haaresbreite. Ein brennender Schmerz durchfuhr sein linkes Ohr. Er wurde in den Raum mit den kotbeschmierten Wänden gedrängt.

Hier soll ich nun sterben. Ranuk stehe mir bei. Die Geister meiner Ahnen führen einen Tanz auf, wobei sie mich in Skelettform zur Buße mahnen.

Benelon hatte nur noch zwei Schuss, und das Masurl, das inzwischen viel Blut verloren hatte, kam auf ihn zu, einen großen Stein in der noch unverwundeten rechten Hand. Kurz bevor der tödliche Schlag auf Benelons Kopf niedersausen konnte, traf sein dritter Schuss aus unmittelbarer Nähe das Auge des Masurls. Galle trat aus der geplatzten Augenhöhle aus, und das Masurl brach auf dem Boden zusammen, der Stein krachte neben ihm auf den Höhlenboden. Benelon setzte seine Pistole an den Kopf des schreienden Masurls und gab ihm den Gnadenschuss. Blut spritzte in alle Richtungen und bedeckte Benelons Körper. Vom unerwarteten Rückstoß des Schusses in nächster Nähe des blutigen Klumpens, das einst ein furchterregendes Masurl gewesen war, wurde Benelon heftig zurückgeschleudert. In dieser Situation, von Todesangst erschüttert, blutverschmiert und von Exkrementen umgeben, war Benelon nur noch auf stumpfe Plünderung aus. In der Schatzkammer entdeckte er eine Statue einer wunderschönen Frau aus Elfenbein, welche genau in seine Tasche passte. Das viele Gold war zu schwer: Er musste es liegen lassen. Er würde aber Sede später eine genaue geografische Skizze der Höhle anfertigen lassen, nahm er sich vor. Hier lagerte ein wahrer Schatz, und die Regierung würde sich bedanken.

Das irrsinnige Geschrei des sterbenden Masurls dröhnte Benelon noch in den Ohren, als er müde und zitternd die Treppen erklomm. Völlig erschöpft kam er nach unendlich erscheinendem, halb bewusstem Irren im Labyrinth am Höhlenausgang an, nachdem er sich dreimal im Berg verlaufen hatte. Ane Dolon und Larean trugen ihn zum Cannalandlager zurück, wo die anderen schon vor ihm wieder eingetroffen waren. Dann zog Alinas ihn aus und wusch ihn, bevor Navolis ihm sein Bärenfell zum Schlafen überließ. Er blieb lange im Reich der Träume.

KAPITEL VII

Nissgath

Nachdem Benelon wieder zu Kräften gekommen war, ordnete er an, dass Sede und Xûzûl eine Karte mit dem genauen Lageplan des Masurlschatzes anfertigen sollten. Angesichts des Zustandes, in dem sich der Expeditionsleiter nun befand, wollte niemand ein zweites Mal in die weitverzweigten Höhlen eindringen, und zudem wären die Schätze überflüssiger Reiseballast. So bewegten sich die Expediteure mit Freude von der Höhle weg, noch weiter ins Inland hinein. Dort stellten sie einige Tage nach dem Kampf mit dem Masurl erleichtert fest, dass die Berge zu beiden Seiten des Flusses immer mehr abflachten. Froh, den Windungen des Fjords und dem Höhlenlabyrinth entkommen zu sein, bewegten sie sich nun wieder ein Stück weiter ins Unbekannte hinein. Benelon führte seine Mannschaft immer weiter am Fluss entlang, der dem Kompass zufolge nun nach Nordwesten floss.

Alle waren sich bewusst, dass das vor ihnen liegende Terrain noch unerforschter war als der Wald und die Berge, von denen ihnen Biluk von Kohoent erzählt hatte. Waren sie zuvor noch wie Detektive gewesen, die mit größtmöglicher Eile den Spuren der Cannaländer gefolgt waren, befanden sie sich nun in der veränderten Lage, Entdecker einer gänzlich neuen, gefährlichen Welt zu sein. Sie hatten ihre Pferde verloren, was wiederum zur Folge hatte, dass Gruff sich immer mehr in seinen eigenen inneren Abgründen verlor. Tag und Nacht kämpfte er gegen imaginäre Feinde, und wenn es auf Jagd ging, entwickelte er eine grausame Blutrünstigkeit, die der eines Bergingers durchaus würdig war.

Die nunmehr hinsichtlich des Fortkommens auf sich selbst gestellten Menschen, die ihr Gepäck ohne die Hilfe von kräftigen Pferden transportieren mussten, litten vor allem in der Mittagszeit furchtbar unter der unerträglichen Hitze. Da es keine Bäume in der dürren, von großen Mengen roter Steine durchzogenen Steppenlandschaft gab, kühlten sich alle notgedrungen im Fluss ab, der unglücklicherweise weitere bösartige Bewohner beherbergte – knochige Blutegel waren da noch die milde Variante. Unbekannte, sehr aggressive Fische mit Reißzähnen und mehrarmige Tentakelwesen mit bis zu drei Köpfen und brennenden Feuerfäden an ihren Fangarmen scheuchten die entsetzten Expediteure ein ums andere Mal aus dem Wasser. Einzig und allein einige drollige Vögel ohne Flügel, welche der Biologe Olo nach reiflicher Überlegung, ob Flügel ein zwingendes Merkmal für einen Vogel darstellten, unter dem Namen »Sondervogel« zusammenfasste, waren den menschlichen Eindringlingen wohlgesonnen. Bei allen feindseligen Auseinandersetzungen benachrichtigten die anderen

Expediteure für gewöhnlich Gruff, der es seit Neuestem über alles liebte, sich im Kampf zu beweisen. Infolge seines Einsatzes konnten diejenigen, die mit Schusswaffen hantierten, Munition sparen, mit der sie bisher zu sorglos umgegangen waren.

Nach Gruffs Gemetzeln war das Wasser regelmäßig blutgetränkt, und niemand mochte darin baden. Da spannten die Expediteure lieber Schatten spendende selbst konstruierte Schirme auf, erzählten sich zur Steigerung der Moral Geschichten und sammelten ihre Kräfte für weitere Unternehmungen.

Nicht nur Gruff wusste sich Benelons Befehlen zu entziehen; auch Navolis, der oft alleine auf Jagd ging, erweiterte seine Befugnisse und seinen Freiraum nach eigenem Ermessen. Eines Tages hatte er einige Steppenjäger erlegt, hasenartige Tiere mit Rückenstacheln und süßlich schmeckendem Fleisch. Er hatte noch etwas Zeit zur Erkundung der Gegend, da er schnell zum Jagderfolg gekommen war, und entfernte sich recht weit vom Lager, um die Steppenlandschaft auszukundschaften. Er hatte gerade eine große Eidechse gefangen, als ihm eine Bewegung am Horizont ins Auge fiel. Navolis konnte nicht erkennen, was dort geschah, doch schnell wurde ihm klar, dass irgendein Wesen mit hoher Geschwindigkeit auf ihn zugerannt kam. Paralysiert stand er zwischen den Kakteen, seinen Jagdbogen im Anschlag, die entstachelten Steppenläufer fest auf den Rücken geschnallt. Seine letzte Erinnerung schloss ein Tier ein, das einem Vogel mit drei Beinen und vier Armen glich …

Als er wieder zu sich kam, kehrte er zum Lager zurück. Seine Haut brannte entsetzlich; er musste einige Zeit bewusstlos in der Sonne gelegen haben. Nilu betupfte ihn mit einer Kräutermischung, um seine Schmerzen zu lindern. Sie war die Einzige, die er in seine Nähe ließ. Zwar wollten ihn zunächst Benelon und Larean, dann auch Xûzûl und Olo zur Rede stellen, doch er reagierte sehr aggressiv. Er schlug Benelon mit einem toten Steppenläufer und spuckte Ane Dolon, der zum Schutze Benelons herbeigeilt gekommen war, ins Gesicht. Larean zog daraufhin seinen Dolch, doch Navolis hatte seine Pistole schon gezückt.

Der Xlaovaner stellte sich zwischen die beiden und wirkte sein erstes Wunder. Er hob seinen magischen Stab, und die Kontrahenten wurden gegen ihren Willen gezwungen, ihre Waffen zu senken. Als der Zauber wich, zog Navolis jedoch blitzschnell seinen anderen Revolver und schoss zwischen die Expediteure, wobei er Larinea nur knapp verfehlte. Da aber überwältigten ihn Ane Dolon und Larean und fesselten ihn an Armen und Füßen.

Der schwer verwirrte Navolis stammelte ständig etwas von einem »Vogelwesen« und »irrsinnigen bunten Todeslichtern«, die er gesehen haben wollte. Als er etwas ruhiger wurde, ordnete Benelon an, ihn zu untersuchen. Onasula stellte fest, dass sein Puls normal war, er nicht an Fieber litt und keine außergewöhnlichen physiologischen Schäden aufwies. Xûzûl konnte darüber hinaus bestätigen, dass kein böser Geist in den Kopf des Novedaners gefahren war, stellte aber die Vermutung auf, er sei mit einem schweren Schrecken konfrontiert worden, den er noch nicht ganz verarbeitet habe. Schließlich brühte Nilu ihm einen Trank, der ihn erstaunlich schnell genesen ließ. Intuitiv schien sie zu wissen, was ihrem Liebsten wieder auf die Beine half.

In den folgenden Tagen trug Navolis seine Geliebte quasi auf Händen und las ihr jeden Wunsch von den Lippen ab. Ging er auf Jagd, so war er stets darum bemüht, ihr eine besondere Delikatesse mitzubringen. An vielen Tagen fügte er noch ein oder zwei Steppenrosen hinzu, und die übrigen Expediteure – außer der skeptischen Onasula und Gruff, der sich inzwischen gänzlich in seine eigene Welt verabschiedet hatte – mussten oft darüber schmunzeln, wie Nilu aus dem rauherzigen, selbstgenügsamen Angeber einen galanten Kavalier gemacht hatte. Als es so weit kam, dass er seiner Liebsten morgens sogar liebevoll das Haar bürstete, musste er sich von Larean, Ane Dolon und selbst dem verwirrten Gruff die ersten abschätzigen Witze anhören. Dies waren Soldaten des neosannischen Militärs; dort war es üblich, sich über *verweiblichte Männer* lustig zu machen. Navolis brauchte in der Regel jedoch nur eine seiner Silberpistolen herausziehen und sie bedächtig zu polieren, damit die Spötter rasch verstummten.

Prapusha

Dann ereignete sich etwas Merkwürdiges. Bei sternenklarem Himmel stand Olo eines Nachts mit einem Ruck auf und verließ das Lager. Niemand bemerkte seinen Aufbruch. Nicht einmal Xûzûl, dessen höheres Selbst so fein beschaffen war, dass diesem sogar während seiner Meditation feinste Geräusch- oder Bewegungsdetails auffielen, bemerkte es, da er rätselhafterweise nicht Herr seiner Sinne war, als Olo aufbrach. Es war paradox: Beide sahen sich für einen Moment direkt in die Augen, nahmen einander jedoch nicht wahr.

Olo träumte währenddessen unentwegt. Er balancierte auf einer brüchigen, schmalen Leiter, ohne sich lange festhalten zu können. Sobald er die Leiter mit den Händen berührte, fingen seine Hände langsam an zu brennen. Während er die Leiter unter Schmerzen hochstieg, näherte er sich plötzlich den Sternen. Das Lager, welches er gerade verlassen hatte, lag wahrscheinlich Milliarden von eisannischen Kilometern unter ihm, und trotzdem konnte er es deutlich erkennen. Allerhand merkwürdige Wesen bewegten sich zwischen den Sternen. Einige nahmen ihn nicht zur Kenntnis, andere schnappten nach ihm, doch verbrannten sich die Tentakel an dem Feuer, welches die endlose Leiter umgab. Schließlich bemerkte er, dass die Leiter gebrochen war und er nicht mehr vorankommen konnte. An der Stelle, wo die Leiter aufhörte, harrte er aus. Hier konnte er sich auch festhalten, ohne weiteren Schaden zu nehmen. Dann bemerkte er, dass die Sterne sich auf ihn zubewegten, sie wurden immer größer und kamen immer näher, und einem Planeten, der um eine der vorrückenden Sonnengebilde kreiste, entsprang etwas, was Olo nicht näher definieren konnte. Nichts anderes war nun spürbar als kolossale, außerdimensionale Macht …

Olo war sich im Rahmen des Traumes bewusst, dass er nun Kontakt zu einem vollkommen fremdartigen Wesen aufnahm, einem nichtbiologischen Sein, einer völlig unbekannten Organisation von Materie … einem Wesen, das die Eingeborenen von Dinipe als Prapusha bezeichnet hatten, was in etwa mit *höchster Gott* übersetzt werden kann. Sein Herz klopfte wie wild, es drohte zu bersten. Ein klagendes, monotones Wimmergeräusch erfüllte seinen Kopf und beherrschte seine Gedanken. Mit einem magenstechenden Schreck wurde sich Olo bewusst, dass sein Bewusstsein noch eindeutig vorhanden war, seine Gedanken ihm aber nicht mehr gehorchten. Alles in seinem Körper schrie danach, von diesem unheilvollen Ort zu fliehen. Aber sein Wille – war es sein Wille? – befreite ihn von der Furcht. Das Geräusch verebbte allmählich, und Olo knüpfte Kontakt zu Prapusha. Innerhalb der wenigen Sekunden, während derer seinen Körper eine vollkommene Taubheit umfing, flog sein Geist durch Sternentäler und Galaxien, in einer mit menschlicher Vorstellungskraft nicht annähernd zu erfassenden Geschwindigkeit.

Später erzählte er den anderen Expediteuren, es sei alles gleichzeitig passiert. Nichtsdestotrotz konnte er beschreiben, was vor sich gegangen war, sogar wie Prapusha ausgesehen hatte. Ein über und über mit Trichtern bedecktes, trapezförmiges Gebilde habe ihn geschluckt, seziert, sei in jeden Winkel seines Gehirns vorgedrungen und habe ihn nackt und kalt ausgespuckt; er selber sei dabei in den Zustand vor seiner Geburt zurückversetzt worden.

Der Nachtwache haltende Xûzûl hingegen hatte währenddessen den Schrei des Nisggath vernommen, war aber Bruchteile von Sekunden später einem seltsamen Wachschlafzustand verfallen. Als er wieder zu sich gekommen war, hatte er die friedlich schlummernden Benelon und Larinea geweckt, um den verschwundenen Olo zu suchen. Die beiden fanden ihn etwa einen eisannischen Kilometer östlich vom Lager in der Steppe hockend, zitternd und in fötaler Position zusammengerollt.

Die Geschehnisse um die Expedition wurden zunehmend unheimlicher. Zum ersten Mal breitete sich so etwas wie Misstrauen aus. Vor allem Olo beklagte, dass die Expedition vielleicht niemals hätte stattfinden sollen.

»Ich schlage ernsthaft vor, dass wir umkehren«, beschwerte er sich.

»Spinnst du?« Navolis stieß ihn in die Seite. »Wir können jetzt nicht einpacken. Denk doch bloß daran, was für herrliche Reichtümer das unbekannte Land noch bergen mag. Was für sagenhafte Abenteuer uns noch erwarten.«

»Ihr habt nicht erlebt, was ich letzte Nacht erlebt habe, Navolis. Zudem: Wie wollt Ihr die Reichtümer transportieren? Und abgesehen davon, seht Euch doch bloß einmal den armen Gruff an. Ich habe seit dem Traum nun mal das Gefühl, umkehren zu müssen. Am Ende verhalten wir uns alle wie Gruff, wenn das so weitergeht.«

»Reißt Euch zusammen, Dalesaner«, spottete Ane Dolon. »Was ist denn schon großartig passiert? Ihr habt schlecht geschlafen, das ist alles.«

Die anderen lachten.

»Wenn das nur alles wäre, Soldat. Aber Ihr versteht mich ja immer noch nicht: Ich habe gestern Nacht einem *Gott* gegenübergestanden. Vielleicht war es sogar der himmlische Mul. Das ist nicht gerade ein alltägliches Erlebnis!«

»Also, ich habe letzte Nacht auch einen Traum gehabt«, meinte Nilu. »Ich träumte vom alten Kirchweg in Easan, wo die Munkler einige Gebäude errichtet haben, gleichwohl … Die Sonne ging unter und tauchte die Traumszenerie in verschiedene Rottöne, während die Gebäude eher violett und bläulich schimmerten. Ein einziges Haus hatte eine leuchtend weiße Fassade, und die Felder waren seltsam schwarz … Dann wechselte die Szenerie und mit ihr die Farben: Das Rot war verschwunden, es wich einem klaren Morgenhimmel und einer grünen Landschaft mit den charakteristischen Dreistämmern … und dann … «

»Siehst du, Olo, Nilu hat auch geträumt.« Navolis lachte. »Weiße Häuser, Dreistämmer, keine Götter … Es war einfach nur ein Traum.«

Olo schwieg nur grimmig. Schließlich vermochte Benelon den mürrischen Dalesaner doch noch von der Fortsetzung der Expeditionsbemühungen zu überzeugen, indem er ihn an seinen Beitrag für die internationale Biologie erinnerte, der ihn später bestimmt sehr berühmt machen würde.

Am Horizont

In den folgenden Tagen kritisierte Olo Xûzûls Gedankengänge. Er war schon hinsichtlich der Augenblumen anderer Meinung gewesen, doch nun prallte die systematische dalesanische Naturwissenschaft auf das rätselhafte Geheimwissen des fernen Reiches der Xlaover.

Alle Expediteure hatten inzwischen schemenhaft den rastlosen Vogel Nissgath gesehen, dessen Schatten Schwierigkeiten zu haben schien, dem Körper zu folgen. Einmal konnte Larinea den Vogel von einer Anhöhe aus beobachten und gab zu Protokoll, dass er »überhaupt keinen Schatten« habe. Seine Erscheinung trotzte offenbar den Gesetzen der menschlichen Wahrnehmung, weil er so schnell war.

Allgemeine intersubjektive Beobachtungen waren es auch, welche eine größere Meinungsverschiedenheit zwischen dem Xolo und dem Biologen einleiteten. Xûzûl respektierte den Vogel, den er »Nissgath« (ein xlaovanisches Wort für »Donnervogel«) getauft hatte, als höheres Wesen, welches den uralten Gottheiten von ehedem viel näher war als die Menschen, die eher den Tieren ähnelten, aber Olo kritisierte, dass in des Xlaovaners Ausführungen viel zu viele spekulative religiöse Elemente enthalten seien. Es war für ihn als Kernländer anzunehmen, es gäbe eventuell den einen Gott Mul, aber alle anderen Wesen konnten dem Monotheismus der Munkler zufolge keine Götter sein. Zudem war es unbekannt, ob sie immer den gleichen Rennvogel sahen oder ob es sich um mehrere Tiere handelte. Die Frage blieb insofern offen, als sie nie zwei Nissgaths zur gleichen Zeit sehen konnten. Die Nächte warteten im schwachen Mondschein mit merkwürdigen Schattenfiguren auf, und einige dieser »Sinnestäuschungen«, wie Olo sie zu nennen pflegte, wiesen dem flüchtigen Eindruck der Expediteure nach durchaus mehrere Merkmale des Donnervogels auf.

Xûzûl beobachtete den Vogel Nissgath ausgiebig und zog in den folgenden Tagen häufig Parallelen zu den gigantischen, bis zu fünf Meter hohen Katzen, auf denen die Menschen des Niaböma-Landes ritten, welches sehr weit nordöstlich vom Reich der Xlaovaner im Geheimen Flussland lag. Dort wurden diese Tiere verehrt und mit größtem Respekt behandelt. Womöglich gehörte der Vogel – ebenso wie die Katzengiganten – zu einer noch wenig bekannten, vielseitig variierenden Rasse von Halbgöttern, die dereinst über den Planeten geherrscht hatten und schon seit vielen Millionen Jahren ziellos umherstreiften. Aus diesem Grund zog der Zauberfürst ernsthaft in Erwägung, Nissgath kollektiv vorgetragene Gebete zu widmen, um ihn auf die Seite der Expedition zu ziehen.

An diesem Punkt schritt Benelon in seiner Autorität als Expeditionsleiter ein und ordnete an: »Geladene Schusswaffen und wechselnde Nachtwachen sind ein weitaus sicherer Weg, dem Vogel zu begegnen. Tut mir leid, Xûzûl.«

Die übrigen Expeditionsmitglieder, insbesondere Olo, begrüßten seine klaren Worte, Xûzûl zuckte mit den Schultern und betete für sich alleine, sobald der Vogel in die Nähe der Menschen kam. Nach einigen Tagen schienen sie Nisggaths Revier unbeschadet passiert zu haben. Dafür machte die Späherin Alinas eine andere interessante Entdeckung …

KAPITEL VIII

In den Tempelruinen von Shragan

An einer prägnanten Biegung des Flusses, umgeben von Schilf und überwuchert von seltsamen Schlingkletterpflanzen, welche sich aus einem halb überschwemmten, zerborstenen Torbogen an gewaltigen, halb zerfallenen Außenmauern emporwanden, wurden die Expeditionsteilnehmer einer gewaltigen Tempelanlage gewahr. Möglicherweise war sie vor Tausenden von Jahren von den Horokk errichtet worden, wie es Biluk von Kohoent Benelon dargestellt hatte. Vielleicht handelte es sich hierbei sogar um den sagenumwobenen Tempel von Shragan. Die Ruinen der gewaltigen Anlage waren kreisförmig angelegt. Der Fluss hatte die mit dem bloßen Auge sichtbaren Zugänge zu den Katakomben überflutet und somit unbetretbar gemacht, jedoch führten Steintreppen in die oberen Stockwerke des Tempels hinein, der sich gut fünfzig eisannische Meter in die Höhe streckte. Auf den Resten der eingestürzten Zinnen nisteten verschiedene bunte Vögel.

Sede war außer sich vor Begeisterung. Für einen ausgebildeten Archäologen war dies ein gefundenes Fressen. Eilig holte der kleine Seledaner Papier und Stifte heraus und trug zunächst geordnet, dann immer wirrer, Daten auf seine Blätter ein. Dabei assistierte ihm zeitweise Alinas, die aber aufgrund der Erkundungsaufträge seitens ihres Bruders wenig Zeit dafür zur Verfügung hatte. Überall waren Statuen, Pfeiler, Fresken und schwer zu beschreibende architektonische Kuriositäten mit hoher handwerklicher Geschicklichkeit errichtet worden, viele jedoch von der Witterung entstellt oder von verschiedenen Pflanzen überwuchert. Zusammen mit den Resten der Außenmauer musste allein die Tempelanlage dereinst die Fläche einer kleinen Stadt eingenommen haben. Während die Expeditionsteilnehmer mit staunender Vorsicht die monumentalen bröckelnden Torbögen und Vorhöfe durchwateten, wandte sich Xûzûl an Benelon.

»Die Horokk waren offenbar eine Hochkultur. Schaut Euch diese anspruchsvoll bearbeiteten Reliefs an.«

Er wies zu den mit viel Aufwand in Stein gemeißelten Bildfolgen hin, welche die Mauern entlang des Eingangsbereichs zierten. Einige Reliefs zeigten fischende Menschen im Fluss. Andere erzählten die Geschichte des Ackerbaus. Viel Platz war der Errichtung des Tempels zugedacht worden. Auf Hunderten von eisannischen Metern Mauerwerk, das sich beidseitig gleich einer Allee Richtung Tempel erstreckte, waren in nahezu maßstabsgetreuen Abbildungen steinhauende und tempelbauende Menschen zu erkennen. Zu

Sedes Entsetzen waren manche Reliefs allerdings der Witterung so stark anheimgefallen, dass niemand mehr erkennen konnte, was sie darstellen sollten. Am Ende der Reliefallee betraten die Expediteure eine Art Eingangshalle, in der Säulen mit Statuen standen, die wahrscheinlich Priester oder Heilige darstellten. Aufgebrochene Särge aus Granit, in denen sich teilweise Knochen von Menschen und sehr großen, aber Olo nicht bekannten Säugetieren befanden, lehnten an zusammengefallenen Seitentüren. Es musste sich um so etwas wie eine uralte religiöse Kultstätte handeln.

Alinas, die als Späherin den anderen immer etwas voraus war, schrie unvermittelt auf, als hätte sie etwas zu Tode erschreckt. Die anderen eilten zum Ende der Halle, um ihr beizustehen. Sie wies mit bleichem Gesicht auf das gigantische Basrelief, welches die zerfallene Tür zum Treppenaufgang umrahmte. Links der Türreste war eine Art Schacht abgebildet, um den sich – in jeder Himmelsrichtung – vier bärtige, Roben tragende Männer mit merkwürdigen dreieckigen Kopfbedeckungen postiert hatten, welche die Arme beschwörend gen Himmel streckten. Rechts der morschen Holzreste und zersplitterten Angeln war der gleiche Schacht zu sehen – allerdings lehnten bei dieser Darstellung an den Seitenwänden nackte und gefesselte Männer, Frauen und Kinder, einige so klein, dass sie vielleicht Abbildungen von Säuglingen sein mochten. Manchen fehlten sogar einzelne Körperteile, die an einer Art Leine oder Seil über dem Schacht baumelten. Oberhalb der Tür war schließlich ein monströses Wesen abgebildet, welches drei riesige Augen besaß, die sich mitten im Gesicht zu einem grotesken, penibel symmetrisch dargestellten Dreieck formten. Die Bezeichnung »Gesicht« schien in diesem Fall jedoch etwas gewagt. Die ohnehin großen Augen waren von einem noch viel größeren Mund umgeben, aus dem Zähne in der Länge von kernländischen Schwertern herausragten. Und zwischen diesen Zähnen wanden sich lange, tentakelähnliche Fangarme, welche die gefesselten Menschen packten und Stück für Stück auseinanderrissen, was der unbekannte Künstler mit viel Liebe zum Detail in Stein gemeißelt hatte. Dieses wahrhaft abscheuliche Gebilde von einem Monster ruhte auf einer amorphen Masse, die am ehesten mit dem Körper einer Schnecke zu vergleichen war. Einer Schnecke von der Größe eines gut zweistöckigen neosannischen Hauses allerdings, und da die abgebildeten Menschen ungefähr maßstabsgetreu ihr grausiges Schicksal erlangten, weil ihre Größe in Relation zu der der meisten Expediteure stand, war davon auszugehen, dass dieses Monster tatsächlich einmal so abnorm groß gewesen sein mochte.

Oder immer noch ist?

Selbst der sonst so gelassene Xûzûl wirkte nun etwas angespannt. Schweißperlen traten ihm auf die Stirn, als er die schreckliche dreiteilige Abbildung mit weit aufgerissenen Augen studierte; die anderen Expediteure mochten nicht mehr hinschauen und wandten sich einer nach dem anderen ab.

Doch während die übrigen Teilnehmer dieser inzwischen in fragwürdige Regionen vorgedrungenen Expedition nahezu hysterisch durcheinanderredeten, hockte Navolis etwas abseits auf einer zerborstenen Säule und lud in aller Seelenruhe seine Pistolen. Dann steckte er seine Waffen ein, klopfte sich mit der rechten Faust zweimal auf die Brust und trat zum Expeditionsleiter. »Es gibt keinen Grund zur Aufregung, Benelon. Sag das mal den Leuten.«

Benelon guckte ihn irritiert an. Doch Navolis schaute mit gespielter Langeweile auf seine langen, durch und durch verdreckten Fingernägel.

»Die Lalalais haben früher auch schon versucht, mein Heimatland mit selbstgezüchteten Monstern zu erobern.« Alle glotzten ihn plötzlich an. »Wir führen genügend tödliche Waffen mit uns«, fuhr der Novedaner gleichmütig fort. »Schauen wir uns ruhig den heruntergekommenen Tempel etwas genauer an. Die komischen Kernländer warten im Hof und machen ihre Aufzeichnungen, und wenn das Monster aus seiner Höhle gekrochen kommt, dann schießen wir es einfach über den Haufen. Insofern es überhaupt existiert … «

Xûzûl sah ihm fest in die Augen. »Wenn Biluk von Kohoent recht hatte, dann haben wir es hier nicht mit einem einfachen Monster zu tun. Sugam ist ein Dämon. Ein Dämon wird bekanntlich von einem Gottwesen geschaffen, um dieses zu bewachen, also wird Sugam mit einer unsterblichen Seele versehen worden sein. Wir können dieses Wesen gewiss verletzen, aber umbringen können wir es nicht. Wenn es beschließt, uns zu folgen, sind unsere Tage gezählt.«

»Jetzt hör mir mal gut zu, du Quacksalber«, fuhr Navolis Xûzûl an, »ich weiß nichts von Göttern und Dämonen, aber ich bekenne mich aus tiefstem Glauben zu diesen beiden Pistolen, die ich beim besten Waffenschmied Tunikagus habe anfertigen lassen und gegen sehr wertvolle novedanische Saphire eingetauscht habe. Mit nur einem ungenauen Schuss habe ich beim letzten Jagdausflug einen Bären niedergeschossen. Ein Schuss ins Maul dieses … Dings, und es wird niemanden mehr verfolgen, außer vielleicht dich und ein paar andere Schriftgelehrte in euren geweihten Träumen.«

Nachdem Navolis dem kopfschüttelnden, ihm immer noch fest in die Augen sehenden Xlaovaner seine Meinung gesagt hatte, brach eine heftige Debatte unter den aufgescheuchten Expeditionsmitgliedern aus. Xûzûl sah entsetzt aus. Er wollte dem Novedaner etwas erwidern, doch Benelon hob die Hand. Alle schwiegen.

»Wir werden den Tempel erforschen. Es ist unsere Pflicht als Abgesandte Neosannas.« Keiner widersprach ihm, obwohl ihn manch ein ungläubiger Blick streifte. Schließlich erklommen sie die steile Treppe. Xûzûl machte eine finstere Miene. Benelon lief ein kalter Schauer den Rücken runter, und bei jeder Treppenstufe wurden seine Beine schwerer. Todesgeruch lag in der Luft.

Ein Schritt zu weit

Die geräumige Treppe führte geradewegs zum Dach des Tempels. Viele Nebengänge, kleinere Hallen, Kammern oder Portale gingen vom Hauptweg ab, und die Expedition teilte sich auf, die verschiedenen Räume zu erkunden. Benelon hielt es für notwendig, ein ganz eindeutiges Signal zu vereinbaren, also hatte er den Expediteuren vorgegeben, auf Neosannisch um Hilfe zu rufen, falls eine wie auch immer geartete Übermacht mit einem Angriff drohte.

Viele der Kammern im Geschoss, welches Xûzûl, Larinea, Gruff und Sede erforschten, waren mit Pflanzen überwuchert, auch einige von den scheuen, katzenartigen Wesen mit menschlichen Gesichtszügen hatten sich dort eingerichtet. Im flackernden Fackelschein wirkte ihr plötzliches Erscheinen noch erschreckender als im sonnendurchsetzten Dickicht des Waldes. Auch verkohlte Reste von Knochen und Schädeln wiesen auf unbekannte Menschen hin, die sich hier vor nicht allzu langer Zeit aufgehalten hatten. Alle Gänge, die weiter ins Tempelinnere führten, waren eingestürzt. Das Gemäuer war stellenweise recht brüchig, sodass sich die drei Expediteure nicht allzu weit in das Kammerlabyrinth vorwagten. Abbildungen von dienenden Menschen wiesen darauf hin, dass dies die Dienstbotenquartiere gewesen sein könnten.

Eine Etage höher führten sechs sternenförmig angelegte Portale zu kleineren Hallen hin. Ihre architektonische Gestaltung wies frappierende Ähnlichkeit mit der Anordnung der Sterne im Sternzeichen des Dachbodens auf, so bezeichnet wegen großer Sterne, die sich gleich der Schrägen eines Dachbodens oberhalb kleinerer Sterne zuspitzen. Zwei dieser Hallen von ihnen waren durch eine unüberwindbare Mauer aus Schutt und Geröll blockiert. Hier entdeckten Nilu, Onasula, Navolis und Larean einige Altäre, die vor Reihen von Steinbänken auf Anhöhen emporragten. Dies mussten Räume für religiöse Zeremonien gewesen sein. Die Expeditionsteilnehmer bewegten sich vorwiegend in der Mitte des Raumes, da Nilu recht früh entdeckt hatte, dass sich hier größere Schlangen eingenistet hatten und neugierig aus Löchern in der Wand, die zu rätselhaften Mustern angeordnet waren, hervorkrochen. Gruselige Fratzen glotzten höhnisch aus mit Glasmurmeln gefüllten Augenhöhlen von den Wänden. Auch hier deuteten Basreliefs darauf hin, dass in diesen Räumen perverse Zeremonien zum Zwecke der Verehrung von Sugam stattgefunden haben mussten, von denen einige von äußerst grotesker Widerwertigkeit gewesen waren.

Benelon führte Alinas, Olo und Ane Dolon aufs Tempeldach, wo sie sich auf einer riesigen Plattform wiederfanden. Die Sonne hatte nun ihren höchsten Stand am Himmel erreicht und blendete sie frontal, sodass sie blinzeln mussten. Im Zentrum der Plattform befand sich ein mit vier Aufstiegen versehener Trichter, der einen Schlund mit einem bodenlosen Abgrund beherbergte. Ein bösartiger Gestank drang aus seinem Inneren empor. Olo fiel auf, dass die Vögel, die sich zahlreich auf dem Dach niedergelassen hatten, einen großen Bogen um diesen Schacht machten. Sie wagten es scheinbar nicht einmal, das trichterförmige Loch aus sicherer Entfernung zu überfliegen. Schnell wurde Benelon klar, dass der Traum, den Biluk von Kohoent ihm offenbart hatte, doch nicht ganz so weit hergeholt gewesen war, wie er damals angenommen hatte.

Jetzt mal angenommen, dieses … Dings kommt wirklich hier herausgekrochen, was tun wir dann? Wenn es tatsächlich dermaßen groß ist, bräuchten wir etwas mehr als bleierne Kugeln, um es aufzuhalten.

Er wandte sich an Ane Dolon. »Ane? Werft etwas in den Schacht. Ich möchte wissen, wie tief dieses Loch ist.«

Ane Dolon ließ einen kopfgroßen Stein in die Tiefe fallen. Beinahe ein Fass ohne Boden. Benelon konnte zügig bis zwölf zählen, ehe ein dumpf hallender Aufschlag ihn von dem Aufprall des Steins an einer mutmaßlichen Oberfläche in Kenntnis setzte.

Bummm …

Die Vögel flatterten auf. Es schien, als verließen sie panisch die Umgebung des Tempels. Dann geschah etwas Unheimliches: Eine große Rauchwolke sammelte sich, geruchlos und schwärzer als die Nacht, stieg aus dem Schacht empor und verdunkelte die gesamte Umgebung. Benelon schickte Olo und Alinas zur Treppe, um die anderen zu alarmieren.

Verdammt. Ein Schritt zu weit.

»Ane?«

»J-ja, Benelon … ?« Der Waffenmeister zitterte am ganzen Leibe.

»Macht die Dynamitgranaten bereit.«

Sugam

Die anderen eilten herbei und konnten zunächst Benelon nur seinen Rufen nach verorten. Der schwarze Rauch war massiv wie eine Wand und ebenso undurchsichtig.

Vor allem Xûzûl war fassungslos. Hatte er nicht vor genau dieser Situation gewarnt? Aber noch mehr ärgerte ihn, dass er auf der Straße der Träume nicht einmal einen indirekten Hinweis darauf erhalten hatte.

Die Männer und Frauen zückten ihre Waffen.

Navolis wollte die Expeditionsteilnehmerinnen zurückhalten, doch diese dachten gar nicht daran, auf den Treppenstufen im Tempelinneren abzuwarten. Sie waren bereit, mit den Männern Seite an Seite zu kämpfen und notfalls zu sterben, wenn das Schicksal es so wollte.

Benelon sah die anderen nicht, bloß den zitternden, aber entschlossen wirkenden Ane Dolon. Nur die aufgeregten Stimmen wiesen ihn darauf hin, dass die übrigen ebenfalls zugegen sein mussten.

»Die Treppe! Der Abgrund!« Er war schon fast heiser. Trotzdem brüllte er aus Leibeskräften. »Bleibt dem Abgrund fern!«

Plötzlich war auch Ane Dolon samt Granaten verschwunden. Schlug er sich zu den anderen durch? Larean hatte ebenfalls Dynamitgranaten. Das Fatale war, dass sie nicht ohne Weiteres gezündet werden konnten, da sie nicht nur das vermeintliche Monster, sondern auch die Expediteure in Stücke reißen würden.

Dann geschah das Unfassbare: Entsetzlich große und ebenso lange Fangarme gleich denen eines Tiefseekraken schossen aus der schwarzen Wolke, die nun das Sonnenlicht nahezu vollständig geschluckt hatte, heraus und schnappten wild ins Dunkel hinein. Ein großer, mit seltsamen Eisdornen besetzter Fangarm packte Ane Dolon an der Schulter und begann, dem entsetzlich schreienden Neosanna das Fleisch auseinanderzureißen. Mit einem beherzten Axthieb trennte Gruff, der eine Art hektischen Tanz aufführte, den Fangarm ab und rettete so dem armen Waffenmeister, der auf dem Boden zusammengebrochen war, das Leben.

Von allen Seiten schossen die Expediteure Projektile in die schwarze Wolke hinein, und Sugam heulte fürchterlich. Dunkelgrünes Blut deutete an, dass er durch Handfeuerwaffen verwundbar war.

Auch Larinea gelang es, ihren giftigen Dolch in einen Fangarm zu bohren, welcher zusammenzuckte und zurückschnellte. Doch die Tentakel schlugen weiterhin wütend aus und drängten die Teilnehmer immer mehr ins ungewisse Dunkel hinein und somit an die Ränder des Daches. Es konnte nicht mehr lange dauern, bis einer der Expediteure versehentlich danebentreten und fünfzig Meter hinab in die Tiefe stürzen würde.

Gruff

Der Kampf erschien aussichtlos. Entweder trafen die Kugeln nicht oder sie konnten Sugam nicht schwer genug verwunden, um ihn zu stoppen. Zudem konnten die Kämpfenden innerhalb der geheimnisvollen schwarzen Rauchwolke so gut wie nichts erkennen, nur das, was unmittelbar vor Augen war. Nicht einmal, wo der Rand des Daches war, von dem sie unweigerlich in den Abgrund des Todes fallen würden. Und immer wieder schnappten die schrecklichen Tentakel nach den Expeditionsmitgliedern, die sich aber auf wundersame Weise den Angriffen im letzten Moment zu entziehen wussten.

Als schon alles verloren schien, riss auf einmal ein greller Lichtstrahl die Dunkelheit entzwei. Für einen Moment waren alle geblendet; selbst Sugam erlitt einen Schock und zog seine Fangarme abrupt zum Maul zurück. Es war der Kristall des Bûxxox von Xûzûl, der die Nacht wieder in den Tag zurückverwandelte, und das mit einer grellen Intensität, welche die grausige Dichte der schwarzen Wolke bei Weitem übertraf.

Benelon und Navolis erkannten die Gelegenheit.

»Alle sofort zum Ausgang!«, brüllte der Expeditionsleiter und schulterte den bewusstlosen Ane Dolon, der inzwischen viel Blut verloren hatte.

Doch Sugam kam wieder zu sich und hätte die blindlings zur Treppe laufenden Expediteure wohl mit Leichtigkeit gepackt, wenn nicht Gruff etwas Unvorhergesehenes unternommen hätte. Er riss die beiden Dynamitgranaten an sich, die in der Blutlache von Ane Dolon lagen, entkoppelte ihre Sicherungen mit gebleckten Zähnen und steckte sie in seine Hosentaschen. Dann ging er axtschwingend und irre lachend auf den Dämon von Shragan los. Dieser zog seine todbringenden Tentakel von den Expediteuren, die mittlerweile panisch die Treppe hinunterstürzten, zurück und richtete seine Aufmerksamkeit auf den wild gewordenen Primaten, der ihm mit dem schmerzhaften Eisenbeil zu Leibe rückte. Die beiden ersten Tentakel, die frontal auf den ehemaligen Pferdemeister zugeschossen kamen, knallten gleich Peitschen durch die Luft, fanden aber ihr jähes Ende durch das scharfe neosannische Beil. Es war ein Wunder, dass die Granaten noch nicht in den Hosentaschen des lebensmüden, aber heldenhaften Wahnsinnigen explodiert waren. Dann aber packten ihn vier Tentakel von oben und rissen ihm mit einem kräftigen Ruck den Kopf ab. Sugam wollte den toten Gruff nun verschlingen und ahnte nicht, welches fatale Mahl er zu sich nahm.

Die Expediteure hatten inzwischen die lange Halle mit den schrecklichen Reliefs erreicht und hasteten zum Eingang, als die unglaubliche Wucht der Dynamitgranaten Sugam in seinem finsteren Schacht in Tausende von kleinen Stücken riss. Die sterbliche Hülle des Dämons wurde aufs Äußerste gequält, doch die winzigen Splitter seiner unsterblichen Seele gingen ins Tempelinnere über, wo sie seitdem ein Schattendasein als Mikrowesen fristen, welche die unbelebten Steine der Tempelkerker bewohnen müssen. Noch heute machen die Neosannas einen großen Bogen um die Tempelanlagen von Shragan. Einige mutige Schatzsucher haben sich seitdem auf eigene Faust in die finsteren Gewölbe begeben; kein Einziger ist jemals zurückgekehrt.

KAPITEL IX

Das verlassene Dorf

Die Expediteure saßen völlig erschöpft in einem improvisierten Lager. Als sie wieder zu Atem gekommen waren, tauschten sie sich mit schmerzenden Knochen über das aus, was sie soeben hinter sich gebracht hatten.

»Das ist wirklich entsetzlich«, sagte Larean kopfschüttelnd, »auf welche Weise sich der tapfere Gruff ein Ende gesetzt hat.« Er sah sich um und merkte, wie niedergeschlagen die Stimmung eigentlich war. Niemand wollte über Gruffs Schicksal sprechen. »Ich glaube, wir hatten den armen Gruff schon vorher aufgegeben«, fügte Larean resigniert hinzu.

Dieser Vorwurf wurde weitestgehend ignoriert. Der Einzige, der ihm widersprach, war Olo: »Ich habe mir schon lange um Gruff Sorgen gemacht, sogar darauf hingewiesen, dass er auf eine Katastrophe zusteuert, wenn er so weitermacht. Des Weiteren bleibe ich dabei, dass es gut sein kann, dass wir bald alle so enden wie er.«

»Er hat sein Schicksal selbst gewählt«, intervenierte Benelon, um Luft ringend. »Wir müssen erst mal zu Atem kommen. Immerhin sind wir mit Ane Dolon im Schlepptau bis kurz vor Einbruch der Dunkelheit geflohen, ehe wir auf dieser Anhöhe über dem Fluss, die wir ihn eben noch mühsam hochgetragen haben, das Lager errichten konnten.«

»Ane Dolon ist erst mal in Sicherheit. Von diesem Punkt aus haben wir zudem einen guten Überblick über die Umgebung«, meinte Alinas, was die anderen Expediteure keinesfalls beruhigte.

»Ich bin immer noch erschüttert von dem, was wir erlebt haben«, meinte Larean. »Ich glaube, wir erreichen gerade die Grenze des Ertragbaren.«

»Ich weiß, wie erschöpft Ihr alle seid, und Eure Tapferkeit im Kampf wird nie vergessen werden«, meinte Benelon mit zitternder Stimme, der aber trotz seiner Müdigkeit, im Gegensatz zu den anderen, aufgestanden war. »Dennoch bitte ich Euch, diese Nacht gemeinsam Wache zu halten. Wir können diese Aufgabe heute niemandem alleine zumuten.« Benelon schüttelte sich und fuhr dann mit fester Stimme fort: »Ich glaube, der Kampf mit Sugam ist etwas, das niemand von uns je vergessen kann. Dann ist es auch schwer zu realisieren, dass unser lieber Pferdefreund von uns gegangen ist.«

»Wahrscheinlich hat dieser Wahnsinnige uns das Leben gerettet«, fügte Navolis mit ernstem Gesichtsausdruck hinzu.

Die besorgte Onasula gab zu bedenken: »Ane Dolon lebt noch, doch es steht nicht gut um ihn. Sein Brustkorb ist schwer beschädigt, sein Fleisch ist bis auf die Rippen zerfetzt. Er fällt immer wieder in schwere Bewusstlosigkeit, atmet aber stetig weiter.«

»Er kämpft mit dem Tod.« Xûzûl, der den Waffenmeister die meiste Zeit über bei der Flucht getragen hatte, seufzte. Trotz des enormen Tempos hatte er den Schwerverletzten äußerst behutsam in den Armen gewiegt, als sei er ein kleines Kind. Er versah den Neosanna mit mehreren schützenden Zaubern, obwohl er sich nicht sicher war, ob sie ihm zu helfen vermochten, da Heilzauber nicht zu seiner eigentlichen Profession gehörten.

Nilu braute ihm einen Trank aus Blauginster, Schwefelbusch, Bilbikraut und Rautengezücht. »Damit heilen die Bilbis schon seit Jahrtausenden schwere Wunden«, meinte sie leise.

Selbst die nüchterne Onasula bewies äußerst viel Mitgefühl: Sie war so besorgt um den Waffenmeister, dass sie ihn, nachdem sie seine Wunden vernäht und verbunden hatte, mit seinem Hinterkopf in ihrem Schoß ruhend schlafen ließ, damit sie ihm im Notfall sofort helfen konnte. »Wir können uns keine weiteren Verluste leisten«, sagte sie mit ernster Miene, während sie sanft seine Stirn streichelte.

Auch die folgenden Nächte hielten sie abwechselnd aufmerksam Wache, und diejenigen, die durch den Schlafmangel überwältigt wurden, hatten stets geladene Waffen in Handreichweite. In diesen Nächten erzählten sie einander viel.

Sede berichtete Xûzûl von seinen Ausgrabungen in Kingwikk und von seinem Unterricht bei den Propheten des Nordens: »Da lebt auf der Vulkaninsel der verrückte Oddkar, der ernsthaft der Ansicht war, die Landwelt sei nur ein kleiner Punkt im Universum, und das Universum sei eine Seifenblase, die in einer Wolke schwebt.« Er blickte in den sternenverhangenen Nachthimmel. In der Ferne winselte ein Tier. »Und dann war da der alte Skeibreg, der bei Gammels Haus wohnte und den Pferden der Fjällen im Moldelch das Sprechen beibrachte. Und Jarvler, der Einsiedler in den Bergen, der mit den Menschen, die angeblich aus den Erdspalten im Untergrund der Erde kommen, kommunizierte und die Geister der Ahnen beschwor. Bei Gammels Bart, das waren komische Käuze.«

»Ja, ich habe von Gammel gehört«, meinte Xûzûl, »er gilt als der weiseste und eigenwilligste aller Propheten. Er hat seine kleine Insel niemals verlassen, was es leicht macht, ihn aufzufinden. Deshalb kommen Fragende und Suchende regelmäßig mit Geschenken zu ihm, dass er ihnen zum Dank die Zukunft weise. Seine Einsicht in die rätselhaften Mechaniken des Kosmos und die Geheimnisse des Wandels, die im fortwährenden kosmischen Chaos stecken, ist enorm. Im Reich der Xlaover ist sein Name Lux, was so viel wie Erleuchteter bedeutet.« Der Xlaovaner hielt plötzlich inne und drehte den Kopf.

»Was hat dort in der Ferne gewinselt? Es gruselt mich«, sagte Sede zitternd.

»Mir macht das auch Sorgen«, erwiderte der Xlaovaner mit ernster Miene. »Ich nehme einen seltsamen Geruch wahr. Nach fauligem Pelz.«

In den folgenden Nächten erwies sich die Vorsicht der Expeditionsmitglieder als goldrichtig: Sie wurden wiederholt von bis dato unbekannten Raubtierrudeln angegriffen, die, so war sich Olo sicher, das Blut des immer noch schwer verwundeten Ane Dolon gerochen hatten. Als guter Biologe gab Olo ihnen Namen und klassifizierte sie sogleich: Die kleinen Flof waren dem Aufbau und Aussehen nach am ehesten hundeartig, nur ausgestattet mit acht Beinen gleich Spinnen. Sie hielten sich in Bäumen auf und stürzten sich mit sabberndem Maul auf ihre Beute. Die Lelk waren groß und schnell wie Pferde, mit merkwürdig glitzernden Steingeweihen, mit denen sie versuchten, die Menschen aufzuspießen. Schließlich griffen auch die äußerst aggressiven Sri-Amphibien, die nachts aus dem Fluss geklettert kamen, mit schrecklichen Stacheln und Giftwolken an, welche Atemnot und Ausschlag hervorriefen. Doch die Menschen kämpften mit grimmiger Verbissenheit und schossen Dutzende Angreifer über den Haufen, sodass die wilden Raubtiere die unbekannten, unangenehm wehrhaften Primaten fortan von ihrem Speiseplan strichen. Benelon fragte offen, ob sie gemeinsam umkehren wollten, aber die Gruppe war sich in ihrer Ablehnung einig. Zu weit waren sie jetzt gekommen, zu anstrengend wäre der Rückweg. Nein, sie wollten dem Fluss nun bis zum bitteren Ende folgen, das seien sie dem armen Gruff schließlich schuldig.

Fünf Tage nach den Ereignissen im verfluchten Tempel von Shragan stießen sie erneut auf Überreste einer menschlichen Siedlung. Offenbar hatten einstmals Menschen in dieser unheimlichen Kurve des Flusses gewohnt, der möglicherweise eine weitere böse Überraschung beherbergte. Benelon hatte bemerkt, dass der Fluss, seit sie den Tempelruinen den Rücken gekehrt hatten, nach Norden, also Richtung Cannalandküste, danach sogar nach Nordwest, zurück nach Neosanna, führte, was kurzzeitig Hoffnung in ihm und allen anderen hatte aufkeimen lassen. Nun bog er aber wieder Richtung Südsüdost ab und führte noch tiefer in unerforschtes, potenziell feindliches Gebiet. Dass sie hier noch auf freundlich gesinnte Lebewesen träfen, zog nun niemand mehr ernsthaft in Erwägung. Allerdings waren sie auch der allgemeinen Ansicht, es könne nicht mehr schlimmer kommen …

Die Entdeckung des verlassenen Dorfes erfolgte im Kollektiv. Benelon verzichtete mittlerweile darauf, Alinas und Larinea auf Spähgang zu schicken, da er dies als zu gefährlich erachtete. Er war der gleichen Meinung wie Onasula: Noch mehr Menschenleben könnten sie nicht riskieren. Zudem gab er sich selbst die Schuld an Gruffs Tod, was ihn sehr niedergeschlagen machte.

In den Siedlungsüberresten, welche sich aus zerborstenen Hütten aus Holz und Lehmstein zusammensetzten, machte Larean zwischen den Trümmern eines eingestürzten Steinbogens eine weitere überraschende Entdeckung: eine morsche Truhe mit uralten Dokumenten. Die Pergamente waren eindeutig in Kalischrift verfasst, wie sie auch in Kohoent, Dinipe und Konnium noch verwendet wurde und wie man sie an den Bergwänden der Lagerplätze am Fjord schon entziffert hatte. Im spärlichen Schein der Fackeln machten sich Sede, Olo und Xûzûl sogleich an die Arbeit. Vieles von der eigenartigen Symbolschrift war verblasst, vergilbt oder nicht mehr zu entziffern. Offenbar ging es um zwei große Kaiserreiche, die – ins Kernländische übersetzt – wohl »Lasodanne« und »Fronn-Shomroth« hießen. Mit diesen Namen konnten die drei Schriftkundigen nicht viel anfangen. Allerdings tauchte auch der Name Asetonien gehäuft auf. Das schien zunächst unglaubwürdig, doch die Entzifferung der Runen ließ keine andere Schlussfolgerung zu. Die drei Studierenden kamen aufgrund der detaillierten und topografisch exakten Ausführungen zu drei Schlussfolgerungen, die sie den übrigen Expediteuren am nächsten Morgen verkündeten.

Als alle sich versammelt hatten, fingen sie nacheinander an zu erzählen, wobei jeder eine Erkenntnis zum Besten gab. Ane Dolon lächelte schwach, was den Rednern das Herz wärmte.

Olo fing an: »Biluk von Kohoents Volk muss vor mehr als achttausend Jahren einer hochentwickelten Großgemeinschaft namens Horokk angehört haben. Diese beteten den Dämon Sugam an, der die *Götter des Abgrunds* bewachte.« Bei diesen Worten stöhnte Ane Dolon schmerzerfüllt. Onasula versuchte ihn zu beruhigen, indem sie sanft und gleichmäßig über seinen Arm strich.

Sede: »Die Völker Donias und Kernlands waren nicht die ersten Hochkulturen, die den großen Nordsüdozean der Landwelt überbrückt haben. Zwischen Asetonien, Fronn-Shomroth, Lasodanne und Horokk bestanden Handelsbeziehungen auf Basis der Schifffahrt.«

Navolis schüttelte energisch den Kopf. *Was wissen die drei Eierköpfe schon über das glorreiche Donia?*, dachte er grimmig.

Xûzûl: »Zur Zeit des Imperiums von Asetonien müssen zwei weitere gigantische Imperien bestanden haben: das offenbar von einer schier endlosen Wüste umschlossene

Fronn-Shomroth, was allerdings auch *hinter* einer solchen Wüste gelegen sein könnte, denn die Karte ist an der entscheidenden Stelle verblasst, und die gewaltige Insel Lasodanne, deren Verortung unklar ist. Weiterhin wurden Völker erwähnt, zu denen wir keinerlei Kenntnisse haben: die Shyti, die Fischmenschen und die undefinierbaren Soda-Lölla. Auch von einer Rasse von Magiern, den Spitztül, ist am Ende des Hauptpergaments die Rede.«

»Die Spitztül ertränkten sich alle im *See des Schweigens*, und ihre Überreste trugen die weißen Fischgespenster zum Flussdelta«, zitierte Olo.

»Die faszinierende Frage ist nur, warum alle diese großen Reiche zur gleichen Zeit tragisch untergingen«, fuhr Xûzûl fort.

Wahrscheinlich aus dem gleichen Grund, aus dem wir tragisch untergehen werden. Unbedacht zu weit vorgewagt.

Sede las vor: »Lasodanne versank in den Fluten des wütenden Meeres und verschwand mitsamt seinen goldenen Zinnen und immergrünen Bäumen. Nur drei winzige Inseln blieben übrig. Sie heißen: Dona, Siku und Lolofa. Zur gleichen Zeit zerfiel das mehrere Kaiserreiche umfassende Imperium Asetoniens, und seine Bewohner wanderten in alle Himmelsrichtungen aus. Die La und Lalai nach Westen, die Aisl und die Krug nach Norden, die Asetonier nach Osten und die Gulu und Osip übers Meer zu den Südinseln. Wenige blieben im Heimatland Asetonien und zogen sich auf kleine Dörfer zurück. Neid, Habgier und Hass spaltete das Imperium in verfeindete Clans, und zwar in etwa im Jahr 1000, grob umgerechnet auf die kernländische Zeitrechnung.«

Sede hielt sein Pergament in die Morgensonne: »Fronn-Shomroth verbrannte in der unerbittlichen Sonne. Die größte Oase der Welt, mit seiner riesigen Fläche an Graslandschaft, Wäldern, Seen und Bergen, wurde nahezu restlos in Wüste verwandelt.«

»Diese Dokumente sind von unschätzbarem Wert«, sagte Alinas bedächtig. »Die Geschichte Lanevaels müsste demnach völlig neu geschrieben werden.«

Die Völker des Südens

Die Kinnladen der Teilnehmer waren kollektiv heruntergeklappt. Selbst Ane Dolon, der zum ersten Mal seit einer Woche ein paar Worte sprach, murmelte etwas von »unglaublich« und einer »Sensation«, bevor er wieder ins Reich der Bewusstlosigkeit abglitt.

»Sollten diese Dokumente von Biluk authentifiziert werden«, sprach Xûzûl mit gerunzelter Stirn, »so stellen sie die gesamte ethnologische Forschung Xlaovers auf den

Kopf.« Er hob einen Stock vom Boden auf und kratzte damit eine Art Legende in die umherliegende Asche. »Hier oben im Norden vermuteten wir bisher den Ursprung allen Lebens«, sagte Xûzûl, während er einen Pfeil einzeichnete. »Es muss einmal ein loses Nomadenvolk namens Aris gegeben haben, welches der eisigen Kälte des Nordens, wo die ersten uns bekannten Menschen ihren Ursprung hatten, zu entkommen suchte. Diese Menschen hatten dicke Felle aus mehreren Haarschichten und lebten seit Anbeginn der Menschheit in Eis und Schnee. Sie sahen wahrscheinlich aus wie kleine Berginger. Dann zogen diese Frühmenschen nach Süden und verloren über viele Tausend Jahre nach und nach ihren dichten Haarpelz. Die neue Welt, in die sie kamen, muss ein wahres Paradies gewesen sein: Sie war angenehm warm, von schönen Landschaften durchzogen und es mangelte kaum an Nahrungsmitteln. Sagen und Legenden nach zimmerten diese unser aller Vorfahren Flöße und Schiffe, zähmten Tiere und bauten überall Siedlungen. Allerdings trafen sie niemals andere Menschen, nicht einmal menschenverwandte Wesen. Es gab wirklich nirgendwo Menschen, sie waren die ersten. Die Larva_Tach, ein Hauptstamm der Aris, zogen nach Osten und gründeten die ersten Reiche: Xlaover und Ratach. Sie erfanden wohl auch die Schrift, denn die ältesten weltbekannten Schriften stammen aus Ratach. Die Omøn, einem feindseligen Hauptstamm zugehörig, blieben weit im Norden und scheuten das Meer, an dem sich die anderen Völker glücklich niederließen.« Xûzûl sah die anderen, die sich spontan in einem Halbkreis um ihn herumgesetzt hatten, finster an. »Das Volk der Aris entwickelte und hütete die Geheimnisse der Zauberei. Die Xlaover und Ratach interessierten sich für den Zauber des Lebens. Die Omøn jedoch waren fasziniert von der schwarzen Magie des Todes und verwiesen alle Andersdenkenden von ihren stählernen Zinnen, wo sie nun schon seit Menschengedenken über ihren selbst verschuldeten Flüchen brüten.«

»Das ist ja ein netter Dualismus«, warf Olo frech ein.

»Nicht ganz, Olo, nicht ganz. Denn es gab auch ein drittes Volk, das nach Westen zog und das Interesse an der Zauberei gänzlich verlor, so steht es in den Aufzeichnungen des berühmten und überaus ehrwürdigen Sti-Forin Gesmiwi, welcher der erste Häuptling des sehr alten und weisen Zwergenvolkes der Minizen war.«

Ich erinnere mich noch genau, wie ich Nari das erste Mal sah. Es war ein staubtrockener Sommer. Jeder Mensch suchte nur den Schatten, und ich war verstrickt in die Verpflichtungen meiner Ausbildung. Abgehetzt und verschwitzt kam ich die Weiße Straße hinunter, und dann sah ich sie.

Sie lehnte am Eingang des Hauses, wo sie damals lebte. Ihr Fenster war geöffnet, und der einzige Luftzug, dieser eine, rare Moment der Erfrischung, wehte die feinen weißen Kleingardinen hinter ihrem geöffneten Fenster nach innen. Dort stand sie, in ihren kleinen schwarzen Schuhen, auf der untersten von fünf unerbittlichen Granittreppenstufen, mit der rechten Hand die dünne Granitsäule umfassend, die linke Hand hinter ihrem Rücken. Ihr Kleid war so leicht und transparent, wie es gerade noch erlaubt war, denn darunter bildeten sich deutlich die Proportionen ihrer schönen, kleinen Brüste und ihrer Oberschenkel ab. Sie hatte die Augen geschlossen, völlig auf diesen einen erfrischenden Luftzug eingestellt, sodass sie mich gar nicht wahrnahm und ich sie genau beobachten, ihr Bild genau in mein Langzeitgedächtnis einbrennen konnte. Unter ihrem Sommerhut fielen dunkelblonde Haare über ihre zierlichen Schultern, und ihr erdbeerfarbener Mund glich …

»Benelon, hört Ihr mir überhaupt zu?«, fragte Xûzûl erstaunt, aber bestimmt.

»Oh, äh … ja klar, sicher.«

»So fahre ich denn fort. Ich erzählte von den vielen Wundern des Volkes des Westens, wie vom erhabenen und sehr ehrbaren Zwerg Sti-Forin Gesmiwi überliefert. Dieses Volk breitete sich im Westen aus, setzte von dort aus zu den Inseln über und reiste dann weiter und weiter, immer von dem Drang besessen, irgendwo ein noch schöneres Stück Land zu entdecken. Aber auch diese Menschen trafen niemals andere Menschen, sondern nur auf immer neue Tierarten und ihnen unbekannte Wesensgattungen. Nach mehr als neunhundert Jahren konstanter Entdeckungsfahrt zu Wasser und zu Land vereinigten sich diese Bauern, Fischer, Abenteurer, Burgenbauer, Handelsleute, Seefahrer und Pioniere zum Imperium Asetonien, dem größten Reich, welches die Landwelt jemals erblicken sollte … «

Naris Bruder saß immer im türkisfarbenen Zimmer und las dort Bücher. Er ignorierte seine bescheidene, blasse Frau, wann immer er konnte; die Frau, die stundenlang an der Harfe gegenüber dem Schemel saß und immer wieder die gleiche Saite zupfte, von der Füllung einer Sanduhr zur nächsten, völlig in Gedanken verloren; und ich stand draußen auf kaltem Marmorbeton und schaute hinein in dieses stille »Glück« …

»… doch ein namenloses Übel kam über dieses sagenumwobene Imperium und spaltete seine Bewohner in viele unübersichtliche Fraktionen, die sich zu allem Überfluss auch noch untereinander böse zerstritten. Bis zum heutigen Tage leugnen noch viele Nachfahren der Asetonier jegliche Verwandtschaft untereinander und haben viel getan, um diesen Namen vergessen zu machen. Nur ein kleiner Stamm in Noveda beanspruchte das Land zurück, wird aber bis zum heutigen Tage kaum ernst genommen. Irgendetwas unfassbar Schreckliches verbinden viele Menschen noch immer mit dem Namen Asetonien.«

Wiederum hatte Olo einen Einwand. »Was ist mit den Schachteln, die aus dem Erdinneren unterhalb der Nordberge der Dalahalbinsel gekrochen kamen?«

»Die Schachteln besiedelten Dala, allerdings vergleichsweise spät. Sie wurden das vierte Volk und komplettierten sozusagen unseren Glauben an die Magie dieser vierfach geweihten Zahl. Vier Elemente. Vier Himmelsrichtungen. Vier Monde. Vier Urvölker. Eine weitere Ansicht ist es, dass eine Vermengung zweier großer Völker ein noch potenteres, mächtigeres Volk hervorbringt. Zum Beispiel vermischten sich die Nachfahren der Asetonier, die Segaler, mit den Nachkommen der Schachteln, den Eisen und Asonnas … «

»Und bildeten Eisanna!«, rief Larean mit glänzenden Augen. Er war aufgesprungen.

Navolis stand nun ebenfalls auf und sagte bedächtig: »Demnach haben sich dann die Novedaner aus Asetoniern und den Donska, einem Bund aus Doniern und Skatern, ergeben … «

Nun standen die anderen, bis auf Ane Dolon, auch auf.

Navolis meinte stirnrunzelnd: »Das bringt mich aber zu der Frage, die jedem Novedaner auf dem Herzen liegt: Woher kommen die Donier und Skater, meine Vorfahren? Sie waren ganz sicher keine Asetonier!«

»Aller Vermutung nach aus Lasodanne, der einstmals größten Insel der Welt«, erwiderte Xûzûl mit der typischen ihm eigenen Ruhe.

»Aber keiner weiß, wo Lasodanne gelegen hat«, entgegnete Navolis.

»Wenn wir wieder nach Kohoent kommen, wird Biluk die Pergamente wahrscheinlich vollständig entziffern und übersetzen können«, sagte Xûzûl beinahe gleichgültig. »Jedenfalls wissen wir nun von drei bisher unbekannten Südvölkern der Menschheitsfrühgeschichte: dem Lasodanneimperium, dem Imperium von Froth-Shomroth und dem kleinen Land der Horokk. Wo aber kamen diese Südvölker her … ? Jedenfalls hat die magische xlaovanische Zahl *Vier* nach diesem aktuellen Verständnis ihre ursprüngliche, allumfassende Wirkung verloren. Sie war eine einfache Erklärung für viele Vorgänge, doch wenn sich unsere Erkenntnisse weiterhin in dieser Form verdichten, wird sie an Wert einbüßen. Wenn ich das meinen Landsleuten erzähle … «

»Das Landweltgeheimnis … «, flüsterte Sede.

»Jedenfalls sind wir nun einen Schritt weiter. Vielleicht birgt die weitere Verfolgung des Rükkenlandstroms ja die Antwort«, schloss Benelon den immer mehr zu einer Debatte ausartenden Vortrag ab und wollte gerade Anordnungen zu weiteren Erkundungen in der Umgebung machen, als er sah, wie etwas sehr Finsteres heraufzog.

Schwarze Wolken

Noch während die Gruppe über den Sinn der Pergamente und deren mögliche Implikationen für die Geschichte der Besiedlung der Landwelt durch die Menschheit beratschlagte, zogen pechschwarze Wolken am Horizont herauf. Zunächst waren die

Expeditionsmitglieder in Feierstimmung: Das Wasser würde ihre eigenen Reserven auffrischen und zudem für eine bitter nötige Abkühlung sorgen; die drückende Hitze, die sie nun schon seit zwei Wochen begleitet hatte, begann vor allem den bezüglich derartiger Temperaturen unerprobten Kernländern das Hirn zu zermartern.

Die heraufziehenden Wolken wirkten wie eine dichte, schwarze Wand. Sie kamen langsam, aber stetig näher. Unheimliche Erinnerungen an den erst vor Kurzem geführten Kampf gegen Sugam durchzuckten das kollektive Expeditionsbewusstsein. Vor den Wolken flogen Schwärme ebenfalls pechschwarzer, krähenartiger Vögel, die Laute ausstießen, welche das auf Hören basierende Empfinden zutiefst beleidigten. Allerdings war es offensichtlich, dass diese fliegenden Quälbrüller vor den sich stetig verdichtenden Wolken flohen.

Hastig packten die Expeditionsteilnehmer Hab und Gut zusammen, wobei sie ihre überfüllten Taschen und Beutel noch mehr strapazierten. Sede verschloss die Dokumente, die von hohem historischen und kulturellen Wert waren, sicher in seiner Tasche. Die Wolken waren nun fast über ihnen angelangt. Sie verwandelten den hitzeflirrenden Tag in finsterste kalte Nacht. Ane Dolon stöhnte; er erinnerte sich an die Schrecken, die eine ähnliche Finsternis erst vor Kurzem beinhaltet hatte. Die Wolken waren lückenlos und massiv, kein Licht durchdrang den schwarzen Mantel, den sie über das verlassene Dorf legten. Die Expediteure wickelten sich fest in ihre Mäntel, der abermals bewusstlose Ane Dolon wurde zugedeckt. Der Rest der Expedition versammelte sich um Xûzûl, der ihnen versprach, sie mit einem Zauber zu schützen. Sie fürchteten um ihr Leben. Es herrschte Endzeitstimmung.

Der mit dramatischer Geste herausgebellte Zauber des Xlaovaners bewirkte, dass seine riesige weiße Robe gleich einem Schirm über den Köpfen der kleinen Schar von Menschen schwebte, die sich in diese lebensfeindliche Gegend vorgewagt hatte. Unter der Robe war der Xolo nackt und unbehaart. Doch Xûzûl schien sich nicht zu schämen. Auch als die Männer und Frauen sich dicht um seinen entblößten Körper drängten, zeigte er keinerlei Regung. Sein Gesicht war angespannt.

Mit einem markerschütternden Donnerschlag taten die schwarzen Ungetüme ihre Pforten auf und ließen dichten, zähflüssigen Regen auf die Erde prasseln. Doch zum Entsetzen der Expediteure regnete nicht lebensspendendes, kühles Nass, sondern dunkelrotes Blut aus den Wolken, und entsetzliche Schreie wie von tausend geplagten Seelen begleiteten die schwarzen, erst beim Einschlag erkennbaren Blitze, welche das Untergangsszenario komplettierten. Einer der gewaltigen elektrischen Einschläge traf in unmittelbarer Nähe der zitternden, flehenden Expediteure die bröckelnde Ruine, die einst den Versammlungssaal des Horokkdorfes gebildet haben musste, und ließ die alten Steine mit schier übernatürlicher Wucht zerbersten.

Glücklicherweise verschwand die schwarze Wolkenwand schon nach wenigen garstigen Momenten. Das umherliegende Land war in eine dunkelrote Matschpampe verwandelt worden, wie sie keiner von ihnen selbst in den grausigsten Schlachten jemals zu Gesicht bekommen hatte.

»Nette Gegend hier«, versuchte sich Navolis an einem halbherzigen Witz.

Niemand lachte.

»Die Wolken sind zu ihrem Ursprungsort zurückgekehrt … «, murmelte der fassungslose Olo.

»Abrax os!«, rief Xûzûl, und die Robe flog fünf eisannische Meter von ihnen weg und schüttelte sich. Ihr ehemals strahlendes, dem üblichen Reisedreck trotzendes Weiß war nun in dreckig-braunes Rot verwandelt, auch wenn der Zauber sie vom Blutgeruch befreien konnte. Die Zauberrobe kehrte zu ihrem Meister zurück und kleidete ihn von allein.

»Deine Robe hat uns das Leben gerettet!«, rief Benelon, der nun vorsichtig durch den Blutmatsch watete. Die Würmer, Käfer und Vögel waren im Blutregen gestorben, von den Vögeln waren nur noch die Knochen übrig. Der Blutregen hatte sich in die Erde gefressen und war dort versickert. Onasula zog die Decken um Ane Dolon sanft zur Seite und fing hemmungslos an zu weinen. Sein Körper war zerfressen und größtenteils nur noch Skelett.

Das Werk, das Sugam begonnen hat, ist nun vom Blut des weinenden Himmels vollendet worden, dachte Benelon.

Die Robe Xûzûls war aus Zauberleinen gewebt worden, ein Geschenk der Katzenreiter aus dem Niaböma-Land südlich von Blogol, dem Land des toten Lebens. Sie hatte ihnen das Leben retten können, nur Ane Dolon war nicht zu retten gewesen.

Lareans Augen waren weit geöffnet. »Ich habe nicht an ihn gedacht … ich hatte zu viel Angst um mein Leben … ich hätte ihn schnell unter den Umhang ziehen müssen … «

»Am Ende denkt eben jeder nur an seinen eigenen Arsch«, versuchte sich Navolis in zynischer Redensart, doch Larean reagierte nicht. Er fühlte sich betäubt.

Larean hob mit der Hilfe von Navolis, der sich ebenfalls schlecht fühlte, weil er Ane Dolon nicht geholfen hatte, ein Grab aus, und so wurden Ane Dolons Gebeine neben einer kleinen Steinmauer der Horokk begraben. Die Expedition, nunmehr nur noch zu zehnt, folgte weiter dem unbarmherzigen Fluss des Südens.

KAPITEL X

Der Abgrund

Benelon zog die für ihn einzig logische Konsequenz: »Die Bilanz ist desaströs, unsere Moral niedrig. Mit Gruff und Ane Dolon sind nun zwei tüchtige Männer von uns gegangen, deren Verlust uns alle, mich als Hauptverantwortlichen aber am meisten schmerzt.« Er sah in die mitgenommenen Gesichter der Expediteure. Die Männer starrten grimmig zu Boden oder zum Himmel, die Frauen wirkten müde und bekümmert. »Hört also diesen Appell, liebe Freunde!« Es war das erste Mal, dass er sie so nannte. Bisher waren sie alle eher Geschäftspartner gewesen; der Sold bei erfolgreicher Durchführung einer Expedition auf unbekanntem Terrain und Rückkehr aus solchem war sehr hoch. »Wir müssen jetzt zusammenhalten. Wenn wir überleben wollen, müssen wir unsere Konflikte konsequent zugunsten unseres gemeinsamen Zieles zurückstellen!«

Larean trat an ihn heran. »Dieses gemeinsame Ziel ist und bleibt die erfolgreiche Durchführung der uns anvertrauten Expedition im Namen der Regierung Neosannas! Das bedeutet, dass wir bei der Erkundung des großen Rükkenlandstroms den Expeditionen anderer Nationen zuvorkommen und die Voraussetzungen dafür schaffen, dieses Gebiet an Neosanna anzugliedern.«

Benelon lächelte den Leutnant müde an. Der Stolz des erfahrenen Soldaten war noch immer ungebrochen. »Nein, Larean«, fuhr Benelon mit sanfter Stimme fort, »unser gemeinsames Ziel ist von jetzt an das nackte Überleben. Wir wurden inzwischen mit Gegnern konfrontiert, denen wir mit konventionellen Waffen nicht beikommen können.« Er sah Xûzûl an, der langsam und gleichmäßig nickte. Seinen wachen graublauen Augen schien nichts zu entgehen.

»Was schlagt Ihr dann vor, Expeditionsleiter?«, wollte Larean wissen.

»Ob es sich nun wirklich noch lohnt, weiter in dieses schreckliche Gebiet vorzudringen, ist hier und jetzt die entscheidende Frage«, antwortete Benelon. »Deshalb frage ich euch ein letztes Mal: Seid Ihr bereit weiterzugehen, oder sollen wir umkehren? Stellt Euch nebeneinander auf.«

Sie fanden sich in einer Reihe ein.

Wir sind schon ein armseliger Haufen.

»Larean?«

»Ich gehe weiter.«

»Xûzûl?«

»Noch ist nichts verloren, Benelon. Aber wir müssen vorsichtiger handeln.«

»Larinea?«

»Weiter geht's!«

»Nilu?«

»Ich weiß nicht … Es ist alles so schrecklich … Ich gehe nur noch dahin, wo Navolis hingeht.«

»Navolis?«

»Wir können jetzt nicht aufgeben, Benelon!« Der Novedaner sah ihn scharf an. Irgendetwas Fanatisches an seinem Blick gefiel Benelon ganz und gar nicht.

Wenn es zur Meuterei kommt, bist du der Erste.

»Onasula?«

»Das ist ein einziger barbarischer Wahnsinn, das alles. Aber besser ein Ende mit Schrecken als ein Schrecken ohne Ende … «

Den Spruch habe ich schon oft gehört.

»Alinas?«

»Ich gehe mit dir, Bruder, auch wenn wir uns nie sehr nahe waren. Wo auch immer unser Weg hinführt!«

»Sede?«

»Ich bin ein Seledaner, und Seledaner kneifen nicht. Brechen wir auf!«

»Olo?«

»Davon werde ich meinen Enkeln noch erzählen, Benelon. Wir sind schon so weit gekommen, wir müssen einfach weiter.«

»Gut, ihr habt entschieden. Wir folgen dem Fluss, wo er uns auch hinführen mag. Möge das Schicksal uns gnädig sein. Beim roten Ranuk!«

»Beim roten Ranuk!«, riefen die anderen im Chor, inklusive des Novedaners, der lieber dem großen Stern folgte, der im Zentrum des Sternzeichens der Nacht leuchtet, als den verschiedenen Monden und deren Phasen, die ihm nur wenig bedeuteten. Doch dies teilte er den anderen nicht mit.

So marschierten sie viele Tage, zunächst wieder nach Osten, doch je weiter sie kamen, desto mehr zeigte die Kompassnadel nach Südosten. Der Fluss schien kein Ende zu nehmen. Die Hitze nahm noch mehr zu, die Frauen klagten darüber, dass sie ihre Beine kaum noch spürten, so strapaziert waren sie. Die Männer beschwerten sich noch mehr:

Die todbringenden schwarzen Wolken blieben zwar aus, dafür klagten alle über starken Sonnenbrand durch eine unerbittliche Sonne, vor der es kaum einen Schutz gab. Sie hatten keine andere Wahl, als sich dick einzupacken, um die verbrannte Haut zu schützen. Schweiß und Körpergeruch wurden daraufhin schier unerträglich. Zudem schleppten sie Gepäck und Waffen mit sich, sodass sehr unangenehme Rückenschmerzen zunahmen. Der Fluss nahm immer mehr eine braunrote Farbe an, niemand traute sich, dort zu baden. Einzig und allein ein Lied, welches Alinas gedichtet hatte und welches sie beim Marschieren immer wieder anstimmten, hielt die blank liegenden Nerven zusammen. Immer wieder dichteten die Expeditionsmitglieder neue Strophen hinzu …

Der Heimat so fern,
der Fluss windet sich
durch Berg und Tal, Berg und Tal.

Sonnenverbrannt,
Gewehr in der Hand,
durch Berg und Tal, Berg und Tal.

Ein Ziel ham' wir nich',
doch brennt das Gesicht,
durch Berg und Tal, Berg und Tal.

In der Steppe glühen wir,
morgens dort und abends hier,
kämpfen gegen wild' Getier,
Tote pflastern unsern Weg,
keiner weiß, wohin er geht,
niemand hier, der uns versteht.

Die Sonne hat Macht,
doch kalt ist die Nacht,
durch Berg und Tal, Berg und Tal.

Tag für Tag marschierte die Gruppe unter unerbittlichsten Bedingungen, aber der Wille, die Expedition zu Ende zu führen, um an einem wie auch immer gearteten Ziel anzukommen, war eindeutig da. Lediglich Nilu und Navolis sonderten sich immer häufiger ab. Nilu verband kaum noch Wunden, Navolis jagte lieber für sich alleine, brachte zudem oft keine Beute zum Lager, sodass sich die Übrigen fragten, ob er überhaupt noch jagte. Onasula erzählte Benelon, nun sei die Situation aufgetreten, die sie schon vor Langem hatte kommen sehen. Navolis war ständig gereizt. Auch von der schönen Nilu wollte er oft nichts wissen, doch sie blieb stumm bei ihm und ließ seine verbalen Zornesausbrüche über sich ergehen. Xûzûl versuchte, mit dem Novedaner zu reden, wurde jedoch schlichtweg ignoriert. Der Xolo meinte, der Novedaner beginne nun, unter dem Druck der Expeditionsbedingungen, mental zusammenzubrechen. Er riet den anderen, nun besonders nachsichtig zu sein. Benelon sah das genauso; Navolis war ein wichtiger Mann in diesem Unternehmen.

Doch das Unglück nahm noch am selben Abend seinen Lauf. Navolis murrte zunächst bloß, er sei es leid, dass die Inkompetenz einzelner Expeditionsmitglieder ständig die gesamte Mannschaft in Gefahr bringe. Dann griff er Sede verbal an, er solle lieber kräftig bei der Jagd mit zupacken, als den ganzen Tag über den Sinn rätselhafter vergangener Sprachen nachzudenken.

Als Benelon den Streit schlichten wollte, rastete der Novedaner aus: »Von dir nehme ich keine Ratschläge mehr entgegen, Sanna! Scher dich nach Blogol!«

»Mäßigt Euren Umgangston, Navolis! Ihr untersteht immer noch meinem Befehl und der Sache, der Ihr Euch verpflichtet habt!«

»Das reicht mir, inkompetenter Sanna!«

Die übrigen Expediteure wichen erschrocken zurück.

»Was wollt Ihr damit sagen, Navolis?!«

»Wer war denn daran schuld, dass Gruff und Ane Dolon sterben mussten? Du warst es, Benelon! Du bringst uns alle durch schwachsinnige Befehle in Gefahr! Glaubst du, ich lasse mich ewig von einem herumkommandieren, der beständig Fehlentscheidungen trifft? Oh, nein! Darum verlasse ich nun die Expedition und schlage mich alleine durch – und zwar nach Montagy!«

»Aber Ihr wisst doch gar nicht, in welcher Richtung das liegt«, sagte Benelon, nun wieder etwas neutraler im Ton.

Navolis erwiderte darauf nichts. Er packte seinen Kram zusammen und machte sich auf, den novedanischen Kleinstaat an der Schwarzlandküste zu suchen. Er wählte dabei in seinem Zorn den abstrusen Weg quer durch die Sümpfe. Nilu sah die anderen einen Moment lang traurig an, folgte dann aber dem Mann, dem sie ihr Herz geschenkt hatte.

Benelon war sich sicher, dass die anderen den beiden nicht folgen würden. Die übrigen Expediteure vertrauten einander und hatten sich zu einer Einheit zusammengerauft – wenn nötig, würden sie die Expedition auch mit acht Leuten durchführen. Navolis und

Nilu erwartete als Deserteure im Grunde genommen die Todesstrafe, sollten sie noch einmal den Weg der Expediteure kreuzen, doch so weit sollte es gar nicht erst kommen. Denn noch in Sichtweite hörten die übrigen die verzweifelten Hilferufe von Navolis und Nilu. Und obwohl keiner den beiden wirklich beistehen wollte, plädierte Onasula dafür, wenigstens Nilu zu retten, die ja nicht eindeutig desertiert hatte. Auch Benelon brachte es nicht fertig, die beiden angesichts der drohenden Gefahr allein zu lassen, nachdem sie gemeinsam schon so viel durchgestanden hatten. Wenn sie nun Nilu und Navolis das Leben retteten, würde der novedanische Hitzkopf vielleicht zur Vernunft kommen und seine ungeheuren Anschuldigungen zurücknehmen.

Um die beiden Deserteure stand es schlimm. Sie waren von merkwürdigen Wesen umzingelt, die wohl aus dem Sumpf gekrochen gekommen waren. Zwar brachten die Silberpistolen vielen von den Riesenwürmern oder Sumpfkrabblern, wie Olo sie später klassifizierte, den Tod, aber es tauchten immer neue aus dem stinkenden Wasser auf, und der Novedaner, der mit seiner Munition bisher nicht gerade sparsam umgegangen war, bekam nun die Konsequenzen seiner Leichtfertigkeit zu spüren.

Die Expediteure schossen einige von den Aggressoren nieder, doch es war ein aussichtsloser Kampf. Die kriechenden, schnurartigen Wesen, welche sich mit einer Vielzahl kleiner Saugnäpfe am Boden entlanghangelten, sandten aus dem Tentakel- und Fühlergewirr an einem Körperende, welches man mit einiger Fantasie wohl als Kopf bezeichnen konnte, eigenartige, sinusförmige Wellen aus. Diese waren zu grell für menschliche Augen, sodass sich die Expediteure während des Kampfes ständig wegdrehen mussten. Wurden sie jedoch von den Wellen getroffen, so vermochten sie sich nur noch schwerfällig zu bewegen. Ihre Gedanken liefen durcheinander; schließlich versagte ihre gesamte Koordination. Die Wahrnehmung verzerrte sich bis zur Bewusstlosigkeit; und so bemerkten sie nicht die anderen Wesen, die während des Kampfes stumm angeschlichen kamen: die hinterhältigen Ohkk.

Die Ohkk fesselten die wehrlosen Expediteure mit lebenden Tieren. Das Fatale an den atmenden Fesseln war, dass sie sich enger zusammenzogen, sobald man sich aus ihnen zu befreien versuchte. Die Menschen wurden in Kunststoffkugeln unbekannter Bauart verladen und auf den Grund eines sehr großen Sees transportiert. Die Einzige, die während der Fahrt wach wurde, war Alinas, welche mit verhältnismäßig wenigen Wellenstrahlen gelähmt worden war, da sie nicht gekämpft hatte. In der Kerkerzelle, in der sich die Expedition später wiederfand, wusste sie Fantastisches zu berichten: Bis dato unbekannte Fische und Unterwasserwesen in schillernden, teilweise unbekannten Farben waren an ihnen während der Tauchfahrt vorbeigeschwommen.

Eine halbe Ewigkeit sind wir in die Tiefe gefahren. Wir befinden uns unter einer gewaltigen

Wassermasse, vielleicht sogar unter dem Meer. Selbst wenn wir aus diesem Kerker entkommen können, an eine Flucht brauchen wir gar nicht erst zu denken. Wir sind hoffnungslos gefangen in einer Gegend, die wir nicht kennen, in einer Welt, von der wir nie ein Teil sein wollten! Roter Ranuk, sende uns deine Hilfe! Entzerre die Schleier des Bösen, sende dein rotes Licht hinab zu uns in die Tiefe, wo wir leiden!

Experimente

Als Benelon zu sich gekommen war, sah er sich fest entschlossen, dieses grausame Schicksal nicht zu akzeptieren.

Es darf nicht wahr sein, dass wir gefangen sind!

Er blickte sich um. Die einzige Person, die außer ihm bei Bewusstsein war, saß ihm gegenüber, aufrecht an die Wand gekettet. Benelon konnte nur den Umriss der Person erkennen, die aus dem Dunst zu ihm sprach. Dennoch erkannte er seine Schwester, die einem Hund gleich eine dicke Kette um den Hals trug, welche an der Wand an einem Eisenring hing. Der Raum war durch ein phosphoreszierendes gelbes Licht nur spärlich beleuchtet. Alinas weinte. Benelon stemmte sich gegen die lebenden Fesseln.

»Gib es auf, das habe ich auch schon ausprobiert. Davon werden sie nur enger.« Sie sah erbärmlich aus. So weit er es erkennen konnte, war ihr Gesicht schon ganz schwammig, so viele Tränen waren darübergelaufen.

Tatsächlich zogen sich seine Fesseln mehr zusammen und fügten vor allem seinen kampfgeschundenen Oberarmen entsetzliche Schmerzen zu. Er erinnerte sich an den Kampf. »Alinas … Es tut gut, deine Stimme zu hören. Bist du verletzt?«

»Nein, Benelon. Ich habe noch etwas Kopfschmerzen, ich meine, dass diese Strahlen daran schuld sind.« Sie schaute sich im Raum um. Die anderen gefangenen Expediteure waren noch immer betäubt. Dann fiel ihr etwas auf. »Benelon«, sagte sie mit einem Zittern in der Stimme, »wo ist Xûzûl?«

Langsam kam der Zauberer zu sich. Sein erster Eindruck war, dass er von sehr hellem Licht angestrahlt wurde. Seine Arme und Beine waren gefesselt. Er lag ausgestreckt auf einer schrägen Bank, welche gegenüber einer Metalltür aufgestellt war. Die Tür sah sehr massiv aus. Innerlich nahmen wütende Gedanken zu.

Warum habe ich auf der Straße der Träume keine Warnung erhalten? Wo bin ich hier und warum fühle ich mich so gelähmt? Und vor allen Dingen: Warum bin ich hier festgeschnallt?

An der Tür standen krokodilartige Geschöpfe mit Armen und Beinen, aufrecht gehend und offensichtlich in ein Gespräch vertieft. Xûzûl wusste, dass er nicht halluzinierte. Zwar fühlte er sich etwas benommen, doch sein Wachbewusstsein war intakt. Die Krokolorr sahen aus wie Wachen, sie trugen silberne Helme und dreizackige Spieße.

Mit einem Mal gingen die Krokolorr zur Seite; die Tür schwang nach innen und herein trat oder vielmehr kroch eines jener Wesen, mit denen die Expediteure im Sumpfgebiet ihren Kampf ausgetragen hatten. Nun hatte Xûzûl mehr Zeit, das Wesen eingehender zu betrachten, obschon er sich gewünscht hätte, es unter freundlicheren Umständen kennenzulernen. Es glich einem feisten Wurm, doch merkwürdige, gummiartige Beine mit Saugnäpfen an den Enden ließen entfernte Assoziationen zu Tausendfüßlern aufkommen. Das kopfähnliche Ende des scheußlichen Wesens maß circa einen eisannischen Quadratmeter. Im Zentrum dieses Kopfes lag ein von sechzehn winzigen Augen umgebener Kern, in dem eine hirnartige Formation pulsierte. Dieser Kern, umgeben von einer durchsichtigen, gallertartigen Masse, enthielt nicht Strahlen aussendende Tentakel wie bei den Wurmwesen, welche die Expedition beim Sumpfscharmützel übertölpelt hatten, sondern vielmehr grüne, schleimige Fühler, die nervös durch die Luft zuckten. Das Wesen betätigte Hebel an blinkenden Apparaturen. Der Zauberfürst schloss daraus, dass es Variationen dieser Spezies gab; womöglich waren die Wurmwesen mit Tentakeln eine Kriegerkaste, die mit den ekelhaften Fühlern hingegen so etwas wie Wissenschaftler. Zu seinem Entsetzen musste Xûzûl feststellen, dass die Krokolorr nun auf ihn zukamen, um zwei schmerzhafte Metallhaken oberhalb seiner Ohren anzubringen. Xûzûl wand sich. Die lebenden Fesseln verengten sich und schnitten in sein Fleisch, unnachgiebig, gnadenlos. Der Xlaovaner schrie, bis er ohnmächtig wurde.

Als er wieder zu sich kam, packte ihn das Grauen erneut. Etwas Gewaltiges war in sein Bewusstsein eingedrungen und riss seine Gedanken auseinander. Für einige Momente dachte Xûzûl, sein Ende sei gekommen. Doch es handelte sich lediglich um einen Versuch, seine Nerven zu schwächen. Er hatte keine Wunde am Kopf, nur einen wirren Gedankenstrudel, der ihn daran hinderte, seine Aufmerksamkeit zu fokussieren. Nach einem langen und wahrhaftig nervenaufreibenden inneren Kampf gelang es ihm, den bösen Fremdling aus sich zu vertreiben; was zurückblieb, waren pochende Kopfschmerzen.

Die übrigen Expeditionsteilnehmer waren inzwischen aus ihrem nebulösen Schlafzustand erwacht und hätten sich wohl verwundert die Augen gerieben, wenn sie nicht gefesselt gewesen wären. Anfangs versuchten alle, sich gegenseitig die Schuld an der fatalen Lage zu geben, ließen jedoch schnell von derartigen Kindereien ab.

Die Ärztin Onasula brachte es als Erste auf den Punkt: »Wir müssen jetzt zusammenhalten. Gemeinsam sind wir diesen abscheulichen Tieren in die Falle gegangen, gemeinsam werden wir ihnen entkommen! Wir werden einen Fluchtplan entwerfen und somit unsere überlegene menschliche Intelligenz unter Beweis stellen! Habt Ihr sie Euch genau genug angesehen?! Das sind *Tiere*. Sie können uns nicht beherrschen! Wir werden entkommen!«

Sie hatte kaum ausgeredet, da kamen drei Krokolorr mit Dreizackwaffen herein, um Benelon, Nilu und Alinas mitzunehmen. Verzweifelt wehrten sich die Expediteure gegen die geschuppten Wachen, indem sie nach ihnen bissen und sie bespuckten. Ein paar leichte Stöße mit den Dreizackwaffen, die fürchterlich juckende Wunden zurückließen, an denen sie sich nicht einmal kratzen konnten, beendeten die verzweifelte Rebellion der Gefangenen. Benelon und Alinas widerfuhr die gleiche Prozedur wie Xûzûl.

Die übrigen Expediteure bekamen jeden Tag Würgreiz erzeugende Meeresgetierspeisen und eine neongelbe, fade Brühe zu essen, die Sede als »aufgewärmte Gedärme« bezeichnete. Obwohl sie nichts über den Verbleib der vier verschleppten Mitgefangenen in Erfahrung bringen konnten, planten sie die gemeinsame Flucht, und die Vorschläge hätten in einer anderen Umgebung ziemlich wahnsinnig geklungen. In den wenigen Sekunden, in denen die Expediteure zu essen bekamen, waren die Fesseln gelöst, somit die Hände frei …

Nilus Tochter

Benelon fand sich in einem Raum wieder, an dem alles so vollkommen widernatürlich und abartig war, dass er sich ernsthaft fragte, ob es nicht besser sei, sich einfach das Leben zu nehmen, als sich diesem Wahnsinn weiter auszusetzen. Er war nun seit Stunden hier herumgelaufen und letztendlich vor Erschöpfung zusammengebrochen. Zunächst hatte er sich noch gefreut: Zu seiner Überraschung hatte man ihm die Fesseln abgenommen, nachdem man schmerzhafte Metallhaken an seinem Kopf angebracht hatte, deren Zweck er sich gar nicht erst ausmalen wollte.

Dann muss ich es eben noch mal versuchen. Offensichtlich handelt es sich um ein Labyrinth, das sich jedes Mal, wenn ich einen neuen Abschnitt betrete, verschiebt. Die halten mich wohl für eine Art Versuchskaninchen?!

Seine Anstrengungen erwiesen sich als völlig sinnlos. Das Labyrinth bestand aus Mauern und Türen, die zu weiteren Mauergängen und weiteren Türen führten. Boshaft an den Türen war auch ihre geringe Höhe; sie waren nicht für Menschen konstruiert worden. Benelon musste auf dem Bauch unter dem oberen Rahmen hindurchrobben. Doch immer, wenn der arme Neosanna einen neuen Abschnitt betrat, drehte sich der komplette Raum, sodass es ihm unmöglich wurde, sich vernünftig zu orientieren. Der Raum drehte sich manchmal nur für einen Moment, dann wieder für eine scheinbar nicht enden wollende Zeit. Mal drehte er sich nach rechts, dann wieder linksherum; und immer öfter fand sich der Expeditionsleiter in türlosen Sackgassen wieder, sodass er zu einem früheren Abschnitt zurückkehren musste, der sich, sobald er ihn betrat, wieder veränderte. All seine Kenntnisse über Labyrinthe und Höhlen schienen in dieser Umgebung nutzlos zu sein.

Alinas fand sich ebenfalls in einer schlimmen Lage wieder. Man hatte sie in einen Käfig gesperrt, der an viele andere Käfige angrenzte. In diesem befanden sich verschiedene Tiere der Erdoberfläche. Bären, die so krank und matt aussahen, dass Alinas sich sicher war, sie würden bald sterben. Eidechsen, Schildkröten, Fliegenfresser, Zabangg, sogar einige der Flof und Sri, mit denen sich die Expeditionsteilnehmer Wochen zuvor noch Kämpfe auf Leben und Tod geliefert hatten, waren in die abartigen Käfige gezwängt. Nun jammerten, winselten und heulten Mensch und Tier gemeinsam. Der Gestank war unzumutbar.

»Lasst mich hier raus! Bitte, versteht ihr mich denn nicht?«, flehte Alinas eins der Wurmwesen an.

Es antwortete ihr nicht, reichte ihr stattdessen immer neue, unbekannte Gegenstände in den Käfig, mit denen sie nichts anfangen konnte. Aber als sie mit den Gegenständen hantierte, um deren Funktion zu untersuchen, stellte sie fest, dass einige Krokolorr und Würmer sich versammelt hatten, um sie zu beobachten.

»Wahrscheinlich haben die Geräte, die ihr mir gebt, einen bestimmten Nutzen, aber ich weiß nicht, welchen. Oh, bitte, liebe Wesen, sagt mir doch, was ich tun kann, damit ihr mich freilasst … «

Ihre Kommunikationsversuche brachten ihr nicht viel ein, obwohl ihr auffiel, dass die Krokolorr, die den Menschen bis auf die schuppige Haut und das mit scharfen Zähnen besetzte Maul gar nicht so unähnlich waren, ab und an ihre Gesten imitierten. Nur wusste sie nicht, ob sie sich über sie lustig machten oder gar versuchten zu begreifen, was sie sagen wollte.

Der schlaue Xûzûl überlegte sich derweil, wie es kommen konnte, dass ihn seine Wärter inzwischen völlig ohne Ketten herumlaufen ließen, obwohl er doch sicher die erstbeste Möglichkeit zur Flucht aus dem Raum ergreifen würde. Klar, er hatte aus diesem Raum, der wohl eine Art »Vernehmungsraum« war – an einigen Geräten klebten noch verkrustetes Blut und Haarbüschel oder Schuppen unglücklicher Wesen, die hier festgeschnallt und zerstückelt worden waren, noch ehe sie die gewünschte Antwort hatten generieren können –, schon zweimal zu fliehen versucht. Die Bewacher kamen ihm allerdings in jedem Schritt zuvor, und er konnte sich diesen Vorgang zunächst nicht erklären.

Wiederholt zerrten zwei Krokolorr arme Kreaturen herein, um sie vor seinen Augen zu foltern. Sie sahen Xûzûl flehend an, wohl wissend, was ihnen nun bevorstand. Es waren ausgesprochen jämmerliche Wesen, Seeigeln mit vier Augen ähnlich, mit einem zerbrechlichen Körper gleich dem eines Seepferdchens. An der Tür kroch eines der Wurmwesen herum, welches seine ganze Aufmerksamkeit auf Xûzûl verwandte. Dann fingen die Folterknechte mit ihrem boshaften Handwerk an, und erst nachdem sie einem der Gefolterten ein Bein abgetrennt hatten, begann dieser in einer blubbernden Sprache hastig zu erzählen.

Aber was soll ich bei dieser ganzen Sache? Spannen sie mich auch auf die Folter? Warum muss ich das alles mit ansehen? Lassen sie mich für kurze Zeit in der Illusion der Freiheit, sodass ich nachher umso mehr leiden werde, wenn mein Leben langsam zerquetscht wird? Warum kommen sie mir immer zuvor? Ich habe versucht, mich tot zu stellen und sie zu überrumpeln, ich habe mich neben der Tür versteckt und wollte ihnen beim Eintritt in den Raum in den Rücken fallen, keine List hilft mir. Fast, als könnten sie meine Gedanken lesen …

In diesem Moment ging Xûzûl ein Licht auf, dass sie dies tatsächlich konnten. Deshalb dachte er nun fast gar nicht mehr vorher über sein Handeln nach – er agierte im Hier und Jetzt, und er wusste, dass die einzige Möglichkeit zur Flucht war, Handlungen vom Bewusstsein weitestgehend abzuspalten. Er musste sich auf die Automatismen seines Körpers verlassen. Er schrie, krümmte sich am Boden und übergab sich, was ihn sehr anstrengte. Die Krokolorr merkten, dass etwas nicht stimmte, und sahen das Wurmwesen an, welches immer noch die offene Eingangstür blockierte und wild mit den Tentakeln gestikulierte. Bald darauf ging ein Krokolorr zu Xûzûl hin, um nach ihm zu sehen. Er hatte sich auf dem Rücken zusammengekrümmt und sein Gesicht abgewandt, kroch in seinem eigenen Erbrochenen. Das Wurmwesen bedeutete dem Krokolorr, den Xlaovaner umzudrehen.

Der eine Krokolorr versuchte, den Xlaovaner zu wenden, doch da war es um ihn geschehen. Dank seiner telepathischen Kräfte riss Xûzûl den Dreizack, den der Krokolorr unvorsichtigerweise hatte stehen lassen, von der Foltermaschine weg und stach den

Krokolorr mitten in seinen schuppigen Bauch. Dieser brüllte und brach zusammen. Xûzûl bemerkte, dass der Wurm lähmende Strahlenwellen nach ihm aussandte, welche aber nur seinen Rücken trafen, da er sich blitzschnell wegdrehte. Doch Xûzûl stellte zu seiner großen Überraschung fest, dass er gar nicht gelähmt war.

Mein Kopf! Nur wenn sie meinen Kopf treffen, werde ich müde!

Der zweite Krokolorr stürzte auf ihn zu, doch der flinke Xlaovaner, der nun um sein Leben kämpfte, drehte sich seitlich vom auf ihn zukommenden Dreizack weg und stieß seinem Gegner im gleichen Zug die Waffe in die Rippen. Ein ekelhaftes Geräusch hallte durch den Raum, als der Dreizack die Panzerplatte des Krokolorr durchstieß und die darunter befindlichen Gedärme durchbohrte. Xûzûl befand sich fortan in einem ihm in seinem bisherigen Leben unbekannten Todesrausch. Der Wurm war vor dem rasenden Xlaovaner in den Flur geflohen, doch da er sich kriechenderweise nur langsam fortbewegte, hatte der Zweibeiner ihn schnell eingeholt und rammte ihm den Dreizack in den von Tentakeln wimmelnden Kopf. Dann kehrte er zurück, um das arme Meereswesen zu befreien, doch es war schon verendet.

Nilu war ganz taub. Sie kam sich vor, als wäre ihr schlimmster Albtraum zur Realität geworden. Die ekelhaften Wurmwesen, die sich Ohkk nannten und ihr ab und an weitere, seltsam verstümmelte Imitationen menschlicher Sprachlaute eingaben – *… sie kennen alle meine Gedanken, sie können sich nach Belieben zu meinen Gedanken dazugesellen oder eingreifen …* –, hatten nun schon einige Zeit den unteren Bereich ihres Körpers manipuliert. Nilu war froh, dass die Ohkk ihr wenigstens nicht wehtaten und dass sie ihren schweren, anästhesierten Kopf nicht heben konnte, um zu sehen, was diese widerwärtigen Würmer da anstellten.

Als die Ohkk nach einer Weile, die Nilu wie eine halbe Ewigkeit vorkam, ihre ekelhaften Untersuchungen einstellten, merkte sie, dass ihr Körper sich verändert anfühlte. Es kam ihr fast so vor, als hätte sich etwas Fremdes in ihren Körper begeben, und es schien beständig zu wachsen. Öfter wurde ihr schlecht, öfter bekam sie regelrechte Hungerattacken, ihr ganzes Inneres schien in grässlichem Aufruhr. Sie brauchte gar nicht allzu lange zu warten, da trat etwas von innen gegen ihren Bauch. Nilu wurde klar, was geschehen war: Die Ohkk hatten sie nicht nur auf irgendeine widernatürliche Weise befruchtet, sondern es auch fertiggebracht, die künstliche Schwangerschaft rasend schnell zu beschleunigen …

Beim roten Ranuk! War es das, was ich mir immer schon erträumt habe, das Wunder, welches ich so sehr herbeisehnte … ?

Die Ohkk hatten Nilu gegen ihren Willen ihren sehnlichsten Herzenswunsch erfüllt. Noch in der gleichen Nacht, wobei diese Bezeichnung für die Unterwasserwelt nur sehr bedingt eine Rolle spielt, trug Nilu unter großen Schmerzen eine Tochter aus, deren süßer kleiner Kopf der eines Babys war. Auch das die Bezeichnung Tochter wohl zulassende Geschlechtsorgan und die Ärmchen und Beinchen waren eindeutig menschlich. Was Nilu wenig zu sehen bekam, war, dass an der Stelle, wo Rippen und Bauch beim Menschen verortet waren, sich ein den bekannten Naturgesetzen spottendes Gewirr aus Tentakeln und tintenfischartigen Fäden wand und streckte.

Doch Nilu war seltsamerweise voller Liebe, und als ein Wurmwesen ihre Tochter auf ihren Bauch legte, wo sie sich mit ihren Tentakeln festsaugte, war sie das erste Mal seit langer Zeit sehr glücklich und schlief friedlich ein.

KAPITEL XI

Ein Blutbad

Xûzûl triumphierte. Die Wurmwesen konnten ihn nicht verorten, weil er wechselnd seine Gedanken ausschaltete oder gezielt Unsinn dachte, und die Krokolorr wirkten ohne die Anweisungen der Ohkk seltsam unkoordiniert. Natürlich war es unmöglich, das Nichtdenken über längere Zeiträume aufrechtzuerhalten, doch sobald Xûzûl feststellte, dass er anfing, sich bewusste Gedanken über die lebensgefährliche Situation zu machen, in der er sich befand, schaltete er unsinnige verwirrende Gedanken dazwischen:

Ich bin ein Vogel und fliege über euch! Ihr könnt mich nicht sehen … Ich gehe jetzt zurück zum Raum, oder bin ich vielleicht sogar gar nicht existent?

Jedoch war es am sichersten, möglichst gar nicht zu denken, wenn er sich kein zweites Mal betäuben lassen wollte. Denn die Wurmwesen konnten ihn aufgrund seiner Gedanken immer noch grob verorten, obwohl es ihm ein Rätsel war, wie sie in so kurzer Zeit Xlaovanisch erlernt hatten.

Derweil war Benelon vor Verzweiflung und Erschöpfung vollständig zusammengebrochen, lag hilflos am Boden. Jeder einzelne Knochen tat ihm weh, und lediglich sein Herz, welches so schwerfällig in seiner Brust klopfte, dass es beinahe widerwillig schien, zeigte dem Neosanna an, dass er noch lebte. Er schlief auf einem kalten Metalluntergrund ein. Als er wieder aufwachte, stellte er fest, dass Wurmwesen den Raum betreten hatten. Wahrscheinlich waren sie gekommen, um ihn zu holen. Zu seiner Überraschung interessierten sie sich gar nicht für ihn. Vielmehr schienen sie vor etwas zu fliehen! Der Expeditionsleiter rieb sich die Augen. Seine Kehle brannte und seine Nase lief. Er war krank geworden – kein Wunder, trug er doch nichts am Leib als seine geschundene, schmutzige Expeditionsuniform, und diese schleimigen, vermodert anmutenden Unterwasserräume waren ganz gewiss nicht beheizt.

Plötzlich trat ein Mensch herein. Benelon mochte seinen Augen nicht trauen: Es war Xûzûl! Er wollte seinen alten Gefährten drücken und herzen, aber auch dieser schien ihn nicht zu beachten. Wortlos eilte er an Benelon vorbei, den langsam vorwärtskriechenden Würmern dicht auf den Fersen. Wieder drehten sich die Räume des Labyrinths, aber dem

Xolo schien dieser Umstand nichts auszumachen. Einige Drehungen und Windungen später hörte Benelon aus einem Nebenraum ekelhafte Quetsch- und Matschgeräusche, und er war sich sicher, dass Xûzûl die drei Würmer, die in diesen Raum geflüchtet waren, erledigt hatte. Benelon richtete sich mühsam auf. Seine Knochen fühlten sich immer noch an, als wären sie durch eine Mühle gegangen.

Die Mühle … an einer Mühle haben wir uns damals kennengelernt … mit grünen Augen und lockigem Haar haben wir damals Korn gemahlen, Seite an Seite … auf einem kleinen Bauernhof auf der Insel Laa lebten wir … Dann sind wir auf prächtigen Schiffen nach Süden gefahren. Wir wollten beide ein besseres Leben beginnen, gemeinsam, mit Kindern und Tieren und guten Freunden …

»Benelon?«

Ist das Xûzûl?

»Komm zu mir, Benelon.«

Wer ist das? Die Stimme scheint aus meinem Kopf zu kommen …

»Komm her, Benelon, komm her!«

Benelon konnte nicht anders, als dieser Stimme zu folgen. Sein Körper tat ihm noch sehr weh, aber erschien ihm ausreichend funktionstüchtig. Xûzûl tauchte auf.

»Benelon! Ich bin froh, dass Ihr am Leben seid! Wie fühlt Ihr Euch?«

»Ich kann es Euch jetzt nicht sagen. Ich habe eine Stimme im Kopf, der ich folgen muss – irgendetwas hat mich in seinen Bann gezogen.«

»So komme ich mit Euch. Aber es ist besser, wenn Ihr Euch bewaffnet und so wenig wie möglich denkt. Ich bin mir ziemlich sicher, dass die Ohkk uns nur über unsere Gedanken lokalisieren können. Sie können uns nicht sehen! Ich glaube, dass sie keine Augen haben. Im Gegensatz dazu haben Echsenwesen zwar Augen, aber sie scheinen viel schlechter zu sein als unsere. Nutzen wir also unseren Vorteil. Gehen wir!«

Am Ausgang hob Benelon ein Schwert auf, das neben der Leiche eines getöteten Krokolorr lag, dessen Klinge eigentümlich schimmerte. Dann ging alles ziemlich schnell. Benelon folgte immer nur der stetig lauter werdenden Stimme in seinem Kopf. Die beiden Menschen bogen rechts in den geräumigen eisenbeschlagenen Gang ein. Teilweise konnten sie durch ein massives gläsernes Dach die gewaltigen dunklen Wassermassen erkennen, die sich unmittelbar über ihnen befanden und die wohl zum See gehörten, an dessen Grund die Expediteure gefangen gehalten wurden. Wie man das Problem des gewaltigen Tiefendrucks gelöst hatte, gab Xûzûl Rätsel auf. Benelon kümmerten derartige Überlegungen wenig. Allerdings fiel ihm auf, dass Xûzûl gnadenlos mit den Wurmwesen namens Ohkk abgerechnet hatte. Überall lagen ihre ekelhaften fetten Leichen, einzeln und in Gruppen, getränkt von ihrem toxischen grünen Blut.

»Seht die Wunden an meinen Armen und Beinen, Benelon! Ihr Blut frisst sich in die Haut hinein, es ätzt einem den Leib weg, wenn man nicht vorsichtig ist.«

Benelon registrierte dies mit Grauen. Dann riss er eine Tür auf, die in einen Raum mit mehreren röhrenförmigen Apparaten führte. Vier Krokolorr sprangen auf, am Körper gepanzert und ausgerüstet mit Morgensternen. Blinde Wut glitzerte in ihren verräterischen kleinen Augenschlitzen, als sie sich in einen Kampf stürzten, den sie nicht gewinnen konnten. War Xûzûl aufgrund seiner telekinetischen Fähigkeiten schon kaum zu besiegen, hatten sie es zudem mit Benelons jahrelanger Erfahrung beim eisannischen Militär zu tun. Der Kampf war schnell entschieden. Die Stimme in Benelons Kopf hatte sich verdoppelt – nun redeten nervös hohe und höhnisch tiefe Gutturalquaklaute auf ihn ein. Die beiden Männer huschten über einen weiteren Flur, öffneten eine weitere Tür … und schrien vor Entsetzen!

Alinas befand sich noch immer in diesem herabwürdigenden Käfig. Auf dem Flur ertönte Geschrei und Kampfeslärm. Die Krokolorr eilten Hals über Kopf in den Flur hinaus und ließen sie eingesperrt zurück. Als Alinas sich schon fragte, ob sie hier vergessen worden war, bemerkte sie, dass aus einer kleinen runden Öffnung, die einem Gitter glich, eine Rauchwolke austrat. Der geruchlose gelbe Rauch erreichte die Käfige recht schnell und erfüllte seinen grausigen Zweck ohne Erbarmen. Bald schon verendeten die kleineren Tiere.

Oh, Ranuk … Sie wollen mich vergiften! Ich sterbe. Ich sterbe! Ich kann nicht mehr atmen … Nein, ich möchte nicht sterben … nicht auf diese Weise … Mein Vater hat gesagt: »Du musst zur Armee gehen, Kind. Das ist das einzig Vernünftige. Sieh mich an, ich habe als Soldat angefangen, nun habe ich mein Leben gemeistert.« Ich bin zur Armee gegangen, Vater. Das war das einzig Vernünftige. Sieh mich an, ich habe als Späherin angefangen, nun bin ich …

Mit diesen bitteren Gedanken starb Alinas röchelnd in ihrer Zelle, während der Kampfeslärm aus der Ferne in dem vergasten Raum nachhallte.

Die wenigen Ohkk, die Xûzûls Attacke überlebt hatten, wussten nun, wie man diese rasenden Primaten, die sich selber als Menschen bezeichneten, aus sicherer Entfernung umbringen konnte. Ihr Plan war es, die übrigen Gefangenen ebenfalls in die Kammer des gelben Todes zu bringen, sobald sie den gelben Tod, der schon die eine Menschenfrau erledigt hatte, abgesaugt hatten. Sie mussten sich beeilen: Es blieb nicht mehr viel Zeit, um die eskalierende Situation unter Kontrolle zu bringen.

Derweil standen Xûzûl und Benelon einem Wesen gegenüber, welches einem großen fliegenden Wolf glich. Auf fürstlichen Schwingen gleitend kreiste das abscheuliche Untier oberhalb der Expediteure in einer spiralförmigen Kuppel unbekannter Geometrie. Hier festigte sich ihr Eindruck, dass sie sich tatsächlich tief unter dem Meer befanden. Seltsame, sich selbst beleuchtende Wesen mit ekelhaften, schleimigen Konturen lungerten jenseits der Kuppel herum. Das Staunen der Expediteure währte nicht lange, denn schon stürzte sich das vogelartige Wolfswesen mit einem Heulen, das nicht der bekannten Sphäre entsprang, auf die beiden Kampferprobten. Senkrecht schoss es von oben auf Benelon und Xûzûl zu, die ihre Waffen schützend vor den Körper hielten und die Augen schlossen. Das Geräusch des Aufpralls war fürchterlich. Benelon wurde zur Seite geschleudert, der Xlaovaner lag unter dem aufgeplatzten Himmelswolf begraben.

Doch Benelon hatte keine Zeit, seinem Kumpan zu helfen. Die unerbittlichen Stimmen, die in seinem Kopf dröhnten, waren nun intensiver denn je. Er wurde von diesen Stimmen magisch in Bann gehalten und folgte ihnen nun beinahe willenlos. Hinter einer Tür, die aus der Kuppel des Himmelswolfes herausführte, erblickte er Versuchslaboratorien, die in grellem Licht bis ins letzte ekelhafte Detail erleuchtet waren und deren unglückliche Versuchsobjekte in einen Zustand gebracht worden waren, der gegen jegliche dem Menschen bekannte Ethik verstieß. Benelon hielt es nicht länger aus. Er erbrach sich heftig.

»Komm her, Benelon. Du wirst der Nächste sein, über den wir Erkenntnisse gewinnen werden!«

Der Neosanna packte sein violett schimmerndes Schwert mit beiden Händen, halb unbewusst handelnd. Es wird oftmals unterschätzt, welche Kraft diese simple Waffe in den Händen eines wahnsinnigen, vor Rachegelüsten blinden Menschen entfalten kann. Man erzählt sich von den geheimnisvollen Winkeln der uralten Wälder Bilbis bis zu den rauen Küstenstreifen Skats von Kämpfen und Schlachten und Kriegen, die durch die beherzte Führung einer einzigen Klinge entschieden wurden.

Benelon stieß die Tür zu dem Raum auf, aus dem die Stimmen kamen. In seinen Augen funkelte der Tod.

Orrhokesh

Niemals zuvor hatten menschliche Augen etwas Derartiges erblickt. In einer Art Halle, von deren Wänden die Fratzen von Wesen herunterstarrten, die Benelon den letzten Tritt gaben, um auf der Spirale des Wahnsinns ins Bodenlose hinabzustürzen, erblickte der erstaunte Neosanna eine Vorrichtung, die er nicht zu verstehen vermochte.

»Nun bist du also gekommen, du Ding, das sich *Mensch* nennt.« In der Mitte der Halle befand sich ein verdrahteter pechschwarzer Sockel aus unbekanntem Material.

Von dort kommt die Stimme. Eben waren es noch zwei, doch nun höre ich nur diese eine, klar und deutlich.

»Du bist gekommen, um alles zu zerstören. Dabei weißt du nicht einmal, was du zerstörst.« Auf dem Sockel befand sich ein Aquarium, welches verschiedenfarbige Flüssigkeiten enthielt sowie große, pulsierende Adern, die in den Sockel hineinführten.

Oder kommt die Stimme von dort?

»Du bist mit den anderen Menschen in unseren heiligen Tempel gekommen und hast unseren Verbündeten in Stücke gerissen. Dann hast du eine Grenze überschritten, die viele Menschengenerationen lang unberührt geblieben ist. Schließlich bist du auch noch auf das heilige Gelände der Sümpfe losmarschiert, sodass wir dich gefangen nehmen mussten. Und nun bist du drauf und dran, alles zu zerstören!«

Auf dem Aquarium stand ein riesiger kristalliner Klumpen Gewebe, pulsierend und seltsame Schattenmuster an die Wände mit den Fratzen werfend, die eine Art verrückten Tanz aufzuführen schienen.

Aus diesem hässlichen Klumpen kommt also die Stimme. Wer oder was bist du?

»Ich bin Orrhokesh, Benelon. Glaubst du, es fiel mir schwer, deine lächerlichen, primitiven Gedanken zu lesen? Glaubst du, eure inneren Abbildungen der widerlichen gutturalen Laute, die ihr Primaten als *Sprache* bezeichnet, sind schwer zu imitieren? Und eure simple Grammatik und eure komischen Variationen und Dialekte? Mensch, wenn du auch nur ahnen könntest, was gedankliche Verständigung für Möglichkeiten bietet, wenn du auch nur ahntest, wie potente Gedanken, sinnvoll vereint und konzentriert, die Mauern von Zeit und Raum auseinanderreißen können, in jedem eurer Gehirne mit ihrer winzigen Kapazität als Anlage durchaus erhalten, aber seit Angeburt eurer kriegswütigen Gattung nahezu ungenutzt geblieben, du würdest hier nicht alles zerstören wollen. Wir wollten einige von euch auf die sagenhafte Reise in andere Welten schicken, anstatt euch auf der Stelle zu töten, was wir hätten tun sollen. Die Ohkk mussten euch nur noch einigen Belastungstests unterziehen, damit wir euch auf die Reise über den kosmischen Ozean des unsichtbaren Lichts schicken konnten, euch und einige andere auserwählte Lebewesen.

Aber ausgerechnet derjenige, der am meisten entwickelt war, ist ausgerastet. Auf einmal fing der kahlköpfige Primat in der weißen Robe an, uns alle umzubringen – und nun willst du mit dem Blogolschwert das ungestüme, durch und durch von Unverständnis durchzogene Werk der Menschen vollenden und mich, eine Intelligenz, die dir tausendfach überlegen ist, auslöschen?«

Benelon war außer sich. Ihm war, als hätte die Stimme die ganze Zeit wie die seines Vaters geklungen, was vollkommen unmöglich war. Keine Frage: Er *musste* dieses scheußliche Wesen vernichten. Er hob sein Schwert in die Luft und schlug zu. Dann schlug er noch einmal zu. Und noch einmal. Es war der reinste Rausch. Benelon hatte noch nie so viel Spaß am Töten empfunden, und er hatte bisher widerwillig im Kampf den Tod gebracht. Aber nun fühlte es sich an wie die reinste Befreiung, und mit ekstatischem Entzücken stellte er fest, dass er nicht nur seinen Körper, der vor Kurzem noch stark geschmerzt hatte, nicht mehr spürte, sondern auch, dass er sich gleichzeitig inner- und außerhalb seines Körpers befand. Während sein Körper mechanisch dem düsteren Orrhokesh immer tiefere Schnittwunden zufügte, schwebte sein Geist zum gleichen Zeitpunkt über dem brutalen Geschehen und fühlte sich daran seltsam unbeteiligt.

»Narr«, tönte die schreckliche künstliche Stimme, welche nun einer nicht einzuordnenden Farce der menschlichen Stimme gleichkam, »dein Gehirn verliert die Bilder der Gegenwart immer schneller!«

Benelon schlug mit dem Schwert immer wieder auf den Anführer der Ohkk ein. Orrhokesh, die groteske Unterwasserentität, die den Menschen wie ein grausamer Folterknecht vorgekommen war, einigen von ihnen aber angeblich die Tür zu einem von Menschen nie gekannten Bewusstsein hatte auftun wollen, lag im Sterben. Ein letzter Hieb auf den nun freigelegten Kern, und er wäre tot.

»Du wirst dich bewegen und denken und handeln wie ein Mensch … « Orrhokesh röchelte. Gedärme in widerwärtigen Farben und Formen begannen auszutreten. »Aber … du … wirst … nicht … mehr … « Orrhokesh konnte den Satz nicht mehr beenden. Das violett schimmernde Schwert des wahnsinnigen, vor Rache blinden Benelon bescherte ihm einen blutigen Tod, indem es seinen ekelhaften Kern mit einem geradezu chirurgisch präzisen Schnitt zweiteilte.

Mit dem Tod ihres Anführers brach das gesamte Kommunikationssystem der Ohkk zusammen. Keine Signale sandte ihr Organisator mehr aus, sodass in der Kerkerzelle die Expediteure, die kurz vor der Vergasung gestanden hatten, überlebten und sich rechtzeitig befreien konnten. Die lebenden Fesseln erschlafften und fielen einfach ab. Die Expediteure hatten Glück: Ihre Zellentür gab schnell nach. Als sie in das Chaos des Gangs hinaustraten, sahen sie die implodierenden Ohkk um sich herum, die sich kopflos gegenseitig ermordenden Krokolorr, die vielen toten Tiere in den Käfigen ringsherum, die tote Alinas im Käfig vor ihnen mit den starren Augen, und sie weinten alle bitterlich. Es war vorbei. Die Fesseln waren von ihnen abgefallen, nun krochen, krabbelten und stolperten die Menschen – waren sie noch Menschen? – panisch zu einer Schleuse, die sie für den Ausgang hielten. Die ganze Unterwasserfeste vibrierte. Das Ende war gekommen, dessen waren sie sich sicher.

Verfluchte Flucht

Benelon bewegte sich nur noch mechanisch. Etwas sehr Starkes in ihm, etwas, das seine Persönlichkeit ausgemacht hatte, war gestorben. Das Einzige, was ihm geblieben war, der Wille zur Durchsetzungsfähigkeit, bestimmte nun sein Handeln. Er merkte, dass die ganze Anlage zitterte und wackelte, als habe sie das Bedürfnis, mit Orrhokesh gemeinsam unterzugehen.

Ich muss mich beeilen.

Unter dem zerschmetterten Klumpen aus Fell und Muskeln begraben lag Xûzûl, der sich nicht mehr bewegte.

Nicht noch ein Toter, bei Ranuk, es sind schon genug gestorben.

Kaum hatte er dies gedacht, überkam Benelon eine Vision:

Es gibt im mittleren Norden des geheimen Flusslandes ein Schreckensreich namens Blogol und es erstreckt sich bis in den Nordosten dieses Blattes. Hier ist eine kosmische Katastrophe passiert, ein Verbrechen an der Natur, zu dem man Menschen nicht für fähig gehalten hatte. Menschen haben diese Region in eine violette Wüste verwandelt. Hier existieren bizarre Ruinen von Dörfern, sogar von einst befestigten Städten. Dies alles ist lange her, und keiner weiß warum. Dies ist Blogol: Das Land des toten Lebens.

Der Expeditionsleiter nahm die Überreste des Tieres vom Xlaovaner herunter. Er hatte noch Puls, das konnte Benelon fühlen. Benelon nahm den Xlaovaner huckepack und humpelte zur Eisentür hinaus. Es stank nach Tod und Verwesung, überall lagen die Leichen der Feinde.

Wohin jetzt?

Benelon wählte den Weg nach rechts, durch den Gang, dessen Wände zusammenrückten.

Sie wollen uns zerquetschen. Xûzûl, wach auf, ich brauche dich jetzt.

Er versuchte zu rennen, trotz der schweren Last, trotz der unheimlichen Panik, die ihn mehr lähmte als beflügelte. Mit letzter Kraft warf er sich und Xûzûl in das Ende des Gangs. Der Kopf des Xlaovaners schlug hart auf.

Tut mir leid, mein Freund.

Einige Ohkk kamen in den Gang gekrochen, aber sie kümmerten sich nicht um die beiden. Offenbar flohen sie vor wütenden Krokolorr. Benelon schleppte seine schwere Last an den Kämpfenden vorbei, bog um die Ecke und fand einen Wurm vor, der eine ebensolche Last zu tragen hatte … ein menschliches Wesen. Benelon erkannte, dass es Nilu war, die laut schrie, aber zu betäubt war, um sich zu wehren. An ihrem Bauch schien etwas zu kleben, was ebenfalls schrie.

Kann das denn sein? Ein Kind??

Benelon verlor immer mehr den Bezug zur Realität. Er legte Xûzûl so behutsam, wie er nur konnte, auf dem ekelhaft klebrigen Boden ab, stürzte sich mit dem Schwert auf den Wurm und schnitt ihm seinen Kopf entzwei. Er sah seine Umgebung inzwischen stark verzerrt.

In dieser Situation war guter Rat teuer. Nilu war zu gelähmt, um weiterzugehen, und hatte eine Art Kind bei sich, Xûzûl lag immer noch im Koma. Da kamen ihm die beiden unbewaffneten Krokolorr recht, die um die Ecke bogen und schrille Angstschreie ausstießen, als sie ihn mit dem durch und durch von organischen Überresten besudelten Langschwert sahen. Mit dem Schwert zwang er sie, die beiden Menschen zu schultern und ihm vorauszugehen. Er hatte herausgefunden, dass die Krokolorr telepathisch zu beeinflussen waren.

Bringt mich zu den anderen Menschen, sonst bekommt ihr die Klinge des Schwertes von Blogol zu spüren!

Diesen und ähnliche Befehle wiederholte er immer wieder. Die ganze Anlage vibrierte nun mehr als bedenklich. Für Benelon ein Zeichen, dass das Ende nah war.

Vielleicht hat Orrhokesh eine Art Selbstzerstörungsmechanismus in Gang gesetzt?

Inzwischen war Xûzûl aufgewacht. Er war augenblicklich wieder bei Sinnen, klagte jedoch über starke Kopfschmerzen. Dazu hatte er sich durch den Aufprall des Himmelswolfes üble Quetschungen zugezogen, vergaß dies alles aber augenblicklich, denn seine Augen erblickten die anderen. Endlich schlossen die gefangenen Freunde sich wieder in die Arme.

»Wo ist Alinas?«, brüllte Benelon. »Wo ist meine Schwester? Wir müssen sie finden!«

Bevor ihm jemand antworten konnte, explodierte der Novedaner. Navolis war über den Zustand Nilus, die ihm mit schwacher Stimme erzählte, was passiert war, völlig außer sich geraten. Er erwürgte einen der Krokolorr und schnitt ihm anschließend mit Benelons Schwert den Kopf ab.

Der andere von Benelon telepathisch gelenkte Krokolorr brachte die Expediteure zurück zu ihrer Ausrüstung, die sie hastig zusammenpackten. Alinas war nirgendwo zu finden. Navolis wollte auch diesen erdrosseln, aber Benelon hielt ihn mit aller Macht ab.

»Navolis, du Idiot!«, brüllte er ihn an, »lass ihn am Leben, sonst bleiben wir für immer hier unten!«

Sein Glück, denn der Krokolorr fuhr die überlebenden Expediteure in einer jener geheimnisvollen Kunststoffkugeln an die Wasseroberfläche zurück. Während der Fahrt überfluteten Benelon Bilder seiner Schwester, die er nirgendwo hatte finden können.

Der ganze See schien sich in Aufruhr zu befinden. Auch die seltsam irisierenden Seeungeheuer und die unbekannten, sich selbst beleuchtenden Wesen lieferten sich blutige Kämpfe, sodass der ganze See brodelte.

Olo spekulierte: »Haben wir vielleicht ein ganzes System ins Chaos gestürzt oder sind dies nur die Ausläufer einer fatalen Entwicklung, deren Folgen sich nun deutlich abzeichnen … «

Niemand reagierte. Olo wandte sich an Benelon. »Was meint Ihr, Expeditionsleiter?«

Plötzlich fiel einem nach dem anderen auf, dass Benelon nicht mehr redete … Er war ganz schweigsam geworden und schien mit dem Realitätsverständnis der anderen nicht mehr viel gemeinsam zu haben … Diese hatten ihm inzwischen erzählt, was mit Alinas passiert war … Er wurde immer wieder ganz plötzlich und ohne Vorwarnung bewusstlos.

KAPITEL XII

Xûzûl verfolgt seine eigenen Pläne

Die verbliebenen Expediteure flohen hastig Richtung Norden, wobei sie sich so strikt wie nur irgendwie möglich dem Fluss, der sich an den See anschloss, folgten, da sie befürchteten, ansonsten nicht zur Küste zu finden. Sie waren vom gedankengesteuerten Krokolorr an einer ihnen gänzlich unbekannten Stelle des Sees an der Oberfläche an Land gebracht worden. In der Ferne sahen sie Patrouillen unheilvoller Unterwasserwesen, die sich neben Ohkk und Krokodillor aus weiteren, noch scheußlicheren Kreaturen zusammensetzten, und beschlossen, die Expedition hier endgültig abzubrechen. Von nun an müsse das Hauptziel sein, sich nach Montagy, der novedanischen Kolonie, durchzuschlagen.

Benelon war immer noch der unumstrittene Anführer, und obwohl sich alle einig darüber waren, dass er momentan sehr seltsame innere Wandlungen vollzog, ließen die anderen ihn mit seinen Schmerzen allein. Schließlich kam er seiner Pflicht als Expeditionsleiter tadellos nach, sorgte sich um das Wohl der anderen, stellte sicher, dass genug zu essen und zu trinken vorhanden war, und erstellte täglich neue Berechnungen, welche den Zweck hatten, die ungefähre Position der Expedition auf dem Blatte Schwarzland zu bestimmen; aber seit er erfahren hatte, was mit seiner Schwester passiert war, redete er kein Wort mehr, und es grenzte an ein Wunder, dass seine Gesten eindeutig genug waren, um sich klar und deutlich verständlich zu machen.

Benelon verbrachte fortan keine ruhige Minute mehr. Von Zeit zu Zeit überkamen ihn Dinge, die er nicht verstand. Die Grenzen zwischen Realität und Wahnsinn wurden immer durchlässiger, und er spürte, dass er seinen Verstand verlor, jedoch in Bezug auf organisatorische Details besser arbeiten konnte denn je. Die Expediteure, die ihm blindlings ergeben folgten, litten unsägliche Qualen unter der erbarmungslos brennenden Sonne, welcher sie sich weitestgehend schutzlos ausgeliefert sahen. Bei einigen war die Haut inzwischen böse verbrannt, jeder einzelne Schritt unter dem drückenden Gepäck fiel ihnen so schwer, als trügen sie Bleigewichte an den Beinen. Sand und aufgewirbelter roter Staub erschwerte das Gehen zusätzlich; und doch, hier zeigte sich eine Flamme, die heller brannte als jene glühende Gaskugel über ihnen: der mit Willenskraft getränkte menschliche Geist. Diese Menschen, welche der Illusion verfielen, der Gott Mul leite ihre Geschicke und werde sie schlussendlich erlösen, *vergaßen* ihr unsägliches Leid in Vergangenheit, Gegenwart und auch dasjenige, welches in der Zukunft sicherlich auftauchen würde. Sie gerieten langsam in eine Art religiöse Ekstase. Der Geisteszustand, in welchem sie über lange Zeiträume schwelgten, kannte nur den ewigen Moment, und so vollzog sich eine ekstatische Transformation ihrer Seelen.

Am dritten Tag nach der Flucht aus dem See der Ohkk eröffnete Xûzûl der versammelten Gemeinschaft, dass er sich von ihnen lösen müsse. Viel sagte er dazu nicht, denn auch der Xlaovaner war im Umgang mit Worten nach den jüngsten Ereignissen sparsamer geworden.

»Liebe Freunde, es tut mir sehr leid, Euch nun verlassen zu müssen. Im Traum wurde mir offenbart, dass ich im untergegangenen Reich von Froth-Shomroth das Orakel der Weisen von Trigamemmnon aufzusuchen habe, welches oftmals in den Pergamenten erwähnt wurde, die wir im verlassenen Dorf gefunden haben. Dabei kann ich nicht mal sagen, ob das Orakel noch existiert. Aber den Hinweisen meiner Träume traue ich weiterhin, trotz all dessen, was wir bis hierhin erlebt haben. Ich nehme nicht mehr mit als eine grobe Abschrift und eine Zusammenfassung der wichtigen Dokumente, die ich Sede und Olo zur Verwaltung überlasse – möget Ihr den Weg zur Küste sicher finden! Nun muss ich aufbrechen, die Zeit drängt! Gehabt Euch wohl, liebe Freunde!«

Er umarmte jeden der Expediteure und küsste sie auf ihre Stirnpartien. Von Benelon, den er bat, ihn als Einzigen bei seinem Aufbruch einige Hundert eisannische Meter zu begleiten, verabschiedete er sich als Letztes.

»Hör zu, mein Freund, du hast mir das Leben gerettet, also stehe ich tief in deiner Schuld. Meine Träume enthüllen mir ebenso wie meine Erkenntnisse, dass du in großen Schwierigkeiten steckst, deshalb gebe ich dir dies hier mit.«

Er überreichte Benelon einen eigentümlich geformten Schlüssel, den er sehr sorgsam versteckt gehalten hatte.

»Damit kannst du bei den Mönchen von Xôsôx Zuflucht erlangen, wenn du es schaffst, den weiten Weg ins Reich der Xlaover zurückzulegen. Sie vermögen die Wunden deiner Seele zu heilen, vorausgesetzt, du verbringst dort einige Jahre in frommer Buße. Du darfst mit niemandem reden, keinen Alkohol trinken, keine Drogen nehmen, und du musst viel und streng meditieren, drei Jahre lang. Dann weicht das Gift langsam aus deinem Kopf. Nun muss ich dir etwas sehr Wichtiges vor Augen führen: Olo und ich haben dich während deiner letzten Trance untersucht. Du hast vermutlich einen schweren Schock erlitten. Ich vermute, dass die Ohkk eine sehr kleine Drüse in deinem Gehirn manipuliert haben, etwa so groß wie ein Fingernagel – sie wird normalerweise nur aktiviert, wenn ein Mensch stirbt. Olo vermag nicht viel über diese Drüse zu sagen, ihr genauer Zweck ist wissenschaftlich kaum untersucht. Bei uns Xlaovanern ist diese Drüse, die die Dalesaner Pitaria nennen, der Sitz höchster *Transzendenz*, sozusagen das Sprungbrett für dein Wesen, wenn es nach seinem Tod in ein besseres Dasein fernab menschlicher Leiden schwebt. Soweit ich weiß, wird die Pitaria nur dreimal im Leben aktiviert: während der Geburt, während eines einzigen Traums, der zu einem zufälligen Zeitpunkt während deines Lebens stattfindet, und Sekunden vor deinem Tod. Offenbar haben die Ohkk mit deiner Gehirndrüse gezielte Experimente durchgeführt, bei denen sie anscheinend untersucht haben, wie wir jenseits unseres Bewusstseins funktionieren. Ich weiß nicht genau, was sie mit dir angestellt haben, aber du wirst mit großer Wahrscheinlichkeit fortan in Bereiche vordringen, die Menschen normalerweise nur am Anfang und am Ende des Lebens betreten. Erst in Xôsôx besteht eine Chance auf Heilung. Hoffentlich gerätst du nicht in die Klauen des Wahnsinns, Benelon. Der Grat, auf dem du wanderst, ist äußerst schmal.«

Die beiden Abenteurer blickten sich in die Augen.

»Noch eins, Benelon. Das Schwert, welches du bei den Ohkk gefunden hast, ist sehr wertvoll. Es ist das lange verschollen geglaubte Schwert von Blogol, welches dazu ausersehen ist, eines Tages den Wesen Lanevaels zu ermöglichen, das Joch der Tyrannei abzuwerfen. Es darf auf keinen Fall in die falschen Hände geraten. Deswegen bitte ich dich, es mir zu überlassen, sodass ich es auf meinem Weg bei einem vertrauenswürdigen Orden von Rittern in Sicherheit bringe, bis die Auserwählte es in ferner Zukunft zu führen bereit ist.«

Benelon regte sich nicht, als der Xlaovaner das Schwert an sich nahm.

»Lebe wohl«, verabschiedete sich der Xlaovaner, und Benelon glotzte ihn aus leeren Augen an.

Dann wandte sich Xûzûl ab, verschwand im Dickicht zwischen zwei tropischen Bäumen und wurde niemals wieder gesehen.

Die Begegnung mit dem Selbst

Am ersten Tag nach Xûzûls Abschied schlugen sich die traumatisierten und desillusionierten Expediteure durch die karge, ausgedörrte Landschaft Mittelschwarzlands. Sie behielten den reißenden Strom stets im Auge, doch aus Furcht vor erneuter Gefangenschaft hielten die Menschen einen großen Abstand zum Flussufer. Wie durch ein Wunder entdeckte Benelon immer wieder Wasserquellen, was inmitten der Halbwüste, die aus rotem Sandstein, Kakteen und spärlichen dürren Grashalmen bestand, keine Selbstverständlichkeit war. Das Überleben der verbliebenen Gemeinschaft war gefährdeter denn je: Zwar mussten sie sich nicht mehr Gefechte mit Feinden jeglicher Gattung liefern, aber der wiederkehrende Durst, die unerbittliche Hitze und das weitestgehende Ausbleiben von potenziellen Beutetieren erforderten, dass sie sich oft von Fliegen und gebratenen, nahezu ungenießbaren Kakteen ernährten, und dies wiederum zwang die Menschen buchstäblich in die Knie. Doch jedes Mal, wenn es absolut nicht mehr vorwärtszugehen schien, fing Benelon gedankenverloren an, im Boden zu stochern, bis Wasser an die Oberfläche gelangte. Dann wies er stumm und ausdruckslos auf die Fundstelle und ließ sein Gefolge sich gierig am erfrischenden kühlen Lebensspender laben. Völlig emotionslos füllte er seine Wasserflasche, wenn sie fertig waren, schaute auf seinen Kompass und hielt sich überwiegend nordwärts, durch abrupte Bewegungsänderungen nach Osten oder Westen in einer für die anderen Expediteure jedoch schwer nachvollziehbaren Weise durch die Landschaft wandernd. In der Ferne hörten die Expediteure nachts den Fluss tosen, und oft schreckten sie aus Albträumen hoch, in denen sie erneut in Kerker hinabgeführt wurden, die sich unter Wasser befanden.

Es war auffällig, dass Benelon keinerlei Regung zeigte, wenn die anderen ihm zu Füßen lagen und ihn wie eine Art Lichtgestalt der Kingwikkermythologie verehrten. Sie trugen ihn auf Händen, nahmen ihm jedwede Beschwerlichkeit ab, versuchten ihn aufzuheitern – es war zwecklos. Benelon blieb stumm, weder zeigte er Freude noch Regungen der Trauer. Er nickte unbeteiligt, wenn ihn jemand lobte, und glotzte verständnislos, wenn ein anderer ihn ins Gespräch einbeziehen wollte.

Schon bald waren sich Sede und Olo, die schon seit Anfang der Expedition eine heimliche organisatorische Achse hinter Benelon gebildet hatten, einig, dass der Geist des heiligen Mul, des einzigen und wahren Gottes der Munkler, in ihn gefahren sei und dass er ihn in seiner endlosen Gnade mit jenseitigen, außergewöhnlichen Fähigkeiten ausgestattet habe. Allerdings bestünden diese nur fort, wenn sie Mul täglich Gebete zukommen ließen.

So sprach Olo jeden Morgen vor versammelter Gemeinschaft:

Munkel!

Wir danken dir, Mul,
dass du unser Leben beschützt
und
dass du uns auf unseren Wegen begleitest
und
einen von uns auserwählt hast,
der deine Wunder in die Welt trägt.

Gelobet und gepriesen seist du, Mul!

In deinem Reich
jenseits der Grenzen von Raum und Zeit
treffen die Gläubigen ihre Ahnenreihen
von Anfang an!

Gelobet sei der neue Tag, den du uns schenkst!

Munkel!

Und Sede sprach vor der Nachtruhe:

Munkel!

Wir danken dir, Mul,
dass du unser Leben bewahrst
und
unsere Träume uns segnest
und
einen von uns auserwählt hast,
der über uns wacht!

Gelobet und gepriesen seist du, Mul!

Denn deine Gnade ist grenzenlos
und dein Erbarmen ein Segen!
Führe und beschütze uns
auf unseren nächtlichen Wegen!

Gelobet sei die Ruhe der Nacht, die du uns schenkst!

Munkel!

Zunächst sprachen diese Worte immer nur Olo oder Sede allein, bald jedoch wiederholte der gesamte Tross die Gebete im Choral, sodass bald tatsächlich alle Überlebenden zum Glauben der Munkler konvertiert waren. Sede war der erste, der in den Tagesablauf Dankesrituale einbaute und das Wasser weihte, welches Benelon nun in immer regelmäßigeren

Abständen aufspürte. Olo folgte ihm, dann Onasula, dann Nilu unter Tränen der Reue, nicht früher im Leben zu Mul im Himmel gefunden zu haben, und taufte ihre Tochter, die mit ihren Tentakeln zwecks Ernährung Insekten aus der Luft schnappte und die große Hitze völlig unbeschadet zu überstehen schien, auf den Namen Mula. Danach Larinea in ekstatischer Verzückung, indem sie sich die Kleidung vom Leib riss und stundenlang im Mondschein tanzte, bis Sede ihr nahelegte, Mul habe zwar ihren Körper so geschaffen, wie er sei, würde sich aber bestimmt freuen, wenn sie ihn nicht vor den ausgehungerten Männern entblößte. Schließlich Navolis unter lautem Klagen und Jammern, und er bat Mul als erster zum Glauben der Munkler konvertierter Novedaner der Geschichte Lanevaels um Vergebung für seine Worte und Taten, da er der Ansicht war, er sei allein für das gesamte Unglück verantwortlich, welches die Expedition so sehr dahingerafft hatte. Nur Benelon bekannte sich zu überhaupt nichts und sprach keinerlei Gebete, sodass Olo praktischerweise der nunmehr ausschließlich betenden und lobpreisenden Expedition, die sich selber neuerdings als »Glaubensgemeinschaft« bezeichnete, verkündete, Benelon müsse sich als Heiliger, der er ja offensichtlich war, nicht bekennen, er lebte den Glauben an Mul förmlich durch sein Wirken; und als sich auch der Letzte zum Glauben bekehrt hatte, stießen sie auf einen kühlen, schattenspendenden Wald, dessen Silhouette in der Ferne flirrte.

Für Benelon, der den anderen stumm voranlief, gab es allerdings nur ein Ziel: die Küste. Er hielt sich weiterhin überwiegend nordwärts, änderte die Bewegungsrichtung jedoch zunehmend stärker nach Nordosten und machte nur Pausen, wenn er Berechnungen anstellen oder Wasser beschaffen musste. Als die ergebene Glaubensgemeinschaft ihr notdürftiges Lager im Wald aufgeschlagen hatte, dämmerte schon der Abend, und nach dem Gebet, das nun immer mehr an Benelon gerichtet wurde als an den Himmel, hinter dem sich der Kosmos erstreckte und hinter dem Mul sein Reich wohl irgendwo hatte, tat sich der so angebetete Nachfahre eisannischer und rükkenländischer Vorfahren lange Zeit schwer mit dem Einschlafen. Ihm war, als beobachtete er sich selbst, als habe er sich von sich selbst getrennt und stünde sich selbst nun gegenüber. Er schüttelte sich.

Das ist unmöglich. Das kann nicht sein.

Es überkam ihn der schreckliche Verdacht, er bilde sich diese Absurdität nur ein. In Panik schlug er die Augen auf, stellte fest, dass er halluzinierte. Er war wach, eindeutig, er konnte sich drehen und wenden, kein Zweifel.

Ich bin wach!

Ihm war jedoch, als zwinge ein totes Wesen ihm seine Persönlichkeit auf. Es konnte aber auch sein, dass sich seine Persönlichkeit verdoppelte.

Was zum Henker passiert hier mit mir? Etwas zerrt an mir, will mich einnehmen, spalten, auseinanderreißen.

Er fühlte sich nun vollkommen wahnsinnig. Auch befand er sich nicht mehr im Wald. Er sah sich mit einer Reihe von verzauberten Tiergestalten konfrontiert, von denen er nicht recht wusste, was sie bedeuteten. Ein Schwein mit Menschenohren. Ein Golgi mit den Füßen eines Horobos, vollkommen unmöglich! Fadenschleimspinnen, Graumantelechsen, Frühlingsgeküke, Strichmänncheneidechsen! Es war wahnsinnig. Alle glotzten sie ihn an. Und er glotzte zurück. Plötzlich veränderte sich die Szenerie. Er befand sich in einem gespenstischen Zimmer, nasskalte graublaue Wände endeten in turmhohen Spiralen, und vor dem Fenster konnte er etwas sehen – er war immer noch eindeutig wach, denn er rieb sich die Augen und merkte, wie die Erde des Waldbodens, die noch an seinen Fingern klebte, in seinen Augen brannte – jedenfalls sah er etwas, was ihm den Atem wie auch den Verstand raubte. Da waren Menschen, die einen uralten bösen Altar aufbauten, um gefährliche Mächte heraufzubeschwören, Bsonnas, Omøn, Lalalais, und alle beteten sie dieses *Ding* an, welches in Worte kaum zu fassen war. Er wusste nicht, was es war, aber er fühlte, dass das Leben entsetzlicher sein konnte als der Tod, sobald es ihn anblickte …

… der Gefräßige!

Schließlich gingen Traum- und Wachwelt ineinander über, sodass Benelon den Schlaf, der ihn in sein friedliebendes vertrautes Reich zog, mit Wohlwollen empfing. Sein letzter Gedanke bezog sich auf die Worte seiner rükkenländischen Mutter: *Der Schlaf ist der Hüter aller Dinge.*

Zu seinem grenzenlosen Entsetzen musste Benelon feststellen, dass die Ohkk ihn bisweilen noch in seinen Träumen heimsuchten. Zwar taten sie ihm keinen physischen Schaden an, jedoch machten sie sich einen Spaß daraus, ihn während seiner luziden Träume oder seiner ungewollten Ausflüge in die bizarren Traumrealitäten, die sie für ihn zu erzeugen schienen, erstarren zu lassen oder zu hänseln. So schlimm war die Erinnerung an die Vorkommnisse am Grunde des Sees der Ohkk, dass Benelon beschloss, fortan nicht mehr zu schlafen, was seiner mentalen Verfassung nicht gerade zugutekam. So hielt er, so gut es ging, an seinen Instinkten fest, welche ihn nicht verraten sollten, während Tage und Nächte formlos ineinander übergingen.

Den anderen Expediteuren, die ebenfalls entsetzlichen Erlebnissen ausgesetzt gewesen waren, ging es nicht viel besser als ihrem Anführer. Doch fanden sie Halt in den gemeinsamen Gebeten zu Mul, dessen göttliche Kraft, verkörpert durch den heiligen Benelon, sie sicher zurück nach Easan bringen würde, wie sie glaubten.

KAPITEL XIII

Die Küste erreicht

Ein Jubelschrei, ein Aufseufzen der Erleichterung ging durch die Reihen der Überlebenden, die den Sand in die Luft wirbelten und Mul ausgedehnte Dankesgebete entgegenbrachten. Niemand hatte ernsthaft daran geglaubt, sie zu erreichen, doch tatsächlich: Hier waren sie, die flache Schwarzlandküste und das große, silbern glitzernde Südmeer. Sie bejubelten Benelon. Er hatte seine Aufgabe erfüllt und alle Gläubigen mit eisernem Willen zur Küste geführt. Ein einziges Mal war er ins Wanken geraten, als er mit Handzeichen den anderen bedeutet hatte, den Fluss zu überqueren. Doch das Übersetzen hatten Sede und Olo effizient organisiert, sodass alle das sichere Ufer auf der anderen Flussseite hatten erreichen können.

»Heil dir, großer Erleuchteter, dass du uns sicher ans andere Ufer gebracht hast!«, intonierte Sede.

»Es leben Mul und der heilige Munkler Benelon, die unsere Leiber und Seelen schützen!«, antworteten die anderen.

»Ah-ta!«, kreischte Mula vergnügt, und einer ihrer Tentakel schnappte nach einem Strandfloh.

Zog man allerdings ehrlich Bilanz, war für die Überlebenden die ganze Expedition eine einzige große Katastrophe. Alle beklagten die Menschen, die sie nicht mehr sehen würden, da sie sich nicht rechtzeitig zu Mul bekehren hatten lassen, und die allesamt viel zu jung gestorben waren, bloß um herauszufinden, wohin der große Rükkenlandstrom verlief.

Benelon sprach immer noch kein einziges Wort. Seine Haare waren lang und zerzaust, ein dunkler Bart zierte sein wettergegerbtes Gesicht, die ehemals stolze Uniform des Expeditionsleiters mit den diesem Rang gebührenden Abzeichen war mittlerweile nur noch ein dreckiger, zerfetzter Überzug. Seine Wahrnehmungswelt hatte sich grundlegend geändert und seine Gedanken wurden beständig transformiert. Inzwischen sah er nicht nur Muster im Himmel oder hörte Rhythmen im Wind; die Zeit selbst existierte nicht mehr für ihn. Sandkörner füllten zwar weiter Sanduhren, doch das Zeiterleben war verändert. Jedes Sandkorn war ein Moment, der in der immerfort stillstehenden Leere des Firmaments über ihm verschwand, Tausende versteckter Zeichen und Entwicklungen bergend, und Benelon glaubte, er nehme sie alle zur gleichen Zeit wahr.

Die anderen sprachen in seiner Anwesenheit unverhohlen darüber, dass er dem

Wahnsinn verfallen sei, auch wenn sie etwas später zu der freundlicheren Theorie übergingen, die immense Macht der Präsenz des heiligen, einzigen und wahren Gottes Mul habe seinen Geist geblendet und überfordert, und er erahnte womöglich schon auf Erden die Konturen des himmlischen Reiches, welches alle Munkler nach dem Tod erwartete. Der Kernländer Olo hielt insgeheim weiter an den wissenschaftlichen Erkenntnissen zur Manipulation von Benelons Bewusstsein fest, die er gemeinsam mit dem verschollenen Xlaovaner erarbeitet hatte, wenngleich er als konvertierter Munkler nach außen eine spirituelle Erklärung vertrat.

Die Säulen von Benelons genuin menschlicher Identität waren zwar noch vorhanden, doch die Ohkk hatten sie gehörig gestreckt, gebeugt und deformiert. Von Zeit zu Zeit erlangte er jedoch auch unvermittelt völlige Balance und Klarheit, und wenig später überkam ihn plötzlich wieder Verwirrung. Hier an der Küste hörte er jedoch nur das bedächtige, von Ewigkeit zu Ewigkeit auftretende Rauschen des Meeres, welches immerfort Land gab und Land nahm, abwärts und aufwärts, und seinen Ausdruck in Ebbe und Flut fand. Hier hatten die Ohkk auch keinerlei Einfluss mehr auf seine Träume oder Gedanken. Er fuhr langsam mit den Fingern durch den Sand und ließ sich zum ersten Mal seit Wochen einfach in den Schlaf fallen, ohne sich über irgendwas Gedanken oder Sorgen zu machen. Er schlief einen Tag und eine Nacht ohne Unterlass, und den nächsten dämmerte er friedlich vor sich hin, von allen Seiten leise verschwommene Stimmen hörend.

Sonnlada

Sonnlada war ursprünglich eine kleine Forschungsstation gewesen, die aus einem guten Dutzend Häusern, einer Farm und einem kleinen Hafen bestanden hatte. Seledaner und Dalesaner hatten sie vor hundert Jahren an einer der beiden Mündungen des großen Rükkenlandstroms errichtet und aufgrund mangelnder Unterstützung für weiterführende Expeditionsprojekte in Schwarzland schnell wieder aufgegeben. Sonnlada war anschließend von Novedanern übernommen und zu einer kleinen Stadt ausgebaut worden, welche sogar zu einem Ministadtstaat namens Montagy, Mitglied der Novedanischen Union, erklärt wurde. Die Bewohner des Kleinststaates planten eine kleine Expedition den Fluss hinauf, vielleicht in der Hoffnung, auf etwas Interessantes zu stoßen, vielleicht eine Zivilisation von Menschen vorzufinden oder besser noch Schätze: Gold und Edelsteine. In all den Jahren hatte man sich auf die Erforschung der Südostküste Schwarzlands und deren fragwürdiger, vergleichsweise seltsam degenerierter Bewohner beschränkt und verfügte zudem als einzige novedanische Niederlassung über diplomatische Beziehungen zu den Spitzhutköpfen von Spitzunheiml, die – nach zivilisierten Maßstäben – nicht ganz bei Trost waren. Unter anderem behaupteten sie, ihre Vorfahren seien auf gigantischen Vögeln vor langer Zeit übers Meer geflogen.

An einem klaren Ranukmorgen passierte etwas wahrhaft Ungewöhnliches in Montagy: Ein Bauer kam zu Sebulon, dem Kommandanten der Station, ins Büro und berichtete, man müsse alle zusammenrufen, es seien Menschen vom Fluss gekommen, sehr schmutzig zwar, aber immerhin teilweise Kernländer, einer von ihnen sogar ein Landsmann!

Als die Novedaner die Überreste der neosannischen Expedition sahen, staunten sie: Sie hatten nicht damit gerechnet, hier irgendwann wieder einen Landsmann anzutreffen, der zudem noch aus der Richtung des Inlands gekommen war. Einige Neosannas und Kernländer waren auch dabei. Sede, der ein schreckliches Eitergeschwür am linken Fuß mit sich herumschleppte, zog kurz und trocken vor den erstaunten Bewohnern der Forschungsstation, die Sebulon hatte zusammenrufen lassen, Bilanz:

»Munkel! Wir waren eine von Neosanna ausgerichtete internationale Expedition, zwölf Männer und Frauen, zwölf Rösser. Wir haben den Verlauf des großen Stroms größtenteils erforscht, Karten angelegt, kleinere kulturspezifische Proben und Schätze mitgebracht, wobei wir viele interessante Funde leider zurücklassen mussten. Allerdings zwangen uns feindliche Umstände, die Expedition abzubrechen. In der roten Steppenwüste offenbarte sich uns der große Mul im Himmel in Gestalt eines Wunders, welches uns dazu führte, unsere Sünden zu reuen und eine Glaubensgemeinschaft zu begründen. Die Pferde sind allesamt verloren gegangen, drei Männer und eine Frau sind tot, ein Xlaovaner ist verschollen. Doch hat der große Gott Mul der Munklerin Nilu eine Tochter namens Mula geschenkt. Munkel!«

Die Überlebenden ließen sich von den überraschten Beamten Sonnladas gemäß den Anleitungen von Navolis als »Glaubensgemeinschaftsgruppe« registrieren und wurden zunächst medizinisch versorgt. Dann trug man reichlich Speis und Trank auf, um sie zu stärken.

Sebulon erzählte später Kapitän Merum, dem Besitzer des einzigen kleinen Kriegsschiffes der Station, dass die Glaubensgemeinschaft ein merkwürdiges Bild abgab: »Wenn ich es dir doch sage! Der eine, den sie den Erleuchteten nennen, starrt die ganze Zeit ins Leere, spricht man ihn an, glotzt er wie ein Fisch. Ein Seledaner namens Sede faselt immerzu etwas vom heiligen Mul, genau wie Olo, der ein Dalesaner ist. Alle von ihnen sind Munkler, und sie sehen auch aus wie manche Munkler, die so herumlaufen, Einsiedlermunkler, lange Haare und Bärte allesamt, na gut, die Frauen natürlich nicht, Mul sei Dank, hahaha! Sogar ein großer Novedaner ist dabei, Navolis heißt er. Ja, *der* Navolis.

Admiral Quonians Sohn. Das wirklich Verrückte daran ist aber, dass Navolis jetzt meint, Teil einer Gruppe von Munklern zu sein. Wenn das sein Vater hört! Wie gesagt, Frauen haben sie auch, eine Ärztin, Onasula mit Namen, dann Nilu, eine sehr hübsche, leider benebelt vor sich hin murmelnde Frau. Die beiden tauschen ständig enttäuschte Blicke aus, und später lachen sie dann wie bescheuert und preisen unaufhörlich Mul, bevor sie dann wieder abrupt anfangen zu trauern. Nilu hat auch eine Tochter, die sie unterwegs bekommen haben will … Sie trägt sie immer in einem Tuch mit sich herum, aber beim Sternzeichen der Nacht, irgendetwas stimmt mit diesem Kind nicht, ich weiß nicht, was. Eine andere heißt Larinea, auch nicht zu verachten, aber ich sag dir, lass die Finger von denen, das sind alles Munkler, du weißt ja, wie die es mit Sex halten … und diese Larinea, die hat von Zeit zu Zeit so Schreikrämpfe. Richtig unheimlich, sage ich dir! Jedenfalls bringst du sie nach Easan, und lass dich gut dafür auszahlen! Dann kaufen wir Ausrüstung und machen unsere eigene Montagyexpedition, was, Merum?«

Am nächsten Tag schipperte Kapitän Merum die Mitglieder der Glaubensgemeinschaft nach Easan, wo Benelon bei allen Bedrängnissen der intensiv Fragenden immer nur schwieg, anstatt zu sprechen, sodass niemand schlau aus ihm wurde. Die Rückkehr der Expediteure nach Easan stellte für die Eingeweihten aus den Reihen der Regierung eine völlig unerwartete Wendung dar, schließlich hatte man die Expediteure für tot gehalten, da sie viel länger ferngeblieben waren als geplant und keine Botschaften von ihnen über Spionagekanäle zurückgemeldet worden waren.

Benelon ging zu seiner Frau Esanaria nach Hause, die ein Kind auf dem Arm trug, welches er nicht kannte und das ihn auch nicht interessierte. Sie flehte ihn an zu bleiben, doch er verließ wortlos das Haus, nachdem er, während sie auf ihn einredete, ein Schreiben verfasst hatte, welches er ihr zu lesen gab, als er verschwand. In seiner Truhe lagerte ausreichend Geld; er nahm ein paar Säcklein voll, wusch sich, zog sich frische Kleidung an und begab sich auf ein Schiff, das auf ein anderes Blatt ins ferne Reich der Xlaover fuhr.

Der Himmel war grau, und Benelons letzte bewusste Eindrücke, bevor sich etwas in seinem Innersten ein weiteres Mal sehr stark und abrupt veränderte, waren das Schiffsdeck, die Masten und die Leitern, die zu ihnen hinaufführten, die mächtigen Eisenketten und starken Schiffstaue und das starke Wanken von rechts nach links und von vorne nach hinten im mächtigen Wellengang … Nur war er sich nicht mehr sicher, ob es tatsächlich das Meer war, das das Schiff zum Wanken brachte, oder ob es seine Wahrnehmung war, denn er fühlte sich sehr schlecht, jedoch nicht seekrank, und dann …

Licht aus.

Esanaria ging in ihrer Verzweiflung zu den anderen Expediteuren, die sich seit ihrer Ankunft im Munkeltempel aufhielten und beteten. Aber diese konnten ihr lediglich sagen, der Erleuchtete gehe den für ihn vorgesehenen Weg, aber sollte sie sich zum Glauben an den heiligen Mul bekehren, würde sie spätestens nach dem Tod wieder mit ihm vereint. Und so bekehrte sich Nari zu Mul und ließ ihren kleinen Sohn auf den Namen Munk taufen. Diesen Namen ließ Munk später ändern, und zwar in Eike, was in den Sannasprachen so viel wie Krieger bedeutet. Doch davon wird in einer anderen Erzählung berichtet.

Sede und Olo hatten unter strengster Geheimhaltung ihre gesamten kostbaren Dokumente den Munklern zur Verfügung gestellt. Schließlich überredeten diese sie, die Karten auch der Regierung zum Studium und zur Auswertung zu überlassen. So konnte man den Glauben in ferne Länder tragen. Sede wandte ein, dass die Ausweitung des Glaubens eventuell Krieg nach sich ziehen könnte, und die Gemeinschaft der Munkler sann lange darüber nach. Schließlich war das oberste Gebot von Mul, alle Waffen niederzulegen, um Liebe und Frieden in der Welt zu verbreiten. Mit diesem Einwand fand sich auch der oberste Munkel Schwarzlands, Ehrenmunkel Haniralian, im Büro des Regenten von Easan wieder, aber als dieser ihm eine gewaltige Geldsumme für die gesammelten Karten und Dokumente bot, sodass man Mul zu Ehren endlich den langersehnten großen Palast bauen könne, der ein Sinnbild für den Glauben der Munkler in aller Landwelt repräsentierte und ganz Easan irgendwann zu einer Pilgerstätte für alle Munkler Lanevaels machen werde, da konnte er nicht Nein sagen und bat Mul im nächsten Gebet sehr gewissenhaft um Verzeihung dafür.

Schließlich setzten sich Munkel Sede und Munkel Olo zusammen, um ausführliches Material über die Wesen, die ihnen begegnet waren, sowie Arbeiten über die Topografie des südlichen Stromlandes zu erstellen. Nach zwei extrem arbeitsintensiven Monaten umfasste die »Akte Stromland« 497 Seiten. Mit dieser Akte im Gepäck ging der Regent von Easan zum Parlament von Neosanna und beantragte eine Sondersitzung. Dieser Antrag wurde angenommen; schon am nächsten Tag kam es zu einer raschen Einigung. Große Teile des erforschten Gebietes würde man als Provinz eingliedern, wenn nötig gegen den Willen vereinzelter Bewohner. Das Interessengebiet wäre größtenteils unbewohnt und enthielte eine große Anzahl Bodenschätze, Rohstoffe, Ressourcen. Besonderes Interesse gälte der rätselhaften Technologie der Ohkk. Für die ausgiebige Kampagne müsse man allerdings mindestens ein Jahr für Vorbereitungen einplanen. Easan feierte infolgedessen schon bald ein weiteres Fest.

Das Ende?

Eine gewiefte Zeitung bildete mittels der erst vor einigen Jahren eingeführten Druckertechnik schon bald Benelons Brief ab, sodass die Bürger Neosannas kurz darauf Folgendes zu lesen bekamen:

An die Nachfahren einer friedlichen Welt

Lest sorgfältig. Meine Mitteilung betrifft jeden freiheitsliebenden Menschen, auch wenn die Schrift das einzige Mittel ist, das ich zu gebrauchen wage.

Auf der Reise in den Süden sind den Expediteuren unzählige Phänomene begegnet, die unser bisheriges Weltbild stark erschüttert haben; unser Glaube an alles Gute in der Welt existiert nicht mehr, Mul hin, Mul her.

Einige – den Pferdemeister Gruff, den Leutnant Larean, den Waffenmeister Ane Dolon und meine liebe Schwester Alinas – kostete die Expedition das Leben, uns alle aber den Verstand.

Ich werde mich hüten, jemals wieder ein Wort oder einen bewusst geäußerten menschlichen Laut von mir zu geben, was gewisse böse Gedanken betrifft, die sich mir immer wieder aufdrängen.

Ich habe Angst.

Angst davor, dass die Außenwelt durch unbedachte Äußerungen in jedweder Art und Weise mit jenen äußerst menschenfeindlichen Erscheinungen in Berührung kommen könnte, die wir angetroffen haben, Erscheinungen, welche das sichere Ende der Menschheit bereitwillig einleiten könnten.

Mein Leben werde ich bei den Mönchen von Xôsôx in frommer Buße verbringen, auf dass das Böse von mir weiche.

Zudem rate ich allen Völkern der Landwelt, sich weder einzeln noch in Gefolgschaft in das Seegebiet jenseits des Rükkenlandstroms zu begeben. Denn was in diesem lebensverachtenden Areal um die alten Urmeere haust, was am Grund der dunklen Seen lauert, entzieht sich in seiner grotesken Form jeglicher Beschreibung.

Was ich während meiner Gefangenschaft am Grunde des Sees des furchtbaren ORRHOKESH für Erscheinungen wahrnahm, lässt mir seitdem keine Ruhe.

Das Leben ist furchtbarer, viel schrecklicher als der Tod …

Sendet diesen Warnruf an alle benachbarten Länder und lasst ihn in die jeweilige Landessprache übersetzen.

BITTE!!!

Es darf nie wieder eine Expedition in dieses Gebiet geben.

B.

Zweieinhalb Jahre später strömten die Neosannas mit einer Armee von fünfundzwanzigtausend Mann in das von der Expedition erforschte Gebiet ein. Sie sperrten den wild protestierenden Biluk von Kohoent in einen Turm, da er kurzerhand für verrückt erklärt wurde, nachdem er sich beharrlich geweigert hatte, die von der Expedition mitgebrachten geheimnisvollen Pergamente zu entziffern, schnitten brennende Schneisen durch den Skorpionwald, legten systematisch Straßen und Lager an, verscheuchten einige Masurl aus ihren Höhlen, bevor sie sich schließlich bis zum Gebiet der Ohkk durchschlugen, deren bizarre Siedlungen an der Oberfläche des riesigen verfluchten Sees in schweren, verlustreichen Kämpfen zerstört wurden. Derweil bauten die Munkler einen grandiosen Palast zu Ehren Muls, der zeitgleich zum grausamen Eroberungsfeldzug der Neosannas Pilger aus allen Ecken der Landwelt anzog. Seine Säulen erreichten eine bis dato für unmöglich gehaltene Höhe. Der Name des Palastes war Eokeil – »Sinnbild des Friedens«. Mula wurde in diesem Palast als Tochter Muls verehrt, und man sagte ihr nach, dass sie mit ihren Fäden und Tentakeln viele Wunder vollbringen konnte und tödlich Erkrankte vollständig zu heilen vermochte.

Infolge der Expedition rankten sich viele Mythen um die Person Benelons. Dabei wurde er je nach Interessenhintergrund anders mystifiziert, wobei letzten Endes zwei Stränge hervorzuheben sind: Für die Munkler ist er noch heute »der Eine«, »der Erleuchtete« oder sogar »Mul in Person«, da man annimmt, dass sich Muls Geist in seinen Handlungen widerspiegelte und dass er wiederum ein Spiegelbild des Werdegangs der gesamten Menschheit sei: Er habe als unsicherer Mensch begonnen, der sich dem Unfassbaren gestellt hätte, habe sich zum zornigen, todbringenden Krieger entwickelt und sei als lebensspendender, lebensrettender, vollkommen befriedeter Mensch gestorben. Der Brief, den er vor seinem Tod verfasst haben solle, sei eine zynische Fälschung. Seine Gebeine ruhen nach Ansicht der Munkler noch heute unter dem Gemäuer Eokeils und werden wieder auferstehen, wenn Mul den »absoluten, endgültigen und letzten Weltfrieden« ausruft.

Die Neosannas sehen ihn unabhängig davon als Nationalhelden, der den Grundstein zur späteren immensen Expansion, Macht und Identität des Landes beigetragen habe. Zu seinen Ehren erbaute man wenige Jahre nach seinem Verschwinden eine gewaltige steinerne Statue am großen Hafentor von Easan, »Mit feurigen Augen zur See«, welche gleichzeitig Feinde abschrecken und Freunde beeindrucken sollte. Grundschüler lernen noch heute alles über sein (vermeintliches) Leben und Schaffen, und die Expedition ist schon seit vielen Jahren ein beliebtes Stück, welches die mit selbst gebastelten Ohkk- und Expeditionskostümen zur Rührung ihrer Eltern und Großeltern verkleideten Kinder im Schein großer, pulsierender Kristalle aufführen.

Viele Historiker glauben, die Mythen um Benelon seien vor allem durch die ungewöhnliche Architektur und Dekoration des Palastes Eokeil inspiriert. Anders als bei anderen Kathedralen, Kirchen, Tempeln, Klöstern und Palästen der Munkler wurden oberhalb des Haupteinganges des Palastes zwei massive steinerne Äpfel befestigt, die ursprünglich rot angestrichen waren. Dies stimmt in zweierlei Hinsicht nachdenklich: Zum einen meiden die Munkler für gewöhnlich die Farbe Rot, da sie in ihrer Religion die Farbe des Krieges ist, ähnlich wie sie Schwarz, die Farbe des Todes, meiden, was sie in einer von schwarzen Gebäuden durchzogenen Stadt wie Easan vor Probleme stellt. Des Weiteren spielen Äpfel in ihrer Religion keine Rolle und finden in keiner der bekannten Schriftstücke Erwähnung. Auch gibt es auf Schwarzland eigentlich keine Apfelbäume – dies sind genuin *kernländische* Früchte. Wollten die Bauherren Olo und Sede der Nachwelt damit etwas sagen? Ist dies ein Verweis auf die Dalahalbinsel? Warum *zwei* Äpfel? Hat die Dalahalbinsel vielleicht einen geheim gehaltenen »*Zwi*-lling«? Die Äpfel aus Stein bieten noch heute einen reichen Nährboden für Spekulationen.

Die gigantomanische Palastanlage ragt ungewöhnlich hoch gen Himmel und wird von vierzehn riesigen, über und über mit Motiven versehenen Steinsäulen getragen. Man ehrt Baumeister aus dem fernen Segal für die Konstruktion dieses außergewöhnlichen Gebildes. Aus der Kanzel des Palastes kann man sehr weit hinaus aufs Meer gucken, ins Inland, hinüber zu den pechschwarzen Berghängen, aber vor allem durch ein ungemein leistungsstarkes, hochmodernes Teleskop aus Tunikagu weit hinauf in den Sternenhimmel. Viele Menschen, darunter auch Munkler, sind der Ansicht, der Palast von Eokeil sei nicht wirklich eine Gedenkstätte zu Ehren Muls, vielmehr eine gigantische Sternenwarte, vielleicht sogar ein Portal zum Weltraum.

Die Motive auf den Steinsäulen sind sehr interessant, wenn auch wiederum für Verhältnisse von friedliebenden Munklern ungemein verstörend. Sie enthalten in detailgetreuen Abbildungen die Ereignisse der Expedition, angefangen vom eingangs beschriebenen Rotmondfest bis hin zu dem Wasser, welches der angeblich erleuchtete Benelon in der kargen Einöde abseits des Stromes fand.

Neben den Äpfeln über dem Haupteingang finden sich überall in diesem Palast Fruchtmotive wieder, was dazu geführt hat, dass die Ungläubigen diesem Heiligtum der Munkler den etwas abfälligen Kosenamen Saftladen verliehen haben. Die Früchte im Inneren des Palastes sind durchweg in Schwarzland bekannte Lebensmittel: Orangen, Maracujas, Bananen, Mangos, sogar eine riesige grüne Ananas. Doch da schließt sich schon wieder etwas sehr Merkwürdiges an; sehr ungewöhnlich für die Munkler sind die vielen Vermischungen von Früchten und menschlichen Motiven: Menschen, die aus Früchten entschlüpfen; menschliche Körper mit Früchten anstelle von Köpfen; Früchte, die von Sternen zu kommen scheinen; selbst Früchte in der Altargegend, dem äußersten Heiligtum Muls!

Seit einiger Zeit wird darüber spekuliert, warum der Palast in dieser Hinsicht von allen anderen Mul gewidmeten Gebäuden abweicht. Die gängigste Theorie besteht nach wie vor darin, dass Sede und Olo damit indirekt zum Ausdruck bringen wollten, dass Menschen aus Früchten entstanden sind.

Ebenso sind die Publikationen der beiden schweigsamen Gelehrten sehr merkwürdig und lassen sich auch heute noch schwer finden, weil sie nur in kleiner Stückzahl gedruckt oder von anderen Munklern abgeschrieben oder zusammengefasst wurden. Gemeinsam publizierten sie zunächst ein sehr merkwürdiges Buch namens *Der Hexenkult von Blogol*, welches sich viele Munkler gar nicht zu lesen getrauten, so garstig erschien ihnen das darin Beschriebene. Sekundärliteratur dazu beschäftigte sich mit der genauen Ausspracheweise der verwerflichen magischen Formeln des Landes des toten Lebens, die für Kern- und Schwarzländer wie merkwürdiges Kauderwelsch klangen. Gerüchten zufolge soll ein Xolo, der den berühmten Palast einmal besuchen kam, erschrocken und zornig geflohen sein, als er diese Bücher zu Gesicht bekam.

Ein gänzlich auf Seledanisch verfasstes, sehr umfangreiches Buch, welches Sede kurz vor seinem Tod vollendete – er übertraf die natürliche Lebensspanne eines Menschen übrigens bei Weitem –, nannte er *Buch von Horokk*, und nach alldem, was in dieser Erzählung bisher beschrieben wurde, ist es wahrscheinlich ein Leichtes, sich vorzustellen, was dort alles an Abscheulichkeiten versammelt ist. Benelon kommt in diesem Buch übrigens vergleichsweise schlecht weg, und Sede kritisiert sowohl seinen Charakter als auch seine Entscheidungen recht scharf. Einige seiner Formulierungen lassen darauf schließen, dass er irgendetwas, das Benelon zu ihm gesagt haben soll, persönlich genommen hat.

Olo hingegen verschwand eines Tages spurlos – man fand in seinem Labor direkt unter der Sternenwarte sehr seltsame Gegenstände, für die es bisher keine Namen gibt. Sie deuten auf magischen Gebrauch hin – man sagt, Olo habe sich irgendwann einfach in Luft aufgelöst. Auch er hatte Sammlungen von beeindruckend leuchtenden, farbigen, akribisch beschrifteten Skizzen und Bildern hinterlassen, die sehr kompliziert anmuteten. Eine seiner letzten Notizen bezog sich darauf, dass das Material dazu ihm in Träumen offenbart worden sei. Die meisten dieser Skizzen bezogen sich auf ein seltsames, buntes Mikrouniversum in Wabenform, welches den menschlichen Organismus angeblich weitestgehend unsichtbar umgebe. Man habe nur über das intensive Studium gewisser Schriften oder durch den Zufall des Traumerlebens überhaupt Zugang dazu. Bei genauerem Studium fanden die Munklerjünger, die Olo aufgrund seiner altersbedingten Sanftmütigkeit mehr schätzten als den merkwürdigen Sede, heraus, dass in den Dokumenten eine genaue Beschreibung des Momentes verzeichnet war, in dem die Seele den menschlichen Körper verlässt.

Diese winzige, kreisrunde Seele, welche Olo in seinen Skizzen ursprünglich Mikrokapsel genannt hatte, was aber niemals publik wurde, da die Munkler den Ausdruck Seele viel romantischer fanden, entglitt gleich einem Raumschiff dem Körper, zunächst hinein in dieses eine, seltsame Wabenuniversum, um schließlich in einem unendlichen Raum zu verweilen, welchen eine Jüngerin Olos das »Multiversum der Seelen« nannte. Viele Munkler fanden Olos minutiöse Aufzeichnungen des Nahtod- und Todesprozesses eher unangenehm, einige sogar verstörend. Die Munkler waren zwar zutiefst spirituell, lehnten aber an sich jegliche Praktizierung von Magie ab – das sei mit dem Glauben an Mul nicht vereinbar.

Verstörend sind auch einige Statuen im Inneren des Palastes, welche sich eher in den obskureren, versteckten Winkeln und unzähligen Kellerverließen und Krypten befinden. Man dachte lange Zeit, diese Statuen, darunter zum Beispiel auch eine von Ane Dolon, seien aus irgendeinem unerfindlichen Grund nicht ordnungsgemäß beendet worden, verwarf aber diese fixe Idee wieder recht schnell, da der Eokeilpalast nicht nur gigantisch, sondern auch bis in Detail pedantisch genau geplant worden war. Diesen Figuren fehlen bis heute – *Köpfe*.

BJØRN DECLAN SKORGE

OMØN

ZWEITE ERZÄHLUNG

OMØN

In den frühen Morgenstunden

Dreht ein Magier seine Runden

Er kennt unbenannte Orte

Er nennt unbekannte Worte

Und tritt ein in Dimensionen

Wo unbekannte Wesen wohnen

Seht euch vor, der Magier naht

Die Zukunft wird zur Gegenwart

»Der Unterdrücker weiß nie, was der Unterdrückte denkt. So muss sich der Unterdrücker auf eine böse Überraschung gefasst machen.«

(Benelon)

KERNLAND
Greb Finger
Greb Bargul
Greb Mar
Greb Mitris
Greb Kernlis
Daumes
Erdeingang
Burg Schachtel
Kernland-Wall
Wald vom Bilbi
Mar
zu SMA
Dummel
FINGERLAND -KOLONIE
zu FI
Asel
Sima
Hauabaua
Sim
Em
Arpus
Au
Sea
Halbstadt
Dala
Agos
Zander
Zumshit
Zweck
Zirk
Samanza
SELEDA
zu SE
Lezada
Monz
Azades
zu EB
Stadt Seleda
Dil
Zerk
Dila
Daumen
ZACKLAND
FINGERLAND
Zedasa
SEDAZA
Schummel
zu SEL
Adele
Esanna
Kutz
Apfel
Tros
Holo
Fidal
Sil
Eisa
Mandurei
Meis
Dais
Basann
Laa
Erza
Em
Raleisa
EISANNA
zu EB
Asan
zu EB
N
W
O
S
FI Fingerland
SMA Smaragdana
DA Dalesa
SEL Seleda
EB Eisannischer Bund
NU Novedanische Union

BERGINGER-GEBIET
Greb Eisa
Greb-Berg
Greb Fjella
Ocar
UNION
Elwa
Beil
Bana-Bana
Eliwan
Moldchen der Fjällen
Steps
BEIL zu EB
Ebba
Tulu
Adele
Ulgul-Alma
Eck
Siegburg
Amhafen
Bargir
Kinglburg
KAMELANIA
Cidum
King
SELEDA-KOLONIE zu SEL
Talon
Schachtel am See
Tsmu
Kamel
KINGWIKK
Vona zu NU
zu NU
Lada zu DA
NASENBURGENLAND
Torreda
SELEDANISCHE INSELN
NEUTRAL-STATION zu NU
Dela
Dila
Krom
Bergstadt
Komm
Eei
Sut
Skom
Las
NEULAND zu NU
Essi
Vulu
VULKAN-INSEL zu EB
ÖJEN zu EB
LESANNA zu EB
Notlesa

KAPITEL I

Eine kümmerliche Existenz

Wenn man mit einem so hässlichen Gesicht wie meinem geboren wurde, schämt man sich, überhaupt zu existieren. Mit mattem Augenlicht geschlagen, kam trotz einer körperlich robusten Statur meiner Meinung nach kein Beruf im traditionellen Sinne für mich infrage. So saß ich während meiner Kindheit und Jugend oft in der stillen Dachgeschosskammer des mir wohlvertrauten väterlichen Gutshauses und träumte und jammerte einsam vor mich hin.

Ab und zu zog es mich jedoch in die weitläufigen Gärten unseres familiären Anwesens, wo ich die Gerüche und Stimmen unserer Gäste und Besucher in mich aufsog. Sie gaben mir das Gefühl, teilzuhaben an einem Leben, welches mir ansonsten verwehrt blieb. Ganz besonders war ich angetan von den freundlichen und hübschen Frauen aus Papleta, mit denen mein Vater Handel trieb. Wenn ich mich, leise durchs Gestrüpp schleichend, nahe genug an sie heranmogeln konnte, nahm selbst ich Blindfisch wahr, dass ihre melodiösen Stimmen und ihr weiblicher Wohlgeruch von Sommerfrische und Meereslotion lediglich Vorboten der tatsächlichen, gänzlich umwerfenden Schönheit waren, welche in ihren tiefen, kastanienbraunen Augen und ihren lockigen, pechschwarzen Haaren zur Vollendung kam.

Doch dies waren nur mehr einzelne vollkommene Augenblicke innerhalb der Monotonie meiner einsamen Qual. Meine Eltern, eisannische Kaufleute aus Laa, wussten nie so recht, was mit mir anzufangen sei, und da ich zu nichts wirklich taugte, aber durchaus über einen lernfähigen und wachen Geist verfügte, ließen sie mich ein extensives Bildungsprogramm durchlaufen, indem sie Privatlehrer engagierten. Stunde um Stunde lernte ich Sprachen, geografische Verhältnisse und Gepflogenheiten einer weiten und abenteuerlich anmutenden Welt kennen, die ich – so war ich mir sicher – niemals zu Gesicht bekommen würde. Meine Verzweiflung war groß, und meine Enttäuschung ließ mich von Tag zu Tag bitterer werden. Ich verfluchte mein Dasein, verfluchte überhaupt alle Menschen bis auf die schönen Frauen von Papleta, von denen ich mir zu meinem achtzehnten Geburtstag ein Gemälde anfertigen ließ.

Gänzlich anders war mein Verhältnis zu den Tieren. Ich hatte einen treuen, schneeweißen Hund, gezüchtet im Moldech der Fjällen weit oben im Norden Nasenburgenlands, der mich nahezu die ganze Zeit begleitete. Als er frühzeitig starb – und ich war mir sicher, jemand hatte ihn heimtückisch vergiftet –, starb auch der letzte Funke Liebe und Mitgefühl, den ich zu empfinden bereit war, und fortan regierte nur noch eine boshafte rohe Fassade, hinter der sich eine tiefe emotionale Leere verbarg. Ich kommandierte die Angestellten und Sklaven des Hauses tyrannisch herum und quälte sie mit sinnlosen Aufgaben. Mein Vater hieß dies gut; er sah sich in mir das Herrengeschlecht unseres Hauses durchsetzen, was ich mit zynischer Genugtuung goutierte. Doch er irrte sich, der alte Narr; denn es steckte keine Inspiration hinter meinem Verhalten. Zufall und Willkür regierten in meinem kranken Herzen, und wurde ein Diener krank, so entließ ich ihn und stellte einen anderen ein; wurde ein Sklave krank, ließ ich ihn auspeitschen und labte mich an seinem Dahinsiechen. Es war mir ein morbides Vergnügen, Leid und Tod in meinem Umfeld zu verbreiten.

Mein Vater starb, als ich einundzwanzig war, und bald folgte ihm auch meine Mutter, die ich kaum kannte, da sie mich zeitlebens auf Distanz gehalten hatte. Als reicher Alleinerbe hockte ich nun verbittert und stumm in diesem riesigen Anwesen, vereinsamt bis auf das routinierte Kommandieren von Dienern und Leibeigenen, die sich wünschten, sie hätten eine andere Wahl. Sporadisch besuchten mich auch kriecherische Verwandte, welche monierten, wie ich das Anwesen mehr und mehr verkommen ließ; denn meine Bediensteten verrichteten keine sinnvollen Aufgaben – alles, was ich sie ausführen ließ, gründete auf reiner Schikane. Ich sah die Summe der kleinbürgerlichen Meckereien meiner verderblichen Sippschaft als groteskes Kompliment an. Mein Leben war von Beginn an ruiniert gewesen, und so wollte ich in einer meinem Ruin entsprechenden Ruine leben.

Als ich die Innenwände des Hauses konsequent schwarz streichen ließ, hörten ihre schleimigen Besuche auf; und als ich die Gebeine meiner Vorfahren aus dem Familienfriedhof entfernen und in der weitläufigen Eingangshalle meines Anwesens aufstellen ließ, sozusagen als Begrüßungskomitee, flüchtete meine Dienerschaft. So blieben nur noch die Sklaven und die Wachmannschaft bei mir. Die Sklaven wählten einer nach dem anderen den Freitod; die Wachmannschaft überließ es mir, sie aus ihrem Wachdienst zu entlassen. Sie waren mir noch am ähnlichsten – es interessierte sie nur ihr Sold, ansonsten waren sie kalte, zynische Menschen. Somit hatte ich es vollbracht: Ich war einsam und auch relativ hilflos und irrte wie ein kurzsichtiger Geist durch die entstellten Gemächer eines ehemals stolzen und renommierten Anwesens. Irgendwann, es müssen sehr viele Jahre vergangen sein, die ich nicht gezählt hatte, zog aus mir vollkommen unbekannten, aber auch gänzlich gleichgültigen Gründen ein entfernter Verwandter ein, der mir aber, was mir sehr recht war, konsequent aus dem Weg ging. Ab und zu nahm er ein bisschen Geld von mir, um Lebensmittel zu kaufen und mich zu ernähren. Ansonsten lebte er in einem kleinen Häuschen an der großen Außenmauer, dereinst das Haus der Wachmannschaft.

Von dort aus machte er seine Rundgänge und sorgte dafür, dass das städtische Gesocks sich nicht bei uns einschlich und stahl. Aber Laa war eine schmucke kleine Stadt, und selbst die wenigen Bettler und Ganoven machten in der Regel einen weiten Bogen um mein finsteres, zerbröckelndes Reich des Schreckens.

In einer stürmischen Winternacht eines mir unbekannten Jahres, als mein Haar schon die ersten grauen Züge aufwies und intensive, hämmernde Kopfschmerzen mich endgültig in den Wahnsinn zu treiben drohten, erschien mein entfernter Verwandter gänzlich überraschend im Eingang meines mottenzerfressenen Schlafzimmers, gefolgt von einem großen, sehr merkwürdig aussehenden Mann mir unbekannter Provenienz. Er konnte kein Kernländer sein, denn seine schmalen Augen, sein kahl rasierter Kopf und seine feuerrote Robe deuteten auf ein Reich weit östlich von Eisanna hin. Dies alles hatte ich nur erkennen können, da ich, was mich äußerste Überwindung gekostet hatte, sehr nah an ihn herangetreten war, um ihn zu untersuchen. Während der entfernte Verwandte sich hastig entfernte, da der Gestank von abgestandenem Urin und durchgelegenen Bettlaken kaum zu ertragen war, rührte sich der Gast im Zimmereingang nicht von der Stelle. Ich kann nicht sagen, was in seinem Gesicht vor sich ging, denn meine Augen waren zu schlecht. Alles, was ich sagen kann, ist, dass ich seit einer halben Ewigkeit so etwas wie Emotionen im morschen Gebälk meines Körpers wahrnahm. Ich hatte Angst. Intensive Angst.

Ungebetene Gäste

Ich hatte überhaupt keine Lust, dem ungebetenen Gast zuzuhören, und war erbost darüber, dass mein nichtsnutziger Verwandter ihn einfach so, ohne mich um Erlaubnis zu fragen, in mein Schlafzimmer gelassen hatte. Ich wollte ihn herrisch hinauskommandieren, doch anstelle von Worten entfuhr meiner Kehle jämmerliches Gekrächze, und ich hustete blutige Schleimbrocken. Der Nichtkernländer stand regungslos im Türeingang und fing mit klarer, selbstbewusster Stimme an, auf mich einzureden. Ich wünschte ihm den Tod, doch ich konnte mich nicht wehren.

Er sagte: »Draußen auf den Bäumen kräht zur Mittagszeit schwarzes Federvieh. Obwohl sie Geräusche in einer für uns unangenehmen Tonlage von sich geben, haben sie ihren berechtigten Platz in der Natur.«

»Was?!« Ich versuchte, ihn barsch zu unterbrechen.

Doch er fuhr einfach fort: »Die Natur stellt das Theater der Menschheit auf; nur wir Menschen können uns in einem gewissen Rahmen dazu entscheiden, verschiedene Rollen anzunehmen. Ihr habt Euch dazu entschieden, die Rolle einer Krähe einzunehmen. Doch die entscheidende Frage ist: Wer seid Ihr wirklich?«

Ich besann mich darauf, dass sich in einer kleinen, eisenbeschlagenen Truhe unter meinem Bett ein Dolch befand. *Derjenige, der dein Leben beendet.* So dachte ich als Antwort bei mir, als ich mühsam vom Bett stieg, um die aus Bilbiholz gefertigte Truhe zu öffnen. Ohne ein Wort zu verlieren, stürzte ich mich auf ihn. Er hielt mich mit Leichtigkeit an meinem zitternden rechten Arm von sich fort und drückte mein Handgelenk derart fest, dass ich den Dolch fallen lassen musste. Müde und verzweifelt wich ich auf mein Lager zurück, und er verschwand aus der Tür.

Fortan tauchte der Fremde jeden Morgen vor meiner Tür auf und stellte die gleiche Frage: »Wer seid Ihr wirklich?« Ich antwortete ihm nicht, niemals. Er fragte auch nie zweimal hintereinander.

Nach und nach quartierten sich immer mehr Menschen im Anwesen ein; die Schleusen waren geöffnet, und ich konnte nichts dagegen unternehmen. Es stellte sich heraus, dass sie alle mit meinem ungebetenen Gast in Verbindung standen, jeder auf eine andere Art und Weise.

Es wurde unerwartet schlimm. Hatte ich anfangs noch gedacht, dass die Fremden sich von alleine wieder verpissen würden, wurde ich recht schnell eines Besseren belehrt. Als ich eines Morgens in das verstaubte Zimmer kam, welches vor langer Zeit einmal als »Gästezimmer« eingerichtet worden war, saßen dort lauter ekelhaft vergnügte Menschen, welche dem Aussehen nach aus allen Ecken Kernlands bei mir zusammengefunden hatten.

»Seht, da ist der Herr des Hauses! Ein Hoch auf den Herren des Hauses!«, rief man mir zu und hob das Champagnerglas zum Gruß. Ich erkannte sofort am charakteristischen Geruch, dass die ungebetenen Eindringlinge sich eigenmächtig in den Kellergewölben an den Vorräten meiner Ahnen bedient haben mussten. Ich warf mit Gegenständen nach ihnen, aber da ich sie aufgrund meiner schlechten Augen nicht treffen konnte, schien mein Handeln ihre Ausgelassenheit noch zu steigern. Es war zum Verzweifeln.

Eine junge Frau, der Stimme nach nicht mehr als halb so alt, wie ich es inzwischen sein musste, tänzelte zu mir herüber und fasste mich zärtlich bei meiner Schulter. »Wir sind Euer Gremium«, sie zwinkerte mir zu, »wir sind gekommen, um zu entscheiden, wer Ihr wirklich seid!«

Ich blickte sie emotionslos an. Irgendwo in den tieferen Schichten meines Hirns wurden sentimentale Erinnerungen an den zauberhaft atmosphärischen Garten und die schönen Gesichter der Frauen von Papleta reaktiviert, doch ich wischte sie rasch zur Seite, so wie das Meer bei Flut den Strand von Fußspuren reinigt.

Ich ging wortlos an ihr vorbei, bis mir an der Tür, die zu dem hinausführte, was einst meine Gartenanlage gewesen war, zwei Typen auffielen, die sich deutlich von der ganzen fröhlichen Meute um mich herum unterschieden. Ich trat nahe an sie heran. Der eine war sehr jung, wahrscheinlich noch kein richtiger Mann, aber auch kein Kind mehr. Seine harten blauen Augen hatten einen sehr bestimmten Ausdruck; Kleidung, Frisur und Körperhaltung, überhaupt sein gesamtes Äußeres, all das wirkte sehr symmetrisch und kontrolliert. Er flankierte die linke Seite der Gartentür und starrte mich unentwegt an. An der rechten Flanke hingegen stand sein genaues Gegenteil. Ein alter Mann, dessen gefurchtes Gesicht in tiefe Falten gelegt war, eine Schulter viel höher als die andere gezogen, zuselte an seinem Bart herum, trat dabei von einem Bein auf das andere und guckte immer wieder zu mir hin und dann wieder zum Jüngling, setzte die Hand zu einer Geste an, zog sie jedoch sogleich wieder zurück. Es schien ein seltsames Einvernehmen zwischen den beiden zu bestehen, dem Bestimmten und dem Flatterhaften, nur konnte ich mir nicht erklären, wie es geartet war.

»Das sind gute Freunde von mir«, säuselte die Stimme der schönen Frau hinter meinem Rücken, und eine ihrer zierlichen Hände fasste mich gegen meinen Willen wieder bei der Schulter. »Sie sind beide adeligen Geschlechts, ganz so wie Ihr«, schleimte sie noch hinterher. »Der junge Bursche hier heißt Zachäus von Zwang und ist ein Grafensohn aus Zackland; der werte alte Herr hört auf den Namen Muggz van Zweifel und ist ebenfalls Zackländer.«

Ich drehte mich grob zu ihr hin und fasste sie mit stählernem Griff am Handgelenk, drückte es so hart, dass die zarte Haut rot und blau wurde. Mein Blick war darauf ausgerichtet, die dumme Schlampe zu vernichten. Geifer tropfte mir vom Kinn, während ich sie hasserfüllt anschrie. »Ich habe dich nicht um Auskunft gebeten, Weibsbild!« Ich hatte nichts von meinem herrischen Gebaren verlernt, doch obwohl ihr Gesicht sich vor Schmerz verzerrte, schien sie von meiner Anwendung roher Gewalt nicht im Geringsten beeindruckt. Ich stieß sie zur Seite und floh in den Garten. Man folgte mir.

»Gut, verlegen wir die Party eben nach draußen«, flötete die junge Frau mit renitenter Leichtherzigkeit, »das Gremium ist es eh gewohnt, im Freien zu tagen.«

Mein Rücken schmerzte, und ich war wirklich allerübelster Laune. Hilflos musste ich mit ansehen, wie nicht nur mein nichtsnutziger entfernter Verwandter, sondern auch der ungebetene Gast und seine Helfershelfer, die »Partygäste«, mit *meinen* Möbeln und *meiner* Ausstattung tatsächlich eine Art groteske Parodie eines traditionellen eisannischen Gremiums in meinem Garten auf die Beine stellten.

Im Halbkreis saß nach kurzer Zeit das Möchtegerngremium um mich herum, mit dem ungebetenen Gast als Vorsitz, links und rechts von ihm die zackländischen Adeligen, in genau der gleichen Aufstellung, wie sie schon an der Gartentür anzutreffen gewesen waren.

Links außen hockte anmutig die scheußlich lebenslustige junge Frau, deren Armgelenk ich hatte brechen wollen, und außen rechts hockte eine mir unbekannte Frau mit von grauen Strähnen durchzogenem, schwarzem Haar; sie mochte in meinem Alter sein, wenn nicht sogar älter. Als morbiden Scherz hatte man die Skelette meiner Vorfahren aus der Eingangshalle entfernt und ebenfalls rechts und links der beiden Frauen in eine Sitzhaltung gebracht. Aber ich zählte die Knochenhaufen nicht zum Gremium dazu.

So sah ich mich mit zwölf Gremiumsmitgliedern konfrontiert, fünf menschlichen, sieben knöchernen, ehemals menschlichen. Hinter mir standen stumm zwei Dutzend weitere Eindringlinge, die alle mit dem ungebetenen Gast vertraut waren, jedenfalls entnahm ich das ihren gedämpften Gesprächsfetzen. Es wäre mir wohl ein Leichtes gewesen, aufzustehen und zu gehen. Doch ich sah darin merkwürdigerweise keine Notwendigkeit. Ich blieb. Was ich mir nämlich nicht erklären konnte, war die Tatsache, dass meine Sehkraft während der ganzen Zeit stetig besser geworden war. Hatte das etwas mit den scheußlichen Fremden zu tun?

Das Gremium tagt

»Das Subjekt, über das am heutigen Tage beraten werden soll, nennt sich Dronian von Laa. Gegenstand der Beratung ist die wirkliche Identität der genannten Person. Obwohl durchaus Unterlagen existieren, die einwandfrei die Herkunft dieses Subjektes belegen, ist seine Identität weitgehend ein Geheimnis.«

»Was für Unterlagen?«, rief ich empört, wurde jedoch eiskalt ignoriert.

»Im Moment stellt er ersten visuellen, auditiven und olfaktorischen Eindrücken nach eine Mischung aus Krähe, Vogelscheuche und Wurm dar, jedoch sind wir sehr darum bemüht, eine einem Menschen seines Standes angemessene Identität herauszuarbeiten.«

Ich sah, was ich immer noch nicht recht fassen konnte, wie die Bastarde nickten.

»Leider stützen sich diese Beobachtungen lediglich auf oberflächliche Eindrücke. Wir wissen nichts über das Innenleben des zur Debatte stehenden Subjektes, da es sich jeglichem Zugang verweigert, dabei ein ebenso destruktives wie aggressives Verhalten an den Tag legt. Fräulein Sophia Ludmilla von und zu Em-Agos zum Beispiel verdrehte er aus unbekanntem Anlass das Armgelenk so arg, dass die Ärmste nun dicke blaue Flecken an der Stelle der Ausübung dieser sinnlosen Barbarei trägt.«

Ein Raunen ging umher, und ein Windstoß ließ die Skelette klappern.

»Daher plädiere ich dafür, dass die Festlegung der untersuchten Identität nicht ohne eine penible Berücksichtigung des immensen aggressiven Potenzials des Subjektes erfolgt.«

Der ungebetene Gast, der zur Eröffnung des Gremiums aufgestanden war, setzte sich. Auf einem Namensschild, welches am vorderen Ende des Tisches vor seiner Sitzposition in Höhe seiner Hände befestigt war, las ich »Xabrax«. Ein Nichtkernländer und somit ein potenzieller Feind. Einer meiner etlichen Privatlehrer hatte mir seinerzeit sehr viel über die Völker des geheimen Flusslandes beigebracht, und als ich Xabrax intensiv musterte, fiel mir auf, dass sein gewöhnungsbedürftiges Auftreten, sein glattrasierter Schädel und sein wallender weißer Mantel darauf hinwiesen, dass er ein Hexenmeister aus dem Reich der Xlaover sein musste.

Meine Mutmaßungen wurden jäh unterbrochen, denn besagte Sophia Ludmilla von und zu Em-Agos, Opfer meiner berechtigten Misshandlungen, erhob sich, das ekelhafte, sympathisch-aufmerksame Lächeln immer noch im einfältigen Gesicht, und richtete ihr Säuselstimmchen an mich; wo Xabrax wenigstens keinen Hehl aus seiner Distanz zu mir gemacht hatte – immerhin nahm er sich die Frechheit heraus, mich, Dronian von Laa, als »Subjekt« zu betiteln –, tat dieses Miststück so, als sei ich ihr bester Freund, dabei wollte ich mit ihr genauso wenig zu tun haben wie mit Xabrax oder irgendeinem anderen der anwesenden Krüppel!

»Lieber Dronian von Laa, obwohl Ihr bedauerlicherweise noch nicht in der Lage seid, diese furchtbar verwirrend erscheinenden Ereignisse zu verstehen, so sind wir, die wir aus der ganzen Welt her angereist sind, vollkommen überzeugt davon, dass Euch besondere Fähigkeiten auszeichnen. Jede der magischen Konstellationen, sei sie in Eurer Natur oder in Eurer Sternenkonfiguration begründet, weist mehr als deutlich darauf hin, dass Ihr derjenige seid, der in der Lage ist, einige entscheidende Rätsel zu lösen, welche diese merkwürdigen Zeiten uns aufwerfen.« Sie hielt inne; offenbar erwartete sie eine Reaktion von mir, doch ich blieb regungslos. Mein Blick traf ihren gnadenlos. Ich wollte sie stechenden Auges durchbohren, aufspießen, doch sie verwirrte Geist wie Sinne zu sehr, ich war ihr hoffnungslos ausgeliefert, noch ehe ich mich darüber ärgern konnte. »Doch jedes Rätsel erfordert eine bestimmte Kombination von logischen Schlussfolgerungen, und um auf den richtigen Weg zu gelangen, müsst Ihr herausfinden, wer Ihr wirklich seid.«

»Ich bin … « Ich wollte nichts sagen, aber mein alter, gemarterter Körper rief nach dieser Frau, ich wollte Jahre des Schweigens und Aufstauens schludrig archivierter Emotionen daran hindern auszubrechen, doch ich war nunmehr vollkommen vereinnahmt.

»Ja … ?«, zwitscherte sie und sah mir direkt in die Augen. »Erzählt uns, wer Ihr seid!«

So gab ich nach. Ich redete drauflos, erst holprig, dann immer flüssiger, bis das von mir Geäußerte aufgrund seiner Geschwindigkeit und Detailtiefe gänzlich unverständlich wurde. Hinter mir ertönte Gemurmel, man sah mich verwundert an, doch es kümmerte mich nicht. Ich sprang auf und fuchtelte mit den Händen in der Luft herum, während ich nach Atem rang. Mein Kopf glühte, ich stammelte und spuckte, bis auch die letzte Fingerspitze Speichel und Galle des verbalen Giftes vollständig ausgespien war. Dann sank ich völlig erschöpft in meinen Stuhl zurück.

Nun lag es am Gremium, mich aufmerksam, doch völlig unbeeindruckt zu mustern. Xabrax machte Notizen. Mir dämmerte, dass man ein böses Spiel mit mir trieb, und der erbarmungslose Hass auf alles und jeden kehrte über meine verkalkten Venen in mein Hirn zurück.

Es erhob sich Muggz van Zweifel, der bärtige Greis. *Bescheuerter Name.* Er war von kleiner Statur und sein altersbedingt vorgebeugter Körper wirkte aufgrund seiner geringen Körpergröße absolut lächerlich. Ich fing an, hämisch über ihn zu lachen, doch er gemahnte mich mit versteinerter Miene zu schweigen.

»Ihr verkennt den Ernst der Lage, Eisanna-Mann.«

Er richtet seine Botschaft also an einem Appell an meine Nationalität aus, dachte ich mit einem schiefen Lächeln.

»Ihr wähnt Euch in Sicherheit, doch die Fassade Eures Grams ist nicht mehr als ein Spinnennetz im Wind ... ein starker Stoß, und die ganze Struktur löst sich auf ... « Dabei hob er seine knorrige Hand zu einer Geste, hielt einen Moment inne und entschied sich offenbar, sie doch nicht zum Ausdruck zu bringen. »Doch was ist hinter der Struktur, Eisanna-Mann, was ist hinter der Struktur? Wohin wollt Ihr Euch im Leben entwickeln, wo Ihr doch noch nicht einmal eine diffuse Vorstellung von Euch selbst habt?«

Ich wurde böse auf ihn. »Ich bin ... ich bin ... « Das Blut schoss in meine Wangen. »Ich bin Dronian von Laa! Dronian, jawohl, und mein Vater hieß Janus von Laa, meine Mutter Daffodilia von Laa! Vater! Mutter!« Ich ging zu den Skeletten hin, welche man rechts neben der mir unbekannten alten Frau positioniert hatte, die wie eine Hexe aussah.

»Woher wisst Ihr denn, dass dies die Gebeine Eurer Eltern sind?«, wollte der alte Muggz van Zweifel wissen. »Erkennt Ihr es daran, dass die Gebeine vergleichsweise frisch sind? An der Form ihrer Schädel? Sagt es uns, Dronian *von Laa*!«

Dass er sich die bodenlose Dreistigkeit erlaubte, meinen altehrwürdigen Adelstitel mit spöttischen Betonungen auf *von* und dem von ihm grotesk in die Länge gezogenen *Laa* in den Dreck zu ziehen, brachte mein adeliges Blut umso stärker in Wallung. Ich nahm den Schädel meines Vaters in die Hand und wollte ihn nach dem Greis werfen.

Doch dieser regte sich nicht, sein durch Altersschwäche bedingtes Zittern mal außen vor gelassen. »Was ist, Dronian *von Laa*? Fehlt Euch die Traute, starker Eisanna-Mann?

Wagt Ihr es nicht, einen alten Zackländer zu bewerfen? Habt Ihr Gewissensbisse? Habt Ihr überhaupt so was wie ein Gewissen?«

Ich hatte keine Ahnung, auf welch groteske Schmiereninszenierung ich gerade hereinfiel, aber ich wurde das Gefühl nicht los, dass man irgendetwas mit mir vorhatte und dass man mich zunächst einmal zu einer gewissen Handlung verleiten wollte, um die Begründung für weitere, eventuell gezieltere Schritte gegen meine Person in der Hand zu haben. Ich sah mich um. Das Publikum war nun verstummt. Viele von ihnen mussten selber Eisannas sein, vermutlich aus Laa, aber ich hatte so lange nichts mehr mit der Welt außerhalb meines Anwesens zu tun gehabt, dass ich nicht mehr auf dem Laufenden war, welcher Kleidungsstil welchen sozialen Status signalisierte.

»Eisanna-Mann, wir brauchen eine Antwort von Euch«, sagte Xabrax.

Der Greis wollte keine Ruhe geben. »Xabrax, ich bezweifle, dass er überhaupt noch zusammenhängend sprechen kann.«

Xabrax und er tauschten einen raschen, aber, wie mir nicht entging, bedeutungsschwangeren Blick.

Dann tauchte die nächste Figur im zynischen Spiel auf, wie sie es von Anfang an geplant haben mussten. *Mir macht keiner was vor, schon gar nicht in derlei Angelegenheiten.* Es war der junge, galante Zachäus von Zwang, der nun langsam und gleichmäßig, als sei jeder Schritt eingeprobt, von seinem Stuhl aufstand, um ebenmäßig auf mich zuzuschreiten. *Schauspieler!* Er hielt in seiner rechten Hand eine kleine Kette, an der ein Kleinod befestigt war, doch ich konnte noch nicht genau erkennen, um was es sich handelte.

»Ich glaube Euch kein Wort, Dronian von Laa. Was Ihr betreibt, ist Leichenfledderei. Was Ihr wünscht, ist nicht der Tod, sondern das Leben, und in Eurem Verfall spiegelt sich der Wunsch nach Verbesserung.«

Ich merkte, wie mir der Unterkiefer herunterklappte. Wie konnte er es wagen?

»Was Ihr anstrebt, ist, jemanden zu treffen, der Eure Fähigkeiten zur Blüte gelangen lässt. Ich kenne solch einen Menschen. Noch heute werdet Ihr aufbrechen, um diese Person aufzusuchen.« Er warf mir das Kleinod zu, spie verächtlich aus, um dann zackig zu seinem Platz zurückzumarschieren.

Ich hob das kleine Zeichen aus Metall auf. Es schien mir etwas verrostet. In einem fernen Erinnerungszug tauchte für Sekundenbruchteile ein Fragment meiner frühen Kindheit auf, doch es verblasste zu schnell, um mir im Gedächtnis präsent bleiben zu können.

»Was sagt Ihr?«, fragte mich die Frau mit den grauen Strähnen neugierig. »Was seht Ihr?«

»Ein Stück Schrott«, bemerkte ich lapidar und warf den Gegenstand ins Gebüsch, obwohl ich ihn insgeheim sehr gerne behalten hätte. Ich hatte es mir dennoch in den

Kopf gesetzt, keinen Deut auf diese Hausbesetzer einzugehen, ihnen kein Anzeichen von Schwäche meinerseits einzugestehen. Adel verpflichtet eben. Plötzlich überkam mich jedoch ein starker Anfall von Schwindel. Ich verlor die Besinnung, ich weiß nicht, für wie lange. Der Anfall musste etwas mit dem Zeichen auf dem Gegenstand zu tun gehabt haben. Da waren zwei kleinere Kreise in einem größeren zu sehen gewesen, unterbrochen von einer schlangenförmigen Linie …

Als ich wieder zu mir kam, hatte sich die Umgebung radikal geändert. Das Gremium war verschwunden, ebenso das Publikum. Was jedoch wesentlich schlimmer war: Man hatte mich offensichtlich eigenmächtig exiliert. Ich lag in einem Straßengraben am Wegesrand in einer mir unbekannten Gegend; fand keinen Anhaltspunkt, an dem ich mich hätte orientieren können.

Exiliert

Halb wahnsinnig und stark geschwächt durch Hunger und Durst irrte ich einige Stunden umher, oder waren es Tage und Nächte? Jedenfalls zog ich den Weg querfeldein der Straße vor. Als ich schon kurz davor war, mich zum Sterben unter eine Eiche zu legen, erblickte ich in der Ferne Lichter. Nicht nur einzelne Lichter, ein ganzes Lichtermeer tat sich vor meinen ungläubigen Augen auf. Ich versuchte, meinen Gang zu beschleunigen, zu rennen, doch ich war zu schwach, torkelte und fiel hin wie ein Kleinkind, welches Laufen lernt. Die Müdigkeit hatte sich inzwischen wie ein Parasit in meinem Schädel eingenistet, viele Jahre der Verwirrung und Verblendung forderten nun ihren Tribut. War es zunächst einmal ein Schock gewesen, all diese seltsamen Menschen in der vertrauten Umgebung des familiären Anwesens vorzufinden, war die Aussicht, es mit Fremden in einer mir unbekannten Umgebung zu tun zu haben, gänzlich vernichtend.

Als mir klar wurde, in was für einer Gegend ich gelandet war, stockte mir der Atem. Zunächst hellte sich mir das Herz etwas auf, denn immerhin war es verhältnismäßig warm, sodass das Schicksal mir wenigstens das Erfrieren oder ein Dahinsiechen im Regenschauer einer fremden Stadt ersparte. Ich erkannte, dass ich mich in der Nähe eines prächtigen Bauwerks befand, etwas düster in den Schattenspielen der Nacht, aber dennoch gekonnt konstruiert, nach der Art, wie es die Munkler tun. Einen Moment war mir, als sähe ich ein kleines Mädchen auf einem Baum sitzen, aber als ich genauer hinschaute, war es schon verschwunden. Wo hatte ich sie schon mal gesehen? In einem anderen Leben? Warum assoziierte ich sie mit dem Wort Stenth? Stenth! Stenth! Stenth! Aber auch dieser

Moment der Verwunderung zerbarst viel zu schnell für meine Nerven. Denn ich bemerkte im Schein des Zilin, dass sich merkwürdige Gruppierungen am Fuße der Munkelkirche bizarren Handlungen hingaben, von denen die örtlichen Behörden wohl nicht ausreichend in Kenntnis gesetzt worden waren.

Die Menschen waren schwarz gekleidet, wie um die weißen Gewänder der Munkler zu parodieren; einige führten gruppendynamische Kampfsportübungen durch; andere saßen im Kreis und philosophierten von fremden Rassen, die dereinst von entfernten Planeten zu uns hinabsteigen würden. Ihre Sprache war mir geläufig, es war eindeutig Eisannisch mit dem Dialekt, wie man ihn bei uns in Laa spricht. Endlich Orientierung! Doch was stand mir da bevor? Was mich wirklich entsetzte und was diesen geheiligten Ort unweigerlich entweihen musste … Ich wage es kaum zu erzählen … Im Halbschatten des Mondlichts konnte ich beobachten, wie offen und ungehemmt der Geschlechtsakt vollzogen wurde. Ich flüchtete hastig von diesem widerwärtigen Ort, stürmte Hals über Kopf weiter Richtung Stadtzentrum, mit hämmernden Schmerzen in den Schläfen.

Ich weiß nicht, wie ich es geschafft habe, zu diesem Haus zu gelangen, und ich erinnere mich auch nicht mehr an den Moment, an dem ich aufgehoben, fortgetragen und auf so wundervolle Weise in einem bequemen Bett untergebracht wurde. Meine letzten bewussten Erinnerungen umfassen ein Gefühl äußersten Ekels im Kehlbereich, sodass ich mir am liebsten den Kopf abgerissen hätte, im Verbund mit einem ungewöhnlich rasch einsetzenden Ganzkörperfieber, sodass ich unmittelbar vor meinem zweiten Bewusstseinsverlust noch dachte, ich müsse bei lebendigem Leib von innen her verglühen …

KAPITEL II

Eine Unterhaltung

Was ist von dieser Sache zu halten? Ist der Mann glaubwürdig?«

»Das ist schwer zu sagen. Nach welchem Kriterium legen wir denn fest, ob es sich um einen heruntergekommenen, wenn auch raffinierten, Straßenpenner und Scharlatan handelt oder ob der Mann die Wahrheit spricht? Ich finde vieles an seiner Geschichte unglaubwürdig.«

»Was zum Beispiel?«

»Nur *ein* Beispiel? Seine ganze Geschichte ist voll von Widersprüchen. Sei es das diabolische Fest, welches er an der Kathedrale der Munkler beobachtet haben will, sei es, dass er die Stadtmauern und die damit zwangsläufig einhergehende Personenkontrolle nicht erwähnt hat, sei es, dass er auf unserer kleinen Insel mehrere Tage unbeachtet umhergeirrt sein will, sei es die vollkommene Desorientierung, mit der er angeblich geschlagen war, als er in Laa herumschlich; wo er doch so viele Stunden seiner Kindheit und Jugend mit Unterricht über die große weite Welt verbracht hat; und wo bitte schön soll dieses Gutshaus *derer von Laa* sein? Das ist doch eine Erfindung! Natürlich, es gibt Dutzende Menschen hier, die sich *von Laa* schimpfen, wir kennen sie ja zur Genüge, diese adeligen Querulanten, und natürlich gibt es Dutzende von Gutshäusern außerhalb der Stadtmauern. Aber kennst du auch nur eines, das verfallen und unbewohnbar ist? Kennst du eines, bei dem eine derartige Katastrophe eingetreten ist, wie sie *Dronian von Laa* beschrieben hat? Komm schon, Alia, Laa ist nicht sonderlich groß!«

»Wir werden wohl in die entsprechenden Bücher beim Stadtarchiv schauen müssen. Dronians Beschreibung nach müssten die beschriebenen Abkömmlinge derer von Laa schon vor einiger Zeit gestorben sein. Schau mal in die Notizen. Wie alt war er beim Tod seiner Eltern noch mal?«

»Einundzwanzig. Wer es glaubt, wird ein seliger Munkler. Nun ja, zugegebenermaßen, reden kann er wie ein Gebildeter. Aber, ach was, das hat er sich bestimmt irgendwo auf dem Marktplatz abgeguckt. Diese Scharlatane stecken voller List!«

»Mir machen andere Dinge zu schaffen. Einiges an seiner Geschichte könnte stimmen: Die Papletaner kommen immer noch regelmäßig nach Laa; und ihre Frauen sind wirklich nicht zu verachten, wie du immer sagst … «

»… hehehe, wenn ich da an den letzten Abend denke, wo diese eine Papletanerin … «

»… schweif nicht ab, denk lieber mal etwas genauer über dieses alte Anwesen mit der hohen Mauer nach … Erinnerst du dich nicht an dieses Gebäude, das vor ein paar Jahren abgerissen wurde?«

»Alia, ich bitte dich! Das war vor Jahren. Dronian-von-und-zu-Laa-Scharlatan meinte, er wäre ohnmächtig geworden, hätte sich dann in einem Graben wiedergefunden und hätte uns dann mehr oder weniger direkt aufgesucht. Glaubst du, er hat drei Jahre in einem Graben in der Laaer Heide verbracht? Glaubst du, er hätte seine eigene Heimatstadt nicht wiedererkannt?«

»Na ja, aber es gab vor ein paar Jahren definitiv ein verfallenes Haus, um welches man gemeinhin einen Bogen machte. Soweit ich weiß, hat dort niemand gewohnt. Die Wände waren angeblich schwarz angestrichen, und in der Eingangshalle baumelten wohl auch eine Zeit lang Skelette an Seilen wie Marionetten an Fäden. Oder gibt es das Haus vielleicht sogar noch?«

»Ammenmärchen! Du warst nicht da, ich war nicht da, und wer weiß, bei welchem Wichtigtuer unser Gast diesen Blödsinn aufgeschnappt hat. Ich bin dafür, wir schmeißen ihn achtkantig raus, mit einem Tritt in seinen Pennerarsch!«

»Wie abfällig! Ich bin dafür, dass du die Finger vom Apfelschnaps lässt.«

»Was, Alia … ? Du gewährst jedem Penner, der dir erzählt, Schiffe könnten fliegen, kostenlose Unterkunft, und deinem besten Informanten willst du ein Glas in Ehren verbieten? Komm schon, Alia, man lebt nur einmal! Hier, dir gieße ich gleich einen mit ein! Prost, meine Liebe!«

»Brrr. Jedenfalls sehe ich die Sache folgendermaßen: Man müsste herausfinden, ob vor ungefähr drei Jahren beim Hafenamt mehrere auffällige Gäste gemeldet wurden, darunter ein Xlaovaner, zwei Zackländer mit Adelsnamen, eine Dalesanerin mit Adelsnamen … «

»… und ein Mann mit einem Hut, der eigenständig fliegen kann, ein dreiköpfiges Flusspferd … «

»Es reicht jetzt, Pneumo! Ist dir denn gar nicht daran gelegen herauszufinden, was es mit der Sache auf sich hat?«

»Mir ist vor allem daran gelegen, dich vor deinem Unglück zu bewahren. Na ja, und dann noch vor einer beispielslosen Zeit-, Geld- und Nervenverschwendung. Mir ist die Sache jedenfalls klar. Der Mann ist ein Ganove, und er wird deine Neugier ausnutzen. Er wird sich bei dir einschleimen und sich mithilfe von geschickten Ausreden nach und nach bei dir einnisten. Obwohl, du hast ja Geld. Du bist ja Frau Doktor Alia, vielleicht wird das auch ein Spaß für dich. Vielleicht kannst du Dronian von Laa ja dressieren wie ein Tier.«

»Du und dein Spaß am Grotesken. Aber auf die Probe stellen werde ich ihn, da sei dir sicher. Wenn er wirklich adelig ist, dann wird er dementsprechende Etikette kennen;

und wenn er vor langer Zeit wirklich in den Genuss von Privatunterricht gekommen ist, dann wird auch davon etwas in seinem Gedächtnis hängen geblieben sein. Wenn es sich herausstellt, dass er wirklich nichts weiter als ein geschickter Lügner ist, so werde ich dich bemühen müssen, ihn auf die Straße zurückzubefördern, wo er herkommt. Oder zumindest im Armenhaus nachzufragen, ob momentan Aufnahmemöglichkeiten bestehen.«

»Man sollte … «

»Ach ja, sei doch so lieb und erkundige dich beim Stadtarchiv wegen der Sache. Ich denke, das wird die zuverlässigste aller Quellen sein.«

»Man könnte … «

»Dass du aber vorher auf jeden Fall zum Hafenamt gehst!«

»Also, ich … «

»Noch etwas Schnaps, mein Lieber?«

Erfolgloses Inquirieren

Pneumo kreuzte ungewöhnlich früh beim Hafenamt auf. Um diese Zeit waren eigentlich nur alte Schabracken unterwegs, die mühsam den Bürgersteig zwecks Überquerung der Straße verließen und froh sein konnten, wenn sie die andere Seite erreichten, ohne vorher zusammenzubrechen. Er wunderte sich selbst, wie er es überhaupt bewerkstelligte, einigermaßen auf den Beinen zu bleiben. Alia hatte ihn gestern ordentlich mit Schnaps abgefüllt und ihn am nächsten Morgen viel zu früh geweckt – und dann widersinnigerweise für seinen hohen Alkoholkonsum gerügt! Aber was sollte er tun? Alia war eine Frau, die über Geld, Ruhm und Schnaps verfügte, und um in ihrer Gunst zu bleiben, würde er ihr sogar die Pferdescheiße von den Kutschenrädern lecken, wenn es sein musste. So grinste er grimmig in sich hinein, als er ordentlich verkatert das Hafenamt von Laa betrat.

Derweil, an einem anderen Ort in Laa, sprach ein älterer, verwirrter Herr: *»Ich weiß nicht, bei was für Leuten ich untergekommen war, doch sie mussten reich sein. Das erkannte ich am silbern verzierten, üppigen Badezimmerspiegel, der sich in dem ausladenden Waschraum befand, welcher sich an das Gemach anschloss, in dem ich durch einen Zufall, wenn man davon überhaupt sprechen kann, untergekommen war. Mein Bartwuchs war sehr viel wilder, als ich es mir vorgestellt hatte, doch ich war froh, erst einmal die dicke Dreckschicht abzuwaschen, die sich in meinem Gesicht und insbesondere im Bereich meiner Augenlider angesammelt hatte.«*

Im Hafenamt waren die Beamten zur frühen Morgenstunde kaum beschäftigt. Eine gelangweilte junge Frau empfing Pneumo an Schalter IV und machte sich nicht mal die Mühe, beim Gähnen die Hand vor den Mund zu halten. Pneumo bekam es mit der Angst zu tun. Die Frau übte eine sehr starke Anziehungskraft auf ihn aus, was ihm erst bewusst wurde, als er in ihren weit aufgerissenen Mund blickte. Diamantene Füllungen. Sie musste definitiv eine zweite Einnahmequelle haben.

Die Schalterfrau sagte keine freundliche Begrüßungsfloskel auf. Sie hob und senkte das Kinn in einer flüssigen Bewegung, die »Was willst du?« andeutete. Jetzt überfiel Pneumo Panik. Er hatte im Rausch vollkommen vergessen, warum er so früh zum Hafen gescheucht worden war. Er wollte gerade eine undurchdachte Bemerkung machen, als es ihm wieder einfiel.

An einem anderen Ort in Laa ging der laut ausgesprochene Gedankengang weiter: »*Meine Haut war durchzogen von Narben, Geschwülsten und Furunkeln. Bei einer Ärztin war ich untergekommen. Sie sorgte sehr gut für mich. Sie gab mir ordentlich zu essen, was mich stärkte, sie pflegte mich, verband meine Wunden, heilte an meinen äußeren Hässlichkeiten, was zu heilen war, alles völlig unentgeltlich. Wie dankte ich es ihr? Als sie mir den Rücken zudrehte, schlug ich sie mit einer der schweren Keramikvasen bewusstlos. Ich fühlte ihren Puls, sie war nicht tot. Aber ihr Kopf blutete leicht. So lag sie in ihrer eigenen Praxis herum, ich musste mich beeilen, bald würden die ersten Patienten kommen. Ich wusste nicht, wo sie ihr Geld gebunkert hatte, also nahm ich ihren goldenen Armreif. Ich suchte in ihrem Kleiderschrank hastig nach etwas Adäquatem, denn im Morgenrock wollte ich nicht auf den Marktplatz, wo ich den Armreif zu verscherbeln gedachte. Leider fand ich nur Frauenkleider. Die Sonne war schon aufgegangen, zwei Monde standen am Himmel, was einen Jahreszeitenwechsel andeutete. Es wurde Frühling, glaubte ich. In einem weiten Damenrock, einer Bluse und einem Damenhut ging ich, mein hässliches ergrautes Gesicht hinter einem Meer von Barthaaren versteckt, zum Marktplatz von Laa. Ich kam an einigen Ständen vorbei, die Wurstwaren zu verkaufen vorgaben. Mich täuschten sie nicht. Ich wusste um die perversen Sitten der barbarischen Fleischesser. Schweine? Rinder? Geflügel? Nein! Ich war mitten unter Kannibalen geraten! Angewidert begab ich mich in eine Seitengasse, um mich zu übergeben.*«

Pneumo war kurz davor, zum Revolver zu greifen. Die Frau im Hafenamt hatte es sich, so schien ihm, zur Aufgabe gemacht, ihn mit so wenigen Informationen wie möglich zu versorgen und diese dafür mit lauter uninteressanten Details auszuschmücken. Er verschwendete einige Zeit an Schalter IV mit nicht zur Kenntnis genommenen, sich ungelenk abwechselnden Flirt- und Bestechungsversuchen, und als er genervt in die gleißende

Mittagssonne hinaustrat, war er genauso gescheit wie zuvor, dabei immer noch ordentlich verkatert. In einem Winkel von etwa fünfundneunzig Grad fiel das Sonnenlicht auf ein goldenes Schild, das Pneumo buchstäblich ins Auge sprang und in welches in schwarzen Lettern eingraviert war:

Zopeas Kernland-Reisen

Zopea war kein eisannischer Name. Es musste sich um einen Menschen handeln, der seine Wurzeln auf der Dalahalbinsel hatte. Der Stern in der rechten oberen Ecke des Schilds, welches von geschickter Hand an einem kalkweißen Haus gegenüber dem Eingang zum Hafenamt angebracht worden war, verdeutlichte Pneumo, dass es sich bei Zopea um einen Zackländer handeln musste. Seit Zackland der Novedanischen Union beigetreten war, schmückten sich viele Zackländer nicht mehr mit ihrem traditionellen roten Blitz, sondern trugen stolz den fünfzackigen Stern, das Zeichen des weltumspannenden, in nahezu allen Regionen bekannten und doch so rätselhaften Bündnisses der Nachkommen Donskas.

Einem inneren Impuls folgend, betrat Pneumo die nicht gerade ansehnlichen, aber mit noblem Anstrich versehenen Räumlichkeiten des Zopea.

»Vielleicht weiß gerade ein Reisebüroleiter darüber Bescheid, wer in letzter Zeit so alles in Laa ein und aus gegangen ist«, murmelte Pneumo vor sich hin, als er auf den schelmisch lächelnden spitzbärtigen Mann zuging, der hinter einem Schreibtisch saß, auf dem allerhand exotisch anmutende Meereskarten ausgebreitet waren.

Der gequälte Geist dachte weiter laut nach: »*Ich merkte sogleich, dass ich einen gewaltigen Fehler begangen hatte. Das fremde Blut hatte ich sorgfältig abgewaschen, doch im Geiste blieb es präsent. Die Unmenschlichkeit, mit der ich mich glaubte brüsten zu können, die sardonische Grausamkeit von Herz und Hirn waren einer Sache gewichen, die entfernt an Mitgefühl erinnerte. War ich mitfühlend? Empfand ich etwas für die Frau, die ich niedergeschlagen hatte? Hätte ich bei ihr bleiben sollen? Nun war alles zu spät, ich kniete in Frauenkleidung in meiner eigenen Kotze, und es hätte mich nicht gewundert, wenn es noch schlimmer gekommen wäre. Und natürlich kam es genau so. Ich hatte mich gerade mühsam aufgerappelt, da sah ich zwei Polizisten die Seitengasse entlangstratzen, beide in schwerer Uniform, mit Knüppeln und Schusswaffen. Der eine, ein stämmiger, glatzköpfiger Scheißbulle, schritt energisch auf mich zu, während der andere, ein ausgesprochen hässlicher, staksiger Bulle, den Ausgang der Seitengasse versperrte. Ich zögerte keine Sekunde, ihnen entgegenzutreten.*«

Herr Zopea war ein kahlköpfiger Mann mittlerer Statur, der ein feines Hemd, eine altmodische Melone und einen dürren Spazierstock trug. Seine Kleidung war sehr unauffällig, *was in der Regel ein todsicheres Zeichen für betrügerische Absicht ist,* dachte sich Pneumo, der ihm von Anfang an nicht traute. Herr Zopea gab zwischen *seinen langen Werbereden für Orte, an die kaum jemand reisen mag,* so dachte sich zumindest Pneumo, bereitwillig Auskunft über sonderbare Leute, die ihn entweder selber aufgesucht hatten oder die seine Frau, die zugleich seine verwaltungstechnische Assistentin war, von ihrem zur Fensterseite aufgebauten Schreibtisch aus hatte beobachten können. In den letzten drei Jahren war allerdings niemand Auffälliges in der Gegend erschienen, zumindest niemand, der in das von Doktor Alia vorgegebene Personenraster gefallen wäre, und schon gar keine Zackländer!

Pneumo verließ das Reisebüro äußerlich höflich, aber innerlich frustriert und kaufte sich auf der Vergnügungsmeile des Hafens noch einen Schoppen Heilwasser aus Novana, welches seinen Kopf nach und nach vom Schnapsgeist befreien würde. Gedankenverloren an seinem trüben Wässerchen nippend, bemerkte er erst spät, wie sich zwei Gestalten näherten, die er zugleich innig liebte wie hasste. Es waren seine Freundin, die mysteriöse Devele Duaupropla, Eisanna-Papletanerin und passionierte Lebenskünstlerin, und sein bester Freund Freiran Ausan, Leidenskollege aus alten Schultagen und stolzer Träger des zweifelhaften Titels »Erfolglosester Fischer Laas«; er fischte stets an der einzigen Stelle der Insel, wo ein paar zerklüftete Felsen ins Meer ragten, und zudem nahezu ausschließlich an Schlechtwettertagen, wo der Wellengang stärker war als sonst. Wäre er nicht so sympathisch und belesen, er würde in Pneumos vom regelmäßigen Alkoholmissbrauch getrübten Augen wie ein kompletter Vollidiot dastehen.

An einem anderen Ort in Laa wurde der Fortgang der Ereignisse wie folgt beschrieben: *»Der riesige Glatzkopf fragte mich nach meinem Ausweis, und ein derartiges Dokument besaß ich natürlich nicht. Als Nächstes fragte er mich, ob ich etwas getrunken oder zu mir genommen hätte, darauf spuckte ich ihn an. Seine Miene verfinsterte sich. Er wischte sich meinen Geifer aus dem Gesicht, packte mich grob am Nacken und befahl mir mitzukommen. Die beiden verfrachteten mich in eine Kutsche, ich schaffte es immerhin, dem Hässlichen in die Fresse zu treten, als er mich an den Beinen packen wollte, und schon bald sah ich mich in einem kahlen Vernehmungsraum wieder. Man stellte mir allerhand verwirrende Fragen über meine Herkunft, nahm mir Blut ab, um vom Amtsalchemisten überprüfen zu lassen, ob ich Alkohol getrunken hatte, und belehrte mich schließlich über meine Rechte, ehe man mich vorerst in Gewahrsam nahm.«*

Der sechsundzwanzigjährige Pneumo blickte sich um; es fiel ihm vor allem die schöne Säulenarbeit an einem an sich unspektakulären Steinhaus auf, welches mehr sein wollte, als es war. Dies unterstrich vor allem der Kontrast zwischen den hässlichen roten Ziegeln im Obergeschoss und dem Zementbau, bei dem schöne Säulen, goldfarbene Vorhänge und pseudogoldene Fresken über den Kellerfenstern seine eigentliche Grobheit verschleiern sollten. Auf besagten Fresken waren recht zotige Szenen der Selbstbefriedigung abgebildet; ein Wunder, dass die Stadtverwaltung so etwas erlaubte; Pneumo schaute gerade einer Munklerin hinterher, die ein Baby in einem Kinderwagen vor sich herschob, und fragte sich in diesem Zusammenhang, was die Munkler von Selbstbefriedigung hielten und ob die Munklerin wohl die leibliche Mutter war, als er plötzlich aus seinen Gedanken hochschrecken musste.

»O Mul im Himmel, ihr habt mir gerade noch gefehlt! Innerhalb der Rangreihe aller Leute, die ich heute nicht mehr zu treffen gehofft hatte, steht ihr mit Abstand an erster Stelle.«

»Wir freuen uns auch sehr, dich zu sehen, lieber Pneumo.«

»Freiran, ich wurde heute Morgen mit Brummschädel zum Hafenamt geschickt, wo man mich absichtlich hingehalten hat, ohne mich mit den erhofften Informationen zu versorgen. Auch in einem zackländischen Reisebüro inquirierte ich ohne nennenswerten Erfolg. Ich wollte gerade ein bisschen Geld von Alia abzweigen, um dann im Stadtarchiv einen letzten Versuch zu unternehmen, in Erfahrung zu bringen, was ich wissen will. Danach wollte ich zu … dir.« Pneumo bemühte sich, Devele mit einem verführerischen Schlafzimmerblick zu bedenken, stellte aber aufgrund der kritisch zusammengezogenen Augenbrauen in Kombination mit einem spöttisch-belustigten Blick seitens Freirans fest, dass es wohl eher an eine Schieleinlage gemahnte.

»Gib mir erst mal einen Kuss, Pneumo.« Devele warf sich ihm an den Hals wie ein junges Kätzchen. »Du sprichst in Rätseln. Was wolltest du im Hafenamt? Und was fällt dir ein, mich erst danach aufzusuchen? Ich bin deine erste Adresse, merk dir das gefälligst.«

»Nachdem ich die Bücher im Stadtarchiv gewälzt habe … «

Freiran mischte sich ein: »Du liest die falschen Bücher, Pneumo. Alle langweiligen Werke. Aber ich hab was für dich, mein Freund. Du liest im Suff doch immer die seltsamsten Sachen. Komm mit, ich zeig's dir. Ich habe es heute auf dem Markt von einem zwielichtigen Händler erhalten nach einstündiger Feilscherei. Sehr obskur.«

»Freiran, ich weiß das sehr zu schätzen, aber ich habe einen Auftrag zu erledigen … «

»Nein, glaub mir, das Buch ist anders als alles bisher Gesehene. Es ist über und über bedeckt mit bizarren Zeichen. Es handelt von einem Mann, der die Omøn gesehen hat.«

»Quatsch. Kein Mensch hat jemals die Omøn gesehen.«

»Aber dieser Autor war da. Er ist ins Land der Omøn gezogen, allein. Er war schon verrückt, als er aufgebrochen ist. Ein alter Haudegen aus Neosanna. Er hat die Omøn gesehen, er hat die Omøn überlebt und hat ein Buch darüber geschrieben. Ein einziges. Nicht beim Nationalverlag oder so. Nur ein Buch, und ich hab es für dich gekauft.«

»Wie hieß denn der große Entdecker?«

»Benelon.«

»Wer ist das?«

»Ein Expeditionsleiter aus dem fernen Neosanna. Ein völlig wahnsinniger Munkler. Er hat geschrieben, er sei ins Land der Omøn gereist, um den Untergang Lanevaels zu verhindern. Ich hab leider nicht mehr als die ersten Seiten der Einleitung gelesen, aber ich hab es ja schließlich auch für dich gekauft. Ich weiß nicht viel über Benelon.«

»Sag's ihm doch, Freiran.«

»Also … Benelon hat sich nach all seinen Reisen in ein altes Haus zurückgezogen … Man sagte vorher, er habe sich umgebracht … Aber er muss überlebt haben … denn in diesem Haus hat er das Buch geschrieben … «

Pneumo wurde hellhörig. »Was für ein Haus, Freiran?«

»Ein Haus hier in Laa.«

»Ein großes Haus, wie ein adeliges Anwesen oder so?«

»Na ja, Anwesen … eine Ruine vielmehr.«

»Waren die Wände schwarz gestrichen?«

»Pneumo, ich war nicht da. Guck's dir doch an.«

Pneumo umarmte seinen Freund herzlich.

Devele wurde sauer. »Pneumo, wenn du lieber mit Freiran zusammen sein willst, dann sag es mir lieber gleich … «

Pneumo küsste sie, was sie etwas versöhnlicher stimmte. Trotzdem lag in ihrem schmollenden Gesichtsausdruck noch ein Hauch spielerisches Beleidigtsein. Er sog mit der Nase gierig den Geruch ihres Parfums ein.

»Du riechst so viel besser als Freiran.« Er zwinkerte ihr zu.

»Wie rieche ich denn?!«, fragte Freiran beleidigt.

»Meistens nach Fisch«, lachte Devele laut.

Pneumo winkte lachend ab. »Eure Ankunft hat sich mittlerweile unerwarteterweise in ein Geschenk Pulsarons verwandelt. So, meine Lieben, jetzt holen wir das Buch, dann holen wir uns etwas Geld von Alia und danach machen wir einen drauf. Morgen gehen wir dann verkatert zu besagtem Haus.«

»Willst du wirklich schon wieder saufen, Pneumo?«

Das Verhör

Der Wetterwechsel kam plötzlich und unerwartet. Dunkle Wolken hatten beschlossen, sich einen Wettlauf darin zu liefern, das Sonnenlicht hinter einer massiven Barriere zu ersticken, und es schienen nur einige kurze Momente zu vergehen, ehe der raue Küstenwind gewaltige Regenschauer über die kleine Insel Laa, westlich der eisannischen Hauptinsel gelegen, peitschte. Wenig verwunderlich, dass die drei Freunde Freirans Bruchbude an der Stadtmauer völlig durchnässt betraten. Freiran entfachte ein karges Feuerchen in seinem defekten Ofen und kramte unverzüglich in einem Berg aus ungewaschenen Kleidungsstücken, um das Buch, von dem er mit so großer Begeisterung gesprochen hatte, hervorzuholen. Er überreichte es Pneumo mit einem feierlichen, zufriedenen Gesichtsausdruck.

Die beiden verstanden sich mittlerweile wieder wie in alten Zeiten, Mul sei Dank. Was Pneumo Devele verschwiegen hatte, war, dass er tatsächlich für einen Augenblick mehr als nur freundschaftliche Gefühle für Freiran gehegt hatte, was an einem sonnigen Tag in Sil zu einem Kuss geführt hatte. Wenige Tage später hatte er aber bei einem von Alias Auftragsreisen die bildhübsche Devele kennengelernt, die ihm bei einem Buffet versehentlich Wasser ins Gesicht geschüttet hatte. Auch sie hatte er etwas später geküsst. Als er von seiner Reise zurückgekommen war, gestand Pneumo Freiran, dass er sich in eine Frau namens Devele Duaupropla verliebt hatte, die ebenfalls in Laa lebte. Gerade wollten sie in eine Kutsche einsteigen, doch Freiran drehte sich um und lief davon. Nur die Tatsache, dass Pneumo der mit einer größeren Ausdauer gesegnete Läufer war und Freiran einholen konnte, um ihn zur Rede zu stellen, hatte ihre Freundschaft erhalten. Das alles, es lag ja nun schon einige Jahre zurück, ging Pneumo durch den Kopf, als er durch die modrigen Seiten seines kürzlich erhaltenen Geschenkes blätterte, dessen Inhalt ihn verwirrte.

»Es ist doch wirklich unglaublich! Da verbringt man sein Leben auf dieser kleinen, bescheuerten Insel, und dann bekommt man solch einen Stuss über zweifelhafte Entdeckungen in fernen Ländern zu lesen«, sagte er schlecht gelaunt, schließlich war allein schon die Rasur des heutigen Morgens eine Katastrophe gewesen, und die Stellen, an denen er sich ungeschickt die Haut aufgeschürft hatte, taten ihm weh. Zudem musste er daran denken, wie neulich sein Vater erst gesagt hatte, andere Leute sähen Eisanna als Bedrohung, ihre viele Jahrhunderte alte Tradition militärischer Expansion mache manchen Völkern Angst.

Pneumo hatte keine Zeit, diesen Gedankengang weiterzuverfolgen. Es klopfte heftig an der Tür. Freiran öffnete selbige, und zwei Polizisten traten herein, klatschnasse Opfer des kürzlich heraufgezogenen Unwetters. Man wurde gebeten, sie auf die Wache zu begleiten. Es ging um Alia, und man müsse Personen befragen, die in letzter Zeit mit ihr in Kontakt gestanden hatten.

Auf der Wache wurde das Zusammentreffen aus anderer Perspektive geschildert: »*Die Polizisten traten auf einmal in den Raum, drei relativ junge Menschen im Schlepptau. Den einen hatte ich schon gesehen, es war der Alkoholiker, der Günstling der Schlampe, die ich niedergeschlagen hatte. Ich hörte einzelne Wörter, dann ganze Sätze, welche lose oder direkt mit mir zu tun hatten. Ich versuchte anzugreifen, doch ich war festgebunden und hilflos wie ein Säugling. Ich spuckte auf diese Dämonen, doch sie waren zu weit entfernt. Ich begann zu weinen.*«

Pneumo konnte es kaum glauben: Der Mann, der das Buch geschrieben haben musste, welches er eben noch bei seinem Freund Freiran in der Hand gehalten hatte, saß ihm in einem mit Magensaft und Straßendreck besudelten Kleid von Alia gegenüber und redete wirres Zeug. Es war eindeutig Benelon, der Rükkenländer; er sah zwar völlig heruntergekommen und in Damenkleidung auch etwas bizarr aus, aber Pneumo hatte keinen Zweifel, denn des Rükkenländers Gesicht sah haargenau aus wie jenes, welches ebendieser in Form eines Selbstporträts auf einer der ersten Seiten des modrigen Buches festgehalten hatte. Vor allem die dunklere Gesichtsfarbe ließ keinen Zweifel zu. Dieser Mann war kein blasser Eisannaadeliger.

Benelon redete vor sich hin: »*Als wäre mein in jeder Hinsicht verdrießliches Leben nicht schon anstrengend genug, stellten mir diese dummen Menschen angesichts eines dummen Problems dumme Fragen, die ich beim besten Willen, obwohl davon bei mir schon gar keine Rede mehr sein konnte, nicht beantworten konnte, ja nicht mal wollte. Ob ich vielleicht ein anderes Leben geführt haben mochte? Ob die Erinnerung daran vielleicht verschüttgegangen sei? Ob ich mir nicht irgendetwas zusammenreimte? Ob ich log? Welch Unterstellung! Steck einen adeligen Herren in Frauenkleider, überhäufe ihn mit Schimpf und Schande, mach ihn auf jede erdenkliche Art und Weise lächerlich, zwing ihn in eine Situation, in der er sich nicht zu wehren vermag, und dann hab auch noch die bodenlose Dreistigkeit, ihn der infamen Lüge zu bezichtigen!*«

Die Freunde verbrachten Stunde um Stunde bei dem verwirrten Gefangenen, doch jegliches Inquirieren erbrachte nur sinnloses, aus dem Zusammenhang gerissenes Kauderwelsch aus dem Mund des alten Mannes. Er erinnerte sich nicht an das Buch, das er geschrieben hatte, und verweigerte auch unter Androhung der Folter, ein in den Augen Develes mehr als fragwürdiges Vorgehen der langsam verzweifelnden Polizisten, die Preisgabe jeglicher Informationen. Lediglich Devele schenkte er ab und zu etwas Aufmerksamkeit. Der Auslöser schien nicht in ihrer fulminanten weiblichen Attraktivität zu liegen; vielmehr schien sie irgendeine verdrängte Erinnerung in ihm auszulösen. Er redete davon, einen Ort gesehen zu haben, der vollkommen nutzlos sei, einen Raum in einem Haus, der zum Unnützen eingerichtet worden war. Weder hatte man dort etwas abgestellt, noch gab es bei der willkürlichen Pflege des Raumes eine Absicht. Die Architektur war nicht zweckgemäß, sie war auch nicht interessant. Es gab nichts, was einen in diesem Raum dazu animieren könnte, etwas Bestimmtes zu unternehmen. Er war einfach da, ab und zu waren Menschen, Tiere oder Insekten zugegen, doch die meiste Zeit war er frei von organischem Leben. Er war einfach da, und kein Mensch wusste, warum und wozu.

Die Polizisten verloren die Geduld; sie wurden gewalttätig. Man gab dem Gefangenen Ohrfeigen, dann nahm man ihm an verschiedenen Körperstellen wiederholt Blut ab, ohne die Wunden zu versorgen. Man trat ihn nieder. Er regte sich auf, blieb aber auf hartnäckige Weise unkooperativ. Schließlich kamen die Polizisten überein, er sei geisteskrank, und es sei reine Zeitverschwendung, sich mit ihm abzugeben. Man müsse ihn einsperren, bis eine Gerichtssitzung angeordnet würde. Dann käme er entweder wegen versuchten Totschlags ins Gefängnis oder ins große Irrenhaus von Azades.

Abends begann Pneumo, das Buch konzentriert zu lesen, da er mehr über den seltsamen Gefangenen in Erfahrung bringen wollte. Es war in vierundzwanzig Kapitel völlig ungleichmäßiger Länge eingeteilt und hatte keinerlei Verzeichnis, auch Seitennummern fehlten. Die Handschrift war an einigen Stellen furchtbar unsauber. Die Kapitel enthielten Einträge in der Art eines Tagebuches. Nahezu jede Seite war mit beunruhigenden Zeichnungen illustriert. Es enthielt viele Diagramme, aber auch einige Muster und Symbole, seltener dilettantische Kupferstiche. Pneumo nahm einen herzhaften Schluck aus einer Weinflasche und begann zu lesen.

… sie kommen. Bei Mondschein harrte ich lange Zeit auf dem geheiligten Berg, da sah ich in finsterer Nacht ihre Augen in der Ferne leuchten. Die Augen sind es, welche die Schwarzmagier verraten, denn ihre Körper sind gegenstandslos. Selten verlassen sie ihre Druidenfestungen, wo sie schwarzen Kristallen aus dem Weltall huldigen. Sie bewegen sich unbemerkt, die Tiere und Insekten ignorieren sie völlig. Sie suchen bevorzugt Plätze auf, wo Menschen begraben liegen, deren Seelen nicht geweiht sind. Auf diesem Berg tobte vor langer Zeit eine grausame Schlacht. Wenn man gräbt, kommen Knochen und Münzen zum Vorschein. Die Seelen dieser Menschen finden keine Ruhe, ich konnte spüren, wie sie in die Welt der Lebenden einzudringen versuchten. Ich werde hier warten, bis sie angekommen sind …

Pneumo las die halbe Nacht hindurch, bis ihn der Schlaf übermannte. Er träumte von Tauben, die gegen ein Katzenvolk Krieg führten.

Ein unheimlicher Ort

Früh am Morgen klopften seine Freunde an die Tür. Er setzte Kaffee für sie auf, machte sich hastig zurecht, und so brach man nach kurzem Plausch zu den Ruinen außerhalb der Stadtmauern von Laa auf. Der Himmel war grau, und die Möwenstimmen hörten sich scheußlicher an als sonst.

An der Stadtmauer wurden routineartig die Personalien überprüft. Der Wachmann am Südtor, der Pneumo gut kannte, machte seine Witzchen. »Na, Pneumo, immer noch keine Arbeit gefunden? Hängst du immer noch herum und zählst die Fliegen auf deinem Fenstersims?« Pneumo lächelte schwach, doch nur, um es sich mit dem Wachmann nicht zu verscherzen. Man hörte in den Kneipen von Leuten, die aufgrund eines schlechten Verhältnisses zur Wache nach Sonnenuntergang nicht mehr nach Laa hereingelassen worden waren und so bei Wind und Wetter unter einem Baum oder bei den Ruinen außerhalb hatten schlafen müssen.

Ein großflächiges Sumpfgebiet trennte den Hauptweg, der zum Leuchtturm am Ende der Insel führte, von den verlassenen Häusern, welche Gutsherren auf einem kleinen Hügel vor vielen Jahren errichtet und aus für Pneumo unverständlichen »finanziellen Gründen« aufgegeben hatten. Strauchdiebe hatten seitdem dort Gelage gehalten und das Interieur geklaut oder zerstört, den Rest hatte vor drei Jahren eine Sturmflut erledigt.

Freiran faselte irgendetwas von einem Zeitungsartikel, den er ausgeschnitten hatte und aus dem er nicht aufhören wollte zu zitieren: »In Laa finden laut Aussage einer Archäologin seit geraumer Zeit rätselhafte Prozesse statt … «

Devele schlug sich eine Mücke vom Bein. Sie hatte schlecht geschlafen und war mieser Laune. »Halt deine Fresse, Freiran. Mir geht es nicht gut.«

Nach längerer Suche fanden sie hinter einem Hügel, zu dem eine fast völlig überwachsene, von großen Pfützen gesäumte Nebenstraße führte, die Ruine eines Herrenhauses, welches sich durch seine düstere Ausstrahlung deutlich von den anderen Häusern abhob.

Pneumo hatte gehofft, Devele würde sich spätestens in dem Moment an ihn klammern, in dem sie das Klappern der morschen Skelette in der Empfangshalle vernahm, doch sie dachte nicht daran. Im Gegenteil, sie schritt den Männern eilig voraus, musterte abschätzig die zerborstene morsche Eingangstür und verschaffte sich ein Bild vom Inneren des Gebäudes. Tatsächlich waren die Wände pechschwarz angestrichen. Allerhand Perversitäten waren von zwielichtigem Gesindel eingeritzt und dahingeschmiert worden, welches sich hier für nur kurze Zeit hatte halten können, ehe es vermutlich ungemütlich geworden war. Von irgendwelchen Skeletten fehlte jede Spur, obschon Stricke von der Decke des Eingangsbereiches baumelten, die wohl irgendetwas gehalten haben mussten …

In den vielen Zimmern, die vom Eingangsbereich wegführten, fanden die Freunde nichts Interessantes. Der Treppenaufgang zum Obergeschoß war eingefallen und damit unpassierbar. Eine Treppe führte nach unten in den Kellerbereich: Sie wurden fündig.

»Hier hat der alte Mann sich also versteckt«, sagte Devele mit aufgerissenen Augen. »Guck es dir an, Freiran: eine Schreibstube, Schreibwerkzeug, überall Kerzenwachs.«

»Staubig«, meinte Freiran. »Das letzte Mal muss er vor längerer Zeit geschrieben haben.«

»Nur von wo hat er das ganze Schreibzeug herbekommen?« Pneumo wurde skeptisch. »Warum, in vier Mondes Namen, haben die Behörden denn nichts vom alten Benelon gewusst? Die sind doch sonst so akribisch.«

»Ach, von wegen! Die sind so mit ihrer dusseligen Bürokratie beschäftigt, die würden hinter ihren Aktenbergen nicht einmal mitbekommen, wenn wir beide deren Interieur mitgehen ließen.«

Devele kam zu ihnen. »Was in aller Welt ist *das?*« Sie hielt Pneumo ein merkwürdiges Objekt hin, das über und über mit Staub bedeckt war. Freiran nahm ein Tuch aus seinem Rucksack, um es abzuwischen. »So etwas habe ich noch nie gesehen! Fühlt sich komisch an. Wir nehmen es mit, dann gucken wir ihn bei uns zu Hause an, nachdem wir ihn vollständig entstaubt und gesäubert haben.« Er entriss Pneumo den Gegenstand, noch ehe dieser ein Gegenwort einwenden konnte.

Pneumo fühlte sich nicht ganz wohl bei der Sache. War es nicht Diebstahl? Außerdem fühlte sich das schwarze Objekt … *falsch* … an.

Ansonsten fanden sie nichts Nennenswertes in dem Kellergewölbe. Es war eben feucht, modrig, schimmelig, staubig und morsch. Die Freunde waren froh, als sie wieder ans Tageslicht kamen. Sie verstanden nun, warum man die Ruinen gemeinhin mied.

»Irgendetwas Schreckliches ist hier vorgefallen«, murmelte Devele, als sie durch das Sumpfgebiet zum Hauptweg zurückwateten, den Mücken ein weiteres Fest bereitend, »eine persönliche Katastrophe, eine Tragödie.« Pneumo gefiel es, wenn sie murmelte. Es machte ihn scharf. Doch das würde er sich für später aufheben, wenn er mit Devele allein war. Erst mal wollte er so schnell wie möglich nach Laa zurück, um herauszufinden, was es mit diesem Benelon auf sich hatte.

In Freirans geräumiger Wohnung inspizierten sie den Gegenstand genauer. Pneumo verglich ihn mit einer schlechten, weil ungenauen Zeichnung aus Benelons modrigem Buch. Von einem beunruhigend unebenen Sockel erstreckte sich ein schwarzer Pfahl etwa dreißig eisannische Zentimeter in die Höhe. Seine vier scharfen Kanten liefen diagonal auf eine Spitze zu.

Pneumo wurde blass. Er bedeckte das Objekt hastig mit einem weißen Tuch. »Freunde, damit ist nicht zu spaßen. Es handelt sich um ein Dimensio-Natron. Ein magischer

Teleporter, wie Benelon ihn in seinem Buch beschreibt.« Er kramte das Buch aus seinem Rucksack, schlug die entsprechend markierte Seite auf und verwies auf eine Zeichnung, offenbar von hastiger Hand angefertigt. Darunter ein knapper Text:

Dimensio-Natron. Kultobjekt der Omøn. Sie benutzen es bei magischen Ritualen, die ich aus einem Versteck heraus beobachten konnte. Offenbar öffnen sie das Tor zu anderen Welten. Im strömenden Regen stehen die Magier draußen und richten Energie auf das Objekt. Dann öffnet sich der Himmel, und grelle Blitze zucken durch die Nacht, treffen auf das Dimensio-Natron. Einige Magier verbrennen sich dabei, erliegen schweren Verletzungen.

»Wir bringen den Gegenstand zum alten Bastard Benelon ins Gefängnis.« Pneumos Miene hatte einen boshaft-grimmigen Zug angenommen. »Das wird ihm extrem Angst machen.«

»Richtig«, ergänzte Devele kalt. »Dann wird er uns sagen müssen, warum er Alia beinahe umgebracht hätte.«

Auf dem Weg zur Polizei besuchten sie Alia im Krankenhaus. Sie werde immer wieder bewusstlos und schlafe viel, meinte die Ärztin, doch ihr Zustand sei stabil. Die Heilkräuter wirkten, doch es könne noch Wochen dauern, ehe sie wieder auf die Beine käme. Zudem blieben bei derart schweren Verletzungen am Kopf oft beträchtliche Schäden zurück. Die Freunde legten einen Strauß Blumen an Alias Bett. Pneumo wollte ihr die Stirn streicheln, doch Freiran hielt ihn zurück.

»Mach ihre Wunden nicht noch schlimmer«, meinte er ernst. »Das muss erst mal komplett verheilen. Es wäre besser, wenn sie nur vom Krankenhauspersonal berührt wird.«

Pneumo verzog das Gesicht zu einer bösen Fratze. »Ich schwöre, Freiran, ich bringe ihn um.«

Dann brachen die drei zum Gefängnis auf. Ihre düstere Stimmung wurde durch das schlechte Wetter um ein Vielfaches potenziert. Als sie grimmig verlangten, den Gefangenen sprechen zu dürfen, erschrak der Wachmann. Seit der Entführung des eisannischen Kronprinzen durch die Rebellen vor einigen Jahren hatte er nicht mehr derart verärgerte Mienen bei ganz normalen Bürgern wahrgenommen. Freiran schmierte den Kerkermeister nach üblicher Art mit zwei Silberlingen und einem Munklergebet, und so erhielten sie Eintritt zu Benelons Verlies. Sie fanden den brutalen Mann in einer Ecke zusammengekauert. Als die Tür sich öffnete, fuhr er heftig zusammen und zuckte wie ein Tier. Der Kerkermeister legte eine Hand an seinen Pistolengurt. Er lugte skeptisch hinter dem Gitter hervor, während die drei Freunde etwas aus einem Rucksack holten.

Der Insasse schrie laut auf und starrte sie mit angstverzerrten Augen an.

»Kennst du das hier, Arschloch? Erinnert es dich etwa an etwas?« Der kräftige Freiran packte Benelon am Kragen, während Pneumo ihm den Gegenstand nah ans Gesicht hielt.

Benelon schrie und schrie.

Der Kerkermeister verließ seinen Posten und kletterte die Treppe empor. Er hatte die drei Besucher pedantisch auf Waffen überprüft, besonders die hübsche Frau aus Papleta hat er am ganzen Körper abgeklopft. Da er nichts gefunden hatte, überließ er die Verrückten ihrem Schicksal und bewegte sich auf den Gefängnishof zu. Er hatte noch eine Erschießung politischer Gegner zu organisieren, da konnte er sich nicht um Kleinkram kümmern. Sie würden den Gefangenen schon nicht umbringen; dann würden sie nämlich ihre eigenen Zellen im Kerker bekommen – und vielleicht auch ihre eigene Exekution.

Als sich Benelon etwas beruhigt hatte, fand er schlagartig wieder zu seiner alten Identität. Vorbei war der Wahn, dem er unfreiwillig so viele Jahre verfallen war. Intensive Bilder durchzuckten sein Gedächtnis. Er erinnerte sich an seine Ausbildung, an die schreckliche Expedition. Die Irrfahrt. Die vielen Jahre, in denen er nichts gesagt hatte. Dann die Zeit im Kloster der Xlaovaner. Dann sein Fund. Er hatte bei den Xlaovanern einen ähnlichen Teleporter gefunden wie diesen. Doch die Xlaovaner benutzten ihn nicht. Sie studierten die schwarze Magie, jedoch wendeten sie sie, ungleich den Omøn, niemals an. Es gebe in der Geschichte der Xlaovaner, so hatte man ihm versichert, nur einen einzigen Mann, der jemals die schwarzen Künste praktiziert habe, und dieser sei Tag und Nacht von einem Geisterkopf verfolgt worden, bis er sich schließlich von einem Turm im Reich der Ratach einhundert eisannische Meter klippenwärts in den Tod gestürzt habe.

Er wusste nicht, wer diese Fremden waren, doch sie kamen ihm bekannt vor. Er hatte Frauenkleidung an und stank nach Urin. Er fühlte sich unwohl.

»Wirst du jetzt endlich reden, Schuft? Warum hast du Alia erschlagen?«

»Wer ist Alia?«

»Wer ist Alia? WER IST ALIA?!« Der kräftige Mann wollte ihm ins Gesicht schlagen, doch die schöne Frau hielt den ausholenden Arm des Angreifers ab.

Der andere Mann, der ein Alkoholproblem zu haben schien, hielt ihm immer noch den Weltenwanderer vors Gesicht.

»Ich würde ihn nicht zu lange in den Händen halten«, äußerte sich Benelon vorsichtig. »Er überträgt beständig kosmische Energie.«

»Was weißt du über dieses Gerät, Dronian von Laa?«, fragte der Mann mit dem Weltenwanderer mit harter Stimme. »Oder soll ich lieber sagen … *Benelon?!*« Er betonte den Namen mit einer merkwürdigen Mischung aus Abscheu und Respekt.

»Ja … Benelon. Das war ich einmal. Ich kannte Benelon … Dieser Benelon, den Ihr meint, ist schon vor langer Zeit verschwunden. Nun aber bin ich ein Mann, den ich nicht mehr richtig kenne. Was mache ich in diesem finsteren Kerker … ?«

KAPITEL III

Tote

Der Richter, Herr Huldigen, war ein Snob. Geboren auf Eiskohldiasa, der Insel der Reichen und Schönen, zog er überall Neid, Anerkennung oder eine merkwürdige Mischung dieser Reaktionen auf sich. Er kam von einer Insel, wo ein Bergwerksarbeiter besser bezahlt wird als manch eisannischer Geschäftsmann; der Insel, wo die Menschen vernarrt sind in exzentrische Segelschiffe; der Insel, wo jedermann gerne seinen Lebensabend verbringen möchte, da es keine raue See, keine Feinde und angeblich niemals schlechtes Wetter gibt. Von seinen Eltern, in deren Kreisen Auslandsaufenthalte im Reich der Xlaover, an der renommierten internationalen Seefahrts- und Handelsschule von Donia sowie in zahllosen anderen elitären Einrichtungen zum guten Ton gehörten, nach Eisanna geschickt, wo man ihm zum Studieren ein riesiges Haus zur Verfügung stellte, hatte er sich vollkommen mühelos zum obersten Richter von Laa emporgeschwungen. Nebenbei, gewissermaßen als Hobby, war er Vizepräsident des besten Fußballteams Eisannas, der Spielvereinigung Laa, und manch böse Zunge behauptete, er nehme seine Vereinsmeierei viel ernster als seine teilweise nahezu lapidar verhängten Todesurteile.

Der Staatsanwalt, Herr Schacht, hingegen kam aus dem rauen Beil, einer trostlosen militärischen Festung, wo kein Eisanna, der einigermaßen bei Verstand war, für längere Zeit leben wollte. Beil, die Enklave, von deren eisernen Wachtürmen aus man weit ins Reich der Berginger schauen konnte; Beil, deren Garnison in ganz Kernland den Ruf hatte, am brutalsten und widerwärtigsten zu sein. Dorthin schickte man Verbrecher wie Benelon, wenn die Irrenanstalt von Azades als Option versagte. Das Wetter war dort immer unangenehm, und auf den zerklüfteten Bergen wehte der eisige Wind des Nordens, der oft den ätzenden Gestank der wütenden Bergingerhorden mit sich führte. Schacht war schlau genug gewesen, dem furchtbaren Beil zu entkommen. Doch sein schnörkelloser Dialekt und seine chronisch schlechte Laune verrieten ihn sofort, egal wo er sich in Laa herumtrieb, wurde er sogleich als ein »Grenzgebietler« erkannt.

Dementsprechend verlief auch die Verhandlung. Der Richter sprach in seinem zur Perfektion gebrachten Eiskohldiasadialekt, elegant, pikiert und gelangweilt zugleich, während der Staatsanwalt genauso schroff, taktlos und unbarmherzig auftrat, wie er aussah. Zur Verteidigung hatte sich Benelon, der zwar immer noch aufs Ärgste mitgenommen, aber derzeit bei klarem Verstand war, eine junge, eingeschüchterte Anwältin genommen, Frau

Getto, die jedes Mal, wenn der Staatsanwalt schneidig und gradlinig das Wort ergriff, merklich zusammenzuckte. Die Anwältin war der personifizierte Durchschnitt. Geboren, zur Schule gegangen und jung geheiratet in Laa, war ihr größtes Abenteuer das Studium der angewandten Rechtswissenschaften in Holo gewesen, welches sie mit gänzlich durchschnittlichen Noten absolviert hatte. Danach über die üblichen Beziehungen ein Büro bei der Sozietät Loseblatt & Schniefer besetzend, war dieser aufsehenerregende Fall so ziemlich das Aufregendste, was ihr jemals widerfahren war.

Kaum zu glauben, dass ihre Vorfahren verwegene Seefahrer gewesen sein sollen, dachte Benelon.

Nun fühlte er sich wie damals bei einem Hunderennen in Neosanna, als er eine beträchtliche Summe auf »Kugelblitz« gesetzt hatte, einen Hund, der mitten im Rennen angefangen hatte zu humpeln und der, kaum hatte er sich jaulend über die Ziellinie geschleppt, vom wütenden Mob davongejagt worden war.

Auch Pneumo war zum Gerichtstermin vorgeladen worden, und als Benelon gerade seine erste Aussage machte, begab Pneumo sich auf den Weg. Devele Duaupropla begleitete ihn. Sie hatte sich ganz in Schwarz gekleidet, als sei jemand gestorben. Sie nahmen eine Kutsche, obwohl der Weg zu Fuß zu bewältigen gewesen wäre. Devele bemerkte, dass ihr Freund sich in einer seltsamen Stimmungslage befand. Die Kutsche setzte sich in Bewegung.

Pneumo berichtete mit weit aufgerissenen Augen: »Man kann sie rufen.«

»Wen?«

»Die Toten. Man nennt bestimmte Worte, um ihnen die Pforte in unsere Welt zu öffnen.«

»Wie?«

»Man braucht nur einen Spiegel!«

»Hörst du, was du da sagst?«

»Dann tauchen sie auf.«

»Pneumo! Wer taucht auf? Wovon redest du überhaupt … ?«

Heftiger Regen setzte ein.

»Die Toten … «

Devele wurde skeptisch, aber sie beschloss, ihren Freund ernst zu nehmen: »Die Toten. Hast du sie in einem Spiegel gesehen? Wie sehen sie denn aus?«

»Manche wie Skelette. Andere haben eine schwarz-gräulich-amorphe Masse zwischen den Schultern. Andere wirken sehr *vital*, und wiederum andere tragen immer noch die grotesken Verletzungen, an denen sie zugrunde gingen.«

Der Regen prasselte nun unbarmherzig aufs Kutschendach. Die Pferde scheuten. Der Gerichtssaal lag inzwischen nur noch wenige Blocks entfernt.

»Du machst mir Angst.« Devele wollte sich an Pneumos Schulter festklammern, doch dieser wies zur Kutsche heraus. Ihr Bedürfnis war ihm egal, seine Gedanken einerseits auf die anstehende Verhandlung, andererseits auf die Erkundung der Nekromantie gerichtet.

»Man erwartet mich, Devele.«

»Pneumo, ich möchte, dass du dieses Buch vergräbst. Besser noch, verbrenn es. Verbanne diese Scheußlichkeiten aus unserem Leben. Du hast diese Totenbeschwörung aus dem Buch, oder? Verflucht sei es! Der Autor hat einen vergifteten Geist, Pneumo! Er wird dich zugrunde richten, und dann wirst auch du zu einem Toten, den man durch Spiegel ruft.«

Der Kutscher, der all das gut hören konnte, wurde langsam nervös. »Möchtet Ihr die Kutsche bitte verlassen, Herr? Meine Pferde werden unruhig.«

Pneumo beachtete ihn kaum. »Devele, ich verspreche dir bei Mul im Himmel, dass ich alles unter Kontrolle habe. Aber ich muss jetzt wirklich los, ich bin eh schon zu spät. Gib mir einen Kuss, meine Liebe. Ich komme nach der Verhandlung sofort zu dir, versprochen!«

Beil

»Die Toten gehen zwar von uns, doch leben ihre Seelen in den Weiten des Kosmos weiter. Sie werden zu Gedanken. Alle Gedanken entstanden aus dem einen, dem grundlegenden. Die große Explosion des Universums war nicht materieller, sondern geistiger Natur. Alle Bewohner des Universums sind nichts weiter als Ideen; Ideen ummantelt von materiellen Hüllen.«

Derlei Gedankengänge aus dem Buch über die Omøn verfolgend, fiel es Pneumo schwer, sich auf seine Zeugenaussage zu konzentrieren. Er berichtete, wie man Benelon gefunden, aufgenommen und von sich hatte erzählen lassen und dass der versuchte Totschlag auf Alia erfolgt haben musste, als er sich beim Hafenamt aufgehalten hatte. Man protokollierte seine Aussage und versprach ihm, sobald sein Aufenthalt beim Hafenamt überprüft und verifiziert worden sei, ihn nicht weiter zu behelligen.

Für Benelon lief die Gerichtsverhandlung weniger gut. Niemand nahm ihm seine lange und ausführliche Geschichte über Neosanna und die Expedition in der Form ab, wie er sie schilderte. Für Herrn Huldigen war er ein Verräter, Flüchtling und Weltenbummler, der über Irrwege durch Schwarzland, das geheime Flussland und Plüschland nach Laa gefunden hatte und, nach einiger Zeit illegalen Aufenthalts in Laa, eine stadtbekannte und allseits beliebte Ärztin niedergeschlagen und ausgeraubt hatte. Frau Getto überwand sich ein einziges Mal und wandte entrüstet ein: »Bedenkt die Vorgeschichte Benelons, Hochwürden! Er war doch ein bekannter Expeditionsleiter! Ich gehe in Revision, er erhält ja offensichtlich keinen gerechten Prozess!« Das Revisionsgesuch wurde abgelehnt. Aufgrund seines Alters, des Überlebens der Ärztin und seiner tiefgreifenden militärischen Kenntnisse werde Benelon lebenslänglich ins besagte Beil strafversetzt, wo er fortan Gebirgsjäger ausbilden müsse und gefangene Berginger beim Bau von Befestigungsanlagen anzuleiten habe. Sein Verdienst wäre karg, aber angemessen, und sollte er altersschwach werden, könne er immer noch als Lehrkraft Verwendung finden. Herr Schacht grinste düster, als das Urteil verkündet wurde, während die nette Frau Getto hilflos die Augen niederschlug, als Benelon sie fassungslos anstarrte.

Eingesperrt in eine finstere Zelle weinte Benelon bitterlich. Schließlich war er sich immer noch nicht ganz im Klaren, wie er in diese missliche Lage geraten war.

Sein Zellengenosse, ein Korbflechter mit Wurzeln in Videssa, redete auf ihn ein. »Beherrsche dich, Eisanna-Mann. Ich warte hier nun schon seit einer Woche auf meine Deportation. Mich schicken sie nach Azades, ins große Irrenhaus. Und dich?«

Benelon zögerte mit seiner Antwort. Konnte man diesem Mann vertrauen? Er musterte ihn genauer. Er war klein, schmächtig, mit schütterem schwarzen Haar und extrem tiefen Augenhöhlen, die dermaßen blau unterlaufen waren, dass er fast schon wirkte, als habe er einen schlimmen Schminkunfall gehabt. Benelon beschloss, seine Traurigkeit mit ihm zu teilen. Was hatte er zu verlieren?

»Man schickt mich nach Beil.« Er wischte sich die Tränen mit seinem schmutzigen Hemdsärmel ab.

»Ihr bleibt am Leben? Und deswegen weint Ihr? Ich habe gesehen, wie sie hier Leute stündlich herein- und herausgeschleppt haben. Es war nicht einer unter ihnen, der nicht exekutiert werden sollte. Wenn man Glück hat, wird man einfach nur erschossen. Das machen sie gerne mit politischen Gegnern; Sektierern, Rebellen oder Terroristen. Der Tod durch Kugeln kommt schnell und zuverlässig; die Soldaten zielen gut.« Er weitete die Augen. »Etwas unangenehmer ist da schon der Tod durch den Strang. Der Tod kommt dann zwar schön rasch, aber man hat keine Augenbinde wie bei der Erschießung. Ich habe schon Dutzende von Erhängungen gesehen, damals, als ich noch im Amt für Korbverteilungen tätig war.« Nun huschte ein bitteres Lächeln über seine Lippen. Er zwinkerte Benelon sogar zu. »Die Galgenvögel sehen die Schlaufe und übergeben sich oder machen sich in die Hose. Manche schreien auch einfach nur ganz furchtbar. Wenn sie schreien, dann jubelt der Pöbel, wie im Fußballstadion, wenn ein Tor fällt. Man erhängt eigentlich nur Mörder, Diebe und Betrüger.«

»Dann habe ich mehr Glück, als mir bewusst war«, sagte Benelon, der nun auch ein schmales Lächeln aufsetzte. Er war glücklich, mit einem Leidensgenossen makabren Austausch betreiben zu können, denn so furchtbar das Gesagte auch war, war es immer noch besser als die totale Einsamkeit.

»Die schrecklichste Form des Todes ist aber die durch Verhungern oder Verdursten. Diese wird auch nur in Sonderfällen vergeben, bei besonders gemeinen Verbrechen, bei Massenmördern oder Kriegsverbrechern. Ich hatte vor Jahren, als ich in Esanna ein großes Korbflechterunternehmen leitete, das *Glück*, diese Todesform mitverfolgen zu können, tagtäglich. Ich habe niemals im Leben etwas derart Furchtbares gesehen. Es war auch der Beginn der Stimmen, die mich heimsuchen und die nun seit so vielen Jahren unablässig giftige Kommentare geben. Sie waren auch heute wieder da, aber als du den Raum betreten hast, dunkelhäutiger, alter Eisanna-Mann, da verschwanden sie wie von Geisterhand. Sie sagten mir, eine nach der anderen, dass sie die Anwesenheit von noch mächtigeren Geistern spüren und dass sie sich deshalb für einige Zeit nicht in meinem Kopf aufhalten. Zum Dank dafür, du Dämonenreiniger, erzähle ich dir, wie schrecklich der Tod des Mannes aus Halbstadt war, der damals mit seiner Piratenbande ein eisannisches Handelsschiff überfiel und alle Mann an Bord, samt Frauen und Kindern, ertränken ließ.«

Benelon schauderte. Er zog die raue Stoffdecke bis zu den Wangen hoch und fröstelte. Finster blickte er auf den Korbflechter. »Ich glaube, ich möchte es lieber nicht hören.«

Der Korbflechter lachte laut auf, und Benelon wurde schlecht. Sein Zellengenosse erzählte trotzdem die Geschichte um die furchtbare Bestrafung des Piraten, und Benelon zog es vor, an seine Frau zu denken, an das Kind, das sie vielleicht geboren hatte, sein eigen Fleisch und Blut, das er niemals zu Gesicht bekommen würde. Alles besser, als dem verrückten Korbflechter weiter zuzuhören, der an der Schilderung grausiger Details einen perversen Gefallen zu finden schien.

Pneumo wurde zunehmend besessener von der Idee, das Dimensio-Natron auszuprobieren. Er hatte Benelons Buch nun ausgelesen und war fest davon überzeugt, mittels dieses magischen Vehikels zu ungeahntem Reichtum und unbegrenztem Ruhm gelangen zu können. Es faszinierte ihn insbesondere die Schlusspassage des Buches:

»Das Universum ist ein denkendes, fühlendes Wesen. Wir alle sind Geschöpfe des Universums, denn es hat uns kraft seiner Gedanken geschaffen. Nur wenige Menschen wissen überhaupt, dass es jedem von uns möglich ist, zwischen den Dimensionen des Universums, und damit zwischen den Schichten dessen Bewusstseins, nach Belieben zu wechseln. In nicht allzu ferner Zukunft werden Menschen durch ihre Reisen quer durch das Universum an unschätzbares Wissen gelangen. Sie werden erfahren, wie das Leben ins schier Unendliche zu verlängern ist, folglich werden manche von ihnen das Universum als Götter bevölkern. Denn der Tod, also das Faktum, dass der Körper sich aus sich selbst heraus zerstört, ist nur eine weitere Variante des Lebens, die es mit mächtigen Gehirnen zu entschlüsseln gilt. Menschen sind mehr als nur Menschen. Menschen sind lebende Blitze. Geistesblitze, die lenken können, wo genau sie einschlagen wollen.«

Pneumo entwickelte daraufhin einen Plan. Diesen würde er allerdings für sich behalten, da er nicht glaubte, dass seine Freunde sein Vorhaben gutheißen würden …

Das Lager der Berginger vor den Toren von Beil war sehr groß. Die Eisannas hielten sie in verschiedenen Lagerblöcken, denn sie waren von unterschiedlicher Konstitution. Es gab einen Krankenblock, einen Experimentalblock (um die Berginger rankten sich viele Geheimnisse – niemand weiß, wie die Berginger sich vermehren), einen Gefängnis-, Bestrafungs- und Exekutionsblock und einen Arbeiterblock.

Im ganzen Lager stank es entsetzlich. Trotz gründlichster Desinfektionsmaßnahmen stieg überall ein ätzender Geruch, den Folgen eines Buttersäureanschlags vergleichbar, von den Käfigen auf, in denen die Berginger wie Tiere gehalten wurden. Manche, die besonders gewalttätig waren, hielt man in Einzelkäfigen, die meisten jedoch in sehr großen Gehegen, wo sie rauften und tobten. Das Lager war von einem tiefen, gefüllten Graben umgeben, denn die meisten Berginger scheuen das Wasser, da sie nicht schwimmen können.

»Ich habe lange nicht mehr etwas so Furchteinflößendes gesehen«, bemerkte Benelon erstaunt, als er die zweieinhalb Meter hohen, über und über dicht behaarten Ungetüme gewahrte, die ihn mit entsetzlicher Lautstärke von hinter den Gitterstäben her anbrüllten, mit gelblich roten Augen anfunkelten und dabei an ihren eisernen Verliesen rüttelten. Alle Wachen trugen einen Nasenschutz, so übel war der Gestank. Der Anblick dieser eingesperrten Wesen weckte in ihm weitere Erinnerungen an schreckliche Erlebnisse in seiner Vergangenheit, die er nicht genau beziffern konnte.

Zu Benelons Erstaunen konnte man die Halbmenschen nahezu nach Belieben dressieren. So saß ein frisierter und offensichtlich sedierter Berginger an einem weißen Tisch auf einem unbequem aussehenden Metallstuhl. Auf einem etwas gemütlicheren, gepolsterten Stuhl ihm gegenüber saß eine Ärztin mit Sehhilfe. Sie las langsam aus einem Buch vor und gab dem Berginger ausreichend Zeit, die Worte zu wiederholen. Das Buch stammte dem Umschlag nach aus der Nationalbibliothek, welche auf einem Hügel nahe des Holoflusses in der Stadt Eisa vor einigen Jahren neu erbaut worden war, nachdem ein großes Feuer einige Schriftstücke tragischerweise für immer vernichtet hatte.

»Die Landwelt befindet sich … «

»Dü Ländwält bäfündät süch … «

»… im Kraftfeld eines Sterns … «

»… üm Kräftfällt äinäs Stärns … «

Nun ist natürlich die Frage für mich: Wie entkomme ich dieser verfluchten Situation?

»… es gibt vier Monde … «

»… äs gübt vüär Mönde … «

Wenn ich allein an die Behandlung auf dem Schiff denke, wird mir ganz schlecht. Das Essen war irgendwie madig. Ich habe lieber einige Tage gehungert.

»… die zur jeweiligen Jahreszeit auftreten … «

»… dü zür jäwäilügen Jähräszäit äufträtän … «

Der Berginger spie mit einem Mal heftig aus, sodass sich auf dem Marmorboden eine ekelhafte Schleimpfütze bildete. Eine der Wachen holte einen Wischmopp, während die andere dem Berginger mit dem Gewehrkolben auf den Hinterkopf schlug.

»Nein, nicht!«, schrie die Ärztin.

»Näin, nücht!«, stöhnte der Berginger.

Ich schätze, die beste Gelegenheit wird sich während einer der Bergexpeditionen ergeben. Also werde ich mich wieder ausgiebig der Kartografie widmen müssen.

»Allerdings gibt es ein Kältegefälle … «

»Ällärdüngs gübt äs äin Kältägefällä … «

»… nach Norden wird es immer kälter … «

»… näch Nördän würd äs ümmär kältär … «

Ich sollte mir über die Berginger ausführliche Notizen machen. Könnte sein, dass ich ihnen begegne, wenn ich fliehe. Ich muss mit ihnen umgehen lernen, sonst bringen sie mich um.

»… nach Süden immer heißer … «

Der Berginger brummte und wollte nicht weiter wiederholen, was die Ärztin ihm vorgab. Er hielt sich den Schädel und spie erneut aus. Die Wache rückte mit dem Gewehr heran, doch die Ärztin funkelte ihn böse mit ihrem stechenden Blick an.

»Sie und ich, wir müssen uns mal unterhalten!« Sie bedeutete der gewalttätigen Wache, ihr zu folgen, während die andere sich erneut daranmachte, den Schleim vom Boden zu entfernen.

Benelon nutzte die Zeit, um einen Blick in das Buch zu werfen.

»Der äußerste Süden ist unbewohnbar, die Flüsse verfärben sich violett und enthalten giftige Substanzen«, steht hier. So weit im Süden war doch noch überhaupt kein Kernländer …

Plötzlich stürmten Erinnerungen an die schrecklichen Ohkk in sein Bewusstsein, lange Unzugängliches war nun vollständig greifbar in all seiner bildgewaltigen Macht … Doch Benelon zwang sich, den Text zu verfolgen, den er vor sich hatte:

»Der äußerste Norden ist von vollständiger Dunkelheit umgeben, während es im äußersten Süden niemals dunkel wird … « Aber so weit im Norden ist doch noch niemand gewesen … Das ist glatt gelogen … Das sind offizielle Lügen … Vermutungen, die als Fakten verkauft werden …

»Hände weg von meinem Buch!«, schnappte die Ärztin.

Benelon legte es in geduldiger, aber gespielter Demut zurück auf den Tisch. Diesmal würde er sich ihren Regeln anpassen, aber nur, um zu gewinnen.

Zopeas Sonderangebot

Benelon wurde mehr Glück zuteil, als er erwartet hatte. Unter den zwei Wachen, die ständig vor seiner Tür aufpassten und ihn bei seiner Arbeit begleiteten, denn immerhin hatte er den offiziellen Status eines lebenslänglich Strafgefangenen, herrschte nicht hinterfragbarer Konsens, dass dem neuen Gefangenen aufgrund seiner Taten als Expeditionsleiter und Entdecker der höchstmögliche Respekt gebührte. Die junge Späherin namens Losinnia und der korpulente Kanonier, den alle nur Speck nannten – sein wahrer Name war lang und in der Aussprache unangemessen kompliziert –, stellten beständig Fragen und gewährten Benelon sämtliche Freiheiten bis auf die, das Lager zu verlassen. Zwischen ihnen entstand rasch ein Vertrauensverhältnis.

Benelon verbrachte seine freie Zeit mit dem Studium geografischer Magazine und Fachbücher, denn er wollte bei seiner Flucht nichts dem Zufall überlassen, tarnte dies aber mit dem Vorwand, seiner Aufgabe im Lager optimal nachkommen zu wollen. Ansonsten bildete er ebenso junge wie grimmige Soldaten in der Kunst der Bergexpedition aus, wobei er das Gelände um den »Eselsrücken der Kamelanier« besonders eifrig beackern ließ. Es kam in dieser Zeit zu keinen ernsthaften Zusammenstößen mit Bergingern, obschon man sie in der Ferne brüllen hören konnte. Die zerklüftete, aber von saftigem Grün durchzogene Landschaft machte Benelon stets etwas wehmütig, und er träumte öfter von vergangenen, sorgenfreieren Zeiten in Neosanna.

Die im Großen und Ganzen obsessiv militärischen Eisannas kannten den Bergexpeditionsführer aus Militär- und Geschichtsbüchern, und so wurde Benelon bewusst, dass ihn die Expedition, die nun etliche Jahre zurückliegen musste, zu einer lebenden Legende gemacht hatte, die von den meisten Okkupanten des Lagers respektiert wurde. In der Ferne beobachtete er oft wilde Berginger, die an der Grenze zum eisannischen Gebiet in Horden von einigen Dutzenden bis zu buchstäblich Zehntausenden von Osten nach Westen und umgekehrt zogen.

Des Nächtens stellte Benelon sich vor allem zwei Fragen:

Wohin ziehen all diese Berginger und welche Dummheiten machen wohl jetzt die jungen Eisannas in Laa mit dem Dimensio-Natron?

Pneumo saß in seiner Lieblingskneipe und sah Devele Duaupropla tief in die Augen. Ihre papletanische Schönheit versetzte ihn bei jedem Treffen erneut in einen Zustand der Euphorie: Ihre feinen Augenbrauen, ihr dichtes, schwarzes Haar, ihre tiefbraunen Augen und ihre vollen Lippen ergaben ein vollendetes Gesamtbild weiblicher Schönheit, das ein Maler aus Krekru nicht besser hätte festhalten können. Zudem war sie eine mit allen Wassern gewaschene Frau. So konnten sie stundenlang zusammen Wein trinken, ohne ohnmächtig zu werden, und wenn sie am nächsten Mittag langsam zu sich kamen und ihre Köpfe sich anfühlten wie von Eisenhämmern bearbeitet, pflegten sie lange und dreckig zu lachen und einander vorzuhalten, wie absolut verkommen und verlottert sie jeweils aussahen, bevor sie einander körperlich liebten.

In diesem Fall blieb Devele vollkommen nüchtern und ging nicht weiter auf Pneumos Vorschläge zur Kultivierung weiterer Laster ein. Sie stieß Pneumos Saufkumpane entschlossen beiseite, fegte den Tisch mit einigen ebenso raschen wie rücksichtslosen Bewegungen von Zigarrenresten und alkoholischen Getränken leer und breitete allerhand Kartenmaterial aus. Sie warf ihr Haar zurück und sagte: »Wir verreisen. Gleich morgen.«

»Wohin? Aus welchem Anlass?«

»Nach Amhafen. Damit du dich nicht länger mit diesen okkulten Angelegenheiten beschäftigst, die dich krank machen!«

»Ich … «

»Wir reisen mit Zopea, auf einer schicken zackländischen Jolle. Ich zahle die Überfahrt, und du zahlst den Aufenthalt.«

»Du … «

»Wir brechen morgen früh auf. Du schläfst heute bei mir. Alkohol wird bis dahin auch nicht mehr getrunken. Du trägst das, was du am Leibe hast, ansonsten nur deine Papiere und deinen Schlangendolch. Ich nehme mein Jagdgewehr mit.«

»Du darfst überhaupt kein Jagdgewehr führen.«

»Ich bin eine Frau. Ich darf führen, was ich will.«

»Schon gut.« Er nahm ihre Hand, streichelte über ihre Finger, zog sie dann an sich und gab ihr einen Kuss auf die Wange, dann auf den Mund. Es war für ihn kolossal erregend, wenn sie bestimmend auftrat. Die ganze Aktion war furchtbar impulsiv, und er liebte diesen Umstand.

Wo verstecke ich mein Buch dann? Und ich muss meine Notizen unbedingt mitnehmen. Das Dimensio-Natron könnte ich in meinem Rucksack verbergen. Und egal, was du sagst, meinen Plan wirst du nicht kreuzen!

Zopea hatte einen Diener, dessen ganze Körperhaltung Jahre geduldig ertragener Erniedrigung ausdrückte. Er sah stark geschunden aus. Zopea hatte ihn gezwungen, den ganzen Tag Atlanten vom dritten Stock in den Keller zu schleppen, und nun war er vollkommen erschöpft. Zopea hatte etwas furchtbar Aufgesetztes, das den meisten Kunden schrecklich auf die Nerven fiel, und trotzdem hatte er es geschafft, die meisten anderen Reisebüros nach und nach auszustechen.

»Niemand hat so niedrige Preise wie Zopea!« Freudestrahlend nahm der Mann, der sich gerade selber verbal auf die Schulter geklopft hatte, die hundertfünfzig Esannas entgegen. Dies war, alles in allem betrachtet, ein extrem günstiges Angebot, wenn man Fahrtlänge, Schiffs- und Lebensversicherung und so weiter und so fort betrachtete. »Ich führe euch gleich zum Schiff.« Keck hakte er sich bei Devele ein, während Pneumo zum Folgen verdammt war. »Mein Bart ist frisch gestutzt, im Arm hab ich eine schöne Frau, die Sonne scheint, ein herrlicher Tag«, leierte er weiter.

Pneumo sah beim Hinausgehen, dass Frau Zopea ihren Mann argwöhnisch betrachtete; er konnte es sich nicht verkneifen, ihr zynisch zuzuzwinkern, worauf sie sarkastisch lächelte.

»Meine Teuerste, die Überfahrt wird Euch zusagen. Ich habe für Euch und Euren … Begleiter … auf der Jolle eine gemütliche kleine Kabine eingerichtet.«

Der Zackländer war ganz schön dreist, wenn man bedachte, dass Pneumo größer, stämmiger und wahrscheinlich auch kampferprobter war als er.

Devele runzelte die Stirn. »Eine Kabine? Auf einer Jolle?«

»Eine zackländische Jolle, Verehrteste; und da ist sie schon!«

Zopea strahlte stolz. Streng genommen war dies kein kernländisches Schiff. Der große Stern, der auf dem Segel prangte, wies auf novedanische Baukunst hin. Die Novedaner, traditionell bevölkerungsreich, pflegten oftmals ihre Schiffe viel größer zu bauen als Kernländer. So gesehen war das, was die Novedaner Jolle nannten, für Eisannaverhältnisse eine Yacht. Sie nannte sich Zweilichter und ankerte im absoluten Ankerverbot vor dem weißen Leuchtturm samt angeschlossener Umkleidekabinen für Badegäste, alles penibel genau in reinem Weiß gestrichen – was vor allem den Möwen scheißegal war.

Zopea nahm pfeifend ein Dokument, welches an der Jolle angebracht worden war, in seine linke Hand, spuckte in seine rechte, zerknüllte es freudig, warf es in die Luft und schoss es mit seinem rechten Fuß in hohem Bogen ins Wasser. »Ehe ich hier eine Strafe zahle, wird noch die Nordsüdpassage entdeckt!« Er lachte und zog pfeifend von dannen.

Devele und Pneumo blickten sich fragend an und schüttelten den Kopf. Dann machte der Steuermann das kleine Schiff flott, während Devele und Pneumo ihm zuarbeiteten. Der verschlagene Pneumo nahm in einem von Devele unbeobachteten Moment sein Buch, das magische Instrument und seine Dokumente aus seinem Rucksack, den er fast immer bei sich trug, und versteckte sie unter ein paar Ersatzteilen in einer Truhe, eingeschlagen in ein Segeltuch.

Die Reise war zunächst sehr angenehm. Sie fuhren an der eisannischen Westküste entlang und bogen dann in den Kernlandkanal ein, wo sie die kernländischen Finger passierten. Ungeachtet des Steuermanns, der es bevorzugte, seine Tage und Nächte an Deck zu verbringen, während Devele und Pneumo sich hauptsächlich in ihre Schlafkabine zurückzogen, vertrieben sich die beiden jungen Leute die Reisezeit hauptsächlich mit Sex, ohne darauf zu achten, ob dies den Steuermann vielleicht stören könnte. Doch dieser schien sich dafür nicht zu interessieren. Kaum hatten sie jedoch die seledanische Inselfestung Camario verlassen, wo sie kurzzeitig Zwischenstation gemacht hatten, trat Wasser in den Rumpf des Schiffes ein, und der freundliche Mann von der seledanischen Marine, der die drei Eisannas buchstäblich aus dem Meer fischte, erklärte ihnen, Zopea habe die Jolle wohl nicht fachgerecht reparieren lassen und sie könnten ihn wegen allerlei schwerwiegender Mängel verklagen. Sie müssten ihm zunächst jedoch eine Rechnung schicken, um Geld für die weitere Fahrt zu haben.

Der Seledaner meinte: »Zopea ist ein windiger Geschäftsmann. Er hat jahrelang exotische Tiere in hermetisch abgeriegelten Käfigen ins Land geschmuggelt. Vor ein paar

Jahren hat er dann schlagartig eine Menge Geld verloren, weil er bei den Maßen der Tiere dermaßen stark übertrieben hatte, dass die Zollkontrolleure skeptisch wurden und seine Lagerbestände minutiös überprüfen ließen. Ich würde euch dazu raten, in Zukunft einen Bogen um ihn zu machen.«

Ein paar Tage später schickte Zopea, der wohl auf eine außergerichtliche Einigung hoffte, tatsächlich eine Menge Geld, und so waren zumindest Pneumos Sorgen, wie er denn in Amhafen an genug Zaster kommen könne, um den immer ausladenderen Ansprüchen Develes gerecht zu werden, zunächst einmal obsolet. Ihm war jedoch vor allem wichtig, dass sein Dimensio-Natron samt Aufzeichnungen nicht beschädigt worden war. Es ging einzig und allein um die Aufdeckung des Verborgenen hinter dem Umriss des Alltäglichen, eine okkulte Konzeption, zu deren Erkundung er sich berufen fühlte. Das Dimensio-Natron diente ihm hierzu als Schlüssel.

In Amhafen angekommen, nahm sich das Paar erst einmal eine schöne Residenz mit Blick auf die berühmten, sich scheinbar unendlich erstreckenden landestypischen Föhren. Das Zimmer war auf Bequemlichkeit ausgerichtet. Abends speiste man im Wässrigen Esel, wobei der hinterlistige Pneumo ein paar Bewusstlosigkeitstropfen in den Drink seiner Freundin mischte, um, wenn er sie erst mal aufs Zimmer getragen hatte, ungestört erste Experimente mit dem Dimensio-Natron durchzuführen.

Die erste Beschwörung

Einige Gäste im Wässrigen Esel schauten Pneumo schief an, als er die bewusstlose Devele aus dem Lokal hinaustrug. Vor der Tür packte er sie über seine Schulter und überquerte die Straße zur Residenz. Er war inzwischen so aufgeregt wegen der anstehenden Beschwörung, dass ihm die abschätzigen Kommentare der Passanten egal waren. Pneumo schloss die Residenz auf, legte Devele ab, verriegelte Türen und Fenster, schaffte alle überflüssigen Gegenstände in die Nebenräume und zog mit dem Drachenpulver, welches er einem Xlaovaner auf dem Marktplatz von Laa gestohlen hatte, einen magischen Kreis. Dann fertigte er aus dem Schreibtisch des Residenzzimmers und dem schwarzen Samt von Develes Kleid einen Altar, auf den er mittig das Dimensio-Natron drapierte, zur Linken das verderbliche Buch Benelons, zur Rechten das übrige Drachenpulver. Als alles zu seiner Zufriedenheit platziert war, begab er sich in den magischen Kreis, um finstre Monstrositäten zu beschwören.

Die Zahlen, die das heilige Geheimnis Blogols entweihen sollten, standen schon seit

Tagen fest. Pneumo hatte jede freie Sekunde damit verbracht, sie im Kopf zu berechnen. Seine naturwissenschaftlichen, religiösen und spirituellen Übungen sollten an diesem speziellen Abend, im Lichte von Ranuk bei Vollmond, zum gewünschten Ergebnis führen. Die von Benelon beschriebene unsichtbare Mitternachtssonne hatte nun ihren absoluten Höhepunkt erreicht. Er schaute noch einmal nach seiner betäubten Freundin, die er auf der gegenüberliegenden Seite des Zimmers aufs Bett gelegt hatte. Sie war regungslos, und er war froh, ihre Seele läutern zu dürfen. Eines Tages, auf der pompösesten Hochzeit, die ganz Laa jemals gesehen hatte, würde es sie nicht mehr interessieren, wie er zu alldem sagenhaften Reichtum gelangt war. Niemanden würde es interessieren. Alle würden seinen Arsch küssen, denn er würde der Mann mit dem vielen Geld sein.

Der in magischen Angelegenheiten unerfahrene Pneumo stellte sich innerhalb des magischen Kreises auf die Beine. Er biss in die Schachtelalraune und fixierte mit Mühe das Dimensio-Natron, welches immer wieder aus seiner verzerrten Wahrnehmung verschwand. Dann zündete er ein Streichholz an, wobei er sich Finger und Brust leicht versengte. Mit dem Streichholz, das schwindende Dimensio-Natron langsam aus den Augen verlierend, brachte er das Drachenpulver zum Brennen. Binnen Sekunden schossen transparente magische Flammen empor, die ihn wie eine Wand umgaben, sich jedoch keinen Millimeter von dem Kreis entfernten, den er gezogen hatte. Die Flammen versengten die Decke, die merkwürdigerweise nicht Feuer fing. Pneumos Hirn strotzte vor rastloser Beschäftigung. Ihm dämmerte langsam, dass er sich auf Dinge eingelassen hatte, die sich rasch seiner Kontrolle entzogen. Die Versuchung, den magischen Kreis zu verlassen, war groß, doch der junge Beschwörer war sich der Tatsache bewusst, dass das Drachenfeuer seine Seele verbrennen würde, sobald er mit Selbigem in Berührung käme.

Plötzlich erschien über dem Dimensio-Natron eine Art Amulett, welches sich analog dazu vor Pneumos geistigem Auge manifestierte, und zwar gegen dessen Willen. *Vielleicht,* so dachte er, *wird mich das Amulett schützen, wenn ich erst mal die Türen dieser Welt für die Untoten geöffnet habe.* Derweil schlossen sich die Flammen über Pneumos Kopf, und bald schon versagte ihm der Atem. Er sank zu Boden und bekam eine Vision. Er sah, wie er aus dem mütterlichen Schoß herausgedrückt wurde. Er war zu diesem Zeitpunkt gar kein Säugling, sondern lediglich etwas einen Säugling Symbolisierendes.

Die Flammen wanden sich gleich Schlangen über seinem Kopf. Astralgeister der Omøn bildeten sich über dem Dimensio-Natron ab. Sie bahnten sich ihren Weg aus den unterschiedlichsten Gegenden des Universums in Pneumos Gegenwart, und er ebnete ihnen diesen trotz des Wissens um die damit verbundenen Gefahren.

Sie hoben Pneumo hoch, sodass er den Flammen sehr nahe kam. Er fasste in die Flammen, doch sie konnten ihm nichts anhaben. Das Amulett schien ihn zu schützen. Pneumo war sehr nahe an einem vor Menschen verborgenen Geheimnis, doch zeitgleich packte ihn solche Angst, dass das Geheimnis nicht in seiner Geistesgegenwart enthüllt werden konnte. So sehr erschreckten ihn die Astralgeister, dass er sich nur noch wünschte, in den Uterus zurückzukehren, um diesem scheußlichen Moment seines noch relativ jungen Lebens zu entfliehen. Er hatte schon oft von Geistern gehört, doch lediglich in gruseligen Kinderreimen oder als Sinnbilder der Dunkelheit und der Geheimnisse. Nun aber wurde ihm bewusst, dass das Laster Zauberei, und es war ja wohl nichts anderes als ein Laster, ihn einem äußerst gefährlichen Aspekt seiner Psyche nahegebracht hatte. Seine Weisheit, seine Männlichkeit, seine Kraft – all das war nur noch floskelhaft angesichts dieser düsteren Erscheinungen.

Die Geister, die Pneumo gerufen hatte, redeten nicht. Sie verließen auch nicht den Kreis aus Flammen, sondern blieben bei ihm. Pneumo wurde entsetzlich traurig. Er wusste, dass er im Begriff war, der Welt der Lebenden etwas Furchtbares anzutun.

Derweil befand sich Benelon im Innersten eines Berges. Er spürte einen kurzen, aber heftigen Stich in der Schläfenregion und grausame Bilder durchfluteten sein Bewusstsein, wie zu jener Zeit, als er auf einer Expedition, die viele Jahre zurücklag, einer absolut scheußlichen Entität begegnet war. Er schüttelte sich kurz, dann wandte er sich wieder der Goldmine zu, die er gerade auf einem der Zwangslehrgänge entdeckt hatte.

Die Flammen senkten sich, und die Geister verließen Pneumo. Acht an der Zahl, schwebten sie in eleganten Kreisbewegungen zum Fenster hinaus. Das Drachenpulver war nun vollständig niedergebrannt. Pneumo bemerkte, dass er blutete. An seiner linken Hand hatte sich eine Pulsader geöffnet. Das Blut schwebte durch den Raum und entleerte sich in das Dimensio-Natron, in welchem es auf seltsame Art und Weise verschwand. Pneumo geriet in wilde Panik. War das Dimensio-Natron verschwunden? Hatte es jemals existiert? Er fühlte sich trotz seiner Panik seltsam paralysiert, und Devele, die ihm in dieser Situation vielleicht hätte helfen können, lag regungslos auf dem Bett.

Pneumo versuchte sich aufzurichten, doch er klebte am Boden. Er kämpfte vergeblich dagegen an, das Bewusstsein zu verlieren, und verblutete.

Benelon, der damit gerechnet hatte, den Rest seines Lebens in Beil mit stinkenden Bergingern und langweiligen eisannischen Militärmanövern zu verbringen, sollte er nicht fliehen können, wurde nach der Entdeckung der Goldmine ein ganz neuer Status zugesprochen. In ihrer – nach eigener Aussage – *unendlichen Großzügigkeit* hatte die Kronprinzessin von Eisanna, also die oberste Staatsgewalt und globale Repräsentantin des Eisannischen Bundes, veranlasst, dass

»DER ARME ALTE MANN, DER IM FIEBERWAHN EINE ANGESEHENE ÄRZTIN NIEDERSCHLUG, UNTER BERÜCKSICHTIGUNG SEINER AUßERGEWÖHNLICHEN LEISTUNGEN FÜR DEN EISANNISCHEN BUND«

nun wieder ein freier Mann sei. Er werde vollständig rehabilitiert und erlange sämtliche Rechte eines Angehörigen des Eisannischen Bundes zurück.

Dabei kam Benelon zugute, dass er als Entdecker der Goldmine wohl sein Leben lang nicht mehr zu arbeiten brauchte; nach eisannischem Recht wird der Entdecker einer Goldmine, so lange sie Gold abwirft, mit elf Prozent an all ihren Erträgen beteiligt und ist, da er sie freiwillig dem Eisannischen Bund überlässt, lebenslang von allen steuerlichen Pflichten befreit.

Der glückliche Finder, dessen Leben einmal mehr eine ungeheuerliche Kehrtwendung genommen hatte, machte sich unverzüglich auf den Weg nach Amhafen, wo er sich ein paar Mondzyklen von seinem bisherigen Leben zu erholen gedachte. Dort stieß er im *Amhafener Anzeiger* auf mehrere seltsame handgeschriebene Artikel. Zum einen geisterten des Nächtens sehr seltsame Gestalten mit schwarzen Kapuzen durch Amhafen; die Polizei bekäme sie nicht zu fassen, da sie sich auf seltsame Art und Weise jeglichem Zugriff entzögen. Da sie aber auch niemandem schadeten, lasse man die Dinge auf sich beruhen. Man halte sie für eine xlaovanische Kaste, die in der Nacht ihren rätselhaften Geschäften nachgehe.

Ein weiterer Artikel enthielt detaillierte Informationen und aufgebrachte Leserbriefe bezüglich des »bizarren rituellen Selbstmordes«, der letzten Monat in der Residenz in der Stadtmitte von sich reden gemacht hatte. Eine potenzielle Zeugin, eine Eisannafrau papletanischer Herkunft, befinde sich seit Wochen in ärztlicher Betreuung. Sie schwieg die meiste Zeit, und wenn sie redete, machte sie Bemerkungen auf Papletanisch, aus denen man trotz eines eigens und aufwendig für diesen Fall eingeschifften Übersetzers nicht schlau wurde. Am Rande wurde erwähnt, dass der seltsame schwarze Gegenstand, der wohl im Zuge eines magischen Rituals Verwendung gefunden hatte, aus dem Polizeigewahrsam, in dem er sich zwischenzeitlich befunden habe, gestohlen worden sei. Die Leserbriefe enthielten einige Spitzen, die sich auf äußerst sarkastische Art und Weise über die zuständige Polizeistation im Besonderen und die Amhafener Polizei im Allgemeinen lustig machten. Benelon fragte im Zeitschriftenwarenladen, in dessen Salon er sich zwecks Studiums des besagten Artikels zurückgezogen hatte, den Verkäufer nach weiterer Literatur zu besagtem Vorfall.

»Das ist doch ein alter Hut«, quäkte der picklige junge Mann in schrecklichstem Amhafeneisannisch.

»Ich habe viel Zeit in Beil verbracht, da bekommt man nicht alles mit«, entgegnete Benelon in scharfem Rükkenlandeisannisch, während er dem Verkäufer einen Artikel unter die Nase hielt, der sich mit Benelons Geschichte befasste und eine Radierung des ergrauten alten Expeditionsleiters enthielt.

Der peinlich berührte Verkäufer kramte hastig sämtliches Material bezüglich des vermeintlichen Selbstmordes zusammen und nahm ein paar Münzen weniger als üblich.

Benelon mietete sich in haargenau dem Zimmer in der Residenz ein, in dem Pneumo verblutet war, um in Ruhe Informationen zu akkumulieren. Er würde einen Weg finden müssen, das Dimensio-Natron, wem immer es nun unrechtmäßig gehören mochte, zu entwenden oder eventuell auch abzukaufen. Dann würde er es auf irgendeiner einsamen Insel im weitgehend unerforschten Südmeer vergraben, denn es hatte die unangenehme Eigenschaft, in Wasser nicht unterzugehen. Oder, so sein zweiter Einfall, an einem Anker befestigt, an irgendeiner Stelle mitten im Meer versenken. Denn ein Dimensio-Natron war und blieb unzerstörbar. Benelon seufzte.

Wo überhaupt soll man mit der Suche nach so einem Ding beginnen?

KAPITEL IV

Ewige Gegenwart

Benelon wurde in den nächsten Wochen zu einer Art Chamäleon. Er kleidete sich in verschiedenste Trachten und hielt sich an den unterschiedlichsten Orten innerhalb der Mauern von Amhafen auf. Er wollte nicht, dass man ihn mit dem Dimensio-Natron in Verbindung brachte. Die Anonymität der großen Hafenstadt gewährleistete, dass die wenigen Aufmerksamen, die eventuell zu neugierig wurden, den Mann höchstens für einen durchgeknallten Reichen hielten, einen weiteren exzentrischen Eisanna, welcher es durch Fleiß und Disziplin zu etwas Geld gebracht hatte.

Er war schlau genug, sein Antlitz unter einer Kapuze zu bedecken, die Haare zu schneiden und den Bart abzunehmen. Er sprach nicht viel – das erinnerte ihn an seinen gebrochenen Eid –, und wenn er sprach, verstellte er die Stimme; er war jedoch froh, dass er sich nicht eigenhändig erwürgt hatte, denn sein damals in Neosanna öffentlich gemachter Brief, den er nach der Rückkehr von der Expedition verfasst hatte, erschien ihm inhaltlich unkorrekt, aber es war ihm mittlerweile auch klar, dass er diese Dinge im Wahn zu Papier gebracht hatte.

Während seiner Suche nach dem magischen Teleporter tarnte er sich als Antiquitätenhändler und formulierte seinen dringlichsten Wunsch, den Fund des Dimensio-Natrons, nur sehr vorsichtig, dabei sorgfältig in kryptische Andeutungen verwoben.

Dazu mietete er sich sogar einen winzigen Laden, den er mit allerhand interessanten, aber nicht wirklich wertvollen Gegenständen vom Flohmarkt füllte.

Falls die Leute skeptisch werden, tue ich einfach so, als wäre ich einerseits sehr an exotischen Gegenständen interessiert, habe aber andererseits kein Talent dafür. Je spinnerter ich rüberkomme, desto besser!

Benelon traf sich zunächst mit allerhand Menschen, seriösen wie unseriösen. Derjenige, der ihm am meisten zu schaffen machte, war ein Zackländer namens Zopea.

»Ich habe große Angst«, meinte dieser, als er flüchtig in Benelons vermeintlichem Antiquitätenladen vorbeischaute. »Mich quält mein schlechtes Gewissen.«

»Schlechtes Gewissen?«, fragte Benelon stirnrunzelnd.

»Das, von dem ich meine zu erkennen, dass Ihr es sucht, dieses Dimensio-Dingsda, ist definitiv hier in Amhafen«, meinte Zopea, der sich hastig nach links und rechts umschaute, als ob er sich davor fürchtete, belauscht zu werden.

Benelon wurde nun sehr neugierig. »Und was macht Euch da so sicher?«

»Diese jungen Menschen, denen ich eine Reise verkauft habe … Ich habe gesehen, wie einer von ihnen etwas bei der Abreise in einer Kiste versteckt hat. Er dachte, ich sei weggegangen, aber ich habe mich noch mal kurz zurückgeschlichen, weil ich den jungen Mann sehr merkwürdig fand und neugierig war, was er so treibt. Er hielt ganz kurz etwas Unheilvolles in den Händen, und ich meine, es sah aus wie diese seltsame Antiquität, die Ihr sucht. Es passt zu den Andeutungen, die Ihr dazu gemacht habt.«

»Seid Ihr Euch sicher, dass sie noch hier in Amhafen ist? Ich bin nicht ganz überzeugt davon.«

»Ich wette, einer der jungen Leute hat sie noch. Ganz bestimmt. Mehr darf ich nicht sagen. Sonst verstricke ich mich in den Fängen der unkontrollierbaren dunklen Mächte, die im Hintergrund wirken. Ich muss gehen. Ich hätte ihnen die Reise niemals verkaufen dürfen. Niemals. Ich muss das klären. Deswegen bin ich in Amhafen«, sagte Zopea, der schon eilig Richtung Tür ging.

»Wartet, Zopea!«

Doch der kleine Mann machte sich hastig auf seinen kurzen Beinen davon, und Benelon konnte ihn nichts Genaueres fragen.

Nach der flüchtigen Begegnung mit Zopea, dem er nicht vertraute, suchte Benelon aus einem Heißluftballon heraus die Gegend nach möglichen Verstecken ab. Er suchte bei der Feuerwehr, in den Hafenkneipen und auch im großen Stadtpark, wo er heimlich an Stellen herumgrub, die den gefährlichen Gegenstand versteckt halten könnten. Wann immer es deswegen Ärger gab, spielte er den naiven Exzentriker, zur Not zahlte er die Kläger aus. Die Vielzahl an Möglichkeiten, wo sich das Dimensio-Natron befinden konnte, machte ihn schier wahnsinnig – und auch das erinnerte ihn an frühere Zeiten –, während er stur und systematisch anhand von Stichproben die Stadt und das Umland absuchte. Wo hatte er es nicht schon überall versucht? Im literarischen Salon der *Schriftsteller der 7 Nasen*, in der Waffenfabrik im Hafengelände, am Fjord der Kingwikker, nahe der Insel Tsmu, im städtischen Gefängnis, wo er Verdächtige subtil unter Druck gesetzt hatte – erfolglos –, in der Hauptzentrale der Amhafener Wissenschaftler, auf einer unscheinbaren Schachtelfarm, auf dem Turm des Botschafters von Borgonyony, am großen See der nach Nasenburgenland emigrierten Schachteln, im großen Gebirge jenseits des Moldechs der Fjällen, sogar vor der Meeresküste vor Neuland, als Taucher, in einer kleinen kingwikker Stadt und schließlich, verzweifelt, auf dem Testgelände des Eisannischen Bundes zu Amhafen. Nirgendwo Erfolg!

Es war auch durchaus möglich, dass der Gegenstand irgendwo in den nahe gelegenen

Nasenburgenlandgebirgen aufbewahrt wurde. Doch bis auf ein paar sehr interessante altertümliche Fundstücke, deren Ort Benelon nicht verriet und die ihn unter anderen Bedingungen fasziniert hätten, stieß er auch bei seinen Wanderungen im Amhafener Teil des Nasenburgenlandgebirges auf keine nennenswerten Hinweise. Seine Laune wurde immer grimmiger, denn er träumte in verstärktem Maße von einem nahenden Krieg, drohender Destruktion, galliger Bösartigkeit und dem bizarren Okkultismus der Omøn.

Als er deprimiert am Ganggrab des großen Amhafener Stadthalters Gaga Ruda saß und über die Schwierigkeiten und Hindernisse nachdachte, die seinen Lebensweg zur Qual machten, wurde er von einem sehr freundlichen kleinen Mann angesprochen, der sonderbare Kleidung trug, die auf eigentümliche Weise aus Moos, Blättern und Efeu geflochten war: »Ibli bi biduba libi di bibibi babu dibi.«

Benelon verstand kein Wort. Der Mann kam wahrscheinlich aus dem fernen Reich Bilbi. Er nahm ein Geldstück aus einem Behälter, der geformt war wie der Kopf einer Gazelle. Er zeigte auf das Geldstück und wiederholte langsam: »Ibli bi … biduba libi … di bibibi babu dibi … babu DIBI!«

Benelon guckte das gelbe Geldstück an. Es war ein Amhafener Halbkopf, eine aus Gold gefertigte Münze, für die man in der Regel gut speisen oder eine Nacht in einer schäbigen Absteige in der Hafengegend verbringen konnte. Benelon schaute auf das Ganggrab. Man erzählte sich in Amhafen, dass die großen weltlichen Herrscher einmal in Kindesgestalt den Gräbern entsteigen würden, wiedergeboren nach vielen hundert Jahren des Todesschlafes.

»Babu dibi!« Der sonderbare Mann, immer noch tapfer lächelnd, hatte nun etwas Verzweifeltes in der Stimme. »Babu dibi!« In der Ferne läuteten die Glocken der großen Munklerkathedrale von Amhafen. Bald würde die Abenddämmerung einsetzen. Benelon dachte an den jungen Mann aus Laa.

Unglaublich. Hat dieser Narr tatsächlich die Geister der Omøn beschworen?

»Babu dibi … «, sagte der Bilbi mit resignierter, nun tatsächlich etwas trauriger Stimme, auf Benelons Geldbörse zeigend.

»Nun denn, mein Freund, mir scheint, du möchtest etwas Geld … «

Benelon nahm einen Halbkopf aus der Geldbörse. »Ist es das, was du willst?«

»Dibi!« Der Mann lächelte zurück und nahm die Münze. Er setzte sich neben Benelon und schloss die Augen, wie in meditativer Vorbereitung auf ein geistiges Abenteuer.

Das graue Ganggrab wurde nun zunehmend schwärzer, da die Sonne fast untergegangen war und die Stunde schlug, in der Geister und Tote umhergingen, so erzählte man sich jedenfalls, seit die Geister der Omøn in Amhafen ihr Unwesen trieben. Der Bilbi-Mann nahm eine magische Pflanze aus seinem Gazellenkopfbehälter, welche im scheidenden

Dämmerungslicht in auffällig hellem Grün strahlte. Benelon erinnerte sich dunkel daran, in seiner grimmigen Zeit auf Laa gelesen zu haben, dass die Kräuter Bilbis angeblich die Sinnesfähigkeiten verändern konnten. Ein freudiger Schauer durchlief ihn, während er, den Bilbi nachahmend, in die Pflanze biss. Sie schmeckte sonderbar. Das letzte, an das er sich erinnern konnte, bevor er ein weiteres Mal sein Gedächtnis verlor, war, dass er erst kürzlich gelesen hatte, die freie Stadt Amhafen werde bald zum ersten Mal in ihrer Geschichte von einer Frau regiert.

Als er wieder zu sich kam, fühlte er borstiges Haar an seiner Schulter reiben. Der untersetzte Bilbi, immer noch bewusstlos, hatte seinen bärtigen Kopf gegen seine Schulter gelehnt. Benelon stand behutsam auf, bettete den Kopf des Bilbi-Mannes auf die Holzbank und versicherte sich, ob noch alles da war. Seine Geldbörse war voll und nicht angerührt worden, sein neu erstandenes Schießeisen, das er zur Absicherung seiner Interessen sehr schätzte, steckte fest in einem Halfter in seinem Gurt. Das Ganggrab starrte ihn finster an.

Während Benelon sich aufmachte, den Friedhof zu verlassen, bemerkte er als Erstes, dass seine Wahrnehmung des klaren Sternenhimmels sich geändert hatte. Er sah einen Kometen in der Ferne, es war ihm sogar, als könne er die Strahlen einzelner Sterne genau sehen. Auch fühlte er sich seltsam rein, befreit von Selbstekel und Scham. Er konnte Hasen erkennen, die sich im Friedhofsgebüsch versteckt hielten, trotz der Dunkelheit und in Anbetracht der Tatsache, dass er keine Fackel bei sich trug.

Ich fühle das Wasser des Lebens in mir.

Sein Kopf selbst schien ein Stern zu sein, er schien zu strahlen, und er sah ganz eindeutig, dass er ein Held war. Er erkannte durch das Scheinen seines Geistes den Anschein der ihn umgebenden Welt. Alle Kräfte in ihm waren ausgeglichen. Doch sah er auch, dass die Schwierigkeiten seines Lebens nicht reduzierbar waren; sie vervielfältigten sich, je älter er wurde. Er spürte, dass er zwar ungeahnte menschliche Kräfte geweckt hatte, doch dass er schon alt und keinesfalls unsterblich war. Die Bilder seines Lebens bestürmten seinen Geist, er sah, was er war, wie er so geworden war und was er zu tun hatte. Er würde seine spirituellen Fähigkeiten, die durch die Bilbipflanze geweckt worden waren, nutzen müssen, um das Dimensio-Natron aufzuspüren.

Es befindet sich an einem sorgenfreien Ort.

Diese Worte tauchten immer wieder vor seinem geistigen Auge auf. Es galt also nun, besagten Ort zu finden.

Aber momentan spüre ich nichts von alldem – ich glaube, ich weiß, was mit dem Geheimnis der Landwelt gemeint ist, über das so viele sprechen – es ist … die ewige Gegenwart. Aber wo habe ich davon schon mal gehört … ?

Der Bilbi hingegen hatte seine eigene Vision: Er sah zwei Männer, welche die genaue

Höhe des großen Kresepavulkans ausmessen wollten. Je höher die beiden stiegen, desto mehr Angst bekamen sie. Plötzlich wurde dem Bilbi klar:

Die Männer, das sind wir zwei – meine Wenigkeit und der komische Ausländer vom Ganggrab, welchem ich Geld abgeschwatzt habe –; und was wir ausmessen, ist nicht der große Vulkan im Herzen Kresepas. Es ist die Höhe, in die unsere Fantasie zu klettern vermag; und je höher sie klettert, desto mehr Angst bekommen wir …

Ein sorgenfreier Ort

Im Morgengrauen erreichte Benelon die kleine Mittelinsel, welche der Insel Laa, auf der er so lange im Wahn gelebt hatte, sehr ähnlich war. Von diesigem Nebel umfangen, betrat Benelon den kleinen Holzsteg, welchen fleißige Hände in demütigster Ergebenheit zu Ehren des einzigen Bewohners dieses Ortes angefertigt hatten.

Dieser Bewohner, Gammel genannt, war ein Mensch, der innerhalb Kernlands eine Sonderstellung einnahm und dessen Name fern und nah bekannt war. Man mutmaßte, er sei der älteste Mensch der Landwelt, obwohl kernländische Verschwörungstheoretiker verbreiteten, dass man ihn in regelmäßigen Abständen durch Doppelgänger ersetze.

Benelon ging den matschigen Hügel zu Gammels Behausung mit tief ins Gesicht gezogener Kapuze hinauf. Drecksfinken zwitscherten höhnisch in den Wipfeln karger, verkrüppelter Bäume. Geschenke an Gammel waren am Wegesrand aufgereiht; sie stammten von großen Fürsten, Königstöchtern, Militärstrategen und Zauberern, aber auch von Dieben, Strolchen und einfachen kingwikker Bauern. Dargebracht von all denjenigen, die im Laufe ungezählter Jahre beim Wahrsager Gammel Rat gesucht hatten.

Man sagte diesem Mann besondere Eigenschaften nach: So sei er in der Lage, nach innen und nach außen gleichzeitig zu schauen; er könne aus der Leber von Drachen die Zukunft jedes Menschen herauslesen, der ihn hierzu befrage; und er kenne eine geheime Treppe in den kingwikker Bergen, die zum Landeplatz der mysteriösen Wagen des Himmels führe.

Benelon betrachtete die von der Witterung gezeichneten Gammelgeschenke, während er die Last dessen prüfte, was sich in dem Sack auf seinem Rücken befand. Unter den Geschenken am Wegesrand waren vielköpfige Ungeheuer aus Platin; silberne Luxe aus Eisanna; Planetensiegel aus dem Reich der Xlaover; sogar diamantene Modellschiffe aus dem fernen Reich Mao.

An der Tür zu Gammels Hütte prangten drei Masken. Benelon wusste durch seine Recherchen, dass Gammel verlangte, jeder Gast solle eine davon auswählen. Dies verrate dem Weisen, welche Absicht der Frager zu verschleiern suche. Benelon überlegte angestrengt, mit eng zusammengekniffenen Augen, während er die Masken genau musterte. Da war zum einen das sogenannte Doppelgesicht. Es zeigte nach vorne hin eine hämisch grinsende goldene Fratze, zur Rückseite ein schäbiges kupferbraunes Lächeln. Dann war da der Planetenkopf. Er sah aus wie ein Globus, aus welchem sehr dünne Metallstäbe herausragten, an deren Enden vier kleine Kugeln aufgeschraubt waren, welche die vier Monde der Landwelt symbolisierten. Benelon wusste, dass er sich beeilen musste, denn der Tag hatte nun die Stunde erreicht, in der kein Schatten fällt, und nur zu dieser Tageszeit war Gammel bereit, mit anderen Menschen Kontakt aufzunehmen. Benelon griff nach der dritten Maske, die einfach nur flach und schwarz war, mit Schlitzen für Mund und Augen, und setzte sie auf. So trat er ein.

»Du kommst in böser Absicht!«, fauchte Gammel Benelon an, und sein imposanter Bart stank nach faulem Käse.

»Seid gegrüßt, weiser Gammel von der Mittelinsel«, sagte Benelon mit einer tiefen Verneigung. Dann ließ er den Sack, den er bei sich trug, zu Boden sinken.

»Du kommst gerade recht. Ich sage dir, was ich soeben in dieser magischen Kugel gesehen habe, die mir ein alter xlaovanischer Freund vor seiner Reise ins Nichts zum Geschenk machte.« Gammel blähte laut, und ein beißender Essiggeruch erfüllte die karge Hütte.

Benelon getraute sich nicht, eine schützende Hand vor seine Nase zu halten, die sowieso durch die Maske unangenehm eingeklemmt wurde.

»Die Lalalais züchten zu just diesem Zeitpunkt Monstren, wie sie die Welt noch nicht gesehen hat. Ziegenfische. Drachen mit zwei eisannische Meter langen Hälsen. Tiermenschen.« Der greisenhafte Mann schüttelte sich. »Sie werden schon bald die Kontrolle verlieren. Alle werden sehr bald über alles die Kontrolle verlieren!« Er pfefferte die magische Kugel an die Holzwand. Die Wand hielt stand, ebenso wie die zerbrechlich aussehende, nichtsdestotrotz offensichtlich äußerst robuste Kugel. »Siehst du? Man kann sie nicht zerstören!«

»Das war eine eindrucksvolle Demonstration, Meister.«

»Schon gut. Erst einmal sag: Was hast du mir mitgebracht, das dein Erscheinen hier in irgendeiner Art und Weise rechtfertigen könnte?«

Benelon öffnete den Sack und zog die beiden Neidköpfe hervor, die von einem eingefallenen Gemäuer stammten, welches er auf seiner erfolglosen Suche nach dem Dimensio-Natron in einer abgeschiedenen Bergregion Nasenburgenlands entdeckt hatte. Der greise Gammel musste kräftig niesen. Dann sprang er jedoch auf und nahm die Neidköpfe sichtbar angeregt in die Hand.

Mul sei Dank, das Geschenk sagt ihm zu …

»Nun gut, diese hässlichen alten Fratzen sind ein wirklich aufmerksames Geschenk. Vielen Dank dafür.« Gammel setzte sich wieder. »Doch du kommst in böser Absicht. Dasjenige, was du erstrebst, wird dich auf geschmacklose Abwege führen.« Seine Stimme klang nun fast schon jammernd. »Ich spüre die Präsenz von Omønenergie in deinem Geist.«

Benelon blickte ihn entgeistert an.

»Du erstrebst das ewige Leben … «, raunte Gammel dem Besucher mit finstrer Miene zu. »Wie alle Narren, die sich mit Omønenergie einlassen … Sie werden zerstört von bösen Schwingungen, derer sie sich nicht bewusst sind. Wie auch?!« Er ging zur modrigen Holzwand hinüber und nahm die Kugel, die nach dem Wurf in die Ecke gerollt war, in die Hand. »Wollen doch mal sehen, was die magische Kugel über dein Schicksal zu sagen hat. Setz dich. So. Berühre mit deinen Fingerspitzen die Kugel. Lass unter keinen Umständen los, egal was du siehst, hörst du? Schließ die Augen. Gut. Konzentrier dich. Was siehst du?«

Für einige Momente sah Benelon nur violette Dunkelheit, wie man sie normalerweise wahrnimmt, wenn man bei Tageslicht die Augen schließt. Dann geriet er in einen dichten Nebel, aus dem sich skizzenhaft Konturen hervorhoben. Langsam, wie in einem Wachtraum, ergab sich eine Szenerie. Benelons Stimme schien nicht aus seinem Körper zu kommen, sondern von außerhalb der Hütte.

»Ich sehe klagende Tote. Einige verhalten sich nicht so, wie es sich gebührt, wenn man im Grab liegt; ich glaube, sie haben Sex. Sie lösen sich auf. Dämonische Mächte bewirken dies. Einigen stellen die Dämonen lange nach, ehe der Auflösungsprozess stattfindet.«

Gammel hockte sich daneben. »Wie sehen die Dämonen aus?«

»Ihre Köpfe gleichen Sternen mit fünf Zacken … Sie haben jeweils fünf Augen … Sie sind schreckenerregend, man kann sie kaum überwinden … Menschenjäger!«

»Womit jagen sie?«

»Mit ihrem geheimen Wissen. Sie ködern die Menschen mit ihrem Wissen. Aber die Menschen sind schon tot. Die toten Menschen lösen sich auf!«

»Sie verschwinden?«

»Ja, sie werden zu nichts. Bei Mul, es ist das Nichts! Man kann es nicht sehen, nicht spüren, nicht erahnen, aber es ist da!«

»Das Nichts?!«

»Das Nichts ist nicht mehr … Die Szenerie ändert sich … Quellen kommen aus dem Boden … Ich sehe Mischwesen! Ihr Einfluss ist böse!«

»Mischwesen?«

»Sie steigen aus dem Feuer empor … aus den Bergen … Sie werden gemacht … Ihr Leben ist nicht endgültig, sie kommen aus einer anderen Zeit. Sie wurden in unserer Zeit neu geboren.«

»Woher kommen sie?«

»Aus einem Energiequadrat. Ihre Geburt ist spirituell … Sie verschwinden … Ich sehe nichts mehr.«

»Öffne deine Augen und nimm danach langsam die Fingerspitzen von der Kugel.«

Benelon fühlte sich erschöpft, wie nach einer langen Reise. Gammel bedeutete ihm, etwas spazieren zu gehen, um seinem Geist Erholung zukommen zu lassen.

Als Benelon nach einem nachdenklichen Inselrundgang erneut in die Hütte eintrat, befand sich Gammel in tiefster Trance. Benelon wagte nicht, ihn anzusprechen, da er vermutete, dass dieser nun seinerseits mit der magischen Kugel Kontakt aufgenommen hatte, um durch diese zum Medium zu werden.

»Ich beschreibe nun das Land, welches du aufzusuchen hast, um ans Ziel deiner Wünsche zu gelangen. Folge den Raben in das Land von Krankheit, Tod und Elend. Verachte den sonnenhaften Raben nicht, und traue nicht der fetten Taube; sie ist nicht das, was sie vorzugeben scheint.« Gammel sog scharf den Atem ein, danach legte er die Stirn in Falten. »Dein Gedächtnis funktioniert nicht richtig. Du musst dich während deiner Reise von innen heraus erneuern. Du brauchst ein funktionsfähiges Gedächtnis, wenn du in den Gefilden der Magier überleben willst.« Gammels Bart bebte.

Benelon zitterte, während ihm ein kalter Schauer nach dem anderen den Rücken hinunterlief.

»Du musst dich an das erinnern, was dir einst wertvoll war, sonst verwirren und vernichten dich die chaotischen Mächte. Du musst dich wappnen, wenn ihre List die Grenzen deines alltäglichen Bewusstseins zu sprengen sucht.« Gammel wogte nun hin und her, und der Wind pfiff beängstigend laut durch das morsche Gebälk seiner Hütte. »Suche die Bilbis vor deiner Reise auf; lasse dich mit Rauten versorgen, die dich vor dem bösen Zauber schützen, vor allem vor der tückischen List der Umkehrung. Ergründe die verborgenen Weisheiten mit Vorsicht und Bedacht. Eine falsche Anwendung der Kunst bedeutet Krieg, Hungersnot und abscheuliche Todesvariationen für Tausende Unschuldige!« Gammel machte eine lange Pause.

Benelon war sich nicht sicher, ob der greisenhafte Weise eingeschlafen war, doch dann raffte sich dieser abrupt auf, immer noch in der Meditation mit der xlaovanischen Zauberkugel versunken. Zitternd stand er da, die sich schnell bewegenden Fingerspitzen immer noch auf der Kugel balancierend, die Augen fest zusammengekniffen. »Hör gut zu, du wirst einiges brauchen für deine Reise! Du wirst ein Rentier zähmen müssen. Die Winter in Plüschland sind gemein. Du wirst allerhand Knollen bei den Bilbis holen müssen – sie geben dir Kraft und halten einiges aus. Lerne, einen magischen Kreis zu errichten, der dich schützt. Nimm Waffen mit und Verbandsmaterial für deine Wunden, und setz dich mit deinem Schmerz auseinander. Vermeide die Verlockungen der Unsterblichkeit. Reise langsam und lass dir Zeit. Du bist nicht mehr jung. Dein Gewand soll ganz rot sein. Man muss dich überall deutlich erkennen, dann erregst du durch diese Verwirrung kein Aufsehen. Wenn du bei den Bilbis bist, pflanze einen Baum und wähle jemanden, der ihn pflegt. Dieser Baum wird dich aus der Ferne beschützen. Und nun geh mir aus den Augen!«

Benelon wollte den alten Mann noch vieles fragen, doch dieser beachtete ihn gar nicht mehr. Verwirrt und bestürzt, aber doch entschlossen genug, das Vorhaben anzugehen, das Dimensio-Natron zu finden und zu versenken, legte Benelon von der kleinen Insel ab.

Gammel ist eindeutig verrückt geworden. Keinem seiner Ratschläge kann Vertrauen geschenkt werden. Keinem einzigen. Das Dimensio-Natron ist nicht bei den Omøn! Was vielen nicht bekannt ist: Gammel soll in jungen Jahren ein Antiquar gewesen sein und verdankt sein immenses Wissen einem buchstäblichen Berg aus Büchern, deren Inhalte er über hundert Jahre in sein Gehirn eingespeist hat. Jedoch weiß kein Mensch, wo der alte Exzentriker diesen Bücherschatz versteckt hält …

Asetonien

Benelon war kaum ein paar Tage zurück in Amhafen, da meldete einer der Detektive, die er beauftragt hatte, Recherchen über den Verbleib des vom Unfallort verschwundenen Buches anzustellen, dass dieses aufgetaucht sei. Der offenbar sehr verschlagene Pneumo, dessen Tod mit dem Inhalt des verschollenen Buches in einen noch nicht genauer erforschten Zusammenhang gebracht wurde, hatte eine bisher noch unbekannte Person beauftragt, das Buch im Falle eines Unfalls in Sicherheit zu bringen. Dieser Auftrag war allem Anschein nach gewissenhaft erledigt worden. Die betreffende Person hatte dem Detektiv zu erkennen gegeben, sie sei gegen die Zahlung eines nicht unerheblichen Geldbetrages und unter Einhaltung gewisser Bedingungen bereit, das Buch preiszugeben.

Am nächsten Tag deponierte Benelon den genannten Betrag auf der Toilette der Stadtbibliothek von Amhafen. Dann sah er sich zum Zeitvertreib ein Fußballspiel zwischen dem lokalen Team Latte Amhafen und der Gästemannschaft aus der Stadt Laa an, jenem Laa, in dem seine bis hierhin sehr obskur geratene Odyssee begonnen hatte. Es war ein angenehm milder, sonniger Nachmittag und die beiden Mannschaften trennten sich nach einem erbitterten, von vielen Fouls geprägten Spiel 2:2. Die in traditionellem Rot auflaufende Mannschaft aus Eisanna, die Spielvereinigung Laa, war zwar aufgrund ihrer enormen Offensivkraft in der ersten Halbzeit mit zwei Toren in Führung gegangen, hatte aber die zäh kämpfenden Nasenburgenländer völlig unterschätzt, die kurz vor Spielschluss noch zwei Treffer landen konnten, was den mitgereisten Anhang aus Laa sehr ärgerte, ja geradezu aufbrachte. So blieb das Rückspiel offen, aber immerhin, man hatte zwei Auswärtstreffer gelandet.

Benelon fuhr sich durch die ergrauten Haare und war froh, sich in seiner Jugend nicht den Körper kaputtgemacht zu haben, indem er einem Ball hinterhergelaufen war. Seine Laune hatte sich verbessert, denn er hatte nichts zu verlieren: Das in ein vages Versprechen investierte Geld spielte für ihn kaum eine Rolle, und außerdem schoss ihm das Adrenalin durch Hirn und Körper – was, wenn das Buch tatsächlich in der Bibliothek hinterlassen wurde? Was, wenn es tatsächlich jenes scheußliche Buch war, das ein ihm weitgehend unbekannter Teil seiner Persönlichkeit verfasst hatte? Denn ihm kam es seltsam bekannt vor: *In einer Bibliothek nach einem wichtigen, einigermaßen geheimen Dokument zu suchen …*

Etage II, Reihe XVI, Seriennummer 341: Da lag es. Das merkwürdige Buch, welches er in Erinnerung an eine verdrängte Privatexpedition ins furchtbare Schreckensreich der Omøn verfasst hatte. Er nahm es rasch an sich, suchte die Umgebung aus den Augenwinkeln nach Spionen und aufmerksamen Beobachtern ab und ließ das Schriftstück unter einer Mantelfalte verschwinden, eine Handlung, die ihm sehr bekannt vorkam.

In der Luxussuite des nobelsten Hotels von Amhafen, in dem er sich zur Residenz niedergelassen hatte, nahm er das Buch in Augenschein. Auf vielen Seiten klebte verkrustetes Blut. Hässlich dahingeschmierte Randnotizen des unglücklichen Neophyten, der unbedacht die Ausführung äußerst gefährlicher magischer Rituale dahingepfuscht hatte, zeugten von einer von vornherein zu Verderbnis verdammten Reise. Womit hatte sich Pneumo – den Notizen nach zu urteilen – beschäftigt? Besonders intensiv hatte er offensichtlich die Passagen über Seelenwanderungen studiert. Er musste von dem Gedanken besessen gewesen sein, Wirt in einem anderen, höheren Körper zu werden. Er hatte sich sogar von seiner Freundin für einige Stunden lebendig begraben lassen, um das intensive Gefühl des Seelenwechsels während einer Nahtoderfahrung genauer studieren zu können, und ihre Bitten, das Experimentieren sein zu lassen, ziemlich abfällig kommentiert, soweit Benelon die Notizen entziffern konnte. Er fasste sich an den Kopf, musste sich hinlegen. Schnell verlor Benelon aufgrund erhöhten Schlafdrucks das Bewusstsein, und seine Träume zeigten bedenklich detailliert einige längst vergessene Szenen seiner Flucht aus Rükkenland, seiner geheimen Studien in den Klöstern der Xlaover und seine schrecklichen Entdeckungen im Schattenreich Omøn. Was ihn zudem plagte: War er Vater? Hatte er ein Kind zurückgelassen? Eine Frau?

Einige Stunden später lag er wach und schweißgebadet im Bett, die Abenddämmerung hatte schon eingesetzt. Im Kerzenlicht studierte er weitere Passagen der in sehr kleiner

Schrift verfassten Kommentare, die ihm für das Verständnis von Pneumos Schicksal relevant erschienen.

»Das Buch des alten Verrückten führt mich geradewegs in den Untergang. Ich habe heute verzweifelt versucht, magische Kräfte auf ein Porträt von mir zu projizieren. Wäre es möglich, so mein Leben zu verlängern? Wie gerne wäre ich unsterblich, würde ich mich aus dem traurigen grauen Durchschnitt der zum Sterben verdammten Menschen herausheben ... Ich habe bereits versucht, meine Persönlichkeit zu verdoppeln ... Ohne Erfolg.«

Benelon blätterte ein paar Seiten weiter, bis er auf eine sehr eng mit Notizen kommentierte, blutverkrustete Seite stieß.

»Das viele Blut, das ich für die magische Zwecke opfere, fehlt mir. Ich werde immer schwächer. Habe mich in letzter Zeit häufig in den Ruinen des alten Verrückten herumgetrieben. Ein Zimmer ist sehr merkwürdig. Es scheint seine Position innerhalb des Hauses zu ändern. Interessante Knochen und andere Fundstücke aus dem Haus und dem Familiengrab im Hinterhof gesammelt. Bei Vollmond versucht, lykanthropische Gestalten anzunehmen, teilweise geglückt. Den Altar des Alten aufgeräumt und einige Amulette mitgehen lassen – sie werden mich bei den Beschwörungen schützen. Die magische Kugel konnte ich bisher leider nur einmal zum Leuchten bringen ... Es ist so schmerzhaft und anstrengend. Zudem zeigte sie mir nur ein paar Minuten meiner eigenen Vergangenheit. Irgendein seltsamer Schatten hat sich seitdem an meinen Körper geheftet und verfolgt mich. Ich meide die Sonne.«

Den weiteren Aufzeichnungen konnte Benelon entnehmen, dass Pneumo in ein Zwischenreich von Traum und Wirklichkeit geraten war. Dies kannte er selbst nur allzu gut, seit er zu den Verliesen der Ohkk aufgebrochen und haarsträubenden Gefahrensituationen ausgesetzt gewesen war. Erst kürzlich, nach vielen Jahren, hatte er es erfolgreich verlassen können.

Die nächsten Tage dachte Benelon weiterhin verzweifelt darüber nach, wie er das Dimensio-Natron würde ausfindig machen können. In der dunkelsten und trübsten Stunde der gedanklichen Zermarterung, als er müde die Hotelzimmertür öffnete, um von einem Kurier die wöchentliche Ausgabe der *Amhafener Weltschau* entgegenzunehmen, kam ihm auf deren Titelblatt die lang ersehnte Aufklärung zu.

MYSTERIÖSE VORFÄLLE IN ASETONIEN

So prangte in Großbuchstaben die Überschrift über einem Artikel, den Benelon verschlang, als sei er ein Verhungernder und die Zeitschrift seine langersehnte Nahrungsquelle.

Der alternde Mann verbrachte, nachdem er den Artikel mehrfach intensiv studiert hatte, in bester Manier eines Expeditionsleiters drei Tage damit, Waffen, Karten und andere Materialien zu akkumulieren; danach brach er mit dem schnellsten Dampfschiff, das Amhafen zu bieten hatte, Richtung Asetonien auf.

Die Reise verlief äußerst ruhig. Das Dampfschiff aus schwarzem Rükkenlandstahl brauchte nur selten Häfen anzulaufen, und die See war zu dieser Jahreszeit eher still und gleichmäßig sanft wogend. Benelon, mittlerweile mit sehr kurz geschnittenem grauem Haar und sorgfältig gestutztem Bart, befand sich in Gesellschaft vieler Geschäftsleute samt Familien aus Amhafen, die in Noveda und Asetonien ihr Glück versuchen wollten.

An der gut gefüllten Schiffsbar wurde er von einer Frau angesprochen. »Sie kennen mich«, sagte die junge Frau, deren von Furchen umgebene Augen und verhärmte, schroffe Gesichtshaut einiges über vergangene Leiden verrieten.

»Ich kenne Sie tatsächlich. Sie waren bei der Gerichtsverhandlung zugegen, in der ich wegen der Verletzung der Ärztin verurteilt wurde.«

Die Frau nickte kurz. »Spendieren Sie mir eine Buddel Rum? Ich habe kein Geld bei mir, alles, was ich hatte, habe ich für meine Fahrkarte ausgegeben.«

»Wollen Sie nicht lieber etwas essen? Wenn Sie kein Geld für das Bordlokal haben, dann haben Sie ja seit … vier Tagen nichts gegessen?!«

»Oh, ich sehne mich nach Essen. Aber erst mal wird gesoffen!«

»Nun … gut. Hey, Schiffsjunge! Eine Buddel Rum!«

Der Schiffsjunge sah die Frau abschätzig an, brachte aber, da er vielleicht Hoffnung auf großzügiges Trinkgeld hegte, den Rum so schnell er konnte.

Die Frau setzte die Flasche an und trank sie in gierigen, schnell aufeinanderfolgenden Zügen bis zur Hälfte aus. Dann stand sie auf, schwankte vor und zurück und brach schließlich zusammen, wobei sie einer zufällig vorbeikommenden Geschäftsfrau aus Tunikagu beim Versuch sich festzuhalten einen Hemdsärmel abriss. In der Schiffsbar herrschte Empörung. Benelon hob die gefallene Frau geistesgegenwärtig auf seine rechte Schulter und verließ ächzend die Bar. Er legte sie in seiner Kajüte auf das enge Bett und eilte dann zum ärztlichen Dienst, um ihr Hilfe zukommen zu lassen. Als die beiden Ärztinnen eintrafen, überließ er Devele Duaupropla deren Geschick.

Er wartete bis zum nächsten Tag mit seinen Fragen. Sie sollte sich etwas erholen.

Devele hatte ihm nicht viel zu sagen. Sie erzählte ihm kurz und knapp von den magischen Experimenten, die ihr verstorbener Freund größtenteils gegen ihren Willen veranstaltet hatte. Ursprünglich hatte sie es für ein düsteres Spiel gehalten, aber als sie begann, sich dagegen auszusprechen, war es schon zu spät, Pneumo hatte sich darin verloren.

Benelon bat Devele innig, ihn nach Asetonien zu begleiten, doch sie bestand darauf, zu ihrer Ursprungsfamilie zurückzukehren. Vielleicht würde sie auch entfernte Verwandte in Papleta besuchen. Als sie von Bord ging, spie sie Benelon ins Gesicht und schimpfte ihn einen alten Lügner und hinterlistigen Mörder, der ihren schönen Pneumo in sein »Spiel des Bösen« hineingezogen hätte.

Als er ihr nachsah, fühlte Benelon sich einerseits schlecht und verwirrt, da sein Buch solche Konsequenzen nach sich gezogen hatte, wies nach einiger Überlegung dann jedoch die Verantwortung im Inneren von sich. War es seine Schuld, dass die jungen Leute so leichtfertig mit dem verbotenen Wissen magischer Praktiken umgegangen waren? Er dachte lieber zukunftsorientiert und verschlang in diesem Sinne nach der Rückkehr in seine Kabine immer und immer wieder den Artikel über die Infiltration des riesigen asetonischen Festungskomplexes Eerenskal mit dunkler Magie, sodass die immerhin dreiwöchige Reise wie im Flug auf einem magischen Teppich aus Ratach verging.

KAPITEL V

Impressionen aus Noveda, Teil I

Einmal durch die pedantisch genauen Pass- und Personenkontrollen im novedanischen Hafen Skum gelangt, war Benelon in dem Moment, wo er das riesige, labyrinthische Zollgebäude verließ, überwältigt von der Atmosphäre Novedas. In diesem Land, welches viele Völker das modernste der Welt hießen, vergaß der gepeinigte alte Mann für ein paar süße Momente die Leiden des Lebens und gab sich ganz seinen Eindrücken der novedanischen Menschen hin, wie sie dufteten, wie farbenfroh ihre Kleidung gestaltet war. Alle trugen die Haare im Gegensatz zu vielen anderen Völkern sehr lang (obwohl es eine Untergrundbewegung junger Novedaner gab, die aus Protest die Haare sehr kurz trug, ganz Extreme trugen sogar Glatzen) und kleideten sich luftig und leicht. Die Revolver der Polizisten glänzten silbern in der Sonne, und junge Mütter stillten ihre Säuglinge unter Bäumen, die milde Sommerbrise genießend, die über das Meer ihre Geruchsrezeptoren in den Nasen stimulierte und die Gedanken fliegen ließ. Die Beamten hatten ihn ausführlich befragt, da er im wahrsten Sinne des Wortes bis an die Zähne bewaffnet ins Land gekommen war und weil er eine für einen Eisanna ungewöhnlich dunkle Gesichtsfarbe hatte. Doch man erkannte sogleich, dass er ein reicher Edelmann war, und da die Novedaner für ihre Geschäftstüchtigkeit bekannt waren, empfingen sie ihn im Anschluss an das Verhör sehr wertschätzend.

Benelon verschwendete keine Zeit und besuchte auf schnellstmöglichem Wege die Gemächer des Regentenkonsuls von Skum, der ein Bruder seines alten Freundes Nedova war, mit dem er Neosanna oft bereist hatte. Regentenkonsul Laveda empfing ihn spontan und legte seine Verwaltungsgeschäfte für ein paar Sanduhrfüllungen beiseite, denn er freute sich, einen Freund seiner Verwandten am anderen Ende der Landwelt, von dem fernen Blatte Schwarzland, zu treffen. Allerdings verdüsterte sich seine Miene im Laufe des Gespräches zunehmend, und Benelon hatte nicht das Gefühl, dass es an seinem Besuch lag. Laveda stand von seinem Schreibtisch auf und ging auf Benelon zu, der sich nicht hingesetzt hatte, da er nur einen kurzen Aufenthalt in den Gemächern des Konsuls eingeplant hatte.

»Ich würde Euch davon abraten, nach Asetonien zu gehen. An den Grenzen, so hörte ich beim großen Regentenkonsul-Kongress von Noveda, sei noch alles einigermaßen geordnet. Aber in Eerenskal, und das ist immerhin die größte Stadt der uns bekannten Landwelt, breitet sich derzeit ein beunruhigendes Chaos aus. Viele der gewaltigen Burganlagen sind schon seit einiger Zeit nahezu verwaist, und immer mehr Soldaten legen ihre Waffen nieder. Es scheint so, als seien sie irgendwie hypnotisiert.«

»Hypnotisiert, sagt Ihr?« Benelon überkam eine böse Vorahnung. »Aber wodurch?«

»Vielleicht hängt der Zustand der Soldaten mit den schwarzen Geistern zusammen, die die Stadt heimsuchen. Setzt Euch, Benelon. Einen Schluck Wein? Nein? Nun, ich brauche jetzt jedenfalls einen richtig kräftigen.« So ging der Regentenkonsul mit wippender ergrauter Mähne zu seinem Schreibtisch, aus dessen Schublade er ein langes, dünnes Glas holte. Dann klatschte er in die Hände, und die anwesende Leibwache verließ den Raum.

Benelon räusperte sich. »Was sind das für … schwarze Geister, von denen Ihr sprecht?« Ein Schauder kroch ekelhaft langsam über seinen Rücken.

Die Leibwache kam eilig zurück, eine mit Edelsteinen besetzte Flasche Karangawein in der Hand, aus der er seinem Vorgesetzten üppig einschenkte.

»Danke, Ebon. Benelon von Rükkenland und Amhafen, Ebon gehört zu meiner Gruppe. Er ist nicht nur meine beste Leibwache, er ist gewissermaßen meine linke Hand und mein engster Vertrauter. Ich schlage vor, dass er Euch nach Eerenskal begleitet, denn eine Reise durch Noveda ist nicht mehr so sicher, wie sie einst war. Zuvor soll er Euch noch erzählen, wie seine Eindrücke beim letzten Besuch waren, vor zwei Monaten ungefähr. Ebon, bitte.«

»Herr Benelon von Rükkenland und Amhafen, Ihr habt viel durchgemacht. Ich rate Euch davon ab, nach Eerenskal zu gehen, denn es ist zu einem unheimlichen Ort geworden. Wisst Ihr über Eerenskal Bescheid? Nein? Dann lasst mich erklären. Der Stadtkomplex ist riesig. Über eine Millionen Menschen leben dort in verschiedenen, riesigen Burgen gleichenden Stadteilen.«

Es ist erstaunlich, wie gut die beiden Eisannisch sprechen. Wahrscheinlich ein Einfluss der vielen Handelsreisenden des Eisannischen Bundes, die in diesen Tagen hierherkommen.

»Jedenfalls, in den Verteidigungsanlagen rund um die Stadt sowie in ihren steinernen Zitadellen, Burgen und Gängen hausen ungefähr hunderttausend Soldaten, eine imposante Streitmacht, fünfundachtzig Prozent der asetonischen Armee. Dies sind kühne, tatkräftige Männer, die sich im Waffengang verstehen, traditionell in der Bevölkerung Asetoniens recht tief verwurzelt und vor allem auch emotional stark mit ihr verbunden.« Ebon machte eine Pause und blickte verschämt zur Wand.

Laveda gemahnte ihn mit strenger Miene weiterzumachen.

»Diese Männer verhalten sich in letzter Zeit abnorm, das fängt bei den Wachposten auf den Wehrtürmen an und zieht sich Gerüchten zufolge bis in die Kreise des Generalstabs.«

»Und mit diesen Abnormitäten unter den Soldaten haben vermutlich die schwarzen Geister zu tun … ?«, fragte Benelon.

Laveda übernahm daraufhin das Wort. »Es scheint so zu sein. Ich kenne diese Gestalten nur vom Hörensagen. Unsere Geheimdienstgruppe ist der Auffassung, dass es sich um Omønwesen handelt, welche auf rätselhafte Weise ein sogenanntes Dimensionstor in Eerenskal geöffnet haben. Jemand hat ihnen dort Zutritt verschafft, und nun tauchen sie dort auf und vollbringen ihr unheilvolles Werk. Ebon, fahre bitte fort.«

»Die Soldaten verrichten ihren Dienst nicht mehr richtig. Sie warten ihre Waffen nicht mehr und gehen stattdessen lieber in der Stadt spazieren. Sie stecken Blumen in die Läufe ihrer Gewehre und klettern auf die Äste der Bäume, um die gleichen Vögel zu füttern, auf die sie früher aus Spaß geschossen hätten. Sie beginnen, ihre Haare nach unserer Art wachsen zu lassen, wo sie doch vorher überwiegend Glatzen oder Halbglatzen trugen. Die Bevölkerung begrüßt dies sehr. Überall herrscht Harmonie.«

»Aber das hört sich doch gut an«, erwiderte Benelon mit fragendem Gesichtsausdruck.

Da starrten ihn die beiden Novedaner an. Ebon sagte entsetzt: »Aber Benelon von Rükkenland und Amhafen, begreift Ihr denn nicht?! Eerenskal, die Stadt, die in einem großen Krieg über etliche Monde hinweg belagert war und nicht eingenommen werden konnte – sie steht quasi ohne Verteidigung da. Beim Sternzeichen der Nacht, das ist unsere Trumpfkarte gewesen, unser Ass.«

Das passt ja zum Kartenspiel, das Euer Volk so liebt. Aber Spaß beiseite: Das hört sich nicht gut an …

Laveda zupfte Benelon sanft am Ärmel, was diesen irritierte, und ergriff das Wort. »Benelon von Rükkenland und Amhafen, reicher, erfahrener, legendärer Mann, bedenkt dies gut – Lalalai hat eine sehr große Armee, und Lalalai ist, trotz seines friedlich anmutenden Namens, ein waffenstarrendes Land und unser unmittelbarer westlicher Nachbar. Wenn Eerenskal in die Hände unserer Feinde gerät, könnten sie nahezu ungehindert sämtliche Verbündete der Novedanischen Union auf diesem Blatt und am Ende noch Noveda selbst besetzen. Wir müssten alle fliehen, auf ein anderes Blatt, vielleicht Plüschland, und dort marodieren seit vielen Jahren ungehindert die Horden der Berginger! Ihr selbst habt doch vor Jahren mit meinem Bruder Nedova darüber debattiert. Ihr wisst also, wie scheußlich die Lage auf Plüschland geworden ist. Was soll nur aus uns werden?!«

Laveda und Ebon erzählten ihm noch einiges mehr über die brodelnde politische und militärische Lage auf dem Blatt Krug, doch all das interessierte ihn wenig. Ihm war nur daran gelegen, in Eerenskal die Person zu finden, welche dort offenbar das Dimensio-Natron betätigte, um den Feinden durch ein Portal zwischen den Dimensionen Zutritt zu verschaffen. Er würde das mörderische Gerät entwenden, um es, in Blei gegossen und mit gewichteten Ketten beschwert, an der tiefsten Stelle eines großen Ozeans zu versenken, denn zerstören konnte er es nicht – selbst wenn es möglich wäre, die dabei freigesetzte Energie würde eine beispiellose anhaltende Zerstörung der Umgebung nach sich ziehen.

Ich kann ihnen einfach nicht erzählen, warum ich wirklich nach Eerenskal möchte, so sehr ich sie auch schätze. Nachher konfiszieren sie das Dimensio-Natron, und ich kann es nicht versenken!

Im Morgengrauen des nächsten Tages brach Benelon in Begleitung des ihn widerwillig, aber auf Anordnung Lavedas eskortierenden Ebon mit dem Schiff auf. Laveda hatte beschlossen, er halte es für ziemlich wahrscheinlich, dass ein außergewöhnlicher Mann wie der alte Benelon das Rätsel um Eerenskal löste. Von der Hafenstadt Lulu aus, welche für den ehemaligen Expediteur eine Zwischenstation bildete, würde auf dem Landweg die Reise nach Asetonien hinein zu bestreiten sein. Entlang an dem Hunderte von Kilometern langen Grenzwall Punia, an dem große Teile der novedanischen Armee Wache hielten, wurden Benelon und Ebon zur asetonischen Grenze kutschiert. Dabei musste Benelon die ganze Zeit daran denken, dass es bei der Beschwörung in Amhafen, wo das Unglück seinen Lauf genommen hatte, jemanden gegeben haben musste, der der Polizei das Dimensio-Natron entwendet hatte.

Pneumo, der die Beschwörung durchgeführt hat, erwähnte im Buch fortwährend zwei Personen: Devele Duaupropla, seine Geliebte, und einen anderen Mann, einen engen Freund … vielleicht hat einer von den beiden das Dimensio-Natron entwendet? Eventuell hat aber auch eine andere Person, welche mit den Beschwörungen der Omøn vertraut ist, es geklaut?

Eine seltsame Gruppe

Die Fähigkeiten, die Benelon beim Biss in die Bilbipflanze erlangt hatte, hatten noch nicht nachgelassen. Obwohl der Statur nach ein alter Mann, war er doch jungen, tatkräftigen Geistes. Die Wunden seiner Vergangenheit lagen zwar offen, allerdings schmerzten sie kaum noch; ihm war viel passiert, und doch fühlte er sich stärker als früher. Auch war seine ungewöhnliche Sehkraft noch erhalten. Er erkannte nicht nur das gewaltige Eerenskal aus weiter Ferne vor den anderen, sondern konnte zudem von seiner Position auf der weiten Ebene vor der Stadt allerhand Details ausmachen, zum Beispiel einzelne Soldaten, die auf den Stadtmauern patrouillierten.

Während der ersten paar Tage seines Aufenthaltes bemerkte Benelon, dass die Atmosphäre in der Stadt äußerst seltsam war. Sie erschien auf seltsame Weise geteilt: Auf der einen Seite die Bevölkerung, die ihren Geschäften nachging und innerhalb der riesigen

Stadtgebiete gleich Ameisen durcheinanderwuselte. Hier hatten vor allem die Munkler einen starken Einfluss, und ihre zwanzig Munkelburgen, neun Kirchen, achtzehn Tempel und die imposante Kathedrale samt Nebenanlagen waren feierlich geschmückt, denn sie sahen ob der aktuellen Atmosphäre allenthalben einen gewaltigen Durchbruch in ihrer göttlichen Mission des Friedens. Auf der anderen Seite standen die Stadtwachen und Militärs, welche mehrheitlich ihrer Arbeit nachgingen, teilweise lange Haare und wallende Gewänder nach Munklerart trugen und die Tage in vernebelter Trance verbrachten.

Merken die Menschen denn nicht, was hier Unfassbares geschieht?

Benelon hätte die Gegebenheiten gerne ausführlicher erforscht, doch Ebon drängte ihn, sich nicht in der Nähe der gewaltigen Stadtmauern oder Binnenburgen Eerenskals aufzuhalten; vielmehr ermutigte er ihn, einige befreundete Novedaner, die nach Asetonien ausgewandert waren, kennenzulernen. Benelon staunte nicht schlecht beim Anblick von Ebul, Lobona und Evoz; sie führten eine große Gruppe von Novedanern in Südeerenskal an, der etwa hundertzwanzig weitere Männer, Frauen und Kinder angehörten: In einem mit allerhand kosmischen Abbildungen und Schmetterlingen geschmückten, komplett in Violett gehaltenen Raum saßen auf einem Sessel, der aussah wie ein eleganter grüner Frosch, Ebul, ein Meister der Geografie, auf einem schwarz-weiß gestrichenen, schwanenartigen Sessel Lobona, der einen Zauberstab in der Hand hielt, und der kleine Evoz auf einem silbernen Forellensessel, einen Patronengurt in der Hand, sein Gewehr griffbereit.

Die Kleidung der Gruppenführer war nach eisannischen Maßstäben mehr als exzentrisch. Sie zog Benelons gesamte Aufmerksamkeit auf sich. Ebul trug einen giftgrünen Zylinder mit violettem Band und einen Mantel in ähnlichen Farben. Schuhe besaß er keine, aber er sah in seiner Schneidersitzhaltung, die seine rot-weiß gestreiften Socken zur Schau stellte, recht entspannt aus. In seinem Schoß lag ein Pergament, das wie eine rätselhafte Landkarte anmutete, deren Zeichen Benelon nicht zu entschlüsseln vermochte. Ebul sagte nichts, seine langen, braunen Haare fielen lose über seine Schultern, sein Blick ruhte locker auf Benelon, doch seine herabgesunkenen Mundwinkel verrieten eine schweigende Bitternis.

In der Mitte saß der große Lobona, eine beeindruckende Erscheinung mit seinen extrem langen, schwarzbraunen Haaren, seinem vollen, kräftigen Bart und seinem Zauberstab, auf dessen Spitze eine Art funkelnder Kristallsplitter befestigt war. Er trug einen blauen Zaubermantel, auf dem goldene Halbmonde, Vollmonde und Sterne prangten, und einen langen, spitzen Zauberhut, der optisch nach ähnlichen Prinzipien wie der rauschende Mantel gestaltet war. Er hob eine Hand nach Art des novedanischen Militärs zum Gruße an die Stirn, und er lächelte leicht, wobei sein Blick etwas verträumt an Benelon vorbei in die Ferne schweifte.

Nahezu unscheinbar wirkte dagegen der kleine Scharfschütze Evoz, Haare und Bart eine blonde Version der Erscheinung Lobonas. Seine Kleidung war eher unscheinbar: So sahen viele novedanische Geschäftsleute aus, mit bequemen, aber robusten hellgrünen Stiefeln, einer Pilzmütze und sichtbaren Ansätzen eines dunkelblauen Unterhemdes, über die eine lederne Panzerung gespannt war. Evoz musterte Benelon kritisch, wobei er ihn nicht aus den Augen ließ. »Was führt dich zu uns, Fremder aus dem Osten?«, fragte er mit steinernem Gesichtsausdruck.

»Ich bin auf der Suche nach einem magischen Gegenstand«, entgegnete Benelon offen, da er sich vorgenommen hatte, nichts als die Wahrheit zu sagen, ahnend, dass der Weg der Lüge ihn in dieser merkwürdigen Umgebung womöglich in Abgründe führen würde, aus denen es kein Entrinnen gab.

Evoz antwortete ihm, doch seine Worte verhallten, immer leiser werdend, im Nichts.

Benelon sank zu Boden. Seltsame Visionen überkamen ihn. Er sah das Gremium vor sich. Den Garten. Das verwunschene Haus der Einsamkeit. Xabrax beugte sich vor, Benelon wollte schreien, doch fand er seine Lippen versiegelt. Er sah den Propheten Gammel vor sich. »Du wirst ein Rentier zähmen müssen«, fauchte der Prophet ihn an.

Benelon umfing tiefste Nacht.

Die zweite Beschwörung

Jeder findet seinen eigenen Weg, um die paar Sanduhrfüllungen, die ihm bis zu seinem Tod bleiben, aufzuheben. Ich jedenfalls habe keine Ahnung, wie ich in diese riesige Stadt hineingeraten bin, aber das ist auch nicht so wichtig. Ich habe Revolver, ich habe Munition, ich habe Geld – und merkwürdigerweise habe ich den Auftrag, jenen seltsamen Gegenstand, der vor so vielen Jahren in meinem elterlichen Gutshaus in Laa meinen Geist vergiftete, zu finden.

Keine Frage, es geht mir sehr viel besser als in jenen Tagen in Laa. Ich trage einen Schein, der auf den Namen Benelon ausgeschrieben ist. Die Leute um mich herum nehmen an, dass ich eine Person mit diesem Namen bin. Dieser Schein räumt mir bei der mächtigen eisannischen Bank einen wie mir scheint unbegrenzten Kredit ein, sodass ich im Prinzip machen kann, was meinem Willen gemäß ist. So habe ich mich von den Novedanern abgesondert, die mich auf einen der vielen Marktplätze begleitet haben. Ich habe ihnen gesagt, ich würde nur schnell ein paar Myrden holen, verschwinde jetzt aber in einer Seitengasse und renne minuten-, vielleicht sogar stundenlang durch die gigantische Stadt, bis ich nicht mehr kann, ohne Orientierung, nur um für mich zu sein. Auf einer Wand lese ich auf Novedanisch: *Es wird sich erweisen, dass alles allen zugutekommt!*

Ich bin erfreut über diese Botschaft und die Tatsache, dass meine Gedanken durch einen unbegreiflichen Grund viel klarer und strukturierter geworden sind. Ich rieche einen mir wohlvertrauten Duft, der sich gleich einem langsam hervorquellenden Nebel über dem Gebäude ausbreitet, vor dem ich Rast mache. Das habe ich schon mal gerochen: Das ist der seltsam betäubende Geruch, den die Omøn verbreiten, wenn sie unterwegs sind, um potenzielle Beobachter oder Gegner zu verwirren. Da ich durch meine Reisen in ihren düsteren Gebirgen und Tälern damit bestens vertraut bin, schütze ich meine Nase mit meinem Handrücken und betrete das Gebäude. Den Revolver ziehe ich vorsichtigerweise erst im Innenraum.

Das Gebäude ist schlecht beleuchtet, der unangenehm süßliche Geruch verstärkt sich. Mir ist, als wären die Räume voller Nebel, was ich mir nicht erklären kann. Wer hält sich hier auf? Meine Augen sind zwar besser als je zuvor, doch hier sehen sie nicht viel. Das Gebäude ist nicht bewacht, und obwohl ich durch unzählige Gänge streife, begegne ich keiner Menschenseele. Die Architektur macht mir Angst, ich verliere bei all den Räumen und Gängen zu schnell die Orientierung. Seltsam finde ich auch, dass mich niemand daran gehindert hat, das Gebäude zu betreten.

Oh … immer dieser süßliche Geruch … Was ist das bloß für eine seltsame Atmosphäre? Es scheint, dass meine Zeit auf dieser Welt immer unberechenbarer und kurzlebiger wird. Ein Jahr ist so kurz; und kaum versucht man, hinter dem verschwundenen Jahr hinterherzuräumen, klopft schon das nächste mit all seinen schockierenden Unmöglichkeiten an die aus den Angeln gehobene Tür der Seele. Was haben diese Omøn nur mit all den Statuen der Munkler angestellt?! Hier hängt eine Statue von Mulén Munkeln, dem Begründer der Munklerreligion, in Ketten gebunden und in Müll eingewickelt, umgekehrt von der Decke! Was soll das sein? Ist das Blasphemie?

Ich glaube, mir wird schlecht … Von Raum zu Raum schreite ich voran, durch ein riesiges, sehr schwach beleuchtetes Gebäude, und was da im fahlen Licht schimmert, das einzige Licht, an dem ich mich orientieren kann, ist keine von Fackeln oder Laternen schimmernde Beleuchtung …

»Es ist das wabernde Totenlicht der Omøn … «

Wer spricht da? Meine Schritte nehmen Fahrt auf. Hinein in einen nahezu völlig dunklen Raum. Türen öffnen und schließen sich wie von Geisterhand und geben dubiose Passagen und Räume preis. Ich nehme vorsichtshalber einen Schluck Bilbisaft. Der stärkt den Organismus und lässt mich Dinge vollbringen, welche sonst niemand schafft. Riesenhafte, schweigende Gesichter starren mich kaltblütig an.

»Du hast mich gesucht, du Mörder? Hier bin ich!«

Es ist einer der wahnsinnigen jungen Leute aus Laa! Der erste, Pneumo, ist bei einem Ritual gestorben … Die andere, Devele, habe ich auf dem Schiff Richtung Noveda gesprochen. Ich fand ihr ungestümes Verhalten anziehend, aber ich konnte mich nicht auf sie einlassen, um zu versuchen, sie näher kennenzulernen … Ich bin auf der Mission, das Dimensio-Natron zerstören. Der hier, ich glaube, ich habe nur einmal kurz in der Zelle mit ihm zu tun gehabt, wirkt so, als sei er seinerseits im Begriff, das Dimensio-Natron stümperhaft zu benutzen. Ich höre schon die unschuldigen Opfer des Krieges schreien … Ich muss diesen Wahnsinnigen daran hindern, sehe ich doch, dass er das Drachenpulver völlig falsch verteilt hat. Der Kreis ist nicht vollständig versiegelt!

»Freiran ist mein Name!«

Der Wahnsinnige, er ist es tatsächlich! Ich springe … Nein …

Er hat die Flamme angezündet! Verdammt, jetzt fängt er an, mich zu schlagen! Ich muss ihn abschütteln! Die Flammen züngeln bereits, und seine Magenschwinger und Bauchhaken verursachen mir große Schmerzen! Ich gebe ihm einen Schlag gegen sein kräftiges Kinn! Getroffen! Jetzt noch ein Tritt in die Weichteile! Da! Er fällt in die Flammen … Er verbrennt … Er hat die Geister der Omøn in einem undichten Kreis des Feuers ins Freie gesetzt! Sie beachten mich kaum, da ich auf meinen Reisen herausgefunden habe, wie ich mich vor ihnen schützen kann … Mit mir werden sie als einem der Allerletzten abrechnen! Sie werden nach Eerenskal ausströmen … die irren Geister aus Blogol, aus dem Land des toten Lebens.

Omøn

Benelon kümmerte sich nicht darum, dass er sein linkes Ohr schwer verbrannt hatte und sein inzwischen wieder stark nachgewachsener Bart versengt war. Er hatte das Dimensio-Natron gepackt. Dessen kosmische Energie verbrannte ihn nicht, da er wusste, wie er es fachgerecht zu transportieren hatte. Er würde aufgrund seiner Verletzungen, seiner starren Augen und des Aufblitzens kosmischer Energie auffallen wie ein Munkler in Ekstase, doch das störte ihn nicht. Er musste das Dimensio-Natron jetzt nur noch mit einem mehrtonnigen Bleigewicht an der tiefsten Stelle des großen Ozeans des Südwestens versenken. Auf der Reise dorthin würde er es mit seinem Leben bewachen!

Es war merkwürdig, das Gebäude der Omøn nun Richtung Ausgang zu durchschreiten. So wie keine Wache am Eingang postiert gewesen war, so hielt sich auch niemand in den unzähligen Räumen auf, deren schwaches Licht einen tagtraumähnlichen Dämmerzustand auslöste. Mit dem ganzen Können eines voll ausgebildeten Expeditionsleiters fand Benelon rasch den Ausgang. Das Dimensio-Natron, welches vor Sekunden noch geblitzt und gezuckt hatte, schwelte nun weniger bedrohlich im Tageslicht.

Jenes Tageslicht des frühen Nachmittags und die ganze damit einhergehende Atmosphäre schockten den alternden Mann, der nun auf eine Bank in einem kleinen Grünstreifen zutaumelte. Alle Umgebung erschien dösend und friedlicher Absicht, und die vielen Menschen, die in ihrem alltäglichen Großstadtgeplänkel befangen waren, ahnten nicht das Geringste von dem kolossalen Abgrund, vor der die größte jemals von Menschenhand gebaute Stadt stand. Benelon atmete tief aus. Obwohl er nun mit der eisernen Tugend eines Verdammten an seinem Ziel festhielt, das Dimensio-Natron zu vernichten, war er sich doch auch bewusst, dass das fatal betörende Süßgas der Omøn ihn stark verwirrt hatte. Er hatte inzwischen völlig die Orientierung verloren, und was noch schlimmer war, er hatte die Fähigkeiten, die ihm der Verzehr der Bilbipflanze verliehen hatte, nun vollständig verbraucht. Er verfügte jedoch über beträchtlich viel Geld und verschiedene Waffen, sodass es nur eine Frage der Zeit sein würde, bis er die Stadt verlassen konnte.

Was ist die erste Tugend eines Expeditionsleiters? Es gibt immer irgendeinen Weg, und sei er noch so schwer zu finden! Ich brauche dafür Geduld.

Dieser Grundsatz, der ihm in Neosanna während seiner Ausbildung eingehämmert worden war, an dessen Herkunft er sich jedoch nicht erinnern konnte, da er momentan nicht wusste, dass er eigentlich ein Mann namens Benelon war, lag ihm auf den Lippen, als er sich auf den Weg machte. Das Dimensio-Natron hielt er dabei so gut es ging versteckt, mit einem Gürtel eng an seinen Bauch geschnallt, denn dies war die unschädlichste Art für Menschen, es zu transportieren. Er bemerkte rasch, dass er zu Fuß nicht viel erreichen würde; was er brauchte, war ein sehr viel effektiveres Fortbewegungsmittel.

Benelon versuchte, den Marktplatz wiederzufinden, der Ausgangspunkt seiner Flucht vor den novedanischen Begleitern gewesen war, doch je länger er in die Richtung ging, von der er überzeugt war, dass der Marktplatz sich dort befand, desto unbekannter erschienen ihm die Gebäude, welche links und rechts die Straßen säumten: vor allem Herrenhäuser mit großzügigen Verandas, marmorierten Säulen und Steinmauern, welche allem Anschein nach trotzdem nicht übermäßig gesichert schienen, vereinnahmten seine Sinne. Auch waren zur frühen Mittagszeit wenig Menschen auf den Straßen; keiner von ihnen sprach Eisannisch oder Rükkenländisch und nicht einmal annähernd ausreichend Novedanisch, um Benelon sagen zu können, wo in Eerenskal er sich befand.

Für einige Zeit ließ er sich in einem Kaffeehaus nieder. Es trug den exotischen Namen Ouey, und in seinem Inneren war nicht viel los; ganze vier Menschen saßen an den Tischen.

Während er auf seinen Kaffee wartete, musterte er die Personen. Im hinteren Bereich des sehr kleinen Raumes saßen an einem Metalltisch eine Frau und ein Mann, welche so sehr ineinander vertieft waren, dass sie sein Erscheinen gar nicht bemerkten. Der Mann rauchte eine Zigarette und schaute nun bekümmert auf den Tisch, während die Frau, eine auffällige rote Mütze tragend, ihn mitfühlend, aber ernst fixierte, nachdem sie etwas zu ihm gesagt hatte, das er nicht hatte hören wollen. Diese Personen wollte Benelon gar nicht erst ansprechen. Die beiden Frauen am vorderen Tisch trugen ebenfalls Mützen (wie es eisannische oder auch neosannische Frauen nicht tun würden). Die blassere der beiden mit sehr stark rot geschminkten Lippen musterte Benelon eingehend aus tiefblauen Augen, was ihn abschreckte. Er versuchte erst gar nicht, irgendetwas zu fragen.

Weg hier!

Nachdem er seinen Kaffee heruntergestürzt hatte, hastete er eine prächtig geschmückte Allee hinunter. Jemand rief den Namen Benelon, einen Namen, der ihm seltsam bekannt vorkam. Da er aber durch die vielen schrecklichen Erlebnisse in der Vergangenheit bezüglich seiner Identität stark verwirrt war, erkannte er Ebon, der ihn bis vor Kurzem begleitet hatte, nicht wieder. Trotzdem hatten sich die zersplitterten Elemente seiner Seele seit dem letzten Identitätswechsel etwas angenähert. Der Name Benelon sagte ihm etwas, und er war sich auch bewusst, dass einige Leute ihn so anredeten. Auch war er sich der Bilbipflanze und den damit einhergegangenen besonderen Mächten deutlich bewusst, die er einige Zeit lang sein Eigen hatte nennen können. Das Wichtigste aber, und dieser Umstand machte ihn Ebon gegenüber besonders misstrauisch, war ihm seine Mission, das Dimensio-Natron zu zerstören, um ein weiteres Ausbreiten der Omønenergie zu verhindern, zumindest mittels des Gerätes, das er den Omøn aus deren Feste der Unbezwingbarkeit hoch oben im äußersten Norden Plüschlands vor Jahren entwendet hatte. Nur konnte er sich den Namen Benelon nicht erklären, sah er sich doch als ein Eisanna aus Laa namens Dronian, der in einem schrecklichen Gutshaus außerhalb der Stadt aufgewachsen war. Aber gleichzeitig, was er selber nicht ganz verstand, war er auch Expeditionsleiter, was nicht zu Dronian passte.

»Benelon, endlich habe ich Euch gefunden! Warum bloß, warum seid Ihr weggelaufen? Wir haben uns Sorgen um Euch gemacht! Aber das ist jetzt sekundär. Hauptsache, ich habe Euch gefunden. Warum hat es Euch in das Kaufmannsstädtchen verschlagen?«

»Wer seid Ihr?«, fragte der verwirrte Benelon stirnrunzelnd, eine Hand am geladenen Revolver.

»Aber Benelon! Erkennt Ihr mich etwa nicht wieder? Ich bin es doch, Ebon! Lavedas Leibwache! Beim großen Stern Novedas, braucht Ihr einen Arzt? Oder einen Prediger der Munkler? Vielleicht bekommt Euch das asetonische Klima nicht gut?«

»Asetonien … sag mir … Ebon, wie gelange ich auf schnellstem Wege hinaus aus der Stadt?«

»Ihr wollt Eerenskal schon verlassen? Nach solch einer langen Reise? Gut, gut, ich werde Euch helfen. Laveda hat mir gesagt, ich solle auf Euch aufpassen und Euch begleiten, wohin Ihr auch geht. Aber bitte nehmt die Hand von Eurem Revolver.«

Benelon beruhigte sich. Er hielt den Mann zumindest nicht für einen Schergen der Omøn. Er sah aus wie ein Novedaner, mit sehr langen Haaren und auffälliger Kleidung. Er musste dessen Bekanntschaft gemacht haben, ehe er …

»Ach, jetzt erinnere ich mich. Ihr wart einer der Novedaner, mit denen ich auf dem Markplatz war, ehe ich weggelaufen bin. Nun gut, Ebon, ich kann Euch weder sagen, warum ich plötzlich aufbrechen musste, noch warum ich so abrupt wieder abreisen möchte. Können wir schnellstmöglich belastbare Pferde organisieren? Noch besser wären Ballonwagen. Ich möchte Eerenskal eilig verlassen, um dann über Noveda in den großen Ozean des Südwestens zu fahren, mit einem eigens dafür ausgerüsteten Schiff!«

»Benelon … wollt Ihr nicht lieber zu einem Arzt, ehe wir aufbrechen? Es ist nur … Eure Pläne erscheinen mir … nun ja, verzeiht den mangelnden Ausdruck an Respekt … sie erscheinen mir etwas kopflos.«

»Ebon, werdet Ihr mir nun helfen oder nicht?«

»Oh, natürlich … Aber ich bestehe darauf, dass wir zuvor noch bei Laveda in Skum Bericht erstatten … und was ist mit den Novedanern, die ich Euch vor Kurzem erst vorgestellt habe? Es wäre höchst unvorteilhaft, sofort wieder aufzubrechen, ohne uns vorher von ihnen zu verabschieden.«

»Sie sollen mit mir kommen! Und Ihr auch! Ich werde Euch alle reich entlohnen! Hört, Ebon«, Benelon senkte seine Stimme merklich, »ich habe einen wichtigen Auftrag zu erfüllen, doch ich kann Euch leider nicht genau sagen, was ich vorhabe. Wir müssen niemanden dabei umbringen oder überhaupt irgendwem schaden. Ich möchte auf schnellstem Wege zum großen Ozean des Südwestens. Ich habe keine Zeit für Diskussionen oder diplomatische Verhandlungen!« Benelon sah Ebon durchdringend an. »Also, kommt Ihr mit mir?«

Ebon kam mit, wenn auch stirnrunzelnd. Doch als er zum Himmel sah, zogen sich seine Augenbrauen vor Schrecken hoch.

Eine bedrohliche schwarze Wolke hatte sich über dem Tempel der Omøn ausgebreitet, dem Benelon vor Kurzem entflohen war. Schwarzer Nebel stieg auf, mitten in einen herrlichen, klaren Sommertag hinein, und legte sich schleichend und unheimlich in den Straßen, Alleen und Gassen rings um den Tempel nieder.

Benelon nahm auf seinem eiligen Fußes zurückgelegten Weg nur flüchtig wahr, wie sich das blanke Entsetzen in dem Eerenskaler Viertel ausbreitete, in dem sich der Tempel der Omøn befand. Es wurde immer düsterer, und schon bald ertönten die ersten Alarmglocken.

Ebon, dem das Verhalten Benelons höchst suspekt war und der es eigentlich vorgezogen hätte, seinen rükkenländisch-eisannischen Gast zu einem Nervenheiler zu bringen, erwog, dass es angesichts des sich in Eerenskal rapide ausbreitenden Pandämoniums wohl das Beste wäre, die Stadt schnell zu verlassen.

Sie gelangten ohne Schwierigkeit an der Stadtwache vorbei hinaus ins Freie, da sämtliche Aufmerksamkeit des Wachpersonals auf das unerklärliche Phänomen der Ausbreitung dunkler Materie gerichtet war, von dem noch an anderer Stelle ausführlicher zu berichten sein wird. Auf einer novedanischen Farm erwarb Benelon hastig Pferde und behelfsmäßiges Gepäck für die Reise zur Küste.

In einigem Abstand folgten ihnen unauffällig Ebul, Lobona und Evoz, welche Ebon auf Befehl Lavedas die ganze Zeit beschattet hatten. Sie zogen es vor, Benelon verborgen zu bleiben.

KAPITEL VI

Impressionen aus Noveda, Teil II

Bonobon war ein einfacher novedanischer Bauer, der eine kleine Wirtschaft im novedanisch-asetonischen Grenzland betrieb. Entgegen dem Ratschlag seiner Freunde, so nahe an den Sinbevern, was im Novedanischen Verräter bedeutet, einen Betrieb zu eröffnen, hatte Bonobon zusammen mit seiner Frau eine Quelle zuverlässigen, wenn auch nicht reichhaltigen Einkommens aufgetan. Bonobon und seine Frau Banani bewirteten ihre Gäste stets mit der Bescheidenheit der einfachen Bauersleute Novedas. Weil sie gewissenhaft arbeiteten und vom an die Wirtschaft angeschlossenen Bauernhof stets frische Nahrungsmittel wie Milch, diverse Gemüsesorten und selbst gebackenes Brot anboten, waren sie bei Reisenden beliebt.

Im Vergleich zu den üblichen Händlern, welche den Weg durch den Wald der tausend Ebben und entlang des Grenzwalls zu Lalalai zur Küste Novedas machten, war es ein seltsames Bild, welches sich Bonobon bot, als der stark verwirrte, hektisch und mit weit aufgerissenen Augen umherspringende Benelon und der abgehetzte, kopfschüttelnde Ebon seine kleine Wirtschaft zu nachtschlafender Zeit aufsuchten. Noch merkwürdiger war das Anliegen der beiden: Man verlangte kein Quartier für die Nacht, sondern nur eine große Kanne Muta-Moli, da man im Morgengrauen bereits in Richtung der großen novedanischen Küste weiterziehen wolle. Bonobon tat, wie ihm geheißen, und zog sich zurück, nachdem er sich vorsichtig erkundigt hatte, ob den Herren noch etwas fehle, denn der sehr wild und etwas verrückt aussehende Fremde mit dem grauen Haar und der dunklen Hautfarbe hatte ihm außergewöhnlich viel Trinkgeld gegeben. Er lauschte jedoch heimlich hinter der Tür dem Gespräch der beiden Reisenden.

»Ich verlange nun eine Erklärung für das Ganze. Ich verstehe so langsam überhaupt nichts mehr!« Ebon war sehr aufgebracht. Er zuckte nervös mit dem linken Auge, ein Tick, den er schon in seiner Jugendzeit entwickelt hatte.

»Warum? Mein Leben ist ein einziger schlammiger Morast. Was gibt es da schon groß zu berichten?«

»Ihr versteht mich nicht! Ich bin im Moment nicht an Eurer Lebensgeschichte oder dergleichen interessiert! Was ich wissen möchte, ist: Was tun wir hier? Was soll das alles?«

»Wir reisen zum großen Ozean des Südwestens, und zwar so schnell wir können.«

»Ja, das weiß ich bereits. Vielleicht habt Ihr die Güte, mir mitzuteilen, was wir dort zu tun gedenken?!«

Benelon überlegte einen Moment, ob er weiter zu seiner selbst gewählten Mission schweigen oder sich mitteilen sollte. Er wog ab, ob er seinem novedanischen Begleiter vertrauen konnte.

»Nun gut. Ihr erinnert Euch noch an das Gespräch in Skum mit Eurem Konsul Laveda? Dass Euch erschrocken machte, wie sich die Verhältnisse in Eerenskal derzeit wandeln? Mit diesen Sachen hat zu tun, was ich vorhabe. Wir werden einen magischen Gegenstand im Meer versenken, der unter anderem dafür verantwortlich ist, dass Amhafen auf dem Blatt Kernland mittlerweile eine Geisterstadt sein dürfte und Eerenskal in nicht mehr als drei Monaten ein ähnliches Schicksal erfahren wird.«

»War das Euer Ziel? Wolltet Ihr deswegen nach Eerenskal? Um diesen magischen Gegenstand zu finden? Wollt Ihr damit sagen, dass dieses Objekt für die merkwürdigen Vorkommnisse in Eerenskal verantwortlich ist?«

»Das mag gut sein. Ich erinnere mich nicht, warum ich diese riesige Stadt ursprünglich betreten habe. Es ist durchaus plausibel, dass das an dem magischen Gegenstand liegt. Ich weiß nur, dass ich diesen Gegenstand mit meinem Leben verteidigen werde, bis er vernichtet ist.«

»Dann hat der Gegenstand also dafür gesorgt, dass diese schwarzen Geister Eerenskal so zurichten konnten.« Ebons Auge zuckte nun völlig unkontrollierbar.

»Ja, das scheint mir der Fall zu sein. Wobei ich mir sicher bin, dass es in Lanevael noch andere, wesentlich finsterere Mächte als die schwarzen Geister der Omøn gibt.«

Ebon war von seinem Nachtschemel aufgesprungen. »Benelon, das ist ungeheuerlich. Ich hatte ja keine Ahnung! Auch wenn ich Euer Verhalten immer noch undurchschaubar und äußerst merkwürdig finde: Ich helfe Euch. Eure Fähigkeiten und Fertigkeiten in allen Ehren, aber Ihr seid nicht mehr der Jüngste; ich gelobe, Euch bei dieser Mission beizustehen. Konsul Laveda benachrichtige ich unterwegs per Brieftaube.«

»Das ist gut. Ich nehme an, Ihr habt kein Interesse an dem magischen Gegenstand?« Benelon sah Ebon fest in die Augen, und dessen Zucken verschwand auf der Stelle.

»Nein. Wenn er für all das Unheil verantwortlich ist, welchen Nutzen könnte er dann für mich haben?«

»Sehr gut. Das bedeutet für uns beide weniger unnötigen Ärger. Ich habe mir während unserer Reise einen Plan zurechtgelegt, den ich Euch nun unterbreiten werde. Könnt Ihr Eure Ausgabe des novedanischen Atlanten hervorkramen? Ich zeichne dann unsere Route ein, wenn Ihr erlaubt. Lasst uns das tun, solange wir noch einigermaßen klar denken können und nicht vor Müdigkeit zusammenbrechen.«

Ebon nahm seinen Rucksack und holte ächzend den schweren Atlanten hervor, den er auf Befehl seines Konsuls Laveda auf allen Reisen mit sich führte.

»Danke. Also, wir sind nun hier, genau an der Grenze zu Noveda, am Rande des Waldes der tausend Ebben. Der kürzeste Weg zum Meer ist: *Immer am Wall entlang.*« Benelon schaute Ebon abermals prüfend an. Dieser blickte ebenso ernst zurück.

Dann fuhr der Neosanna fort: »Wenn wir die nächsten vier Stunden zügig durchreiten, sind wir im Morgengrauen an der novedanisch-lalalaischen Grenze. Dort erstehen wir vom leicht und bereitwillig zu korrumpierenden Grenzpersonal eine Wehrkutsche mit acht schnellen Pferden, sodass wir unterwegs ausreichend Schlaf bekommen. Die Kutsche ist meiner Schätzung nach in fünf Tagen in Lulu. Komischer Name für eine Stadt. Wisst Ihr, was Lulu auf Eisannisch bedeutet?«

»Nein.«

»Ich sag es Euch lieber nicht. In Lulu nehmen wir dann das schnellste Schiff, das wir auftreiben können, und segeln an der Westnase vorbei durch die Enge von Ialo, dann aufs offene Meer Richtung Taska. In Taska organisieren wir das schwerste Bleigewicht, das wir finden können, und ein dementsprechend stabiles Schiff. Wir segeln zwei Wochen mit Kurs auf Matla, wo wir den magischen Gegenstand, am Bleigewicht befestigt, im Meer versenken. Dann segeln wir zum großen Hafen von Matla und feiern ein rauschendes Fest, drei Tage lang, mit Wein, Weib und Gesang. Ihr könnt dann zu … Wie hieß er gleich? … Laveda zurückkehren, während ich den Rest meines Lebens im wunderschönen Matla verbringen werde, fernab von jedwedem Krieg oder Leuten, die mich zu kennen glauben könnten. Wie klingt das?«

»Ziemlich verwirrend.«

»Seid Ihr trotzdem an meiner Seite, Ebon?«

»Das ist mein Auftrag, Benelon.«

Die beiden Männer schwiegen, tranken zügig ihr Muta-Moli aus und verließen bald darauf Bonobons Wirtschaft.

Bonobon hatte gerade erst die Tür zugemacht, als drei Novedaner aus dem Schutz der Dunkelheit heraus unbemerkt seinen Hof betraten …

Ausschweifungen

Benelon, der sich immer noch nicht seiner Identität sicher war, wirkte auf der Reise wie in einen Jungbrunnen gefallen. Als Mann ohne Vergangenheit, mit bedeutendem Auftrag und einer Zukunft, die vielleicht am Ende eine Erlösung aus alldem Ungemach bot, welches seiner Meinung nach sein Leben so lange begleitet hatte, fühlte er sich angesichts seines aktuellen Vorhabens äußerst animiert. Er hatte das Dimensio-Natron mit einer Eisenkette an seinen Bauch gebunden, sodass er unbequem, aber einigermaßen beruhigt auf dem Rücken schlafen konnte, wann immer ihm danach war, wusste er doch, dass es ihm niemand aus dem Gepäck entwenden konnte.

Ebon und Benelon erreichten in Übereinstimmung mit Benelons Plan nach vier Stunden strammen Rittes die novedanisch-lalalaische Grenze, wo der berühmte Puniagrenzwall hochragte, seines Zeichens der längste Wall der Welt. Er begann an der Küste, wenige Kilometer von Lulu entfernt, und zog sich Hunderte von Kilometern ins Inland. Die Wallanlage war ein durchgängig fünf Meter hohes, aus Stein, Holz und Metall erschaffenes Gebilde, welches die Bauherren mit riesigen Wehrtürmen an strategischen Schlüsselstellen versehen hatten.

Das exzentrische Ausschweifen des mittlerweile völlig übermüdeten Benelon begann damit, an besagtem Wall eine auf der anderen Seite patrouillierende Schar Lalalais von einem der Wehrtürme aus zu provozieren, indem er ihnen zunächst obszöne eisannische Wörter entgegenrief und anschließend, da diese kaum reagierten, seine Hose runterließ und auf lalalaischen Boden pinkelte, wobei ihn ein starker Windstoß akkurat unterstützte. Dies erzürnte die lalalaischen Soldaten über alle Maßen und brachte die novedanische Wallbesatzung an diesem Abschnitt zum Lachen. Da Benelon dadurch die Sympathie der novedanischen Wachen gewonnen hatte, liehen sie Ebon und ihm bereitwillig eine ihrer Kutschen samt militärischer Ausrüstung.

Auf der Fahrt entlang des Puniagrenzwalls schliefen die beiden erschöpften Reisenden zunächst ausgiebig, gegenübersitzend an ihr Gepäck gelehnt, um wieder zu Kräften zu kommen. Die Kutsche kam abrupt zum Stehen, was die beiden hochschrecken ließ. Benelons erster visueller Eindruck waren die endlosen Felder von Sonnenblumen, die sich bis zum Horizont erstreckten, für die diese Gegend sehr berühmt war. Er hörte vereinzelte Männer- und vor allem Frauenstimmen, die offensichtlich im Streit ihre Meinungen lauthals austauschten. Er schulterte ein Gewehr und folgte Ebon, der schon vor ihm wach geworden und ausgestiegen war, ins Freie.

Draußen blockierte eine Gruppe von etwa dreißig Frauen unterschiedlichen Alters die Straße. Ihnen gegenüber standen Ebon, der Kutscher und die beiden Soldaten, die die von der novedanischen Wallbesatzung gepachtete Wehrkutsche und deren Inhalt bewachten.

»Das ist Wahnsinn! Ihr könnt doch nicht den Weg blockieren, der zum Militärgelände gehört. In zwei Sonnenstunden ist die Patrouille da. Dann holt man Verstärkung und die Straße wird unter Zwang geräumt.«

»Wir gehen nicht, ehe drei von uns den Samen eines Mannes in uns tragen!«

Benelon, der den westnovedanischen Akzent der Frauen nicht verstand, wandte sich an Ebon. Dieser rollte genervt mit den Augen.

»Das sind die Wildweiber, Benelon. Bei uns gibt es keine Familien, nur Gruppen, und dies ist eine Gruppe, die ausschließlich aus Frauen besteht. Es gibt Hunderte davon im Land. Sie leben in einer reinen Frauengemeinschaft, und gebiert eine von ihnen ein männliches Kind, so geben sie es an Bauern ab oder eine Behördengruppe kümmert sich darum. Sie verachten Männer, weil sie der Auffassung sind, Männer seien das Geschwür im Mutterkuchen der Menschheit.«

»Und warum blockieren sie den Weg? Ich habe es eilig!«

»Sie sagen, sie wollen einen Besamer. Einer, der Sex mit dreien von ihnen hat, hier an Ort und Stelle, damit sie Nachschub für ihre Gruppe bekommen. Wenn wir auf sie schießen, gibt das ein Massaker, das ich nicht verantworten kann. Außerdem sind einige von ihnen bewaffnet. Übrigens sind dann auch Eure Reisepläne zunichte, da eine polizeiliche Untersuchung des Falls Wochen bis Monate in Anspruch nehmen wird.«

»Gut, dann werde ich sie besamen!«

»Was?!«

»Ja, das geht doch schnell. Wenn es ihnen nichts ausmacht, dass ich nicht mehr im vollen Saft meiner Jugend stehe. Ich weiß nicht, wann ich das letzte Mal Sex hatte, aber … «

»Gut, gut, ich rede mit den Frauen«, sagte Ebon, »wobei ich unschlüssig bin, ob ich über Euer Verhalten lachen soll oder ob es Anlass zu noch mehr Sorgen gibt.«

Die Sache erledigte sich innerhalb einer Stunde. Während die übrigen Frauen laut Fruchtbarkeitsgesänge erschallen ließen, die von den Wallmauern reflektiert wurden, spielten die Soldaten, der Kutscher und Ebon, die von dieser Frauengruppe nichts hielten, eine Runde Karten und rauchten dabei Zigarren, die Ebon von Laveda geschenkt bekommen hatte, und Benelon, der sich mittlerweile in einem mehr als bedenklichen Gemütszustand befand, gab sich ganz der Besamung hin.

Lobona und Evoz, die die Besamung aus einem Versteck heraus beobachteten, waren so beeindruckt von dem Treiben, dass sie beschlossen, die Beschattung Benelons aufzugeben und sich fortan in unauffälliger Nähe zu den Wildweibern aufzuhalten. Nur Ebul war zunächst noch etwas skeptisch.

»Vielleicht können wir ja das nächste Mal behilflich sein, wenn es um den Wunsch einer Samenspende geht«, so Evoz zu Lobona.

»Da freue ich mich jetzt schon drauf«, erwiderte Lobona aufgeregt.

»Das ist aber risikobehaftet«, wandte Ebul kritisch ein, »denn Männer sind grundsätzlich unerwünscht bei den Wildweibern.«

»Ich glaube, ein gewisses Risiko muss man im Leben einfach eingehen, Ebul«, meinte Evoz.

»Na gut«, antwortete Ebul, »dann bleiben wir eben. Immer noch besser als in Eerenskal.«

»Vielleicht«, so spann Lobona die Idee weiter, »können wir sie sogar überreden, mit uns eine neue Gruppe zu gründen!«

Nachdem Benelon fertig war, machten Ebon und er sich zügig auf den Weg nach Lulu, wo Benelon unterwegs die vielen Stangen mit Sternen auffielen, die außerhalb der starken Befestigungsanlagen den Wallweg säumten. Ihm wurde erklärt, dass man die Toten hier auf diese Weise beerdigte – man legte ihren Leichnam in eine Grube, schüttete diese zu und setzte eine rund einen eisannischen Meter hohe Eisen- oder Holzstange darauf, an deren Ende ein fünfeckiger Stern aus Holz, Eisen oder Stein befestigt war, welcher den Namen des Toten trug. Die Spitze des Sterns zeigte zum Universum, da die Novedaner in Lulu glaubten, die Seele schwebe nach dem Tod Richtung Universum. Die vielen witterungsbedingt kräftig zerfressenen Sterne stammten vom Krieg gegen Lalalai 4606, als die Stadt Lulu unter heftigen Beschuss genommen worden war.

Die kurzen Momente der Nachdenklichkeit, ja fast schon Beklemmung, welche diese schaurige Landschaft auslöste, währten nicht lange, zumindest nicht bei Benelon. Kaum in Lulu angekommen, machte er sich mit geradezu manischem Eifer daran, ein Schiff, eine Crew und ein schweres Gewicht zu organisieren. Da trotz seiner penetranten Versuche unter Aufwendung aller Register von Überredung über diplomatischen Druck bis hin zu Bestechung das aus seiner Sicht äußerst dringliche Unternehmen nur sehr langsam in Bewegung kam, gab Benelon sich im Hafenviertel von Lulu ebenso wüsten wie rücksichtslosen sexuellen Orgien hin, welche er mit jenen unglücklichen Damen durchführte, die er in den Hafenkneipen und Bars unter Verweis auf seinen Reichtum und seine Besamung der Frauengruppe dazu überreden konnte. Der Vorsatz, sein Vorhaben geheim zu halten, war dem außer Kontrolle geratenen Expeditionsleiter nicht mehr bewusst. Da Lulu eine strategisch wichtige, aber recht überschaubare Stadt war, war das skandalöse Gebaren des seltsamen Fremden bald in aller Munde. Manche der Damen, mit denen Benelon verkehrte, berichteten von einem seltsamen schwarzen Gegenstand, den er angeblich um den Bauch gebunden trug. Was zudem merkwürdig erschien, war der Umstand, dass sich der Fremde der besten Freundschaft eines novedanischen Begleiters erfreute, welcher zu einer sehr angesehenen und einflussreichen – und auch in anderen Bereichen reichen – Gruppe gehörte.

Die letzte der in Lulu noch heute legendären Ausschweifungen fand an einem sonnigen Morgen einen Tag vor der Abreise statt. Vor einem großen Warenhaus, in dem die Helfershelfer des exzentrischen ehemaligen Expeditionsleiters den Proviant für die mehrwöchige Seereise einkauften, befand sich ein ungenutzter Stand, an dem normalerweise Blumen oder ähnliches Grünzeug feilgeboten wurden. Benelon spürte den drängenden Impuls, an diesem Ort spontan eine flammende Rede zu halten: »Bürger von Lulu! Hach, extatisches Lulu! Gelabt habe ich mich nun eine halbe Ewigkeit an deinem Busen! Jetzt beginnt eine Zeit jenseits des Gezeitenwalls! Nun beginnt der letzte Tag einer schönen Zeit! Und während ich mich an einem friedlichen Ort Wein trinkend auf den nahenden Tod vorbereite, da mein Körper die kosmische Energie nicht mehr lange zurückhalten können wird, droht der Tod über euch zu kommen, und zwar in einem Maße, das weit jenseitig euer aller Vorstellungskraft liegt!«

Ebon, der Benelon seit den Vorkommnissen in Eerenskal nie von der Seite gewichen war, und wenn doch, sich immer in seiner Reichweite aufgehalten hatte, sah alarmiert aus. Noch schenkten nur wenige Passanten dem verrückt gewordenen Eisanna-Mann Aufmerksamkeit.

»Es wird brennen auf Plüschland und brennen auf Krug! Es wird brennen auf Kernland und fast überall auf der Welt. Väter wenden sich gegen Söhne und Töchter gegen Mütter. Brüder werden sich gegenseitig zerstückeln und Schwestern einander die Augen auskratzen und die Haare ausreißen! Überall wird Tod und Verderben herrschen, das ist die Wahrheit, die ich euch mitteile, ihr Bürger Lulus!«

Durch die sehr ungewöhnliche Mischung aus ungepflegter Wildheit und novedanischer Edelmannskleidung, der rükkenländisch getönten dunklen Hautfarbe und dem gebrochenen Novedanisch mit eisannischem Timbre wurde Benelon binnen Minuten zu einer großen Attraktion. Ein Polizist betrachtete die Szene argwöhnisch, griff aber aufgrund des novedanischen Gesetzes zur »jederzeitigen Redefreiheit« nicht ein.

»Wohlan, meine Freunde, genießt die letzten Tage dieser schönen Zeit! Feiert, als gäbe es kein Morgen, denn morgen wünscht ihr euch, es wäre nie gekommen!«

Benelon redete noch einige Minuten in diesem Tonfall und ließ eine hinsichtlich ihrer Meinung gespaltene, unschlüssige Menschenmenge vor dem Warenhaus zurück, als er sich auf sein Floggi, eine Mischung aus Kamel und Esel, schwang und mit seinem Gefolge und dem Proviant zum Hafen ritt, wo ein prächtiges, mit acht Kanonen und zweiunddreißig Kabinen bestücktes Dampfschiff auf ihn wartete, welches er noch am selbigen Tag des Abends im Zuge einer opulenten Feier auf den Namen Rükka taufte.

Die hohe See

Die kühle Meeresluft tat Benelon gut. Er spürte ihre Frische in seinen Haaren und schmeckte dem Salz nach, das sich auf seiner Zunge ablagerte.

Es gab für ihn auf dem Dampfer nicht viel zu tun. Die Crew bestand aus erfahrenen Matrosen, und die üppige Bezahlung hielt das allgemeine Motivationsniveau so hoch, dass der Schiffsherr nach Festlegung der Route keinen einzigen Befehl geben musste und sich entspannt in seine Koje zurückziehen konnte. Da sein Novedanisch nach wie vor nicht besonders gut war, empfand er jegliche Gesprächssituation als äußerst anstrengend.

Nach gut einer Woche auf See überkam Benelon eine große Trägheit, sodass er tagsüber meist schlief, des Abends jedoch aufs Meer hinausschaute, dessen seltsame Fische zu dieser Jahreszeit aus der Tiefsee an die Oberfläche schwammen, wo man ihr berühmtes Schimmern beobachten konnte. Auch die Sterne beobachtete der Expeditionsleiter lange und ausgiebig, sodass er bald Analogien zwischen den Sternen am Himmelszelt und dem Leuchten der Tiefseebewohner, die nur mehr Gäste an der Wasseroberfläche waren, zu erkennen glaubte.

Während der Reise überkam ihn während dieser überwiegend einsamen Nachtstunden eine Fülle weiterer Erinnerungen. So erinnerte er sich wieder an ein Kind, das er vor langer Zeit gezeugt haben musste, woraufhin ihn eine tiefe Sehnsucht überkam. Er erinnerte sich an die allererste Expedition unter seiner Leitung. An die Entdeckung der Schriftrollen über die verderblichen Omøn im Keller des xlaovanischen Tempels, in dem er residiert hatte. Schließlich erinnerte er sich, dass er eine Ärztin aus Laa in ihrem Haus brutal niedergeschlagen hatte und geflüchtet war, was er sehr bereute. All dies verwirrte ihn äußerst stark, und er war sich nicht mehr sicher, ob er Benelon aus Rükkenland und Eisanna war – wie alle behaupteten – oder Dronian von Laa, der groteske Adelige, der geheime Experimente mit magischen Kräften in den Verliesen seines einsamen Herrenhauses veranstaltet hatte, und …

Er spürte die konzentrierte kosmische Energie des Dimensio-Natrons nun deutlich an seinem Körper. Er wusste, dass er es in wenigen Tagen im Meer versenken würde, mit fünfzig Kilo Blei und Beton beschwert. Er hob sein Hemd hoch und betrachtete den magischen Gegenstand, der schon zwei große Städte ins Chaos gestürzt hatte. Allein seine bizarre Form verbreitete Angst. Benelon wurde bewusst, wie sich ihm Gedanken aufdrängten. Er hatte sie in den letzten Tagen schon erahnt, jedoch mühsam zurückhalten können. Jetzt ließen sie sich nicht mehr ignorieren.

Ich weiß, dass sie jeden Moment in meinen Verstand dringen werden, dass sie …

Benelon wurde schwindelig. Mit letzter Kraft hangelte er sich an der Reling entlang zum Kajütenhaupteingang, von wo aus er auf allen vieren zu seiner Kabine kroch. Wie ein schwer Betrunkener kämpfte er eine halbe Ewigkeit damit, die Tür zu verriegeln, ehe er auf dem Kajütenboden zusammenbrach. Da überkam ihn ein seltsamer Traum, in dem er sich selber zusehen konnte:

Er saß in einem riesigen Fußballstadion. Es war fast so groß wie das berühmte Stadion von Fingerland, und es wäre noch größer geworden, hätte man die berühmte Nordtribüne nicht um zwei Drittel verkleinert. Benelon fühlte, wie die Begeisterung, die durch das fast ausverkaufte Stadion wogte, seine Sinne vollständig erfasste und ihn vor Glück fast schwindelig werden ließ. Die Spieler betraten in ihren tiefblauen und mattgoldenen Trikots die Szenerie, und er hörte, wie die jungen Frauen in den ersten Reihen Blumen warfen und schrill kreischten, als seien sie vollkommen außer sich. Der dunkelhäutige Schiedsrichter pfiff das Spiel an, und die Athleten auf beiden Seiten lieferten sich einen verbissenen Kampf, in dessen Verlauf sogar zwei Spieler mit roten Karten den Platz verlassen mussten. Hin und her ging die Begegnung, und die Stürmerstars beider Mannschaften erspielten sich Chance um Chance, doch die Torhüter hielten dank geradezu unmenschlicher Verrenkungen alles, was ihnen auf die Bude gezimmert wurde. Dann endlich, kurz vor Abpfiff, brach der gelenkige smaragdanische Mittelfeldstar Ino durch die Abwehrreihen und stoppte kurz vor dem Elfmeterpunkt den Ball abrupt, um ihn gekonnt über Kopf und Arme des wie ein manischer Krake herauseilenden Torwarts unhaltbar ins Netz zu lupfen. Nach dem Wiederanpfiff unternahm die am Abgrund der finalen Niederlage stehende gegnerische Mannschaft einen letzten verzweifelten Versuch – und dann beendete der Schiedsrichter die Partie. Wenig später überreichte das internationale Komitee, welches Benelon schon irgendwo einmal gesehen hatte und welches ihn zu seinem Erstaunen sehr zornig stimmte, Mannschaftskapitän Ino den Pokal – das Dimensio-Natron!

Mit einem lauten, lang gezogenen Schrei fuhr Benelon hoch, sodass die Crewmitglieder aus den Nachbarkabinen herbeigeeilt kamen, um nach ihm zu sehen. Er wollte keine Fragen bezüglich seines Zustandes beantworten und fragte übergangslos den Mann, der vom Ausguck heruntergeklettert gekommen war, was denn das für eine Insel sei, die man im matten Licht der Sonne am Horizont erkennen konnte.

»Das ist Taska«, sagte Sadha, ein Mann, über den Benelon in Erfahrung gebracht hatte, dass dessen Vorfahren von den räuberischen Skat abstammten. »Man nennt sie die Insel der Seeligen.«

»Die Insel der Seeligen? Wie sind die Menschen dort zu diesem Namen gekommen?«, wollte Benelon wissen.

Sadha zündete sich, nun, da sein Dienst beendet war und ein anderer Mann seinen Posten bis zur Abenddämmerung übernehmen würde, eine Pfeife an, aus der sehr merkwürdig riechender Rauch aufstieg. Einerseits breitete sich ein süßlicher Duft aus, andererseits schien er sich kurze Zeit später in etwas Beißendes zu verwandeln. Dann wandte er sein Antlitz gen Taska. Benelon fühlte sich von der Ausstrahlung des Ausgucksmannes kolossal beruhigt.

»Taska ist eine Insel, die das Volk von Donska auf der berühmten Langfahrt entdeckte!« Sadha musste schmunzeln. »Eine völlig unbedeutende Insel, die offiziell zur Novedanischen Union gehört, aber weder Fahne noch Verwaltung hat. Niemand weiß, ob sie nun ein eigenständiges Land bildet, ob sie zu Donia, Skat oder Noveda gehört, diese Insel. Na ja, ich glaube, wohl doch zu Noveda. Aber es kümmert sich nie jemand um Taska, niemand macht dort Halt, außer jene nicht beneidenswerten Menschen, die in Seenot geraten. Man sagt, dass die Leute dort ganz anders aussehen als Novedaner. Sie sprechen auch einen Dialekt, den kein Mensch versteht, aber wissen tue ich das nicht, ich kenne die Insel nur vom Hörensagen. Man sagt auch, dass dort ein Priester wohnt, dessen Namen niemand aussprechen kann, einfach, weil er zu kompliziert ist. Nun, da diese Menschen niemals behelligt werden, keine Steuern zahlen und im Prinzip ihrer Willkür überlassen sind, nennt man sie Taska, die Insel der Seeligen … Obwohl es den Namen schon immer gab. Die Seligen zur See. Die Seligen auf den Liegen … die liegende Seele …«

Benelon hörte aufmerksam zu, nickte und stellte sich danach an eine zentrale Position auf dem Schiffsdeck und zog armwedelnd die Aufmerksamkeit der Crew auf sich. »Eine Woche auf See noch, dann können wir endlich unsere Aufgabe erfüllen. Wenn wir auf Matla gelandet sind, könnt ihr auf meine Kosten feiern, Leute, drei Tage und drei Nächte. Aber bis dahin: An die Arbeit!«

»Aye!!«, schallte es vielkehlig von den anwesenden Besatzungsmitgliedern zurück, ausgenommen einem seltsamen Kerl namens Ümvübs.

Viele Crewmitglieder fragten sich, welche Funktion Ümvübs an Bord dieses Schiffes hatte. Aufgrund seines schwachen Magens musste er sich nahezu täglich übergeben. Warzen zierten seine Hände, sodass niemand viel mit ihm in Kontakt trat, und besonders begabt schien er auch nicht zu sein, was die Aufgaben an Bord anging, man könnte fast sagen, er sei zu nichts zu gebrauchen, und so fristete er ein Außenseiterdasein, indem er an die Reling gelehnt aufs Meer hinausschaute und Möwenschreie imitierte, was sein Ansehen nicht gerade aufwertete, obwohl er verschiedene Möwentonlagen ziemlich gut beherrschte. Am Tag jedoch, als Benelon Sadha über die Insel der Seeligen befragte, kam Ümvübs sehr aufgeregt zu Benelon und bedeutete ihm, unbedingt an der Insel Halt zu machen; ein schwerer Sturm ziehe herauf; er könne es deutlich spüren. Benelon zögerte keine Sekunde, seinen Rat zu befolgen und die Crew anzuleiten, Kurs auf Taska zu setzen. Die Crewmitglieder gaben ihre Irritation darüber lauthals zu verstehen, denn die See war klar und die Herbstbrise angenehm. Außerdem galt Taska als nicht sehr attraktiv. Die Frauen dort waren strikt gegen die Hurerei, und soweit man den Gerüchten trauen konnte, gab es dort auch keine einzige Kneipe; zudem stank es wohl überall nach Fisch und Möwenkot. Der Proviant war üppig angelegt, sodass auch niemand Angst vor einer Hungerkatastrophe auf See hatte. Doch da alle überbezahlt waren und die Arbeit vergleichsweise leicht, war an Meuterei überhaupt nicht zu denken, selbst als Benelon stur blieb …

Die Insel der Seeligen

Taska entpuppte sich als gänzlich konträr zur allgemeinen Erwartungshaltung. Als die seltsame Crew ihren Fuß an Land setzte, erwartete sie keine behördliche und polizeiliche Überprüfung wie auf dem novedanischen Festland, sondern eine herzliche Begrüßung durch die übergewichtigen, weltfremd-fröhlichen Einheimischen, die sich sogar eine eigene inoffizielle Fahne ohne Stern gebastelt hatten, die heiter über der Stadtburg wehte, obwohl Taska kein eigenständiges Mitglied der Novedanischen Union darstellte.

Wie die Bürgermeisterin Lola-Oval den unerwarteten Fremden bei einem spontan zu deren Ehren abgehaltenen Fest auf der Burg erklärte, repräsentierte die offiziell nicht genehmigte, da nicht mit einem Stern versehene, Fahne die Insel: »Die blaue Quelle in der Mitte enthält ein einzigartiges Heilwasser; kostet nur davon, Sti-Streged Eiaule.«

Der eisannisch-kingwikkische Kapitän des Benelon gehörenden Dampfschiffes nahm einen Schluck. »Oh, es ist köstlich, Lola-Oval. Unvergleichbar.«

»Um diese Quelle herum ist die Burg, in der wir sitzen, aufgebaut und um die Burg herum unsere kleine Stadt Taska. Als Nächstes schenkt den zwei Tannen Beachtung; sie repräsentieren die beiden kleinen Wäldchen nördlich der Stadt; aus ihrem immergrünenden Holz haben wir unsere schicken kleinen Häuschen gebaut.«

»Die Häuschen sind wirklich bemerkenswert«, übte sich Sti-Streged Eiaule in Höflichkeit.

»Schließlich die drei Wiesen um die Quelle herum; die stehen für die drei großen Wiesengebiete.«

»Wiesengebiete?«

»Ja, das sind öffentliche Erholungsgebiete für die Stadtbewohner; da können sie Bier trinken und grillen. Möchte die Besatzung etwas von dem einmaligen Dünnbier kosten, das mit dem Wiesenhopfen gebraut, dem Quellwasser veredelt und dem unverwechselbar aromatischen Tannengeschmack vollendet ist?«

Sti-Streged Eiaule fragte zunächst Benelon als Vorgesetzten um Erlaubnis und informierte dann die Crew, für die er verantwortlich war, und binnen einer Sanduhrfüllung war die Besatzung, die an Deck keinen Alkohol anrühren durfte, so besoffen, dass flugs die ersten zotigen novedanischen Trinklieder angestimmt wurden. Dabei tat sich vor allem Beveprokon hervor, der stämmige Techniker vom Maschinendeck, der als Erster im Rausch anfing, auf einem der Tische zu tanzen, und als der exquisit gewürzte, sorgfältig gegrillte Taskafisch von üppig bestückten Tabletts den Weg in die hungrigen Mäuler fand, erreichte die Stimmung des Spontanfestes ihre Klimax.

Just zu diesem Höhepunkt zog sich Benelon still und heimlich zurück, um ungestört vom Aussichtsturm der Burg auf das weite Meer hinauszublicken. Er genoss die Ruhe vor dem Sturm, den Ümvübs vorhergesagt hatte. Als das instinktiv antizipierte Unwetter über Taska hereinbrach, lag die Crew des Dimensio-Natron-Vernichtungsschiffes inklusive des ansonsten stets wachsamen Ebons bierselig im Koma – Benelon war tatsächlich der Einzige, der sich dem Gelage zu entziehen gewusst hatte.

Aus dem Fenster seines improvisierten Quartiers heraus konnte der gealterte Weltenbummler beobachten, wie Blitze bisher ungekannten Ausmaßes über die elektrisierte See tobten. Das verankerte Schiff, das er sich in Windeseile in Lulu hatte umbauen und ausrüsten lassen, schwankte bedenklich hin und her, als eine turmhohe Welle nach der anderen in der Ferne von den riesigen, grobschlächtig errichteten Wellenbrechern aufgeteilt wurde und trotzdem mit irrsinniger Wucht die Docks und Piers des Hafengebietes erreichte.

Er fühlte sich wie aus einer tiefen Hypnose herausgeholt, als es an seine Zimmertür klopfte. Es war schon spät, und die Öllampe warf interessante, weil ständig die Formen verändernde Schatten an die Quartierswände, während außerhalb der massiven Steinmauern der Sturm unerbittlich weiter tobte. Benelon öffnete die Tür. Eine Frauengestalt, eingehüllt in eine Wolldecke und hinter einer Maske versteckt, wie er sie schon einmal bei Gammel gesehen hatte, blickte ihm neugierig entgegen.

»Kommt mit mir, Fremder«, bedeutete sie ihm. Die Stimme der Frau klang sehr melodisch.

Da er sowieso nicht schlafen konnte, weil die Ketten, die das Dimensio-Natron an seinem Bauch hielten, inzwischen sehr unangenehm drückten, folgte Benelon ihr wortlos. Wo immer die Reise auch hinführen mochte, Benelons unauslöschbare Expeditionsleitererfahrung verriet ihm, dass es insgesamt aufwärtsging, obwohl er der maskierten Frau die Treppen mal nach unten und mal nach oben folgte, durch unzählige Gänge und Korridore. Er war sich sicher, dass man ihn verwirren wollte. Benelon hatte im Geist neunhundert Schritte gezählt, als die beiden in einen hell beleuchteten Saal hineintraten. Da man aus den Fenstern nur Schwärze, scharf unterbrochen durch die in der Ferne zuckenden Blitze, sehen konnte, war sich Benelon sicher, dass er sich in dem hohen Turm befand, der ihm schon bei der Ankunft auf der Insel der Seeligen ins Auge gesprungen war. Er sah sich mehreren Reihen von maskierten, in Decken gehüllten Gestalten gegenüber, eine Szenerie, die ihm äußerst bekannt vorkam. Sein Herzschlag beruhigte sich jedoch rasch, denn er spürte keinerlei Anzeichen von Feindseligkeit.

Man hieß ihn, sich hinzusetzen. Seine maskierten Gastgeber und Gastgeberinnen benutzten überwiegend Zeichensprache, denn er verstand kein Wort des merkwürdigen, novedanisch anmutenden Dialektes, den die Bewohner der Insel der Seeligen benutzten.

Zeichensprache ist universell. Kennt man eine Variante, kennt man alle Varianten.

Unvorbereitet tanzten drei Kinder in Schlafanzügen, ebenfalls fantasievoll maskiert, in den Raum, offensichtlich zur Freude der Anwesenden. Benelon saß zwischen einem dicken Mann mit einer Schweinsmaske und einer zierlichen Frau mit einer Elfenhaube. Beide klatschten euphorisch, und so tat Benelon es ihnen gleich. Bis zu diesem Zeitpunkt wusste er immer noch nicht, ob er Benelon war oder immer noch Dronian von Laa – versehen mit dem Auftrag, das Dimensio-Natron zu zerstören. Die jungen Schlafanzugträger wirbelten nun den viereckigen Kasten, der sich in der Mitte des Raumes befand, zur Seite und verschwanden dann kichernd in die Arme einer gutmütigen alten Dame, die etwas abseitsstand, mit einer sehr schlichten, altmütterlich-grauen Maske ausgestattet.

Im Zentrum des Kastens stand eine magische Kugel. Benelon hatte während seines Aufenthaltes im Reich der Xlaover im Anschluss an die legendäre Expedition einige dieser Kugeln gesehen, zuletzt bei Gammel, dem Propheten, aber konnte sich als halber Dronian von Laa nur vage daran erinnern. Ein mächtiger Blitz schlug in die Kuppel des Turms ein, das Licht ging aus.

»Aaaaahhh! Oooohhhh!«, raunte die maskierte Masse. Dann begannen sich Bilder in der magischen Kugel abzuspielen. Alle zeigten Stationen von Benelons Reise, von seinen Erlebnissen in Rükkenland, dem Reich der Xlaover, in Kernland, selbst bis ins Reich der Omøn hinein, seine kurze Gefangenschaft, Amhafen, Eerenskal und schließlich sogar seinen Weg im Gefolge der jungen maskierten Dame in der Wolldecke in jüngster Vergangenheit. Mit einem Ruck schmolzen beide Persönlichkeiten, Dronian von Laa, der Hüter des Dimensio-Natrons, und Benelon, der Expeditionsleiter, zu einer einzigen namens Benelon, dem Weltenbummler, zusammen. Es war, als hätte vor vielen Jahren eine Reise begonnen, die ihn in eine Art rasante Wasserrutsche geschickt hatte, wie die Kinder in Papleta sie so lieben, und nun, all die Jahre später, war er auf einmal von ihr ausgespuckt und mit dem Kopf zuerst ins Wasserbecken geschleudert worden. Benelon wurde schwindelig. Kurz bevor er in Ohnmacht fiel, sprach die magische Kugel zu ihm, und niemand anderes konnte hören, was sie in seinen Geist sandte.

›Wer in Blogol irrt, der irrt nicht im Dunkeln. Jedoch irrt er auch nicht im Licht. Er irrt im Nebel, was rückwärts Leben ist, und erkennt doch nichts. Im Land des toten Lebens am Rand des roten Nebels.‹

KAPITEL VII

Rotgold

Als der alte Expeditionsleiter im zerrauften Bett seines Zimmers wieder zu sich kam, waren die Maskenträger alle verschwunden. Er schaute aus dem Fenster. Das Meer hatte sich beruhigt, und seine verkaterte Crew half den Insulanern, das Chaos zu beheben, welches der schwere Sturm in dem kleinen Hafen angerichtet hatte. Da auch das Schiff behelfsmäßig repariert werden musste, verzögerte sich die Beendigung seiner Mission um ein paar Tage. Je länger die Reise andauerte, desto mehr brannte sein Verlangen danach, das Dimensio-Natron endlich zu versenken.

Meine Existenz als Benelon ist mir immer noch fremd. Ich bin so entsetzlich weit von meinem geliebten Rükkenland entfernt, fortgespült durch die Entscheidungen eines Teils von mir, der sich in Verzweiflung verselbstständigt hatte. Ob Nari noch lebt? Ob mein Kind am Leben ist? Und doch, ich kann nicht zurück, denn ich glaube nicht, dass ich in Rükkenland jemals meinen Frieden finden werde. Selbst wenn es mir gelänge, würde mich Nari wiedererkennen? Würde ich vielleicht enttäuscht werden, weil sie mich längst zugunsten eines anderen Mannes aufgegeben hat? Außerdem hat die kosmische Energie des Dimensio-Natrons meine Seele inzwischen besetzt. Selbst wenn ich es versenke, so spüre ich, dass sich inzwischen so viel Energie auf mich übertragen hat, dass mein Körper es nicht mehr lange aushalten wird. Ich kann nur hoffen, dass ich noch ein paar Jahre in Frieden leben werde.

Wenige Tage später befand Benelon sich auf dem reparierten Schiff Richtung Matla. Da er das Dimensio-Natron immer noch fest an seinen Bauch geschnallt hatte, spürte er den Schmerz der Wunden, die die Kette gerissen hatte. Eine Woche später versenkte er das unheimliche Objekt im Meer, an einem tonnenschweren Bleigewicht befestigt, und es ward niemals wiedergesehen.

Als er es versenkte, trat das Wasser beiseite. Die Crew reagierte erschrocken. So etwas hatten sie bei all ihren Meeresfahrten noch nie gesehen. Zwar ging das magische Objekt unter, aber es fiel auf sehr seltsame Art und Weise in die unermesslichen Tiefen, da das Wasser an der Stelle entwich, wo es unterging, fast so, als weigerte sich das Element, mit diesem entsetzlichen Gegenstand in Berührung zu kommen. Dieses Ereignis schweißte die Besatzung der Crew für viele Jahre zusammen, und noch ihre Enkel wussten um die Sage von dem schwarzen Gegenstand mit den ineinander verbogenen spitzen Kanten, vor dem das Wasser wich.

Als der entkräftete, aber von innerem Frieden erfüllte Benelon den Hafen von Matla erreichte, mochte er seinen Augen kaum trauen: Die Landschaft war noch sehr viel schöner, als er in seinen kühnsten Träumen zu hoffen gewagt hatte. Binnen weniger Tage richtete er sich in der exotischen Stadt ein, obwohl er absolut gar kein Wort dessen verstand, was man auf der recht großen Insel Sisjoma so sprach. Die Insel erinnerte ihn sehr an seine vorübergehende Heimat Eisanna, nur mit einer gänzlich anderen Vegetation.

Benelon und seine treue Crew, von der kein Einziger nach Noveda zurückkehren wollte, nachdem sie dem gastfreundlichen Charme der friedliebenden Matlander erlegen waren, verbrachten die nächsten Jahre damit, die Insel zu erforschen. Viele von den Seeleuten heirateten einheimische Frauen und gründeten Familien. Benelon erlernte die Sisjomasprache mit ihren ungewöhnlichen Knack- und Klicklauten, schloss Freundschaft mit den Wassermenschen im riesigen Sjovsee, der an einer Stelle nur wenige Kilometer von der Meeresküste entfernt ist, aber seltsamerweise niemals überläuft oder sich mit dem Meer zusammenschließt, selbst bei schweren Stürmen oder den äußerst selten vorkommenden Überschwemmungen.

Bei den unzähligen Erkundungsfahrten seiner Crew war er aufgrund der stetig zunehmenden Altersschwäche nicht mehr dabei; viele der jungen Männer waren noch hungrig nach Abenteuern und einige starben in Scharmützeln mit den gefürchteten Piraten von Skat oder den waffenstarrenden Kriegsschiffen der von einem grausamen Diktator regierten Todesinsel Smaragdana, darunter so verdiente Männer wie Ebon, dessen Tod Benelon sehr berührte und der die letzte Pein in einem überwiegend schmerzerfüllten Leben darstellte.

Eine besondere Faszination entwickelte Benelon für das sagenhafte rötlich schimmernde Gold, welches in den Minen von Matla gefördert wurde, womit man den Smaragdanern und Skatern eine Art Schutzgeld auszahlte. Sisjoma verfügte zwar über schwer überwindbare militärische Anlagen, besonders hervorzuheben die gewaltige Feste von Asis, welche um die Quelle des Flusses von Jua am höchsten Punkt der Ijuaberge errichtet ist, doch wurde das Land von weichherzigen Königinnen regiert, die nichts mehr verabscheuten als die unnötigen Leiden des Krieges und die deswegen lieber zahlten, als zu kämpfen.

In seinen letzten Jahren verfasste Benelon in gemeinschaftlicher Arbeit mit den ortsansässigen Schriftgelehrten verschiedene Bücher in der Sisjomasprache. In diesen führte er alle Erlebnisse von seiner Kindheit in Neosanna bis zu denen auf Sisjoma in vergleichender Weise auf, insofern er sich erinnern konnte. Am Ende dieser Aufzeichnungen zog er visionäre Schlussfolgerungen, wie die verschiedensten Kulturen in Frieden und Eintracht miteinander leben und von ihren jeweiligen Vorteilen gegenseitig profitieren könnten, um letztendlich ihre Defizite auszumerzen. Das berühmteste dieser Bücher ist sicherlich das auf seinen Erlebnissen in Schwarzland basierende *Die Völker des Südens.*

Nach Veröffentlichung der verschiedenen Schriften wurde Benelon zum außerordentlichen Berater des Königs von Matla ernannt, doch war er bereits zu vergreist, um sein Amt würdig auszuführen. Noch vor seinem Tode wurde er als eine Art metaphysisches Wesen verklärt, und auch im Lichte der heraufziehenden globalen Schrecken rankten sich noch Jahrhunderte später allerhand fantastische Mythen um den merkwürdigen Mann, von dem man sagte, es gebe kaum einen Winkel der Welt, den er nicht gesehen hätte.

Esanaria

Tausende von Kilometern entfernt, in der neosannischen Hauptstadt Easan, wo vor vielen Jahren Benelons lange Reise begonnen hatte, verlebte seine Frau Esanaria, die ihren Mann seit dem abrupten Aufbruch ins Reich der Xlaover nie wiedergesehen hatte, ihre letzten Tage. Ihr 5130 geborener Sohn, der inzwischen zum obersten Admiral der gewaltigen, als unbezwingbar geltenden neosannischen Flotte aufgestiegen war, machte seiner Mutter viele Sorgen. Sein brennender Ehrgeiz in Kombination mit der Kränkung, nur der unbekannte Sohn eines sehr berühmten Mannes zu sein, machte ihn zu einer jähzornigen, stetig heruntertickenden Zeitbombe. Mit seinem dichten schwarzen Haar und seiner im Vergleich zu seinem Vater Benelon viel helleren Hautfarbe wirkte er optisch sehr eisannisch.

Auch seine durch und durch militärische Lebenseinstellung und sein eiserner Wille ließen ihn eher wie einen Eisanna alten Schlages als wie einen progressiven Rükkenländer wirken. Er verachtete das sanfte Gemüt seiner Mutter und ihr seit Jahrzehnten anhaltendes Klagen über den Verlust ihres Mannes und den ihrer Schwägerin Alinas. Zudem war Esanaria eine sehr sinnliche Frau mit einer stark ausgeprägten, feurigen, selbstbewussten Sexualität gewesen, doch all die verzweifelten Liebesabenteuer, in die sie sich während der Sommertage ihres Lebens gestürzt hatte, konnten ihren geliebten Benelon, mit dem sie zeitlebens eine in die Tiefe gehende Gefühlsbindung eingegangen war, nicht ersetzen. Ihr Sohn Eike aber litt sehr unter dem Verhalten seiner Mutter und machte es ihr bei seinen seltenen Besuchen schmerzhaft zum Vorwurf, was er nach ihrem Tod bitter bereuen sollte.

Sie hatte zuvor nur dies zu ihm gesagt: »Das erste Mal haben dein Vater Benelon und ich uns auf dem Dachboden meiner Eltern geküsst. Er hatte frisch mit seiner Ausbildung zum Expeditionsleiter begonnen. Ich wollte sein schnurgerade zulaufendes militärisches Denken verwirren. Deswegen bat ich die Forstleute, die meine Eltern angestellt hatten, Spuren für ihn zu legen, die ihn zu einem Ort führten, wo ich auf ihn wartete. Ganze fünf Mal machte er diese Schnitzeljagd mit, dann fühlte er sich verschaukelt. Bene war wie die meisten militärisch geprägten Männer immerzu an Wettbewerben interessiert. Fand einer statt, musste er unbedingt Erster werden, unbedingt gewinnen. Zweiter oder Dritter zu werden war für ihn eine inakzeptable Schmach. Wie ich ihn schließlich davon abbrachte? Ich spielte stundenlang für ihn auf meiner Flöte. So pfiff ich ihn immer wieder zu mir zurück, bis er schließlich um meine Hand anhielt. Die Musik war es, die sein Herz erreichte und ihn freundlicher machte.«

Was weder auf Sisjoma noch in Neosanna jemand wusste, war, dass Benelon und Esanaria, Benelon in seinem rotgoldenen Zimmer, Esanaria in ihrem geliebten Rosengarten, im Jahr 5190 zur gleichen Zeit starben, ohne voneinander zu wissen, aber intensiv aneinander denkend. Denn hätte Benelon einen letzten Wunsch frei gehabt, es wäre der gewesen, Esanaria ein letztes Mal in den Armen zu halten und zu küssen, trotz allem, was er angestellt hatte und was ihm widerfahren war, denn er hatte sie nie vergessen. So ereilte also beide zeitgleich der Tod, und es könnte gut sein, dass sich ihre Seelen in einer anderen, besseren Welt wiederbegegnet sind.

Der 60-jährige Eike indessen heulte vor Wut und Verzweiflung.

»Stört mich nicht!«, fauchte er seine besorgten Bediensteten an und war drauf und dran, sich seinen Revolver an den Kopf zu setzen, denn was für ein Leben war dies, das ihm verwehrte, seinen Vater kennenzulernen und seine Mutter aufrichtig zu lieben? Doch als er den Abzug schon kurz entschlossen durchdrücken wollte, besann er sich eines Besseren, entsicherte die Waffe und blickte auf den weiten Ozean hinaus. Er sah im Hafen die Lichter all der Schlachtschiffe, Panzerkreuzer und Zerstörer, die er befehligte, und fühlte sich enorm stark. Dann riss er die Fenster seines Büros auf und brüllte in die Nacht hinein: »Ich bin ein Gott!« Keiner widersprach ihm.

Der misstrauischen Amtsärztin erzählte er am nächsten Tag, der Tod seiner Mutter sei daran schuld gewesen, und er habe sich etwas überspannt gefühlt. Doch tief im Inneren war er tatsächlich zu der Überzeugung gelangt, mit dem Tod seiner Mutter habe auch seine eigene Sterblichkeit die Landwelt verlassen, und so wandelte er wie schon sein Vater am Rande des Wahnsinns, nur dass es niemand bemerkte. Er entwickelte eine Abscheu gegenüber jedem Gespräch über seine Mutter und jedem Menschen, der versuchte, mehr über dieses Thema herauszufinden. Auch weigerte er sich, ihr Grab zu besuchen, auf dessen Schrägkreuz eine rätselhafte Inschrift prangte:

»Anamstabe Traumüb«

Die Trauernden

»Er ist jetzt in der verborgenen Welt.«

»In der Welt jenseits unserer Landwelt?«

»Versteckt, und dennoch existiert sie.«

»Woher willst du das wissen?«

»Sie muss existieren. Sie muss. Merkst du denn nicht, worum es hier die ganze Zeit geht? Es geht um die Welt jenseits der Schleier des Bekannten. Wenn diese nicht existieren sollte, welchen Sinn macht dann diese unsere Existenz überhaupt?«

»…«

»Darauf weißt du auch keine Antwort, was?«

»…«

»Benelon starb, doch seine Ideen werden weiterexistieren.«

»Was ist mit diesem merkwürdigen Teil, das er damals immer bei sich trug?«

»Er hat es losgelassen. So erst konnte er überhaupt sterben.«

Sie weint.

»Oh, es ist so traurig. Warum muss man überhaupt das Feld räumen, die Bühne verlassen?«

Er guckt grimmig. Versteht sie nicht.

»Du hast Angst.«

»Oh, ich weiß. Ich weiß, was jetzt kommt.«

»Der Tanz der Toten … «

Benelons Tod um 5190 wurde nach Art der Sisjoma mit einem Trauertanz zelebriert. Dabei warfen die nackten Tänzerinnen und Tänzer allerlei Verfaultes in die Luft, und die Leute wichen kreischend aus, denn es heißt, dass derjenige, der von der Fäule getroffen wird, als Nächster stirbt.

Nach dem Tanz wurde ein sehr langes Trauerlied angestimmt, in dem es hauptsächlich darum ging, wie der Nachthimmel die Seelen schluckt. Dabei wirbelten die Sänger immer wieder ihre Hände durch die Luft. Der Sarg wurde in die Erde gelassen und nach Tradition des Volkes schüttete man schwarze Babyskorpione in die Grube. Auf Benelons letzten Wunsch hin wurden alle in seinem Besitz befindlichen Aufzeichnungen, die er über die Omøn, das Dimensio-Natron und seine Existenz als Dronian von Laa angefertigt hatte, verbrannt. Die Grube wurde zugeschüttet und nicht mit einem Sternenstab, wie es in Noveda üblich ist, oder einem Schrägkreuz nach eisannischer Art, sondern mit einer steinernen Statue des Verstorbenen versehen, sodass man auch Hunderte von

Jahren später sehen können wird, wie der Verstorbene ungefähr ausgesehen hat – so es die Witterung will. Es wurden zum Abschluss der Sisjoma-Totenzeremonie frisch gefangene Fische neben die Statue gelegt. Ein kurzes Abschiedslied für Benelon, gleichzeitig Begrüßungslied für das neue Leben, das irgendwo auf der Welt exakt zum Zeitpunkt dieses Todes entstand, wurde traditionell angestimmt, dann löste sich die Trauergemeinde auf.

Zum Zeitpunkt der Bestattung Benelons lag sein Sohn Eike die ganze Nacht in der großen Militäranlage Easans wach. Obwohl er am nächsten Tag eine wichtige militärische Besprechung hatte, konnte er kein Auge zutun. Immer wieder sah er, sobald er seine Augen schloss, seine Mutter. Jetzt, wo er sich sicher war, ein Gott zu sein, und aus der kritischen Rückmeldung der Amtsärztin die Schlussfolgerung gezogen hatte, alles dafür tun zu müssen, diese Erkenntnis vor seinen profanen Mitmenschen zu verbergen, welche sein göttliches Wesen in ihrer irdischen Begrenztheit nicht verstehen konnten, kamen ihm allerhand seltsame Gedanken in den Sinn.

Er wusste, dass er eine bedeutende Wandlung durchmachte. Er betrachtete die Karte des Planeten, auf dem er laut Meinung der obersten xlaovanischen Gelehrten lebte. Er dachte über all die Dinge nach, von denen man wusste, dass sie auf diesem Planeten existierten, und es schauderte ihn; so viele Möglichkeiten! Er nahm seine silberne Feder zur Hand, tauchte sie in die türkisfarbene Tinte der Rükka und schrieb Folgendes auf ein Stück Pergament:

»Es gibt der Menschen Feinde in der Überzahl. Sie wollen uns alle miteinander vernichten. Die einen kommen, die anderen gehen: Das ist das Gleiche. Immer im Wechsel.«

Dann legte er sich wieder auf sein Bett, um einen weiteren Versuch zu unternehmen zu schlafen. Er sah seine Ängste vor sich. Doch er wusste, dass er sich als Gott die Krone der Menschen aufsetzen lassen würde, ein Kaiser aller Kaiser. Er würde sich ins alles zermalmende Leben stürzen.

Auf dass es mich zerreißt!

Er würde mit den Schakalen kämpfen und sie alle schlachten, einen nach dem anderen. Er würde das sagenhafte Lebenswasser finden und seine Mutter von den Toten auferstehen lassen. Er würde die Okkh ein für alle Mal besiegen. Als Gott – wie sollte er da sterben?

Am nächsten Morgen erschien er pünktlich zur Admiralsflotten-Besprechung, wo er einen sehr verwirrten Eindruck machte.

»Oberster Admiral Eike, wie ist Euer Vorschlag bezüglich der Sicherung der cannaländer Küste?«

»Alles ist gleich, im Grunde genommen. Die cannaländer Küste hin oder her, ihr habt den Blick für das Wesentliche verloren. Ihr habt doch bloß keinen Mumm, die Wahrheit anzuerkennen. Wir müssen an das Neue denken! Es entsteht überall auf der Welt Neues, noch während wir hier die Sicherung der cannaländer Küste diskutieren! Lasst uns keine Zeit mit den vom Starkbier betäubten Cannaländern verschwenden! Eine totale Nebensächlichkeit! Wenn Ihr das nicht begreift, habt Ihr auf der Admiralsflotten-Besprechung nichts verloren!« Den letzten Satz brüllte er förmlich Eisebion, dem Kapitän des prächtigen Schlachtschiffes Gessin, ins Gesicht.

Eisebion antwortete: »Bei allem gebotenen Respekt, oberster Admiral Eike, ich verstehe kein Wort von dem, was Ihr da sagt.«

»Aufsteigen und absteigen, Kapitän Eisebion, alles ein und dasselbe! Ihr müsst in das Innere der Welt schauen, nicht an der Oberfläche verharren! Ihr hängt Vorstellungen nach, die längst veraltet sind! Ihr bekämpft Geister und Gespenster!«

Eisebion wusste darauf nichts zu antworten. Ein Raunen ging durch den Versammlungsraum, als Eike entgegen aller Erwartungen auf den Tisch stieg. Doch gab es keine Regel oder Richtlinie im Flottenbuch, die dies verbieten konnte, und er wirkte so selbstbewusst und lebensbegeistert, dass niemand einzulenken wagte.

»Ich habe es alles gesehen!«, sagte Eike mit voluminöser Stimme. »Alles werde ich erneuern und umstürzen! Die Zeichen sind mir klar, ich kann sie weit, kilometerweit zurückverfolgen! Es ist erstaunlich, dass ich der Einzige zu sein scheine. Dabei ist das überhaupt nicht wichtig! Alles, was mich interessiert, ist, ob Ihr für oder gegen Euren obersten Admiral seid.«

»Dafür!«, hörten sich alle Beteiligten einschließlich Eisebion brüllen, von Eikes seltsamem, aber unwiderstehlichen neuen Charisma erfasst.

Am Grab Esanarias trauerten zwei greise Munkler: Olo und Sede.

»Oh, diese Morbidität, Sede, Mul sei uns gnädig.«

»Mul schütze Esanarias Seele vor den Schändlichen, Olo.«

»Man muss das Leben dahinfließen lassen, alter Freund.«

»Aber ihr Sohn Eike wird es nicht fließen lassen, mein Guter. Er wird zerstören, was er nur kann ... «

»... und wir sind zu alt, um ihn aufzuhalten.«

»Wie wahr, alter Freund ... wie wahr.«

Wunder über Wunder

Es war zu dieser recht ereignisreichen Zeit – wobei die Ereignisse eher im Verborgenen stattfanden, nicht auf der großen Bühne der internationalen Politik –, dass furchtbarstes Elend auf das Blatt Krug kam. Überall in Lalalai breitete sich mit rasender Geschwindigkeit eine seltsame Erkrankung aus, gegen die selbst eilig aus anderen Ländern hinzugezogene Mediziner nichts auszurichten vermochten. Die betroffenen Menschen klagten über eine schmerzhafte Versteifung des linken Armes. Ebenso taten ihnen Augen und Gesäß weh. All diese Leiden waren jedoch nichts gegen die hämmernden Kopfschmerzen, welche die Erkrankten überwiegend tagsüber peinigten, seltener nachts. Viele der Erkrankten wurden aggressiv und griffen sich gegenseitig an oder richteten ihre Wut gegen Familienangehörige und Tiere.

Es begab sich zu ebendieser Zeit, dass ein merkwürdiger Fremdling auftauchte, der angab, aus der als uneinnehmbar geltenden Bergenklave der Omøn zu kommen, welche sich tief im Norden des Blattes Plüschland befand. Er hatte nach eigenen Angaben barfuß eine Reise von mehreren Tausend eisannischen Kilometern zurückgelegt, mit nichts anderem ausgerüstet als einer Handsichel, einer Flasche Trinkwasser, die er auffüllte, wann immer sich die Gelegenheit dazu bot, und einem geheimnisvollen Gegenstand im spärlichen Gepäck. Die Lalalais, welche weder von den Omøn noch den Dimensio-Natrons wussten, begrüßten den geheimnisvollen Fremden, der niemals krummen Rückens ging und auch die Hochgewachsenen um mindestens einen Kopf überragte, mit offenen Armen, war er doch als Einziger in der Lage, die weiter oben in der Geschichte angesprochenen Leiden zu kurieren.

Einer bitter weinenden Frau versprach er: »Ich schenke deinem tot geborenen Kind das Leben, gute Frau. Die Erkrankung, unter der ihr alle leidet, soll geheilt werden. Nichts will ich von Euch, außer dass Ihr mich zu Eurem Diktator bringt.«

Der Diktator von Lalalai war ein Gnom unter den Männern und so ziemlich das genaue Gegenteil des Fremden aus Omøn.

»Nimm mich in die Mitte deiner Berater, und ich werde dafür sorgen, dass du eine Streitmacht aufstellen kannst, mit deren Stahlfaust dein Volk das niederträchtige Sklavenpack Novedas zertrümmern wird, ein für alle Mal.«

Die ungeheuerliche Dreistigkeit, den Diktator eines mehrere Millionen starken Volkes offen zu duzen, gepaart mit der unerschrockenen Furchtlosigkeit, mit der der Fremde jedem Kontrahenten fest in die Augen sah, imponierten dem Gnom. Nichts brannte dem Diktator mehr in den feurigen Kammern seines kleinen Herzens, als das Wurmvolk der Novedaner samt aller Unionsmitglieder zu versklaven, besser noch, zu vernichten. Zu unerträglich war die Demütigung, die sein Volk bei der großen Schlacht von Ialo anno 4606 erlitten hatte.

»Kreuzen musst du die Tiere mit den Menschen, um unbesiegbare Krieger zu züchten«, hieß der erste Rat des Magiers aus Omøn, und schon wenige Monde später hörte man die furchterregenden Schreie dieser hybriden Monsterwesen in mondlosen Nächten.

Doch auch prächtige Wunder vollbrachte man, und diese machten einen viel größeren Eindruck als die rational begründbaren, »notwendigen« Gräueltaten, die vergleichsweise als Einzelfälle zu deklarieren waren. Das prächtigste und beeindruckendste Wunder war die *Halle der Diamanten*, eine gigantische künstliche Grotte, in deren Zentrum der *Rat der 13 Omøn* in einem vergleichsweise kleinen Tempel herrschte. Der ihr innewohnende faszinierende Effekt war durch Millionen von unterschiedlich funkelnden Edelsteinen möglich, von denen jeder einzelne durch unerklärliche Omønmagie in ein perfektes Licht gesetzt wurde. Kein Mensch, der nicht ein Lalalai war, durfte einen Fuß in den Tempel setzen.

Jedem Lalalai war es dagegen einmal im Leben erlaubt, die Halle der Diamanten zu besuchen, aber niemand wagte es, nachdem anfängliche Versuche trotz der Warnung der Omønmagier, dass die magischen Kräfte des Tempels zu stark für Normalsterbliche seien und zwangsläufig unheilbaren Wahnsinn auslösten, gescheitert waren. Diejenigen, die den Tempel betreten hatten, brachen in hysterisches Lachen bei irrsinnig starrenden Augen aus, und dieses Lachen konnte sich manchmal bis spät in die Nacht halten und endete mit dem Tod.

Wenige Jahre später, um 5199, verfügte Lalalai über eine prächtige, wenn auch groteske Armee, und nicht wenige drängte es, zuerst gegen die schändlichen Novedaner, dann aber in alle Richtungen loszuschlagen, bis alle Völker Untertanen der Lalalais wären. Doch der Gnom, der auf einem prunkvollen Thron saß und von dort Befehle zu geben gewohnt war, ging mit seinen blasphemischen Beratern darin konform, dass man zunächst die inneren Strukturen des riesigen Landes stärken müsse, ehe man Rache nehmen könne für die Schmach längst vergangener Tage.

Neun von Neun

An dieser Stelle muss, und das ist für die weitere Entwicklung dieser Erzählung von größter Bedeutung, erwähnt werden, dass es im Süden des Landes Lalalai einen Landesteil gab, der sich infolge des großen Noveda-Lalalai-Krieges abgespalten hatte, um eine eigene demokratische Regierung zu bilden. Dieses vergleichsweise kleine Land hieß Neun, und seine Bewohner waren überwiegend liberale, friedliebende Seefahrer. Neun nahm mit Kusshand diejenigen Lalalais auf, die sowohl die Diktatur als auch den düsteren Omønkult verachteten und für ihren Widerstand gegen die Unterdrücker in allen Ländern der Welt Verbündete sammeln wollten, anstatt einen aussichtslosen Partisanenkrieg innerhalb ihres schändlich besudelten Heimatlandes zu führen. Es waren wenige Tausend Abtrünnige, aber die Begabtesten unter ihnen, wie der Zufall es wollte, waren genau neun Personen, also wurden sie in den späteren Geschichtsbänden als die Neun von Neun berühmt, wurden von der demokratischen Regierung von Neun in allen wichtigen Künsten unterrichtet, sodass sie, als sie alle achtundzwanzig Jahre alt waren, 5199 Neun verließen, um die Welt vor den Omøn zu warnen. Die Neun von Neun bestanden aus vier Frauen, vier Männern und einem Menschen, von dem man schlichtweg nicht wusste, ob es ein Mann oder eine Frau war, und dessen Geheimnis niemand jemals lüften sollte.

Diese Menschen aus Neun studierten fleißig verschiedene Bücher, von denen sie annahmen, dass sie ihnen bei der Lösung der Probleme und schockierenden Unmöglichkeiten, mit denen sie sich konfrontiert sahen, behilflich sein würden.

Zunächst lasen sie das berühmte Buch *Das menschliche Tier* des dalesanischen Gelehrten Sima, welches in bisher zweiunddreißig Ländern in verschiedenen Sprachen Verbreitung gefunden hatte, so auch in Neun, wo es seit der Erfindung einer neuen Druck-und-Setz-Technik aus Tunikagu vor einigen Jahren eine große Leserschar erreicht hatte, und diskutierten darüber.

Nachdem sie die These Simas akzeptiert hatten, dass das Verständnis des Landweltwesens im menschlichen Hirn, welches – wie der Mensch selbst – von niederen Tieren abstammen müsse, von der individuellen Art der Informationsverarbeitung abhängt, studierten sie zur Vertiefung eine in vielen Ländern auf dem Index stehende Schrift namens *Das Landweltgeheimnis* des Geheimwissenschaftlers Zonka aus Halbstadt. So gelangten die Neun von Neun zum Verständnis dessen, dass sie zwar jeweils individuell eine Realität mit ihren Hirnen zu konstruieren vermochten, diese aber jederzeit infrage stellen und diskutieren konnten, ja mussten. Jedoch müsse es zudem unerklärliche magische Kräfte geben, welche gewissermaßen ihre Geschichte und die Geschichte der gesamten Mensch- und Wesenheit der Landwelt erfänden, und zwar, so Zonka, auf selektiver Basis. So nähmen diese übernatürlichen Kräfte nach Belieben Einfluss auf die Geschicke einzelner Menschen, Menschengruppen, Gemeinschaften, Städte, Regionen, Länder, Planeten, ferner sei man der Willkür dieser Kräfte auf Gedeih und Verderb ausgeliefert. Diese von unterschiedlichen gelehrten Männern und Frauen auf der ganzen Landwelt ins Lächerliche gezogene Idee zogen ihrerseits die Neun von Neun ernsthaft in Betracht, auch wenn sie sich dessen gewiss waren, dass sie sie niemals würden beweisen können, ebenso wenig wie irgendein anderer Mensch. Aber nur so konnten sie sich die Existenz von Magie und sogenannten magischen Völkern wie den Xlaovanern und den rätselhaften Omøn erklären, welche in irgendeiner Weise Zugang zu den von Zonka erkannten übernatürlichen Kräften oder deren Quellen zu haben schienen.

Eine wirkliche Herausforderung, die aber dank des hervorragenden Gruppengeistes der Neun von Neun in erstaunlich kurzer Zeit bewältigt werden konnte, war der berühmt-berüchtigte *Katalog* des seledanischen Denkers Aderro, welcher sich auch ausführlich mit den Lalalai und den Omøn befasste, also den erklärten Feinden der neun anarchistischen Dissidenten. All diese Bücher ergaben für die Neun von Neun, welche sich inzwischen als Gruppe nach novedanischem Vorbild organisiert hatten, ein schlüssiges Gesamtbild, und so wurden sie bald in zahlreichen Reden und Vorlesungen, die sie in Neun hielten, als diejenigen bekannt, welche alle drei wichtigen Forschungszweige der Dalahalbinsel des fernen Blattes Kernland in Neun erstmals vereinheitlicht hatten.

Die unermüdliche Suche nach Informationen über die Lalalais und vor allem die Omøn führte sie schließlich auf die Spuren Benelons, der ein Buch mit dem Titel *Isejuhuana Mijua* geschrieben hatte, welches ein Reisender vor seiner Vernichtung nach Benelons Tod bewahrt und nach Neun gebracht hatte, das aber noch nicht hatte übersetzt werden können, da in Neun niemand die Sprache der Sisjomas beherrschte. Eifrig und wissbegierig, wie die Neun von Neun waren, erlernten sie in wiederum erstaunlich kurzer Zeit die wichtigsten Elemente der weichen, melodischen Sisjomasprache, sodass sie nach akribischster Arbeit das Kapitel namens »Omøn« übersetzen konnten, in dem Benelon seine Reisen ins Reich der Omøn beschrieb, ferner die unmenschlichen Offenbarungen, die ihn bis zur Persönlichkeitsspaltung getrieben hatten, die Entdeckung des Dimensio-Natrons und die scheußlichen Resultate seiner Experimente damit sowie ein geheim gehaltenes Buch, welches er verfasst und dann irgendwann im Laufe seiner Reisen verloren hatte. Benelons Gefangenschaft und Befreiung aus den Fängen der mörderischen Ohkk bildete eine immer wieder aufs Neue herangezogene Inspirationsquelle. Die Neun von Neun diskutierten auch ergebnislos, warum Benelon zunächst so viel Zeit und Energie auf die Aufzeichnung seiner Erkenntnisse zu den schwarzen Künsten verwendet hatte, nur um die Ergebnisse kurz vor seinem Lebensende zu vernichten, soweit er das beeinflussen konnte.

Da die Neun von Neun vorhatten, die Omøn wie die Lalalais ein für alle Mal vernichtend zu schlagen, waren sie sich sicher, dass zur Entmachtung der Omøn die Vernichtung ihrer Dimensio-Natrons erforderlich war und im Anschluss die Befriedung des wieder erstarkenden, waffenstarrend-aggressiven Reiches der Lalalai. Hier sind auszugsweise Benelons Worte aus dem Kapitel »Omøn« seines Buches *Isejuhuana Mijua* angeführt, insofern sie von den Neun von Neun übersetzt werden konnten:

»Nach den schrecklichen Erlebnissen infolge der Expedition jenseits von Neosanna war ich nicht mehr Herr meiner selbst. Instinktiv beschloss ich, um mich selbst und andere nicht zu gefährden, ins Reich der Xlaover zu reisen, zu einem bestimmten Orden namens Xôsôx, von dem ich mir eine Linderung meiner inneren Schmerzen erhoffte. Ich lernte damals viel über die xlaovanische Kultur, die sich schon zu entfalten begann, als die Schachteln noch das einzige Volk auf der Dalahalbinsel waren, die zyklopische Insel Lasodanne noch nicht untergegangen war und das gigantische Reich der Asetonier sich über weite Teile Krugs erstreckte. Vieles davon lernte ich zunächst über Gespräche; und als ich viele Jahre später mühsam die eigenartige xlaovanische Keilschrift erlernt hatte, auch aus Büchern. Äußerlich betrachtet war es eine herrliche Zeit. Ich kannte keine existenziellen Nöte, man betreute und behandelte mich, wann immer meine Leiden intensiver wurden, und das alles kostenlos, mit größter Sorgfalt und mit einer Aura tiefsten Wohlwollens.

Trotz der hervorragenden Heilkunst der Xlaovaner, die mir einige meiner Schmerzen nahm, konnte ich mich nicht gegen die bösen Gedankengänge wehren, welche während dieser schrecklichen Expedition in mir ausgelöst worden waren und die ich selbst zum heutigen Zeitpunkt, kurz vor meinem Tod, nicht auszusprechen wage, ansonsten würde ich mein damals abgelegtes Gelübde tatsächlich brechen. Bei meinen Studien der xlaovanischen Geschichte ist mir aufgefallen, dass es ein fundamentales Schisma in den Grundgesetzen der Magieausübung bei den Xlaovanern gegeben haben muss sowie zwei separate, daraus resultierende Geschichtsschreibungen.

Die Xlaovaner sind das Volk der Magier, und nichts anderes bedeutet der Name: Xlao (Magie) – Ver (Land). Seit dem Erwachen der magischen Fertigkeiten in den ersten Xlaovanern war man sich bewusst, mit welch explosiven metaphysischen Mächten Umgang zu pflegen war, und so legte man sehr strenge Grundregeln fest, was das Erlernen, viel mehr noch aber die Anwendung dieser Künste betraf. Vor allem beschäftigte man sich mit der sogenannten Lichtmagie, die der Heilung und Linderung von Qualen verschrieben war, dem Einklang des Menschen mit der Natur, Frieden, Respekt, Achtsamkeit und Ethik. Gleichzeitig aber wurde die Entwicklung der sogenannten Dunkelmagie notwendig, da man über keine anderen Waffen verfügte und kein Interesse daran hatte, Tausende von Xlaovanern in herkömmlichen Kriegen abschlachten und verstümmeln zu lassen. Da man aber damals von einigen Feinden umgeben war, ersann man die Dunkelmagie als Methode, den Gegner zu stoppen, ehe es überhaupt zu einer Auseinandersetzung kam. So experimentierte man mit äußerst gefährlichen kosmischen und manchmal auch antikosmischen Energien, immer aber unter dem Ehrenkodex, sie nur im äußersten Notfall einzusetzen.

Eine bestimmte Sekte namens Omøn akzeptierte diese Regeln jedoch nicht und versuchte sich an einem revolutionären magischen Aufstand, der nur mühsam gestoppt werden konnte. Die Omøn traten dafür ein, die Dunkelmagie im Sinne von Raubkriegen einzusetzen und andere Länder zu erobern und deren Völker zu versklaven. Die Anhänger dieser Sekte wurden konsequenterweise vertrieben und gebannt. Der verderbliche Fluch, mit dem sie im Zuge der Revolution ihre Landsleute belegen wollten, wurde erfolgreich gespiegelt und traf sie selbst. So verließen sie unter Schimpf und Schande ihr Ursprungsland, um nach einer langen und qualvollen Odyssee ihr jetziges Heimatland zu erreichen. Seitdem sind die Omøn bekannt als die ‚Gefährten der Schwärze' oder ‚die Dunkelheit'.

Interessanterweise verstehen die Omøn sich selbst und ihre Geschichte anders – sie haben schon vor sehr langer Zeit die Geschichtsschreibung der Xlaovaner für eine Lüge erklärt. Sie betrachten sich als eigenständiges Volk, das einst aus dem Norden Plüschlands gekommen ist und mit den Xlaovanern kein gemeinsames Erbe teilt. So ist in ihrer Sprache ‚Omøn' auch nicht äquivalent mit ‚Dunkelheit', sondern bedeutet ‚All', somit sind sie nach Eigendefinition die ‚Adepten des Alls', die Xlaovaner hingegen die ‚Motten' oder die ‚Opfer der Sonne'.

In meinem verzweifelten Kampf gegen die bösen Gedanken, die in meinem Kopf zu mutieren schienen, verließ ich unter Tränen meine xlaovanischen Freunde, um mich tatsächlich ins Reich der Omøn zu begeben, welches ich nach vielen grausigen und schrecklichen Abenteuern auch erreichte, wo ich ein Dimensio-Natron (ich berichtete in einem anderen Kapitel davon) entwendete und schließlich wiederholt verrückt wurde, als ich das Gesicht eines Omøn erblickte – deshalb tragen sie diese schwarzen Kittel und tiefen Kapuzen: Ihr Körper ist dunkle, antikosmische Materie, und wer dessen Struktur erblickt und nicht vorbereitet ist, wird überwältigt. Ich sah einen und verfiel für längere Zeit in ein irres Lachen, und danach … «

KAPITEL VIII

Der magische Pakt

In einem hermetisch abgeriegelten Raum fand bei Vollmond im Jahr 5199 ein geheimes Treffen der anarchistischen Dissidenten statt, welche sich die Neun von Neun nannten. Sie bildeten einen Kreis, fassten sich bei den Händen und schworen sich auf die große Aufgabe ein, die sie selbst erwählt hatten.

Lala Gleigúl:
»Wir sind neun, die Neun von Neun: Laila, Lola, Lila und Lena, die Frauen. Lama, Lera, Sera und Lesta, die Männer. Und ich, Lala, aus beiden Geschlechtern zu einem verschmolzen. Ich bin ALLES in ALLEM!«

Laila Wutárgenun:
»Wenn ich mich mit mystischen Dingen beschäftigen will, setzt das voraus, dass ich selbst in Ausnahmesituationen gerate. Wenn ich also zum Beispiel jemanden töten würde und nachher mit allen erdenklichen Mitteln seinen Geist zu beschwören versuchte, erführe ich am eigenen Geist, ob es Leben jenseits des Todes gibt oder nicht. Ich bin die Geisterbeschwörerin und die Mörderin!«

Lola Syzuli:
»Es gibt zwei Götter, nicht einen Gott, wie die Munkler behaupten. Alles ist aus der Interaktion dieser Götter entstanden. Ich bin die Gottesforscherin!«

Lila Zufreuglú:
»Meine Studien haben ergeben, dass genau vier Pfade zur Magie des weißen Lichtes führen: Ekstase in Liebe, Ekstase in Meditation, Ekstase in Musik und Ekstase in Ekstase. Ich bin die Magierin des weißen Lichts!«

Lena Pananschibabes:
»Die Weltlichen leben im Diesseits, die Geistlichen im Jenseits. Aber was ist jenseits vom Jenseits? Ich bin die Metajenseitige!«

Lama Abanha:
»Wir werden uns vom Joch unserer dunklen Feinde befreien. Wir werden sie im Wasser ertränken, wir werden sie im Feuer verbrennen, wir werden sie in Luft auflösen und in der Erde begraben. Ich bin der Kriegsherr!«

Lera Beniver:
»Ich kenne das NICHTS. Ich kenne die Welt, die vor unseren Augen verborgen ist. Ich kenne das Geheimnis der Unsichtbarkeit. Den Unsichtbaren nennt man mich!«

Sera Kumitenbe:
»Die Toten werden eines Tages wieder auf der Erde wandeln. Wie man sie hervorholt, bevor dieser schicksalsträchtige Tag auftritt, das habe ich mir angeeignet. Ich bin der Totenbeschwörer!«

Lesta Schage:
»Die süßen Knollen der Wurzeln, die frischen Reben der Weinstöcke, Hopfen, Malz und Korn, Körper und Geist stärkend – die Nahrung wittere ich, wo niemand sie vermutet. Ich bin Lesta, der Ernährer!«

Lala:
»So schließen wir nun im magischen Kreis
Unseren magischen Pakt.
Denn diese Welt, sie dreht sich im Kreis
Mit Menschen, rein und nackt … «

Laila:
»Und Wesen, bösartig und feindselig,
Niederträchtig, selbstsüchtig und gemein,
Unsere Magie sei fein, frei und ewig.
Magische Kräfte, strömt zu uns herein … «

Lola:
»Zu uns, den Neun von Neun,
Verschrieben der einen Sache.
Nichts werden wir scheu'n,
Blutig sei unsere Rache … «

Lila:
»An den Räubern, Frevlern, Mördern,
Den Kinderschlächtern und Verführern,
Den falschen Schlangen und Betörern,
Den Volksverhetzern und Aufrührern … «

Lena:
»Eisern soll unser Wille sein,
Frei das Gewissen von Schuld,
Nicht durch profane Rache allein,
Durch Disziplin, Reinheit und Geduld … «

Lama:
»Brüllen und röhren sollen sie.
Doch unseres Frostes Biss
Zwingt die Scharlatanerie in die Knie.
Unser Sieg sei stets gewiss … «

Lera:
»Greifen wir nach ihrem Gold
Zu sühnen unseres Volkes Schmach.
Glück, Fortüne seien uns stets hold,
Ihre Felder liegen brach … «

Sera:
»So schmieden wir den Pakt des Guten,
Mitleid mit ihnen sei verboten.
Unsere Feinde soll'n verbluten,
Ihre Könige und Todesboten … «

Lesta:
»Die Neun von Neun sind rein und frei,
Das Schicksal sei uns einerlei.
Mit magischen Kräften eng verbunden
Schlagen wir ihnen tausend Wunden!«

Alle:
»ISEJUHUANA MIJUA!«

Lalalai macht mobil

Eine seichte Melancholie lag über dem Land. Die Menschen ahnten, dass der Frieden, seit jeher ein fragiler, gutgläubiger kleiner Bursche, im Begriff war zu verschwinden und dass sein böser großer Bruder Krieg schon bald gnadenlos wüten würde.

So lagen sich Familien weinend in den Armen, wohl wissend, dass viele der Männer, die zu den Wällen, Kriegsmaschinen und Befestigungsanlagen zogen, nicht mehr zurückkommen würden. Dichte Nebelschwaden umgaben die geheimnisvollen Todesfabriken in den Großstädten, in denen schreckliche Waffen produziert wurden, mit denen man gedachte, den Novedanern den Garaus zu machen. Das Unglück, so sagten Zeitzeugen in späteren Aufarbeitungen der sich anbahnenden Katastrophe, sei in diesen Tagen buchstäblich greifbar gewesen.

Die Regierung von Neun, die den Ernst der Lage als Erste begriff und wusste, dass der versammelten Gewalt eigenmächtig kaum Widerstand entgegenzusetzen war, sandte die Neun von Neun nach Noveda aus. Sie sollten zunächst die Regierung in Skum vor der Ernsthaftigkeit der Angelegenheit warnen; dann aber schleunigst mit einem großen novedanischen Schiff, somit die immense Wichtigkeit des Unterfangens unterstreichend, nach Egla, der Hauptstadt von Segal, reisen, um sich die Unterstützung einer der segalischen Armeen zu sichern; schließlich mit Novedanern und Segalern im Schlepptau nach Eisanna, um sich von der Unterstützung der Eisannas zu überzeugen; und während die Eisannas den Eisannischen Bund mobilisierten, wenn denn der Plan aufginge, würde man schließlich mit drei großen Schiffen in Richtung des Xlaoverreiches reisen, um die Erfahrung in magischen Angelegenheiten dieses Volkes im Kampf gegen den verderblichen schwarzmagischen Einfluss der Omøn einzuholen.

Was die Regierung von Neun fatalerweise nicht wusste, war, dass die Lalalais ihrerseits den Plan schmiedeten, eine äußerst bösartige Koalition ins Leben zu rufen. Ihr sollten die Omøn, die Horden der Berginger, die gemeine Kriegerkaste Bsonna von Smaragdana und die in ihrem feindlichen Wahn gegenüber Noveda leicht zu manipulierenden Mitglieder der Dala-Union angehören. Als Eingang nach Noveda sollte die gigantische Geisterstadt Eerenskal dienen, als Eingang nach Kernland das Gebiet der Dala-Union und als Eingang nach Nasenburgenland mit der Option eines tödlichen Schlages gegen die Xlaovaner die Geisterstadt Amhafen.

Lanevael stand vor einer globalen Katastrophe.

In Lalalai stellte man parallel zur Aussendung der Boten eine gewaltige Armee auf, deren Kern die schier unfassbare Anzahl von einer Million Soldaten nebst technischem, logistischem und gesundheitserhaltendem Personal bildete. Eine ganze Generation von Männern zwischen zwanzig und vierzig Jahren wurde mobilgemacht, angelockt von falschen Versprechen oder eingeschüchtert durch Drohungen der Geheimpolizei, welche der Kontrolle der schwarzmagischen Omøn unterlag, von denen nun immer mehr durch die verrotteten Bergstraßen des Berginger-Gebietes nach Lalalai gelangten. Auch Berginger wurden in Scharen nach Lalalai gebracht, doch da ihre wüsten Horden für die moderne Kriegsführung nicht geeignet waren, wurden sie zur Rohstoffgewinnung in den verruchten Bergen von Ändramelch, wo Tiere mit Menschen gekreuzt worden waren, sklavisch eingesetzt. Hier hatte man skrupellos unter Anwendung von Kristallmagie menschliche und tierische Erbmassen miteinander vermischt. Die Hybriden, wie man die Monster nannte, welche die regulären menschlichen Divisionen Lalalais ergänzten, bildeten Spezialeinheiten. Sie brauchten für ihre Entwicklung weitaus weniger Jahre als Menschen, da sie die verruchten Geburtsstationen weitestgehend ausgewachsen verließen. Diese Monsterkämpfer plante man überall dort einzusetzen, wo Brutalität gegenüber besonders hartnäckigem Widerstand vonnöten war.

Insgeheim waren viele Lalalais gegen die Kriegspläne des Diktators und seiner unheimlichen Berater aus Omøn, aber deren Wunderwerke und großspurigen Versprechen waren letztendlich zu verlockend, zu beeindruckend, zu verführerisch, um den Willen zur Opposition lange aufrechtzuerhalten. Wo immer die furchterregenden Omøn auftauchten, herrschte eine geradezu unheimliche Harmonie und Gelassenheit, und die magischen Manipulationen waren zu subtil, um sie als nicht magisch Bewanderter zu bemerken; und selbst die alten Gelehrten Lalalais, deren Vorfahren gegen die Novedaner, die Imalas, die Tunikaguer, die Aislkrug gekämpft hatten, die alte Garde, hartnäckig auf bewährten Traditionen beharrend, ließ sich schlussendlich erweichen, denn man träumte insgeheim von einem wiedervereinigten Großreich Asetonien, also jenem sagenhaften Riesenimperium, welches vor Tausenden von Jahren große Teile des Blattes Krug bedeckt haben soll.

Impressionen aus Noveda, Teil III

Die Neun von Neun segelten in einem gut ausgerüsteten, jedoch eher unauffälligen Schiff in Richtung Skum, der Hauptstadt Novedas. Sie beschrieben einen großen Bogen um die zweigeteilte Insel Ialo, welche seit dem Ersten Noveda-Lalalai-Krieg im Slang der Novedaner die Insel des Todes und im Dialekt der Lalalais die Insel des Lebens geheißen wird. Die Neun von Neun zeigten bei ihrem Empfang in Skum unverstellt ihre Entrüstung, indem sie beklagten, dass die Novedaner 4616 Lalalai nicht erobert hatten, nachdem es ihnen gelungen war, deren Armee vor den Toren Eerenskals in die Flucht zu schlagen.

Lesta, dem die Kritik seiner Kameraden etwas unangenehm war, brachte etwas verlegen hervor: »Es fällt mir gewiss schwer, dies hier und heute zu sagen, und ich möchte Euch nicht kränken, da Euer Volk in diesen dunklen Tagen wichtiger für unsere Republik ist denn je … Aber hätte man die heutigen Probleme Krugs 4616 nicht ein für alle Mal aus der Landwelt schaffen können … ?« Er genierte sich dabei so sehr, dass er beim mühsamen Hervorbringen der Worte sichtbar von einem Bein aufs andere trat.

»Unser Volk war des Krieges müde, und eine Invasion Lalalais hätte bedeutet, dass viele weitere Männer und Frauen gestorben wären«, sagte der weise Ratsvorsitz-Konsul Skate von seinem goldenen Thron im Säulensaal der Hauptstadt Skum zu dem Ernährer.

Man sagte von Skate, dass er bereits einhundert Jahre alt sei, und sein weißes Haar, von dem man behauptete, es sei noch nie auch nur eines davon ausgefallen, war so lang, dass es ein paar eisannische Meter auf dem spiegelglatt polierten Mamorboden des Säulensaales ausgestreckt lag. Mehrere Gruppenangehörige waren damit beschäftigt, sein Haar ständig zu pflegen, zusammenzubinden oder hinter ihm herzutragen.

»Heute bereuen wir natürlich unsere Entscheidung von 4616«, fuhr Skate bedächtig fort, »neben der Entscheidung, Asetonien 4666 die Unabhängigkeit zu gewähren. Denn was ist die asetonische Hauptstadt Eerenskal jetzt? Eine Geisterstadt! Man muss sich das einmal vorstellen: Die größte Befestigungsanlage, die jemals irgendwo auf dieser Landwelt gebaut wurde, ein Bollwerk, gegen welches die als uneinnehmbar geltenden Grebs der Berginger teilweise wie Feriendörfer wirken, liegt, schwarzmagisch hypnotisiert, unbewacht und chaotisch brach. Man sagt sich, es sei eine Seuche in der Stadt ausgebrochen, welche täglich etwa zwei Dutzend Bewohner dahinrafft, Tendenz steigend.«

»Warum wird sie dann nicht erobert und befestigt?«, ereiferte sich Lama, der selbst ernannte Kriegsherr. »Wiederholt nicht die Fehler von damals, Skate! Lasst Eerenskal besetzen, solange noch Zeit dazu ist! Merzt die Plage aus, solange es noch nicht zu spät ist!«

Skate, der die Neun von Neun alleine empfangen hatte, das heißt alleine bis auf die Anwesenheit seiner Diener und furchterregenden, waffenstarrenden Leibwächter, aber ohne die sonstigen Ratsmitglieder, eine Ehre, die normalerweise nur den allerhöchstrangigsten Gästen zuteilwurde und wie es sie bis dahin nur drei Mal in der Geschichte des Landes Noveda überhaupt gegeben hatte und welche darüber hinaus in diesem Moment nur deshalb stattfinden konnte, weil Skate es als äußert außergewöhnlich ansah, dass Nichtnovedaner sich zu einer freien Gruppe organisiert hatten, die kreuz und quer durch die Landwelt zu reisen gedachte, lächelte traurig, ehe er erklärte: »Diese Frage haben wir bereits mit dem Generalstab erörtert. Es gibt da zwei große Probleme: Zum einen grenzt Asetonien an das Land Shiskana an, welches ein Unionsmitglied ist. In diesem Land leben Asetonier, Novedaner und eingewanderte Kernländer – Eisannas, Seledaner, Dalesaner und Zackländer – friedlich Seite an Seite, und wir haben beste diplomatische Beziehungen zu den Völkern der Einwanderer. Wenn wir eine Streitmacht heranführen, um die verfluchte Metropole zu erobern, und diese Streitmacht quer durch das Land Shiskana treiben, werden die Shiskaner dies als Affront betrachten, und wir stehen weltweit als Rüpel dar, die ihre Bündnispartner gewaltsam übergehen. Sie schätzen die Lage in Eerenskal leider völlig anders ein als wir. Von der an Imala angrenzenden Seite Novedas aus anzugreifen, wo die friedlichen Kommunen Nomala und Vemula liegen, ist logistisch nahezu unmöglich, da wir unsere Truppen entweder dicht an der lalalaischen Grenze durch unwegsames Waldgebiet oder aber durch unzählige Kilometer Bergland führen müssten. Die einzig realistische Möglichkeit besteht also darin, was ich im Übrigen sehr bedauere, eine Armee von mindestens einhunderttausend Kriegern samt entsprechendem Material durch unwegsames Waldgebiet zu führen, die lalalaische Grenze immer in Sichtweite. Sollten sich die Lalalais in dem Moment entscheiden anzugreifen, wäre es ihnen ein Leichtes, unsere Armee vernichtend zu schlagen.«

Ein Seufzen ging durch die Reihen der Abgesandten aus Neun.

»Liebe Gäste aus Neun, selbst wenn das alles gelingen sollte, gibt es immer noch das Asetogebiet. Dort steht fest und treu eine kleine, aber gut ausgerüstete asetonische Streitmacht. Bei einer Invasion Eerenskals würden wir gegen diese kämpfen müssen, und die, die es schaffen, nach Lalalai zu fliehen, würden doch umgehend dahin gehend instrumentalisiert, in aller Welt zu verbreiten, Noveda hätte einen Angriffskrieg gegen Asetonien begangen. Nein, meine lieben Gäste, das ist nicht der richtige Weg. Unsere novedanische Streitmacht ist stattlich, aber über diverse Länder und Gebiete verstreut. Wenn ihr es nicht schafft, Segaler, Eisannas und Xlaovaner unter einem Banner zu vereinen und ihre vereinte Flotte über all diese riesigen Distanzen in kürzester Zeit nach Noveda zu führen, dann, meine lieben Gäste, ist nicht nur Neun, sondern auch Noveda höchstwahrscheinlich verloren. Lange würden sie brauchen, unsere Wälle zu überwinden und in all die Winkel Asetoniens, Shiskas und Novedas zu gelangen, aber gelingen würde es ihnen letztendlich doch. Dann würden wir fliehen müssen und all das schöne Landgut den Barbaren aus dem Westen überlassen.«

Nach diesem Monolog zog sich Skate müde zurück, ohne Widerworte zuzulassen, und das Zusammentreffen war nach äußerst kurzer Zeit schon beendet, bedenkt man seine historische Tragweite.

»Er hat seinen wohlbedachten Entschluss schon im Vorfeld gefasst. Ein weiser Mann!«, meinte Lila, die Magierin des weißen Lichtes, angesichts der Konsternation ihrer Gruppenmitglieder nahezu unerträglich heiter.

»Scheren wir uns nicht darum«, erwiderte Lala, der alles in allem war, mit tröstendem Blick. »Wir dürfen keine Zeit verlieren. Unser Auftrag ist es, schnellstmöglich nach Segal zu gelangen. Vielleicht haben die Novedaner ein gutes Schiff für uns!«

Wie sich herausstellte: Skate persönlich hatte veranlasst, dass die Reise nach Segal im Silberpfeil, einem leichten Schnellschiff, welches durch einen geheimnisvollen neuen Antrieb, der Segeln, Rudern und sogar den eisannischen Dampfkesselantrieb überflüssig machte, durchs Wasser schoss. Den Neun von Neun wurde vor Abreise noch einmal sehr ernst verdeutlicht, dass es unter Todesstrafe verboten war, Details über diesen Antrieb zu verraten oder dem Maschinenraum auch nur nahe zu kommen. Ansonsten wurden sie äußerst großzügig von den Novedanern eingekleidet und darüber hinaus mit allerhand Reisematerial bestückt, leichten Silberpistolen sowie nützlichem Karten- und Kompassmaterial.

Anfangs nahmen die Neun von Neun die Reise gelassen hin, nach einiger Zeit machte sich jedoch Unzufriedenheit breit.

»Nun verbringen wir schon den dritten Tag mit diesen Novedanern, und sie wollen uns immer noch nicht das Geheimnis ihres Antriebes verraten!«, sagte Lama zornig. »Die Erkenntnis des Antriebs könnte sehr wichtig sein, um unser Vaterland gegen die Invasoren zu verteidigen. Es könnte uns ermöglichen, eigene Maschinen zu entwickeln, um die Angreifer zurückzuschlagen.«

»Nun, immerhin haben sie uns das ja auch verboten«, erwiderte Lila vernünftig.

»Wie wäre es, wenn Lera seine Fähigkeiten einsetzte, um hinter das Geheimnis des Antriebes zu kommen?«, warf Lala in die konspirative Runde. Alle starrten Lera, den Herren des Unsichtbaren, an, dem dies äußerst unangenehm war und der, als er merkte, wie die Blicke nicht von ihm lassen wollten, ein schweres Seufzen ausstieß.

»Bedenkt aber, dass der Maschinenraum Tag und Nacht, bei ruhiger und stürmischer See bewacht wird«, gab Lola, die Gottesforscherin, zu bedenken, während sie Lera die Schulter tätschelte. »Selbst wenn sich der gute Lera unsichtbar macht, und das kann er nur, wenn wir alle konzentriert und gleichzeitig an ihn denken, dann müsste er immer noch einen Weg finden, an der Wache vorbeikommen und die Tür zum Maschinenraum aufzumachen.«

»Ich werde dafür einen Meeresgeist beschwören«, schlug Laila, die Geisterbeschwörerin und Mörderin, vor. »Der Geist wird in die magnetische Aura der Wache eindringen und sie dazu verleiten, sich von ihrem Posten zu entfernen. Wenn Lera wieder bei uns ist, werde ich den Geist veranlassen, die magnetische Aura wieder zu verlassen. Klingt doch gut, oder?«

»Sind alle für diesen Plan?«, fragte Lala noch einmal die anderen.

Sie nickten.

»Gut. Denkt daran, dass wir die Aktion nachts durchführen müssen, damit wir nicht gestört werden. Wenn wir abgelenkt werden, wird Lera sichtbar, und man bringt ihn um. Denkt auch daran, dass wir keinen von den Novedanern verletzen wollen. Sie sind unsere Verbündeten!«

»Warum aber missbrauchen wir dann ihr Vertrauen? Denkt daran, sie würden uns dafür töten!«, gab Lena, die Metajenseitige, zu bedenken.

»Weil uns das Geheimnis des Antriebes vielleicht in einer aussichtslosen Lage noch sehr helfen könnte«, erwiderte Lala schulterzuckend.

In der kommenden Nacht, die Küste von Segal lag schon theoretisch in Sichtweite, vorausgesetzt, man hätte sie in der Finsternis erkennen können, nahm plötzlich ein Geist von einer novedanischen Wache auf dem Schiff Besitz und überredete sie, ein wenig zu schlafen. Dann öffnete der unsichtbar gewordene Lera leise die Tür des Maschinenraums, in dem der geheimnisvolle blinkende Apparat stand, mit dem die Novedaner ihren Silberpfeil in unerhörter Geschwindigkeit antrieben.

»Shova, bist du's?«, fragte Nora, die Schiffstechnikerin, die zu dieser Zeit der Nacht alleine im Raum stand und vermutete, dass der Wachmann die Tür geöffnet hatte, um ihr etwas zu sagen. Als sie zur Tür blickte, war diese bereits wieder verschlossen, aber da niemand im von den blinkenden Lichtern der Maschine matt erhellten Raum zugegen war, nahm sie an, die Wache habe es sich wieder anders überlegt, und so dachte sie nicht länger darüber nach.

Lera war begeistert. Im Zentrum der Maschine stand ein funkelnder Kristall, in dessen Inneren rätselhafte Prozesse abzulaufen schienen. Die Glaskuppel, die den Kristall vor Dreck und Staub schützte, trug die Gravur *F.D.R.A.*

Lera wusste zwar nicht, was diese Abkürzung zu bedeuten hatte, jedoch war er sich darüber klar, dass der Antrieb für das Schiff im geheimen Labor der Tunikaguer entwickelt worden war, welches sich im Osten Novedas befand, in den sagenumwobenen Höhlen, wo novedanische Forscher vor 122 Jahren Überreste eines vergessenen Bergvolkes entdeckt hatten, welches lauter kryptische Apparaturen und Zeichen hinterlassen hatte.

Lera war vollkommen nackt, da sein Zauber nur auf seinen Körper, nicht jedoch auf Kleidung oder Ähnliches wirkte. Er musste sich angesichts der kühlen Luft anstrengen, nicht mit den Zähnen zu klappern, zu niesen oder sich auf andere Weise bemerkbar zu machen. Leise verfluchte er den Fehler, dass man in der Planung des Unterfangens nicht daran gedacht hatte, die Technikerin ebenfalls mit einem Geist besetzen zu lassen; so hätte er die Maschine beziehungsweise die dazugehörigen Pläne in Ruhe studieren können. Er schlich sich langsam an Nora heran. Sie las eine Pergamentrolle im blassweißen Maschinenlicht. Er erkannte das Siegel »F.D.R.A.« – es handelte sich um recht seltsame Aufzeichnungen, die er nicht vollständig erkennen konnte. Was er jedoch sah, waren seltsame geometrische Zeichnungen. Sie beinhalteten die Fahne Asetoniens, in einzelne Komponenten zerlegt: ein umgedrehtes Dreieck, drei ineinander verschlungene, gleich große Kreise … und einen Stern. Nora drehte sich schlagartig um, und für einen Moment sah sie Lera, dem der Atem stockte, fest in die Augen. Doch dies war ein Trugschluss, ihr Blick ging durch ihn hindurch und schweifte im Raum umher. Sie schüttelte sich kurz, gähnte und wandte sich wieder der Pergamentrolle zu, die sie nun vollständig entrollte. Der fünfzackige Novedanische Stern, dessen Spitze nach oben zeigte, enthielt Bezeichnungen an den Sternenden:

»Illusion«

»Lüge«

»Möglichkeit«

»Unbeschwertheit«

»Vertrauen«

Darunter prangte eine detailgetreue Zeichnung der seltsamen Maschine, die das Schiff seicht und leise, dabei ungeheuer schnell vorantrieb. Lera blickte zu den Bezeichnungen an den Sternenden, dann auf die Pergamentrolle, dann wieder zur Maschine. Langsam verstand er, dass sie durch einen Kristall angetrieben wurde – und dass die von Noveda subventionierten Forscher Zugang zu magischen Praktiken erhalten hatten, welche nur wenigen Menschen außerhalb des Xlaoverreiches und der Dimensionen der Omøn zuteilwurden. Doch was hatten diese Wörter zu bedeuten? Lera hielt sich noch eine ganze Weile im Maschinenraum auf, und er spielte sogar für Sekundenbruchteile mit dem Gedanken, die Technikerin gewaltsam auszuschalten – doch dann besann er sich Lalas ethischer Anweisungen.

Die Novedaner sind unsere Freunde, dachte er still bei sich, ehe er leise hinausschlich, innerlich seufzend. Nora bekam dies aufgrund Leras enormer Geschicklichkeit nicht mit.

Als Lera die Kajüte betrat und seine Mitstreiter aus ihrer tiefen Trance erweckte, flüsterten diese aufgeregt auf ihn ein – ein Verhalten, welchem eine unfreiwillige Komik innewohnte. Er beschrieb ihnen minutiös, was er alles entdeckt hatte. Dann beratschlagte man die Bedeutung der Sternendenbezeichnungen.

»Illusion … Was könnte das bloß mit dem Schiffsantrieb zu tun haben?«, überlegte Lera seufzend und drehte gedankenverloren an seiner Miniaturtotenkopfkette. »Vielleicht, dass sie nicht das ist, was sie darzustellen scheint?«, gab er sich selbst die Antwort, gleichzeitig eine neue Frage aufwerfend.

»Oder aber, dass eine nicht eingeweihte Person den Mechanismus nicht verstehen kann … «, fing Lila an.

»… selbst wenn diese meint, ihn zu verstehen«, schloss Lama ab und wandte sich wiederum an Lera. »Wo genau am Stern stand denn das Wort, Lera?«

»Am unteren rechten Ende … «, sagte Lera zögerlich.

»Und weiter?«

»Am unteren linken Ende stand ‚Lüge', dann am oberen linken Ende ‚Unbeschwertheit', am oberen rechten Sternende ‚Vertrauen' und am nach oben zeigenden Sternende … «

»… steht dann wohl ‚Möglichkeit'?«, vollendete Lena.

»Mich stört es, dass wir einander bei dieser Flüsterei und Tuschelei nicht sehen können«, bemerkte Lama irritiert.

»Ach, verdammt, ich glaube, wir haben kurzsichtig gehandelt … «, stöhnte Lera. »Wir hätten die Mechanikerin auch mit einem Besessenheitsgeist infiltrieren sollen. Dann hätte ich in aller Ruhe Material auswerten können.«

»Das ist schon ärgerlich, aber gräme dich nicht«, beruhigte ihn Laila, »denn niemand von uns konnte wissen, wie viele Mechaniker sich im Raum aufhielten, schon gar nicht zu dieser Stunde. Hätten wir einen Mechaniker infiltriert, wäre ein anderer vielleicht noch bei klarem Verstand, und unter diesen Umständen hättest du auch nichts auswerten können. Außerdem ist es höchst gefährlich, mehr als einen Geist am gleichen Ort zu beschwören. Geister sind furchtbare Wesen, deren Beschaffenheit niemand richtig versteht. Stell dir nur mal vor, man beschwört zwei Geister und diese erkennen einander. Dann wird die Situation sehr schnell unkontrollierbar.«

»Möglich … hm … das sind alles Möglichkeiten. Ich glaube, ‚Möglichkeit' steht am oberen Sternende, also am zentralsten, neutralsten Punkt, weil alle diese Begriffe Möglichkeiten darstellen. Es ist möglich zu lügen, möglich, in eine Illusion hineinzugeraten, doch auch möglich, unbeschwert zu leben und auf die Gegebenheiten der Landwelt zu vertrauen«, führte Lena ihren Gedankengang zu Ende.

»Dann ist es auch möglich, dass die Karte das Verhalten eines Fremden gegenüber der Maschine beschreibt, der sie verbotenerweise anguckt«, erwiderte Lola, »wer den Novedanern vertraut und das Geheimnis der Maschine nicht anrührt, bleibt unbeschwert, denn sein Gewissen ist rein. Wer aber die Möglichkeit wahrnimmt und die Maschine wider das Verbot inspiziert, gibt sich der Illusion hin, er könne die Maschine vielleicht verstehen, muss aber mit der Lüge leben, sie niemals gesehen zu haben.«

»Ach, Blödsinn«, warf Lama ungehalten ein, »das ist doch spekulatives Gewäsch. Das muss man viel technischer sehen. Die novedanischen Buchstaben stehen allesamt für einen Code. Jedem Wort kommt eine symbolische Bedeutung zu, als Metapher für eine Manipulation, die man an der Maschine vornehmen kann. Denkbar wäre auch, dass jedes Wort als Anagramm fungiert. Jeder Buchstabe hat einen Zahlenwert, und mit den Zahlen kann man weitere Manipulationen an der Maschine vornehmen.«

»Aber warum sollte man so viel Aufwand betreiben, wenn man davon ausgeht, dass Unbefugte sowieso nicht in die Nähe der Maschine gelangen dürfen?«, fragte Sera Lama.

»Na, gerade weil man verhindern will, dass jemand die Apparatur versteht, falls er es eben doch schafft, sie zu inspizieren, du Genie«, antwortete Lama abfällig.

»Hm, lasst mich mal auch was dazu sagen, Freunde«, ergriff Lola das Wort. »Lera hat gesagt, ein Kristall befinde sich im Zentrum der Maschine. Wir wissen von den Xlaovanern, dass bestimmte Kristalle Energien enthalten, mit denen man verschiedene Phänomene erzeugen kann: in die Zukunft sehen, Flammen und Wasser hervorrufen oder erkennen, was in anderen Teilen der Welt im Hier und Jetzt geschieht. All diese Phänomene erzeugt man durch den Ausspruch gewisser Wörter, die Konzepte bilden. Nun schauen wir uns die Wörter an, die Sera auf der Pergamentrolle gelesen hat: Man schafft Illusionen. Man erzählt Lügen. Man wählt zwischen Möglichkeiten. Man fühlt sich unbeschwert. Man baut Vertrauen auf. Schaffen, erzählen, wählen, fühlen, bauen – ich glaube, diese Handlungen haben mit der Handhabung des Kristalls zu tun. Die Energie des rätselhaften Kristalls reagiert auf Handlungen, auf Manipulationen durch Hände, Worte, vielleicht sogar Gedanken. Durch ein magisches Ritual.«

»Magisches Ritual? Warum ist dann eine Technikerin in dem Raum? Was ist mit den anderen Komponenten? Dem umgekehrten Dreieck? Den drei ineinander verschlungenen Kreisen? F.D.R.A.? Kann das vielleicht jemand erklären? Oder gibt es dazu auch nur wieder Geschwafel?«, fragte Laila ungehalten.

»Nun ja, offensichtlich haben Forscher aus Tunikagu und auch die Asetonier in irgendeiner Weise damit zu tun.« Lala gähnte.

»F.D.R.A. … Warum weiß eigentlich niemand, was diese Abkürzung bedeutet?«, dachte Sera laut.

»Finitias Darium Restrictam Aseto«, erwiderte Lala, »ist die Abkürzung, die *ich* kenne. Das ist Tunikagusprache und bedeutet ‚Endgültige Macht, auf Asetonien beschränkt'.«

»So behauptet das zumindest der Weise Loténn aus Asetonien, aber ich glaube ihm kein Wort«, meldete sich Lama zu Wort. »Ich glaube, F.D.R.A. ist Asetonisch und bedeutet ‚Falli Dommum Rappaskal Asetonian', also ein Hinweis auf die gewaltige asetonische Überfestung.«

»So kann man das doch nicht sehen!«, warf Lesta kopfschüttelnd ein, »das ist klipp und klar Novedanisch und bedeutet ‚Fina Donia Rili Anon', was ‚Feinste Erkenntnis des Geistes Donias' bedeutet, so sagte schon die gelehrte Zauberin Juttu.«

So diskutierte man in leisestmöglichem Tuschelton bis in die frühen Morgenstunden hinein, während derer Silberpfeil die Küste Segals erreichte.

KAPITEL IX

In höchsten Höhen

Seroton war der größte Hafen Segals an der Außenmeerküste, und die Einreise erwies sich als anstrengendes Unterfangen. Zunächst einmal wurden die diplomatisch hochrangigen Gäste dem Geschäftsführer des Hafens vorgestellt, der sie dann zum Verwaltungsdirektor der Flotte schickte. Dieser befragte die Neun von Neun ausführlich zu ihrer Anreise. Dann erzählte er ihnen, wie milde das Klima in Seroton sei, dass die Flotte Segals über 747 Schiffe verfügte, von denen keines älter als sechsunddreißig Jahre sei. 235 dieser Schiffe seien allein in Seroton stationiert, was auf die Wichtigkeit und das enorme Fassungsvermögen dieses Hafens hinweise. Er persönlich wäre gerne bereit, hundert dieser Schiffe nach Noveda zu senden, und er gäbe auch gerne ein Empfehlungsschreiben dafür heraus, aber man müsse dies unbedingt mit dem obersten Kriegsrat in der Hauptstadt Egla besprechen. Diese wiederum sei aufgrund des großartigen, mehr- und großspurigen Straßensystems in zwei Tagen auf schnellen Pferden bequem zu erreichen.

Dann wurden die Gäste aus Neun in ein zehnstöckiges Gebäude zur gesundheitlichen Untersuchung, in ein siebenstöckiges Gebäude zur psychologischen und anschließend in ein fünfstöckiges Gebäude zur allgemeinen Untersuchung gebracht. Am Ende des Tages, nach der erteilten Einreiseerlaubnis, ließen sich die Neun von Neun erschöpft in zwei riesige, von jeweils acht Rappen gezogene schwarze Panzerkutschen fallen, mit denen sie gegen Morgen in die Ortschaft Stups gebracht wurden. Dort wurden sie mit belegten Brötchen versorgt, ganz nach Art segalischer Reisender. Sie erhielten dort auch verschiedene moderne Arzneimittel, die auf der langen Reise nach Eisanna und ins Xlaoverreich bei Verletzungen oder Erkrankungen angewendet werden konnten. Am nächsten Tag galoppierten die Pferde wie von der Tarantel gestochen über die Straßen, die man mit geometrischer Präzision quer durch das Eglagebirge gesprengt hatte, sodass die Neun am Abend die Hauptstadt Egla an der berühmten Plüschlandbucht erreichten.

Hoch in schwindelige Höhen schossen die Türme von Egla, und Konstrukteure wie Architekten aus aller Welt fragten sich, welche raffinierte Vorrichtung die monolithischen Gebäude vor dem Einsturz bewahrte. Der Empfang durch den segalischen Offiziellen gestaltete sich weitaus einfacher als beim Obersten aller Novedaner ein paar Tage zuvor. Nach einem endlos scheinenden, immerzu aufwärtsgerichteten Marsch über breite

Treppen erreichte man im dreizehnten Stock, in luftiger Höhe, das komfortabel eingerichtete Büro des Ministers für besondere Angelegenheiten.

Segabul hieß der Mann, der sie freundlich, dabei die Lage sehr genau abschätzend, in Empfang nahm. Er trug einen schwarzen Anzug aus bequemem Krekrukaftan, und sein Haar war nach gängiger segalischer Mode kurz geschnitten und nach hinten gegelt – niemand anderes als die Segaler benutzten auf der Landwelt Gel. Nachdem die Neun von Neun gebeten worden waren, Platz in ausgesprochen bequemen Sesseln zu nehmen, ging Segabul schnurstracks und pragmatisch in flüssigem Ilandananovedanisch auf ihr Anliegen ein.

»Werte Gesandtschaft der noch jungen Republik Neun, in welcher Angelegenheit ersucht Ihr die Hilfe des Reiches Segal?«

»Verehrter Segabul«, ergriff Lala das Wort, »die Lalalais bereiten einen Krieg unerhörten Ausmaßes gegen Noveda vor. Kurzfristiges Ziel ist die Besetzung der novedanischen Landmasse und die Zerstörung der novedanischen Kultur. Aus strategischen Gründen drohen in diesem Zuge auch die Besetzung Asetoniens sowie die Überrennung Shiskanas. Langfristiges Ziel ist die vollständige Auslöschung aller novedanischen Länder.«

»Darum ersuchen wir Euch«, fuhr Laila fort, »Truppen von mindestens hunderttausend gut ausgebildeten Soldaten sowie Schlachtschiffe, Streitballons, medizinisches Personal und Techniker, Baumeister und Ingenieure unverzüglich zu mobilisieren und auf schnellstmöglichem Wege nach Noveda, besser noch direkt nach Neun zu entsenden.«

Segabul verzog keine Miene, sondern ließ seinen Blick prüfend von einem zum anderen Mitglied der Gruppe schweifen. Allesamt hielten sie seinem Blick stand, die äußerste Ernsthaftigkeit der Lage unterstreichend. Dann ergriff er das sorgfältig gewählte Wort: »Nun, das Dokument, das die obersten novedanischen Autoritäten ausgestellt und mit den nötigen Siegeln versehen haben, lässt den Schluss zu, dass Euer dringliches Anliegen Substanz aufweist; und es steht natürlich außer Frage, dass wir uns bemühen werden, unserem wichtigen Handelspartner vom Blatte Krug zur Hilfe zu eilen. Doch erlaubt mir ein wenig Nachhaken, ehe ich Euer Anliegen dem Minister für militärische Operationen vortrage.«

Die Neun von Neun sahen einander fragend an.

»Wie kommt Ihr zu der äußerst bedeutsamen Information, dass die Novedaner einen Krieg gegen Lalalai zu befürchten haben?«

Lola antwortete mit ihrer sympathischen Stimme: »Werter Herr, die Regierung von Neun nahm in den letzten Jahren einige novedanische Flüchtlinge auf, so auch uns. Wir sind sozusagen die Elite derer, die sich nicht länger unter dem diktatorischen, von den Omøn infiltrierten System der Lalalais verbiegen und korrumpieren lassen wollen. Wir haben selber gesehen, wie die Lalalais nun schon seit einiger Zeit mobilmachen und große Truppen zusammenziehen. Sie operieren nicht nur mit herkömmlichen Kanonen, Schlachtschiffen, Pistolen und Gewehren, sondern auch mit dunklen magischen Kräften, deren Einfluss Eurem Volk nur allzu vertraut sein dürfte, haben doch Eure Vorfahren die Ausbreitung der Omøn auf Plüschland eingedämmt.«

Ihre auf die Geschichte Segals abzielenden Worte schienen nicht den geringsten Eindruck auf Segabul zu machen, welcher vollkommen kühl blieb. Dann ratterte er erneut mit sachlicher Stimme los: »Warum sollten die Novedaner die Abwehr der Lalalais nicht aus eigener Kraft schaffen? Sie haben die Lalalais doch vor vielen Jahren besiegt und aufwendige Verteidigungsanlagen an der Grenze zu besagtem Aggressor errichtet.«

Lila ergriff das Wort: »Die Verteidigungsanlagen sind schnell durchbrochen. Die Lalalais produzieren sehr wirksamen Sprengstoff. Die Langstreckenkanonen, welche die Novedaner zu just diesem Zeitpunkt entlang ihrer territorialen Grenzen positionieren, werden die Omøn mit schwarzen Blitzen aus der Luft ausschalten. Man kann diese Blitze nicht mit herkömmlichen Waffen bekämpfen, und wer von der in den Blitzen vorhandenen Antimaterie getroffen wird, zerfällt in seine kleinsten Teile. Es ist für uns vorteilhaft, dass diese Blitze äußerst schwer zu evozieren sind und daher nur sehr eingeschränkt eingesetzt werden können. Eerenskal, die größte von Menschenhand geschaffene Festung, ist vor einigen Jahren in den Bann hypnotischer Schwarzmagie geraten und wird daher widerstandslos überrannt werden. Weder Shiskaner noch Asetonier konnten bisher von der nahenden Gefahr überzeugt werden. Stattdessen sehen sie aus historischen Gründen Noveda als potenziellen Aggressor an und fatalerweise nicht Lalalai, da beide ursprünglich zur novedanischen Landmasse gehörten und lange um ihre Unabhängigkeit gerungen haben, welche, ähnlich wie im Fall der Republik Neun, letztendlich friedlich und ohne Blutvergießen errungen werden konnte.«

»Warum droht die Zerstörung der novedanischen Kultur?«

Da Segabul Lena mit seinen Augen fixierte, antwortete diese in besorgtem Tonfall: »Die Lalalais sehen in ihrem Fanatismus die Novedaner als die Wurzel allen Übels an, ähnlich wie die Dala-Union die Novedaner, die in Kernland leben. Daher lautet ihre radikale Lösung: Alle Angehörigen dieses Volkes müssen sterben!«

Segabul hatte noch viele detaillierte Fragen, und nach acht quälenden Stunden Erörterung der Lage ging er schnurstracks zum Militärminister, erklärte in wenigen knappen Sätzen die außergewöhnlich prekäre Situation, und per Eilbeschluss wurde die unverzügliche Mobilmachung einer achtzigtausend Soldaten starken Armee samt unterstützendem Personal veranlasst. Fünfzigtausend könnten binnen zwei Monden mobilisiert werden, dreißigtausend weitere Soldaten würde man bis Jahresende nachschicken.

Mit diesem Teilerfolg im Gepäck reisten die Neun von Neun mithilfe der Novedaner und ihrem geheimnisvollen Schnellboot Richtung Eisanna. Dort machte sich ein Mitglied der Neun von Neun einige Gedanken über den Fortgang der Ereignisse:

Ich bin noch völlig eingenommen von den Eindrücken, die Segal bei mir hinterlassen hat: die monumentalen Gebäude, diese perfekte Organisation von allem … erschreckend und doch ein Hoffnungsschimmer in diesem düsteren, am Horizont heraufziehenden Sturm des Krieges. Die Gruppe ist im Moment sehr zerstritten, ich habe das Gefühl, wir verlieren das allgemeine, übergeordnete Ziel aus den Augen. Zu viele Küchenkonsule verderben das Festmahl, wie die Novedaner sagen.

Vielleicht sind wir alle zu spezialisiert, um unsere Fähigkeiten zu vereinen. Die Stimmung ist schlecht. Jede und jeder denkt an eine Lösung, die den anderen übergestülpt werden soll, auch den Politikern und Herrschern, mit denen es noch zu verhandeln gilt. Mir gefällt nicht, was in der Gruppe besprochen wird, und wenn ich meine Bedenken einbringe, werden sie abgelehnt. Man erwägt, in Laa, wo wir mit Regierungsvertretern sprechen werden, in den Ruinen des Hauses des großen Gelehrten und Mystikers Benelon nach Gegenständen und Schriften zu suchen, die er aus seinen angeblichen Bereisungen der Omøngefilde mitgebracht hat …

Besonders Laila scheint mir im Moment sehr beleidigt, weil ich mich dagegen ausgesprochen habe, dass sie mit bestimmten okkulten Techniken experimentiert. Geister zu beschwören und Menschen zu ermorden sind Handlungen, die nicht mal der äußerste Notfall wirklich rechtfertigen kann, meiner Meinung nach zumindest …

Aber sie steckt ihre neugierige Nase halt überall hinein. Jetzt redet sie nicht mehr mit mir, mit den anderen schon. Ich habe Angst, dass ihre Fähigkeiten im Krieg außer Kontrolle geraten … Nach allem, was Benelon in seinem Buch beschrieben hat, wächst die Macht der Omøn in den Städten Eerenskal und Amhafen dadurch, dass Möchtegernmagier mithilfe gewisser Techniken unbedarft den Schwarzmagiern und ihren Schergen Tür und Tor geöffnet haben. Was ist, wenn Laila unwissend Ähnliches vollbringt? Vielleicht sind wir auch einfach zu jung und unerfahren, vielleicht sind unsere Persönlichkeiten einfach nicht reif genug, uns mit den Dingen und Mächten zu befassen, mit denen wir uns gerade einlassen … Andererseits, wenn nicht wir mit unserer ungestümen Energie, wer dann?!

… Laila weiß es nicht, aber ich habe heimlich in ihren Aufzeichnungen gewühlt. Sie macht sich überhaupt keine Gedanken mehr darüber, wie das Geheimnis des Novedanischen Sterns zu lösen ist, von dem ich übrigens überzeugt bin, dass es damit etwas Tieferes auf sich hat als nur die Bedienung einer fortschrittlichen Maschine. Wir anderen zerbrechen uns darüber den Kopf. Aber Laila … Sie ist nur damit beschäftigt, okkulte Zauberei zu erlernen! Was schreibt sie?

»Projekt: Einführung in den Schwur. Der Schwur befähigt die Kontrolle über sämtliche Albträume, das Anlocken von Hexen, Todesflüche, gefährliche Beschwörungen, die Bemächtigung lebender Toter, Eintreibung von Dämonen, Zufallbringung von Dämonenfürsten.«

Sie muss den Verstand verloren haben. Oder sie verfolgt, wie ich hoffe, eigene Pläne. Da käme ich schon hinter. Aber wenn sie erst mal austickt, dann gnade uns Mul, von dessen Existenz ich in letzter Zeit immer weniger überzeugt bin. Munklergeschwätz. Das besagt doch schon der Name: Munkler – Geistige, die sich einschließen, um wirre Theorien über ein allmächtiges metaphysisches Wesen zu diskutieren – und dann wird gemunkelt – das heißt, sie tragen irgendwelche Gerüchte über angeblich persönlich erfahrene Erleuchtungen und Offenbarungen in die Welt. Andererseits: Vielleicht ist der Glaube an einen friedliebenden Gott namens Mul das Einzige, was man den Bösartigkeiten, die sich derzeit ungehemmt in der Landwelt ausbreiten, entgegensetzen kann. Trotzdem, ich schweife ab. In drei Tagen erreichen wir eisannisches Territorium. Die Novedaner werden auf die Unterstützung des Eisannischen Bundes angewiesen sein, um diesen Krieg zu bestreiten.

Wir sind so zerstritten, dass wir ein lächerliches Bild abgeben. Nur die zertifizierten novedanischen und segalischen Staatsdokumente, die ich wie meinen Augapfel hüte, geben mir die Hoffnung, dass die Eisannas uns ernst nehmen werden. Ich werde die Gruppe zusammenhalten müssen: Ich bin schließlich alles in allem.

Lila, welche Lailas finstere Miene bemerkte, nutzte die Gelegenheit, um sie zur Seite zu ziehen, nachdem die Neun von Neun auf der Insel Laa gelandet waren, sich bei der Hafen- und Stadtwache registrieren lassen hatten und erst mal im Hotel Paragraph logierten, bis ein Vertreter der eisannischen Behörden sie am kommenden Tag würde empfangen können.

»Du siehst sehr besorgt aus in letzter Zeit, Laila«, eröffnete Lila das Gespräch.

»Das liegt an Scheiß-Lala, Lila. Ich habe mich mit ihm gestritten, dem Wesen, das in meinen Unterlagen gewühlt hat, ohne dass ich ihm dazu Erlaubnis gegeben habe.«

»Warum hat Lala denn in deinen Unterlagen gewühlt?«

»Oh, angeblich macht sich Lala Sorgen um mich. *Angeblich* würde ich mich mit Mächten einlassen, welche ich *angeblich* irgendwann nicht mehr kontrollieren kann. Angeblich dies, angeblich das. Lala vermittelt. Lala bestimmt. Lala hier, Lala da. Lala ist ja alles in allem.

Lala ist ja weder männlich noch weiblich. Lala schwebt wie eine Wolke über uns niederen *Geistern*, ich benutze dieses Wort ganz bewusst, schließlich weiß ich, wovon ich rede. Dabei übersieht Lala, dass es wesentlich drastischerer Maßnahmen bedarf, um die Omøn und ihre dunklen Kreaturen zu stoppen. Aber nein: Wir müssen taktvoll bleiben. Wir dürfen nichts überstürzen. Die Welt taumelt hilflos einem schrecklichen Krieg entgegen, und Lala verhandelt dies und verhandelt das. Was haben wir erreicht? Segal schickt eine mickrige Alibiarmee, wenn man da überhaupt von einer Armee sprechen kann. Lauter kriegslüsterne Männer. Männer hier, Männer da! Lila, ist dir schon einmal aufgefallen, dass die ganze Scheißlandwelt immer nur auf Männer hört? Männer schreiben die Geschichte, zerstückeln einander, töten die Kinder, vergewaltigen die Frauen, und die paar Krüppel, die die Kriege hinterlassen, dürfen wir Frauen dann zusammenflicken und pflegen, nachdem wir die Kulturen und Zivilisationen halbwegs wieder aufgebaut haben, welche durch ihren phallischen Koller zerstört worden sind! Lila, ich habe die Schnauze voll! Es steht mir bis hier!« Lailas Hand schoss über ihren Kopf hinaus in die Höhe.

»Ich werde diesen verfluchten Männern zeigen, wie eine Frau kämpfen kann, zu was eine Frau in der Lage ist. Glaubst du, eins von diesen großen Reden schwingenden Weicheiern hätte den Mut, sich der Gefahr auszusetzen, der ich mich aussetze, wenn ich mit verbotenen Formeln Geister beschwöre, deren Erscheinung kein Mensch jemals überlebt hat? Glaubst du das?!«

In Flammen

»Wie bitte?! Der Regent von Laa kann uns nicht empfangen, weil er bei einem *Fußballspiel* ist? Der Landwelt steht der entsetzlichste aller erdenklichen Kriege bevor, und die Offiziellen eines der fortschrittlichsten Länder überhaupt vertreiben sich die Zeit damit, zweiundzwanzig Athleten dabei zuzugucken, wie sie über einen verdammten Rasen rennen!« Laila platzte bald der Kragen.

»Das könnte Ihr nicht verstehen, Abgesandte aus Neun. Fußball ist in Eisanna eine Angelegenheit von Leben und Tod, und hier in Laa gilt das in der hundertsten Potenz, denn hier bei uns spielt immerhin der eisannische Rekordmeister. Das Stadion hat mehr Sitzplätze als unsere Stadt Einwohner, und von allen unseren Inseln strömen die Reichen und Armen herbei, um die Spielvereinigung Laa in ihren schwarz-roten Trikots zu sehen. Wartet einfach bis morgen früh, dann wird sich alles von selbst ergeben«, versuchte der eisannische Offizielle die aufgebrachten Neun von Neun zu beschwichtigen. »Ihr dürft im besten Hotel der Stadt logieren, und ich werde dafür sorgen, dass Ihr Immunitätspässe erhaltet, sodass Ihr zu jeder Tages- und Nachtzeit die Stadt unkontrolliert betreten und verlassen dürft. Was haltet Ihr davon?«

Der Offizielle setzte sein mutigstes Lachen auf, verließ dann kurz den Raum, um nach einer viertel Sanduhrfüllung mit den besagten Pässen zurückzukommen. Lama riss sie ihm wortlos aus der Hand, um sie mit finsterer Miene an die Mitstreiter und Mitstreiterinnen zu verteilen.

Mit den entsprechenden Pässen ausgestattet, machten sich Sera, Lala und Laila auf den Weg zur verruchten Hausruine des sagenumwobenen Dronian von Laa, während alle anderen bis auf Lera, welcher dem Trio in Lalas Auftrag heimlich folgte, war er doch Experte darin, sich überall ungesehen anzuschleichen, zum Fußballspiel gingen. Wenn es sich um eine kulturelle Veranstaltung von derartig betonter Tragweite handelte, so wollte man sie nicht verpassen.

Die drei der Neun von Neun stampften schlecht gelaunt durch das sumpfige, vernebelte Gebiet außerhalb der Stadtmauern von Laa. Die Insel Laa war ohnehin nicht besonders groß, und so erreichte man in weniger als zwei Sanduhrfüllungen die Ruinen der Mauern, die einst das riesige Anwesen geschützt hatten, wo Benelon in seiner Verwirrung als Dronian von Laa so lange in Einsamkeit gelebt haben musste. Das kleine Haus an der zerbrochenen Pforte, wo einst wohl Wächter den Ein- und Ausgang kontrolliert hatten, war in sich zusammengestürzt und verbreitete einen widerlichen Modergeruch. Ein Fest für schleimige Mollusken, Holzwürmer und allerlei ekelhaftes Getier und Gewürm, welches sich daran labte.

»Spürt ihr das überhaupt, Sera und Lala? Spürt ihr den Geist Benelons, der hier herrscht? Es ist genau so, wie er es in seinem Buch beschrieben hat. Der Ort hier hat etwas Unheimliches, als würde ein unsäglicher Fluch, ein Verbot, ein Tabu über ihm schweben.« Sera guckte Lala an, der seinerseits die Augen gen Himmel verdrehte.

Sie gingen weiter durch das hohe Gestrüpp des verwilderten Gartens vor dem eingefallenen Mauerwerk des Herrenhauses, aus dem hier und da grotesk deformierte Statuen hervorragten, offensichtlich Opfer der Witterung. Über dem Vordereingang saßen schwarze Vögel; Krähen, Raben und aus ihren zwei Schnäbeln entsetzlich kreischende Gollesken. Die drei Neuner betraten in großem Abstand zu den stacheligen Gollesken die Eingangshalle, die ohne Beleuchtung einer düsteren Höhle glich. Lala entzündete ein magisches Licht, und die drei Neuner erkundeten die eingestürzten Räume. Bis auf ein paar seltsame, halb verkohlte Notizen Benelons fanden sie nichts von Interesse. Ein paar Fässer lagen herum, zerfledderte Wäsche an einer Leine, ein alter Nachttopf.

Laila rümpfte die Nase. »Wer hat denn diese Lumpen getragen? Nicht nur dass sie stinken, es sieht aus, als hätten sie einer Frau gehört, die entweder recht übergewichtig oder äußerst muskulös gewesen sein muss.«

Lala klopfte Sera daraufhin lachend auf die Schulter. »Laila befasst sich wieder mit unwichtigen Details … «

Sera reagierte anders, als Lala es erwartet hatte. Statt sich ebenfalls über Laila lustig zu machen, antwortete er erzürnt: »Ihr Pfeifen habt keine Ahnung! Das sind festliche Gewänder, wie man sie unter den Adeligen von Neosanna zu tragen pflegt. Ihr solltet lieber darüber nachdenken, wie komisch es ist, dass Dronian von Laa auf einmal so spurlos verschwinden konnte.«

Laila meinte dazu: »Finde ich nicht unwichtig, deinen Gedankengang. Mir fallen dazu spontan drei Ideen ein: Erstens, dass Dronian von Laa und Benelon ein und dieselbe Person waren; oder zweitens, dass Dronian von Laa und Benelon miteinander verwechselt wurden, was ich aber nicht glaube, da die Insel überschaubar ist und die Wachen an den Toren von Laa sehr genaue Personenkontrollen vorzunehmen scheinen; oder drittens: Hier hat tatsächlich Dronian von Laa gewohnt und Benelon hat in seinen Aufzeichnungen absichtlich etwas Wichtiges verschwiegen.«

Darauf meinte Lala, bisher eher zurückhaltend, aufmerksam zuhörend: »Was ich aber bemerkenswert finde – habt ihr auch all das verdorrte Buschwerk rund um das Haus herum gesehen? Ist das alles nicht äußerst seltsam? Als würden die Pflanzen hier das Wachstum mit Absicht verweigern … «

Lera, der den dreien unauffällig gefolgt war, sah im Garten die Überreste von menschlichen Knochen, welche den anderen entgangen waren. Er nahm einen Totenkopf mit, den er in seinen Hängesack packte – vielleicht könnte er Sera zu einem späteren Zeitpunkt fragen, ob er den toten Menschen, dem dieser Schädel gehört haben musste, beschwören konnte, um herauszufinden, wie er wohl geendet haben mochte. Lera hatte gerade beschlossen, sich seitlich des Eingangs zu verstecken, da nahm er instinktiv wahr, dass sich noch jemand bei den Ruinen des Herrenhauses aufhielt. Er sah sich vorsichtig um, konnte allerdings niemanden entdecken. Plötzlich hörte er es einige Meter von ihm entfernt knistern und rascheln, und schon brach ein Feuer an der Ostwand seitlich des Eingangs aus.

»Feuer! Feuer!«, brüllte Lera aus Leibeskräften. Er folgte dem Brandstifter ins Dunkel der Ruinen. Vielleicht würde er ihn erwischen. Er sah nicht besonders viel in der Abenddämmerung, aber das Knistern des morschen Gebälkes und das Rascheln der Blätter verrieten Lera untrüglich, in welche Richtung er floh. Er folgte ihm bis zur eingefallenen Mauer des Anwesens. Da stellte er den Übeltäter. Die Klinge eines Messers blitzte auf. Lera riss seinen Umhang ab und warf ihn in Richtung Brandleger. Der stach mit seinem Messer danach. Lera nutzte die Zeit, schlang einen Arm um den Hals des Gegners und riss ihn rückwärts um. Zu seinem Erschrecken musste Lera feststellen, dass er es mit seinem kräftigen Kontrahenten kaum aufnehmen konnte. Dieser kriegte Lera zu packen und warf ihn zur Seite. Ein Hagel schmerzlicher Fausthiebe prasselte auf Leras Bauchdecke und Rippen nieder. Da kamen seine Gefährten und prügelten den Angreifer von ihm weg.

Der so befreite Lera nahm einen der herumliegenden von der Mauer herabgefallenen Backsteine und schlug ihn mit voller Wucht auf den Hinterkopf des Angreifers. Ein dumpfer Aufprall, ein ersticktes Stöhnen, und der Brandleger fiel zu Boden.

Lala fesselte ihm mit dessen eigenem Gürtel die Hände. Laila funkelte Lera finster an, während sie ihm auf die Beine half. »Du bist uns also heimlich gefolgt, was? Geschieht dir recht.«

»Er hat uns gerade das Leben gerettet, Laila«, sagte Sera mit unterdrückter Aufregung, da er angesichts der dramatischen Umstände Ruhe bewahren wollte. »Wir können uns jetzt nicht streiten. Das Feuer breitet sich immer mehr aus, und der Rauch gelangt bereits in meine Lungen. Wir müssen fort von hier.«

So machten sie sich zügig auf den Rückweg. Auf ihrer hastigen Flucht hatten sie keinerlei Dokumente mitnehmen können. Es war eine kühle, ungemütliche Nacht, und im Sumpfgebiet fielen die Mücken schwarmweise über die nächtlichen Wanderer her. Sera war mit seiner vollsten Konzentration bei dem Gefangenen, der immer wieder hinfiel, als werde er jeden Moment ohnmächtig. Sein Kopf blutete, und er war nicht verbunden. Die Neuner zwangen den Brandstifter nach jedem Hinfallen wieder auf die Beine und zerrten ihn, an seinen Armen eingehakt, mit sich mit. Lala und Laila stritten sich beständig ob Lalas angeblichen Verrates, da er ihnen seinen Auftrag an Lera, ihnen heimlich zu folgen, vorenthalten hatte, und besagter Lera trottete keuchend und stöhnend hinterdrein, wobei er sich die Rippen hielt.

Auf halbem Wege begegnete ihnen die Feuerwacht, und sie wurden von einigen Polizisten zurück zur Stadt eskortiert. Ein normales Verhör kam aufgrund des diplomatischen Ranges der Neuner kaum infrage, und es stellte sich schon bald heraus, dass der Mann, der das Feuer gelegt hatte, ein landesweit gesuchter Pyromane war, der angab, er sei von Geistern gesteuert worden, die ihm befohlen hätten, das Haus in Brand zu stecken. Die Neun von Neun waren sich sicher, dass der Mann keinesfalls an einer Krankheit des Geistes litt; sein Zustand musste das scheußliche Werk der Omøn sein. Man brachte den Mann, den die Polizisten als »Irren« abstempelten, trotz der Einwände der Abgesandten von Neun nach Azades. Diese Insel würde er nie wieder lebend verlassen.

»Das ist doch keine ernst zu nehmende Literatur. Ich glaube, damit werden wir nicht viel anfangen können«, sagte Lala scheinbar gleichgültig.

Die Diskussionen zwischen den beiden Neunern rissen nicht ab, auch nicht Hunderte von eisannischen Metern über dem Erdboden.

»Das liegt daran, dass du kein Verständnis für die Inhalte dessen hast, was ich lese, und dir die darin beschriebenen magischen Praktiken Angst machen. Das ist alles. Nein, warte, ich vergaß: Und weil du dich ja leider kein Stück weit mit magischen Praktiken auskennst.« Laila grinste hämisch.

»Dann warte wenigstens, bis wir im Reich der Xlaover angekommen sind, bevor du die Praktiken ausprobierst.«

»Weißt du, Lala, ganz ehrlich, warum sollte ich dich noch als das geistige Zentrum unserer Gruppe respektieren?«, fragte Laila herausfordernd, während die beiden Heißluftballons mit dem Ostwind immer mehr an Fahrt aufnahmen. »Du hast heimlich meine Aufzeichnungen durchwühlt. Du hast Lera auf mich angesetzt, um mir hinterherzuspionieren. Ich vertraue dir nicht mehr, Lala. Es ist nur wegen der höheren Aufgabe, die vor uns liegt, dass ich überhaupt mit dir zusammenarbeite.«

»Meine Verhandlungskünste im Rahmen der von dir beschriebenen höheren Aufgabe haben immerhin bewirkt, dass die Eisannas nun mit Hunderten von Kriegsschiffen Richtung Noveda aufbrechen, obwohl kein offizielles militärisches Bündnis zwischen den beiden Staaten besteht. Ferner hat es dazu geführt, dass die Eisannas uns zwei ihrer modernen Schnellluftballons zur Verfügung gestellt haben, mit denen wir binnen weniger Tage und nach nur zwei Zwischenstopps das Reich der Xlaover erreicht haben werden.«

»Ich zweifle nicht an deinem diplomatischen Geschick. Ich zweifle an deiner moralischen Integrität.«

»Ich hingegen zweifle nicht daran, dass du die Monstrositäten heraufbeschwören kannst, über die du in diesem schrecklichen Grimoire, das du ständig liest, Gewalt auszuüben gedenkst. Ich zweifle vielmehr daran, dass du diese Wesen auch kontrollieren können wirst.«

Laila und Lala fuhren fortan in getrennten Ballons und kümmerten sich unabhängig voneinander verstärkt um das Gelingen der Mission, auf der einen Seite durch die Vertiefung auf dem Gebiet der Magie, auf der anderen durch genaue strategische Planung.

Sie machten tatsächlich nur zwei Zwischenstopps. Einmal in der kleinen Stadt Essi. Sie befindet sich auf dem Boden der unheimlichen Vulkaninsel, welche sich erst vor einigen hundert Jahren plötzlich aus dem Meeresboden erhoben hat und in unglaublich kurzer Zeit grün und fruchtbar geworden ist. Sie gilt als eines der größten Wunder in der Geschichte Kernlands, und niemand kann die Entwicklung ihrer bizarren Flora und Fauna wirklich erklären. Der zweite Zwischenstopp wurde dann auf der Goldinsel Öjen eingelegt, welche die Eisannas den Kingwikkern abgekauft haben, nachdem sie dort verschiedene Edelmetalle entdeckt hatten. Dieser hinterlistige Handel belastet die eisannisch-kingwikkischen Beziehungen bis zum heutigen Tage.

Die Neun von Neun waren insgesamt sehr angetan von den vielen Inseln, den schönen Landschaften mit ihren vielen kleinen Details und Bündnissen, Stadtstaaten und Seefahrergeschichten, und obgleich sich in ihren Hirnen ein völlig anderes Bild entspann, als es der eigentlichen Realität entsprach, waren sie schlichtweg beeindruckt von der völligen Andersartigkeit der Kulturen und Sprachen, die sich ihnen boten. Diejenigen der Neun von Neun, welche nicht in die mysteriösen Vorfälle rund um Dronian von Laas respektive Benelons vollständig abgebranntes Herrenhaus involviert gewesen waren, schwärmten vor allem von dem Fußballspiel, das sie gesehen hatten, und entsponnen wilde Theorien, wie vielleicht militärische Konflikte mit den Mitteln dieses Sportes gelöst werden könnten.

Die Ballons schwebten Tag und Nacht, und nach neun Tagen erreichten sie in sensationell kurzer Zeit die Grenzen des xlaovanischen Reiches. In der xlaovanischen Küstenstadt Xil wurden die Fremden von der Bevölkerung, die sich versammelte, um ihr Herabsinken zu beobachten, mit erstaunter Gleichgültigkeit empfangen, weniger paradox lässt sich die Reaktion kaum beschreiben: »Wir haben Euer Herabschweben in Ballons erstaunlicherweise nicht vorhergesehen, aber da Ihr in friedlicher Absicht kommt, geht Eurer Wege, wie Euch beliebt.« So verabschiedeten die Xlaovaner die eisannischen Ballonführer schulterzuckend, als diese erklärten, unverzüglich in die Ypsalei aufbrechen zu wollen, um dieses Mitglied des Eisannischen Bundes östlich des Xlaoverreiches für das Anliegen der Neun zu gewinnen.

Dann führten die Xlaovaner die Neuner zu einem weisen alten Gelehrten, denn offizielle Behörden gab es im Reich der Magier nicht. Schon auf dem Weg zum Gelehrten wähnten sich die Neun von Neun wie in einem Traum, denn all das, was sie an magischen Künsten in ihrem Adeptenstadium studiert hatten, war an diesem Ort in völliger Selbstverständlichkeit ins Alltagsleben integriert: Hauskatzen schwebten durch die Luft, Menschen grüßten sich und lösten sich vor einem Fluss in Luft auf, um sich auf der anderen Seite wieder zusammenzusetzen. Kleine Kinder spielten mit Energiefarben, die sie aus schimmernden Spalten im Straßengraben aufsteigen ließen, und vermischten im fröhlichen Spiel die Farben miteinander und noch zahlreiche andere Wunder taten sich auf. Keiner der Xlaovaner hatte Haare auf dem Kopf, nicht einmal die Kinder. Und alle trugen Roben, niemand trug Hosen, Stiefel, Gürtel, Hemden – oder Waffen.

Auf einem Berg am Ende einer langen Waldstraße, an einem von Hunderten von

Tümpeln umgebenen Haus, welches hoch und spitz nach oben zulief und an dem sich seitlich eine gewaltige Windmühle drehte, wohnte der ehrenwerte Gelehrte. Er empfing sie persönlich am Eingang und bat die einzelnen Mitglieder, ihre magischen Künste vorzuführen, von denen man ihm erzählt hatte. Jeder von ihnen hatte einzeln einzutreten.

Als Erstes betrat Lala das Haus. Der Eingangsbereich bestand aus einer dunklen, leeren Halle, vollkommen ohne Möbel. Eine gewaltige Holzleiter führte zu einer Luke in der oberen Etage.

»Warum ist die Halle so leer, Gelehrter?«, fragte Lala.

»Ich möchte nicht, dass die Ausübung der Kunst durch irgendeinen Einfluss gestört wird, außer dieser Leiter, die ich eigenständig und ehrlich im Schweiße meines Angesichtes gebaut habe, bis meine Hände voller Holzsplitter waren, aus einem Baum, den ich ohne Hilfe gefällt habe, ein Geschenk meiner Großmutter, welche den Baum gepflanzt hat, als sie noch ein kleines Mädchen war.«

»Ehrlich bin ich auch, denn ich möchte keine Zaubertricks vorführen. Ich bin kein Jahrmarktzauberer. Außerdem weiß ich nicht so recht, was meine Künste in einer Umgebung wie dieser bewirken sollten.«

Der Gelehrte lächelte, und Lala sah, dass er noch recht jung war. Dann hob der Xlaovaner zu einem eigentümlich süßlichen, ans Alberne grenzenden Singsang an, die Luke öffnete sich und magische Strahlen in dem schönsten nur vorstellbaren Licht füllten von oben die leere Halle.

»Bitte tretet ein. Ihr seid willkommen. Eure Absichten sind gut, Euer Ansinnen ehrlich.«

Lala erklomm perplex die riesige Holzleiter, und als er oben ankam, machte sein Herz Freudensprünge. Dann schloss der Gelehrte die Luke hinter ihm.

Der Gelehrte öffnete die Tür, und Laila trat herein. Sie fühlte sich unwohl, und gleichzeitig sah sie die riesige Chance, sich nun endlich zu bewehren, vielmehr noch, sich in einem geschützten Rahmen auszuprobieren. Ihr Herz klopfte wild, und doch wollte sie unbedingt die Kontrolle über die Situation an sich reißen und Souveränität ausstrahlen. Sie stellte sich wortlos und mit finsterem Blick in die Mitte des Raumes, erhob ihre Hände, um sich der Luftenergie zu bemächtigen, konnte sie jedoch nicht spüren, bemerkte nicht einmal ein Kribbeln auf den Händen. Sie konzentrierte sich mit aller Macht, doch es half nichts, also öffnete sie die Augen und sah den Gelehrten an, welcher sie wiederum neugierig, aber nicht ablehnend betrachtete. Die Situation war ihr peinlich.

»Was wolltet Ihr tun?«, fragte der junge Gelehrte sanft.

»Ich wollte einen Luftgeist beschwören«, sagte Laila niedergeschlagen; sie fühlte sich gedemütigt.

»Aber warum?«

Laila seufzte. »Ich schätze, ich wollte … ich wollte … « Sie schwieg. Dann blickte sie die riesige Leiter an. »Was befindet sich oberhalb dieses Raums, hinter der Luke?«

»Sagt mir, warum Ihr den Luftgeist beschwören wolltet, und Ihr dürft hinauf.«

»Ich kann das nicht. Ich möchte darüber nicht sprechen.«

»Reicht dem, was Euch ängstigt, die Hand.«

Das war zu viel. Laila drehte sich um und ging. Sie öffnete die Tür und schlich mit finsterer Miene an den anderen vorbei, ging dann querfeldein, bis sie einen kleinen, friedlichen Forst erreichte. Dort, wo sie sicher war, dass niemand sie sehen konnte, wich ihr rebellisches Gemüt stummen Tränen.

Nun trat Lola ein. »Hallo, ich bin Lola«, erklärte die junge Frau dem Gelehrten. »Ich bin eine Gottesforscherin.«

»Ihr forscht nach Gott?«

»Es gibt einen Gott, aber er ist nicht alleine. Ich suche den zweiten.«

»Woher wisst Ihr, dass es diesen Gott gibt?«

»Ich weiß es streng genommen nicht, logisch gesehen zumindest nicht. Aber ich trage seine Liebe in meinem Herzen.«

»Aber ist Eure Liebe das Gleiche wie Euer Gott?«

»Nein, meine Liebe ist nur ein Teil des einen Gottes.«

»Was ist Gott dann?«

»Alles. Alle unsere Geschichten, alles, was wir zwei in diesem Moment an Worten austauschen, jeder Baum, jeder Strauch, jeder Fisch, jedes Körnchen Sand, alles ist aus Gott, alles wird durch Gott, alles vergeht und endet durch Gott.«

»Und es gibt einen zweiten?«

»Ja, das alles hier in Lanevael, unserer Landwelt, ist zu widersprüchlich und zu unterschiedlich.«

»Ich habe einen Auftrag für Euch, Lola. Die junge Frau, die von hier fortlief, bevor Ihr eintratet, fühlt sich sehr schlecht. Geht hinaus und findet sie. Da sie an Euch alle gebunden ist, kann sie nicht weit fortgelaufen sein. Gebt ihr etwas Liebe, und schenkt ihr das Vertrauen, das sie verdient.«

»Das werde ich tun, Gelehrter.« Lola und der Gelehrte reichten sich die Hand in einer freundschaftlichen Geste. Dann zog Lola aus, Laila zu suchen.

Lila drehte den Türknauf und betrat innerlich eine Bühne, in der ihr ein in schwarz gekleideter Xlaovaner mit albernem Rundhut auf einem goldenen Thron begegnete. Sie brauchte ihre Zauberkraft dem Gelehrten nicht beweisen – sie war mitten in einer magischen Inszenierung von dem Moment an, in dem sie hereingebeten wurde. Bevor die beiden überhaupt verbal Kontakt aufnahmen, umgab Lila den Gelehrten bereits mit einer

Aura reinigenden weißen Lichtes, und er erkannte instinktiv, dass ihre Gesinnung ehrlich war. Er wies ihr einen Platz hinauf zur Luke, doch sie brauchte die Leiter nicht zu nehmen. Sie schwebte in einer spontanen Levitation hinauf und landete oben in Lalas Armen.

Die schüchterne Lena folgte als Nächste, so wie es die Reihenfolge wollte, welche die Neun von Neun selbst festgelegt hatten.

»Was soll ich hier?«, fragte sie den Gelehrten skeptisch.

»Das könnt nur Ihr selbst wissen.«

»Ich glaube, ich möchte in eine magische Kugel schauen – gemeinsam mit Euch, Gelehrter.«

»So sei es denn.« Er führte, als ob er ihr Ansinnen schon antizipiert hätte, die junge Frau in den *stummen Raum*, ein karg ausgestattetes Zimmer mit zwei Holzstühlen, einem kleinen Tisch und einer jener ominösen Kristallkugeln.

»Beschreibt, was Ihr seht«, wies der Gelehrte sie an.

»Ich sehe einen Totenkopf, der über einer Mondlandschaft schwebt.« Sie sah genauer hin. »Und ich sehe die Häuser der Munkler. Sie sind zu Eis erstarrt.«

»Schaut bitte noch genauer hin. Was sagt Eure Seele?«

»Meine Seele erzittert vor Angst. Unsere Gegner beherrschen nicht die sichtbare Landwelt; es ist die *unsichtbare* Landwelt, die sie beherrschen! Sie sorgen dafür, dass Lanevael, wie wir es kennen, von innen her verfault, ohne dass es jemand bemerkt. Sie wissen genau, was sie tun. Alles magische Denken erkennen sie als Machtquelle an. Unsere Werte, unsere Logik, unsere Liebe, unser Glück, unser Mitgefühl kennen sie nicht. Und sie … und sie … sie … «

Lena konnte nicht fassen, was sie sah.

»Was ist mit ihnen?«, fragte der Gelehrte ruhig.

»Sie waren einst wie Ihr – sie waren Eurem Volk *sehr* ähnlich!«

KAPITEL X

Auf den Schwingen von Drachen

Die Xlaovaner blieben konsequent geheimnisvoll. Der Gelehrte versprach den Neun von Neun, nachdem er sie der Reihe nach kennengelernt hatte, sich dafür einzusetzen, dass sie Unterstützung erhalten würden. Neun Magier und Magierinnen auf den Rücken von sechs furchterregenden Flugdrachen erhoben sich in die Lüfte, mit magischen Kugeln und Zauberstäben den Novedanern im Kampf gegen die geheimnisvollen Magier der Omøn zur Seite stehend.

»Ihr werdet auf den Schwingen unserer Drachen nach Neosanna fliegen«, hatte der Gelehrte knapp geantwortet, und ehe die Neun von Neun wussten, wie ihnen geschah, flogen sie schon über Berge und Täler, einzelne Inseln, um dann das furchterregende, weite, nach überall hin offene Meer zu überqueren.

»Wie kommt es, dass nicht mehr Menschen auf den Schwingen der Drachen fliegen?«, wollte Lesta wissen. Er war mit Xobol, einem ihrer Drachenpiloten, auf einer kleinen unbekannten Insel unterwegs, wo sich die Drachen unterwegs ausruhten.

»Wie kommt es, dass nicht mehr Menschen wie von Zauberhand Nahrung aufspüren können?«, fragte Xobol zurück.

»Weil es eine besondere Gabe ist, die ich lange und hart trainiert habe!«, entgegnete ihm Lesta.

»Nun, so ähnlich ist es mit dem Ritt auf den Schwingen von Drachen. Erstens kann man sie weder zähmen noch züchten; nur mit ihnen anfreunden kann man sich, und wehe, man verrät diese Freundschaft; dann fressen sie einen, so wie sie auch Seerobben und Kühe fressen. Nur sechs von ihnen sind diesmal bereit, Primaten wie uns über so weite Strecken zu tragen, obwohl es ihnen keine Mühe macht. Aber so ist ihre Natur: eigenwillig, stolz und stur. Zweitens«, und dabei machte Xobol eine belehrende Geste mit seinem erhobenen Zeigefinger, »gibt es nirgendwo sonst auf der Welt Drachen, nur im Geheimen Flussland. Ähnlich wie mit den Drachen verhält es sich mit den Riesenkatzen, auf denen die Menschen aus dem obskuren Niaböma-Land reiten. Auch sie jagen und fressen die Menschen, die sie verraten. Drachen kennen Wesen anderer Kulturen nur durch unsere Reisen mit ihnen, und viele Unbedarfte fürchten sich, wenn sie aus den Wolken herabstürzen.«

Lesta betrachtete, wie einer der Drachen einen kleinen Wal zerfleischte, den er aus dem Meer gefischt hatte.

»Beeindruckend, nicht? Die Flugdrachen haben so gute Augen, dass sie durch Nebel und Wasser hindurchsehen können.« Xobol zwinkerte dem erschrockenen Lesta zu.

Lesta widmete sich intensiv der Nahrungszubereitung, um sich von dem unschönen Anblick abzulenken.

»Wenn den Drachen langweilig wird«, fuhr Xobol fort, ohne zu bemerken, dass sich Lesta eigentlich gar nicht mehr mit den Drachen beschäftigen wollte, »dann suchen sie sich ein Opfer, das sich wehren kann, wie zum Beispiel einen Kraken oder einen Hai, denn dann müssen sie tauchen und kämpfen, ja eigentlich ihr Leben riskieren, ehe sie sich der Beute widmen können.«

Lesta nahm all dies zur Kenntnis, war aber froh, dass er die Drachen bald schon nicht mehr beanspruchen würde müssen.

»!«

Nach drei Tagen und Nächten des Fluges mit nur dieser einen Unterbrechung landeten sie nahe der Grenze Neosannas. Dies allein war eine historische Tat, denn noch nie waren Drachen eine so weite Strecke geflogen, und somit war der Beweis erbracht, dass diese kühnen Tiere wohl auch längere Strecken mit Passagieren zurücklegen können, ohne in nennenswerte Schwierigkeiten zu geraten.

Um jedoch einen unnötigen Kampf zwischen Drachen und Neosannasoldaten zu vermeiden, flogen die Drachen mit den Xlaovanern zu dem massiven pechschwarzen Gebirge, nachdem sie die Neun von Neun in der Nähe der großen Hauptstadt abgesetzt hatten. Auf den steilen, menschenleeren Anhöhen dieser gewaltigen Bergketten konnten sich die Drachen etwas ausruhen, ehe sie den Heimflug ins Auge fassten.

In der Hauptstadt wurden Lama, Lera und Sera in ein schwarzes Gebäude geführt, welches ein Ausrufezeichen über dem Türeingang trug. In Neosanna waren alle wichtigen Gebäude per neuestem Dekret symbolisch gekennzeichnet, um Infrastruktur und Logistik zu vereinfachen. Diese drei Neuner waren beauftragt, die Verhandlungen zu führen, da die übrigen sechs schwer an der Drachengrippe litten. Besonders die Frauen hatte es heftig erwischt.

In dem Gebäude wurden sie in einen kleinen, kargen Raum geführt, unpassend angesichts der immensen Wichtigkeit des Gespräches. In diesem Raum saßen ein Mann und eine Frau an einem runden Tisch, in den ebenfalls ein großes Ausrufezeichen eingraviert war. Den drei von Neun wurden einfache Holzstühle angeboten.

»Herzlich willkommen. Mein Name ist Relia, und dies ist mein Kollege Arkus. Wir sind technische Koordinatoren.«

»Seid gegrüßt, ihr jungen Leute«, antwortete Lama, dem auffiel, dass die technischen Koordinatoren futuristisch aussahen. Ihre Kleidung war aus einem den Neunern unbekannten Stoff angefertigt.

»Wir führen das Gespräch aufgrund der außerordentlichen Wichtigkeit Eures Anliegens standardisiert durch. Eure Dokumente tragen Siegel und Stempel verschiedener Länder, vor allem die des Eisannischen Bundes und der Novedanischen Union. Da also die höchste außerordentliche Wichtigkeitsstufe in diesem Fall vorliegt, müssen wir präzise Fragen stellen, die wir dann von unseren Experten auswerten lassen können. Dies ist auch der schnellste Weg, auf dem das Gespräch stattfinden kann, sodass wir noch am heutigen Abend zur Beratung und Entscheidung kommen können, was ja ganz in Eurem Interesse ist, wie ich annehme.« Relia blickte sie fragend an, und die drei von Neun nickten ernst.

»Gut, dann beginnen wir jetzt«, fuhr Arkus mit seiner tiefen Stimme fort. »Was ist Euer Ansinnen?«

Lama räusperte sich, die anderen schluckten. »Im Namen des Volkes von Neun ersuchen wir das Volk der Neosannas, uns im Kampf gegen Lalalai und seine Verbündeten zu unterstützen.«

Relia machte sich Notizen, während ihr Kollege weiter mit dem Fragebogen fortfuhr. »Warum kann sich Euer Land nicht eigenständig verteidigen?«

»Weil die lalalaische Armee über schätzungsweise eine Million Soldaten verfügt, unsere hingegen nur über die lokalen Batallione an Stadtwachen, welche keinen geschlossenen Verband darstellen«, entgegnete Lama knapp.

»Somit stellen unsere Streitkräfte in etwa eine Sandmauer dar, welche versucht, eine Sturmflut zu überstehen«, ergänzte Lera mit einem schiefen Lächeln.

»In welchem Umfang erbittet Ihr militärische Hilfe?«, fragte Arkus weiter.

»So viel wie irgend möglich!« Lama war aufgesprungen und hatte die Augen weit aufgerissen. Er konnte nicht mehr sitzen, war sehr unruhig geworden. »Ich meine, was soll das alles? Während wir hier miteinander reden, liegt Neun vielleicht schon in Schutt und Asche!« Lama schlug auf den Tisch; in seinen Augen blitzte Hass auf.

»Bitte beruhigt Euch wieder«, sagte Relai sanft. »Wir werden schnell und effektiv handeln, versprochen. Aber wir können nichts überstürzen.«

Arkus fuhr fort: »Welche Länder sind vom Aggressor noch betroffen?«

»Alle.«

Relia und Arkus blickten Lera fragend an.

»Wir wissen aus zuverlässiger Quelle, dass die Agenda der Lalalais, die schwarzmagisch von den Omøn unterstützt werden, vorsieht, a) alle Novedaner auszurotten«, Relia und Arkus schrieben nun fleißig mit, während Lera seelenruhig fortfuhr, »b) den Eisannischen Bund zu zerschlagen und c) die gesamte Welt zu erobern.«

»Aber das ist doch völlig wahnsinnig!« Arkus hatte konsterniert den Stift fallengelassen, während Lama, der wie ein Raubtier in einem Käfig unruhig auf und ab ging, eifrig nickte.

»Jajaja! Eben!«

Aufsplittung

Es dauerte einige Monate, ehe die neosannische Flotte einsatzbereit war. Im Gegensatz zu den anderen Bündnismächten waren die Neosannas bereit, einen sehr hohen materiellen und finanziellen Aufwand zu betreiben.

»Unsere Nation hat innerhalb des Eisannischen Bundes bisher keine bedeutende, geschweige denn tragende Rolle gespielt«, so Außenministerin Silberwimper in einem Gespräch mit dem Journalisten Evozz. »Nun können wir endlich beweisen, zu was wir es gebracht haben. Unsere Beziehung zur Novedanischen Union ist natürlich überaus bedeutsam, und wir werden alles daransetzen, ihr zur Hilfe zu kommen und die Gefahr abzuwenden, sei der Weg auch noch so weit. Wir haben ein goldenes Zeitalter des Handelns und der Entdeckungen erlebt. Nun ist es an der Zeit, militärische Präsenz zu zeigen, um eine Fortsetzung dieses goldenen Zeitalters abzusichern.«

»Wie groß nimmt sich die Streitmacht denn aus, die unsere Regierung zu entsenden gedenkt? Und welchen Weg wird sie nehmen?« Evozz runzelte die Stirn.

Silberwimper antwortete: »Es ist die wahrscheinlich größte Flotte, die unsere Landweltmeere jemals gekreuzt hat. Wir werden mit einer Phalanx von 129 Panzerschiffen zunächst nach Eiskohldiasa, dann anschließend nach Eisanna weiterfahren. 132 Versorgungsschiffe fahren im Herzen der Phalanx mit. Dann – und das ist meines Erachtens ein Novum – werden 148 konventionelle Kriegsschiffe den unbekannten Weg über Videssa am Reich der Ratach entlangsegeln, um hoffentlich von der westlichen Seite aus Lalalai anzugreifen, wenn sie erst einmal das stets neutrale Kaiserreich Mao passiert haben. Sie werden begleitet von 225 Versorgungsschiffen, welche zu zwei Dritteln zu speziell angefertigten Landungsbooten umfunktioniert werden können. Wir hoffen nämlich, dass uns neben der Befreiung Neuns und der Zerstörung des lalalaischen Truppenapparates als erstem Volk die Erschließung der schon seit Langem gemutmaßten, aber niemals bewiesenen Ostwestpassage gelingt.«

Evozz hakte nach: »Was ist mit all den jungen Männern und Frauen, die wir in diesen Krieg schicken? Können wir deren zu erwartenden Tod wirklich verantworten?«

»Das weiß nur Mul im Himmel! Unser Schicksal liegt in göttlichen Händen. In den wissenden Händen des einen Gottes. Sogar über Pulsaron steht der mächtige Mul!«

»Und was ist, wenn es die Ostwestpassage gar nicht gibt und wir all diese Menschen und all die schönen, teuren Schiffe niemals wiedersehen?«

»Evozz, wenn der Mensch nicht ab und zu ein Wagnis eingehen würde, bei dem er sich seiner Sache nicht absolut sicher ist, dann käme er auf keinen grünen Zweig. Was wir erreichen, erreichen wir trotz unserer Ungewissheit! Umso bedeutender wird unsere große Tat für spätere Generationen.«

Die Neun von Neun beschlossen, sich aufzusplitten. Während Lama, Sera, Laila und Lala den Admirälen der konventionellen Kriegsschiffe als außerordentliche Berater zur Seite stehen sollten, würden die übrigen Mitglieder der illustren Truppe den Panzerschiffen folgen.

In der Zeit bis zur Abfahrt, auf deren Vorverlegung die Neun von Neun persistierend, aber hinsichtlich des Ausgangs erfolglos gedrängt hatten, vertieften die eifrigen jungen Menschen sich in die für ihr Vorhaben relevanten Sprachen und lernten auch gut Eisannisch, das sehr ähnlich klingende Neosannisch und einigermaßen passabel die schwierige Xlaoversprache.

Sie arbeiteten intensiv an der geisteswissenschaftlich ausgerichteten Universität der neosannischen Hauptstadt, wo sie Seminare besuchten und Gastvorträge hielten. Hier lernten sie alles über Benelons Leben, dessen Lehren sie stark beeinflussten. Zwei der Neun von Neun, Sera und Lala, konvertierten sogar nach dem Besuch des Palastes Eokeil zum Glauben der Munkler, was bedeutete, dass sie sich verpflichteten, den Krieg waffenlos zu bestreiten, da die Munkler jeglichen Waffengebrauch verabscheuen und ein Leben der Liebe predigen.

Schließlich aber stießen die beiden großen Meeresheere in See, und von nah und fern kamen Menschen, vor allem Greise, Frauen und Kinder, um sie angemessen zu verabschieden. Tränenreich waren die Trennungen, bunt die Fahnen der verschiedenen Provinzen des seit Benelons Expedition gewaltig gewachsenen Landes und theatralisch die Abschiedsreden berühmter Leute, welche sich einen Wettkampf im Phrasendreschen lieferten.

Während sich die beiden gewaltigen Flotten auf den Weg machten, Flotte I auf der gewiss langen, aber bekannten Route Richtung Noveda, Flotte II auf der eventuell kürzeren, jedoch weitestgehend unbekannten Route mit dem gleichen Ziel, überschritten die ersten Soldaten Lalalais die Landesgrenze der Republik Neun.

Das Geheimnis der vier Monde

Vor zweihundert Jahren, als die Eisannas begannen, die Küsten Schwarzlands zu befahren, entdeckten sie auf einem Landgang an der Ostfahrtbucht zwei recht merkwürdige Orte, von denen sie extensive Aufzeichnungen anfertigten. Die Expediteure gelangten auf einer riesigen Waldlichtung zu einer verlassenen Stadt, komplett mit Stadtmauern und Marktplatz, mit einem Rathaus, einer Handelskammer und weiteren Merkmalen einer einigermaßen fortgeschrittenen Zivilisation. Der Ort war kreisförmig aufgebaut, und in seinem Zentrum war eine Art Sternenwarte angelegt. Die Stadt war komplett menschenleer, was sich niemand so recht erklären konnte.

Auf dem verlassenen Gelände der Sternenwarte stießen die Eisannas auf uralte Aufzeichnungen über diverse Sterne und Planeten. Besonders ins Auge fielen die detaillierten Aufzeichnungen bezüglich der vier Monde von Lanevael: Alion, Ranuk, Gelisei, Zilin.

Ebenfalls kartografiert waren die Veränderungen, die die Monde jeweils ankündigten: Alion war im Frühling für genau vier Monate zu sehen, die jeweils dreißig Tage hatten. Pünktlich zum 121. Tag erschien Ranuk, und es herrschte für vier ebenfalls dreißigtägige Monate der Sommermond. Am 241. Tag des laufenden Jahres kündigte Gelisei dann den Herbst an, und wiederum vergingen vier Monate mit jeweils dreißig Tagen. Folgerichtig erschien am 361. Tag der fahlgelbe Wintermond Zilin. Am 480. Tag schließlich war das Jahr vorüber und Alion erschien von Neuem. Was sich allerdings kein Astrologe, Meteorologe oder Zeitforscher auf der Landwelt erklären konnte, waren rätselhafte Umstände:

a) dass die Jahreszeiten überall auf der Landwelt gleich waren, wobei der Sommer im Norden sehr kalt und der Winter im Süden sehr warm war, und

b) die Monde sich mit absoluter Pünktlichkeit abwechselten und man am »Wechseltag«, dem Tag, an dem in den Eisannakulturen jeweils das Grünmond-, Rotmond-, Blaumond- oder Gelbmondfest stattfand, sehen konnte, wie der eine Mond in der Ferne des Weltalls verschwand und der andere Mond aus der Ferne des Weltalls auftauchte, um die Landwelt für genau hundertzwanzig Tage zu umkreisen …

… außer jedes zweihundertste Jahr. Dann war jeweils nur ein Mond am Himmel zu sehen, und dieser umkreiste für genau vierhundertachtzig Tage die Landwelt, und in diesem

Jahr gab es nur eine Jahreszeit. Und da 4800 nach Schachtelzeitrechnung der Mond Alion ein Jahr lang Frühling und 5000 der Mond Ranuk ein Jahr lang Sommer gebracht hatte, herrschte im Jahr 5200, welches als »Jahr des Todes« in die Geschichte eingehen sollte, ein Jahr lang die Jahreszeit Herbst. In diesem Jahr begann der »Große Krieg«, der zweite und der letzte seiner Art, und viele meinten, die Omøn hätten den Krieg absichtlich in diesem Jahr angezettelt, denn in den Nächten des blauen Mondes war es dermaßen dunkel, dass man die Hand kaum vor Augen sah.

Wenn wir nun zu der eisannischen Expedition zurückkehren, die im Jahre 5000 im Rahmen der Ostfahrtbucht an Land gegangen war, um zu jagen und Nahrungsmittel für die weitere Fahrt zu suchen und die dabei unerwartet auf eine von Menschen völlig desertierte Stadt gestoßen war, so muss auch erwähnt werden, dass einige dieser Eisannas ein geheimnisvolles großflächiges Waldgebiet betraten, primär, um Holz zu hacken. Doch ihr Entdeckergeist trieb sie tiefer in dieses Waldgebiet hinein und sie erlebten zahlreiche Abenteuer, über die von anderen Chronisten großartige Bücher verfasst wurden; sie entdeckten in diesem Wald durch Zufall Ruinen, die in der Bauweise denen der verlassenen Stadt an der Küste ähnelten, nur waren sie schon um einiges verwitterter, sodass man annahm, sie seien schon vor noch längerer Zeit verlassen worden.

In den Gewölben stieß man auf weitere Aufzeichnungen über die Planeten. Obwohl man die Schrift bis zum heutigen Tag nicht zu entziffern vermocht hat, erging aus den beigefügten, sehr schönen Gemälden und Skizzen, dass die vier Monde gemäß ihrer Farbe Landschaften enthielten. Alion war offenbar über und über begrünt und musste komplett aus Wiesen und Wäldern bestehen. Ranuk war eine einzige rote Steinwüste. Gelisei war vollständig von einem Ozean bedeckt, während Zilin so grau und karg war wie die Jahreszeit, die er brachte, und lediglich das matte Sonnenlicht reflektierte, weswegen er so fahlgelb schimmerte.

Das wirklich Bizarre an den Aufzeichnungen war, dass die Monde als eigenständige Lebewesen dargestellt wurden, welche sich der Landwelt näherten, ihre Gezeiten und das Wetter aus unerklärlichen Motiven beeinflussten und dann wieder verschwanden; niemand wusste, wohin. Den Aufzeichnungen gemäß waren zumindest zwei von ihnen bewohnt. Auf Alion lebten verschiedene Steppentiere, welche sich in sich selbst erhaltende Nahrungskammern einschlossen, wenn der Mond das Sonnenlicht verließ, und denen sie für vier Monate entschlüpften, wenn der Mond die Landwelt umkreiste.

In den riesigen Gewässern Geliseis hingegen lebte eine merkwürdige Ansammlung von Meeresgetier, welches komplett zugrunde ging, wenn der Mond sich von der Sonne entfernte, und jedes Mal zu neuem Leben erwachte, wenn der Mond die Landwelt umkreiste.

Folglich gab es alle achthundert Jahre ein sehr bedeutendes Jahr für sowohl die Bewohner Alions als auch Geliseis, denn in diesen Jahren herrschte vierhundertachtzig Tage lang Leben auf den Monden, soweit man den Aufzeichnungen trauen konnte.

Dies alles hatten die Neun von Neun während ihrer Zeit an der großen internationalen Universität von Easan, der Hauptstadt Neosannas, in Erfahrung bringen können und sich darob in eifrigen Diskussionen die noch jungen Köpfe zerbrochen. Zusätzliche kryptische Informationen waren in der rätselhaften Symbolik der Eokeilpalastanlage der Munkler codiert. Es konnte, da waren sich die Neun ausnahmsweise einmal einig, keinen Zweifel daran geben, dass die Omøn mit den Wasserwesen von Gelisei irgendetwas Wichtiges im Schilde führten. Nur was?

KAPITEL XI

Überfall auf Neun

In der ersten Stunde des ersten Tages im Jahr 5200 nach Schachtelzeitrechnung griffen die Truppen Lalalais das abtrünnige Reich Neun an. In einer stockfinsteren, sternenlosen Nacht rückte die Speerspitze der gewaltigen Armee von der lalalaischen Grenzstadt Avelolai gegen die Neuner Inlandsstadt Bui vor, und von den lalalaischen Häfen Lu und Checklà griffen Kriegsschiffe die Neuner Hafenstädte Sebem, Nelai, Cléo und die gleichnamige Landeshauptstadt Neun simultan an.

Dieses lange schon mit Sorge erwartete Ereignis markierte den offiziellen Beginn des Großen Krieges. Obwohl die Armee von Neun von Anfang an erbitterten Widerstand leistete, war sie der Übermacht der von allen Seiten angreifenden Streitmacht Lalalais zu keinem Zeitpunkt gewachsen. Die äußerste Brutalität, mit der die Angreifer gegen ihre abtrünnigen Verwandten vorgingen, schockierte vor allem die Novedaner, welche völlig verstörte Kriegsflüchtlinge zu Tausenden aufnahmen. Diejenigen Soldaten, die das Gemetzel überlebten, wurden gefangen genommen und versklavt. Sie verschwanden für den Rest des Krieges in den Rüstungsfabriken und Bergwerken Ändramelchs, und nur sehr wenige kehrten nach Ende des Krieges gesund oder wenigstens lebend in ihr Vaterland zurück.

Mit der politischen Elite, die vom lalalaischen Diktator und seinen Schergen sehr gefürchtet wurde, da sie für die Unabhängigkeit des ursprünglich zu Lalalai gehörenden Neungebietes verantwortlich war und trotz Einschüchterungsmaßnahmen trotzig an der Unabhängigkeit Neuns festhielt, verfuhr man allerdings anders. Eine Exekution wurde abgelehnt, da die Regierungsmitglieder von Neun als sehr intelligent galten und nach entsprechender Umerziehung genutzt werden könnten, um die Strukturen der Diktatur in Lalalai und vor allem im »wieder angeschlossenen« Neun weiter zu festigen. Zu diesem Zweck wurden die zweihundert wichtigsten Köpfe der Neuner Demokratie in eine große Burganlage auf der kleinen Insel Body-Snodi gebracht, da man vermutete, dass entsprechende geheime Befreiungskommandos dort nicht suchen würden. Den Gefangenen wurde erlaubt, sich auf der Anlage frei zu bewegen und auszutauschen, so sehr war man von den Umerziehungsmethoden überzeugt. Sogar Tagebuch durften sie führen, wie folgende Auszüge belegen.

Jubitron schrieb:

»Heute, ich weiß nicht mehr, welcher Tag es ist, kaum, was überhaupt ein Tag ist, sagte man uns, dass wir endlich zu essen und trinken bekämen. Einige von uns wanden sich schon im Krampf vor Hunger und Durst. Sebul wollte nichts essen; man zwang ihn dazu. Während des Essens mussten wir alle ganz nah an einen Spiegel herangehen und uns fest in die eigenen Augen schauen. Wer sich auch nur kurz vom Spiegel abwandte, bekam einen Peitschenhieb und etwas später einen Tritt von einer der unglaublich aufmerksamen Wachen. Heute Nacht (war es überhaupt eine Nacht?) hatte ich einen merkwürdigen Traum. Ich träumte, wie ich mein Gesicht sah, welches über mich nachdachte, und darüber musste ich nachdenken.«

Agazia schrieb:

»Mitten in der Nacht wurden wir geweckt und nackt und ohne Kleidung in einen kreisförmigen Raum geführt, der ein kleines Lichtloch in der Deckenkuppel aufwies. Beim blauen Schimmer des Mondes! Dann zündeten die Wachen Fackeln an. Sie waren an diesem Tag so freundlich zu uns gewesen, was mich die ganze Zeit über misstrauisch gemacht hatte. Ich bedeckte meine Scham und meine Brüste, aber es war egal, denn niemand schien an irgendwem übermäßig interessiert, alle blickten wie in Trance und gebannt zur Tür; und dann führten sie etwas herein ... ES ... ein Ungetüm, halb Tier, halb Mensch, ein Kreuzgezücht aus den düsteren Laboren von Ändramelch ... beim blauen Mondschimmer, und es hatte Tentakel, die aus dem Menschenschädel ragten ... und es krabbelte mit seinen ekelhaften sechs Beinen, ein Schmatzen veranstaltend, wie eine Krabbe über den Marmorboden ... und der schwarze Priester aus dem Reich Omøn rief mich in Gedanken: Agazia! Agazia! Agazia!«

Natürlich stieß der Überfall auf Neun auf internationale Proteste. Zwar rechtfertigten sich die Lalalais dahin gehend, man gliedere lediglich die abtrünnige Republik Neun, deren Unabhängigkeit man übrigens niemals anerkannt hätte, wieder ein, aber diese Erklärung konnte nicht verhindern, dass führende Wirtschaftsmächte wie Eisanna, Noveda, Tunikagu und Segal sämtliche Handelsbeziehungen mit sofortiger Wirkung abbrachen. Noveda ging sogar so weit, offiziell den Krieg zu erklären – und somit war das Szenario für den großen Krieg fertiggestellt.

Derweil versuchten sich die Menschen auf Body-Snodi verzweifelt gegen die Gefangenschaft zu wehren.

Mirtzral schrieb:

»Wir haben kollektiv beschlossen, in einen Hungerstreik zu treten. Wir haben vor zu hungern, bis man unsere Forderungen erfüllt. Sollte es uns auch umbringen, wir werden uns den Unterdrückern nicht beugen!«

Andere politische Gefangene gründeten im Verborgenen die BSG, die »Body-Snodi-Geheimgesellschaft«, welche nur mündlich operierte und keinerlei Aufzeichnungen anfertigte, damit die Wahrscheinlichkeit des Endecktwerdens minimiert werden konnte. Die BSG hatte das Ziel der Infiltration der lalalaischen Exekutive mit dem Endziel eines Anschlages auf den Diktator und seine düsteren Berater aus dem Reich Omøn. Natürlich brachte die Operation innerhalb und außerhalb einer solchen Geheimgesellschaft Probleme mit sich; zunächst war die Möglichkeit gegeben, ganz schnell in ein ethisch-moralisches Dilemma zu geraten: Was war zu tun, forderten die Lalalais einen Vertrauensbeweis? Und da man weitere Mitglieder benötigen würde: Wem konnte man trauen? Wie waren weitere, verlässliche Mitglieder zu akquirieren?

Somit erreichten die lalalaischen Experten auf Body-Snodi spielend leicht ihr von Anfang an gehegtes Ziel: Sie spalteten Neuns politische und gesellschaftliche Elite. Zumindest an der Oberfläche. Deshalb bot sich den mit der Umerziehung beauftragten Offiziellen ein merkwürdiges Bild: Während die einen seltsam angepasst schienen und völlig autoritätshörig agierten, verweigerten die anderen jedwede Kooperation, obschon es ihnen zunehmend elender ging. Noch seltsamer erschien es den Umerziehern, dass die Angepassten stumm und demütig die Hungernden unterstützten und pflegten und geduldig deren Anschuldigungen ertrugen.

Eine einzige Person verweigerte sich sowohl den Angepassten, die sich mit kruden Mitteln allesamt ein seltsames Zeichen auf den Oberarm tätowieren ließen (ein Fragezeichen, eingerahmt von einem umgekehrten Dreieck), als auch den Hungernden, von denen die ersten schon ernsthafte medizinische Symptome aufwiesen, aber hartnäckig den Abstand zu den Lalalais einhielten. Diesen Totalverweigerer nannte man auf Body-Snodi den »Grübler«.

Der Grübler verbrachte Tag und Nacht viele Stunden damit, aufs Meer zu starren. Immerzu wirkte dieser nicht mehr ganz so junge Mann müde, introvertiert und still. Sowohl die Umerzieher als auch die Mitglieder des Geheimbundes konnten regelrecht sehen, wie es in ihm rumorte und arbeitete, doch niemals konnte man mit Sicherheit sagen, was seine Absichten waren. Da er ein vergleichsweise unbedeutender Abgeordneter war, schenkte man ihm nicht viel Beachtung, und da er keine Anstalten machte, sich gegen die Umerzieher aufzulehnen, ließen sie ihn in Ruhe. Als die ersten Hungerstreikenden starben, beauftragte man den Grübler, die Gräber zu pflegen, welche die Angepassten aushoben, und so hockte er Tag und Nacht, Stunde um Stunde bei den Gräbern und dachte und dachte. Manche sagen, sein Geist sitzt heute noch da und sinnt nach.

Der Aufstand

Während es auf Body-Snodi zu keinem gewaltsamen Widerstand kam, denn immerhin waren die Deportierten Politiker und keine Krieger, nahm die Bevölkerung von Neun die Besatzung durch ihre lalalaischen Brüder und Schwestern nicht so ohne Weiteres hin. Besonders stark regte sich der Widerstand in der besetzten Hauptstadt Neun, wo Bürger aus Verstecken heraus patrouillierende Soldaten mit Steinen beschmissen. Bomben gingen in Büros hoch, stationierte Militärkutschen wurden in Brand gesetzt. Die Besatzer reagierten kompromisslos. Jeder gefasste Attentäter wurde ohne Prozess direkt vom Ort der Verhaftung auf die weiten Wiesenlandschaften vor den Toren der Stadt geschleppt und entweder erschossen oder totgeschlagen, die Leiche konsequent auf der Wiese liegen gelassen. Manchmal schossen besonders wütende Soldaten sogar auf Angehörige, die herbeikamen, um ihre toten Familienmitglieder und Freunde zu begraben. Des Weiteren wurden eine strikte Ausgangssperre verhängt und Zuwiderhandlungen brutal geahndet. Die Krankenhäuser der Stadt Neun waren schnell überfüllt, ebenso die Gefängnisse. Die Aufständischen machten unmissverständlich klar: »Lieber sterben wir aufs Grausamste, als mit euch gemeinsame Sache zu machen!«

Die protestierenden Frauen wehrten sich häufig auf eine andere Weise: Obwohl sie sich der Gefährlichkeit ihres Handelns bewusst waren, stürmten sie Podien und Verkaufsstände auf Marktplätzen, um flammende Reden zu halten.

»Die Schergen Lalalais sind gleichgültig, brutal und richten uns alle zugrunde! Ihre Arroganz stinkt zum Himmel! Sie überziehen unser Land mit einer blutigen Tragödie und spielen der internationalen Politik ihre Schmierenkomödien vor! Tötet die Schlangen!« So weit das Ende der flammenden Rede der Widerstandskämpferin Fizianda, ehe sie von lalalaischen Soldaten niedergeknüppelt wurde.

Es begab sich in diesen hektischen Zeiten des Aufstandes und der Landesbesetzung auch, dass sich ein paar Munkler in dem Glauben, ihre völlig auf Frieden beruhende Religion könne die gegnerischen Parteien zur Raison bringen, in das besetzte Land Neun aufmachten. Die Munkler, die stets waffenlos, barfuß und Blumen verteilend ihre Predigten hielten, wurden von den Lalalais nicht ernst genommen: Für sie war es kein Problem, dass die weltfremden Spinner das Land betraten, auch wenn es sich potenziell um Spione handeln konnte. Sie meinten, die Munkler einwandfrei an ihrer demonstrativen Harmlosigkeit erkennen zu können. Die Munkler waren schlaff vom vielen Meditieren und von daher unmuskulös, ganz offensichtlich keine Krieger. So predigten die Munkler die Liebe ihres Gottes Mul, unter anderem zu der brutal zusammengeschlagenen Fizianda, die in einem Zelt vor der Hauptstadt Neun notdürftig versorgt werden musste, da die Lalalais den Ärzten unter Todesstrafe verboten hatten, die Aufständischen zu behandeln.

»Was für ein Gott soll das sein, der so etwas zulässt?«, war das Einzige, was Fizianda auf die Predigten der Munkler erwiderte.

Eine Antwort wussten die Munkler auch nicht, außer: »Wenn du nur stark genug an Mul glaubst, wird er den Frieden bringen und deine Wunden heilen.«

Fizianda schüttelte traurig und unter starken Schmerzen den Kopf, ehe sie einen Schwall Blut ausspie.

Schon bald nannte man die Wiesen vor den Toren der Hauptstadt nur noch Invalidenwiesen, da sich immer mehr verletzte und verkrüppelte Aufständische dort wiederfanden. Diese wurden für nicht wert befunden, erschossen zu werden; man wollte die Munition für den großen Krieg gegen Noveda sparen und überließ es der unerbittlichen Natur und den Wildhunden, die in muskulösen, zähnefletschenden Rudeln über die weiten Steppen und Graslandschaften Neuns wandelten, dies zu erledigen. Es war den lalalaischen Soldaten natürlich freigestellt, die verräterischen Krüppel aufzuknüpfen, zu erdolchen oder zu ertränken – oder einfach nur zu quälen. Viele taten das auch, einfach nur, um sich die Langeweile zu vertreiben und sich mit derlei grausamen Spielen für die bevorstehenden Gefechte abzuhärten.

All diese Abscheulichkeiten, die aus der Hauptstadt Neun und ihrer ländlichen Umgebung ein Inferno gemacht hatten, bewogen eine Gruppe junger Männer und Frauen dazu, den Widerstand aktiv zu organisieren. An der Spitze dieser kleinen Gruppe stand Fizianda. Auf ihr Wirken hin fanden die Treffen der Widerständler im Geheimen statt. Dort wurden einzelne Attentate besprochen.

Nachdem die Gegenwehr der Bürger infolge der harten Strafmaßnahmen abgeebbt war, wirkte ein paar Wochen lang alles ruhig. Die Lalalais wähnten sich am Ziel: Der Widerstand schien gebrochen, die rücksichtslosen Maßnahmen gerechtfertigt. Dann aber brach der Aufstand los wie ein Sturm. Die Widerstandskämpfer, in die Tracht der Munkler gehüllt, in Ärzte- oder Polizistenuniform, als Marktverkäufer, Bettler und Zeitungsjungen, vor den Toren der Stadt, auf den Wach- und Wehrtürmen, sozusagen überall gleichzeitig, erdolchten, erdrosselten, erschlugen und erschossen die Besatzer, nahmen die Zeitungszentrale, das Armeehauptquartier, die wichtigsten Kontrollpunkte und vor allem das

Waffen-und-Munitions-Lager im Sturm. Da der Aufstand an keinem bestimmten Punkt vonstattenging, sondern an ganz unterschiedlichen Orten und scheinbar unkoordiniert, gelang es den Besatzungstruppen nicht, obschon besser ausgerüstet und ausgebildet, den Aufstand schnell und effektiv niederzukämpfen. Nur in der Garnison gelang es den Soldaten, ihre Kräfte einigermaßen zu konzentrieren und geordnet zurückzuschlagen. Bis zum Abend erschossen die Lalalais etliche Widerstandskämpfer, doch dann ging ihnen die Munition aus und sie wurden von den Aufständischen gefangen genommen und eingesperrt. Im Grauen des nächsten Morgens wehte wieder die Fahne der Republik Neun auf den Zinnen der Befestigungsanlagen ihrer gleichnamigen Hauptstadt. Zur Bestürzung der Aufständischen war es einigen Lalalais gelungen zu fliehen. Die Schlacht war zunächst gewonnen, doch der noch sehr junge Krieg machte lediglich seine ersten tastenden, nachgerade unsicheren Schritte.

Schatten

Die Widerstandskämpfer der Hauptstadt erwarteten eine blutige und brutale Rache der lalalaischen Armee. Doch diese blieb zunächst aus; umso erstaunlicher, da die Aufständischen einiges an Waffen erbeutet und eine Besatzungsmacht von rund achttausend Soldaten gefangen genommen hatten. So hatten sie noch etwas Zeit, sich zu reorganisieren und die wichtigsten Ämter zumindest provisorisch zu besetzen, mit Fizianda als Bürgermeisterin und Oberbefehlshaberin der wieder eingesetzten Stadtwache. Vor allem die Verwundeten und Gepeinigten atmeten auf. Einen ganzen Monat lang passierte nichts, obwohl man in Reichweite der Stadt Truppenbewegungen ausmachen konnte.

Eines Morgens geschah dann etwas Unerklärliches: Im Himmel über der Stadt tat sich, begleitet von Zauberformeln beschwörenden Gesängen in der Ferne, ein riesiger schwarzer Schatten auf, der in seinem Einflussbereich das Sonnenlicht komplett schluckte. Dieses Phänomen nahm mehr und mehr an Masse zu, bis die gesamte Stadt, vom Hafengebiet bis zu den äußeren Stadtmauern gen Inland, komplett in Schwärze getaucht war. Die Bevölkerung reagierte panisch. Einige flohen aufs offene Meer, wo sie schnell von der lalalaischen Marine unter Beschuss genommen wurden. Andere flohen in ihrer Verzweiflung auf die Wiesen vor den Toren der Stadt, wo es wenigstens Nahrung gab. Dort war es für die lalalaischen Bodentruppen ein Leichtes, die Flüchtigen einzufangen. Nach und nach entvölkerte sich die verzweifelte Hauptstadt, bis nur noch die hartnäckigsten Widerstandskämpfer und deren treueste Gefährten übrig geblieben waren. Die Stadt war somit nicht mehr effektiv zu verteidigen.

Die Widerstandskämpfer klammerten sich im Dunkeln aneinander, harrten mit ihren Vorräten und Waffen an vermeintlich sicheren Orten aus, bereit, sich für die bloße Idee von Freiheit vor den Tyrannen Lalalais zu opfern und so als Märtyrer ein für sie wichtiges Zeichen zu setzen. In dieser unheimlichen Dunkelheit geschah es, dass an einer unbewachten Stelle ein Wesen die Stadtmauern erklomm, welches merkwürdige Schlürf- und Klickgeräusche machte. Niemand wusste jemals, wie es genau ausgesehen haben mochte, und es überlebte niemand von den Widerstandskämpfern, um der Nachwelt davon zu berichten. Nicht einmal die Soldaten Lalalais, denen die Experimente mit Monsterwesen unter den Bergen im Norden des Landes durchaus unheimlich waren, wurden mit dem Wesen bekannt gemacht. Man erhielt vom Tyrannen persönlich den Befehl, in den Zelten und Fortifikationen zu bleiben, bis die Nacht vorüber war. Alles, was die Soldaten sahen, als sie die entvölkerte Stadt wieder in Besitz nahmen, waren die grauenvoll verstümmelten Leichen der Widerstandskämpfer, denen sämtliche Organe entnommen worden waren. Die Soldaten trugen die Leichen stumm zusammen und verbrannten sie auf einer großen leeren Fläche, die dereinst ein blühender Marktplatz im Stadtzentrum gewesen war.

KAPITEL XII

Von Wegen und Schicksalen der Flotte I

Es ist das Schönste, was ich jemals gesehen habe!«, schmachtete Lola entzückt, als die fünf von Neun mit den imposanten Panzer- und Versorgungsschiffen in der Aasbucht haltmachten, unweit der Hauptstadt von Eiskohldiasa, Aasei. »Schaut nur«, bedeutete sie den anderen. Sie war glücklich wie ein kleines Kind und sprang auf der Reeling des Hauptschlachtschiffes auf und nieder. »Sie haben die ganze Stadt mit blauen Diamanten geschmückt, welche im blauen Mondschein glitzern und funkeln, aufgeladen von der Sonnenenergie. Sie machen die Nacht zum Tag!«

Eike, der Gefallen an der schönen Lola gefunden hatte, schlug ihr und den anderen, Lila, Lena, Lera und Lesta, vor, an Land zu gehen.

»Es wird ein paar Tage dauern, bis unsere Schiffe die immensen Mengen an Kohle, die wir für diese lange Fahrt brauchen, aufgeladen haben. Warum genießen wir die Zeit nicht? Vergnügen wir uns ein paar Tage und vor allem ein paar Nächte in der wunderschönen Stadt Aasei, bevor wir in den Krieg ziehen.« Eike war sehr bemüht, den außerordentlichen Beratern aus dem fernen Neun eine möglichst angenehme Zeit zu bereiten. Er war tief beeindruckt von ihren magischen Fähigkeiten, der Disziplin, mit der sie sich unentwegt Wissen und Sprachen aneigneten, und ihrem jugendlichen Enthusiasmus. Er empfand sie als Begleitung angemessen; schließlich war er ein Gott. Auf seinen Befehl würden schon bald zugleich Tausende von Kanonen röhren, und die Schiffe, auf denen sie fuhren, hatten eine Panzerung aus schwarzem Stahl, die als undurchdringbar galt.

Ich habe mich in Lola verliebt, dachte er sich. *Sie hat lange, kastanienfarbene Haare, die in der Sonne golden schimmern, und funkelnde blaue Augen wie eine Meerjungfrau; und sie bezeichnet sich als Gottesforscherin, was von einem feinen Geist zeugt. Sie versucht, das Geheimnis der Götter zu erkunden – wie sollte sie sich dann nicht für mich interessieren? Zudem weiß sie alles über meinen Vater Benelon, den ich nie kennengelernt habe. Sie hat mir sogar als verschollen geglaubte Schriftstücke von ihm gezeigt. Sie ist einfach wunderbar.*

Die Tage waren heiß und die Nächte berauschend. Tagsüber präsentierten die reichen Leute von Eiskohldiasa ihre prächtigen Bauten, umgarnten ihre exotischen Gäste mit angenehmen Düften, schmackhaften Speisen und erlesenen Weinen. Die Woche, in der die immensen Mengen an Kohle und anderen Rohstoffen nach und nach in die Kriegs- und Versorgungsschiffe eingeladen wurden, verging wie im Flug, und gegen Ende wollten viele der Neosannas, die an Land gegangen waren, die Insel am liebsten gar nicht mehr verlassen.

Doch Eike animierte seine Truppen durch markige Worte: »Schon bald werden unsere Feinde das Blei unserer Waffen zu spüren bekommen! Denkt daran: Wir sind die beste Armee Lanevaels! Wir kämpfen für die Freiheit Neuns und die Ehre Neosannas!«

Die lange Reise führte die gewaltige Flotte weiter nach Eisanna, welches man nach einigen Wochen Fahrt erreichte. In Kernland kühlten die Temperaturen bereits deutlich ab und das Herbstjahr war in seiner nassen, in die Knochen fahrenden Kälte um Eisanna herum viel deutlicher zu spüren als auf den traumhaften Inseln Eiskohldiasas.

Auf dem Blatt Kernland war es derweil zu einem unerwarteten Ereignis gekommen: Millionen von Bergingern waren aus ihren Grebs ausgetreten und in das Gebiet von Nasenburgenland eingedrungen, und man konnte sie nur äußerst mühsam aufhalten. Die hünenhaften, zweieinhalb Meter großen Ungetüme, die mit Keulen, Äxten, Schwertern und primitiven Steinkatapulten auf die mit Kanonen und Gewehren ausgerüsteten Verteidiger losgingen, konnten zwar einfach abgeknallt werden; doch ihre ungeheure zahlenmäßige Überlegenheit führte bald dazu, dass den eisannischen und seledanischen Verteidigern, die im Nasenburgenlandgebiet Kolonien hatten, keine andere Wahl blieb, als sich zurückzuziehen, da ihnen schon bald die Munition ausging. Zudem musste die Strategie radikal verändert werden, da die Bergingerhorden offensichtlich ihre Angst vor der Überquerung tiefer Gewässer abgelegt hatten und nun mühelos sämtliche Flüsse durchschwammen, die ihnen gegenüber bisher als natürliche Barrieren gedient hatten.

All dies wurde den Neuankömmlingen aus dem fernen Neosanna aufgeregt erzählt, kaum hatten sie Eisannas zentrale Hafenstadt Esanna erreicht. Für Eike war dies ein Geschenk sondergleichen, konnte er doch gleich bei seiner Ankunft vor den Augen der Eisannas sich und seine Truppen unsterblich machen. Man würde sie als Helden in die Annalen der kernländischen Geschichtsschreibung eintragen! Noch am selben Abend gab er den Befehl, ungeachtet der wilden Proteste seiner außerordentlichen Berater aus Neun, fünfzig seiner Panzerschiffe nach Amhafen zu verlegen, wo man an Land gehen und die Berginger vernichten würde. Schließlich war von einem globalen Krieg die Rede, und die Feinde der freien Welt mussten auch auf dem Blatt Kernland aufgehalten werden!

Den Vorschlag, die übrigen Panzerschiffe unter der Leitung seines Subadmirals nach Noveda vorzuschicken, lehnte der oberste Admiral Eike strikt ab. »Eine derartige Flotte soll ohne Führung ihres obersten Admirals nach Noveda fahren? Lächerlich!«

Lola begleitete Eike in die Geisterstadt Amhafen, während die übrigen vier außerordentlichen Berater aus Neun in Eisanna blieben, um vor dem Parlament in Holo Werbung für eine regere Beteiligung der Eisannas am Krieg der Neuner und Novedaner gegen Lalalai zu betreiben.

Als die Panzerschiffe Amhafen erreichten, bot sich den Neosannas ein schreckenerregendes Bild: Die Stadt war von einem schwarznebeligen Schleier umfangen, und die Verteidiger sahen blass und mager aus. Zu großen Teilen waren die Bewohner der Stadt ins Schachtelgebiet im Amhafener Hinterland oder zu den Kingwikkern auf die Insel Tsmu oder in die Stadt King geflohen. Die Berginger hatten mit ihrer Millionenhorde den Moldech der Fjällen vernichtet und die Verteidigungslinien von Beil und der Seleda-Kolonie im Nordwesten überrannt, wobei sie alle Gebäude und Einrichtungen zerstört, Männer, Frauen und Kinder mit groben Waffen und unbarmherzigen Klauen in Stücke gerissen hatten. Nicht nur ihre Angst vor tieferen Gewässern hatten sie vollständig überwunden, es gebe laut Augenzeugenberichten neuerdings auch Berginger, die vor Feuer nicht zurückschreckten.

»Wir werden den Bergingern zeigen, wo es langgeht!«, dröhnte Eike bei seiner Ankunft, und die erschöpften und ausgemergelten Verteidiger Amhafens dachten tatsächlich, Mul wäre aus dem Himmelsreich hinabgestiegen, um sie zu retten. »Zunächst platzieren wir unsere schweren Kanonen auf den Stadtmauern. Wenn die Berginger versuchen, die Stadt einzunehmen, schießen wir ihre Horden zu Brei. Dann werfen wir von unseren mitgeführten Spezialheißluftballons Brandbomben ab, um die fliehenden Truppen aus der Luft zu vernichten. Wenn wir die Region ausreichend von Bergingern befreit haben, dann greifen die neuländischen, seledanischen und eisannischen Truppen von der nasenburgenländischen Westküste aus an und geben ihnen den Rest!« Auch an Lola wandte sich Eike, und dies nicht in der romantischen Form, mit der er sie sonst umgarnte: »Lola, Gottesforscherin, du kennst dich in den Mysterien aus, wo die herkömmliche Kriegskunst versagt. Nimm meine beiden Leibwächter mit und finde heraus, was es mit diesem dämonischen schwarzen Nebel auf sich hat, der den Menschen hier die Kraft raubt.«

Lola machte sich mit den beiden Leibwächtern, der eine schweigsam, der andere listig, auf die Suche nach der Quelle des bizarren Schwarznebels. Am nördlichen Stadtrand kamen sie in eine Gegend, wo es besonders stark stank, deshalb wurde der Bereich Leichenecke genannt. Hier waren kränkliche Menschen den ganzen Tag beschäftigt, Leichen von gefallenen Soldaten zu verbrennen, da man den Ausbruch einer Pest fürchtete. Von vor den Stadttoren konnten sie das unheimliche Kriegsgeheule der Berginger vernehmen.

»Nehmen wir unsere Schutzmasken«, sagte Lola, die ihr Gesicht verzog. »Fragen wir die Leichenverbrenner, was dieser Nebel zu bedeuten hat. Da ich in ihm die Essenz des Todes erkenne, müssten wir eigentlich an Kenntnissen der Begebenheiten hinzugewinnen, wenn wir Menschen fragen, die sich viel mit dem Thema Tod befassen.«

»Der Nebel überkam uns schon vor einigen Jahren«, meinte eine blässliche Frau, deren Gesichtshaut dicht mit grünen Pusteln bedeckt war und welcher der Schweiß, ausgelöst durch die harte Arbeit, in Strömen das kränkliche Gesicht hinunterfloss. »Damals nahm ihn keiner so richtig ernst, aber nach und nach verließen immer mehr Leute die Stadt, weil sie es nachts nicht mehr aushielten. Es haben sich seitdem viele umgebracht, und noch mehr kamen ins Irrenhaus. Wir haben Gammel dazu befragt, aber er hat uns keine Antwort geben können außer der, dass jemand in der Stadt ein törichtes Verbrechen begangen hätte, welches um ein schwarzmagisches Experiment herum gestrickt gewesen sei. Dann zogen wir einen Gelehrten aus dem Reich der Xlaover hinzu, und der meinte, es handele sich bei der schwarzen Pest um äußerst gefährliche, antikosmische Omønenergie. Damals roch der Nebel noch süßlich, erst in Folge des Krieges und der rauen Nordwinde hat er diesen pestilenten Geruch angenommen. Der Xlaovaner meinte, es gäbe gegen Omønenergie kein Gegenmittel. Man könne sich lediglich von dem Ort fernhalten, wo sie sich ausbreitet, denn sie kann sich nur begrenzt ausdehnen. Erst wenn man die Quelle der Transmission der Omønenergie zerstört, verlieren die schwarzen Geister der Omøn ihre Macht und kehren zurück in die Tiefen des Weltalls, von denen sie sich dereinst losgerissen haben müssen.«

Während sich Lola darum kümmerte, das Geheimnis des dämonischen Nebels zu lüften, bereitete Eike in Absprache mit den Amhafener Verteidigern den großen Gegenschlag auf die Berginger vor. Die ganze Nacht lang luden sie Munition, Material und Kanonen von den Panzerschiffen, bereiteten die kriegserprobte Heißluftballonflotte samt Brandbombenarsenal vor und tüftelten im Hauptquartier der Verteidiger die Details ihrer Strategie aus, die sie dann über die magischen Kugeln, welche ihnen ein xlaovanisches Expeditionskorps zur Verfügung stellte, mit den Verteidigern in anderen Teilen des großen Landes koordinierten.

Im Morgengrauen überkam die Berginger das Grausen, vielmehr noch das absolute Grauen, vorausgesetzt, man nimmt an, dass diese Wüstlinge derartige Empfindungen verspüren. Die Langstreckenkanonen aus Neosanna spuckten unablässig Blei auf ihre Horden, sodass die Massen, und es handelte sich um einen unfassbaren Mob von Millionen, zum Rückzug gezwungen wurden. Sie rannten und krochen ebenso ungestüm wie ungeordnet in Hauptrichtung des völlig verwüsteten Moldechs der Fjällen, wo sie schon die Heißluftballonflotte erwartete. Nun regnete es Brandbomben, die eine hohe explosive Wirkung hatten, jedoch den vom herbstlichen Nieselregen in Kombination mit Bergingergetrampel erzeugten Steppenschlamm nicht in Brand setzen konnten. Wieder starben Soldaten etlicher Bergingerhorden, welche nun vor den Langstreckenkanonen, die von den Burgmauern im Süden feuerten, und den Heißluftballons, die im Norden Sprengsätze warfen, über die Berge nach Westen flohen, wo sie an den großen Amhafen-Fluss stießen. Am anderen Ufer dieses großen Flusses hatten sich jedoch bereits die Amhafener Verteidiger mit Musketen und anderen vergleichsweise altmodischen Gewehren positioniert und mähten weitere Legionen von Bergingerkriegern nieder. Diejenigen, die nach Osten in Richtung des Moldech-Flusses und ans Meeresufer flohen, bekamen es mit Schrapnell von den Neosannapanzerschiffen am Ufer oder mit den mehr als tollkühnen Bodentruppen um Eike zu tun, die mit zweitausend Schwerbewaffneten gegen das Hunderttausendfache an Bergingern vorrückten und viele dieser Wüteriche im Kugelhagel dezimierten.

Innerhalb von wenigen Tagen wurden die Berginger vernichtend geschlagen, und mithilfe der inzwischen ebenfalls gelandeten Truppen aus Eisanna, Neuland und Seleda schließlich zu großen Teilen gefangen genommen. Die Berginger dienten den Seledanern fortan auf der Insel Berging als Sklaven, während die Neuländer sie dazu benutzten, die in Nasenburgenland verwüsteten Gebiete neu aufzubauen. Die Eisannas bauten ihrerseits ihre Enklave Beil im äußersten Norden durch die Berginger neu auf, die sie mit brutalen Methoden ihrem Bauvorhaben unterwarfen.

In den Folgejahren des Krieges schlossen sich die Amhafener, Fjällen und Kingwikker mit den Schachteln im Süden und Soldaten aus Neosanna, Eisanna, Neuland und Seleda zur Republik Nasenburgenland zusammen, welche sich bis zur Küste mit den sieben Nasen erstreckte, im Westen an die Seleda-Kolonie angrenzend, wo im Grenzgebirge die Großstadt Talon emporschoss. Da die Gründer Talons Kenntnisse über die vielen überraschenden Wendungen der Geschichte Kernlands und Lanevaels angehäuft hatten, sollte die Stadt als Schutz vor Bergingern, aber auch als Kontrollpunkt für theoretisch mögliche seledanische Angriffe in der Zukunft dienen.

Glücklicherweise waren die Seledaner sehr an friedlichen Beziehungen zu der neu gegründeten Republik interessiert, und so wuchs Talon durch den Handel mit den Seledanern im Laufe vieler Jahre zu einem blühenden Ort heran.

Nahe Amhafen entstand eine weitere große Hafenstadt: Bargir. An den Stätten wichtiger Siege über die Berginger entwickelten sich drei weitere Städte. Die Siegburg nahe dem wieder aufgebauten Moldech der Fjällen diente als Handels- und Kontrollpunkt zum Fjällengebiet. Stops und Tulu, in den Folgejahren als Resultat des Einflusses von Einwanderern von der Dalahalbinsel konstruiert, welche es in diese prosperierende neue Republik zog, erfreuten sich ebenfalls großer Beliebtheit. Die Fahne der jungen Republik war violett wie das im Krieg vergossene Blut, und als Emblem prangten die gekreuzten

Gabeln, ein uraltes, auf der Landwelt weitverbreitetes Zeichen für einen Ort, an dem eine große Schlacht stattgefunden hat, auf dem farbgewaltigen Hintergrund.

Auch andere betroffene Länder bauten neue Städte auf. Im Kingwikkgebiet entstand die erste Inlandsstadt, Kinglburg, die, zwischen dem Gammlerfluss und dem riesigen Jervgebirge positioniert, als Schutz vor Angriffen von Bergingern oder als Rückzugsgebiet bei möglichen Aggressionen durch die benachbarten Kamelanier dienen sollte.

Die Begründung der Republik Nasenburgenland als wichtigstes historisches Ereignis der gegenwärtigen Epoche Kernlands bekamen die Neosannas nicht mit, und diejenigen, die den großen Krieg überlebten, erfuhren erst Jahre später von diesen Entwicklungen. Als sie 5200 auf Eisanna stationiert waren, freuten sie sich darauf, nach Eikes Schlachten in Nasenburgenland Kurs auf Segal zu nehmen, wo sie ekstatisch gefeiert werden würden, und dann ginge es – endlich – Richtung Noveda. So dachten zumindest auch die ungeduldigen Mitglieder der Neun von Neun, welche die schwarzen Panzerschiffe der Neosannas begleiteten.

Eike dachte jedoch gar nicht daran, schnell weiterzufahren, sondern nutzte die nächsten drei Wochen für Ehrenempfänge, Militärparaden und viele Interviews, die er den Wochenzeitungen gab, die seit der Erfindung der Buchdruckkunst vor einigen Jahren im Künstlerland Krekru überall auf den Blättern Kernland, Plüschland und Krug emporgeschossen waren.

»Den Truppen muss man doch erlauben, sich vom Einsatz in Amhafen zu erholen!«, war ein berühmtes Eike-Zitat dieser Tage.

Mitten in Eikes selbstherrlichen Exzess platzte die Nachricht eines novedanischen Eilboten, dass die Republik Neun von Lalalai mittlerweile vollständig besetzt und unter Kontrolle gebracht worden sei. Ferner zögen die Lalalais gegen das harmlose Imala in den Krieg, wo die Steppenindianer in großen Stadtgemeinden ohne Schutzwälle lebten. Da alle anderen vier von Neun bis auf Lola, welche während der Vorkommnisse in Amhafen Eikes Liebe erwidert hatte, den Admiral scharf kritisierten, nahm er seine eigentliche Aufgabe wieder ernster, und beim Studium der Landkarte von Krug wurde ihm bewusst, zu was für militärischen Operationen die Lalalais in der Lage waren. Noveda samt befreundeter Anrainerstaaten war entlang seiner gesamten Grenze vulnerabel, und so beschloss er, unverzüglich aufzubrechen, was seinen gefeierten Soldaten, denen es in Eisanna sehr gut gefiel, ziemlich missfiel.

Eike brach also abrupt alle Feierlichkeiten ab und zog seine wichtigsten Offiziere zu einer Versammlung im großen Saal des Stadtpalastes von Esanna zusammen, wo er residierte.

»Mitstreiter!«, rief er aus, »wir haben unseren Mut und unsere Kampfkraft in den Schlachten gegen die wilden Bergleute des Nordens unter Beweis gestellt! Doch nun schwöre ich euch auf einen Krieg ein, wie ihn die Welt noch nie gesehen hat! Wir müssen noch im Laufe des morgigen Tages unsere Schiffe wehrtauglich machen und den weiten Weg nach Skum zurücklegen, welches die Hauptstadt der Novedaner ist! Dort müssen wir sie im Kampf gegen die Aggressoren unterstützen, und Mul stehe uns bei, dass wir die Lalalais besiegen und in ihre stinkenden Berghöhlen und ihre verpesteten Steppen zurücktreiben, aus denen sie nach Noveda kriechen!«

Lola saß vor dem Spiegel und kämmte ihr Haar. Dabei wiederholte sie konstant ihr Mantra in einem süßlichen Singsang, welcher im völligen Gegensatz zu seinem gnadenlosen Inhalt stand:

»Zu uns, den Neun von Neun
Verschrieben der einen Sache
Nichts werden wir scheu'n
Blutig sei unsere Rache ... «

Sie ging zu ihrem Schreibtisch, den – der seiner Meinung nach stets zuvorkommende – Eike für ihre üppige Schiffskabine besorgt hatte, und widmete sich dem Studium der sagenhaften Literatur, welche ihr zu beschaffen sie Eike beauftragt hatte. Es handelte sich um ein dickes Buch aus Halbstadt mit dem Titel *Das Landweltgeheimnis* und enthielt eine minutiös kommentierte Fassung der gleichnamigen Schrift des Halbstädter Geheimwissenschaftlers Zonka. Die unsichtbaren Kräfte, die Zonka beschrieb, welche die Landwelt beeinflussten, mussten direkt auf die Interaktion der beiden Götter zurückgehen, die sie erforschte, vermutete Lola. Die gesamte, zu großen Teilen noch unerforschte Struktur der Welt, auf der sie lebte, musste den Hirnen zweier Götter entsprungen sein, dachte sie bei sich. Die Halbstädter Lehre – von den Eisannas auch spöttisch als *Halbstädter Leere* betitelt – wurde gemeinhin als Fantasterei abgetan. Die Halbstädter führten die immensen Unterschiede in den geografischen Strukturen, die unterschiedlichen Entwicklungsstufen der Völker und die von den Menschen und Tieren abweichenden Abnormitäten (Zwerge, Drachen, Zauberei etc.) auf das Wirken unsichtbarer Kräfte zurück. Jedoch lehnten die Halbstädter Geheimwissenschaftler das Wirken von *Göttern* (Lolas eigene These) oder das Wirken des Gottes Mul (die These der Munkler) ab. Für sie hatten die geheimnisvollen Kräfte ihren Ursprung ausschließlich in den Weiten des Weltalls. Lola dachte angestrengt nach. Dann tunkte sie die schöne lange Schachtelfeder in die tiefblaue Krugtinte und schrieb auf ein Pergament:

»1. Alles Wirken ist göttlich.

2. Alles Wirken hat seinen Ursprung in göttlicher Interaktion.

3. Wenn auch unsere Gedanken und Handlungen uns selbst überlassen sind, so ist der Verlauf unserer kollektiven Geschichte durch göttliches Wirken bestimmt.

4. Die Götter sind uns sehr ähnlich. Lediglich ihre Macht und Schöpfungskraft übersteigt die unsrige bei Weitem.

5. Nicht wir, allein die Götter sind somit für den Ausgang allen Geschehens verantwortlich.«

All dies bildete die erste Seite des Buches, welches Lola 5200 während des Krieges schrieb und dessen erstes Kapitel, »Die Erkenntnis«, auf der Überfahrt der gewaltigen Panzerschiffflotte von Eisanna nach Noveda verfasst wurde. Das Buch hieß *Das Geheimnis der zwei Götter,* und bis heute ranken sich viele Legenden darum, da es von einigen Okkultisten für die *Definition der Wahrheit des Seins* gehalten wird.

Während sich die feingeistige Lola abwechselnd ihrer Liebe zum selbst ernannten Gott Eike und zum Verfassen ihres Buches hingab, diskutierten Lila, Lena, Lera und Lesta die besorgniserregende Lage ihres Heimatlandes.

Lera sprach mit bedrücktem Gemüt: »Nun ist es also tatsächlich eingetreten. Die Lalalais haben Neun überfallen. Wer weiß, ob wir sie nicht schon im Vorfeld hätten schlagen können, wer weiß, was nun geschehen mag? Vielleicht greifen die Lalalais als Nächstes die Rieseninsel Ialo an? Dann wird es allmählich düster um Noveda. Meine Mitstreiter, wir haben versagt.«

Lena nahm ihn bei der schlaffen Hand, während ihre zitterte. »Ich kann deine Sorgen gut nachvollziehen, es geht mir ähnlich. Ich bin auch bestürzt darüber, dass die Novedaner nicht zum sofortigen Gegenschlag ausgeholt haben, als sie gesehen haben, was sich da anbahnte. Ich habe große Angst.«

»Die Novedaner könnten den ganzen Krieg im Keim ersticken! Sie hätten ihn schon vor Jahren beenden können, doch ihre verdammte Diplomatie, ihr unnötig kompliziertes Gruppendenken und ihre verworrene Ethik hat sie davon abgehalten!«, ereiferte sich Lesta. »Sie verschanzen sich lieber hinter ihren Wällen und Burgen, anstatt mit ihren Kanonen die Lalalais zusammenzuschießen und diesem Horror ein frühzeitiges Ende zu bereiten!«

»Leider ist das alles nicht so einfach.« Lila lachte und biss leichtherzig in einen Apfel. »Neun steckt ganz schön in der Patsche, und alle Welt schaut hilflos zu. Unsere einzige Hoffnung besteht in der Tatsache, dass die novedanische Marine der lalalaischen Flotte zahlenmäßig überlegen ist. Wenn wir sie schon nicht an Land zurechtweisen können, so werden wir sie doch komplett von ihren Seewegen abschneiden können; und eine gute Sache hat Eikes Bergingeraktion: Er ist erwiesenermaßen tatkräftig und entschlossen, und die Waffen funktionieren gut. Mal sehen, wie die Lalalais auf unversenkbare Panzerschiffe reagieren!«

»Morgen schon erreichen wir Skum … « Es war eine gewisse Resignation in Leras Augen zu sehen.

»Was wohl unsere Kameraden bei der anderen Flotte machen … ? Ich fürchte, es geht ihnen gerade nicht gut bei ihrem gefährlichen Wagnis«, sprach Lena die Gedanken der anderen aus.

KAPITEL XIII

Von Wegen und Schicksalen der Flotte II

Die sagenumwobene Fahrt der riesigen Flotte II, die es sich zum Ziel gesetzt hatte, auf bisher unbekanntem Wege nach Noveda zu gelangen, kann hier nur stark verkürzt wiedergegeben werden. Wer Interesse an vertiefender Literatur dazu hat, mag in den schier unerschöpflichen Archiven der Universität von Halbstadt dazu Genaueres nachlesen – falls die Halbstädter demjenigen wohlgesonnen genug sind, um Zugang zu gewähren.

Jedenfalls war die Fahrt ein Sinnbild für das deutlich übersteigerte Geltungsbedürfnis der ehrgeizigen Neosannas, welches beinhaltete, es ihren Vorfahren, den Eisannas, gleichzutun, mehr noch, diese zu übertreffen. Nicht nur als ausgleichende Macht im Kriege gegen Lalalai wollten sie sich der Welt präsentieren, sondern eben auch als Erschließer neuer Welten; und so wagten sie, was nicht einmal den Mitgliedern der Novedanischen Union bisher gelungen war: Sie steuerten ihre Flotte an der Küstenlinie Ratachs vorbei gen Osten. Niemals hatten sich Seefahrer über Ratach hinaus in das Meeresgebiet östlich des Geheimen Flusslandes gewagt. Viele Seefahrer dieses Blattes behaupteten sogar, dass überhaupt Land jenseits des Gebietes der Ratach existiere, sei ein Gerücht, denn das Meer und das Land endeten schlichtweg dort, nahe der ratacher Stadt Weltende.

Im Rahmen dieser Erzählung aus der Landwelt liegt das Augenmerk bei der Beschreibung der Wege und des Schicksals der Flotte II auf den Aufzeichnungen der vier von Neun, denn es ist davon auszugehen, dass ihre Wiedergabe authentischer und weniger patriotisch gefärbt ist als die der neosannischen Geschichtsschreiber, welche auch Benelons Erlebnisse und Wirken in der ersten Erzählung dieses Buches, der »Expedition«, im Nachhinein erheblich verzerrt, verfälscht und beschönigt haben.

Aus den Ausführungen des stets kritischen Lama ist Folgendes zu entnehmen: »Wir fuhren an der ruhigen Küste Ratachs entlang, um auf der Ostwestpassage über Mao nach Lalalai zu gelangen. Weder die Ratach im sogenannten äußersten Osten noch das Kaiserreich Mao im sogenannten äußersten Westen hatten jemals voneinander gehört. Trotzdem waren wir alle, exilierte Neuner wie auch Neosannas, nach eingehendem Studium der See- und Landkarten in der großen Bibliothek von Easan davon überzeugt, dass Mao nicht weit östlich von Ratach liegen könne. Die Novedaner hatten sich, einem ihrer unzähligen Aberglauben gemäß, nie nach Westen gewandt, und die anderen riesigen

Reiche in der Region waren niemals Seefahrernationen gewesen. So lag es also an uns, diese unbekannten Gebiete zu erschließen.

Die Fahrt von Neosanna über Videssa nach Ratach verlief problemlos und friedlich. Während ich als Kriegsherr darauf brannte, unsere Feinde zu bekämpfen, passierte rein gar nichts. Wir überquerten unzählige eisannische Kilometer blauer, ruhiger See, selbst die Meerestiere glitten langsam und unbekümmert dahin.

Großer Empfang und Auffüllen der Vorräte auf Videssa, dann weiter Richtung Ratach. Die anderen verfeinerten ihre Zauberkünste, ich widmete mich ganz der strategischen Programmierung meines Hirns hinsichtlich des anstehenden Krieges. Ich versuchte, alles über unsere Feinde zu lernen und abzuspeichern, dachte fieberhaft über ihre Schwachpunkte nach. Das alles vor dem Hintergrund ungetrübter Meeresidylle. Lächerlich. Die Kameraden Sera und Lala waren zu Munklern konvertiert und fanden den temporären Frieden ganz wunderbar. Des Weiteren hofften sie, in der Ostwestpassage ein unbewohntes Land zu entdecken, wo sie dann mit anderen Munklern einen reinen Munklerstaat gründen könnten. Kann man das fassen?! Was ist nur aus unseren treu für Neun kämpfenden Kameraden geworden? Mul stehe uns bei, wahrlich.

Wir segelten an der Küste Ratachs vorbei und gelangten schon nach zwei Tagen in Reichweite der ersten Siedlungen eines bis dato wenig bekannten Reiches namens Atzkutza. Die Bewohner der kleinen Küsten- und Inselstädte wähnten wohl eine Invasion – sie flohen bei unserem Anblick wie aufgekratzt Richtung Inland. Wir verschwendeten wertvolle Zeit mit diplomatischen Verhandlungen in komplexer Zeichensprache, da Schriftbild und Lautkombinationen sowohl dem Neunisch-Lalalaischen als auch dem Neosannisch-Eisannischen in keinster Weise ähnelten. Soweit man weiß, handelt es sich bei diesen Menschen um primitive Bauern und Fischer, die sich vorzugsweise in Lila kleiden und einen braunen Halbmond und einen blauen Stern verehren. Das mit dem Stern wird die Novedaner freuen.«

Die Verfolgung des Flottengeschehens wird mit den Schilderungen des melancholischen Sera fortgesetzt: »Von der Inselstadt Katzutk fuhren wir weiter mit Kurs Nordost an zwei Inseln vorbei, an einer länglichen und einer felsigen Küste entlang, beide unbewohnt und kärglich. Dann folgten wiederum zwei Tage Reise ins Unbekannte, wobei per Fernrohr im Norden stets Küstenland auszumachen war. Wir gelangten zunächst an eine bewaldete Nase, dann auf eine Insel an das Küstenstädtchen Aboshsôl, welches zum Druidenstaat Totenmonten gehört. Die Druiden erinnern mich stark an die Xlaovaner – nur kleiden sie sich zur Gänze in Schwarz-Weiß und flüstern und tuscheln unentwegt, nie habe ich einen von ihnen mit tonvoller Stimme reden hören. Mul sei Dank, sie waren uns eine große Hilfe. Nicht nur tauschten sie mit uns exotische Waren und gaben uns von ihrem merkwürdigen, aber schmackhaften Fischbrot und ihrem Krabbenobst, um erste, vermutlich unbedeutende Lücken in unseren Vorräten zu füllen – und bei Mul, wir sind ja wirklich viele Esser –, sie warnten uns auch vor einer gigantischen Sandbank im Westen und einer geheimnisvollen Verbotenen Zone im Norden, vorausgesetzt, wir konnten das Geflüster richtig übersetzen. Lala und ich beteten zu dieser Zeit viel und danken Mul im Nachhinein für seine treue und gutherzige Führung unserer Großflotte. Ein Schiff unter Kapitän Addo ist desertiert und in Richtung der Verbotenen Zone ausgerissen – wir haben von Addo und seiner Crew seitdem nichts mehr gehört. Möge Mul ihnen Frieden und Glück beschert haben.

Ich betrachtete Tag und Nacht den Totenkopf, den mir Lera geschenkt hat, bevor wir uns aufteilten. Leider gelang es mir nicht, ihn zu beschwören und zum Reden zu bringen. Mul verschloss wohl den Geist des Totenkopfes vor mir. Nichtsdestotrotz tat mir die vertiefende Betrachtung des Schädels sehr gut. Ich konzipierte dort eine neue Gebetsform, um dem heiligen Mul im Geiste näherzukommen: die *Totenkopfmeditation.* Einige Brüder und Schwestern sehen das kritisch, sagen, dass ich angeblich einen Kopf anbete. Aber ich bete den Kopf nicht an, ich bete nur zu Mul. Es ist ja eh alles Materielle vergänglich, also was soll's, hier ist sie:

Die Totenkopfmeditation

Fleckig sein Schädel
Einst weiß wie Elfenbein
Die eine Augenhöhle dunkel, die andere hell
Und hinter dem Schädel die Knochen gekreuzt
Nasenhöhle und Zahnreihen löchrig
So beugt der tote Kopf vor dir sein Haupt
Neidvoll, dass du lebst und atmest
Gewiss, dass du bald bist wie er

Wir segelten einige Tage mit unserer gewaltigen Flottenformation von der Insel Aboshsôl, wo die Menschen mit ihrer pechschwarzen Hautfarbe, ihrer schwarz-weißen Kleidung und ihren stechenden hellblauen Augen so stark kontrastieren, dass man schon fast Kopfschmerzen davon bekommt, gen Südosten, da wir die Sandbank und die Verbotene Zone vermeiden wollten, vor denen wir gewarnt worden waren. Mul leitete uns zu einer riesigen unbewohnten Insel, auf der es von großen, aggressiven Ameisen wimmelt. Wir ankerten in einer kleinen Bucht, in die ein lieblicher See mündet. Es war, als wollte Mul uns die

Schönheit der von Menschen unberührten Natur vor Augen führen, bevor wir in die Schrecken des Krieges eintauchen müssen. Ein Versorgungsschiff samt Crew beschloss, bei der Auffüllbucht zu bleiben und eine kleine Kolonie zu gründen. Wir erklärten die unbewohnte Insel zum offiziellen Besitz Neosannas, hissten die Landesfahne und tauften sie Ameiseninsel. Lala und ich beschlossen, nach dem Krieg dorthin zurückzukehren, Familien zu gründen und die Sprachen der Atzkutza und Totenmonten zu lernen und sie zu missionieren, vielleicht sogar einen eigenen Munklerstaat zu gründen, fernab von Streitigkeiten und Kriegen der von Neid, Besitzgier und Grausamkeit verblendeten ungläubigen Menschen.

Nach dieser kleinen Erholungspause auf der Ameiseninsel, welche viele Neosannas an die Heimat ihrer Vorfahren, Eisanna, erinnerte, segelten wir bis zu ihrer wunderschönen Spitze und fanden ein winziges kreisrundes Eiland vor, auf dem Pinguine leben. Wir hissten die neosannische Fahne und tauften sie Pünktchen. Doch auf Pünktchen mochte niemand zurückbleiben.

Alles war bis dahin harmonisch und friedlich verlaufen, doch dann kam ein gewaltiger Herbststurm auf, meterhohe Wellen machten es unmöglich, Hunderte von Schiffen beieinanderzuhalten, sodass sich die Flotte teilen musste. Mehr als eine Woche kämpfte sich die in zwei ausfransende Teile gespaltene Kriegsflotte durch den furchtbaren Herbststurm, wobei einige Schiffe sanken. Als sich der Sturm lichtete und das Meer, als wäre nie etwas geschehen, wieder leichten Seegang zuließ, erkannten die Teilflotten dank der fantastischen neuen Weitwinkelobjektive, die im Forschungszentrum Neosannas konstruiert worden waren, einander in der Ferne. Man sammelte sich am Festland einer weiteren großen Insel, die ebenfalls gänzlich unbewohnt war – nirgendwo Anzeichen menschenartiger Zivilisation. Schade, dass selbst dieses unberührte Gebiet eines Tages von Menschen übervölkert und verschmutzt sein wird – so ist wohl der Lauf der Dinge.

Einige Schiffe hatten schweren Schaden genommen und mussten provisorisch verankert werden; Erkundungsschiffe wurden ausgeschickt, um die Insel systematisch nach Holzvorkommen abzusuchen. Während die Erkundungsschiffe die Inselküste ins Auge fassten, zählten wir die Schiffe durch und bemerkten zu unserem Schrecken, dass ganze fünf Schiffe fehlten, sie waren wohl im Zuge des Sturmes vom Meer geschluckt worden. Wir haben sie jedenfalls nie wiedergesehen. Wir beteten im Zuge einer Messe für die Toten und betrauerten die Besatzungen der vier Kriegsschiffe und des Versorgungsschiffes.«

Auch die Ansichten der schnell überkochenden Laila müssen an dieser Stelle Berücksichtigung finden:

»Nach einigen Tagen kehrten die Erkundungsschiffe mit der frohen Botschaft zurück, man habe ein riesiges Vorkommen stabilen knorrigen Holzes entdeckt. Das Waldland erstrecke sich viele Kilometer an der Küste entlang, und man brauche es nur zu fällen und zurückzubringen, dann könne man die Schiffe reparieren. All das nahm wertvolle Zeit in Anspruch, und wir waren uns nicht sicher, wie weit der Krieg schon vorangeschritten sein mochte und ob das Land Neun überhaupt noch existierte.

Ich habe zeichnerisch ein Denkmal entworfen und dann mit Nachdruck provisorisch errichten lassen, welches die Seelen der ertrunkenen Seefahrer schützen soll, und zusätzlich einen Meeresgeist beschworen, über das Denkmal zu wachen. Ich hätte gedacht, Lala wäre vehement dagegen, doch seit er zum Munkelglauben konvertiert ist, haben wir uns nicht mehr gestritten. Die Munkler sind immer friedlich und lieblich und an Streit nicht interessiert. Wenn sie sich überhaupt mal aneinander reiben, dann *diskutieren* sie. Dabei kommen sie sich so selig und moralisch erhaben vor, dass sie nicht mehr im Blick haben, wie unglaublich irritierend sie dabei für Nichtgläubige sind.

Erstaunlicherweise harmonisierte sich das Verhältnis zwischen Lala und mir während der Fahrt immer mehr. Wir ließen uns gegenseitig in Ruhe.

Ich lernte während der Reise viele magische Techniken beherrschen: Erst experimentierte ich an mir selber, später mit Lamas Einverständnis an ihm und dann an einigen Seefahrern. Ich kann seitdem willentlich Albträume induzieren und deren Inhalt bestimmen. Den Todesfluch erprobte ich an einigen Fischen mit Erfolg, dann weitete ich ihn auf Pinguine und Schafe aus. Dieses Repertoire an schwarzer Kunst machte mich fortan gefürchtet und unbeliebt, doch ich weiß, einmal mit den Omøn konfrontiert, wird mir keine andere Wahl bleiben, als ihnen eine gute Portion ihrer eigenen Medizin zu verabreichen.

Wir segelten nach erfolgter Reparatur mit hundertvierzig Kriegsschiffen und zweihundertzwanzig Versorgungsschiffen weiter – der Rest war verschollen oder hatte sich entschlossen, bei den Inselkolonien Neosannas zu bleiben. Die Insel, auf der wir uns einige Zeit aufgehalten haben, bekam den Namen Sturmesinsel und auf der Holzburg, die die Siedler im Waldgebiet errichteten, wehte schon bald die Fahne Neosannas. Wir entdeckten auf unserem Weg, immer stetig gen Osten, drei kleine Inseln, die ebenfalls zu Neosannakolonien erklärt wurden. Mir wurde immer mehr bewusst, wie genial die von den Neosannas konstruierten Schiffe waren – binnen kurzer Zeit konnten sie zu Landungsbooten umfunktioniert werden, welche es erlaubten, schnell und ungefährlich an Land zu gehen.

Unsere – ich kann es immer nur aufs Neue betonen – kolossale Flotte segelte weiter zu einer Insel, die sich erst im Nachhinein als solche entpuppen sollte. Unsere Aufklärungsschiffe erkannten trotz der effektiven neuen Fernrohre nicht, dass die Insel lauter tückische Winkel und Buchten enthielt, und jedes Mal, wenn wir dachten, nun könnten wir die Insel umfahren, stellte sich heraus, dass wir in eine weitere verzweigte Bucht geraten waren.

Schließlich mussten einige Schiffe an Land gehen, um erneut Frischwasser und Nahrung aufzunehmen, wobei ein besonders schönes Fleckchen entdeckt wurde, ein kristallklarer Fluss am Fuße eines gewaltigen Berges, umrahmt von meterhohen schützenden Dünenlandschaften. Wieder beschlossen einige Versorger, dort zu bleiben, was deren Anzahl um zehn Schiffe reduzierte. So entdeckten wir die dritte der großen nun Neosanna gehörenden Inseln, die aufgrund ihrer äußerst eigenwilligen Form Winkelinsel getauft wurde. Selbstbewusst und mit frischen Vorräten segelten wir von der Winkelinsel an eine gewaltige Landzunge heran und beschlossen, dieser in Richtung Süden zu folgen. Bedenken kamen zu diesem Zeitpunkt einige auf: Unseren Berechnungen zufolge hätte hier eigentlich das Reich Mao auftauchen müssen, aber so weit wir auch segelten, es waren nur endlose Kilometer sandiges Land auszumachen. Nach einer Woche umzirkelten wir die Spitze der endlosen kargen Zunge und richteten unsere Segel nun so aus, dass die Schiffe nach Norden treiben konnten. Wir wurden von einer sehr starken Strömung erfasst, die unser Tempo dermaßen beschleunigte, dass manche Kriegsschiffe beinahe zusammenstießen.

Ich erinnere mich noch genau an den Tag, als wir Mao erreichten: Mitten in der Nacht stieß der Mann am Ausguck hoch oben in zwanzig eisannischen Metern Höhe einen markerschütternden Schrei aus, sodass wir dachten, er würde gleich ins Meer stürzen. Dann schrie er weiter, immer weiter, ein einziges Wort: ‚Musala! Musala! Musala!' Tatsächlich, er hatte den großen Leuchtturm von Imusala gesehen, und schon am nächsten Tag erreichten wir die Küste von Mao. Retrospektiv wurde uns klar, warum bisher niemand jemals an Mao vorbei gen Westen gesegelt ist: Erst muss man gegen eine gewaltige Südnordströmung ankommen, und selbst wenn man diese mühsam überwunden hat (dies gelang uns nur dank der unglaublich starken motorisierten neosannischen Schiffe), sieht man nur eine endlose, sandige Küste – das Ende der Welt. Bis *wir* das Gegenteil bewiesen. Wir schossen ein Grußfeuerwerk nach neosannischer Art in die Luft, als wir die Küste von Imusala passierten.«

Den Schluss dieser Fahrt wird zu berichten dem undurchschaubaren Wesen Lala Gleigúl übertragen:

»Völlig erschöpft und ausgezehrt erreichten wir schließlich am dreißigsten Tag des zweiten Frühlingsmonats des Todesjahres 5200 nach Schachtelzeitrechnung, vielen Völkern Lanevaels auch bekannt als Monat des Sarges, die gewaltige Hafenstadt Sul des altehrwürdigen Reiches Mao. Sul ist eine gigantische Stadt, wahrscheinlich zu den größten der Welt zu rechnen. Hier wuseln die kleinen, katzengesichtigen Maos herum, und da wir schon von Weitem überall an unseren Schiffen grüne Fahnen gehisst hatten, wertete man unser Erscheinen nicht als Angriff. Das Hafengebiet Suls ist vergleichbar mit dem Easans, sodass nach einigen komplizierten Manövern und einer Menge Improvisation unsere gesamte stolze Kriegsflotte im Hafen von Sul ankern konnte, der aufgrund seiner beispielslosen Größe die entsprechenden Kapazitäten aufweist. Keiner von uns spricht die Maosprache, aber glücklicherweise konnten einige Tunikaguer vor Ort, die sowohl gebrochenes Mao als auch gebrochenes Eisannisch beherrschten, zwischen uns vermitteln.

Ich betete viel und intensiv an diesem Tag. Hatte ich vorher Mul radikal abgelehnt, so wurde mein Glauben an diesen einen Gott als Befrieder und Erlöser dieser unserer Landwelt immer stärker. Ich sah die unterschiedlichsten Kulturen, hörte die merkwürdigsten Sprachen und träumte davon, alle Wesen unter dem Frieden Muls zu vereinen. Trotzdem war mir auch klar, dass die Lalalais nicht zu befrieden sind – diejenigen Munkler, die mit Blumen und Gebeten nach Lalalai gekommen waren, wurden entweder konsequent ausgewiesen, ausgelacht oder versklavt. Ich betete also zu Mul, er möge während des Krieges möglichst viele Wesen verschonen.

Nach einigen Tagen trafen auch Offizielle aus Noveda und Tunikagu ein und berichteten, dass die Flotte I sicher und sogar kriegserfahren in Skum angekommen sei. Wir waren am Boden zerstört: Unser Heimatland Neun war komplett überrannt worden, und an der Grenze zu Noveda und Asetonien sammelten sich Soldaten. Wir beteten lange und vertieft für unsere Freunde und Verwandten in Neun und ich fragte mich des Öfteren, was Mul für ein Gott war, der all dies zuließ. Doch dann wurde mir immer mehr bewusst, dass nicht Mul im Himmel schuld war, dass die kriegstreibenden Lalalais lediglich vom Schatten der Omøn ins Dunkle getrieben worden waren und das ewig brennende Licht der Liebe und des Friedens nicht sehen können.

In vielen strengstens geheimen Treffen folgten hitzige emotionale Diskussionen, wie man angesichts all dessen vorgehen sollte. Natürlich waren wir dafür, dass Neun als Erstes befreit werden sollte, aber die Kurzsichtigkeit dieses Unterfangens wurde uns schnell bewusst: Selbst wenn wir Neun befreien konnten, die in die Millionen gehende, technisch gut ausgerüstete und taktisch klug geführte Armee der Lalalais würde uns schon bald wieder vertreiben.

Schließlich stimmte die Mehrheit der Befugten, zu denen auch wir gehörten, für den Plan Nedivas, der zur Großgruppe Nedovas gehörte: Inspiriert von unseren Berichten über die Fahrt von Ratach nach Mao entlang der Inseln würde die Neosannsiche Flotte II die zwischen Tunigkagu und Lalalai geteilte Kon-Insel besetzen und befestigen, ferner die kleine Insel Body-Snodi, die zwar unbedeutend ist, aber auch zu Lalalai gehört und der Vollständigkeit halber eingenommen werden muss – wer weiß, vielleicht verstecken sich dort Spione? Gleichzeitig würde die Flotte I die zwischen Noveda und Lalalai geteilte Insel Ialo besetzen, die aufseiten beider Kriegsparteien stark befestigt ist. Die motorisierten Panzerschiffe eigneten sich aufgrund ihrer stärkeren Resistenz und Durchschlagskraft am besten für diese Aufgabe. Es war klar, dass auf dem Festland Lalalai überlegen ist. Aber auf dem Seeweg könnte man sie abschneiden und isolieren, dann langsam aufreiben.

Derweil ging die offiziell verkündete Entdeckung der Ostwestpassage und der damit einhergehende Beweis, dass die Landwelt rund sein müsse, wie ein Lauffeuer in Lanevael um. Es war unmöglich, die Präsenz unserer Flotte in Sul oder die Geschichte der Befahrung der Ostwestpassage samt ihren sagenhaften, bis dato völlig unbekannten Ländern und Landschaften geheim zu halten. Nicht nur würde ein Heer von Expediteuren aller Herren Länder nun versuchen, irgendwie auf dieses neue, bisher unbekannte Blatt zu gelangen, um es aufzuteilen und zu erforschen, auch die Lalalais würden davon Wind bekommen, dass eine ernst zu nehmende Kriegsflotte einer fremden Kultur nun präsent war und zu Angriffen und Eingriffen in die Geschichte des Krieges bereit war. In der Zeit, in der die anderen, darunter sehr eifrig auch Lama und Laila, Vorbereitungen für den kommenden Krieg trafen, kartografierten wir friedlichen Munkler, also Sera und meine Wenigkeit, unter Rückgriff auf unsere Aufzeichnungen die Inseln und Landschaften sorgfältig und schmiedeten Pläne für eine Expedition, die stattfinden sollte, sobald dieser schreckliche Krieg beendet wäre. Wir entwarfen auch einen Namen für dieses noch unbeschriebene Blatt, das es schon bald zu erforschen galt: Atupia.«

KAPITEL XIV

Okkulte Okkupation

Die Entscheidung der Novedaner, Neun zugunsten der Sicherung der eigenen Landesgrenzen nicht mit Unterstützung der Neosannas von den Lalalais zu befreien, führte dazu, dass die Omøn ein wahres Schattenreich aus dem zurückeroberten Südgebiet Lalalais machten. Das Grauen begann mit unberechenbaren Verschleppungen. Diese Menschen tauchten nie wieder auf. Manche Wagemutige, welche die Omøn heimlich bei der Praktizierung ihrer abscheulichen Riten beobachteten, berichteten später glaubhaft, dass es sich um grausame Menschenopfer gehandelt habe, aus denen die Omøn – so mutmaßte man – ihre Energie bezogen.

In den Städten wurden sogenannte Aggressoren eingesetzt, um Aufmüpfige auszumerzen, die trotz des Besatzungsterrors versuchten, ihre Freiheit zurückzuerkämpfen. Die Aggressoren folterten und töteten wahllos Personen, welche in irgendeiner Form mit den Aufständischen zu tun hatten, seien es Angehörige, Freunde oder sehr lose Kontakte bis hin zu zufälligen, manchmal ungewollten Begegnungen. Diese Maßnahme erwies sich als äußerst effektiv: Innerhalb weniger Wochen war der Widerstand vollständig gebrochen.

Während die Besatzungstruppen Lalalais die Hafenanlagen kriegsbereit machten – Spione hatten berichtet, dass seltsame Fremde aus Osten und Westen herbeigekommen waren, um die Novedaner zu unterstützen –, wurden im Inland radikale *Umstrukturierungsmaßnahmen* eingeleitet, jedenfalls bezeichnete sie der Diktator Gnom so. Zu diesen Umstrukturierungsmaßnahmen gehörte es, dass die Kultur der Neun vollkommen zerstört und im Zuge der *kulturellen Vereinheitlichung* ersetzt wurde.

Dazu erklärte Diktator Gnom: »Alle Kultur in Neun ist mondän und unzweckmäßig. Eine jede Kultur hat entweder rein funktional zu sein oder der Stärkung des Volksgeistes Lalalais zu dienen. Alle artfremden Elemente müssen eingeschränkt, isoliert und schließlich zerstört werden.«

So wurden insbesondere die Munklerkirchen, die sich in der einst unabhängigen Republik großer Beliebtheit erfreut hatten, in Omøntempel umfunktioniert – denn diese dienten schließlich der Stärkung des lalalaischen Volksgeistes. Auch die Dichtkunst wurde zensiert. Während die Neun ursprünglich als Volk der Dichter galten, wo vor allem die experimentelle, unorthodoxe Dichtkunst gefördert und bejubelt wurde, führten die Lalalais ausnahmslos die epische Dichtung ein. Im Mittelpunkt all dieser

Dichtung stand der heldenhafte Kampf der Lalalais gegen die vor allem novedanischen Feinde, und man erging sich in endlosen, gering variierenden Abhandlungen über die Schlechtigkeit und Lächerlichkeit der Novedanischen Union und die Heldenhaftigkeit des Volkes Lalalai.

Zudem führten die Omøn überall sogenannte Todesrunen ein – Kennzeichnungen für Häuser, wo Verstöße gegen die neu eingeführte Ordnung der Besatzer erfolgt waren. Die magischen Runen verliehen den Omøn die Fähigkeit, Menschen zu töten, ohne am Ort des Geschehens anwesend zu sein. So legte sich allmählich eine bleierne, allumfassende Depression über Neun; die Menschen fühlten sich hilflos und ausgeliefert.

Sondereinsatzkommando

Während die Flotte II unter Anleitung der Tunikaguer die Kon-Insel angriff, machte sich in der Dunkelheit der Nacht ein einziges Kriegsschiff auf die Reise nach Body-Snodi. Die Reise war gefährlich: Man befand sich nun auf dem Hoheitsgebiet der Lalalais, und es konnte durchaus vorkommen, dass man von einem Patrouillenboot oder einem Schlachtschiff überrascht wurde, das zu diesem Zeitpunkt die gleichen Seewege kreuzte.

Laila beobachtete Lama bei der Zusammenstellung seiner diversen Waffen und Ausrüstungsgegenstände. »Bis an die Zähne bewaffnet«, kommentierte sie seine gewissenhafte Vorbereitung des Einsatzes von Instrumenten, die allesamt nur einen Zweck kannten: töten.

»Du hingegen trägst keine Waffen«, grummelte der stämmige Lama.

»Die Geister aus den Untiefen des Meeres stehen mir bei«, sagte Laila mit eiskalter Miene. »Sie werden schreckliche Dinge mit den Gehirnen der gegnerischen Soldaten anstellen.«

Lama nahm ihre Hände. Es tat gut, sie zu spüren, denn die Glocke läutete. In wenigen Sekunden würden die Kanonen des Schiffes Blei auf die Hafenbesatzung spucken.

Die düstere Burg ragte, von einem unheimlichen Leuchtturmlicht in Szene gesetzt, wehrhaft aus dem wogenden Meer heraus. Man konnte ihre schwindelerregend hohen Zinnen schon von Weitem sehen.

»Es geht los!«, schnappte Lama. Sein Herz hämmerte wild, als er gemeinsam mit Laila von der Reling aus beobachtete, wie die gewaltigen Langstreckenkanonen die altmodischen Kriegsschiffe im Hafen in Brand setzten und eins nach dem anderen versenkten.

Laila richtete ihre eigenhändig konstruierten und heimlich erprobten magischen

Magneten auf den Grund des Ozeans und beschwor seltsam illuminierte Monstrositäten herauf.

»Sieh, Lama«, sagte Laila emotionslos, als sie ihrem Mitstreiter ihr Fernrohr reichte. »Viele unserer Feinde stürzen sich ins Meer. Die unheiligen Tiefmeergeister rauben ihnen den Verstand.«

»Was für ein grausamer Tod. Sie werden ertrinken!«

»Sie haben es nicht anders verdient.«

»Manchmal bist du so kalt, Laila.«

Es war leicht, die Lalalais im Hafen zu überraschen, da niemand damit gerechnet hatte, dass die abgeschlagene Insel von militärisch-strategischem Interesse sein könnte. Als etwas schwieriger erwies es sich, die massive Burg zu entern. Die eisernen Tore waren fest geschlossen, und als sich ihr einige mutige Soldaten auf etwa fünfzig eisannische Meter näherten, wurden sie gnadenlos niedergeschossen. Es blieb nichts anderes übrig, als die Kanonen in einem aufwendigen Verfahren an Land und in Position zu bringen. Man würde sich den Weg freischießen müssen, ehe eventuell Verstärkung aus Lalalai, geplant oder ungeplant, eintreffen konnte.

Im Morgengrauen stieg ein großer Heißluftballon über der Burg auf, und von einer Höhe, in der sie nicht abgeschossen werden konnten, warfen Laila und Lama Brandbomben und Sprengsätze herab, die verheerenden Schaden anrichteten, während die Kanonen das Tor der Burg bearbeiteten.

»Wir müssen den Ballon schnell senken!«, schrie Lama.

»Was ist, wenn sie versuchen, uns auf dem Weg zum Burghof abzuschießen?«, erwiderte Laila schrill.

»Uns wird niemand abschießen! Die sind alle zu beschäftigt, die Neosannas aus der Burg herauszuhalten!« So senkten die beiden den Ballon ab, bis sie auf der höchsten Turmzinne angekommen waren, wo er sich verhakte, sodass die beiden Neuner beinahe aus dem Ballon herausgeschleudert worden wären. Doch durch eine tollkühne akrobatische Aktion vermieden sie es, in den Innenhof der Burg zu fallen, wo sie auf dem steinernen Boden mit hoher Gewissheit zerschellt wären.

Ausgerechnet im Zinnenzimmer, in das die beiden hineinplatzten, hatte sich ein hoch nervöser Wachmann verschanzt. Er richtete seinen Karabiner auf Lama, und noch ehe dieser reagieren konnte, traf die volle Salve des Wachmanns seinen Körper, und er sank mit zerfetzter Brust zusammen. Laila schrie auf und warf sich auf den Wachmann, doch ehe sie ihn erreichen konnte, hatte er bereits seinen Degen gezückt, und da er im Kampf geübt war, während Laila keine Waffe bei sich trug, stieß er rasch zu; und so waren binnen weniger Sekunden zwei Mitglieder der legendären Neun von Neun tot.

Weit unterhalb des Zinnenzimmers gelang es den zweihundert gelandeten Neosannas tatsächlich, die Wachmannschaft der Burg, die sich seit dem Angriff der Tiefmeergeister auf nur noch hundertfünfzig Soldaten belief, zügig zu überwältigen und die arg gebeutelten politischen Gefangenen zu befreien. Umso bestürzter waren sie, als sie das Zimmer fanden, in dem der Wachmann Lama erschossen und Laila erstochen hatte. Als die neosannischen Soldaten das Zimmer stürmten, stürzte sich der Wachmann schreiend aus dem Turmfenster.

Von den Kon

Sera und Lala hatten, was die rein militärische Seite des neosannischen Angriffes auf die Kon-Insel betraf, keine operative Funktion. Sie richteten sich jedoch in einem Lazarettzelt eine Art Kissenecke ein, in der sie seelisch verwundete Soldaten, welche über die unaushaltbaren Folgen der schweren Kämpfe mit den sichtlich überraschten, nichtsdestotrotz sich zäh verteidigenden Lalalais klagten, sich ausruhen ließen und über persönliche Gespräche mithilfe von Muls Liebe und Gnade spirituell unterstützten.

Nach einem langen Tag voller erschöpfender Gespräche, in denen den beiden Munklern bewusst wurde, dass die Schrecken des Krieges wohl intensiver waren, als sich das irgendwer im Vorfeld der Inselschlacht hätte ausmalen können, trat eine ältere Dame herein, deren Haut sonnengebräunt und voller Falten war. Sie machte einen höflichen Knicks und spuckte dann, nach Art der Kon, zweimal kräftig auf den Boden.

Lala war leicht irritiert bis amüsiert über ihr seiner Ansicht nach merkwürdiges Gebaren und wies sie an, sich hinzusetzen. Da sie die Tunikagusprache beherrschte, konnte sie sich mit Lala unterhalten, der eine ausgezeichnete, überdurchschnittlich ausgeprägte Fähigkeit zur Sprachassimilation sein Eigen nannte. Sera hockte staunend daneben und verstand kein Wort.

»Seid gegrüßt, Fremde. Wir waren uns gewiss, dass Ihr eines Tages eintreffen würdet; so seid Ihr nun also das vierte Volk, das um diese Insel kämpft.«

»Mul sei Dank, der erste Mensch, der an diesem Tag etwas Positives zu erzählen hat. Heute hatten wir bereits genug verwundete Seelen, noch mehr allerdings an verwundeten Körpern, hier in unserem Munklerzelt.«

»Oh, der Krieg zieht keine positiven Dinge nach sich. Aber wir Kon sind fröhliche

Menschen. Wir kennen unsere Zukunft, also leben wir ohne Furcht. Deswegen sind wir immer ausgelassen und vergnügt, egal wer gerade um die Insel unserer Vorfahren kämpft.«

»Ich finde interessant, dass Ihr behauptet, dass Ihr unser Kommen mit Gewissheit betrachtet habt. Was gibt Euch diese Gewissheit, meine werte Dame?«

»Oh, junger Mensch, das war hier schon immer so. Seit so vielen Jahren schon leben wir Kon hier, manche sagen, so viele Jahre, wie es Sterne am Firmament gibt. Vor fünfhundert Jahren – und junger Mann, ich spreche von der allgemein anerkannten Zeitrechnung – kamen dann die Männer und Frauen aus Tunikagu, besetzten die Insel, und es war klar, dass wir nicht gegen sie kämpfen würden. Wir haben keine Städte, keine Waffen, nur unsere kleinen Hütten und Fischerboote. Wir bereiteten ihnen köstliche Muschelspeisen, sangen und tanzten für sie, später lernten wir ihre Sprache, die wir beide ja auch gerade sprechen, junger Mann.«

»Ihr habt Euch den Eindringlingen nicht widersetzt?«

»Krieg, Verzweiflung und Mord, alle negativen Gedanken, das sind alles Illusionen, mit denen man versucht, das Unmögliche möglich zu machen.«

»Was meint Ihr damit?«

»Junger Mensch, den Frieden des Universums zu brechen, ist unmöglich, die ewige Balance der kleinsten Teile, die Harmonie der Sterne, die explodieren und neu geboren werden – das hat mit alldem hier unten auf unserer Insel nichts zu tun. Man kann die Harmonie und Balance dieser Insel zerstören, niemals aber die des Universums.«

»Mein Freund und Bruder Sera hier und ich, wir glauben auch an den ewigen Frieden. Er war, ist und kommt durch Mul im Himmel. An was glaubt ihr Kon?«

»Wir glauben an die Riten des Himmels.«

»Was sind das für Riten?«

»Die Erkenntnis der wahren Welt beginnt mit der Einführung in die Geheimnisse der Horizonte.«

Sera verließ daraufhin den Raum, da er wirklich gar nichts von dem, was die beiden angeregt austauschten, verstand.

»Was ist das für ein Geheimnis?«

»Oh, junger Mensch, ich darf darüber nicht viel erzählen. Entweder die Horizonte verraten Euch das Geheimnis bei intensiver Betrachtung oder eben nicht. Ich würde die Ergründung dieses uralten Mysteriums auch niemals aktiv verfolgen. Die Horizonte schicken uns alles Erdenkliche übers Meer. Erst schickten sie das Volk der gefrorenen Brise hierhin. Dann schickten sie die Wilden mit den Bäumen hierher, die ihr gerade bekämpft. Das Volk der gefrorenen Brise und die Wilden mit den Bäumen; junger Mensch, sie brachten ihre eigenen Bäume mit und verpflanzten deren Samen am Inselende, bis ein prächtiger Wald wuchs.«

»Ihr bezeichnet die Lalalais also als Wilde mit den Bäumen … «

»Ihre Bösartigkeit ist der Schatten des Waldfluches. Auch für sie tanzten, sangen und kochten wir, doch sie vertrieben uns mit Peitschen oder zwangen uns zu arbeiten. Die Horizonte schickten uns also das Gute und das Böse; und mit der Flut schickten sie auch Euer Volk auf Booten, die bis zum Sand fahren und aus deren Klappen furchterregende Krieger springen. Nun sagt mir, junger Mensch: Was für ein Volk seid Ihr?«

»Wir sind die Kinder Muls, des Herrn. Wir führen nur dann Krieg, wenn wir müssen. Wir gehen nach dem Tod zu Mul ins Land des Friedens und der Liebe.«

»Wir gehen nach dem Tod auch in ein solches Land. Die Weisen sagen, es sei wie ein großer Springbrunnen, in dessen warmem Wasser alle Menschen glücklich plantschen.«

»Welche Wege führen dorthin?«

»Alle. Jeder Mensch kommt dorthin, auch die Bösen.«

»Zu Mul führen, der Kirche der Munkler gemäß, neun heilige Wege: Altruismus, Friedfertigkeit, Geduld, Gerechtigkeit, Hartnäckigkeit, Leidenschaft, Wahrhaftigkeit, Zuverlässigkeit und Liebe. Erst wenn der Mensch all dies in sich vereint, offenbart Mul ihm das Licht des Friedens.«

»Wenn man sich die Kämpfe ansieht, die Ihr gegen die Wilden mit den Bäumen führt, so scheint das Licht des Friedens erloschen zu sein.«

»So scheint es. Doch wir müssen uns gegen sie wehren. Sie greifen uns mit Frostfällern an – magische Waffen der Omøn, mit denen sie Menschen erfrieren lassen können. Wir bekämpfen sie mit neuen technischen Waffen aus Neosanna – Flammenspuckern, die überall für Schutt und Asche, Rauchwolken und Brände sorgen.«

»Omøn, Neosanna … Das ist alles neu für mich. Ich werde schnell müde, so ist das im Alter. Junger Mensch, ich würde morgen gerne wiederkommen.«

»Sehr gerne, werte Dame.«

Akinuki-Kon und Lala unterhielten sich noch oft in den nächsten Tagen. Nach einer Woche war die Kon-Insel vollständig besetzt, die Voraussetzung für den Sieg brachte eine neuartige militärische Strategie, mit der man die Schwachpunkte der Gegner effizient zusammenfassen und sie somit an ihren empfindlichsten Punkten gezielt angreifen konnte. Zwar hielten sich, insbesondere in den Wäldern am Inselende, noch vereinzelte Gruppen von Lalalaisoldaten auf, welche die Besatzer bei Transportfahrten aus dem Hinterhalt mit Frostfällern angriffen, doch die Insel geriet schließlich fest und endgültig unter Neosannas Kontrolle.

Während die Lalalais im Zuge dessen Tunikagu und Neosanna offiziell den Krieg erklärten, verrieten die befreiten Kon Sera und Lala das Geheimnis der unendlichen Wolken des Kosmos.

Das Grauen von Ialo

Da liegt sie vor mir. Die Insel Ialo. Wie ein großes Ei liegt sie da, rund und wertvoll im Meer von Noveda. Wenn wir sie angreifen, sind wir mitten im Krieg. Lalalai schlägt Neun … und nun schlägt Neosanna Lalalai. Nur die Novedaner sind fein raus. Dabei ist es ihr Land, das es zu verteidigen gilt; und in allen künftigen Generationen wird man sagen: Die Neosannas fuhren übers Meer und gewannen den Krieg gegen Lalalai.

»Du bist so still, Eike. Seit Stunden sitzt du schon in deinem Büro über den Plänen von Ialo. Du solltest lieber mit mir im wunderschönen Hafen von Silabo spazieren gehen, solange der Krieg in dieser Region noch nicht angefangen hat.«

Ah, Lola. Du Feine. Seit Wochen schon lieben wir uns inbrünstig. Du bist so klug. Hast so einen unglaublichen Verstand. Aber merkst du denn nicht, dass der Krieg schon längst wütet? Du kannst mein Schweigen nicht verstehen. Niemand kann mein Schweigen verstehen. Seit heute Morgen habe ich mit niemandem geredet. Mich interessiert nur die bevorstehende Schlacht. Lola verlässt den Raum wieder. Sie guckt irritiert, weil ich ihr nicht antworte. Dabei wäre ich ihr so gerne nah. Doch ich kann nicht. Ich muss mich sammeln, ganz bei mir sein. In wenigen Tagen greifen wir an, und dann?

Der junge Druidenfürst Emlonofuhe saß auf seinem Schwarzwurzelthron in der kleinen Küstenstadt Dido, welche die einzige Siedlung der Smaragdaner auf Ialo war. Die Fingerspitzen seiner zueinandergewandten gekrümmten Hände berührten sich unablässig, und ein bösartiges schiefes Lächeln durchzog sein Gesicht.

»Die Novedaner schaufeln sich gerade ihr eigenes Grab. Sobald ihre dämlichen Verbündeten die ersten Schüsse auf die lalalaische Küstenfestung um die Stadt Dialo abfeuern, geht über diesen mystischen Teleporter hier vor mir ein Signal an die Omøn in Lalalai.« Er lächelte seine Berater, die zur berüchtigten Bsonnakaste gehörten, boshaft an. »Dann weiß alle Landwelt, und das bis in alle Ewigkeit: Noveda hat Lalalai angegriffen und nicht umgekehrt. Unsere Truppen vor Eerenskal stehen schon bereit. Der Marschbefehl erfolgt, sobald die Omøn vom stupiden Vorgehen der Novedaner in Kenntnis gesetzt wurden. Ist der Teleporter einwandfrei betriebsbereit?«

»Ja, Emlonofuhe, hoher Druidenfürst.«

»Gut. Wir müssen uns stark konzentrieren, damit wir das Signal nicht verzerren. Vergesst nicht, die Frequenzen der Omøn können unberechenbar werden.«

Nach einer Sanduhrfüllung kam der Eilbote mit der Nachricht, dass die Lalalais in Dialo von fremdartigen Panzerschiffen angegriffen würden. Die Verteidiger seien in die befestigten Lager im Inland geflohen, gleichzeitig hätten Soldaten aus dem novedanischen Ostteil der Stadt den lalalaischen Westteil eingenommen und auch an anderen Stellen die Grenze überschritten.

»Hervorragend, damit schaufeln sie sich tatsächlich mit spitzen Spatenstichen ihr eigenes Grab! Stellt den Teleporter ein!«

Emlonofuhe richtete seine Gedanken auf das Medium. Er musste mehrfach abbrechen und erneut beginnen, da die absolute Konzentration auf die Gedankenfrequenzen der Omøn sehr anstrengend war. Doch dann empfing er aus weiter Entfernung leise eine Stimme, die immer gewaltiger wurde, je länger er sich konzentrierte.

Wer wagt sich in unsere Sphären vor?

Es fragte eine schauderhafte Stimme aus dem Nichts, welche selbst die skrupellosen Bsonnas in Schrecken versetzte.

»Es ist Emlonofuhe, Druidenfürst aus Dido! Ich melde den mächtigen Omøn, dass die Novedaner und ihre Verbündeten den Angriff auf lalalaisches Territorium auf Ialo begonnen haben!«

Ist das absolut sicher?

»Jawohl, o mächtiger dunkler Geist. Wenn es sich um eine Fehlmeldung handelt, gehört euch die Seele des Eilboten.« Der Eilbote schluckte.

Wenn es nicht stimmt, sterbt ihr beide.

Die Stimme brach abrupt ab. Dann stellten sich bei allen, die im Raum gewesen waren, starke Kopfschmerzen ein, da sie gerade mit Omønenergie in Verbindung gekommen waren. Emlonofuhe war das völlig egal. Auch mit Kopfschmerzen überprüfte er ein letztes Mal das Tage zuvor vorbereitete Protestschreiben, welches in übertriebener, aber konziser Art und Weise das barbarische Vorgehen der Novedaner beschrieb, welche in ihrem imperialistischen Angriffskrieg gedachten, Ialo zu einem weiteren Teil ihrer grotesken Novedanischen Union zu machen.

Am nächsten Tag, die Schlacht um die große Insel Ialo tobte schon längst, setzte Emlonofuhe sich mit diesem Schreiben in seiner Diplomatenfregatte ab, und da die Smaragdaner auf dem Blatt Krug offiziell neutralen Status hatten, gelangte er mühelos durch novedanisches Hoheitsgebiet. Er nahm Kurs auf seine Heimat Smaragdana. Da die Smaragdaner erst später in den Krieg eingreifen wollten, würden sie sich zunächst um die logistische Verbreitung anti-novedanischer Propaganda kümmern. Er gedachte, die Schlechtigkeit der Novedaner und ihrer Machtstrukturen offenzulegen.

Die Fregatte erreichte nach mehrwöchiger Fahrt das gefürchtete Reich Smaragdana, welches seit Hunderten von Jahren von einer Kriegerkaste regiert wurde, deren Vorstellung von Hedonismus darin bestand, auf einer flachen Matte in einer kargen Bambushütte zu liegen und sich vorzustellen, auf wie viele unterschiedliche Arten man seinen Feinden den Garaus machen könnte. Alle Funktionalität des zivilen Lebens war auf den Aufbau des Kriegsflottenapparates ausgerichtet. Alle Logik war rein auf militärisches Denken gepolt, und in den Grundschulen des Landes gab es für die kleinen Jungen und Mädchen eigentlich nur ein Fach: Krieg. Das System von Normen und Ethik hatte den simplen Grundsatz, dass alles Handeln, Denken und Fühlen, das den Smaragdanern im Allgemeinen und insbesondere den Bsonnas in irgendeiner Form schaden könnte, verwerflich sei und aufs Härteste bestraft werden müsse. Empirische Untersuchungen von Exekutionen infolge von Verstößen gegen die auf dieser mehr als fragwürdigen Ethik basierenden Gesetze wurden regelmäßig veröffentlicht, um möglichen Protest respektive kritische Stimmen im Keim zu ersticken.

Gelisei schimmerte blau und majestätisch in der kühlen verregneten Herbstnacht, als die neosannischen Soldaten, welche die Trutzburgen Ialos mit ihren angelandeten Bodentruppen belagerten, etwas äußerst Beunruhigendes zwischen den Zitadellen erspähten. Die Omøn, die auch einige Adepten ihres fragwürdigen Todeskultes nach Ialo eingeschleust hatten, entzündeten die berüchtigten schwarzen Feuer, welche sie von den Wehrtürmen auf die Belagerer schleuderten. Wen das schwarze Feuer traf, verbrannte nicht; er wurde lediglich zum Geist, verlor seine materielle Hülle und wandelte hilflos auf der Insel umher, unbegraben und laut Ansicht der Munkler der gerechten Chance beraubt, seine entweichende Seele mit Mul im Himmel vereinen zu können.

Eike reagierte zunächst stur; er warf immer neue Bataillone gegen die vier Trutzburgen, doch selbst mit Unterstützung der novedanischen Bodentruppen von der Ostseite der Insel schaffte man es nicht, die Festungen einzunehmen; zu groß war die Angst der Angreifer davor, mit den schwarzen Flammen in Berührung zu kommen. So beschloss man, die Trutzburgen erst einmal zu belagern. Der Hunger würde die Verteidiger irgendwann zwangsläufig hinaustreiben, und dann würde man sie abschießen, einen nach dem anderen, bis sie sich vollständig ergaben.

Schließlich zeigten sich die Verteidiger am fünfzehnten Tag des Fadenmonats widerstrebend auf den Zinnen ihrer Wehrtürme und hissten die grüne Fahne. Von den schaurigen Adepten der Omøn jedoch fehlte jede Spur. Sie mussten sich hinfortteleportiert haben. Der Jubel unter den Novedanern war zunächst groß: Die Lalalais waren nach langer Fremdherrschaft von der Insel vertrieben worden, und auch die Kon-Insel und Body-Snodi seien erfolgreich befreit worden, verkündeten die Marktschreier unter dem Gejubel der Meute. So feierten die Novedaner ein rauschendes Fest, während die ersten lalalaischen Truppen die novedanische Staatsgrenzen mit Stoßrichtung Asetonien überschritten. Es sollte das letzte große Fest vor dem wirklich drastischen Ausbruch des Krieges sein.

KAPITEL XV

Das Jahr des Todes

Auf der Insel Ialo erwachte ein namenloses Grauen zum Leben: Man erzählte sich, die verstörten Geister der gefallenen Neosannas spukten um die Trutzburgen herum, und so gab es viele Orte auf der Insel, die verwilderten und zuwucherten, da alle Lebewesen, egal ob Mensch, Tier oder Insekt, sie konsequent mieden.

Dies hörten die beiden inzwischen recht berühmten Munkler Sera und Lala und baten den Konsul von Ialo, in der Nähe dieser verruchten Orte kleine Munkelkapellen errichten zu lassen, um die verstörten Geister spirituell begleiten zu können. Um das Grauen von Ialo einzudämmen, begannen Sera und Lala im Schutze ihrer geweihten Kapellen mit Ritualen, um mit den ruhelosen Geistern Kontakt aufzunehmen. Die Kapellen wurden zudem magisch von Lola, Lila, Lena, Lera und Lesta bewacht, die mit Sera und Lala unter traurigen Umständen wiedervereint worden waren. Zum einen war Neun immer noch besetzt, und obwohl die internationalen Truppen aus Segal, Eisanna, dem Reich der Xlaover und Neosanna inzwischen allesamt in Noveda eingetroffen waren, hatten die Novedaner sie überredet, Noveda zu verteidigen, statt Neun zu befreien – so zumindest erschien es ihnen. Bitterlich beweinten sie den Tod ihrer beiden Weggefährten Lama und Laila, die auf Body-Snodi beerdigt lagen.

Lala diente den ruhelosen Geistern der mit schwarzem Feuer in Berührung gekommenen Neosannas und Novedaner als Medium in den rituellen Séancen, da Laila diese Aufgabe leider nicht mehr übernehmen konnte. Sera versuchte, den Geistern anhand der Werte der Munkler – Altruismus, Friedfertigkeit, Geduld, Gerechtigkeit, Hartnäckigkeit, Leidenschaft, Wahrheit, Zuverlässigkeit und Liebe – den Pfad zu Mul im Himmel zu weisen.

Daraufhin entbrannte zwischen der atheistischen Gottesforscherin Lola und dem Obermunkler Lala ein Streitgespräch.

»Wie sieht dieser Mul eigentlich aus, Lala?«

»Mul hat die Schwingen eines kosmischen Falken und strahlt heller als eintausend Sonnen. Daher kannst du sein wahres Antlitz nicht erkennen. Du würdest blind werden in dem Moment, wo du ihn sähest. Ab dieser Begegnung wüsstest du zwar, wie Mul aussieht, hättest aber keine Augen mehr, die Welt zu sehen.«

»Warum kann es denn überhaupt nur diesen einen Gott geben?«

»Weil sich dieser eine Gott den ersten Munklern auf der Dalahalbinsel zu Kernland offenbart hat. Mul ist die Wahrheit.«

»Lala, hast du in meiner Theorie die Stelle überlesen, wo ich folgende Thesen aufstelle? Es gibt zwei Götter; und dass alles aus einem Dualismus zweier Schöpfergötter entstanden ist; dass diese Schöpfergötter mal symbiotisch, mal dialektisch bei der Erschaffung dieser unserer Landwelt vorgegangen sein müssen, sodass alles hier alt und mythologisch und zugleich jung und zukunftsweisend ist; dass ein sehr junger, reifer werdender Gott und ein älterer, allmählich zur Weisheit gelangender Gott für all das hier verantwortlich sind.«

»Nein, Lola, ganz und gar nicht. Was du geisteswissenschaftlich Dialektik, Dualismus, Symbiose und dergleichen nennst, sind alles Beschreibungen der beiden Eigenschaften ein und desselben Gottes: Mul denkt wie ein Kind und handelt wie ein Mann, der im Leben steht, aber dann denkt er auch wie ein Weiser und handelt spielerisch leicht. Beides in beidem ist alles in allem.«

Unter dem Grundsatz »Beides in beidem ist alles in allem«, in der Neunsprache »Oidu é oidus kd oiduj é oidujs«, verfasste der von dem vorangegangenen Gespräch mit Lola inspirierte Lala nun seinerseits eine Reihe unzusammenhängender theologischer Schriften, welche innerhalb von wenigen Tagen dazu führten, dass Lala und Sera eine eigenständige Sekte gründeten, während Asetonien komplett von den Truppen Lalalais besetzt wurde. Die Darstellungen der neuartigen Sekte, die nach den Anfangsbuchstaben ihres Leitsatzes benannt wurde – OÉKOÉO –, wichen auf für die traditionellen Munkler inakzeptable Weise von ihrer heiligen Glaubensdoktrin ab. Während die Munkler den zunächst namenlosen Mul traditionell als göttliche Inkarnation von Liebe und Frieden angesehen hatten, dessen Botschaft sie in aller Welt verbreitet sehen wollten, waren die Werte Liebe und Frieden über Hunderte von Jahren zu einem sehr viel komplexeren und auch zum Teil widersprüchlichen Wertgefüge mutiert. Damit konnten die Munkler noch leben.

Doch in einer weiteren Abweichung stellte die OÉKOÉO-Sekte sehr zum Unwillen der Munkler den Gott Mul nun als einen Mannsjungen dar, der auf kosmischen Schwingen flog und der dem irdischen Menschen gar nicht zugänglich war. Aber was die konservativen Munkler *wirklich* auf die Palme brachte, war der Umstand, dass Lala, der in seiner Sekte als Prophet galt, nun behauptete, das Universum selbst sei für die Geburt Muls zuständig, der wiederum ein Universum geschaffen habe, welches, gleich einer Fruchtblase, von einer Frau umgeben war, Muls göttlicher Frau – die dann irgendwann ihrerseits das Universum als weiteren Gott gebären werde. Das eine entsteht aus dem anderen, alles ist in allem enthalten, oidu é oidus kd oiduj é oidujs. Derartig komplizierte religiöse Vorstellungen verunsicherten viele Menschen, sodass die Sekte außerhalb Ialos keine große Verbreitung erlangen sollte.

Die übrigen Verbliebenen der Neun von Neun grenzten sich stark vom sektiererischen Verhalten Lalas und Seras ab. Lola blühte in Gegenwart ihres von Sorgen geplagten Mannes Eike richtig auf und unterstützte ihn selbstbewusst und kreativ. Für sie war der nun ausgebrochene Krieg ein Neubeginn. Fest entschlossen, ihr besetztes Heimatland Neun aus den Klauen der bösartigen Besatzer zu befreien, war sie klug genug zu erkennen, dass sie Eike und die neosannischen Schiffe brauchen würde, um dieses Ziel zu erreichen, und meinte, zwei Fliegen mit einer Klappe schlagen zu können: Sie würde sich in ihrer Liebe zu Eike verwirklichen und gleichzeitig dem ursprünglichen Schwur, der Idee der Neun von Neun, treu bleiben.

Auch Lila war zuversichtlich. Sie hatte die Anwendung weißer Magie perfektioniert und viele verwundete Soldaten auf Ialo heilen können. Sie blieb in Lolas und Eikes Nähe und wartete ab, wie die weiteren Schritte der Neosannas im Krieg aussahen. Tatsächlich wurde unter strengster Geheimhaltung der Angriff auf die Lalalais in Neun vorbereitet. Die Neosannas waren sich zwar bewusst, dass die Lalalais zahlenmäßig weit überlegen waren, sich aber gleichzeitig über die immense Schlagkraft der bis dato unbesiegbaren Panzerschiffe im Klaren. Deswegen würde man zunächst vor der novedanischen Hafenfestung Skoto nahe der lalalaischen Grenze ankern, anschließend die besetzte Hafenstadt Sebem angreifen und dort Lalalais Kräfte binden und somit die Novedaner entlasten, gleichzeitig aber damit beginnen, Neun zu befreien.

Lena, die ebenfalls dicht bei Lola blieb, war mit Lolas Theorie zwar zufrieden, forschte aber, ihrer Bestimmung gemäß, nach dem, was jenseits der Mächte der zwei Götter liegen mochte, und nutzte den anstehenden Befreiungskrieg als *patriotische Forschungsaufgabe*. Außerdem lernte sie von Lila, mit der sie inzwischen eng befreundet war, die *Künste des lebendigen weißen Lichts*.

Lera hingegen war durchgehend launisch. Bei seinen gescheiterten Expeditionen ins antikosmische Nichts und teilweise gelungenen Eintritten durch geheime Portale in die Welt der Unsichtbaren hatte er jetzt schon emotionale Wunden davongetragen. Insbesondere die Omøn, die auf telepathischen Pfaden in den Zwischendimensionen wandelten, fügten ihm bösartige Verletzungen zu, versprachen ihm aber auch, ihn reich zu entlohnen, sollte er beschließen, an ihrer Seite im Schattenreich zu kämpfen. Doch auch er blieb mit den anderen zusammen, da er die Mission der Gruppe weiterhin unterstützen wollte; allerdings warf er Lala Größenwahn und Sera Imponiergehabe vor.

Lesta schließlich ging seiner Aufgabe mit gefestigtem Willen entgegen. Er ließ sich von Eike in der Kunst des Fechtens mit unterschiedlichen Stichwaffen und des Schusswaffengebrauchs unterrichten.

Insgesamt waren die übrig gebliebenen sieben von Neun deutlich geschwächt, da sie nicht mehr vereint, sondern größtenteils unabhängig voneinander kämpften. Die anderen Völker hingegen befanden sich zu diesem Zeitpunkt schon mitten in der Schlacht, und das Jahr des Todes begann, für regen Zulauf im Reich jenseits des menschlichen Lebens zu sorgen.

Überall ertönten die Alarmsirenen und Kriegsglocken.

Die 51 000 Mann starke Armee der Segaler war über Vodona nach Noveda gelangt und nun bei Shiska, der Hauptstadt von Shiskana, aufmarschiert. Shiskana war Mitglied der Novedanischen Union und von seiner Position der ursprünglichen Neutralität abgewichen. Somit waren die Shiskanas bereit, wie inzwischen alle Länder der Novedanischen Union, das Mutterland Noveda zu unterstützen. Als die lalalaischen Truppen auf Shiska zugerollt kamen, wurden einzelne Truppenteile von den Langstreckenkanonen Segals und Novedas schon in der Ferne zusammengeschossen. Um nicht unnötigerweise Menschen und Material zu verschwenden, zogen sich die diesem Sektor zugeteilten Truppen erst einmal auf Eerenskal zurück, nicht ohne die harmlosen Dörfer und landwirtschaftlichen Betriebe des Shiskanakorngürtels dem Erdboden gleichzumachen. Es ließ sich daher gut an für die Segaler, die den Kriegsausgang bis zu diesem Zeitpunkt noch optimistischerweise zu ihren Gunsten einschätzten. Die Kanonen würden die Feinde auf Distanz halten, und die Vorratskammern waren reich gefüllt. Zudem war die multikulturelle Hauptstadt Shiska eine Festung, die von den Städteplanern mit der weisen Voraussicht angelegt worden war, die Feinde langfristig auf Abstand zu halten. Man konnte sogar innerhalb des sternförmigen, aus sieben Zacken bestehenden äußeren Stadtringes in begrenztem Maße Nahrungsmittel anbauen. Shiska wurde im Zuge des nun begonnenen Krieges zu einer Hochburg der Munkler, denn die Menschen, die innerhalb der schützenden Mauern der Feste geflohen waren, sehnten sich nach ihrem friedlichen Leben auf dem Land, im weiten, reichhaltigen Weidegebiet Shiskanas. Die Religion der Munkler sagte ihnen daher sehr zu.

Die mit den Segalern verbündeten Eisannas hatten Hunderte von Kriegsschiffen nach Noveda entsendet, welche zunächst in Skum am Ende der gewaltigen Penisnase stationiert waren – so benannt gemäß dem schroffen Humor der novedanischen Seefahrer – und welche bei Ausbruch des Krieges die Aufgabe, Neun von den Lalalais zu befreien, sehr ernst angingen. So nahmen sie sich mentalitätstypisch mit der besetzten und von schwarzer Magie verpesteten Hauptstadt Neun gleich den schwersten Brocken vor. Rein militärisch gelang ihnen die Befreiung der von Omønmagie durchzogenen Geisterstadt. Nun aber galt es die befreite, völlig entleerte Stadt gegen die anstürmenden Lalalais zu verteidigen, was viele Tote und Verwundete auf beiden Seiten zur Folge hatte. Die spukenden Häuser, die Wandelleichen, die Monster und Schatten, welche die Stadt nachts bei Vollmond überkamen, machten den Eisannas schwer zu schaffen. Tagsüber kostete das Gemetzel immens viel Energie und des Nächtens hielten die Quälgeister und Nachtschatten aus Omøn die verängstigten Männer wach.

Die eisannischen Ärztinnen verschrieben Schlafmittel, was sich fatal auswirkte, als die Lalalais nach wochenlanger Belagerung eine groß angelegte Mondoffensive begannen, also eine Attacke im unheimlichen blauen Mondlicht der frühen Morgenstunden, bei der sie schließlich die Tore der Stadt aufbrachen und die Festungsanlagen enterten. Die Divisionen Eisannas wiederum nutzten ihre überlegene Schusswaffentechnologie und metzelten durch Elitescharfschützen, die nun um ihr Leben kämpfend das durch die Omøn induzierte Grauen vergaßen, große Mengen an anstürmenden Soldaten nieder, sodass die Lalalais sich wieder aus der nun offen liegenden und stark beschädigten Stadt zurückziehen mussten. Weitere Truppenteile der Lalalais wurden durch den Abwurf von Bomben aus Heißluftballons beschädigt, sodass schließlich die Belagerung abgebrochen wurde. Die Eisannas sammelten sich, bezogen außerhalb der grausigen Stadtmauern Stellung und errichteten provisorische Truppenlager. Der verfaulte Boden barg wenig Ertrag, und so mussten aufwendig und unter Feuerschutz Fische gefangen werden. Die Lalalais erkannten diesen strategischen Vorteil schnell und beschlossen nun, erstmals ihre Kriegsflotte gegen die Eisannas einzusetzen. Zwar gelang es, sich angemessen gegen die Angriffe zu verteidigen, aber da einige zentrale Schlachtschiffe und Zerstörer der Eisannas beträchtlichen Schaden nahmen und die Lalalais begannen, mit neuen Truppenverbänden die eisannischen Lager vor der Stadt anzugreifen, kalkulierte die eisannische Führung rasch, dass sich die Stadt Neun langfristig als Todesfalle entpuppen würde, und gab die Stadt schmachvoll auf. Entmutigt und mit nahezu verschossenen Magazinen flüchteten die Soldaten nach Ialo, um ihre Wunden zu lecken und die Arsenale aufzufrischen.

Die Xlaovaner auf ihren dreißig Drachen hingegen – sie hatten eine Luftflotte aufgebaut, die in den unzähligen Geschichtsbüchern, welche diesen Krieg später thematisierten, auch als die Dreißig Drachen bekannt wurden – waren die furchterregendste Waffe, die sich die Novedaner als vom Bündnispartner geführte Einheit wünschen konnten. Sie griffen nicht nur den Gegner in jeder Lage an, sie übernahmen vor allem die blitzschnelle Kommunikation zwischen einzelnen Truppenteilen. Durch ihre magischen Kugeln waren Drachenpiloten in Not ohne Zeitverlust in der Lage, mit ihren Freunden Kontakt aufzunehmen und sich gegenseitig aus der Bredouille zu helfen. Hier entbrannte vor allem ein Krieg der Magie, und die Omøn sahen sich mit einem ebenbürtigen Gegner konfrontiert. Auch kamen die Xlaovaner den Omøn, deren telepathische Methoden sie gut verstanden, häufig zuvor und retteten unter anderem auch die Eisannas bei deren Rückzug aus Neun aus den Fängen verwirrender dunkler Magie. Die Lalalais nannten die Drachen ehrfürchtig

Blitzechsen, weil sie unvermittelt aus den Wolken herabgestürzt kamen und, wo sie auftauchten, äußerst schwierig und nur unter erheblichen Verlusten zu vertreiben waren.

Die alte Frau der Kon, die Lala und Sera seinerzeit im Lazarett aufgesucht hatte, wurde fernab des Kriegsgeschehens nach Ialo eingeladen und in die Geheimnisse von OÉKOÉO und deren Weltanschauung eingeführt.

»Nun, da Ihr alles über OÉKOÉO wisst«, meinte Lala, »was haltet Ihr davon?«

»Ihr klingt leidenschaftlich in alldem, was Ihr Euch da ausgedacht habt«, erwiderte die weise Greisin verschmitzt lächelnd.

»Leidenschaft ist die Eigenschaft des strahlenden Mul«, sagte Sera fröhlichen Gemütes.

»Ich dachte, es sei Liebe«, entgegnete die alte Frau mit warmer, freundlicher Stimme.

»Alle Liebe ist Leidenschaft, und alle Leidenschaft ist Liebe«, erwiderte Lala, ebenfalls warmherzig lächelnd. »Beides in beidem ist alles in allem.«

»Das klingt kraftvoll und schön«, bemerkte die alte Dame.

»Manche sagen, es klänge überheblich … «, gab Sera zu bedenken, der sich mittlerweile mit der Konsprache auseinandergesetzt hatte.

»Junger Mensch«, begann die Dame von der Kon-Insel, »es stimmt schon, dass irgendwo alles in allem enthalten ist, und ich denke, Ihr bewegt Euch auf einem Pfad der Erkenntnis. Wenn aber alles in allem ist, dann steckt in Leidenschaft auch Wahnsinn. Im Leben herrscht Tod, und die Frucht der Liebe säht die Saat des Hasses. In Emotionen steckt dann aber auch Gefühlslosigkeit … und in Eurer Idee steckt nichts.«

»Was genau meint Ihr damit?« In Lala regte sich Skepsis.

»Ich meine damit: In allem steckt eben alles, genauso wie Ihr sagt.« Sie lächelte.

Lala und Sera sahen sich verwirrt an.

»Ja, aber wie ist Eure Haltung zu unserem Leitsatz: Beides in beidem ist alles in allem?«, fragte Sera etwas aggressiver.

»Junger Mensch, mein Geist strebt nicht nach den letzten Dingen wie der Eure. Er trägt nicht die Last der Verantwortung von Religionen. Alles, was ich weiß, offenbart mir der Horizont.«

»Akinuki-Kon, wie lautet das Geheimnis der Horizonte?«, fragte Lala. »Bitte geht nicht, ohne uns darin zu unterrichten.«

»Guckt zu den Horizonten … « Die alte Dame grinste schelmisch und verabschiedete sich dann höflich.

Lala blickte gedankenverloren zum Himmel. Doch der Horizont behielt sein Geheimnis für sich.

BJØRN DECLAN SKORGE

KRISTALLE

DRITTE ERZÄHLUNG

Akala
Liane
Musalado
Doma
Erlkrug
Cui
Tui
AISLKRUG
Fall
Nuckelkrug
Tuili
Resdanka
Fleude
Rumdlun
Verbotenes Dreieck
Maao
Ka
Tunika
Masku
Njordalei
Ändramelch
Lust
Tonik
Weslaa
Assa
Toloa
Cecum
Maas
Loné
Nilalui
Lalalai
Falalai
MAO
Mao
TUNIKAGU
Tar
LALALAI
Édvén
Bavni
Mal
Rólétol
Muni
Réndal
Frevel
Lu
Néoné
Sul
Alsór
Relaso
Muola
Tusór
Neun
Kanu
Cléo
Imusala
Pésór
zu Lalalai
zu Tunikagu
Nala
Wa
KON-INSEL
Body-Snodi
zu Lalalai
Bergwerke
NU Novedanische Union

BERGINGER-GEBIET
Alami
Mus
Binsburg
Bars
Bembel
Borstel
IMALA
Sela
Tus
Vemula
Rifir
ASETONIEN
Beon
Neva
Aseto
Nolo
Agro
Nomala
Veila
Shiska
Dunga
Eerenskal
F.D.R.A
Geheimlabor
Fels
Tsi
SHISKANA
Wald der tausend Ebben
Grenzwall Punia
Pili
Novai
Lulu
Lili
Ajaj
Skate
Skoto
Mi
Avo
Mo
Sebem
Nusko
Ainod
Ilot
VODONA
zu NU
NOVEDA
Nelai
Dido, zu Smaragdana
Silabo
zu Noveda
Ialo
zu Lalalai
Dialo
Walubi
IALO
Skum
Bleckenfors
zu Noveda
Muk
KRUG

KAPITEL I

Aggression

Bei manchen Völkern der Landwelt gibt es die Vorstellung von einer Hölle nach dem Tod. Ein ewig brennendes Feuer, eine dunkle Burg voller Folterkammern, eines jeden Wesens schlimmster Albtraum. Derart schreckliche Vorstellungen existieren bei Munklern freilich nicht. Sie nehmen zwar an, dass Mul, der große Herr aller Himmel, auch die Bösartigen unter den Wesen straft; aber er schickt sie nicht in eine Hölle. Die Munkler sind sich darin einig, was umso bemerkenswerter ist, da Einigkeit bei ihnen eher selten vorkommt, dass Mul die bösen Wesen zur Strafe in der Zeit *zurück* schickt, sodass sie immer wieder frühere Leben durchleben müssen, bis sie aufrichtigen Herzens friedfertig werden – ohne dass sie davon wissen …

Im Kloster der Munkler von Ialo flackerten spätnachts noch Kerzen. Viele der Schriftgelehrten hielten sich diszipliniert wach, obwohl ihre Augen ihnen immer wieder zufallen wollten, und beschäftigten sich mit den unterschiedlichsten Fragen:

Warum werden unsere Gärtner nun schon seit zehn Monaten und unzähligen Sanduhrfüllungen ihren Schnupfen nicht los?

Warum ist der Plan, ganz Lanevael nach und nach dem segensreichen Frieden Muls zu unterwerfen, gerade auf dem Blatte Krug so entsetzlich schiefgegangen?

Warum hinderte ausgerechnet in dieser schweren Lage ein starker Wind von der Südseite der Insel die novedanischen Versorgungsschiffe und die eisannischen Heißluftballons an der Lieferung von Tonnen voller Kleidung, Nahrung und Medikamente?

All dies interessierte jedoch einen bestimmten Munkler namens Sera kein bisschen. Er beschäftigte sich mit etwas gänzlich anderem.

»Du hast die letzten Wochen nur im feuchten Kellerverlies zugebracht, Sera. Was ist los?«

»Ich habe intensiv nachgedacht, Lala. Sehr intensiv.«

»Das sehe ich. Du hast nicht mit uns gebetet und meditiert. Wir haben deine Liebe und deinen positiven Einfluss sehr vermisst.«

»Könnte sein, dass du bald gänzlich ohne diesen Einfluss auskommen musst, Lala.«

»Sera, ich bitte dich. Ich verstehe nicht, wovon du sprichst.«

»Die Gedanken von Zonka sind es, die meine Sinne zu wandeln beginnen.«

»Ach, das *Weltgeheimnis*. Komm schon, Sera, das ist doch nun wirklich ein ganz alter

Hut. Die Inhalte dieses nicht mal besonders gut geschriebenen Buches haben wir doch schon im Jahre 5199 ellenlang diskutiert. Denk nur an seine Ansichten zur okkulten Astrologie – wie lächerlich sie sind.«

»Damals haben wir auch gedacht, der Glaube der Munkler an Mul sei *lächerlich*, Lala.«

»Da waren wir noch zornesblind und dogmatisch. Sera, was ist bloß mit dir? Du lässt dich doch nicht etwa von irgendwelchen sektiererischen Schriften vom Pfad der Liebe und des Friedens abbringen … ?«

»Liebe und Frieden … am Arsch!«

»Oidu é oidus kd oiduj é oidujs. Bei Mul, das ist Ketzerei, Sera.«

»Wo ist nur unser Realitätssinn geblieben, Lala? Krug brennt! Die Lalalais haben die Eisannas vertrieben, als sie Neun befreien wollten. Die Eisannas! Lala, wach auf. Mul wird uns rein gar nichts schenken, weil er nicht existiert.«

»Mul, vergib ihm seine Sünden … Er ist jung und voller Wut … Lass ihn nicht der Raserei des Krieges anheimfallen … «

»Beten, immer brav und fromm beten, während just zu diesem Zeitpunkt unsere Kameraden bei Sebem abgeschlachtet werden … «

»Sera, liebster Freund, treuester Weggefährte, welch dunkle Macht vernebelt deinen Geist nur … ? Bitte, bete mit mir, hier und jetzt, und alles wird vergeben sein. Oidu é oidus kd oiduj é oidujs! Du weißt doch, alles wird gut.«

»Im Gegenteil, Lala, es ist nicht *mein* Geist, der vernebelt ist, es ist der deinige. Lies Zonkas *Weltgeheimnis* und du wirst alles verstehen. Zonka fordert niemanden zum Gebet auf, nur zum Nachdenken und Verstehen. Dieser Krieg hat nichts mit irgendeinem Gott zu tun. Er ist aus unserer politischen Geschichte entstanden, aus der Geschichte Asetoniens, das ist es, was wir verstehen müssen. Lala, dieser Krieg ist in den Köpfen von dummen Menschen entstanden und hat nichts mit Göttern zu tun. Mul wird niemals nirgendwohin kommen. Mul existiert nur in unseren Gedanken! Während wir auf Frieden und Liebe und Vergebung und Seligkeit hoffen, schlachten die Lalalais unsere Brüder, Schwestern und Verbündeten zu Tausenden ab!!« Seras hochroter Kopf glänzte im Schein der Kerzen vor Erregung. Er schob Lala zur Seite, ging Richtung Kellertür und fügte hinzu, ohne seinen Gefährten anzugucken: »O nein, Lala, mein Entschluss steht fest. Ich lege mein Gewand ab, schnalle mein Gewehr um, und ich verlasse noch heute dich, die Sekte und diese von Aberglauben verseuchte Insel.« Dann verließ er das Kloster unter lautem Türknallen.

Lala saß noch lange geschockt im Keller, wo die Munkler zu studieren pflegten. Nachdem er ausgiebig geweint und sich mit dem Gedanken abgefunden hatte, Sera wohl niemals wiederzusehen, jedenfalls nicht in diesem Leben, blickte er auf eine Schriftrolle, wo in der verschnörkelten Halbstädter Schrift Zonkas Gedankengut zusammengefasst war.

Sera hatte folgende Textstelle mehrfach mit roter Tinte markiert und ein riesiges Ausrufezeichen gezeichnet:

»Wer hat Mul geschaffen?

Wie unendlich mächtig ist erst der Schöpfer dieses Gottes?«

Lala sah dem Schiff, welches Sera forttrug, noch lange hinterher. Dann kehrte er zu seiner Kapelle zurück, um für Sera zu beten.

Sera, der mit seinen treuesten Anhängern in der Abenddämmerung in See gestochen war, um seinen Freunden und Weggefährten im Kampf gegen die Besatzer beizustehen, wurde nur wenige Meilen von der Küste Ialos entfernt hinterhältig von drei Schiffen der Bsonnas angegriffen. Die Aggressoren versenkten das unbewaffnete Boot mühelos und machten mit Netzen und Widerhaken Jagd auf die, die nicht mit ihrem Schiff untergehen wollten. Wie durch ein Wunder blieb Sera der einzige Überlebende der Katastrophe, und noch wundersamer war es, dass die Bsonnas ausgerechnet die Planke, an der er sich festhielt, übersahen. Eine Nacht lang trieb er hilflos im warmen Meer, und er war selbst überrascht, welch ungeahnte Energiereserven in ihm geschlummert hatten, sodass er am Leben blieb. Er wusste nicht, in welcher Richtung Ialo lag, aber er überlegte sich erschöpft und traurig, dass wohl nur Schwimmen als lebenserhaltende Maßnahme infrage kam. Als er sich schon völlig erschöpft den Wellen ergeben wollte, schoss aus Richtung der Sonne ein Ungetüm gleich einem Blitz aus den dunklen Wolken, sodass Seras letzter Gedanke war:

Mul existiert doch und kommt mich holen.

Sera kam unter matten Lichtverhältnissen wieder zu sich, und es dauerte einige Zeit, bis sein Augenlicht und auch seine anderen Sinne wieder fein justiert waren. Er konnte kaum glauben, was er sah. Fast hätte er sich im Ewigen Reich des Friedens gewähnt, wären die Sinneseindrücke von Schutt, verbranntem Fleisch und menschlichen Tränen nicht so extrem penetrant gewesen.

»Sera! Du Edler! Du hast es geschafft! Du lebst!«

Er nahm Lolas vertrauten Geruch wahr, als sie ihn in die Arme schloss, dann bemerkte er Lena, dann die anderen.

»Freunde … Wo bin ich?«

Sera schwindelte. Er sah öfters für Sekundenbruchteile schwarz vor den Augen.

»Sera, du bist in Neun! Unsere Armee hat unter Eikes Führung vor Kurzem Sebem befreit!« Lola strahlte.

»In Neun … ? Also habe ich tatsächlich überlebt … ?«

»Und ob du das hast!«, jubelten die anderen.

Nach und nach realisierte Sera, dass es Xostoria, eine xlaovanische Drachenreiterin, gewesen war, welche, einer Vision ihrer magischen Kugel folgend, ihn vor dem Tod durch Ertrinken gerettet hatte.

Nachdem er sich etwas erholt hatte und medizinisch mithilfe importierter Heilkräuter aus dem Wald der Bilbis versorgt worden war, besichtigte er das im Zuge der Kampfhandlungen nahezu vollständig zerstörte Sebem. Bevor die Truppen der Lalalais geflohen waren, hatten sie unter den Bewohnern der bisher vom Krieg weitestgehend verschont gebliebenen Stadt ein sinnloses Massaker angerichtet. Sera fing hemmungslos an zu weinen, als er sich der Gräueltaten bewusst wurde, die die an diesem Ort bestialisch hingerichteten Menschen hinter sich hatten.

»Lass die Tränen heraus«, meinte Lola liebevoll, »wir haben das schon hinter uns.«

»Das sind keine Menschen mehr«, meinte der am ganzen Körper zitternde Sera zu ihr. »Irgendetwas unfassbar Böses muss sie kontrollieren.«

Da Sera komplett auszurasten drohte, bot Xostoria ihm eine rituelle Reinigung an. Mithilfe der magischen Kugel würde man seinen Geist beruhigen können.

In einem komplett abgedunkelten Raum machte Xostoria einige Sanduhrfüllungen später Sera mit den Eigenarten der magischen Kugel vertraut. Als sie sicher war, dass er über genügend Erfahrung verfügte, um mit ihren Bildern sicher umgehen zu können, begannen die Visionen.

»Was siehst du, Sera? Konzentriere deinen Geist!«, meinte Xostoria.

»Ich sehe … ich sehe … ich sehe das Wesen der Omøn. Ich verstehe sie jetzt. So ein kalter Ort … so ein … Es ist kaum *etwas*, vielmehr kommt es … *nichts* gleich. Es ist die spirituelle Welt der Omøn, glaube ich … ich nehme an ihren Gedanken teil, jedoch sehen sie mich nicht … ich verstehe kein einziges Wort … «

»Konzentriere dich auf das *Sehen*, Sera! Man *sieht* Dinge im Kristall der magischen Kugel, man hört dort eher wenig«, ermunterte ihn Xostoria.

»Sie … sie können keine Gefühle empfinden, speisen ihre Kraft aus der Lebensenergie, den Gefühlen der Menschen, die sie ausnutzen … einst die talentiertesten Zauberer der Landwelt, erforschten sie per Astralreisen die Gesetze und Gebiete des Kosmos … durch die Loslösung vom irdischen Sein verloren sie all ihre Emotionen, da sie ihr Leben allein auf Spiritualität ausrichteten … die klügsten Gelehrten ihrer Art wurden tatsächlich unsterblich … Geister … Da aber die irdischen Körper der Geister unweigerlich zerfielen, verfaulten und starben … über Tausende von Jahren … benötigen die Geist-Omøn … Wirtskörper … «

Sera musste seine magische Arbeit unterbrechen, da er nicht ertragen konnte, was er sah. Dennoch fühlte er sich etwas erleichtert und dankte Xostoria, dass sie ihm geholfen hatte, die Zusammenhänge zu erkennen. Er verabscheute seine Feinde immer noch, aber seine Angst vor ihnen war durch das Ritual gesunken.

Am Abend besichtigte Sera zusammen mit Lola und Eike die zerstörte Stadt. Heftige Böen wirbelten immer wieder Asche auf, die in den Augen brannte und die Sicht zuweilen erheblich erschwerte. Am zentralen Marktplatz der Stadt machten die drei Befreier halt.

»Was tun die schwarz gekleideten Frauen dort? Das sieht schrecklich aus …«, bemerkte Lola.

Auch Eike stutzte.

»Das ist der Todestanz«, bemerkte Sera traurig. »Die Menschen hier werden das noch tagelang tun. Sie müssen irgendwie über ihre Trauer hinwegkommen. Seht: Immer einen langsamen Schritt vor, dann zwei schnelle zurück. Der langsame, mühsame Schritt nach vorne symbolisiert das Leben, die beiden hastigen zurück den Tod. Wenn sie an den Mauern der umstehenden Häuser angekommen sind, werden sie sich umdrehen und wieder zur Mitte tanzen. Dann wieder umdrehen und zurück zu den Häusern; und so weiter, immer wieder, bis sie vor Erschöpfung unweigerlich zusammenbrechen. Schließlich schlafen sie ein, und wenn sie aufwachen, fühlen sie sich gereinigt.«

»Aber das kann nicht sein! Wir müssen hier Truppen durchschleusen! Das ist der zentralste Punkt der Stadt«, ereiferte sich Eike.

»Bitte, lasst sie trauern, Eike. Sonst finden sie keine Ruhe«, raunte Sera.

»Sie werden noch mehr zu trauern haben, wenn die Lalalais zurückkehren, um alle zu massakrieren, die überlebt haben, weil wir die Stadt nicht effizient verteidigen konnten – aus Rücksicht auf ihre Trauer!« Eike grinste zynisch.

»Einen Gott kann man nicht besiegen«, meinte Lola, ihren Liebsten bewusst manipulierend.

Eike fühlte sich sehr geschmeichelt. *Wenn Lola das schon sagt; und meine Lola ist wirklich klug.*

Er machte sich gleich daran, die Truppenbewegungen umzudirigieren. Lola zwinkerte Sera liebevoll zu. Doch der konnte die emotionale Geste nicht erwidern. Würde er nach den Eindrücken in Sebem jemals wieder lachen können?

Am Abend saß Eike über den Schlachtplänen. Sebem war umgeben von flachem Weideland und Steppen, sodass man die Truppenbewegungen des Feindes sehr genau mit

Fernrohren beobachten konnte. Es wurden vier befestigte Lager der Lalalais ausgemacht: Südlich und westlich der Stadt lagerten Soldaten aus den von Lalalai besetzten Städten Nelai und Bui, im Norden in puncto Truppenzahl vergleichsweise geringere Verbände aus den lalalaischen Städten Avelolai und Checklà.

Xostoria, die Drachenreiterin, betrat den Raum mit neuen Nachrichten. Beim Sprechen entwichen ihrem Mund kleine Feuerwirbel, was denjenigen, die ihr Leben mit den Flugdrachen teilen, oft passiert. »Eike, ich bringe Euch gute Kunde! Im Laufe des morgigen Tages werden die Eisannas von Ialo aus Sebem mit sieben in Landungsboote verlegte Infanteriedivisionen ansteuern, um den von Euch geschlagenen Brückenkopf zu verstärken!«

»Ausgezeichnet, Xostoria! Ausgezeichnet!«

»Werden wir aber die Stadt bis morgen halten können?«

»Xostoria, seht, ich habe einen meisterhaften Plan erdacht: Womit die Lalalais auf keinen Fall rechnen, ist, dass wir ihre Lager angreifen. Sie denken, wir werden uns in der Stadt verschanzen, um diese zu verteidigen! Aber wir machen nicht den gleichen Fehler wie die Eisannas, die aus Neun fliehen mussten.«

»Ihr wollt die Initiative ergreifen?«

»Ganz recht, wir machen einen Ausfall! Die Soldaten sind schon mobilisiert. Sie sind verständlicherweise mürrisch, da sie durch die harten Eroberungskämpfe der letzten Tage erschöpft sind. Aber da müssen sie jetzt eben durch. Wenn wir die Lalalais im Morgengrauen, ja schon im Dunkeln der Nacht überraschen, wird ihre Niederlage umso verheerender ausfallen!«

Der Überraschungsangriff gelang – zunächst. Die Vorposten der Lalalais wurden umzingelt, und da sich die Neosannas anschlichen und ihre Gegner mit altmodischen Säbeln in der Dunkelheit erstachen, ehe die Kanonen röhrten, gelang es ihnen, den Großteil der Belagerer zu töten oder in die Flucht zu schlagen, ehe diese sich vernünftig formieren konnten. Das Grauen kam jedoch über die Angreifer, als sie die beiden kleinen Lager im Norden der Stadt attackierten. Zu ihrem Schrecken mussten die neosannischen Truppen dort mit Wesenheiten kämpfen, welche sie bisher nur aus der Mythologie des großen Expeditionsleiters Benelon gekannt hatten: Frauen, denen Giftstachel aus ihren Körpern und Teufelshörner aus ihren Köpfen wuchsen, spritzten aus lang gewundenen Schläuchen übel riechende Flüssigkeiten auf die anstürmenden Neosannas, was sie verwirrte. Sodann griff ein Bataillon von Wesen an, welche in ihrer schieren Abscheulichkeit schwer zu überbieten waren.

»Es waren dämonische Wesenheiten mit Menschenhänden und Menschenfüßen«, berichtete Eike den mittlerweile zur Verstärkung eingetroffenen Eisannas um General Linksfuß nach der Schlacht. »An ihren Hinterteilen klebten Schwanenflügel, sodass sie einfach über uns hinwegflogen. Zwar fliegen diese Dämonen nur einige Meter, aber das reichte schon, um unseren Soldaten in den Rücken zu fallen und ihre Schlachtordnung durcheinanderzubringen. Besonders abscheulich waren ihre Köpfe: Wo ein normaler menschlicher Hals hätte sein müssen«, krächzte der sonst so souveräne Eike dem ungläubigen Linksfuß entgegen, »war ein langer Schlangenhals und an seinem Ende ein Drachengesicht. Wir konnten sie schließlich mit Kanonen zerfetzen, aber sie töteten viele Soldaten im Einzelkampf, da sie eine Menge Kugeln einstecken können, ehe sie sterben.« Er holte tief Luft, sein Gesicht kreideweiß. »Oh, und an der Vorderseite des Rumpfes prangt bei diesen Monstrositäten ein riesiges groteskes Gesicht, welches unaufhörlich rülpst und schmatzt, in den widerwärtigsten Tönen. Wir mussten den Angriff auf die Lager einstellen, auch wenn wir den Belagerungsring gesprengt haben.«

»Dann werden unsere Truppen die nächste Angriffswelle leiten!«, meinte General Linksfuß, bemüht, die schmachvolle Flucht der Eisannas aus Neun durch militärische Großtaten wettzumachen.

So brachen die Eisannas am nächsten Tag zu den feindlichen Lagern auf, begleitet von Sera, der wild entschlossen an vorderster Front kämpfte. Die im Einsatz auf dem Blatt Kernland erprobten Heißluftballons der Eisannas sollten plangemäß mit Brandbomben den Feind aus der Luft vernichten, ehe er noch auf dem Feld Widerstand leisten konnte, doch dazu kam es nicht. Menschenvögel, groteske Mutationen aus den Laboren der Lalalais, durchstachen mit spitzen Flügeldornen die Ballonhäute und brachten die Balloncrews samt Brandbomben zu Fall und somit zu manch hässlichem Tod. Einige der Menschenvögel benutzten auch eiserne Dreizacke, um die Ballons in der Luft zu zerstören.

Linksfuß, inzwischen im Gefechtsstand tobend, sehr aufgebracht aufgrund der Aussicht auf eine erneute Niederlage, befahl den Bodentruppen, gegen die Lager vorzugehen. Sie wurden schon auf halbem Wege zum geplanten Einsatzort überraschend in Empfang genommen: Löwen mit extrem langen und erschreckend flexiblen Hälsen aus schuppigem Stahl richteten auch hier ein Massaker unter den vorderen Reihen der eisannischen Truppenverbände an. Sera wurde am rechten Arm schwer verletzt und stürzte zu Boden. General Linksfuß ließ die Bodentruppen zurücknehmen und gab den Befehl, die schweren eisannischen Langstreckenkanonen auf die Löwen mit den stählernen Schlangenhälsen zu richten. Aus Zorn über den Verlust von zwei Dritteln seines stolzen Luftballonbataillons ließ Linksfuß die unzähligen Kanonen stundenlang feuern, bis neue Munition aus Sebem herangeführt werden musste.

Die Lalalais mussten schließlich ihre Lager aufgeben, welche von tiefen Einschlagskratern durchzogen waren. Das umkämpfte Gebiet war inzwischen völlig verwüstet. Als sich erste eisannische Verbände vorsichtig den Lagern näherten, stürzten aus der morastigen

Kraterlandschaft plötzlich Dolchmenschen und Menschenvögel hervor, doch diesmal schossen die Kernländer viele sich in der Vorwärtsbewegung befindliche Gegner aus sicherer Entfernung ab, weil sie aus den Fehlern der ersten Angriffswelle gelernt hatten.

Da die Eisannas den Ausbruch aus dem Belagerungsring um Sebem forcierten, griffen in der Hafengegend Wassermutanten und Wehrkraken die schwarzen Stahlschiffe der Neosannas und die herkömmlichen Kriegsschiffe der Eisannas an, doch verursachten sie nur geringen Schaden. Trotzdem jagte das absonderliche Nagen und Schmatzen von unterhalb ihrer Schiffe den Matrosen einen gewaltigen bleibenden Schrecken ein, und manch einer verlor die Nerven und suizidierte sich.

Als Lola das groteske Schlachtfeld in Begleitung von Eike betrat, suchte sie stundenlang nach Sera. Schließlich fand sie ihn – wimmernd, mit zerschmettertem Schultergelenk, aus einem Unterarm blutige Knochenteile hervorragend – und ließ ihn unverzüglich in ein nahe gelegenes Lazarett bringen. Der Eindruck, den das Schlachtfeld hinterließ, war furchtbar, und die siegreichen eisannischen Truppen, die auf Befehl von Eike und Linksfuß über Berge von Leichen in Richtung Checklà vorrückten, um die strategisch bedeutsame lalalaische Hafenstadt gemeinsam mit ihren neosannischen Verbündeten in die Zange zu nehmen, waren desillusioniert über so viel Blutvergießen und derart immense Zerstörung. Viele zweifelten inzwischen stark am Sinn dieses Krieges.

An dieser Stelle sei ein Sprung ins Innere des Machtapparates von Lalalai gewagt, um an die von deportierten Neunern gegründete Body-Snodi-Geheimgesellschaft und deren scheinbare Anpassung an die ihnen aufgezwungenen Umerziehungsmaßnahmen zu erinnern, welche in der vorangegangenen Erzählung illustriert wurde. Dem Schein nach waren die Mitglieder der BSG vollständig den Lalalais ergeben, und aufgrund ihrer Intelligenz übernahmen sie rasch Führungspositionen bei der Koordination der Truppenverbände. In dieser Funktion banden sie absichtlich starke, potenziell kriegsentscheidende Truppenverbände an das von Lalalai besetzte Asetonien, welche durchaus hätten eingesetzt werden können, um die Befreier aus Eisanna und Neosanna zu stoppen, welche im Süden auf die kleine, aber strategisch sehr wichtige Hafenstadt Checklà vorrückten. Doch der BSG gelang es, einen angeblich großflächig angelegten Angriffsplan der Novedaner, Shiskaner und Segaler auf Asetonien vorzutäuschen, welcher allerdings nie stattfand. So war der weiche Unterbauch Lalalais mitsamt seinen an Neun grenzenden Gebieten weitestgehend ungeschützt.

Als die verbündeten eisannischen und neosannischen Truppen durch das Schlachtfeld vor und um die zerschossenen Lager der Feinde rückten, breitete sich eine unheimliche Atmosphäre unter den Soldaten aus. Ihre Kameraden waren auf bestialische Weise ermordet und zerstückelt worden, als hätten die Dämonen einen widernatürlichen, perversen Spaß am Massakrieren ihrer Opfer empfunden. Die Lager wurden widerwillig, aber gründlich durchsucht.

Lola faszinierte vor allem ein kultischer Gegenstand, der im Hauptquartier eines der beiden Lager gefunden worden war. Sie erkannte ihn sofort: Ein Dimensio-Natron jener Art, wie der legendäre Benelon es in seinem Buch beschrieben hatte und wie ihn Menschen benutzten, welche die Geister der Omøn rufen wollten. Sie spürte die Gegenwart dunkler Magie und rief am Krankenbett Seras die übrig gebliebenen Mitglieder der dezimierten Neun von Neun zusammen. Da man nun den Omøn gefährlich nahe gekommen war, hielt sie es für das Beste, wenn sie alle zusammenblieben, um ihre Kräfte möglichst effektiv zu bündeln, aber auch, um sich gegenseitig zu unterstützen.

Sera war inzwischen der Arm bis zum Schultergelenk amputiert worden. Er litt entsetzliche Schmerzen. »Ich habe so furchtbare Albträume von den Dämonen, denen ich begegnet bin, dass ich überhaupt nicht mehr schlafen kann«, klagte er den anderen.

»Du musst dich ausruhen, Sera. Eike hat veranlasst, dass du nach Ialo gebracht wirst, wo du erst mal in Sicherheit bist. Sonst holt dich die Dunkelpest.«

»Ich will nicht nach Ialo. Ich will bei euch bleiben und kämpfen«, wimmerte Sera.

»Und wie stellst du dir das vor? Du bist fertig, Sera, deine Nerven sind am Ende. Lass dich nach Ialo bringen und von Lala gesund pflegen.«

Sera tobte und schrie vor Wut und Schmerz, als wäre er von Sinnen. Er wurde von Pflegern fixiert und mit Bilbifarn betäubt, sodass er eine viertel Sanduhrfüllung später friedlich schlief.

»Meine Kameraden, seht, was ich auf dem Schlachtfeld fand ... «, machte Lola auf sich aufmerksam, nachdem sie die Vorhänge zu Seras Krankenzimmer zugezogen und sich vergewissert hatte, dass kein unerwünschter Lauscher sich in ihrer Nähe befand.

Lera und Lesta blickten sich unter Schaudern an. Lena stieß einen spitzen Schrei aus. Lila nahm rasch Lolas Hand, denn sie zitterte. Alle schauten auf dieses ... Ding ... herab.

»Wir müssen unbedingt Sera davon in Kenntnis setzen«, meinte Lesta, welcher sich als Erster gefangen hatte.

»Was ist mit seinem psychischen Befinden? Er ist viel zu schwach, um jetzt noch zusätzlich geschockt zu werden«, wehrte Lola ab.

»So, Lola, bist du nun also die Anführerin der Verbliebenen?«, spöttelte Lesta. »Glaubst du, du bist etwas Besseres, weil du mit Eike schläfst? Oder ist die schwarze Magie der Omøn schon in deinen Schöngeist übergegangen ... ?«

»Lesta, geh nicht zu weit!«, erwiderte Lola stechenden Blickes. »Wir müssen Sera schonen«, mahnte sie mit fester Stimme.

»Aber bedenke, dass er der Totenbeschwörer ist. Er allein kann mit einem Dimensio-Natron umgehen«, gab Lila zu bedenken.

»Und aus genau diesem Grund halte ich es für richtig, dass wir ihn vom Dimensio-Natron fernhalten«, meinte Lola trocken, aber nicht lieblos.

»Ich bin dafür, dass wir alle uns zur Verfügung stehenden Mittel und Kräfte einsetzen«, äußerte sich Lera, »um das Dimensio-Natron zu erkunden, und zwar kontrolliert. Keine große Beschwörung, nichts dergleichen, einfach nur unsere Fähigkeiten in Relation dazu.«

»Ein naheliegender, wenn auch nicht ungefährlicher Vorschlag«, erwiderte Lola. »Ich habe dieses Dimensio-Natron gefunden, also fühle ich mich dafür auch zuständig. Ich möchte uns alle vor seiner dunklen Macht schützen.«

»Ach, Lola, hatten wir uns nicht ursprünglich darauf geeinigt, dass die einzige Lösung im Kampf gegen die Omøn darin besteht, sämtliche Dimensio-Natrons zu vernichten? War das nicht der Plan?«, fing Lesta von Neuem an.

»Manchmal muss man den Feind mit seinen eigenen Waffen schlagen … «, ließ Lola kryptisch verlauten und tätschelte liebevoll Lestas Handgelenk.

»Was genau meinst du damit, Lola?«, fragte Lesta stirnrunzelnd. Er zog seine Hand mit angeekeltem Gesichtsausdruck zurück.

»Ganz einfach: Wir werden die Geister der Omøn beschwören und sie dann an Ort und Stelle vernichten. Du, kritischer Lesta, wirst die magischen Pflanzen sammeln, die uns vor der Magie der Schattenwesen schützen. Sera wird an Lailas Stelle die Beschwörungszeremonie durchführen, denn er weiß, wie man mit den Geistwesen und den Wesen des Totenreiches verkehrt. Erst müssen sich seine Nerven jedoch etwas beruhigen. Lera, du bist bei der Durchführung der Zeremonie unser Wächter. Du kannst Dinge erkennen, die außerhalb der Standards unserer menschlichen Wahrnehmung liegen, somit bist du geradezu prädestiniert, die Omøn aufzuhalten, falls sie fliehen wollen oder uns hinterrücks zu überrumpeln gedenken. Lena, du kennst das Reich jenseits des Jenseits, also wirst du Kontakt zu den Geistern aufnehmen, wenn Sera sie beschworen hat. Lila, du ziehst den magischen Kreis. Deine Magie des reinen weißen Lichtes wird uns gegen das verderbliche schwarze Feuer schützen. Ich werde die Kräfte der zwei Götter um Beistand bitten, uns vor den finsteren Dämonen zu schützen.«

»Ich bin immer noch dagegen«, raunte Lesta.

»Und ich kann es nicht befehlen«, erwiderte Lola bemüht verständnisvoll. »Deshalb schlage ich vor, dass wir abstimmen. Wir sind zu fünft, und nachher fragen wir Sera nach seiner Meinung.«

»Dagegen«, sagte Lesta mit starrer Miene.

»Gut. So sei es. Lera?«

»Ich bin dafür. Wir sind stärker als die Omøn.«

»Sehr gut, Lera. Lena?«

»Ich bin dagegen. Wir sollten unser Leben nicht aufs Spiel setzen.«

»Schade. Von dir hätte ich eine andere Antwort erwartet. Ich bin dafür. Bleibt also nur noch Lila.«

»Ich bin dafür, Lola. Meine weiße Magie wird uns reinigen und schützen.«

»Damit sind wir bei drei zu zwei. Bleibt nur noch Sera übrig. Den fragen wir morgen. Er muss sich erst mal ausruhen.«

Am nächsten Morgen suchten die fünf Neuner Sera in seinem Zimmer auf. Er hatte die ganze Nacht lang wie besessen Zeichnungen angefertigt. Die meisten von ihnen beschäftigten sich mit den abscheulichen Mischwesen, welche ihn verwundet hatten. Sera war strikt gegen eine Beschwörung der Omøn, sodass man diesbezüglich vorerst zu keiner Entscheidung kommen konnte, und Lola blieb nichts anderes übrig, als den Kultgegenstand sicher zu verwahren.

Einige Tage vergingen, bis das Schlachtfeld vor Sebem geräumt war, und so rückten die Truppen auf Checklà vor. Die gewaltige, gut ausgerüstete Streitmacht, um novedanische Elitetruppen ergänzt, welche im letzten Moment vor Schlachtbeginn zur Verstärkung eingetroffen waren, überschritt die Grenze zu Lalalai bei Nacht. Während der massive Angriff auf Checklà erfolgte, blieben die fünf Neuner bei Sera, um ihn zu pflegen. Lola hielt sich viel bei Eike auf, der von seinem Gefechtsstand aus die Angriffe koordinierte. Als die Drachenfliegerin Xostoria meldete, es sei ihr und einem anderen Drachenflieger namens Ksox gelungen, sämtliche Menschenvögel zu vertreiben, sodass man Checklà nun aus der Luft aus angreifen könnte, kam Lola eine posthum noch oft zitierte Idee.

»Xostoria, ich würde Euch gerne einen Moment alleine sprechen.«

Eike war das egal. Er war viel zu sehr mit seinen Truppenverschiebungen und Kommandos beschäftigt, als sich um die beiden Frauen zu scheren.

»Was wollt Ihr denn, Lola?«

»Ich brauche dringend Euren Rat in einer sehr wichtigen Angelegenheit. Kommt mit mir!«

Lola führte Xostoria in das kleine Zimmer, wo die anderen Neuner Sera pflegten. Seine Schmerzen waren deutlich zurückgegangen, nur plagte ihn nun ein merkwürdiger Phantomschmerz im Arm, der amputiert worden war. Die Ärztinnen versicherten ihm, diese Art von Schmerzen sei für Amputationen durchaus charakteristisch, doch davon wollte er nichts wissen. Für ihn war schwarze Magie an seinem Phantomschmerzerleben schuld.

»Phantome eben«, jammerte Sera.

Lola ergriff mit ernster Miene das Wort. »Kameraden, ihr kennt ja alle Xostoria. Da wir uns nicht einigen können, ob wir das Dimensio-Natron einsetzen sollen oder nicht, habe ich eine Fachfrau mitgebracht. Wie ihr wisst, ist Xostoria nicht nur eine furchterregende Drachenreiterin, sie ist darüber hinaus bei den Xlaovanern eine renommierte Magierin. Wer anderes als sie könnte an unserer Seite gegen die Omøn kämpfen, sollten wir sie denn beschwören?«

Xostoria nahm den magischen Gegenstand behutsam in ihre anmutigen und doch zugleich kräftigen Hände.

»Tatsächlich, ein Dimensio-Natron. Ich habe zwar davon gelesen, doch in den Händen halte ich es nun zum ersten Mal. Die Omøn wandern mit dessen Hilfe zwischen den Dimensionen umher, dort, wo kein organisches Leben möglich ist … Gut, ich werde Euch gerne unterstützen, wenn Ihr die Omøn beschwören wollt. Aber nehmt Euch in Acht! Sie sind exzellente Magier, und sie beziehen gewaltige Energie aus Schwarzkristall-Diamanten. Lasst sie nicht aus dem magischen Kreis entkommen.« Die knappen, fachkundigen Sätze der Drachenreiterin überzeugten die Gegner der Beschwörung.

Während die vereinten Truppen Checklà belagerten, welches die Lalalais erbittert verteidigten, bereiteten die sechs Neuner das Ritual vor. Lesta, Sera und Lena waren zwar skeptisch, konnten jedoch nicht verbergen, dass sie von der Entschlossenheit und Gemütsruhe der Drachenreiterin beeindruckt waren. Außerdem fühlten sie sich etwas zuversichtlicher, da die Xlaovaner für ihre Kenntnisse im Bereich der Magie anerkannt waren und sie bei ihrer Reise ins Reich der Xlaover schwer beeindruckt hatten.

»Wollt Ihr nicht lieber den Drachen woanders hinbringen?«, fragte Lola Xostoria, während das Ritual vorbereitet wurde.

»Nein, das ist unmöglich. Man kann einem Drachen nichts befehlen. Der Drache hat sich entschieden, die Beschwörung mitzuverfolgen, also wird er das auch tun. Zumal er als einziges Wesen gegen die fliegenden Geister der Omøn kämpfen kann, falls sie uns entkommen oder uns angreifen. Die Omøn fürchten die Drachen seit Anbeginn aller Tage, deswegen benutzt man bei jeder Beschwörung auch Drachenpulver, welches aus ihren Schuppen gewonnen wird, wenn sie sich häuten. Es gibt auch andere Wege, an Drachenpulver zu gelangen, doch diese verschweige ich Euch, um die Gefährlichkeit der dazugehörigen Praktiken wissend. Richtig angeordnet und entzündet, bietet es eine Art magische Feuerwand gegen die dunklen Geister, welche wir im Begriff sind zu beschwören.«

»Aber wie soll der Drache gegen die Omøn kämpfen?«

»Der Drache ist ein mythisches Wesen. Drachen sind viel älter als wir Menschen, sie stammen aus den Zeitaltern, als die Echsen ganz Lanevael beherrschten. Damals waren die heutigen Meere noch unter dem Boden und die Landmassen, auf denen wir uns bewegen, noch bedeckt durch die gewaltigen Ozeane. Die Drachen sind nicht an die Welt der Materie gekettet, ihre feinstofflichen Anteile können die Dimensionen überwinden, die uns Menschen an den Planeten binden.«

»Warum habt Ihr so schnell zugestimmt, uns bei diesem gefährlichen Unternehmen zu helfen, Xostoria?«

»Ich habe davon geträumt. Es ist meine Bestimmung. Der Ort, die Umstände, alles entspricht exakt meiner Traumstraße.«

Nachdem Xostoria ihre Ausführungen beendet hatte, streute die Magierin Lila einen Kreis aus Drachenpulver, der einen weiten Radius ausmaß. Inmitten des Kreises stand der mit einer großen Menge Bilbifarn betäubte Sera. Mit seiner rechten Hand hielt er die magische Kugel hoch, welche die negative Energie absorbieren würde, sollte die Beschwörung funktionieren. Zu seiner linken Seite war das Dimensio-Natron aufgestellt, an das Sera seinen Beschwörungsappell richten würde, während die anderen einen Großteil ihrer mentalen Energie ganz auf ihn konzentrierten. Sera hielt Bilbikraut bereit, welches ihn vor einer überwältigenden Übertragung negativer Energie schützen sollte. Lila reinigte alle Anwesenden inklusive des Drachens mit einer heilenden Lichtdusche, wohl wissend, dass die Omøn negative Energie verbreiteten, aber auch davon zehrten.

Dann ging es los. Seras Herz hämmerte, während Xostoria das unlöschbare Drachenpulver entzündete. Die Flammen schnellten unerbittlich hoch und würden dies für eine gute halbe Sanduhrfüllung weiterhin tun.

Sera rief mit zitternder, aber konzentrierter Stimme: »Die Toten werden eines Tages wieder auf der Erde wandeln. Wie man sie hervorholt, bevor dieser schicksalsträchtige Tag auftritt, das habe ich mir angeeignet. Ich bin der Totenbeschwörer!«

Das Dimensio-Natron vibrierte.

»So schmieden wir den Pakt des Guten!
Gnade mit ihnen sei verboten!
Unsere Feinde soll'n verbluten:
Ihre Könige und Todesboten!«

Das Dimensio-Natron begann zu levitieren.

»ISEJUHUANA MIJUA!«

Eine viertel Sanduhrfüllung lang wiederholten die anderen unisono die magische Formel, die Sera immer wieder wie besessen hinausschrie. Plötzlich erschien ein blendend helles, schimmerndes Amulett über dem Dimensio-Natron. Sera biss schnell ins Bilbikraut und schaffte es gerade noch, es herunterzuschlucken, bevor er ohnmächtig wurde, überwältigt von Schmerz und Angst.

Dunkle Materie schoss gleich einer Säule zum Himmel. Sie steigerte sich windend zu einem gigantischen schwarzen Wirbelwind. Sera wurde durchtränkt von bösartiger Energie, ein ekelhaftes Gemisch aus Sabber und Blut ergoss sich aus seinem Mund. Der Drache erhob sich kreischend in die Lüfte und stürzte sich auf eine groteske pechschwarze *Form* innerhalb der Rauchsäule, welche, gemessen an ihrer Grässlichkeit, unmöglich mit den begrenzten Mitteln menschlicher Sprache beschrieben werden kann.

In der Ferne hielt die schreckliche Schlacht um Checklà für einen Moment inne. Soldaten beider Seiten blickten voller Schrecken auf die riesige Rauchsäule am Horizont. Eike, welcher den Angriff dieses Mal von einem mobilen Gefechtsstand mitten unter seinen Soldaten aus leitete, bemerkte sofort, dass die Rauchwolke aus der Gegend kam, wo die Novedaner die Flanke sicherten, sollten dort stationierte Verbände Lalalais versuchen, den Angreifern in den Rücken zu fallen. Er überließ General Linksfuß die alleinige Verfügungsgewalt über den gesamten Angriff, stieg auf sein schnelles Schlachtross und preschte zwischen den anstürmenden Truppen hindurch, hin zum Ursprung der Rauchwolke.

Diese gewann langsam, aber allmählich an Größe. Gleichzeitig wurde schwarze Energie unbarmherzig in die magische Kugel hineingezogen, zusammen mit dem Dimensio-Natron und dem Amulett, welches immer blasser schimmerte. Schließlich brannte das Drachenfeuer nieder, und der Drache kehrte erschöpft und verwundet zum Boden zurück; er suchte Xostorias Nähe. Zum Schluss zerstreute sich die schwarze Wolke im Wind.

Als die Wolke, das Dimensio-Natron und das Amulett verschwunden waren, änderte die xlaovanische Kristallkugel ihre Essenz. Sie war zu einem pechschwarzen Klumpen zusammengeschmolzen. Xostorias magisches Kommunikationsmittel war zerstört.

Sera kam wieder zu sich; er spürte keine Schmerzen mehr. Er raffte sich auf und stolperte ein paar Schritte. Er war so unsicher auf den Beinen wie ein frisch geschlüpftes Küken, ansonsten fühlte er sich großartig. Er konnte nur nicht verstehen, warum ihn die anderen so entsetzt anstarrten …

Nach dieser Katastrophe ließ Eike die geschockten Neuner sofort ins Lazarett bringen, und seine geliebte Lola trug er sogar eigenhändig ins Feldbett. Er bemerkte, dass Sera sich stark verändert hatte. Dort, wo eigentlich dessen Augen hätten sein müssen, befanden sich nun zwei pechschwarze Höhlen, und doch hatte er den Eindruck, dass tief in ihrem Inneren ein fahles Licht schimmerte. Seras Körper hatte sich auf eine scheußliche Art und Weise verändert. Auf seinem Kopf war ein bizarres Gewächs entstanden, ähnlich einem schwarzen Zwergbaum. Wo vor Kurzem noch ein amputationsbedingter Stumpf gewesen war, wanden sich nun eitrige, schwarze Tentakel unter ekelhaften Geräuschen.

Die Schwestern weigerten sich, Sera zu pflegen. Zu groß war ihre Furcht vor diesem Monster, zudem hielten sie ihn für eine der Mutationen ähnlich denen, gegen die ihre

Soldaten noch vor wenigen Tagen gekämpft hatten. Interessanterweise war es Eike, welcher Sera lange und geduldig pflegte, bis tief in die Nacht hinein, trotz seiner kräftezehrenden Aufgaben als Heeresführer. Mehr noch, Eike sah es als seine besondere göttliche Aufgabe an, einem so außergewöhnlichen Menschen zu helfen, schließlich war nur ein übermenschliches Wesen wie er in der Lage, ein außergewöhnliches Wesen wie das, zu dem Sera geworden war, zu pflegen. So wurde Sera nach seiner erstaunlich schnellen Genesung ein paar Tage später zu Eikes persönlicher Leibwache, und seine Präsenz verstärkte den Respekt vor Eike umso mehr. Schon bei der nächsten Truppenbesprechung im mittlerweile unter Kontrolle gebrachten Checklà beeindruckte der Anblick von Eike und Sera General Linksfuß und den novedanischen General Dikshuva dermaßen stark, dass sie das Oberkommando über die vereinigten Streitkräfte im Jahr des Todes 5200 Eike bedingungslos überließen.

Noch in der gleichen Nacht legte der oberste Heeresleiter Eike seinem Generalstab einen tollkühnen und augenscheinlich etwas verrückten Schlachtplan vor: Er würde mit seinen kombinierten Truppen einen Keil zwischen die Armee Lalalais auf der einen Seite, welche inzwischen auf breiter Front den Großen Wall überschritten hatte, und ihre Nachschubverbände und strategische Reserve im Inland treiben. Die Stoßrichtung – und dies war das wirklich Beunruhigende – hatte Eikes Ansicht nach die Landeshauptstadt zu sein, eine gewaltige, legendäre Festung, Eerenskal oder den größten Grebs der Berginger nahezu ebenbürtig. Derweil würde die Armee Tunikagus westlich von Lalalai angreifen, während die Verteidigungsanlagen der Novedaner und Segaler im Osten die Armee Lalalais beschäftigen würden, sodass Eikes Armee ungestört vorrücken konnte, da die Lalalais ihre Hauptverbände von ihr wegorientieren mussten. So würde Eike versuchen, die Lalalais zu schocken und durch einen Einmarsch in ihre Hauptstadt dazu zu bringen, die Kriegshandlungen mit sofortiger Wirkung einzustellen.

So machte sich die Drei-Nationen-Armee auf den langen und gefährlichen Weg zur Hauptstadt, während die Drachenreiter zu den Novedanern, Segalern und Tunikagus flogen, um sie von den tollkühnen Plänen Eikes zu unterrichten. Eikes Armee marschierte zunächst durch eine weitestgehend unbewohnte Weidelandschaft, die in der Ferne in eine Steppe überging.

Am Rand der großen lalalaischen Steppe begegneten Späher einer seltsamen schwarzen Kutsche, welche von acht riesigen schwarzen Hengsten gezogen wurde. Eike ließ den Spähern aufgrund dieser Nachricht zunächst übermitteln, sich auf einen Kampf vorzubereiten, erkannte dann aber, dass die Fremden friedliche Absichten hatten. Die vier bildeten eine kuriose Gemeinschaft: ein kleiner Drache ohne Flügel (oder war es eine Menschenechse?), ein Herr um die vierzig Jahre, dessen Sprache man nicht verstand, die von einem novedanischen Späher jedoch als Goldländisch identifiziert werden konnte, eine groß gewachsene, bleiche Frau, welche eine schimmernde Rüstung aus Frost umgeschnallt hatte, sowie ein Kutscher, der einen blutigen Kopfverband trug. Sie alle schienen überschwänglich froh, auf die Späher zu treffen.

Zwei berittene Soldaten geleiteten sie zu Eike und Sera, welcher ihnen zunächst ob seiner Mutationen einen großen Schrecken einjagte. Vor allem die Echse zischte bei seinem verdächtigen Anblick, verlieh ihrem Misstrauen dadurch deutlich Ausdruck.

Eike, der kein Wort Goldländisch sprach, ließ Lola herbeikommen, welche sich von den Neunern am schnellsten von der Beschwörung erholt und als erste wieder zaghaft mit Sera Kontakt aufgenommen hatte. Er hielt seine Freundin für den klügsten Menschen innerhalb seiner Reihen, also oblag ihr die Aufgabe, mithilfe eines Übersetzers die Fremden nach ihrem Vorhaben zu fragen. Der Übersetzer teilte Lola mit, dass die Fremden ihr gerne Auskunft erteilen würden, so viel sie wollte, sie baten jedoch zunächst um medizinische Unterstützung für den Kutscher, ein paar Stunden Schlaf bei Tageslicht und ein Bad sowie frische Kleidung.

Die Fremden erholten sich in Ruhe, nur aus der Ferne von Spähern im Auge behalten, denn sie machten keinerlei gefährlichen oder feindlichen Eindruck, wenngleich der Echsenmensch mit seinen Schlangenaugen bei vielen Soldaten archaische Ängste zu wecken schien.

Eike ging derweil noch einmal die Landkarte von Lalalai durch. Er wusste, dass die Truppen sich auf geradem Weg durch die riesige Steppe bewegen mussten, da eine Route entlang des großen Imalastroms unmöglich war, jedenfalls für eine Armee des Ausmaßes, der er vorstand – vor allem angesichts all der schweren Kanonen, die ihre Artillerieabteilung mitführte. Bei plötzlich einsetzendem Regen würde insbesondere am Flussufer ein schlammiger Morast entstehen, in dem das Kriegsgerät leicht stecken bleiben könnte. Eikes Trümpfe waren zum einen seine Drachenreiter, welche ihm genaue Auskünfte über Truppenbewegungen der Lalalais gaben, sodass sie diesen jederzeit ausweichen oder entgegentreten konnten, sowie zum anderen die eisannische Heißluftballonflotte, welche eine ähnliche Funktion hatte, jedoch nicht annähernd so schnell war wie die Drachen. Bis auf Sera und Lola waren die übrigen Neuner etwas missmutig, da bisher nur ein Bruchteil Neuns befreit worden war und sie ihre Mission, Neun vollständig zu befreien, sehr ernst nahmen. Doch Eike konnte sie überzeugen, dass Neun nur auf indirektem Wege zu befreien war, nur indem sie ihre Feinde überraschten und durch Überforderung zwangen, zu kapitulieren oder zumindest die unsinnigen Kampfhandlungen einzustellen.

Die vier Gäste schliefen bis in die frühen Abendstunden hinein. Überall wurden Zelte mit Wetterplanen aufgespannt, und so entstand im strömenden Regen ein riesiges Lager am Steppenrand. Nun begann also der für dieses Mondjahr charakteristische Dauerregen, und die Waffenmeister mussten vor allem auf technische Geräte und mechanische Waffen und deren Funktionalität achtgeben. Eike grinste in sich hinein. Der Regen würde zwar das Vorankommen erschweren, jedoch auf der anderen Seite feindliche Angriffe äußerst schwierig machen. Er hoffte, am Ende des Dauerregens mit seinen Truppen vor den Toren Lalalais zu stehen und dann loszuschlagen. Er betrat durchnässt das Hauptzelt, wo die seltsamen Gäste aus der schwarzen Kutsche sich in Decken gehüllt hatten und mit Bilbitee gestärkt wurden. Ihre Mienen waren gelöst, doch nachhaltig gezeichnet. Was immer sie erlebt haben mochten, sie mussten eine ungemein strapaziöse Reise hinter sich haben. Lola drückte ihm ebenfalls eine Tasse Bilbitee in die Hand und stellte ihm die Gäste vor, nachdem er sich abgetrocknet hatte.

»Hier, der Mann mit dem Katzenbuckel aus dem fernen Goldland: Herr Hochberge.« Der Mann streckte Eike instinktiv die Hand zum Gruß entgegen.

»Dieses Wesen heißt Asdois und kommt aus dem Echsenreich Nöla, weit im Norden Farnords gelegen.«

»Von Nöla habe ich noch nie gehört … «, sagte Eike nachdenklich.

»Er muss der erste Gast seiner Art auf dem Blatt Krug sein«, erwiderte Lola gelassen.

»Diese Frau hier ist ebenfalls aus Farnord, allerdings sagt sie, sie sei einem magischen Brunnen entsprungen, der von einem riesigen Gebirgszirkel umgeben ist. Sie heißt Tahuqi.«

»Sehr erfreut!« Eike lächelte stirnrunzelnd.

»Und dies ist der Kutscher Klotzen, ebenfalls aus Goldland.«

»Welch eine illustre Truppe. Dann setzen wir uns mal. Erzählt Eure Geschichte. Was führt Euch hierher?«

KAPITEL II

Gier

Wir haben eine so lange und mühsame Reise hinter uns … Wo soll ich nur ansetzen …? Ich weiß nicht so recht.« Herr Hochberge fühlte seine Stirn klamm werden. Er zögerte, als ringe er mit sich selbst, als wisse er nicht, ob er sprechen oder doch lieber schweigen solle. Schließlich rang er sich durch, und der Übersetzer folgte ihm gekonnt durch seine Ausführungen: »Es begann alles in einer kalten Nacht vor vielen Tagen, wann genau, weiß ich nicht mehr. Auf jeden Fall stand dieser schreckliche blaue Mond ununterbrochen am Himmel, Nacht für Nacht, wie er es sonst niemals tut.« Er nahm einen Schluck Novedabier, welches er dem Bilbitee vorzog. »Ich wohnte in einem kleinen Haus, weit weg von irgendeiner menschlichen Siedlung. Frau und Kinder habe ich nicht, ich habe von derlei Dingen nie etwas verstanden. Bevor diese Reise begann, verdiente ich meinen Lebensunterhalt mit dem Verkauf von Holzschnitzereien, die ich in großer Stückzahl anfertige, selbst auf dieser scheußlichen Reise. Seht her.« Herr Hochberge zog ein kleines Totem aus seiner Gürtelschnalle, welches einen aufgespießten Schneelöwen darstellte. »Da ich weder Pferd noch Hund mein Eigen nenne, stapfte ich oft kilometerweit durch Eis und Schnee, um auf Marktplätzen meine Schnitzereien feilzubieten.« Er rieb sich etwas Schnodder von der Nase. »An jenem Tag, an dem alles begann, war ich ungewöhnlich erfolgreich gewesen. Ich stapfte die gewohnten Feldwege zu meinem Häuschen zurück, Geld und Proviant in großen Mengen in meinem prall gefüllten Tragebeutel. Meine Schultern schmerzten schon und mein Rücken ächzte, doch die Aussicht auf ein munter züngelndes Kaminfeuer und eine heiße Schale Tee stimmten meine Gedanken fröhlich.« Es hatte sich mittlerweile eine kleine Schar Zuhörer um den Erzählenden versammelt. »Dann aber geriet ich in einen Schneesturm, nur wenige Meilen von meinem Haus entfernt. Der Sturm zwang mich in die Knie, und ich grub mich mitsamt meinem Beutel ein, um zu überleben. Als die Gefahr vorbei war und ich schon halb erfroren, bemerkte ich, dass ich vollkommen die Orientierung verloren hatte. Mein Augenlicht war vorübergehend getrübt und ich nahm deswegen alles in meiner Umgebung sehr matt und verschwommen wahr. So irrte ich frierend, verzweifelt und erschöpft bei blauem Mondschein in der Nacht umher, bis ich in weiter Ferne Lichter sah … «

Tahuqi meldete sich mit unterkühlter Stimme zu Wort. »Das ist ein klassischer Fall von Verwirrung … Hört nicht auf das, was er sagt, sondern versucht zu verstehen, was für eine Botschaft er vermitteln will. Jede Situation, die Hochberge in seiner Schilderung wählt, dient dazu, seine Botschaft zu inszenieren, ins rechte Licht zu rücken – ins Licht des blauen Mondes.«

»Er ist ein außergewöhnlich begabter Mann«, ergänzte Klotzen.

Sogleich erhielt er, ohnehin schon verwundet, einen heftigen Hieb von Asdois' Pranke. »Halt die Fresse, Verräter«, zischte der Echsenmensch.

»Jede Lüge macht den Umgang mit der Realität nur ungemein kompliziert. Da wird man normalerweise nach einiger Zeit zwangsläufig verrückt, weil man sein Lügengebäude für die Wirklichkeit hält, nicht war, Klotzen?«, ergänzte Tahuqi mit eisiger Stimme.

Der Übersetzer wirkte ratlos. Eike drängte ihn jedoch dazu, alle Dialoge möglichst wortgetreu wiederzugeben. Er ließ den wimmernden Kutscher Klotzen, unter dessen Verband frisches Blut hervortrat, von Sanitätern abholen.

»Der Mann muss behandelt werden«, meinte Eike beiläufig, scheinbar desinteressiert.

»Fahrt bitte fort, Herr Hochberge«, versuchte Lola den Goldländer zu ermuntern.

»Ich sah also in der Ferne Lichter ... und ging auf sie zu, denn ich war schon halb tot. Als ich ihnen näher kam, bemerkte ich, dass ich mich nicht länger im dichten Schneegestöber befand, sondern in einer prunkvollen, festlich erleuchteten Halle ... Sie war nach goldländischer Art reichlich mit poliertem Metall geschmückt und die Flammen der Feuer, Kerzen und Kronleuchter tanzten wie lebende Schatten ... Ich war mir keinesfalls sicher, ob ich nicht doch schon gestorben war.«

»Schön redest du, Hochberge. Du saßt beim Festschmaus oben, ich im Kellerverlies unten«, mokierte sich Asdois.

»Ich hörte in der Halle eine kernige Stimme meinen Namen rufen«, fuhr Hochberge fort. »Es war König Männlich I. Seine Majestät hieß mich, direkt neben sich an der reichen Tafel Platz zu nehmen. Dies ist eine äußerst ungewöhnliche Ehre in Goldland, die nur ausgewählten Menschen erwiesen wird. In Goldland isst der König immer alleine, zwei Leibwächter zum Schutze im Rücken. Der König sagte zu mir, er habe einen äußerst wichtigen Auftrag für mich: Ich müsse auf eine Reise gehen, welche im Jahr des blauen Mondes anzutreten wäre, so habe das Orakel der Heiligen Insel es dargestellt. Ich musste mich auf die Reise einlassen, ohne zu fragen, wohin sie führe. Wenn der Zeitpunkt gekommen sei, solle ich einen Gegenstand überreichen, welcher für die bestimmt sei, die für das Gute auf Lanevael kämpfen.«

»Diese Menschen haben wir nun gefunden, wenn auch auf unerwartete Weise. Ich hole den Gegenstand aus der Kutsche. Asdois wird mich begleiten. Bitte gebt mir zwei Fackelträger mit. Herr Hochberge wird derweil weiter berichten«, ordnete Tahuqi an.

Eike nickte den Fackelträgern zu. Hochberge nahm einen kräftigen Schluck Novedabier, wischte sich den zottelbärtigen Mund ab und fuhr fort: »Ich stärkte mich ordentlich an der Tafel und wurde dann in ein Schlafgemach geleitet und angewiesen, mich etwas auszuruhen. Im Morgengrauen wurde ich geweckt und über eine Wendeltreppe in ein miefiges Kellerverlies geführt. In diesem Verlies gab es düstere Gefängniszellen, die meisten von ihnen leer. Am Ende des Ganges lag in einer besonders dunklen Zelle eine menschliche Echse auf dem Boden und schlief. Unter der Bewachung von vier Männern wurde sie von ihrer Handfessel befreit und hinausgeführt. Dieser Gefangene war Asdois aus dem Echsenreich Nöla, weit, sehr weit nördlich von allem, was sich Menschen vorstellen können. Man führte Asdois und mich in eine schwarze Kutsche. Sie war größer als jede andere mir bekannte Kutsche und randvoll mit Waffen, Proviant und Ausrüstung. Es war die Kutsche von König Männlich I. höchstpersönlich, wie der Kutscher mir verriet. Sie wurde von acht schwarzen Pferden gezogen, die weitaus größer und furchteinflößender waren als all die zahmen Stuten, die ich bei meinen Wanderungen durch die Balbasteppe kennengelernt hatte. Ich freundete mich schnell mit Asdois an. Er erzählte mir, im äußersten Norden sei das Meer vereist, aber es gäbe heiße Quellen und Vulkane, welche das Land urbar machten. Es sei dort heiß genug für Echsen, welche die Glut der Lava brauchten, um zu überleben, da die Sonne des ewigen Winters viel zu schwach für sie sei. Ich fand heraus, dass die Nöla ein einzigartiges organismisches Wärmeregulierungssystem besitzen«, hierbei kam der Übersetzer ganz schön ins Schwitzen, »welches die Systeme der Warm- und Kaltblüter kombiniert hat. So fuhren wir denn Tag und Nacht durch Goldland, bis wir zur Hauptstadt Dlogi kamen. In Dlogi stieg eine dritte Person hinzu. Es war die Eisprinzessin Tahuqi.«

Als wäre es abgesprochen gewesen, tauchte in diesem Moment die eben Genannte mit einem interessanten Gegenstand auf.

»Was ist das? Darf ich es sehen?«, fragte Lola neugierig.

»Gewiss, dafür habe ich es hergebracht«, erwiderte Tahuqi mit stechendem Blick. »Doch wäre es mir lieber, Ihr ließet Herrn Hochberge erst mal ausreden.«

»Nun gut, so soll es geschehen. Aber wo ist Asdois hin?«, wollte Lola wissen.

»Der liegt in der Kutsche und schläft«, antwortete Tahuqi. »Er hält nichts davon, von der Reise zu erzählen, wenn Herr Hochberge das schon tut.«

»Das ist schade. Dann vielleicht zu einem späteren Zeitpunkt. Fahrt denn bitte fort, Herr Hochberge«, ermunterte Lola den Goldländer freundlich.

»Wir passierten beim Bergdorf Bäschutu die Grenze nach Imala und wurden im Indianerreich gewohnt freundlich empfangen. Allerdings waren die Imalas, egal wohin wir reisten, gleichermaßen betrübt. Sie meinten, die Dolchmänner aus dem Süden hätten ihre Jagdgründe besetzt und allen Steppenindianern verboten, die neu definierten Grenzen zu übertreten. Sie drohten, jeden Indianer zu töten, der dort gegen den Willen der Dolchmänner jagte. Wir hielten uns an den Imalastrom und passierten an der Grenzstadt Veila, beim großen Strom, die lalalaische Staatsgrenze.«

»Moment mal! Die *lalalaische* Staatsgrenze?«, fuhr Eike dazwischen.

»Richtig. So lautete unser Auftrag. König Männlich I. hat uns nie erklärt, warum«, meinte Tahuqi achselzuckend.

»Dazu muss man vielleicht ergänzend sagen«, fuhr Herr Hochberge fort, »dass es uns Goldländern erlaubt ist, ganz Lalalai zu bereisen, wenn wir spezielle Einreisedokumente vorweisen können. Wir wurden sehr genau auf unsere Identität geprüft, insbesondere Asdois. Es gibt eben einen Haken an der Einreise: Die Grenzen werden, gerade jetzt in Kriegszeiten, äußerst streng kontrolliert. Man darf sich nur für eine kurze Zeit im Land aufhalten, und man muss an exakt dem Ort ausreisen, wo man eingetreten ist. Zudem muss man als Goldländer in jeder Stadt Abschlagszahlungen entrichten, und je größer die Stadt ist, desto höher der zu entrichtende Abschlag.«

»So sind wir über Feld- und Wiesenwege gereist«, fügte Tahuqi augenrollend hinzu.

»Wir haben viele schreckliche Dinge gesehen … «, begann Herr Hochberge.

»… für deren Schilderung aber an dieser Stelle kein Platz ist!«, unterbrach ihn Tahuqi scharf.

»Richtig«, pflichtete Herr Hochberge der kühlen Frau bei, »es geht nun um die Erfüllung unserer Mission.«

Tahuqi nickte knapp und überreichte Lola den Gegenstand. Es handelte sich um eine Platte von der Größe eines Menschenkopfes, in deren Mitte ein Rad befestigt war. An den vier Ecken der Platte waren eigenartige Froschmenschen aufgemalt. Zwischen den einzelnen Speichen des Rades, zwölf an der Zahl, waren weitere, schwer definierbare Wesen eingezeichnet, und in der Mitte waren Kuhköpfe und Sterne aneinandergereiht. Lola betastete die Oberfläche behutsam.

»Was habe ich damit anzufangen?«, fragte Lola Tahuqi.

»Nun, ein Mensch mit magischer Fähigkeit muss das Rad drehen. Der blaue Halbmond zeigt die Himmelsrichtung an und die Abbildung die Macht, mit der Ihr konfrontiert werdet, wenn Ihr der angegebenen Himmelsrichtung folgt. Das Rad wurde nach den Maßgaben des Orakels der Heiligen Insel angefertigt. Es lässt sich nur von jemandem mit großen magischen Kenntnissen drehen.«

Die Sterne in der Mitte des Rades blitzten und funkelten im blauen Mondschein.

»Es sind Diamanten aus den tiefsten Höhlen des Goldlandgebirges«, fügte Herr Hochberge mit einer bedeutsamen Handbewegung hinzu.

Nach und nach versuchten die Zauberer aus Neun und auch die Drachenreiter aus dem Reich der Xlaover das Rad zu drehen, doch vergebens. Es schien übermenschliche Kräfte zu erfordern. Selbst Eike schaffte es nicht, was starke Zweifel an seiner Göttlichkeit auslöste. Daraufhin bedeutete er seinem Leibwächter Sera, das Rad anzugehen. Sera packte das Rad mit seinem ekelhaften Tentakelarm, der aus dunkler Omønenergie geformt worden war.

Die Diamanten funkelten und strahlten im konstant blauen Mondlicht. Schließlich quietschte und ächzte das Rad, dann bewegte es sich:

1 … 2 … 3 … 4 … 5 … 6 … 7 … 8 … 9 … 10 … 11 … 11!

Elf Speichen drehte Sera das Rad weiter, ehe er völlig erschöpft zusammenbrach. Tahuqis sonst so kühle Augen blitzten überrascht auf: »Ein großer Magier ist er! Er hat das Rad beinahe einmal komplett herumgedreht! Kein Goldländer hat das jemals geschafft.«

Alle sahen den ohnmächtigen Sera staunend an. Eike und Lola brachten ihn persönlich ins Notfallzelt, weil niemand anders ihn anfassen wollte.

Als sie zurückkehrten, verlangten sie eine Erklärung.

»Das Rad des Orakels der Heiligen Insel bedeutet Euch, nach Nordnordwesten zu ziehen. Das ist auf der Landkarte … hier. Über die Stadt Its zur Hauptstadt Lalalai. In dieser Himmelsrichtung erwartet Eure Armee der Gefräßige.«

»Das finde ich alles sehr kryptisch, auch wenn ich anerkenne, dass das Rad genau den Weg zeigt, den ich tatsächlich zu gehen gedachte … «, sagte Eike, halb zu sich selbst.

»Wie Ihr Eure Armee lenkt, ist Eure Sache«, sagte Tahuqi kühl. »Wir können Euch nur anzeigen, was das Rad des Orakels der Heiligen Insel anzeigt.«

»Werte Tahuqi, Ihr habt erwähnt, dass uns in dieser Richtung der Gefräßige erwartet … Wer oder was ist das?«, fragte Lola so höflich wie möglich.

»Der Gefräßige ist ein riesiges Katzentier, welches um die Stadtmauern der großen Hauptstadt Lalalai schleicht und gierig alle Feinde und Eindringlinge verschlingt, welche den Omøn schaden wollen«, erzählte Tahuqi nüchtern.

»Das dürfte kein Problem darstellen!«, posaunte Eike, welcher sich zwar langsam mit seiner Sterblichkeit abfand, immerhin aber zumindest unbesiegbar war, wie die jüngste Vergangenheit erneut bewiesen hatte. »Ein paar Salven aus unseren Kanonen, und der Gefräßige ist Geschichte!«

»Das kann ich nicht beurteilen.« Tahuqi zuckte mit den Schultern. »Man sagt, es sei noch keinem gelungen, dieses Monster zu besiegen.«

»Dann wird es Zeit!«, grölte Eike triumphierend.

Plötzlich meldete sich zur allseitigen Überraschung Lesta zu Wort, welcher die ganze Zeit über beharrlich geschwiegen hatte.

»Moment mal! Wir lassen euch Fremdlinge hier selig in unsere Mitte und reden mit

Euch darüber, was wir für Schlachtpläne entwerfen. Aber wer sagt mir, dass Ihr keine Spione Lalalais seid? Warum ist mal wieder außer mir keiner auf diese Idee gekommen?«

»Lesta, selbst wenn sie Spione sind, wie sollten sie Botschaften überbringen?«, winkte Lola ab. »Sie haben keine Wahl, als mit uns zu kommen. Es gibt keine Möglichkeit, wie sie Informationen über unser Vorhaben an unsere Feinde übermitteln können.«

»Ich bleibe skeptisch. Eike, mit Eurer Erlaubnis werde ich die Fremdlinge im Auge behalten.«

»Gerne, tut das.« Eike lachte.

»Aber verhalte dich respektvoll, Lesta!«, ermahnte ihn Lola.

Lesta rollte mit den Augen und nahm die Fremden unter einem Vorwand mit.

»Gut, wenn das geklärt ist«, wurde Eike wieder ernster, »dann greife ich das Stichwort meiner Liebsten auf und rede über unser Vorhaben.« Er rollte ein großes Stück Landkarte aus. »Ihr kennt meine Grundidee. Nun werde ich ins Detail gehen. Unsere Truppen werden sich im Pulk durch die weite Ebene Lalalais vorwärtsbewegen. Ein breites Netzwerk an Heißluftballonstaffeln, welche in Wechselschichten fliegen, wird in allen Himmelsrichtungen nach Feindbewegungen Ausschau halten. Unsere Drachenreiter koordinieren ihre Erkenntnisse mit den Bodentruppen. Außerdem erkunden unsere hervorragend ausgebildeten Späher jeweils die Region, in die wir uns als Nächstes hineinbewegen, im Voraus und geben uns kontinuierlich Rückmeldung über besondere Vorkommnisse. Ein breiter Ring aus mittlerweile vollständig mobilen Kurz- und Langstreckenkanonen wird kreisförmig um unsere Truppen herum positioniert und von ausdauernden novedanischen Lasttieren gezogen, sodass wir ringsum Feinde durch Artilleriefernbeschuss schon weit vor einem Aufeinanderprallen im Nahkampf schwächen können, sollten sie es tatsächlich wagen, sich uns zu nähern. Unser Weg wird uns an der lalalaischen Hafenstadt Mulu vorbeiführen, welche zurzeit in schwere Kämpfe mit novedanischen Truppen verwickelt ist. Diese Kampfhandlungen sind auf und mit uns abgestimmt und sollen von unserem Vorrücken ablenken. Wir müssen allerdings jederzeit damit rechnen, in diesen Kampf hineingezogen zu werden. Es gilt also, unsere Gegner stets auf Abstand zu halten. Hartnäckige Widerstandsnester brennen wir mit unseren neuen Flammenwerfern aus Tunikagu nieder, so wie die Smaragdaner vor vielen Jahren auch den Hafen meiner Heimatstadt Easan niedergebrannt haben … Soll niemand denken, diese alten Geschichten wären vergeben und vergessen … « Eike verlor sich bei seinen Ausführungen immer mehr in entrücktem Raunen.

Lesta, der während dieser Ausführungen alleine zurückgekehrt war, zupfte Eike am Ärmel. »Was ist, wenn dieser Plan tatsächlich aufgeht?«, hakte er nach. »Wenn wir dadurch tatsächlich zur Hauptstadt gelangen? Dort wären wir mitten in Lalalai, umzingelt von circa einer Million feindlicher Soldaten; und dann?«

Eike kam wieder zu sich, als sei er aus einem Traum erwacht. Er fuhr herum und blickte dem einen ganzen Kopf kleineren Neuner herausfordernd in die Augen. »Ich weiß es nicht. Wenn ich die Zukunft kennen würde, wäre ich jetzt ein reicher Mann.«

»Eike, ich finde das nicht sehr lustig!«, echauffierte sich Lesta.

»Lesta, wir bluffen. Das ist unsere einzige Chance. Wir werden so bedrohlich wie möglich auf die Lalalais wirken, ganz in der Hoffnung, sie mögen glauben, einen Zweifrontenkrieg zu führen, im Inland gefährdet durch eine große Armee, die im Begriff ist, ihre Hauptstadt einzunehmen. Wir werden sie durch diese Finte zum Aufgeben zwingen. Wenn alle Stricke reißen, kämpfen wir uns entweder nach Tunikagu durch oder fliehen in Ballons, auch wenn wir dann unser gesamtes Material zurücklassen müssen.«

»Können wir denn alle fliehen?«

»Können wir das besprechen, wenn es so weit ist?«

Am nächsten Morgen zog die gewaltige Armee weiter nordwärts. Vor den Toren Mulus kam es zu vereinzelten Scharmützeln mit einer Division, welche das Hinterland der Seefestung verteidigte. Doch die Kampfhandlungen wurden schnell eingestellt, da klar war, dass die imposante Armee nicht in den Angriff auf Mulu involviert war. Auch ein anderer Aspekt stand bei diesen Kampfhandlungen im Vordergrund: Man stellte fest, dass die feindlichen Soldaten in dieser Gegend nicht auf regulärem Wege zu töten waren. Vielmehr wurde klar, dass erst gezielte Schüsse in Herz oder Kopf sie umbrachten, da sie trotz sehr hoher Blutverluste einfach weiterkämpften. Keiner konnte eine Erklärung dafür finden. Offensichtlich waren sie widerstandsfähiger als gewohnt.

Einen göttlichen Mann wie Eike konnten sie allerdings nicht im Geringsten beeindrucken. »Dann müssen unsere eigenen Schützen eben genauer zielen«, sagte er achselzuckend. »Außerdem verfügen wir über eine Einheit von Spezialisten aus Eisanna für das Erzwingen von Brückenköpfen, und die haben Tausende von Scharfschützen. Sollen sie an vorderster Linie kämpfen!«

Eike war während dieser schicksalhaften Tage seinen eigenen Soldaten manchmal nicht geheuer. Seine deformierte Leibwache ließ niemanden wirklich nahe an ihn herankommen, und für einen Mann von gut siebzig Jahren wirkte der Kriegsherr viel jünger, höchstens halb so alt. Zudem zählte seine hübsche Freundin, soweit man wusste, gerade mal achtundzwanzig Jahre, was gemessen an seinem Alter unerhört jung war. Den Soldaten gefiel all die zum Einsatz gebrachte Magie, all dieses irrationale, unkontrollierbare Geschehen überhaupt nicht, und sie waren fast schon froh, wenn sie mit normalen Handfeuerwaffen kämpfen konnten, ohne den Einfluss von Drachen, Magiern oder schwarzer Zauberkunst fürchten zu müssen.

Die nächste Überraschung wartete in einer von undurchsichtigem Buschwerk durchzogenen Steppe, einhundert eisannische Kilometer nördlich von Mulu. Hier musste etwas absolut Abscheuliches geschehen sein. Hunderte von Munklern waren in dieser Gegend getötet worden – man hatte sie wie zum Hohn an hölzerne Karikaturen von Blumen genagelt und sie dann offensichtlich verhungern lassen. Die Soldaten konnten das Ausmaß an allgemeiner Barbarei, von der ihre Feinde mittlerweile besessen zu sein schienen, nicht mehr fassen. Die Ärzte berichteten, dass immer mehr Einzelfälle von verrückt gewordenen Soldaten in den eigenen Reihen auftauchten, kampfuntauglich geworden und fortan zitternd niedere Arbeiten verrichten müssend.

Lesta kritisierte immer offener Eikes Vorgehen. Sie waren mittlerweile vollständig vom Nachschub abgeschnitten, und was vor ihnen lag, war ungewiss. »Es ist nur noch eine Frage der Zeit, bis die Lalalais uns einkreisen und im Rahmen einer Kesselschlacht auf offenem Feld vernichten«, gab er pessimistisch zu Protokoll. »Mehr noch«, fügte er zynisch hinzu, »die Mühe nehmen wir ihnen ja ab – wir steuern unsere Truppen direkt in die Höhle des Löwen.«

Das war zu viel für Eike, dem jetzt der Kragen platzte. »Lesta, ich frage mich langsam, warum Ihr überhaupt mitgekommen seid. Ich frage mich zudem, ob Ihr überhaupt Manns genug seid, in einem richtigen Krieg mitzukämpfen.«

»Eike, jetzt will ich Euch mal was sagen: Nur jemand, der sich seines eigenen Wertes unsicher ist, muss einen anderen niedermachen, um sich selbst aufzuwerten.«

»Immerzu schwingt Ihr Reden, Lesta. Geht lieber hinaus und macht Euch nützlich. Heilt einen Kranken oder so.«

»Das werde ich tun, o großer Gott-General«, meinte Lesta sarkastisch.

Tatsächlich wurde der Ernährer in den nächsten Tagen zu einer äußerst wichtigen Person. Eike hatte nämlich bei all seinem militärischen Genie vergessen, dass eine derart große Armee auch ungeheure Mengen von Nahrung verschlingt und auch, dass der Proviant zur Neige ging, da man nun hinter die feindlichen Linien getreten war und kein Nachschub – auch nicht an Munition – mehr geliefert werden konnte. Lesta allerdings, der Herr der Knollen, wie er sich selbstironisch nannte, hatte ein ausgewiesenes Talent, Süßwasserquellen und diverse Nahrungsmittel aufzuspüren, und übertraf an Popularität alsbald seinen inoffiziellen Kontrahenten Eike. Auch wenn Lola verzweifelt Vermittlungsversuche zwischen den beiden Konkurrenten induzierte, kamen die beiden Egomanen einfach nicht miteinander aus, und je intensiver die Gefechte auf dem Feld wurden, desto hitziger wurden die Wortgefechte der beiden. Schlimmer noch, sie spürte, wie Lesta sie eindeutig begehrte und ihr auch oder gerade in Gegenwart des alten Eike eindeutige Avancen machte. Dieser Umstand schmeichelte ihr, zumal Lesta ein hübscher, intelligenter Kerl war, aber der Konkurrenzkampf verschärfte die angespannte Stimmung in der Armee, sodass sich alsbald zwei Gruppen formierten: die kleinere Gruppe von vor allem eisannischen Soldaten um Lesta, der hingegen viel größere Teil beim genialen Eike, dessen Plan tatsächlich aufging. Da nun Tunikagu und Noveda mit Unterstützung der Segaler zur Gegenoffensive an den westlichen und östlichen Landesgrenzen Lalalais angetreten waren, verlegte die militärische Führung Lalalais Truppenverbände an die bedrohten Frontabschnitte, sodass Eikes obskure Armee langsam, aber größtenteils unbehelligt durch die nahezu gänzlich unbewohnte Steppe nach Norden vorrücken konnte.

In Lesta ging unterdessen eine Veränderung vor. Er hatte Blut geleckt. Durch seine Erfolge beim Auftreiben von Nahrung aufgepeitscht, versuchte er, die Soldaten mit immer tollkühneren Funden zu beeindrucken. Ihm zur Seite stand Asdois, der rätselhafte Echsenmensch aus Nöla. Aus den langen Gesprächen zwischen den beiden wurde ein Gedanke geboren, welcher sich im Laufe der nächsten Wochen immer mehr zu einer Vision ausweitete, wozu auch erheblich beitrug, dass Asdois über ein schier übermenschliches Sprachassimilationsvermögen verfügte, sodass er binnen weniger Tage sämtliche im Lager gesprochene Sprachen holprig beherrschte.

Beim letzten Großlager, bevor die Armee den nördlichen Kurs verließ und in Richtung Its nach Nordwesten abdrehte, nutzte Lesta die Gelegenheit, um im blauen Licht des Vollmondes Gelisei eine flammende Rede zu halten, in der er vor allem die Religion der Munkler kritisierte. Er rief an diesem Abend einen Kult aus, der zum Ziel hatte, die Munklerreligion abzulösen, zuerst im Kleinen, dann weltweit.

Der Kult trug die Initialen G.I.E.R., eine Buchstabenfolge, welche Lesta zufolge eine kryptische Bedeutung hätte, die sich nur demjenigen wahrhaftig offenbarte, welcher nach den Regeln des Kultes lebte:

1. Man hat den Menschen, mit denen man arbeitet, mit Offenheit und Geduld zu begegnen.

2. Man hat sich stets darum zu bemühen zu verstehen, wie andere Menschen einen wahrnehmen und bewerten.

3. Man darf an *nichts* festhalten.

4. Das Leben fließt.

5. Wer Angst vor dem Tod hat, hat (eigentlich) Angst vor dem Leben.

Am nächsten Tag, als die Armee sich bereit machte, nach Nordwesten weiterzumarschieren, brachte Xostoria Eike und Linksfuß die Nachricht, dass sich drei feindliche Divisionen von Nordosten, Nordwesten und Westen her auf die Invasoren zubewegten.

»Seid Ihr sicher, dass das alle sind, Xostoria?«

»Definitiv.«

»Dann fällt uns niemand in den Rücken. Dafür werden wir von drei, vielleicht zweieinhalb Seiten angegriffen. Das müssen die Stadtwachen von Its, Tsi und Sti sein, plus vielleicht ein paar rekrutierte Bauern. Nun gut, die Entscheidung ist leicht. Xostoria, sagt der Ballonflotte Bescheid, dass sie Brandbomben auf die Division im Nordosten regnen lassen soll. Den anderen beiden begegnen wir mit unseren Langstreckenkanonen.«

»Eike, ich gebe zu bedenken, dass die Lalalais ebenfalls über einige Langstreckenkanonen verfügen.«

»Ich weiß, Linksfuß, aber sie haben weder unsere Reichweite noch unsere Durchschlagskraft.«

Das ewige Herbstwetter forderte langsam Tribut. Die Räder der Kanonen versanken im Steppenschlamm und die Zug- und Lasttiere taten sich immer schwerer mit der Bewältigung ihrer Aufgaben, selbst die Riesengäule aus Segal brachen reihenweise erschöpft zusammen. Mensch und Maschine wurden an den Rand des Machbaren getrieben. Gleichzeitig rollten frische, unverbrauchte Verbände in Form von drei schwer bewaffneten und gut ausgerüsteten Lalalaidivisionen heran, beauftragt, den Feind rasch aufzureiben. Die Kampfhandlungen fanden zwischen dem Jacostafluss, einem kleinen Seitenarm des großen Imalastromes bei der Stadt Sti, und einem kleinen Dorf statt, dessen Bewohner beim Heranrücken der riesigen Truppenverbände komplett in Richtung Sti flohen.

Die Verluste auf beiden Seiten wurden verheerend, als die grässlichen Langstreckenkanonen ihr todbringendes Blei herausrülpsten. Schreckliche Verstümmelungen verunstalteten diejenigen, die sich nicht rechtzeitig in Deckung zu bringen wussten, und diejenigen, die ein glücklicher, weil sofortiger Tod ereilte, waren nach den Einschlägen größtenteils nicht mehr zu identifizieren. Bald schon zeigte sich jedoch die Macht der eisannischen Kanonen, welche nicht nur an Reichweite, sondern, und das war letztendlich entscheidend, an Durchschlagskraft denen ihrer Gegner deutlich überlegen waren.

Lola, die auf Geheiß Eikes nicht an der Schlacht teilnehmen durfte, versuchte wie die anderen Neuner, die Verletzten zusammenzuflicken, zu heilen oder auf irgendeine andere Weise zu betreuen, und sei es nur, sie von den Schrecken des gerade Durchlebten abzulenken.

Einzig Lesta vertrat die Meinung, dass die geistigen und körperlichen Wunden, welche die Schlacht riss, ausschließlich durch die kürzlich aufgestellten Regeln der G.I.E.R. heilbar waren, was von seinen Kameraden aus den Reihen der dezimierten Neun von Neun so scharf kritisiert wurde, dass Lesta sich aus der Verwundetenversorgung zurückzog.

»Solltet Ihr nicht bei den Verwundeten bleiben?«, fragte Eike sarkastisch, als Lesta den Hauptgefechtsstand betrat. »Immerhin hat doch Euer komischer Verein die Regel aufgestellt, dass man den Menschen, an denen man herumpfuscht, mit Geduld und Offenheit zu begegnen habe, wenn ich mich nicht irre.« Der ganze Generalstab lachte.

»Es heißt auch, und darin zeigt sich einmal mehr Eure durch militärischen Drill bedingte Beschränktheit, dass es darum geht, Menschen zu verstehen. Ich folge lediglich dem Anliegen meiner Kameraden.«

»Warum macht Ihr Euch nicht, wie ich schon früher vorgeschlagen habe, nützlich und folgt Euren zahlreichen Anhängern in vorderster Frontlinie? Schaut durchs Fernrohr: Bald haben die ersten gegnerischen Reihen Gewehrfeuerdistanz erreicht. Im Kampf Mann gegen Mann könnt Ihr ja beweisen, wie mächtig Eure Worte sind … und es sind ja Worte, nichts weiter, mit denen Ihr Krieg führt.«

»Ich soll mich also umbringen, Eike? Ihr solltet Euch schämen, mich auf eine so billige Art loszuwerden zu versuchen.«

»Euch loszuwerden wäre in der Tat mein innigster Wunsch. Doch genug der Worte. Ihr dürft mir nun dabei zusehen, wie ich unsere Feinde vernichtend schlage, ehe sie weiteren Schaden anrichten. Linksfuß, ist Eure zweite Ballonstaffel kampfbereit?«

»Jawohl, Eike.«

»Gut. Schickt sie in den Rücken der Angreifer. Ist die novedanische Kavallerie einsatzfähig?«

»Jawohl, Eike«, bestätigte Oberreitkonsul Koniva.

»Was habt Ihr vor, Eike?«, wollte Lesta wissen.

»Schaut zu und staunt … « Der Admiral kicherte. »In meinen Adern fließt das Blut Benelons. Seine Genialität ist mir vererbt worden.«

»Euer Vater ist in der Tat der einzige Grund für den letzten Rest Respekt, den ich noch vor Euch habe.«

»Oh, noch mehr große Worte. Tja, wer nicht Manns genug ist zu kämpfen, schlägt seine Schlachten eben mit Kehle und Zunge. Richtet Euer Fernrohr nur nach Westen. Seht Ihr? Die erste Ballonstaffel hat mit Brandbomben verhindert, dass die Lalalais ihre Kanonen entlang des Flusses auf unsere Flanke richten. Nun sorgen die xlaovanischen Drachen dafür, dass ihre Bodentruppen die Brücke nicht überqueren können. Seht Ihr, wie sie Feuer spucken, sodass die Munition der Lalalais einfach explodiert? Drachen sind grässliche Kreaturen. Haben wir ein Glück, dass sie auf unserer Seite kämpfen.«

»Was habt Ihr mit den Pferden und der anderen Ballonstaffel vor?«

»Die Ballonstaffel wird den Gegnern, welche zurückweichen, den Weg abschneiden. Die explodierenden Brandbomben werden ihnen einen geordneten Rückzug unmöglich machen; und dann, mitten in das Chaos, reiten frontal die glorreichen Gruppen novedanischer Kavalleristen in die gegnerischen Linien hinein, was ihnen den Rest geben wird. Sieg auf ganzer Linie!«

»Die Ineffektivität der verschwendeten Brandbomben bei diesem Wetter mal ausklammernd: Zweitausend Tote und Verwundete auf unserer Seite allein in dieser Schlacht, ganz abgesehen von den gut fünftausend Soldaten unserer Antilalalaiallianz, die schon gefallen sind, sprechen nicht gerade für eine erfolgreiche Führung dieser Operation.«

»Wo gehobelt wird, da fallen Späne, Lesta. Wir verlieren zweitausend Mann, der Gegner drei schwer bewaffnete Divisionen.«

Zunächst ging im Rahmen der Schlacht alles gut, was gut gehen konnte. Der feindliche Angriff wurde, wenn auch unter schmerzlichen Verlusten, abgewehrt, und es gelang den anstürmenden Lalalais weder, die Invasoren einzukesseln, noch sie in die Zange zu nehmen. Auch waren die Einbußen an Menschen und Material auf feindlicher Seite deutlich größer und Eike wähnte seine Truppen schon auf freier Bahn Richtung Hauptstadt. Als jedoch die Nacht hereinbrach, änderte sich die Stimmung. Namenlose Schatten brachen über die Soldaten herein, welche – ohne eine Pause von den anstrengenden Kampfhandlungen zu erhalten – angehalten wurden, bei Mondlicht weiterzumarschieren. Die gequälten Schreie der vielen Verwundeten wurden begleitet von Lauten, wie sie menschlichen Ohren in solch widerlicher Weise eigentlich nicht bekannt sein dürften. Einige der Soldaten verfielen dem Wahnsinn und konnten nur mühsam vom Selbstmord abgehalten werden. Vor allem die Lichtenergie von Lila wirkte hier wahre Wunder, aber auch ihre Kraft kannte Grenzen. Schrecklicherweise starben die Verwundeten scharenweise, äußerst wenige konnten gerettet werden. Es schien, als habe ein böser Geist, eine abscheuliche Ansammlung von verderblichen Gedanken, ihre Gemüter infiltriert und ihre Lebenslust zerstört.

Die von irren Schatten geplagte Armee hielt sich entgegen Eikes ursprünglich bekannt gegebenen Plänen nordwärts, um sich nahe der Stadt Falalai am Fluss entlang zu bewegen, wo man immer wieder vereinzelten, aber weitestgehend eher harmlos als verbissen anmutenden Angriffen von patrouillierenden Kanonenbooten ausgesetzt war. Schließlich erreichten sie bei der offenbar desertierten Stadt Falalai eine der großen Hauptstraßen, und entgegen der Erwartung der Invasoren waren weder Brücke noch die Straße selbst in irgendeiner Weise befestigt und wurden auch nicht, womit man fest gerechnet hatte, gehalten; und obschon man in weiter Ferne flussaufwärts die hohen Türme der monolithischen Hauptstadt sehen konnte, waren keinerlei Truppen aufgestellt, die den Angreifern entgegengeworfen hätten werden können.

Dann aber überbrachte Xostoria, die ob ihres großen Mutes und tadellosen Geschickes inzwischen zur Anführerin der Drachenreiter ernannt worden war, die Kunde, dass sich von Westen ein Ungetüm näherte, welches so furchterregend war, dass nicht einmal die Drachen es angreifen mochten.

»Nicht einmal die Drachen? Um was für ein Biest handelt es sich überhaupt?!«, fragte Eike entsetzt.

»Es muss der Gefräßige sein, das Tier, dessen Kommen uns die Goldländer vorausgesagt haben«, konstatierte Xostoria kreidebleich.

»Nichts vermag es aufzuhalten, und es ist völlig immun gegen unsere Zauber. Es sieht aus wie eine gigantische Raubkatze, mit turmhohen Beinen und einem Maul von der Größe eines Stadttors. Es bewegt sich langsam, aber mit großen, zielstrebigen Schritten auf uns zu!«

»Das Wetter hat sich gebessert, also schickt die Ballonstaffeln! Sofort! Gebt Befehle, die Langstreckenkanonen in Position zu bringen! Wir werden die Riesenkatze in ihre Einzelteile zerlegen!«, brüllte Eike erbost.

Die Balloncrews warfen ihr Restarsenal an Brandbomben auf den Gefräßigen, doch ohne nennenswerten Erfolg. Die gerissenen Wunden waren höchstens Mückenstiche, im dichten Fell des schrecklichen Wesens nicht einmal klar auszumachen, und das wütend gewordene Raubtier sprang in die Luft und erreichte dabei solche Höhen, dass es einige Ballons vom Himmel pflückte. Die Erde erbebte nach der Landung, so schwer war das Monstrum.

Fassungslos musste Eike durchs Fernrohr beobachten, wie der Gefräßige die erlegten Menschen bei totem wie lebendigem Leibe verschlang. Es war eine Katastrophe. Eike legte nun all seine Hoffnung in die in Position gebrachten Kanonen. Die Kanonen röhrten unisono, sodass das Tal erzitterte. Doch das Biest war nicht beeindruckt. Es wich den Geschossen entweder aus oder wischte sie mit den monumentalen Pranken, mit denen es ausgestattet war, zur Seite, so wie man nach Fliegen schlägt. Eike sah mit Entsetzen vor seinem geistigen Auge seine Felle davonschwimmen.

Sind wir so weit gekommen, nur um von einem Riesen hilflos in Einzelteile zerlegt zu werden, wie ein Puzzle von einem wütenden Kind?

Überraschte Schreie rissen den Heeresführer aus seinen düsteren Gedanken. Durchs Fernrohr, welches ihm von einem aufgeregten Adjutanten eilig überreicht wurde, sah er die Silhouette von Lesta, der unbewaffnet dem monströsen Untier im Lichte der untergehenden Sonne entgegenritt.

Also tut er's doch. Der Narr sucht den Freitod.

Eike beobachtete erstaunt und völlig selbstvergessen, wie Lesta sein scheuendes Pferd nur wenige Hundert Meter von dem Biest stoppte, abstieg und es im manischen Galopp in entgegengesetzter Richtung fliehen ließ. Dort stand nun Lesta Auge in Auge mit dem Gefräßigen, und es schien nur eine Frage der Zeit zu sein, bis das Biest ihn töten würde, falls es ihm überhaupt Beachtung schenkte. Doch dann geschah das Unglaubliche, das wahrhaft Unerwartete, durch und durch ein Wunder: Lesta reckte in der inzwischen unter den Truppen gut bekannten Beschwörungsformel seine Arme zur Erde, und die Erde spuckte zu den Füßen des Gefräßigen in Hülle und Fülle Gewürm, Maulwürfe und Früchte aus. Der Gefräßige fraß wie von Sinnen, und immer wenn er mit der dargebotenen Menge Nahrung fertig war, fand Lesta neue; auch Pferde, Kühe, Hasen, Hirsche und andere Lebewesen trieb Lesta – es musste Magie sein! – gleich einem unerschöpflichen Füllhorn auf, und der Gefräßige fraß und fraß und fraß immer weiter. Schließlich aber wand sich das furchtbare Wesen wie unter schrecklichen Schmerzen, brüllte Töne, welche die Ohren und Hirne der Menschen sich zu verarbeiten weigerten, und brach schließlich zusammen, wobei sich ein konstanter Strom aus Blut und Knochen aus seinem Maul ergoss. Schließlich rührte sich der Gefräßige nicht mehr.

Als die Nacht hereinbrach, gab es keinen Zweifel mehr: Lesta hatte den Gefräßigen, das große Biest, umgebracht und wurde von den Soldaten enthusiastisch gefeiert. Der Generalsstab verlangte offen von Eike (»Im Namen der Soldaten!«), dass Lesta von nun an die oberste Befehlsgewalt über die Truppen erhalten sollte; und Eike gab nach. Er spürte schmerzhaft seine Sterblichkeit – und dass seine Überzeugung, ein Gott zu sein, nichts als eine schale Illusion gewesen war.

Lesta schnitt dem Gefräßigen am nächsten Morgen die riesigen Augen aus den Höhlen und packte sie in ein Fischnetz, welches die Neosannas ihm während der langen Überfahrt geschenkt hatten und welches er seitdem sorgsam aufbewahrte, ahnend, dass dessen Tag kommen sollte. So stand er ganz alleine an der Spitze der großen internationalen Armee, welche es tatsächlich und entgegen aller Erwartungen bis vor die Tore der riesigen gleichnamigen Hauptstadt von Lalalai geschafft hatte. Er ritt bis vor die gewaltigen stählernen Stadttüren und rief: »Hier bringe ich Euch die Augen des Gefräßigen, den ich mit bloßen Händen erledigt habe! Seht zum Himmel! Über Euch kreisen die Drachen, bereit zum Angriff! Wer von Euch wagt es, uns Widerstand zu leisten? Öffnet die Tore der Stadt oder wir werden Euch alle miteinander vernichten!«

Die Gegner streckten, obwohl militärisch überlegen, die Waffen und öffneten die zyklopischen Tore der Metropole. Gegen Drachen und Invasoren hätten sie gekämpft; aber gegen den alleinigen Bezwinger des Gefräßigen wagte niemand vorzugehen.

Lesta, welcher in Begleitung der wichtigsten Vertreter seiner Organisation G.I.E.R. triumphal durch die Stadt zog, wurde es gestattet, den geheimen Tempel des Gnoms zu betreten. Über den Haupteingang einer pechschwarzen Omønkapelle wurde der mittlerweile völlig furchtlose Lesta zu einer Falltür geleitet, die ihrerseits wieder einen Gang barg, der zu einer unterirdischen Dolmenkonstruktion führte, in welchem eine geheime Versammlung der wichtigsten Mitglieder der Stadt stattfand. Als Lesta alleine den Saal betrat (seine G.I.E.R. war draußen geblieben), fixierten ihn die Blicke sämtlicher Augen.

Auf dieser geheim gehaltenen Veranstaltung erfuhr Lesta, dass der Dolmen das älteste Bauwerk von Lalalai sei. Letztendlich seien alle anderen Gebäude der Menschen auf dem Blatte Krug ausgehend von diesem Dolmen entstanden und somit war er die geheim gehaltene Geburtsstätte der Hochkultur des Riesenreiches Asetonien, welches sich ursprünglich über das gesamte Blatt Krug erstreckt hatte. Diese Versammlung würde zu jedem Mondwechsel abgehalten und sei zu diesem Zeitpunkt von äußerster Besonderheit, da pünktlich zum Mondwechsel ein Usurpator namens Lesta an die stählernen Pforten Lalalais geklopft hatte.

Das Jahr des Todes war zeitgleich mit Lestas Erscheinen in der Hauptstadt um, und der geschlagene Eike begriff am ersten Tag des Jahres 5201: *Nicht ich, Eike, der Krieger und Admiral, bin der Siegesgott. Es ist Lesta, der König der Magier. Der Krieger ist der Esel des Magiers.*

Gelisei verschwand, und Zilin, der Fahlgelbe, tauchte die Landwelt in den globalen Winter. Schnee fiel. Derweil musterte Lesta seine Feinde. Neben dem gemeinen Gnom, dem Diktator des Landes, saß eine hünenhaft-grobschlächtige Frau, welche dem Neuner als die Mutter des Gnoms vorgestellt wurde. Zwischen den Dolmensteinen entstanden Menschen … aus Früchten! Lesta traute seinen Augen nicht: Obst wurde unter Verwendung von Kristallenergie nach und nach zu Mensch, erst durch menschliche Züge im Fruchtfleisch, dann schließlich wichen die Kerne Fleisch und Knochen! Weitere Wesen entstanden in Reagenzgläsern oder durch die Vermengung von Menschen mit Elementen von Tieren … Schlangen, Vögeln, Einhörnern. Selbst Monsterkrieger züchteten die Lalalais auf diese Weise heran. Lesta kniff sich, um sich zu beweisen, dass er nicht träumte. Doch stieg plötzlich die Erinnerung in ihm auf, im Eokeilpalast der Munkler zu Easan sehr ähnliche Abbildungen gesehen zu haben. Der Ernst der Lage ließ ihm jedoch kaum die Gelegenheit, derartigen Gedankengängen allzu lange nachzuhängen.

Der Gnom schlug Lesta während der Verhandlung einen Zweikampf vor, um weiteres Blutvergießen zwischen den Armeen zu verhindern: der beste Krieger Lalalais gegen den besten Krieger der Invasoren. Würde der Krieger Lestas bestehen, wäre der Krieg sofort beendet. Sollte jedoch der Krieger des Gnoms gewinnen, müsste Lestas Armee auf der Seite der Lalalais kämpfen – gebunden durch den Allerschwärzesten Fluch.

Am nächsten Tag wurde den frierenden Soldaten, die mittlerweile allesamt Lestas Befehl folgten, auf großzügigste Art und Weise Gastfreundschaft gewährt. Auf der einen Seite waren die Einwohner der Landeshauptstadt froh, kein weiteres Blutvergießen mehr ertragen zu müssen, auf der anderen Seite wünschten sich nahezu alle insgeheim ein Ende der mörderischen Diktatur. Die Einzigen, die weiterhin skeptisch jegliche Angebote von Gastfreundschaft zurückwiesen und lieber stoisch im Winterschnee in Zelten übernachteten, waren die Überlebenden der Neun von Neun, welche nicht vergeben konnten, was ihren Landsleuten angetan worden war, und lieber erfroren wären, als von den Lalalais irgendetwas anzunehmen.

Der Krieger des Gnoms hieß Først, der oberste und bösartigste Schwarzmagier der Omøn. Ihm stellte sich auf freiem Feld der schreckliche mutierte Sera.

»Wo sind die Waffen?«, fragte er seinen Gegner, verwundert, dass dieser seine Sprache verstand.

»Es gibt keine Waffen. Dies ist ein Zweikampf der Seelen. Ich werde deine Seele zerstören.«

»Das schaffst du nicht.«

»O doch. Deine Seele ist bereits durch und durch mit unserer antikosmischen Energie getränkt.«

Sera stellte fest, dass sich das Szenario wandelte. Er fand sich in einer kalten, feindseligen Eiswelt wieder.

»Hier werde ich deine Seele prüfen, Narr!«, blökte Først und gab ihm böse Bilder ein. »Siehe, Sera. Das ist, was dir keine magische Kugel gezeigt hat.«

Sera sah eine zerstörte, verbrannte Welt. Er sah die Seelen von toten Menschen und Tieren.

»Sieh genau hin, Sera. Es sind die Toten. Sie rufen dich. Sie wollen Rache an dir. Du hast sie getötet, und nun rächen sie sich!«

Die Toten kamen näher.

»Ich wollte euch nicht töten. Es tut mir leid, dass ich euer irdisches Leben beendet habe«, sagte Sera ruhig. »Ich bin ein Totenbeschwörer. Wann immer ihr es verlangt, werde ich eure Seelen heraufbeschwören, damit ihr euch die irdische Welt ansehen könnt.« Die Toten wandten sich von Sera ab und gingen auf Først zu.

»Siehe, Sera!«, rief der Magier, der das Szenario änderte. »Dies sind deine sogenannten Freunde. Sieh dir an, was sie täten, solltest du mich besiegen! Hast du denn nicht gemerkt, dass sie in Wirklichkeit nichts mit dir zu tun haben wollen? Sie werden dich hinterrücks erschießen oder verbannen oder auf eine völlig sinnlose Expedition schicken! Was du auch tust, du bist dazu bestimmt, enttäuscht zu werden!«

»Dann macht es ja auch nichts, dich zu bekämpfen, finsterer Magier. Meine Enttäuschung ist nicht anders als die irgendeines anderen. Wir sind dazu bestimmt, enttäuscht zu werden, denn wir erwarten immer zu viel. Doch ich erwarte nichts. Nichts von dir, nichts von meinen Gefährten und Mitkämpfern, nicht einmal von mir selbst erwarte ich etwas. Wenn also alles geschieht, wie es geschieht, und nichts geschieht, wie ich es erwarte, was soll mich dann groß enttäuschen?«

»Dann erlebe das hier«, brüllte Først, der wiederum die Umgebung änderte. »Siehe, was mit Neun geschieht, während wir uns hier streiten. Hältst du das für richtig? Kinder verhungern, ganze Familien, ganze Sippen, ganze Stämme, ganze Städte und Landschaften krepieren. Weil du nicht dafür gesorgt hast, dass Neun befreit wird. Weil du nicht darauf bestanden hast. All das Leid, all das Elend: alles deine Schuld.«

»Die Menschen in Neun haben mein aufrichtigstes Mitleid für ihre schlimme Lage; meine Landsleute leiden und sterben, das ist wahr. Doch wenn wir die Sache nicht hier und jetzt beenden, dann werden sie immer weiter leiden, und du und deine Schergen werden immer wieder einfallen. Nein, Magier, hier und heute beenden wir das Leiden von Neun!«

»Ach ja? Währenddessen geht die ganze Ungerechtigkeit einfach weiter! Du kämpfst für Schwachköpfe wie Eike oder Lesta, dabei könntest du einer von uns sein! Du könntest unseren Tempel in Lalalai betreten, ohne zu sterben, denn du bist durchtränkt von schwarzer, antikosmischer Energie. Aber du wirst von Schwachköpfen ausgenutzt und am Ende ausgestoßen werden; und kurz bevor du als räudiger Hund stirbst, wirst du sehnsüchtig an meine Worte zurückdenken!«

»Besser von Freunden ungerecht behandelt zu werden als von selbstgerechten Feinden!«, schmetterte Sera Først entgegen.

»Gut, du verdienst es nicht anders! Siehst du, alle hassen dich! Jeder weiß, wieso! Denn alles an dir ist schlecht und verdorben! Sogar für die Omøn bist du verdorben! Es wäre das Beste für alle, du begäbest dich ins Land des toten Lebens und legtest dich in die ewigen violetten Nebel zum Sterben hin!«

Først änderte das Szenario einmal mehr, und Sera fand keine Möglichkeit, seine Wahrnehmung zu ändern. Sein Gehirn war an Førsts mächtigen Zauber gebunden, ob er wollte oder nicht. Sera fand sich in der kargen, komplett violetten Totenwelt von Blogol wieder, wo Skelette umherwanderten und Menschen, deren Fleisch schon stark verfault war. Einen Moment überkam ihn ein kalter Schauer der Angst, doch er fing sich recht schnell wieder.

»Nein, das stimmt nicht. Du lügst. An mir ist nicht alles schlecht. Allein die Tatsache, dass ich gegen dich kämpfe, ehrt mich.«

»Du Narr! Man wird froh sein, wenn ich deine Seele vernichtet habe! Ein Problem weniger, das werden sie sagen!«

»Nein, das stimmt überhaupt nicht. Sie kennen und schätzen auch meine positiven Seiten. Ich sah nicht immer so aus. Ich habe auch nicht immer nur getötet. Ich habe auch vielen Menschen geholfen!«

Der violette Nebel verschwand. Sera stemmte sich mit aller Willensmacht gegen die bösen Illusionen, welche seine Fantasie bestürmten, und konzentrierte sich ganz auf den Zauber der Ikonoklasmen, mit dem er sich verteidigte.

»Es ist noch lange nicht vorbei, Sera! Ich zwinge jeden in die Knie! Sieh her! Selbst wenn du dich als würdig erweist, zeigt es doch nur, wie vergleichsweise *wertlos* deine gesamte Umgebung ist. Du magst zwar stark genug sein, mir eine Zeit lang zu widerstehen, du sinnloses Opfer, aber schau dir an, wie mies diejenigen sind, die dich hergeschickt haben. Du sollst für sie krepieren, für diese feigen Hunde«, und Først zeigte Lesta im irrwitzigen Zeitraffer die schlechten Taten verschiedener Menschen wie Eike, Lola, Lesta und anderen.

»Jetzt versuchst du es also andersherum«, sagte Sera kopfschüttelnd. »Erst soll ich nichts wert sein, jetzt also die anderen. Aber ich sage dir etwas, Magier: Jedes Wesen, das atmet und lebendig ist, hat eine Seele, und jedes Seelenwesen hat eine unantastbare Würde, unabhängig von seinen Taten. Was aber ist mit einem seelenlosen Wesen wie dir, Først?«

»Was mit mir ist? Ich bin der Einzige, der dich retten kann, Sera! Du hast die Wahl: Entweder unser Seelenzweikampf geht ewig so weiter, oder du schließt dich uns an und wir zeigen dir das Geheimnis des ewigen Lebens!«

»Ich pfeife auf dein ewiges Leben! Sterben zu dürfen ist das größte Geschenk, das man dem Menschen machen konnte!«

»Eine einfältige Meinung, unter deiner Würde!«

»Eben hast du noch behauptet, ich hätte keinerlei Würde, du Lügner!«

»Du traust dich einfach nicht zu springen! Sieh her!«

Und Sera sah sich am Abgrund eines riesigen Wasserfalls.

»Du musst nur loslassen, Sera von Neun! Es liegt an dir! Spring ins Wasser des ewigen Lebens und Glück soll für immer dein sein!«

»Deine Illusionen täuschen mich nicht, dunkler Magier! Ich würde lieber sterben, als mit dir gemeinsame Sache zu machen, du Heuchler!«

»Sera, mein Bester! Spring! Ich wollte dich doch nur testen! Ob du auch *wirklich* würdig bist! Soll ich denn jedem Narren den Schlüssel zu den letzten Dingen ungeprüft aushändigen?«

»Du wolltest mich also nur testen?«

»Natürlich!«

»Was passiert denn, wenn ich mit dir gemeinsame Sache mache?«

»Dann wirst du *wahres* Glück erfahren! Nicht vergängliches, irdisches Glück! Wahres, seelenloses, *unendliches* Wohlbefinden, Sera? Na?«

»Ich glaube, du hast in Wirklichkeit Angst, Først.«

»Was?!«

»Ich glaube, du zeigst wie ein Schauspieler eine Stärke, die nicht die deine ist! Was hast du mir schon anzubieten, außer ein paar schäbigen Illusionen? Soll *das* die ganze Macht eines dunklen Magiers sein? Ich bin enttäuscht. Ich kann dich Narren nicht ernst nehmen. *Du* wirst meine Seele nicht verbrennen. Du wirst sie nicht mal versengen!«

»Wer ist denn hier der Narr? Doch wohl du, oder? Du verspielst gerade die Fahrkarte ins ewige Leben, die Chance auf Weisheit jenseits aller Spekulationen deiner dummen Gefährten! Weil du den einfältigen Weibern gefallen willst! Der hübschen Lola, der Gottesforscherin! Oder doch lieber Lila? Oder Lena? Du willst dich bei den aufregenden Frauen aus Neun einschleimen, weil du denkst, dass du mich besiegen kannst! Spring, Sera, spring! Bring diesen aussichtslosen Kampf endlich hinter dich! Nicht ich bin es, der die Illusionen erzeugt! Deine sogenannten Freunde sind es! Verstehst du nicht? Die Augen hast du weit geöffnet, doch weigerst du dich, die Wahrheit zu sehen!«

»Warum sollte ich dir vertrauen? Warum, Først, sollte ich mein Leben in deine schwarzen Hände geben?«

»Weil du so schwer an der Last trägst, Sera. So schwer! Mich musst du besiegen! Durch deren Experimente wurdest du fürs Leben verstümmelt! Gib mir die Verantwortung, Sera! Erforsch in Frieden und Ruhe die Unendlichkeit, als einer von uns, und kümmre dich nicht mehr um die Sorgen dieser Welt, die auf deinen Schultern lasten wie ein Mühlstein!«

»Ich soll mich also kleiner machen, als ich bin?«

»Lass dich nicht von der Illusion täuschen, ein Krieger zu sein! Entdeck das Kind in dir! Trau dich! Spring!«

»Ich springe, wenn du mir deine Hand gibst.«

»Natürlich gebe ich dir meine Hand, Sera! Natürlich!«

Først kam auf Sera zu, der sich bereit machte zu springen. Doch als Først nahe genug war, schnellten Seras eitrige Tentakel auf den Magier zu und schlangen sich fest um das, was bei einem Menschen aus Fleisch und Blut der Hals gewesen wäre. Der überraschte Først konnte sich nicht befreien; und da er aufgrund seiner zugeschnürten *Kehle* keinen

Fluch aussprechen konnte und seine Kraft nicht reichte, die tödliche Umklammerung zu lösen, starb er durch Seras unmenschliche, antikosmische Kraft.

Als Sera mit dem leblosen, rematerialisierten Körper Førsts zurückkam, konnte die bange Bevölkerung ihren Augen nicht trauen. Als der Gnom-Diktator durch sein Fernrohr sah, wie Sera den obersten Omøndruiden, respektlos an ein Seil gebunden, durch Schlamm und Dreck watend, hinter sich herzog, bekam er einen Herzinfarkt und starb an Ort und Stelle. So endete der Krieg am ersten Tag des Jahres 5201 schlagartig und Sera wurde fortan nicht mehr gemieden, obwohl er seine groteske Form bis zum Ende seines Lebens beibehielt. Das Ende der gnadenlosen Meidung hatte er an diesem Tage erkämpft, als er zur Legende wurde.

Eine kleine Anekdote sei noch skizziert, um das Kapitel der Omøn in Lalalai abzurunden. Die Omøn hatten in der Hauptstadt einen prächtigen Tempel erbaut, welchen niemand zu betreten wagte, und man riet auch den Invasoren dringlichst davon ab, obschon es schien, dass nach dem Tode Førsts die Omøn schlagartig die Hauptstadt verlassen hatten, als sei ihnen jegliche Existenzgrundlage entzogen worden. Doch zwei Menschen wagten sich in die Halle der Diamanten: Eike und Sera. Man hatte auch erwartet, dass Lesta in die Halle ginge, doch dieser war schlau genug, auf den Rat der Einwohner zu hören.

Niemand hat je erfahren, was in dem Tempel geschah, aber Eike und Sera wirkten seltsam verändert, als sie heraustraten. Eike war komplett wahnsinnig geworden und starb noch in der gleichen Nacht, irre lachend. Sera Kumitenbe hingegen schien komplett befriedet und sagte lediglich, er müsse nun zu einer langen Reise aufbrechen. Er war von seinem Vorhaben in keinster Weise abzubringen. So bestieg er einen Heißluftballon, verschwand nach kurzer Zeit als winziger Punkt am Horizont und ward nie wieder gesehen.

Die anderen verließen die Stadt bald nach Beendigung des Krieges, denn man hielt keine Besatzungstruppen für nötig. Die Lalalais ergaben sich an allen Fronten ohne nennenswerten Widerstand und kürten Lesta Schage zum Herrscher, welcher Lena Pananschibabes zu seiner Gemahlin erwählte. Lena wandelte noch oft in der Halle der Diamanten, ließ aber den ruchlosen Tempel im Inneren versiegeln, um zu verhindern, dass er weitere Geister in die Krankheit trieb. Eike von Rükkenland und Neosanna wurde mit Pauken und Trompeten gefeiert und begraben, und Neun erhielt seine Unabhängigkeit wieder. In Neun wurde Lola Syzuli zur Präsidentin gewählt, die trotz ihrer Trauer um Eike Lera Beniver zum Gemahl nahm. Lila Zufreuglú begab sich zurück nach Ialo, um sich Lala Gleigúl anzuschließen, und konvertierte nach dem Krieg zur Munklerin.

So scheint alles ein mehr oder weniger gutes Ende genommen zu haben. Doch der Krieg ist ein boshafter alter Vater, und seine Kinder tragen seinen Gedanken fort, ob mit oder gegen seinen Willen …

KAPITEL III

Machtmissbrauch

Als Lesta die ungeheuren Massen von Soldaten sah, die von den Fronten in ihre Kasernen oder Heimatorte zurückkehrten, erfuhr er das erste Mal im Leben, was es heißt, wahrhaft mächtig zu sein. Bisher waren ihm die Geschehnisse wie ein einziger langer Traum vorgekommen, stetig beflügelt durch die G.I.E.R.-Bewegung, die er ins Leben gerufen hatte. Nun wurde ihm bewusst, was für ungeheure Gestaltungsmöglichkeiten in der neu gewonnenen Herrschaft lagen. Er hatte sogar ein Gradsystem für die G.I.E.R. entworfen:

I. Grad, öffentlich: ALTER KRÄUTERKENNER. Heilt die Kranken, hat aber auch Zugang zu Drogen.

II. Grad, beschränkt zugänglich: BOTSCHAFTER VON E.N.M.E.L. Man kann die Einreise nach E.N.M.E.L. beantragen, doch niemand hat je davon gehört oder weiß, wofür diese Abkürzung steht und wo das Land liegen soll.

III. Grad, öffentlich bekannt, aber unzugänglich: REISENDER DES KOSMOS. Nutzung von Omønnergie.

IV. Grad, geheim: KURIER DER 2 ZIRKEL. Hier sorgt man (angeblich) für die (nicht öffentliche) Kommunikation zwischen dem großen äußeren Zirkel und dem hermetisch abgeschirmten Zirkel der Eingeweihten.

V. Grad, streng geheim: DER SCHLAFWANDLER. Dieser kann (angeblich) in die Träume jeder x-beliebigen Person eintreten.

VI. Grad, quasi inexistent: MENSCH MIT 6 KÖPFEN. Das ewige Sechsfache.

Lesta war immer verlacht worden, zwischen all den mächtigen Zaubern und Waffenfertigkeiten seiner Gefährten der Neun von Neun lediglich wie eine Witzfigur erschienen.

»Was konnte ich schon?«, bemerkte er süffisant, als er seine erste Konferenz zur Neubildung der Staatsstrukturen einberief. »Ich war lediglich der Ernährer. Kein schwebender, unsichtbarer Totenbeschwörer oder gar *alles in allem*«, und er betonte die letzten Worte seines Satzes sehr sarkastisch, verdrehte dabei theatralisch die Augen. »Aber ich habe zugunsten der Menschheit noch Großes vor.«

Zunächst setzte er die auf Body-Snodi gebildete Geheimgesellschaft entführter Neuner in die Regierung ein, die bisher verdeckt als BSG den Krieg effektiv sabotiert hatte. Die BSG-Mitglieder kannten sich mittlerweile in den verschiedenen Organen des Staates bestens aus. Nun wurden die einzelnen Ämter konsequent aufgestockt. Die BSG wurde aufgelöst. Das Kabinett von Lalalai hieß nun G.I.E.R. und die Verfassung wurde nach den entsprechenden Regeln geformt. Dementsprechend wurden zwei Ämter eingerichtet: das Amt für Offenheit (AfO) und das Amt für Geduld (AfüG). Im AfO wurden Anfragen der Bürger offen beantwortet, indem jedem offen die Chancen und Risiken seines Anliegens erklärt wurden. Diejenigen, die schwierig waren, also zum Beispiel unbequeme Fragen stellten, wurden zum AfüG weitergeleitet. Hier wurde geduldig bis ins kleinste Detail analysiert, wie das Anliegen des Bürgers am effizientesten zu bewältigen sei. Ein derartiges Maß an Egalität hatte man in Lalalai bis dato nicht kennengelernt. Es erschien dem Volk Lalalais, als hätte jemand erst ein schwarz-weißes Bild gemalt (Diktatur) und anschließend die Farben radikal kontrastiert (Egalitarismus). Ständig gab es Umfragen in der Bevölkerung, wie man die neue Regierung bewerte, und laufend wurden Infrastruktur und Handel modernisiert. Das bis dato marode Bildungswesen wurde systematisch verbessert. Lesta eröffnete, kaum ein Jahr im Amt, die Universität von Lalalai – und zwar direkt neben der Halle der Diamanten.

Die Forscher fanden heraus, dass die finsteren Magier der Omøn Ästheten gewesen waren: Die funkelnden Diamanten waren exakt den Sternzeichen zugeordnet, und die Sternzeichen waren durch die sechzehn Monate und vier Monde in exakte 4x4-Muster unterteilt, welche laut Aufzeichnungen der Magier Portale zu Sphären gebildet hatten, von denen aus ihre dunklen Seelen ins Universum aufgebrochen waren, allem Anschein nach per Levitation.

»Welch tragisches Schicksal. Die Finsteren müssen einst die klügsten und fortschrittlichsten Menschen gewesen sein«, meinte Lesta einem Zeitungsreporter gegenüber. »Sie kannten die Geheimnisse der Seelenfahrt, verließen ihre sterblichen Hüllen, sind dadurch unsterblich geworden und navigierten ihre rastlosen Seelen zwischen den Sternen hindurch. Nur wenige von ihnen können überhaupt eine irdische Gestalt einnehmen. Sie sehnen sich unendlich nach irdischem Sein. Sie wünschen sich, zu sterben und begraben zu werden wie Først. Sie verfluchen ihre Unsterblichkeit.«

Unschuldig erblühte das Land bis zum Jahre 5205, und der überwiegende Teil der inzwischen versöhnten Bewohner Neuns und Lalalais wähnte sich sicher und gut aufgehoben. Dann mengten sich die ersten Störungen in den seligen Lebensfluss. Lesta ließ alle Mitglieder anderer Religionen oder Kulte, die sich nicht bedingungslos der G.I.E.R. hingaben, einsperren. Bei guter Führung wurden sie durch Spezialisten des Amtes für Geduld so lange umgepolt, bis jeder Funken Religion aus ihrer Gedankenwelt verschwunden war. Lesta hielt dies für eine notwendige Befriedungsmaßnahme, ahnte aber nicht, dass er damit in gefährliches Territorium eingedrungen war.

Die ersten Aufstände waren noch in kleinem Rahmen gehalten. Es waren nur einzelne Clans in den weiten Steppen Lalalais, die bewaffnet Widerstand gegen die allgemeine spirituelle Nivellierung leisteten. Lesta hatte sich nach den grausamen Kriegserfahrungen mit aller Ausdrücklichkeit gegen Exekutionen ausgesprochen. Diejenigen, die bei den Schusswechseln mit den Soldaten der G.I.E.R. nicht gestorben waren, wurden gefangen genommen und mussten tagsüber in den großen unterirdischen Stahlwerken der Nordberge schuften, ehe sie in Abendschulen indoktriniert wurden. Diese Methode war sehr effektiv, und so regierte Lesta angesichts des seiner Ansicht nach erfolgreich gelösten Problems auf einem goldenen Thron, der über und über mit funkelnden sonnengelben Edelsteinen verziert war. Der Herrscher interessierte sich in dieser Phase sehr für alles Gelbe und Goldfarbene, weil derlei Dinge für ihn die Sonne repräsentierten, welche er als »größte Macht des Universums« bezeichnete. Zudem glaubte er, dass die hellgelben Edelsteine eine besonders reinigende Wirkung hätten.

Abgesehen davon setzte er sich dafür ein, dass sämtliche Religionsformen aus dem Land verschwanden. Seiner Ansicht nach war allein der Aberglaube für die fatale Entwicklung des Landes verantwortlich gewesen, und andere Ansätze – zum Beispiel die der Munkler und ihrer Splittergruppen – waren für Lesta, den Herrscher, nur Bestrebungen in Richtung des anderen Extrems.

»Frieden und Liebe können kein Land regieren!«, waren die Worte, mit denen er seinen alten Weggefährten Lala, der für die Verbreitung seiner OÉKOÉO warb, außer Landes verweisen ließ, ebenso wie jeden anderen Munkler, obwohl Lestas Seele des Nächtens fühlte, dass Mul ihm Träume sandte, in denen sein geheimes Verlangen nach Gläubigkeit zum Ausdruck kam.

Was Lesta allerdings durchaus ernst nahm, war die Verehrung der früheren Herrscher Lalalais, inklusive die des diktatorischen Gnomes. Einige dieser Tyrannen hatten das Land über viele Jahrhunderte wiederholt in blutige Fleischwüsten verwandelt, und so studierte Lesta der Goldene, wie er sich selber nannte, intensiv in den Archiven der Universität von Lalalai die dem »Volkskern der Lalalais innewohnende extreme Aggression«. Im Anschluss daran erzählte er Asdois von seinem Erstaunen darüber, »dass ein Volk mit so einem friedlichen Namen so viele Kriege begonnen hat«, worauf Asdois erwiderte, dass »Lai« immerhin in der Sprache der Lalalais auch »Lüge« bedeutet. Lesta ließ an den Hauptverkehrswegen des Reiches in unregelmäßigen Abständen Mahnmale der großen alten Herrscher aufstellen, welche die Bevölkerung daran erinnern sollten, was für eine blutige und schwierige Geschichte hinter ihnen lag und welche Chance für einen kompletten Neuanfang nun gegeben war.

Die wiederkehrenden Träume mit Muls Vorwürfen sorgten dafür, dass Lesta morgens stets tränenreich aufwachte. Niemand außer seiner Frau Lena wusste von dieser Schwäche; und Lena interessierte sich weder für den Anlass der Tränen noch dafür, es irgendwem zu erzählen. Als Metajenseitige erforschte sie intensiv die Sternenportale ihrer alten Feinde in der Halle der Diamanten, sodass ihr jegliche diesseitigen Probleme bald unwirklich und banal erschienen.

»Es gibt dort die Verwirklichung jeder erdenklichen menschlichen Fantasie, oben zwischen den Sternen«, pflegte sie zu ihrem Gemahl Lesta zu sagen. »Alles, was dich hier noch plagt, wird nach dem Tod, wenn deine Seele durch die Portale der Sterne die Reiche der endlosen Vorstellungen betritt, nichtig sein. Die Unendlichkeit hat dich geboren, denke in der Stunde deiner dunkelsten Sorgen daran.«

Ein weiteres Element in Lestas aufdringlichen, immer wiederkehrenden Träumen war der Gnom, der in der Bevölkerung weithin vergessen schien, in seinem Unterbewusstsein jedoch stetig auftauchte und ihm unangenehme Fragen aufdrängte. Schließlich hielt Lesta das Regieren von seinem gelbgoldenen Thron nicht mehr aus und begab sich, gehüllt in seine goldgelbe Robe, unter sein Volk. Neue Aufstände waren in den nördlichen Provinzen ausgebrochen, und der Sonnenherrscher reiste höchstselbst dorthin, obwohl die Funktionäre der G.I.E.R. ihm davon abrieten. Doch von solchen Warnungen wollte er nichts wissen. Er hätte alles getan, um sein Hirn von den heimsuchenden Träumen von Mul, dem einzigen Gott, und auch vom Gnom, dem letzten Herrscher vor ihm, abzulenken.

Seine Reise in den Norden führte ihn, während sein Vize Asdois in der Hauptstadt seine Regierungsaufgaben übernahm, zum Verbotenen Dreieck. In dieser Gegend, angrenzend an den äußersten Nordwesten Lalalais, waren zyklopische Ruinenanlagen durch unsichtbare Wände eingeschlossen, und die Angreifer aus Tunikagu, welche diese ungewöhnliche Gegend für ihr Land zurückgewinnen wollten, hatten hier einige Geländegewinne erzielt. Sie wurden durch Aufständische Lalalais unterstützt. Ihre Hochburg war die lalalaische Grenzstadt Fleude, in der sie mittlerweile die komplette Macht an sich gerissen hatten.

Der goldene Herrscher war fest entschlossen, die Macht über dieses Gebiet zurückzugewinnen. Er mobilisierte seine Eliteeinheit, die sich ausschließlich aus denjenigen Soldaten der Invasionstruppen aus Neosanna, Eisanna und Noveda zusammensetzte, welche sich nach Kriegsende in Lalalai niedergelassen hatten. Sie war seit dem Ende des Krieges vor gut fünf Jahren nicht mehr aktiv gewesen. So waren die nun zum Einsatz gebrachten Soldaten älter, aber sehr kampferprobt. Sie durchquerten auf geheimen Wegen die großen Nordwälder Lalalais, bis sie die Tore der Festung Fleude erreichten. Im Lager wurden abends traurige Lieder angestimmt. Zu bedrückend war die Aussicht auf erneutes Blutvergießen, nachdem man alles getan hatte, um das Land zu befrieden und den Krieg zu beenden. Sollte nun, 5206, erneut in großem Maße Blut den Boden beflecken? Zudem im Kampf mit den ehemaligen Verbündeten aus Tunikagu?

Lesta peitschte die Moral seiner Elitetruppe empor: Seine Augen verbreiteten Ärger, seine Worte überhäuften die Aufständischen und Feinde aus Tunikagu mit Spott. Er stärkte seine Soldaten durch Versprechen, mit Aussicht auf reiche Belohnungen für ihre Dienste.

»Sie denken, im Schutze der Verbotenen Zone kann ihnen nichts passieren. Aber ich werde ihnen beweisen, dass selbst dieses Hindernis uns nicht aufhalten kann. Ich werde mit dem stabilsten Heißluftballon die unsichtbare Sperre überfliegen und dort landen. Das wird sie davon abhalten, überhaupt erst zu wagen, gegen uns zu kämpfen. Und wenn sie es doch wagen, dann legen wir Fleude in Schutt und Asche!«

Die Soldaten jubelten; die Ankündigung heldenhafter Taten spornte sie an, dem goldgelben Herrscher nachzueifern.

Derweil regierte die zynische Echse Asdois, von Lesta als Stellvertreter eingesetzt, Lalalai. Auch sie erinnerte sich daran, wie sie einst den Götterreptilien im weit, weit entfernten Echsenreich Nöla gehuldigt hatte und wie all das durch diese verrückte Reise in den barbarischen Süden auf den Kopf gestellt worden war. Asdois war ein Spezialist darin, am Pfeifen der Winde zu erkennen, welche kollektive Volkserinnerung gerade den Lauf der Geschichte beeinflusste, so dachte er jedenfalls. Lestas Vision hatte ihn beeindruckt, und er war als Verkörperung der G.I.E.R.-Prinzipien zum rechtmäßigen Stellvertreter und auch Thronfolger Lestas aufgestiegen. Doch in den ersten Tagen der Regierung war sein Blick leer und schal geworden.

Ist denn Lesta so blind gewesen? Ideale allein können ein Land nicht regieren, wurde der Echse schmerzlich bewusst. Das Pfeifen des Windes verriet dem Echsenmenschen, dass das Land schmerzlich trauerte; um das sinnlos vergossene Blut seiner Bewohner, um die spirituelle Entwurzelung durch den Tod aller Religionen. Oft saß er im Dunkeln im Saal der Könige, einer Art Ahnenhalle der Lalalais, und gab sich seinen düsteren Gedanken hin. Mit Lena hatte er wenig Kontakt. Sie hielt sich entweder in der Halle der Diamanten oder an der Universität von Lalalai auf und all ihre Gedanken galten der Erforschung des Jenseits vom Jenseits. Immer neue, schattenhafte Schemen formte das Pfeifen des Windes, und es fiel Asdois immer schwerer, sich auf das tagespolitische Geschehen, die fortlaufende offene, geduldige, zukunftsgerichtete Reformation des Landes einzustellen. Nicht nur das Pfeifgeräusch, auch der Duft der Winde, für die er als einziges Wesen überhaupt Sensibilität zu besitzen schien, beunruhigte ihn. Hier lag ein allseits fortschrittliches, wenn auch trauerndes Land zu seinen Füßen, und etwas am Windgeruch verriet ihm, *dass der Krieg überhaupt nicht vorbei ist, vielmehr sich etwas zurückgenommen hat, wie das Wasser bei Ebbe zurückgeht, und dass die Wogen des Terrors erneut drohen überzuschwappen. Nur von woher?* Asdois vernachlässigte seine Geschäfte immer mehr und gab sich der angenehmen Betäubung im stillen Kämmerlein durch den Feuerwein hin, der seine Sorgen Sanduhrfüllung um Sanduhrfüllung sehr effektiv auszubrennen vermochte.

»Asdois, ich muss dir von meinen Visionen berichten«, platzte in einem solchen Moment die völlig entrückt wirkende Lena herein. »Ich bin heute das erste Mal zu den Sternen levitiert!«

»Was meinst du damit, Lena?«

»Ich bin durch die Kombination aus Willenskraft und einem geheimen Trunk der Omøn, dessen Herstellung unserem Alchemisten gestern das erste Mal gelungen ist, zum Sternzeichen des Silberpferdes levitiert!«

»Mir war gar nicht bekannt, dass es ein Sternzeichen derlei Namens gibt. Was hast du da angetroffen?«

»Es handelt sich beim Silberpferd um ein Dreisternsystem, welches eine Art Sprungbrett darstellt, um zu anderen, weiteren Sternenbildern zu gelangen. Ich sah dort Unfassbares: Das Universum hat eine Kante!«

»Das Universum hat … eine Kante?!« Asdois fragte sich, ob er die Landessprache doch nicht so gut beherrschte, wie er lange gedacht hatte, oder ob er einfach den Feuerwein nicht mehr vertrug.

»Das Universum besitzt eine Art Lichtkante, an der alles, was wir von unserer Welt ansehen, anders wird. Ein Bereich, der eigentlich gar nicht existieren dürfte!«

»Abgesehen davon, dass mir nicht ganz klar ist, was du damit beschreiben willst – wie konntest *du* diesen Bereich unter diesen Umständen erkennen?«

»Durch Levitation. In der Levitation werden alle Sinne, die uns hier zum Überleben dienen, zu einem Seelensinn geformt, einer Art Supersinn, Übersinn, und ist doch logisch, da man ja vom *Über-sinn-lichen* spricht, nicht wahr?«

»Lena, du wirkst etwas angespannt. Du solltest dich hinlegen … «

»… sagte die Echse, vom Feuerwein betrunken … «

Asdois verzog sichtlich verstimmt sein Gesicht. Beide schwiegen eine Weile.

»Gestern kam eine Botschaft von Lesta, deinem Gemahl«, versuchte Asdois das Thema zu wechseln. »Die Mauern von Fleude fallen zusammen. Die Aufständischen sind in den Stadtkern zurückgedrängt worden. Sie haben wohl ziemlich viel gesprengt.«

»Viel wichtiger ist, dass die *Sternenwelt* begonnen hat, einzustürzen.«

»Wie bitte … ?«, fragte Asdois müde, auch unter den Umständen seines Rausches und der beginnenden Geisteskrankheit von Lena seinem Schwur zu Geduld und Offenheit dogmatisch verhaftet.

»Die höchsten Stufen der Erkenntnis geben mir unendliche Ruhe, Asdois. Hör mir zu. Die Lichtkante, von der ich spreche, verschiebt sich wie ein endloses Lineal quer durchs Universum. Alles, was die Lichtkante streift, bricht in sich zusammen. Die Lichtkante ist die ewige Grenze. Was sie berührt, zerfällt, vermengt sich erneut, explodiert und gebiert *neue Energie*.«

Asdois guckte sie aus seinen leeren Augen verständnislos an. Er dachte an den goldgelben Thron der Macht, den Lesta sich hatte anfertigen lassen. Er dachte an die Schwelle zur Unendlichkeit, die Lena überschritten hatte. Er dachte an die Halle der Könige, wo alle, die sich als *auserwählt* betrachtet hatten, ruhten; und schließlich wurde ihm bewusst, dass alles, was existierte, von der Zeit, der Lichtkante, der Witterung, vom Tod in Staub und Geröll verwandelt werden würde, unaufhaltbar, durch niemanden zu retten, Helden, Könige, Alchemisten und deren weibliche Äquivalente, allesamt hoffnungslos zum Vergessen verurteilt. Alles, was blieb, war Energie, die sich ständig wandelte, und es gab nichts, absolut gar nichts, das jemals festgehalten werden konnte.

Er hörte von weit weg Lenas Stimme. Weit jenseits all der Sanduhrfüllungen von Lanevael, wo sie ihr übersinnliches Glück gefunden hatte, wenn es denn *Glück* war – und was war das schon? Die Winde sangen von Toten und würden das wohl noch lange tun, nachdem das letzte aller Lebewesen gestorben war.

Asdois hörte auf niemanden mehr. Er wollte fortan nichts mehr zu tun haben mit den vergifteten Waffen der Macht und wandte sich vollständig von der G.I.E.R. ab. Er suchte sich einen hohen, einsamen Wipfel im Gebirge von Ändramelch und betete wieder zu den Götterreptilien der Nöla. Seine einzige Hoffnung bestand darin, ihre Mysterien zu entwirren. Aber auch das würde niemanden retten, außer vielleicht ihn selbst – für eine Weile. So beschloss er ein letztes Mal, Lena aufzusuchen, um sie auf den Boden der Tatsachen zurückzuholen.

»Lena, dies ist die letzte Chance, die ich dir gebe: Willst du zur Vernunft kommen und dieses Reich in Abwesenheit deines verrückten Gatten gütig und vernünftig regieren?«

»Ach, Asdois. Alte Echse! Im Weltraum gibt es doch viel mehr Seins- und Energieformen, als auf Lanevael bekannt sind. Die Omøn sind das *einzige Volk*, welches es geschafft hat, die Barriere zwischen unserem Mutterplaneten Lanevael und dem tiefen, schwarzen

Sternenmeer zu durchbrechen! Warum sollte es also als verwerflich gelten, wenn ich mir deren Techniken, nicht aber deren Ideologie zu eigen mache?«

Asdois lachte spöttisch: »Waren es nicht die Omøn, die versucht haben, dein Volk zu versklaven?«

Lena warf ihm einen seltsamen Blick zu. Sie flüsterte: »Weißt du, als Kind habe ich schon mal einen Omøn gesehen … Ich saß unter meinem Lieblingsbaum, auf den ich schon viele Male geklettert war, um zum Horizont zu blicken. Auf einmal tauchte diese schwarze Figur aus dem Nichts auf … drehte sich in Spiralen … erst langsam, dann immer schneller … und verschwand dann Richtung Himmel.«

Asdois' Stimme wurde immer zynischer: »Weißt du, was die F.D.R.A. in den gewaltigen novedanischen Mittelbergen in Wirklichkeit ist? Weißt du, was eine spurlos verschwundene Archäologin, die ursprünglich die Überreste der untergegangenen urasetonischen Kultur untersuchen wollte, in den Höhlen tief im Gebirgsinneren gefunden hat?«

»Die Kristalle?« Lenas Blick wurde immer seltsamer.

»Ganz recht«, zischte die Echse. »Und weißt du, *Herrscherin von Lalalai*, warum die asetonische Revolution von 4666 nur zu einem Teilerfolg geworden ist?«

»Weil die Novedaner die Kristalle gegen die Asetonier eingesetzt haben?«, sagte Lena mit quietschender Stimme und klatschte in die Hände wie ein kleines Kind.

»Hast du von dem Ort gehört, der plötzlich, ohne jegliche Vorwarnung aufgetaucht ist?«, zischte Asdois, Gift in den kalten Echsenaugen. Dann schrie er: »F.D.R.A. ist aus dem *Nichts* aufgetaucht! Das gibt es nirgendwo sonst auf der Landwelt! Und deswegen tätest du gut daran, die Finger von diesem Unfug zu lassen!«

Doch Lena erwiderte locker: »Das ist Lanevael, Asdois. Hier tauchen ständig Dinge aus dem Nichts auf. Im großen Meer von Kernland sind vor den eisannischen Inseln vor einigen Hundert Jahren auf einmal unzählige Vulkaninseln aufgetaucht, und niemand hat ihr Erscheinen bisher vernünftig erklären können … «

Der Echsenmensch wusste nichts darauf zu antworten, da er dem Eindruck unterlag, dass die Herrscherin in diesem Punkte die Wahrheit sprach.

Asdois saß fortan hoch auf einem Berg auf der mächtigen Gebirgskette von Ändramelch und grämte sich. Bisher hatte er auf seinem weiten Weg von Nöla am nördlichen Ende Lanevaels bis in die Hauptstadt eines der mächtigsten Reiche aller Zeiten jede Menge dieser seltsamen bleichen *Menschen* kennengelernt, die weder über Klauen noch über Schuppen oder über einen langen Schwanz oberhalb des Afters verfügten, was er sehr unhygienisch fand. Er wunderte sich, dass sie sich hatten ausbreiten, ja überhaupt überleben können, dass es so viele von ihnen in so vielen merkwürdigen Gesellschaftsformen gab, dass sie in seltsamen Ländern lebten und mit sehr großem

Aufwand blutige Kriege untereinander betrieben, Kriege um Markierungen auf Landkarten. Menschen schienen darauf programmiert zu sein, sinnlosen Dingen nachzugehen. Aber all dies hatte er akzeptieren können, denn es war von Anfang an eine Faszination für all diese Konstruktionen aus Lauten, Klängen, Rhythmen und Melodien dagewesen, kurzum für das, was die Menschen *Sprachen* nannten. Er fand sie dermaßen ähnlich, dass er sie insgeheim für eine einzige Sprache hielt, wenn auch so viel primitiver als die komplexeren Sprachen der Echsen, Insekten, Fische und Vögel. Doch nun hatte er genug von den Menschen. Er würde ihnen den Rücken zukehren. Für immer.

Als Lesta vom Umsturz der Aufständischen in Fleude erfolgreich, bei der Eroberung des Gebietes des Verbotenen Dreieckes jedoch erfolglos zurückkehrte, war er zunächst sehr erstaunt. Eigentlich hatte er als Nächstes die Details des Friedensvertrages mit Tunikagu mit Asdois und Lena besprechen wollen. Doch Asdois hatte sich in einer Gemütsfinsternis verloren und lebte nun völlig isoliert im Hochgebirge Lalalais, und seine Frau redete nur noch von den Sternen, jegliche andere Inhalte als nichtig negierend. Er selbst war im Bereich des Verbotenen Dreiecks von einer neuen Vision ergriffen worden. Zwar hatte er nicht landen können, wo er vorgehabt hatte, doch hatte er die mächtige und auf rätselhafte Weise magisch geschützte Ruinenanlage aus der Luft sehen und per Fernglas intensiv studieren können. Um die bei der Rückeroberung von Fleude gefangenen Aufständischen zu demütigen, ließ er sie eine Art verkleinerte Version der Ruinen der Verbotenen Zone nahe der Hauptstadt Lalalai errichten, in der sie fortan hausen mussten. Sie durften dort ihrer Religion nachgehen, wie sie wollten, allerdings war das Gebiet komplett eingezäunt. Wie Affen in einem Zoo hielt Lesta die Gefangenen, und jedem war es gegen Eintritt erlaubt, diese Menschen in ihrer Anlage zu besuchen. Eine besondere Erniedrigung bestand darin, dass seine längerfristigen Pläne umfassten, dass die Frauen in diesem Gebiet ihre Kinder in aller Öffentlichkeit zur Welt bringen würden müssen. Wenn Menschen aus diesem Gebiet Freiheit erlangen wollten, dann würden sie durch Untersuchungen und Gerichtsverhandlungen schikaniert werden.

»So lernen sie *Geduld.*« Lesta schmunzelte.

Nach Einrichtung dieser Parodie der ehrwürdigen Ruinen des Verbotenen Dreiecks nahe der Hauptstadt nahm das Übel seinen Lauf. Im Morgengrauen tauchten oft Mitglieder der G.I.E.R. auf, um sich an den Bewohnern zu vergreifen. Entweder wurden sie als Arbeiter mitgenommen, die weder Bezahlung noch eine menschenwürdige Behausung erhielten, oder junge Frauen wurden als Lustsklavinnen in die Gebäude der G.I.E.R. verschleppt.

»Die G.I.E.R. hat versagt!«, skandierten 5206 zunehmend wütende Demonstranten. Ihnen tat jedoch niemand etwas, denn demonstrieren war – im Gegensatz zu jeder Form von Aufstand oder Religionsausübung – nicht verboten. Die Soldaten lachten die Demonstranten ohnehin nur aus.

Die obersten Repräsentanten der G.I.E.R. beriefen daraufhin eine Konferenz ein, um zu beratschlagen, wie man derartig drakonische Strafen plausibel verkaufen könnte. Schließlich einigte man sich auf die arg konstruierte Geschichte, die Zoomenschen seien von einem bösartigen Geist besessen, welcher noch aus der Zeit der Diktatur und den in dieser Zeit initiierten Experimenten unterhalb der Berge Ändramelchs stamme. Die Maßnahme erscheine drastisch, diene aber letzten Endes nur dazu, dieses Monster zu isolieren. Zwar besänftigte diese Darstellung die Öffentlichkeit für eine Weile, doch die rätselhafte Windstille, die in der Folgezeit weite Teile der Küste beherrschte und vor allem den Fischern ihre Arbeit arg erschwerte, sorgte schon bald für neue Probleme, welche die G.I.E.R. einfach ignorierte.

»Du bist blind, Lesta«, sagte sogar seine eigene Frau Lena in einem seltenen Moment, wo sie die Levitationsübungen außer Acht ließ. »Sie werden dich zu Fall bringen, wenn du so weitermachst, und das nur sechs Jahre nach dem Jahr des Todes und dem Sieg über den Gnom. Alles wird in sich zusammenfallen, so wie die Sterne selbst.«

»Du solltest dich nicht in die Politik mischen, Lena!«, meinte Lesta barsch. »Deute du nur deine Sterne. Ich werde an den Aufständischen von Fleude ein Exempel statuieren, das sämtliche weitere Versuche im Keim ersticken wird, unser System zu destabilisieren!«

»Du zwingst dein Volk also zum Frieden, Lesta?«

»Aus den Augen, Weib!«

So kam es, dass sich Lena endgültig von Lesta trennte. Nachdem sie weinend aus Lestas Zimmer geflüchtet war, suchte sie ihre geliebte Halle der Diamanten auf. Sie levitierte zu den Sternen und kehrte nie wieder in ihren Körper zurück, der nach ein paar Tagen unter rätselhaften Umständen starb, ohne dass die aufrichtig bemühten medizinischen Fachleute sich erklären konnten, woran.

Lestas Methoden wurden infolgedessen um einiges grausamer. Er umgab sich mit Wahrsagern, welche okkulte Astrologie benutzten, um ihm die Zukunft vorherzusagen. Sie offenbarten ihm, sie sähen eine Möglichkeit, das Land noch besser zu reinigen: durch Flammen. Wie der Feuerwein den Geist des Herrschers reinige, so würden die Flammen sein Land reinigen, wenn er es nur zuließe. Lesta nahm sich diesen Rat zu Herzen, und so wurden weitere Aufständische inmitten von Blumenbeeten verbrannt (»Ihr Munkler liebt doch Blumen!«) oder erst blutig geschlagen (»Damit ihr die Verbrennung herbeisehnt!«). Seine verachtenswerten Maßnahmen rechtfertigte Lesta vor den kritischen Staatsabgeordneten der Anrainerstaaten damit, dass eine gewaltsame feurige Befriedung Lalalais immer noch wesentlich besser sei als ein aggressiver Krieg gegen die Nachbarstaaten; und so geschah das Unfassbare: Man ließ Lesta, dem der Mythos nachgesagt wurde, er habe Lalalai im Alleingang in die Knie gezwungen, in all seiner Grausamkeit gewähren.

Die Munkler züchteten eine besondere Art schwarzer Rosen, die sie Lesta in großen Mengen schicken ließen. Hass grassierte nun in Lestas Herzen, und er fühlte sich missverstanden. Frieden, Hoffnung und Fortschritt hatte er im Land etablieren wollen, doch er schien nur Probleme anzuhäufen. Trotz alledem zeigten die ursprünglichen Methoden der G.I.E.R. insgesamt betrachtet eine gewisse Wirkung, und der überwiegende Teil der Bevölkerung genoss den neuen Wohlstand, vor allem in den zentralen Regionen des Landes und in den Küsten- und Flussgebieten des Südens.

Lesta feierte mit viel Feuerwein und sieben edlen Gräfinnen, die er sich bei einem großen Ball angelacht hatte, munter ins Jahr 5207 hinein, froh, seine komplizierten Probleme einigermaßen in den Griff bekommen zu haben. Der fruchtbare Frühling dieses Jahres erbrachte noch einmal eine Steigerung des Wohlstandes und der Produktivität des Landes, und da sämtliche Aufstände verebbt waren, ließ Lesta sogar (zur großen Freude der Diplomaten aus anderen Ländern des Blattes Krug) die politischen Gefangenen aus den Käfigruinen frei.

Es war Alion im Sternzeichen der Nacht, der noch im selben Jahr für Lalalai das große Unheil brachte. Zunächst fing alles harmlos an: Die Sonne brannte besonders stark, und man freute sich, im Meer zu baden und dadurch braun zu werden. Jedoch brannte die Sonne unerbittlich Tag für Tag weiter, sodass die Felder verdorrten. Wasserknappheit bewirkte eine große Dürre. Der Ernährer fand keine Nahrung.

»Ihr müsst etwas unternehmen, Herrscher Lesta!«, sagte Ojfsa, der Vorsitzende der G.I.E.R., welcher an Asdois' Stelle getreten war. »Die Demonstranten lassen die Mauern der öffentlichen Ämter erzittern! Offenheit und Geduld reichen nicht mehr aus!«

Lesta zuselte an seinem stattlichen roten Bart, den er sich inzwischen hatte wachsen lassen. Er hielt das goldene Herrscherzepter fest umklammert. »Ojfsa. Ihr wisst doch. Wer Angst vor dem Tod hat, hat Angst vor dem Leben.«

»Doch verdunkelt sich die Sonne Eurer Herrschaft von Nacht zu Nacht … und tagsüber glüht unerbittlich die Sonne! Es ist Alions Fluch! Ihr hättet Euch vom Verbotenen Dreieck fernhalten sollen. Ihr hättet wirklich gut daran getan, Herrscher.«

»Die Himmel verfärben sich rot. Ihr sagt, das sei ein Omen. Ihr sagt, das sei Alions Fluch. Ich sage, das ist dummes Geschwätz.«

»Ihr hättet die unüberwindlichen Mauern nicht mit Blut besudeln sollen. Ihr hättet … «

»Ich hätte! Ich könnte! Ich sollte! Ich müsste!«

Ojfsa sah Lesta, der sich nun in Rage redete, erschrocken an.

»Bloß weil die Luft steht und die Brise nicht mehr weht, machen wir nun einen Staatsakt daraus!« Er warf die Hände in die Luft. »Was soll das?«, brüllte er durch den großen Saal. »Ich habe den Krieg beendet!« Er packte Ojfsa am Kragen. »Ich!«, brüllte er Ojfsa an, den er nun zudem begonnen hatte zu schütteln. »Ich allein!«, und mit diesen Worten schleuderte er Ojfsa gegen einen Stuhl, dass es krachte. »So dankt man mir das also!«, machte sich Lesta zu den Wachen am Saaleingang auf. »Es interessiert plötzlich niemanden mehr, wer vor mir geherrscht hat!«, und er schwang das Herrscherzepter nach den Köpfen der Wachen. »Was das wohl für ein Fluch ist!«, brüllte er nun die fliehenden Wachen an. »Nun will man also auf hinterhältige Weise meine Macht brechen!« Lesta kehrte zum Thron zurück und stieß diesen mit einem gewaltigen Fußtritt um. »Intriganten! Alles Intriganten, durch die Bank!« Er schleuderte das goldene Zepter von sich. »Die Sonne verwandelt das Land zu Sand und Staub, und *mir* gibt man daran die Schuld!« Lesta sah sich mit wilden Augen nach Ojfsa um, der sich hinter einer Fahne versteckt hatte. »Wie einfach!«, und mit diesen Worten riss Lesta die Fahne aus der Verankerung, den dahinterkauernden Ojfsa exponierend. »Ojfsa! Gerade *Ihr* müsstet wissen, dass ich die ganze G.I.E.R. überhaupt nur ins Leben gerufen habe, um mit diesem ganzen Aberglauben aufzuräumen!« Lesta sah den Vorsitzenden der G.I.E.R. sehr vorwurfsvoll an. »Das Land florierte!«, und mit diesen Worten hob er eine Karte Lalalais von der Planungstafel auf. »Schönwettervolk!« Er riss ungelenk einen Teil der Karte ab. »Solange alles glattlief, war ich der Größte!« Weitere Kartenfetzen flogen durch die Luft. »Nun, da eine Naturkatastrophe, und nichts anderes ist das alles, uns heimsucht, soll ich also der Schuldige sein?!« Er zerriss den Rest der Karte und wandte sich zum Gehen. »Ohne mich! Was wird von Euch übrig bleiben, wenn ich gehe? Wer soll sich dafür einsetzen, dass Lalalai groß und stark wird? Sollen neue, noch gewalttätigere Titanen das Land in einen erneuten Krieg stürzen?« Dann machte er abrupt kehrt, hob sein Zepter auf und ging auf den zitternden Ojfsa los. »Sagt es mir, Ojfsa! Sagt es mir in mein Gesicht, wenn Ihr Manns genug seid!«

»Die Monumente der G.I.E.R. werden fallen, und wir werden das nicht mehr aufhalten können, mein Herrscher«, sagte Ojfsa schluckend, sich wieder fassend, aus durch Angst ausgetrockneter Kehle, und trat trotzdem ganz nah an Lesta heran, um ihm in die Augen zu sehen. »Ich weiß es, und Ihr wisst es auch.«

Lesta schnaubte verächtlich, richtete den Thron wieder auf, senkte seinen Körper langsam auf diesen herab und spürte dessen Lehne an seinem Rücken, was ihm Halt gab. Er sah Ojfsa böse an und bedachte dessen Worte. Er war keinesfalls gewillt, alles aufzugeben, all das, was er errichtet hatte, niederreißen zu lassen. Schließlich beruhigte er sich etwas, und ein Lächeln ging über seine Lippen.

»Das Volk demonstriert vor den Ämtern? Womöglich vor meiner Türe? Gut. Öffnet die Vorratskammern. Gebt ihnen alle Reserven. Lasst sie in die Paläste. Lasst sie ihre Religionen wieder aufnehmen oder an was auch immer für Quatsch sie glauben. Wenn sie recht behalten und es wieder regnet, haben sie gewonnen. Dann mache ich ihnen so viele Eingeständnisse, wie sie wollen. Aber wenn die Sonne so weiter brennt, dann haben wir den untrüglichen Beweis für die finale Tatsache, dass das alles ein einziger trauriger Aberglaube war und dass die G.I.E.R. allein ihnen helfen wird, ihre Probleme langfristig zu bewältigen. Schickt Boten in alle Himmelsrichtungen aus. Lasst jede erdenkliche Hilfe kommen. Wir werden alle Helfer reich entlohnen. Das ist mein letztes Wort, die Sitzung ist beendet.«

Während das Volk zunächst erfolgreich besänftigt wurde, indem die reiche und herrschende Klasse ihre Besitztümer offenherzig mit den Armen teilte, eine Maßnahme, die erstaunlich gut funktionierte, da sich vor allem die Nachbarländer, allen voran Noveda, äußerst kooperativ zeigten, zog sich Lesta stark zurück. Seine Frau war irgendwo in den Sphären des Universums verschwunden, und Asdois weigerte sich hartnäckig, seinen Einsiedlerposten in den Bergen zu verlassen. Der Herrscher überließ das Regieren seiner G.I.E.R., schlief tagsüber lange und irrte des Nächtens durch die gigantischen Kellergewölbe des Herrscherpalastes. Er entdeckte auf einer seiner Wanderungen eine geheime unterirdische Bibliothek, in der vor allem der Gnom Aufzeichnungen hinterlassen hatte. Die Schlacht war geschlagen, und Lesta spürte die Bitterkeit der Enttäuschung, sich nicht weiter durch Heldentaten, die ihn anfangs so uneingeschränkt populär gemacht hatten, auszeichnen zu können. Ihm fiel auf, dass der inzwischen verstorbene General Eike und der Gnom beide von ihrer göttlichen Macht und ihrer damit einhergehenden Unsterblichkeit überzeugt gewesen waren. Das Problem war nur, dass die Unsterblichkeit keineswegs ein erstrebenswertes Ziel war, wie die Omøn und ihr Schicksal gezeigt hatten. Was aber war dann mit dem begrenzten irdischen Leben anzustellen, ehe man ein Geistwesen wurde? War es denn nicht einfach möglich, *endgültig* zu sterben? War nicht der finale Tod das eigentliche Ziel? Und wenn ja, wer garantierte einem dann die ewige Ruhe?

Lesta grub sich immer mehr in die entsetzlichen wurmstichigen Bücher ein. Er las: Am nächsten Morgen brach der Besucher zu den Pforten der Zeit auf. So wurde diese kleine Stelle im Meer unweit der nördlichen Küste Skats genannt. Er wusste, die Donier hatten hier ihren Ursprung und einige Menschen des mythischen Volks der Lasodanne. Auch die Omøn, die langsam Smaragdana infiltrierten, waren an dieser Stelle im Laufe der letzten zehntausend Mondzyklen aus dem Nichts aufgetaucht. Skat galt in der Landwelt als eine verfluchte Insel, bestehend einzig und allein aus Stein, Fjorden und einer heruntergekommenen Stadt, in der die barbarischen Skatmenschen wohnten, die entfernte Vorfahren der Novedaner waren. Niemand interessierte sich für diesen verwunschenen Meereswinkel, und doch …

Der Besucher ruderte zu der auf der Landkarte markierten Stelle und schloss die Augen. Aus dem Augenwinkel nahm er wahr, wie flirrendes Licht mit hoher Geschwindigkeit seitlich auf ihn zuraste. Dann drehte sich die Welt. Als er wieder zu sich kam, bemerkte er, dass ihm zwei weitere Köpfe auf den Schultern gewachsen waren, die ihn hämisch angrinsten. Er griff nach dem vorbereiteten Revolver und schoss auf sie, ohne sie zu treffen.

Xor hob den Kopf. Der Kessel brodelte. Das Zeichen. Er entkorkte die Phiole und goss den Inhalt in den Kessel. Xûzûls Geist war befreit! Durch das vereinbarte Opfer eines Glaubensbruders an den Pforten der Zeit hatten die dort Wache haltenden Mondgeister im Gegenzug die Seele des Magiers Xûzûl freigelassen. Das Feuer unter dem Kessel wurde gelöscht, denn die kristalline Essenz, die nun pures weißes Licht im Labor ausstrahlte, nahm schon Xûzûls Züge an. Ein seit viertausend Jahren nicht mehr durchgeführtes xlaovanisches Geheimritual war geglückt: Ein Mensch war aus dem Jenseits ins Leben zurückgeholt worden!

»Also kann man Menschen vom Jenseits ins Leben zurückholen … Das ist grotesk …«, flüsterte Lesta und blickte gedankenverloren das Dimensio-Natron an, welches man in der geheimen Bibliothek versteckt gehalten hatte; und dann kam ihm eine grässliche Idee.

Lesta trat im Herbst des Jahres 5207, nachdem die schreckliche Sommerdürre überstanden war, welche bereits im letzten Monat des Frühlings ihren Anfang genommen hatte, wieder an die Öffentlichkeit, um seinen Regierungsgeschäften nachzugehen. Dabei führte er an einer Kette einen ständigen Begleiter mit sich, der von seinem Wissen und seinem Aussehen unbestreitbar als der Gnom, der vor einiger Zeit an einem Herzinfarkt gestorben war, identifiziert werden konnte. Lesta behauptete, er habe die Macht erlangt, Tote wieder zum Leben zu erwecken, und sollte es jemals wieder jemand wagen, die Gesetze der G.I.E.R. infrage zu stellen, so würde er x-beliebige Tote, die in der Vergangenheit grauenhafte Verbrechen begangen hatten, wieder ins Leben holen, um die Aufständischen gezielt zu strafen; und so verschwanden alle Religionen so schlagartig aus Lalalai, wie sie wieder eingeführt worden waren, und erneut wurde alles im Land existierende Gedankengut nivelliert und gleichgeschaltet.

Mit der Gewissheit, seine Macht wiederhergestellt, und sicher, das Land Lalalai erneut vollständig unter Kontrolle gebracht zu haben, machte sich Lesta nun zu seinem ersten offiziellen Staatsbesuch auf. Um den Reichtum des Landes zu vergrößern, suchte er unter Berufung auf die gemeinsame Befreiung Lalalais und Imalas mithilfe von Herrn Hochberge das prächtige und an Bodenschätzen reiche Goldland auf.

Hier erfrischte Lesta sein Gemüt. Die kräftigen Brisen der nördlichen Winter Farnords betäubten seine feurigen Ängste. Er ging mit den hohen Abgeordneten Goldlands unter dem Schutz von Leibwächtern auf lange Wanderungen und reflektierte in gemeinsamen Gesprächen die Illusionen der Menschen Krugs und die ungezählten Möglichkeiten, die ein weitestgehend unerschlossenes, wenn auch bitterkaltes Blatt wie Farnord bereithielt.

»Sind diese Gegenden in Eurem Grenzgebiet wirklich nicht erforscht?«, fragte Lesta König Männlich I. bei seinem Aufenthalt in Nordburg, Goldlands nördlichster Stadt.

»Nein, Herrscher Lesta von Lalalai, es gibt dazu keine genaueren Angaben. Es wird jenseits unserer Landesgrenzen so bitterkalt, dass niemand sich dort lange aufhalten kann. Es gibt wohl ein sehr großes Eismeer weit westlich von uns, das die Aislkrug einst befahren haben; überhaupt gibt es im Westen Farnords sehr merkwürdige Fluss- und Waldvölker, die wir ab und an besuchen. Weiter nördlich, bei den Eisvulkanen, gibt es wohl die Echsenmenschen von Nöla, aber sie sind für uns uninteressant. Wir bleiben lieber hier im warmen Süden.«

»Wenn man ein Leben in einem völlig verschneiten Herbst als warm bezeichnen kann.«

»Herrscher Lesta, Ihr habt keine Idee davon, was klirrende Kälte wirklich ist. Glaubt mir.«

»Und? Ich fürchte die Kälte nicht!«

»Aber was ist mit den Wesen, die sie birgt? Man sagt, sie seien nur schemenhaft, also innerhalb von Andeutungen zu erkennen. Man sagt des Weiteren, wer sie sehe, erlange seinen Verstand nie wieder zurück.«

»Da bleibe ich skeptisch, König Männlich. Das klingt mehr danach, als wolle man einem durch Gruselerzählungen Angst machen.«

»Nun, dann rüstet doch eine Expedition und erforscht die Gegenden. Was Material angeht, habt Ihr meine volle Unterstützung, Besänftiger von Lalalai.«

Lesta unternahm bei seiner Reise nach Goldland lange Wanderungen in Schnee und Eis, ohne wirklich ein Ziel zu haben. Was er aber an dem endlosen Weiß schätzte, war, dass es die Illusion erzeugte, alles sei im Grunde genommen gleich, und alles Hässliche und Unfertige wurde wie durch Zauberhand in Schönheit vollendet. Männlich I. sprach vom sogenannten Schneeirren und meinte, das sei für diese ans Polare grenzende Region Lanevaels ganz typisch. Viele Schneeirrer, darunter auch ein gewisser Herr Hochberge, verfielen vor allem im Schein des jeweiligen Vollmondes einem Wahn, der eine Gefahr für

Leib und Seele darstellte. So manchen erfrorenen Vorfahren hatte man schon aus dem ewigen Eis befreit, durch den kryonischen Prozess gut erhalten. Lesta aber wollte diese Warnungen nicht erst nehmen, und so stellte er auf einer langen Wanderung erschrocken fest, dass ihm seine Hände blau gefroren waren. Hätte ein Suchteam, welches von Männlich I. persönlich beauftragt worden war, ihn nicht gerade noch rechtzeitig gefunden, man hätte ihm seine Herrscherhände amputieren müssen. Für Lesta jedoch war dies ein untrügliches Zeichen, seine Eigensinnigkeit noch einmal gründlich zu überdenken.

Der Herrscher Lalalais hatte den Handel zu Goldland infolge seines Besuches verbessert und so florierte Lalalai erneut, sodass 5207 mit großem wirtschaftlichem Aufschwung endete, und es wirkte fast so, als hätte es die vorangegangenen Krisen nie gegeben. Lesta, in ein goldgelbes Gewand gehüllt, wurde fortan nur noch in Begleitung seines bizarren *Haustieres* in Form des wiederbelebten Gnomes gesehen. Was auch immer der Herrscher in Gelb verlangte, wurde sofort umgesetzt, und niemand wagte es, ihm oder der Doktrin der G.I.E.R. zu widersprechen.

Da er seit Lenas Tod etwas vereinsamt war, nahm sich Lesta im ausgehenden Jahre 5207 eine neue Frau zur Gemahlin. Sie hieß Ingwer und war von lalalaischem Adelsgeschlecht. Ingwer verdankte ihren Namen ihrer Haarfarbe und war bedeutend jünger, als Lena es gewesen war. Auch vom Charakter her unterschieden sich die beiden Frauen gewaltig. Während Lena verträumt und belesen gewesen war, erschien Ingwer pragmatisch und konservativ. Ihr Patriotismus kannte keine Grenzen, und die erst neunzehn Jahre alte Frau war fest entschlossen, Lalalai wieder zu Glanz und Macht zu verhelfen. Während sich Lestas neue Ehefrau immer stärker um die Belange des Landes kümmerte, stellten Zeitzeugen fest, dass Lesta seinerseits immer mehr einen Weg einschlug, der aufmerksamen Beobachtern schon von seiner ersten Frau Lena bekannt war. Der Grund dafür war geheim.

Lena hatte zu keinem Zeitpunkt einen Hehl daraus gemacht, dass sie sich um weltliche Gelüste kaum noch scherte, als sie die Geheimnisse der kosmischen Reisekunst erforschte. Der Grund für Lestas konsequenten Rückzug aus dem öffentlichen Blickfeld wurde in der Dominanz seiner jungen Frau vermutet, die nun die Regierungsbelange als neuer Vize öffentlich vertrat und auch durchaus kompetent repräsentierte.

Die Wahrheit war jedoch, dass sich Lesta aus verletzter Eitelkeit zurückgezogen hatte. Sein Augenlicht wurde im Verlauf des Jahres 5208 unerklärlicherweise, wie durch einen bösen Fluch, immer schwächer, nur erzählte er niemandem davon. Zu groß war seine Angst vor Machtverlust, sollte er diese Einschränkung publik machen. Die alltägliche Realität verschwand buchstäblich in einem unscharfen Nebel, und so zog sich Lesta immer mehr in seine Innenwelt zurück. Er wollte niemanden um sich haben, nicht einmal Ingwer, und nur den Beischlaf mit ihr vollzog er noch notgedrungen, schließlich fragte man sich, wo denn der rechtmäßige Thronfolger blieb. Lesta beschäftigte sich nur noch mit seinen Träumen, und er untersagte es bei strikter Todesstrafe (die er ja eigentlich ablehnte), ihn zu stören, selbst wenn es einen Notfall geben sollte. Er ließ sich im Halbdunkeln seine Träume ausführlich deuten, und nichts davon gefiel ihm. Dieselben grässlichen Träume, die ihn schon vor seiner Goldlandreise heimgesucht hatten, kehrten wieder und wieder, immer schrecklicher, Nacht für Nacht, und manchmal auch, wenn er sich tagsüber dem Schlaf hingab.

5209 zog herauf, und Lestas Leben spielte sich nur noch im Geiste ab. Fast vollständig erblindet, weigerte er sich hartnäckig, sein Zimmer zu verlassen. Befehle gab es nur noch schriftlich, und so fragte man sich in der Öffentlichkeit ernsthaft, ob er nicht doch ermordet oder auf irgendeiner geheimen Reise spurlos verschollen war. Der Einzige, den er Tag und Nacht bei sich behielt, war der Gnom. Ihm gab Lesta alles ein, was es zu sagen gab, und ihm oblag es, die Tür zu Lestas Gemächern zu bewachen.

Eines Nachts im Frühjahr 5209 zog Lesta dann mithilfe des Gnoms und seiner Leibwache heimlich in die Kellergewölbe um, in denen er schon einige okkulte Studien durchgeführt und verderbliche magische Techniken praktiziert hatte. So widmete sich Lesta nur noch und ausschließlich seinem Hauptinteresse, der Nekromantik. Groß war dann allerdings die Sensation, als Lesta seinem alten Weggefährten Lera Beniver für das renommierte Sanduhr-Magazin aus Neun ein exklusives Interview gewährte, welches an dieser Stelle komplett abgedruckt ist. Es sollte das letzte öffentliche Lebenszeichen des *gelben Herrschers* sein.

Gelbsucht

Lera Beniver exklusiv für das Sanduhr-Magazin.

Lesta, die Menschen in Neun würde interessieren, wie du den Krieg zwischen Lalalai und Neun rückblickend bewertest.

Es war eine notwendige gewaltsame Auseinandersetzung zwischen Lalalai und Neun, das durch eine Gruppe Verbündeter unterstützt wurde. Dieser Krieg hat die politischen Verhältnisse auf unserem Blatt stark verändert. Sicherlich hatte Lalalai auch seine Verbündeten, aber die blieben weitestgehend im Verborgenen …

So wie du im Moment …

Ja, das kann man so sehen. Oder eben gerade nicht »sehen« [lacht].

Was waren die Ziele dieses Krieges?

Nun, der Aggressor war sicherlich Lalalai. Zunächst einmal sollten neue Gebiete erobert werden. Dann sollten weitere Gebiete zurückgewonnen werden, unter anderem dein Heimatland, und irgendwo auch ursprünglich das meinige, obwohl ich mich jetzt eher als Lalalai-Mann sehe. Der finstere Kult der Omøn sollte verbreitet werden. Die Novedaner wollte man auslöschen, als Volk, also ein größenwahnsinniger Genozid. Es ging auch um die Weltanschauung Lalalais, die ich ja über ein Jahrzehnt versucht habe zu ändern. Verkleidet wurde das Ganze als Abwehr einer äußeren Gefahr – wie es das Wesen des Krieges ist.

Kann man den Angriff auf Neun als »Präventivkrieg« werten?

Verteidigung und Angriff vermischen sich im Krieg und sind irgendwann nicht mehr wirklich eindeutig auseinanderzuhalten. Das wird dann nach Bedarf gedreht und gewendet wie ein Grillfisch.

Kann man dann überhaupt einen »gerechten« Krieg führen, Lesta?

Klar. Ein Krieg ist aus Sicht des Aggressors immer gerecht. Natürlich.

Und aus Sicht der Befreier?

Auch.

Ich hatte den Eindruck, dass die Lalalais unter der Herrschaft ihres Diktators bewusst Grenzen vermischt haben, zwischen Volk und Armee, zwischen Recht und Unrecht, zwischen Gesellschaft und Militär.

Das kann sein. Im Krieg sind alle Mittel erlaubt, wie eine alte Weisheit besagt. Es geht dabei in radikaler Weise um Gewinn oder Verlust. Wie genau die Diktatur des Gnoms funktioniert hat, kann ich nicht sagen. Doch eines sage ich dir mit Gewissheit: Ich allein habe ihn besiegt und das Land danach rehabilitiert.

In Eisanna sagt man, der Krieg sei seinem Wesen nach eine gewaltsame Erneuerung …

Auf jeden Fall kehrt der Krieg die Dinge um. Moralische Fragen werden unter anderen Perspektiven, unter neuen Gesichtspunkten betrachtet. Was gestern verboten war, ist morgen ganz normal. So ist der Krieg. Er macht aus Räubern Ritter, aus Opfern Täter und umgekehrt. Du weißt doch.

Aber wieso so viel Gewalt? Wieso immer wieder kopflose Aggression?

Du hast es doch selbst gesehen. Du warst überall dabei. Wir haben zusammen die halbe Landwelt entdeckt. Es ist überall das Gleiche: Aggressionen gehören zu uns. Wir sind Menschen, das liegt in unserer Natur, das ist rein instinktiv. Es ist doch total einfach, die Massen aufzuhetzen, sie dazu zu bringen, zu foltern und zu morden. Fragst du den Einzelnen, ist fast jeder dagegen. Aber in der Masse ist es kein Problem. Sie töten und misshandeln ja »für ein höheres Gut« [rollt mit den Augen]. Zudem weiß ich nicht, ob Aggression wirklich »kopflos« ist … Ihre Legitimation, Systematisierung und Umsetzung im großen Stil – Krieg – ist auf jeden Fall verkopft.

Der Gott-General Eike hat einmal gesagt: »Im Krieg zeigt man erst sein wahres Ich!«

Der Gott-General Eike war ein Spinner. Er war unfähig, den Krieg zu gewinnen. Ich habe den Krieg gewonnen! Ich allein!

Wie groß ist denn die Wahrscheinlichkeit, dass von Lalalai erneut ein Krieg ausgehen könnte?

Lalalai wird nie wieder einen Krieg anzetteln. Dafür sorgt meine Organisation, die G.I.E.R.

Wodurch?

Du wirst sicherlich verstehen, dass ich die Mechanismen einer teilweise im Verborgenen operierenden Organisation, die mit einer so wichtigen Aufgabe wie der Befriedung eines ehemals sehr aggressiv vorgehenden Landes wie Lalalai der Öffentlichkeit nicht leichtfertig offenbaren kann.

In Ordnung. Ich würde im weiteren Verlauf des Interviews gerne zu dir als Herrscherpersönlichkeit kommen. Ich kenne dich schon länger, noch aus der Zeit, in der du ein bescheidener junger Mann von 28 Jahren warst. Verliert man durch eine so ungeheure Macht, wie du sie besitzt, seine Bodenständigkeit?

Ja, sicher. Die Bodenständigkeit geht verloren, sie wird von den vielen Einflüssen, denen man ausgesetzt ist, entzogen. Versuch du mal auf beiden Beinen zu stehen, wenn du dich mitten in der stärksten Strömung befindest.

Welche Formen der Einflussnahme zu Machtfestigung hältst du als offizieller Herrscher von Lalalai für vertretbar?

Man muss die Macht schon gewaltsam festigen, so viel ist klar. Ich kann mir Schwächen nicht erlauben. Die Mitarbeiter der G.I.E.R. sind körperlich stark, geistig gesund und verfügen über hochwertige Waffen. Das reicht oft schon zur Abschreckung. Ich weiß, dass deine Frau, die liebe Lola, einen viel weicheren Regierungskurs fährt als wir hierzulande. Aber Lalalai war schon immer ein unkontrollierbares Gebilde, und ich setze auf Gehorsam. Wer nicht hören will, muss fühlen! Aber es gibt natürlich auch andere Mittel: Die wirtschaftliche Macht ist genauso wichtig wie die militärische. All das muss offen und geduldig koordiniert werden. Das sind komplexe logistische Prozesse, Lera!

Legitimiert nicht auch das Bedürfnis nach Sicherheit, Ordnung und Schutz den Machtanspruch des von dir geschaffenen und weiterentwickelten G.I.E.R.-Systems?

Ich bin der Staatsvater. Ich allein! Ich bin der Gottvater des modernen Lalalai; ich bitte, das nicht zu übersehen. Klar. Ich bin der Erlöser, der rettende Ritter der Gerechtigkeit. Zu mir schauen die Menschen auf. Warum auch nicht? Ich habe für Wohlstand gesorgt und alle sicher durch alle Krisen geführt, das Land stabilisiert.

Würdest du übereinstimmen, dass das Machterleben dich süchtig gemacht hat?

Gewagte Fragen stellst du da, mein Lieber, gewagte Fragen! Möchtest du dir unsere schönen Kerker mal für ein paar Tage von innen ansehen? Sie sind nicht weit von hier angelegt [lacht]. Gewagt, aber gut. Wirklich gut, die Frage. Lass mich überlegen … Na ja, klar, Lera, jeder Mensch sieht sich gerne an der Spitze. Verantwortung abzulehnen, das ist etwas für elende Versager! Ich bin ein Sieger. Ich habe mich durchgesetzt, ich bin etwas Besonderes, weil ich, wie du ja auch, gelernt habe, über mich selbst hinauszuwachsen. Deswegen sind Typen wie du und ich Sieger. Da ich Herrscher bin, sind mir die Menschen ausgeliefert und nicht umgekehrt. Nicht umgekehrt, hörst du? [Lacht laut und anhaltend.]

Nicht umgekehrt? Was bedeutet das? Lesta? Hörst du mich?

[Lesta reagiert nicht mehr auf meine Fragen. Das Interview lässt sich nicht mehr fortsetzen.]

Das Interview schlug große Wellen. Man war einerseits beeindruckt vom Selbstbewusstsein des tageslichtscheuen Herrschers, andererseits erschienen seine Äußerungen auch tendenziell irre und entrückt. Was er sagte, klang geradezu übermütig und doch auf eine berührende Art und Weise ehrlich. All das vor dem Hintergrund, dass der Interviewer sich in einem Folgeartikel sogar darüber ausließ, er hätte eigentlich noch viel zwingendere Fragen stellen müssen, und es nicht getan zu haben, sei seiner Feigheit vor der Macht des Herrschers in Gold geschuldet. Insgesamt gesehen konnte Ingwer, welche heimlich, still und leise in der Zwischenzeit die Führung der G.I.E.R. übernommen hatte, die Wirkung des publizierten Interviews auf die Bevölkerung nicht gutheißen. Die Mechanismen der Macht, die Lesta teilweise zu freimütig geschildert hatte, wurden nämlich schon bald offen kritisiert. Es bildeten sich Bürgerrechtsbewegungen und man verlangte, dass die Staatsform Lalalais eine Demokratie werden solle, die nach dem Vorbild Neuns gestaltet werden müsse.

All das interessierte Lesta nicht. Er hockte Tag und Nacht in seinem Kellerverlies und widmete sich ausschließlich der Nekromantie. In seinem kranken Hirn hatte sich der bizarre Plan geformt, durch die Mittel der Nekromantie sein Augenlicht wiederherzustellen. Er war immer noch tief beeindruckt und auch ein wenig neidisch auf die Künste Seras und auch Lailas und hatte beschlossen, ihr Erbe fortzuführen. Die Toten, die er zu beschwören gedachte, sollten ihm verraten, wie er sein Augenlicht zurückgewinnen konnte, da die medizinischen Fachleute, die er sich unter strengster Geheimhaltung an seinen Hof hatte holen lassen, manche aus fernen Landen, keine zufriedenstellende Antwort wussten.

Natürlich weiß auch heutzutage niemand so ganz genau, wie Lesta bei seinen geheimen nekromantischen Studien vorgegangen ist, doch am 84. Frühlingstag 5209 wurde der goldene Herrscher in der achten Mondstunde im Sternzeichen des Labyrinthes vom Gnom samt Leibwächtern tot zu den Herrschergemächern oberhalb der weitverzweigten Verliese unterhalb des Palastes hinaufgebracht. Trotz foltereinbeziehender Verhörmaßnahmen, teilweise von der durch den Todesfall automatisch zur Herrscherin ernannten Witwe Ingwer persönlich an den Beteiligten durchgeführt, wurden die Funktionäre der G.I.E.R. aus den Ereignissen nicht schlau. Der Gnom, der mit glühenden Kohlen wiederholt an mehreren empfindlichen Körperstellen verbrannt wurde, beteuerte unter größten Schmerzen, dass die Toten von Blogol, dem Land des toten Lebens, über Lestas unerlaubtes Eindringen in ihre Gefilde sehr erbost gewesen wären und seine unsterbliche Seele in ihr Reich verschleppt hätten.

Das reichte Ingwer. Sie erschoss den Gnom persönlich mit einer langen novedanischen Silberpistole und veranlasste, dass man ihn nicht beerdigen durfte, damit er nie wieder zurückkehrte. Er wurde zerstückelt; seine Leichenteile versenkte man zusammen mit Resten und Abfällen aus den herrschaftlichen Hofküchen in den städtischen Jauchegruben.

Ingwers politisch-herrschaftliches Vorgehen unterschied sich ganz gewaltig von dem ihres Mannes. So wurde sie berühmt dafür, dass sie, wenn ein unliebsamer Gesprächspartner ihr die Zeit stahl, einfach die Augen schloss und sie so lange geschlossen hielt, bis man den Menschen aus ihrem Blickfeld entfernt hatte. So fürchtete sich jeder davor, wenn die Herrscherin Ingwer blinzelte, ob sie die Augen länger geschlossen halten würde, denn sie war skrupellos und scheute sich nicht davor, auch sehr hohe Funktionäre der Regierung verschwinden zu lassen.

»Aus den Augen, aus dem Sinn«, eröffnete Ingwer dem obersten G.I.E.R.-Funktionär Schlingenpfeiler das neue geheime Motto der politischen Kontrollinstanz. »Mein armer verstorbener Gatte hat in diesem Land Größtes bewirkt, doch tat er es mit den rauen Mitteln seiner Männlichkeit. Stärke und Präsenz formten sein Wirken, und auf diesen Prinzipien baute er seine Macht auf. Schlingenpfeiler, von nun an wird die G.I.E.R. zwei Gesichter haben. Während nach außen hin unsere offiziellen Prinzipien weiterwirken, deren persönliche Interpretation von Eurer Seite mich sehr interessieren würde, wird im inneren Kreis eine neue Doktrin eingeführt, die jedoch nur den Funktionären bekannt sein darf.« Ingwer machte eine bedeutungsschwangere Pause. »Sie lauten erstens: *Die Angst vor dem Bösen ist die Verleugnung des Animalischen*, und zweitens: *Die Angst vor dem extrem Bösen ist die Abneigung gegen das Hässliche*, und schließlich drittens: *Die Angst vor dem Tod ist der Schlüssel zur Kontrolle über die Menschen*.«

»Wie habe ich das zu verstehen, dass wir nur im Geheimen wirken?«, wollte Schlingenpfeiler wissen.

»Lestas System zur Befriedigung und Stabilisierung dieses Landes war an sich durchdacht, doch hatte es einen entscheidenden Fehler: Die Kontrolle des Volkes war letztendlich auf ihn zugeschnitten, ganz auf ihn allein ausgerichtet. Gefiel ihm etwas nicht, griff er ein, wie ein Gott. Da er auch gleichzeitig für die G.I.E.R. und deren Aufbau persönlich verantwortlich war, bot er letztendlich eine große Angriffsfläche, und es entgingen ihm ständig wichtige Informationen. Das werden wir nun radikal ändern, und zwar auf dem *zweiten* Weg.«

»Dem zweiten Weg? Ihr sprecht in Rätseln, junge Ingwer.«

»Der erste Weg, Schlingenpfeiler, ist der Weg des Mannes. Roh, brutal und direkt. Die Ausübung von Macht wird dadurch zwangsläufig zu einem ständigen Kräftemessen. Der zweite Weg hingegen ist der der Frau. Fein, sensibel und indirekt. Die Ausübung unserer Macht wird unsichtbar gemacht.«

»Das verstehe ich immer noch nicht!«

»Wie lautet unser erstes Gebot?«

»Man hat den Menschen, mit denen man an etwas arbeitet, mit Offenheit und Geduld zu begegnen«, gab Schlingenpfeiler wieder, wie aus der Pistole geschossen.

»Und das bedeutet genau was?«

»Das wir jedes Begehren des Volkes respektieren und uns darum kümmern, auch wenn das mitunter lange dauern kann … «

»… und zu welchem Zweck, Schlingenpfeiler, zu welchem Zweck?«

»Damit verhindert wird, dass das Volk unterdrückt wird und erneut ein Diktator die Macht an sich reißt … «

»Hm, über den letzten Punkt kann man streiten. Er scheint mir noch nicht ganz schlüssig. Aber das ist jetzt nicht von so großer Bedeutung. Wichtig ist, dass wir nach außen weiterhin Offenheit und Geduld repräsentieren, nach innen hin aber Kräfte bereitstellen, die auf genau das Gegenteil hinarbeiten: Die G.I.E.R. wird um eine geheime interne Organisation erweitert, bestehend aus Euch, mir und weiteren vertrauensvollen, ranghohen Funktionären in den wichtigsten Landesprovinzen. Unsere schriftliche Kommunikation wird verschlüsselt durchgeführt und die Befehle werden unmittelbar und unter absoluter Prioritätsmaßgabe ausgeführt, ganz im Gegensatz zum Vorgehen des Amtes für Geduld.«

»Das heißt also, wir täuschen dem Volke Geduld und Offenheit vor, agieren aber in Wahrheit mit Ungeduld und Verschlossenheit? Ist das nicht Heuchelei?«

»Nein, das ist moderne Staatsführung. Wir werden das Volk mit weichen Mitteln bändigen. Alles, was wir dazu brauchen, sind unscheinbare Funktionäre an den wichtigsten Kommunikationspunkten. Das moderne Lalalai wird nicht durch die übertriebene Zurschaustellung von Waffenpräsenz, sondern durch Kommunikationskontrolle beherrscht werden.«

»Lasst uns einen guten Feuerbaumtee trinken. Ich glaube, ich brauche etwas, um meine Nerven zu beruhigen.«

»Diener!«, herrschte Ingwer, »bring uns Tee! Flott!« Dann säuselte sie, nahe an Schlingenpfeilers rechtes Ohr herantretend: »*Wir* werden auch den ganzen Prunk und Pomp herunterfahren und den Staat dezentralistisch verwalten. *Ich* als Herrscherin werde deutlich in den Hintergrund treten, da ich zum Glück von Lesta geschwängert worden bin, ehe der Arme zugrunde ging, und kann diesen Umstand als Vorwand nehmen, mich für einige Zeit zurückzuziehen.«

»Ihr wollt alles Starre ordentlich aufbrechen, wie?«

»*Das Leben fließt*, pflegte der liebe Lesta immer zu sagen, Schlingenpfeiler. Leider konnte er von seiner eigenen Weisheit nur wenig profitieren, da sein gekränkter Stolz ihn die Dinge festhalten ließ, die ihm wichtig waren. Wir hingegen werden das alles ändern, wir werden alles anders machen. Das Volk soll so viel Gestaltungsfreiheit haben, wie es möchte; wichtig ist nur, dass wir es, nachgerade unsichtbar, lenken, manipulieren und beeinflussen, und zwar nicht aus Boshaftigkeit, sondern zu seinem Besten. Wir Herrschenden sind wie Eltern, und das Volk ist wie unsere Kinderschar. Ihre Gefühle sind es, die wir lenken werden, ohne dass sie verstehen, wie ihnen geschieht. Es wird eine völlig neue Form der Staatslenkung unter meiner Herrschaft werden, eine, die Krieg und Revolution schon im Keim erstickt.«

Ein Diener brachte den dampfenden tiefroten Feuerbaumtee herbei und goss den Herrschaften großzügig und maßgenau davon ein.

»Ich habe die Erweiterung und ihren Sinn nicht verstanden, Ingwer. Warum halten wir all das geheim? Welchen Sinn ergibt eine Erweiterung im Geheimen denn überhaupt?«

»Ich habe ein wenig in Lestas Gemächern gestöbert und aus den vielen Schriften drei gefiltert, die sehr aufschlussreich sind. Ich habe in meinen Studien die verderbliche Nekromantie der Omøn, die systematische Wissenserschließung der Neun von Neun und die Geheimniskrämerei der BSG mit ihren internen Codes und kryptischen Verschlüsselungen aufeinander bezogen und daraus Erkenntnisse synthetisiert, die für uns überaus nützlich sein werden. Die Angst vor dem Hässlichen und Animalischen, vor allem aber die instinktive Angst vor dem Tod und all seinen symbolischen Ausformungen wird uns helfen, die Massen zu lenken und zu beeinflussen … Übrigens, Diener, ich rate dir, über das soeben Gehörte zu schweigen!«

Der Diener, der sah, wie sie die Augen schloss, rannte um sein Leben.

Während also Ingwer und ihr Vertrauter, der umtriebige Schlingenpfeiler, in den herrschaftlichen Gemächern die Feinheiten der geheimen Staatsführung diskutierten, kamen an Lestas Grab noch einmal die Überlebenden der Neun von Neun zusammen, um einen weiteren alten Weggefährten zu betrauern, der bei ihren legendären Abenteuern eine wichtige Rolle gespielt hatte. Es sollte das letzte Treffen dieser Art sein, denn in den folgenden Jahren waren die alten Kameraden und Kameradinnen zu sehr mit ihren jeweiligen Aufgaben und Verpflichtungen beschäftigt, sodass Gras über den Krieg und seine Folgen wuchs. Da Neun befreit und befriedet war, hatte die Gemeinschaft der klügsten und talentiertesten jungen Neuner ihrer Generation in Form der Neun von Neun ihren Zweck erfüllt.

Von hier an gabelt sich unsere Erzählung in zwei Stränge: Zum einen sind die Absichten Ingwers eingehend zu betrachten, denn der taktische Krieg, der im Geheimen im Landesinneren durchgeführt wurde, ist ebenso wichtig für die weiteren Ereignisse in der Landwelt wie der mit Waffen durchgeführte offizielle Krieg des Gnoms und seiner schwarzmagischen Schergen zuvor. Zum anderen aber standen 5210 zwei große und gut ausgerüstete Expeditionskorps bereit, um das von den Neosannas auf ihrer Fahrt nach Mao von Westen her entdeckte neue Blatt zu kolonialisieren: das der Eisannas, die von Westen kamen und an Ratach vorbeisegeln würden, und das der Novedaner, die von Osten kommend ihr Glück auf Atupia versuchen würden; und wie es die Geschichte will, operierten die beiden Großmächte zur gleichen Zeit …

KAPITEL IV

Herzlosigkeit

Anlässlich der Einrichtung der Geheimabteilung der G.I.E.R. arbeiteten Ingwer und Schlingenpfeiler ein detailliertes System von Codes und Symbolen aus, mit dessen Hilfe man verdeckte Botschaften austauschen konnte. Diese Symbole würden anzeigen, welche Handlungen in den dezentralisierten Provinzen jeweils eingeleitet werden sollten. Unter dem Vorwand der Unterstreichung des Todesaspektes im fünften Leitsatz der G.I.E.R. wurden allerorten Monumente errichtet, welche mit makabren Verzierungen versehen waren. Entweder in Stein gehauene Szenen menschlicher Tragik oder Skelette und Totenschädel. Nur Eingeweihten war bekannt, dass diese Monumente geheime Indikatoren dafür waren, dass ein Mitglied des Geheimbundes sein Haus oder Büro in Reichweite hatte.

Ingwer hatte die Faszination für das Morbide, welche ihr Gatte in der Spätphase seines Lebens in dunklen nekromantischen Ritualen und Forschungsexperimenten schon hinreichend kultiviert hatte, für sich selbst übernommen und baute sie ihren Zwecken entsprechend aus. Spirituelle Menschen aus anderen Teilen der Landwelt, welche das nun vollständig befriedete Land Lalalai aufsuchten und durchwanderten, erschreckte dieser Todeskult bis ins Mark: Besonders die Munkler sprachen deutliche Kritik an den in Stein, Eisen und Gold gemodelten Niedergangsszenen aus.

Die interne, geheime Gesellschaft der G.I.E.R. hatte keinen Namen; auch durften mit ihr in Verbindung stehende Schriftstücke, die Informationen oder Anweisungen enthielten, keinesfalls archiviert werden. Sie zersetzten sich durch einen chemischen Trick binnen fünfzehn Minuten nach der Öffnung von selbst. Dies waren gut durchdachte Vorsichtsmaßnahmen Ingwers, die vor einer Entdeckung ihrer geheimen Abteilung innerhalb der G.I.E.R. schützen und Funde potenziell belastender Beweisstücke verhindern sollten.

Wer sich Anweisungen widersetzte, Absichten verriet oder sich auf andere Weisen unkollegial verhielt, bekam eine Zeichnung eines verkrüppelten schwarzen Baumes zugeschickt, der seine müden Äste einem fauligen See zuwandte. Personen, die diese Zeichnung erhielten, verschwanden plötzlich auf unerklärliche Weise und wurden nie wiedergesehen. Dies sprach sich innerhalb der Geheimorganisation herum. Weiträumige polizeiliche Ermittlungen wurden durch gezielte Fehlinformationen geschickt sabotiert. So gingen die Ermittelnden in den wenigen Fällen, wo sich Derartiges ereignete, davon aus, die Person sei urplötzlich von ihrem Posten desertiert und irgendwo in der Landwelt auf Abenteuersuche gegangen und somit lediglich auf unbestimmte Zeit auf Wanderung.

Solche Verklärungen wurden sehr gezielt von den geheim operierenden G.I.E.R.-Organen gestreut, um sie in der Bevölkerung populär zu machen und gelegentlich aufkommendes Misstrauen zu zerstreuen. Eine andere Methode, die Bevölkerung zu verwirren und von den eigentlichen Machenschaften abzulenken, bestand darin, künstliche Pseudokulte und Gebäude oder vergleichbare Konstruktionen zu errichten, die höchst bedeutungsvoll anmuteten, in Wahrheit jedoch überhaupt keine tiefere Bedeutung hatten, nebenbei aber vorzüglich dazu dienten, Sand in die Augen der etwas kritischer denkenden Bevölkerung zu streuen.

Ein Paradebeispiel dafür war der *Turm der Geheimnisse*, den Ingwer in der großen Hafenstadt Lu errichten ließ – Konstrukteure aus Mao bauten diesen fünf Stockwerke umfassenden, spiralartig sich gen Himmel windenden Holzturm mit reichhaltigen Verzierungen und Schnitzereien, die mehrdeutige Interpretationen zuließen. Bald schon versammelten sich Anhänger der lange Zeit in Lalalai unterdrückten (und mittlerweile wieder zugelassenen) Religionen, Kulte, Sekten, aber auch Schaulustige, Reisende und alle möglichen Spinner an diesem Gebäude und diskutierten wild und heftig über dessen Sinn und Bedeutung – was vorzüglich vor den geheimen Machenschaften der G.I.E.R. in Lu ablenkte.

In dem angrenzenden großen Staatsforst existierte zum Beispiel ein geheimer Pfad, und unter manchen nahezu unmerklich markierten Bäumen befanden sich kleine Schachteln mit geheimen Botschaften, Insignien und Emblemen. Viele der Förster waren natürlich auch Mitglieder der geheimen Abteilung der G.I.E.R. und sorgten dafür, dass bestimmte Waldabschnitte unter verschiedenen Vorwänden nicht betreten werden durften, wenn auf dem Pfad gewisse Wesen wandelten, welche Ingwer nekromantisch beschworen hatte. Der Turm der Geheimnisse und andere vordergründig bedeutsame Bauten lenkten die Bevölkerung hervorragend von derlei fragwürdigen Vorgängen ab.

Um vor allem die Jugend von allzu kritischen Hinterfragungen abzuhalten, veranstaltete das Sportkomitee der G.I.E.R. großspurige Sportwettbewerbe, wie den in der Nähe der östlichen Hafenstadt Mulu in Kooperation mit den Novedanern im angrenzenden Lulu gigantischen Stehsegelwettbewerb. Durch ein sozial verträgliches Allgemeinbild von Sonnenbaden, Strandleben und Stehsegeln wollte Ingwer unter dem Banner des Hedonismus, des Friedens und der Völkerverständigung (sie sagte passend dazu auf einer viel umjubelten Friedensrede in Lulu: »Unsere Völker müssen das Kriegsbeil endlich begraben. Der Schlüssel hierzu liegt in der herzlichen Freundschaft unserer aller Jugend!«) ein Ideal prägen, welches vor allem dazu dienen sollte, dass junge Menschen sich nicht tiefergehend mit Staatsangelegenheiten befassten und diese kritisch beäugten. Überhaupt konnte nur in den Staatsdienst der G.I.E.R. unter der Schirmherrschaft der Herrscherin Ingwer zur Landeshauptstadt Lalalai aufgenommen werden, wer jahrelang irgendeinen Beruf ausgeübt hatte, der mit politischen Aktivitäten nichts oder nur am Rande zu tun hatte. So wollte sie sichergehen, dass man die Neumitglieder entsprechend schulen und prüfen konnte, ehe man einige Auserwählte in die geheim operierende Struktur einwies. Die anstehende Initiation wurde durch eine Zeichnung eines lebendigen, rot schimmernden Feuerbaums eingeleitet, die der Kandidat am Abend davor in Form einer Zeichnung erhielt. Im Anschluss wurde er über die wahre Funktion der Gebäude und Totenmonumente aufgeklärt und musste einen Eid auf die strikteste Geheimhaltung und Diskretion in Hinblick auf das ihm Anvertraute und sein Leben und Wirken ablegen. Außerdem – und dieser Einfall Ingwers erwies sich als äußerst effektiv – wurden ihm keine besonderen Strafen bei Eidbruch angedroht. Es wurde ihm lediglich gesagt, vom Moment der Aufnahme seiner Tätigkeit an stehe er auf Schritt und Tritt unter ständiger Beobachtung. Natürlich war diese *ständige Beobachtung* unmöglich in die Tat umzusetzen, aber da diese nicht offiziell existente Abteilung der G.I.E.R. sowieso im Geheimen arbeitete, konnten die neu eingeweihten Mitarbeiter nicht wissen, wer aus der Normalbevölkerung sie beobachtete und wer nicht; und so konnte natürlich jeder Mensch, der einen im Laufe eines Tages irgendwie anguckte (»Je unscheinbarer, desto verdächtiger!«, so Ingwers weise Worte), ein Informant sein. Die sich so unter Beobachtung wähnenden auserwählten Menschen bemühten sich daher umso mehr, nicht gegen die Regeln der G.I.E.R. zu verstoßen.

Eine der auserwählten Adeptinnen wartete in einem dunklen, spärlich erleuchteten Saal auf den Beginn ihrer Initiation.

»Wer sendet Euch?«, fragte eine dunkle Stimme, versteckt hinter einer gelben Maske.

»Der schimmernde Feuerbaum«, hauchte die Adeptin.

»Seid Ihr bereit, in die Geheimnisse der Todessymbole der G.I.E.R. eingeweiht zu werden und an einen Punkt des Wissens zu gelangen, von dem es kein Zurück mehr in Euer altes Leben gibt, sodass Ihr sehend unter den Blinden werdet?«

»Das bin ich.«

»Dann tretet hervor.«

Die Adeptin ging auf den Mann mit der gelben Maske zu, welcher sie an die Hand fasste. Er geleitete sie in einen abgedunkelten Raum, in dem, beleuchtet von einer Kerze, ein Totenkopf auf einem Tisch stand.

»Die erste Stufe Eurer Initiation: Gebt Acht. Dies ist die *Geflügelte Munklerin* – ein steinerner Totenkopf mit einer Seidenhaube nach Art der Munklerinnentracht. Er hat zwei Drachenschwingen, die von dem Punkt ausgehen, wo am menschlichen Kopf die Ohren sitzen. Nehmt ihn in die Hände.«

Die Adeptin nahm die Geflügelte Munklerin in die Hände. Ein seltsames Summen setzte ein. Der Mann mit der gelben Maske tropfte etwas Wachs von der Kerze auf ihre Stirn, sodass sie aufschrie.

»Dies ist das Emblem von Ingwer persönlich und weist auf einen Ort hin, an dem ein G.I.E.R.-Funktionär tätig ist, der in direkter Kommunikation mit Ingwer steht und ebenso von ihr unmittelbare, nicht über mehrere Netzstellen geschaltete Informationen erhält. Ich rate Euch, sich die Bedeutung dieses Symbols sehr gut einzuprägen. Legt die Geflügelte Munklerin nun wieder zurück.«

Die Adeptin legte den Totenkopf zurück. Dann wurden ihr die Augen verbunden und sie spürte erneut, wie jemand ihre Hand nahm. Sie kam in einen Raum, wo sie gedämpfte Kinderstimmen hören konnte. Jemand drückte sie sanft an den Schultern nach unten, bis sie auf einem Stuhl zum Sitzen kam. Dann nahm der Mann mit der gelben Maske ihr die Augenbinde ab. Rechts und links des Stuhls brannten zwei große Kerzen. Der Mann legte ihr etwas in den Schoß und sagte:

»Dies hier nennt man das *Schlafende Kind* – hier ruht ein aus Stein gehauenes Kleinkind auf einem Totenschädel, welcher keine Zähne besitzt. Das Kind hat die Augen geschlossen. Diese Statue weist auf einen Ort hin, an welchem geheime Informationen aufbewahrt werden, die nur gelesen, aber über die auf keinen Fall gesprochen werden darf. Versteht Ihr das?«, fragte er mit strenger Stimme, und die Adeptin nickte. »Gut. Derjenige, der Einsicht erhält, hat die Befehle auszuführen, anschließend zu verdrängen und über das Gesehene und Getane fortan absolutes Stillschweigen zu wahren.«

Abermals fasste er die Adeptin mit seinem gelben Handschuh an die Hand und führte sie in einen großen Raum, dessen Wände golden glänzten, erleuchtet vom Licht vieler Fackeln.

»Kommen wir nun zum Hauptteil Eurer Initiation. Hier, an der Südseite des Raumes, brennen drei Fackeln: Seht, es ist die *Goldene Explosion* – ein Hinweis auf einen Ort, an dem eine der drei magischen Kugeln aufbewahrt wird, die die Drachenreiter der Xlaovaner Lesta anlässlich seines Sieges über den Gefräßigen im Jahr des Todes 5200 geschenkt haben. Dazu ist auf einer steinernen Kugel ein goldener Kegel abgebildet, der von einer kunstvoll bearbeiteten Goldplatte umgeben ist, um eine optische Illusion ausgesendeter Strahlen zu erzeugen. Lesta hat sich zeitlebens sehr vor diesen Kugeln gefürchtet und daher nie über deren Nutzung gesprochen. Die anderen Mitglieder der legendären Neun von Neun haben jedoch extensive Aufzeichnungen über ihren Gebrauch hinterlassen, die Ihr zu lernen und gegebenenfalls anzuwenden habt. Seid Ihr Euch der Tragweite dieser Informationen bewusst, Adeptin?«

»Das bin ich, Meister.«

Sie durchschritten den Raum, an dessen Nordseite vier Fackeln in der Wand steckten.

»Dies, Adeptin, ist der *Zeitschädel* – wenn ein steinerner Totenkopf in einer Einbuchtung mitsamt Schmuckkästchen zur linken und Sanduhr zur rechten Seite zu sehen ist, so wisst Ihr jetzt, dass sich eine Poststation in der Nähe befindet, die mit der Geheimabteilung der G.I.E.R. kooperiert, und Briefe mit unverzüglich auszuführenden Anweisungen abzuholen sind. Könnt Ihr Euch das merken?«

»Ja, Meister, das kann ich.«

»So kommt nun mit zur Westseite, wo fünf Schlangenfackeln brennen, denn hier steckt der *Schlangenknochen* – dieses Relief bildet ein deformiertes Skelett ab, um das sich eine Schlange windet. Es zeigt an, dass hier Feinde der G.I.E.R. und potenzielle Spione oder anderweitig gefährliche Menschen oder Wesen anwesend sind. Feinde der Organisation werden stets als Schlangen bezeichnet. Wo immer ein solches Relief auftaucht, gilt besondere Sorgfalt und Vorsicht. Kann ich mich darauf verlassen, dass Ihr dies ernst nehmt, Adeptin?«

»Verlasst Euch darauf, mein Meister.«

»Schließlich findet Ihr an der Ostseite, erleuchtet durch sechs starke Fackeln, den *Spiegeltod*. Bei diesen seltenen und aufwendigen Türverzierungen, die sich auf hölzerne Türen beschränken, handelt es sich um Indikatoren für einen Ort, an den man Verräter oder Feinde bringen kann. Diese betäuben wir mit Tropfen, die man ihnen vor die Nase hält oder unters Essen mischt. Hiermit gebe ich Euch Eure erste Phiole voller Tropfen. Passt gut darauf auf! Nach der Betäubung werden die feindlichen Subjekte verhört und anschließend vergiftet; ihre Leichname lagern in luftdichten unterirdischen Kammern in einem mit dem Spiegeltod-Symbol versehenen Gebäude. Das Spiegeltod-Motiv ist voller Details, deren Entschlüsselung der großen Herrscherin Ingwer vorbehalten bleiben.«

Die Adeptin steckte die Phiole in ihren Beutel.

Der Mann mit der gelben Maske stellte sich hinter sie und flüsterte: »Schaut nach oben. Erblickt Ihr oben an der Raumdecke diesen ausgesprochen grimmigen Totenschädel in einer Robe, ausgestattet mit einem großen Schild, einer Sense und einem Spiegel, in dem ein weiterer Totenschädel abgebildet ist? Auf dem Schild kreuzt eine Fregatte vor dem Hintergrund eines Schneckenhauses. Es wird in der Lalalaiforschung heute noch lebhaft darüber diskutiert, ob die todesuntypischen Symbole wie Schneckenhaus und Fregatte eine tiefere Bedeutung haben oder den Betrachter lediglich ablenken und verwirren sollen.«

Die Adeptin betrachtete noch die Fregatte, da schnipste der Mann vor ihrem Gesicht, um ihre Aufmerksamkeit auf sich zurück zu lenken.

»Adeptin, nun wird es Zeit, dass ich mich enthülle«, und mit diesen Worten nahm er seine Maske ab. »Mein Name ist Schlingenpfeiler, und ich weihe Euch nun in meine persönlichen Geheimnisse ein. Gebt mir Eure Hand.«

Die Adeptin gab ihm ihre Hand. Sie fühlte sich zu feucht an, fast schon schmierig. Sie war angewidert, zeigte dies aber nicht offen.

Er führte sie in einen kleinen, unauffälligen Raum, dessen Eingang man leicht übersehen würde, wenn man die versteckte Position des Schlüssellochs in der Wand nicht kannte.

»*Vier Schädel.* Dies ist ein sehr wichtiges Symbol für mich, denn es zeigt an, dass hier geheime Treffen mit von mir persönlich eingeweihten G.I.E.R.-Mitgliedern stattfinden können, zu denen Ihr jetzt auch gehört. Auf dieser Marmorplatte befindet sich in jeder Ecke ein Schädel. Die Schädel haben einen größeren Umfang als üblich, da hier kluge Köpfe wie wir gemeinsam nachdenken und diskutieren können. Des Weiteren sind ein Kelch und eine Schlange, die sich um einen Menschenknochen windet, in der Mitte der Marmorplatte eingelassen. Der Kelch symbolisiert den Feuerwein, der bei diesen Anlässen zur Belohnung oder zu Zwecken der Inspiration ausgeschenkt wird, die Schlange mahnt zur Vorsicht vor unerwünschten Zuhörern und Lauschern.«

Schlingenpfeiler reichte ihr einen großen Kelch voller Feuerwein. »Diesen leert in einem Zug, und Ihr sollt von mir einen neuen Titel, verbunden mit einer besonderen Aufgabe, in unserer geheimen Organisation erhalten.«

Die Adeptin zwang sich, die große Menge Feuerwein hinunterzustürzen. Schlagartig wurde ihr schwindelig, und ihr Herz begann zu rasen. Schlingenpfeiler hob sie von den Beinen und trug sie zur letzten Station ihrer Einweihung. Sie hörte seine Worte undeutlich, wie aus weiter Ferne.

»Die *Güldene Sense.* Ein Halbskelett ohne Becken und Beine, welches eine große Sense führt. Alle Bestandteile sind aus Gold angefertigt. Hiermit sollt Ihr darüber informiert werden, dass an diesem Ort theoretisch unbegrenzt viel Geld zur Verfügung steht, um geplante Operationen oder Aufträge durchzuführen. Die Sense ist bei Ingwer ein Symbol für die Erledigung eines Auftrages. Hiermit ist Eure Reise zu Ende, und Ihr seid nicht länger Adeptin, sondern Eingeweihte und Meisterin der Todessymbole. Euch habe ich dazu auserkoren, als meine persönliche Spionin zu arbeiten … «

Es war ein nebliger Morgen eines Frühlingsmonats, und zwischen der siebten und achten Sanduhrfüllung fand in einem Friseursalon in Lu, dezent an einer unscheinbaren Stelle mit einem Todessymbol markiert, ein historisch bedeutsames Gespräch statt.

»Wie soll ich Euch frisieren?«

»Ich mag meine Haare ordentlich und akkurat geschnitten, so wie auch ein Salon geführt werden sollte. Es ist ein sehr sauberer, fast schon heiliger Ort. Gibt es hier Schlangen?«

»Keine Schlangen. Setzt Euch, Schlingenpfeiler. Was habt Ihr zu berichten?«

»Aufregendes. Ihr werdet auf Reisen gehen. Habt Ihr die Anweisungen gelesen?«

»Das habe ich.«

»Und?«

»Ihr seid Euch dessen bewusst, dass ich ziemlich leicht seekrank werde?«

»Ihr seid die Einzige, von der ich mir vorstellen kann, dass sie das Ganze anständig hinkriegt.«

»Warum immer wieder diese grundanstrengende Geheimnistuerei?«

»Ihr arbeitet nun mal für eine Geheimorganisation … «

»Ich meine, ich habe doch wohl das Recht zu wissen, was hier gespielt wird!«

»Ihr macht also ernst? Ihr wollt genau informiert werden? Auch wenn es kein Zurück mehr gibt, wie in Eurer Initiation?«

»So ist es!«

»Nun gut. Es geht um das Novatupiaprojekt. Habt Ihr davon gehört?«

»Leider nicht im Geringsten. Ich schneide jetzt schon ungezählte Monde Haare, erhebe dabei unauffällig Informationen von den Kunden, aber ich konnte bisher wenig davon verwerten. Deshalb brenne ich geradezu für einen neuen Auftrag. Aber vorher möchte ich wissen, auf was ich mich einlasse.«

»Beim Novatupiaprojekt geht es um den streng geheimen Plan der Novedanischen Union in Kooperation mit dem Eisannischen Bund, Lanevael untereinander aufzuteilen!«

»Drunter geht's wohl nicht?«

»Nicht mehr … und nicht weniger! Sie planen, einen gemeinsamen Superstaat aus der Erde zu stampfen.«

»Ich nehme an, zum Zwecke der Herrschaft über ganz Lanevael?«

»Ihr wisst, dass ich das für unmöglich halte. Meiner Meinung nach ist der Wille zur Selbstbestimmung so tief in uns verankert, dass es nicht mal möglich ist, über einen einzigen Menschen zu herrschen. Aber egal. Genaueres werdet Ihr jedenfalls in Kürze für uns herausfinden!«

Tags darauf machte sich Olibats, eine der besten Spioninnen Lalalais, auf die lange und gefährliche Reise zum sagenumwobenen Blatt Atupia, welches erst vor wenigen Jahren von den Neosannas erstmalig durchkreuzt worden war, als sie bewiesen hatten, dass Lanevael rund ist. Sie besaß nichts außer einer Pistole, einer Sanduhr, einem Kompass und jeder Menge Geld in Form eines von Schlingenpfeiler persönlich ausgestellten Scheckbuchs. Ansonsten reichte ihr die Kleidung, die sie am Leibe trug. Zunächst hielt sich Olibats in Mao auf. Sie war mühelos in die Rolle einer Neunerin geschlüpft, die sich in die novedanische Expeditionsflotte einkaufen wollte. Sie akzeptierte, ohne zu zögern, dass sie keinerlei Ländereien auf Atupia besitzen durfte, ihre Haare fortan nicht mehr schneiden sollte und einen gut sichtbaren roten Stern auf der Brust tragen musste, damit jeder sehen konnte, dass sie Gastexpediteurin war.

In der gigantischen Hafenstadt Sul nahm sie in einer stillen Kammer telepathisch Kontakt mit Schlingenpfeilers magischer Kugel auf, indem sie die Geheime Geistige Frequenz gedanklich anpeilte: »Schlingenpfeiler! Seht Ihr mich? Hört Ihr mich? Ich bin jetzt in Sul, dem Hafen mit den tausend Schiffen. Sul ist eine von einigen unglaublich großen Städten der Maos, eine Metropole, die anmutet wie ein Ameisenhaufen. Die Mentalität dieser Primitiven spottet jeglicher Beschreibung, es ist ein Moloch ohne zivilisiertes Kanalisations- und Abwassersystem. Die Menschen machen einfach auf die Straße, und es gilt als Zeichen guter Nachbarschaft, wenn man sich gegenseitig vor die Tür scheißt. Inzwischen wohnen hier angeblich schon 300 000 Maos in diesem dreckigen Nest. Habe mich auf ein Schiff der novedanischen Flotte begeben. Ich bin jetzt offiziell Batsoli, eine Archäologieprofessorin aus Neun. So weit erst mal, Schlingenpfeiler; ich melde mich bald wieder.«

So stach 5210 die novedanische Expeditionsflotte in See, um nach Atupia zu gelangen. Manche Menschen des Blattes Krugs fragten sich, warum keine anderen Bewohner des Blattes Krug dem novedanischen Expeditionskorps zuvorkamen. Andere erklärten ihnen, eine Expedition sei sehr teuer und sehr risikoreich. Zudem wären nur wenige Völker vergleichbar tollkühn in der bemannten Seefahrt zugange wie die Novedaner. So schicke man lieber erst mal die großen Nationen vor, um dann nachher immer noch eigene Gebiete erschließen zu können, nachdem die Großmächte die infrage stehenden Regionen entdeckt und befriedet hätten. Die Novedaner selbst scheuten schon immer Fahrten in unbekannte westliche Regionen, weil sie glaubten, das bringe Unglück. So stellte die Expedition nach Atupia die erste Westexpedition überhaupt für die Novedaner dar. Eine weitere Besonderheit bestehe darin, dass man auf dem Blatt Krug davon ausgegangen war, jenseits von Mao hörte die Landwelt einfach auf – obwohl einzelne Maos durchaus berichteten, es gäbe westlich ihres riesigen Reiches Land zu erschließen.

In der ersten Woche, in der die Expeditionsflotte noch an der Küste Maos entlangfuhr, brachte die Spionin durch geschickte unauffällige Konversationen bei reichlich Alkohol, den sie spendierte, die novedanischen Seeleute nach und nach dazu, ihr wichtige Informationen anzuvertrauen. »Schlingenpfeiler, ich habe einiges in Erfahrung bringen können! Es ist unglaublich, wie naiv die Novedaner mit brisantesten Informationen umgehen. Ich habe hier die vitalen Punkte aus Politik, Finanzen, Wissen, Kultur, Reisebesonderheiten und Fortbildungen für Euch zusammengefasst. Schreibt mit!

Politik: Die Novedaner arbeiten integrativ. Sie haben sich mit Spezialisten verschiedener Hochkulturen zusammengeschlossen, die auf freiberuflicher Basis für Noveda arbeiten. Eine geniale Idee für so ein heruntergekommenes Volk; so sind sie viel flexibler in schwierigen Expeditionssituationen, da die Spezialisten aus unterschiedlichen Ländern wahrscheinlich mehr kreative Ideen zur Problemlösung generieren können, als wenn alle Expediteure aus einer Kultur stammen.

Finanzen: Ein revolutionäres System, wie ich finde. Die Soldaten erhalten keinen Sold, wie das bei anderen Expeditionen üblich ist, sondern eine Gruppen- und Verwandtschaftsversorgungsgarantie. So arbeiten sie nie für sich selbst, sondern immer für eine Gruppe oder eine Familie. Dies erhöht den Zusammenhalt bisher immens.

Wissen: Die Novedaner haben eine weitere revolutionäre Methode namens Treibhaus entwickelt, um frische Lebensmittel an Bord ihrer riesigen Schiffe zu züchten, sodass sie größtenteils auf Landgänge zur Lebensmittelaufnahme verzichten können. So sind sie nun in der Lage, sehr weite Strecken ohne Zwischenaufenthalte zurückzulegen.

Kultur: Es ist auffällig, dass die Novedaner für das Novatupiaprojekt (in Form von unterwegs angefertigten Gemälden, Skizzen, Zeichnungen und Bildern) *sehr konkrete* Vorstellungen hinsichtlich Landschaftsgestaltung und *menschlicher Deformation* haben – Genaueres später!

Reisebesonderheiten: Die Novedaner haben zur Festlandserkundung spezialisierte Athleten ausgebildet, die abgerichtet sind, etliche Kilometer zu rennen, ohne Nahrung aufzunehmen oder anzuhalten.

Fortbildungen: Die hohe Zahl an mitgebrachten Kindern, die zwecks Unterrichtung viele *Lehrer* zur Verfügung gestellt bekommen haben, weist auf *konkrete Pläne zur Kolonialisierung* Atupias hin. Das könnt Ihr alles an die G.I.E.R. weiterleiten!

Nun noch einige geheime Ergänzungen, die direkt an Ingwer weitergeleitet werden sollten, Schlingenpfeiler: Die schändlichen Novedaner haben sich pro Schiff zu einer schiffsspezifischen Gruppe formiert, die sich autark versorgt und verteidigt. So sind Schiffe, die unterwegs verloren gehen, eigenständig in der Lage, die Expedition in unerschlossene Gebiete von Atupia weiterzuführen. Die Novedaner kreuzen die See mit einer Phalanx von dreizehn Zerstörern vorneweg, sieben Landungs-, sieben Versorgungsbooten und an den Flanken und hinterher fahren dreizehn große, davon drei übergroße Schlachtschiffe. Diejenigen mit Übergröße sind von einem neuen Typus, ich habe so etwas noch nie gesehen. Sie sind wie zu Wasser gelassene Burgen. Außerdem verfügen die Novedaner über einen neuen, sehr merkwürdigen Antrieb, der nichts mit der bisherigen Ruder-, Segel- oder Dampfschifffahrt gemeinsam hat. Dieser Antrieb ermöglicht es ihnen, sich selbst gegen starke Strömungen und durch Sandbänke und Korallenriffe hindurchzubewegen. Der Oberbefehlshaber heißt Endenoval. Jedes Schiff untersteht zusätzlichen Kapitänsbefehlen. Der Kapitän meines Schiffes heißt Adonis und ist ein ekelhafter Angeber und Weiberheld. Richtet die magischen Kugeln wie folgt aus: Eine haltet Ihr ständig auf Endenoval gerichtet, um jede seiner Handlungen unsichtbar zu observieren. Mit der zweiten observiert Ihr den Kapitänsstab. Die dritte könnt Ihr wechselnd auf Ereignisse richten, die ich Euch vorher ankündige. Ach, und übrigens: Hier gehen sehr merkwürdige Gerüchte um! Man erzählt sich, dass es eine bestimmte Gegend in Atupia gibt, in der die Edelsteine *leben*. Ich verstehe nicht, was man damit meint, werde weiterhin versuchen, über all das noch mehr in Erfahrung zu bringen, sobald ich kann. Es gibt wohl eine geheime Verschwörungstheorie um ein sagenumwobenes, weiteres unbekanntes Land namens Blogol, von welchem die Kamelanier den Novedanern erzählt haben sollen. Sie nennen es Land des toten Lebens.«

Tatsächlich war die Spionin auf Kartenmaterial gestoßen, welches Blätter zeigte, die von obskuren Orten mit obskuren Namen handelten.

»Es sind definitiv Apokryphkarten; sie sehen nicht aus wie die standardisiert von Bund oder der Union herausgegebenen Landkarten, sondern sind verziert und recht exotisch in ihrer Gestaltung«, meldete sie der G.I.E.R. zurück. »Angeblich sind sie von Kamelaniern angefertigt worden, und niemand weiß, ob es sich um Fantasieprodukte oder real existierende Regionen mit merkwürdiger Topografie handelt.«

Da sie sich für schlau hielt, hatte Olibats sich gegen nicht unerhebliche Geldsummen die Originale leihweise zur Besichtigung gesichert, wobei ihr ihr glaubwürdiges Auftreten als Archäologieprofessorin Batsoli aus Neun zugutekam. So fertigte sie aufwendige Kopien des rätselhaften Materials an, dies unter dem Vorwand, im Rahmen ihrer Forschung dem untergegangenen Riesenreich Asetonien auf der Spur zu sein. So sprach sie bei allen Kontakten pausenlos von ihrer Faszination für Asetonien, um nicht negativ aufzufallen.

Die imposanteste Kopie war zweifelsohne eine aufwendig gestaltete Landkarte, welche ein gigantisches namenloses Blatt depiktierte, welches am linken oberen Blattrand mit der Zahl 7 versehen war. Eine abwechselnd mit horizontalen, violetten und pechschwarzen Streifen versehene Flagge trug in massiven schwarzen Buchstaben die Aufschrift »Fronn-Shomroth« und schien das gesamte gigantische Land zu bezeichnen, welches auf der Karte von einem unbekannten Künstler festgehalten worden war. Der Name war Eingeweihten bekannt. Die xlaovanischen Drachenreiter hatten im Jahr des Todes Pergamente in Neun und Lalalai hinterlassen, auf denen ein legendärer xlaovanischer Magier namens Xûzûl dereinst entsprechende Aufzeichnungen angefertigt hatte. Auf dem Bereich dieser Karte, die eine Meeresregion abbildete, befanden sich Zeichnungen von Walen, von einem Heißluftballon mit vertikalen violetten und schwarzen Streifen, von Haien und von einer riesigen Seeschlange, wie sie schon einmal in den Gewässern von Schissland von eisannischen Seefahrern gesichtet worden war. Weitere auf das Festland bezogene Zeichnungen zeugten von Alligatoren und primitiven Totenköpfen. Letztere interessierten Olibats im Zuge des Totenkultes der G.I.E.R. natürlich besonders. Die Städte und Gegenden waren zwar mit kernländischen Buchstaben versehen, doch die Sprache war der Spionin unbekannt. So war die Rede von einem *Harbour of Mozoth*, von dem aus ein mit einem Kamelreiter verzierter Pfad zu einer *Oasis of Thoss-Frosh* durch eine gigantische Wüste führte, ehe der Weg in der monolithischen *City of Froth Shorrosh* mündete, welche sich an einem künstlich gestauten See samt Insel befand, welcher als *Lake Shomroth* gekennzeichnet worden war. Ein eingravierter Totenkopf trug die Aufschrift *Ruins of Zoth-Sossoph*, an den sich in einer saftigen Weidelandschaft die *Shovoth Caves* anschlossen. In einem weiteren, vergleichsweise kleineren Wüstengebiet befanden sich die *Rossoth Ruby Mines*, an die sich eine gigantische, durch zwei riesige Mauern abgesicherte Burganlage anschloss, welche sich *Penal colony of Rossoth* nannte. Schließlich befand sich im Meer eine recht große Insel mit dem Namen *Voshmosh Island*.

Doch war dies nicht die einzige Karte, die die Spionin penibelst kopierte. Weiteres Material umfasste noch exotischere Zeichnungen und Namen, darunter ein Inselreich mit Flaggen und Ländernamen wie Aikkais (Kaissai), Tubal (Usanal), Storane (Olone), Ususa und eine nur schwer entzifferbare Flaggen- und Landesbezeichnung, welche von Olibats als »Jananamaka!« entziffert wurde. Sie entdeckte noch viele weitere Karten und Zeichnungen, teils sehr rau, teils sehr detailliert, mal sehr konventionell, mal völlig außerweltlich und verdreht.

Sie ließ all dies über ihre telepathischen Fähigkeiten mit der von Schlingenpfeiler dirigierten magischen Kugel in Verbindung treten und empfing ekstatische Rückmeldungen. Ingwer sei sehr zufrieden und ihre Dienste konnten schon jetzt als voller Erfolg verbucht werden. Reicher Lohn erwarte sie zu Hause, ließ Schlingenpfeiler mitteilen. Nun müsse sie aber unbedingt am Ball bleiben und die Novedaner gründlich ausspionieren. Jedes Detail könne von Bedeutung sein; die Erkundung novedanischer Geheimnisse müsse zu Olibats' oberster Priorität werden, so lange die Expedition dauere, quasi dafür leben. Das tat Olibats, auch wenn sie als Berufsspionin eine derartige Einschwörung für überflüssig hielt. Oberflächlich erfüllte sie die Rolle einer langweiligen Geschichtsprofessorin mit

Bravour; immer wenn ihr andere Gelehrte auf den Zahn fühlen wollten, erging sie sich in endlosen kryptischen Banalitäten über die Geschichte Asetoniens, die man gemeinhin Gelehrtengeschwätz taufte. Sie pflegte in heiklen Situationen, wo man sie hinsichtlich Identität oder Absichten ein wenig mehr auszufragen begann, relativierende Phrasen zu dreschen wie: »Wer oder was ich bin, ist nach wie vor eine sehr interessante Frage, was ist denn überhaupt ein Individuum, letzten Endes ist ja doch alles konstruiert«, oder: »Wir leben in einer gigantischen Montage«. Dieses Verhalten trieb die Skeptiker in langes Nachdenken hinein, und in der Zeit, wo man sich mit ihren sorgfältig überlegten Plattitüden intellektuell auseinandersetzte, plante sie schon die nächsten Schritte.

Doch wie lange würde ihre ausgeklügelte Maskerade halten? An einem Abend, dem ein Tag vorangegangen war, an dem durch die Hochmastteleskope in der Ferne neues Land gesichtet worden war, gab Adonis auf seinem Schiff ein Fest, welches musikalisch untermalt wurde. Die Wirkung der Musik machte auf Olibats von den ersten Klängen an mächtigen Eindruck. Die Novedaner hatten neuartige musikalische Instrumente kreiert, die angeblich von Kristallen angetrieben wurden, so wie auch die Schiffe. Alles, was bisher aus verschiedenen Hölzern, Metallen und auch Haaren angefertigt worden war, bestand nun aus gefärbten Glasformen, in deren Inneren die rätselhaften Kristalle arbeiteten.

Die Lieder waren Weisen aus verschiedenen Regionen der Landwelt. Gleich das erste Stück, *Die Hymne an Burg Schachtel*, ergriff in seiner epischen, zauberhaften Darbietung die Zuschauer und wirbelte ihre Emotionen durcheinander wie der Herbstwind das Blätterwerk. Wirklich alles bestand aus Glas: die Trommeln, Flöten, Orgeln, Trompeten, Klaviere und Tieftöner … und alles wirbelte in einem magischen, manischen Sog durcheinander, sodass auch Olibats schnell bemerkte, dass sie gegen ihren Willen vereinnahmt wurde. Über alldem thronte der selbstgefällige Adonis und lächelte mit unverkennbar eitlem Gesichtsausdruck über die Wirkung des von ihm geschaffenen Werkes. Olibats merkte, dass ihr Nachbar ebenfalls aus der ersten Klangversenkung zu sich kam und sich sammelte.

Die Spionin beugte sich zu dem Aufwachenden herüber und flüsterte: »Stimmt es, dass Kapitän Adonis die Musikinstrumente alle selber entworfen hat?«

»Ja, so sagt man.«

»Es klingt unglaublich.«

»Nicht wahr? Still. Lauschen wir dem nächsten Stück.«

Es ertönte ein etwas kürzeres, wenn auch nicht weniger wunderliches Lied. Es wurde, nachdem an seinem Ende der erste tosende Applaus verebbt war, als *Waldlied der Bilbis* benannt und wirkte zwar wesentlich gesetzter als das erste Lied, doch verknoteten sich vor allem die Bläser in exotischen Skalen, die auf das erste Hören hin nicht aufeinander abgestimmt zu sein schienen, sich jedoch wunderbar harmonisch ineinanderfügten, um sich anschließend erneut disharmonisch zu verwirren.

»Geht es Euch auch so, dass die Musik Eure Sinne verwirrt?«, wollte Olibats von ihrem Gegenüber wissen.

»O ja. Das muss an der kristallinen Energie liegen, die in diesem Moment auf uns wirkt.«

»Nicht an den hervorragenden Musikern?«, hakte sie nach.

»Nein, ganz und gar nicht. Seht Ihr den Flötisten? Der Typ ist bekannt dafür, dass er notorisch unmusikalisch ist. Doch still. Das nächste Stück beginnt.«

Olibats rückte näher zu dem Novedaner, um ihm alsbald weitere Fragen stellen zu können. Derweil wurde ein sehr kurzes Stück auf dem Klavier gespielt, welches den unwirschen Titel *Dirnen von Mulu* trug, aber in seiner melancholischen Schönheit die Herzen der novedanischen Seefahrer in sentimentale Heimatschwelgerei hüllte. Der Klavierspieler spielte das Stück weitestgehend getragen, doch mit virtuosen Ausbrüchen. Der sich daran anschließende Applaus wollte nicht abreißen.

»Ihr könnt mir nicht erzählen«, begann Olibats von Neuem, »dass das schlechte Musiker sind.«

»Der Klavierspieler gerade«, entgegnete der Gesprächspartner der aufrichtig staunenden Olibats süffisant, »macht zum Beispiel alles falsch. Erst wäscht er sich die Hände, dann geht er pinkeln. So ein Mensch ist das. Ungefähr so spielt er normalerweise auch Klavier.«

Das nächste Stück begann mitten im Applaus, der noch dem Klavierspieler mit den unhygienischen Händen zuteilwurde. Es hieß *Imalastrom* und glich einem gleichmäßig dahinplätschernden Walzer, der jedoch überhaupt nicht langweilig wurde, weil die Instrumente so fantastisch klangen.

»Wie der Gesang der Dimensionen … «, ertappte sich Olibats raunen, die sich stark konzentrieren musste, nicht in ihren auf Spionage spezialisierten Gedankengängen von der Musik gestört zu werden.

So verlief der Abend weiter, und die in ein elegantes Abendkleid gehüllte Olibats beschloss, nach dem Ende der Aufführung in aller Ruhe mit ihrem Nachbarn zu sprechen. Sie konnte nicht glauben, dass die Musiker tatsächlich so schlecht spielten, wie ihr beschrieben worden war, zumal der Klavierspieler zu seinem nächsten filigranen Meisterwerk ansetzte, welches auch noch den programmatischen Titel *Die feinen Künste Krekrus* trug. Es folgten weitere epische Nummern, deren Namen *Die schwarzen Gebirge Neosannas*, *Festung Eerenskal*, *Vom Moldech der Fjällen*, *Greb Berging* und schließlich *Geheimes Flussland* lauteten.

»Also, jetzt mal ehrlich«, versuchte es Olibats nach dem bombastischen Finale erneut, »ich kann Euch nicht ganz ernst nehmen, wenn Ihr sagt, die Musiker seien furchtbar. Ich selbst bin total unmusikalisch, aber was ich gerade gehört habe, streichelt das Innerste meiner Seele.«

»Es gibt noch so viele unentdeckte Länder voller rätselhafter Geheimnisse! So viele unbekannte Völker, Sprachen, Kulturen, Konzepte von Realität! Liebe Professorin, wollen wir uns nicht lieber darüber unterhalten als über irgendwelche Jahrmarktsleierkastenspieler, die Adonis in den Spelunken von Mulu um sich geschart hat … ?«

»Ach, über die Kulturen der Landwelt reden wir doch nun schon seit Tagen. Das wird langsam langweilig. Aber Musik, mein Lieber, Musik … !«

»Also gut, wenn es denn sein muss. Die Kristalle erzeugen die Musik.«

»Ja klar! Das glaube ich erst, wenn ich es sehe.«

»Ihr habt doch gerade eine ganze Aufführung davon gesehen. Reicht das nicht zur Demonstration aus?«

»Nein, ich meine die Kristalle. Dass es sie gibt und wie sie funktionieren, glaube ich erst, wenn ich es selbst gesehen habe.«

»Ernsthaft?«

»Wie meint Ihr das?«

»Ihr begebt Euch da auf gefährliches Terrain. Ihr wisst ja sicher, dass es strikt verboten ist, die Räumlichkeiten zu betreten, in denen die Kristalle verwahrt und gewartet werden?«

»Na also! Genau deswegen könnt Ihr mir auch nichts davon erzählen, da Ihr ja selber keinen Zugang zu den Kristallen habt.«

Der Gesprächspartner flüsterte: »Oh, doch. Ich habe einen Schlüssel.«

Plötzlich wurde Olibats sehr hellhörig. »Ach ja? Das ist ja interessant«, hauchte sie mit gedämpfter Stimme, den Gesprächspartner am Hemdsärmel fassend. »Aber der Raum wird doch sicherlich bewacht?«

»Der Wache kann man ein Passwort nennen.« Das Gesicht des Gesprächspartners wirkte gleichgültig, seine Augen hatten etwas Spöttisches.

»Würdet Ihr mir den Kristallraum zeigen?«, fragte Olibats keck.

»Ich sagte doch bereits, es ist streng verboten«, wehrte der Gesprächspartner ab.

»Ja klar, und deswegen macht Ihr mir den Mund so wässerig.« Olibats grinste. Sie wähnte sich der sensationellen Meldung an Schlingenpfeiler, die sich aus dem Studium der Kristalle ergeben würde, nun dicht auf den Fersen.

»Ihr seid aber auch wirklich hartnäckig! Wenn es Euch glücklich macht, gebe ich Euch das Passwort, mit dem man Eintritt erlangt, und den geheimen Schlüssel zu dem feuerfesten Aktenschrank, in dem die Gebrauchsanweisungen für die Kristalle aufbewahrt werden. Aber die Sache wird nicht billig.«

»Ich habe Geld … «

»Und wenn Ihr erwischt werdet: Ich habe mit der Sache nichts zu tun. Ihr könnt mir nichts beweisen, und wenn Ihr mich belastet, werde ich es abstreiten. Ihr habt keine Zeugen.«

»Natürlich.«

Das Herz der Spionin klopfte bis zum Hals. Adrenalin durchzuckte ihren Körper in rauschhaften Wellen, so wie es dies immer zu tun pflegte, wenn sie das süße Gefühl der Macht spürte, schon bald über geheim gehaltenes Wissen zu verfügen. Zunächst lief auch alles wie am Schnürchen. Wie abgesprochen, hinderte sie niemand am Betreten des Raumes. Im Raum selbst bekam sie einen solchen Schrecken, dass sie fast in Ohnmacht gefallen wäre.

In dem Moment, als sie in den Raum eintrat, sah sie einen Menschen oder besser gesagt die Hülle eines Menschen. Er war komplett durchsichtig und wandte für eine Hundertstelsekunde sein blasses Antlitz Olibats zu. Dann verschwand die Figur so plötzlich, wie sie aufgetaucht war; und die Spionin war allein in der Schiffskabine mit den Kristallen, die in einem durchsichtigen Kasten eingeschlossen waren. Sie trat näher an den kristallinen Apparat heran. Gleich einem Stern waren fünf menschenkopfgroße Kristalle unter einer durchsichtigen Schicht eines ihr unbekannten Stoffes angeordnet. Sie emittierten eine immense Wärme, sodass Olibats schlagartig müde wurde. Sie schloss den Aktenschrank auf und wühlte darin herum, bis sie eine Art Gebrauchsanweisung fand. Die wichtigsten Wörter waren jedoch mit rätselhaften Sonnen- und Mondsymbolen verschlüsselt.

Plötzlich fuhr sie zusammen. Sie hörte, wie sich eilig Schritte näherten. Blinde Panik überkam sie. Es gab in der geräumigen Kabine keinen Platz zum Verstecken; und sie *wusste*, dass der Eintritt streng verboten war, eventuell sogar bei Todesstrafe. Die Tür schwang nach innen auf. Olibats griff nach ihrer Pistole. Doch dann ließ sie wieder ab. Sie würde sich kaum den Weg frei schießen können. Oder doch? Aber sie hatte die Entscheidung zu lange hinausgezögert. Drei verärgerte Novedaner standen bereits im Raum.

»Packt sie!«, schrie der zottelige langhaarige Hauptmann, und Olibats hätte ihn unter anderen Umständen ganz bestimmt ausgelacht.

»Ihr hättet wissen müssen, dass es Unbefugten nicht gestattet ist, diesen Raum zu betreten! Seid Ihr von Sinnen, Professorin Batsoli?!« Irgendwie schwang etwas Sympathie in der Stimme des Mannes mit, der sie so anherrschte.

Doch zu spät. Die drei Novedaner nahmen ihr die Pistole ab und banden ihr die Hände. Auf der Schiffsbrücke mussten sie eine halbe Sanduhrfüllung warten, da Adonis noch in wichtigen Besprechungen hinsichtlich der morgen geplanten Landung auf neuem Gebiet steckte.

»Es ist aus, Schlingenpfeiler«, meldete Olibats sich telepathisch in der Heimat. »Sie haben mich.« Von Schlingenpfeiler kam keine Reaktion.

Da kam Adonis auf die Gruppe zu.

»Was macht Ihr denn für einen Unsinn? Was soll das alles? Bindet die Professorin los, wir planen für morgen schon fest mit ihr.«

»Es tut mir leid, mein Kapitän, aber wir fanden diese Frau im Kristallraum.«

»Was?!«, stieß Adonis sichtbar entsetzt aus. Er sah Olibats, die er für Batsoli, eine Archäologieprofessorin aus Neun hielt, wütend an, und diese erwiderte den harten, stechenden Blick mit resignativer Fassung. Dann wurde Adonis ruhig.

»In dem Fall«, sagte er in gefasstem Ernst, »werden wir Euch einige Fragen stellen müssen, Professorin Batsoli.«

Man brachte die drei novedanischen Marineleute und Olibats ins Kajütenbüro von Adonis. Nachdem ein Protokollant, ein sehr junger Mann aus Mulu, hinzugezogen war, gab Adonis seine Anweisungen.

»Wohlan, wohlan, Frau Batsoli. Was habt Ihr Euch dabei gedacht, den Kristallraum zu betreten?«

»Ich war neugierig, Herr Kapitän. Ich wollte wissen.«

»Und nun? Was wisst Ihr dadurch?«

»Nicht viel. Ich verstehe nicht, wie die Kristalle das Schiff antreiben. Ich fand Material, welches den Wirkmechanismus vermutlich erklären könnte, aber ich wurde daraus nicht schlau.«

»Hatte ich nicht bei der Abfahrt ausdrücklich darauf hingewiesen, dass der Maschinenraum unter keinen Umständen betreten werden darf? Wie wollt Ihr mir diesen Vertrauensbruch erklären, Professorin Batsoli?«

»Es überkam mich plötzlich. Beim Konzert vorhin erzählte mir jemand, dem ich versprochen habe, ihn nicht zu enttarnen, falls ich erwischt werde, man könne der Wache ein Passwort nennen, was ich auch angewandt habe, also ist einer von Euren Leuten mit in die Sache verwickelt.«

»Ist das wahr? Unter den Wachen befinden sich Verräter? Wer war denn für die Bewachung des Kristallraumes vorhin eingetragen?«

Die drei novedanischen Marineleute guckten einander fragend an. Dann sagte der, der die Spionin entdeckt hatte: »Man kann es herausfinden, Kapitän. Es war reiner Zufall, dass wir noch mal dort vorbeigeschaut haben, denn Hauptmann Noverrer hatte seine Zigaretten auf dem Aktenschrank liegen lassen.«

»Wer auch immer geschmiert worden ist, kann mit Konsequenzen rechnen. Was Euch angeht, Professorin Batsoli: Weil Ihr so ehrlich gewesen seid, kann es sein, dass man Euch auf eine Weise ums Leben bringt, die man als menschenwürdig bezeichnen könnte. Ich bin tief enttäuscht von Euch! Ich hatte auf Eure Unterstützung bei unserem für morgen geplanten Landgang gehofft. Stattdessen steht Ihr nun unter Arrest, bis ich entschieden habe, was mit Euch geschieht.«

Diese Worte klingelten Olibats noch in den Ohren, als sie abgeführt wurde. Zum Glück war sie nicht als Spion entlarvt worden, und zu noch größerem Glück hatte ihre Strategie, die unbedacht handelnde Neugierige zu spielen, Früchte getragen; ihr wurde Aufschub gewährt. Sie durfte in ihrer gemütlichen Kabine bleiben; als wohlhabende Professorin konnte man sie nicht behandeln wie einen Piraten oder Straßenräuber. Jedoch hatte man ihr alle Dokumente, Waffen, Gegenstände und vor allem alles Geld abgenommen – bis auf Mikrodiamanten, die sie unter dem Bett versteckt hatte und nun in mühsamer Kleinarbeit in ihre Unterwäsche einnähte.

In den nächsten Tagen, als die Novedaner wohl ihre ersten Landgänge auf Atupia machten, blieb sie telepathisch mit Schlingenpfeiler in Kontakt. Sie übermittelte ihm alle Daten und auch die merkwürdigen Sonnen- und Mondsymbole, welche sie blitzschnell in ihrem Hochleistungsgedächtnis hatte einspeichern können. Schlingenpfeiler hoffte, zu Hause in Lalalai die Symbole entziffern zu können.

»Ich bedauere Eure Gefangenschaft sehr«, hatte Schlingenpfeiler ihr über die magische Kugel übermittelt. »Doch dank Eurer Hilfe können wir die Novedaner mit unseren magischen Kugeln hinsichtlich ihrer wichtigsten Handlungsschritte verfolgen. Wir sehen die Landschaften, die sie erschließen, und die Stützpunkte, die sie errichten. Wendet jeden erdenklichen Trick an, um am Leben zu bleiben! Macht Versprechungen, die Ihr nicht einhalten könnt! Es könnte sein, dass Ihr Euer Schicksal so hinauszögert und von diesen langhaarigen Barbaren nicht umgebracht werdet.«

Sie hatte daraufhin kühl geantwortet: »Ich habe keine Angst davor. Ich gehe gerne für die Sache Ingwers den Weg auf Messers Schneide. Sie halten mich zwar gefangen, aber umbringen werden sie mich nicht. Davor haben sie zu viel Respekt vor der *menschlichen Würde* ... «

In der Zeit der isolierten Abgeschiedenheit (nur Essen brachte man ihr hin und wieder, in strenger Weise nicht mit ihr redend – Adonis empfand den Kommunikationsentzug als fürs Erste angemessene Sanktionierung) träumte Olibats ziemlich viel. Keiner ahnte, dass sie dreimal am Tag mit Schlingenpfeiler Kontakt hielt, und durch das Fenster in ihrer Kajütenzelle konnte sie zudem stundenlang die seltsamen Fische beobachten, die sich an der Wasseroberfläche im Meer des äußersten Südostens Atupias tummelten.

Der erste Traum begann denkbar simpel: Olibats glitt auf der Wasseroberfläche dahin, auf einem eigenartigen ovalen Brett treibend. Langsam näherte sie sich der Küste. Auf einmal wurde ihr bewusst, dass die Küstenlandschaft im Sterben begriffen war; dies konnte im Traum auch Schlingenpfeiler deutlich in seiner magischen Kugel beobachten.

Sowohl Olibats als auch Schlingenpfeiler waren fasziniert von der Vision, wie die gesamte Vegetation dem Erdboden gleichgemacht wurde – von einer unsichtbaren Kraft –, und der Himmel weinte regentropfengroße Tränen. Des Weiteren beeilte sich Olibats im Traum, alles minutiös in ein unsichtbares Buch mit blutiger Tinte einzutragen, oder war es ein blutiges Buch, in das sie mit unsichtbarer Tinte schrieb? Der Himmel weinte immer heftiger, und die Tränen formten sich zu endlosen Ketten von Grabhügeln, und dann sah sie in einer sich allmählich wechselnden Szenerie, wie Lalalai das Land offiziell als von Noveda und Neun verschandelt erklärte, und in der Menge sah sie Schlingenpfeiler, der ihr ekstatisch zujubelte, und die Männer in der Menge rissen sich die Kleidung vom Leib, und alle riefen ihren Namen, immer und immer wieder, und das Universum gab für einen kurzen Moment seine Bösartigkeit zu, sodass ihre Seele bis zu den Sternen hinauswuchs, die Sterne und Kometen flammenden Herzens grüßte – und dann wachte sie auf. Sie schaute sich um, doch in der statischen Umgebung ihres Gefängnisses hatte sich nichts geändert, und die einzige Abwechslung bestand in dem leichten Auf und Ab des Wellengangs. Also schloss sie ihre Augen wieder, um ihren Geist erneut nach Innen zu kehren.

Im nächsten Traum sah Olibats die Welt durch ihre eigene magische Kugel. Jemand hatte sie ihr geschenkt, weil sie so gute Musik fabriziert hatte, ganz ohne Hilfe von irgendwelchen Kristallen! Im Traum war sie ein kleines Mädchen und sah ein, dass sie sich geirrt hatte. Ihre Todesangst war verschwunden. Die Sache mit dem Tod war viel komplizierter, als man ihr erzählt hatte. Man konnte nicht einfach sterben und nicht mehr sein. Olibats konnte das durch die Magie der rätselhaften kryptischen Kugel deutlich sehen: Die Sonne war sehr eifersüchtig auf ihre Fähigkeit zu sterben, zu erlöschen. Selbst der Tod musste sorgfältig geplant und beobachtet werden, sonst konnte man nicht sterben. Der Sommerhimmel löste sich in seine kleinstmöglichen Bestandteile auf. Sie sah das Licht, und die magische Kugel löste sich in ein Blitzlichtgewitter auf. Blitze und Lichter bestimmten fortan die Traumszenerie – und Olibats konnte nicht aufhören zu denken. Sie konnte die Gedankenflut nicht stoppen. Dann wachte sie auf.

Im dritten Traum sah sie ihr eigenes Hirn. Dies war ein noch ungewöhnlicherer Traum als die anderen, und sie bemerkte dies in der Sekunde, als sie es träumte. Das Erschreckende dabei war, dass sie nicht willentlich aufwachen konnte, und empfand folglich intensive Furcht. Doch schon im nächsten Moment hatte sie ihr Wachtraumbewusstsein vergessen. Sie wandelte auf einer langen, endlos schmutzigen Straße; es war niemand in Sicht, so weit und breit das Land vor und hinter ihr lag. Sie war sich derweil nicht sicher, ob sie sich selbst sehen konnte. Dann wechselte die Szenerie, und sie stand auf einer seltsamen organischen Insel, umspült von violetten, wild aufschäumenden Wellen. Die

Insel selbst lebte, daran bestand kein Zweifel. Schließlich entdeckte sie die verborgene Wahrheit: Diese Insel war ihr Hirn! In diesem Moment schreckte sie hoch und war wach.

Angesichts der für Olibats völlig neuen Erfahrung, bewusst zu träumen, denn sie hatte ihren Träumen zuvor nie großartig Beachtung geschenkt, wurde sie in Gefangenschaft geradezu süchtig danach und verlor sich mehr und mehr in einer zwielichtigen Traumwelt; ein einziges Mal schaute Kapitän Adonis in Begleitung eines halben Dutzends Leibwachen in ihrer Kajüte vorbei und war darüber erschrocken, wie desinteressiert und verträumt die Gefangene wirkte. Hatte er erwartet, Olibats lechze nach menschlichem Kontakt und erleide große Qualen ob des Kingwikkschwertes der Exekution, das über ihr schwebte, war er erstaunt, wie gelangweilt die Archäologieprofessorin auf seinen Überraschungsbesuch reagierte. Fast schon hämisch fragte die Gefangene den Kapitän, wie es denn so gehe und ob man schon novedanische Fahnen auf dem Festland gehisst habe. Adonis war immer noch sehr erzürnt. Zunächst wollte er Olibats einfach ins Meer schmeißen, nachdem man ihr zunächst Hände und Füße abgehackt hätte. Da Adonis jedoch sehr abergläubisch war, nahm er schnell wieder Abstand von solch kruden Gedanken. Die Novedaner glaubten schon seit langer Zeit, dass die Einweihung neuer Kolonien nur unter einem guten Stern stehen konnte, wenn während der ersten eintausend Sanduhrfüllungen kein menschliches Blut durch böse Absicht vergossen worden war; und mit diesem alten Brauch wollte es auch dieser Kapitän halten. Er beschloss daher, dass der Nahrung der Gefangenen fortan starke Rauschdrogen beizumengen seien, welche sie von Tag zu Tag in einem Zustand nahezu totaler Betäubung halten sollten. Dann würde man sie in einer einsamen Gegend aussetzen – fast nackt, ohne Papiere, Waffen oder Lebensmittel, wie ein Tier. Da könnte sie dann leben wie eine Wilde oder zugrunde gehen, es war ihm egal. Jedenfalls sollte kein Blut an seinen Händen kleben, und so war das Gewissen des Adonis entlastet.

Die nächsten Tage verbrachte Olibats dann tatsächlich in einem ihr völlig unerklärlichen Rausch. Es fiel ihr unwahrscheinlich schwer, sich zu konzentrieren. Die telepathische Kommunikation mit Schlingenpfeiler war dadurch zunächst sehr stark beeinträchtigt und brach im Verlauf der nächsten Tage (Waren es Tage? Was waren Tage?) völlig zusammen. Zudem war sie ständig müde, ohne zu schlafen oder zu träumen. Ihr war schwindelig und schlecht. Aber auch dieser Umstand wurde ihr sehr schnell gleichgültig. Es war egal, den ganzen Tag in der Schlafkoje zu liegen. Ab und zu kamen Menschen und andere Wesen in ihre Kajüte und sagten etwas, gaben ihr zu essen oder zerrten und zupften an ihr herum; doch auch das verschwand in den unerklärlichen Nebeln ihres Sinnesdusels; und irgendwann schaltete sich ihr Bewusstsein komplett aus.

Die Novedaner errichteten indes auf dem neu erschlossenen Blatt eifrig Kolonien. Der erste Stützpunkt wurde an einer kleinen Nase gegenüber der neosannischen Winkelinsel errichtet, da die Neosannas mittlerweile die Küstenlinie südlich der Winkelinsel beanspruchten. Sie nannten diesen Stützpunkt Südnase. Von hier aus zog die um wenige Schiffe verkleinerte Flotte weiter an der Küste entlang, während einige Pioniere eine erste Inlandserkundung vornahmen – die sogenannten Renner. Diese stießen recht schnell auf ein an Edelmetallen reiches Gebirge, wo die Novedaner ein kleines Bergwerk einrichteten sowie parallel eine provisorische Straße zur Südnase anlegten, die an der Küste entlangführte und dabei eine große Distanz überwand.

Die Novedaner waren zunächst sehr glücklich: Das Klima war ähnlich wie in Noveda, und die Gegend war vollkommen unbewohnt. Gefährliche Tiere waren ebenfalls nirgendwo in Sichtweite, weder im Wasser noch zu Lande. Die Flotte errichtete an einer weiteren Nase weit nördlich der Südnase einen weiteren Stützpunkt, die Nordnase. Hier befahl Adonis seiner eigenen Gruppe, sich niederzulassen und seine Ankunft langfristig vorzubereiten. Die Mitglieder dieser Gruppe galten als sehr attraktiv, und ständig schlossen sich neue Männer aus anderen Gruppen an, weil Adonis bei seinem Aufbruch wiederum sehr viele schöne novedanische Frauen um sich geschart hatte.

Zunächst hatte Adonis es ähnlich einfach wie die Pioniere an der Südnase: Um die Nordnase herum taten sich Landschaften voll saftigen Weidelandes auf, und schnell domestizierte man die wilden Kühe (die Novedaner nannten diese Muvas) und wilden Wasserbüffel (von den Novedanern Hornevas genannt).

Größere Schwierigkeiten machten die riesigen Sumpfgebiete an einem titanischen Flussdelta an der Küste östlich der Nordnase, die Adonis in ein kanalisiertes Wasserversorgungssystem umwandeln wollte. Hier wurden die novedanischen Ingenieure und Pioniere jedoch immer wieder von muskulösen, wendigen Alligatoren attackiert, deren schuppige Haut selbst herkömmliche Schusswaffen kaum durchdringen mochten. In genau dieser unwegsamen, gefährlichen Umgebung setzte Adonis Olibats betäubt in einer offenen Seemannskiste aus. Olibats wurde danach nie wiedergesehen, doch die Seefahrer erzählen sich bis heute, dass diejenigen unter ihnen, die in dieser Gegend kreuzen, von ihrem höhnischen Lachen heimgesucht werden.

Viele weitere Novedaner zog es in ihrem fast schon genetisch verankerten Erkundungsdrang noch weiter nordwärts die Küste hinauf. An den Meeresmündungen dreier Inlandflüsse gründeten sie weitere Stationen; an einer Meeresverengung nördlich der Alligatorenküste errichteten sie den programmatischen Stützpunkt Enge, und nördlich von Enge, wo das Meer wieder weiter wurde, an weiteren Küstenflussmündungen die Stützpunkte Ods und Apedisjak, benannt nach den jeweiligen Kapitänen, an deren Namen man deutlich das Erbe ihrer Donier und Skater Vorfahren erkennen kann.

Die meisten Novedaner jedoch ließen sich weit, sehr weit nördlich, ganz am Ende der gewaltigen gewundenen Bucht von Novatupia, nieder, wo sie die spätere Hauptstadt Novatupia gründeten. Läufer entdeckten nahe der Stadt in der Fluss- und Berglandschaft reiche Quellen an Edel- und Schwermetallen, und im Laufe späterer Jahre sollte die Stadt noch zu gewaltigen Ausmaßen anwachsen. Doch 5210 war Novatupia lediglich ein befestigtes Dorf mit einer bescheidenen, aber funktionalen Hafenanlage. Nach der Errichtung von Novatupia zog nur noch ein Drittel der Ursprungsflotte weiter auf Erkundungstour, wobei man immerhin fünf weitere Stützpunkte errichtete. Weit südlich von Novatupia, die gewaltige Bucht wieder hinabfahrend, entstand in einer Nebenbucht gegenüber von Apedisjak an einer Flussmündung der Ort Krumm, wo sich die eher kauzigeren Seeleute niederließen.

Die mutigsten unter den Novedanern gründeten nahe dem westlichen Eingang zur gigantischen Meeresbucht an einer Mündung eines gewaltigen Stromes den Stützpunkt Clova. Hier waren, wie an der Nordnase, viele Frauen in den Gruppen, und das freundliche Meeresklima und die üppige, lebensfreundliche Vegetation begünstigten eine hohe Zahl von kurz darauf einsetzenden Schwangerschaften. Clova galt als der glücklichste der novedanischen Stützpunkte, und nicht zuletzt lässt sich Clova ungefähr mit »Glück der Liebe« übersetzen.

Einige besonders Entdeckungsfreudige zogen jedoch auch über Clova hinaus an der Küste entlang, weiter gen Westen. An einer dort entdeckten Nase entstand der Stützpunkt Raut, und Raut lag in einer komplett langweiligen Umgebung ohne Aufregung. Die Männer von Raut ließen sich lange Bärte wachsen, spielten Karten, hüteten Schafe und brauten aus dem dort angestammten Hopfen und dem dankbar erntebaren Malz ein süßliches Bier namens Rautbier, welches wenige Jahrzehnte später schon in alle Welt exportiert werden sollte.

Ein einziges großes Kriegsschiff, welches feierlich auf den Namen Odon getauft war, fuhr mit der unerschöpflichen kristallinen Energie noch weit über Raut hinaus die Küste entlang, bis dessen Crew schließlich an der Mündung eines weiteren reißenden Stromes den letzten Stützpunkt Odon gründete, und somit waren die Stützpunkte des jüngsten Mitgliedes der Novedanischen Union, Novatupia, komplett: Südnase, Nordnase, Enge, Apedisjak, Ods, Novatupia, Krumm, Clova, Raut und Odon.

In der Nähe von Odon erstreckte sich ein sehr langer Strand aus hellgelbem Sand, an dem die Kinder, die die novedanischen Gruppen mitgebracht hatten, Burgen bauten und schwammen, denn Haie und andere unangenehme stechende oder beißende Meeresbewohner gab es hier nicht. Allerdings trafen die Siedler schon bald Strandläufer, lange, affenartige, aufrecht gehende Primitive mit großen, hohlen Mäulern und starken, flachen Zähnen, mit denen sie Muscheln knackten und aussaugten. Die einfachen Strandläufer sprachen keine Sprache und kommunizierten über sehr wenige, dumpf-hohle Laute, die sie einander zugrunzten oder -raunten. Vor den Novedanern liefen sie in der Regel kreischend weg, aber schon bald koexistierten Novedaner, von denen sich viele mittlerweile als Novatupianer bezeichneten, und Strandläufer friedlich nebeneinander.

Der idyllische Frieden wurde jedoch durch das Schrillen der provisorischen Alarmvorrichtungen von Odon abrupt gestört, denn am Horizont bildeten sich die Silhouetten gewaltiger Kriegsschiffe ab …

KAPITEL V

Lügen

Als man die Frauen und Kinder versteckt hatte und eilig dabei war, die Odon wehrtauglich zu machen, kam allerdings schon wieder die Entwarnung; denn bei den Fahnen, die die Schiffe in der Ferne im Wind flattern ließen, handelte es sich um das berühmte schwarze Schrägkreuz Eisannas.

Obschon beide Völker für ihre Entdeckungsfahrten innerhalb der Landwelt berühmt waren, war es das erste Mal, dass Novedaner und Eisannas simultan innerhalb ein und desselben Blattes neues Gebiet erschlossen und kolonialisierten. Man hatte großen Respekt voreinander.

Die Menschen von Odon waren allerdings ziemlich bestürzt ob des Anblicks der eisannischen Delegation, die in einem kleinen Ruderboot in die Stadt hineinpaddelte, denn die Gesichter waren blass und abgekämpft, die Kleidung unordentlich und schmutzig, Krusten von unzähligen Wunden zierten ihre geschundenen Körper. Offensichtlich waren sie durch schwere Zeiten gegangen. Die Eisannas redeten jedoch nicht viel über ihre Erlebnisse. Sie sagten, sie seien bei der Erschließung Atupias auf verschiedene friedliche Völker gestoßen; die Atzkutza, welche Experten der Geheimnisse aller Sternensysteme seien; Totenmonten, mit denen die Neosannas auf deren berühmter Seeexpedition schon Kontakt aufgenommen hatten, als sie den Novedanern im Jahr des Todes zur Hilfe gekommen waren; Édén, ein paradiesisches Land der Mythen und Lustgärten; schließlich die merkwürdigen verschlossenen Fdirbgniydym, deren unmögliche Sprache kein Mensch entschlüsseln könne; und ein namenloses Volk, ohne Fahne, ohne Sprache, ohne feste Landesgrenzen, welches in einer Verbotenen Zone lebe; und die Eisannas seien bei der Erkundung dieser Zone in grausame Kämpfe verwickelt worden, deren Durchleben ihre jetzige Erscheinung zu verantworten hätte. Dazu näher befragt, hüllten sie sich in beharrliches Schweigen.

Die Eisannas hießen die Novedaner herzlich willkommen in Eisannisch-Atupia, welches ein eigenständiger Partner des Eisannischen Bundes namens Utopisanna werden sollte; als natürliche Grenze zwischen Novatupia und Utopisanna legte man vorerst den reißenden, kaum zu überwindenden Atupiastrom fest, welcher nahe Odon ins Meer mündete. Die Eisannas, die in weit größerer Anzahl als die Novedaner von Westen her gekommen waren, verfügten auch über Siedlungen und Stützpunkte im Landesinneren. Sie waren auf Seen, Berge, Wälder und Ströme voller wunderlicher Pflanzen und Tiere gestoßen. So war die Besiedlung Atupias insgesamt ein friedliches Werk, wären da nicht die furchtbaren Ereignisse in der Verbotenen Zone gewesen.

Die Novedaner, welche im Laufe des Jahres 5210 nach erfolgreicher Erschließung Atupias nun ihrerseits weitere Menschen, Tiere und Maschinen in das neueste Unionsland Novatupia verschifften, gingen auf zweierlei Weise vor: Einerseits nutzten sie die Zusammenarbeit mit den kooperationswilligen Eisannas, um den Atupiastrom zu erschließen. Während die Eisannas an einer Nebenmündung des reißenden Stroms den Stützpunkt Sein errichteten, unweit von Odon, und weiter stromaufwärts im Inland die Flusssiedlung Allein sowie unweit von Allein an einem großen See voll klarsten Wassers den Stützpunkt Fein, bewegten sich die Novedaner weiter flussaufwärts, wo sie in einem weiteren Gebirge viel Gold entdeckten und das Bergwerk Goldhand aufbauten.

Andererseits waren die Novedaner sehr angezogen vom Unbekannten, und das von den Eisannas unter Verschluss gehaltene Grauen um die Verbotene Zone faszinierte sie ungemein. Mit diplomatischem Geschick erwirkten sie die Bewilligung, mit drei großen, stark gepanzerten Kriegsschiffen durch deklariert eisannisches Gebiet in Richtung der Verbotenen Zone zu fahren. Dabei machten sie an jedem der eisannischen Stützpunkte am Meer halt, womit der leitende Expeditionskonsul Hovida eine Doppelstrategie verfolgte: Einerseits erwiesen seine Leute den Eisannas, die in dieser Gegend an ihrer autarken Kolonie Utopisanna bastelten, wertvolle Hilfe in Form von Gütern, die sie zum Geschenk machten; andererseits kundschafteten sie genauestens aus, inwiefern die eisannischen Panzerschiffe, die seit dem großen Krieg im Jahr des Todes als unversenkbar galten, so schwer beschädigt werden konnten, denn genau dies war in der Verbotenen Zone geschehen. Bei näherer Betrachtung der Schiffe hatte Hovida den Eindruck, enorme Kräfte hätten die Schiffe an mehreren Seiten auseinandergezogen. Doch die Eisannas äußerten auch bei erneuter höflicher Befragung dazu kein einziges Wort.

Über Sein gelangten sie zum Nasenstützpunkt Eisengrab und von dort zur Eisspitze, wo sie den Novedanern erzählten, es gäbe in der Nähe ein riesiges Binnenmeer, das sie erschließen wollten. Von dort fuhren sie per Kristallantrieb weiter zur unspektakulären Eisennase und dann buchtabwärts zum Flottenstützpunkt Eisenburgen, einer stark befestigten Militäranlage, die sich nahe eines weiträumig verzweigten Flussdeltas befand, in welchem es ebenfalls von Alligatoren und noch unangenehmeren Reptilien wimmelte und das folglich eine natürliche Grenze zu Fdirbgniydym bildete. In der Nähe dieses Deltas befand sich an einem seltsamen runden Kegelberggebilde auch ein Bergwerk namens Eisenklotz, aus dem die Eisannas die bis dato völlig unbekannten Edelmetalle Schlangeneisen und Kürzergold sowie das Schwermetall Wahrheit zutage förderten, von denen die

Eisannas den staunenden Novedanern im Gegenzug zu ihrer Hilfestellung einige Proben mitgaben.

Die Novedaner fuhren von Eisenburgen weiter und erreichten schon bald die von Hovida so bezeichnete Stadt Brîdé, welche, von einer mächtigen Steinmauer am Ende einer großen Nase umgeben, die Hauptstadt Fdirbgniydyms bildete. Die Bewohner des Landes mit dem unaussprechlichen Namen präsentierten sich als wahre Meister der Selbstbeherrschung. Sie waren ausnehmend höflich gegenüber den Fremden, machten jedoch keinerlei Anstalten, ihre komplizierte Sprache in irgendeiner Form zu erklären. Ihre pastellfarbenen rosa Körper waren mager und sehnig, und man sah in der Öffentlichkeit nie irgendjemanden Nahrung zu sich nehmen. Zu der Verbotenen Zone anhand von Zeichnungen und Symbolen befragt, kicherten sie nur monoton, und es war von den Novedanern nicht festzustellen, ob das kollektive Lachen hämisch oder amüsiert klang. So fuhr man an der langläufigen Küste Fdirbgniydyms entlang, und es war auffällig, dass die Bewohner keine ihrer Städte und Dörfer außer dem bereits besuchten Brîdé direkt am Meer gebaut hatten: Man sah nirgendwo Menschen an der Küste, nicht mal Fischer. Zu der Trostlosigkeit der Menschenleere gesellte sich schließlich auch noch ein drastischer Temperatursturz. An einem kalten Wintertag des Jahres 5210 erreichten die großen Kriegsschiffe der Novedaner schließlich das Ende der Halbinsel von Liasî, so Hovidas Interpretation des schwer auszusprechenden Namens, welche die letzten Siedlungen der Fdirbgniydym beherbergte. Danach begann laut den knapp gehaltenen Ausführungen der Eisannas die geheimnisvolle Verbotene Zone. Die Eisannas hatten bei ihrem Besuch in Odon lediglich kryptisch angedeutet, die Zone beherberge »eine verborgene Gesellschaft im Schoße gigantischer Felswände und Ihr tätet gut daran, dort nicht aufzukreuzen«.

Die Novedaner kamen unter Hovidas Navigation mit ihren Schiffen zunächst nahe an ein Gebirge, welches direkt ins Meer ragte, und sie schafften unter großem Geschick, es weiträumig zu umschiffen, da die tückischen Felsformationen, die noch weit vor dem Gebirge ins unangenehm riechende Wasser ragten, ihre schwer gepanzerten Schiffe aufgeschlitzt hätten wie die Fischer ihren Fang. So hielt man sich westwärts, bis man an einen großen Strom gelangte, der ins Meer mündete, wo man vor Anker ging. Die beiden Wracks großer eisannischer Panzerschiffe an der Küste verhießen nichts Gutes. Überall lagen Spuren eines mörderischen Kampfes verstreut, welcher hier vor ein paar Monaten stattgefunden haben musste. Verweste Kadaver eisannischer Nutztiere und modernde Leichen von gefallenen Soldaten und Seeleuten säumten die Stelle, wo die Novedaner landeten.

Die unter diesen Umständen angelandeten Männer bereiteten die Erschließung des geheimnisvollen, unheimlichen Gebietes sehr vorsichtig und in kleinen Schritten vor. Sie hielten sich nahe bei ihren gefechtsbereiten Schiffen und beschäftigten sich im Tageslicht damit, ihre toten eisannischen Kameraden ordentlich zu bestatten und die Wracks der Schiffe auszuwerten. Offensichtlich hatten die Gegner der Eisannas keinerlei Interesse am Inhalt des Schiffes. So fanden die Novedaner die Schiffskasse intakt, ausführliches Kartenmaterial und sogar ein Tagebuch des Kapitäns Eilenbrei, welcher sich laut Obduktion das Leben genommen hatte. Man nahm all dies mit zurück auf die Schiffe, denn bei Nacht wollte man sich lieber nicht in der Nähe der Leichen aufhalten. In der einsetzenden Dunkelheit studierte Hovida das Tagebuch von Eilenbrei, wobei es sich bezahlt machte, dass in der novedanischen Marine vor einiger Zeit systematisch die Sprache der Eisannas eingeführt worden war. Die Aufzeichnungen berichteten in knappen Worten von düsteren Szenarien.

So las Hovida:

»Tag X. Sie kommen mit einer Prozession von Lichtern den Berg hinab.«

Er blätterte ein paar Seiten weiter:

»Tag XV. Dichter Nebel umfängt uns. Bruch des Siegels am Wall von Îde – Fehler?«

Und wiederum an anderer Stelle stand geschrieben:

»Tag XVIII. Die Lichter kommen über das Wasser. Das Gemetzel kann beginnen … «

Detaillierte Aufzeichnungen waren leider nirgendwo auszumachen, Eilenbrei hatte bei der Anfertigung seiner Notizen keinen großen lyrischen Anspruch angelegt. Offensichtlich hatte er viel Zeit in Statistiken investiert, was Nahrungs- und Zahlungsmittel seines Schiffes anbelangte; im Tagebuch hatte er nur das Nötigste notiert.

Der Winter kam hart, aber plötzlich und ohne Übergang über die Schiffe. Binnen weniger Sanduhrfüllungen fielen die Temperaturen in entsetzliche eisige Regionen. Böse Hagelschauer peitschten über die Bucht der Verbotenen Zone, nur um sich zum Entsetzen der Novedaner mit gewaltigen Gewittern abzuwechseln. Chaos brach aus; die Novedaner waren die unbestrittenen Könige der Seefahrt, aber das sich in langsamer Tücke entfaltende groteske Naturschauspiel überforderte selbst die zähesten unter ihnen.

Der novedanische Kapitän und Expeditionskonsul Hovida gab sein Bestes, seine Seeleute zu beruhigen, und darüber hinaus klare Anweisungen: »In den Stürmen nicht gegen die Wellen kreuzen, so bleiben wir vor Überflutungen geschützt. Die Kristallenergie kann umgewandelt werden, um die Schiffsbesatzungen warmzuhalten, und wenn die grausigen Stürme vorbei sind, werden wir gucken, was zu reparieren ist. Bis zum nahe gelegenen Land Fdirbgniydym schaffen wir es!«

So vertraute die Crew des Kriegsschiffes ihrem Expeditionskonsul und den erfahrenen Kapitänen Akavodeso und Novepsvovi, die über Signalpistolen verständigt wurden. Zur äußersten Not würde man über Heißluftballons entkommen, die von den Plattformen der riesigen novedanischen Expeditionsschiffe starten konnten.

Bald schon legten sich die Stürme, und zu ihrem Ärger bemerkten die Novedaner, als die Sicht wieder klar war, dass ihre riesigen Kriegsschiffe inzwischen im Eis eingeschlossen waren; ferner waren die Mündungen ihrer Kanonen zugefroren sowie die meisten ihrer Handfeuerwaffen wehruntauglich. Drei Tage warteten sie ab, ob sie sich nicht doch mithilfe kristalliner Energie befreien würden können. Sie schmiedeten schon Pläne, die zuvor bereits in Betracht gezogenen Heißluftballons einzusetzen, als der Ausguckposten aufgeregt die Nachricht an Hovida überbrachte, dass sich in der Ferne Schiffe näherten: eisannische Eisbrecher. Wie groß war zunächst die Freude über die unverhoffte Rettung! Die Eisannas brachen kontinuierlich durch die dicken Platten und Brocken aus Eis, bis sie mehrere Passagen zu den novedanischen Schiffen angelegt hatten. Hovida war der Erste, der merkte, dass etwas faul sein musste, denn es schien ihm, als würden die Eisannas seine Schiffe bewusst umzingeln. Doch was sollte er tun? Die Eisannas waren in der Überzahl. Tatsächlich musste er hilflos ansehen, wie die Kernländer seine Schiffe enterten und die verwirrten, hungernden und frierenden Novedaner höflich, aber systematisch entwaffneten.

Natürlich waren Hovida, Akavodeso und Novepsvovi absolut entrüstet und verlangten in donnerndem Novedanisch, den Oberbefehlshaber dieser sieben Schiffe umfassenden Eisbrecherflotte unverzüglich zu sprechen. Zu ihrer großen Überraschung gab es jedoch keinen Oberbefehlshaber, nicht mal einen Admiral, geschweige denn einen einfachen Kapitän unter den Eisannas. Schließlich wurden sie in ihren eigenen Kabinenräumen von einem maskierten Eisanna in einfacher Matrosenkleidung empfangen, der mit deutlich verstellter Stimme ihre Entrüstung sehr höflich entgegennahm.

»Meine hochverehrten Flottenkonsule, ich entschuldige mich hiermit ausdrücklich für die Unannehmlichkeiten, die wir Ihnen bereiten. Leider sehen wir uns gezwungen, zu diesen, diplomatisch betrachtet, höchst unwillkommenen Maßnahmen zu greifen, da wir zu gerne mehr über Ihren geheimnisvollen Schiffsantrieb in Erfahrung bringen möchten«, sagte der Maskierte in bestem Novedanisch, wobei er das moderne »Sie« statt des älteren, aber immer noch gängigen »Ihr« benutzte.

»Ihnen ist ja wohl klar, dass Ihr untragbares Verhalten gravierendste Konsequenzen nach sich ziehen wird, was das Verhältnis unserer Nationen anbelangt!«, entgegnete Novepsvovi, um Fassung ringend.

»Mit Verlaub, werter Kapitän, das halte ich für höchst unwahrscheinlich.«

»Wieso? Was wollen Sie denn befehlen? Wollen Sie uns exekutieren? Man wird nach uns suchen!«

»Aber nicht doch, aber nicht doch, ich werde keinem Novedaner auch nur ein Haar krümmen, insofern die Aggression nicht von ihm ausgeht. Da können Sie sich drauf verlassen; ich habe hohen Respekt vor Ihnen.«

»Wie viel Respekt Sie haben, spürt man«, zischte Akavodeso mit hochrotem Kopf, sich den kalten Schweiß von der Stirn tupfend. »Aber dass wir den Vorfall melden und Sie vor ein Kriegsgericht der Novedanischen Union bringen werden, ist Ihnen ja wohl klar.«

»Nun ja, dieses zukünftige Geschehen halte ich zu neunundneunzig Prozent für unwahrscheinlich.«

»Was gibt Ihnen diese Gewissheit?«, fragte Hovida, dem es als Einzigem gelang, einigermaßen ruhig zu bleiben.

»Nun, weil wir Sie freilassen werden, nachdem wir Ihre Schiffe versenkt haben. Das Eis ist robust. Sie werden vielleicht etwas rutschen, aber Sie werden alle sicher an Land kommen. Sie dürfen sogar Ihre gesamte Ausrüstung, abzüglich der Ballons, aber einschließlich der Waffen behalten, die wir Ihnen in dem Moment überlassen werden, in dem ein Großteil Ihrer Soldaten und Matrosen sicher auf dem Festland angekommen ist. Alles, was wir mitnehmen, sind Ihre Kristalle samt Anleitung.«

»Schurke!«, zischte Akavodeso und schlug mit seiner hohlen Faust verzweifelt gegen die Kabinenwand.

»Ich möchte offen zu Ihnen sprechen, denn ich habe keinerlei Geheimnisse, die Ihnen vorzuenthalten wären. Wir werden die Kristalle nach Eisanna bringen, wo wir sie dank der herausragenden Fähigkeiten unserer Wissenschaftler und Ingenieure in unsere eigene Technologie implementieren werden. Die Deckgeschichte wird sein, dass wir Sie ausdrücklich vor der Erforschung der Verbotenen Zone gewarnt haben, was übrigens der Wahrheit entspricht, und dass ein Suchtrupp die Überreste Ihrer Schiffe gefunden hat, leider bereits zerstört, so wie wir auch unsere Schiffe zu einem früheren Zeitpunkt vorgefunden haben. Alles, was wir fanden, waren die Kristalle und ein paar leblose Überreste, wie zum Beispiel Ihre Ballons, jedoch bedauerlicherweise keine Menschen.«

»Sind Sie sich der Gefahr bewusst, die sich für den Eisannischen Bund ergibt, falls wir überleben?«, fragte Hovida ruhig.

»Sind *Sie* sich der Gefahr bewusst, die Ihnen droht, falls Sie das Festland erreichen?«, entgegnete der Maskierte schlagfertig.

»Wie dem auch sei, ich ziehe es in keinem Fall vor, weiter mit Ihnen zu kommunizieren«, sagte Hovida streng und wandte sich entschlossen vom Maskierten fort.

»Das ist in der Tat ein interessanter Fall. Fragt sich nur, wie tief Sie noch fallen, ehe sie aufschlagen.« Der Maskierte lachte höhnisch und befahl anschließend auf Eisannisch, die drei wütenden novedanischen Kapitäne hinauszukomplimentieren.

Die gedemütigten Novedaner schleppten sich, die Eisannas bitter verfluchend, zur Küste, wo sie ein notdürftiges Lager errichteten. Die Eisannas hatten an alles gedacht: Erst als sich die Novedaner einige Hundert eisannische Meter von den Schiffen entfernt hatten, ließ man die novedanische Ausrüstung an Seilzügen herab. So konnte man in Ruhe mit den Eisbrechern wegfahren, ehe die Novedaner ihre Waffen auspacken konnten, die ebenfalls zur Ausrüstung gehörten. Es gab keinerlei Beweise für die an ihnen soeben vollzogene Schandtat, und Hovida teilte seinen Männern offen mit, dass man wahrscheinlich kein Gehör fände, selbst wenn man überleben sollte. Zu absurd klang die ganze Geschichte, und zu viel stand, politisch betrachtet, auf dem Spiel. Trotzdem schworen die in dieser unbekannten Gegend ausgesetzten Novedaner einstimmig den Eisannas und all ihren Bündnispartnern ewige Rache und beschlossen, alles daran zu setzen, sich für das ihnen soeben Widerfahrene entsprechend zu revanchieren. Dies war die Geburtsstunde der sogenannten Rachegruppe.

Diese stand nun vor zwei Möglichkeiten: Entweder sich von der unheilvollen Verbotenen Zone zu entfernen und zu versuchen, Schiffe zu bauen, um dann auf Umwegen zurück nach Novatupia oder zu einem anderen relevanten Land der Novedanischen Union zu kommen, oder eben die Chance zu nutzen und das Geheimnis der Verbotenen Zone zu lüften; und wer die Novedaner kennt, weiß natürlich, für welche Variante sich die Abkömmlinge dieses abenteuerlustigen Volkes entschieden.

Nach einem frostklirrenden Tagesmarsch nordwärts erreichten die Novedaner, denen der Hunger in dieser unwirtlichen Gegend Atupias schlichtweg den Magen umdrehte, einen großen steinernen Wall, der sich etliche Kilometer zwischen einem Bergmassiv im Westen und einer vereisten Flussmündung an der Küste im Osten erstreckte. In den Wall war ein massives Loch gebrochen worden, dessen spiralförmiger Gang in einer bodenlosen Schwärze mündete. Hovida spürte, wie seine Crew, welche langwierige Festlandexpeditionen nicht gewohnt war, vor Angst und Respekt schlotterte. Dabei half es nicht, dass irgendwelche makabren Steinmetze riesige Skulpturen von humanoiden Skeletten angefertigt hatten, welche höhnisch über die Steinmauer lugten. Hovida war derjenige, der sich, ohne zu zögern, in das Loch hineinwagte.

»Wartet hier auf mich, Männer«, sagte er ruhig, und alle waren beeindruckt, wie wenig Angst er zeigte. »Wenn ich nicht binnen dreier Sanduhrfüllungen zurück bin, so folgt mir nicht«, sagte er gelassen, wohl wissend, dass er vielleicht gerade sein eigenes Todesurteil unterschrieben hatte.

So drehten die Männer ihre Sanduhren um und warteten.

Hovida betrat mit einem kleinen Leuchtfeuer das schwarze Loch im riesigen Steinwall und stellte aufgrund des starken Halls fest, dass er sich in einem künstlichen Tunnel befand, dessen Ausgang sich durch ein schwaches Licht schon bald in der Ferne ankündigte. Er musste einige leichte Wendungen gegangen sein, denn dieses Licht war von außen nicht auszumachen gewesen. Auf der anderen Seite fand er einen unbemannten steinernen

Ausguck, den er sogleich bestieg. Von oben konnte er in der Ferne eine befestigte Stadt sehen, die sich am Ufer des festgefrorenen Flusses befand, welcher sich weit ins Inland erstreckte. Er machte postwendend kehrt, wobei er an der Stelle, an der er aus dem Tunnel ausgetreten war, eine zerfetzte eisannische Fahne fand, die ihm vorher nicht aufgefallen war.

Die Erleichterung unter den Männern war groß, als Hovida viel früher als angekündigt aus dem schwarzen Loch zurückkehrte.

»Ihr könnt alle mit mir hindurch, es ist völlig ungefährlich. Ich habe eine Stadt am Flussufer ausfindig machen können. Ich schlage vor, dass wir versuchen, uns mit den Bewohnern zu verständigen, denn uns knurrt allen der Magen, und vielleicht gelingt es uns, ein Band der Freundschaft mit den Einheimischen zu knüpfen. Dann geben sie uns eventuell Nahrung.«

Als alle sechshundertsechzig Novedaner wohlbehalten auf der anderen Seite angelangt waren, fiel Hovida auf, dass die Schornsteine der Stadt nicht rauchten, als er erneut den Ausguck bestieg. Das war ungewöhnlich; bei diesen bitterkalten Temperaturen mussten sich die Menschen doch irgendwie wärmen? Jedenfalls schien es sich um eine höhere Kultur zu handeln, man konnte ein Straßennetz und kunstvoll angefertigte, wenn auch etwas marode Großbauten ausmachen. Doch wo waren die Menschen?

Derweil befanden sich die Eisannas auf dem Weg zurück in heimische Gefilde, ekstatisch wegen des »Fisches«, der ihnen gerade ins Netz gegangen war. Doch überdachten sie auf der Rückfahrt ihren Plan; warum überhaupt erwähnen, dass sie die Kristalle aus den Schiffen der angeblich verschollenen Novedaner geborgen hatten? Der Maskierte hatte es nicht eilig. Er könnte doch einfach die Kristalle behutsam erforschen, geringfügig modifizieren und als sensationelles neues Produkt aus Utopisanna an die restlichen Kulturen des Eisannischen Bundes verkaufen!

In Eisenburgen angekommen, schmiedeten die Utopisannas schon bald fleißig ihre Ränke. Der historisch entscheidende Moment war gekommen, Noveda als führende Weltmacht abzulösen; die ewigen Kontrahenten der Novedanischen Union waren geschwächt und permanent von den kriegerischen, langfristig nicht auszuschaltenden Lalalais bedroht. Der Maskierte scharte in Eisenburgen seine engsten Vertrauten um sich, um parataktisch zum Vorgehen der offiziellen Regierung einen inoffiziellen Geheimbund zu begründen, nach Vorbild der G.I.E.R. in Lalalai. Das zentrale Geheimnis des Geheimbundes formierte sich um die Existenz der Kristalle, die man von der Öffentlichkeit streng abschottete. Der Maskierte erhoffte sich insgeheim nichts Geringeres als die schleichende Regierungsübernahme in Utopisanna dank seines Wissens um die Kristallmacht.

Was die von ebendiesem Maskierten ausgesetzten Novedaner, die in Île, einer kleinen Stadt am zugefrorenen Strom, um ihr nacktes Überleben kämpften, vorfanden, glich einer grotesken Parodie menschlichen und tierischen Zusammenlebens in einer befestigten Kleinstadt. Wie auf Kommando öffneten sich überall Luken und Klappen – und hervor trat eine vollkommen mechanisierte Gemeinde, komplett mit mechanischen Vögeln auf Drahtwollbäumen und mechanischen Hunden an Eisenketten. Hinzu kam, dass die ersten Novedaner vor Hunger zusammenbrachen. Schnee konnten sie auftauen, destillieren und trinken; doch in dieser hundsbitteren Winterskälte gab es nirgendwo auch nur ein einziges genießbares Nahrungsmittel. Der Hunger trieb die Novedaner, die noch über ausreichend Kraftreserven verfügten, über den zugefrorenen Strom und hinein ins massive Gebirge. Hier schossen sie zu guter Letzt viele Steinböcke und Gebirgsziegen, deren Fleisch überraschend zart schmeckte. Damit fütterte man auch diejenigen, die zusammengebrochen waren. Die Felle dienten den Männern als Schutz vor der schrecklichen Kälte, die ihren Tribut forderte; inzwischen waren einige ernsthaft krank geworden und schleppten sich zittrig fiebernd durch die gefährliche Berglandschaft hinauf in Richtung der Gipfel, um den Pass zu überwinden. Die Novedaner waren so verzweifelt, dass sie sogar das Ungeziefer gierig zerknabberten, welches sich in den Fellen der Bergböcke festgesetzt hatte.

Doch bald schon entdeckten sie einen Bergpfad. Immer wieder stießen sie auf eingefrorene Leichname toter Eisannas. Es musste hart gekämpft worden sein, denn sie waren grausam verwundet oder verstümmelt. Hovida gab Anweisungen, dem Pfad zu folgen – was gab es jetzt noch zu verlieren?

In Utopisanna griffen einige einflussreiche Vertreter des eisannischen Zweiges der Munklerbewegung die geheimbündlerischen Ideen des Maskierten auf: die Maskierten, das war der inoffizielle Name des Geheimbundes, der sich nun verdeckt der Macht der entwendeten Kristalle bediente. Die eisannischen Munkler vermischten die Ideen des Maskierten mit ihren esoterischen Munklerkonzeptionen. So wird verständlich, wie es schon bald in dieser noch jungen, schon nach Eigenständigkeit und Unabhängigkeit strebenden Kolonie zu einer äußerst bizarren neuen Religionsform kam. Zunächst hatte sie nur das Ziel, den Gebrauch der Kristalle durch den Geheimbund zu tarnen. In kürzester Zeit aber wurde die künstliche neue Religion wider Erwarten unter den Bewohnern Utopisannas derartig populär, dass die Maskierten die Kontrolle über sie verloren, was ihnen freilich egal war; denn sie wurden dadurch nicht gehindert, im Geheimen gegen die konservative, nach Vorbild anderer eisannischer Bundpartner organisierte Regierung zu konspirieren. Die frisch entschlüpfte Religion nannte sich Neulalaismus und mischte die esoterischen Ansichten Lalas über das Wirken und Erscheinungsbild des Gottes Mul im Himmel mit den eigenartigen Kräften, die durch den Gebrauch der Kristalle freigesetzt wurden. Den Schlüssel zur Erkenntnis der höchsten und letzten Dinge, die Mul den wahrhaft Gläubigen offenbaren würde, sahen sie in der Entwicklung einer immer weiter verfeinerten und komplizierter werdenden Semiotik, die sich auf die Lektüre der Schriften Lalas in Verbindung mit sogenannten Kristallian-Meditationen stützte, die strengen kognitiven Regeln unterlag. Daraus wiederum ergab sich eine Teleologie, die Gültigkeit für alle Bereiche des spirituellen Seins beanspruchte, sozusagen »selber zum Kristall zu werden, kristallinisierte Intelligenz zu erzeugen«, wie es Eisella, eine Prophetin höheren Ranges im Gefüge des Neulalaismus, ausdrückte. So erbauten die Neulalaisten in Eisenburgen schon bald einen kleinen Tempel, wo sie Nachbildungen von Kristallen anbeteten oder meditierten.

Die Maskierten hingegen bewerteten all diese Entwicklungen mit zynischer Zufriedenheit, bildeten sie doch das perfekte Tarnschild für ihre geheimen Experimente mit der Kristallenergie. So konnten sie behaupten, die Kristalle wären ein Erzeugnis der neuen Kolonie, und gleichzeitig ausgezeichnet mit den von ihnen systematisch erzeugten und verbreiteten Lügen leben, die wiederum den Glaubenseifer der Neulalaisten befeuerten. Die Maskierten machten es sich quasi zur Nebenbeschäftigung, immer neue Ideologeme zu generieren, die sie dann an die Neulalaisten weitergaben, da einige Neulalaisten gleichzeitig hohe Funktionäre im Geheimbund waren. Vereinzelte Neulalaisten gingen sogar so weit zu behaupten, sie hätten durch die Lehre der Kristalle den wahren Kern *aller* Religionen freigelegt, und machten sich infolgedessen 5210 sowie in späteren Jahren und Jahrzehnten auf, ihre neue, »revolutionäre« Geistes-, Sinnes- und Seelenlehre in Lanevael zu verbreiten. Doch die Geschichte dieser Philosophaster soll an dieser Stelle zur Genüge erzählt worden sein, wenngleich auf die besondere Rolle des Maskierten in dieser ganzen Angelegenheit an anderer Stelle zwingend näher einzugehen seien wird. Sie mag daher lediglich veranschaulichen, welche verdeckten Mechanismen im Hintergrund der Machtübernahme des Eisannischen Bundes als Weltmacht Nummer eins vor der Novedanischen Union zugrunde lagen, die diesen Titel bis 5210 innehielt. Aus der Kombination des Schwarzen Metalls aus Neosanna, dem technischen Wissen aus Eisanna, dem Rohstoffreichtum aus

Eiskohldiasa, den Kristallen »aus« Utopisanna und dem Netzwerk der vielen eisannischen Kolonien und Stützpunkte weltweit entstand in jenem Jahrhundert eine neue Supermacht.

Von all diesen Vorgängen wussten die Novedaner, welche sich durch das massive Gebirge der Verbotenen Zone kämpften, freilich gar nichts. Allerdings erleichterte es die Reise, dass der Schnee merkwürdigerweise weniger wurde, je höher sie dem Bergpfad folgten. Der Himmel über ihnen verfärbte sich zunehmend violett bis rötlich, und ein unheimlicher, wenn auch geruchloser, orangefarbener Nebel breitete sich über ihnen aus. Schließlich erblickten sie in der Ferne die Silhouette einer gewaltigen Burg, wobei gewaltig völlig untertrieben ist, was auch die Novedaner so sahen, je näher sie der monolithischen Anlage kamen. Viele der Staunenden erinnerte dieses Gebilde an die massiven Anlagen von Eerenskal.

»Es ist eine Burg von der Größe einer Großstadt«, sagte Hovida, um Fassung ringend.

Seine Gefolgsleute standen nur schweigend umher, zu ihren Füßen die verfaulenden Kadaver weiterer gefallener Eisannas. An diesem Ort musste eine besonders gewalttätige Schlacht stattgefunden haben, denn einzelne Leichen- und Ausrüstungsteile lagen überall verstreut herum; offensichtlich hatten die wie auch immer gearteten Burgbewohner sich keinerlei Mühe gemacht, aufzuräumen.

Hovida bemerkte, wie ein Raunen durch die Reihen seiner Männer ging. Er wandte den Blick und sah in der Ferne einen schwarz gekleideten Reiter auf einem dunklen Pferd. Reiter und Pferd trabten mit hängendem Kopf auf die gigantische, grau-weiß gehaltene Burganlage mit ihren zahllosen Zitadellen, Mauern, Wehr- und Wachtürmen zu. Hovida gab den Befehl, dem Reiter in respektvoll großem Abstand zu folgen. So betraten sechshundertsechzig staunende Novedaner über eine riesige Zugbrücke den Innenhof der Burganlage, welcher höchstwahrscheinlich einer von Hunderten von riesigen Innenhöfen war. Der Ritter führte sein schwer gepanzertes Pferd zielstrebig auf eine pechschwarze Stallanlage zu.

Einige Zeit später – die Novedaner hatten zaghaft angefangen, das Innere der scheinbar menschenleeren Festung zu erkunden – kam ein Mann auf sie zu, in einen schwarzen Mantel gehüllt, mit Nieten und Ketten gepanzert, und es sah aus, als ob er sich eine grauenerregende Kriegsbemalung ins Gesicht geschmiert hätte.

Hovida, als einziger der Novedaner ohne Furcht, trat auf ihn zu. »Ah, die Novedaner«, sagte der Mann mit der finsteren Miene. »Nun seid ihr also ebenfalls in diesen Gestaden angekommen.« Der Mann, der sehr viel größer war als die im Durchschnitt schon recht hoch gewachsenen Novedaner, sprach ihre Sprache ebenso flüssig wie makellos.

»Wer seid Ihr? Und wie kommt es, dass Ihr so hervorragend Novedanisch sprecht?«, wollte Hovida von dem Mann wissen.

»Ich? Man nennt mich Mul. Ich bin ein Flüchtling aus dem Reich Édén.«

»Mul?«, fragte Hovida verblüfft, »Mul, der Schöpfer dieser Welt? Die Lichtgestalt der Munkler?«

»Ich habe nicht die Welt geschaffen. Diese Burg hier, ja, allerdings, die habe ich gebaut. Mit meinen bloßen Händen.«

Nun mussten diejenigen unter den Novedanern, die nahe genug bei Mul standen, lachen. Doch ihr Lachen verstummte augenblicklich auf unerklärliche Weise, als hätte man ihnen die Luft scharf abgeschnürt.

»Und die Menschen?«, fragte Hovida, der seine Umgebung gar nicht mehr richtig wahrnahm. »Habt Ihr die auch geschaffen?«

»Manche habe ich geschaffen. Und auch manch … anderes. Lebewesen. Manche sind auch durch die Landwelt selbst entstanden, von alleine.«

»Und welche Menschen habt Ihr erschaffen?«

»Das ist das Geheimnis, dessen Verrat mit dem Tod bestraft wird.«

»Und gibt es ein Leben nach dem Tod?«, fragte Hovida, der nun von allem völlig entrückt war.

»Wir können uns über all das unterhalten, aber dazu folgt mir ins Burginnere … «

Mul bat die fassungslosen Novedaner, ihn in einen Saal zu begleiten, wo wunderschöne Frauen üppige Mahlzeiten servierten. Die dreckigen, verlausten Seefahrer, die zwangsläufig in den letzten Tagen zu Bergsteigern und Überlebenskünstlern transformiert waren, wagten kaum, ihren Sinnen zu trauen. Nachdem sie sich satt gegessen (und geguckt) hatten, bat Mul sie, ihm Fragen zu stellen, so viel sie wollten. Doch die Novedaner rollten sich allesamt zusammen und träumten friedlich schlafend und furzend vor sich hin. Nur Hovida nicht.

»Warum schläfst du nicht, Hovida?«, fragte Mul den Wortführer seiner Gäste.

»Ich bin nicht müde. Außerdem habt Ihr mich eingeladen, Fragen zu stellen.«

»Auch hast du die Frauen verschmäht … «

»Ich habe eine Lebensgefährtin. Außerdem erscheinen die Frauen mir … «

»Nicht echt?«

»Wie Puppen.«

»Hm, Puppen … und mir fällt auf, dass du kaum etwas gegessen hast, obwohl du sehr hungrig sein musst.«

»Ich werde vom Essen müde. Ich werde noch etwas zu mir nehmen, um mich zu stärken, wenn wir miteinander gesprochen haben.«

»Dann frage mich, Hovida.«

»Warum lebt Ihr so zurückgezogen in den Bergen?«

»Ich wollte mich von den schändlichen, wollüstigen, hedonistischen Kreaturen von Édén fernhalten … und sichergehen, dass sie mir nicht folgen. Die Frauen und das ganze Essen … das wurde durch die Gelüste Eurer Männer geschaffen.«

»Aber mit welchem Ziel habt Ihr die Einsamkeit gewählt?«

»Ich wollte erkennen.«

»Was?«

»Nichts Bestimmtes. Einfach … erkennen!«

»Und was habt Ihr erkannt, Mul?«

»Das Licht. Ich habe das Licht erkannt, das in mir brennt und leuchtet. Und in dir. Und in allen Lebewesen. Und im All. Überall ist … Licht!«

Hovida sah sich im Saal um. Plötzlich schien ihm der Saal viel heller zu leuchten als beim Beginn seines Gespräches mit Mul, dem Herrn der Munkler. Er wollte mehr über seine Beziehung zu den Munklern wissen.

»Wie haben die Munkler von Euch erfahren?«

»Die Munkler waren unter den ersten Kernländern, die das Reich der Xlaovaner bereist haben. Dort haben Sie viel Zeit mit dem Studium der magischen Kugeln verbracht. Von dort aus haben sie die Welt erforscht, ohne zu reisen. Einige davon sind dann irgendwann auf mich getroffen.«

»Und seid Ihr so friedlich? Wirklich friedlich? Die Munkler predigen nämlich ein Leben ohne Waffen. Man soll sich Blumen in die Haare stecken und allein für das Schöne, Positive und Gute leben.«

»Das klingt doch gar nicht schlecht … «

»Wenn Ihr wirklich so friedlich seid, was ist dann mit den Eisannas passiert?«

»Die Eisannas waren komplett feindselig. Aber nicht ich war es, der sich mit ihnen geschlagen hat.«

»Wer dann?«

»Das Licht.«

Und abermals schien der Saal noch stärker erhellt als zuvor.

»Das Licht? Ich verstehe das nicht.«

»Siehe, Hovida, das Licht kann dich wärmen und dir den Weg leuchten, aber es kann auch zu einem Feuersturm werden und äußerst aggressiv reagieren; bis zur Vernichtung allen Lebens. Selbst im Meer brechen Vulkane aus.«

»Also habt Ihr gar nichts mit dem zu tun, was den Eisannas wiederfuhr?«

»Nicht direkt. Ich habe das Licht an die Oberfläche der Welt geholt, aber wie das Licht dann auf Fremde reagiert, darauf habe ich keinen Einfluss.«

»Ihr redet vom Licht, als hätte es einen eigenen Willen, eine Seele … «

»Oh, natürlich. Alle Elemente haben eine Seele. Luft, Wasser und Erde und noch viele andere Formen dazwischen, sichtbar und unsichtbar. Aber damit habe ich nichts zu tun.«

Hovida fasste sich an den Kopf. Er konnte nicht glauben, was sich ihm in diesem Gespräch alles offenbarte.

»Nein? Aber Ihr seid doch Mul, der Gott!«

»Klar bin ich ein Gott. Aber in Édén gibt es eine ganze Familie von Göttern.«

»Das kann doch gar nicht sein! Wo liegt dieses Reich? Wie kommen wir dahin?«

»Oh, davon rate ich dir ab. Die Götter von Édén mögen keine Besucher. Ich rate dir, dich auf das Wesentliche zu konzentrieren.«

»Das Wesentliche? Was soll das sein?«

»Das, was dein Wesen ausmacht.«

»Was soll das sein?«

»Was glaubst du?«

»Ich … ich … das ist schwer … so viele Gefühle und Gelüste und Ziele und Pläne gehen durch mich … «

»Aber *dahinter*? Was ist da?«

»Das verstehe ich nicht.«

Mul begann zu schweben. Er schwebte in seiner Rüstung über Hovidas Kopf und sprach nun zu diesem von oben herab:

»Du bist doch mehr als deine Gefühle, deine Triebe und dein Verstand. Was bleibt denn immer konstant?«

»Das Menschsein.«

»Richtig. Jeder Mensch hat eine ganz bestimmte Aufgabe auf Lanevael. Und wenn es die Aufgabe ist, keine Aufgabe zu haben. Bist du so ein Mensch?«

»Nein … Ich habe eine Aufgabe … ich fühle es!«

»Du?«

Ein merkwürdiges Raunen ging durch das Gemäuer, wie ein modriger Luftzug, der die uralten Spinnenweben unter den Fackeln hob und senkte. Hovida war eingeschlafen, wenn auch nur für kurze Zeit. Als er aufwachte, saß Mul wieder vor ihm und schaute ihn fragend an.

»Ich weiß es!«

»Du weißt es?«

»Nein! Ich *bin* die Aufgabe! Ich *verkörpere* sie!«

»Jetzt redest du! Das Licht!«

»Licht?«

»Das Licht ist in dir, für jetzt und immerdar. Schau es dir an, wenn du träumst. Es wird dir deine Bestimmung schon zeigen.«

»Ich glaube, das reicht mir. Ich werde nun essen, damit ich lange schlafen kann, länger als eben. Dann werde ich sehen, ob meine Träume mir das Licht zeigen.«

Am nächsten Morgen schimmerte ein unbekanntenr Glanz in Hovidas Augen. Doch nicht nur das; sein ganzer Körper schien von etwas erfüllt, etwas Seltsamem, das über ihn hinauszugehen schien.

Er redete kaum noch, und wenn, so beschränkte er seine Beiträge auf das Nötigste. Alles, was er konstant wiederholte, war: »Wir müssen den Menschen das *Licht* bringen! Das Licht der Wahrheit! Das wird unsere Rache an den Eisannas – wir werden den Menschen zeigen, wie sie wirklich sind!«

Noch am selben Tag brachen die Novedaner der Rachegruppe von der Burg aus auf, um den Menschen das Licht zu bringen. Dabei gingen sie nicht zurück nach Südwesten, wo sie von den Eisannas überfallen worden waren, sondern hielten sich bewusst Richtung Nordosten, wo sie nach einigen gewaltsamen, kräftezehrenden Gewaltmärschen an einer Flussmündung auf ein riesiges Waldgebiet stießen. Da die Männer zwar kein Werkzeug besaßen, aber tüchtig und grimmig entschlossen waren, aus dieser Gegend zu fliehen, schafften sie es, innerhalb von drei Jahren mithilfe improvisierter Werkzeuge und viel Erfindergeist sechzehn kleine Schiffe zu bauen, mit denen sie die Küste hinab, aus der Verbotenen Zone hinaus und nach Fdirbgnyidim ruderten. Allein die Erfahrung, sich Werkzeuge geschmiedet zu haben und dann nach und nach mühsam Bäume zu fällen und Schiffe zu bauen, hatte die Novedaner (sie nannten sich nun offiziell NdL, die Novedaner des Lichtes) aufs Engste zusammengeschweißt, hätten sie nicht im Vorfeld schon so viel gemeinsam durchgestanden. Die Reise ging äußerst langsam vonstatten, und einige Schiffe gingen auch recht schnell unter. Das machte den Männern nichts, da sie in dieser Zeit sehr intensiv an ihrem *Lichtglauben* arbeiteten. Wer ins Wasser fiel, den zog man eben heraus. Bei all den Strapazen dachten sie jeden Abend, wenn sie ein bisschen zur Ruhe kamen, an den Maskierten. Was trieb dieser Dieb wohl gerade?

An einem kleinen Hügel inmitten einer üppigen Auenlandschaft führte die Schienenstraße der mit Dampf betriebenen neuen Erfindung der Eisannas, erstmals installiert in

Utopisanna, vorbei: die Lokomotive. Diesen scheinbar unbedeutenden Hügel säumten ein halbes Dutzend dürrer Khakhrabäume, und dahinter, in einem Winkel von circa fünfunddreißig eisannischen Grad schräg zur Schienenstraße, befanden sich zwei Bauten: ein gemütlich eingerichtetes Haus mit zwei Schornsteinen und zehn eisannische Meter daneben eine große, geräumige Scheune mit Nutztieren, im Anbau eine Werkstatt. Diese kaum beachteten Gebäude waren das geheime Zentrum des Maskierten; von hier aus erdachte und lenkte er all seine intriganten Pläne.

In diesem schönen Haus stellte er sich, wenn er die Maske ablegte, als groß gewachsener, schwarz gekleideter Mann dar, mit von Geheimratsecken gezeichnetem grauen Haar und einem feinen Schnurrbart. Er trug beständig einen Mantel über seinem rechten Arm, von dem niemand wusste, was darin war; es klapperte verdächtig in den Taschen, doch nachsehen konnte niemand, da er ihn nie irgendwo aufhängte. In seinem Haus befanden sich kunstvoll geschnitzte Holzsäulen und Bilder von Nasenburgenland, wo er lange Zeit als Geheimagent gearbeitet hatte. Sogar eine kleine Gefängniszelle für ungebetene Gäste hatte er vorsorglich, für alle Besucher ersichtlich, mitten im Hausflur eingerichtet.

Er befand sich in diesem Haus in ständiger Begleitung zweier geheimnisvoller Frauen häufig wechselnder Identität, denen er all seine Geheimnisse anvertraute; die ältere entsprach seinem eigenen Alter und trug oft ein elegantes rotes Kleid, an dem eine Brosche mit einem dunkelblauen Diamanten befestigt war. Sie saß gerne in einem der gemütlichen Sessel und diskutierte mit ihm, während er laut denkend auf und ab ging. Die andere Frau war bedeutend jünger und schien nie zu reden; sie trug an diesem Tag ein luftiges hellblaues Kleid, saß in einem der gemütlichen graublauen Sessel und wirkte beständig in ein dünnes Buch mit grünem Umschlag vertieft, welches angeblich einer der Neun von Neun geschrieben hatte. Doch es musste sich dabei um irgendeine verborgene Schrift handeln; denn spähte ein neugieriges Auge über den Seitenrand, so schien dort nichts als leeres Papier zu sein; und man wusste nicht, ob diese adrette blonde Frau nur so tat, als ob sie lese, ob sie verrückt war oder ob es sich tatsächlich um eine Geheimschrift handelte. Auch wusste niemand, in welchem Verhältnis die beiden Frauen zum Maskierten standen; waren sie Ehefrau und Tochter, beides Geliebte, Freundinnen, Gehilfinnen, Kolleginnen oder gehörte ihnen oder einer von ihnen gar das Haus und *er* war der Dauergast?

Die alte Frau zupfte sorgfältig ihre Brosche zurecht. Dann schlug sie die Augen auf und nahm den Maskierten ins Visier.

»Meinst du nicht, dass du zu weit gehst? Im Prinzip betrügst du die Behörden.«

Der Maskierte behielt seine stolze Haltung bei und antwortete scharf: »Natürlich verarsche ich die Behörden! Wenn du *die* nicht verarschst, verarschen sie *dich!* So läuft das!«

»Aber meinst du nicht, dass dein Spiel irgendwann auffliegen wird? Du spielst alles immer so herunter.«

»Ein Spiel fliegt nur dann auf, wenn man es stümperhaft angeht. Versteh mich, Werteste: Die Behörden sind nur damit befasst, ihr Territorium zu verwalten. Ich hingegen bin nicht an ihrem Territorium interessiert. Ich bin einzig daran interessiert, Einfluss über gewisse Leute zu gewinnen, die sich in diesem Territorium aufhalten.«

»Denn nicht das Gebiet ist bedeutend, sondern die Menschen, die sich darin bewegen«, warf die junge Frau ein, ihren Blick nicht von ihrem Buch abwendend.

»So ähnlich, meine Teuerste«, richtete der Maskierte, der in zivil seine Maske nicht trug, sein Wort nun an die junge Frau. »Wenn man die Leute kennt und all ihre Aktivitäten überschaut und alle ihre lebenswichtigen Bereiche sinnvoll in überprüfbare Zahlen und Codes einteilen kann, beherrscht man sie; und wenn man wiederum die wichtigsten dieser Leute beherrscht, beherrscht man das Gebiet.«

»Ich bin skeptisch«, riss die ältere Frau das Wort an sich. »Menschen sind viel unberechenbarer, als du dir das einzureden versuchst.«

»Falsch, meine Allerwerteste, falsch.« Der Maskierte wandte sich ihr wieder zu. »Alles, was ich kennen muss, sind die Bedürfnisse und Gewohnheiten der wichtigsten Menschen in den Behörden. Menschen sind gierig. Je mehr Macht sie bekommen, desto mehr Macht verlangen sie. Menschen kriegen den Hals nicht voll genug, das liegt in ihrer Natur. Das heißt also, mit den besonderen Eigenschaften und Qualitäten der Kristalle haben wir es in der Hand, wie viel wir ihnen davon mitteilen. Weil außer uns drei Verschworenen niemand in Utopisanna genau weiß, wie die kristalline Energie funktioniert. Nur wir drei sind klug genug, die Kristallenergie *wirklich* zu verstehen. Ebenso sind Informationen über die Gewohnheiten der wichtigsten Menschen entscheidend. Dazu haben wir überall verkappte Spione, unsere externen Augen und Ohren. Sie sagen uns, welche Gewohnheiten die hochgestellten behördlichen Autoritäten haben und somit, wie sie ticken; wie sie funktionieren.«

»Das wissen wir doch. Auch wenn du alles immer doppelt und dreifach erklärst: Genauso werden wir alle unterwerfen«, sagte die junge blonde Frau kühl, konstant die Augen auf das sonderbare Buch gerichtet.

»All die Apparate, die wir entwerfen können … «, sagte der Maskierte mit träumendem Blick. Er erging sich in Schwelgereien: »All die Kontrolle, die wir durch sie über die Menschen ausüben werden … So einfach sind sie zu berechnen. Es ist fast schon zu einfach. Vor allem mit diesem ganzen mystischen Quatsch dringen wir tiefer in ihre grundlegendsten Bedürfnisse ein, als sie sich vorstellen können … «

»Du bist verliebt in deinen Zynismus«, bemerkte die ergraute Frau in höflichem Tonfall, nunmehr versöhnter.

»Aber nicht doch«, wiegelte der Maskierte ab, »die Menschen bescheißen sich doch selbst nur allzu gerne. Ich füttere sie doch lediglich mit irgendwelchen mythologisch-religiösen Szenarien, um heilsbringende Kristalle als letzte und wahre Emanation ihres erfundenen Gottes Mul auf Erden darzustellen. Ich unterwerfe niemanden. Sie unterwerfen sich freiwillig erfundenen Entitäten, und ich bediene mich dessen.«

»Selbst wenn du es schaffst, die Behörden zu infiltrieren, indem du die wichtigsten Menschen in ihrem Umkreis beeinflusst, man möchte schon fast sagen, *lenkst* … «, sie machte eine Kunstpause, »… wie willst du denn wirklich wissen, dass sie nicht insgeheim eine eigene Agenda verfolgen, ja vielleicht gänzlich gegen dich arbeiten?«

»Haha!« Der Maskierte grinste hämisch. »Genau deswegen tue ich doch alles dafür, dass diese Idioten diese hanebüchene *Religion* so ernst nehmen! Deswegen verkaufe ich ihnen doch diesen ganzen Religionsquatsch, deswegen inszeniere ich das Quasireligiöse so opulent es nur geht! Denn dann beobachte nicht *ich* ihre Machenschaften, sondern dieser komische Mul, in den sie alle so vernarrt sind. Ständig fühlen sie sich von ihrem Gott beobachtet und beurteilt, und so lange ich in dieser Angelegenheit die Fäden ziehe, bestimme ich, wer Schuldgefühle hat und wer nicht.«

»Blasphemie«, kommentierte dies alles die junge Frau. Zum ersten Mal wandte sie den Blick vom Buch ab und starrte dem Maskierten direkt in die Augen.

»So möge Mul mir verzeihen«, höhnte der Maskierte mit rollenden Augen, die Arme in einer Gebetsparodie gen Himmel streckend. »Und noch was; es gibt nicht einen Munklerpriester, den ich nicht eingesetzt hätte in sein heiliges Amt«, die Sprache des Maskierten mutete nun seltsam entrückt an, »*sie* sind meine verlängerten Augen und Ohren, von denen ich vorher sprach. Ihr wisst doch beide: Um rein zu werden, müssen alle Menschen, die den Weg zu Mul suchen, von ihren Sünden und Geheimnissen erzählen. Bei besonders wichtigen Leuten in bestimmten Ämtern kann ich also alles Schmutzige und Niederträchtige blitzschnell in Erfahrung bringen. So ist quasi jeder wichtige Funktionär in Utopisanna erpressbar.«

»Unterordnung gegenüber dem Unsichtbaren«, kommentierte die junge Frau lakonisch und legte das sonderbare Buch zur Seite.

»Unterordnung gegenüber dem Unbegreiflichen«, fügte die Ältere hinzu, etwas abschätzig zur Jüngeren hinüberblickend.

»Wartet erst, was passiert, wenn ich meine Idiotenarmee ihre erste Pyramide bauen lasse, mit einem Kristall an der Spitze«, ereiferte sich der Maskierte, und in seinen Augen blitzte etwas äußerst Beunruhigendes auf.

»Du weißt nicht, was passiert, wenn ein Blitz in den Pyramidenkristall einschlägt, mein Lieber«, gab die ergraute Dame zu bedenken.

»Oh, was soll schon passieren? Der Kristall wird schlimmstenfalls übermäßig energetisiert und tagelang strahlen wie das Sternzeichen der Palme oder eventuell als Leuchtturm fehlinterpretiert. Aber das ist auch überhaupt nicht wichtig. Die Pyramiden werden sowieso nicht mehr als Blendwerke sein, um die trägen Massen zu faszinieren und in ihrer dämlichen Faszination zu manipulieren.«

»Wie meinen?«, schaltete sich die blonde Frau wieder ein.

»Faszination ergibt sich nicht dadurch, dass etwas wahrhaft und tatsächlich faszinierend ist, sondern daraus, dass es entsprechend verkauft wird. Wir müssen den Menschen auf die Nase binden, dass das, was sie erleben und verfolgen, das, wessen sie Zeugen sind, das Faszinierendste und Fortschrittlichste ist, was man sich nur irgend denken kann.«

»Und wenn jemand dagegen ist?«, fragte die blonde Frau weiter.

»Dann sorgen wir dafür, dass er auf irgendeine Weise ruiniert wird. Je härter wir durchgreifen, desto besser. Konsequent Exempel statuieren, von Anfang an!«

»Was ist, wenn der ganze Schwindel auffliegt?«, fragte die junge Frau, nebenbei an ihrem Handgelenk riechend. Sollte sie das neue Parfüm wirklich kaufen? Sie war sich noch nicht sicher.

»Wie denn?«, fragte der Maskierte etwas irritiert. Er mochte den Geruch nicht.

»Was ist, wenn jemand dahinterkommt, was wir hier treiben? Dann machen sie uns den Garaus!«

»Dazu kann es nur kommen, wenn wir unvorsichtig werden. Ich schlage deswegen zwei Grundsätze vor, unter denen unsere weiteren Operationen laufen: Wir dürfen uns auf keinen Fall zu erkennen geben. Schon gar nicht aus Geltungssucht. Und wir müssen alle Operationen bis ins kleinste Detail planen. Auch den absurdesten Zufall miteinbeziehen.«

»Klingt gut«, erwiderte die junge Dame.

»Ist aber ausbaufähig«, fügte die alte Dame hinzu.

»Das liegt in der Natur der Sache«, schloss der Maskierte das Gespräch zunächst ab. Doch dann kam ihm noch ein seltsamer Gedanke, den er den Damen des Hauses unbedingt mitteilen wollte: »Ich liebe es, mich hier aufs Land zurückzuziehen. Ein Feldweg führt an einem von Wald gesäumten Fluss entlang … Kein Mensch stört mich dort in meiner Ruhe; keiner vermutet die immense Verschwörung, in der schon bald alle zappeln werden wie Fliegen im Spinnennetz. Wenn mich die Rechtschaffenen von Lanevael verfolgen, verkleide ich mich als Bauerndepp, als Tölpel vom Land.« Der Maskierte grinste selbstzufrieden.

Die junge Frau, die sich vorübergehend wieder intensiver mit dem grünen Buch beschäftigt hatte, blickte auf und ließ verlauten: »Ja, die Verkleidung habe ich gesehen. Du gibst dich als gewissenhafter Farmer aus, als Fachidiot für Ernteerzeugnisse.«

Der Maskierte grinste sie schäbig an. »Ich glaube, du solltest dir deine Beobachtungsgabe lieber für die Hochzeit sparen, die bald ansteht. Du und dein fetter Bräutigam, ihr bildet schließlich nur die Spitze der Torte, welche die mächtigen Menschen von Lanevael bald unter sich aufteilen werden.« Dabei kicherte er hämisch.

Die alte Dame blickte ihn abschätzig an. »Typisch Mann. Wie so viele andere überschätzt du dich selbst. Du lässt bei einer jungen Frau die Alarmglocken läuten, doch merkst nicht, dass sie gar nicht darauf anspringt.«

Die junge Frau mit dem grünen Buch und die alte Dame tauschten einen wissenden Blick. Alles blieb vage, genau wie es die Strategie des Maskierten vorsah.

In den nächsten Wochen und Monaten leitete der Maskierte diverse Maßnahmen ein, von denen er sicher sein konnte, dass sie bis ins kleinste Detail ausgeführt würden. Seine Anweisungen erfolgten in einer eigens dafür entworfenen Zeichensprache, welche keinerlei Ähnlichkeit mit irgendeiner der bekannten Schriftsprachen hatte. Manche Symbole waren selbst den Eingeweihten des Maskierten und seines sinistren Geheimbundes nicht geläufig, und infolgedessen mussten sie mit dem Maskierten persönlich Rücksprache halten, was diesem wiederum die Gelegenheit gab zu kontrollieren, ob die Eingeweihten und andere Mitglieder ihre Anweisungen ordnungsgemäß befolgten. Um sich weitere Kontrolle zu schaffen, versuchte der Maskierte, seine ausgeklügelten Anweisungen so zu geben, dass sie sehr willkürlich wirkten. Deswegen war sich letztendlich niemand darüber im Klaren, ob der Maskierte impulsiv oder überlegt oder beides alternierend war, ganz wie er es wollte.

So setzte er alles daran, dass die religiösen Zeremonien immer komplizierter und düsterer wurden; zum einen, um die faszinierte Bevölkerung mit neuartigen Sensationen bei der Stange zu halten; zum anderen, um sie schlicht in Angst und Schrecken zu versetzen, wobei er fatalerweise vergaß, dass gerade Angst und Schrecken Empfindungen waren, die weitab von den ursprünglichen Idealen der Munkler angesiedelt waren.

Er lenkte seine Neulalaisten über mehrere Jahre, bis 5222 zwei seltsame Neuigkeiten von hohen Geheimbundsfunktionären übermittelt wurden: In Novatupia hatte sich eine neue Religion rasend ausgebreitet, welche sich Novedaner des Lichts nannte; mehr noch, diese Religion war in Novatupia nahezu schlagartig sehr einflussreich geworden; und als wäre dem nicht genug, kam dem Maskierten zu Ohren, dass diese Novedaner des Lichts vor allem die Neulalaisten aufs Schärfste kritisierten und unverhohlen in deren Zusammenhang von »Menschenrechtsverletzung in Verbindung mit infamer Ketzerei« sprachen. Doch nicht nur das; man sagte auch, dass ein Mann namens Lala durch Atupia irre, von dem es hieß, er sei eine Art Messias, einer der legendären Neun von Neun, der nun gekommen war, um den Menschen die Wahrheit zu bringen.

Der Maskierte sah sich unversehens in höchster Bedrängnis; er hatte nicht geglaubt, dass *Lala* eine tatsächliche, lebendige Persönlichkeit war, sondern ihn lediglich als mystische Figur à la Gammel abgetan. So intensivierte er seine Bemühungen, die Mysterien, in die er ausgewählte Neulalaisten einführte, mithilfe von Kristalltricks noch spektakulärer zu gestalten; er verschlang die Schriften Lalas, die er bisher nur in eklektischer Absicht durchforstet hatte; und er verkaufte die ganze Angelegenheit so, als sei es allein ihm zu verdanken, dass der Prophet Lala nun endlich käme, um die Wahrheit zu verkünden. So versuchte er die Bevölkerung dahin gehend zu manipulieren, dass sie ihm einen ähnlichen Zustand zuschrieb wie dem sehnlichst erwarteten Lala selbst. Dies sollte ihn schützen, würde der tatsächliche Lala eines Tages überraschend bei ihm auftauchen.

Insgeheim ersann er aber folgenden Plan: Fiele Lala ihm oder einem seiner Funktionäre, Eingeweihten oder sonst wie mit ihm verbundenen und ihm ergebenen Leute in die Hände, so würde man Lala foltern, ihm seine Geheimnisse entreißen und ihn umbringen, anschließend verbrennen und die Asche im Meer versenken. Dann würde man den tüchtigsten aller Schauspieler nehmen und den Neulalaisten als Lala präsentieren. Die andere Möglichkeit wäre, dass Lala zunächst bei Leuten auftauchte, die nicht seinem unmittelbaren Befehl unterstanden; in diesem Fall würde er versuchen, Lala in bisher der Öffentlichkeit unbekannte Kristallphänomene einzuweihen und ihm diese als »von und durch Mul gegeben« zu verkaufen, um ihn so indirekt gefügig zu machen.

Allerdings geschah etwas, das niemand hatte vorhersehen können: Lala hatte sich auf eine ganz bestimmte Reise gemacht (er wollte das Geheimnis der Horizonte erkunden) und sich dabei weder nach Novatupia noch nach Utopisanna begeben. Nein, er war einen viel weiteren und beschwerlicheren Weg gegangen und hatte das Pferd sozusagen von hinten aufgezäumt, wovon in diesem Buch nicht geschrieben werden darf.

Angekommen war er jedenfalls im von Sagen umwobenen Édén, wo er das Geheimnis der Horizonte, welches ihn niemals losgelassen hatte, zu lüften erhoffte. Zu schreiben, er *erhoffte* sich dies, ist stark untertrieben. Er begehrte sehnsüchtig die Lüftung dieses Geheimnisses, welches er niemals hatte vergessen können, bei all den aufregenden Dingen, die er erlebt hatte; er war sogar so weit gegangen zu vermuten, das Geheimnis der Horizonte bestünde darin, niemals greifbar werden zu können, denn ein Horizont wäre kein solcher mehr, wenn man ihn erst einmal erreicht hat, sondern lediglich ein Ausgangspunkt für weitere Horizonte. Diesen Gedanken hatte er allerdings wieder verworfen, denn schließlich wäre es demnach um das Geheimnis *eines* Horizontes gegangen, nicht aber *aller* Horizonte. Je verzweifelter er das Geheimnis zu lüften trachtete, desto bedeutender erschien es ihm in seiner Vorstellung. Da es so unglaublich schwer aufzudecken war, musste es sich zwingendermaßen um ein sehr tiefes, archaisches Geheimnis handeln, vielleicht sogar um das Geheimnis aller Geheimnisse.

Welchem Horizont folgt kein weiterer?

Die Lösung dessen schien Lala greifbar nahe, als er nach Édén kam; nichts in diesem merkwürdigen Reich auf Atupia glich irgendetwas, das Menschen andernorts geschaffen hatten: Denn dies war laut gewisser Munklerschriften die *Wiege der Götter*. Welche Ironie des Schicksals, dass sich Lala so nahe an der Verbotenen Zone befand und dass der Gott, den er verehrte, tatsächlich, wenn auch nicht im Himmel oder Weltall, sondern als real existierende Deität bereit wäre, mit ihm über alles zu sprechen, was er wollte, wahrscheinlich sogar über das Geheimnis der Horizonte, an das er sein Herz so sehr gehängt hatte! Aber Lala kam nicht zu Mul, sondern mit dem Schiff nach Aviadsil, zu einer kleineren Götterstadt, und dessen extrem unwirkliche, derealisierende Architektur raubte dem Neuner beinahe den Verstand, ehe er auch nur einen Fuß auf das Territorium der Götter gesetzt hatte. Doch fasste er sich ein Herz und hielt zielstrebig auf die große Person zu, die er in der Ferne erkannt hatte und die nun ebenfalls auf ihn zueilte …

KAPITEL VI

Dummheit

In Aviadsil dominierten surreale gelbe und orangefarbene Formen, die Lala so künstlich vorkamen, als hätte jemand in den natürlichen Wuchs der Natur eingegriffen und diesen verändert. Die kahlen braunen Bäume steckten mit ihren vielen transparenten, weitgreifenden Verwurzelungen in einem durchsichtigen, wabernd-gelblichen Boden, der von fester Konsistenz war, wie Lala zu seinem Erstaunen feststellte, da dieser ihn trug.

Für einen Menschen, der Götter nur aus Märchen, Fabeln oder religiösen Überlieferungen kennt, ist es sicherlich sehr schwer, sich vorzustellen, wie eine lebendige Gottheit tatsächlich aussieht, da gängige menschliche Wahrnehmungsmechanismen auf das Überleben in einer den göttlichen Sphären größtenteils unähnlichen Welt ausgerichtet sind. Lala sah in etwa Folgendes: Aus einer säulenartigen Steinmasse wand sich eine riesige Frau hervor, die in ein transparentes pastellfarbenes Gewand gehüllt war, welches sich aus ihren Haaren zu ergeben schien. Sie lächelte mit schmalem Mund, doch Lala, der eine Hand schützend vor seinen Kopf hielt, zurückweichend, konnte nicht erkennen, ob sie ihn ansah oder nicht, denn Augen besaß sie nicht, nur Umrisse von Augen, und darin eine strahlende Weiße. Die Göttin holte von einer bizarren Säule neben ihr einen mächtigen Kopf Blumenkohl herab, den sie, herrisch posierend, in ihrer linken Hand hielt.

Erst dann wurden dem staunenden Munkler Lala die eher bedrohlichen Aspekte der Göttin bewusst: Ein höhnisches Schlangenhaupt mit zwei gewaltigen Hörnern grinste von oberhalb ihres Kopfes auf ihn herab, und sie schwang eine entsetzlich scharfe Lanze, an dessen Ende einer der Kristalle befestigt war, von deren Verehrung auf dem Blatt Atupia Lala schon so viel gehört hatte.

»Sieh an, ein Mensch«, herrschte die Göttin, ohne ihre spitzen Lippen zu bewegen. »Ich bin die Prinzessin von Aviadsil, Aviadsils einzige Bewohnerin«, fuhr sie fort, und die Strahlen ihrer Kristalllanze zwangen Lala in die Knie. »Was kann ein Mensch nur von uns Göttern wollen, hier in Édén? Weißt du nicht, Mensch, dass Menschen niemals lebend aus Édén zurückkehren können?«

»Ihr habt menschliche Gesichtszüge, Prinzessin von Édén«, sprach Lala tapfer. »Ihr kommuniziert in einer menschlichen Sprache und erscheint in menschenartiger Gestalt. Worauf bezieht sich Eure Göttlichkeit?«

»Ich brachte die Gefühle in die Landwelt, Mensch! Die Angst, die ihr Menschen nun empfindet, gemischt mit der Freude der Sterblichen an der göttlichen Unvergänglichkeit. Die Scham brachte ich ebenfalls nach Lanevael, und auch bei dir hat sie sich eingenistet, da dein Herz nicht rein ist. Du begehrst etwas. Sag, was begehrst du?«

»Ich begehre zu wissen, was es mit dem Geheimnis der Horizonte auf sich hat, von dem ich auf der Kon-Insel erstmals hörte. Dafür bin ich hierhergekommen. Sie zu enträtseln, das ist mein einziges Lebensziel.«

»Das Geheimnis der Horizonte, wie? Das kenne ich nicht. Es gibt viele Geheimnisse in Aviadsil, Mensch! Das Geheimnis der Sinnlichkeit! Das Geheimnis der Erneuerung! Aber von einem Geheimnis der Horizonte habe ich noch nie gehört! Dazu müsstest du weiterreisen … falls ich es dir erlaube!«

»Was muss ich tun, damit Ihr es mir erlaubt, Prinzessin von Aviadsil?«

»Du musst mich mit deinem Menschenboot nach Rashnog bringen, wo eine besonders tödliche Gottheit wohnt.«

Lala fragte sich, was es mit Rashnog auf sich hatte, dass die Göttin offensichtlich darauf angewiesen war, mit ihm dorthin überzusetzen. Aber er wollte sie nicht offen fragen, da er befürchtete, sie damit vielleicht zu verärgern. Stattdessen fragte er: »Warum lebt Ihr so ganz alleine in Aviadsil?«

»Weil alle Wesen, die wir schaffen, irgendwann sterben, während wir erst sterben, wenn der Planet stirbt. Das heißt, auch dann sterben wir nicht, aber wir irren durch dieses riesige Universum auf der Suche nach einem anderen bewohnbaren Planeten, den wir beeinflussen können, wie wir die Landwelt beeinflussen.«

»So könnt Ihr niemals sterben?«

Die Göttin beantwortete ihm diese Frage nicht und verharrte ihn anstarrend auf der Säule, aus der sie sich herausgewunden hatte; und da sie kein weiteres Wort mit ihm sprach, brachte Lala, der mystische Munkler, die Prinzessin von Aviadsil schweigend nach Rashnog.

Derweil kam sich Lala wie in einem Märchen vor, wie man sie ihm als Kind erzählt hatte. Der Held geht von Situation zu Situation und erledigt bestimmte Aufgaben oder absolviert bestimmte Prüfungen, so waren alle diese Märchen aufgebaut; und sein Herz flammte auf, denn die Märchen hatten in der Regel ein gutes Ende. Nur wurde ihm beim Anblick der Göttin auf seinem Boot bewusst, dass es eigentlich nichts Absurderes und Gefährlicheres geben konnte, als tatsächlich an einem Märchen teilzuhaben.

Die kleine Küstenstadt Rashnog zu erreichen stellte kein Problem dar. Der Wellengang in der Édénbucht war wunderbar leicht, und obwohl es recht kühl war, kam den Reisenden kein Unwetter in die Quere. Rashnog selbst war noch viel absonderlicher als Aviadsil. Während in Aviadsil wenigstens noch Bäume und Steine etwas dem Menschen

Bekanntes repräsentierten, kann man das, was Lala in Rashnog mit seinen menschlichen Sinnen wahrnahm, nur als violettes *Chaos* bezeichnen, mit orangefarbenen Energieblitzen, welche wirr in alle Richtungen stoben.

»Scheinmungim, Herr von Rashnog, ich rufe dich, tritt heraus – zeige dich unserem menschlichen Besucher!«, rief die Prinzessin von Aviadsil.

Plötzlich verformten sich einige der Energieblitze zu Schwertern, welche nun wild um sich schlugen, sodass Lala zurückweichen musste; und beinahe hätten sie ihn zerfetzt. Intensive Angst überkam ihn, und was noch schlimmer war, er sah die Prinzessin von Aviadsil selig grinsend, denn schließlich hatte sie sein Angstgefühl überhaupt erst gemacht; und obwohl Lala von Todesangst wie von Sinnen war und ernsthafte Schwierigkeiten beim Atmen hatte, wurde ihm die Offenbarung zuteil, dass die Götter von Édén dafür verantwortlich waren, bestimmte Konzepte in die Landwelt gebracht zu haben. Nun war es also möglich, hinter die Schleier der Landwelt zu blicken. Er brauchte nur zu fragen. Auch wenn ihm gut möglich schien, dass es das Letzte war, was er tat. In seiner Angst warf Lala sich zu Boden.

»Scheinmungim, Herr von Rashnog, ich knie vor Euch! Ich bin ein Mensch, gekommen, um das Geheimnis der Horizonte zu lüften! Bitte, könnt Ihr mir dabei helfen, o Gottheit?«, flehte der Neuner.

Eine Stimme, wie aus acht Stimmen zusammengesetzt, antwortete: »Was für ein Geheimnis? Das war doch noch nie ein Geheimnis. Ich kann dir sagen, wes Geistes Kind ich bin. Ich bin der Erschaffer der Nervosität, der Bringer der Unruhe, der Gott der Verworrenheit. Ich bin der größte Feind und der beste Freund der Prinzessin von Aviadsil. Ich werde sie vernichten, jetzt, da du sie zu mir gebracht hast!«

Die beiden Gottheiten lieferten sich einen furchtbaren Kampf; während die Prinzessin mit ihrer Lanze nach dem violetten Chaos stieß, hoben sich die Schwerter nach der Göttin, trennten ihr Gliedmaßen ab, die sich jedoch immer wieder an ihren Leib anfügten.

Plötzlich sprach das Geheimnis der Horizonte, welches Blogol ist, zu Lala, doch Lala erkannte die Stimme nicht, da seine Sinne durch den Kampf verdreht wurden; und so verpasste er hier die Gelegenheit, als Lebender hinter das Geheimnis der Horizonte zu gelangen.

›Dort, wo die Horizonte enden, herrscht das violette Chaos. Das also ist der Ursprung der Energie in Blogol. Violett, die tödliche Farbe. So schön und doch so giftig. Wer deine Pforten betritt, Land des toten Lebens, wer soll dir entkommen? Wohin willst du entkommen? Was bist du letztendlich?‹

Der ganze Kampf hatte etwas völlig Verwirrendes für den armen Lala. Er war sich fatalerweise sicher, hier keinesfalls dem Geheimnis der Horizonte auf die Spur kommen zu können, obwohl das Land des toten Lebens bereit war, ihm ebendieses zu offenbaren. Deshalb begab er sich zu seinem kleinen Schiff, um weiter die Küste hinab zu segeln, sich immer weiter von dem nicht enden wollenden Kampf entfernend. Lala hatte fatalerweise das violette Chaos nicht mit dem Land des toten Lebens assoziieren können und Blogol nicht mit dem Geheimnis der Horizonte.

Als er bei einem Lagerfeuer an einem einsamen Küstenstrich ein paar zuvor gesammelte Beeren zu sich nahm, wurde ihm bewusst, dass die beiden Gottheiten ihm, absichtlich oder unabsichtlich, wer konnte das wissen, geholfen hatten, mehr über sich selbst zu erfahren. Dieser Gedankengang war, für sich genommen, gar nicht übel; nur brachte er ihn erst richtig in Gefahr: Die Prinzessin von Aviadsil hatte ihm aufgezeigt, von welch heftigen Emotionen er angetrieben wurde, und der Herr von Rashnog hatte ihm zudem seine Ruhelosigkeit aufgezeigt, die ihn immer weiter ins Unbekannte trieb. So fuhr er eine Weile die Küste hinab, bis er zu einer funkelnden, diamantbesetzten Stadt kam, an deren Hafenmeile auf einem Gerüst riesige Buchstaben prangten, die in etwa mit Colmónt übersetzt werden können. Die unbeschreibliche Schönheit von Colmónt verzauberte Lala. Er irrte in den funkelnden, festlich geschmückten Gassen umher, ohne auf ein Lebewesen zu treffen. Die Stadt war nicht besonders groß, also fiel es Lala nicht schwer, sich einen Überblick zu verschaffen. Doch als er aus Neugierde die Stadt an ihrem nördlichen Zugang verließ, einer prächtigen, aus Edelsteinen und Stalaktiten geformten Brücke, offenbarte sich ihm ein zweites, viel groteskeres Szenario: Auf einem grauen Berg aus menschlichen Leichen und Lehm, aus dem vereinzelt goldene Blüten sprossen, thronte eine vollkommen aus Gold bestehende splitternackte Frau.

Der fromme, enthaltsame und geschlechtslose Mensch Lala fühlte sich von so viel üppiger Weiblichkeit peinlich berührt, und doch spürte er, wie sein Blick magisch zu dem gesunden Körper, der wallenden Mähne von Haaren, die bis auf den Boden reichten, und den üppigen Brüsten hingezogen wurde. Noch grotesker war, dass die Frau (Lala nahm an, dass sie womöglich auch eine Göttin war) beständig ebenfalls goldene Wesen produzierte, die mal in Schlangen-, Mannes-, Kindes- oder Frauengestalt auftauchten und dann in die Landschaft hinausgeschickt wurden, wo sie irgendwo am Horizont aus Lalas Sichtfeld verschwanden; und für jedes goldene Wesen, welches den Lehmberg verließ, formte sich zu ihren Füßen eine gräuliche Leiche mehr und vermischte sich mit dem Lehm. Endlich nahm die Frau Notiz vom frommen Neuner.

»Oh, ein Mensch!« Sie lachte ihn an. »Es ist so lange her, dass ich einen Menschen gesehen habe«, sagte sie und machte eine Handbewegung, und Lalas Kleidung trennte sich eigenständig vom Körper. Er konnte sich nicht dagegen wehren.

»Ich fürchte, ich kann Gäste nur nackt empfangen, und verlange als Göttin, dass sie mir ebenfalls nackt, unschuldig und rein gegenübertreten.«

Lala war dies alles sehr peinlich.

»Ich bin überrascht«, sagte die Göttin erstaunt. »Von der Kleidung her hätte ich dich für einen Mann zarten Antlitzes gehalten. Nun aber sehe ich, dass du weder Mann noch Frau zu sein scheinst. Was aber bist du dann?«

»Ich bin alles in allem.«

»Oh, das klingt originell. Und was suchst du hier, an den Gestaden der Götter?«

»Ich versuche, das Geheimnis der Horizonte zu ergründen. Es ist mein Herzenswunsch, dieses Geheimnis zu lüften. Ich traf bisher zwei Gottheiten in Édén: die Prinzessin von Aviadsil und den Herren von Rashnog. Keiner von ihnen konnte mir in irgendeiner Form helfen; aber sie schienen einander nicht besonders zu mögen.«

»Oh, und du hast sie zusammengeführt! Denn eigentlich sind sie durch einen magischen Bann voneinander getrennt, weißt du? Nur ein Mensch kann sie zusammenführen, und tatsächlich, du hast es getan. Diesen Bann hast du nun gebrochen, und die Zeit wird zeigen, ob dies zu einer Katastrophe oder zu einer Weiterentwicklung führen wird.«

»Was für ein Bann soll das sein? Wozu diente er?«, wollte Lala wissen. Doch die Göttin ignorierte diese Frage einfach. Sie fuhr fort:

»Nun bist du also auf Odyssee im Reich der Götter. Wie drollig. Nun, es ist schade, ich kann dich nicht einlullen und gewinnen wie die anderen, obwohl du von mir fasziniert bist. Wodurch du überlebt hast, denn ich hätte sonst deinen Körper in eine Leiche und deine Seele zu purem Gold transformiert.«

»Das sagt Ihr mir so frei heraus? Wer seid Ihr denn?«

»Ich bin die Göttin der Lebenskraft, das bin ich, das war ich immer, das werde ich immer sein. Ich stehe über den anderen beiden Kindern, denen du begegnet bist, denn ich bin schon wesentlich älter als sie. Ich bin das ewige Leben, Mensch. Ich habe vielen Wesen hier auf der Landwelt die Kraft geschenkt zu leben.«

»Aber Ihr wolltet sie mir auch nehmen.«

»Nun ja, ich langweile mich, und ich habe keinen Zugriff mehr auf die Lebewesen, wenn sie mich nicht aufsuchen. Kommen sie aber zu mir, was selten genug passiert, wandele ich sie natürlich zu einer viel perfekteren Seinsform um, die denen gleicht, die ich beständig produziere!« Die Göttin lachte lange und herzlich.

»Gegen ihren Willen!«, empörte sich Lala.

»Oh, die Empörung des Menschengeschlechtes! Ja! Gut! Solange du aufbegehrst, brennt die Flamme der Lebenskraft hell in dir!«

»Eine Sache macht mich stutzig«, preschte Lala mutig voran, »wenn Ihr Götter all das geschaffen habt: Lebenskraft; Gefühle; Ungeduld; warum ist dann Euer Einfluss auf Édén beschränkt?«

»Weil es Mul so wollte?«, warf die Göttin eine Gegenfrage zurück.

»Oh, Mul, Herr im Himmel! Der einzige und wahre Gott ist es, von dem Ihr sprecht!«

»Quatsch! Er ist nicht der einzige und wahre Gott! Er ist einer von zehn Göttern, die die Landwelt mit Leben gefüllt haben. Nur hat er sich von uns anderen abgewandt und uns vieles an ursprünglicher Kraft geraubt – und wir ihm im Gegenzug ebenso, und nun müssen wir hier leben und wirken, bis der Planet stirbt. Der Planet lebt, weißt du, Mensch. Doch nach seinem Ableben machen wir uns ins Weltall auf und schauen nach einem neuen Planeten, dem wir Leben schenken können.« Die Göttin zog ihn näher an sich heran, wie mit einem Magneten. »Doch zum Geheimnis der Horizonte: Da musst du schon ins Inland reisen, in die große Stadt der Götter, nach Alas! Es ist nicht weit von hier: Ein, zwei Tagesmärsche, dann bist du da, Menschenkind. Doch hüte dich! Die Götter von Alas sind zu viert, und sie sind nicht so offen und gastfreundlich wie wir an der Küste. Obwohl, wer weiß? Vielleicht empfangen sie dich zunächst sehr höflich und haben dann ihren Spaß mit dir … Menschenkind.« Mit diesen Worten wandte sich die Göttin wieder dem Berg aus Lehm und Leichen zu und ließ Lala gehen.

Tatsächlich war es trotz der flüchtigen Bekanntschaft mit vielen bizarren, aber friedlich umherirrenden goldenen Kreaturen unterwegs ein Leichtes, die Feste Alas zu erreichen. Sie war durch eine dicke, weitestgehend durchsichtige Mauer geschützt, welche nur an bestimmten, essenziellen Punkten undurchsichtig war. So hatte Lala den Eindruck, es handele sich um einen Mauerumriss, komplett mit Aussichts- und Wehrtürmen, Toren, Schießscharten und allem, was sonst noch so dazugehört. Um sicherzugehen, dass die Mauer tatsächlich massiv war, berührte Lala sie leicht. Schnell zuckte seine Hand jedoch zurück, denn er hatte einen peinigenden Schlag erhalten, von dem er sich nicht sicher war, wie er zustande gekommen war. Der Schlag hatte seine Fingerkuppenhaut beschädigt, sodass er leicht blutete. An der Stelle, wo das Blut den Mauerumriss traf, bildeten sich innerhalb der Mauer weitverzweigte, Adern gleichende Linien ab, die allerdings in Sekundenschnelle wieder verschwanden. Da der Schmerz stetig intensiver wurde, hüpfte Lala fluchend von einem Bein aufs andere. Zudem ertönten plötzlich auch noch Alarmsirenen, und schließlich lugte ein fetter Riese über die Mauer, packte den zappelnden Lala am Kragen, wie man ein Insekt an den Flügeln aufhebt, und hielt ihn dicht vor seine glubschenden Augen.

Dann dröhnte die Stimme des Riesen: »Sieh an, ein Mensch. Was hast du hier zu suchen?«

»Ich bin Lala aus Neun, alles in allem, Sucher nach der Lösung des Geheimnisses der

Horizonte und noch vielem mehr und verdammt noch eins, könnt Ihr dafür sorgen, dass dieser furchtbare Schmerz aufhört?!«, redete Lala hastig in seiner Verzweiflung.

»Aber sicher, Lala«, dröhnte der Riese und tunkte Lala in einen gigantischen Bottich voll purpurnen Wassers, bis er dieselbe Farbe angenommen hatte. Dann setzte der Riese ihn auf dem Boden, buchstäblich zu seinen Füßen, ab.

»Wer seid Ihr, mächtiger Riese, dem ich zu tiefstem Dank verpflichtet bin«, lallte Lala wie besoffen, wobei er sich sicher war, dass sein Geisteszustand mit dem purpurnen Wasser zu tun haben musste.

»Ich bin Satt!«

»Ja, gut, in den Magen passt wahrscheinlich einiges rein, aber ich möchte gerne wissen, wie Ihr heißt!«

»Sage ich doch. Satt bin ich, Gott allen Überflusses.«

»Ich hätte nicht gedacht, dass es so jemanden gibt. Nach meinen bisherigen Erfahrungen zu urteilen, müsstet Ihr dafür verantwortlich sein, dass es auf der Welt Überfluss gibt, richtig?«

»Ich vermehre alles, was es gibt.«

»Kennt Ihr eigentlich den Gefräßigen, das große Monster von Lalalai?«

»Das was?«

»Ach, nicht so wichtig. Könnt Ihr mir denn auch Ratschläge im Überfluss geben, wie und ob ich das Geheimnis der Horizonte lüften kann?«

»Ich bringe dich erst mal zu den anderen Göttern von Alas. Dann werden wir entscheiden, was für ein Schicksal dir bestimmt ist.«

Das glaubt mir kein Mensch, was ich hier erlebe, sollte ich überleben.

Lala wurde ins kreisförmige Stadtzentrum gebracht und hoffte, da er perfekt in die Faust des Gottes Satt passte, dass er nicht zerquetscht oder fallen gelassen würde. Satt erschuf zum Zwecke der Präsentation dieses seltenen Besuchers (nur eine *Handvoll* Menschen waren jemals nach Alas gelangt) binnen Minuten ein Kolosseum samt menschenähnlichen goldfarbenen Zuschauern. Auf einem entsprechend gewaltigen Stuhl saß Satt, der offensichtlich einen riesigen Spaß an der ganzen Angelegenheit hatte.

»Hochverehrtes spontan erschaffenes Publikum. Hiermit präsentiere ich euch einen genuinen, durch Fortpflanzung entstandenen Menschen – einen echten, wilden Menschen. Eine Sensation!«

Das Publikum beklatschte Lala frenetisch, der sich der Höflichkeit halber und irgendwie auch aus Verlegenheit mehrfach unsicher verbeugte.

»Sehr schön – Demut hat er auch. Und nun … ! Ich rufe die Göttermutter herbei: die Liebe!«

Lala hatte sich oft gefragt, was die Liebe eigentlich sei, hatte sie sich aber völlig anders vorgestellt. Hervor trat nämlich ein seiner Wahrnehmung nach äußerst bizarres Wesen, welches fischartige Köpfe, menschliche und tierische Arme hatte und der Rest … ist in menschlichen Worten nur äußerst schwer zu beschreiben. Was Lala aber auffiel, war, dass die Fischköpfe mit den lieblichsten aller erdenklichen Stimmen blubberten, einer tiefen und einer hohen weiblichen Stimme, manchmal parallel zueinander, manchmal abwechselnd; und obwohl Lala sich gleich ungemein harmonisiert fühlte und überhaupt die Liebe alle anderen Gefühle in bunte Schmetterlinge verwandelte, die an einem blühenden Frühlingstag um einen erquickenden Springbrunnen flatterten, verstand er kein Wort. Denn während die anderen Götter Édéns problemlos seine Sprache verwendet hatten (Neunisch mit einem leichten Ialo-Noveda-Akzent), vielleicht, weil sie sich bewusst dazu entschieden hatten – was wusste denn er, was alles im Machtbereich dieser merkwürdigen Götterfamilie lag? –, konnte oder wollte die Liebe partout keine Sprache verwenden, die Lala verstand.

Lala hätte der Liebe ewig lauschen können, und das hätte er wohl auch, wenn ihm die Möglichkeit dazu gegeben worden wäre. Er fühlte sich in ihrer Gegenwart vollkommen ausgeglichen, sein Herz schmolz geradezu dahin. Doch gleichzeitig merkte er auch, dass die immense Energie – um eine Untertreibung zu verwenden –, welche die Liebe ausstrahlte, seinen Körper und vor allem Geist zu überfordern begann. Satt registrierte dies und hielt die Liebe, vielleicht seine Mutter, an, ihren langen Monolog zu beenden, und als sie dies tat, fühlte sich Lala sehr müde und schlief gegen seinen Willen ein.

Als er wieder zu sich kam, war die Sonne im Untergehen begriffen und das Kolosseum hatte sich etwas geleert, es war noch in etwa zu zwei Dritteln gefüllt. Einzelne Golderinger im Publikum hatten Fackeln angezündet, um sich besser orientieren zu können. Mit der Zeit flammten immer mehr Fackeln auf, bis schließlich ein Lichtermeer entstand und Lala darob sehr gut ausmachen konnte, wo genau Golderinger das Kolosseum verlassen hatten.

»Der Mensch scheint wieder bei Bewusstsein zu sein!«, toste die Stimme des Riesen durch den immensen von ihm geschaffenen Bau. Lala war vom Schlafen verwirrt und fragte sich, ob dies alles wirklich echt sein konnte. Doch keine Frage, das war es. Er verspürte Hunger, Angst und Schmerz und empfand gleichzeitig warme, generöse Liebe. Nein, dies war echt. Er war bei den Göttern.

War die ganze Veranstaltung bisher verhältnismäßig belustigend gewesen, wurde es nun schlagartig um einiges ernster. Zumindest empfand Lala das so, wenn auch einige im Publikum lachten. Denn plötzlich teilten sich die himmlischen Sphären und ein chromblitzender Himmelsritter stürzte sich hinab, was der Menge ein synchronisiert anmutendes Raunen abverlangte. Es war der Gott des Krieges, Ritter.

Lala dachte ernsthaft, seine Exekution stünde kurz bevor, denn Ritter stürzte unumwunden und ohne abzubremsen auf ihn zu. Doch als Lala sich schon seiner endgültigen Vernichtung gewiss war, stoppte Ritter ab.

»Soso, ein Mensch. Die Natur schickt uns einen Menschen. Obwohl, ich sehe in deinem Antlitz den Geist Muls. Sag, Menschenkind, glaubst du an Mul?«

»J-ja«, antwortete Lala verzagt.

»Hört euch das an!«

Ein Raunen ging durchs Publikum.

»Er sagt tatsächlich, dass er an Mul glaubt! Wie schön! Endlich ein Wesen mit Idealen!« Ritter warf einen abschätzigen Blick zu Satt und Liebe hin. »Nun gut, wenn du an Mul glaubst, will ich dich auf die Probe stellen. Sag, was ist Mul für dich?«

»Mul bedeutet: Wahrheit«, sagte Lala aufrichtig.

Das Publikum brüllte, ja blökte geradezu vor Lachen.

»Was ist denn Wahrheit?«, wollte Ritter wissen.

»Wahrheit ist … das Wesen Muls«, antwortete Lala, leicht verwirrt.

»Wie niedlich! Also, wenn ich dich richtig verstanden habe, Mensch, dann ist Mul die Wahrheit … und die Wahrheit ist das Wesen Muls … und das Wesen Muls ist dann wahrscheinlich … Lass mich nachdenken … die Wahrheit?«

Das Publikum geriet nun völlig außer Rand und Band.

»Nein! Nehmt nicht den Namen Gottes so sorglos in den Mund! Mul ist viel mehr als die Wahrheit, Mul ist das Licht! Das Licht Gottes!«, kreischte Lala.

»Das Licht. Das Licht? Das Licht blendet doch nur!«, schmetterte ihm Ritter entgegen.

»Ach ja?«, wehrte sich Lala verzweifelt. »Aber warum zünden dann all diese Wesen, die Satt nur zum Vergnügen geschaffen hat, auf einmal so viele Lichter an? Wenn das Licht nur blendet, warum wurde es dann nicht abgeschafft? Warum leben wir alle dann nicht in ewiger Dunkelheit?«

»Siehst du, genau das ist ja das Problem. Wenn es kein Licht gäbe, wären alle Lebewesen viel klarer bei Bewusstsein; nur, ohne Licht gäbe es keine Grundlage für das Bewusstsein, nämlich das Leben. Das heißt also, für das Leben muss es Licht geben, aber gleichzeitig blendet das Licht, sodass das Bewusstsein zwangsläufig von seiner eigenen Grundlage her an der weiteren Entfaltung behindert wird. Definiere also noch einmal präzise: Was bedeutet dir Mul?« Bei der Aussprache des letzten Wortes versuchte Ritter ähnlich zu dröhnen wie Satt, ohne dessen Volumen auch nur annähernd zu erreichen.

»Mul ist der Schöpfer der Menschen«, wehrte sich Lala, verzweifelnd, »der einzige und wahre Gott!«

»Was ist dann mit uns anderen, Mensch Lala«, Ritter grinste hämisch, »sind wir nicht auch wahre und einzigartige Götter?«

»Diese ganze Debatte ergibt überhaupt keinen Sinn.« Lala wurde plötzlich ruhig, ja geradezu kontemplativ. »Ich bin nicht hier, um mein Verständnis von Mul zu rechtfertigen; ich kam hierher, um Euch nach dem Geheimnis der Horizonte zu fragen.«

»Verehrtes Publikum«, schaltete sich Satt erneut ein, »kann dieser Mensch das Geheimnis der Horizonte tatsächlich lüften? Ich glaube, dazu werden wir seinen Horizont etwas erweitern müssen!«

»Das ist albern!«, tönte es aus dem Publikum. Ritter schoss daraufhin mit hoher Geschwindigkeit auf den Golderinger zu, der es gewagt hatte, Satts dröhnende Ansage zu kommentieren, und zerlegte ihn in seine goldenen Einzelteile.

Währenddessen trat aus dem nächtlichen Schatten des Kolosseums gemächlichen Schrittes ein Mann hervor, dessen Kopf leuchtete. Zuerst nur matt, doch mit fortschreitender Zeit immer intensiver. Das heißt, je näher er kam, desto greller leuchtete sein Licht, kopfaufwärts. Zunächst dachte Lala, es handele sich bei dem Leuchten um eine Art magische Krone, doch plötzlich wurde ihm bewusst, dass es der Kopf selber war, der leuchtete wie ein Stern. Und tatsächlich; während der Körper des Mannes die Farben des Universums sein Eigen nannte, war sein Kopf ein blitzender, sieben Mal gezackter Stern, und so stellte er sich vor, nachdem er Der Liebe eine ihrer vielen Hände geküsst hatte.

»Dies ist unser Vater: Kosmos.« Satt drückte Lala mit seinem gewaltigen Zeigefinger sanft nieder, sodass er knien musste.

»So ist es«, sprach Kosmos würdevoll, »und ich bin der Vater aller Götter, die meine Frau, Die Liebe, geboren hat, und von denen du einige kennengelernt hast. Die lieben Kleinen, die sich fortwährend streiten, am Rande unseres Reiches: Die Prinzessin von Aviadsil, die dafür sorgte, dass die Lebewesen fühlen können; das heißt, streng genommen konnten die Wesen auch ohne sie fühlen; aber erst durch die Kraft der Prinzessin konnten sie ihre Gefühle benennen und mit ihnen spielen; den Herrn von Rashnog, Scheimungim – er sorgt für Chaos, Verwirrung, Nervosität; er ist der zweitjüngste und sehr rabiat. Es ist gut, dass wir ihn nicht in unsere Stadt lassen, er würde unsere Kultur zerstören, unverbesserlicher Vandale, der er ist. Dann hast du die mittlere Tochter kennengelernt: die Göttin der Lebenskraft, die Animismus betreibt, seit sie vor Millionen von Menschenjahren eine süße kleine Babygöttin war; doch Vorsicht! In ihrem grenzenlosen Verbesserungsstreben bringt sie in der Regel jedem, der sie sieht, den Tod, und nur vier Menschen, darunter du, sind lebendig an ihr vorbeigelangt. Dann hast du die Ehre der Bekanntschaft der beiden mittleren Söhne erfahren dürfen: Satt, der als Gottheit dafür gesorgt hat, dass es an allem Überfluss gibt, an Gutem wie an Schlechtem, vor allem aber an Alltäglichem, und er will seit seiner Geburt einfach nicht aufhören zu wachsen, zum Glück aber wächst er nur sehr langsam; und schließlich Ritter, der Gott des Krieges, er ist einer der mächtigsten im Pantheon, und im menschlichen Jahr 5200 hat er wieder ordentlich gearbeitet; wo er wirkt, da herrscht Krieg. Der erstgeborene Sohn aber ist der mächtigste unter ihnen, und er ist auch der, an den du glaubst und zu dem du betest: Mul. Nur ist er nicht im Himmel, sondern, wie wir anderen auch, an den Bereich der Erde gebunden, auch wenn er, wie wir anderen auch, für deine menschlichen Begriffe unsterblich ist. Ein weiterer Irrtum ist der, dass er das Licht sei; denn nicht er ist das Licht, sondern ich bin es.«

»Ihr seid das Licht? Was ist dann aber Mul?«

Die Liebe mischte sich plötzlich ein und erzählte dazu einiges, und Lala fühlte sich wieder wunderbar leicht und locker, sodass er sich wünschte, dieses Gefühl möge niemals aufhören.

»Meine Frau hat ihn immer noch lieb, aber ich kann ihm nicht verzeihen. Er hat entsetzliche Verbrechen begangen. Weißt du, es wandeln zweierlei Wesen auf der Landwelt: solche, die sich entwickelt haben, und solche, die geschaffen wurden, wie sie sind.«

»Wie? Das verstehe ich alles nicht. Was für Verbrechen hat Mul begangen? Warum sind diese so entsetzlich, so unverzeihlich? Woran erkenne ich, ob ein Wesen von Mul geschaffen wurde und welches nicht? Und welche haben sich entwickelt?«

»Ach, die Menschen! Immer neugierig. Immer fragend. Weißt du, dass ihr selbst einen Egregor namens Philosophie geschaffen habt, eine Idee für eine Seinsform, auf die kein Gott des Universums vor euch Menschen gekommen ist – die Liebe zur Weisheit? Aber zu deinen berechtigten Fragen: Ich will dir alles erklären, sehr einfach und kurz, ganz so, wie es dein menschliches Leben ist. Ich will dir auch etwas zum Geheimnis der Horizonte sagen, denn dazu bist du hergekommen. Also von hinten nach vorne. Ich rate dir ab, das Geheimnis der Horizonte lüften zu wollen. Es ist nicht umsonst ein *Geheimnis*. Es gab nur drei Menschen vor dir, die bis zu diesem Geheimnis vorgedrungen sind, und alle drei haben ihr Leben bei der Lüftung verloren. Wenn du also wirklich etwas darüber wissen willst, dann gehe nach Laves, welches am Fluss liegt, wo das drittälteste unserer Kinder haust; es kann dir mehr zu diesem schrecklichen Geheimnis sagen. Aber nun zu Interessanterem. Lanevael ist schon sehr alt, aber diese Welt hat noch Milliarden von Menschenjahren vor sich. Einst war dieser Planet tot, aber dann entstand eine Atmosphäre. Meteoriten schlugen ein, und sie brachten Substanzen mit sich, welche die Grundlage für simple Organismen bildeten. Diese entwickelten sich zu komplexeren Wesen im Meer, und diese schließlich an Land zu Humanoiden, von denen eine Spezies der Mensch ist, der sich immer mehr von einem Tier zu einem höheren Wesen entwickelt. Es gibt noch andere Planeten mit anderen Menschen im Universum; aber sie sind wenige und werden wohl nie miteinander in Kontakt treten. Obwohl, vielleicht, eines Tages … Den Menschen traue ich alles zu.«

Das Kolosseum hatte sich merklich geleert, der Morgen graute. Die Ausführungen von Kosmos, dem Licht, hatten seine Besucher sehr gelangweilt.

»Du kannst die Wesen, die Mul geschaffen hat, nicht von natürlich entstandenen Wesen unterscheiden. Sie sehen genauso aus und sterben genauso. Seine Verbrechen aber sind unverzeihlich, und wie ich schon sagte, die Einzige von uns, die Mul noch liebt, ist seine Mutter, denn eine Mutter ist die Letzte, die ihrem Kind nicht alles vergeben würde, was immer es auch sei, das es verbrochen hat. Mul hat Menschen geschaffen, obwohl es gegen unseren Kodex verstößt; das Leben entwickelt sich, und wir entwickeln bestimmte Eigenschaften, um das Leben interessanter zu machen, ja sogar grausamer oder schöner; aber wir erschaffen keine echten Lebewesen; denn dies ist ein Privileg der Natur! Lediglich Imitationen zu schaffen ist uns gestattet. Jede Gottheit, wo auch immer im Universum sie wirkt, und es gibt nicht allzu viele Gottheiten im Universum, ein paar Tausend nur, denn ein Gott zu werden, ist die höchstmögliche Stufe der Entwicklung, und viele sterben auf dem Weg dorthin und können folglich keine Gottheit mehr werden, denn nur wer ewig lebt, ist ein Gott, alles andere sind Demiurgen, Teufel und andere Betrüger, jede einzelne dieser Gottheiten jedenfalls, die Lebewesen erschafft, wird ausgestoßen und muss fortan einsam leben und verliert jede Möglichkeit, mit anderen Gottheiten Kontakt aufzunehmen, so wollen es die unumstößlichen Gesetze aller Universen. So lebt Mul für seine Verbrechen in Einsamkeit, unwiederbringlich ausgestoßen aus seiner Familie und abgeschnitten von seiner göttlichen, schöpferischen Quelle. Er kann nur darauf hoffen, von den Wesen geliebt zu werden, die er geschaffen hat, und auch von denen, die sich entwickelt haben, wenn sie sich dazu entschließen; doch nicht nur den Frevel der Schöpfung hat Mul begangen; er hat den Menschen auch, zum Zeichen seiner finalen Rebellion, Geheimnisse anvertraut, die wir mühsam und vollkommen zu Recht geheim gehalten hatten: So hat er den Menschen, und auch anderen Wesen, gezeigt, was Magie und Alchemie sind und wie man sie beherrscht; und wer diese Geheimnisse kennt, kann wie ein Gott handeln, ohne jemals selbst einer werden zu können. Denn wer die Magie beherrscht, der beherrscht die Elemente, aus denen alles besteht; wer sogar die Alchemie beherrscht, der kann nach Belieben schöpferisch tätig werden; groteske und traurige Kreaturen kann er schaffen; und dazu jedes Metall und jeden Edelstein, alles, was er schön findet oder braucht; und schließlich, und das ist das schändlichste aller Verbrechen, hat Mul unser göttliches Licht gestohlen, mein eigener Sohn, und hat damit für eine Zwischendimension gesorgt, eine Welt der

Geister, Seelen, die mithilfe des ewigen Lichtes in leblosen Hüllen über die Landwelt und quer durchs Universum geistern und arme, lebendige Wesen zu Tode erschrecken!«

Lala hatte sich vor Kosmos zu Boden geworfen, erschlagen von diesem Sermon. Mit dem Gesicht zur Erde gewandt fragte er: »Habt Dank für Eure Auskünfte, großer Gott! Würdet Ihr mir denn auch raten, nach Mul zu suchen?«

»Wenn es dein innigster Wunsch wäre, Mul zu suchen, warum versuchst du dann, das Geheimnis der Horizonte zu lüften?«, schaltete sich hämisch grinsend Ritter ein, und Lala gab nach anfänglicher Verwirrung zu, dass es tatsächlich für ihn wichtiger war, dieses verflixte Geheimnis zu lüften, als mit Mul zu sprechen; zusätzlich war sein Glaube an das Gute in Mul tief erschüttert.

Lala verließ die Arena und wurde aufgrund seines Wunsches, das Geheimnis der Horizonte zu erkunden, in einer goldenen Kutsche, gezogen von goldenen Pferden, nach Laves gebracht. Dies verdankte er dem Umstand, dass einige von der Göttin der Lebenskraft geschaffene Golderinger sich unterwegs mit dem friedlichen Munkler Lala angefreundet hatten, auch wenn die goldenen Wesen keinerlei Sprache sprachen und es folglich nicht ganz einfach war, mit ihnen zu kommunizieren. Lala reflektierte noch einmal das Mysterium, auf dem sich sein Glauben gründete, und fragte sich, ob er sich geirrt habe. Auch wunderte er sich, wie freundlich die Götter ihn – abgesehen von vereinzelten Ausnahmen – letztendlich behandelt hatten. Im Grunde genommen schienen ihm die Götter auf eine merkwürdige Weise menschlich. Wie Menschen mit besonderen Fähigkeiten und ohne das Schicksal, eines Tages sterben zu müssen. Irgendwie hatten sie es sich ja auch gemütlich eingerichtet in ihrem Götteridyll Édén. Die vereinzelt aufkeimende Brutalität war wahrscheinlich aus Langeweile entstanden.

Laves lag an einem Fluss im Schatten des Gottesgebirges. Hier wurde Lala in seiner goldenen Kutsche abrupt von einem Reiter aufgehalten, der große Ähnlichkeit mit dem Gott Ritter hatte. Zunächst agierte der Reiter feindselig, erschlug ein paar goldenen Pferde, sodass die Golderinger in Panik flohen; doch als Lala von seiner Begegnung mit den Göttern von Alas erzählte, beruhigte er sich etwas. Auch imponierte ihm, dass Lala keine Furcht vor ihm zu haben schien; und so war es tatsächlich, denn obwohl Lala den Gott von Laves mit äußerstem Respekt behandelte, verspürte er, gemessen an dem, was er schon erlebt hatte, keine nennenswerte Furcht.

Eine Besonderheit bei dieser Begegnung war zweifelsohne, dass der Ritter nicht mit seinem Menschengast sprach, obwohl er ihn gut zu verstehen schien, denn er nickte, lächelte oder verzog das Gesicht an den passenden Stellen. Als Lala nach dem Geheimnis der Horizonte fragte, lief der Reiter zornesrot an. Er gestikulierte wild mit den Armen und schwang seinen Morgenstern, befahl Lala dann mit einer Handbewegung, ihm zu folgen. Als er sah, dass Lala nicht mit ihm Schritt halten konnte, packte der Reiter Lala kurzerhand mit mächtiger eisenbeschlagener Pranke am Nacken und setzte ihn auf sein mächtiges Ross. Dann galoppierten die beiden in Windeseile – und das Pferd war tatsächlich um ein Hundertfaches schneller als jedes andere Pferd, das Lala kennengelernt hatte – in Richtung Epedene, einer weiteren Götterstadt. Der Reiter setzte Lala in ein prächtiges regenbogenfarbenes Zeremonienboot und wies den Wind an, das Boot zu der geheimnisvollen Insel zu bringen, welche in etwa die Form eines Karos hatte und von anderen, kreisförmigeren Inseln umringt war.

In all dieser Überfahrtszeit – es waren einige Tage und Nächte – sprach der Ritter kein Wort, sodass Lala nie herausfand, was dieser für ein Gott war und was er geschaffen hatte. Er setzte den armen Lala wortlos auf der Insel aus und machte dann mit seinem Schiff kehrt, während Lala sich auf der Insel umsah. Er durchstreifte die flache, von dichtem Gestrüpp durchzogene Dünenlandschaft einige Stunden, bis er zu einem hohen, rotweiß gestreiften Turm kam, der ihn sehr an die Leuchttürme seiner Heimat erinnerte. Er schaute nach Gottheiten oder anderen Lebewesen, aber außer ein paar Vögeln, Insekten und allerlei Meeres- und Küstenbewohnern wie Krabben, Muscheln oder Fischen, wie es sie überall auf der Landwelt am Meer gibt, konnte er niemanden auf dieser Insel ausfindig machen.

Kurz entschlossen betrat er den Turm. Er keuchte und ächzte, als er dessen fünfzehn Stockwerke zu Fuß nahm; von außen hatte der Turm viel kleiner gewirkt. Als er im obersten Stockwerk ankam, erschrak er; zunächst einmal sah er große Fenster, aus denen man einen guten Überblick auf die ringsherum liegende Landschaft erhalten konnte. Dann aber wurde seine Aufmerksamkeit auf etwas Abscheuliches gerichtet, welches an einem der Querbalken mitten im Turmzimmer befestigt war: ein straff gespannter Galgen. Lala sah sich um: Wer um alles in der Welt konnte so makaber sein? War dieser Galgen für ihn selbst bestimmt? Vielleicht sollte aber auch jemand anderes hier getötet werden? Oder wollte sich jemand anderes hier vielleicht sogar selber erhängen? Plötzlich hörte Lala, wie die Treppe knarrte; jemand kam zu ihm herauf! Nun war es mit Lalas anfänglicher Gelassenheit endgültig vorbei, denn es gab keine Fluchtmöglichkeit. Entweder müsste er das Fenster öffnen und hinausspringen, was ihn sein Leben kosten würde. Oder aber er müsste im Zimmer bleiben und warten, bis, wer auch immer es war, zu ihm hochgekommen wäre, und dann müsste Lala sich zu erklären versuchen. Was an sich in Ordnung wäre, wenn dieser Galgen dort nicht so demonstrativ hinge …

Lala stand auf einer Diele des Turmzimmers und fühlte sich, als sei er angewurzelt. Er konnte sich zunächst nicht zu irgendeiner Handlung durchringen. Es schien ihm völlig unmöglich. Als er sich schließlich dazu entschloss, dem Kommenden entgegenzutreten, war es zu spät. Er hörte, wie jemand von außen die Klinke herunterdrückte; und dann ging die Tür auf!

Herein trat etwas, was wiederum in Lalas Sprache nur äußerst schwer zu erklären ist, aber er fühlte sich stark an den Herren von Rashnog erinnert.

»Was hast du hier in meinem Turm zu suchen?«, fauchte ihn ein Wesen mit Händen und Füßen an, aus dessen chaotischer Körpermitte rote Blitze zuckten, Lalas Haare versengend.

»Ich bin Lala, alles in allem, mystischer Munkler, Reisender im Land der Götter … «

»Ich möchte nicht wissen, wer du bist, sondern was du hier verloren hast!«, zischte das Chaoswesen.

»Ich bin so lange gereist, um das Geheimnis der Horizonte zu lüften!«

»Du wagst es, direkt anzusprechen, was so sorgsam gehütet wird? Wer bist du, dass du das Wissen um die Geheimnisse der Horizonte verdient hast?«

»Ich bin ein friedlicher Mensch; ich habe keinen anderen Menschen umgebracht; ich habe keinem anderen Menschen absichtlich geschadet; doch ich muss wissen, was es mit dem Geheimnis der Horizonte auf sich hat! Ich bin dafür buchstäblich um die halbe Landwelt gereist und kreuz und quer durch Édén! Bitte, verratet es mir!«

»Ich werde dir überhaupt nichts verraten. Dieses Geheimnis ist nicht für Menschen gedacht! Ende der Diskussion.«

»Aber was soll ich dann tun? Wo soll ich dann hin?«

»Ich würde vorschlagen, du verlässt meinen Turm und schwimmst, bis du entweder untergehst, weil die Kraft dich verlässt, oder du ans Festland kommst und dort machst, was immer du magst. Oder du bleibst hier auf der Insel, und zwar für immer, na ja, sagen wir, bis du alt und gebrechlich geworden bist und stirbst.«

»Das kann nicht Euer letztes Wort sein!«

»Doch. Mein letztes.«

»Aber gibt es denn gar nichts, was ich tun kann? Gar nichts, was ich Euch bieten kann? Wie könnt Ihr nur so grausam sein?!«, klagte Lala und weinte bitterlich. Er wollte den Turmgott verfluchen, doch das ließ sein Munklergewissen nicht zu.

Er rannte die Treppen hinab. Er rannte wie von Sinnen kreuz und quer über die Insel. Doch nichts half. Nichts veränderte sich. Er versuchte immer wieder, den unnachgiebigen Turmwächter anzusprechen. Nichts konnte den Wächter des Turmes dazu bringen, ihm das Geheimnis der Horizonte zu verraten.

Nach etlichen Wochen und halbherzigen Versuchen, die Insel zu verlassen und die anderen Inseln zu erkunden – auf einer der Inseln fand er einen alten, halb eingefallenen Turm, in dessen Inneren er jedoch nichts entdeckte außer weiteren Ruinen –, kletterte Lala weinend die Treppen zum Turmzimmer hoch, wo er den Gott der Insel und des Turmes nicht antraf. Doch das war ihm egal. Er nahm einen Stuhl, prüfte den Knoten des Galgens, sprach ein letztes trauriges Gebet zu Mul und wollte seinem Leben ein Ende setzen, als er am Horizont violettes Licht sah. Das Licht schoss auf ihn zu, sog seinen Geist aus seinem Körper, nahm diesen auf galaktische Wolken und trug ihn immer weiter fort, seinen Körper auf dem Stuhl vor dem Galgen zurücklassend. Lalas Geist verlor sich in Ekstase, teilte sich, tanzte um sich selbst herum und verbrachte seine Zeit mit dem so enthüllten Geheimnis.

Der Wächter des Turms fand ihn ein paar Tage später reglos auf dem Stuhl vor dem Strick stehend vor, seufzte und nahm ihn herunter. Er warf den zu einer Statue erstarrten Körper über seine Schulter, schleppte ihn nach unten und positionierte ihn zur Mahnung am Fuße des Turmes. Er segnete die Seele des Körpers im Wissen, dass Lala, in welcher Sphäre er jetzt auch immer schweben mochte, endlich ans Ziel gelangt war; und wie nur drei Menschen vor ihm würde seine Seele fortan um jenes uralte Geheimnis aller Geheimnisse kreisen. Hätte Lala sich das Leben genommen, wäre alles umsonst gewesen. Doch er hatte die finale Prüfung bestanden.

Zu ungefähr der Zeit, als Lala hinter das Geheimnis der Horizonte kam, beschloss der Maskierte, eine große Reise nach Fdirbgniydym zu unternehmen. Ein ganzes Jahr wollte er dort verbringen, Kontakte knüpfen, durchs Land reisen, die komplizierte Sprache erlernen. Er sah sich mittlerweile als Diplomat; da er nach Belieben Einfluss auf die Innenpolitik der noch jungen, kürzlich feierlich ausgerufenen Republik Utopisanna nehmen konnte, hatte er durch einige geschickte Arrangements das ehrenvolle Amt des Außenministers erworben.

Der Maskierte kalkulierte dabei Folgendes: Auf absehbare Zeit würde es zu einem Wettrennen zwischen Utopisanna und Novatupia kommen, und da die neu gewonnene Kristallenergie den Fortschritt neuerdings kolossal beschleunigte und die Republiken beide reich an Bodenschätzen sowie an Ressourcen waren, bedurfte es ebenso fähiger wie tüchtiger Hände, um die Republiken entsprechend aufzubauen. Während die Novedaner den Vorteil hatten, direkt von Noveda und benachbarten Ländern aus Aufbaukräfte akquirieren zu können – und es klang gerade in den von Kriegen gebeutelten Ländern wie Neun, Asetonien, Lalalai und auch Noveda selbst durchaus verlockend, ein abenteuerliches Land voller ungeahnter Chancen frisch aufzubauen –, waren die eisannischen Kolonien allesamt zu weit von anderen Mitgliedsstaaten des Eisannischen Bundes entfernt, um neue Soldaten, Ingenieure und Siedler nachschicken zu können, und die Neosannas würden höchstwahrscheinlich viel Zeit darauf verwenden, ihre eigenen, dem Festland vorgelagerten Inseln auf dem Blatt Atupia aufzubauen.

Die Kristalle ließen sich sehr vielseitig verwenden; ihre Energie konnte einfach alles antreiben: Schiffe, Eisenbahnen, sogar Kutschen und Heißluftballons. Sie würden das Gesicht der menschlichen Zivilisation auf der Landwelt nachhaltig verändern, dessen war sich der Maskierte absolut gewiss. Nun mussten nur noch fähige Leute her, um beim Aufbau zu helfen. Diese wollte der Maskierte in Fdirbgniydym auf den Geschmack bringen: den Geschmack der *Macht*.

Der Maskierte reiste inkognito zur Hauptstadt von Fdirbgniydym, Brîdé. Hier ging er bei einem Großmeister in die Sprachschule und lernte nebenbei auch andere Künste wie Fasten und Meditation.

Nun muss man wissen, dass die Sprache Fdirbgniydyms ziemlich einzigartig ist. Die Fdirbgniydym haben nämlich die Eigenschaft, bei der Bildung von Sätzen einfach einzelne Wörter oder Wortteile an das jeweils Vorhergehende zu hängen, womit dann völlig unmögliche Ein-Wort-Sätze wie zum Beispiel »Poôasidjhgfüoôiawsidfoas-dôjofsidjadsoôfjaîôttûsdiu« entstehen. Hier sei vor allem die im zweiten Teil des Wortsatzes unterstrichene Hervorhebung der Dringlichkeit des Anliegens durch Brüllen angemerkt. Die Fdirbgniydym unterscheiden praktischerweise zwischen Flüstern, Sprechen und Brüllen. Fremden gegenüber gilt es als Zeichen guter Manieren zu schweigen, wobei es zwar erlaubt ist zu kichern, nicht aber, offen und geradeheraus zu lachen. Der Fremde gilt als allgemein akzeptiert, wenn begonnen wird, ihn flüsternd mit einzubeziehen. Spricht man mit Verwandten und Freunden, so wird peinlich genau darauf geachtet, dass die endlos langen Ein-Wort-Satz-Konstruktionen auch noch absolut monoton gehalten werden. Bei allen Formen von Kriegen, Sportveranstaltungen, Auseinandersetzungen und anderen Wettkampfsituationen wird gebrüllt, gekreischt und gejault, wobei auch einzelne Silben, Buchstaben oder Wortbestandteile durchaus durch Betonungen hervorgehoben werden können.

All dies bedeutete für den Maskierten einen echten Prüfstein, und seine Selbstüberschätzung kam ihm beim disziplinierten Lernen der Sprache durchaus zupass. Unerschrocken nahm er, immer maskiert, an politischen Debatten, rhetorischen Duellen, öffentlichen Reden oder Gerichtsverhandlungen teil, und obwohl sein ausländischer Akzent, seine (nach Maßstäben der Fdirbgniydym) linguistische Unbeholfenheit und seine verhältnismäßig unhöfliche Art für ebenso viel Empörung wie Hohn sorgten, erkämpfte er sich, nicht zuletzt durch die Vorführung einiger imposanter Kristalltricks, nach einigen durchschwitzten Mondzyklen einen passablen Status.

In dieser Zeit strotzte der Maskierte, der immerhin seine Jugend schon weit hinter sich gelassen hatte, vor Energie. Er schrieb zwei Bücher über die Fdirbgniydym, welche er auch in deren Sprache übersetzen ließ. Im ersten Buch, stolze 494 Seiten dick, liefert er eine minutiöse Analyse der Kultur der Fdirbgniydym, in der vor allem die berühmte Passage auf Seite 93, in der er pedantisch genau die soziale Erwünschtheit des Fremdgehens beschreibt und wie Groß und Klein sich auf Familien- und Clanfesten einen Spaß daraus machen zu erraten, wer in der Vergangenheit mit wem geschlafen hat, wer von wem abstammt und welche Erwachsenen man zu rein sexuellen Aktivitäten verkuppeln könnte, heraussticht und bei der Erstveröffentlichung 5229 für einen absoluten Skandal in den Ländern des Eisannischen Bundes sorgte. Auf Seite 113 beginnen dann die Ausführungen über den hohen Stellenwert des Kindes in der Fdirbgniydymgesellschaft und wie das Kind eine Art Heiliger ist, den es zu hegen, zu pflegen und zu fördern gilt, wo es nur geht. Daher ist das absolut schlimmste Verbrechen Kindesmissbrauch in jeder Form, und die in fast allen Fällen männlichen Täter werden nackt in ein Becken voller Haie gestürzt, kann man ihnen ein derartig abscheuliches Vergehen nachweisen. Die Menge schließt zu solchen Anlässen makabre Geldwetten darauf ab, wie viele Sanduhrfüllungen der Täter im Haitank überleben wird.

Das andere Buch ist ein sehr technisches, bereits 5227 veröffentlichtes Kompendium, 129 Seiten umfassend, welches sich detailliert mit der Sprache auseinandersetzt und dessen Lektüre und Beherrschung in fast allen leitenden Berufen in Utopisanna zur Pflichtlektüre geworden ist. Darin beschreibt der Maskierte, dass die Sprache an sich sogar recht simpel zu erlernen und anzuwenden ist, hat man erst mal ihr eigenartiges System durchschaut. Bald schon wurden Tausende von Fdirbgniydym in Utopisanna eingebürgert, und eine herzliche Freundschaft entstand zwischen den höflichen, mageren, unentwegt kichernden Ureinwohnern Atupias und den infolge der Kristallenergie fortschrittsorientierten, feisten, unentwegt arbeitenden Kolonialherren. Die Fdirbgniydym, von den Utopisannanern der Einfachheit halber Ydym genannt, erwiesen sich nämlich schon bald als konzentrierte, intelligente Arbeiter, die nicht so sehr durch die Quantität ihrer Arbeit als vielmehr mit ihrer immensen Geschicklichkeit brillierten; sie erschufen kunstvolle Gebäude, und oft zeigten sie ein unglaubliches Talent beim Erfinden neuer Gegenstände und Formen. Zudem hatten die Ydym ebenfalls großen Spaß an der Aneignung des Eisannischen, und dessen Abgehacktheit, vor allem im Schriftbild, sorgte für schier endlose Heiterkeit und Belustigung, was zwar einige konservative Utopisannaner entrüstet die

Köpfe schütteln ließ, den Ydym beim Großteil der Bevölkerung aber eher Sympathie einbrachte. Bald schon entstanden gemeinsame Schulen und Projekte, und die Infrastruktur Utopisannas verbesserte sich binnen weniger Jahre erheblich, sodass der inzwischen deutlich gealterte Maskierte 5235 vom Außenminister zum Staatspräsidenten befördert wurde, und das auch noch einstimmig. Er hielt somit in den letzten sieben Jahren seines Lebens das höchstmögliche Amt inne, und bis 5242 erschien alles glänzend und sorglos.

Nach seinem Tod 5242 aber kam es zu einem weitreichenden Skandal. Einige sich benachteiligt fühlende Zöglinge verschafften mit Unterstützung von Vertretern der novedanischen Rachegruppe, im Vorfeld völlig unangekündigt, der Öffentlichkeit Zugang zu den geheimen Archiven des Maskierten und seiner Geheimgesellschaft. So verfasste die Eisenbergen-Zeitung postwendend einen inzwischen berühmten Bericht, in der Reporter aufdeckten, was der Maskierte hatte geheim halten wollen.

Skandal

Ex-Präsident Eisenbürgers geheime Dossiers veröffentlicht

Es ist ebenso schockierend wie bezeichnend für die heutige Zeit, dass Utopisannas größter Förderer gleichzeitig dessen größter Betrüger zu sein scheint. Aus den über zwanzig Jahre lang geheim gehaltenen Dossiers geht eindeutig hervor, dass der ehemalige Präsident Eisenbürger gezielt führende Persönlichkeiten manipuliert, eingeschüchtert und bedroht hat. Die Dokumente wurden von einem unabhängigen Ausschuss auf Echtheit überprüft und weisen allesamt eindeutig darauf hin, dass ein geheimer Orden die Fäden unserer Regierung möglicherweise schon seit vielen Jahren fest in der Hand hält und nach Belieben zieht.

Dass wir also nur eine Marionettenregierung über unsere Geschicke entscheiden lassen, bestätigte Marum Eisan, welcher 5235–5238 in der Regierung Eisenbürger Gesundheitsminister war und die geheimen Dokumente an die Öffentlichkeit gebracht hat, um »sein übermäßig belastetes Gewissen endlich zu erleichtern«.

Skandalös und brisant sind die Funde und deren Inhalte allemal. Zynisch beschreibt der »große Präsident« Eisenbürger, wie er mithilfe der Methode der von ihm entwickelten »Absoluten Teleologie« zum Zwecke des rücksichtslosen Machterwerbs gezielt Kirche und Behörden mit Lügen und Erfindungen gefüttert hat, um politisch und gesellschaftlich aufzusteigen. Demnach hat derselbe Mann, der wie kein Zweiter eine Politik des Fortschritts und der Förderung des Allgemeinen Wohlstands in unserem Land betrieben hat, gleichzeitig eine Arkanpolitik verfolgt, in der er sich über die Einfältigkeit der im Nachhinein als naiv zu bezeichnenden Menschen Utopisannas lustig macht, wenn eine seiner Anweisungen einmal mehr blauäugig umgesetzt wurde. Moral, Legislation, Politik – was davon ist jetzt noch echt? Wem kann man trauen? Man kommt sich vor, als sei man aus einem angenehmen Traum herausgerissen worden und in der bitteren Realität erwacht.

Klar ist, dass wir nun logischerweise unseren Staat völlig neu hinsichtlich seiner Führung zu definieren haben. Dass die Kirchen der diversen Munklertraditionen fortan mit hoher Wahrscheinlichkeit einer erheblichen Abwendung entgegensehen werden. Dass wir unseren Mitbürgern, eingewandert aus Fdirbgniydym, nun schamerfüllt die Wahrheit über unser Land zu berichten haben. Dass wir somit aber auch eine ungeahnte Chance zu einem wirklichen Neuanfang erleben.

Denn was enthüllt wurde, ist mehr als ungeheuerlich: Wir sind gezielt ausgenutzt worden; wir sind unfassbar bösartig, kalt und zynisch Gegenstand von Spionage und andauernder Beobachtung ausgeliefert gewesen; wir sind von Eisenbürger als »Sandkörner« bezeichnet worden, Utopisanna als »Sandkasten«, dessen inhaltliche Struktur durch Eisenbürger und seinen Orden »beliebig formbar« sei; dass er unsere Perspektive gezielt gelenkt und dorthin gerichtet habe, wo er es gerade für nötig hielt.

Immer war in seinen falschen Predigten vom Licht *die Rede – und hinter selbiges hat er uns aufs Gründlichste geführt. Nun bleibt Utopisanna nichts anderes übrig, als seine Regierung völlig neu zusammenzustellen und die Kandidaten für die politischen Ämter aufs Sorgfältigste zu prüfen. Diese Prüfung muss transparent und lückenlos erfolgen […].*

So der Ausschnitt aus dem berühmten Zeitungsbericht. Der Skandal wurde natürlich auch im Ausland publik und schlug hohe Wellen. Die Novedaner hegten den durch die Ausführungen der Rachegruppe unterstützten Verdacht, dass der ehemalige Präsident Eisenbürger auch durchaus in der Lage gewesen sein könnte, Kristalle der Novedaner unrechtmäßig entwendet zu haben. Jedenfalls froren die diplomatischen Beziehungen zwischen den beiden Ländern parallel zu ihrer rapiden Entwicklung sichtbar ein. Es gründeten sich schnell zwielichtige Nachfolgeorganisationen, und das Gerücht wurde in die ganze Welt hineingetragen, dass eigentlich alle Regierungen, Länder, Staaten, König- und Kaiserreiche nur Marionettenkabinette, Marionettenpräsidenten, Marionettentyrannen oder Marionettenadelige in den Führungsetagen hätten, während durchtriebene Logen in geheimen Hinterzimmern hinter den Kulissen die Fäden zögen.

Im Allgemeinen wurde über solche Äußerungen herzlich gelacht; bis auf weite Teile der Bevölkerung Lalalais nahm man diese Gerüchte nirgendwo sonderlich ernst; und während 5242 in just diesem Land die Organisation G.I.E.R. aufgrund dieser Enthüllungen nach mehreren Jahrzehnten der Herrschaft gestürzt und zerstört wurde und eine blutige Revolution schließlich in einem Bürgerkrieg mündete, dienten die Verschwörungstheorien auf den großen Büchermärkten Plüschlands und Kernlands lediglich der Steigerung des Umsatzes der Buchhändler. Besonders hervorzuheben ist hier das Kultbuch *Hinters kristalline Licht geführt* des jungen Dalesaners Danial A. Siturnal, welches eine globale Verschwörung von Omøn, Bergingern, Lalalais, Novedanern, Eisannas und Xlaovanern postulierte und vorgab, dass eine geheime Landweltregierung auf einem bisher noch unentdeckten Blatt heimlich die Fäden ziehe. Dieses Buch wurde heftig kritisiert, da man Siturnal vorwarf, er habe große Teile seines Lebens in einer abgeschiedenen Dachkammer verbracht und könne somit keine Ahnung von globalen Geschehnissen haben. Eine blonde, eher brave Frau vom dalesanischen Nachrichtendienst, mit der Siturnal ein mehr als freundschaftliches Verhältnis gepflegt hatte, hat aber inzwischen die Theorie, dass das besagte Buch tatsächlich dazu dienen könnte, eine Verschwörung aufzudecken, recht populär gemacht. Sie beruft sich auf das Mithören vertraulichen Getuschels in Regierungszimmern in Dalesa, welches sie durch diverse Schlüssellöcher mitverfolgt haben will. Seltsamerweise habe sie die Inhalte nicht vollständig erfassen können, da die Schutzbefohlenen der Verschwörer moderne Pfeifen mit sechs Löchern einsetzten, um die Gespräche einerseits zu überdecken und andererseits die Verschwörer vor heimlichen Lauschern zu warnen!

KAPITEL VII

Materialismus

Der Morgen ist von Nieselregen bestimmt, welcher gleichmäßig und monoton auf das Dach eines Schuppens fällt, welcher vor dem Fenster steht, an dem ein junger Mann namens Nö in ein Buch vertieft ist. In diesem Buch geht es um die Geschichte Atupias. Nö liest sich selbst vor:

»Die Kolonien auf Atupia wurden in den nächsten Jahren Zeugen revolutionärer Fortschritte. Die Kristalle, welche Neosannas, Utopisannas und Novatupianer in diesen Jahren aus den tiefen, weitverzweigten Bergwerken ihrer Territorien förderten, ließen sich äußerst vielfältig einsetzen. Der Gebrauch zur Erzeugung von Energie war komplizierten Regeln unterworfen und der Erlös aus dem Verkauf an andere Länder sehr hoch. Beim Kristallhandel konzentrierten sich die Eisannas auf ihre Bundesgenossen und auf Kernland, während die Novedaner neben ihren Unionsländern hauptsächlich Krug belieferten – mit Ausnahme von Lalalai, welches infolgedessen endgültig seine politische und militärische Macht einbüßte.«

Nö schmeckt mit der Zunge den gesalzenen Erdnüssen nach, die er gerade gegessen hat. Die Erdnüsse stammen aus Utopisanna.

»Eine weitere Entwicklung in dieser Zeit war der allgemeine Rückgang an Mystizismus und dem Interesse an Magie. Die Menschen waren fasziniert von dem materiellen Nutzen, den die Kristalle ihnen brachten, und die Kristalle verloren immer mehr von ihrer ursprünglich spirituellen Konnotation.«

Magie?, denkt sich Nö, *Mystizismus? Beruht wahrscheinlich alles eher auf persönlichen Erfahrungen und Grenzerlebnissen als auf evidenzbasierten wissenschaftlichen Erkenntnissen.*

»Eine auf das Blatt Atupia beschränkte Besonderheit war auch der Länder und Bündnisse übergreifende Einfluss einer neuen politischen Partei, der sogenannten Kristalldenkerbewegung.«

Nö reibt sich die Augen. Trotz zwei Muta-Molis kommt er heute Morgen nicht so richtig in Gang.

»Die Kristalldenker wurden von dem Universalgenie Robertus Tee-Bostes ins Leben gerufen. Seine Familie mit Ursprung in Neosanna hatte sich als eine der ersten zu den neu entdeckten Inseln aufgemacht und verschrieb sich radikal den *Umwälzenden Neuerungen,* wie Marta Bostes-Kail, Robertus Tee-Bostes' Mutter, es programmatisch formulierte. Der junge, hyperintelligente Robertus nahm diesen Gedanken auf und entwickelte 5239 ein Manifest, welches unter anderem besagte:

‚Wir sprengen mit aller verfügbaren Radikalität das zweidimensionale Denken der vorangegangenen Generationen.'

Dies war der erste Satz des Manifestes, und weiterführend hieß es:

‚Nutzen wir die Kristalle, um über Zentimeterwellenlängen Signale auszutauschen.'

Letztere Aussage spiegelt Tee-Bostes' Entdeckung eines der komplizierten, vielfältigen Prinzipien der xlaovanischen magischen Kugeln samt naturwissenschaftlich fundierter Erklärung, was dazu beitrug, dass sie, ebenso wie die Kristalle, allmählich entmystifiziert wurden.«

Der junge Mann legt das Buch zur Seite und betrachtet aufmerksam die beiden kleinen Kristalle in seinem Zimmer: Einer schimmert blau, der andere weiß.

»Weiter hieß es bei Tee-Bostes:

‚Die Bilder der magischen Kugeln fußen auf Zeitquant-Technologie',

und da nur Tee-Bostes wirklich verstand, was damit letztendlich gemeint war, und er folglich der einzige Mensch war, der es anderen in etwa begreiflich machen konnte, wurde er bald bei öffentlichen Reden und Vorführungen zu Kristallen und magischen Kugeln ein viel gefragter und gerne gesehener Mann.«

Nö schmunzelt, *ach so, damals galt das Prinzip der Zeitquanten als noch nicht bewiesen … und was für altmodische Namen die Menschen damals trugen …* Nö schüttelt den Kopf und liest weiter:

»Tee-Bostes begann seine Reden stets mit einem der berühmtesten Sätze in der Geschichte der Landwelt:

‚Dies ist der Zeitpunkt null. Von diesem Sandkorn an gilt nichts mehr als gewiss';

und wie man sich vorstellen kann, wurde der *Zeitpunkt null* rasch zum geflügelten Wort auf dem Blatt Atupia. Weitere berühmt gewordene Formulierungen umfassten:

‚Während sich bei anderen Menschen die Intelligenz kontinuierlich rückwärtsentwickelt, entwickelt sich unsere von nun an vorwärts. Um ein sogenannter Gott zu werden oder um generell die Lebensspanne zu erweitern, muss man bloß die Zeit dehnen und schließlich das Licht überwinden.'

Eine Formel, die an jeder Schultafel in Noveda prangte, war

‚Überwindung der physikalischen Gesetze = ewiges Leben'

mit dem Zusatz:

‚Ersetzen wir Sanduhren durch Kristalllampen; beweisen wir endlich, dass alle Zeit relativ ist',

und schließlich jene berühmte Schlusspassage am Ende eines jeden Vortrages, welche die Zuhörer stets in Verwirrung zurückließ:

‚Es gibt keinen Moment! Es gibt keinen Augenblick, alles war, alles ist und alles wird sein. Da es keinen Moment gibt, sind wir praktisch tot, während wir geboren werden.'

Kurzum, es war für die damaligen Verhältnisse eine völlig neue und andersartige Denkweise.«

Was für ein arroganter Typ, denkt sich der junge Nö, *anzunehmen, dass sich bei anderen Menschen die Intelligenz rückwärtsentwickle*. Er verzieht die Miene und liest weiter:

»Robertus Tee-Bostes zog von 5255 an von Ort zu Ort und erneuerte verkalkte Sichtweisen anhand eines völlig neuartigen und verwirrenden Konzeptes, welches selbst die Gelehrtesten nicht verstanden; viele erklärten seine Aussagen für ‚Unfug', aber seine phrasenhaft formulierten Prinzipien funktionierten. 5255 begann er seine Reise auf der Ameiseninsel. Er baute die Auffüllbucht unter dem Motto

‚Die kreative Zeitquantenakzeleration enthält eine erhabene Schicksalsaussage'

zu einer schönen kleinen Stadt mit Hafen aus. 5256 zog es ihn schlagartig fort, und er landete samt Clan und wichtigen Parteifunktionären auf der Sturmesinsel, wo er die Holzburg zu einer starken Festung umfunktionierte. Hier lautete der Leitsatz der Kristalldenker:

‚Die permanente Lösung der Zeitquantenproblematik bringt eine unerschütterliche Zukunftserhellung mit sich!'

Es war einfach ein völlig neuer Stil, sich auszudrücken, der, was stark ins Gewicht fiel, die Leute zu immer neuen Höchstleistungen zu motivieren schien. Von 5257 bis 5258 gab er sich einer überaus intensiven Arbeitsphase auf der Winkelinsel hin. Die Orte Winkel und Wunderschön wurden unter den zelebrierten Phrasen

‚Eure sogenannte Zeitdehnungstendenz fußt auf eurer fanatischen Wesensverpflichtung!'

und

‚Eine konstruktive Zeitquantenkonzeption ist die Grundlage dieser unserer Seinsgewissheit!'

zu prosperierenden Städten ausgebaut. Beim Ort Winkel gelang ihm ein besonderes, auf der Landwelt nahezu einmaliges Kunstwerk: Die Stadt bekam einen sogenannten Doppelhafen, das heißt, am westlichen wie am östlichen Ende der Stadt wurden moderne Häfen mit unterschiedlichen Funktionen errichtet.«

Nun gut, er hat verstanden, wie sich über den Gebrauch von Zeitquanten die Zeit dehnen lässt, und ist damit reich und berühmt geworden. Hingegen werden normale, hart arbeitende Leute wie ich wie immer zu schlecht bezahlt. Aber würde es mir besser gehen, wäre ich Zeitquantenwissenschaftler oder Unternehmer geworden? Nö schaut noch mal nach draußen, und nichts hat sich verändert. Der Regen nieselt kontinuierlich weiter. Obwohl Nö nur begrenzt motiviert ist, liest er weiter, denn er hat an diesem Morgen nichts Besseres zu tun.

»5258 betrat er novatupianischen Boden und gestaltete alles Mögliche, von Fabriken bis zu öffentlichen Parks und Gebäuden, unter dem Motto: ‚Die heutige emanzipatorische Zeitquantenpräferenz resultiert aus einer nicht wegzudiskutierenden machtvollen Erinnerungsverstrickung', und die Menschen der Südnase jubelten ihm begeistert zu.« *Was hat der an Phrasen gedroschen! Und wie berühmt der damit geworden ist …* Nö überblättert ein paar Seiten, da ihn die Details der Geschichte ermüden, schließlich wollte er eigentlich nur etwas mehr über die Geschichte der Kristalle wissen, und liest auf der letzten Seite:

»Leider wurde er noch während der Arbeitsphase bei einem Badeausflug von überraschend auftauchenden Haien tödlich verwundet, sodass er unter allgemeiner Volkstrauer beigesetzt wurde. Das örtliche Mausoleum enthält eine zehn eisannische Meter hohe Gedenktafel mit seinen fünf berühmtesten Phrasen. Seine Anhänger zog es schließlich nach Utopisanna, wo sie nach den Prinzipien ihres Großmeisters ebenfalls Städte und Gemeinden zu Blüte und Wachstum brachten, wobei keiner von ihnen jemals wieder so schöne Worte für die Arbeit fand wie Robertus Tee-Bostes. Der Mann hatte schlichtweg eine neue Art zu denken und zu reden erfunden, die man in den klassischen gesellschaftlichen Bereichen der Arbeit, des Militärs und der Religion in der Form zuvor nicht praktiziert hatte.«

Nö schließt die Augen, da ihn das viele Lesen etwas schläfrig macht. Dann beginnen seine Gedanken abzuschweifen: *Utopisanna wird immer größer … Kernländer ziehen schon seit Jahren dorthin … Dort gibt es keine Kriege, sagt man … Die Einwanderer suchen nach Schätzen und einem neuen Lebenssinn … Ein Gefühl grenzenloser Freiheit liegt dort in der Luft – ein Gefühl, nach dem sich viele Menschen nach Jahren der Langeweile, der Kriege oder der Naturkatastrophen gesehnt haben.* Nö macht die Augen auf und legt das Buch zur Seite. Er geht in die Küche, vergisst aber, was er dort eigentlich gerade wollte. Er rauft sich die Haare, da er so viele Gedanken zum Thema Atupia im Kopf hat. *Zwei mächtige Zahnräder der Geschichte greifen mit ganz eigener Dynamik ineinander. Die Supermächte haben auf Atupia ihre Gebiete beträchtlich erweitert; und die Menschheit hat einen wichtigen Entwicklungsschritt von der Dampf- und Ballonkultur hin zur Kristallkultur vollzogen, und nun leben wir inzwischen in drei Welten. Der Kristallwelt – kristallbetriebene Fahrzeuge, artifizielle Lichter, den magischen Kugeln nachempfundene Kristallkugeln zur Übertragung von Ereignissen, Kristallwaffen, Kristallmedizin, Kristallforschung und viele weitere Wunder –, der altmodischen Zwischenwelt und der Primitivwelt, welche weder von Kristallen noch von anderen industriellen oder mechanischen Neuerungen Kenntnisse besitzt.*

Nö schaut auf seinen Kalender in der Küche: *Wir schreiben das Jahr 5271.* Er schaut aus dem Fenster, wo er zwitschernde Vögel sieht. Es ist Frühling in der Landwelt. In der Küche von Nö schimmert matt ein billiger alter Kristall. Nö hat sich einen dritten Muta-Moli gemacht und schaut sich noch einmal um, ob er auch wirklich alles hat. Plötzlich überkommt ihn eine Sehnsucht nach der Zeit, in der in seiner Gegend Menschen noch richtige Namen hatten – Nö klingt für ihn ziemlich langweilig. Doch mit dem Aufkommen und der Verbreitung der Kristalle sind Namen wie Benelon, Aderro oder Robertus Tee-Bostes aus der Mode gekommen. Nö liest in seiner Gebrauchsanleitung für Kristalle, dass sie regelmäßig gewartet werden müssen, und lacht in sich hinein. Er hat sich schon lange vorgenommen, die Kristalle zu reinigen, doch er kennt sich: Er schiebt solche Sachen immer wieder auf. Nö sorgt sich etwas, weil er in letzter Zeit ständig Wasser lassen muss. Ob das mit den Kristallen zusammenhängt? Er schaltet sie nach und nach aus; sicher ist sicher. Er überfliegt noch einmal die Arbeit an seinem Kunstprojekt, seiner Totalen Collage; sie gefällt ihm, auch wenn er nicht glaubt, dass sie in der Galerie viele Leute interessieren wird. Alles hat es irgendwo schon mal gegeben, und seine *Geistesblitze* haben schon in manch anderes Gehirn vor ihm brachial eingeschlagen.

Nö ist Dalesaner. Er lebt an der Peripherie der Stadt Agos. Er will seine Freundin Noé besuchen, die im Zentrum von Agos lebt. Viele Frauen heißen inzwischen Noé. Es ist ein Modename, so wie Nö. Oder Bo. Oder Mau. Für den Besuch hat er eine Kutsche gemietet, welche natürlich ebenfalls von Kristallenergie betrieben wird.

Und was machen wir, wenn uns eines Tages die Scheißkristalle ausgehen?, denkt er sich und knüddelt ein Stück Papier zusammen, und dann: *Man muss zuerst Geschichtliches erzählen, um eine Geschichte erzählen zu können*, und erfreut sich an diesem Gedankengang. Er liest ein wenig in einem Buch namens *Kristall-All*, doch nach kurzer Zeit schon erscheint es ihm reichlich blöd, sich so viel mit Kristallen zu beschäftigen. Er legt sich eine Kristalluhr um und packt ein paar Schriften ein, von großer wie weniger großer persönlicher Bedeutung, die er bei seiner Freundin deponieren will. Dann kann er sie vielleicht lesen, wenn sie weg ist und ihm wieder langweilig wird. Wie kann er sich so wohl und gleichzeitig so fremd fühlen?

Nö denkt inzwischen nur noch an Noé. Er wird ungeduldig. Er muss zu ihr fahren, komme, was wolle. Er zieht sich eine grüne Jacke an, schaut dann zum grünen Frühlingsmond und stößt einen Seufzer wohligen Behagens aus.

Was ist es nur, das den Frühling so besonders macht? Vielleicht freue ich mich, dass es nun weitergeht mit dem Leben. So mögen sich viele Menschen freuen, viele andere.

Er packt noch etwas Unterwäsche zu den Schriften, da er nicht weiß, wie lange er fort sein wird, denn nichts ist für ihn schlimmer, als streng zu riechen.

Meine Totale Collage, sie ist eine verrückte Collage.

Nö nimmt in der Kutsche seinen Bekannten Sil mit.

»Hast du schon von dieser rätselhaften Mordserie in Dalesa gehört?«, fragt Sil Nö.

Nö antwortet: »So am Rande.«

Darauf Sil, begeistert: »Es ist ganz merkwürdig, völlig anders als bei anderen Mördern. Bisher wurden vier Männer umgebracht. Ein Müllmann, ein Polizist, ein Gelehrter und ein Richter.«

»Also immer eine Statusstufe höher«, kommentiert Nö, dessen Aufmerksamkeit zum Teil von der etwas veränderten Route eingenommen ist, die der Kutscher heute nimmt.

»Immer eine Stufe höher; und das ist noch nicht alles: Bei allen Ermordeten wurden schlagende Beweise für Verwicklungen in abscheuliche Verbrechen an Kindern sichergestellt. Der Mörder muss sie wohl sehr sorgfältig zusammengetragen haben.«

»Aha«, kommentiert Nö dies alles halbherzig, mit einsetzenden Kopfschmerzen kämpfend.

»Aha. Genau. Alle Opfer des geheimen Mörders wurden auf archaische Weise zu Tode gefoltert, durch Methoden, die schon seit dem Jahr 5000 nicht mehr üblich sind«, ereifert sich Sil weiter, darin von Nö nicht merklich bestärkt. »Der Müllmann wurde gepfählt, der Polizist wurde ertränkt. Dem Gelehrten hat der Mörder den Kopf abgeschnitten … und der Richter wurde kopfüber erhängt.«

»Wie meinst du das?«, fragt Nö, inzwischen etwas zugewandter.

»Na ja, er wurde an seinem Fuß nach unten an einen Balken gehängt, sodass alles Blut in den Kopf gelaufen ist. So hing er da eine Weile. Dann war er irgendwann tot. Du, ich muss hier raus. Grüß Noé von mir.«

»Und du Nirne.«

»Ist gut.«

So verschwindet Sil in die frühe Nacht, und Nö ist wieder mit seinen Gedanken allein.

Es ist schon merkwürdig so viel zu kutschieren … ich kutschiere ja sonst auch immer zur Burg … Kaum zu glauben, wie unglaublich umständlich das am Anfang war! Ich hatte mich so genau vorbereitet, nur um dann doch einen blöden Weg zu nehmen … Die Burg liegt bei Sea, das ist fast schon Seleda! Dann habe ich langsam eine eindeutigere Kutschroute entwickelt, immer noch umständlich, aber verlässlich. Ich hatte mich mit der Zeit gut an sie gewöhnt … Aber es stimmt, sie nahm wirklich zu viel Kristallenergie in Anspruch. Dann habe ich glücklicherweise durch Zufall die Künstlerin mitgenommen, wie heißt sie noch mal? Tii? Nein … Atii! Sie heißt Atii und ist nach Arpus gefahren, um eine Ausstellung der berühmten Künstlerin Laika aus Pu zu sehen … Sie hat mich zur Arbeit an meiner Totalen Collage ermutigt … Na ja, und sie hat mir dann die Abkürzung durch die Bauernfelder gezeigt. Mein Glück. So fahre ich jetzt nur noch; und ich parke die Kutsche nicht mehr im befestigen Lager neben der Burg, sondern oberhalb … aber egal! Ich schmeiße die Arbeit sowieso bald hin! Ich habe da so ein Buch über die Primitivwelt gelesen … In dem Buch gibt es nicht so viele Regeln, alles ist archaischer als bei uns: Die Menschen sterben und werden nicht bestattet – man lässt sie einfach liegen.

Noé schließt Nö in die Arme und führt ihn hinauf in ihre Kammer. Sie bewohnt im Prinzip einen besser ausgestatteten Flur – mit der Besonderheit, dass ihr zusätzlich und exklusiv ein recht geräumiger, jedoch äußerst staubiger Dachboden zu Verfügung steht. Dieser ist für ihn unweigerlich mit Noé verknüpft, und er muss immer daran denken, wie sie sich unzählige Male auf dem staubigen Boden geliebt und danach gehustet haben.

»Soll ich dir von meinen Erlebnissen erzählen?«, fragt Nö Noé, und Noé denkt sich: *Gut, du redest viel von dir selbst, aber erzähl mal ruhig.*

Nö beginnt: »Neulich war ich mit meinem Vater und meinem Bruder bei der Burg von Sea. Wir gingen da lang und es nervte mich ungemein, dass mein Bruder solch übertriebene Schwierigkeiten hatte, den matschigen Berg hochzukommen. Kannst du mir folgen?«

»Du fragst mich das, als ob ich irgendwie beschränkt wäre.«

»Da meint also mein Vater plötzlich, er müsse mir etwas zeigen. Wir bringen meinen Bruder bei meinen Kolleginnen unter und gehen etwas weiter, bis wir an ein kleines Wäldchen nahe der Klamm kommen, wo das Wasser hinabfließt, welches in dem Fluss Eleda mündet. Ganz klein. Nicht der Rede wert.«

»Mh-mh … «, raunt Noé mit angedeuteter Ungeduld.

»Dort erzählt mir mein Vater von diesem rätselhaften Hinterzimmer, das einem Alchemisten gehört, der in der Nähe lebt. Er meinte, da käme man an allerhand geheime Dinge und man könne über ein Seitenhaus unbemerkt einsteigen. Wir durchqueren also den düsteren Wald – obwohl es helllichter Tag war, verdammt – und kommen schließlich auf eine Lichtung, an der zwei Häuser stehen: ein größeres, altmodisches und ein neuartiger Anbau. Im Hof stehen zwei Kutschen … «

»Ich mache uns mal Tee … « Noé steht auf und geht in die Küche, und Nö folgt ihr.

»Plötzlich tauchen schwarze Hunde im Hauseingang des modernen Anbaus auf. Solche Viecher!« Nö deutet die Größe der Hunde mit den Händen an und Noé runzelt die Stirn, Tee aufgießend. »Mein Vater und ich kriegen panische Angst und laufen in den Wald zurück, die Hunde immer hinter uns her. Kannst du mir folgen?«

»Wenn du mich das noch einmal fragst, übergieße ich dich mit brühend heißem Wasser«, knurrt Noé.

»Wir denken also, die Hunde werden uns zerfleischen, denn sie sind uns bellend auf den Fersen und überholen uns, allerdings ohne anzugreifen. Wir rennen davon, ich auf dem Waldweg, mein Vater querfeldein und die Hunde in idiotischen Kreisen um uns herum, Zähne fletschend, doch nicht angreifend. Ich hechte am Ende des Waldes ins Wasser, das durch die Klamm fließt, und die Hunde bleiben am Ufer stehen. Nach einer Weile laufen sie davon. Da treffe ich meinen Vater auf einmal wieder, der aus dem Wasser auftaucht, Schilf im Mund. Er muss eine Ewigkeit die Luft unter Wasser angehalten haben. Und mein Bruder, der sich inzwischen entgegen unseren Warnungen auf die Suche nach uns gemacht hatte, steht auf der anderen Seite des Wassers und lacht sich tot. Abends sind mein Vater und er natürlich noch mal zum Alchemisten gegangen und haben da allerhand mitgenommen. Von den Hunden keine Spur.« Nö lacht befreit auf.

Seine Freundin hingegen verzieht ironisch den Mund.

»Wie war es denn bei dir?«, fragt Nö schließlich.

Sie antwortet: »Auf der Arbeit gab es einen riesigen Streit. Es waren lauter Fremde in den Kristalllangkutschen, was mich sowieso schon ganz kirre gemacht hat. Keine Ahnung, was für eine Sprache das war, und sie sahen komisch aus und rochen dementsprechend.«

»Ganz unbekannt?«

»Ja, völlig. Aber ist auch nicht wichtig, wenigstens waren sie höflich. Dann komme ich also zur Arbeit, gehe den Gang runter und höre, wie einer der Vorgesetzten einen Bengel anschreit: Was er sich dabei gedacht habe, was er da tue … «

»Warum?«

»Ach, keine Ahnung, es ging irgendwie um die Speisekammer. Ich glaube, es war ein Lehrling oder Küchengehilfe oder so was, und einer der Vorgesetzten meinte, sich aufspielen zu müssen!«

Nö muss lachen, und Noé lacht mit. Beide trinken ein Schlückchen Tee, einander wieder etwas vertrauter.

»Dann legte ich dem Jungen ganz mütterlich, vielleicht eher schwesterlich, meinen Arm um seine schmalen Schultern und sagte zu ihm, er müsse sich dabei nichts denken, die Vorgesetzten stünden eben unter Spannung, und er wäre ein gefundenes Fressen, da er auf sie unsicher und unbeholfen wirke.«

»Und der Junge?«

»Der hat sich gefreut, kann ich dir sagen. Hat sich richtig bei mir ausgeheult; und dann hat er Bratkartoffeln mit Bilbipilzen verschlungen, zwei Teller voll. Als sei er am Verhungern oder so; und das hätte auch gepasst. Wie gesagt, ein Strich in der Landschaft, mit Streichholzarmen und Streichholzbeinen.«

Nö nimmt Noé in den Arm, und die beiden genießen ihre Eintracht. Dann lieben sie sich.

Wie es aus einer derartigen Ausgangssituation zu Sex kommen konnte, ist im Nachhinein immer außerordentlich schwer zu rekonstruieren und würde auch wenig Sinn machen, denkt sich Nö, als er merkt, dass seine Erregung langsam abebbt. Wenn das so weitergeht, dann werden sie bald ein Kind haben.

Aber richtig glücklich sind die Liebenden nicht. Sie denkt, dass sie letztendlich nur benutzt wurde, und er fühlt sich schuldig, weil er denkt, dass er sie nur benutzt hat – aber natürlich reden beide nicht darüber. Sie verbringen eine unruhige Nacht miteinander. Immer wieder werden beide wach, stellen sich aber jeweils so, als würden sie schlafen. Nö plagen unruhige Gedanken wie: *Was mag der morgige Tag für Sorgen bringen?*

Das Einzige, dessen er sich gewiss ist, ist, dass ihn die Arbeit nervt; und morgen wird er wieder hingehen. Das unerträglich inhaltslose Geschwafel mancher der Ärztinnen regt ihn jetzt schon auf – und der Ärger darüber hält ihn bis zum Morgengrauen wach.

Am nächsten Morgen geht er im dunklen Nebel zur Burg, während Noé noch in die warmen Kissen eingemümmelt ist. Man kann es ihr nicht übelnehmen – sie hat in letzter Zeit wesentlich härter gearbeitet als er. Nö ist Arzt – was in einer zu neunzig Prozent von Frauen dominierten Branche eine Seltenheit ist. Genau genommen ist er Hilfsarzt – das heißt, er darf nicht operieren oder behandeln, aber die Patienten vorbereiten, beruhigen, Daten aufnehmen und ab und zu mal aushelfen oder kleinere Wunden versorgen. Bauchschmerzen kurieren. Menschen mitteilen, dass sie nicht mehr lange zu leben haben. Die Ärztinnen auf der Burg nennen ihn liebevoll-spöttisch »unseren Kleinen«.

Nö schneidet den ganzen Tag erbarmungslos an verdorbenem menschlichem Fleisch herum, eine seltene, aber umso unangenehmere Aufgabe, und ärgert sich, dass er am Ende eines harten Tages nach den Wunden eines alten Mannes sehen muss, in dessen Zimmer es nach … verdorbenem menschlichem Fleisch … stinkt.

»Du weißt, dass ich eigentlich schon Feierabend habe«, grummelt Nö, während er im automatisierten Verfahren den Verband wechselt.

»Nein, aber jetzt weiß ich es, Herr Arzt.« Der alte Mann lächelt liebevoll.

Nö guckt ihn schräg an. »Machst du dich über mich lustig, alter Mann?«

»Nein, ganz und gar nicht, Herr Arzt. Das ist nicht meine Art, obschon ich froh bin, wieder spötteln zu können, ich bin froh, wieder über etwas lachen zu können, nach allem, was ich erlebt habe. Das glaubt mir eh keiner.«

Nö prüft den Verband und öffnet dann ein Fenster. Er wirft einen Blick in die Krankenakte, durch einen unerklärlichen inneren Impuls schlagartig persönlich stark an dem alten Mann interessiert. »Du kommst vom Blatt Atupia, alter Mann?«

»Nein, ich bin aus Dalesa. Aber Atupia … ich habe dort lange gelebt.«

»Wie kommt's?«

»Willst du das alles wirklich alles hören, zynischer junger Herr Arzt?«

»Ja, ich bitte darum.«

Ich mache gerade eh Überstunden. Und es gibt auf der Burg heute nichts Erwähnenswertes mehr zu tun. Aber ich hatte einen harten Tag. Ich habe heute einen Mann behandelt, der behauptete, er führe ausgiebige Unterhaltungen mit seinem Hund. Ich habe immer wieder seine Intelligenz und seine Wahrnehmung geprüft, mit verschiedenen Methoden. Dann hat mir die Oberärztin auch noch zur Bedingung gemacht, dass ich den Mann erst als »geistig gesundet« entlassen darf, wenn er die Prüfungen besteht. Der Mann heute, ein klarer Fall für die große Irrenanstalt von Azades, hat natürlich keine einzige dieser Prüfungen bestehen können. Dafür pflegte er mir zwischendurch immer »heimlich« Nachrichten zukommen zu lassen, auf denen die vermeintlich »richtigen« Lösungen verzeichnet wären. Doch die haben sich natürlich als noch wirrer herausgestellt als die bei den offiziellen Testungen niedergeschriebenen Dinge.

Der alte Mann setzt sich auf, schaut auf seine verbundenen Stellen und lächelt. »Ich habe ein ganz normales Leben gelebt, bis ich dreißig Jahre alt war. Ich hatte ein paar Freunde, doch keiner blieb, und ich hatte ein paar Frauen, doch von keiner ein Kind. Ich arbeitete als Zimmermann und baute in Dalesas Landschaften an Häusern und konnte davon leben. Ich hatte eine kleine Wohnung in Dil, die ich mit meiner Katze Supra teilte. Ich lag auf dem Boden, berauscht vom Grünkraut der Bilbis, mit dem mich eine lose Sucht verband – ich weiß, das steht in deinen schlauen Büchern anders drin, Herr Arzt, aber ich kann es nicht anders beschreiben. Ich rauchte Grünkraut, bis mir schwindelig wurde, dann legte ich mich auf den Boden meines Schlafzimmers und träumte, und meine Katze Supra kam vorbeigeschlichen, roch an meinem Gesicht und leckte liebevoll meine Stirn, um dann fressen zu gehen oder sich einfach in eine Ecke zu kuscheln und dort in sich zusammengerollt zu liegen, wie es Katzen eben tun. Ich war schon süchtig nach dem teuren Rauschmittel, aber versuchte immer, so lange es nur irgendwie ging, davon abstinent zu bleiben. Ich glaube, ich wollte damit nur meine innere Traurigkeit betäuben, einen Mangel an Sinn im Leben.«

Nö setzt sich hin und genießt die frische Luft, die zum Fenster hereinströmt.

»Ich lag auf dem Boden meines Arbeitszimmers, träumte mich wie so oft in einen angenehmen, milden Rausch hinein und freute mich, dass meine kleine blaue Schale noch voller Bilbikraut war. Ich fühlte mich nicht innerlich glücklich, aber angenehm betäubt, sodass ich auch nicht traurig sein musste.« Die Miene des alten Mannes hellt sich auf. Er zieht die Augenbrauen hoch. »Plötzlich drang eine dämonische Stimme in meinen Kopf, wie sie von einigen der Irren auf Azades berichtet wird. Sie wiederholte unablässig den Befehl, sofort meine Sachen zu packen und mit dem nächsten Schiff in Richtung Atupia zu fahren. Ich versuchte, die Stimme zu ignorieren, aber sie ließ mir keine Ruhe. Nach einer schlaflosen Nacht wollte ich zur Arbeit gehen, ein paar Dinge erledigen und den Dämon vergessen, der in meinen Kopf eingedrungen war, doch keine Chance!«

Der alte Mann muss lachen, und Nö fühlt sich beunruhigt … und tief berührt.

»Der Dämon quälte mich so lange mit der stupiden Wiederholung der Aufforderung zum Aufbruch nach Atupia, bis ich all mein Hab und Gut verkaufte, um ein Ticket für eine Schifffahrt nach Neuland zu bekommen, von wo aus Menschen nach Novatupia verschifft werden! Die Reise dorthin war schon für sich genommen abenteuerlich, aber Novatupia spottete damals jeder Beschreibung! Es war eine frische, junge Kolonie, ist es ja immer noch, aber damals war wirklich alles völlig neu, und als Zimmermann fand ich leicht Arbeit und konnte mich langsam vom Grünkraut entwöhnen, denn so etwas gab es dort kaum.« Der alte Mann schüttelt sich und zwinkert Nö verschmitzt zu, ein breites Lächeln im faltigen, gefurchten Gesicht.

»Ich zimmerte dort also fröhlich vor mich hin, jeder Tag barg neue faszinierende Situationen. Wir improvisierten stetig, alles war neu und im Entstehen begriffen. Ich hatte mich gerade in eine bezaubernde Frau verliebt und wollte mich einer Gruppe anschließen – die Menschen in Novatupia leben in Gruppenverbänden, nicht in Familien, weißt du, junger Arzt – und dann tauchte der Dämon ein zweites Mal auf. Er befahl mir, alles stehen und liegen zu lassen und mich ein weiteres Mal auf Reisen zu begeben. Ich sollte in einer Höhle in den Bergen leben und beim Aufgang der Morgensonne über den Sinn des Lebens nachdenken. Wieder sträubte ich mich, und wieder musste ich nachgeben, denn die ungeheuer zermürbende, stumpfsinnig-grässliche Wiederholung der dämonischen Forderung ließ mir keine Ruhe.«

Nö wagt das erste Mal, eine Frage zu stellen, sein Respekt vor dem kranken, alten Mann ist auf einmal stark gestiegen. »Ist dieser Dämon noch bei dir?«

»Oh, nein«, der alte Mann lächelt entspannt, »der wird sich nicht mehr melden.«

»Wie kannst du da so sicher sein?«, will Nö wissen.

»Ich setzte mich jeden Morgen auf Geheiß der dämonischen Stimme in meinem Kopf hin und dachte beim Aufgang der Sonne über den Sinn des Lebens nach. Es war so eine wunderschöne Stelle, um darüber nachzudenken! Ich lebte in einer Höhle, wie die ersten Schachteln, die im Jahr null aus der Erde gekommen waren, um an der Oberfläche der Landwelt zu leben. Von dieser Höhle aus konnte man ein Tal überblicken, einen Wald und ein kleines Bächlein. Es gab dort keine aggressiven Tiere, keine natürlichen Feinde, nicht einmal lästige Insekten. Ich wurde nie krank und es mangelte mir an nichts, außer an der Nähe zu Menschen.« Der alte Mann ändert seine Position auf dem Bett, da sein faulendes Bein etwas schmerzt. »Es war nicht schwer, über den Sinn des Lebens nachzudenken. Jeden Morgen tauchte der Dämon in meinem Kopf auf und stellte mir eine andere Frage. Er ließ mir keine Ruhe, bis ich eine Antwort gefunden hatte. So ging das viele Jahre, und obwohl ich äußerlich verwahrloste, wuchs ich im Inneren, und mein Geist glühte und sprühte und folgte dem Dämon in immer chaotischere gedankliche Sphären.

Irgendwann hatte ich keine Angst mehr, und der Dämon verschwand so plötzlich, wie er aufgetaucht war. Ich kehrte zu den Menschen in der Siedlung zurück, aber die Frau, die ich geliebt hatte, war verschwunden. Ich mochte keine andere Frau mehr kennenlernen, denn ich hätte jede andere mit ihr verglichen. Für mich war sie so vollkommen gewesen, wie ein Mensch nur sein kann. Ich arbeitete fortan nicht mehr als Zimmermann, sondern als Lehrer und erzog die Kinder der reichen Novatupianer zu gedanklich gereiften Persönlichkeiten. Leider wurde ich eines Abends hinterhältig überfallen. Da ich keine Angst mehr kannte, war ich sorglos geworden, und so nahm man mir mein Geld ab. Ich wurde schlimm zugerichtet. Ich spürte den immensen Hass der Täter und ihre Lust an der Zerstörung, als sie versuchten, mich zum Krüppel zu machen. Glücklicherweise wurde ich durch ein paar Mutige gerettet, welche die Banditen in die Flucht schlugen, bevor sie ihr Werk vollenden konnten. Seitdem bin ich so krank. Ich wollte danach nicht mehr länger in Novatupia bleiben. Mich befiel der starke Wunsch, in die grünen Wald- und Wiesenlandschaften Dalesas zurückzukehren und meine letzten Lebensjahre hier zu verbringen, wo ich eine glückliche Kindheit hatte. Das ist meine Geschichte, Herr Arzt.«

Nö schweigt. Er kämpft ein paar Sekunden mit sich, dann fragt er: »Kannst du mir verraten, was der Sinn des Lebens ist?«

Der alte Mann lächelt, und Nö fühlt sich, als hätte er nie ein breiteres und glücklicheres Grinsen gesehen, es ist pure Freude, die von seinem alten Herz ausstrahlt, vollendete emotionale Wärme.

»Schau zum Fenster heraus, in den Nachthimmel. Was siehst du?«

»Einen Nachthimmel.«

»Dann sieh in dich selbst hinein. Was siehst du?«

»Einen Körper. Gedanken.«

»Siehst du, Herr Arzt, wir haben hier in diesem Krankenzimmer eine Anordnung von Dingen, und das macht Sinn, sonst müsste ich sterben. All diese Dinge sind gebaut worden, damit ich hier überleben kann und so angeordnet, damit du weißt, wo alles ist, damit du mir helfen kannst, zu überleben. Hat alles einen Sinn, oder?«

»Ja.«

»Warum?«

»Hast du doch gerade gesagt. Diese Burg beherbergt Kranke und Verletzte. Wir können es uns nicht leisten, alles jedes Mal zu suchen, und müssen verhindern, dass Menschen hier an ihren Wunden und Krankheiten sterben. Deshalb gibt es zu allem Vorschriften.«

»Gilt das auch für den Kosmos da draußen? Für den Nachthimmel?«

»Nein. Darauf hat niemand von uns Einfluss.«

»Und gilt das für dein Inneres?«

»Na ja, bedingt, schätze ich. Einerseits schon, andererseits auch wieder nicht.«

»Siehst du, und das Geheimnis hinter dem Sinn des Lebens ist, dass überall Chaos herrscht, da draußen ist ein Universum voller Chaos, und gewissermaßen ist in jedem Menschen auch ein Abbild dieses chaotischen Universums, in dem er, gleich Mul oder irgendeinem anderen Gott, Ordnung schafft. Wenn du also wissen willst, was das alles für einen Sinn hat, musst du dieses gewaltige Chaos erforschen, so gut du kannst, und das ist der Sinn allen Seins.«

»Zu erforschen, was das Chaos ist?«

»So in etwa. Weil alle Ordnung eine menschliche Erfindung ist. Die Wahrheit ist, dass alles vollkommen chaotisch ist und dass das Chaos mit dir und deinem Innersten und dem ganzen Universum macht, was es will.«

Nö kann darauf nichts erwidern. Er verabschiedet sich höflich, aber entrückt von dem selig lächelnden Alten, verlässt die Burg und steigt in seine Kutsche. Er ist verwirrt, seine Gedanken sind unsortiert, doch nicht *chaotisch*, und er ist auch nicht mit allen Ausführungen des alten Mannes einverstanden.

Vieles folgt doch auch einer Ordnung, und das kann man beweisen!

Ein paar Tage später steht Nö entspannt auf, da er sich aufgrund seiner Überstunden, die er bei der Behandlung des alten Mannes auf der Burg abgeleistet hat, kurzfristig hat freinehmen dürfen, und geht zum Buchladen, denn er will sich erkundigen, ob sich schon einmal jemand ernsthaft mit dem *Chaos* auseinandergesetzt hat, welches zu erforschen laut seinem alten Patienten den Sinn des Lebens darstellt. Tatsächlich stößt er dort mithilfe einer charmanten Buchhändlerin auf ein obskures und auch teures Pamphlet eines unbekannten Halbstädters namens Gnagan, der laut Umschlaginformationen sowohl als Magier als auch als Philosoph »kläglich gescheitert« sei. Es trägt den sehr merkwürdigen Titel *Geschichten für Nichtleser*.

Nö kauft es zähneknirschend und lässt es danach lange auf seinem Schreibtisch liegen. Er hat Angst, sich damit auseinanderzusetzen. Außerdem riecht es … merkwürdig.

In den nächsten Tagen bemerkt Nö, dass eine Veränderung vor sich geht. Er versucht zu arbeiten, doch in unerwarteten Momenten schleichen sich Gedanken in seine Wahrnehmung, die ihn drängen, sich mit den *Geschichten für Nichtleser* zu befassen. Diese Gedanken werden immer aufdringlicher und halten ihm die ganze Faszination vor Augen, die eine Beschäftigung mit diesem Thema mit sich brächte. Beinahe hat er schon Angst, von einem Dämon besessen zu sein, wie ihn der alte Mann geschildert hat. Doch es bleibt bei einer diffusen Angst davor, denn Nö ist sich sicher, keine Stimmen zu hören.

Abends gehen Nö und Noé in ein Theaterstück namens *Genießer*, welches skandalös endet und von den meisten Zuschauern schon vorzeitig verlassen wird. Es besteht aus nur zwei Akten, die einander völlig entgegengesetzt sind. Im ersten Akt philosophieren zwei Ärztinnen in einem kargen Raum über den Sinn und Unsinn archaischer Behandlungsmethoden. Deswegen hat Noé auch ihrem Freund zwei Theaterkarten geschenkt – er könnte sich für das Thema interessieren, hat sie sich gedacht. Der zweite Akt findet ebenfalls in diesem Raum statt, doch nun ist er um ein paar billige Accessoires erweitert worden. Hier sitzen einige Menschen bei einer Party zusammen und unterhalten sich über zunehmend sexueller werdende Themen. Dann fangen ein Schauspieler und seine Kollegin an, aneinander sexuelle Handlungen vorzunehmen, dann zwei Schauspielerinnen, dann zwei Schauspieler. Die offene Darstellung von Sexualität unter Erwachsenen in allen möglichen Kombinationen – es folgen noch weitere, teils sehr bizarre – versetzt die Zuschauer in einen Schockzustand, und so spaltet sich die Feier im Anschluss an die Premiere in zwei Lager: die den Regisseur offen und entrüstet kritisierenden Empörten sowie diejenigen, welche ihn als Visionär des »Neuen Dalesanischen Theaters« bejubeln.

Noé ulkt, dass die Kritiker doch ihr eigenes Stück namens *Spießer* schreiben könnten, merkt jedoch, dass ihr Freund nicht ganz bei der Sache ist. Sie fragt ihn, und er zögert.

Dann nähert er sich vorsichtig: »Hast du dir schon einmal über das Chaos Gedanken gemacht? Ich finde, es ist ein interessantes Wort.«

»Was hast du denn jetzt schon wieder? Willst du dein eigenes Theaterstück schreiben?« Sie lacht, vom Sekt beschwipst.

»Nein.« Er seufzt und nippt an seinem Glas.

»Was ist mit dir?«, fragt Noé.

»Nichts.«

»Warum seufzt du dann so?«

»Ach, nur so. Ich denke nach.«

»Über das Chaos? Du kannst mir doch davon erzählen, wenn du willst.« Sie betrachtet ihn genauer, wobei sie nicht herauslesen kann, ob der Blick leer oder ernst gemeint ist. »Also, ich habe mir bisher keine tiefschürfenden Gedanken über das Chaos gemacht«, versucht sie es noch einmal und denkt nach, was ihr dazu einfällt. »Ich mag eigentlich ganz gern meine lose Ordnung«, meint sie dann, worauf er nicht reagiert. »Was ist denn los mit dir? Ist es wegen mir?«

»Nein … « Nö hält sich mit gequältem Gesichtsausdruck den Kopf und schaut in sein Glas. »Ich mache mir einfach nur … zu viele Gedanken.« Er seufzt erneut.

»Lass uns mal an die frische Luft gehen«, meint Noé zu ihm, beugt sich vornüber und gibt ihm einen sanften Kuss auf die Wange.

Draußen ist die Nacht sternenklar, und beide verlieren sich einen Moment in diesem gewaltigen Anblick.

»Siehst du«, sagt Nö zu Noé, »das meine ich. Das alles da oben. Darüber denke ich nach. Unter anderem.«

»Was ist da oben?«

»Chaos.«

»Das sind Sterne.«

»Nein, das ist Chaos. Überall ist Chaos. In uns und um uns.«

»Und deswegen geht es dir so schlecht?«

»Es drückt mir aufs Gemüt, dass ich das Chaos entschlüsseln will, mich also damit auseinandersetzen muss, mich aber nicht traue anzufangen.«

»Ich glaube, je intensiver man etwas will, desto mehr wird man davon gequält.«

Diese Worte berühren Nö sehr; und so küsst er sie.

Nö traut sich auch die nächsten Wochen nicht, das Buch anzufangen. Er würde gerne noch einmal mit dem alten Mann aus der Burg sprechen, doch der wurde leider nach Arpus verlegt und Nö hat keine Lust, deswegen in die Hauptstadt zu reisen. Dafür hat er eine kleine Patientin bekommen, die auf den Namen Sonja hört. Sie ist noch sehr jung, gerade mal acht Jahre alt, und ihr Gesicht ist von der heimtückischen Verengungs-Gelb-Krankheit befallen, welche seit gut hundert Jahren grassiert. Ursprünglich ist sie wohl von Seefahrern des fernen Blattes Solan nach Kernland und somit auch nach Dalesa eingeschleppt worden. Sie verbreitete sich sehr langsam und kam äußerst selten bei Kindern und jungen Erwachsenen vor, daher war sie kaum gefürchtet; aber wen sie befällt, hat weiß Mul nicht viel zu lachen. Die Gesichtshaut verfärbt sich bräunlich gelb und die Gesichtszüge verengen sich immer mehr, bis einem niemand mehr ins Gesicht schauen mag.

Die kleine Sonja treibt die Ärztinnen der Burg und überhaupt Personal und Mitpatienten mit ihren papageienhaft nachgeplapperten Sätzen und ihren ständig sich wiederholenden Phrasen in den Wahnsinn. Wann immer jemand etwas zu ihr meint, antwortet sie entweder mit »Hab ich doch gesagt!«, wobei die einzelnen Wörter des Satzes raketenschnell und lückenlos aus ihrem kleinen Mündlein herausgeschossen kommen, oder, was viele noch schlimmer finden, einfach nur »Weiß nicht«, was eine konstruktive Aushandlung von Verhaltensregeln oder Absprachen äußerst erfolgreich sabotiert; und da man mit Sonja nichts anzufangen weiß, wird sie regelmäßig zu Nö geschickt, dem das kleine Mädchen als Patientin eine willkommene Abwechslung ist; denn so sehr ihr sprachlicher Ausdruck nervt, so sonnig ist andererseits ihr Gemüt, und Nö kann etwas Aufheiterung wahrlich gebrauchen. Noé hat nämlich vorerst den Kontakt zu ihm abgebrochen, als er ihr eröffnete, dass er seine Arbeit als Arzt aufgeben wird.

»Ich wollte Sachen anschaffen! Ein Haus, Kleidung, schöne neue Möbel – ich hatte mich auf dich verlassen!«, hat sie ihm vorgeworfen, und Nö hat nicht einmal protestiert. Allenfalls schockierte ihn ihr Hang zum Materialismus, und auch der zur Außenwelt.

Er kappt ebenso stur wie konsequent sämtliche Verbindungen zu den Mitmenschen, um sich ganz und gar auf Gnagans Pamphlet einzulassen, denn das duldet keinerlei Ablenkung.

Auch hat er zu fasten begonnen, um den Körper vor der Befassung mit magischer Philosophie respektive philosophischer Magie zu entgiften. Dies fällt ihm zunächst schwer: Zu sehr ist er an die wohltuenden und emotionsregulierenden Effekte von Speis und Trank gewöhnt; doch auch hier beweist er einen Willen, den man getrost als *grimmig* bezeichnen kann. Unter diesen Lebensbedingungen fängt er an zu lesen, Stunde um Stunde, Tag für Tag. Infolgedessen liegt er des Öfteren mitten in der Nacht wach und zweifelt, ob er hier auch wirklich das Richtige tut. Seine Träume werden immer seltsamer und sein Körper fühlt sich ausgezehrt an. Er merkt, wie während dieser Zeit immer mehr Fragen in ihm auftauchen, wie zum Beispiel: *Gleiche ich überhaupt irgendwem?* Dies ist die erste Frage, die er sich stellt. Zunächst denkt er nach dalesanischer Tradition in naturwissenschaftlichen Kategorien: Rasse, Art, Mensch, Säugetier. Doch als er sich tiefergehend mit dieser Frage auseinandersetzt, erkennt er, dass es eindeutig die Liebe zur Musik ist, in der er anderen gleicht …

Die Musik ruft mich … Warum habe ich sie so lange vernachlässigt?

Nö dreht durch. Mit dem fröhlichen Lied des *Held von Arpus* auf den Lippen nimmt er all seine Bücher, all seine Aufzeichnungen, alle Dokumente, alles Schmierpapier, einfach generell alles Papierene, was er finden kann, trägt es auf einem Haufen im Garten zusammen und entzündet ein prächtiges Feuer. Nur die *Geschichten für Nichtleser* behält er. Es ist klar, dass dies die Nachbarn auf den Plan ruft, und obwohl es auf der einen Seite aufregend ist, vor einem derartig intensiven Feuer zu stehen, machen sich einige von ihnen doch Sorgen, dass es auf die anliegenden Gärten und Häuser übergreifen könnte. All das schert Nö herzlich wenig. Er hält die Nachbarn an, mit ihm in das Lied des *Held von Arpus* einzustimmen, doch sie rufen lieber die Polizei. Den Polizisten erzählt er verwundert, dass er überzeugt gewesen sei, die Menschen um ihn herum würden sein Lied mitsingen, schließlich sei es doch die Musik, die sie alle verbinde. Als Nö den Polizisten vorschlägt, mit ihm das besagte Lied im Chor zu singen, holen sie eine Ärztin.

Genau genommen ist es *eine alte Kräuterhexe*, wie Nö findet.

»Wart Ihr in letzter Zeit heftigen inneren und äußeren Turbulenzen ausgesetzt, werter Kollege?«, fragt sie ihn.

»Ja, das war ich, meine Freundin mag mich momentan nicht mehr sehen. Doch ich habe keine Lust, darüber zu reden. Mein Herz quillt über vor fröhlichen Melodien. Mögt Ihr mit mir ein Lied singen?«

»Nein danke, Mul hat mich mit keiner besonders guten Stimme gesegnet«, flunkert die Ärztin. »Doch ich höre Euch gerne beim Singen zu.«

Und Nö fängt an zu singen. »Es war einmal ein Held, er hatte ein Pferd!
Und dieses Pferd war schwarz und braun wie die Erd'!
Es sprang über einen Zaun,
Es landete in einem Baum,
Er konnte seinen Augen nicht traun',
Der große Held.
Held von Dalesa bin ich, schau in mein Gesicht!
Ich fürchte keinen Tod, erst recht kein Gericht!
Ich habe keine Angst,
Was du nicht glauben kannst,
Die Hose ausgefranst,
Ich bin der große Held.
Ich weiß nicht, ob es nicht schon zu spät ist,
Es geht drunter, es geht drüber, oje.
Der Hahn ist stumm, man sagt mir, er kräht nicht,
Und ich kann ihn nirgendwo sehen.«

»Ist das Lied von Euch?«, fragt die Ärztin.

»Nein, das ist das bekannte Volkslied *Held von Arpus*! Habt Ihr davon etwas noch nie gehört?«

»Mein lieber Nö, ich bin mir sicher, dass es kein Lied mit einem solchen Titel gibt, jedenfalls kein besonders bekanntes.«

»Woher wollt Ihr das so genau wissen?«

»Weil ich aus Arpus stamme. Meine Vorfahren sind aus Arpus und deren Vorfahren auch, und ich bin mir absolut sicher, gäbe es ein solches Lied, hätte ich es Menschen singen hören, denn obschon ich selbst nicht zu singen vermag, sehe ich mir doch sehr gerne Musikveranstaltungen an.«

»Ich auch, ich auch!«

»Warum habt Ihr dieses Lied gesungen?«

»Weil es uns alle eint!«

»Ist das wichtig?«

»Wichtig? Wichtig?! Ob es *wichtig* ist, fragt Ihr?!« Nö springt auf. »Ich habe schlaflose Nächte wegen dieser Frage verbracht, und zwar buchstäblich! Es ist doch die wichtigste Frage überhaupt, was uns alle hier auf diesem bizarren, komplizierten Planeten verbindet!«

Ein Pfleger eilt herbei, um Nö festzubinden, doch die Ärztin, obgleich klein und zierlich dem großen und schrecklich starken, völlig aufgebrachten Nö gegenübersitzend, winkt ab. Sie hält ihn für weder gefährlich noch krank.

»Nö, bitte holt tief Luft. Gut. Dann erzählt mir, warum Ihr es für so unwahrscheinlich wichtig haltet, dass wir alle geeint sind.«

»Diese Kristalle … diese furchtbaren Kristalle.« Er wirft einen verächtlichen Blick auf den Raumerhellungskristall an der Decke. »Die Kristalle, und das ist an und für sich schon die ganze Erklärung, zerstören unsere Spiritualität. Nicht dass nicht auch andere Dinge früher schon unsere Spiritualität angegriffen hätten, aber die Spiritualität war immer stark, und auch gedemütigt und verwundet ist sie zu den Menschen und zu anderen Wesen zurückgekehrt und hat immer wieder, trotz allem, ihre schützende Hand über unser aller Geschicke gelegt.«

»Was meint Ihr mit *Spiritualität?*«

»Das ist wohl die Frage aller Fragen. Die Spiritualität ist eben das, was uns alle eint, das, was ich mit dem Lied eben meinte. Ein Gefühl von inniger Verbundenheit zu der Welt und allen Menschen in ihr, vielleicht sogar zu allen Lebewesen überhaupt.«

»Was haben dann die Kristalle damit zu tun?«, fragt die kleine Ärztin stirnrunzelnd.

»Die Kristalle zerstören dieses Gefühl von Verbundenheit! Die Kristalle ermöglichen uns Dinge, von denen wir früher nur geträumt haben! Und seit es diese Kristalle gibt, glauben die Menschen nicht mehr an die Magie des Lebens! Sie glauben nicht mehr an die Spiritualität! Sie glauben nur noch an das, was man irgendwie messen kann und was das für einen Vorteil mit sich bringt! Und zwar *alle!* Alle Menschen werden nach und nach zu materialistischen, egozentrischen Geldraffern, jeder, den ich sehe! Deswegen müssen die Menschen zu ihrer Spiritualität zurückfinden – also einem tiefen Verständnis davon, dass es gewisse Dinge gibt, die man einander einfach nicht antut, weil alle miteinander verbunden sind. Aber genau das tun die Menschen. Sie tun all das sich selbst an und den anderen erst recht! Wegen der Kristalle, wegen des Geldes, wegen des alles verkopfenden Materialismus! Und deswegen habe ich ein Lied gesungen und hoffe, dass alle einstimmen! Denn nur die Musik kann uns zurück zu dem bringen, was uns tief im Herzen alle eint.«

»Können die Kristalle nicht mit diesem, nun ja, Spiritualismus in Einklang zu bringen sein? Man hat sie früher doch auch schon als Manifestationen Muls angebetet, bis sich herausstellte, dass es sich dabei um eine bewusste Täuschung handelte.«

»Wenn alle Menschen geeint wären, dann wäre alles in irgendeiner Form nützlich.«

»Wenn alle Menschen geeint wären, gebe es doch keine Individuen mehr!«

»Falsch! Jeder kann machen, was er will, solange er dabei den anderen respektiert.«

»Aber es funktioniert doch ganz gut mit unserer Uneinigkeit.«

»Falsch! Abermals falsch! Dass wir alle voneinander abgeschnitten sind, hat entsetzliche Folgen! Gestern Nacht hatte ich eine entsetzliche Vision von dem, was unweigerlich kommen wird!«

Der Himmel ist grau, düster und bewölkt. Nasskalt. Wer kann, zündet ein Feuer an – oder stellt sich ins Licht eines wärmenden Kristalls – und meidet das böige Mistwetter. Die Station der Burg ist verlassen bis auf eine zierliche Ärztin, einen skeptischen Pfleger und einen jungen Hilfsarzt, der eine seltsame Vision offenbart. »Das Unheil nimmt, wie immer, dadurch seinen Lauf, dass die Frauen auf Abwege kommen.« Als Nö dies sagt, verdreht die Ärztin die Augen. »Alles wird damit beginnen, dass die Frauen, die intuitiv spüren, dass der Mensch seine eigene Spiritualität unwiederbringlich umgebracht hat, zu saufen beginnen, und zwar hochprozentiges Zeug, welches Hirn und Organe zerstört, um den Kummer zu ertränken. Entfremdet in einer materialistisch bestimmten Welt, richten sich junge, fruchtbare Frauen zugrunde, und das ist die erste Stufe des Untergangs.«

Die Ärztin hört, wie der Wind durch die leeren Flure der Burg pfeift.

»Als Nächstes werden Mörder die Villen und Paläste der Reichen bevölkern und ausgesuchte Repräsentanten der internationalen Führungseliten gnadenlos liquidieren. Es hat schon begonnen – ein Freund hat mir erst kürzlich von seltsamen Morden erzählt, die bei als unbedeutend geltenden Menschen angefangen haben und inzwischen bei als bedeutend geltenden Menschen angelangt sind. Während also die fruchtbaren Frauen sich um den Verstand trinken, werden nach und nach die leistungsfähigsten und mächtigsten Menschen liquidiert, und zwar durch die Mörderbrut, die sie sich durch ihre eigenen Kristallexperimente herangezüchtet haben!« Nös Augen funkeln diabolisch.

Die Ärztin bleibt in ihrer Beurteilung seiner Ausführungen analytisch und stuft seine Darstellung als zu einseitig ein. »Was macht Euch so sicher, dass diese Ereignisse eintreten werden?«

»Könnt Ihr Euch denn nicht logisch herleiten, was passiert, weil die Spiritualität gestorben ist? Wir haben Ihre göttliche Ordnung umgebracht. Wir werden deshalb unwiederbringlich ins *Chaos* gestürzt werden, und niemand kann diesen Prozess aufhalten! Als dritter Schritt wird den Eliten, welche die Mörder und somit die Schuld in der Bevölkerung suchen, das Herz einfrieren, und sie werden die Armen und Hilflosen hart strafen! Nicht eine Mildtätigkeit haben die Armen dann noch zu erwarten, und soziale Kälte regiert überall. Ihr schlechtes Gewissen werden sie dann mit exotischen Drogen betäuben und sich einreden, alles sei noch gut. Doch das ist erst der Anfang!«

Nö springt aufgeregt aus dem gepolsterten Stuhl, und abermals macht der Pfleger eine Bewegung auf ihn zu. Doch die Ärztin winkt wiederholt ab. Sie ist absolut zuversichtlich, dass Nö zwar sehr agitiert, jedoch nicht gewalttätig ist.

»Dann wird es allerdings ungemütlich. Alles wird immer schneller. Die Kristalle beschleunigen jetzt schon unser Leben, und nur die Wagemutigen und Rücksichtslosen werden zum Zeitpunkt des vierten Schrittes noch etwas zu lachen haben. Sie werden über die Steppen und Weltmeere rasen und lachen, denn sie denken, sie haben gewonnen, weil sie die Beherrschung der Kristalle zur Meisterschaft gebracht haben!«

Die Ärztin entscheidet, ihn einfach nur noch reden zu lassen. Er befindet sich mittlerweile jenseits der Möglichkeit jeglicher sinnvoller Intervention.

»Während also die Ultramaterialisten über die Welt rasen und sich selbst zu *Göttern* deklarieren, wird man beginnen, die friedlichen religiösen Menschen auszurotten, einen nach dem anderen. Die Munkler wird man zum Beispiel allesamt hängen, an endlosen Schnellstraßen, die von Galgen gesäumt sind, so vielen Galgen, dass man gar nicht verstehen kann, wo all das Material hergekommen ist, sie zu hängen; und nicht nur das: Im Moment ihres Todes werden die Munkler ihren Glauben verlieren und den Gott Mul verfluchen, der sie betrogen hat! Über jedem Galgen leuchtet dann ein Kristall … «

Nö ist inzwischen erschöpft und setzt sich wieder. Er schweigt einige Minuten, sodass die Ärztin und der Pfleger schon denken, er sei am Ende seiner Tirade angekommen. Doch Nö denkt lediglich angestrengt nach.

»Sicher kann man ahnen, was als Nächstes folgt: Revolution! Eine grundlegende, erschütternde Revolution wird durch die Staaten ziehen, denn die Armen können die vorangegangenen Zustände einfach nicht mehr länger ertragen! Angetrieben von blindem Hass, aufgeputscht von nicht hinterfragten Parolen, metzeln die Armen, die zu den Waffen gegriffen haben, nieder, was ihnen vor die Augen kommt, Junge und Alte, Frauen und Kinder. Purer, ungefilterter Hass wird ihre schwarzen Herzen regieren! Als Antwort darauf schreiten natürlich die Armeen ein, und es kommt weltweit zu furchtbarsten Kriegen! Furchtbarer als alle vorangegangenen, schlagen sie eine unkontrollierbare Schneise der Zerstörung durch die einst so friedliebende Landwelt!«

»Die Landwelt war noch nie besonders friedliebend«, wirft die Ärztin, nun doch etwas irritiert, ein.

»Glaubt mir, Verehrteste, gegen das, was kommt, war das Jahr des Todes eine harmlose Keilerei!«

Abermals verdreht die Ärztin die Augen, nunmehr einen lauten Seufzer ausstoßend. Hat sie sich mit Nö doch übernommen?

»Natürlich wird es einige Mutige geben, die die ganze katastrophale Entwicklung rückgängig machen wollen«, gibt Nö zu, und für einen Moment hellt sich seine Miene merklich auf. »Sie werden mit all ihrer Kraft und Geschicklichkeit versuchen zu retten, was noch zu retten ist, um der in mehrfacher Hinsicht verdammten Menschheit eine Art Neustart zu ermöglichen. Und die Menschen werden überall aufhorchen, die Hoffnung nähren, dass es doch möglich ist, die Menschen, die die Landwelt gekränkt und vergiftet haben, zu stoppen, zu besiegen, ja zur Vernunft zu bringen. In dieser Stunde evozieren die verzweifelten Kriegstreiber die Mächte der Finsternis und überall sprießen die Blumen des Bösen … die Hexenmeister der Ohkk, die verlorenen Seelen der Omøn, ja, ich habe mich über die okkulten Strömungen gut informiert, infiltrieren nun systematisch die schon größtenteils zerstörte menschliche Kultur und hetzen die schon ermatteten, gemarterten Menschen noch mehr gegeneinander auf. Die sich ausbreitende schwarze Magie wiederum muss unwiderruflich zu einer Welle von *weichen Suiziden* führen, wo die Menschen, erfüllt von dieser boshaften dunklen Lehre und ihrer Leere, sich immer mehr in sich selbst verlieren, immer mehr in ihr inneres *Chaos* eintauchen und so lange kontinuierlich träumend abdriften, bis sie verkommen und dahinsiechen, und niemand wird sie retten können.«

Nö holt Luft. Es scheint, als wolle er noch etwas sagen, doch dann atmet er wieder aus und seufzt. Er wirkt nun sehr erschöpft und legt sich auf das Feldbett, was für alle Fälle im Raum aufgestellt ist. Gerade als die Ärztin zum Pfleger sagen will, man werde Nö vielleicht zu einem späteren Zeitpunkt noch einmal befragen, murmelt er: »Hoch über den Wolken kämpfen sodann die Drachen miteinander … stolze Tiere, die stärksten, die sich je entwickelt haben … die kräftigsten und unbezwingbarsten Schöpfungen … in den Wolken werden sie sich gegenseitig zerfetzen, und die Menschen bangen um ein Ende dieses schrecklichen Szenarios … Doch weit gefehlt … Alles verfällt noch mehr, verfault, wird madig … es vergeht, verkommt, vernichtet sich selbst im eitrigen Schleim … «

»Das ist ekelerregend!«, wertet die Ärztin. »Ich frage mich langsam, ob das wirklich eine Beschreibung des Endes der Menschheit sein soll oder einfach nur ein Regurgitieren verstörter Fantasien … «

»Oh, es ist alles wahr, was ich sage!«, meint Nö, sich wieder aufrichtend. »Es gibt sogar gute Nachrichten: Auf einigen der Inseln schaffen es die Menschen zu überleben, sich von alldem Elend und Verfall zu bewahren. Doch auch sie zeigen sich verhältnismäßig herzlos: Viele Flüchtlinge nehmen sie gar nicht erst auf oder töten sie und werfen sie zurück ins Meer, aus Angst vor der Kontamination der letzten friedlichen Oasen … ahahaha!« Nö lacht irre. »Versteht Ihr nicht, es ist aussichtslos! Aussichtlos! *Niemand* kann die Landwelt vor der Rückkehr ins Chaos bewahren, und glaubt mir, man wird einiges an Anstrengung diesbezüglich aufwenden! Auch auf den einstmals friedlichen Inseln zieht die Gesetzlosigkeit ein. Schleichend kommt der Verfall, nicht so brutal wie auf dem Festland!« Nö lacht abermals, diesmal allerdings gesetzter. »Strolche ziehen umher, die Sitten verrohen. Die Illusion der Kontrolle kann sich hier vielleicht über längere Zeit halten, durchaus …«, Nö grinst ironisch, »aber wenn sich der gemeine Keim des Misstrauens erst einmal eingeschlichen hat, dann ist es sehr schwer, ihn loszuwerden … auch unsere lieben Inselgemeinschaften werden schließlich an der konstant größer werdenden inneren Spannung zerbrechen, und wer könnte es ihnen verdenken?«

»Sollen wir ihn nicht einfach ruhigstellen?«, fragt der Pfleger grob.

»Nein«, meint die Ärztin, »ich möchte die Geschichte nun bis zum Ende hören.«

»Die stark dezimierten Menschen werden schließlich von den Göttern dominiert, die zurück zu den Lebenden kehren, und Mul streitet mit den anderen Göttern darüber, wer nun Lanevael beherrschen darf, jetzt, wo die Menschen zu schwach geworden sind, ihnen Widerstand zu leisten. So wird dann also der letzte Krieg von den Göttern untereinander ausgefochten; und die Götter fallen übereinanderher, und vor allem Mul, der ach so Friedliche, wird sich aufführen wie das letzte Raubtier. Die gefangenen Menschen entfliehen ihren Kerkern und streiten auf der Seite Muls, ebenso wie die bösen Wesen. Keine Frau mehr, die sich nicht prostituiert! Siegeszug der Omøn … Herrschaft der Pflanzenmenschen …«, und damit schläft Nö ein, wie ein Berauschter, der sich übernommen hat.

Der Pfleger verlässt erleichtert den Raum. Die Ärztin trägt gerade ihre Beobachtungen in den Protokollbogen ein, als er zurückkommt.

»Hier, dieses Buch habe ich bei dem kranken Typen gefunden«, meint er verächtlich.

Die Ärztin schaut sich den Titel an: *Geschichten für Nichtleser*. Sie lehnt sich erschöpft in ihrem Drehstuhl zurück und beginnt zu lesen.

BJØRN DECLAN SKORGE

DIE REVOLUTION

VIERTE ERZÄHLUNG

Das Leben

ist nicht sinnlos.

Es ist nur schade,

dass wir seine

schönsten Momente

nicht für immer

festhalten können.

BERGINGER-GEBIET
Greb Resup
Greb Bôl
Greb Blogol
Greb Gumlêmi
Niaböma
See von Gumlemi
Heilwasserquellen
Ruinengebiet
Regena
XEYEX
Geheimlabore
Yuxx
Né
NOVANA
zu NU
Axabra
Xlaover
Ove
Nova
Neo
Xil
REICH DER XLAOVER
Rover
Lens
Nev
YPSALEI
zu EB
Soyan
Dein
NEU-DALUN
zu DA
Box
N
W
O
S
DA Dalesa
EB Eisannischer Bund
NU Novedanische Union

BLOGOL
Land des toten Lebens
NIABÖMA-LAND
Sümpfe
Ellosch
Netsili
Mai-Henbuhal
Die verlorenen Wälder
Bucht der Strandläufer
Rat
Auck
RATACH
Chachat
DALKING
zu DA
Weltende
GEHEIMES FLUSSLAND

SCHWERT VON BLOGOL

Wir waren erschüttert, als wir vor den Trümmern einer einstmals großen Kultur standen. Städte voller Wunder, erholsame Orte, architektonische Meisterwerke, fein gearbeitete Ornamente. Das war dereinst alles so gut ausgedacht, so liebevoll umgesetzt. Durch Krieg und Eroberung wurde alles zu Staub und Dreck verwandelt. So blieb uns nichts übrig, als traurige Blicke auszutauschen, denn wir waren zu wenige und viel zu unbegabt, um all das jemals wieder aufbauen zu können. Die ganze Katastrophe, so meinten wir, hätte leicht verhindert werden können«, sagt der Prälat.

»Wodurch?«, frage ich mit Tränen in den Augen.

»Man hätte sich nur etwas mehr kümmern müssen. Die Vorgänge verstehen lernen. Den Abgrund erkennen, auf den man zugesteuert ist. Dann wäre das alles, vor allem diese bis jetzt anhaltende Verkettung von Katastrophen, nie passiert. Aber den Leuten war alles egal geworden, was jenseits ihres Bauchnabels, jenseits ihres gemütlichen Heims passierte«, antwortet der Prälat mit ernster Miene.

»Aber doch nicht allen.«

»Stimmt, nicht allen. Aber selbst diejenigen, die erkannt haben, was sich anbahnte, haben nicht gehandelt.«

»Aber warum denn nicht?«, rufe ich verzweifelt aus.

»Das haben wir uns auch oft gefragt.« Der Prälat seufzt und schaut traurig über das verwüstete Tal hinweg zu den rauchenden Ruinen in der Ferne. »Ehrlich gesagt, ich weiß es nicht. Ich habe da nur vage Vorstellungen.« Er sieht sehr nachdenklich aus. »Letztendlich glaube ich – und das ist nur meine eigene Meinung –, dass sie zu faul waren, ihre gewohnten Systeme zu verlassen. Oder habt Ihr schon mal gesehen, dass unsere Schafe, Kühe und Pferde sich zusammentun und aus ihren Umzäunungen ausbrechen? Ich denke, sie bleiben lieber dort, wo es sicheres Futter gibt, als sich dem Abenteuer der Wildnis erneut auszusetzen wie ihre Vorfahren.«

»Prälat, Ihr meint also, die Leute haben die Katastrophe nicht verhindert, weil sie ihre *Sicherheit* nicht aufgeben wollten? Und dafür haben sie die Verwüstung ihrer Kultur in Kauf genommen?«

»Ja, Künstler, das habt Ihr gut erfasst, auch wenn die Saraner das anders sehen, denn es ist eine kontroverse Meinung, die ich vertrete. Doch genau davon bin ich überzeugt, und dazu stehe ich.«

Der Prälat und ich gehen den alten Steinweg entlang, und am Ende des Weges, der durch die furchtbaren Kampfhandlungen teilweise kaum mehr passierbar ist, stoßen wir auf ein sehr seltsames Zeichen. Es handelt sich um einen kopfgroßen goldenen Stern und wir interpretieren ihn zunächst als eine Hinterlassenschaft novedanischer Unionsmitglieder an diesem Ort. Doch da der Stern zehn Spitzen hat, ist das sehr unwahrscheinlich. Novedanische Sterne haben für gewöhnlich fünf Spitzen. Was hat dieses Zeichen inmitten all dieser entsetzlichen Verwüstung zu bedeuten? Wer hat es hinterlassen?

»Ich verstehe nicht, welche Entwicklung zu dieser Katastrophe geführt hat«, meine ich zum Prälaten. »Die Saraner galten doch immer als glückliches Volk, welches sich aus dem Geschehen Lanevaels herausgehalten hat. Warum sollte gerade hier der Ursprung für derartige Zerstörung liegen?«

»Darüber müssen wir ein anderes Mal sprechen. Da kommen die Smaragdaner. Sie werden Geld sehen wollen. Oder irgendetwas anderes Wertvolles.«

»Wie viel müssen wir ihnen zurückgeben? Für heute habe ich 4.000 Gulden dabei.«

»Insgesamt noch 87.000«, meinte der Prälat. »Wir haben immerhin schon eine Menge zurückgezahlt. Den Rest werden wir auch noch schaffen, selbst wenn es beim letzten Mal satte 11.000 waren. Wir müssen eben durchhalten, Verzicht üben und vernünftig handeln. Vielleicht können wir sie ja auch für den zehnzackigen Stern begeistern, den wir gefunden haben.«

»... und wenn die nächste Überschwemmung kommt, dann müssen wir wieder Geld zusammenkratzen, um es den Opfern der Flutkatastrophe zu geben ... Das leihen wir uns natürlich wieder von Smaragdanern ... und dann müssen wir wieder mehr Gulden zurückzahlen ... und so kommen wir *nie* auf einen grünen Zweig!«

»Aber im Monat des Sternzeichens des Sarges ist es in den ersten zehn Tagen der Geschichtsschreibung Saras nach auch noch nie zu neuen Überschwemmungen gekommen. Wir werden definitiv weiterkommen mit unserem Projekt, egal was die Smaragdaner machen.«

»Die Smaragdaner ... Ich würde die Smaragdaner am liebsten ins Meer zurückjagen!«, zische ich. »Aber gegen ihre Kristallschwerter sind wir machtlos.«

»Schhhh! Nicht so laut«, flüstert der Prälat. »Denk jetzt lieber an all die positiven Dinge, die diese sagenhafte Insel trotz aller Zerstörung bereithält. Du musst zum Beispiel unbedingt den großen See von Isaca mal gesehen haben.« Er zwinkert mir zu. »Er ist unglaublich ... gleich morgen brechen wir auf. Aber jetzt müssen wir uns zusammenreißen.«

Die beiden Smaragdaner treten auf uns zu. Vor ihren pechschwarzen Uniformen prangen in Halshöhe türkisfarbene Orden, und ihre Kristallschwerter glänzen bedrohlich in jenem kalten, dunkelblauen Licht, welches die Macht hat, Seelen zu verbrennen. Wir halten ihnen die Gulden hin, die wir zusammengekratzt haben.

»Ist das etwa alles?!«, herrscht uns eine sehr junge Smaragdanerin an, sodass wir erschrocken zurückweichen. Sie ist einen Kopf kleiner als ich. Sie nimmt die Gulden mit einem mich verachtenden Gesichtsausdruck entgegen.

»Nein, das ist nicht alles«, meint der Prälat. »Wir haben noch diesen …«

»… diesen Ramsch«, meint die Smaragdanerin, »einen Stern dieser miserablen Ritter von Sara, deren Orden wir zerschlagen haben. Brauchen wir nicht.« Sie wendet sich ab und widmet sich den Gulden.

»Gab es irgendwelche Probleme, die dazu geführt haben, dass Ihr so wenig vorzuweisen habt?«, fragt der deutlich ältere, ranghöhere Smaragdaner gelassen. Als wir von den Flutkatastrophen erzählen, die die ärmsten Inselbewohner sehr hart getroffen haben, schmunzelt er desinteressiert. »Ja, die haben wir hier öfter mal.« Dann quittiert er uns, dass wir ihm das Geld gegeben haben, und wir dürfen gehen.

Das Blut kocht in meinen Adern. »Sie fühlen sich nur so überlegen, weil sie die Insel erobert haben!«, zische ich.

»Sie haben sich gar nicht für den Stern interessiert.« Der Prälat lächelt. »Ich habe da so ein Gefühl, dass das ein Fehler war.«

Ich gucke ihn nur finster an.

Wir treffen uns in den ersten Sanduhrfüllungen des Morgens mit unseren Frauen am verabredeten, vor den Smaragdanern geheim gehaltenen Ort und machen uns auf den Weg zum Isacasee. Der Anblick verschlägt mir den Atem. Ich habe noch nie etwas so Schönes gesehen. Der See funkelt und blitzt in den warmen Strahlen der aufgehenden Sonne, und die türkisfarbenen Wellen prallen sanft gegen exotisches Stein-, Baum- und Pflanzenwerk.

Besonders beeindruckend sind die Kodschas, eulenartige Menschen, die nachts jagen und auf Ästen in den Bäumen über uns hocken. Sie schauen uns mit großen, runden Augen an.

Bei Sonnenuntergang, als sie gerade alle erwachen, fragen wir Eular, einen runzeligen alten Kodscha, was es mit dem zehnzackigen Stern auf sich hat, den wir gestern zwischen den Trümmern gefunden haben.

»Ich glaube, der gehörte den Saranern, die sich selbst zerstört haben, ehe die Fremden hier alles übernahmen«, murmelt Eular. »Ich meine, es war das Zeichen des Ordens der Glücksritter von Sara.«

»Was könnt Ihr uns über die Glücksritter von Sara erzählen?«, fragt der Prälat freundlich.

»Also … «, holt der weise Kodscha aus, »die Glücksritter von Sara verehrten einen zehnzackigen Stern, haben zu ihm gebetet.« Dabei runzelt er drollig seine buschigen

Augenbrauen. »Nun müsst Ihr wissen, der zehnzackige Stern ist nicht bloß ein Zeichen … Nein, es gibt ihn wirklich! Man kann ihn sehen, dort oben, im Sternzeichen des Sarges. Und er ist mit anderen Sternen verbunden. Die Glücksritter von Sara haben immer andächtig zu ihm aufgeschaut. Es gibt auf der anderen Seite des Sees ein Wesen, das müsst Ihr treffen … «

»Und wer waren diese Glücksritter genau? Wann haben sie ihren Orden gegründet? Was ist mit ihnen passiert?«, will ich wissen.

Eine junge Kodscha mit weißen Schwingen auf dem Nachbarast öffnet daraufhin ihre großen, runden Augen. »Ihr solltet Eular nicht so viele Fragen stellen«, interveniert Aul. »Er ist alt, und die Lungen schmerzen ihn.«

»Aber er hat doch die ganze Katastrophe gesehen, die auf Sara passiert ist! Wir müssen mit ihm sprechen, wenn wir helfen wollen, die Kultur neu aufzubauen.«

»Dann wartet noch etwas mit den Fragen«, verlangt Aul streng.

So legen wir uns am Rande des großen, alten Sees schlafen, und ehe uns die Augen zufallen, suchen wir den Nachthimmel nach dem zehnzackigen Stern im Zeichen des Sarges ab.

Nach langem, erholsamem Schlaf erwachen wir und machen uns auf zur Südseite des Sees. Zuvor wollten wir Eular noch weitere Fragen stellen, doch dieser war nicht mehr aufzufinden. Auf der tagelangen Wanderung treffen wir immer wieder auf kleine Gruppen von Smaragdanern, die auf mich völlig unsympathisch wirken. Sie haben Hass im Gesicht, einige sehen blass und kränklich aus, beachten uns allerdings gar nicht. Sie sind viel zu sehr damit beschäftigt, das Land militärisch zu sichern und ökonomisch auszubeuten, wobei sie sich ihrer Überlegenheit so sicher wähnen, dass sie uns nicht kontrollieren. Wozu auch, wenn wir doch keine Waffen tragen. Ich wende mich von ihnen ab und lasse die Erhabenheit des großen Sees auf mich wirken, und ich beginne zu verstehen, warum er den Einwohnern Saras heilig ist.

Wir kommen nach gleichmäßiger Wanderung an der Südseite des Sees an. Auf einer Anhöhe vor dem Strand steht ein Monument, welches noch nicht völlig zerstört worden ist. Aul hockt zu dessen Sockel, mit geschlossenen Schwingen. Ich sehe die Statue einer starken, löwenartigen Frau, die ein großes violettes Schwert in ihren prankenartigen Händen hält, deren eine Hälfte im Zuge der großen Katastrophe zerstört worden ist. Die andere Hälfte ist jedoch noch gut erhalten, und zum Glück ist der Sockel der Statue stabil und intakt. Auf dem Schwert sind Buchstaben eingraviert, welche das Wort »BLOGOL« abbilden.

Aul meint dazu: »Das violette Schwert von Blogol teilt die Menschen, so ist es den Glücksrittern von Sara von einem weisen Xlaovaner überliefert worden. Es spaltet uns alle auf: in diejenigen, die glücklich sind, und in diejenigen, die es nach Glück verlangt. Und ebendies war der Grund für die Katastrophe der Menschen. Das Schwert von Blogol hat sie dereinst alle geteilt, und zwar in genau zwei Hälften – in diejenigen, die ihr Verlangen befriedigen wollten, und in diejenigen, die sich diesem Verlangen beugen mussten.«

»Also war Rücksichtslosigkeit der Auslöser für die große Katastrophe, welche zur Zerstörung Saras geführt hat?«, fragt der Prälat.

»Und Ignoranz den Leidenden gegenüber!«, donnert Aul. »Deswegen trägt die Großkatzenfrau ja auch ein Schwert. Der, den es nach dem Glück der Unabhängigkeit verlangt, schlägt damit nach dem, der dem Verlangen im Wege steht.«

Wir sind sprachlos. So ist das friedliche Sara zweifach zerstört worden. Erst sind die Fluten gekommen, und dann haben die Smaragdaner das Land in ihrem Verlangen nach Expansion besetzt und unterdrückt. Und die Glücksritter haben die Rücksichtslosigkeit der Unterdrücker gegenüber den hilflosen Menschen kommen sehen und eine Warnung in Form eines Monumentes an der Südseite des heiligen Sees errichtet. Oder ist das Bildnis der Löwenfrau mehr als nur ein Monument? Das Schwert der Löwenfrau geht mir seitdem nicht mehr aus dem Kopf.

Wir verbringen einige Wochen damit, Gulden zu verdienen. Wir arbeiten hart, doch die Bezahlung ist nicht gut. Schlecht gelaunt und mit schmerzenden Körpern kehren wir abends zu unserer Unterkunft zurück.

Dort meint meine Frau Eva, eine gebürtige Novedanerin, eines Abends nach längerem Nachsinnen zu mir: »Verlangen ist eine mentale Waffe. Deswegen wurde BLOGOL in das Schwert eingraviert. Das hat etwas damit zu tun, dass es von jemandem geführt werden muss, der eine extreme mentale Energie zur Verfügung hat. Blogol ist in der okkulten Lehre der Omøn ein Code für die Übertragung des Mentalen auf das Gegenständliche, die Beseelung von Materie durch Geist.«

Während ich noch darüber nachdenke, wo sie diese Informationen aufgelesen hat, fährt Eva fort: »Du müsstest also überlegen, was in deinem Leben intensives Verlangen ausgelöst hat. Einen inneren Drang. Und was du alles in Bewegung gesetzt hast, um dieses Ziel zu erreichen.«

Mein erster Gedanke ist natürlich, meine Kunst zu vervollkommnen. Die besten Bilder zu malen, die ich kann. Doch als ich darüber nachdenke, warum ich überhaupt male und warum ich meine Leidenschaft zurückstelle, um den armen Menschen von Sara zu helfen, sage ich schlagartig: »Freiheit.«

»Freiheit … «, wiederholt Eva langsam, während sie mir in die Augen schaut, ganz tief in mein Inneres herein.

»Für alle Menschen Lanevaels«, sage ich entschlossen. »Für immer!«

Wenn ich aber für meine Freiheit kämpfe, denke ich bei mir, *dann bin ich doch nicht anders als die Unterdrücker. Man kann Menschen nicht gewaltsam ändern. Wenn ich jedoch nicht dafür kämpfe, wie soll ich dann etwas ändern? Was für ein Dilemma.*

Ich schaue in den Spiegel und erkenne mich selbst kaum wieder. Ich bin durch die harte Arbeit so aggressiv und reizbar geworden, dass ich den Eindruck habe, Blitze schießen aus meinen Augen. Wir behandeln viele der Opfer des Krieges, der Naturkatastrophe oder von beidem im Auftrag einer großen novedanischen Hilfsorganisation. Die Bezahlung ist lausig, und die Hälfte des Geldes drücken wir an die smaragdanischen Besatzer ab. Die meiste Zeit arbeiten wir in Isà-Mara, doch leben wir hauptsächlich in den billigen Hotels der Hafenstadt Lodaca.

»Du bist flink wie ein Primat«, meint Eva oft scherzhaft zu mir und ich erwidere dann: »Und du bist stur wie ein Stier, und du hältst an deinen Aufgaben fest wie eine Schlange ihr Opfertier!« Ich muss natürlich einen draufsetzen. Worauf sie kontert: »Aber dein Name sagt doch schon alles, Affé.«

Wenn wir morgens vor der Entwicklungshilfe unser Frühstück zu uns nehmen, denken wir häufig über das Schwert von Blogol nach, welches den Glücksrittern von Sara ein Heiligtum gewesen war, ebenso wie der Stern mit zehn Zacken.

Meine Frau hat die interessante Idee: »Was wäre, wenn es kein Verlangen mehr gäbe?«

Ich entgegne: »Dann wären die Menschen wahrscheinlich sehr gelangweilt. Welche Werke vollbringt man, wenn es einem nach gar nichts mehr verlangt?«

»Das Problem ist ganz woanders gelagert«, antwortet darauf die weise Eva. »Wenn es dich nach etwas verlangt und du nimmst es einer anderen Person mit Gewalt – welchen Pfad der Gewalt auch immer du beschreiten magst –, dann missbrauchst du das Schwert von Blogol.«

Wir arbeiten in der Hoffnung, die Lage unter Kontrolle zu bringen und unser Ansehen bei den Smaragdanern zu steigern, einen Plan aus, den Smaragdanern das geliehene Geld innerhalb dieses Jahres zurückzuzahlen. Wir würden immer 10.000 Gulden innerhalb von dreißig Tagen zahlen, egal was da kommen möge. Dann hätten wir das Geld in absehbarer Zeit beisammen. Und so suchen wir die Smaragdaner erneut auf, um ihnen unseren Vorschlag zu unterbreiten.

Die Smaragdaner verhalten sich niederschmetternd. Sie stimmen unserem Vorschlag zu, ja. Aber, haha. Sollten wir unseren Teil der Vereinbarung – »egal was da kommen möge« – nicht einhalten, werden wir den Bsonnas erklären müssen, warum.

Als ich später dem Prälaten mein Leid klage, meint dieser lapidar: »Das sind doch auch nur Menschen.«

Worauf ich erwidere: »Oh, nein. Das sind keine Menschen. Sie sehen Menschen zwar ähnlich, aber sie haben jegliche humane Eigenschaften schon lange hinter sich gelassen.«

Daraufhin winkt der Prälat ab: »Ach kommt, Ihr übertreibt da etwas.«

Ich starre ihn mit weit aufgerissenen Augen an und entgegne: »Bei allem Respekt vor Eurem Amt, Prälat, davon habt Ihr keine Ahnung. Ihr wisst nicht, wer oder was die Bsonnas sind und was sie anrichten können.«

Der Prälat guckt mich entgeistert an und hält sich erschrocken an seinem Krückstock fest.

Doch ich lasse nicht locker. »Prälat, habt Ihr jemals einen Bsonna gesehen?«

Er antwortet: »Nein.«

»Dann habt Ihr großes, großes Glück gehabt. Die Bsonnas sind nicht wie Ihr Heiligen in Eurer Munklergemeinde. Sie glauben nicht an Liebe und Frieden. Ganz im Gegenteil. Finsterer Hass gibt ihrem Leben Sinn, und ihre ganze Lebenseinstellung basiert auf der Überzeugung, einen niemals endenden Krieg zu führen. Leiden ist für sie ein Zustand von Normalität, und Erleichterung eine Krankheit, die es auszumerzen gilt. Und, falls Ihr es vergessen haben solltet, Ihr hängt mit drin.«

»Nein, das glaube ich nicht, dass Menschen so böse sein können … « Der Prälat zittert jedoch bei diesen Worten.

»Habt Ihr Euch schon mal deren Fahne angesehen? Die Bsonnas sind der smaragdanische Orden des Dolches, die Kaste des Todes. Drei Edelsteine und drei Dolche seht Ihr auf ihrer schwarz-weißen Flagge. Die drei Smaragde und die drei Klingen. Drei Edelsteine für die Herrschaft Smaragdanas über drei Inseln und drei Dolche für die Feinde: für das Herz, für die Kehle und für die … «

»Das reicht!«, kreischt der Prälat, inzwischen leichenblass und durchgeschwitzt. »Was ist mit den Maranern, den friedlichen Smaragdanern?«

»Die Maraner haben vor langer Zeit ihre Macht verloren und sind ausgewandert; kein Mensch weiß, wohin.«

Wir schweigen eine Weile, dann kommen unsere Frauen hinzu, Eva und die Frau des Prälaten, Smegdaliah.

Auch Smegdaliah bekräftigt mich in meinem Vorhaben – meiner Vision der Freiheit für alle Menschen Lanevaels. »Affé, Ihr verkörpert geradezu die Botschaft der Löwenfraustatue. Das Schwert von Blogol ist eine geistige Waffe, die materielle Form annehmen kann. Und in Euch brennt das Verlangen, die Menschen Lanevaels von dem Joch der Tyrannei zu befreien. Seid Euch dabei bewusst, dass dieses Verlangen Gefahren birgt. Ihr werdet Euch mächtige Menschen zu Feinden machen, die die Menschen in ihrer selbst auferlegten Unfreiheit halten wollen. Zum anderen besteht die Gefahr, dass Euer Verlangen Euch selbst zu bösen Taten antreibt.«

»Smegdaliah, du solltest den Künstler nicht auch noch ermutigen.« Der Prälat seufzt. »Wir haben hier noch viel Arbeit vor uns. Wir müssen leidenden Menschen helfen. Es bleibt keine Zeit, Visionen von Freiheit zu verwirklichen.«

Aber Smegdaliah bleibt bei ihrer Meinung. »Mudu, ich kann zu Affé sagen, was ich für richtig halte. Er ist ein inspirierter Mann, der sich etwas traut!«

»Aber ich traue mich doch auch etwas«, murmelt Prälat Mudu, woraufhin Smegdaliah ihm die Hand tätschelt. »Ich weiß doch, Schätzchen, ich weiß doch«, sagt sie.

Wir stoßen mit einem guten Wein aus Jua an und legen uns danach schlafen.

Am nächsten Morgen wachen wir von einem Tumult im Hotelflur auf. Als wir das Fenster des Hotelzimmers aufmachen, sitzen überall kleine Eulen auf dem dichten Geäst des Balschutbaumes, was im Licht der Dämmerung ungewöhnlich ist. Offensichtlich sind einige Kodschas nach Lodaca gekommen, und dies versetzt die Menschen in Panik. Die Kodschas verlassen sonst nie das Seegebiet, und sie unternehmen normalerweise keine längeren Flugreisen. Doch hier sind sie, angeführt von Eular, der viel agiler und gesünder wirkt als bei unserem ersten Treffen.

»Wenn die Eulen ans Tageslicht sich wenden, steht Böses Euch bevor!«, so sagen die Menschen Saras schon seit Urzeiten.

Obwohl ihr Erscheinen allgemein als schlechtes Omen gewertet wird, freue ich mich, Eular, Aul und die anderen Kodschas zu sehen, wie sie mit ihren Fellfüßen die Treppen hochstapfen. Sie wirken sehr aufgeregt.

»Affé, Mudu, meine Damen, wir haben Wichtiges zu berichten! Wir glauben, dass dieser goldene Stern mit den zehn Spitzen, den ihr gefunden habt – dass dieser Stern eine ganz besondere Bedeutung hat. Besitzt ihr ihn noch?«

»Ja, ich habe ihn in ein Tuch eingewickelt, denn er glänzt noch bei Nacht«, erwidere ich.

»Oh, er glänzt noch bei Nacht!« Die Kodschas geben ihre charakteristischen Rufe von sich, wie man sie nur im Dunkeln hört, bei einsamen Wanderungen im Wald.

Eular tritt hervor. »Dieser Stern ist ein magischer Gegenstand, ein Talisman, der im schrecklichen Krieg übersehen wurde. Ihr müsst ihn zur Sternwarte bringen, damit sich seine Macht entfalten kann!«

Mudu und ich gucken uns fragend an.

Eular flattert aufgeregt mit seinen abgewetzten grauen Flügeln. »Hört zu, ich habe nicht viel Zeit, ausführlich darüber zu erzählen. Wir Kodschas sind nicht erwünscht in solch einer Menschenstadt. Der Sternentalisman birgt wahnsinnige Kräfte. Um diese zu entfesseln, müsst ihr ihn jedoch nach Obrak bringen, wo man das kastenartige Sternzeichen des Sarges verehrt, welches aus zehn Sternen besteht. Ihr könnt es am Nachthimmel gut erkennen. Die Glücksritter von Sara wussten irgendetwas über die mystische Kraft der zehn Sterne, aber fragt mich nicht, was genau. Die Legende, die ich kenne, besagt, dass man damit die Seele von Stenth, der Kaiserin des violetten Schwertes, wiedererwecken kann. Sie lebt dann ein Menschenleben lang, und in diesem Menschenleben erfüllt sie deinen innersten Wunsch. Und jetzt müssen wir fliehen, die anderen Kodschas rufen schon nach uns!«

Als zwei düstere Gestalten unser Zimmer betreten, stürzen sich die Kodschas aus dem Fenster, doch kurz bevor sie auf dem harten Pflaster der Straße aufschlagen, erheben sie sich in die Lüfte und fliegen davon, kurzfristig auf Dächern und Bäumen rastend. Die Gestalten funkeln uns aus schwarzen Augenhöhlen boshaft an. Es sind Bsonnas.

Dann betritt ihr Anführer den Raum. Alle erstarren. Er scheint gar nicht zu beachten, dass andere Leute anwesend sind. Nur das Fenster interessiert ihn, aus dem er, fast verträumt, den Kodschas nachblickt.

Ich wende den Blick von dem Anführer ab und sehe mir die beiden anderen an. Ihre pechschwarzen Roben verschlingen sämtliches Licht in der Umgebung. Mein Herz fängt an heftig zu schlagen und steigert sich zu einem Hämmern. Die beiden Bsonnas scheinen nämlich wiederum die anderen meiner Gruppe nicht zu beachten, sondern starren mir direkt in die Augen. Wie auf einem bizarren Gemälde sind alle Personen im Raum in ihrer Haltung erstarrt. Es wirkt, als warte jeder von uns auf den jeweils ersten Schritt des anderen. Dann spüre ich, wie jemand mir eine eiskalte Hand auf die Schulter legt, ungewöhnlich für das warme Inselklima. Ein Schauer kriecht meine Wirbelsäule hoch und runter.

Ich drehe mich zitternd um und sehe das ausdruckslose Gesicht des Bsonnaanführers. Mit sanfter Stimme, die so bedrohlich leise wirkt, dass ich spüre, wie mir Angstschweiß auf die Stirn tritt, meint er: »Ich möchte mich mit Euch unterhalten, Künstler. Es ist bestimmt sehr interessant zu erfahren, warum die Eulenmenschen nach Lodaca gekommen sind. Und warum sie gerade Euch aufgesucht haben. Und nehmt bitte das Tuch mit, in das Ihr etwas eingewickelt habt, von dem ich den Eindruck habe, es könnte irgendetwas mit dem zu tun haben, was ich in Erfahrung bringen will.«

Während er den Satz beendet, sind die anderen beiden Bsonnas schon an mich herangetreten und umfassen seitlich meine Arme. So werde ich abgeführt. Ich werfe Eva noch einen Blick über die Schulter zu, dann schreiten wir auf den Flur. Ich höre, wie sie hinter mir in Tränen ausbricht.

Die Bsonnas verfrachten mich in eine Kristallkutsche und bringen mich zu ihrem Konventikel. Die Räumlichkeiten und die Aufmachung an sich sind nicht sonderlich bedrohlich. Allerdings wirken die Blicke derjenigen von den Bsonnas Verhörten, die mir auf dem Flur entgegenkommen, derartig düster, leer und verzweifelt, dass mir Böses in den Sinn kommt.

Die beiden Bsonnas flankieren mich weiter, hinter uns schreitet der Anführer mit dem eingewickelten Sternenamulett, was mich noch viel nervöser macht.

Auch als ich mit wackeligen Knien den Raum betrete, in dem man offensichtlich mit mir sprechen will, sehe ich nichts Besonderes. Im Gegenteil, ein Fenster Richtung Meer ist sogar geöffnet, sodass ich in der Ferne die Segelschiffe auf dem glitzernden Meer ausmachen kann.

Der Bsonna, der das Dreigestirn anführt, setzt sich in seinen Bürostuhl, lehnt sich zurück und fragt mich in fast schon gelangweiltem Tonfall: »Na, was haben die Eulenmenschen denn so erzählt?«

Ich krame in meiner Erinnerung, gleichzeitig den festen Entschluss fassend, die Bsonnas besser nicht anzulügen. Aus dem Zimmer nebenan höre ich jemanden hysterisch lachen. Wahrscheinlich haben sie ihn mit der keinesfalls witzigen Lachkrankheit infiziert.

»Der alte Eular meinte, der in das Tuch eingewickelte Gegenstand hätte magische Eigenschaften, die mit dem Sternzeichen des Sarges korrespondieren«, stammle ich, gleichzeitig überrascht über meine differenzierte Ausdrucksweise. »Ich meine, er hätte erzählt, dass man ihn zu den scheußlichen Obrak bringen müsse, auf diese Insel, wo der Eisannische Bund Kolonien unterhält.« Ich bin so verängstigt, dass ich große Schwierigkeiten habe, mich zu erinnern, was die Kodschas eigentlich gesagt haben. Alles ist so schnell gegangen. Die Kodschas. Die Bsonnas. Die Obrak.

Der Anführer der Bsonnas schlägt seine schwarze Robe zurück und bedeutet einem Untergebenen, ihm das seltsame Sternenzeichen zu reichen. Man möge es auf dem Tisch auspacken. Er guckt mich fragend an.

»Ich weiß auch nicht viel darüber. Wir haben es in den Trümmern einer vom Krieg zerstörten Siedlung gefunden.«

»Interessant, dass es selbst nicht zerstört wurde«, meint der Anführer knapp. Er betrachtet die Oberfläche des etwa kopfgroßen Zeichens aus unbekanntem, metallartigem Material sehr genau mit einer Lupe. »So etwas habe ich noch nie gesehen. Wir werden es zur Prüfstelle für Magie bringen. Womöglich ist es ein Teleporter oder ein Portalöffner.«

Ich bin böse, dass sie mir das Sternenzeichen abgenommen haben, aber was habe ich erwartet?

»Habt Ihr sonst noch was zu sagen?«, fragt mich der Anführer leicht höhnisch.

»Nein.«

»Gut, dann verschwindet und geht wieder Eurer … *Entwicklungshilfe* … nach.«

Die anderen Bsonnas kichern. Es ist kein schönes Lachen. Eher ein monotones, rapides »hehehehe, hmhmhmhm«. Wie zwei demente Kristallmaschinen. Nun werde ich im Inneren richtig zornig. Es radikalisiert mich in meinem Bestreben, es ihnen eines Tages heimzuzahlen. Dies lasse ich mir jedoch nicht anmerken.

Ich verlasse das Gebäude mit dem Gedanken, dass die Bsonnas sich bei ihren Untersuchungen des Gegenstandes bestimmt noch Ärger einhandeln werden.

Meine Frau und ich gehen zu der Stelle am Meer, die wir am meisten mögen. Es ist der einsame, felsige Teil der Insel Sara, wo kaum Einheimische wohnen und Smaragdaner sich nicht aufhalten. Die Wellen branden an die Klippen und wilde Wasserstrudel toben um die vielen Steine und Felsen, welche aus dem Meer ragen. Hier kann man weder baden noch fischen, also ist die verarmte Bevölkerung nicht an der Gegend interessiert. Da hier kaum jemand wohnt, wird die Umgebung auch durch die Besatzer sehr wenig kontrolliert.

Ich sitze eine Weile am Klippenrand, mein Gesicht rot vor Wut und feucht von Tränen, mit Eva nahe bei mir, mich tröstend. Sie redet mir gut zu, Strähnen ihres graublonden Haares rutschen unter ihrer Haube hervor und flattern im Wind.

Dann passiert etwas sehr Seltsames. Wir sehen in der Ferne auf den Klippen einen alten Mann, der an einem Apparat herumfuchtelt, der offensichtlich mit Kristallenergie zu tun hat. Das Gerät sieht aus wie ein kleines Boot, nur umgekehrt. Es hat die Form einer großen Glocke, welche auf einem Holzgerüst steht. Außer uns und dem alten Mann ist weit und breit niemand zu sehen. Wir fragen uns, wie er all das Material hierhinbekommen hat – wer hat ihm beim Aufbauen geholfen?

Der alte Mann ist weiter weg als gedacht, einige Klippen trennen uns voneinander. Er hat sich auf ein kleines Erosionsplateau gestellt und hantiert an düsenartigen Zylindern unterhalb der flachen Unterseite der Glocke herum, wobei immer wieder kleine Mengen von etwas Hellblauem ausgestoßen werden, das ich für Kristallenergie halte.

Er sieht uns zuerst gar nicht kommen. Erst als wir uns ihm auf einige wenige Meter genähert haben, fällt uns auf, dass der Mann in ein Selbstgespräch vertieft ist. Er unterbricht dies auch nicht, als er uns bemerkt.

»… Flugmaschinen, ja, und wir werden endlose Möglichkeiten haben und Gebäude bauen und es wird große Vorhaben geben und … «

»Er führt ein Selbstgespräch«, meint Eva stirnrunzelnd.

Der Mann hantiert immer wieder mit Werkzeugen, die ich nicht kenne, an den

Zylindern und Rohren unterhalb der Glocke herum. Dabei brabbelt er immer wieder etwas von einer *Flugmaschine*.

»… und eines Tages hoch zu den Sternen fliegen, bis ins All mit unseren Flugmaschinen … «

»Ich würde sagen, er ist der typische verrückte Wissenschaftler«, sagt Eva schulterzuckend und wendet sich ab.

Ich bleibe noch eine Weile. Dann begreife ich, dass der Mann tatsächlich eine Art Flugmaschine konstruiert hat, die er wahrscheinlich in Gang zu setzen versucht. Sie ist sehr klein – in ihr Inneres passen vielleicht drei Personen – und vollkommen rund. Der Antrieb muss irgendwie unterhalb der Glocke liegen. Ich bin mir nicht sicher, ob sich der Mann jemals in die Luft erheben können wird, denn die Flugmaschine wirkt zu schwer. Ein Ballon ist schließlich mit heißer Luft gefüllt. Und alle anderen fliegenden Wesen, ob Vögel, ob Kodschas, haben Flügel.

Und so wende ich mich ebenfalls ab und hole Eva ein, mich schon auf das gemeinsame Abendessen freuend. Ich höre hinter mir die Stimme des Mannes: »Fliegen, jawohl, fliegen, und ihr fliegt mit mir«, und ich weiß nicht, ob er weiterhin mit sich selber spricht oder uns meint.

Als wir zurück nach Lodaca kommen, lassen wir uns im Hotel das Abendessen servieren. Ich schlinge es hungrig in mich hinein, da ich nichts gegessen habe, seit mir die Bsonnas so viel Angst gemacht haben. Eva und ich haben gerade eine Gesprächspause, da fällt mir am Nachbartisch etwas Interessantes auf. Zwei Frauen unterhalten sich angeregt und lauthals darüber, dass eine wichtige, staatstragende Persönlichkeit verschwunden ist.

»Kannst du dir das vorstellen? Es soll einer der Bsonnas gewesen sein!«

»Ein Bsonna?«

»Ja, sie sollen in den letzten Tagen die halbe Insel auf der Suche nach dem Verschwundenen durchkämmt haben!«

»Aber wie konnte das passieren?«

»Mehrere der rätselhaften Eulenmenschen sollen sich in der Dunkelheit plötzlich auf ihn gestürzt und ihn in Richtung Baum gezerrt haben. Dann sollen noch weitere Kodschas dazugekommen sein, und als die anderen Bsonnas alarmiert wurden, waren sie schon mit ihm verschwunden!«

»Dieses Gesindel!«

»Soll ich dir noch etwas sagen? Der Bsonna, der von den Kodschas entführt wurde, soll etwas bei sich getragen haben … einen leuchtenden Stern!«

Einige Mondzyklen später kann ich immer noch nicht fassen, wie sich mein Leben geändert hat. Alles ist so fundamental anders geworden. Ich habe ein glasklares Ziel vor mir, woraus Berge von Arbeit entstanden sind. Alles hatte mit dem Besuch einer Lesung des novedanischen Propheten Malion angefangen, der Mitglied der Novedaner des Lichtes ist – einer angeblich auf dem Blatt Atupia gegründeten novedanischen Rachegruppe, die sich zum Ziel gesetzt hat, den Eisannischen Bund zu zerstören. Kein Wunder, dass die Bsonnas seine Lesung toleriert haben.

TWAAANG.

Und wieder einen Pfeil danebengesetzt.

Ich habe begonnen, mich im Bogenschießen zu üben. Ich mag eigentlich keine Waffen. Meine Bilder waren das Einzige, was mich früher interessiert hat – doch das ist jetzt vorbei.

Das Schlimmste ist, dass die Bsonnas die Nahrungsmittel für die Bevölkerung radikal zusammengestrichen haben, seit einer ihrer wichtigsten Mitglieder – ich meine, es ist der, der so über mich gelacht hat – entführt worden ist.

TWAAANG.

Seitdem fühlen sich Menschen wie ich, die nicht von der Nahrungsmittelrestriktion auf Sara betroffen sind, besonders schuldig. Es ist uns streng verboten, Bettlern auch nur einen Krümel zu geben.

Und sie werden die Nahrungsmittel nicht freigeben, bis die Entführer den Bsonna freigeben.

Ich lege den Bogen zur Seite, mein linker Arm ist schon ganz blau angelaufen, ein Nebenprodukt des Bogenschießens.

Doch ich bin vom Ziel abgekommen. Jeden Tag staple ich die Bücher, die Malion mir gegeben hat.

Die muss ich jetzt verbreiten, um den Menschen das Licht *aufzuzeigen.*

Ich leide unter der Aufgabe. Malion ist der Einzige, der das Ziel realistisch definiert hat, allen Menschen Lanevaels die Freiheit zu bringen, beginnend mit der Zerschlagung des Eisannischen Bundes. Und es ist so mühselig, dies bekannt zu machen.

»Du schießt wie ein blindes Kind«, meint Eva zu mir, zieht einen Pfeil aus dem Köcher, spannt ihn in den Bogen und – TWANG – versenkt ihn in der Mitte der Zielscheibe.

»Wenn meine Eltern mich schon von klein auf darin unterrichtet hätten, wäre ich auch so gut wie du«, entgegne ich mürrisch.

»Was macht das Malion-Projekt?«, fragt Eva, während sie eines der Bücher hochhebt und entstaubt.

»Ich sortiere noch.«

»Soll ich dir helfen?«, fragt Eva.

»Gerne!« Ich lächle und spüre Erleichterung.

Es begibt sich mitten in dieser Südmeernacht nach einem langen Tag des Bogenschießens und Büchersortierens, dass ich partout nicht in den Schlaf finde. Meiner Frau geht es ähnlich, und so beugen wir uns wieder über ein seltsames Buch, welches uns Malion überreicht hat. Niemand hat uns sagen können, wer es geschrieben hat oder woher es gekommen ist. Malion behauptet, es stammt aus dem fernen Reich der Xlaover, hoch oben im Geheimen Flussland, Tausende Kilometer entfernt, »aus einer anderen Welt«, wie er es nennt.

Das Seltsame an diesem namenlosen Buch ist seine sonderbare Eigenschaft: Es ist ein magisches Buch. Malion hat erklärt, dass die Xlaovaner ihre Bücher behandeln wie Lebewesen. Dieses Buch lebt. Es schlägt sich von alleine auf, an welcher Stelle es will, und lässt nicht jeden lesen, was in ihm geschrieben steht; manchmal verschwindet die Schrift plötzlich, nur um an anderer Stelle wieder aufzutauchen.

Nach siebzig Wochen verzweifelten Studiums habe ich die tiefere Bedeutung des magischen Buches endlich erkannt. Es wollte mir klarmachen, was ich in den Lesungen Malions nicht hatte verstehen können: dass ich meine Vorstellungskraft entwickeln und meistern und das daraus Gewonnene an andere vermitteln muss. Denn die Befreiung Lanevaels von der Sklaverei setzt voraus, dass sich die Wesen Lanevaels überhaupt vorstellen können, dass es ein Leben jenseits der Sklaverei gibt.

Und diese Macht, so machte mir das Buch unmissverständlich klar, liegt in der Meisterschaft über … das *Wort*. Denn es sind Worte, die über die Einteilung von Sklaven und Herrschern bestimmen und die festlegen, nach welchen Kriterien diese aufgeteilt werden.

Doch die technische Anleitung zur Befreiung Lanevaels ergab sich aus einem anderen Buch, wenn auch in verschlüsselter Form. Es handelt sich dabei um das Buch *Geschichten für Nichtleser*, geschrieben von einem Kernländer namens Gnagan.

Der Lehren dieses Buches bemächtigt, insbesondere unter Zuhilfenahme der magischen Entschlüsselung der Elemente, welche in dem *Geheimnis von 22 und 7* beschrieben sind, ist es mir gelungen, einen Plan auszuarbeiten, wie man mithilfe des Sternenzeichens mit den zehn Zacken die Göttin mit dem violetten Schwert befreien kann.

Ich erinnere mich an Eulars Worte: »Der Sternentalisman birgt übermenschliche

Kräfte. Um diese zu entfesseln, müsst ihr ihn jedoch nach Obrak bringen, wo man das kastenartige Sternzeichen des Sarges verehrt, welches aus zehn Sternen besteht.«

So muss ich denn nur nach Obrak gelangen, um die Seele der Kaiserin des violetten Schwertes zu befreien. Sie wird die große Revolution einleiten, die uns allen die Freiheit schenken wird, in Frieden zu leben. So besagt es das Buch von Gnagan. Aber wie gelange ich dorthin?

Während ich noch darüber nachsinne, höre ich ein sehr seltsames, künstliches Geräusch, wie von einer riesigen, extrem schnell rotierenden Windmühle. Ich trete nach draußen, wo Eva schon staunend steht.

In einer riesigen glockenförmigen Maschine, die wir wiedererkennen, sitzt der alte Mann und winkt uns fröhlich zu. Nein, er winkt uns nicht zu, er winkt uns heran! Er bedeutet uns, über eine ausgeworfene Leiter aus Metall zu ihm heraufzusteigen.

Ich erkenne sofort, dass dies eine einmalige Gelegenheit darstellt, nach Obrak zu gelangen! Das violette Schwert ruft mich!

GESCHICHTEN FÜR NICHTLESER

Mit freundlicher Genehmigung von Gnagan[1]

---

1 Der mir die Rechte an dem Pamphlet aus freiem Willen überließ.

ZUM VERSTÄNDNIS DER SCHRIFT

Gnagan, Jahrgang 5212, studierte Philosophie und Magie in Halbstadt. Er ist in beiden Disziplinen »kläglich gescheitert«, wie er selbst bilanziert. Als Philosoph sei er nie in der Lage gewesen, ein System logisch begründbarer Erkenntnisse zu erdenken, und als Magier sei es ihm nicht gelungen, trotz einiger Fortschritte in der Anwendung von magischen Praktiken, seine Zweifel an übersinnlichen Phänomenen gänzlich auszuräumen.

Gnagan wurde 5248 wegen »nachgewiesenermaßen wiederholter versuchter Gehirnwäsche an seinen Kommilitonen« von der philosophischen Fakultät von Halbstadt ausgeschlossen und gelangte somit zu keinem offiziell anerkannten Abschluss. Als Magier versucht er bis heute, »das Chaos« zu erforschen, wobei er niemals eindeutig definiert hat, was er damit konkret meint. Da er keine wissenschaftliche Abhandlung zur Magie verfasst hat, darf er sich offiziell nicht mit dem Titel »Magier« bezeichnen. Er selbst bezeichnet sich als »Chaoten«.

5250 publizierte er seine bisher einzige Veröffentlichung, GESCHICHTEN FÜR NICHTLESER, in einer Auflage von 29 handsignierten Kopien im Eigenverlag. Aufgrund der Häme anderer zeitgenössischer Schriftsteller bezüglich seines überwiegend fragwürdigen Inhaltes und seines teilweise chaotischen Aufbaus ist es bis dato zu keiner weiteren Publikation gekommen.

Der hier vorliegende eingebundene Nachdruck ist ebenfalls stark limitiert und enthält die Empfehlung des Autors an Lesende, welche auf den Gebieten der Philosophie, der Magie oder des Chaos nicht bewandert sind, ausdrücklich von der Lektüre abzusehen, da sie allenfalls in unwiederbringlich verlorener Lebenszeit resultiere.

Allero, Nachfahre Aderros

In der 10. Sonnenstunde des 99. Frühlingstages im grünen Sternzeichen der Nacht 5260

Sektion I: Holoskop

Das Weltgeheimnis

Ein Buch, das über die Jahrhunderte ebenso viel Häme wie Mystifizierung über sich ergehen lassen musste, ist sicherlich *Das Weltgeheimnis*; und das aus dem simplen Grund, dass niemand es verstanden hat. Es muss demjenigen, der in chaotisch-magischen Zusammenhängen denkt, langweilig und dem, der mit geordnet-naturwissenschaftlichen Methoden agiert, irrational vorkommen.

Dabei haben beide Fraktionen nicht verstanden, was der Autor (wenn es denn nur einer war) ursprünglich bezweckte: die systematische Beschreibung einer verborgenen Welt hinter der uns umgebenden alltäglichen – und wie man dadurch Zugang zu ihr erhält.

22 + 7

22 ist die Zahl des kleinen, 7 die des großen Blattes. Vereinigt ergeben sie 29, welche somit eine sehr potente, mächtige und symbolträchtige Zahl darstellt. Man stelle sich zwei Zahnräder vor: eines mit 22 Zähnen, eins mit 7. Beide werden durch ein Band ständiger Wiederholung zusammengehalten. Wer dies versteht, erkennt die Ordnung aller Wesen Lanevaels.

Verstand?!

Je mehr man das Chaos zu verstehen sucht, desto mehr wird man an der gegebenen Ordnung der Dinge verzweifeln.

Ein heilloses Durcheinander

Wer das Chaos zu erforschen sucht, nimmt die Realität als das an, was sie ist: ohne Ordnung. Jede Ordnung ist von Menschen gemacht und somit zutiefst zwanghaft. Auch wenn dieser Zwang durchaus funktional sein mag, engt er den Geist doch erheblich ein. Es ist gewiss nicht leicht, von den Gestaden der Ordnung her aufzubrechen und seine Konzeption(en) von Realität radikal infrage zu stellen. Denn im Durcheinander der Wirklichkeit liegt kein Heil; und die *finale Erkenntnis der Wahrheit*, nämlich dass alles rein zufällig geschieht, ist ebenfalls nicht heilsam. Deswegen fragmentiert das Chaos jede Form von Heil und Heiligkeit, von Ganzheit; es zerstückelt und zersplittert jede Struktur.

Geschichten für Nichtleser
Alle Geschichten, die hier erzählt werden, sind so kurz, dass gerade diejenigen, die das Lesen verabscheuen, angesprochen und eingefangen werden: einer nach dem anderen, durch eine nach der anderen.

Erforschung des Chaos
Lege dich in einen ruhigen Raum ohne Ablenkungsmöglichkeiten und lasse die Masse deiner Gedanken ungefiltert umherschweifen. Versuche währenddessen unter keinen Umständen, etwas zu erfassen! Du wirst sehen, die Gedanken spiegeln nach kürzester Zeit dein inneres Chaos wider, und du wirst wahrnehmen und staunen.

Chaos als magische Philosophie
Mithilfe von Willkür übersinnliche Kräfte nutzen, um die Geheimnisse der letzten Dinge zu entschlüsseln …

Chaos als philosophische Magie
Mithilfe von Willkür logische Prozesse nutzen, um die Geheimnisse übersinnlicher Kräfte zu entschlüsseln …

Über den Sinn des Über den Sinnen
Übersinnlich ist das, was man mit den Sinnen nicht erfassen kann: Damit ist das Über-Sinnliche in und um uns nur zugänglich, wenn wir die Sinne nicht bewusst lenken, also von jeglicher Struktur befreien, also uns dem Chaos hingeben. Trotzdem bleibt das Übersinnliche prinzipiell nicht erfassbar – wir können nur darauf schließen … durch was?

Ordnung muss sein
Hier spiegelt sich die Zwanghaftigkeit durch das *Muss* in sich selbst – das entsprechende Äquivalent könnte lauten: Chaos ist.

Unordentlich
Unordentlich bedeutet nicht *chaotisch*, sondern stellt die Bezeichnung des gescheiterten Versuches dar, einer genormten Ordnung gerecht zu werden.

Der Chaot
Ein Chaot ist ein Mensch, der *alles* der Willkür und dem Zufall überlässt: auch die Ordnung. Die Wahrscheinlichkeit des Überlebens eines solchen Menschen ist sehr gering.

Aber einen Vorteil hat er: Er kennt die grauenhafte Angst vor den kleinen und großen Entscheidungen des Lebens und deren Konsequenzen nicht.

Der Magier
Ich habe noch nie einen *echten* Magier getroffen. Die, die diesen Titel für sich beanspruchen, sind Wichtigtuer, die weder zu sich selbst noch gegenüber anderen aufrichtig sind.

Das Universum
Es gibt nichts Chaotischeres. Während der Mensch das innere Chaos durch Ordnungsprozesse kontrollieren kann, ist das Universum etwas, das ihn kontrolliert – durch reine Willkür.

Der Philosoph
Er ordnet, und sein Ordnen ist von allen das mühsamste Werk. Der Philosoph ist der Bergarbeiter unter den Denkern. Der Steineklopfer unter den Akademikern. Doch schließt er wenigstens den Zufall nicht aus.

Ordnung
Ordnung ist der zum Scheitern verurteilte Versuch der konstanten Anpassung an das Chaos.

Der Kampf des Menschen gegen sich selbst
Wie viel Energie er dabei lässt! Wie viel könnte ein Mensch in seinem Leben schaffen, wie glücklich wäre er dabei, würde er nicht ständig mit sich selbst kämpfen! Würde er sich nicht ständig selbst herunterputzen, verurteilen, zerstören! Als hätte er nicht schon genug damit zu tun, gegen die Dinge der Außenwelt zu kämpfen … oder spiegelt auch dieses Phänomen nur den Kampf des Menschen gegen sich selbst wider?

Schlecht gelaufen
Das Leben läuft vor uns ab, und wir hinken hinterher!

Ordnung ist künstlich
Es gibt nichts, was uns die Plastizität der künstlichen Ordnung effektiver vor Augen führt als das Abnorme!

Konstantes Verzerren
Die zwischenmenschliche Verwirrung gleicht einem herrlich verknoteten Knäuel. Um sich keine Blöße zu geben, um sich seinen fetten Vorteil zu sichern, verzerrt der Mensch ständig eine Realität, auf die man sich einigen könnte, und schafft somit ein drittes Chaos: neben dem Inneren und dem Äußeren das chaotische *Dazwischen!*

Stabilität
Die Stabilität, die die Staatsorgane uns weltweit vorgaukeln, ist in Wahrheit porös. Es ist nur eine Frage der Zeit, bis wir wie die Bestien übereinander herfallen. Das Chaos ist unbezwingbar – denn jede Ordnung ist temporär.

Fatalität der Wertesysteme
Der Mensch kämpft nur gegen sich selbst, wenn sein Wertesystem nicht mit dem mindestens eines anderen übereinstimmt. Denn dann hat er (zunächst?) drei Möglichkeiten:
1) Er unterwirft sich dem Wertesystem des anderen sklavisch.
2) Er diskutiert, streitet, ignoriert, akzeptiert etc. Er setzt sich in jedem Fall auf Augenhöhe mit dem Wertesystem der anderen Person(en) auseinander.
3) Er diktiert sein eigenes Wertesystem, in dem er es unter Machtgebrauch tyrannisch durchsetzt.

Wertlos
Ein Leben ist wertlos, wenn der Lebende sich nicht im Klaren darüber ist, nach welchen Werten er handelt.

Drei selbstgerechte Meister
Es waren einmal drei ältere Herren, die es in der Disziplin der Definition des eigenen Wertesystems zur absoluten Meisterschaft gebracht hatten.
Der erste meinte, alles Wertvolle läge in der Beherrschung und im Verständnis seines Körpers, und so brachte er auch anderen bei, auf deren eigene Körper zu hören. Er meinte, die Gesellschaft erkranke daran, dass alle Menschen sich gezwungen sähen, ihre Körper und insbesondere ihre Gesichter so positiv wie möglich zu präsentieren; und so lehrte er diese Theorie mit vollem Körpereinsatz; und er urteilte von oben herab, ohne danach gefragt worden zu sein.
Der zweite meinte, er kenne immer und für alles eine Lösung. Alle Probleme des Wertes lägen in der Familie und in den Freund- und Bekanntschaften, und die Auflösung aller Spannungen des Lebens läge in der Auflösung aller Spannungen zwischen den Menschen;

und so entspannte er die Beziehungen zwischen den Menschen; und er urteilte von oben herab, ohne danach gefragt worden zu sein.
Der dritte meinte, alle Probleme überhaupt lägen darin begründet, dass der Mensch sich nicht über das, was ihm wertvoll sei, bewusst sei, und dass er sich nicht gefragt habe, wozu er etwas mache, und da er sich nicht im Klaren darüber sei, wozu er etwas mache, müsse er zwangsläufig unglücklich werden; und er machte den Menschen klar, sie müssten sich klarmachen, wozu sie das machten, was sie machten; und er urteilte von oben herab, ohne danach gefragt worden zu sein.
Die drei Meister lebten sehr gut mit ihren so definierten Werten; doch ihre Schüler?

Der Sinn des Lebens
Der Sinn des Lebens liegt offensichtlich darin, gemäß seinen Talenten zu leben. Ob man damit Erfolg hat, steht auf einem anderen Blatt (ein bisher nicht bereistes?).

Drogen
Der Konsument vergrößert zunächst sein inneres, dann sukzessive (ohne dies in dieser Form zu beabsichtigen) das äußere Chaos. Der Ordnungsliebende verabscheut die Drogen, selbst wenn er sie zunächst irrigerweise nimmt, um leistungsfähiger zu werden; aber das kann ihn teuer zu stehen kommen!

Die Zeit
Die Zeit ist der bisher effektivste Versuch des Menschen, dem Chaos Einhalt zu gebieten. Groß ist das Gelächter über Mitmenschen, die die Zeit nicht portionieren oder, gar schlimmer, kein *Gefühl* für sie entwickeln können. Doch wer macht sich hier in Wahrheit lächerlich?

Kreativität
Der Kreative braucht das Chaos als Inspiration!

Gesellschaft
Jede Gesellschaft beruht auf einer festgelegten Ordnung. Sie wird alle Organe darauf verwenden, das Chaos entweder gnadenlos zu »dezimieren« oder dort strategisch zu »befeuern«, wo es ihrem Glanze dient – denn je degenerierter der Chaot erscheint, desto höher die anmaßende Selbstgerechtigkeit der scheinbar Wohlgeordneten, die ihrem unbarmherzigen System die Treue halten.

Die heiligen Paare

Es geht in Religionen sehr oft um den Kampf des *Guten* gegen das *Böse*, und die einen identifizieren sich mit dem ordnenden Guten, die anderen mit dem chaotisierenden Bösen. Doch wie wir bis hierhin geschlussfolgert haben, kann das Gute durchaus böse durch seine Ordnung und das Böse durchaus befreiend durch sein Chaos wirken.

In meiner Philosophie geht es nicht um den Kampf zwischen dem Guten (dem Licht) und dem Bösen (der Finsternis), sondern zwischen der Ordnung (dem Überlebensprinzip) und dem Chaos (dem Willkürprinzip).

Das Chaos bringt immer neue Mutationen hervor, die zu überleben suchen, also eine künstliche Ordnung des Universums erstellen, das an, in und für sich chaotisch sein muss. Nun gibt es in Anlehnung an die Riten der Ur-Schachteln, also der ersten Menschen Kernlands, heilige Paare in der Menschheit, die jeweils ein Überlebensprinzip stolz hochhalten wie eine Flagge, denn sie sind auf ein bestimmtes Talent spezialisiert und haben somit ein Prinzip des Sinnes des Lebens zur Vollendung gebracht.

Das erste heilige Paar

Dieses Paar hat ein besonderes Talent für Sexualität und aufgrund der dieser Obsession zugrunde liegenden mentalen Verspieltheit wenig Sinn für den Ernst des Lebens. Aber die Menschen dieses Schlages haben eine wahre Freude an und ein unglaubliches Geschick bezüglich der Verführungskunst und der sexuellen Stimulation und produzieren somit fortwährend Nachkommen, die teilweise gewollt, teilweise ungewollt sind. Auch wenn wir sie oft verfluchen, belächeln oder beneiden: Vor allem ihretwegen sind wir heute hier.

Das zweite heilige Paar

Dieses Paar badet in Gefühlen, auch löst es fortwährend starke Gefühle in anderen Menschen aus. Somit werden die überlebenswichtigen, aber im Grunde genommen völlig unzuverlässigen Emotionen gezüchtet. So werden wir inspiriert, unser Leben gemäß unseren Empfindungen zu strukturieren. So wild lebt es sich! Mal hierhin, mal dorthin treiben einen die Gefühle!

Das dritte heilige Paar

Der Imperator und die Imperatorin, die mächtigsten nur erdenklichen Menschen, gleich den sogenannten Göttern, über allem thronend. Sie sind die Hüter der Ordnung und sie scheuen nicht, gnadenlos zu morden, solange es nur der von ihnen etablierten Ordnung dient. Sie tragen die Verantwortung für uns alle; sie sind die Höchsten; sie bewahren uns vor dem Chaos; und dafür lassen sie uns bitter leiden. Keine Revolution kommt um ihren Umsturz herum!

Das vierte heilige Paar

Hier haben wir die Liebenden; und ihre Liebe ist übervoll, und sie lieben einfach alle, auch die Chaoten. Ihre Liebe kennt keine Grenzen, und sie machen sich damit absolut lächerlich, denn sie haben die Zuneigung zur einzig gültigen Gottheit erhoben. Doch ohne sie wären wir verloren. Moment, sind wir nicht ohnehin verloren? Warum sehnen wir uns dann nach Liebe? Die Feder ist mächtiger als das Schwert, und die Liebe ist mächtiger als jede Macht?!

Wir sind Wesen in einem riesigen Raum, in dem sich nach Gesetzen, die wir versuchen zu verstehen, Stoffmassen hin- und herschieben. Doch anstatt unser Wissen zu mehren, um uns alle glücklicher zu machen, betreiben wir einen erbitterten Kampf ums Überleben durch die auf unserer Welt zum Leben gegebenen Stoffe, sodass eine ständige Umverteilung erfolgt und manche von uns mehr haben, als sie gebrauchen können, und manche von uns zu wenig, um zu leben. Wie wollen Munkler durch ihre *Gelebte Liebe* und *Liebevolle Disziplin* den Planeten zum Wohle aller befrieden und beleben? Eine sinnlose Liebe? Ein törichtes Unterfangen? Ein sinnloses Vorhaben? Eine bewegte Welt? Eine Ordnung im Chaos? Ein Apfel am Stamm? Ein Fragezeichen hinter dem Fragezeichen???

Balance

Der *aufrechte* Gang hat sehr viel mit der *Haltung* der *Aufrichtigkeit* zu tun: Haltung + Verhalten = Halt.

Übers Schreiben

Man kann sich nicht vorstellen, was für eine Lust es ist, zu schreiben, und was für eine Qual es ist, zu lesen, was man geschrieben hat. Doch auch dieses Verhältnis kann sich umkehren.

Die große Feier

Das zentralste Geheimnis des Lebens wird einem erst unmittelbar vor dem Tod offenbart. Schade nur, dass man daran im Anschluss keine Freude hat.

In den Schluchten der Gedanken

Wer ein Buch schreiben will, braucht die Einsamkeit, das Fasten und die Meditation. Wer sich nach einer persönlich definierten Periode des einsamen Fastens und Meditierens wieder ins pralle Leben stürzt, wird für eine Weile selbst die kleinsten Details bewundern, das Selbstverständliche zum Außergewöhnlichen erklären – und dann werden Sinneseindrücke zu Gedankenschluchten.

Licht und Schatten
Die einen konspirieren, die anderen transpirieren.

Der Gekränkte
Von allen erdenklichen Gegnern ist dies mit Abstand der gefährlichste. Deswegen nimmt er auch eine sehr zentrale Rolle im Halbstadt-Tarot ein. Denn er wird niemals offen zeigen, wie gewaltbereit er tatsächlich ist, vor allem nicht gegenüber denjenigen, von denen er sich gekränkt fühlt. Doch wird er unter unglücklichsten Umständen alles darauf verwenden, seine Macht zu mehren. Ist er erst einmal mächtig genug geworden und hat genügend Menschen, Regionen oder gar Staaten unter seinen Einfluss gebracht, so sind Folter, Morde und entsetzlichste Kriege die unausweichliche Folge seiner tiefen Kränkung, die er vergeblich versucht, durch Tyrannei auszumerzen.

Angst
Jeder meint sie zu meistern, und doch kann sie niemand besiegen; und das ist gut so. Ihre Niederlage wäre unser aller Tod. Nur die Hoffnung hält sie temporär in Schach.

Aphorismen aphrodisieren
Die hellsten Momente locken in den dunkelsten Stunden.

Der Selbstsüchtige
Eine weitere wichtige Rolle im Halbstadt-Tarot spielt diese Karte: »Der Selbstsüchtige«. Kritiker meinten in der Vergangenheit häufig, der Selbstsüchtige und der Gekränkte wären pleonastischer Natur. Doch diese Annahme ist irrtümlich … Der Selbstsüchtige symbolisiert ein vollkommen anderes Prinzip. Nur welches? Was unterscheidet die Verletzung von der Sucht nach sich selbst? Und warum kann man überhaupt nach sich selbst süchtig werden? Was bringt das? Und ist es so viel besser, als nach anderen oder anderem süchtig zu sein?

Der Kampf des Guten gegen das Böse
Dies ist ein wahrhaft ausgelutschtes Thema (siehe Religion); und doch ist es, trotz aller Vorhersehbarkeit, bei Menschen aller Zeitalter seither von ungebrochener Popularität!

Warum ist das so? Nun, weil jeder Mensch zu irgendeinem Zeitpunkt diesen Kampf auszutragen hat. Irgendwann im Leben eines jeden Menschen stellt sich die entscheidende Frage, ob er grausam handeln soll oder liebevoll; und während die Liebe wie ein naiver Tölpel töricht dahinplanscht, lacht sich die Grausamkeit höhnisch ins Fäustchen: »Haha, du Trottel!«
Doch auf alle Ewigkeit muss sie sich in ihrem grenzenlosen Neid auf die naive Liebe verzehren, die sie zu verstümmeln, vergewaltigen und schlichtweg auszuradieren sucht, und doch kann ihr dies niemals gelingen. Warum? Weil die Liebe mit sich selbst im Reinen ist – während die Grausamkeit bei all ihrer tückischen Überlegenheit beständig an dem Ast sägt, auf dem sie sitzt. Das heißt in letzter Konsequenz, dass die Liebe trotz all ihrer äußeren Wunden im Inneren intakt ist, während die Grausamkeit bei all ihrem scheinbaren Glanz dazu bestimmt ist, sich letztendlich selber zu zerstören.

Verlierer
Ich hüte mich davor, irgendeinen Menschen als *Verlierer* zu bezeichnen. Die einzige Ausnahme bildet der Rassist. Er hat mehr verloren als nur seinen Verstand.

Hass
In Halbstadt hassen einander Magier und Philosophen, und mich hassen sie in beiderseitigem Einvernehmen. Dabei bin ich für beide Kasten keine Bedrohung – denn ich bin sowohl als Magier als auch als Philosoph kläglich gescheitert.

Sektion II: Magische Irrwege

Praktische Magie

Als junger Student hatte ich mich für eine Ausschreibung als Hilfsmagier beworben und wurde ohne Zögern akzeptiert. Man hatte große Erwartungen an mich.

Im ersten Frühlingsmonat des Jahres 5248 nahm mich der Magier, dem ich bis dato fleißig geholfen hatte, zur Seite und erzählte mir: »Alles, was der Mensch verlangt, ist *Stimulierung*; aber diese verwirrt ihn mit fortschreitender Zeit und gesteigerter Intensität über alle Maßen. Die Hauptaufgabe des Magiers ist es, sich von der konstanten Überreizung frei zu machen! Weißt du, junger Adept, eine *Aufgabe* hat viel mit *aufgeben* zu tun. Magische Praktiken haben sehr viel mit Selbstdisziplin zu tun.«

Ich antwortete: »Magie existiert überhaupt nicht. Alles, was du mir gezeigt hast, sind völlig normale mentale Zustände, in die sich gesellschaftlich angepasste, normal lebende Menschen nicht trauen hineinzusteigern.«

»Du wagst es, mit mir zu arbeiten und zu behaupten, Magie existiere überhaupt nicht? Du Natter!«

Der sogenannte Magier

Der sogenannte Magier, obwohl er gemäß den Konventionen der Gilde sicherlich als solcher anzusehen war, warf mich hochkant hinaus, was die Chancen auf eine Karriere in der Magischen Fakultät der Universität von Halbstadt ziemlich unwahrscheinlich machte, denn er hatte viel Einfluss.

Unter den Studenten aber fand ich durchaus Befürworter meiner Ideen. Wir waren jung und wild und scherten uns nicht um irgendwelche Konventionen, was die Definition der Zauberkünste anging. Ob Magie nun existierte oder nicht, war uns schlichtweg egal – es ging uns einzig und allein um ihre Anwendung gemäß unseren Impulsen. Wir nannten uns *Magier des Chaos*, kleideten uns nicht wie die Altvorderen und jungen Speichellecker in magisches Violett oder anmaßendes Türkis oder gar Schwarz nach Art der verbotenen Künste, sondern trugen aggressives Rot, knallrote Roben, die man schon aus großer Entfernung sehen konnte.

Ich leitete meine Kommilitonen in chaotischen Praktiken an. War es die selbst ernannte Aufgabe der konventionell akademischen Magier, die Welt zu purifizieren, Atom für Atom in eine bestimmte harmonische Ordnung zu bringen, so machten wir es uns zur Aufgabe, die Welt chaotischer zu gestalten, den Zufall zu stärken, denn im Zufall sahen wir die Essenz aller wahren Magie. Wir erdachten ein System, wie man Zufälle steigern

konnte, bis an die Pforten des Wahnsinns, welche gleich neben den Pforten der Erkenntnis gebaut werden.
Wir suchten unter den jungen Philosophen, zu denen ich mich auch zählte, Anhänger zu finden. Die Philosophen setzten sich ebenfalls mit dem Zufall auseinander, nur denkender- und debattierender-, nicht praktischerweise.
Die Philosophen, aufgeschlossen, wissensdurstig und kühn, nahmen zunächst freudig an unseren Zufallssteigerungen teil, wurden aber durch die vollkommene Absurdität der Situationen, in die wir sie versetzten, abgeschreckt und verwirrt.
Natürlich landete ich als Initiator dieser praktisch-magischen Experimente 5248 vor der Ethikkommission der philosophischen Fakultät (und man kann sich vorstellen, was für ein Horror das ist, von dreizehn greisen Philosophen auf seine sogenannte Ethik hin abgeklopft zu werden …) und diese Kommission warf mir und meinen Kommilitonen *Gehirnwäsche* vor, ein gravierendes ethisches Vergehen, was bei meinen Kommilitonen zu Geldstrafen und bei mir zum Ausschluss von der Fakultät führte.
Ich beschloss, mich darüber nicht aufzuregen und stattdessen, meinen magisch-chaotischen Impulsen folgend, zu reisen. Lanevael ist groß, dachte ich, und es gibt so viele Länder zu sehen und so viele Dinge zu erleben, bis man stirbt.

Geister existieren

Ich finde diese Überschrift selber provokant, und ich war fest vom Gegenteil überzeugt, bis ich mich entschloss, nach Arpus zu ziehen, wo das Verhängnis seinen Lauf nahm.
Da ich ein junger Intellektueller ohne Abschluss war, musste ich irgendwie, auf meine geistigen Stärken bauend, Geld verdienen. So kam es, dass ich aufgrund einer Zeitungsannonce, die ich leider nicht aufgehoben habe, in einem Haus in einem wohlhabenden Vorort von Arpus namens Yesher anheuerte. Ich erinnere mich noch ganz genau an die Idylle, die das Anwesen umgab, als wäre es auf einem Gemälde festgehalten worden. Der Rasen war grün und saftig; wild, aber nicht verwildert. Der Himmel zeigte sich zur Spätsommerzeit strahlend blau, mit seichten Wolken. Die stattlichen dalesanischen Bäume warfen lange Schatten; und das weiß angestrichene Herrenhaus mit all seinen Anbauten und versteckten Kammern, seinen verwinkelten Gängen und Fluren war so verträumt und harmlos in Zement gegossen und mit Holz vollendet gelegen, dass nur das krudeste Gehirn dieses Paradies mit etwas so furchterregendem wie einem *Geist* in Verbindung bringen könnte.

Der Spuk

So stand ich staunend vor dem Hauseingang, hatte ich doch gelesen, es solle dort spuken und man benötige dringend einen Magier, um das Haus von dem Spuk zu befreien. So stellte ich mich dort als *Magier* vor, denn die Bezahlung war generös und erfolgte im Voraus. Ich wusste alles darüber, wie Menschen einen Magier sehen wollen, also fiel mir die Verkleidung leicht. Insgeheim dachte ich jedoch, dass man diese armen Menschen nicht von einem Spuk, sondern vielmehr von ihren seltsamen Vorstellungen befreien müsse. Die Bewohner des Hauses, hochgebildete, wohlhabende Handelsleute mit langer beruflicher Tradition, bemühten sich redlich, ihre Contenance zu bewahren und behandelten mich so höflich, wie man einen Gast nur irgend behandeln kann.

In der Nacht wurde ich wie vereinbart geweckt, und die Familie stand zitternd um mein Bett herum.

»Der Geist treibt in der oberen Etage sein Unwesen! Wir trauen uns nicht in den Hauptflur, denn er ist so entsetzlich stark!«, jammerte der kreidebleiche Familienvorstand, sein Gewehr traurig im Anschlag.

Konventionelle Kugeln hatten sie bereits getestet, doch diese gingen durch den Geist hindurch und zerstörten lediglich die Wohnung, sehr zum Leid der Familie und ihres Vorstandes, den deswegen heftige Schuldempfindungen plagten.

Jung und naiv, wie ich war, hielt ich die Geisterberichte für Ammenmärchen. Ich betrat den dunklen Hauptflur und konnte zunächst nichts sehen. Plötzlich durchfuhr mich eine instinktive Angst, die so entsetzlich war, dass nur Menschen, die schon einmal *Todesangst* aushalten mussten, überhaupt nachvollziehen können, wovon ich schreibe. Der Geist war entsetzlich stark, ich konnte ihn spüren, aber nicht sehen. Die genaueste Beschreibung, die ich zum Verständnis liefern kann, ist die eines kräftigen Windstoßes. Ich wurde buchstäblich umgeworfen, und als ich auf die Beine kam, war dieser Wirbelwind die Treppe hinaufgeeilt, was ich daran erkennen konnte, wie alles umgeworfen wurde und wie die Gardinen und Teppiche sich bewegten. Die Familie, angespornt durch mein mutiges Beispiel, war mir gefolgt, und so liefen wir alle, vom Mädchen bis zum Greis, die breite Treppe hinauf, um den Geist zu verfolgen. Als wir oben angekommen waren, war alles still. Es ereignete sich nichts Außergewöhnliches mehr, was auf seine Präsenz hätte hinweisen können.

Ich blieb noch einige Wochen, doch der Geist machte sich nicht mehr bemerkbar. Ich versiegelte das Haus mit einigen erlernten magischen Sprüchen, und obwohl ich sie insgeheim für Humbug hielt, bemerkte ich, wie ernst die Familie die aufwendig inszenierten magischen Zeremonien nahm. Ich lernte daraus, dass Menschen bereit sind, alles Mögliche zu akzeptieren, wenn sie glauben, dass es ihnen hilft. So verließ ich die Familie mit gemischten Gefühlen, aber um einiges wohlhabender.

Die hölzerne Maske

Mit einem Bruchteil des nun im Überfluss vorhandenen Geldes erstand ich in einem Antiquariat eine bizarre Maske, die Rükkenlandindianer angeblich vor langer Zeit angefertigt hatten. Sie war innen hölzern und außen (wiederum angeblich) mit Menschenhaut überzogen und dann kreideweiß angestrichen worden. Außerdem hatte der fragwürdige Künstler sowohl Hai- als auch Kinderzähne ins Maul der Maske eingearbeitet. Der Antiquar meinte zu mir, sie sei ein magisch-zeremonieller Gegenstand, was natürlich meine Neugier weckte.

Ebendiese Neugier führte mich durch bewährt chaotische Zufälle in die Nationalbibliothek von Arpus, wo ich einen äußerst interessanten Aufsatz las, den der berühmte dalesanische Biologe Olo verfasst hatte, als er sich in den Dreißigerjahren des Jahrhunderts 5100 in Neosanna herumgetrieben hatte. Seine biologistische Perspektive, die er um diese Masken und ihren Gebrauch entwarf, war mir zu hochtrabend; die Biologie war eine Wissenschaft, die mir komplex und widersprüchlich erschien (wie interessanterweise für die Biologen die Magie, die sie für eine Pseudowissenschaft halten). Er stützte sich dabei sehr auf sein großes Vorbild Sima und verlor sich ein bisschen zu sehr im Detailreichtum. Wie ich Olos Ausführungen interpretierte, wurden derlei Masken angefertigt, um Unglück auf sich selbst oder andere zu richten; und da ich mich selbst als praktischen Magier verstand, dem lediglich der geschützte Titel verwehrt worden war, machte ich mich sogleich daran, ein großes Unglück auf die Ethikkommission zu lenken, die mich so schändlich bloßgestellt hatte. Dabei war mir egal, ob es tatsächlich funktionierte oder nicht; ich glaube, die Vorstellung, sie in Unglück zu baden, tat mir sehr gut.

König Photon

Wie man sich denken kann, wurde meine Missetat schnell aufgedeckt, und ich nahm all mein Geld sowie meine wichtigsten Gegenstände und floh.

Es gibt auf dem Blatt Plüschland ein für kernländische Maßstäbe nahezu uneingeschränkt lächerliches Volk namens Papo-Pipo. Wenn ich nur wüsste, was mich im Herbst 5248 dorthin verschlagen hatte! Die xlaovanischen Gelehrten glauben ja, dass Träume einen zu seiner Bestimmung führen. Ich ließ mich bei meiner Reise von verschiedenen Zufällen, Neigungen und Impulsen leiten.

Der Herrscher Papo-Pipos, König Photon, regierte sein Land zum Zeitpunkt meines Besuches mit unvergleichlicher Zärtlichkeit und Nachgiebigkeit. Die Papo-Pipos kennen keine Verbrechen und keine Lügen. Sie sind nahezu unbegrenzt fröhlich. Wie sie das anstellen, ist mir gänzlich unbegreiflich. Mit König Photon zu sprechen, war eine unglaubliche Bereicherung, von der ich heute noch zehre.

König Photon glaubt nicht daran, dass es etwas gänzlich Böses gibt. Alles Böse, so sagte mir König Photon, trage im Wesentlichen einen Kern des Guten. So habe der sogenannte Böse stets großen Spaß an seiner Missetat, wie ein Katze Spaß an einer gefangenen Maus hat. Der Spaß an sich wiederum sei laut König Photon uneingeschränkt positiv ... Man müsse dem sogenannten *Bösen* nur beibringen, Spaß an konstruktiven Dingen zu entwickeln, und schon werde er ein Guter.

Meine grausamen Verwandten

Ich besuchte als Nächstes im Herbst 5248, gemäß meiner Hingabe an das Chaos völlig willkürlich, meine nach Neosanna ausgewanderten Verwandten. Dabei wirken sie zunächst so, als könnten sie kein Wässerchen trüben: Die eine ist hyperkultiviert und spricht eine Vielzahl exotischster Sprachen, der andere besaß einen xlaovanischen Drachen, mit dem er über die Felder nahe den massiven schwarzen Bergen geflogen ist. Er ist inzwischen tot; der Drache hat ihn gefressen.

Ein Auffangbecken missratener Zauberer

Easan ist ein Auffangbecken für missratene Zauberer. Ich schloss mich einer Gemeinschaft von Zauberern an, um an einem *Großen Werk* zu arbeiten – ich habe bis heute keine Ahnung, was das ist, aber alle Zauberer reden ständig davon, am *Großen Werk* zu arbeiten, weshalb ich mir selbst ebenfalls diesen Anstrich gab.
Die Magier, mit denen ich mich umgab, ergänzten einander zu einem lustigen Haufen, und wir mieteten uns ein abgelegenes Haus, in dem wir uns einmal die Woche trafen, um mit Magie zu experimentieren.

Bleistiftskizzen

»Was sind wir? Nur mehr hastig dahingezeichnete Skizzen aus brüchigem Stift, bald schon ausradiert aus dem Lebensbuch! Warum sollte man nicht alles ausprobieren, was dieses reiche Bewusstsein uns bietet?«, war meine theatralische Eröffnung unseres ersten Treffens, mit dem ich versuchte, mich beliebt zu machen.
Die anderen Magier waren ob meiner Kompromisslosigkeit schockiert. Zufällig hatte ich in einem magischen Buch von dem Phänomen der Seelenwanderung gelesen und schlug spontan vor, eine solche zu unternehmen, wohl wissend, dass sie den Lebenden strikt verboten ist. Mit einem anderen Lebewesen die Seele zu tauschen oder mit der eigenen Seele in eine andere Aura unaufgefordert einzudringen, gilt auch heute noch als schwarze Magie. Mir ist das schon immer herzlich egal gewesen – ein Chaosmagier interessiert sich nicht für die Zuordnung von magischen Praktiken zu Farben.

Defekte Sekte

Während meine furchtbaren Verwandten mit ihren subtilen emotionalen Manipulationen dachten, sie hätten mich durch eine ebenso stetige wie arg hinterlistige Reduktion meines Selbstwertgefühls unter Kontrolle, merkte ich, dass mich nichts weniger interessieren könnte, als mich in ihre Ränkespiele und Kabale zu verstricken, Teil des Systems ihrer defekten Sekte zu werden.

Nach Art der Magier

Nach Art der Magier trugen meine Kompagnons und ich alle Bärte, bis auf einen, der einfach nur lange Haare nach novedanischer Art hatte.
Wir lösten und banden die Essenz des Seins auf geradezu manische Weise im Sinne der verbotenen Alchemie Lalalais, das heißt konkret: Wir versuchten, künstliche Wesen zu erschaffen, indem wir die Elemente manipulierten. Jeder der Magier brachte dabei seine speziellen Fähigkeiten ein. Während ich mich gut konzentrieren konnte und die Szenerie überblickte, glänzte T. mit seinem praktischen Wissen, da er gleichzeitig auch ein anerkannter Gelehrter war, N. sprudelte über vor Kreativität, L. ließ seine umfangreichen Kontakte spielen, wann immer wir etwas oder jemanden brauchten, und S. hielt das alles mit seinem Esprit und seinem unbändigen Enthusiasmus am Laufen.
Während wir mal mehr, mal weniger vergnügt unseren magischen Experimenten nachgingen, ahnten die anderen nicht, dass ich mit gespaltener Zunge sprach. Was kümmert einen Chaosmagier die künstliche Erschaffung von Lebewesen? Dies kann höchstens ein Baustein in der Entschlüsselung des Aroraon sein.

Aroraon

Da ich inzwischen wieder ziemlich knapp bei Kasse war und meine entsetzlichen Verwandten mir ob meiner plakativen Respektlosigkeit gegenüber ihrer Sekte kein weiteres Geld mehr zur Verfügung stellten, trat ich einen ziemlich merkwürdigen Job an – ich wurde dalesanischer Spion in Neosanna.
Meine Arbeit war recht einfach. Eingeschleust in einen normalen Dienstleistungsbetrieb am Hafen, sollte ich Akten über wichtige Mitglieder anlegen und bei Bedarf (verschlüsselt) weiterleiten. Der einzige Haken daran: Erwischte man mich, drohte je nach Verratsgrad die ganze Palette von Gefängnis über Folter bis zum Tod.
Diese weltlich-politischen Dinge scherten mich ebenso wenig wie meine garstigen Verwandten. Mein Gehirn klebte fest am Aroraon, ein entsetzliches Geheimnis bergend, aufgeschrieben über ein paar mehrzeilige, kryptisch chiffrierte Verse in einem einmaligen Buch. Ich hatte zuvor noch nie davon gehört und fragte mich, warum selbst unter den

Eingeweihten so wenige Menschen davon überhaupt wussten – und dann fiel es mir wie Schuppen von den Augen: Während die populären Geheimnisse keine eigentlichen Geheimnisse sind, sondern bloß verlockende Attrappen, waren die tatsächlichen Geheimnisse selbst den Gebildeten in der Regel verborgen.

Die Sternenwarte

Die Kriegerkaste der Bsonnas aus Smaragdana wird mit dem Aroraon vage in Verbindung gebracht. Mehr konnte ich bei allen meinen intensiven Nachforschungen zunächst nicht herausfinden.

Ich verbrachte in jener Zeit viele Stunden damit, mir die Topografie Neosannas anzugucken, wofür ich mir die Dienste von Ballonführern sicherte. Ballons waren eigenartig – bis auf die Beleuchtungszwecke und Waffen hatten die Kristalle hier keine besondere Funktion.

In der Ferne konnte ich bei meinen Flügen die massiven schwarzen Berge sehen und einem chaotischen inneren Impuls folgend reiste ich im für die Munkler heiligen Herbstmonat der Gottheit dorthin.

Der Ballonführer hatte zu mir gemeint, im Minenbereich suche man noch Zeitarbeiter. Im Moment würden sie jeden einstellen, der halbwegs gesund sei. Man arbeite an irgendeinem Großprojekt. Dabei würden die Zeitarbeiter für ziemlich gefährliche unterirdische wie überirdische Unternehmungen eingesetzt; viele streikten regelmäßig oder forderten Lohnerhöhungen. Offensichtlich waren die an den Arbeiten beteiligten Unternehmen wie auch der Staat Neosanna auf der Suche nach etwas, denn die in diesem Bereich er- und eingerichteten Bauten und Unternehmen seien sehr aufwendig und kostspielig.

Das ganze Ausmaß des Projektes versetzte mich dafür dann umso mehr in Erstaunen: Die Neosannas errichteten auf einem Plateau einen gewaltigen Turm mit mehreren Nebentürmen, eine einzige gigantische *Sternwarte*. Mehr noch – sie bohrten unterhalb des Turmes ein vergleichsweise enges, etwa vier Mal vier eisannische Meter großes Loch in den Berg hinein. Durch einige Betrügereien verschaffte ich mir Zutritt zu den höchsten Führungsetagen, um mein Wissen zu erweitern. Schon der Eingang zum noch unfertigen Turm war opulent und selbstherrlich: Auf riesigen, massiven und dabei doch auch irgendwie eleganten Marmorsäulen ruhten die vier Gründerväter Neosannas und blickten auf all die herab, die eintraten.

Katzenturm

Ich fragte, wer der *Säulenheilige* hoch oben auf dem Marmorsockel mit dem unglücklichen Gesicht war, und bekam zu hören, dass dies Benelon sei und dass der Bau der Sternwarte, im internen Jargon *Katzenturm*, etwas mit dem zu tun habe, was er auf seiner legendären Expedition vor vielen Jahren gefunden hätte. Mehr durfte man mir nicht verraten, das Projekt sei in Teilen streng geheim, und es sei ein Wunder, dass ich so viel überhaupt in Erfahrung habe bringen können. Man legte mir auch nahe, schnellstens zu verschwinden, bevor ich großen Ärger wegen meiner Schnüffeleien bekäme.

Da dachte ich mir: Zeit für angewandte Magie! Ob sie wirklich existierte oder nicht, spielte für mich überhaupt keine Rolle angesichts der Begeisterung, die wegen meines Vorhabens in mir aufstieg. Ich würde über Solan nach Smaragdana reisen und das Geheimnis des Aroraon lüften – oder sterben. Ich liebte das Pathos, und ich liebte den Sinn, den mein Leben endlich machte, wenn auch vielleicht nur vorläufig.

Sektion III: Solan

Zados

Der Beginn meines Reisevorhabens im Monat des Abstiegs im Frühling 5249 verlief ohne viel Mühe. Ich hatte großes Glück, dass Kapitän Zados mich als seinen persönlichen Schützling betrachtete, als ich für die Solanexpedition anheuerte. Ich war sprachlich gewandt und konnte durch einigen faulen Zauber die Illusion des Könnens erwecken.

Kapitän Zados war ein äußerst ungewöhnlicher Mann. Er hielt seine Crew bei Laune, indem er regelmäßig abends Geschichten erzählen ließ oder sogar selbst Vorträge hielt. So sagte er eines Tages, dass das menschliche Denken seine Entwicklung vor allem Paradoxien zu verdanken habe, logisch unlösbaren Problemen, und eine vertiefte Beschäftigung mit selbigen würde entweder Genies oder Wahnsinnige hervorbringen. Wenn die Männer abends beisammensaßen und sich bei einem Grog vom anstrengenden Tag auf hoher See entspannten, dann erfüllte sie ein tiefes Empfinden von Zusammengehörigkeit, wenn sie Zados' Vorträgen lauschten.

Wie gesagt, Zados war ein außergewöhnlicher Mann – bis ich herausfand, dass er gar kein Mann war! Nach einem alkoholisierten Abend, an dem wir beide als Einzige am Tisch übrig geblieben waren – es ging um das Für und Wider des Themas *Scheitern macht einen Menschen interessanter* –, musste sich Zados plötzlich übergeben und hatte anschließend Schwierigkeiten, auf die Beine zu kommen. Ich brachte den vermeintlichen Kapitän in seine Kabine, und da er unfreiwillig sein Essen auf seiner Kleidung verteilt hatte, beschloss ich, diese abzuwaschen und ihm frische Kleidung anzuziehen und bemerkte zu meinem Erstaunen, dass er kein Mann war. Er war tatsächlich eine Frau, die sich als Mann gab, denn Frauen waren in Neosanna nicht für den Kapitänsberuf (und nur in Krisenzeiten für irgendeinen anderen Schiffsdienst) zugelassen. Einzig und allein die traditionell stark geschützte Privatsphäre der Kapitänskabine gewährleistete die Geheimhaltung dieser Tarnung.

Zados und ich stürzten uns sogleich in eine leidenschaftliche Affäre, als wir das Festland von Cap Barrel erreichten. Wir konnten einfach nicht voneinander lassen, denn wir standen uns körperlich und geistig sehr nah. Es gefiel dieser Frau offensichtlich, dass ich ihr Geheimnis enthüllt hatte, und sie schien mir immer wieder aufs Neue beweisen zu wollen, dass sie tatsächlich eine Frau war. Und was für eine! Es war schon ein bisschen komisch, eine Frau mit kurz geschorenen Haaren zu lieben, welche die meiste Zeit Männerkleidung trug – aber ein Chaosmagier ist durch solch lächerliche Details nicht wirklich aus der Bahn zu werfen.

Cap Barrel

Cap Barrel ist wirklich anders … in allen Belangen. Wie die Ureinwohner Rükkenlands haben die Menschen hier eine ausschließlich schwarze Hautfarbe. Auch sind sie in kultureller Hinsicht aus anderem Schrot und Korn als die Mitglieder der Kulturen der nördlichen Blätter und deren Sprösslinge in den entsprechenden Kolonien. Die Normen Cap Barrels lassen nicht zu, dass man, wie zum Beispiel in Noveda oder Eisanna üblich, seine Leistungen übertreibt oder übermäßig anpreist. Das gilt als äußerst verwerflich. Die Leute untertreiben ständig das Ausmaß ihrer Taten und haben nichtsdestotrotz ein Reich aufgebaut, das sich hinsichtlich seiner Größe in etwa mit dem Gebiet Dalesas vergleichen lässt, mit großen, stark befestigten Städten, welche in seltsamen Muschelformen angelegt sind. Das Land an sich nimmt sich äußerst karg und trocken aus; kein Fluss windet sich hindurch, nicht mal ein kleiner Bach, soweit mir bekannt ist. Dafür gibt es viele unterirdische Quellen, und so sieht man überall Brunnen. Das Land faszinierte mich ungemein, und ich wollte es näher erkunden. So kam es im Frühling 5249 in der Stadt Kreat, dass ich auf die rückblickend völlig wahnsinnige, aber herrlich impulsive Idee kam, Zados mitten in der Nacht zu verlassen und mich auf dem sperrigen Landweg durchzuschlagen, wohl wissend, dass ich weder die Sprache beherrschte, noch besonders nennenswerte Wertgegenstände oder Waffen bei mir trug. Aber einem Chaoten wie mir machte das nichts.

Brigantenbanden

Hinzu kam der sehr ungünstige Umstand, dass man in Cap Barrel, wie bereits erwähnt, es tunlichst vermeidet, seine Leistungen und Fähigkeiten in irgendeiner Form anzupreisen – blenden konnte ich diese Leute also nicht.

Ich lief einige Tage lang landeinwärts, wobei ich trotz meiner hellen Hautfarbe nicht groß beachtet wurde. Freundliche Menschen boten mir freiwillig zu essen und zu trinken an, obwohl ich nicht darum gebeten hatte. Sie sahen mich mitleidig an und spürten wohl meine unerfüllten Bedürfnisse. Mit müden Füßen kam ich schließlich an einer großen Burganlage an, die im Inneren in etwa den Umfang eines Dorfes beheimatete.

Die Burgbewohner boten mir nach einigen der mangelnden Sprachbeherrschung geschuldeten Missverständnissen im Monat des Dachbodens 5049 den Posten als Vorratsaufseher an – da ich zählen konnte, was eine außergewöhnliche und für gewöhnlich nur Adeligen zuteilgewordene Fähigkeit in diesem Land war. So erarbeitete ich mir langsam, aber kontinuierlich Respekt, lernte ein wenig die komplizierte Klicksprache Cap Barrels und sparte mir ein paar Bildchen (die dort handelsübliche Währung) zusammen.

Ich stellte bald fest, dass es ein riesiges Problem mit der Waffenkontrolle gab. Kernländer,

vor allem Seledaner, Eisannas und selbst meine Landsleute aus Dalesa, hatten vor einigen Hundert Jahren Schusswaffen eingeführt, die man hier zwar primitiv, aber durchaus einfallsreich nachgebaut hatte. Nun zogen an den Landesgrenzen Brigantenbanden umher, die sich einen grausamen Spaß daraus machten, Lebewesen zu jagen und zu erlegen – von den fetten, von der Körpermasse her in etwa Hasen entsprechenden Steppenspinnen bis hin zu Menschen und Pferden. Keine Frage, ich musste auf schnellstem Wege in dieses Grenzgebiet gelangen! Die langweilige, gemütliche Sicherheit ist für einen Chaosmagier zutiefst verabscheuenswert.
Man brachte mich auf einem seltsamen Stelzenfahrzeug dorthin, dessen maschinell gearteter Antriebsmechanismus mir vollkommen unbekannt war. Meine Begleiter hatten auch jede Menge Bestechungsgold dabei, dessen Glanz uns vor voreiligen Kugelhageln schützen sollte. Die Bildchen waren den Schützen egal. Wie viele andere Wesen Lanevaels gieren sie nach Edelmetallen. Es gab in dieser düsteren Gegend viele verlassene Grenzposten – goldgierige Banden kontrollierten das Gebiet inzwischen nahezu ausnahmslos. Trotz allem war ihr Gebaren ausnehmend patriotisch, und die Brigantenbanden sahen sich als legitimen, *Recht* schaffenden Teil Cap Barrels an.
Sie waren nicht gerade zimperlich – so ließen sie an mir in etwa ein bis zwei gute Haare, weil ich ihnen versprach, ihren Anführer zu porträtieren, nachdem ich ihnen mein ganzes Gold ausgehändigt hatte. Meine Begleiter hingegen wurden gnadenlos ausgenommen, verhöhnt und anschließend in den Wald der Finsterhintern gejagt.

Im Wald der Finsterhintern

Die Mitglieder der Brigantenbanden erzählten mir, soweit ich ihren Klickdialekt nachvollziehen konnte, dass die Finsterhintern ein übles Volk seien, welches in einem riesigen Waldgebiet hauste, das an Cap Barrel angrenzte. Ihre Anführer lebten in einer hermetisch abgeriegelten, riesigen Festung, die man nur unter der Abkürzung em CCL19 kannte, da ihr wahrer und verbotener Name zu schrecklich sei, um ihn auszusprechen, während alle anderen Finsterhintern in wolfsartigen Rudeln im Wald hausten. Heimlich verließ ich die riesige Bananenfarm der Briganten, in deren Mitte die Anführer aller Brigantenbanden Cap Barrels ihr inoffizielles Hauptquartier eingerichtet hatten, und betrat ohne Bildchen, dafür ausgerüstet mit magischen Devotionalien, die im Dunkeln leuchteten, den Wald der Finsterhintern und dachte mir, mein magisches Licht betrachtend: *Die unendliche Energie – ein sehr interessantes Konzept. Ich glaube nicht, dass das Universum die Lebewesen, welche es ausspuckt, dazu auserkoren hat, sich selbst zu quälen.*
Ich irrte tagelang im Wald der Finsterhintern umher, bis sich mir ihre gewaltige Festung offenbarte, und ich kann es mir bis zum heutigen Tage, da ich dies alles hier aufschreibe,

nicht erklären, warum ich *spürte*, dass ich als sehr kleines Kind schon einmal dort gewesen bin.
Ich wurde mir bewusst, dass man als Mensch durch mehrere seltsame Metamorphosen hindurchwandeln muss, bis die Seele schließlich stark genug ist, das irdische Gefängnis zu sprengen, welches Körper heißt. Die Seele kann zu diesem Zwecke nur auf einem einzigen Pfad kontinuierlich vorbereitet werden, und dieser Pfad ist mit dem Wort *Inspiration* noch am präzisesten beschrieben. Die Inspiration ist meiner Offenbarung nach dreigeteilt: Kreativität, Intellekt und Göttlichkeit sind die Substanzen, aus denen man die Inspiration schöpft, um damit die Seele zu stärken.
Hatte ich das sagenumwobene, geheimnisvolle Aroraon gefunden, von dem ich während meines Studiums so viel gelesen hatte?

em CCL19

Wie zu erwarten, nahmen mich die wolfsartigen Finsterhintern gefangen, noch ehe ich zwei weitere Sanduhrfüllungen im Wald unterwegs gewesen war, um die Umgebung der Festung zu erkunden. Ich wehrte mich nicht, und ihre anfänglichen Bestrebungen, mich zu quälen, endeten bald, da ich zu diesem Zeitpunkt so sehr in meinem Kopf lebte, dass ich den Körper und seine Empfindungen inzwischen stark vernachlässigte.
Man brachte mich als exotischen Wilden zum Kerker des seltsamen em CCL19, wo ich eingesperrt wurde. Von meinen friedlichen, darbenden Zellengenossen, einem äußerst bedächtig sprechenden Baumstumpf und einem blauen Kobold, lernte ich alsbald vieles über die vierteilige Dynastie der Finsterhinternköniginnen und ihren verzweifelten Kampf gegen die Fantasie.

Finsterhinterndynastie I

Auf dem ersten von Menschen erschaffenen Palimpsest von Solan hatte die Fantasie eine außerordentlich große Rolle gespielt. Ein kleiner Junge hatte damals eines frühen Morgens eine sonderbare Melodie erträumt, welche die Basis für ein gewaltiges, tatsächlich existierendes Imperium bilden sollte.
Dem Vorbild des kleinen Jungen folgend, so schilderte mir der Kobold, erschufen die Menschen bald die Kunst, Veränderungen zu erzeugen, indem sie intuitive Fantasien zu Plänen machten und Pläne zu Erzeugnissen verarbeiteten. So schafften es die Menschen, die Finsterhintern, denen Solan zunächst unterworfen gewesen war, zu dezimieren und zurückzudrängen. Dies alles liegt, gemessen an kernländischer Zeitrechnung, schon Tausende von Jahren zurück. Nur über den Finsternwald erlangten die Menschen keine Herrschaft, denn sein Holz widersteht dem Feuer.

»Am Anfang waren die Finsterhintern, und die Finsterhintern allein«, so steht es in der Revela geschrieben, der wichtigsten religiösen Schrift der Finsterhintern. Die Menschen kamen dieser Quelle nach »irgendwann aus ihren stinkenden Höhlen in den Bergen gekrochen«, was mich an den uralten Disput zwischen den Schachteln, die behaupten, die Menschen seien aus dem Erdinneren über Öffnungen in den Bergen auf die Welt gekommen, und meinen Landsleuten, die behaupten, die Menschen seien wie alle Lebewesen aus dem Meer gekommen und hätten lediglich zu einem späteren Zeitpunkt in Höhlen gelebt, erinnerte. Wie dem auch sei, dem Kobold zufolge habe es schon immer Spannungen zwischen Menschen und Finsterhintern gegeben.
Der Baumstumpf ergänzte, dass diejenigen Gefangenen, die die Finsterhintern unter den Menschen machten, eingesperrt und komplett langweilig gemacht wurden, da die Finsterhintern bis heute die Fantasie der Menschen nicht nur überhaupt nicht ertragen können, sondern sich auch sehr vor ihrem Potenzial fürchten. Jeglicher Fantasie beraubt, gingen sie stumpf ihren monotonen, sklavischen Arbeiten nach, bis sie starben, und so sei die Feste em CCL19 eine Hinterlassenschaft geschundener Menschenhand.
Die Festung hatte zwar in der ersten Dynastie der Finsterhintern noch nicht existiert, war aber später konzipiert worden, um der furchtbaren Königin Grausela einen Hofstaat zu ermöglichen. Grausela hatte ein insektoides Gesicht mit vier Augen und legte zu ihrer Zeit die Revela wohl äußerst orthodox aus. Kleine Finsterhintern wurden schon im frühesten Alter mit ihren bizarren Lehren indoktriniert und mussten nicht nur gewalttätige und grausame Geschichten aus diesem Lügenbuch namens Revela über sich ergehen lassen, sondern bekamen diese oftmals auch noch aufwendig illustriert vor die Nase gehalten. Am schlimmsten jedoch waren die Zusammenkünfte der Priester der Finsterhintern unter der Knute Grauselas, welche abartige Baumrituale umfasst hatten.
Grauselas makabrer Einfluss sei, so der Troll, in stark abgeschwächter Form auch heute noch in vielen Winkeln und auf gewissen fauligen, von giftigen Pilzen durchsetzten Lichtungen des Finsternwaldes spürbar und werde wohl nie ganz verschwinden.
Der Baumstumpf, aus dessen Wunden ab und zu Harz blutete, dessen Geruch mich in sehr angenehme Tagträume versetzte, ergänzte, dass man sich unter den schon sehr alten und mächtigen Baumahnen erzähle, dass tief unterhalb der Feste ein geheimes Kerkergewölbe existiere, wo unter der Herrschaft Grauselas unsägliche Gräueltaten vor allem an Menschen verübt worden seien, doch dazu existierten nirgends gesicherte Aufzeichnungen.
Ich betrachtete in diesen Tagen oft die abartigen Wächter, die uns Essen brachten, und rief laut aus: »Mul, wenn du wirklich existierst, warum hast du derartige Monstren geschaffen?«
Bis auf einige Exemplare mit schroffen, widerlich langen Hörnern auf der Stirn sind die

Finsterhintern das, was die Kernländer in alten Sagen gemeinhin Werwölfe genannt haben, bevor diese auf ihrem Blatt ausgestorben sind: sehr starke Wolfsmenschen mit Furcht einflößenden rubinroten Augen.
Wie ich den Ausführungen der beiden Zellengenossen wie auch meiner eigenen kurzweiligen Erkundung des Waldes vor meiner Gefangenschaft entnehmen konnte, ist der Wald der Finsterhintern, ähnlich dem Wald der Bilbis zu Dala oder dem Wald der Conucortras in Zentral-Neosanna, ein *magischer* Wald, das heißt, viele Bäume und Pflanzen haben magische Eigenschaften. Ich habe zum Beispiel versucht, mit meiner Sichel ein paar neongrün schimmernde Efeuranken abzuschneiden, und sie haben vor Schmerzen geschrien.

Finsterhinterndynastie II
Grausela sei gestorben und durch ihre beiden riesigen Töchter ersetzt worden. Diese seien als Königinnen nicht ganz so grausam wie die legendäre Grausela gewesen, hätten aber punktuell durchaus vergleichbares destruktives Potenzial bewiesen. Sie operierten damals wohl mehr mit dem Mittel der Einschüchterung und bedrohten so die Menschen, die an den Grenzen des Waldes lebten.
Doch die Menschen sind nicht die einzigen den Finsterhintern verhassten Wesen. Um die gewaltige Festung em CCL19 zu vollenden, gingen die Finsterhintern einen Pakt mit den Kobolden von Nostrol ein, wie der Baumstumpf behauptete. Diese gelten als die einzigen Wesen, die das magische Holz bearbeiten können, ohne dass die Bäume sich dafür rächen. So stamme das steinerne Grundgerüst der Festung von Menschen, die kunstvolle Holzgestaltung jedoch von Kobolden.
Seinen Landsleuten sei, so ergänzte der Kobold resigniert, ein gewaltiger Schatz versprochen worden, und es sei geplant gewesen, dass man ihnen diesen in der vollendeten Feste em CCL19 überreichen würde. Auf Geheiß der Töchter Grauselas seien die Kobolde jedoch im frisch vollendeten Thronsaal versammelt und kurz darauf hinterhältig erschlagen worden, sodass Koboldblut das Holzwerk getränkt und somit noch magischer gemacht habe. Ironischerweise seien es Latten aus magischem Holz gewesen, die zur Ermordung der Kobolde beigetragen hätten.
Der Kobold erklärte mir, sein Volk habe sich nach diesen Erfahrungen komplett ins eigene Reich Nostrol zurückgezogen. Ursprünglich aber seien die Kobolde auf winzigen Schiffen während der ersten Dynastie der Finsterhintern in dieser Region Solans gelandet und hätten das, wie bereits geschildert, schon bald bitter bereut. Die Bäume, die trotz allem immer symbiotisch mit den Finsterhintern gelebt haben, hätten den Kobolden fortan verboten, Auserwählte in ihren Reihen zu fällen.
Bei alldem wurde mir klar, dass der Finsterwald wie ein Spinnennetz funktionieren muss:

Angezogen von den magischen Eigenschaften des Waldes betreten ihn allerlei obskure Gestalten, die dann von den herrschsüchtigen Finsterhintern gefangen genommen werden. Ich bemühte mich sehr, den Finsterhintern irgendetwas Positives abzugewinnen, aber so sehr ich es versuchte, es wollte mir nicht gelingen. Sie bleiben schlicht und einfach eine durch und durch scheußliche Spezies.
Der Baumstumpf weihte mich nach einiger Zeit etwas mehr in die Mysterien der Finsterhintern ein. Sein Harz schenkte mir eine Vision: Ich sah, wie ein Finsterhintern starb. Das Rudel brachte ihn auf eine Waldlichtung und zog einen zweifachen magischen Bannkreis um ihn. Der Raum zwischen den Kreislinien wurde mit seltsamen, goldfarben leuchtenden Runen gefüllt. Fackeln wurden entzündet und die Arme des Toten seitwärts rechtwinklig ausgebreitet, während man die Beine zusammenführte. In meiner Vision gab mir die Stimme des Baumstumpfes ein, man nenne dies die *despondente Gotteshaltung*. Die Finsterhintern nähmen an, dies sei die ideale Art zu sterben, da die Seele des Toten durch den magischen Bannkreis geschützt werde und somit eingeengt, aber sicher in die Weiten der Ewigwelt aufsteigen könne. Am effektivsten sei dieses Schauspiel eines Rituals wohl, wenn jemand in der Nacht sterbe.
Als ich wieder zu mir kam, wollte ich mehr über die Ewigwelt wissen. Der Kobold erzählte mir, in der Revela der Finsterhintern werde nicht wirklich zwischen dem lebendig-bewussten Teil der Landwelt und dem tot-unbewussten Teil der Ewigwelt unterschieden. Beides zusammen bilde eine ewige, achtförmige Schlaufe, durch die die Seelen ständig zwischen dem lebendigen, leidensfähigen, atmenden Körper und dem toten, leidensunfähigen, ätherförmigen Körper hin und her diffundieren würden.
Das Konzept der Ewigwelt ließ mich fortan nicht mehr los. Hatte ich *nun* das legendäre Aroraon gefunden?

Finsterhinterndynastie III

Grauselas Töchter hätten insgesamt zwölf Töchter von sieben Finsterhinternmännern empfangen, und diese zwölf Töchter seien als die Priesterköniginnen bekannt geworden. Sie seien im direkten Kontakt weder grausam noch bedrohlich gewesen, wohl aber hätten sie durch ihre bizarren Ausarbeitungen der an sich schon sehr absonderlichen monotheistischen Finsterhinternreligion einiges an üblen Gedanken produziert.
In der Revela sei laut Aussage des Trolls von einem Finstergott die Rede gewesen, der die Welt in totaler Finsternis erschaffen habe. Die Priesterköniginnen erklärten diesen alsbald zum Knochengott, und noch heute werde diese Deität abwechselnd mit beiden Namen angerufen.
Ich mochte mich jedoch zu diesem Zeitpunkt nicht näher mit den schauerlichen Aspekten

des Knochengottes beschäftigen, da ich in den nächsten Tagen und Nächten im Kerker sehr litt: Zu essen gab es nur verkohlte Knochen vom Wild, von dem wir die mageren Reste abnagen konnten, und das immer gleiche sumpfige Wasser verursachte bei mir nicht nur Durchfall, sondern auch anhaltende Schlaflosigkeit. Wenn ich einmal Schlaf fand, träumte ich wiederholt von all meinen bizarren Verwandten und hatte das Gefühl, die Bilder meiner Traumwelt würden mit zunehmender Dauer bösartiger.

In den letzten Tagen der Gefangenschaft lockerten die Finsterhintern die Bedingungen etwas. Wir bekamen frisches Wasser (was vor allem der Baumstumpf gierig aufsog), Obst, der Kobold und ich sogar gar nicht mal unbequeme Fellkleidung. Als ich meine Reflexion im frischen Wasser sah, erschrak ich: Ich war inzwischen total verwildert und mein kränkelndes Gesicht war von fiesen grünen Pusteln befallen, »Grünwaldeffloreszenz«, wie der Baumstumpf bemerkte, »bei jungen Trieblingen völlig normal«, wobei er mir nie erklärt hat, was das alles bedeutet.

Als Königin Jekasefed, die einzige Tochter einer der Priesterköniginnen, die Kerkeranlage besuchte, herrschte großer Aufruhr in den Zellen. Die eingesperrten Wesen zeterten, heulten und fluchten in verschiedenen Laut- und Stimmlagen. Zu meiner großen Überraschung erkannte ich unter den Stimmen auch die meiner Begleiter aus Cap Barrel, welche von den Brigantenbanden in den Wald gejagt worden waren.

Meine Freude hielt nicht allzu lang an.

»Sie säubern die Zellen«, diese Worte des Trolls und der Ausdruck in seinen Augen haben sich bis zum heutigen Tag, da ich das alles hier niederschreibe, auf eine unangenehm lebhafte Art und Weise in mein Gedächtnis eingebrannt. »Sie brauchen mehr Platz für neue Gefangene.«

Da ich nicht mehr lange zu leben glaubte, wollte ich noch ein paar Dinge in Erfahrung bringen, bezüglich derer ich meine Fragen bisher taktvoll zurückgehalten hatte. Zunächst wollte ich vom Troll wissen, ob sich denn unter den Finsterhintern nie jemand aufgelehnt habe, ob alle geschlossen dieselbe Ideologie vertraten, die gleiche Religion befürworteten.

»Wer in irgendeiner Form dagegen ist, landet im Knast. Anschließend wird er dem Knochengott geopfert«, lautete die Antwort – und auch diese blieb mir noch lange Zeit im Gedächtnis.

Ich bemerkte, dass der von den Finsterhintern angebetete Knochengott eine immense psychologische und soziale Macht innehaben musste. Obwohl ihn unabhängig von seiner Beschreibung in der Revela nie jemand gesehen hatte, würde doch der Tag, an dem er aus den Tiefen des Finsternwaldes zurückkehrte, furchtbar für all die, die nicht an ihn geglaubt hatten, und er würde die gesamte Oberfläche des Planeten in einen einzigen Wald verwandeln, und alle Menschen würden ihre kulturellen Fertigkeiten verlieren und gleich

Affen in den Bäumen leben. Ferner hätten die Priesterköniginnen immer wieder gepredigt, dass jeglicher Frevel am Knochengott eine unumkehrbare Katastrophe für *alle* Lebewesen nach sich ziehe, egal wo in Lanevael sie lebten.

Finsterhinterndynastie IV

An einem trüben Sommertag, an dem allerhand eigenartige Vögel im schier endlos erscheinenden Finsterwald zwitscherten, kreischten und sangen, wurden wir im Gefolge der Vasallen der IV. Herrscherin der Finsterhinterndynastie, Königin Jekasefed, zur Exekution geführt. Man würde uns an Pfähle festbinden, und dann dürfe jeder Finsterhintern, ob klein, ob groß, jung oder alt, gebrechlich oder athletisch, aus circa zehn eisannischen Metern Entfernung mit Pfeilen auf uns schießen – ein grausamer, aber bei der Bevölkerung wohl recht beliebter Exekutionsakt. Jeder hatte nur einen Pfeil und somit einen Versuch. Die Reihenfolge der Schießer wurde ausgelost.

Kurz vor der geplanten Durchführung der Exekution wurde mir bewusst, wie sehr ich das Leben eigentlich wertschätzte. Wie viel mir an meinen Talenten lag, vielleicht sogar an meinen Interessen in Feldern, auf denen ich genau genommen nicht besonders talentiert bin. Dass mir alles Gerede von Jenseits und Metaphysik wie ein gewaltiges, irres, fehlgeleitetes Täuschungs- und Ablenkungsmanöver vom Zauber des Augenblicks und der wahren Erkenntnis Lanevaels vorkam; und als hätte eine höhere Macht mein Sehnen nach Leben und der Freude daran erhört, selbst in seiner zerstörtesten Form, erschütterte ein gewaltiges Erdbeben die Waldlandschaft und die Festen der Burg. Gut, dass wir noch nicht festgebunden worden waren!

Ein Durcheinander

Es folgte das reinste Pandämonium. Türme stürzten ein, Feuer brachen aus, tief im Inneren der Festung ereignete sich eine gewaltige Explosion unbekannten Ursprungs. Alles lief durcheinander, und ich sah, wie die Königin von einem Steinbrocken getroffen wurde und bewusstlos zu Boden sank, mit klaffender Wunde dicht am Haupthaar. Man beachtete uns Gefangene nicht weiter, und so banden diejenigen, die noch nicht festgebunden worden waren, die anderen los. Mein armer Freund und Zellengenosse Baumstumpf bekam das alles nicht mehr mit, ihn hatte der rasende Mob schon sinnlos in Stücke gehackt. Kurz vor dem Ausgang zum Wald wurde mein anderer Freund und Zellengenosse Kobold durch ein herabfallendes Mauerstück zerquetscht, welches mich nur um Haaresbreite verfehlte.

Wir wollten unbedingt zu den Bergen kommen, aber dies war viel schwieriger als erwartet. Aus der Burg herauszukommen hieß in den Finsterwald hineinzugelangen, und waren wir zuvor noch Gefangene in Sicherheit gewesen, so waren wir fortan verunsicherte Flüchtlinge, Freiwild sozusagen.

Das Erdbeben brachte alles durcheinander: Bäume knickten ein, Finsterhintern eilten an uns vorbei, meistens, ohne uns zu beachten. Einer guckte uns besonders böse an und hatte schon einen Pfeil auf mich gerichtet, aber die bebende Erde machte es ihm unmöglich, mich gezielt in sein Visier zu nehmen, und so verfehlte der flüchtig auf mich gerichtete Schuss sein Ziel komplett.

Wir trafen unterwegs auch auf junge Finsterhintern, sogenannte Wölflinge, sogar arme und schwache Finsterhintern, Verletzte und Kranke. Wir halfen ihnen jedoch nicht, obwohl wir uns ihrer Notlage schmerzlich bewusst waren. Zu bitter war die Zeit im Kerker gewesen, zu gnadenlos die geplante Exekution; vom grausamen Tod des Baumstumpfes ganz zu schweigen! Darüber hinaus waren wir mit allen Sinnen damit beschäftigt, unsere eigene Haut zu retten und in Sicherheit zu bringen. Zwei weitere Männer aus Cap Barrel, inzwischen ähnlich heruntergekommen wie ich, fanden unter herabstürzendem Geäst den Tod.

Alsbald orientierten wir Ex-Gefangenen uns an den riesigen unbewohnten Bergen, in deren Nähe wir an sagenhafte Quellen gelangten, wo wir nicht nur Trinkwasser, sondern auch schmackhafte Süßwasserfischarten vorfanden. Diese waren äußerst bizarr, mit zwei Köpfen, jeweils einer an dem jeweiligen Fischende, und einer lächerlich großen Ansammlung von mächtigen Flossen in der Mitte. Dies machte es zunächst sehr schwierig, die Fische zu fangen, da deren Fluchtweg überhaupt nicht vorherzusehen war, die Fische konnten abrupt die Schwimmrichtung ändern. Zum Glück waren die Männer aus Cap Barrel allesamt tüchtige und erfinderische Fischer, sonst wären wir verhungert. Alle ehemaligen Gefangenen hielten aufgrund ihrer vorausgegangenen Erfahrungen gegen die Finsterlinge stark zusammen, und begegneten wir vereinzelten Finsterlingen, so suchten sie beim Anblick unseres wilden Haufens schnell das Weite.

Die Männer wollten möglichst viel Distanz zu den Finsterbergen schaffen und schlugen mit mir die Richtung ein, die vermeintlich zurück nach Cap Barrel führte.

Kegelland

Nach einer langen und hungrigen Reise jenseits jeglichen Zeitgefühls kamen wir schließlich im zweiten Sommermonat Ei, 5049, in Kegelland an, jenem seltsamen Land, auf dessen dunkelblauer Fahne im weißen Kreis sieben weiße Kegel samt schwarzem Ball abgebildet sind. Zum Glück sprachen einige der Barrelaner Kegelländisch, und was mir weiterhin zugutekam, waren meine rudimentären Sprachkenntnisse in Barrelanisch, die ich mir notgedrungen in der langen Zeit gemeinsamen Überlebenskampfes angeeignet hatte.

Obwohl ich froh war, mich in der schönen Stadt Kegelania ausgiebig waschen, rasieren und neu einkleiden zu können, wobei ich auch deutlich hervorheben muss, dass die Kegelländer sehr freundliche Gastgeber sind, währte die Entspannung nicht allzu lange. Riesige Flutwellen überschwemmten den Hafen der Hauptstadt Kegel. Es war keine Frage – als selbst ernannter Chaosmagier musste ich schnellstmöglich dorthin.
Der Hafen bot ein Bild der Verwüstung. Die Flutwellen hatten gewaltige Sandmassen in den Hafen gewirbelt, aus denen nur noch einzelne, unzerstörbare Kristallmeiler herausragten – wie sie sich diese fortschrittliche Technologie angeeignet haben, weiß ich nicht. Als man mir Gemälde präsentierte, welche den Hafen von Kegel in leuchtend bunten Farben zeigten, bekam ich eine Vorstellung davon, wie schön er dereinst gewesen sein musste. Im Hafen selbst war ich vollkommen nutzlos. Halbherzig half ich ein wenig beim Bergen der Leichen, wurde aber schon bald fortgeschickt. Meine vagen Bemühungen blieben jedoch nicht ohne Erfolg: Da ich zu erkennen gab, mich für Bücher zu interessieren, wies man mich schon bald in die Niederungen einer fantastischen, riesigen Bibliothek ein, die Mul sei Dank nicht von den Flutwellen in Mitleidenschaft gezogen worden war und in deren staubtrockenen Kellergewölben höchst seltene Pergamentsammlungen lagen. Eine der zahlreichen Sammlungen nannte sich Okkultium und beinhaltete sämtliche Abschriften der magischen Runen der smaragdanischen Kriegerkaste Bsonna, welche im Großen Krieg zwischen Smaragdana und den Völkern der Solanhalbinsel nach Vertreibung der Smaragdaner hatten erbeutet werden können. Von diesem Krieg ist in der kernländischen Geschichtsschreibung übrigens niemals irgendetwas erwähnt worden …
In diesem Kompendium fand sich auch eine detaillierte Beschreibung des Aroraon, des bestgehüteten Geheimnisses der Bsonnas, und wie man durch seine Hilfe nicht nur unsterblich werden, sondern an einen beliebigen Zeitpunkt der Vergangenheit, an frei wählbare Orte der Gegenwart oder Zukunft reisen konnte, obwohl ich gleich voranschicke, dass mir dieses Kunststück nicht gelungen ist und wohl auch nie mehr gelingen wird. Alleine die Aussicht, zu den Smaragdanern zu reisen und Kontakt zum mysteriösen Aroraon aufzunehmen, erfüllte mich jedoch mit unendlicher Freude.

Das Aroraon

Das Okkultium enthielt viele rätselhafte Gleichnisse und miteinander verwobene Geschichten, deren Essenz ich an dieser Stelle in stark verdichteter Form wiedergeben möchte:
Es war einmal ein gewaltiger Turm, von dessen Zinnen aus man weit in alle Richtungen die Landschaft überblicken konnte. Eine boshafte Lüge bildete das Fundament, auf dem der Turm dereinst gebaut worden war.

An einem herrlichen Tag, der eigentlich ein unglücklicher hätte sein müssen, fuhren in einem goldenen Wagen zwei Wesen zu diesem verlassenen Turm, um ihn von Neuem bewohnbar zu machen. Der Mann war aufgrund einer furchtbaren, äußerst seltenen Krankheit bis auf die Knochen abgemagert und hütete den Eingangsbereich und die Treppe. Seine Frau saß hoch oben im Turm und verbarg ihr Antlitz hinter einem ebenso feinen wie undurchsichtigen Schleier.
Wem es gelang, den Mann zu heilen und hinter den Schleier der Frau zu blicken, der konnte das verbotene Aroraon erfassen und somit das Geheimnis der Ewigwelt erschließen. Benelon meinte, er hätte den Schleier gelüftet. So schreibt er in einem seiner zum Lebensende verfassten Schriften über diesen Turm: »Die Geschichte des Menschen beginnt auf einem Turm. Der Mensch ist ein blinder Expediteur, der herauszufinden versucht, warum er dahinsiecht. Aber wie soll er jemals dahinterkommen, wenn die Spuren, denen er folgt, konstant verschwinden?«

Anmerkung
Diese Geschichte kennt in Smaragdana jedes Kind, und doch verbirgt ihre Gestaltung ein tieferes Geheimnis, welches ich jedoch nicht zu meiner Zufriedenheit habe lösen können. Es ist sicherlich schwer nachzuvollziehen, was für eine Faszination dieses Geheimnis, das Geheimnis der Ewigwelt, auf mich ausübt. Umso schrecklicher ist es, dass meine Fähigkeiten nicht ausreichen, es zu lüften.

Im Angesicht des Todes gewinnt sogar das Leiden an Wert
Im Traum sind alle Grenzen aufgehoben. Der Traum ist wie die reale Welt, bloß ohne ihre Beschränkungen. Meine ausführliche Beschäftigung mit dem Leiden, dem Thema Tod, dem Zufall und dem Aroraon brachte mich den Engeln etwas näher. Während ich immer noch nicht glaube, dass es auf Lanevael irgendwo einen wahren Magier gibt, so weiß ich doch wenigstens ganz sicher, dass die Engel Tag und Nacht zu ihren wunderschönen Gesängen ansetzen. Ich kam dahinter, dass ich mich immer wieder dem Tod stelle, indem ich Situationen aufsuche, die es mir ermöglichen, meine fragwürdige Überlebenskunst auf die Probe zu stellen.
Ich verließ Kegelland in Richtung Smaragdana. Ich hatte sehr lange dort zugebracht, hatte fleißig dabei geholfen, den Hafen wieder aufzubauen. Meine schrecklichen Verwandten hatten mir Geld geschickt, vielleicht in der Hoffnung, mich langfristig doch für ihre verwerflichen Ziele einspannen zu können, und so bestieg ich im Ohr-Monat 5049 ein Schiff voller Kernländer, die auf der Nordsüdroute nach Kegelland gekommen waren, und brachte zunächst meine vielzähligen Erfahrungen an Deck mit ein. Wir nahmen eine gefährliche Route – quer über das Inselreich der Vogelflieger.

Die Überfahrt war ausgesprochen beschwerlich und die Besatzung nicht gerade freundlich. Ich sah mich vielen Vorwürfen ausgesetzt, da meine Erfahrungen nicht kompetent umgesetzt werden konnten und es zudem keinen Ort gab, an den ich auf Drängen meiner Impulse hin hätte fliehen können. Hier lernte ich jedoch eine wichtige Lektion: Ich gab meinen Stolz auf, und zwar im positivsten Sinne. Der selbst ernannte Chaosmagier war nichts als ein durchschnittlicher, gewöhnlicher Mensch, dessen Spielereien und Erzählungen auf hoher See nicht mehr wert waren als die eines jeden anderen.

Dies sollte sich vor allem schmerzlich bemerkbar machen, als wir vor dem Inselreich der Vogelflieger in ein Scharmützel mit den gefürchteten Seeungeheuern von Piratain gerieten.

Zunächst verlief alles ruhig. Wir nahmen die typische Kleininselroute über die Insel Baani, die zu Kegelland gehört, dann weiter über Kathleen, eine Miniinsel, die Cap Gold zuzurechnen ist, bis wir schließlich Sloak erreichten. Wenn man auf dem Blatt Kernland Sloak erwähnt, so ist die Rede von einem extrem kleinen Inselarchipel, auf dem tatsächlich die zerfledderte Fahne Seledas weht, auch wenn die Seledaner sich zu neunundneunzig Prozent wohl nicht mehr für diese belanglose Kolonie auf dem Blatt Solan interessieren, die sie vor mehr als fünfhundert Jahren spärlich besiedelt haben.

Auf der Höhe von Piratain geschah es dann: Hässliche Seeungeheuer tauchten ohne Vorwarnung auf, Feuer speiende Ungetüme, welche schon die ersten Expediteure aus Kernland vor Hunderten von Jahren in Angst und Schrecken versetzt hatten. Diese ekelhaften Meeresschlangen brachten das Wasser zum Brodeln, und wen sie ins Meer schleuderten, der verbrühte sich ordentlich, bevor er gefressen wurde.

Da ich für einen solchen Kampf keinen Mut hatte, versuchte ich mich zunächst im allgemeinen Tumult in irgendeiner Kajüte zu verstecken, wurde aber schnell gefunden und unter groben Tritten und Schlägen wieder ans Achterdeck gezerrt, wo ich mithelfen sollte, die mächtigen Kanonen zu bestücken, die man für kriegerische Auseinandersetzungen vor der Überfahrt installiert hatte.

Dort begab es sich, dass ich schwer verwundet wurde. Es ging alles sehr schnell; ich kann mich nicht mehr genau erinnern, mit welcher Kontinuität die folgenden Ereignisse abliefen. Ich weiß nur noch, dass ich mich gerade wieder aus der Gefahrenzone hinausbegeben wollte, als plötzlich ein grotesker Kopf wenige Meter vor der Reling auftauchte, unmittelbar gefolgt von einem grellen Licht, welches ein Feuerstrahl gewesen sein muss, wie man mir später erzählte, und dann wenige Sekunden unvorstellbaren Schmerzes, dann rot vor meinen Augen, schwarz vor meinen Augen und dann …

Ich fühlte ich mich auf einmal wunderbar leicht und geborgen. Ich war ganz ruhig, hörte zwar dumpfe Schreie um mich herum, wie aus einer anderen Welt, aber ich war ganz selig, wie in Watte gepackt, spürte Hände mich packen, fortzerren … wurde auf ein Bett gehievt, genäht … bekam das alles nicht wirklich mit. Musste an das Haus meiner Kindheit denken, sah es deutlich vor mir: wie es in Halbstadt auf einem kleinen Hügel stand, unter dem Himmel der sommerlichen Abenddämmerung … das grüne Schild mit dem Namen des Vorortes …

Der Fischer

Im Inselreich der Vogelflieger gibt es eine kleine Insel, die auf keiner Karte einen Namen trägt, aber die Schiffsbesatzung gab ihr die Bezeichnung Steininsel, weil ihre Küste so steinig ist. Dort ankerten wir einige Wochen in der Nähe einer kleinen Sandbucht, um das Schiff zu reparieren. Diese Insel hatte nur einen einzigen Bewohner: einen Fischer, der uns komplett ignorierte und keinerlei Anzeichen von Furcht aufwies, trotz unserer Waffen und unserer fremden Sprache.

Der Fischer segelte an jedem Sommertag auf seinem primitiven, aber sehr eleganten Dory dicht vor der Küste seiner kleinen Insel, und ich lag den ganzen Tag im Schatten eines Felsens, während meine Wunden vernarbten, und sah dem Fischer zu, da es dort sonst nicht viel zu sehen gab.

Der Fischer segelte also bei schönstem Wetter auf das tiefblaue Meer hinaus und fing jeden Tag – und so ging das wochenlang – immer genau einen Fisch. Dann setzte er sich vor seine Höhle, die unweit vor meinem Genesungsplatz lag, briet den Fisch in der prallen Mittagssonne und verzehrte ihn. Den Fischkopf und die Gräten warf er in einer kompliziert anmutenden Zeremonie ins Meer, wobei ich annahm, dass er dem Meer dankte, dass es ihn ernährte, aber manchmal denke ich im Nachhinein, er könnte auch einfach nur Spaß an derlei Dingen gehabt haben, da er sonst nicht viel zu tun hatte.

Dann legte er sich in seine kleine Höhle und schlief; am nächsten Vormittag fuhr er dann wieder aufs Meer hinaus und wiederholte das Ganze, und so ging das über viele Wochen jeden Tag, bis ein Monat voll war. Ich konnte es nicht fassen.

Sektion IV: Borgonyony

Das krude Geschenk
Als wir im ersten Herbstmonat 5049, dem Monat des Fadens, nach Borgonyony kamen, um die Vorräte des Schiffes von Neuem aufzufüllen, machte mir die Besatzung ein besonders krudes Geschenk. Irgendwie hatte man in Erfahrung gebracht, dass ich Geburtstag hatte, und so gab man mir eine aufwendig verzierte Seemannskiste, die … nun ja, *nichts* enthielt. Zudem lachten die Seefahrer über meinen betroffenen Gesichtsausdruck, und diese Art von Geschenk ist wohl der Standard für Crewmitglieder, die versuchen, sich vor einer schwierigen Situation zu drücken. Ich war jedoch so froh, das Seeungeheuerinferno überhaupt überlebt zu haben, dass ich alles klaglos hinnahm.

Borgonyony
Es war der reinste Nervenkrieg, ein Visum für die Einreise in das mit Smaragdana verbündete Reich Borgonyony zu bekommen. Zuerst versicherten die Behörden uns, man werde uns nur für ein paar Stunden festhalten, um uns dann tatsächlich tagelang wie Verbrecher in voneinander isolierten Zellen festzusetzen. Man habe klären müssen, ob wir als Freunde oder als Feinde zu klassifizieren seien. Schließlich kam mir, nachdem die Atmosphäre nicht nur sehr feindselig geworden war, sondern die Feindseligkeit sich zudem in sehr starkem Maße auf mich richtete, die rettende Idee: Ich gab mich als Magier von Halbstadt aus, schließlich hatte ich dort jahrelang Magie und Philosophie studiert. Dies wirkte sich auf unsere Beurteilung äußerst günstig aus, denn die Halbstädter gelten als Feinde sowohl der Novedaner als auch der Eisannas.
Die unerwartete Freilassung brachte mir den Respekt der rauen Crew zurück, die kurz davor gewesen war, mir sehr böse Dinge anzutun.

Die Fahne
In Borgonyony wendete sich das Blatt gewissermaßen auch in anderer Hinsicht: In dem Moment, wo ich die Fahne von Borgonyony ansah, wurde mir klar, dass ich gar nicht mehr nach Smaragdana zu reisen brauchte, um meine Suche nach dem Aroraon zu vollenden, denn es lag genau vor mir, auf meiner Hand, auf einem Stück Stoff.
Umrahmt von einem grünen Viereck, flankiert von jeweils einem dunkelblauen Strich links wie rechts, ist in der Mitte ein Symbol abgebildet, welches offiziell als Burg deklariert wird, wobei ich sofort erkannte, dass es sich nicht um eine Burg, sondern um einen sehr großen, hohen Turm handelte, der zwei kleinere Nebentürme hatte. Meine Reise war zunächst zu Ende. Ich beantragte die borgonyonyanische Staatsbürgerschaft.

Ich verdingte mich während meines Aufenthaltes als Lehrer für Halbstädter Kulturangelegenheiten, da meine Lehrlinge, Adepten und Studenten die Sprache der Dala-Union in Ansätzen beherrschten; schon bald erregte ich mit meinen Ideen über »postmoderne Phantastik« und die darin enthaltene »Persiflage auf alles Religiöse und Mystische« öffentliches Ärgernis, was aufgrund der sehr strengen Gesetze dieses Landes mit dem Tod bestraft werden kann.

Initiation

Die Älteren erkannten jedoch mein im Angesicht der mir drohenden Todesstrafe etwas hastig herausgestammeltes Wissen um die Relation von Landwelt zur Ewigwelt und umgekehrt durchaus an; sie ließen mich sogar den heiligen Turm sehen, nachdem ich in einer mich weiteren Todesängsten aussetzenden, Nerven zermürbenden Initiation ihre komplizierten Gewissens- und Charakterprüfungen (aufgrund ihrer Komplexität übersetzt durch einen Smaragdaner, der wiederum holprig die Sprache der Dala-Union beherrschte) mich als dieses Wissens würdig erwiesen hatte. Ich würde an dieser Stelle wirklich gerne mehr über die Rituale der besagten Initiation schreiben, aber ich habe keine Lust, wegen Hochverrats grausam zu Tode gequält zu werden.

Das Auge des Sterns

Der sagenumwobene Turm steht an einem geweihten Ort, geschützt von hohen Mauern, über die ich nicht viel mehr sagen darf. Wohl aber darf ich meine Gedanken hierzu festhalten, die durch den Orden des Einäugigen Sterns, dem ich von nun an und immerdar angehöre, sorgfältig geprüft worden sind.

Erörterung der Farben der Gewänder

In der von mir weiter oben angegebenen Kurzfassung des Märchens »Das Aroraon« ist von einem gewaltigen Turm die Rede, von dessen Zinnen man weit in alle Richtungen die Landschaft überblicken kann. Dieser Turm existiert tatsächlich, und er wurde von den Borgonyonyanern zweimal wiederaufgebaut, nachdem einmal ein Blitzeinschlag und das andere Mal ein Sabotageakt ihn zerstört hatten. Die boshafte Lüge, die das Fundament bildet, existiert ebenfalls tatsächlich, und zwar in uns allen, und wird uns tagtäglich als Realität verkauft, aber mehr darf ich dazu leider nicht schreiben. Ich erinnere daran: An einem herrlichen Tag, der eigentlich ein unglücklicher hätte sein müssen (zum Beispiel wegen der erwähnten Lüge), fuhren in einem goldenen Wagen (ein Zeichen für den Wohlstand der Passagiere des Wagens) zwei Wesen zu diesem Turm, und zwar ein Mann und eine Frau. Dies darf ich nun um Details ergänzen, womit wir zurück zur Flagge kommen: Die Frau ist *grün* verschleiert, der Mann trägt in seinem Inneren ein *dunkelblaues* Skelett.

Die Bedeutung der Farben

Die beiden so einfarbig erscheinenden Wesen machten den Turm von Neuem bewohnbar, denn der Turm war bereits zweimal zerstört worden. Der Mann stirbt – er ist abgemagert, aber noch nicht ganz tot, sondern bewacht mit seiner letzten Lebensenergie den Turm. Deswegen die beiden dunkelblauen Striche – der Mann ist innerlich gespalten, er ist nicht richtig tot und nicht richtig am Leben, eine wandelnde Leiche. Die Frau hingegen sitzt hoch im Turm und bietet den Rahmen für alles: Sie macht den Turm mit ihrer Liebe bewohnbar, und sie ist hoch oben in ihrem Turm ebenso sicher wie gefangen; sie ist alles, wofür der Mann noch lebt. Der Rahmen ihrer Liebe *umhüllt* das Geschehen im Märchen und *verhüllt* es zugleich, und niemand vermag es, hinter den mystischen Schleier der Liebe zu blicken, auch wenn man den Schleier und dessen Konsistenz an sich wissenschaftlich präzise beschreiben kann. Doch den Sinn und Zweck der Liebe, ihr romantisches Geheimnis und all das, was wir mit ihr assoziieren und vielleicht auch, etwas zynischer formuliert, in unseren verklärten Wunschträumen herbeisehnen, bleibt verhüllt – so leider auch mir und selbst den Mitgliedern des Ordens des Einäugigen Sterns. Der Mann nimmt Leben und die Frau gibt es, und beide können nicht ohneeinander, und das wird sich niemals ändern.

Warum so viel Angst?

Die Borgonyonyaner verschanzen sich also in ihren mächtigen Burgen und verhalten sich überhaupt ziemlich misstrauisch, Fremden gegenüber und auch untereinander – die Lösung lautet für mich: Sie fürchten sowohl die Liebe der Verbindung zu anderen Völkern als auch den Tod und die ihm vorausgehende Spaltung ihrer seltsamen, über alle Maßen von allen anderen isolierten Kultur.

Sektion V: Zurück in Halbstadt

Zurück in Halbstadt

Ich konnte nach kurzer Lehrtätigkeit in Borgonyony bei den Behörden im Herbst 5049 meine Ausreise dadurch erwirken, dass ich vorgab, unbedingt nach Halbstadt reisen zu müssen, um meine Kenntnisse der Kulturen der Dala-Union zu vertiefen, sodass ich meinen Unterricht diesbezüglich verbessern könnte. Doch insgeheim hatte ich mir vorgenommen, die kauzige Insel der Borgonyonyaner nie wieder zu betreten. Schließlich war es mir nur darum gegangen, mehr über das sagenumwobene Aroraon in Erfahrung zu bringen. Doch nun begann ich, die Dalahalbinsel innerlich zu vermissen. Ich war so viel gereist, und die seltsamen Länder und Kreaturen, denen ich begegnet war, hatten eine Sehnsucht nach etwas Normalität in mir ausgelöst. Dies würde allerdings, soweit ich meinen unruhigen Geist kannte, wahrscheinlich wieder nicht lange anhalten.

Bei meiner Rückkehr nach Halbstadt im Winter 5049, im eisigen Monat des Haars, nach einer langen Meeresreise im bitterkalten Nordwind, war die Dalahalbinsel nicht mehr die gleiche wie die, die ich gekannt hatte, bevor ich zu meinen chaotischen Forschungsreisen aufgebrochen war. Zuerst bemerkte ich innere Veränderungen: Mir war in meiner gesamten Studienzeit in den Kopf gepflanzt worden, ich sei schlecht, wenig wert, es habe auch wirklich nichts einen Sinn; so konnte man mich kleinhalten und dadurch wiederum kontrollieren.

Doch wie will man einen wahrhaft freien Geist kontrollieren? Man müsste ihn nach Blogol schicken. Das Land des toten Lebens, welches nicht existiert und gerade dadurch existiert, und wer weiß denn wirklich, was *Existenz* überhaupt ist?

Wie ich dies niederschreibe, empfange ich, das erste und einzige Mal, die rätselhafte Stimme Blogols.

›Blogol, das bin ich: die Existenz, die nicht existiert. Das Leben ist tot. Aber welcher Mensch, der kein Magier ist, wird all das jemals begreifen?‹

Doch neben den inneren Veränderungen, die zweifelsohne auch mit ähnlichen mystischen Erfahrungen zusammenhingen, gab es auch äußere: Es musste ein gesellschaftlicher Ruck durch die Dala-Union gegangen sein. Erstmals traten die Menschen für ihre Rechte, für ihren kollektiven Wert ein.

Die unauffällige Revolution

Die Dala-Union war tatsächlich etwas außer Kontrolle geraten. Die Regierung zeigte sich ratlos, und da das Land von einer Welle der Anarchie überflutet zu werden drohte, bildete man einen provisorischen Übergangsrat, welcher sich aus Vertretern der revoltierenden jungen Menschen und Mitgliedern der zu diesem Zeitpunkt noch aktuellen Regierung zusammensetzte.

Offensichtlich waren die jungen Menschen in den Großstädten der Dala-Union (Au, Hauabaua, Halbstadt) es mehr als leid, ständig zu hören, dass die Novedaner und deren verräterische Unionsmitglieder auf dem Blatte Kernland, Zackland und Neuland für die wirtschaftliche und kulturelle Misere des Landes alleine verantwortlich zu machen waren. Ich glaube, vielen ist auch heute nicht bewusst, wie nahe wir an einem Bürgerkrieg vorbeigeschrammt sind, und wer in jener bewegenden Zeit die aufwühlenden Diskussionen in öffentlichen Cafés, in Bars und auf den Hauptstraßen einigermaßen mitverfolgte, konnte nicht bestreiten, dass eine hohe revolutionäre Spannung allgegenwärtig gewesen ist.

Vor allem unserer Wirtschaft ging es nicht gut, war doch der gesamte Handel auf den Austausch mit Dalesa beschränkt, da kein anderes Land mit denjenigen, die einst mit den Bergingern paktiert hatten, gemeinsame Sache machen wollte, auch wenn diese unrühmliche Episode der Geschichte Kernlands schon lange vergangen ist. Die Landwelt erlebte durch die Erschließung Novatupias und der damit verbundenen Beweisführung der planetarischen Kugelförmigkeit Lanevaels ein Internationalisierungsphänomen, von dem die Dala-Union weitestgehend abgeschnitten war.

Die erste Handlung des Übergangsrates war es daher, eine neue Währung zu schaffen, um die angeschlagene finanzielle Situation zu verbessern. Gemeinsam mit Dalesa schuf man den Es, eine Zusammenlegung der dalesanischen Währung Esa und des As der Dala-Union.

Ich verstand von Politik nicht allzu viel, also lenkte ich meine Aufmerksamkeit weg von der politischen Entwicklung meines Heimatlandes und hin zu einer weiteren Gruppe von Menschen, deren Motive ich nicht ganz begriff, aber bei der ich hoffte, etwas Halt zu finden: meiner Familie.

Ein vielversprechender Sprössling

»Wenn du aufhören würdest, so verdammt perfektionistisch sein zu wollen, könntest du eventuell so etwas wie Spaß im Leben haben«, sagte meine Mutter zu meiner akademisch äußerst erfolgreichen Halbschwester Von, als ich meine ehrwürdige Familie in der Halbstädter Innenstadt besuchte, um ihr allerhand obskure Geschenke von meinen abenteuerlichen Reisen zu offerieren.

Das Talent meiner Halbschwester hätte für mehrere Menschen gereicht. Sie erstellte Sternenkarten für die Halbstädter Astronomiegesellschaft, hatte sich einen Namen auf dem Gebiet der vergleichenden Bergingerforschung gemacht, und zuletzt schickte sie sich auch noch an, im Halbstädter Physikzentrum unter dem Einsatz neuester Kristallmaschinen zu untersuchen, warum Dinge hinabfielen (und nicht hinauf).
Meine Halbschwester war damals eine ernste, etwas melancholisch dreinblickende Frau von dreißig Jahren mit gesunden roten Wangen und einem modischen Kurzhaarschnitt. Sie liebte einfache, schlichte Kleidung, dunkle Farben und menschliche Nähe. Ihre große Liebe war ihr damals zehn Jahre alter Sohn, der wirkte, als hätte man ihn ihr direkt aus dem Gesicht geschnitten.
Dieser Sohn meiner Halbschwester Von, ein aufgeweckter Junge namens Wohl, barg große Visionen in seinem kleinen Jungenhirn. Er posaunte zur allgemeinen Erheiterung beim Familienessen hinaus, dass er eines Tages nach Lalalai ziehen werde, wo er die größte Halle der Welt zu errichten gedenke. Dort könnten sich dann die wichtigsten Vertreter der gesamten Landwelt treffen, um den Landweltfrieden zu beschließen. Ein für alle Mal!

In aller Herrmulsfrühe

Es war früh am Morgen, als Regierungsbeamte, die konsequent nicht ein einziges Lächeln mit ihren Lippen formten, mich ziemlich unwirsch aufforderten mitzukommen. Zwar hätte ich nichts Schlimmes verbrochen, wie man mir versicherte, aber der Übergangsrat müsse mich unverzüglich sehen, es gehe um eine dringliche Angelegenheit, und laut der neuen Gesetzgebung hatte ich in einem Präzedenzfall wie diesem keine Wahl, außer vom Fleck weg mitzukommen, alles stehen und liegen zu lassen. Dabei hatte ich so einen interessanten Traum gehabt: Ich war gestorben und all meine anderen Varianten aus anderen Paralleluniversen hatten sich mit mir getroffen; der Drachenflieger, der Schriftsteller, der Musiker und viele andere mehr, und hatten sich über die missglückten Entscheidungen und bizarren Lebenswege des jeweils anderen ausgetauscht und herzlich miteinander gelacht.

Sektion VI: Die gemeinsame Expedition Dalesas und der Dala-Union

Meine Jugend in ihren letzten Zügen

Dalesa und die Dala-Union erholten sich wirtschaftlich etwas, was die Währungsreform zu einem Erfolg machte. Dalesas Einfluss führte dazu, dass schleichend alle Noveda feindlich gesinnten Regierungskräfte entmachtet werden konnten. Doch da es vielerorts immer noch an Geld mangelte, sahen sich die Regierungen beider Länder auf Lanevael nach Geldquellen um. Aufgrund des immensen Reichtums an Gütern der neuen Kolonien auf Atupia – Utopisanna und Novatupia – hatte man in Kooperation mit den Dalesanern viel Geld in modernste Schiffe investiert, allesamt von Kristallgeneratoren angetrieben, um seinerseits auf einem Blatt mit dem poetischen Namen Schissland auf Entdeckungsfahrt zu gehen. Die hervorragenden, international renommierten Wissenschaftler der Universitäten von Arpus und Halbstadt hatten sogar eine technische, landweltexklusive Neuerung eingeführt: das Notkristallaggregat.

Man brachte mich im ersten Frühlingsmonat des Jahres 5050 nach Dil, der großen Hafenstadt Dalesas, dem dalesanischen Tor zur Welt. Dort offenbarte man mir, ich müsse aufgrund meiner Reiseerfahrungen in Solan unbedingt an der Erschließung neuer Gebiete teilnehmen. Die exekutive Besatzung der Schiffe schien mir *sehr* jung zu sein, während die legislative von den üblichen alteingesessenen Typen gebildet wurde.

»Das muss so sein«, erklärte mir der Übergangsrat, »Halbstarke und sehr junge Erwachsene haben zwar wenig Erfahrung, scheuen aber kaum ein Risiko und sind somit die idealen Entdecker.«

Meine Sicherheitsbedenken diesbezüglich (Meuterei, um nur die offensichtlichste Gefahr zu nennen, der man sich freiwillig aussetzte) wurden geflissentlich ignoriert. Mir wurde im Vergleich zu diesen jungen Wilden schmerzlich bewusst, dass meine eigene Jugend gerade unwiederbringlich verloren gegangen war, sich vielleicht ein allerletztes Mal aufbäumte …

»Die Völker der Dalahalbinsel sind dazu bestimmt, die Weltmeere zu erkunden und zu besiedeln«, so lautete der erste, mittlerweile berühmte Satz der Eröffnungsrede des Rates der sieben Weisen in Dil zu Ehren der *Großen Überfahrt nach Schissland*.

Fatalerweise wurden jedoch kurz vor Start der Großen Überfahrt die astronomisch hohen Summen bekannt, welche sowohl die Dala-Union als auch Dalesa hatten aufbringen müssen und welche zum großen Teil geliehen waren: Bildeten die offiziellen 834 Millionen Es schon eine Summe, die massive öffentliche Proteste gegen das ganze Vorhaben entfachte, so war nun von 2,1 *Milliarden* Es in Dokumenten die Rede, welche über eine Sicherheitslücke an die Presse Dalesas geraten waren und deren Vorkommen von der Regierung

sofort dementiert wurde. Wenn unsere Expedition mit vierzig hochmodernen Schiffen nicht erfolgreich zurückkehrte, waren wir geliefert. Das war jedem klar, als unsere protzige Flotte den Hafen Dils im gleißenden Sonnenlicht verließ.
Ein weiterer Skandal war für mich, dass man mir alle interessanten Utensilien, meine ganze Sammlung an Federn, Stiften, Tinten, Farben, Pinseln, Pergamenten und Papieren abgenommen hatte, mit denen ich Eindrücke der Reise optisch festhalten wollte. Einfach konfisziert! Staatliche Zeichner sollten nach genauen Vorgaben unseren Fortschritt heroisch porträtieren – ich beneidete die dalesanischen Besatzungen und ihre frei forschenden Wissenschaftler um ihre Tätigkeit.
Bei aller Nörgelei, in die ich verfalle – ich muss schon zugeben, dass der äußere Glanz der Schiffe mein Herz bewegte und das Fernweh eine ganz besondere Stimmung unter den zur Besiedlung ferner Länder mitreisenden Männern, Frauen und Kindern, welche nun in See stachen, entfachte. Zwanzig Versorgungsschiffe fuhren in der Mitte, geschützt nach allen Seiten durch jeweils fünf hochmoderne, waffenstarrende Zerstörer. Vorneweg fuhren zehn Pionierschiffe, die »Fühler« unserer Flotte.

Porös

Das Leben wird porös. Unaufhaltsam zerbröselt es. Jeder Tag braucht eine eigene Idee, und kein Tag gleicht dem anderen, denn jeden Tag erfährt man einen weiteren Aspekt des Lebens, selbst in Dingen und Handlungen, die man schon kennt, und deshalb ist das Gefängnis ein so schrecklicher Ort – man kann nicht dorthin, wo immer man sein will, um auf andere Gedanken zu kommen, und viel schlimmer noch: Es gibt dort kaum Weiterentwicklung. Das ist schon die ganze Philosophie des Lebens, denn was ist das Leben außer unkontrollierbar ausartender Weiterentwicklung? Doch ich schweife ab …

Lada

Noch im Frühjahr 5050 kamen wir in der überaus langweiligen dalesanischen Kolonie Lada an, ein Drecksloch im äußersten Osten Kernlands. Hier konnten die Machthaber Krieg spielen. Es herrschte ein beispielloses Morden, da die angriffslustigen Kamelanier mit ihren Truppen inzwischen bis nach Kingwikk vorgedrungen waren. Nun galt es, sie auf dem Seeweg von der Außenwelt abzuschneiden, damit die Inlandstruppen Ladas sie von der Landseite angreifen könnten, wenn sie zur Genüge geschwächt wären.
Als wir ankamen, wurden wir nicht gerade freudig begrüßt, obwohl wir militärische Unterstützung boten. Es gab viele intensive Befragungen, denn man fürchtete das Eindringen von Spionen mehr als alles andere. Ich hatte auch nicht viel Zeit, mich in Lada umzusehen, denn ich wurde gleich an Bord eines Schleppers beordert, der drei Zerstörern auf

einem Weg zu einem Seegefecht folgte. Ich protestierte; schließlich verstand ich mich als Akademiker und nicht als Krieger. Aber mein Widerstand half nicht, ich musste überall dabei sein – »für unvorhergesehene Fälle«, wie es hieß, was auch immer das bedeuten mag. Jedenfalls verstand ich den alten Spruch eines Kommilitonen – »manchmal ist eine Zigarette alles, was dich durch die nächsten fünf Minuten bringt« – schon etwas besser, als die Kanonensymphonie der Kamelanier am Horizont erklang, und wie schon damals auf Solan fürchtete ich um mein mir kostbar gewordenes Leben, flüchtete von daher vor den Kampfhandlungen in den gepanzerten Innenraum zu den Technikern. Ich traf dort einen Burschen namens Matje, der ebenfalls von seinem Posten geflohen war. Er beschrieb mir das Prinzip des Schleppers, da ich zu ihm meinte, dass Schlepper doch eigentlich überhaupt nicht für Interkontinentalfahrten geeignet wären, um ein Gesprächsthema zu haben, während draußen gekämpft wurde.
Matje erklärte mir, dass wir uns auf einem revolutionären Schiffsformat befänden, einem aus drei Bausteinen zusammengesetzten Seegefährt, welches in seiner kleinsten Variante als Hafenschlepper und in seinen beiden Kombinationsvarianten als Landungsschiff (sandiges oder, anders kombiniert, sogar felsenhaltiges Gelände) und in seiner Gesamtvariante mit allen Teilen als Überfahrtsschiff fungierte: ein Meisterwerk der Ingenieurskunst.
Als das Getöse etwas abnahm, wagte ich mich zurück an Deck, während Matje seinen Posten wieder einnahm. Wie ich hörte, waren die Kamelanier uns mit herkömmlichen Schiffen entgegengetreten, fünf Fregatten und zwei Korvetten, und allesamt seien sie versenkt worden. Ein Marinist erzählte mir, die gegnerischen Schiffe verhielten sich gegen unsere moderne Flotte wie Schlauchboote, die versuchen, ein Segelschiff zu rammen.
Wieder an Land, ging ich mit dem Techniker Matje und Beli, einer Frau, die gegen das Verbot, als Kapitänin arbeiten zu dürfen, protestierte und hoffte, während der Expedition auf welchem Weg auch immer dennoch in diese Position zu gelangen, in einen literarischen Salon, in dem verschiedene Themen debattiert wurden, für die wir uns interessierten. Sie waren die Einzigen aus der Besatzung, mit denen ich so etwas wie eine Freundschaft aufbauen konnte, denn sie waren beide während ihrer Studienzeit in Halbstadt gewesen, hatten wie ich Magie und Philosophie studiert, waren wie ich zu keinem Abschluss gelangt und waren sogar beim selben Philosophieprofessor sowie bei einem obskuren Magus gewesen, der isoliert in einem Turm abseits des Universitätsgeländes gelebt hatte, um dort ungestört seinen bizarren magischen Praktiken nachzugehen.
Wir diskutierten zunächst über die Visionen des Munklers Famul, eines der ersten Mönche des Munklerordens. Mul, der Erste und Einzige, hatte ihm in seiner Vision eine eigene Sprache offenbart, welche die frühen Munkler fortan untereinander sprachen. Diese Sprache nannte sich Inkommensurabilia, und obwohl noch Fragmente von Schriften (*Die*

Inkommensurabilien) aus dieser frühesten Zeit vorhanden sind, gibt es kaum jemanden, der sie heutzutage beherrscht; und mit solch weitschweifigen Konversationen vertrieben wir uns die Zeit bis zur Weiterfahrt.

Ein Zwischengedanke

Manche schaurigen Spukgestalten scheinen mir Projektionen des Gewissens zu sein, welche dem Bewusstsein der Bösartigen den Spiegel vorhalten.
Gequält von diesen Phantomen des Gewissens versuchen sich die Betroffenen davon zu befreien, indem sie anderen denselben oder einen noch schlimmeren Schrecken einjagen als der, der ihnen selbst widerfahren ist.
Deswegen liebt das schlechte Gewissen … den Krieg?

Neutral-Station

Eine einmalige Sonderstellung nimmt auf unserer Landwelt die Insel Neutral-Station ein. Sie gehört keinem Staate zur Gänze, und so bestimmt auch niemand anderes über ihre Geschicke als die 144 Einwohner selbst. Eine große Expeditionsflotte wie unsere hatten ihre Bewohner seit längerer Zeit nicht mehr gesehen, und so löcherten sie uns mit Fragen, als wir dort kurz haltmachten, das heißt, einige wenige Schiffe machten halt, die anderen umkreisten sie wie Haie, die Kristallgeneratoren synchronisiert auf Niederfunktion geschaltet.
Ich hatte zu diesem Zeitpunkt kein Interesse an der Neutral-Station, die ja im Grunde genommen, ihre historische Genese ausgenommen, eine uninteressante kleine Weideinsel war, die nach Schafskot stank. Mein Interesse galt meinen beiden Freunden Matje und Beli. Matje interessierte mich, weil er in seiner Seemannskiste eine Sammlung obskurer Schriften verstaut hatte, über deren Inhalte man nach Herzenslust debattieren konnte. Ich hoffte, mein okkultes Wissen somit erweitern zu können. An Beli faszinierte mich ihr Hang zur Rebellion, da sie jede Gelegenheit nutzte, sich über das Verbot, ein Schiff befehligen zu dürfen, hinwegsetzte. Ich setzte viele Tricks ein, die manche Menschen als Magie bezeichnen würden, um ihr dabei zu helfen. Letztendlich ging es dabei um die Manipulation und Verwirrung des Schiffskapitäns und seiner Wachhunde, der nautischen Offiziere. Viele dieser Tricks bezogen sich auf Visionen von Mul, welche dem Kapitän eingegeben wurden, um ihn zu verwirren. Aus den Debatten mit Matje und der Verschwörung mit Beli ergab sich eine von uns drei Querköpfen geteilte Faszination bezüglich der Lehren des Munklers Famul, dem Begründer der Munklerreligion.

Die Munkler-Ursuppe/-Ursippe

In der urmunklerischen Konzeption Muls war Famul davon ausgegangen, dass sein angebeteter monotheistischer Schöpfergott die Landwelt absichtlich unvollendet gelassen hatte, und ihre Vollendung sei die eigentliche Bestimmung der dort lebenden Menschen. Dabei sei jedes Leben und auch die Perzeption menschlichen Seins zwangsläufig ein Drama.

Ein Solches finde auf der Landwelt statt, welche dem Menschen mit all seinen Geschöpfen eine Bühne biete, so besagen es die durch Famul geprägten Inkommensurabilien, und die Menschen könnten nicht anders, als die Landwelt zu gestalten. Denn jedes Geschöpf habe den ihm inhärenten Wunsch, selber zu schöpfen. Dafür bliebe jedem die fremd- oder selbstbemessene Lebenszeit. Da aber alle Menschen potenzielle Schöpfer sind, ergäben sich aus ihrer *Gestaltungskonkurrenz* unendliche Verwicklungen, sodass das Drama so komplex geworden sei, dass nur Mul, der Schöpfergott, der diesem Drama gleich einem Zuschauer oder Theaterkritiker von einer Loge aus zusehe, ohne einzugreifen, die Handlung noch überblicke; für einen gewöhnlichen Menschen sei dies jedoch völlig unmöglich. Ob es im Drama Muls jemals zu einer Peripetie komme, könne keiner mit letztendlicher Gewissheit behaupten; die Munkler selbst jedoch verstehen sich als personifizierte Peripetie: Mit ihrer Wandlung zum bedingungslosen Frieden auf neun heiligen Wegen könnten die Menschen Muls Werk vollenden und das Drama zu einem positiven Ende und einer harmonischen Lösung führen.

Als gescheiterter Philosoph wollte ich natürlich wissen, warum es ein omnipotenter Gott denn nötig hätte, sich auf eine so billige Weise unterhalten zu lassen; eine Argumentation, auf die Matje sich leider nicht weiter einließ.

Neu-Dalun

Deutlich mehr Respekt flößte mir das Blatt Geheimes Flussland ein. In Neu-Dalun, einer ehemaligen Kolonie der Dalesaner auf diesem Blatt, traf ich das erste Mal eine Xlaovanerin mit kahlem Kopf und gelbem, einteiligem Gewand. Man sagte dem Volk der Xlaovaner nach, sie seien eine Magierrasse. Sie mögen weit fortgeschrittene Wissenschaftler sein, zudem noch ausgeprägten Menetekelmysterien anhängend, aber man kann sie beileibe keine Zauberer, geschweige denn Magier nennen. Ich kaufte mir im Hafen von Soyan, wo unsere Flotte vor Anker ging, allerhand magische Gegenstände, die aber nicht funktionierten – geschah mir recht, schätze ich. Trotz meiner philosophisch geprägten Überzeugung, dass Magie ein Trugspiel des Wunschdenkens ist, hege ich doch den geheimen Wunsch, dass ich mit ihrer Hilfe Hindernisse überwinden kann, die naturwissenschaftlich nicht zu überwinden sind: Der Philosoph in mir versucht zu akzeptieren, dass Magie bloß ein

Wunsch ist, doch der Magier in mir giert nach Magie wie ein Kind nach Spielzeug. So ist dann Magie die Beschäftigung eines verspielten Geistes mit Möglichkeiten, kommt der Philosoph in mir zur Schlussfolgerung. Ich diskutiere dies mit Beli und Matje. Matje meint, der Philosoph in mir überzeuge ihn, während Beli meint, es sei ihr egal, solange die Anwendung von Magie sie trotz Verbotes zur Kapitänin mache.

Neu-Dalun ist eine zehntausend Einwohner beherbergende Halbinsel oder auch Landzunge, manche nennen ein solches Gebilde auch Nase. Wie dem auch sei, sie unterhalten die äußerst seltsame und vollkommen einzigartige Regierungsform der Hegemonie, was bedeutet, dass die Munkler in diesem Land eine Vormachtstellung errungen haben. Somit ist Neu-Dalun, vor Tausenden von Jahren von Dalesanern und Dala-Unionisten entdeckt und besiedelt (wie sich die Geschichte doch wiederholt!), neben dem Königreich Lai der einzige bekannte, vollkommen unbewaffnete Staat der Landwelt, wobei er unter dem Schutz der Möchtegernmagier des Reiches der Xlaover steht.

Man kann über Religion sagen, was man will, aber in Neu-Dalun haben es die Munkler mit ihrer Exzentrizität eindeutig zu weit getrieben: In einem ohnehin schon obskuren, einem Zahn gleichenden Tempel verehren sie einen riesigen Kopf mit krausem Bart, schwulstigen, idiotisch geöffneten Lippen und gen Himmel gerichteten Augen, und selbst der Großadmiral und Oberbefehlshaber unserer Flotte vergaß für wenige Momente die seinem Adelsgeschlecht entsprechende Haltung und musste herzlich lachen, als er den Tempel wieder verließ, wie auch Beli, der ich gerne näherkommen wollte.

Ein Gutes hatte die von zwei heiligen Munklerinnen mit aufwendig geschmückten Heiligenscheinattrappen regierte Halbinsel jedoch: Die Munkler stellen sagenhafte Süßigkeiten her, welche aus einem mir nicht bekannten Grund den Zähnen nicht schaden und dementsprechend weitläufig exportiert werden.

Da ich permanent in Reserve gehalten wurde und somit von mir nicht viel Arbeit erwartet wurde und ich alles daransetzte, den Kapitän zu verwirren, sodass Beli, die ich beeindrucken wollte, für ihn einspringen konnte, widmete ich mich weiterhin den befremdlichen, äußerst zweifelhaften Ansichten der Munkler in der Hoffnung, dem Kapitän noch stärkere Visionen Muls eingeben zu können. Ich hatte den Eindruck, die Munkler seien bemüht, Mul ins Zentrum ihrer Persönlichkeit zu stellen, was wiederum darauf schließen lässt, dass ihre eigenen Persönlichkeiten nicht viel hergeben. Ich gab zu bedenken, dass die Kraft der Zerstörung zu mächtig und auch zu wichtig sei, um ernsthaft dagegenzuwirken. Weiterhin kritisierte ich den Götzenkult, den sie betrieben, den ich als überflüssig erachtete, wenn sie doch schon angaben, Mul im Herzen zu tragen.

Dalking

»Stets eilt die Idee der Handlung voraus.«

Diese hohe Weisheit las ich auf der Insel Dalking unter einer Steinbüste Gammels. Hier erfuhr ich durch ein Gespräch mit dem Steinbüstenwart, dass Gammel, der berühmte Prophet, der vor vielen Jahren auf einer einsamen Insel Kingwikks gelebt hatte, in jungen Jahren eine Reise nach Dalking unternommen haben soll, von der meiner Kenntnis nach weder in der offiziellen kernländischen Geschichtsschreibung noch in den gängigen Legenden die Rede ist.

Dieser auf Kernland nur unter Eingeweihten verbreiteten Geschichte zufolge erschien der Jungspund Gammel mit nichts als einer brennenden Fackel mitten in der Nacht auf der Insel Dalking. Wie er dorthin gekommen war, ist bis heute umstritten, genauso wie sein plötzliches Verschwinden. Manche behaupteten, es sei Gammels verschollener Zwillingsbruder Jarvler gewesen, andere verbreiteten das Gerücht, ein böser Magier hätte einen Doppelgänger Gammels kreiert und nach Dalking geschickt. Dies alles vor dem Hintergrund, dass Gammel der Legende nach seine Insel niemals verlassen haben soll.

Tatsächlich aber besaß dieser Gammel nicht nur hellseherische Fähigkeiten und war unter anderem mit dem legendären Benelon vertraut, auch beschrieb er detailreich die bizarren Kreaturen des Geheimen Flusslandes: Er kannte die Namen der Fürsten der Riesenspinnen von Xalo, er sprach die seltsamen Klicklaute der Katzenreiter und hatte in seiner Hütte sogar eine Probe des purpurfarbenen Staubes des sagenumwobenen Blogol, des Landes des Toten Lebens, aufbewahrt; der größte Nachweis seiner Bewandtnis in den Geheimnissen des Geheimen Flusslandes aber war die einwandfreie Beherrschung der Magischen Kugeln der Xlaovaner, wie hochrangige Zauberer aus ebendiesem bizarren Land zu Lebzeiten bestätigen konnten.

»Die Sonne wird sich ausweiten und die Kruste der Landwelt verbrennen«, hatte er eine Sanduhrfüllung vor seinem Tod im Kreise hoher Gelehrter und Herrscher aus allen Teilen der Landwelt kryptisch verkündet, »schließlich explodieren und verlöschen, und niemand im Universum wird jemals wissen, dass Lanevael überhaupt existiert hat.«

Als ich nach langem Nachsinnen wie in Trance unter Gammels Steinbüste wandelte, dämmerte in mir die Einsicht, dass ich mein Leben überhaupt nicht gründlich genug bedacht hatte. Während Gammel die Ansicht vertreten hatte, ein menschliches Leben erhalte überhaupt nur dadurch irgendeinen Wert, dass man einen Plan austüftele, was mit der Lebenszeit anzufangen sei, war ich als an der Magie zweifelnder Chaosmagier der Ansicht, dass das Leben allein von Zufällen bestimmt werde und es deshalb überhaupt nur dadurch irgendeinen Wert erhalte, dass man sich blitzschnell an das anpasste, was einen ohne Unterlass an Sinneseindrücken aufs Unerbittlichste bombardierte. Daraus

schlussfolgerte ich, dass ich entweder ein wahrhaft weiser Mann sei oder einer der größten Narren, den die Landwelt jemals hervorgebracht hatte; und nur die Zeit würde dies widerlegen beziehungsweise bestätigen können.
»Halte nicht mehr an deinem Neid fest«, meinte Beli und riss mich schlagartig aus all meinem Dusel. »Wenn du nicht mehr neidisch bist, wirst du frei sein.« So verabschiedete sie sich Richtung Schiff, wo sie ihren Pflichten als Kapitänin, zu der sie entgegen aller Verbote inzwischen ernannt worden war, nachkommen musste.

Die restliche Zeit auf Dalking nutzte ich zur Entspannung. Die Flotte war in der Bucht der Strandläufer vor Anker gegangen, um bei den Besatzungen vor der strapaziösen Südfahrt so etwas wie die Illusion von Erholung zu erzeugen. Ich planschte in den zu dieser Jahreszeit angenehmen, lauwarm rieselnden Gewässern am endlosen Sandstrand gedankenverloren und mit unschuldigem Vergnügen herum, alle komplizierte Metaphilosophie und allen mystischen Mummenschanz weit von mir weisend; und ab und zu kamen die breitmäuligen Strandläufer vorbei, jene behaarten, äußerst friedfertigen Halbmenschen, die den Strand nach Muscheln absuchten, die sie dann in ihren runden Mäulern mit stumpfen Zähnen knackten und aussaugten.

Das arrogante Gebaren auf Videssa

Ich sah sie in einer gepflasterten Straße. Die Sonne schien zum weiten Fenster hinein, sie musste eine Büroangestellte sein, schließlich war dies der Verwaltungsbezirk der Hafenstadt Naomili. Die Seitenstraße war ungewöhnlich düster und die Fenster in dem dazugehörigen Gebäude vollkommen gleichförmig und schnörkellos eingelassen, wäre da nicht eine leichte Variation in der Länge, zu der die Rollos durch Menschenhand heruntergezogen worden waren.
Aber das große Fenster der Hauptstraße, welches einen Innenraum preisgab, der von drei mattgelben Kristallen an der Decke erleuchtet war, fiel völlig aus dem Rahmen. Die anderen beiden Gestalten im Büro, über die ich meinen mäandernden Blick gleiten ließ, verblassten vollkommen gegen ihre erhabene Präsenz. Sie achtete gar nicht auf mich, der ich sie wie angewurzelt kontinuierlich musterte: Ihre kräftigen und zugleich muskulösen freiliegenden Oberarme, ihr eng anliegendes dunkelblaues Kleid, ihre streng geschnittenen, halblangen, in kräftigem Blond leuchtenden Haare. Mit ebenjener Intensität, mit der ich sie anstarrte, starrte sie auf einen Brief, den sie gerade geöffnet hatte – und ihr Antlitz spiegelte ein elegantes Leiden wider, welches … Und dann stieß mich Beli mit kritischem

Blick an weiterzukommen, denn in diesen letzten Abendstunden waren wir hier nicht zum Vergnügen unterwegs.
»Die eine Wäsche rauf, die andere Wäsche runter, das sorgt für'n schlanken Bauch und hält die Beine munter«, trällerte eine quäkige Stimme auf einem Balkon hoch über uns, und etwa zeitgleich sagte Beli einen weiteren jener Sätze, die sich in mein Hirn bohren sollten und mich gedanklich nicht mehr losließen: »Ist dir schon einmal aufgefallen, dass das Böse oft als hässliche, dreckige Fratze, das Gute hingegen als reine Schönheit dargestellt wird?«
Auf Videssa kann man gut beobachten, wie sich Menschen verhalten, denen es wirklich an nichts mangelt. Die Sonne scheint zu jeder Jahreszeit, mal milder, mal versengend, und die Natur gibt im Übermaß alles her, was sie an Wunderwerken zu erzeugen imstande ist. Es gibt keine Feinde oder Aggressoren in der Gegend, und rein strategisch ist Videssa – anders als das typisch eisannisch hochbefestigte Eiskohldiasa in der Nachbarschaft – von keinem großen Interesse. Selbst die Stiche der Honigbienen sind so mild, dass sich allerhöchstens Säuglinge daran stören, und das ist, neben den zugegebenermaßen einigermaßen garstigen roten Ameisen, die ihre Nadelhaufen allerdings überwiegend im unbewohnten, von dunklen Wäldern durchzogenen Inland bauen, die einzige nennenswerte Plage.
Menschen stellen hingegen eine weit größere Plage dar. Die Reichsten und Schönsten leben hier in prunkvollen Palästen und zwitschern ein affektiertes Kauderwelsch, das sich aus Bruchstücken von Dalesanisch, Eisannisch, Neuländisch und Novedanisch zusammensetzt, was kaum ein Mensch von außerhalb vollständig versteht, ein Umstand, der dem ortsansässigen Geldadel viel Vergnügen zu bereiten scheint.
Als wir mit unserer hochtechnisierten Expeditionsflotte vor Anker gingen, fand gerade das große Grünmondfest zu Ehren Alions statt, welches uns nach Sitten der alten Weisen Kernlands als gutes Omen für den Aufbruch in neue *Welten* dienen sollte.
Beli fand den Abend wunderbar und tanzte Stunde um Stunde mal mehr, mal weniger eng umschlungen mit mir zu furchtbar schmalzigen Inselliedern. Mul sei Dank brachen wir am nächsten Tag zu den Steininseln Schisslands auf.

Auf den geheimnisvollen Steininseln

Über uns flogen unbekannte Menschen auf gigantischen weißen Vögeln, welche viele nur die Beobachter nannten, manche auch die Vogelflieger oder Vogelreiter. Die Vögel waren dreimal so groß wie die Drachen aus dem Reich der Xlaovaner und dabei doppelt so schnell; so hatte man sie noch nie von Nahem sehen können. Ich beobachtete die Vogelreiter, deren Flug in der Ferne sehr langsam wirkte, aufmerksam mit einem Fernrohr.

Mit den Beobachtern über uns betraten wir mit den Steininseln, die uns die Eisannas beschrieben hatten, erstmals völlig neues Land. Wir hielten uns wochenlang dort auf. Ich wirkte an der Konstruktion eines Leuchtturms mit, in dessen Kuppel ein gelbes Licht leuchtete, welches von Kristallen betrieben wurde, und an den ein kleines Haus angeschlossen war, das die beiden Familien beherbergte, welche fortan den Leuchtturm in Betrieb hielten. Diesen Familien zu Ehren, die unermüdlich an der Konstruktion von Haus und Leuchtturm gearbeitet hatten, bekam die Insel den Namen Leuchhaus, nach den Familiennamen der Betreiber, Leuch und Haus.
Etwas größer als diese winzige, aber für die Orientierung und Sicherheit des Schiffsverkehrs sehr günstig gelegene Insel war die benachbarte Insel Hügel, welche tatsächlich aus einem solchen bestand. Beim Ausheben des Fundamentes für das Kloster, welches die Munkler dort errichten wollten, fand man Knochenreste riesiger Tiere. Dies wurde als Zeichen Muls ausgelegt, weiterzufahren und neue Entdeckungen zu machen. Die Munkler hatten die Hügelinsel ganz für sich, da ihr Einfluss in Dalesa mittlerweile so groß geworden war, dass die dalesanische Regierung ihnen zugesagt hatte, in jeder kolonialen Niederlassung fünf bis zehn Prozent des erschlossenen Landes für religiöse Zwecke beanspruchen zu dürfen, wobei es einen gewissen Ermessensspielraum gab.
Erwähnenswert sind neben den Machenschaften der kleinkarierten Munkler die Ereignisse auf der Insel Nurkobi, welche der Dala-Union zugesprochen wurde. Hier gründete man den befestigten Hafen Ambuli. Im Bergwerk, welches man in jenem Steinhaufen der Insel anlegte, welchen man im eigentlichen Sinne nicht Berg hätte nennen dürfen, entdeckten die wackeren Unionsmänner ein neues Metall, welches sie Tokrat nannten. Es handelte sich dabei um ein etwas weicheres Eisen, welches sich hervorragend zur Anfertigung von Schmuck und Kunstgegenständen eignete; und so wurde Nurkobi zu einer Stadt der Bergleute, Seefahrer und Künstler.
Über die dalesanische Nachbarsinsel Dys hingegen durfte ich leider nichts in Erfahrung bringen. Was immer dort auch vor sich ging, war so geheim, dass wir einen aufwendigen Bogen um Dys machen mussten, um nicht mal eine vage Ahnung von dem bekommen zu können, was dort vor sich ging (oder eben nicht). Gerüchten zufolge hatte es etwas mit dem Trinkwasser auf Dys zu tun.
Matje verstrickte mich abends in seine Exkurse um die mystischen Kulte der Munkler. Mitten in eine heftige Debatte um das mysteriöse Wirken einer heiligen Munklerin namens Sura, welche 4938 postuliert hatte, Mul sei mitten unter den Lebenden, erscheine allerdings nur unsichtbar, denn er dürfe die *perzeptive* Welt der Menschen auf keinen Fall verzerren, platzte eine Nachrichtenüberbringerin, die aufgebracht berichtete, auf der Hauptinsel Räi sei es zu heftigen Auseinandersetzungen zwischen den um

Landungstruppen verstärkten Expediteuren und den Einwohnern im Inland gekommen, welche aus ihrem komplizierten Höhlensystem aus einer Bergregion im Landesinneren heftigen Widerstand gegen die unerwünschten Eindringlinge leisteten, und ihre Waffen seien nicht wirklich primitiv. Natürlich wurde ich hinzugezogen, denn für solche ungewöhnlichen Situationen hatte meine Regierung kreative Leute wie mich eingezogen und gezwungen, an dieser Expedition mitzuwirken.

Obschon Và, das Widerstandsnest der Räianer, mit modernen Langstreckenkanonen und Multidynamitbomben heftig beschossen wurde, gelang es unseren Soldaten nicht, die mächtige Bergfestung einzunehmen. Nachdem auf ihren steilen Hängen das Blut von über zweihundertfünfzig gut ausgebildeten Dalesanern vergossen worden war, beendete man die Kämpfe vorerst, stellte aber in jeder Himmelsrichtung befestigte Wachtposten auf, um die Einheimischen, die gegen die Besetzung ihrer Insel Widerstand leisteten, an Überfällen zu hindern. Zudem wurde die Hafenstadt Räia massiv befestigt.

Während etwa ein Viertel der Flotte auf den ansonsten friedlichen, etwas kargen Steininseln zur Besiedlung zurückblieb, zog es die somit aus dreißig Schiffen bestehende Expedition und so auch unweigerlich mich, der gerne bei dem schönen Leuchtturm von Leuch & Haus geblieben wäre, weiter.

Ritupolis

Eines steht fest: Eine solche Route, wie wir ahnungslosen Entdecker gefahren sind, wird man so schnell nicht wieder auf sich nehmen. Abgesehen von den siegreichen, aber an unseren Kräften zehrenden Auseinandersetzungen mit den kriegerischen Gerbang und den niederträchtigen Obrak, deren weitere Eskalation nur mithilfe der ortskundigen Eisannas umgangen werden konnte, welche als die ersten kernländischen Kolonisatoren auf Schissland gelten, jedoch nie über die gewaltige Halbinsel von Obrak hinausgefahren sind, nahmen wir zu allem Überfluss auch noch Kontakt zu den Bewohnern der alptraumhaften Landschaft von Ritupolis auf, den Eisannas bekannt, aber bis dato bewusst von ihnen gemieden.

Diese blasphemische Gegend glich jenen unheilschwangeren Visionen, die ich auf dem Höhepunkt meiner chaosmagischen Experimente in Easan vor meinem inneren Auge zu erzeugen vermocht hatte, ja übertraf diese sogar.

Genauere geografische Darstellungen zur Lage von Ritupolis erspare ich mir. Die kleinen Städte dieses Missgebildes sind wie faulende Perlen an einem Strang entlang eines giftigen Flusses namens Schwertbruch aufgezogen, in dessen seltsamen Gewässern allerhand Lebewesen herumschwimmen, deren Namen ich an dieser Stelle besser nicht erwähne. Die Städte sind nicht befestigt. Die teils pflanzenartigen, teils schakalartigen Bewohner

sind unserem Zugriff über Schächte entkommen, die im Erdreich verschwinden. Diese Stadtgebilde ziehen sich bis weit ins Inland hinein und sind über gefährliche Wege mit einer befestigten Bergenklave im gewaltigsten Gebirge, das die Landwelt meiner Kenntnis nach jemals hervorgebracht hat, verbunden, so berichtete unser Expeditionstrupp Monate später, und von den einhundert Mann, die ursprünglich aufgebrochen waren, kehrten lediglich achtunddreißig lebend, teils schwer verwundet, teils geistig umnachtet, zurück. Der große Benelon hätte seine wahre Freude an diesem Szenario gehabt.
Glücklicherweise war ich, obwohl es zunächst ein großes Ärgernis war, von einem der Pflanzenmenschen mit einem Dorn gestochen worden, wodurch mich ein mit quälenden Schmerzen verbundenes Fieber befallen hatte, was mir eine Teilnahme an dieser Expedition ersparte, denn ursprünglich hatte ich ganz oben auf der Teilnehmerliste gestanden. Der Fall in den Abgrund des Wahnsinns, welcher bekanntermaßen sehr viele verschiedene Formen annehmen kann, ist mir somit erspart geblieben. Zumindest meiner Meinung nach.

Das Land, wo die Sonne nicht untergeht

Wir fanden in Ritupolis interessante Aufzeichnungen, die meines Wissens bis auf Weiteres unter Verschluss gehalten werden. Bevor diese Aufzeichnungen konfisziert wurden, bot sich mir die Gelegenheit, bei einer Konferenz in Erfahrung zu bringen, wie sie übersetzt und gedeutet werden können.
Wenn ich mich richtig entsinne, ging es um ein Land, welches einige der Einwohner von Ritupolis besucht hatten, wo die Sonne angeblich niemals vollständig untergeht. Was das für Folgen für die Betroffenen gehabt haben muss! Was bestimmt dort den Schlaf-wach-Rhythmus? Was macht man, wenn man sich nicht in die warme Umarmung garantierter, zuverlässig wiederkehrender Verdunkelung zurückziehen kann? Sucht man dann umso mehr dunkle Orte auf? Beschäftigt man sich dann überhaupt sehr viel mit Verdunkelung und Dunkelheit? Die zahlreichen Erfindungen zum Zweck der künstlichen Beleuchtung und selbst das beruhigende magische Ritual mit der Formel »Gute Nacht« (sind sich unbedarfte Menschen eigentlich bewusst, wie wichtig dieser uralte Schutzzauber für die Seele und die Integrität ihres elektromagnetischen Feldes sein kann?) fällt dann wohl weg. Andererseits: Werden Menschen jemals deprimiert, wenn die Sonne immerzu scheint?

Sarunek

Ein integrer Mann namens Sarunek war von Wahnsinn und fatalen Verletzungen wie durch ein Wunder frei geblieben. Auf seinen glaubhaften Berichten und Aufzeichnungen basiert alles, was wir über das garstige, weitläufige Inland von Ritupolis wissen, während die zurückgekehrten armen Irren wirre, aber auf beunruhigende Weise übereinstimmende Erzählungen von Mäulern, die Sterne schluckten, konfabuliert hatten. Die Verwundeten hatten sich mit Ausnahme von Berichten über religiöse Zeremonien, die sie beobachtet haben, beharrlich zu reden geweigert, beziehungsweise konnten in einigen Fällen überhaupt nicht mehr reden, warum, möchte ich lieber nicht mitteilen.

Tinerttremef

Die am Meer gebaute Stadt von Ritupolis, welche wir kurzfristig besetzten, nennen die Einwohner Tinerttremef. Hier fand Sarunek zum ersten Mal eine Fahne, die eine Art obskure Fratze zeigt, welche im Landesinneren noch auf unzähligen Plaketten, Statuen und Gewändern wiedererkannt, protokolliert und in manchen Fällen auch eingesammelt werden konnte. Es scheint sich dabei auch um eine Art heiligen Gegenstand zu handeln, den die Einwohner dieser Stadt anbeten. Des Weiteren entdeckte Sarunek in Tinerttremef Anzeichen einer konfusen Bürokratie, und wenn ich die entdeckten Unterlagen mit jenen vergleiche, die Sarunek weiter im Landesinneren auffand, dann muss es sich bei Ritupolis tatsächlich um ein modernes staatliches Gebilde handeln, und ich denke, es spricht Bände, dass Dalesa und die Dala-Union bis zum heutigen Tage weder diplomatische Beziehungen mit diesem Staat aufnehmen wollen, noch eine Kolonie irgendwo in der Nähe dieser Abscheulichkeit errichtet haben.

Die Götter

In Ritupolis werden auch Götter verehrt, und sie müssen wahrhaft mächtig sein, denn die religiösen Zeremonien, die unsere Augenzeugen geschildert haben, scheinen von minutiöser Vorsicht geprägt zu sein, und die angebeteten Reliquien werden sehr sorgfältig weggeschlossen und durch allerhand heimtückische Fallen gesichert, in denen einige unserer Expediteure ihr Leben gelassen haben.

Die Sklaven von Ritupolis

Aus dem benachbarten Land Fastnichtsmehr, zu dem ich später noch komme, wurden auch einige Wesen versklavt und zur Mitwirkung an verschiedenen Bauvorhaben den Fluss hinab verschifft oder auf riesigen Kutschen transportiert, die von Wesen gezogen werden, die Sarunek große Angst eingeflößt haben.

Kommunikation

Obwohl die Bewohner von Ritupolis die Expediteure nie offen angegriffen haben, war ihre Verteidigung ausgeklügelt, insbesondere ihre Fallenlabyrinthe waren gut vorbereitet. Mithilfe riesiger Spiegel, die wir in Tinerttremef entweder zerstört oder abmontiert und auf unsere Schiffe verladen haben, kommunizierten die Pflanzenwesen ständig mittels eines Systems aus ausgefeilten Lichtsignalen.

Mänischea
Etwas weiter im Inland entlang des Flusses Schwertbruch liegt die pechschwarze Stadt Mänischea. Entsetzt hat Sarunek von der Stille berichtet, die die Gebeine der Toten dort umgibt, die man offensichtlich nicht beerdigt. Sarunek hat Mänischea auch als Leichenstadt beschrieben, da aus Tinerttremef und auch aus den Tiefen des scheußlichen Inlands stapelweise Leichen nach Mänischea gebracht werden. Als Sarunek seine Aufzeichnungen mit vor Angst geweiteten Augen um diese Details ergänzte, fingen einige der dem Wahnsinn verfallenen Expediteure mit irren Blicken und unter seltsamen, ruckartigen Zuckungen zu lachen an. Den Anblick werde ich nie vergessen. Aus einem platzte plötzlich heraus, dass er sich an riesige Flammenwerfer erinnert, die in einer bestimmten Region von Manischäa alles Lebendige niederbrannten …

Ydarknasios
Weiter flussabwärts befindet sich Ydarknasios, wo die Bewohner merkwürdige Gewänder herstellen, die unerwartet ihre Form ändern. Hier leben abscheuliche Schakalwesen, welche den anderen übergeordnet zu sein scheinen und die als Einzige nicht die Flucht angetreten, sondern über heisere Heul- und Kläfflaute mit den Expediteuren zu kommunizieren versucht hätten. Da diese Kommunikationsversuche schon bald gescheitert waren, hätten sich die Schakale laut Sarunek unter feindseligen, durchdringenden Blicken – und allein solche Blicke vermögen gewöhnliche Menschen in den Wahnsinn zu treiben – in ihre gut gesicherten Häuser zurückgezogen.

Siridenir
Unsere furchtlosen Expediteure hatten sich trotz erster Ausfälle an Menschen und Material weiter ins unheimliche Landesinnere vorgewagt, immer am Flusse Schwertbruch entlang, dessen Ufern man unter keinen Umständen zu nahe kommen sollte. In Siridenir, der nächsten Stadt, die die mutigen Forscher entdeckt hatten, huldigten Flusswesen und andere Ritupolisbewohner gemeinsam einem Feuerkult, den Sarunek zwar beobachtet haben will, aber über dessen Details, vor allem über die Entfachung des Feuers, er sich, soweit mir bekannt ist, bis heute beharrlich zu sprechen weigert.

Zendak

Auf der Höhe der Flussbiegung an der verfluchten Stadt Zendak kann man das Urgebirge sehen, welches nach behelfsmäßigen Vermessungen und Schätzungen derjenigen Expediteure, die zu diesem Zeitpunkt noch bei klarem Verstand waren, das größte Gebirge der Landwelt sein soll.

In Zendak fanden unsere Expediteure zum ersten Mal Anlagen, in denen unsere Feinde auf unmenschliche Art und Weise große Mengen an Onyx verarbeiten. Später hat man im Gebirge einige Steinbrüche gefunden, wo Onyx gefördert wird, aber man war wohl weise genug, diese nicht näher zu erkunden.

Aus dem Onyx formen die Einwohner Zendaks kunstfertig verzierte Säulen für ihre Götter, welche sie auf sehr hohe Türme stellen, von wo aus sie vermutlich die Sterne beobachten. Diese Bauwerke sind laut Sarunek die einzigen Lichtblicke, wo sich so etwas wie eine anmutige Hochkultur aus dem Morast der ansonsten allgegenwärtig vorherrschenden Widerwärtigkeit erhebt. Die Säulen sind mit Reliefs verziert, die von unseren Zeichnern sorgfältig kopiert wurden, aber deren tieferer Sinn sich unseren Forschern bis zum heutigen Tage nicht erschlossen hat.

Die Zendaker formen Throne aus Onyx, und auf ihnen sind die furchtbaren Götter abgebildet, die die Bewohner von Ritupolis verehren.

Schippolipha

Die Stadt Schippolipha liegt an der Quelle des Schwertbruchs. In der Nähe befindet sich ein Plateau, wo aus dem Nichts Töne erklingen, wie sie manche Musiker auf verschiedenen Holzblas- und Saiteninstrumenten produzieren können. Hier wurden unsere Expediteure auch das erste Mal von nächtlichem Frost überrascht, wobei einige jämmerlich erfroren sind. In Schippolipha ist es infolge der mit den Erfrierungen einhergehenden Verzweiflung zu einem furchtbaren Massaker an den Hexen, Übeltätern und Mystikern gekommen, die diese karge Gegend bewohnen, wobei die überspannten Expediteure wahllos Einwohner niedergeschossen und ihnen die ekelhafte, halblebendige *Kleidung* abgenommen haben, um sich vor der enormen Kälte zu schützen. Die Kleidung bestand aus riesigen Amöben und Tentakelungeheuern, welche die Flussquelle bewohnen und die zwar zu Kleidung verarbeitet, aber niemals vollständig getötet werden können.

Die Bergenklave Mynnasteria

Ob die Bergenklave Mynnasteria wirklich existiert, lässt sich nicht mit letzter Gewissheit klären. Da aber Abbildungen und Altäre von Tinerttremef bis Schippolipha von übereinstimmenden Hinweisen durchzogen sind, kann man vermuten, dass Mynnasteria tatsächlich irgendwo im Urgebirge bedrohlich lauert.

Besonders aufschlussreich sind die Miniaturmodelle der stark befestigten Bergstadt, die in Zendak aus Onyx und Diorit hergestellt werden und sich häufig auf Estraden in Gebäuden oder an Wegesrändern finden.

Bewacht von uniformierten Steinwesen an den Brücken zu jedem der vier Stadttore, tun sich ringsum steinerne Abgründe und metertiefe Steinschluchten auf, in denen rätselhafte Ruinen komplett im Schatten liegen und zu denen kaum Licht durchzudringen scheint. Die Stadt selber wird als immerzu leuchtend dargestellt, und Sarunek berichtete, bei guter Sicht könne man die leuchtenden Türme von Mynnasteria sogar von Schippolipha aus sehen. Ich bin mir sicher, dass die späteren Ballonexpeditionen oder Drachenflüge unserer Nachfahren mehr Licht auf das Mysterium von Mynnasteria werfen werden.

Bildliche Darstellungen auf Deckengewölben und in Form von Fresken von abgefeimten Fallen fielen Sarunek besonders auf, aufgestellt, um ungebetene Eindringlinge im übel riechenden Mynnasteria unbarmherzig zu zerquetschen oder verbluten zu lassen. Überall in der Stadt scheinen rätselhafte Fässer zu lagern, deren Sinn nicht erkennbar ist. Sie könnten sowohl militärische als auch ernährungstechnische Funktionen haben.

Im Innersten der Stadt ist ein weiteres rätselhaftes Gebäude abgebildet: ein düster umrissenes, beinahe schiffsartiges Haus, was so hoch in den Bergen keinen Sinn zu machen scheint.

Es hat lange Diskussionen innerhalb der Expeditionstruppe gegeben, ob man einen Vorstoß zum Gipfelplateau hätte wagen sollen, auf dem die Bergenklave thront. Da aber zu diesem Zeitpunkt die Verluste schon zu hoch erschienen, entschieden sie sich klar dagegen.

Die Aufzeichnungen über Mynnasteria wirken auch bei nachträglicher Betrachtung seltsam kakofonisch und hektisch, was sicherlich damit zusammenhängt, dass selbst die gebildeten Wissenschaftler der Universität Arpus sich zum Zeitpunkt der Anfertigung mit profanen Überlebensfragen konfrontiert sahen. Nichtsdestotrotz haben sie inzwischen auf der Seeinsel zu Arpus dem Rat der sieben Weisen eine Petition zur näheren Erkundung Mynnasterias vorgelegt. Die Entscheidung des Rates bleibt abzuwarten.

Mitrén

Nachdem wir uns endlich vom alptraumhaften Ritupolis entfernt hatten, entdeckten wir unweit der Küste eine große unbewohnte Insel, die wir Mitrén tauften, nach dem Hauabauawort für Skorpion, denn es wimmelte dort nur von solchen, manche sogar größer als die gefürchteten Conucortras der Wälder Schwarzlands.

Transmontan erschlossen wir üppige Waldgebiete, und nachdem wir das Verhalten der Skorpione einzuschätzen gelernt hatten, kamen wir auf dieser Insel voller Nahrungsquellen zu Kräften. Sarunek der Integre wurde aufgrund seiner Verdienste zum Befehlshaber der Insel ernannt, wo er sich auch zur Ruhe gesetzt hat, soweit ich weiß. Leider verloren wir in einem dramatischen Seeunglück an einem monströsen Riff drei unserer Schiffe samt Besatzungen. Fortan nannten wir das Riff, welches viele eisannische Kilometer entlang der nordöstlichen Küstenlinie Mitréns verläuft, Teufelsschere.

Interessant waren auch die anthropoiden Steinskulpturen, die wir nahe der frisch gegründeten Hafenstadt Neu-Halbstadt fanden. Wer hatte sie errichtet? Wann? Wozu? Möglicherweise waren es die Beobachter, von denen wir sehr viele, wahrscheinlich mehrere Hundert, am Horizont über das Meer hinfortziehen sahen. Sie flogen ganz klar in einer konisch anmutenden Formation. In einen Krieg? Oder flohen sie? Wollten sie uns vor etwas warnen, gleich einem Omen? Fragen über Fragen taten sich in diesen bewegten Tagen auf. Die hinsichtlich ihres Erklärungshorizontes beschränkten Munkler erklärten natürlich, die Beobachter seien Himmelsboten, die Mul aus dem Äther schickte, um seine Schöpfung zu beobachten.

Liebe ist eine Chimäre

Ich warf meiner Kapitänin auch bei unserem Aufenthalt auf Mitrén weiterhin schmachtende Blicke zu, aber ich merkte recht schnell, dass ich für sie schlicht und einfach uninteressant geworden war, seit sie ihr Ziel erreicht hatte. Also soff ich Tag und Nacht, um sie zu vergessen, wodurch ich auch noch meinen lebhaften Diskussionspartner Matje verlor, der sich, völlig zu Recht angewidert von meinem Alkoholismus, von mir abwandte. Als letzten halbherzigen Versuch erstand ich für eine stolze Summe eine porphyrfarbene Halskette, doch dann sah ich meine Beli mit einem aufsehenerregenden Diadem. Durch dieses verlor ich sie leider endgültig an einen mitgereisten Schmuckhersteller aus Au, denn wie sie mir erzählte, hatte er ihr aus den Juwelen der Steininseln das »schönste Diadem« gebastelt, welches sie »jemals gesehen« hätte. Bitter. Also steckte ich die Kette traurig zurück in meinen Beutel und machte mir nicht einmal die Mühe, sie umzutauschen, sondern warf sie einfach resigniert ins Wasser.

Bis zum Aufbruch nach Fastnichtsmehr flüchtete ich mich in Kindheitsfantasien. Ich dachte mit Schrecken an den riesigen Meerespolypen zurück, den mein Vater mir stolz gezeigt hatte, als wir in Bana-Bana Urlaub gemacht hatten; ich dachte an meine sardonische Mutter, die mich schon als Kind daraufhin manipuliert hatte, eine Legatenlaufbahn einzuschlagen; und ich dachte an das große Staunen, als ich zum ersten Mal mit zwölf Jahren ein Buch über die Theorie der Zeitabschnitte gelesen hatte, die der große Gelehrte Posd von Halbstadt aufgestellt hatte.

Fastnichtsmehr

Ich weiß nicht, ob ich wirklich über das traurige Volk von Fastnichtsmehr schreiben darf, ohne ihm Eigenschaften zuzuschreiben, die ihm nicht gerecht werden. Seine kärgliche Küstenstadt Tarsi ist von den konsequent wiederholten Angriffen der Schergen von Ritupolis stark zerstört, und als ihre Bewohner uns kommen sahen, flüchteten sie jaulend ins Inland.

Tarsi ist von stinkenden Sümpfen umgeben, und die Bewohner, die wir schließlich einholten, sind ziemlich massiv. Als sie merkten, dass wir ihnen nichts Böses wollten, fassten sie allerdings überraschend schnell Vertrauen zu uns. Zur Abwehr feindlicher Angriffe waren sie dazu übergangen, Tarsi dem Anschein nach möglichst verkommen zu lassen, um es für Plünderungen unattraktiv zu machen. Ihre Wertsachen hatten sie weiter hinten im Inland versteckt. Die Bewohner Tarsis waren so kraftlos, dass sie als Sklaven nichts taugten. Sie starben jung und an unangenehmen Krankheiten, aber wenigstens wurden sie nur noch selten nach Ritupolis verschleppt.

Auch auf Fastnichtsmehr brachen wir zu einer Expedition auf, die dieses Mal allerdings von den friedlichen Munklern angeführt wurde. Die Sprache Fastnichtsmehrs ist leicht zu erlernen, und man geht sogar davon aus, dass sie eine gewisse Ähnlichkeit mit einigen Sprachen hat, die auf dem Blatt Inselland gesprochen werden …

Tarsi und die Verehrung von Träumen

Das Interessante an Tarsi ist, dass die Bewohner keine Götter verehren, sondern ihre Träume. Allein die Träume sind heilig, und bei religiösen Zusammenkünften erzählen sich Groß und Klein, Alt und Jung gegenseitig ihre Träume, wobei ich davon ausgehe, dass sie so einiges hinzudichten, während sie erzählen. Ähnlich wie bei den Xlaovanern ergeben sich zukünftige Entwicklungen aus den Deutungen von Träumen, und die von den Munklern verbreitete Idee, der große Gott Mul werde sich den Bewohnern der Hafenstadt Tarsi durch ihre Träume offenbaren, traf auf reges Interesse.

In den Träumen führten die Bewohner Tarsis ein zweites Leben in der Phantomwelt; alle Handlungen des Phantoms wirkten sich auf das Wacherleben des Menschen und

wiederum alle Handlungen des Menschen wirkten sich auf das Traumerleben des Phantoms aus. Die Phantomwelt ist somit eine Art verzerrte, multidimensionale Gegenwelt zur Landwelt. Munkler und Tarsibewohner diskutierten daher viel und ausgiebig miteinander, und die Tarsi luden uns, glücklich über unseren vorübergehenden Schutz, zu einem Traumfest ein, dessen genauen Verlauf ich leider nicht beschreiben darf.
Es entstand eine Freundschaft vor allem zwischen Mitrén und Tarsi, und seitdem patrouillieren die Schiffe von Mitrén regelmäßig in diesen Gewässern und haben viele Sklavenverschleppungsschiffe versenkt.

Freu
Ähnlich wie in Ritupolis sind auf Fastnichtsmehr alle Städte bis auf eine große Festung, genannt die Druidenfestung, an einem Fluss gebaut worden. Der Fluss heißt Freu, obwohl die Bewohner Fastnichtsmehrs nicht viel zu lachen haben. Auch wenn es etwas irrational anmutet, alle befestigten Wege führen zur Druidenfestung, die zwischen zwei Waldstrichen gefährlich nah an der Grenze zu Ritupolis errichtet wurde.

Druidenfestung
In den heiligen Waldstrichen schneiden die Druiden ihre Kräuter, ähnlich den Bilbis der Dalahalbinsel. Das Besondere ist nur, dass Fastnichtsmehr als Matriarchat organisiert ist, das heißt, die Frauen regieren das Land mit viel Liebe und Weisheit, doch mit einer im Vergleich zu kernländischen Truppen geringeren militärischen Streitmacht. Nur die Druidenfestung, wo alle schwangeren Frauen hinpilgern, um ihre Kinder zu gebären, ist stark befestigt, und zwar mit Wällen aus nicht brennbarem Holz.
Ich pilgerte mit den Munklern zu dieser Festung, und wir diskutierten eifrig über das Für und Wider ihres Monotheismus. Natürlich gefiel der Mutterkult mit seinen auf Lieblichkeit und Weichheit beruhenden Werten im Inneren der Druidenfestung den friedliebenden Munklern über alle Maßen, und sie fanden sich in den religiösen Prinzipien der Muttergottheit, nach denen das Ziel allen Lebens grenzenloses Glück sei, sofort wieder, was mir sehr auf die Nerven ging.

Die Göttin der Erde
Interessanterweise toleriert man in der Druidenfestung die Auffassung des göttlichen Träumens von Tarsi und umgekehrt in Tarsi die Auffassung von einer Muttergottheit. Tatsächlich gibt es, wie man herausfand, eine Unzahl verschiedener individueller Religionsformen und -praktiken, die symbiotisch miteinander verwoben sind.
Interessant fand ich die Vorstellung, dass die Göttin der Erde eines Tages ihren Schlund

auftäte, um die Schurken von Ritupolis zu verschlingen, denn sie seien die Einzigen, die samt ihren Nachfahren bis ins letzte Glied nicht mehr glücklich würden, da sie schon zu viel Unheil angerichtet hätten.
Fastnichtsmehr wurde natürlich ebenso intensiv erkundet wie Ritupolis, Mitrén und die Steininseln, doch ist es für dieses Büchlein über Philosophie und Chaosmagie, abgesehen von den bis hierhin geschilderten Sachverhalten, Impressionen und Ideen, nicht weiter von Belang.

Das gelobte Zweifelstromland

Wir machten noch so einiges durch (die Begegnung mit riesigen lebenden Meeressteinen, die auf einmal aus dem Wasser ragten und Schiffe zum Kentern brachten, zum Beispiel), und nach einer langen und anstrengenden Fahrt an der Küste des Festlandes von Schissland entlang, auf der alle Beteiligten ihre inneren und äußeren Grenzen unfreiwillig kennenlernten, erreichten wir mit fünfundzwanzig Schiffen im Sommer 5050 schließlich eine wunderschöne, wilde, romantische, abenteuerliche Gegend, die als Zweifelstromland bekannt ist.
Enttäuscht über die gescheiterten Avancen, die ich Beli gemacht hatte, verbrachte ich meine Tage, wenn ich nicht gerade an irgendeiner Arbeit beteiligt war, fastend und betend. Ich betete zu Pulsaron, dem Wassergott der Eisen, dass er mich sicher auf die Dalahalbinsel zurückbringen möge, denn ich verspürte zu diesem Zeitpunkt starkes Heimweh.

Die Landesfahne

Zweifelstromland hat eine für meine Begriffe wunderschöne Landesfahne, die viele Menschen ausnehmend hässlich finden. Zwei dunkelblaue Linien laufen diagonal über kreuz und teilen die Fahne somit in vier Bereiche auf: Der obere Teil ist rosa und steht für den Menschen und seine Vermehrung. Hierauf prangt, ganz wie auf der dalesanischen Landesfahne, die berühmte schwarze Burg des großen Sees bei Arpus. Der untere Teil ist gelblich und steht für die wunderbaren Sandstrände, die manche Küstenabschnitte zieren. Umgeben von dem hellen Grün des saftigen Weidelandes, grasen (nicht auf der Fahne abgebildet) allerhand merkwürdige, wohlschmeckende Tiere; der rechte Teil der Fahne besteht aus einem dunkelgrünen Kreis auf weißem Hintergrund, der die Riesendschungelverbände andeutet, die so charakteristisch für das Landesinnere des Zweifelstromlandes sind. Schließlich prangt links eine orangefarbene Krone auf einem türkisfarbenen Hintergrund, was ein Tribut an die Zauberkünstler Halbstadts ist. Übrigens gab es eine Wette zwischen mir und dem Schiffskoch: Ich war überzeugt davon, auf unserer Expeditionsroute keine Niederlassung der Novedanischen Union zu entdecken. Ich sollte die Wette gewinnen.

Einige Anmerkungen zum Zweifelstromland

Das Zweifelstromland erstreckt sich zwischen zwei großen Flüssen namens Zweif und Weifel, die provisorisch als Grenzflüsse dienen, wobei spätere Gebietserweiterungen nicht ausgeschlossen werden können. Es gibt auch keine Menschenreiche (oder Länder anderer Wesen), gegen die es sich abzugrenzen gilt – »Im Zweifelstromland atmet man den Duft der Freiheit!«, war unter den Entdeckern ein geflügeltes Wort.

An der Küste gibt es kleine, aber stark befestigte Städte, deren Namen ich an dieser Stelle nicht pedantisch aufzählen werde. Die Ströme haben ihren Ursprung in einer riesigen Gebirgsformation im Landesinneren, von der die Geologen annehmen, sie gehöre zum Urgebirge Schisslands. Zum Urgebirge führt eine mittlerweile gut befestigte Straße, denn dort gibt es ein riesiges Bergwerk, in dem allerhand an Kuriositäten zutage gefördert wird. Entlang dieser Straße erstrecken sich winzige Siedlungen und Dörfer, welche sich aus Versorgungsstationen heraus entwickelt haben. Die Dörfer in unmittelbarer Nähe des Bergwerks sind stark befestigt.

Viel interessanter jedoch ist das, was wir östlich von Zweifelstromland entdeckten. Hierhin führte uns eine allerletzte Mininebenexpedition mit nur einem einzigen Schiff, da niemand wirklich aus dem üppigen Zweifelstromland fort- oder weiterziehen wollte. In meinem galligen Liebeskummer und innerlich gewandelt durch die gnadenlose, umfassende Askese, die ich mir auferlegt hatte, vielleicht um zu büßen, war ich zu allem bereit. Das Schiff brach im Morgengrauen auf, und die Mannschaft schien mir schon nach wenigen Stunden auf See übermüdet, denn sie machte viele nachlässige Fehler. Egal. Mir gingen sowieso alle aus dem Weg, denn ich war abgemagert und schweigsam und galt mithin als Sonderling, nicht das erste Mal in meinem Leben.

Tinteninsel

Das wirklich Bemerkenswerte war, dass wir unser Ziel bereits erreichten, bevor wir überhaupt mit dessen Verfolgung richtig angefangen hatten. Ein halber Tag der Seereise brachte uns zu einer völlig unmöglichen, faszinierenden Insel. Sie präsentierte sich uns als relativ klein, länglich und gänzlich unbesiedelbar, denn auf ihr existiert nichts als erkaltetes, unbrauchbares Vulkangestein. Das Faszinierende daran ist auch nicht, dass wir ganz nebenbei die zweite historische Entdeckung machten, dass sich östlich an das Blatt Schissland das Blatt Inselland anschließt und somit ein weiterer unwiderlegbarer Beweis für die runde Beschaffenheit dieses unseres Planeten erbracht wurde. Es bleibt mir ein absolutes Rätsel, warum die Donier, wie auch ihre Nachfahren aus Noveda, niemals westwärts gesegelt sind! Hätten sie sich für diese Option entschieden, sähe unsere gesamte Landwelt-Geschichtsschreibung vollkommen anders aus! So aber hat es sie nach Norden gezogen, wo sie

Noveda gründeten, und somit wehen auf dem Blatt Schissland bizarrerweise die Fahnen Kernlands – noch.

Das Geheimnis der dunkelblauen Tinte

Auf der Insel befindet sich ein riesiger See, und sein Wasser ist von einer Art, wie es nirgendwo sonst bekannt ist. Es reflektiert nicht, und was man hineinwirft, verschwindet spurlos. Steckt man seine Hand hinein, fühlt die Hand nicht Wasser, sondern … schneidend kalte Luft! Steckt man gar seinen Kopf hinein, sich immer noch zur Sicherheit am Vulkangestein festhaltend, so schaut der Kopf in eine völlig anders geartete, eisig kalte Welt hinaus.

Jawohl, dieser See, der exakt aussieht wie die dunkelblaue Tinte, mit der ich ebendiese Worte hier und jetzt niederschreibe, ist ein Portal zu einer anderen Welt, vielleicht zu einem anderen Planeten, vielleicht zu einer anderen Dimension, die unwahrscheinlich kalt ist, weswegen sich bisher niemand lange dort aufhalten konnte. Auch müsste man eine beträchtliche Weile schwimmen, um auf der anderen Seite ans eisige, ringsum von hohen Eisbergen eingeschlossene Festland zu gelangen. Bisher war, soweit mir bekannt ist, noch niemand in der Absicht näherer Erkundung auf der *anderen Seite*, und ich wurde wegen meiner Ausführungen schon verschiedenerorts von sehr klugen wie auch sehr dummen Leuten ausgelacht und dem blankesten Hohn wie dem widerwärtigsten Spott ausgesetzt, aber seid versichert, es sind weitere Expeditionen geplant, und eines Tages, wenn man in dieser anderen Welt Fuß gefasst hat, und das muss ja so kommen, denn der Mensch ist bekanntlich nicht aufzuhalten in seiner unfassbaren Neugierde, wird man anders über mich denken.

Die Expedition Schisslands fand damit ein Ende. Ich machte mich danach auf meine letzte Reise und kehrte im Herbst 5050 zurück nach Halbstadt, denn ich hatte vom Reisen endgültig genug. Dort begann ich dieses Buch zu schreiben, welches von der Philosophie und Magie des Chaos kündet, um danach selber ins Chaos zu verschwinden. Doch zuvor möchte ich erklären, warum.

Sektion VII: Einige Theorien zur Genese der Landwelt

Die Reise zwischen Logik und Chaos
Nach meiner Rückkehr von der Expedition trug ich meine unterwegs gesammelten Ideen und Erkenntnisse zusammen. Ihre Logik fußt auf aufeinander aufbauenden Gedanken, doch die Struktur ihrer Darstellung ist chaotisch.

Was uns alle verbindet
Am Ende schauen wir alle in die Finsternis desselben Grabes.

Die besten Ideen
Unsere besten Ideen werden aus schier unerträglicher Müdigkeit geboren.

Kosmisch
Irgendwann werden wir den großen Kosmos des Alls ebenso erkunden wie den großen Kosmos unserer Landweltmeere; und irgendwann werden wir den großen Kosmos des Seins ebenso erkunden wie den großen Kosmos des Alls.

Auftrieb
Es gibt keine bessere Motivation zum Aufbruch zu einem Abenteuer als die tiefgreifende Überzeugung, nicht gut genug für dieses Leben, für diese Welt, für dieses Dasein zu sein.

Bösartigkeit
Man tue gut daran, sich nicht mit der Bösartigkeit anderer Menschen zu identifizieren!

Mehr sehen
Hätte der Mensch vier Augen anstatt derer zwei, wie viel mehr würde er wahrnehmen! Er würde sich über seine Mitmenschen erheben wie ein Halbgott!

Sinnlos
In der Erklärung aller Dinge zur absoluten Sinnlosigkeit liegt der Wunsch nach größter Bequemlichkeit verborgen. Es kommt darin aber auch eine tief empfundene Enttäuschung zum Ausdruck.

Der Fluch des immens Talentierten
Je talentierter du bist, desto mehr negative Reaktionen deiner Umwelt wirst du auf dich

ziehen. Allerorten wird es zwangsläufig zu Anflügen von Neid oder (im Glücksfall vorübergehenden) Missverständnissen kommen. Oder Häme: »Du warst so talentiert, und was hast du daraus nur gemacht … «

Der geheime Plan zur Aufteilung Lanevaels
So etwas existiert nicht. Es ist eine Erfindung von Scharlatanen, Neppern, schlicht und einfach machthungrigen Schmarotzern mit viel Fantasie, welche sich durch ihre Gefolgschaft finanzieren lassen. Sie erfinden immer weitere paranoide Lügengeschichten, und das Gefolge bezahlt, oder vielmehr spendet. Sie haben das unverzeihliche Verbrechen begangen, die heilsame Kraft der Imagination für ihre Lügen zu missbrauchen.
Die Wahrheit ist, dass die mächtigsten Menschen in den höchsten Ämtern zwar bestimmte Pläne erstellen und versuchen, diese auszuführen, doch werden sie trotz vorübergehender Machtübernahme durch lauter unberechenbare Zufälle von alleine zersetzt. Das Chaos verhindert die Festigung der Macht über lange Zeiträume.

Die Lehren der Tinteninsel und anderer Portale
Offensichtlich ist es durch einen wissenschaftlich nicht einmal ansatzweise erforschten Mechanismus möglich, die Zeit, die es normalerweise bräuchte, einen typischen dreidimensionalen Raum zu durchqueren, auszuschalten, ohne etwas an diesem Raum zu verändern. Wie ist das möglich? Wo bleiben unsere großen Forscher?
Wie in einem Buch, wo man beim Lesen desselben zwischen den Seiten nach Belieben hin- und herspringen kann, ohne die Seiten permanent verändern zu müssen, kann man zwischen den Orten der Landwelt hin- und herspringen, ohne viel Zeit verlieren zu müssen, wenn man nur weiß, wie.

… und Sie schimpfen auf das Chaos?!
Ohne das Chaos wären wir alle längst erstarrt! Nur das Chaos vermag die gnadenlose Statik des Universums aufzubrechen! Nur das Chaos vermag als schönste und mächtigste Variable ständig weitere Variationen ein und desselben Themas und *dadurch* überhaupt so etwas wie neue Strukturen hervorzubringen (welche nach einiger Zeit durch das Chaos natürlich wieder aufgelöst werden).

Der Zufall als potenzieller Freund
Wenn ich einmal nicht mehr weiterweiß, vertraue ich dem Zufall. Er lässt mich nur selten im Stich.

Grenze zum ewigen Eis
In den Grenzgebirgen Goldlands liegt die schroffe Bergarbeiterstadt Farnord. Sie gilt als Tor zum wilden, weitestgehend unerforschten äußersten Norden der Landwelt, den die Goldländer Farnord nennen. Somit nimmt jede ernsthafte Expedition eines Kernländers ihren Beginn in den Gebirgen von Bäschutu.
Da es auf der anderen Seite des geheimnisvollen Tintensees auf der Tinteninsel so unbeschreiblich kalt war (merkwürdig … obwohl das Wasser nicht gefroren war …), lautet meine Hypothese, dass irgendwo in Farnord die andere Seite des Tintensees liegt, was spätere Expeditionen noch zu beweisen hätten. Ich habe soeben einen Mythos kreiert!

Unvorstellbar
Wenn mir ein militärischer Verband Angst macht, dann ist es der Eisannische Bund. Vor allem seine Werte (Loyalität, Gründlichkeit, Konstanz, Präsenz) haben etwas erbarmungslos Imperiales. Stehen die Zeichen schlecht, so endet unsere Welt dereinst in einem Krieg, dessen Ausmaße sich niemand vorstellen kann, einem Krieg zwischen dem Eisannischen Bund und der Novedanischen Union. Nur wenn der Eisannische Bund zerschlagen werden kann, werden die Völker Lanevaels in Frieden leben.

Von der sinnlosen Abhängigkeit
Ich beobachte mit Sorge, dass immer mehr junge Menschen auf der Dalahalbinsel dem Pjort verfallen. Er dämpft die Sinne und macht einen stumpf und gewalttätig. Sinnlos schlagen sich die an Pjort berauschten Unholde und geben so den ekstatischen Massenerlebnissen, die für sich genommen schon eine Rauschfunktion beinhalten (bestenfalls jedenfalls), einen traurigen Beigeschmack. Seelen – so schwarz wie das Bier, das sie trinken …

Quonians Visionen
Ich kenne niemanden, der die Idee eines novedanischen Weltreiches derart verkörperte wie der unglücklich gescheiterte Quonian. Er sah in Solan die Schlüsselstelle, das Verbindungsstück, das fehlende Puzzleteil zwischen Norden und Süden, Westen und Osten. Hätte er Erfolg gehabt, ist anzunehmen, dass die Novedaner schon viel früher die Welt umrundet hätten. Da aber die Völker des Blattes Solan die Novedaner feindselig

empfingen, konnten (und wollten …) diese auf den Südblättern nie in dem Maße Fuß fassen wie die Völker Kernlands, wie die Seledaner, Dalesaner, Eisannas und deren neosannische Vorfahren, sogar Zackländer, sogar Fingerländer! Ironischerweise war es Quonians Sohn Navolis, der dazu beitrug, dass die Neosannas ihre Macht im Süden festigen konnten, somit den Einflussbereich des Eisannischen Bundes erweiterten – und nicht den der Novedanischen Union!

Der schlafende Hund

Unbemerkt von der Landwelt (seltsam! seltsam?) vollzieht sich vor ihren geschlossenen Augen ein großes Experiment, welches nun schon ein paar Hundert Jahre andauert. Hier mischt sich munter die Elite der technischen Hochschulen Eisannas mit der Zaubererkaste des Reiches der Xlaover.

Als wäre dies nicht genug, sind nach Angaben der Ypsaleibehörden kurz vor der Gründung des Staates seltsame kleine Raumfahrer dort gelandet. Kleine Humanoide mit blauen Gesichtern und Rüsseln, mit denen sie am Boden schnüffelten wie Hunde und kleine Proben der Erde in durchsichtige Tüten packten, die aus einem Stoff bestehen, den die Eisannas Plastik nennen. Einige ließen sie zurück. Diese Tüten kann in Ypsalei jeder nach höflicher Nachfrage betrachten, und der Plastikstoff scheint nicht zu altern, bekommt aber mit der Zeit Löcher.

Sollte uns das nicht zu denken geben? Was wird uns möglicherweise vorenthalten?

Eikes Fluch

Der zornige Universalkrieger soll angeblich einen schrecklichen Fluch hinterlassen haben. Sein düsteres Gemüt war zwar in der Lage, ein unterjochtes Volk zu befreien (vielleicht auch eine ganze Region zu befrieden), doch er selbst war zu keinem Zeitpunkt wirklich frei. Allein der Zorn darüber, seinen Vater nie kennengelernt zu haben, hat ihn zu einem rastlosen, jähzornigen Menschen gemacht, der sich einbildete, ein Gott zu sein. Soweit wir zeitgenössischen Quellen Glauben schenken können, hatte er für seine arme Mutter nichts als Verachtung übrig. Seine Qualen waren gewissermaßen hausgemacht: Er konnte nie verzeihen. Seinem Vater nicht, dessen mächtiger Schatten ihn überragte und der doch zeitlebens ein Mysterium für ihn bleiben sollte; und seiner Mutter nicht, die sich verschiedenen Männern hingab, während er im stillen Kämmerlein im Schatten seines dunklen Gemütes brütete.

Was wir über Eike wissen, verdanken wir der Amtsärztin Hulileika, welche genaue Aufzeichnungen über seinen Geisteszustand verfasst hat, die allerdings nur unter der Hand weitergegeben werden durften.

Eikes unausgesprochener Fluch beruht darin, junge Männer durch sein Vorbild zu Heldentaten anzuregen, welche unweigerlich im Verderben enden müssen. Dem Kult um seine Person ist das nur förderlich.

Das Gutachten

Ich gebe offen zu, dass ich ein durch und durch bibliophiler Mensch bin. Nach meiner Rückkehr von der großen Schisslandunternehmung, über deren Geschehnisse ich noch sehr viel ausführlicher hätte berichten können, wäre ich nicht so faul, investierte ich das viele Geld, mit dem ich für meine (unfreiwillige!) Teilnahme entlohnt worden war, in die Anlage einer Privatbibliothek.

Eine meiner Errungenschaften ist das mit einem Siegel versehene Originalgutachten über den geistigen Zustand Eikes der Ärztin Hulileika, unter ihren Kolleginnen als Huli bekannt, in dem davon die Rede ist, dass es sich bei Eike um eine »tickende Zeitbombe« handele und seine »geistige Fähigkeit, die es erfordert, äußerst komplizierte militärische Operationen durchzuführen, stark in Zweifel gezogen werden muss«.

Andererseits gilt Eike in der Geschichtsschreibung als einer der talentiertesten Admiräle und Militärstrategen aller Zeiten. Was aber brachte ihm diesen Ruf ein? Dr. Hulileika schreibt von einem »brennenden, maßlosen Ehrgeiz« und »völliger, als pathologisch zu betrachtender Gewissenlosigkeit« und »dem Fehlen jeglichen Respekts für zwischenmenschliches Miteinander«.

Es fällt auf, dass die Ärztin in Rage war, als sie ihr Gutachten schrieb. Vergleicht man dieses Gutachten mit weiteren, die über weitaus schlichtere Patienten verfasst worden sind, hat sie ihren nüchternen, wissenschaftlichen Stil, der ansonsten in sämtlichen Gutachten waltet, völlig über Bord geworfen. Dabei ist zu bedenken, dass sie dies alles über den wahrscheinlich mächtigsten Mann der uns bekannten südlichen Hemisphäre geschrieben hat.

Eikes Ehrgeiz

1) Was aber machte diesen Mann so kolossal ehrgeizig?
2) Was wissen wir überhaupt über ihn?
3) Und kann man aus seinem Verhalten allgemeine philosophische Grundsätze ableiten?

1) Meine Vermutung ist, dass Eike sich mit seinem rücksichtslosen Ehrgeiz aus dem Schatten eines Geistes lösen wollte. Sein Vater Benelon muss ihm als solcher erschienen sein: allgegenwärtig und doch stofflich nicht zu fassen. Sein Motiv könnte also dessen Überwindung gewesen sein.

Eine zweite, intransparente Hypothese liegt darin verborgen, ihn vielleicht sogar *finden* zu wollen! Bis heute stellen Esoteriker aller Länder Hypothesen auf, dass Benelon noch lebe und dass er eigentlich die Verkörperung Muls sei. Hätte Eike ihn gefunden, hätte er nicht nur allerhand Fragen stellen, sondern auch endlich aus seinem übermächtigen langen Schatten heraustreten können! Aber nein …

2) Man weiß, dass Eike eine militärische Einstellung verkörperte, und zwar »professionell, bis in die letzte Pore« (Dr. Hulileika). Selbst bei den Mondfesten stellte er sich immer dorthin, wo er das Gelände strategisch überblicken konnte. Sein Wille galt als eisern, und vergessen wir nicht, dass der eiserne Wille tief in der eisannischen Kultur und all ihrer Ableger in der Landwelt ein zentrales Motiv ist, ein nahezu unumstößlicher kultureller Grundsatz. Das mitteldalanische Volk der Eisen, neben den Asonnas der Vorgänger nicht nur der Dalesaner, sondern auch der Eisannas, verehrte keine Götter, sondern ein Ideal, und dies war der *eiserne Wille*. Es ist also nicht verwunderlich, dass Eike, der nicht nur sämtliche Prüfungen in Windeseile ablegte, sondern auch als »ausnehmend gut aussehend« (Dr. Hulileika) und »mit einer maskulinen Stimme, dichtem Haar und stechenden braunen Augen« (Dr. Hulileika) gesegnet war, kurzum also eine Präsenz und Ausstrahlung gehabt haben muss, die nicht nur dazu beigetragen haben wird, dass man ihm automatisch positive Eigenschaften zugeschrieben hat, sondern eben durch seine geistige Verkörperung alter eisannischer Tradition er im Militär konstant in seinen Verhaltensweisen bestärkt worden sein wird, dass also letzten Endes ebendieser Eike, geschuldet verschiedenen Faktoren, einen gewaltigen Schuss gehabt haben muss. Was für ein furchtbarer Satz!
Andererseits wird er auch als »kindisch« und »jähzornig« von Dr. Hulileika beschrieben, und ich schätze, ebendieses unbändige Kind in ihm hat für die enorme Energie gesorgt, mit der er handelte.
»Der Patient ist dem klinisch als Wahn zu bezeichnenden Irrsinn verfallen, er habe göttliche Fähigkeiten. Ich gebe zu bedenken, was für Folgen es haben könnte, bliebe er in seinem derzeitigen Amt«, hatte die Ärztin die Landwelt gewarnt, doch es war Dr. Hulileika, die mundtot gemacht und diskreditiert wurde, nicht der Volksheld Eike.

3) Ein Mensch, der enorm viel Zeit und Energie in sein Machterleben investiert und darüber schließlich wahnsinnig wird, kann eine Schneise der Zerstörung nach sich ziehen, überall dort, wo er hinkommt, Umwälzungen einleiten und somit Altes zerstören (Tod und Tragik) und Platz für Neues ermöglichen (Chance und Zukunft). Eike war gewiss ein ebenso außergewöhnlich fähiger wie unfähiger Mann und sucht innerhalb Lanevaels

bis heute seinesgleichen. Allein der Umstand, dass Statuen von ihm auf jedem bekannten Blatt positioniert worden sind, spricht für den Legendenstatus jenes Mannes, der sich zeitlebens für nicht weniger als einen Gott hielt …

Die Suche nach dem Lebenswasser

Es ist ferner anzunehmen, dass Eike selber esoterische Ansichten hegte. So suchte er das Lebenswasser, welches auf eine uralte Sage der Indianer, der Kinder der Sterne, zurückgeht.

Hoch oben im kühlen Norden Krugs gibt es viele Indianer. Diese zeichnen sich durch zwei Besonderheiten aus: Sie sind friedlich, was selten, aber nicht ungewöhnlich ist, wenn man an die religiöse Gemeinschaft der Munkler oder das friedliche Königreich von Papo-Pipu denkt. Ferner haben sie eine sehr lange Lebensdauer, was schon ein ganzes Stück ungewöhnlicher ist.

Diese Indianer glauben, dass Menschen und Pferde auf Sternenschiffen auf die Landwelt gekommen sind, auf der die anderen Wesen in all ihrer Vielfalt bereits existiert hätten. Dies ist eine fragwürdige bis blödsinnige und vielleicht auch ein klein wenig romantische Entstehungsmythologie, aber wenigstens tut sie niemandem weh, und die Imalas verlangen auch nicht, dass man nach irgendwelchen daraus abgeleiteten Gesetzen oder Geboten lebt, und somit bin ich damit einverstanden.

Leider beinhaltet ihre Vorstellung auch, dass die Menschen auf den Sternenschiffen ein niemals versiegendes Wasser mit sich gebracht hätten, und dieses Wasser lasse denjenigen, der in einem Zug einen ganzen Beutel dieser Substanz leere, so lange leben, dass er einen Baum pflanzen und anschließend dessen Wachstum verfolgen könne, bis er zu den Wolken im Himmel aufgeschlossen habe.

Eike hatte Dr. Hulileika berichtet, er wolle »das Lebenswasser finden und davon trinken, um noch göttlicher« zu werden. Soweit ich weiß, hat er es nicht gefunden, und ich kann mir auch nicht vorstellen, dass es jemals von irgendwem gefunden werden wird, da ich nicht an seine Existenz glaube.

Der streikende Eike

Eike wird nicht nur als genial, gut aussehend, charismatisch und wahnsinnig beschrieben, sondern auch als unglaublich stur. So soll er seinen Lehrern als Schüler die Erledigung von Hausaufgaben konsequent verweigert haben, wenn er in ihnen keinen Sinn sah. Seine Abschlusszeugnisse waren derartig mittelmäßig, dass er ohne auf eisernem Willen aufgebauten guten Beziehungen niemals auf der Militärakademie von Easan akzeptiert worden wäre. So sei er immer verfahren: »Entweder du bist mit mir oder gegen mich; bist du mit mir, dann ordne dich meinen Plänen unter, bist du gegen mich, mach, dass du fortkommst, sonst … «

Die mysteriöse Lola

Nun haben verschiedene Menschen aber auch berichtet, er habe sich um etwa 5200 unsterblich in eine junge Frau namens Lola verliebt. Sie gehörte einer Art Geheimorganisation an, über die ich mich an dieser Stelle nicht auslassen möchte. Lola war eine Gelehrte, die sich mit außerordentlicher intellektueller Tiefe mit der Erforschung des Göttlichen befasste, also all ihre Talente verschwendet hat, wenn man so will.

Ich denke, der Umstand, dass sie sich außerordentlich gut mit Eikes Vater Benelon auskannte, hat dazu beigetragen, dass er sich einbildete, sie zu lieben – denn kann ein solcher Machtmensch überhaupt jemanden wirklich lieben? Da er sich aber selber als Gott sah, dachte er wohl, diese und nur diese Frau könne ihn wirklich verstehen, und so zeigte er ihr eine sehr seltsame Form von umschmeichelnder Zuneigung, die sie erwidert oder angewidert haben mag, darüber ist leider nicht viel bekannt. Es ist möglich, dass sie ihn benutzt hat, ihr Heimatland zu befreien, es kann aber auch sein, dass sie ihn tatsächlich geliebt hat. Auf jeden Fall kann man mit Gewissheit sagen, dass die beiden ein ungewöhnliches Paar bildeten …

Ein schildernswertes Ereignis an einem papletanischen Aquädukt

Ich möchte über ein Ereignis berichten, welches mir ein befreundeter Aquädukthalter aus Papleta in einem Brief geschildert hat, dessen Inhalt er mir freundlicherweise zu veröffentlichen erlaubt hat.

Letzten Sommer stand er an seinem Fenster und genoss das herrliche Sonnenlicht, welches er auf seiner Haut spüren konnte und welches ihn, wie er mir schrieb, immer in eine Stimmung der »leichten Heiterkeit« versetze. Ich weiß nicht genau, was er damit meint, aber so weit, so gut. Plötzlich tauchte zwischen den Olivenbäumen am Aquädukt eine Figur auf, die völlig in Schwarz gehüllt war. Sie schwebte über dem Boden, immer im Zickzack, hin und her. »Ein Omøn!«, schrie mein Brieffreund und floh ins Innere seines Hauses, wo er alle Türen und Fenster verbarrikadierte. Er scharte seine Familie um sich und harrte die ganze Nacht mit einem Knüppel und einem Dolch bewaffnet an der Eingangstür aus. Nichts passierte. Als er am nächsten Morgen durch das Fenster im Obergeschoss lugte, sah er, wie die gesichtslose Gestalt nach oben auseinandergezogen wurde, sich immer mehr auflöste und schließlich komplett dematerialisierte.

Die Xlaovaner und ihre angeblichen Zauberkünste

Es gibt kaum etwas, das mich mehr aufregt als die täglichen Berichte über neue Zaubereien aus dem Reich der Xlaover. Bitte, ich habe nichts dagegen einzuwenden, dass die Xlaovaner ein Volk mit einer weit entwickelten Kultur und ausnehmend zivilisierten Umgangsformen gegenüber anderen Kulturen darstellen, die von Weisheit und einem sinnvollen Verständnis von Respekt zeugen.

Nur ist es kein Zauber, den sie betreiben, sondern die wissenschaftliche Umsetzung besonders weit entwickelten philosophisch-technischen Denkens, das sie wie Magier und dergleichen erscheinen lässt. Hätten wir nicht auch die Kristallenergie für magisch gehalten, wenn sie uns in leicht mystifizierter oder doch zumindest verfremdeter Form dargeboten worden wäre?

Die Omøn und ihre angeblich schwarzmagischen Künste

Im Prinzip gilt hierbei das Gleiche wie für die Xlaovaner. Aber: Die Omøn sind ein gutes Beispiel dafür, dass das Erreichen der höchsten nur vorstellbaren Macht unweigerlich in der völligen Entmachtung enden wird. Soweit mir bekannt, haben diese merkwürdigen, wohl ehemals menschlichen Wesen tatsächlich eine bisher noch nicht wissenschaftlich erklärbare Methode gefunden (aber natürlich wird daran gearbeitet), ihren Körper mit ihrem Geist zu verlassen, was wohl dazu geführt hat, dass sie zu keinerlei irdischem, also stofflichem, Leben mehr in der Lage sind; anders ausgedrückt: Hat man die Unsterblichkeit (also das nicht stoffliche Sein) erreicht, wünscht man sich nichts mehr, als das stoffliche, also sterbliche, Leben wiederzuerlangen; und abermals umformuliert: Der Tod ist ein Segen, kein Fluch (und merkwürdigerweise verwechseln die Menschen diesen Umstand in jeder Generation aufs Neue und behaupten vollmündig, der Tod sei ein Fluch und die Befreiung davon ein Segen).

Der Kult des Lebens

Wenn man schon einen Kult verehren zu müssen glaubt, scheint mir derjenige, den die Menschen verehren, die am Großen Wall auf der Dalahalbinsel leben, erwähnenswert zu sein.

Dieser nur Eingeweihten überhaupt bekannte Kult verehrt das Leben, und nichts als das Leben. Mit dem Tod beschäftigen sich die Dalaner nicht, denn damit leben sie täglich, und ihre nüchterne Bilanz nach Tausenden von Jahren Bergingerkriegen ist: Der Tod ist lediglich das Gegenteil vom Leben und verdient somit keine weitere Beachtung. Alles aber, was mit dem Leben zu tun hat, selbst Krankheiten und Schmerzen, wird gelobt und verehrt. So tun sie in ihren kultischen Zusammenkünften nichts anderes als zu atmen. Sie machen

es sich irgendwo im Raum bequem, schließen die Augen und atmen ein und atmen aus, so lange wie sie möchten. Will einer den Raum verlassen, tut er dies rücksichtsvoll und leise; und ansonsten pflegen die Wallis, wie sie sich selber liebevoll nennen, ein Sammelsurium an Aktivitäten und scheren sich um nichts, außer darum, die Berginger, die regelmäßig in einer Spannbreite von Einzelkriegern bis zu mehreren Millionen Kriegern versuchen, die Dalahalbinsel zu erobern, daran zu hindern, ebendies zu tun.
Es gibt dort sogar einen Fußballclub namens Grenzteam Bergwall, und obwohl dieser Club nie besonders erfolgreich war, zelebrieren die Wallis bei den Heimspielen (zu Auswärtsspielen reist niemand, schließlich hat man gegen Berginger zu kämpfen) ihren Kult des Lebens am ekstatischsten, und so kommt es, dass wenn ein Tor für das Grenzteam Bergwall fällt, was selten geschieht, oder wenn ein Spiel gewonnen wird, was noch seltener geschieht, man nicht wie in anderen Stadien ein lautes Jubeln und Grölen und Singen hört, sondern konzentriertes, kollektiv-rhythmisches Ein- und Ausatmen.

Vom merkwürdigen Treibgut des Rükkenlandstromes

Man fischte gelegentlich aus dem Strom, an dessen Verlauf entlang sich das Schicksal Neosannas entschied, einige wirklich merkwürdige Gegenstände.
In einigen davon war ein geheimnisvolles Zeichen eingeritzt, welches sich überall im Blatte Schwarzland wieder und wieder fand und welchem auch Benelon auf seiner Expedition des Öfteren begegnet sein muss.
Es handelt sich dabei um einen Kreis, von dem aus in vier Himmelsrichtungen gerade Striche hinausführen, wobei die Striche den Kreis nicht berühren. Es muss sich um ein Artefakt einer entweder untergegangenen oder derzeit noch verborgenen Kultur handeln. Man fand dieses Symbol bei uralten verlassenen Sternenwarten, und die beiliegenden Keilzeichnungen ließen auf erstaunliches astronomisches Wissen schließen. Einige Bebuls trugen es als Gravuren auf ihren Hörnern, doch wer hatte diese Gravuren eingebrannt? Ich habe das Gefühl, dass die Neosannas von einem unbekannten Übel weit, weit südlich still und heimlich belauert werden, ohne dass sie sich dessen bewusst sind. Doch was werden sie tun, wenn unbekannte Mächte sie bedrohen? Wer steht ihnen dann zur Seite? Vielleicht fliehen sie aufs Meer hinaus, wie sie es schon früher getan haben …

Die vier eisannischen Seefahrer

Der I. Kronprinz von Eisanna, Prinz Bleier der Graue, zeugte mit seinen Prinzessinnen viele Nachkommen.
Die schwarzhaarige Gidselina gebar den Sohn Getzi, und als Kapitän Getzi der Schwarze befuhr er erfolglos den Norden Kernlands, wo er schändlich vor Ulgul-Alma kenterte.

Trotz seines Scheiterns leistete er Pionierarbeit für die spätere Gründung der Bergenklave Beil.
Die braunhaarige Dollosina gebar ihm den Sohn Dollosei, welcher als Dollosei der Braune von Neuland aus über Öjen nach Osten segelte und das Fundament für die Ypsalei legte. Er war äußerst kreativ und versuchte verschiedene Erkenntnisse über das geheime Flussland miteinander zu verbinden und in Einklang zu bringen. Leider stürzte er bei den Ratach aus reiner Fahrlässigkeit aus einem Turm, was sein junges und hoffnungsvolles Talent auf einen Schlag auslöschte.
Die rothaarige Teraspi gebar ihm den Sohn Terrusisei, welcher als Terrusisei der Rote nach Süden fuhr und dort zunächst Lesanna entdeckte, um dann auf den Inseln Solans nach Schätzen zu suchen, die er niemals fand. Ohne Terrusiseis Pionierarbeit wäre die Entdeckung und Befestigung Neosannas nicht möglich gewesen.
Die blonde Usdila gebar ihm den Sohn Utseutusei, und als Utseutusei der Blonde reiste dieser nach Westen, wo er Teile der Vulkaninsel Kresepa eroberte und besiedelte, um viele Jahre später, vom Alter ergraut, im Zuge eines großen Vulkanausbruches zu sterben.

Mulu
»Eine Schönheit, die es mal gab, ein Prachtstück, das es nicht mehr gibt«, so besingen die Einheimischen ihre Stadt, und die traurigen Musiker spielen dazu ihre Gitarrenstücke, begleitet von Mundharmonika und Geige. Im Jahr des Todes 5200 traf hier der Hammer des Krieges die Menschen mehrfach aufs Abscheulichste, und in dem sinnlosen, blutigen Kampf um jeden eisannischen Meter wurde die Gesamtheit aller Gebäude bis auf die Grundfesten auseinandergenommen.
Die Lalalais bemühten sich mit ihrer geballten militärischen Kraft, die Novedaner von dort zu vertreiben, und diese konzentrierten ihrerseits ihre Divisionen an diesem eigentlich sehr pittoresken Ort, um ein Eindringen der Lalalais nach Noveda und auf novedanisches Einflussgebiet um jeden Preis zu verhindern. So gab es ein Hin und Her, und die Lalalais erfuhren, was es heißt, eine Stadt verbissen verteidigen zu müssen, nachdem sie darin geübt waren, fremde Gebiete zu überfallen und deren zähe Verteidigung auszuschalten. Andererseits steht Mulu inzwischen für erfolgreichen Neubeginn und Frieden, und im Zentrum des völlig zerstörten großen Fischmarktes steht heutzutage eine riesige Skulptur aus menschlichem Gebein, in Beton eingegossen, die uns alle noch sehr lange daran erinnern wird, was für ein unsagbares Blutvergießen dereinst auf diesem Fleckchen Land stattgefunden hat. Dadurch dass die Vergnügungsmeile durch Langstreckenkanonen zerstört wurde, weiß man heute gar nicht mehr, was Mulu dereinst für ein Sündenpfuhl gewesen ist …

Rükka

Die versnobten Eisannas lachten diese Menschen oft wegen ihrer dunklen, umgangssprachlich schwarzen, Hautfarbe aus, vergaßen jedoch, dass diese eine hoch entwickelte Kultur ihr Eigen nannten und dass die Überlegenheit der Eisannas und späteren Neosannas einzig und allein auf ihre ausgefeilte Militärtechnologie zurückging.
Es ist ein Jammer, dass die Barbaren, die andere Völker unterjochen, sich immer wieder einbilden, sie seien *überlegen*, in ganz üblen Fällen gar eine *überlegene Rasse*, weil sie tödlichere Waffen bauen können als ihre Feinde.
Wo kommen wir hin, wenn wir unseren Wert ausschließlich an unserer militärischen Stärke messen?

Geschichtsschreibung

Die älteste uns bekannte Geschichtsschreibung haben die Völker des Blattes Inselland uns hinterlassen. Dort ist die Rede von historischen Ereignissen, von denen wir nur noch raten können, was sich hinter ihnen verbirgt. Fatalerweise haben die Inselländer ihre Geschichtsschreibung konsequent über Jahrtausende hinweg in Form von *Überschriften* festgehalten, die für sich genommen nicht wirklich allzu viel Sinn ergeben. Auf der ältesten Überlieferung in Form einer von Kernländern übersetzten Landkarte ist zunächst die Rede von:
- INSELLAND -
1. Die Entdeckung und Besiedlung
2. Der Donska-/Matla-Pakt
3. Pullakrise
4. Neu-Skam-Krise
5. Die Gründung von Sisjoma

Auf dem historischen Landkartenpergament, welches sich in meinem Besitz befindet und welches ich gerne auf höfliche Nachfrage vorzeige, folgt des Weiteren eine durch einen Strich gezogene Trennung der Punkte 5 und 6, und das Wort »und« ist vierfach durchgestrichen. Links neben dem Strich ist eine Zahl eingekreist, über die sich Archäologen, Linguisten und Mathematiker seit ihrer Entdeckung einen bald völlig ausgeuferten Streit liefern. Klar zu sehen ist die Zahl 100. Neben ihr ist ein Gebilde eingezeichnet, welches aussieht wie »3«, es könnte sich aber auch um das Zeichen »)« handeln. Was ist gemeint? »1003«? »100)«? Hierzu gibt es die wildesten Spekulationen und Theorien, die interessanteste ist für mich, dass etwas passiert ist, was für eine gewaltige Unterbrechung der Geschichtsschreibung für die Spanne von 1003 Jahren gesorgt hat, und das muss wirklich ein außergewöhnliches Ereignis sein, falls diese abenteuerliche Theorie stimmt.

Ferner steht auf diesem Pergament geschrieben:
6. *Skaneskrise*
7. *Mulakrise*
8. *Die Neu-Skam-Schlacht*
9. *Neue Insel*

Auch hier gibt es eine interessante Irregularität. Die »7« ist unterstrichen, was bedeuten könnte, dass dieses historische Ereignis (»Mulakrise«) von größerer Wichtigkeit ist als die übrigen neun. Daneben hat jemand die Zahl »501« eingetragen. Die gängige Theorie ist heutzutage (es gibt noch weitere sehr interessante), dass die Mulakrise hervorgehoben wurde, weil sie sich über einen Zeitraum von über 501 Jahren (Schachtelzeitrechnung) hingezogen hat.
Was aber können diese uralten, meiner Meinung nach lange vor der Existenz Kernlands angelegten, somit auf die Genese der Landwelt verweisenden Aufzeichnungen uns tatsächlich sagen wollen?

Die Entdeckung und Besiedlung des Inselreiches
Das Inselreich ist deswegen so interessant, weil seine Entdecker und Besiedler buchstäblich aus allen Himmelsrichtungen kamen – zufälligerweise zeitgleich – und die Expedition von Dalesa und der Dala-Union die letzte in einer langen Reihe von Entdeckungsreisen darstellt, seit die Landwelt überhaupt existiert.
Aus dem Osten kamen einst zwei Völker übers Meer nach Inselland: die Smaragdaner (eine Kaste der Maraner) und die Saraner. Während die Smaragdaner von Anfang an aggressiv auftraten, zogen sich die Saraner eher zurück, und ich vermute eine starke Verwandtschaft der Saraner zu den Borgonyonyanern. Die Smaragdaner hingegen müssen mit geheimnisvollen Piraten ohne festen Ankerplatz, den Kannarip, verwandt sein. Östlich des Blattes Inselland liegen Blätter, die meine These unterstützen: Mischland (Heimat der Borgonyonyaner; ehemals Borgi; die Saraner sind möglicherweise eine Kaste der Borgi gewesen); und noch weiter östlich liegen Solan und Schwarzland, wo die Kannarip als Freibeuter übers Meer ziehen.
Von Süden kamen zur gleichen Zeit Krieger eines unbeschriebenen Blattes nach Inselland, die sich Donska nannten, und kein Schiff, das auszog zu erkunden, wo dieses Blatt liegt, ist jemals wieder aufgetaucht.
Die Donska teilten sich auf in Skaden (Piraten), Donia (Handelsmänner; die späteren Novedaner) und Skat (die Bergarbeiter).
Von Westen, und da liegt bekanntlich das Blatt Schissland, kamen zeitgleich die Calanana

und die Minivölker Sis, Jo und Matla hergesegelt; und aus dem Norden (es müssen Asetonier vom Blatte Krug gewesen sein) die Pulla, wobei ich annehme, dass die Pullas ein Stamm der Asetonier waren, der nach einer gigantischen, bis heute ungeklärten Katastrophe, die den Superstaat Asetonien vor langer Zeit ereilt haben muss, nach Süden geflohen ist.

Das Puzzle
Die Saraner, die Borgonyonyaner und die Obrak hüten ein Geheimnis, welches in Zahlen beschrieben wird und an anderen Stellen dieses Buches enthüllt worden ist. Lesende müssen diese Puzzleteile zusammenfügen, um die Seele der Frau, welche das violett leuchtende Schwert von Blogol führt, zu befreien.

Über die Tristesse von Easan
Easan, wo majestätische pechschwarze Gebäude in die Luft ragen, hätte allen Grund zur Freude. Doch manche Besucher erfreut diese Ästhetik nicht. Die schwarzen Gebäude, welche das Stadtbild prägen, bilden ein Szenario der Depression. Legendär sind die Friedhöfe mit ihren schwarzen Friedhofsmauern, ihren schwarzen Grabsteinen, wo schwarze Witwen schwarze Rosen niederlegen.

Von haarigen Ungetümen
Wenige Menschen sehen so bizarr aus wie diejenigen novedanischen Sprosses. Mit ihrem Aberglauben, ein Schiff werde untergehen, wenn einem Besatzungsmitglied die Haare ausfallen, man werde in Schulden gestürzt, wenn man sich die Haare schneidet, und Familienangehörige werden dahinsiechen, wenn man sich die Haare rauft, stehen sie in Lanevael gänzlich alleine da. So kann man sie aufgrund ihrer wilden Haarpracht kaum von den von ihnen versklavten Bergingern unterscheiden – na gut, an dieser Stelle übertreibe ich: Die Berginger sind um einiges größer und riechen widerlich. Sie gelten vielen Menschen als abnormal und abstoßend, und sie zu domestizieren ist nicht leicht.

Warum so beleidigt?
Bloß weil der große und zu Unrecht unterbewertete Schriftsteller, Historiker und Fußballer Tesophil in seinem epochalen *Das Plagiat als Chance zur Errettung der großen Erzählung als Kunstform* über Hunderte von Seiten aufs Ausführlichste über die Verwandtschaft der Zackländer zu den Zwergen der Minizeninsel schreibt, stellt man ihn in Zackland öffentlich an den Pranger.

Das Gegenstück
Während die Munkler konsequent friedlich sind, sind die Bsonnas konsequent feindlich. Extreme sind für Toren.

Wie man mich zugrunde richtete
Dem aufmerksamen Leser wird nicht entgangen sein, dass ich meine Nase in Angelegenheiten gesteckt habe, die mich nicht wirklich etwas angehen, und infolgedessen hat man mir dieses feine Näschen konsequent gebrochen.
Nachdem ich allerlei Reden und Vorträge in Agos, Arpus und Halbstadt zu den Ergebnissen der großen Schisslandexpedition gehalten hatte, erregten meine Ausführungen zur Tinteninsel großes mediales Interesse. Binnen kürzester Zeit stieß man mich in alle möglichen Unmöglichkeiten hinein, und ehe ich es mich versah, sah ich mich mit beträchtlichen finanziellen Forderungen konfrontiert.

Raubtierszene
Außerdem schlugen die Behörden ihre Raubtierzähne in mein zartes Philosophenfleisch. Zunächst erhob man sehr viele persönliche Daten von mir, und wenige Wochen später wurde ich vor Gericht zu den Vorfällen im Schattenreich von Ritupolis verhört.

Jenseits der Ruinen des Todes
In den pestilenten schwarzen Ruinen eines Imperiums, das dereinst gewaltiger war, als man sich jemals wird vorstellen können, arbeiten die gesichtslosen Magier mit heiligen Schwertern und magischen Kugeln an der Freisetzung einer grenzenlosen kosmischen Macht, die vergeblich ihresgleichen sucht.
Seid Ihr blind? Könnt Ihr nicht aufnehmen, was ich hier niederschreibe?
Dunkelheit herrschte am Anfang aller Dinge, und sie wird auch nach den letzten Dingen herrschen, dessen seid gewiss.

Je kleiner das Selbstvertrauen, desto kolossaler die Wortwahl
Die größte Wahrheit liegt darin verborgen, *gar nichts* zum Lebensprinzip zu erheben, da in geringem Maße *alles* nützlich sein kann, im Übermaß hingegen *alles* schädlich.

Psylilitmu
Wo ist dieses Land? Was zeigt seine Fahne?
Ein Herz, eine Note, ein Brief, ein Zeichen: mein ganzes Wesen.

Konklusion?

Was ist der Geist des Menschen, wenn nicht ein Prisma? Reize treffen seine Sinnesorgane, und sein Körper gibt diese in die unterschiedlichsten Richtungen und in unterschiedlichster Form wieder ab.

Einige Spekulationen

Bei meinem Studium der alten Texte habe ich mich oft gefragt, was aus einigen Personen geworden ist, welche unsere Geschichte geprägt haben. Wenn man sich zum Beispiel Benelons Schriften anguckt, wobei ich *Rotgold* für diejenige halte, welche dem Magus am meisten für seine Evokationen dienen dürfte, dann fällt mir eine klaffende Lücke in seinem Leben auf, welche er selbst nur spärlich beschreibt.

Während er sein neosannisches Leben und sein Leben auf der wunderschönen Insel Sisjoma sehr ausführlich beschreibt, existieren bezüglich seiner Aufenthalte bei den Xlaovanern, bei den Omøn und auch bezüglich seiner maskierten Farce als *Dronian* (ein Anagramm?) kaum zusammenhängende Schriften, allerhöchstens Fragmente. Dabei hat der alte Meister doch gerade in dieser Zeit den Abgrund des Seins überquert.

Weniger wichtig, aber damit verknüpft ist das unerklärliche Schicksal des Echsenmenschen Asdois, des einzigen seiner Art, und dasjenige des Neuners Sera mit dem mutierten Arm. Ich bin überzeugt, dass beide über immenses okkultes Wissen verfügten und deswegen heimlich aus dem Weg geräumt wurden. Asdois hatte ursprünglich den Abgrund der Kommunikation überwunden, Sera mit dem mutierten Arm hingegen die Barriere zwischen Sein (Mensch) und Nichtsein (Omøn).

Da wendet sich das Blatt

Kernland stehen die größten Veränderungen seiner wenig ruhmreichen Geschichte bevor, und seine Historiker tun so, als hätten sie Tomaten auf den Augen.

Abschluss

Wer dies alles verstanden hat, der ist bereit, die Revolution einzuleiten. Aus dem Chaos destilliert er Ordnung, und diese setzt unbekannte Mächte frei, die die bestehenden Machtverhältnisse aufbrechen werden.

DIE REVOLUTION

a) Interne Ermittlung

Was ist passiert? Muss mich erst mal sammeln …

Mein Name ist Stenth. Meine Lieblingstiere sind Löwen, aber ich mag auch große Schlangen. Ich habe blaue Augen, einen ernsten Gesichtsausdruck, und, soweit ich mich erinnere, kommentieren Männer gerne meine Brüste, in der Mehrzahl der Fälle gegen meinen Willen, aber vielleicht liegt es daran, dass ich sie in letzter Zeit kaum bedeckt halte. Meine Lieblingsfarben sind Grün und Orange. Ich mag Gegensätze.

Wie ich gerade bemerke, sitze ich hier an einem Tisch mit einem älteren Herren, der lange Haare hat und sie mutigerweise kranzförmig unterhalb der Glatze so trägt. Zudem sieht er sehr altmodisch aus: Fliege, weinroter Blazer, Nickelbrille. Er sagt, dass er mal Auftritte hatte, doch nun vom Konzern fallen gelassen wurde. Ich frage mich, was das für ein Konzern sein soll.

»Ich befinde mich nun schon einige Zeit in Eisanna, obwohl mein Name dalesanisch ist«, sage ich zu dem Mann. »Und Sie?«

»Mein Name tut nichts zur Sache. Aber ja, ich bin ein Eisanna.«

»Was für ein Konzern soll das sein, der Sie fallen gelassen haben soll?«, frage ich den Mann.

»Na, der Konzern eben. Ein schrecklicher Apparat, der den Menschen ihre Lebenszeit und ihre Energie stiehlt. Was fragen Sie mich denn? Sie sind doch selber hier angestellt.«

»Ich bin angestellt? Ich weiß doch nicht mal, wie ich hier hingekommen bin!«

Der ältere Herr runzelt die Stirn. Ich frage mich, ob es ein Fehler war, mit ihm darüber zu reden, dass ich verwirrt bin, weil ich nicht weiß, wie ich in diese Halle gekommen bin und zu ihm an den Tisch, aber er ist die einzige Person, die ich hier antreffe, und irgendwie hat er mein Vertrauen gewonnen.

»Soso, Sie haben also keine Vergangenheit?« Er seufzt. »Na ja, aber Sie sehen jung aus, und Sie haben hier auf jeden Fall eine Zukunft, ob Sie wollen oder nicht. Auf jeden Fall sind Sie jetzt hier, und Sie müssen wohl herausfinden, was man mit Ihnen vorhat. Ich war auch mal so jung wie Sie, wissen Sie. Aber jetzt bin ich alt, und mir fehlt der Sinn im Leben. Denn der Konzern lässt mich nicht mehr auftreten. Man hat es mir verboten.« Er trinkt einen Schluck aus seinem Bierglas. »Aber ich bin ehrlich. Der Konzern macht mich müde, und die Zeit, die ich investiert habe und immer noch investieren muss, die ganze Energie, das bringt mir kein Mensch wieder. Das Leben ist gnadenlos.«

»Dann versuche ich mal herauszufinden, was ich hier soll«, sage ich zu dem Mann und stehe auf.

»Viel Glück«, sagt er und lächelt traurig. »Es ist ein langsamer Abstieg, aber es ist ein Abstieg in den Wahnsinn, wenn man sich einmal mit dem Konzern eingelassen hat. Es ist ein Spiegel, in den man nicht gucken darf.«

Seine Worte lösen eine vage Erinnerung aus. Mir ist so, als sei ich eingeschleust worden, doch der Grund dafür war mir damals unbekannt und ich verstehe ihn auch jetzt nicht. Die engen Räume, die ich durchschreite, als ich dem traurigen Mann meinen Rücken zukehre, haben große Fenster, und ein Blick hinaus lässt mich auf ein Waldgebiet schließen. Die Landschaft scheint sich zu bewegen, obwohl ich mir sicher bin, dass ich mich in einem Gebäude befinde. Ich treffe zunächst auf keine weiteren Menschen, und die Atmosphäre scheint immer eisiger zu werden. Endlich haben die engen, ineinander übergehenden Räume mit leeren Sitzen und Tischen ein Ende und ich gelange zu einer langen Treppe, die ich aufsteige, während es noch kälter wird. Ich bin eindeutig nicht warm genug angezogen. Die Treppe mündet in einen Raum, der direkt unter einem Dach liegen muss.

Als ich den Raum betrete, drehen sich fünf Köpfe zu mir um, und ich denke mir, fünf Männer, wenn die feindselig gesinnt sind, habe ich ein Problem. Aber sie scheinen sich nicht besonders für mich zu interessieren. Es liegt ein sehr harziger Geruch in der Luft, und im fahlen Licht der Dachfenster sehe ich, dass die Männer alle mit Holz beschäftigt sind, welches sie sortieren und bearbeiten. Ich gehe auf einen von ihnen zu; er hält eine große Säge in der Hand. Er sieht sehr rau aus, doch sein Gesichtsausdruck wirkt freundlich.

»Sind Sie beim Konzern angestellt?«, frage ich zögerlich.

Die Männer brechen in Gelächter aus.

»Wer ist denn hier nicht beim Konzern angestellt?« Der Mann legt die Säge beiseite.

»Entschuldigen Sie, aber ich bin verwirrt«, sage ich, denn ich habe beschlossen, offen mit ihm zu reden. »Ich habe den Eindruck, ich gehöre auch zum Konzern, aber ich weiß nicht, was meine Aufgabe sein könnte.« Ich merke, dass ich langsam hungrig werde.

»Eine Fragerin«, sagt der Mann schulterzuckend. »Wie es aussieht, führen Sie wohl Befragungen durch. Wahrscheinlich ermitteln Sie … « Dann wendet er sich wieder mit der Säge dem Ast zu.

Nach kurzem Überlegen beschließe ich, ehrlich zu sein und noch mehr über meine Verwirrung preiszugeben. »Was ist das für ein Konzern? Wo finde ich die Führungsriege? Warum soll ich Befragungen durchführen? Für wen? Wer wertet sie aus?«

Der Mann hört erneut auf zu sägen und sieht mich immer noch schulterzuckend an. »Konkurrenz, nehme ich an? Vielleicht geht es darum, wer die besten Fragen stellt?

Oder … « Ein langes, schrilles Pfeifen ertönt und die Männer erheben sich gut gelaunt. »Oh, es ist Pause«, sagt mein Gesprächspartner lächelnd. »Darf ich Sie einladen mitzukommen? Vielleicht können wir die Fragen ja in der Pause besprechen.«

Wir gehen die Treppe hinunter und ich komme mir vor wie eine Gefangene. Der Mann, mit dem ich Kontakt aufgenommen habe, geht neben mir, zwei gehen vor mir und zwei hinter mir. Es kommt mir so vor, als wollten sie testen, wie ich reagiere, und ich komme mir unmittelbar bedroht vor. Zum ersten Mal denke ich: Ist das ein abgekartetes Spiel? Sind die Holzarbeiter vom Konzern instruiert? Ich versuche, ruhig zu bleiben. Nach einem anstrengenden Abstieg gelangen wir in einen modernen, unwirtlichen Raum, in dessen Mitte der Kopf eines Tiers auf einem Sockel steht. Ich sehe die Männer fragend an.

»Das ist unser Orakel«, sagen sie und senken demütig die Köpfe. »Es wäre gut, wenn Sie Ihre Fragen an das Orakel richteten.«

»Und was machen Sie?«

»Wir machen jetzt Pause.«

Während also die Holzarbeiter sich in eine andere Ecke des Raumes setzen oder legen, um ein bisschen zu meditieren beziehungsweise vor sich hin zu dösen, sehe ich mich mit diesem bizarren Hundekopf konfrontiert, den sie wahrscheinlich irgendwie anbeten.

Mit mechanischen Bewegungen stellt mir der Hund auf Eisannisch die Frage, was ich hier will. Ich versuche, mich zu erinnern, und während ich noch überlege, weist mich der Hund daraufhin, dass er mir nur drei Fragen beantworten wird, während die Holzarbeiter im Hintergrund kichern. Ich komme mir veralbert vor, versuche aber, fieberhaft zu entscheiden, welche der vielen Fragen, die ich habe, ich ihm stellen soll, falls es überhaupt Sinn macht, mit einem apparatartigen Hundekopf zu sprechen. Aber nun gut, ich stelle mich der absurden Aufgabe.

»Was soll ich hier?«

»Herausfinden, warum der reichste Mann des Konzerns in so kurzer Zeit so viel Geld verliert.«

Ich bin verdutzt. Fieberhaft überlege ich, was ich ihn noch fragen soll. »Wie bin ich hierhergekommen?«

»Das ist etwas, das ich nicht verraten darf. Auf der anderen Seite bin ich sicher, Sie werden es herausfinden.«

Na toll. Zwei Fragen, und eine davon darf er nicht beantworten. Also frage ich das Naheliegendste. »Was soll ich als Nächstes tun?«

»Gehen Sie zur Krankenstation des Konzerns; und nun entschuldigen Sie mich.«

Damit verschließt er seine mechanische Schnauze. Es ertönt erneut ein schriller Ton, und die Arbeiter lassen mich wortlos und grinsend alleine im Raum zurück, was darauf hinweist, dass sie etwas wissen, was ich nicht weiß.

Ein sehr seltsamer Geruch liegt in der Luft, dem ich zu folgen beschließe. Mit äußerst schlechter Laune gehe ich wieder einige Stufen hinab, bis der Geruch erkennen lässt, dass es sich um eine Art Krankenlager handeln muss; Verbände, Dialysen, Lösungsmittel, Desinfektionsmittel, Blut. Es riecht nach Blut. Ein Großmütterchen sitzt zusammengekrümmt vor einer Tür. Die Tür fliegt auf und die alte Frau stürzt fluchend zur Seite. Ein Mann im Arztkittel, auf eine wackelige Krücke gestützt, kommt herausgehumpelt. Ich sehe, dass ihm ein Bein fehlt.

»Sind Sie Arzt oder Patient?«, platze ich heraus.

»Ich bin der Arzt.« Der Mann seufzt. »Würden Sie der Patientin vielleicht aufhelfen? Danke.«

Ich helfe. Die alte Frau jammert, doch wir ignorieren dies.

»Was ist das für eine Krankenstation, bei der der Arzt selbst medizinische Hilfe benötigen könnte?«, frage ich schockiert.

»Eine, der das Geld ausgegangen ist.« Der Arzt seufzt erneut, in seiner Stimme liegt Resignation. »Wie dem ganzen Konzern das Geld ausgeht.«

»Wer sorgt denn dafür?«

»Das wissen wir nicht. Niemand kann das beurteilen.«

Während ich durch die Krankenstation gehe, um Anhaltspunkte in der Angelegenheit, wer dafür sorgt, dass dieser Konzern, in den ich unwissentlich hineingeraten bin, pleitegeht, zu finden, mache ich die Bekanntschaft einiger Patienten. Da ist eine öffentliche Rednerin, die laut Krankenakte ihre Stimme verloren hat; da ist ein Ermittler, der sein Augenlicht verloren hat; zwei Brüder, die den Verstand verloren haben; und ein Schreiber, dessen Sprache durcheinandergeraten ist. Alle plagen diese Leiden, obwohl sie körperlich gesund seien, wie sie sagen.

Die Patienten leben vorübergehend in einem großen Saal. Der Arzt humpelt mit mir hinein, und als ich ihn frage, wie ihre Leiden entstanden sind, meint er, sie alle könnten nicht mehr schlafen, schon seit Tagen nicht mehr, und würden deswegen immer mürrischer. Alles habe mit anhaltender Schlaflosigkeit angefangen.

Die Gegend erinnert mich eher an ein Museum als an eine Krankenstation. Die Bettwäsche und Arzneimittel sehen alt aus und zudem habe ich das Gefühl, dass sie niemand anfassen darf. Außerdem verhält sich der Arzt ziemlich auffällig. Ich habe den Eindruck, er versucht mich andauernd von den Patienten abzulenken, dass ich ihnen nicht nahe komme.

Als der Arzt für längere Zeit zur Visite in einen anderen Raum verschwindet, werfe ich einen Blick in die Krankenakten, denn er scheint etwas vor mir zu verbergen und ich erhoffe mir dadurch den Gewinn genauerer Informationen. Die Rednerin kommt aus einer ländlichen Gegend; der Ermittler kommt aus der Hauptstadt Holo. Die Brüder waren wohl lange in einer Kutsche eingesperrt. Weiter komme ich erst mal nicht. Der Schreiber sucht mit mir das direkte Gespräch. Er versucht mich anzusprechen, doch was er sagt, ergibt keinen Sinn für mich. Also fängt er an zu zeichnen. Viele der Bilder zeigen groteske Monster, eines wirkt friedlich. Es zeigt ein Lokal mit Hockern, einer Theke, ein paar Spirituosen.

»An die frische Luft!«, meint der Arzt, der in den Raum zurückgekommen ist, und die Kranken sammeln sich oder werden gesammelt, denn manche können oder wollen ihn nicht hören.

Wir treten über einen Hinterausgang ins Freie, und ich sehe das erste Mal, was der Konzern eigentlich ist: ein riesiges Gebäude, umgeben von einer wundervollen Parklandschaft, gelegen am Rande eines enormen Waldgebietes. Ich weiß leider immer noch nicht, was es für ein Konzern ist, was ich hier soll, wie ich hier hingekommen bin. Und ich habe auch keine Erinnerungen an die Zeit, bevor mein Bewusstsein einsetzte ... Ich wusste meinen Namen, meine Herkunft und in welchem Land ich mich befand, aber seitdem bin ich angewiesen auf die Leute, die ich treffe, und was sie mir sagen, und auch da habe ich Schwierigkeiten, ihre Informationen im Gedächtnis zu behalten ... eine erschreckende Situation. Was ist mit meinem Gedächtnis passiert? Was ist mit meiner Identität passiert? Vielleicht passt es, dass ich zu den sogenannten Kranken gekommen bin, denn ich scheine auch an irgendetwas zu leiden.

»Hat der Konzern vielleicht ein Organigramm?«, frage ich den Arzt.

Er kramt in seiner Aktentasche und holt eine Skizze hervor. Ganz an der Spitze steht »Staatliche Zensur«, und der Arzt meint: »Ja, die Zensurbehörde guckt nicht so genau hin, ich halte den Konzern für erschöpft, zu viel Arbeit.«

Ich finde es interessant, dass der Konzern dem eisannischen Staat gehört. Scheinbar hatte es bisher einen reibungslosen Ablauf gegeben. Dann muss etwas sehr Seltsames passiert sein, und ich habe den Eindruck, mein Gedächtnisverlust hat etwas damit zu tun. Das ist immer noch ein fremdartiges Gefühl. Erst jetzt bemerke ich, dass ich mich in dieser Hinsicht gar nicht von den anderen Patienten unterscheide. Alle hier haben etwas verloren. Eine Funktion des Körpers oder Hirns zu verlieren, ist sehr merkwürdig. Es ist so, als würde ein Stiefel, den man jahrelang alle Tage getragen hat, von heute auf morgen nicht mehr passen. Man weiß genau: Das ist mein Stiefel, ich habe ihn immer getragen, aber auf einmal passt mein Fuß nicht mehr hinein, und ich weiß nicht, warum.

Die Hitze außerhalb des Konzerngebäudes ist schwer zu ertragen, und so suche ich mir einen großen Baum, der mir Schatten spendet. Ich liege dort eine Weile und schlafe erschöpft ein.

Gut erholt komme ich zu mir, merke aber, dass die anderen verschwunden sind. Scheinbar haben sie beschlossen, mich nicht zu wecken, ehe sie wieder reingegangen sind. Also stehe ich wieder alleine da, wie vor einem Rätsel.

In der Ferne sehe ich einen Mann mit Hut. Er stolpert auf mich zu.

Er trägt einen Stapel Bücher bei sich. Er ist für das Wetter viel zu warm angezogen, keucht und schwitzt. Er stellt die Bücher neben mir ab. Ich zähle sie; es sind … zwanzig. Er starrt auf meine kaum verhüllten Brüste.

»Äh … wollen Sie die … «, sagt er.

»… Brüste … «

»… äh, ja, genau, wollen Sie die vielleicht etwas mehr bedecken?«

»Womit?«

»Äh … mit meinem Jackett vielleicht … ?« Er grinst verlegen.

Ich rolle mit den Augen. »Nein, das ist viel zu heiß. Wollen Sie vielleicht das Jackett ausziehen?«

Er stellt sich verlegen als ein Antiquar namens Wohl vor und lässt sich erleichtert in den Schatten sinken und schläft ein, so wie ich vorhin. Ich nehme einen Schluck aus einer Trinkflasche, die wahrscheinlich der Arzt hier zurückgelassen hat, und sehe mir die Bücher an.

In einem scheint es darum zu gehen, dass man mit manchen Geschäftsleuten aufpassen muss, da das, was sie anzubieten haben, nicht ganz legal ist und ihre Angebote von zweifelhafter Herkunft sind. In einem weiteren geht es darum, dass man sich vorsehen muss, wenn die Omøn plötzlich auftauchen, rätselhafte Wesen aus einer anderen Dimension, deren Existenz nicht einmal zweifelsfrei bewiesen ist. So geht es weiter mit den Büchern: Ich blättere durch eine Geschichte, die besagt, dass das Ende von einer Sache immer der Beginn einer anderen ist und dass das immer so weitergeht; dass das Ende nahe ist und wir alle sterben werden, gleichzeitig aber neue Lebewesen entstehen.

Wohl wacht auf und guckt mich neugierig an. Er scheint sich dafür zu interessieren, was ich mit seinen Büchern anfangen kann. »Na, ist etwas Gutes dabei?«, fragt er mich zwinkernd. Ohne meine Antwort abzuwarten, fährt er fort: »Wussten Sie, dass dieser Gebäudekomplex ein Geheimnis wahrt?« Er fragt in verschwörerischem Tonfall, mit dem Finger auf den Konzern deutend, mit den Augen auf meine Brüste schielend. »Irgendwo da drinnen soll ein Buch versteckt sein. Das Buch soll angeblich so viel Sprengkraft enthalten«, er beugt sich näher zu mir, flüstert jetzt, »dass die eisannische Regierung es hier unter Verschluss hält.«

Schlagartig wird mir klar, was meine Aufgabe ist. »Dann weiß ich jetzt, was zu tun ist«, sage ich. »Ich werde dann mal los. Schönen Tag noch.«

»Warten Sie einen Moment. Passen Sie vor den acht Gästen auf. Die sehen alles. Ich wollte schon oft in den Konzern hinein, und die haben mich jedes Mal auf der Suche nach dem geheimnisvollen Buch gestoppt. Ich habe inzwischen aufgegeben. Die Suche hat mich ruiniert, mein Schiff ist gekentert. Ich habe immer noch den Traum, es zu finden, aber … es ist zu spät.«

Kaum hat er das gesagt, springen auch schon zwei uniformierte Männer aus dem Gebüsch. Wohl will noch fliehen, aber sie packen ihn schnell bei den Armen und führen ihn ab. Ich protestiere, doch sie beachten mich nicht weiter, auch nicht, als ich ihnen hinterhereile. Erst an einer großen Stahltür, wo sie kurz warten müssen, um hereingelassen zu werden, sagt einer der muskulösen Hünen zu mir, dass man den elenden Einbrecher aus Halbstadt endlich gepackt habe und nun der eisannischen Polizei übergeben werde und ich solle all dem keine weitere Beachtung schenken, was er mir möglicherweise erzählt habe; und damit knallt man mir unwirsch die Stahltür vor der Nase zu. Ich schreie und protestiere wie ein Kleinkind, und schließlich macht einer der Hünen die Tür doch wieder auf.

»Was haben Sie da getan?«, gifte ich ihn an. »Der arme Mann hat nichts Verbotenes gemacht!«

»Ja, ähm, ich kann Ihre Aufregung verstehen … « Überraschenderweise wirkt der junge Mann mit der Statur eines Boxers etwas verlegen. »Ich darf dazu nun mal nicht viel sagen. Er hat in der Vergangenheit wiederholt versucht hier einzubrechen und ist, im Gegensatz zu Ihnen, nun mal nicht befugt, sich frei auf dem Konzerngelände zu bewegen.«

»Und wieso darf ich mich hier frei bewegen?«

»Weil Sie die Dienstfarben tragen.«

»Dienstfarben?«

»Ja, Grün und Orange, die Dienstfarben der Internen Ermittlung.«

»Ich gehöre zur Internen Ermittlung?!«

»Äh … Also, jetzt bin ich verwirrt. Wussten Sie das nicht?«

Kurze Zeit später finde ich mich in einem Konferenzraum an einem Tisch wieder. Ich trage mittlerweile eine ordentliche Dienstuniform, was die brustgerichteten Blicke der Männer etwas abnehmen lässt. Offenbar bin ich für konzerninterne Ermittlungen zuständig, was mir zwar immer noch neu ist, aber ich beschließe, das erst mal nicht zu erwähnen. Diese Tatsache öffnet mir Tür und Tor, und zudem kann ich so ungestört nach dem Buch schauen, welches der Antiquar mir beschrieben hat. Ich komme mir immer noch wie ein verwirrtes und orientierungsloses Kind vor, aber ich finde, die Dinge hätten auch wesentlich schlimmer laufen können.

Die Tür fliegt auf und herein kommt ein junger Typ mit Helm, der sich weigert, Kristallkutschen zu fahren, denn das sei zu schädlich für die Umwelt. Er fängt unumwunden an zu erzählen. »Ja, hallo, grüße Sie, ich bin von der Internen Kontrolle, ich soll kurz demonstrieren, was passiert, wenn dem Konzern weiter das Geld ausgeht. Also, das Geld sichert den Konzern ab. Das funktioniert so«, sagt er und geht zu einem glatzköpfigen Kollegen im Mantel, der mit den anderen am Konferenztisch sitzt, »hier, schnallen Sie sich mal den Helm um. Gut.« Er tritt wieder zurück ans Podium und nimmt einen Apfel aus der Obstschale, die dort drapiert worden ist. Dann wirft er mit dem Apfel auf den Helm. Ein harter Wurf, er trifft sehr platziert, und der Apfel zerbirst. »Sehr gut, Sie können den Helm wieder abnehmen, das haben Sie sehr gut gemacht, danke für Ihre tolle Mitarbeit. Sehen Sie, mit dem Geld sind wir gut abgesichert.« Während der glatzköpfige Kollege noch in den anerkennenden Blicken seiner Kollegen badet, kommt ein zweiter Apfel geflogen, der ihn voll am Ohr erwischt. Er heult überrascht auf und pult sich Apfelstücke aus dem Ohr, während er sich verärgert dem jungen Typen zuwendet. Dieser meint grinsend: »So, meine Damen und Herren, und so ist unsere Situation jetzt, ohne Geld«, und dann weicht er auch schon geschickt einer Birne aus, die auf ihn zufliegt. Ich habe glücklicherweise einen Sitzplatz nahe der Tür gewählt und schleiche mich unbemerkt davon, während die Herrschaften einander wild bewerfen und die gesamte Situation eskaliert.

Im Gang steht seelenruhig ein Mann im Arbeitsanzug, inklusive Arbeitsmütze und Schnurrbart, und raucht, an die linke Flurseite gelehnt, eine Zigarette. Als er mich sieht, hebt er seine im Kontrast zum Schnäuzer feinen Augenbrauen.

»Na, haben Sie auch zu viel von dem Kindertheater da drinnen?« Er lächelt.

»Darf man hier im Gang überhaupt rauchen?«

»Ach, die Interne Ermittlung.« Er grinst und tritt die Zigarette schuldbewusst mit dem linken Fuß aus. »Wie gehen die Ermittlungen voran? Tappen Sie im Dunkeln? Sehen Sie den Wald vor lauter Bäumen nicht?«

Du Spaßvogel, denke ich mir.

»Wie sind Sie überhaupt hierhergekommen?«, fragt er. »Mit der Kristallkutsche? Und jetzt stecken Sie hier fest, in der Knochenmühle?«

»Nichts von alledem. Ich suche ein Buch. Jemand hält es gegen den Willen der Konzernführung versteckt und ich wurde beauftragt, es sicherzustellen. Können Sie mir dabei weiterhelfen?«, versuche ich es in ernstem Tonfall.

»Ach, man spielt Ihnen doch nur Theater vor. Ein Buch? Es gibt viel wichtigere

Angelegenheiten. Zum Beispiel die sich unerklärlicherweise rapide verschlechternde Konzernbilanz. Die einzigen Bücher von Relevanz sind die aus der Buchhaltung.«

Inzwischen hört man aus dem Konferenzraum Geschrei.

»Hinzu kommt, dass das Personal ständig krank ist. Der Konzern liegt in einem Waldgebiet, umgeben von Gartenanlagen. Aber die Gärtner scheinen in letzter Zeit gegen alles Mögliche allergisch zu sein. Wenn Sie mich fragen, sind sie in erster Linie allergisch gegen Arbeit.«

»Werden Sie mir nun helfen oder nicht?«

»Na gut, ich meine, es wird schwer sein, ein einzelnes Buch hier zu finden, zumal das ein ganzer Gebäudekomplex ist. Ich würde im Lager nachgucken. Dort gibt es unzählige Regale mit diversen Gegenständen, soweit ich weiß, auch Bücher.«

Die Türen fliegen auf und zornige Männer und Frauen, die Kleidung mit Obst beschmiert, stürmen schimpfend heraus. Ich beschließe, das Weite zu suchen, genauer gesagt, das Lager, um endlich an dieses Buch zu kommen, von dem mir der Antiquar erzählt hat.

Doch dann entscheide ich mich um, beschließe, bei meinen Ermittlungen das Lager nur im Hinterkopf zu behalten, zunächst dem Schild zu folgen, welches ich am Ende des Ganges entdeckt habe: Bibliothek. Gemäß der Idee, dass das beste Versteck für einen Schlüssel wahrscheinlich das Schlüsselloch selbst ist, will ich mich dort umsehen. Die ausgeschilderte Bibliothek ist ziemlich klein und eigentlich ein umfunktionierter Gang. Sieben mickrige Regale zähle ich, dazu zwei Tische, von denen wiederum einer mit zwei Stühlen bestückt ist. Die Regale wiederum sind in vierzehn Sektionen unterteilt, zwei pro Regal, mit denen ich jetzt nicht im Rahmen einer Konzernsbibliothek unbedingt gerechnet hätte: Die Bücher, die ich unter *Meer* finde, ergeben noch etwas Sinn, da es sich um eine Insel handelt, auf der wir leben; aber dann – *Dächer* und *Mörder?*

»Guten Tag, können wir Ihnen helfen?«, ertönt eine Frauenstimme hinter mir.

Ich drehe mich um und sehe einen Mann und eine Frau, die aussehen, als hätten sie gerade geheiratet.

»Äh, ja, ich bin Stenth von der Internen Ermittlung und suche ein Buch, welches angeblich vom Konzern unter Verschluss gehalten wird. Vielleicht können Sie mir da behilflich sein?«

»Schatz, ich meine, wir haben in unserer Bibliothek nur öffentlich zugängliche Bücher, oder?«, fragt die Frau den Mann höflich.

»So ist es, Schatz, so ist es«, antwortet er ebenso höflich, nimmt sie in den Arm und küsst sie. Die beiden fangen an zu knutschen.

Ich schere mich nicht weiter um sie und beschließe, die Bücher genauer zu betrachten, ungeachtet der Auskunft, die mich vielleicht mit Absicht in die Irre führen soll. Ich gehe die Bücherregale ab, und zunächst passiert nichts Auffälliges. An einem Regal bleibe ich allerdings stehen, da ich bemerke, dass es um dieses Regal herum sehr viel kälter ist als bei den anderen.

»Woher kommt die Kälte um dieses Regal herum?«, frage ich in Richtung Paar, ernte jedoch nur desinteressiert-rhythmisches Schulterzucken. Ich überlege. Wenn es doch ein Buch voller Geheimnisse ist, wird es womöglich durch Magie geschützt. Doch woran erkenne ich ein magisch gekennzeichnetes Buch? Gedankenverloren blicke ich nach draußen, in die einsetzende Abenddämmerung …

Und dann kommt sie, die Idee. »Löschen Sie bitte alle Lichter«, weise ich das Bibliothekspaar an.

»Äh, wie bitte?« Der Mann stellt sich dumm.

»Die Lichter aus! Sofort! Oder wollen Sie Ärger mit der Internen Ermittlung riskieren?« Ich mache auf autoritär.

Die beiden gucken sich erschrocken an, aber letzten Endes erkennen sie, dass ihnen wohl keine Wahl bleibt, als meinen Anweisungen zu folgen. Sie löschen das Licht, der Raum wird merklich dunkler, nur um ein Buch herum wird es nicht dunkler – wahrscheinlich das Buch, welches ich suche. In dem Moment, in dem ich zugreifen will, geht das Licht wieder an und Männer in Uniform erscheinen im Raum.

»Stenth?«, fragt mich einer von ihnen.

»Das bin ich. Und Sie sind … ?«

»In der gleichen Abteilung wie Sie, wie Sie eigentlich wissen müssten. Interne Ermittlungen. Was machen Sie da?«

»Ich suche ein mysteriöses Buch.«

»Sie wissen aber schon, dass die Aufgabe der Internen Ermittlung darin besteht herauszufinden, warum wir gerade pleitegehen? Wo waren Sie eigentlich die ganze Zeit?«

»Ich weiß es nicht, ich war ganz ohne Erinnerungen, und alle starrten auf meine Brüste, und dann kam ich in einen Garten, wo mir von einem Buch erzählt wurde, das ich finden soll, und der Mann, ein Halbstädter namens Wohl, der mir davon erzählt hat, wurde von Kollegen verhaftet.« Dann fällt mir eine Täuschung ein: »Und ich glaube, dass das Buch, das ich suche, irgendetwas damit zu tun hat, dass der Konzern gerade pleitegeht. Deswegen wäre es nett, wenn Sie gleich das Licht wieder ausmachen könnten, damit ich weiter ermitteln kann, um was für ein Buch es sich handelt.«

»In Ordnung. Aber falls es sich um kompromittierendes Material handeln sollte, muss ich es sicherstellen.«

»In Ordnung.« Eigentlich nicht in Ordnung, aber da muss ich mir noch was einfallen lassen. So ziehe ich, so lange das Licht noch an ist, ein Buch aus dem Regal, welches den Titel *Meer* trägt, um den Kollegen zu täuschen. Es beschäftigt sich damit, wie man Schwimmen lernt. Auch einiges über Baden in flachen Gewässern, die kein Schwimmen erfordern, steht darin.

»Dann wollen wir uns das Buch mal ansehen«, sagt der Uniformierte.

»Nein, ich möchte es selber inspizieren«, protestiere ich. »Ich habe es schließlich entdeckt.«

Der Mann lacht höhnisch. »Und ich werde in meine Ermittlungsakte eintragen, dass Frau Stenth sich in Bibliotheken und Gärten herumtreibt, statt herauszufinden, warum wir gerade pleitegehen«, sagt er und reißt mir das Buch aus der Hand. »So, das nehmen wir jetzt mal mit. Kommt, Männer. Schönen Tag noch, Frau Stenth!« Sie ziehen selbstzufrieden ab. Das Licht macht der Mann hinter sich wieder aus.

Die Bibliothekare ziehen sich verschreckt in einen Nebenraum zurück. So stehe ich alleine im Dunklen.

Plötzlich höre ich ein leises Klicken, als wäre ein Regal verrutscht. Zum Glück habe ich mir gemerkt, wo der Lichtschalter für den Beleuchtungskristall ist, und mache den Raum wieder etwas heller. Ich sehe, dass hinter dem Buch, welches mir gerade entwendet wurde, und ein paar angrenzenden Büchern ein kleiner Bilderrahmen versteckt ist. Ich nehme den Rahmen an mich, sehe mich noch einmal um, ob ich auch wirklich alleine bin. Die dünne Spanplatte an der Rückseite des Rahmens ist verrutscht. Ein kleines Stück Papier guckt heraus. Ich entferne die Spanplatte behutsam und kann meinen Augen kaum trauen: Sorgfältig zusammengefaltet hat irgendwer hinter dem Bilderrahmen eine Karte versteckt. Es ist eine Skizze eines Abschnittes des Gebäudes, in dem ich mich befinde. Es sind Zahlen angebracht sowie die Anmerkung auf Eisannisch: »Reihenfolge unbedingt beibehalten!« Unterschrieben ist das Ganze mit einer Rune: ∞

Die Karte beinhaltet zwei verschiedene Areale:

I) *Keinlicht*, so ist ein Raum gekennzeichnet, der sich gleich neben der Bibliothek befinden soll. Vorsichtshalber stecke ich einen kleinen Lichtkristall ein, der auf einem der Bücherregale liegt.

II) *Das Dimensio-Natron der Omøn*, ein Bereich, der innerhalb von *Keinlicht* schraffiert ist.

›So hast du mich endlich gefunden. Zu vielen habe ich schon gesprochen, doch nur du kannst meine Stimme klar und deutlich hören, ohne überwältigt zu werden.‹

»Dann warst du es, der zu mir sprach, kurz bevor ich mein Bewusstsein und meine Erinnerungen verlor.«

»Mit wem reden Sie denn da?«, fragt die Bibliotheksdame, die den Raum wieder betreten hat. Ich verstecke den Zettel hastig hinter meinem Rücken, wo ich ihn zusammenfalte.

»Ach nichts, ich wähnte mich alleine und war in Gedanken. Die Untersuchung des Konzerns im Rahmen der Internen Ermittlungen ist sehr nervenaufreibend, wissen Sie.«

Sie nickt zwar, glaubt mir aber nicht, so wie sie mich anguckt.

b) Das Dimensio-Natron

Ich habe keine Ahnung, was ein *Dimensio-Natron* ist oder woher die seltsame kosmische Stimme gekommen ist, die ich eben in der Bibliothek gehört habe. Aber neben einem Lichtkristall habe ich mich inzwischen mit einem Rucksack ausgestattet, um das Dimensio-Natron, welches sich laut Karte in einem dunklen Raum befindet, wie ich zumindest annehme, zu finden. Das einzige Problem ist nun, dass es sich um einen versteckten Raum handeln muss, denn obwohl die Bibliothek und die Umgebung auf der Karte akkurat eingezeichnet sind, gibt es keinen sichtbaren Zugang zu diesem Raum; und ich frage mich, was das bedeuten soll: *Reihenfolge unbedingt beibehalten!* Ist das ein kryptischer Hinweis? Was hat diese Rune zu bedeuten, mit der die Karte unterzeichnet wurde? Wer hat sie dort versteckt?

An der Stelle, wo sich laut Karte der Keinlicht-Raum befinden soll, hängt ein Porträt. Es zeigt den glücklosen eisannischen Admiral Getzi, der vor über tausend Jahren in den Norden Kernlands segelte, dort das wilde Volk der Ulgul-Alma vorfand und seine Uniform zerschnitt, um fortan unter den Wilden zu leben. Das Porträt zeigt den Mann mit kurzen schwarzen Haaren, schwarzem Bart und resigniertem Gesichtsausdruck. Passenderweise ist das Bild mit *Resignation* betitelt, zum einen, weil der Admiral keine Zukunft mehr in seiner Tätigkeit gesehen hat, zum anderen, weil ich keinen Zugang zu diesem verdammten Dunkelraum finde!

Also versuche ich es von der anderen Seite und gehe auf die schöne Veranda hinter der Bibliothek, die in den Park führt, in dem ich überhaupt auf die Idee mit der Suche nach dem Buch gekommen bin. Der Park erblüht immer noch in schönstem Sommerwetter, und in der Ferne sieht man den Waldrand, der mit seinen vielen Bäumen eine natürliche Grenze bildet. Ich notiere mechanisch in mein Notizbuch mit der schwarzen Aufschrift

»Interne Inspektion«: »Dachüberdeckung Veranda reparaturbedürftig, wasserdurchlässig, marode.« Ich wische mir die Schweißperlen von der Stirn. Der Sommer hat den Zenit erreicht, zudem ist es absolut windstill. Selbst in der Abenddämmerung ist die Hitze noch sehr hoch.

Plötzlich sehe ich für eine Sekunde den Umriss einer schwarzen Figur, die auf etwas hinter mir zeigt. Was für ein Schreck! Was war das? Ich blicke mich um, aber sonst ist hier niemand. Ich zittere und muss ein paarmal tief durchatmen. Ich höre ein unangenehmes, zischendes Wispern an meinem Ohr, nach Art einer Schlange oder raschelnder Blätter.

›Pssst … Stenth … hör mir zu … Du bist schon so nah dran … Siehst du denn nicht die geheime Tür? Das Dimensio-Natron wartet auf dich … Es wird dir Macht verleihen, wie du sie noch nie besessen hast … Es hat so eine lange Reise gemacht, geduldig gewartet, nur um dich zu treffen … ‹

Ich schüttle mich. So muss es sich anfühlen, den Verstand zu verlieren. Ich sehe mich schon in der großen Irrenanstalt von Azades. Zumal ich hätte schwören können, dass ich bestimmte Dinge in meinen Rucksack gesteckt hatte, die nun nicht mehr da sind, was mich nicht gerade sicherer macht. Hat sie irgendwer herausgenommen? Aber wer? Und wann? Zum Glück sind die wertvolle Karte und der schimmernde Lichtkristall noch da.

Ich denke, das Beste wird sein, ich befolge den Rat der Stimme und suche nach dieser ominösen Tür. Dort, wo eigentlich eine Wand sein sollte, verschwimmt alles vor meinen Augen. Es wirkt so, als würde das Mauerwerk in eine unendliche Finsternis übergehen und der Widerstand des Materials einfach verschwinden. Ich bin zögerlich. Ist dies die geheime Tür? Soll ich den Schritt ins Unbekannte wirklich wagen? Ich blicke noch einmal zurück, über meine Schulter in den Park. Unter der großen Kiefer, die an exponierter Stelle stolz in die Höhe wächst, scheint eine der Wissenschaftlerinnen des Konzerns kleine Proben zu sammeln, so klein, dass ich von meinem Standpunkt aus nicht erkennen kann, was es ist. Blicke ich hingegen nach vorne, ins Unbekannte, so locken Visionen. Ich sehe den Konzern in Trümmern liegen, und ich sehe einen mir unbekannten Ort. Ich merke, wie mich alles zum Unbekannten hinzieht und nichts im Vertrauten hält.

Na gut. Ein letztes Mal noch. Ein letztes Mal schaue ich mich um. Der Feldweg am Fluss. Die grünen Hügel Eisannas, umgeben vom Wald. Ich seufze und dann begebe ich mich in die Dunkelheit, die das Dimensio-Natron umgibt. Das Letzte, woran ich denke, als ich mit der dunklen Materie in Berührung komme, ist seltsamerweise der Bauer, der in der Ferne – jenseits der Zäune und Mauern des Konzerns und noch hinter dem Waldgebiet – seine Felder beackert.

Der Übergang von hell zu dunkel ist abrupt. In der Dunkelheit verliere ich sehr schnell das Gefühl für die mich umgebenden räumlichen Dimensionen. Ich weiß nicht, wo der Raum anfängt oder aufhört, wie groß er ist, und dummerweise schimmert der Lichtkristall nicht. Ich scheine zu schweben. Bin ich körperlos geworden? Ich gerate jedoch nicht in Panik. Das Dimensio-Natron wollte, dass ich genau hier bin, also nehme ich die Umstände in Kauf.

Ich vernehme aus der Ferne Stimmen, also schwebe ich darauf zu, oder zumindest in die Richtung, aus der ich sie vermute. Sie werden immer lauter, männliche und weibliche reden durcheinander.

Ich unterbreche sie. »Hallo, mein Name ist Stenth.«

Abrupt hören sie auf. Dann sagt eine tiefe männliche Stimme: »Stenth warst du in der materiellen Welt. Doch nun hast du die Welt der Geister betreten, das Reich der Omøn. In der Welt der Geister zählt nur deine Seele, nicht dein äußeres Erscheinungsbild. Wir können deine Seele sehen, und sie ist stark und gerecht. Deswegen musst du einen neuen Namen annehmen.« Ich höre zustimmendes Murmeln der anderen Stimmen.

»Wer seid ihr?«, frage ich das Naheliegende.

»Wir sind die Acht«, sagt eine Frauenstimme, »die Acht Gäste.«

»Gäste?«, frage ich. »Gäste von wem?«

»Wir sind die Acht Gäste, so heißen wir in der Geisterwelt der Seelen«, fährt die Frauenstimme fort. »In der Welt der Materie waren wir vier Frauen und vier Männer, aber die Namen, die wir hatten, haben in der Dunkelheit ihre Funktion verloren.«

»Wie seid ihr hierhergekommen?«

»Na, so wie du auch. Wir waren Gäste in der Vorführung.«

»Ich war in keiner Vorführung!«

Erschrecktes Gemurmel.

»Du warst in keiner Vorführung? Du hast den Regisseur nicht getroffen?«

»Nein, ich war in keiner Vorführung. Aber ich habe einen Mann getroffen, der gesagt hat, der Konzern lasse ihn nicht mehr auftreten!«

»Du bist es, du bist es!«, höre ich acht Stimmen gleichzeitig.

»Ich bin *wer?!*«

»Du bist der *letzte Gast!* Nach dir kommt niemand mehr! Deine Seele wird uns aus der Gefangenschaft des Dimensio-Natrons befreien!« Die Stimmen klingen jetzt euphorisiert.

»Und wie soll ich das tun?«

»Du musst herausfinden, was du für einen Namen hast! Das Dimensio-Natron wird dich leiten!«

»Das Dimensio-Natron! Und wo finde ich es?«

Plötzlich leuchtet etwas im Raum auf. Es sieht aus wie ein Amulett.

»Das Amulett! Das Amulett! Wir sind erlöst … «

Und plötzlich sehe ich die Seelen der Acht Gäste, kleine Lichtpunkte, wie sie schneller und schneller um das Amulett kreisen und plötzlich mit einem Knall verschwinden. Und dann bin ich wieder allein, stehe wieder auf festem Grund, aber diesmal nicht in der Dunkelheit, denn das leuchtende Amulett liegt vor mir, auf einem Altar, und dahinter ein seltsamer Gegenstand. Das Dimensio-Natron. Ich nehme es an mich und das Amulett ebenfalls. Ich merke, wie ich wieder einen Körper bekomme, aber dieser Körper ist anders als der, den ich hatte.

Im Schein des Amulettes sehe ich, dass mein Körper stärker und größer geworden ist. Mich umgibt eine blaue Aura, und die acht blauen Kugeln des Amulettes geben eine violette Strahlung ab. Als ich durch die geheime Tür nach draußen trete, sehe ich, dass jemand riesige Maschinen auf dem Parkgelände aufgestellt hat, deren Sinn mir nicht bekannt ist. Ihre Antennen scheinen auf das Konzerngebäude ausgerichtet zu sein.

c) Holo

Ich drehe mich um. Doch dort, wo ich erwarte, das Konzerngebäude zu sehen, tut sich das Bild einer sehr großen Stadt auf. Ich habe keine Ahnung, wie ich dort hingelangt bin, aber wenn das Dimensio-Natron die Fähigkeit hat, mein Erscheinungsbild zu ändern (oder hat das Amulett dies getan?), dann hat es wahrscheinlich auch die Macht, mich in verschiedene Umgebungen zu versetzen. Mich wundert inzwischen gar nichts mehr.

Zunächst verstehe ich nicht, warum Menschen mir auf meinem Weg ausweichen, doch dann kommt mir ins Bewusstsein, dass es an dem prächtigen Langschwert liegen könnte, mit dem ich gegurtet bin. Ähnlich wie vom Amulett geht auch vom Schwert ein kalter, violetter Schimmer aus. So gehe ich bis zum Ende der Wiese, bis ich zu einem großen Turm gelange, der einer riesigen Wallanlage vorsteht: der Eingang zu Holo, der Hauptstadt des eisannischen Imperiums. Vor den Toren der Stadt befinden sich die vielen kleinen Seegebiete, die sich rund um den großen Holofluss ausbreiten, während in der Ferne das prächtige Gebirge zu sehen ist, in welches die Hauptstadt teilweise hineingebaut worden ist. Der Anblick ist überwältigend.

Aus dem Turm tritt ein festlich gekleidetes Paar heraus, Musikanten und jubelnde Leute schreiten hinterdrein. Gleichzeitig kommt ein kleines Boot an, auf dem man ebenfalls feiernde Menschen sehen kann. Die beiden Gesellschaften scheinen miteinander zu tun zu haben, denn sie winken sich zu.

Fast hätten sie mich eingelullt. Das Dimensio-Natron sollte mich eigentlich zu einem

Buch führen, doch stattdessen hat es mich verändert und meine Umgebung gleich mit. Ich habe mich mit Magie eingelassen, jetzt finde ich heraus, dass sich Magie nicht kontrollieren lässt. Andererseits fühle ich mich sehr stark, und ich sehe, wie Menschen mich aus sicherer Entfernung anstarren. Gehe ich auf sie zu, so weichen sie aus. Nein, es muss einen Grund geben, warum ich hier bin. Ich werde herausfinden, was es mit meiner Transformation auf sich hat, auch wenn es anstrengend wird.

Meine Schritte tragen mich in Richtung des Turmes. Als die Stadtwachen mich mit dem Amulett um den Hals, dem violett glänzenden Langschwert und dem Dimensio-Natron sehen, ergreifen sie die Flucht. Kugeln werden auf mich abgefeuert, doch sie verändern ihre mir seltsamerweise genau bekannte Flugbahn, bevor sie mich treffen können, und werden Richtung Himmel geschleudert, bis sie in der Wolkendecke verschwinden. Ein Soldat stürzt vom Turm, als er mich sieht. Ich meine, am Himmel eine seltsame Flugmaschine zu erkennen, die eine Art Bombe auf mich abwirft, aber die Bombe fällt in der Nähe meiner festen, zielgerichteten Schritte zu Boden, ohne zu detonieren.

Die reiche Vorstadt der Metropole liegt vor mir. Menschen flüchten und verbarrikadieren sich in ihren Häusern. Die, die nicht schnell genug sind, fallen in Ohnmacht. »Ein Gespenst! Ein Gespenst!«, höre ich eine Kinderstimme über mir rufen, dann wird ein Fenster fest zugeschlagen und abgeschlossen.

Was mir jedoch auffällt, ist, dass die Tiere keine Angst vor mir zu haben scheinen. Weder Vögel noch Katzen noch Hunde noch Pferde ergreifen die Flucht. Als ich an einem Stall vorbeikomme, höre ich sogar, wie mich Pferde begrüßen, und zwar mit Worten. Ich weiß nicht, wie es kommt, aber ich nehme an, das Dimensio-Natron lässt mich sogar die Sprachen der Tiere verstehen. Ich beschließe, mit dem schwarzen Pferd, das mich freundlich anschaut, zu sprechen.

»Hallo, wie ist dein Name?«, frage ich.

»Idder nennt man mich, Idder den Rappen. Es ist ungewöhnlich, dass ein Mensch mich etwas fragt. Die Menschen sagen viel zu mir, aber es sind in der Regel Befehle. Man sagt von unseren Vorfahren, dass sie in der Lage waren, Unterhaltungen mit Menschen zu führen. Wie ist Euer Name, Mensch?«

»Stenth, glaube ich. Seit meiner Verwandlung bin ich mir nicht mehr so sicher. Ich war in einem Konzern, um ein Buch zu suchen. Dann fand ich das Dimensio-Natron, wurde verwandelt und nach Holo teleportiert.«

»Kennt Ihr die Höhlen von Holo, Stenth? Am anderen Ende der großen Stadt, wo die armen Bergarbeiter hausen, dort wurden viele Höhlen in den Heiligen Berg gehauen. Dort sollen auch Bücher versteckt worden sein. Soll ich mit Euch kommen, um Euch zu zeigen, wo die Höhlen sind?«

»Das wäre sehr nett, Idder. Du bist sehr hilfsbereit.«

»Es ist mir eine Ehre, Stenth.«

So gehe ich weiter und Idder läuft neben mir her. Das Dimensio-Natron versucht währenddessen erneut, mir etwas mitzuteilen, doch das Signal erscheint mir zu schwach. Statt klarer Worte im Kopf nehme ich nur ein entferntes, kratzendes Rauschen wahr. Wir gelangen zu einem einfachen Gebäude, und ich bemerke, dass das unangenehme Kratzen deutlich an Lautstärke zunimmt. Durch ein vergittertes Fenster sehe ich einen kargen, ziemlich unaufgeräumten Kellerraum, erleuchtet durch einen matten alten Lichtkristall an der Decke. Eine dicke Frau, sehr leicht bekleidet, nimmt einen Karton und stellt sich in einer stolzen Pose mit dem rechten Bein darauf. Dann verschwindet sie plötzlich.

»Hast du das gesehen, Idder?«

»Ja, das habe ich«, antwortet das Pferd ruhig. »Es erinnert mich daran, was Ihr mir gesagt habt. Ihr seid doch auch plötzlich verschwunden, um ganz woanders aufzutauchen?«

»Das stimmt, und dieses kratzende Geräusch hat auch irgendetwas damit zu tun. Je näher ich dem Raum mit dem Dimensio-Natron komme, desto lauter wird es!«

»Ein Omøn! Ein Omøn!«, schreit jemand hinter mir. Die Richtung, aus der das Geschrei kommt, riecht nach Schimmel und Fäule. Ich drehe mich um, die Hand an der violett schimmernden Griffhülse meines Schwertes, bereit zum Zug. Dann lockere ich den Griff wieder, denn der Mann, der mir gegenübersteht, wirkt nicht bedrohlich. Er ist von hochgewachsener Statur, doch alt und wackelig. Er trägt eine seltsame Mütze auf dem Kopf und eine weite Schürze. Doch scheint er etwas hinter seinem Rücken zu verstecken. Vorsichtshalber ziehe ich mein Schwert. Es schimmert nun in tiefem Violett. Idder tritt an meine Seite. Der Mann weicht nicht zurück.

»Mein Name ist Malion, Prophet und Botschafter des nicht mehr existierenden Landes Sara«, meint der Mann.

»Und was, Malion, ist es, das Ihr mir sagen wollt?«

»Nun, da Ihr in die Sphäre der Omøn aufgestiegen seid, unbekannte Dame, möchte ich Euch in das letzte Geheimnis einweihen: Der Mann, nach dem Ihr sucht, ist Benelon. Doch die Suche ist sinnlos, denn seine Seele wurde vor langer Zeit verschleppt. Wir, die Malionisten, versuchen, sie zu finden und zu befreien.«

»Was ist es, Malion, in das Ihr mich einweihen wollt? Was ist das große Geheimnis?«

»Es ist dies: Die Monde lösen sich irgendwann von Lanevael, und somit treibt Lanevael ins Weltall hinein. Das ist das Ende allen Lebens.«

›Er spricht die Wahrheit; und somit hat er sein Leben vor der Klinge der Gerechtigkeit gerettet.‹

Ich löse die Hand vom Schwertgriff. »Was wollt Ihr sonst noch von mir?«

»Euch davon überzeugen, dass nur die Handlung, das Manifest des Malionismus zu verbreiten, die Menschen Lanevaels zur Freiheit führen wird. Das Manifest handelt von dem Kampf der Malionisten gegen die Bsonnas, welche versuchen, die Veröffentlichung zu verhindern; und gegen den Eisannischen Bund, der die Welt beherrschen will. Nur jemand, der stark genug ist, die Omønenergie zu überleben, ohne zu sterben und in einen Geist verwandelt zu werden, so wie Ihr, hohe Dame, kann sich gegen die Intrigen der Bsonnas und die Übermacht der Eisannas durchsetzen.«

›Was verbirgt er? Was ist hinter seinem Rücken? Ein Buch?‹

»Ich fürchte, die Energie, von der Ihr sprecht, Malion, hat meinen Namen zerstört, auch wenn der Rest unversehrt geblieben ist. Doch besitzt Ihr scheinbar das Buch, von dem mir erzählt wurde, als ich noch einen Namen hatte.«

Der Mann holt das Buch hinter seinem Rücken hervor. »Ich weiß nicht, wie Ihr dahintergekommen seid, dass ich es besitze, doch bin ich mir sicher, dass dies das Buch ist, das Ihr gesucht habt. Was bin ich glücklich, dass Ihr zu ihm gefunden habt! Was bin ich glücklich, dass ich Euch gefunden habe! Das war so eine weite Reise von Sara nach Eisanna!«

So ziehen wir weiter, Malion, Idder (den Malion nicht verstehen kann) und ich. Wo wir auch hinkommen, sinken die Menschen auf die Knie oder laufen vor uns weg. Unser Ziel ist, nach einem kurzen Aufenthalt bei den Berghöhlen, wo wir lang verschollene Manuskripte alter Tage finden, welche Malion sehr viel zu bedeuten scheinen, schließlich das große Schloss von Holo, wo der Kronprinz residiert. Malion weiht mich kurzerhand in den Plan ein, dass nur die königliche Druckerei imstande sein wird, das Manuskript im Einflussbereich des Eisannischen Bundes zu vervielfältigen.

d) Das große Schloss von Holo

Auf dem Weg zum Schloss weichen die Leute vor uns zurück oder flüchten. Nicht so die Schlosswachen. Als wir uns nähern, zücken sie ihre silbernen Pistolen und Gewehre. Alles, was ich ihnen entgegenzusetzen habe, ist ein violettes Schwert. Während Idder und Malion zurückweichen, stelle ich zu meinem Entsetzen fest, dass sich meine Beine vorwärtsbewegen, während die Wachen mir mit weit aufgerissenen Augen zurufen, dass sie schießen werden, wenn ich mich weiter nähere. Da ich die Füße nicht stillhalten kann, obwohl der Rest meines Körpers aus Angst um mein Leben erstarrt ist, finde ich ihre Beschuldigung, ich würde ihre letzten Warnungen ignorieren, unzutreffend. Und dann schießen sie.

Obwohl ich um mein Leben fürchte und es mir überhaupt nicht gut geht, werde ich kämpfen müssen, denn mein Körper bewegt sich auf die Angreifer zu und kann nicht fliehen. Ich weiß nicht, was bei den Schüssen passiert. Die Geräusche erschrecken mich und machen mir Angst, aber ich spüre keinen Schmerz und keinen Einschlag. Ich ziehe mein Schwert und merke, dass ich keinerlei Erfahrung damit habe. Ich kann nicht gegen die Männer kämpfen, die auf mich schießen, da ich das Schwert nicht verstehe. Es ist kein Buttermesser, sondern ein riesiges violettes Ungetüm, welches sich in meinen kleinen Händen kaum bewegen lässt, obwohl es sich nicht allzu schwer anfühlt. Das unhandliche Schwert stellt sich nach kurzer Zeit als erstaunliche Waffe heraus, da es jegliche Materie teilen kann. Die Schützen treten entsetzt die Flucht an, als sie sehen, wie ich die schwere Stahltür, welche den Schlosseingang bildet, mühelos in zwei Teile spalte.

Wir betreten zu dritt das Innere des Schlosses. Auch die Köche, die gerade eine frische Lieferung Fische entgegengenommen haben, fliehen entsetzt.

»Wir müssen hinunter in die Katakomben!«, meint Malion.

»Ich bleibe oben, denn ich kann keine Treppen gehen«, meint Idder. »Ich wiehere laut und schlage mit den Hufen auf den Boden oder gegen die Tür, falls irgendetwas passiert.«

»Warum wiehert das Pferd so?«, fragt mich Malion.

»Idder spricht mit mir. Warum müssen wir in die Katakomben? Ich dachte, es geht darum, ein Manuskript zu veröffentlichen.«

»In den Katakomben des Schlosses ist das Gefängnis für politisch Inhaftierte. Die dort Gefangenen werden unter luxuriöseren Umständen festgesetzt als die gemeinen Kriminellen. Wir müssen sie befreien, denn nur sie können uns durch Aussagen in der Öffentlichkeit helfen, die Wahrheit ans Licht zu bringen. Sie gehören zur novedanischen Rachegruppe.«

»Was ist die Rachegruppe?«

»Wir haben keine Zeit zu verlieren! Ich werde Euch alles erklären, o Gerechte, wenn wir die Eisannas überwunden haben.«

Wir eilen durch das riesige Schloss, durch einen Dschungel von Eindrücken, entsetzten Gesichtern und Zimmern. Türen schlagen oder fliegen auf. Überall liegen Fische herum, da wir gerade die Verwertung der Lieferung gestört haben, als wir eingedrungen sind. Es ist ein seltsames, chaotisches Szenario. Dabei bleibe ich sehr ruhig. Ich höre die Stimme des Dimensio-Natrons.

›Du bist dem Ziel sehr nah, Gerechte. Akzeptanz ist das Zauberwort. Sie können nicht akzeptieren, dass du die Welten zusammengeführt hast, die vor langer Zeit getrennt worden sind: Leben und Tod.‹

Jetzt dämmert mir, warum die Waffen der eisannischen Wachen keinen Effekt auf mich hatten. Weil ich nicht lebe, aber auch nicht tot bin.

»Land des toten Lebens«, flüstere ich, und Malion zuckt zusammen, als hätte man ihm einen Schock versetzt. Er ist kreidebleich geworden.

»Jetzt verstehe ich. Ich bin totes Leben geworden. Weder tot noch lebendig, doch auch kein Geist.« Wellen von Beruhigung durchstreben meinen … Körper?

Das Schloss ist viel größer als gedacht. Ich würde fast sagen, es hat die Größe einer kleinen Stadt. Als wir in den Katakomben in dem Bereich ankommen, wo laut Malion die Rachegruppe festgehalten wird, ist dies ein schmaler Trakt. Inzwischen haben einige der Eisannas aus dem Schloss sich uns angeschlossen und rebellieren offen gegen ihre ehemaligen Dienstherren, mit deren Anweisungen sie schon lange nicht mehr einverstanden sind, wie sie unterwegs erzählen. So auch die Wärter, die bereitwillig die beiden Insassen, Anführer extremer reaktionärer politischer Kräfte aus Noveda, aus den Zellen lassen. Sobald die beiden in Freiheit sind, geraten sie mit Worten aneinander. Sie streiten sich den gesamten Weg zum Thronsaal des Kronprinzen hinauf; und hinter ihnen schreiten stumm die Schwestern des eisannischen Munklerordens her, was einen Kontrast zwischen laut und stumm ergibt; und vorneweg ich, ein durch die Energie des Dimensio-Natrons deformiertes Wesen.

Vor der Tür zum Eingang des großen Audienzraumes versperrt mir der Admiral des großen Schlachtschiffes Sil den Weg.

»Ich bedauere, Ihnen mitteilen zu müssen, dass wir Sie nicht hereinlassen können, ehe der Kronprinz vom Porträtisten vollständig in Szene gesetzt worden ist. Eine Begebenheit von derart historischer Tragweite muss angemessen für die Nachwelt aufgezeichnet werden.«

»Ich weiß nicht, was für komische Ideen auf dieser Insel vertreten werden«, sagt Malion polemisch, »aber wir haben für diesen Schnickschnack leider keine Zeit. Wir sind ein revolutionäres Komitee, und wir müssen den Kronprinzen dringend in dieser Angelegenheit sprechen. Wir haben alle weite Reisen von fernen Blättern zurückgelegt und werden uns jetzt nicht mit der Ausrede abspeisen lassen, der Kronprinz müsse erst gemalt werden!«

»Es ist völlig egal, was Ihr fordert«, entgegnet der Admiral spöttisch. »Unsere Truppen und die Widerstandsnester, die der Krone loyal ergeben sind, verteilen sich über das gesamte Gebirge. Wir werden uns nicht von einer obskuren Truppe wie der Eurigen einschüchtern lassen.«

Malion wird rot im Gesicht, man kann der Wut förmlich beim Anstieg zusehen. »Eure Beobachtungsstationen im Gebirge interessieren hier niemanden, Admiral! Es ist Revolution! Wir haben Euren Palast gestürmt und verlangen augenblicklich, den verdammten Kronprinzen von Eisanna zu sehen!«

Der Admiral will gerade zu einer bornierten Antwort ansetzen, als die große Tür auffliegt.

»Genug!«, herrscht uns eine gekränkte Stimme an.

Der Admiral blickt zu Boden, sich zur Tür hin verbeugend. Dann hebt er sein Kinn in luftige Höhen und salutiert. »Meine Damen und Herren: der Kronprinz von Eisanna, Herrscher des Eisannischen Bundes!«

e) Der Kronprinz von Eisanna

Der Kronprinz sieht fein aus, aber nicht im Entferntesten so, wie man sich den Herrscher eines gewaltigen Imperiums vorstellt. Er trägt eine schlichte Krone, einen sehr feinen Anzug und einen sehr feinen Mantel. Zudem fängt das Dimensio-Natron an zu glimmen, sobald wir Blickkontakt aufnehmen. Wir erkennen einander.

»Ihr habt das Gedächtnis verloren, genau wie ich!«, sagt er in seiner näselnden Stimme und eilt geradewegs auf mich zu. »Ihr seid das fehlende Stück des Puzzles!«, ruft er aus und wirkt auf einmal enthemmt. »Antwortet mir!«, ruft er euphorisch und packt meine Schultern. Das alarmiert mich nicht, da ich erkenne, dass er nur ein kleiner Junge ist, ohne böse Absichten.

»Selbstwert … «

»… Problemlösung, Stolz!«

»Selbstsicherheit … «

»Konsequentes Umsetzen von Plänen!«

Ein junger Mann stellt sich näher zu uns und fängt an, sich Notizen zu machen. Er scheint von der Presse zu sein.

»Geschick?«

»Langsames Handeln? Anpassen von Geschwindigkeit?«

Der Kronprinz drückt mich. Ich lasse es geschehen. Nachdem er mich losgelassen hat, fangen seine Hände an, violett zu schimmern. Die Prinzessin, die unbemerkt an uns herangetreten ist, wirft mir einen destruktiven Blick zu. Ich sehe viele Jahre der Einsamkeit in ihren Augen, in der Einöde einer Monarchie, deren Teil sie vermutlich niemals sein wollte.

Ich bemerke erst jetzt die listigen Augen auf der Balustrade, neben der Vase, hinter dem Vorhang; überall neugierige, berechnende Blicke, von denen das vertrauensvolle, offene, naive Antlitz des Kronprinzen mich effektiv abgelenkt hatte. Jetzt ziehe ich das violette Schwert, und sie weichen zurück.

»Hindernisse?«, fragt der Kronprinz ruhig, jedoch mit seinem Blick nun auf das prächtige Schwert geheftet, von dem er nicht weiß, dass ich keine Ahnung habe, wie man es benutzt.

»Akzeptanz der inneren und äußeren Welten«, entgegne ich, das Schwert auf seine Brust richtend. Seltsam, das kalte violette Eisen, die Klinge, tanzt in meinen Händen so leicht, so anmutig …

Der Kronprinz weicht zurück. Er beugt das Haupt und murmelt: »Das Kingwikkschwert der Exekution … « Ich schreite an ihm vorbei, in den Thronsaal. Ich will die Sache jetzt beenden. Mir wird bewusst, dass das herrschaftliche Schloss nichts mit der modernen Welt zu tun hat, in der wir leben. Der Eindruck, den es bei mir schindet, lebt von vergangenem Glanz. Bei näherer Betrachtung sind all die verschnörkelten Bilder, ist all die Opulenz nichts weiter als eine Fassade. Ein Museum. Ein Mausoleum. Und wir sind die Revolution!

f) Die Revolution

»Von welcher eisigen Insel kommt Ihr, Königin der Finsternis?«, fragt der Kronprinz in einem jammernden Ton, der darauf schließen lässt, dass vieles an seiner Sprache einem Schauspiel gleicht.

»Ich komme von keiner Insel«, antworte ich ihm aufrichtig. »Ich komme aus Dalesa, wo man mich Stenth nannte, und seit ich mit der Energie der Omøn und deren Geistwesen in Verbindung gekommen bin, nennt man mich *Die Gerechte*. Doch wie ich nach Dalesa gekommen bin, weiß ich nicht, und wie ich von Dalesa nach Eisanna gekommen bin, ist mir ebenfalls schleierhaft.«

Diese Revolution in Worten und Taten ist kein gradueller Prozess, und erst recht nichts für schwache Nerven. Als der Kronprinz mir demütig seine Krone zu Füßen legt, reißen die Wesen in meinem Gefolge die Embleme der alten Herrschaft nieder, während einige der Lebensmüden im Gefolge der gestürzten Regierungen entsetzt fliehen.

Sogleich bilden die eifrigen Revolutionäre obskure Komitees: ein Komitee zur Ausweitung des Kurierwesens, um Informationen schneller zu übermitteln. Ein Komitee zur Regeneration, um den müden Informationsdienstleistern zur Erholung zu verhelfen. Dies sind nur zwei Beispiele von etlichen. Die Komiteemitglieder halten sich außerdem zur gegenseitigen Freundschaft an, um die Gefahr politischer Intrigen zu senken; und vor allem konferieren sie unentwegt.

Je mehr ich mich mit Politik beschäftige, desto mehr denke ich an Affen in einem Zoo. Jeder hat sein Territorium, und kommt der eine dem anderen ins Gehege, bewerfen sie sich gegenseitig mit Exkrementen. Daher ziehe ich mich immer mehr in den Salon des Kronprinzen zurück. Er ist ein netter Mann, wir unterhalten uns oft. Er teilt mein Interesse an Magie und meine Abneigung gegenüber Politik. Die Politiker scheinen eine Obsession bezüglich des Themas Gerechtigkeit zu haben, das ist der ganze Inhalt ihrer Revolution, Malion allen voran: »Freiheit und Gerechtigkeit für alle!« Was dann gerecht ist und was nicht, darüber debattieren sie den ganzen Tag. Magie hingegen hat mit Gerechtigkeit nichts zu tun. Magie bewirkt Veränderungen, welche die Möglichkeiten der Wissenschaftler anderer Disziplinen weit übersteigen. Magie liegt sozusagen im äußersten Grenzbereich des wissenschaftlich Möglichen. Aber ob magische Veränderungen der Gerechtigkeit oder der Ungerechtigkeit dienen, das schert mich nicht. Sie nennen mich weiterhin *Die Gerechte*, sollen sie doch. Mich kümmert es nicht. Und sie übrigens auch nicht. Alles, was sie interessiert, sind die Hauptthemen Fabriken und Infrastruktur. Sie erfinden die Geschichte Eisannas neu.

Ich weiß nicht, wie ich von Dalesa hierhergekommen bin.

Ich weiß nicht, warum mich die magische Energie so verändert.

Ich weiß nicht, was ich tun soll.

Ich weiß nur, dass das alles sehr merkwürdig geworden ist.

»Ich glaube, ich habe die Kontrolle über mein Leben verloren«, sage ich plötzlich aus meinen Gedanken heraus zum Kronprinzen.

»Fragt mich mal«, erwidert der Kronprinz. »Bis vor Kurzem war ich noch der angehende Herrscher eines Weltreiches.«

»Ich glaube, Kontrolle ist ein vorübergehendes Phänomen«, sage ich und erhebe mich vom Sessel.

»Sie haben Malion entführt!«, platzt ein Mitarbeiter des revolutionären Komitees durch die Tür des Salons. »Die eisannischen Soldaten haben Malion entführt.«

»Ich glaube, jetzt muss ich ihn suchen. Kommt Ihr mit?«, frage ich den Kronprinzen.

Er nickt. Ich mag ihn irgendwie.

»Sie müssen schnell mitkommen, Gerechte!«, drängt mich der Mitarbeiter. »Sie haben ihn auf ein Boot gepackt und sind flussaufwärts ins Inland gefahren! Wir dürfen keine Zeit verlieren!«

Wir begeben uns auf ein Schiff, dessen Innenraum sehr modern aussieht, wie eine Art Schaltzentrale. Überall blinken Kristalle, und ich merke, dass dies auch eine neue Art von Magie ist, nur dass sie einen wissenschaftlicheren Namen hat. Die Soldaten wurden schon gesichtet, und einige Konterrevolutionäre haben sich ihnen bereits angeschlossen. Es ist der Beginn eines Bürgerkrieges. Inzwischen erreicht uns die Nachricht, dass Malion wohl schon enthauptet worden sei, aber man könne noch nicht sagen, ob dies bloß ein bösartiges Gerücht oder die bittere Wahrheit sei. Sollte man ihn tatsächlich umgebracht haben, so hat er doch seine von ihm selbst so bezeichnete Lebensaufgabe, das Pamphlet in Umlauf zu bringen, verwirklicht.

Mein Leben kommt mir vor wie eine rasch aufeinanderfolgende Abfolge von Bildern, bei denen ich zusehe, wie jemand mir die Handlung vorgibt. Mir fällt auf, dass ich keinerlei Initiative zeige, sondern nur reagiere. Warum lasse ich mich in eine Revolution verwickeln, wo ich doch gar nicht wirklich etwas über die Hintergründe des Geschehens weiß? Mir wird immer bewusster, dass ich ein Gefäß für eine magische Macht geworden bin, die meine Individualität und deren Beweggründe bei Weitem übersteigt. Über einen mir unbekannten Kanal wird immer mehr Magie in mich eingespeist.

Unser Schiff fährt an einem Kloster vorbei. Zwei Munkler, die vor dem Kloster mit der Vermessung eines Weingartens beschäftigt sind, suchen panisch das Weite, als sie unser Panzerschiff flussaufwärts fahren sehen. Ihr Gott Mul scheint ihnen keinen Mut einzuflößen. Ich schaue mir ihr liebevoll gestaltetes Kloster an, doch ich spüre keine spirituelle Präsenz. Ihre Religion gleicht einer Nussschale ohne essbaren Inhalt. Und doch bauen sie ihre Klöster, beten, hoffen auf den Eingang in ein besseres Leben im Jenseits. Warum verstehen sie nicht, dass sie schon während des irdischen Lebens ins jenseitige eintauchen könnten, würden sie nur selber Magie praktizieren, statt Mul die Verantwortung dafür zu übertragen? Dann dämmert mir, dass sie dies tun, weil sie Angst vor dem haben, was sie jenseits ihres irdischen Lebens erwartet. So wie sie ihr Kloster vor unserem Anblick schützt, so schützt sie Mul vor einem unkontrollierten Übergang ins Jenseits.

Die alarmierten Gesichter, die in meinem Blickfeld auftauchen, als mein Fokus wieder auf die Geschehnisse im Schiffsbereich zurückkehrt, verheißen nichts Gutes. Das Schiff ruckelt und schaukelt, jemand von unter Deck stößt eisannische Flüche bezüglich der Dysfunktionalität der Technik aus. Es herrscht nicht nur bei den Munklern im Kloster Angst, sie regiert nun auch noch auf dem Schiff. Ich beobachte das ganze Geschehen seltsam distanziert und denke: *Na, das ist doch typisch für Kontrollverlust.* Auf der einen Seite verliert das Land die Kontrolle, auf der anderen Seite sorgt die seltsame, uralte magische Energie dafür, dass ich vom Diesseits ins Jenseits übertrete, während ich lebe. Das ist wohl der große Unterschied zwischen der magischen Praktikerin und derjenigen, die das vermutlich bis vor Kurzem nicht getan hat. Während die magische Praktikerin schon während ihres Lebens ins Jenseits eintritt und somit ihr irdisches Leben ins jenseitige mitnimmt, gibt es bei der Nichtmagierin einen klaren Übergang: irdisch bis zum Tod, jenseitig nach dem Tod.

Während ich das Haupträtsel der Magie gelöst habe, kentert das Schiff.

Während die Mannschaft in die Rettungsboote steigt, schwebe ich an Land. Die seltsamen Rufe, meistens »Omøn!«, kümmern mich nicht. Jetzt verstehe ich auch das ganze mir bis dato verborgene Paradoxon: Während die Magie mein Erscheinungsbild für andere Personen ändert, geht mein irdisches Raum-Zeit-Kontinuum einfach weiter. Das revolutionäre Komitee um die novedanische Rachegruppe erscheint bei unserer Rückkehr ins Schloss etwas bedrückt, da sie ihren Revolutionsführer Malion verloren haben. Ich wiederum, deren irdischer Name immer noch *Die Gerechte* ist, befinde mich gleichzeitig in der grobstofflichen und der feinstofflichen Welt und merke, dass die große Revolution zum Sturze eines Weltreiches für mich nicht wirklich wichtig ist. Vielmehr bin ich fasziniert von den Möglichkeiten, die die Geisterwelt nun vor mir auftut.

Somit verlasse ich das Komitee im Schloss und folge dem Schreien eines Kindes, welches ich in der Ferne höre. Zunächst benutze ich noch meine Füße, doch dann schwebe ich, was wesentlich Kraft spart. Ich nehme einen Säugling aus den Händen einer verlassenen, sterbenden Frau und verspreche ihr, mich um das Baby zu kümmern.

Neben der Frau liegt eine Zeitung, und ich lese, dass Malions Pamphlet zur Befreiung der Menschheit in Smaragdana sehr bekannt geworden ist. Er hat sein Ziel erreicht. Mir fällt auf, dass ich das Baby nicht säugen muss, da es sich an meiner magischen Aura bedient. Das Baby beginnt violett zu leuchten.

Als ich mit dem Säugling ins Schloss zurückkehre, informiert man mich, dass ich zu viel Wohlstand gekommen sei, da Malion mir ohne mein Wissen die Rechte an seinem Pamphlet überschrieben hat. In der Minute, wo ich es höre, beschließe ich, ein Schiff zu kaufen, sodass der mit Magie genährte Säugling und ich nach Süden aufbrechen können, dorthin, wo noch nie ein Mensch hingefahren ist, jenseits des Blattes Inselland. Denn ich werde beweisen, dass Lasodanne niemals untergegangen ist, immer noch existiert, und zwar als riesige, vermutlich mehrere Blätter umspannende Insel! Gleich morgen werde ich mich auf die Suche nach Expediteuren machen!

Und was ist mit Euch? Kommt Ihr mit mir?

BLOGOL

APPENDIX:

DER KATALOG VON ADERRO

Die für das allgemeine Verständnis der Erzählungen relevanten, ebenso subjektiv wie unvollständig dargestellten und stark gekürzten Auszüge aus dem *Katalog von Aderro* erscheinen an dieser Stelle mit freundlicher Genehmigung der Familie Aderro zu Seleda. Lesende werden gewarnt, vor der Lektüre der Erzählungen im Katalog zu schmökern, da das darin enthaltene Wissen zwar einerseits dem Verständnis dienen, andererseits das Lesevergnügen auf verschiedene Weisen beeinträchtigen kann, und werden angewiesen, ihre Entscheidung diesbezüglich sinnvoll abzuwägen.

A

Aasbucht
Eine malerische Bucht im Südosten Eiskohldiasas, wo die Schönen und Reichen leben.

Aasei
Die prächtige Hauptstadt Eiskohldiasas, zudem die einzige Stadt des Inselstaates, die nicht von Schlachtschiffen bewacht wird.

Aderro (4812–4900)
Ein einflussreicher, das Tageslicht scheuender seledanischer Wissenschaftler, auf dessen Wirken dieser Katalog zurückgeht. Er widmete sich vor allem der Erfassung und Einordnung aller Formen und Ausprägungen des geistigen und materiellen Seins, welche er in seinem Lebenswerk, dem *Katalog*, festgehalten hat, einem berüchtigten Monster von einem Buch, welches über zehntausend eng bedruckte Seiten schwer ist und nie vollendet werden konnte, so sehr sich Aderro auch mühte.

Agos
Im Westen Dalesas gelegene Kleinstadt. Agos bedeutet auf Dalesanisch Verbindung, daher der Name für den Verkehrsknotenpunkt für Reisende zwischen Seleda und den Städten Dalesas.

Adevon
Zentral gelegene Insel des Blattes Schwarzland. Mitglied der Novedanischen Union. Der Nationalsport der Bewohner ist Segeln. Ausrichtung spektakulärer alljährlicher Segelwettbewerbe in Kooperation mit Videssa und Eiskohldiasa.

Ainaidan
Ainaidan ist ein kleines Land im Nordwesten der Plüschlandbucht. Das Land wurde 4999 an einer unbewohnten Küste gegründet und leistet bis heute große Dienste bei der Vertreibung der Berginger aus seinem Nachbarland Krekru, erhebt aber keinen Anspruch auf Territorium im Inland. Ainaidan ist Mitglied der Novedanischen Union.

Aislkrug

Ein sehr großes Reich im Nordwesten des Blattes Krug. Die Bergregionen sind reichhaltig an verschiedenen Mineralien. Die Aislkruger leben sehr zurückgezogen. Zwischen anfänglicher und nachträglicher Feindseligkeit gegenüber allen anderen Bewohnern Krugs erfolgte ein vorübergehender Pakt mit Lalalai im 1. Novedakrieg, welcher ein Übereinkommen über Rohstofflieferungen enthielt. Im äußersten Nordosten soll eine Meeresküste existieren, welche niemand außer den Aislkrugern jemals befahren habe. Es gibt weder eine Hauptstadt noch eine Regierungsform; die Sippen halten jedoch regelmäßig einen Zentralrat ab (die sogenannte Sippschaft), in welchem wichtige politische Entscheidungen getroffen werden.

Über die Geschichte ist nicht viel bekannt, und die Aislkruger lassen auch keine Forschungsaktivitäten zu. Den Angaben Lalalais zufolge sind sie das Urvolk Krugs; von Aislkrug soll auch Krug als Namensgebung für das gesamte Blatt abgeleitet worden sein. Geschichtswissenschaftler Kernlands und Krugs spekulieren, dass die Volksstämme Aisl und Krug Nachfahren der Asetonier sind.

Alion

Grün schimmernder Mond, der die gesamte Frühlingszeit über am Himmel zu sehen ist. Alle achthundert Jahre beherrscht er eine komplette Jahreszeit. Bisherige Herrschaftszyklen in Jahreszeiten: Jahr null, 800, 1600, 2400, 3200, 4000, 4800.

Ihm zu Ehren feiern die Kernländer das Grünmondfest, welches reich an Symbolen ist. Das Grünmondfest zeichnet sich durch botanische Kostüme, Konstruktionen und Bilder aus, welche allesamt die Furchtbarkeit symbolisieren. Dabei stehen Stöcker und Zweige für das männliche, Feigen und Pflaumen für das weibliche Geschlecht. Das kernländische Grünmondfest hat seinen Ursprung bei dem Waldvolk der Bilbis. Auf dem Blatt Krug gibt es ebenfalls ein Grünmondfest, welches auf die Asetonier zurückgehen soll, die annahmen, Menschen wären aus Pflanzen entstanden.

Allerschwärzester Fluch

Der unheilvollste und stärkste schwarzmagische Zauber, der bekannt ist. Allein seine Erwähnung soll ausreichen, um ewiges Unheil auf den Verfluchten (oder dessen Familie) herabzubeschwören. Der Fluch gilt als unbannbar.

Amhafen

Ein Stadtstaat im Herzen Nasenburgenlands. Die am Ende eines gewaltigen Fjords gelegene Großstadt war bis 3929 eine eisanische Kolonie.

Ändramelch

Eine gewaltige Gebirgskette nördlich der lalalaischen Hauptstadt Lalalai, auch Großes Gebirge von Lalalai genannt. Das große

Tal nördlich dieses Gebirges, zwischen dem Imalastrom und den großen Waldgebieten im Norden gelegen, heißt ebenfalls Ändramelch.

Angewandte Rechtswissenschaften
In Eisanna kann man an verschiedenen Hochschulen Rechtswissenschaften studieren. Diese teilen sich ein in die angewandten und die theoretischen. Während die Absolventen der a. R. zu den verschiedenen Gerichten gehen (Anwälte und Richter), bleiben die Absolventen der t. R. entweder dem Forschungsbereich verhaftet oder treten den legislativen Staatsabteilungen bei.

Apokryphkarten
Landkarten, die nicht den standardisierten Atlanten der Supermächte des Eisanischen Bundes oder der Novedanischen Union entsprechen, denn die auf ihnen beschriebenen Blätter sind hinsichtlich ihrer Existenz nicht belegt.

Aroraon
Das tiefste Geheimnis der Okkultisten, in dessen Bannkreis lediglich Spekulationen existieren. Das Wissen um das Aroraon soll eng mit der hermetisch abgeriegelten Großinsel Borgonyony verknüpft sein.

Arpus
Die Hauptstadt Dalesas, erbaut an einem großen See. Arpus gilt als wirtschaftliches, politisches und kulturelles Zentrum der Dalahalbinsel. Hier wurde 4822 die älteste und einflussreichste Universität Dalas erbaut. Arpus beheimatet auch einen sehr bekannten Fußballverein namens Arpus National.

Aris
Xlaovanisch für »die Ersten«. Man sagt heute noch »Aris xa sari zar xu« – »die Ersten haben alles gemacht«.

Asetogebiet
Ein dicht besiedelter Städteverbund nordöstlich von Eerenskal, wo vor allem asetonische Bergleute wohnen. Im Asetogebiet befinden sich die Städte Aseto, Nolo, Neva und Beon.

Asetonien
Bei archäologischen Ausgrabungen der Novedaner im Gebiet der Stadt Shiska wurden 4664 Ruinen und Dokumente gefunden, welche von einem Reich künden, das um das Jahr 600 große Teile des heutigen Blattes Krug bedeckt haben muss. Dieses Reich nannte man Asetonien. Aus bisher nicht eindeutig nachweisbaren Gründen wurde dieses Reich nahezu vollständig zerstört. Es gibt verschiedene Theorien, um den Niedergang zu begründen: eine Naturkatastrophe oder ein lang anhaltender Bürgerkrieg; auch eine Seuche kommt infrage. Asetoniens Bewohner sind nachweislich geflohen und haben neue Reiche östlich des ursprünglichen Gebietes gegründet (Segal, Lai), haben sich unter eigenem Namen unabhängig gemacht (Lalalai) oder existierten

als versprengte Stadtstaaten weiter, welche sich Tausende von Jahren später mit Seefahrern aus Donia zum Riesenreich Noveda zusammenschließen sollten.
Aufgrund der weitreichenden Ausgrabungen 4664 entstand schnell ein (Ahnen-) Kult und daraus eine Unabhängigkeitsbewegung, deren Bemühungen 4666 in der Neugründung des Staates Asetonien mündeten.
Obwohl es in der Folgezeit keine militärischen Auseinandersetzungen zwischen Noveda und Asetonien gegeben hat, betrachten viele Novedaner die Asetonier als Verräter.
Asetonien liegt sehr zentral auf dem Blatt Krug und gilt als das Land mit der höchsten Bevölkerungsdichte auf der Landwelt. Es ist, da es nicht über ausreichend Ressourcen verfügt, abhängig von Lieferungen aus seinen Anrainerstaaten. So bezieht man Holz aus Noveda, landwirtschaftliche Produkte aus Noveda und Shiskana. Hauptstadt ist Eerenskal, welche als größte bekannte Stadt der Landwelt gilt.

Aslong
Eine gut befestigte Stadt im Inland Neosannas. Ursprünglich die Hauptstadt Rükkenlands, ist Aslong heute ein wichtiger zentraler Handels- und Verkehrsknotenpunkt Neosannas, welcher die ursprünglichen Siedlungsgebiete im Norden über das 5090 eroberte Rükkenland mit den ab 5130 erschlossenen Gebieten im Süden und Südosten verbindet.

Atupia
Ein Blatt, welches noch weitestgehend unerforscht ist. Es schließt im Westen an das eine bisher bekannte Landweltende Geheimes Flussland, im Osten an das andere bisher bekannte Landweltende Krug an. Die Landweltenden Atupias und Krugs sind erwiesenermaßen miteinander verbunden, sodass die Theorie, die Landwelt sei eine Kugel, oder zumindest kreisförmig, allgemein akzeptiert ist. Im Süden befindet sich das ebenfalls noch weitestgehend unerforschte Blatt Schissland. Über den Norden Atupias ist rein gar nichts bekannt …

Au
Eine stark befestigte Stadt im Westen der Dala-Union, gelegen an der Grenze zu Dalesa.

Avelolai
Eine kleine Grenzstadt im äußersten Süden Lalalais. Hier wird die Schifffahrt entlang des Imalastroms an der Grenze zu Neun kontrolliert.

Azades
Ein wichtiger Militärstützpunkt der Eisannas auf einer kleinen Insel im äußersten Nordwesten des Blattes Kernland, nahe der Küste Sedazas. Hier befinden sich auch eine große Wetterstation und das größte sogenannte Irrenhaus Kernlands. Der Begriff Irrenhaus ist sehr umstritten, wird aber von den Eisannas offiziell verwendet.

Die Eisannas kamen im Jahre 4590 auf die ethisch fragwürdige Idee, die Mehrzahl an *verrückten* Bürgern von ihren Hauptinseln dorthin auszusiedeln.

B

Baani
Eine Miniinsel im mittleren Süden Solans, welche die Kegelländer um 4001 entdeckten.

Balschutbaum
Großer, meist mehr in die Breite als in die Höhe wachsender Baum mit einer Vielzahl an dichten, starken Ästen, an denen kleine, gezackte Blätter hängen. Balschutbäume wachsen hauptsächlich auf dem Blatt Inselland.

Bana-Bana
Eine gemäß ihrer geografischen Lage aufsehenerregende eisannische Stadt, welche genau an der Grenze zwischen der Dalahalbinsel und dem Gebiet, welches gemeinhin als »Land der Nasen« bekannt wurde, situiert ist. Sie liegt im zentralen Norden des Blattes Kernland, im Zentrum einer großen Bucht. Es gibt hier ein bekanntes, aber chronisch erfolgloses Fußballteam namens »Bana-Bana 11+«. Bana-Bana war ursprünglich eine seledanische Kolonie, welche sich 5000 der eisannischen Kolonie Beil und somit dem Eisannischen Bund anschloss.

Bäschutu
Ein Bergdorf im Goldlandgebirge, gelegen im äußersten Süden Goldlands. Jenseits des mächtigen Goldlandgebirges endet das Blatt Farnord und das Blatt Krug beginnt. Hier liegt der Eingang zum Reich der Imalaindianer von Krug.

Bebuls
Sehr kleine Stiere, die auf dem Festland des Blattes Schwarzland in Rudelformationen leben. Sie verhalten sich äußerst territorial und neigen dazu, Menschen mit ihren scharfen Hörnern zu attackieren. Bebulstampeden enden selten tödlich, ziehen aber oft gravierende Verletzungen nach sich.

Beil
Eine Bergenklave im mittleren Norden des Blattes Kernland, die von Eisannas während der Bergingerkriege errichtet wurde, um Nasenburgenland vor Bergingerangriffen zu schützen. Beil gilt als kalt und trostlos. Wenige leben gerne inmitten der rauen Bergwinde und des diesigen Nebels dieser Region, aber manche der Einwohner (zum Beispiel Strafgefangene oder Soldaten) haben keine andere Wahl. Die Eisannas betreiben dort hauptsächlich Bergingerforschung.

Benelon (5100–5190)
Expediteur, Gelehrter und Weltreisender aus Neosanna. Heilige Figur der Munkler. Großer intellektueller Einfluss auf Gelehrte auf verschiedenen Landweltblättern

durch zahlreiche, vielfältig übersetzte und verbreitete philosophische und magische Schriften.

Berginger

Wüste, primitive Krieger, über und über behaart. Sie werden bis zu zweieinhalb Meter groß und halten sich nahezu ausschließlich in Gebirgsregionen auf. Dort bauen sie ihre riesigen grobkantigen Festungen, sogenannte Grebs, welche sich auf den Blättern Krug, Plüschland, Kernland und im Geheimen Flussland finden. Die Berginger leben in Horden, und die Bewohner der Grebs tauschen sich untereinander hinsichtlich verschiedener Güter aus, jedoch existiert keine feste Staatsform. Goldländer berichten sogar von einem Greb am östlichen Rand Farnords.

Die Vermehrungsweise der Berginger ist ungeklärt, es wird gemutmaßt, sie würden von den Omøn gezüchtet. Ein Beweis dieser These ist für viele Gelehrte der gemeinsame Einfall von Bergingern und Omøn in Krekru 5115. In der Dala-Union, die anfangs mit den Bergingern paktierte, fanden sich rätselhafte Kisten mit geheimen Gegenständen, die von Novedanern im Zacklandkrieg sichergestellt werden konnten und von der Herkunft eindeutig auf die Omøn verweisen. Einige Kisten lösten bei der Öffnung verheerende Explosionen aus, andere enthielten magische Gegenstände wie zum Beispiel Dimensio-Natrons. Über Art und Ausmaß der mutmaßlichen Omøn-Berginger-Verbindung ist jedoch nichts Handfestes bekannt. Dass die Berginger keine Geschlechtsorgane haben, stützt auf jeden Fall die Züchtungsthese.

Berginger haben überwiegend (aber nicht ausschließlich) Angst vor tiefem Wasser (sie können in der Regel nicht schwimmen) und gieren nach Gold, welches sie sammeln und in ihren Grebfestungen verstauen. Auf dem Blatt Kernland gab es zwischen 1990 und 5200 sieben Bergingerkriege, bei dem die einfallenden Bergingertruppen durch Allianzen verschiedener Staaten Kernlands aus den betroffenen Ländern und Gebieten vertrieben werden konnten.

Berginger sind bei Kernländern und Novedanern beliebte Sklaven, da sie schier unermüdlich arbeiten können und sehr leicht abzurichten sind. Sie werden als Halbmenschen betrachtet und dürfen deshalb wie Tiere behandelt werden, was vor allem die Munkler ethisch bedenklich finden.

Bilbi

Die Bilbis sind laut Schachtelgeschichtsschreibung unabhängig von den Schachteln und deren Nachfolgern im Jahr 500 in den Waldgebieten der Dalahalbinsel aufgetaucht. Sie selbst geben an, sich ursprünglich aus Bäumen und Pflanzen heraus zu Menschen entwickelt zu haben.

Die Bilbis gelten als ein naturverbundenes Volk, welches im großen Waldgebiet im Norden der Dalahalbinsel zu Kernland lebt und eine symbiotische Beziehung zu Bäumen aufrechterhält. Soweit bekannt ist, existiert keine feste Regierungsform.

Bilbis leben in Baumhäusern und in Holzverschlägen auf Waldlichtungen und sammeln Kräuter. International bekannt sind die Heil- und Rauschpflanzen der Bilbis, welche von Besuchern in überschaubaren Mengen gepflückt und geerntet werden dürfen. Die Bilbis verkaufen einmal jährlich ihre Pflanzen auf dem großen Schachtelbasar. Dieser findet bei der Burg Schachtel an der Grenze zum Berginger-Gebiet statt.

Bilbifarn
Ein giftgrünes, bitteres Gewächs, welches eine stark sedierende Wirkung hat.

Bilbikraut
Ein Kraut der Bilbis, welches je nach Dosierung Rausch- oder Heilwirkung hat. Es wird gerne zur Versorgung verwundeter Soldaten angewandt, da es den Wundheilungsprozess beschleunigt. Bilbikraut gibt es in verschiedenen Farben. Besonders das blaue Bilbikraut wird aufgrund seiner stark euphorisierenden und halluzinogenen Wirkung bei Festivitäten geschätzt.

Blatt
Ein geografisches Instrument zur Bestimmung, Einordnung und Eingrenzung einer bestimmten Gegend. Ein Blatt umfasst 3000 EK (eisannische Kilometer) von Süden nach Norden und 4500 EK von Westen nach Osten. Der Planet Lanevael (die Landwelt) ist nach derzeitigem Forschungsstand in fünf Nordblätter, fünf Südblätter und ein noch nicht genau ausgemessenes Extrablatt (Äußerer Norden, nördlich der Nordblätter) eingeteilt. Der Äußere Süden ist noch nicht ausreichend erforscht. Nach derzeitigem Forschungsstand existiert südlich der Südblätter ein weiter Ozean ohne Festland oder Inseln, aber manche Seefahrer behaupten, dass dort die sagenhafte Rieseninsel Lasodanne situiert sei, von der die Donier und Skater stammen sollen.
<u>Äußerer Norden (Extrablatt):</u>
Farnord
<u>Nordblätter:</u>
Atupia
Geheimes Flussland
Kernland
Plüschland
Krug
<u>Südblätter:</u>
Schissland
Schwarzland
Solan
Mischland
Inselland

Blauginster
Eine auf vielen Blättern Lanevaels weitverbreitete Heilpflanze, deren blaue Blüten in der Dämmerung schimmern.

Blogol
Im Norden des Geheimen Flusslandes soll sich ein Reich befinden, welches die Xlaovaner Blogol nennen, was grob übersetzt »Land des toten Lebens« bedeutet (auf Xlaovanisch bedeutet »Blo« »Tod«, »tot« oder auch »sterben«, »Gol« hingegen »Leben«, »leben« oder auch »Geburt«). Blogol

bestehe angeblich aus purpurfarbenen Ruinen und soll von einem immerwährenden violetten Nebel umgeben sein. In der okkulten Literatur der Xlaovaner wird Blogol als ein Ort beschrieben, der durch schändliche Experimente mit schwarzer Magie seitens der Omøn komplett verwüstet und *magisch* kontaminiert sei.

Body-Snodi
Eine winzige Insel im mittleren Süden des Blattes Krug. Vor allem von den Lalalais wird sie als Gefängnisinsel genutzt. Sie ist sehr weit von jedwedem Festland entfernt, sodass eine Flucht durch Schwimmen faktisch unmöglich ist.

Borgonyony
Das Königreich Borgi wurde um 389 von den abtrünnigen Königen Lillas gegründet. Seitdem haben sich die Könige Borgis größtenteils aus dem Landweltgeschehen herausgehalten und wurden auch kaum beachtet. Als 4288 die Novedanische Union die Insel Vosa, welche dem Königreich Borgi unmittelbar vorgelagert ist, zu einer Kolonie Novedas erklärte, wurde die jahrtausendealte Dynastie aufgelöst und 4290 die Republik Borgonyony ausgerufen. Auf Borgi bedeutet »Nyony« »Republik«, »Borgo« ist der Plural von »Borgi«. Seit 5140 besteht ein militärisches Bündnis mit Smaragdana, um sich vor weiteren Kolonialisierungen durch Noveda zu schützen.
Borgonyony hat außer Smaragdana keine Verbündeten und lässt Fremde (außer Smaragdaner) nur nach strengster Prüfung ins Land. Die Borgonyonyaner sind als (pseudo-)demokratische Republik organisiert, welche alle zwanzig Jahre eine neue Regierung bildet. Es existiert nur ein Hafen namens Enöl, ansonsten sind alle stark befestigten Städte tief im Inland situiert.

Brieftauben
Ein Faktor, der Noveda und der Novedanischen Union zu rasantem Aufstieg verhalf, war ihre kurz nach Gründung der Novedanischen Union in allen Unionsländern installierte Luftpost, welche ihnen in der Geschwindigkeit der Übertragbarkeit von Informationen unschätzbare Vorteile verschaffte.

Bsonnas
Die *Heerscharen des Todes*. Sehr aggressive Kriegerkaste der Smaragdaner, von einem alten smaragdanischen Adelsgeschlecht abstammend. Sie tragen entweder konsequent Schwarz (in Kriegszeiten) oder Weiß (Waffenstillstand). Die Bsonnas halten das Konzept Frieden für eine philosophische Illusion, und so alternieren sie immer zwischen Krieg und (temporärem) Waffenstillstand.

Bucht der Strandläufer
Hiermit wird eine Hunderte von eisannischen Kilometern lange Küste nördlich der Insel Dalking bezeichnet, wo die mit großen Mäulern Muscheln knackenden Strandläufer einzeln oder in Horden hausen. Der Sandstrand

reicht weit ins Inland und verzweigt sich zu einer weitläufigen Dünenlandschaft.

Bui
Eine Stadt in der Mitte Neuns, einzige Inlandsstadt des Staates.

C

Cap Barrel
Dieses Land befindet sich im Südosten des Blattes Solan. In Cap Barrel wohnen große, haarige Menschen, welche optisch den Bergingern recht ähnlich sind; auffällig ist in diesem Kontext die braune Kralle im blauen Kreis, welche das Landesemblem bildet. Im Gegensatz zu den Bergingern sind die Bewohner Cap Barrels allerdings vergleichsweise zivilisiert und bringen geschickte Seefahrer und begabte Architekten sowie geniale Mathematiker hervor; auch verfügen sie über eine schwarze Hautpigmentierung, welche sie insbesondere für die hellhäutigen Kernländer recht unheimlich aussehen lässt. Gehandelt wird in Bildchen, wobei der Mehrwert kontingent zur Kunstfertigkeit des Bildchens steigt – je schwieriger das Bildchen zu reproduzieren ist, desto wertvoller wird es. Künstler sind in diesem Land reiche Menschen.

Cap Gold
Im mittleren Osten des Blattes Solan ist eine Halbinsel namens Cap Gold situiert. Hauptstadt ist Bunjuk, eine große Hafenstadt, die für üble Spelunken und gröhlende Seefahrer bekannt ist. Die Einheimischen haben wie die Rükkenlandindianer eine schwarze Hautpigmentierung. Wegen der Bodenschatzvielfalt wird Cap Gold von den Kernländern und Novedanern auch als das Goldland des Südens bezeichnet.

Calanana
Ein Reich, welches angeblich auf dem Blatt Inselland existieren soll. Obwohl es eine Fahne gibt und sowohl Benelon als auch die Munkler es in ihren Schriften als Reich der aufgehenden Sonne über dem Meer erwähnen (»Cala« ist Eisannisch für »Sonne«, »Nana« ist Eisannisch für »Meer«), existieren weder Berichte noch Reiseaufzeichnungen von Seefahrern, welche die Existenz dieses Landes hinreichend belegen.

Cannaland (auch: Canna Land)
Gegründet 4922 an der mittleren Küste des Blattes Schwarzland als eine Kolonie der Novedanischen Union.
Sehr geringe Bevölkerungszahl. Im Westen und Norden angrenzend an Neosanna. Die Cannaländer beanspruchen das gesamte Hinterland der Küste für sich, werden aber diesbezüglich von den Neosannas nicht ernst genommen, was immer wieder zu diplomatischen Spannungen zwischen den beiden Ländern führt, die jedoch bisher nie in militärischen Auseinandersetzungen mündeten. Wegen ihrer Exportschlager Schwarzpfeffer und Starkbier (siehe Eintrag zu *Pjort*) sind die Cannaländer wirtschaftlich weitestgehend autark.

Camario
Eine seledanische Inselkolonie auf Kernland, im Süden angrenzend an eisannisches Inselterritorium. Westlich von Camario liegt die Küste Fingerlands.

Cannas
So lautet die Bezeichnung für die Sprache der Cannaländer. »Icannas« fasst alle Sprachen, die nicht Cannas sind, zusammen (»i« bedeutet »nicht«). In Neosanna sagt man, Cannas klänge wie besoffenes Novedanisch.

Checklà
Eine kleine Grenzstadt mit Hafen, situiert an der Ostküste Lalalais, an einer sandigen Bucht gelegen. Unmittelbar südlich von Checklà beginnt das Territorium Neuns.

Cléo
Eine Stadt in Neun mit einem übermäßig großen Anteil an attraktiven, hedonistisch orientierten Menschen, Villen und Feierorten. Sie liegt stark befestigt an der Südküste Lalalais, hat einen kleinen, schicken Hafen, der kaum zu militärischen Zwecken genutzt wird. Die Stadt ist sehr wohlhabend. Ihr Name kann mit »die Elegante« übersetzt werden.

Clova
Novedanisch für »Glück der Liebe«, aus den Wörtern »Clo« (Glück) und »Lova« (Liebe) zusammengesetzt. »Clova!« ist bei einigen novedanischen Gruppen der im Kollektiv gerufene Willkommensgruß für neue Mitglieder.

D

Dala
Eine große Halbinsel im Zentrum Kernlands, auf der die ersten Völker besagten Blattes Kulturen errichteten. Im Jahr null bildeten die Schachteln hoch im Norden bei den Bergen die erste Hochkultur mit eigener Zeitrechnung (siehe Eintrag zur *Zeit*).
In den Jahren 50 bis 100 entstanden laut Angaben der Schachteln aus der Schachtelkultur weitere Kulturen: die Bilbis in den Waldgebieten (welche abstreiten, Nachfahren der Schachteln zu sein), die Eisen und Asonnas, welche das Zentrum der Dalahalbinsel bevölkerten, die Dalaner (zogen nach Südwesten), die Hauer und Bauer (zogen nach Nordosten).
Um 200 kamen die Ulgul-Alma hinzu, die sich bis zum heutigen Tage nicht über ihre primitiven Stammesstrukturen hinaus entwickelt haben.
Aus diesen Stämmen formten sich fast alle zivilisierten Kulturen der Kernländer. Die Eisannas gelten als Mischvolk der Eisen, Asonnas und der Segaler des Blattes Plüschland. Smaragdaner, Berginger und Novedaner siedelten erst Tausende Jahre nach den unzähligen Stammeswanderungen und -vermischungen der Schachteln in kernländischen Gebieten.

Dala-Union
3012 schlossen sich die kernländischen Stadtstaaten Au, Hauabaua und Halbstadt im Nordosten der Dalahalbinsel mit den Bergingern zu einer Union zusammen und überfielen das Nachbarland Zackland, wobei es als eines der größten Rätsel der Geschichte Kernlands gilt, wie es zu dieser Kollaboration kommen konnte und wer den ruchlosen Kontakt zu den Bergingern ursprünglich hergestellt hat. Erst durch eine gemeinsame Intervention von Novedanern und Eisannas konnte ihre große Armee aufgehalten werden. Seitdem wird die Dala-Union von kernländischen Völkern weitestgehend boykottiert, mit der Novedanischen Union und dem Eisannischen Bund ist sie offiziell verfeindet. Die Novedaner werden in der Dala-Union als Würmer bezeichnet, die den Apfel (uraltes mystisches Symbol für die Dalahalbinsel) aushöhlen, während die Eisannas als Verräter gebrandmarkt sind, da sie in dieser Angelegenheit mit den Novedanern gemeinsame Sache gemacht haben. Zum benachbarten Dalesa pflegt die Dala-Union jedoch weiterhin gute Handelsbeziehungen.

Dalesa
Von den mitteldalanischen Stämmen der Asonnas, Dalaner und Eisen um 400 gemeinschaftlich gegründetes Land im Zentrum der Dalahalbinsel. Ursprünglich gehörten alle Finger (größere Landzungen, in der Wortbedeutung analog zu den Nasen) der Halbinsel Dala zu Dalesa, um 3777 machte sich Fingerland auf dem östlichsten Finger unabhängig.
Heutzutage ist Dalesa sehr einflussreich, sein Volk unternimmt weitreichende Seereisen. Entscheidend ist, dass dabei generell weniger imperiale als mehr erkundende Motive hinter den Fahrten stecken und kein systematisches Netzwerk aus Kolonien geflochten wurde. Interessant ist auch Folgendes: Mitten in einem großen See im Zentrum des Landes, nahe der Hauptstadt Arpus, ist eine rätselhafte Burg ohne Inselgrundlage direkt ins Wasser gebaut worden, deren Fundament am Grund des Sees ruht. Hier leben sieben Weise, von denen man sagt, dass sie die Geschicke des Landes lenken. In der Burg sollen – analog zu den Höhlen Holos in Eisanna – in ferner Vergangenheit ausgewählte Menschen in geheime Mysterien eingeweiht worden sein.

Dalking
Aus der gemeinsamen Expedition von Kingwikk und Dalesa 3666 hervorgegangene Kolonie im nahen Südosten des Blattes Geheimes Flussland. Dalking ist bekannt für seine von Strandläufern (siehe Eintrag *Bucht der Strandläufer*) bewohnten Strände.

Dido
Dido ist eine kleine Hafenstadt im Norden der Insel Ialo, welche ursprünglich von Novedanern errichtet, im 1. Novedakrieg jedoch von Bsonnas erobert wurde und seitdem zum Hoheitsgebiet Smaragdanas gehört.

Dido grenzt an eine Bucht mit einem Sandstrand, der als Badeort sehr beliebt ist. Er heißt Dubingana auf Novedanisch (»dubin« = »schön«, »gana« = »Strand«); allerdings erlauben die Smaragdaner niemandem, auf ihrer Seite des Sandstrandes zu baden.

Dil
Eine große Hafenstadt im Süden Dalesas, sehr wichtig als Hauptumschlagpunkt für Waren der Dalahalbinsel nach Eisanna und von dort aus in alle Landwelt, aber auch zur Einfuhr von Waren. Dil hat drei in Kernland sehr berühmte Fußballclubs, welche die fantasielosen Namen Dil I, Dil II und Dil III tragen (es gibt weitere, bis Dil XV). Die Anhänger von Dil I gelten als sehr fanatisch. Sie akzeptieren keine Niederlagen. Geschieht doch eine, unternehmen sie alles, um diese entsprechend dem Schiedsrichter oder dem Gegner anzulasten.

Dlogi
Eine größere, stark befestigte Stadt im mittleren Osten Goldlands, welche lange Zeit die Hauptstadt des Landes war. Hier wird eine sehr bekannte Schneehundrasse gleichen Namens gezüchtet.

Donia
Die Handelskaste eines rätselhaften Volkes namens Donska war ein Volk, welches Donia (Plural: Donier) genannt wurde. Sie segelten um 2700 nordwärts vom Blatt Inselland zum Blatt Krug, wo sie sesshaft wurden und um 2810 gemeinsam mit einigen asetonischen Stämmen das Reich Noveda gründeten. Auf dem Blatt Inselland ist der kulturelle Einfluss Donias nach wie vor stark.

Donska
Ein rätselhaftes Volk ungeklärten Ursprungs, welches zunächst den Süden des Blattes Inselland bevölkerte und sich in zwei Volksgruppen teilte: Donia und Skat. Die Donier zogen nach Norden und gründeten auf dem Blatt Krug Noveda, die Skat leben bis heute auf einer bergigen Insel und mehren ihre Schätze durch Piraterie.
Das fatale Schisma dieser beiden Gruppen inspirierte die Donier zum berühmten Gruppenbildungsprinzip, welches sich bewährt hat, interne militärische Konflikte zu minimieren. Das Gruppenbildungsprinzip sieht vor, alle Donier in Gruppen zu organisieren, deren Mitglieder frei zwischen den Gruppen wechseln können. So formten sich sehr konservative Gruppen, deren Blutlinien sich von den Novedanern bis zu den Doniern zurückverfolgen lassen, und lose Gruppen, die sich gleich nach Entstehung wieder auflösten.

Drachen
Die Gattung der Drachen aus der Familie der Riesenechsen ist in den Weiten des Geheimen Flusslandes beheimatet. Sie bestehen aus den Arten der Flugdrachen und flügellosen Landdrachen. Flugdrachen gelten als äußerst schwer zu domestizieren, die Landdrachen als völlig unbezähmbar.

Den Xlaovanern ist es als einzigem Volk gelungen, die Flugdrachen zu nutzen, lange und ausdauernde Flieger, welche auch zu Inter-Blatt-Flügen eingesetzt werden können.
Beide Arten können Feuer spucken, sind aber entgegen aller Sagen an Gold nicht im Geringsten interessiert, sondern fressen größere Säugetiere wie Kühe, Menschen und sogar kleine Wale oder Kraken (Drachen sind sehr gute Taucher). Nicht alle Menschen kommen mit Drachen aus. Selbst wenn man sie überzeugen kann, einen nicht zu fressen, so kann sich die Drachengrippe übertragen, eine nicht letal verlaufende, aber sehr unangenehme, mit intensiven Augenschmerzen, feurigem Atem und vorübergehender Schuppenbildung auf der sich grünlich verfärbenden Gesichtshaut einhergehenden Influenzaform.

Drecksfinken
Im Gebiet Nasenburgenlandes vorkommende Vögel, welche mit den Schnäbeln im Kot anderer Tiere wühlen, um sich zu ernähren.

Dreistämmer
Für den Südwesten Schwarzlands charakteristische Bäume, die immer aus drei Stämmen erwachsen, deren Äste sich zu einer gemeinsamen Baumkrone vereinigen. Die Stämme haben dieselbe Farbe wie die Blätter, sodass die Baumrinde leuchtend grün schimmert.

Drei Südnasen
Die erste, zweite und dritte Nase der sieben Nasen Nasenburgenlands, welche ursprünglich zu Noveda gehörten. Manche sprechen auch von neun oder zehn Nasen, aber die genaue Definition ist bis heute strittig. Hier unterhalten die Novedaner Forschungsstationen. Die Kernländer im Allgemeinen waren zunächst gegen die Errichtung dieser Stationen von Menschen eines anderen Blattes. Da die Nasen zum Zeitpunkt der Aufnahme der Forschungen aber nicht bewohnt waren, wurden sie geduldet. Die Nasenburgenländer gewähren den Novedanern in begrenztem Umfang, die Küsten ihres Landes zu erkunden, solange sie keine militärische Präsenz zeigen.

E

Easan
Die im Norden des Landes gelegene Hauptstadt von Neosanna, größte bekannte Stadt des Blattes Schwarzland. Wichtiger Militär- und Handelsstützpunkt des Eisannischen Bundes. Auffällig sind die vielen pechschwarzen Gebäude aus schwarzem Metall oder gleichfarbigem Gestein.

Ebul
Eine Büffelspezies, die sich durch lange, gewundene Hörner, eine zähe, ledrige Haut und eine große Muskelmasse hervortut. Ebulbüffel leben in wilden Horden in den südlichen Steppen des Blattes Schwarzland und haben sich als nicht domestizierbar erwiesen.

Eerenskal

Ein im mittleren Osten Krugs gelegener gewaltiger Komplex aus mehreren, ursprünglich von Novedanern um die Kernstadt Eerenskal unabhängig voneinander angelegten Garnisonen. In Folge der militärischen Auseinandersetzungen mit den Lalalais wurden diese immer größer, erweiterten sich zu Burgen und Städten und wurden schließlich allesamt miteinander verbunden. Man sagt, dass die unzähligen Soldaten, die während des 1. Novedakrieges zur Verteidigung der novedanischen Grenze herangezogen wurden, nach Kriegsende einfach geblieben seien. Heutzutage gilt Eerenskal mit ungefähr einer Million Einwohnern als größte Stadt der Landwelt.

Eerenskal-Schlacht

Die Schlacht von Eerenskal gilt als letzter Abschnitt des 1. Novedakrieges (4606–4616) und dauerte vom Frühjahr 4615 bis zum Sommer 4616. Im Verlauf der Gefechte starben 17 000 Novedaner und 22 000 Lalalais.

Im Zuge dieser Schlacht schlugen die Armeen Lalalais gleich Wellen an die Zitadellen und Wehranlagen des riesigen Verteidigungskomplexes von Eerenskal, bis sie desillusioniert aufgaben und den Krieg entgegen den Anordnungen der Führung Lalalais beendeten, indem sie geschlossen desertierten und im durch den Krieg arg in Mitleidenschaft gezogenen Süden des Landes die Republik Neun ausriefen.

[Zur Chronik:]

<u>4615</u>

Die Lalalais wollten die bei Eerenskal versammelten Truppen Novedas vernichtend schlagen und somit die Novedaner entweder zur Kapitulation zwingen oder Noveda nach Beseitigung dieses massiven Abwehrbollwerks aus einer guten Ausgangsposition heraus vollständig erobern.

Im Frühjahr 4615 griffen sie auf breiter Front die Novedaner in Eerenskal an, wobei sie die Seefestung Fels und die Berganlage Dunga einfach überrannten. Die Besatzungen von Dunga und Fels waren jedoch größtenteils in den Wald der tausend Ebben geflüchtet, um als Partisanen die Nachschublinien der Lalalais zu sabotieren.

Militärhistoriker bezeichnen die Entscheidung des lalalaischen Ober-kommandos, den Festungskomplex Eerenskal anzugreifen, als die größte nur denkbar mögliche Fehlentscheidung aller jemals geführten Kriege auf der Landwelt. Allein in der ersten Gegenoffensive drängten die Novedaner die Angreifer bis an die Mauern der in den vorangegangenen Kriegsjahren mehrfach zerstörten Bollwerke Fels und Dunga zurück.

Beim zweiten Ansturm auf Eerenskal wurde besonders gemein geschlachtet. Die Lalalais richteten, obwohl zu diesem Zeitpunkt schon klar war, dass der Krieg gegen die technische und materielle Übermacht ihrer Gegner nicht zu gewinnen war, ihre schweren Kanonen gezielt auf die sich im Anmarsch befindlichen langhaarigen novedanischen Infanteriegruppen.

Wieder einmal mussten die Lalalais ihren waghalsigen Schritt bitter bereuen. Die Gegenmaßnahmen der Novedaner waren unglaublich langsam (Armeekonsul Neidiva nannte sein Vorgehen Schildkrötentaktik), aber sehr effizient. Die Operationen der Armee Lalalais konnten fortan nicht mehr zentral koordiniert werden, da die Truppen im Norden von den Truppen im Süden abgeschnitten worden waren.

<u>4616</u>

Die letzte Offensive des gesamten Krieges fand im Frühling 4616 statt. Die Lalalais waren geschwächt, aber noch nicht am Boden. Besonders im Berggebiet nordwestlich von Eerenskal hatten sie noch starke Truppenkonzentrationen aufzuweisen, und folglich gelang es ihnen, die nördlichste Stadt (gelegen zwischen Berg und Fluss) des Städtekomplexes Eerenskals einzunehmen, nachdem die dort verteidigende mobile Artilleriegruppe nach pausenlosen Angriffen frustriert die Waffen gestreckt hatte. Zudem war für sie ein Rückzug über den Fluss, der sich durch Eerenskal zieht, unmöglich. Die Novedaner eroberten bei ihrem Gegenschlag die Festungen Dunga und Fels zurück. Daraufhin desertierten die restlichen Verbände Lalalais und beendeten den Krieg.

Die Novedaner stellten nach der Flucht ihrer Feinde die Kampfhandlungen ein und errichteten diverse Wallanlagen im Inland sowie einen großen, Tausende eisannische Kilometer langen Schutzwall namens Punia an der Grenze zu Lalalai.

Egla

Die Hauptstadt Segals, gelegen im Osten der Plüschlandbucht; ursprünglich im Inland errichtet, wurde die Stadt im Verlauf der kriegerischen Auseinandersetzungen mit den Omøn im Jahre eins um diverse Vorposten und einen großen Hafen erweitert. Westlich der Stadt erhebt sich das massive Eglagebirge.

Eisa

Eine eisannische Hafenstadt im Südosten der Hauptinsel Eisannas. Sitz der Nationalbibliothek, wichtiger Warenumschlagspunkt. Zudem eine der ältesten eisannischen Städte, wo vor allem die Nachfahren der Eisen wohnen.

Eisanna

Eisanna ist relativ zentral auf dem Blatt Kernland gelegen und besteht aus einer Hauptinsel und vierzehn kleineren Nebeninseln. Um 800 begannen die mitteldalanischen Stämme der Eisen und Asonnas, die eisannische Hauptinsel zu bevölkern. Zunehmende Technisierung durch Zusammenschluss mit um 1200 gestrandeten Seefahrern aus Segal. Eisanna ist militärisch und kulturell sehr einflussreich. Viele wichtige Erfindungen, u. a. Heißluftballons, Dampfschifffahrt, Vitaminpastillen, Vermessungstechniken wurden hier gemacht. Eisanna unterhält Kolonien auf diversen Blättern, gründete 5000 den Eisannischen Bund (Eisanna samt Kolonien, Eiskohldiasa, Neosanna, Ypsalei) als Gegengewicht zur Novedanischen Union und stieg somit zur Supermacht auf. Mitglieder des Eisannischen Bundes müssen bei Antritt des Militärdienstes einen Eid auf die Bundesgrundsätze (Loyalität, Gründlichkeit, Konstanz, Präsenz) schwören.

Eisannischer Champagner
Überteuerter Alkohol, dessen Besitz oder Bestellung als Statusbeweis fungiert.

Eisannische Kilometer (EK)
International anerkannte Maßeinheit des eisannischen metrischen Systems. Drei Menschenschritte ergeben einen eisannischen Meter, dreitausend Menschenschritte einen eisannischen Kilometer.

Eisannischer Kronprinz (oder Kronprinzessin)
Der offizielle kulturelle Repräsentant des eisannischen Volkes; gibt dieses Amt ab, sobald durch Heirat mit einer meist ausländischen Adelsperson der Status eines Königs (einer Königin) erlangt wird. Offiziell mit allen Gewalten ausgestattet, ist er (sie) jedoch in hohem Maße abhängig von Regierung, Militärs und Wirtschaft. Die Unklarheit, ob Eisanna im Ausland den Status einer Demokratie, Diktatur oder Monarchie hat, dient u. a. der Terrorabwehr.

Eiskohldiasa
Eine aus einer Haupt- und elf kleineren Nebeninseln bestehende Inselgruppe, welche 4830 entdeckt wurde, als die Eisannas als erste Kernländer das Gebiet zu erschließen begannen, welches heute mit dem Blatt Schwarzland in Verbindung gebracht wird. Man fand dort keine Eingeborenen vor, nur verschiedene, äußerst aggressive Affenstämme. Sukzessive wurde das Gebiet durch Eisannas kolonialisiert, die Unabhängigkeit von Eisanna erfolgte 4999.
Das Inselreich ist sehr wohlhabend, und viele Menschen innerhalb des Eisannischen Bundes träumen davon, hier ihren Lebensabend zu verbringen. Der Landesname ist zurückzuführen auf die üppigen Eisen-, Kohle- und Diamantenressourcen der Inseln. Aufgrund ihrer enormen wirtschaftlichen und strategischen Bedeutung sind die Städte massiv befestigt, und eine beeindruckende Armada kreuzt in den umliegenden Gewässern.
Falls man sie besucht, merke man sich, dass der Plural Eiskohldiasannas heißt, obwohl viele Leute fälschlicherweise Eiskohldiasas sagen.

Endenoval
Ein berühmter novedanischer Flottenkommandant, der zum Zeitpunkt der Niederschrift der Lanevael-Erzählungen für Noveda das Blatt Atupia erschließt.

Esanna
Die Währung der Eisannas. Ein Esanna, viele Esannas. Gleichzeitig der Name einer Großstadt im Nordosten der eisannischen Hauptinsel, die als wichtiger Industrie- und Militärstützpunkt gilt.

Eselsrücken der Kamelanier
Dieses Grenzgebiet zwischen der eisannischen Felsenenklave Beil und dem Bergingergreb Berg ist bekannt für seine vielen verborgenen Schluchten, Täler und Höhlen, welche die Möglichkeit zu blitzartigen Überraschungsangriffen bieten.
Der Name nimmt Bezug auf die 4300 mit den Bergingern zeitweilig verbündeten Kamelanier, welche ihr Kriegsgerät vorzugsweise durch Esel mobilmachten und in dieser Gegend von seledanischen und eisannischen Einheiten eingekreist und gefangen genommen werden konnten.

Essi
Eine größere eisannische Stadt im Norden der kernländischen Vulkaninsel. Essi gilt als die jüngste und modernste Großstadt des Eisannischen Bundes. Man munkelt, die Eisannas würden dort auch Experimente mit Vulkanenergie betreiben.

Fleude
Eine militärische Festung im äußersten Nordwesten Lalalais, nahe des Verbotenen Dreiecks. Sie spielte eine wichtige Rolle in den Auseinandersetzungen der Lalalais mit den Anrainerstaaten Aislkrug und Tunikagu, da sie nie eingenommen werden konnte.

Ewiges Reich des Friedens
Der Ort, an dem gemäß dem Glauben der Munkler die Seelen der Menschen einkehren, die ihr Leben der Liebe und dem Frieden gewidmet haben.

Esanaria
Die wohlhabende Frau des Expediteurs Benelon. Sie gebar ihm 5130 den Sohn Eike, der im Jahr des Todes 5200 ein berühmter Kriegsherr werden sollte. Esanaria (5100–5190) war die einzige Tochter des reichen Reeders Adrian, der von Easan aus lange Zeit Handel mit Landmark betrieben hat, und der adeligen Dame Thera, welche gebürtig aus Eiskohldiasa stammt. Esanaria war eine in Easan sehr bekannte Dekorateurin.

Expediteure
Ein eisannischer Begriff für Menschen, die an einer Expedition teilnehmen. Auf dem Blatt Plüschland nennt man sie Entdecker, die Novedaner nennen sie manchmal auch Abenteurergruppe.

F

Famul
Einer der ersten Menschen, die sich als Munkler bezeichneten (Schachtelsprache: »Fa« = »Die«; »Mul« = »Eins«). Er gehörte zu den Urmunklern, der ersten Munklergemeinschaft in Kernland. Famul ist berühmt für seine Vision, in der Mul ihm angeblich offenbarte, Mul als Gott habe die Welt absichtlich unvollendet geschaffen, damit der Mensch sie vollenden könne.

Farnord
Ein Blatt im äußersten Norden der Landwelt,

nördlich des Blattes Krug gelegen, welches als weitestgehend unerschlossen gilt.

F.D.R.A.

Ein geheimnisvoller, von der Öffentlichkeit hermetisch abgeriegelter Komplex aus unzähligen Laboratorien tunikaguer Forscher, welcher von der Größe her an eine Kleinstadt gemahnt. Er befindet sich im mittleren Osten Novedas, an der Grenze zu Shiskana. Die Bedeutung der Abkürzung ist der Öffentlichkeit unbekannt, ebenso wie das Ziel der dort betriebenen Forschung.

Feuerbaum

Auf dem Blatt Krug wächst allerorten ein immerblühender Baum, dessen Blätter zu jeder Jahreszeit rotviolett schimmern. Aus seinen Frühlingsknospen wird ein auf Krug sehr populärer Tee zubereitet.

Feuerwein

Ein sehr starker Wein aus Lalalai, den nur die Herrscher zu trinken bekommen. Man sagt ihm reinigende Kraft nach, da sein Rausch keinen Kater, sondern einen Zustand der Kontemplation nach sich zieht. Er wird auch heimlich unter dem Etikett Mulsblut in andere Länder geschmuggelt.

Fingerland

Ursprünglich zu Dalesa gehörend, machte sich das Land um 3777 unabhängig. Im Nordwesten Kernlands haben die Fingerländer 4720 eine ehemalige Kolonie Eisannas in einem großflächigen Dünengebiet übernommen. In den angrenzenden Bergen wurden sehr weiträumig verzweigte Höhlensysteme entdeckt, aus denen 4722 Menschen emporstiegen, die behaupteten, von einem Volk abzustammen, welches in den Tiefen der Erde lebe, teils unterhalb des Ozeans, teils unterhalb der Berge.
In Fingerlands Hauptstadt Daumen wurde 4950 das größte Fußballstadion Kernlands errichtet, worin 65 000 Zuschauer Platz haben.
Das kleine Land auf einer Landzunge der Dalahalbinsel ist geopolitisch von sehr geringer Bedeutung, jedoch in Kernland bekannt für seinen schier grenzenlosen Sportfanatismus.

Fissler

Fischartige Wesen ohne Schuppen, die Eier in Tümpel- und Bachgebieten ablegen. Sie haben sehr lange, spitze Zähne und beißen auch Menschen, wenn diese ihren Brutgebieten zu nahe kommen.

Floggi

Floggis sehen aus wie Esel mit langen Beinen (die Eisannas nennen sie auch »Kamesel«), nur dass sie zusätzlich große Höcker haben, in denen sie eine Menge Wasser speichern können. Die Floggis wurden zuerst von den Doniern nach Noveda importiert, haben sich aber seitdem über weite Teile der Landwelt verbreitet.
Eine weitere Besonderheit ist, dass Floggis als Passagiere für längere

Meeresüberfahrten gut geeignet sind und weibliche Floggis in der Brunftzeit Meer- in Trinkwasser umwandeln können, welches man durch Melken gewinnen kann.

G

Gaga Ruda
Der Stadthalter Amhafens, der 3929 mit den Eisannas einen Unabhängigkeitsvertrag aushandelte. Er galt als bester Jurist seiner Zeit. Sämtliche Nachkommen bestehen darauf, im selben Ganggrab bestattet zu werden wie dereinst Gaga Ruda, weswegen die Amhafener Seefahrer das Ganggrab auch als Gagas Rumpelkammer oder Rudas Knochenkammer bezeichnen.

Gammel
Ein uralter Wahrsager und Magier, der viele Jahrhunderte in Kingwikk auf einer einsamen Insel voller Drecksfinken lebte, ehe er um 5200 plötzlich verschwand. Er gilt seitdem als verschollen.

Gammlerfluss
Ein gewaltiger Fluss im Lande Kingwikk, der sich im Norden aus zwei unabhängig voneinander entsprungenen Flussarmen zu einem Hauptstrom vereinigt.

Gangus, auch Gangi:
Sehr große Tiere mit langen Rüsseln, die sich von Ameisen ernähren. Sie können bis zu zwei eisannische Meter groß werden. Ihre langen, schlangenartigen Körper kleben an Bäumen, sie leben überwiegend in den Wald- und Dschungelgebieten Schwarzlands. Sie verständigen sich durch seltsame Klicklaute in tiefen Frequenzen.

Geheime Geistige Frequenz
Ein von den Xlaovanern entwickeltes, schwer zu erlernendes meditatives Verfahren, bei dem man über eine magische Kugel mit einem anderen Menschen telepathisch Verbindung aufnehmen kann. Die Besonderheit ist dabei, dass derjenige, der im Besitz der magischen Kugel ist, die andere Person zusätzlich sehen kann.

Geheimes Flussland
Ein Blatt, welches im Westen an Kernland, im Osten an das Blatt Atupia und im Süden an das Blatt Schwarzland anschließt. Über den Norden ist nicht viel bekannt. Angaben der Xlaovaner zufolge befindet sich in nordöstlicher Richtung das violette Land des toten Lebens, Blogol (siehe eigenen Eintrag).

Geheimnis der unendlichen Wolken des Kosmos
Angeblich beinhaltet dieser auf dem Blatt Krug weitverbreitete Mythos detailreiche Schilderungen darüber, wie sich aus den Wolken des Universums fortwährend mehr Universum bildet. Demnach ist das Universum deswegen unendlich, weil es fortwährend zusätzliche Substanz aus sich selbst heraus schafft.

Gelisei

Blau schimmernder Mond, der die Herbstzeit über am Himmel zu sehen ist. Alle achthundert Jahre ist er ein Jahr lang am Himmel zu sehen. Seit den Aufzeichnungen der Schachteln war er in den Jahren 400, 1200, 2000, 2800, 3600, 4400, 5200 ein Jahr lang zu sehen.

Gerbang
Gerbang ist eine große Insel im mittleren Westen des Blattes Schissland. In den Bergen von Gerbang wohnen zurückgezogene kriegerische Hünen. Die Gerbang sind in etwa so groß wie die Berginger der nördlichen Blätter, im Gegensatz zu diesen jedoch vollkommen haarlos. Auch scheinen die Gerbang keinen Kontakt zu anderen humanoiden Kulturen gehabt zu haben, weil sie sich weder durch Sprache noch durch Zeichen miteinander verständigen. Da sie in der Lage sind, komplexe architektonische Gebäude zu errichten, besitzen sie eine rätselhafte Form von Intelligenz. Erstmals kam es um 5005 zu einem Kontakt mit den Eisannas, denen die Gerbang äußerst feindselig begegneten. Die Hünen vertrieben die Kernländer von ihrer riesigen Insel.

Gnom
Der kleinwüchsige Diktator Lalalais. Verantwortlich für Menschenrechtsverletzungen und Kriegstreiberei. Er erlangte die Herrschaft über Lalalai durch einen von ihm initiierten und größtenteils organisierten Militärputsch 5179.

Goldland
Ein sehr kaltes Land im mittleren Süden des Blattes Farnord. Die Goldländer stammen mutmaßlich von den Tunikaguern ab und sind womöglich um 2039 in einer großen Völkerwanderung über Aislkrug und Imala nach Norden gelangt und dort sesshaft geworden. Erste Organisation zu einem Königreich 2046.
Die Bewohner sind friedlich, aber wehrhaft. Da sie große Mengen an Gold fördern, kommt es immer wieder zu Auseinandersetzungen mit Bergingern, welche an der Landesgrenze in den östlichen Bergen ein Greb errichtet haben.

Golgi
Ein kleiner, sehniger Steppenhase. Er ist auf verschiedenen Blättern verbreitet: in großer Anzahl im Geheimen Flussland, in kleinerer Anzahl in Kernland und Plüschland. Golgis sind sehr schnell und können von Raubtieren selten erlegt werden.

Gollesken
Sehr große schwarze Vögel, mutierte Verwandte der Raben mit zwei Köpfen und stacheligem Gefieder. Sie sind auf dem Blatte Kernland beheimatet, große Kolonien finden sich auf den eisannischen Inseln sowie in Nasenburgenland. Der Doppelkopfrabe ist zudem das Wappen der Ritter Nasenburgenlands.

Golobären
Grüne, verschmuste Kleinbären, sehr

zutraulich und leicht domestizierbar. Sie kommen vor allem in südlichen Regionen vor und werden von reichen Menschen manchmal zur Belustigung oder als Spielkameraden für Kinder gehalten. Sie haben eine kurze Lebensspanne von drei Jahren.

Greb
Die riesigen, grobschlächtigen Festungen der Berginger. Eisannische Expediteure widerlegten 3900 allerdings die angebliche Primitivität der Grebs: So konnten sie beweisen, dass eines der nördlichsten Grebs Kernlands, Greb Mitris, in Form eines abscheulichen, todbringenden Labyrinthes angelegt worden war.

Großmischlandinsel
Die größte bekannte Insel der Landwelt, welche sich vom äußersten Nordwesten bis zum mittleren Nordosten des Blattes Mischland erstreckt. Sie beheimatet die Länder Wimangui, Lalawanga, Lillania (Mitglied der Novedanischen Union) und das Königreich Lilla.

Großer Stern
Der Große Stern ist der hellste Stern, der nachts über der Landwelt gesehen werden kann. Er befindet sich im Zentrum des aus sieben Sternen bestehenden Sternzeichens der Nacht. Das gleichnamige Lied (*Sternzeichen der Nacht*) ist die offizielle Hymne der Novedanischen Union. Für die Novedaner hat er eine so große Bedeutung, dass die fünf Zacken des Großen Sterns auf allen Fahnen der Novedanischen Union prangen.

Grüne Fahne
Das auf der Landwelt verbreitete Zeichen, welches »Ich ergebe mich!« symbolisiert.

H

Halbstadt
Die Hauptstadt der Dala-Union. Wichtiger Universitätsstandort, situiert an der Grenze zu Zackland. Die weitläufigen Kerker des Halbstädter Gefängnisses sind berüchtigt und Auslöser einiger unnennbarer Spekulationen.

Halbstadt-Tarot
Ein sehr bekanntes Kartensystem, welches sich aus sieben *Ganzen* und neun *Halben* Karten zusammensetzt. Während die Ganzen (daher auch der in Halbstadt weitverbreitete Spruch »Geh aufs Ganze!«) auf wichtige Veränderungen im Leben hinweisen, leisten die Halben eher Orientierungshilfe bei Entscheidungen.
Die Tarotkarten sind aus esoterischen Theorien zu den Sternzeichen entstanden und daher stark an diese angelehnt. Die einzelnen Monate tragen vor allem bei den kernländischen Völkern die Namen der Sternzeichen.
Ganze:
1. Abstieg (Erster Wintermonat)
2. Der Gekränkte (Erster Frühlingsmonat)
3. Sarg (Zweiter Frühlingsmonat)

4. Dachboden (Erster Sommermonat)
5. Ei (Zweiter Sommermonat)
6. Faden (Erster Herbstmonat)
7. Der Selbstsüchtige (Zweiter Herbstmonat)

Halbe:
1. Haar (Zweiter Wintermonat)
2. Insel (Dritter Wintermonat)
3. Jagd (Vierter Wintermonat)
4. Labyrinth (Dritter Frühlingsmonat)
5. Nacht (Vierter Frühlingsmonat)
6. Ohr (Dritter Sommermonat)
7. Palme (Vierter Sommermonat)
8. Die Gottheit (Dritter Herbstmonat)
9. Rad (Vierter Herbstmonat)

Hauabaua

Eine von einem künstlichen Wassergraben umgebene Stadt im Osten der Dala-Union. Hauabaua bildet neben der Burg Schachtel eine der ersten stadtartigen Besiedlungen Kernlands. Bevor sie sich der Dala-Union angeschlossen hat, war sie eine freie Stadt, deren Bewohner eine Mischung aus den Nachfahren der Dalesaner und der Schachteln waren.

Halma

Halma war die erste Hochkultur Kernlands mit dem ersten Schriftsystem 930. Friedliches Volk, das stets den Pazifismus als Lebensphilosophie vertreten hat. Hauptsächlich beschäftigt mit der Niederschrift der Geschichte Kernlands und der Erfindung von Brettspielen.
Die 592 erbaute Burg Schachtel gilt als die erste Burg Kernlands und wurde um 1990 von den Bergingern erobert. Sie wurden daraufhin durch ein Vielvölkerbündnis erfolgreich vertrieben. Alle Völker der Dalahalbinsel (vermutlich mit Ausnahme der Bilbis) und die meisten Völker des Blattes Kernlands stammen von den Schachteln ab.
Halma ist die ursprüngliche Heimat der Schachteln im Norden der Dalahalbinsel und steht gegenwärtig unter einem gemeinsamen Protektorat Dalesas und Eisannas.
Hochzeitsgarten von Easan
Ein weiträumiges Parkgebiet in der neosanischen Hauptstadt, wo aus Springbrunnen süßes Trinkwasser läuft und die Luft von Zitronenbäumen gereinigt wird. Viele silbern schimmernde Pflanzen wachsen und gedeihen hier. In Easan ist es Brauch, dass das frisch vermählte Paar seine erste Nacht in diesem Garten verbringt.

Holo

Die Hauptstadt Eisannas, an einem Berg gleichen Namens erbaut. Unter der Stadt sollen Höhlen tief ins Berginnere reichen, die bei einer Invasion der Insel angeblich als Ausgangspunkt für eine Untergrundverteidigung dienen können. In den Berghöhlen Holos wurden alle Bodenschätze gefördert, welche Eisanna dereinst so mächtig gemacht haben.

Horobo

Rükkenländisch für »Nichtsnutz« oder

auch »Idiotentier«. Ein Horobo ist ein kleiner Affe, der nicht zu domestizieren ist und sich dadurch ernährt, dass er den Menschen (und anderen Tieren) ihre Speisen klaut. Man findet ihn in allen Teilen des Blattes Schwarzland. Horobos sind sehr intelligent und lernen unter anderem menschliche Laute oder Gebärden. Aufgrund ihres extrem schlechten Kurzzeitgedächtnisses behalten sie das Gelernte aber nicht lange.

Horokk
Angeblich ein sehr altes Volk im Süden des Blattes Schwarzland. Die neosannische Regierung verbietet leider jeglichen Kontakt zu ihnen, sodass diesbezüglich nur unbestätigte Gerüchte existieren. Die Horokk verfügen den Aufzeichnungen Benelons zufolge über eine merkwürdige, hoch entwickelte Technologie, die es ihnen erlaubt, in künstlichen Unterwasserstädten zu leben.

I

Ialo
Eine mittelgroße Insel vor Noveda, welche zunächst von Novedanern besiedelt, dann 4613 im Zuge des ersten großen Krieges zwischen Noveda und Lalalai (4606–4616) aufgeteilt wurde. Die Smaragdaner besitzen im Nordosten der Insel ebenfalls eine kleine Kolonie.

Ialokrieg, auch bekannt als Große Schlacht von Ialo
Nachdem die Lalalais Ende 4610 von den Novedanern bis hinter ihre Landesgrenzen zurückgeworfen worden waren (siehe Eintrag *1. Novedakrieg*), ging die lalalaische Armee im Frühjahr 4611 zur Offensive auf Ialo über, nachdem man zuvor an den Fronten von Tunikagu, Aislkrug und Imala erfolgreich gewesen war und die gewünschten Land- und Rohstoffgewinne in Form von Raubzügen eingeholt hatte. Die Novedaner hatten hohe Verluste in dieser Zeit: Sie beklagten unglaubliche 51 500 Tote (die novedanische Armee von Ialo verteidigte ihre große Insel mit 75 000 Soldaten), während die Lalalais mit 50 000 Soldaten, unterstützt von 10 000 Smaragdanern, angriffen, von denen aufseiten Lalalais 25 850 starben, während 3500 Smaragdaner im Meer ertranken.
[Zur Chronik:]
<u>4611</u>
Mit einer riesigen Landungsflotte, unterstützt von den Furcht einflößenden Schlachtschiffen der Smaragdaner, landete eine erste Welle von Angreifern im Westen von Ialo nahe der Hafenstadt Dialo, deren Garnisonen gegen einen derartigen Angriff nicht lange Widerstand leisten konnten. In den ersten Tagen dieser großen Schlacht gab es nur ein paar Verwundete aufseiten der Novedaner, da die meisten Verteidiger im Angesicht der Übermacht des Feindes entsetzt ins stark bewaldete Innere der Insel geflüchtet waren.
Die alarmierte novedanische Marine griff sofort ein.

Fest entschlossen, die in den Kriegsjahren zuvor erlittene Festlandpleite an Noveda zu rächen, landeten die Lalalais mit der Unterstützung heftigen Bombardements aus der Luft im Frühjahr 4611 zusätzlich zu den bereits gelandeten Truppen eine zweite gewaltige Streitmacht im Südwesten Ialos. Die Novedaner waren zu diesem Zeitpunkt überwiegend mit der eiligen Befestigung ihrer Verteidigungsanlagen im Landesinneren und der Mobilmachung ihrer Truppen beschäftigt.

Die zweite Angriffswelle traf die Novedaner hart, doch sie waren keineswegs wehrlos. Hartnäckige Gegenschläge führten bei den Smaragdanern zum Verlust eines Kahnversenkers und eines Zerstörers. Der taktische Wert dieser Kämpfe der Bsonnas darf jedoch nicht unterschätzt werden: So banden sie zwei Drittel der mächtigen novedanischen Flotte vor der südwestlichen Küste Ialos, sodass die lalalaische Landung nicht effektiv gestört werden konnte.

Die dritte Invasionswelle war die für die Novedaner mit Abstand schrecklichste: Durch die Schiffe der Bsonnas und Lalalais von Ialo abgeschnitten, war es den novedanischen Verbänden nicht möglich, die auf der Insel eingeschlossenen Truppen von der Seeseite her zu unterstützen. Ballons versorgten die Eingeschlossenen jedoch weiter notdürftig, aber ausreichend mit Munition.

Die Novedaner konzentrierten sich im Sommer 4611 vor allem auf den weiteren Ausbau und die Befestigung der zentralen Bergenklave Ialo im Landesinneren, wo sie den Hauptschlag erwarteten.

Das Aufreiben der verteidigenden Infanteriegruppen fiel den Angreifern so leicht, dass sie fortan spöttisch von Infantengruppen sprachen. So schlachteten sie fünf novedanische Infanteriegruppen ab und entwendeten ihren Feinden dreihundert Transportkutschen. Bei der Eroberung eines weiteren Forts wurde eine novedanische Artilleriegruppe versprengt. Eine Katastrophe trat für die Verteidiger vor dem südwestlichen Küstenabschnitt Ialos ein, wo die Bsonnas die komplette in diesem Bereich kreuzende Flotte der Novedaner versenkten, inklusive der Schlachtschiffe Skoto, Shiska und Skum. Den Novedanern gelang es im Herbst 4611 lediglich, eine anstürmende lalalaische Infanterieeinheit zusammenzuschießen. Viel wichtiger hingegen war das Abfangen eines lalalaischen Spionagebootes, welches die stark geschwächten Novedaner über die genauen Angriffspläne der Lalalais und Smaragdaner in Kenntnis setzte.

<u>4612</u>

Die schwer angeschlagenen Novedaner waren darüber informiert, dass die Lalalais im Zuge der ersten Offensive für 4612 die Entscheidung um die Insel herbeiführen wollten, und somit auf Angriffe eingestellt, die mit äußerster Härte durchgeführt werden würden.

Die Angriffe waren zwar durchaus schwer, doch die lalalaischen Truppen konnten das eroberte Territorium nicht ausweiten.

Die Novedaner konzentrierten sich bei

ihren eigenen taktischen Gegenschlägen hauptsächlich auf die weiträumige Verteidigung ihrer Waldfestung Ialo.
Die Lalalais baten, geschockt von der blutigen Ineffektivität ihrer letzten Offensive, die Smaragdaner um Unterstützung bei der Eroberung der Festung Ialo, welche aufgrund ihrer besonderen Position inmitten eines verschlungenen, geradezu undurchdringlichen Waldes bisher nicht hatte eingenommen werden können. Die Bsonnas weigerten sich, ans Festland zu gehen, sicherten ihren Verbündeten jedoch zu, ihnen die zudringlichen Kriegsschiffe vom Leib zu halten, die Noveda aus dem Hafen von Muk östlich der Insel weiterhin in den Kampf schickte und die vor allem die Nachschublinien Lalalais gefährdeten.
Die Lalalais hatten offensichtlich nichts aus ihrer gescheiterten Festlandsoffensive gelernt – für die notwendigen Reparaturen ihres Kriegsgerätes stand 4612 kein Geld mehr zur Verfügung, da die bisherigen Kampfhandlungen höchst kostenintensiv gewesen waren. Der einzige Vorteil war, dass die Novedaner ihre eigenen Truppen nur unter größten Mühen mit Nachschub vom Festland versorgen konnten und vor allem die Anlandung frischer Truppen sehr riskant war.
Die letzte lalalaische Offensive des Jahres 4612 war ungemein erfolgreich, da die Novedaner sich ob eines misslungenen Gegenangriffs und der unglaublichen Zahl an Toten auf ihrer Seite in einem Schockzustand befanden.

4613

Die Novedaner überraschten die Lalalais zu Jahresbeginn vor allem mit einer neuen Luftabwehrtechnik. Sie nutzten dabei aus Eisanna gelieferte Langsilberkanonen mit sehr hoher Reichweite. Diese hatten sie während der kampfarmen Wintermonate heimlich nach Ialo verschifft und zur Festung gebracht.
Die Lalalais begannen im Frühjahr 4613 mit der nächsten Offensive. Es gelang ihnen, ein weiteres Fort zu erobern und die Belagerung um den Festungskomplex Ialo und die novedanische Hafenstadt Dido zu verdichten. Die Ergebnisse der Seeschlacht der Lalalais mit den novedanischen Kontrahenten hatten schlimme Folgen. Zwar versenkte man das novedanische Schlachtschiff Nusko, verlor dabei aber die eigenen Schlachtschiffe Its und Tsi. Keine Frage: Die Lalalais saßen fest, und die Erstürmung der Insel Ialo hatte sich in einen furchtbaren Graben-, Wald- und Seekrieg verwandelt, der zwar viele novedanische Tote forderte, aber keine Gebietsgewinne mehr einbrachte.
Im letzten Gefecht dieses Kriegsabschnittes schossen die Novedaner noch einmal weiträumig aus verschiedenen Positionen auf die Stellungen der Invasoren. Angesichts ausufernder Verluste und ohne entsprechenden Nachschub vom Festland zogen sich die lalalaischen Bodentruppen endgültig auf die bisher eroberten Stellungen auf der Insel zurück und gaben die Belagerung der Waldfestung Ialo auf, wobei

vor allem die schweren Zerstörungen durch die Silberkanonen eine Rolle spielten.
Eine letzte Invasionshandlung bezog sich auf den militärisch unbedeutenden, schwach verteidigten novedanischen Hafen Dido in einem größeren Strandgebiet, welchen die Bsonnas einnahmen, um für die Smaragdaner eine Kolonie auf dem Blatt Krug zu errichten.
Die Kampfhandlungen auf Ialo waren somit im Sommer 4613 beendet.
Der Krieg auf Ialo war für die Novedaner insgesamt verlustreicher als für die beiden angreifenden Nationen. Trotzdem war es ihnen gelungen, eine komplette Hälfte der Insel zu halten und somit eine Ausgangsposition für die Invasion Novedas von der Seeseite her effektiv zu vereiteln. Die Insel wurde im Sommer 4613 genau mittig zwischen den beiden Kriegsparteien aufgeteilt, wobei das Gebiet um die Hafenstadt Dido im Norden an die Smaragdaner fiel. Die Festung Ialo wurde zu neutralem Gebiet erklärt. Fortan gab es trotz des fortgesetzten Krieges keine schweren Kampfhandlungen mehr in diesem Gebiet.

Ijua
Das Hauptgebirge des Inselstaates Sisjoma. Auf seinem gewaltigen Plateau steht die moderne Festung Asis, die um den unterhalb des Plateaus entspringenden Fluss Jua herum errichtet wurde.

Ilandana
Im Südwesten Plüschlands gelegene Inseln, die komplett flach sind und aus Sümpfen, Moorgebieten und Weideland bestehen. Als sie von Novedanern besiedelt wurden, sollen die Segaler angeblich gesagt haben: »Was wollt ihr dort? Da gibt's doch nur Schafsscheiße.« Die friedlichen Ilandaner fühlen sich auf den Schafsinseln allerdings sehr wohl und haben seitdem wichtige diplomatische Arbeit für die Novedanische Union auf Plüschland geleistet.

Imala
Gründung um 939 durch den Zusammenschluss mehrerer Reiterstämme im mittleren Norden Krugs. Imala heißt in ihrer Sprache »Kinder der Sterne«. So glauben sie, dass Mensch und Pferd auf Sternenschiffen zur Landwelt gelangt sind. Darüber hinaus sind sie ein einfaches Volk von Indianern, das überwiegend an einem großen Wasserstrom lebt, der im Imalaberggebiet im Norden entspringt, durch Lalalai führt und an der Meeresküste Tunikagus ins Meer mündet. Sie leben in riesigen Zeltstädten, welche in keiner Weise befestigt sind, sind friedliebend und jagen seit Jahrtausenden unbehelligt in einer großen, fruchtbaren Weidelandschaft Tiere und bestellen Äcker.

Imusala
Eine befestigte Stadt an der *Nase am Ende der Welt*, da die westlichste Halbinsel Krugs, die zum Gebiet des Reiches Mao gehört, seit langer Zeit als Ende der Welt galt – wer von hier aus weiter westwärts

segelte, kehrte nicht zurück. Die Novedaner und deren Unionsbrüder segeln in der Regel nicht nach Westen (wenn sie es tun, dann innerhalb explorierter Gebiete), da sie glauben, irgendwo im tiefsten Westen liege das heilige Reich der Verstorbenen.

Insel Berging (auch: Berginger-Lager)
Eine zu Seleda gehörende Insel, welche zwischen der Dalahalbinsel und dem Gebiet Nasenburgenlands im Meer liegt. Auf dieser Insel befindet sich ein gewaltiger Lagerkomplex, wo die versklavten Berginger in riesigen Fabriken arbeiten.

Inselland
Ein gänzlich aus großen wie kleinen Inseln bestehendes Blatt südlich von Krug. Über den Süden Insellands ist nichts bekannt, außer dass ein Volk namens Donska von dort stammt. Im Westen befindet sich das Blatt Schissland, im Osten das Blatt Mischland.

Inselreich der Vogelflieger
Dies ist eine Bezeichnung für eine größere, nicht einheitliche Gruppe von Inseln im Nordwesten des Blattes Solan. Die Seefahrer des Festlandes von Solan und die Expediteure aus Kernland, die auf der Nordsüdroute Solan erforschten, berichten über Menschen, die in dieser Inselgegend auf gigantischen weißen Vögeln durch die Luft fliegen. Diese Vögel sind sehr viel größer als Drachen und erreichen eine viel höhere Geschwindigkeit, weswegen man sie selbst auf den Rücken von Drachen nicht verfolgen kann. Die Vogelflieger werden auch Beobachter genannt, da sie niemals irgendwo zu landen scheinen und niemals mit anderen Menschen Kontakt aufnehmen. Auch Menschen der Blätter Schwarzland und Schissland haben schon Vogelflieger gesichtet.

Its
Eine Stadt nördlich der großen Steppe im Inland von Lalalai. Sehr zentral gelegen, ist sie auch als Durchgangsstadt bekannt (»it« ist ein lalalaisches Verb und bedeutet »gehen«, »its« bedeutet »durch [etwas durch] gehen«).

J

Jarvler
Gammels Zwillingsbruder, ein ebenfalls sehr bekannter Wahrsager. Jarvler ist eines Tages mit seinem Ruderboot zu den Minizen aufgebrochen und ward nie wieder gesehen.

Jahr null
Das Jahr, in dem gemäß den Aufzeichnungen der Schachteln die ersten ihrer Art aus der Erde im Norden der Dalahalbinsel gekrochen kamen und die erste Hochkultur Kernlands begründeten.

Jederzeitige Redefreiheit
Jeder Bürger der Novedanischen Union auf der gesamten Landwelt darf überall und zu

jeder Tages- und Nachtzeit seine Meinung frei und uneingeschränkt unabhängig von situativem Kontext und inhaltlicher Thematik äußern, ohne einer unmittelbaren Bestrafung entgegensehen zu müssen.
[§ 34, Absatz 1, Novedanisches Bürger- und Kaufmannsgesetz]

Jervgebirge
Gewaltige Gebirgsformationen im mittleren Osten Kernlands, welche auch als Grenzgebirge zwischen Kingwikk und Kamelania fungieren.

Jua
Ein großer Fluss im Inselstaat Sisjoma, der einem gewaltigen Gebirge namens Ijua entspringt.

K

Kamelania
Ein Land, welches sich im Osten des Blattes Kernland befindet. Über die Kamelanier ist nicht viel bekannt. Man weiß nicht, wo sie ursprünglich hergekommen sind, es wird vermutet, sie entstammen einem unbekannten Gebiet jenseits der gewaltigen, unpassierbaren Bergketten im Nordosten Kernlands. Die Kamelanier gelten als sehr aggressiv und haben um 4202 Angriffskriege gegen sowohl Novana auf dem Blatt des Geheimen Flusslands als auch Kingwikk begonnen, wurden aber von den Novanern nach Kernland zurückgedrängt. Allerdings haben sie ihr eigenes Gebiet auf Teile des Jervgebirges nahe der kingwikker Stadt King erweitern können. Kamelania verdankt seinen Namen den Kamelen, auf denen die vermummten Krieger über Steppen und sogar Gebirgsketten reiten, welche sich aber militärisch den kernländischen Pferden gegenüber als minderwertig erwiesen haben.

Karanga
Der edelste aller novedanischen Rotweine.

Kathleen
Eine Miniinsel, welche berühmt dafür ist, den zentralsten Punkt des Blattes Solan zu bilden. Die Insel ist vollständig bewaldet und beherbergt riesige Waldameisen, die mit den zweihundert Siedlerinnen und Siedlern aus Cap Gold in Symbiose leben. Deswegen nennt man die Einwohner Kathleens auch etwas abfällig Blattläuse.

Kannarip
Eine von Cannaländern und Rükkenländern gemeinsam gegründete kleine Hafenstadt im Norden Cannalands. Von Neosannas wurde die Gründung scharf kritisiert, da Kannarip angeblich eine Anlaufstelle für Piraten aus Solan bildet. Dieser Vorwurf konnte jedoch durch neutrale Außenstehende bisher nicht bestätigt werden.

Kegelland
Kegelland ist ein kleines, wohlhabendes Königreich im mittleren Osten Solans.

Seine stark befestigten Städte grenzen an das Gebiet der Finsterhintern im Norden und im Westen an das Stammesgebiet von Laklaklakla an.
Die Kegelländer führen das Kegeln als religiöse Zeremonie durch; so wird ein großes Fest gefeiert, wenn ein Kegelländer auf der Kegelbahn seinen ersten Kegel umwirft; ein weiteres, wenn er zum ersten Mal sieben Kegel auf einen Streich umhaut.
Die sieben Kegel und die schwarze Kugel haben für die Kegelländer eine metaphysische Bedeutung: Die sieben Kegel repräsentieren die sieben Lebensalter des Menschen, und die schwarze Kugel repräsentiert das Schicksal, das sie letzten Ende alle töten wird (»den siebten Kegel umhauen«).

Kernland
Das Blatt, von dem alle Vermessungen der Landwelt erstmals systematisch initiiert wurden, weshalb es international auch als Ausgangsblatt bekannt ist. Der Norden ist wegen steter Bergingergefahr weitestgehend unerforscht, südlich schließt sich das Blatt Solan an, im Osten befindet sich das Blatt Geheimes Flussland, im Westen das Blatt Plüschland.

Kernländische Buchstaben
Alle Schriftsysteme Kernlands gehen auf das gleiche, ursprünglich 38 Buchstaben umfassende Schachtelalphabet zurück, welches im Jahr fünf von gelehrten Schachteln entworfen und nach und nach systematisiert wurde, heutzutage eingeteilt ins Grundalphabet mit 26 Hauptbuchstaben und den restlichen Nebenbuchstaben im Hochalphabet.

Kernlandkanal
Das Gebiet zwischen dem Festland der Dalahalbinsel und den eisannischen, seledanischen und sedazanischen Inseln.

Khakhrabaum
Sehr dürre, hoch wachsende Baumsorte, wie sie bisher nur auf dem Blatt Atupia heimisch ist. Die Blätter sind sehr weich und dünn, sodass sie in verdichteter Form für kurze Zeit als improvisiertes Bett fungieren können.

Kingwikk
Kingwikk liegt am östlichen Arm des Kernlandfjords. Das Land gilt als älteste Kultur, die unabhängig von der Schachtelkultur in Kernland entstanden ist; so taucht Kingwikk in den Geschichtsbüchern der Schachteln schon im Jahr eins auf. Die Kingwikker selbst sagen, sie stammen »von Seeleuten aus dem Süden und Bergmännern aus dem Norden« ab, ohne dies genauer zu spezifizieren. Ihre aufgrund von wiederholten Angriffen der Kamelanier und Berginger stark befestigte Hauptstadt heißt King.
Berühmtester Bürger Kingwikks war der Prophet Gammel (siehe eigener Eintrag), der unter anderem in Kriegszeiten und vor Seeexpeditionen aufgesucht wurde.

Kingwikk befindet sich seit 5150 im Krieg mit Kamelania.

Kingwikkschwert der Exekution

In Kingwikk existiert eine recht populäre Sage, dass die schlimmsten Verbrecher unter den Menschen durch ein schreckliches, extrem scharfes Schwert gerichtet werden, welches für einige Zeit unsichtbar über ihnen schwebt. Die betreffenden Todesfälle sind jedoch nie dokumentiert worden, sodass manch einer annimmt, dass es sich um eine abergläubische Konzeption handelt. Der Prophet Gammel behauptete jedoch in einer seiner Weissagungen, dass dieses violett schimmernde Schwert tatsächlich existiert und dass es im Süden der Landwelt von einer katzenartigen Frau bewacht wird.

Kingwikker Mythologie

Das kingwikker Schriftgelehrtentum befasst sich nahezu ausschließlich mit der Mythologie des Volkes Kingwikk, welches auch in ihrem Alltag durch allerlei Redewendungen Niederschlag findet.
Sehr grob zusammengefasst, beherrschte einst ein Volk von Riesen die Nordwelt (jegliche Form von Festland), formte dort Berge und pinkelte Seen und Flüsse. So sagen die Kingwikker zum Beispiel nicht »Viel Glück« wie die Seledaner, sondern »Mögen die Riesen pinkeln«.
In der Halbwelt, was jegliche Form von Inseln bezeichnet, wohnten die mit den Riesen in einer Art Hassliebe verbundenen Halbgötter und in der Südwelt (deren Konsistenz unbekannt ist) die mit den Riesen verfeindeten und mit den Göttern verbündeten Dämonenflügler.
Schließlich kamen die Menschen dazu, deren Vorformen Lichtbilder waren, Hologramme aus hellem Licht, die über ungezählte Zeitalter schließlich in Fleisch und Blut übergingen.
Aus diesem Gemisch ergeben sich allerhand mystische Erzählungen, die in Kingwikk und auch Nasenburgenland sehr beliebt sind und oft beim Schmaus am Lagerfeuer oder Kamin von alten Männern und Frauen erzählt (und zwangsläufig fantasievoll ausgeschmückt) werden.

Kodschas

Mischwesen aus Eulen und Menschen, die ausschließlich auf dem Gebiet des Inselreiches von Sara leben. Da sie sehr scheu sind und nur mit ausgewählten Menschen reden, ist über sie nicht viel bekannt.

Kon-Insel

Diese mittelgroße Insel liegt im Südwesten des Blattes Krug. Ursprünglich gehörte sie ganz zu Tunikagu, doch die Lalalais eroberten 4608 im Zuge des 1. Novedakrieges die Stadt Nala im Südosten der Insel und bauten sie zu einer Festung aus.

Konsul

Die Novedaner und ihre Unionsverbündeten organisieren sich ausschließlich in Gruppen. Die Gruppen unterliegen in der Regel einer hohen Fluktuationsrate an

Mitgliedern. Einziger konstanter Bestandteil einer Gruppe ist der sogenannte Konsul, welcher der Gruppe vorsteht. Wer auch immer eine Gruppe gründet, ist bis zu seinem Tod oder deren Auflösung zu Lebzeiten auch der Gruppenkonsul. In der Novedanischen Union gibt es für viele Lebensbereiche Konsule, welche einfach immer die höchste Autorität in und auf dem jeweiligen Gebiet darstellen. So gibt es in Neosanna zum Beispiel einen Diplomatenkonsul, es gibt in Skum einen Straßenkehrerkonsul und am Großen Grenzwall zu Lalalai einen Militärkonsul. Es gibt Ober-, Unter, Mittel- und Nebenkonsuln, Konsulanwärter und Altkonsuln.

Kreat

Kreat ist eine Hafenstadt an der Ostküste von Cap Barrel. Sie ist die Hauptanlaufstelle und der Hauptwarenumschlagplatz für Menschen (und andere Wesen), welche vom östlichen Nachbarblatt Schwarzland nach Solan gelangen.

Krekru

Eine der ältesten Kulturen Plüschlands. Die Krekruianer (äquivalent ist auch Krekrus gebräuchlich) bezeichnen sich selbst als Urkultur. Ihre gesamte kulturelle Entfaltung bezieht sich auf die Visionen des großen Künstlers Erkurk, der die gleichnamige, nach surrealen Visionen konzipierte Hauptstadt begründete, welche die Krekruianer *die erste Stadt der Landwelt* nennen. Diese berühmte Hauptstadt gilt als *Stadt der tausend Künste*, da sich in ihrem Zentrum ein gewaltiger Garten mit einem geheimnisvollen Stadtwald befindet, wo Künstler aus aller Landwelt ihre Werke ausstellen, wenn das Wetter es zulässt. Die surrealistisch geprägte Geschichtsschreibung macht eine ernsthafte geschichtliche Rekonstruktion oder gar Prüfung der Behauptung, die erste Stadt zu sein, unmöglich.

Um 5142 fielen Berginger in das Land ein, und schwarze Schattenwesen tauchten aus dem Nichts auf, welche die Berginger bei dem Überfall unterstützten. Menschen flohen aus Angst vor diesen albtraumartigen Kreaturen, von denen man annimmt, es waren die Geister der Omøn.

Das große Reich Krekru im Nordwesten Plüschlands hat keine festen Landesgrenzen. Die Einwohner wohnen in befestigten Großstädten entlang eines großen Gebirges, welches die Blätter Krug und Plüschland trennt.

Krekrukaftan

Der Kaftan aus Krekru ist ein sehr feinmaschiger Stoff, aus dem vor allem Gewänder und Anzüge gefertigt werden. Da Kaftan sehr mühselig herzustellen ist, lassen sich die Händler Krekrus dementsprechend gut bezahlen.

Kresepa

Eine große Insel auf dem Blatt Plüschland, südlich von Pu gelegen. In der Mitte der Insel befindet sich ein riesiger Vulkan.

Utseutusei der Blonde, ein adliger eisannischer Seefahrer, eroberte um 4600 Gebiete im Osten der Insel und gründete die eisannische Kresepakolonie. In den Folgejahren kam es zu Auseinandersetzungen zwischen Kresepanern und Eisannas, welche 4666 durch einen Vulkanausbruch beendet wurden, welcher die Völker zur Zusammenarbeit zwang.

Kreuzritter
Ursprünglich eine Bezeichnung für Angehörige der Kavallerie Eisannas, ist damit heutzutage ein besonders patriotischer eisannischer Soldat höheren Ranges gemeint.
»Wir Kreuzritter bringen unser Denken allen Kulturen.
Auch die, die nicht wollen, folgen unseren Spuren.
So ist das Denken der Völker vernetzt.
Manche sind freudig und manche entsetzt.
Manche weigern sich, zu denken wie wir.
Sie bleiben zurück und wir irritiert.«
(Eid der Kreuzritter)

Krug
Ein Blatt weit westlich von Kernland. Es schließt an seinem östlichen Rand an das Blatt Plüschland an, an seinem nördlichen Rand an das Blatt Farnord und an seinem südlichen Rand an das Blatt Inselland. Es gibt im Westen Krugs unerforschte Gebiete, von denen man nicht weiß, ob sie ein eigenständiges Blatt bilden.

Krugtinte
Eine generell als ästhetisch sehr ansprechend empfundene Tinte, welche in Krug von den Tunikagus hergestellt wird und in vielfältigen Farbschattierungen erhältlich ist.

L

Laa
Name einer kleinen Insel im Südwesten Eisannas. Die gleichnamige Stadt ist vor allem bekannt für den eisannischen und kernländischen Fußballrekordmeister Spielvereinigung Laa, welcher 4847 durch eine Fusionierung der beiden rivalisierenden Fußballteams Rot-Grün-Blindball Laa und Laa Inselhelden gebildet wurde. Die Spielvereinigung Laa spielt grundsätzlich in komplett roten oder schwarzen Trikots und ist berüchtigt für äußerst aggressiven Angriffsfußball.

Lai
Ein Königreich im Osten des Blattes Plüschland, welches im Norden an Papo-Pipu angrenzt und im Südwesten an Pu. In der Hauptstadt Laila regieren seit Tausenden von Jahren Könige. Die Lais sehen sich als Nachfahren derjenigen Menschen, die vor Beginn der Schachtelzeitrechnung im Riesenreich Asetonien gelebt haben, welches aufgrund einer bis heute ungeklärten Katastrophe zerstört wurde.

Lalalai
Ein sehr großes Land im Zentrum Krugs,

angrenzend an Aislkrug, Tunikagu, Noveda, Asetonien, Neun und Imala. Es ist bekannt für seine weit entwickelte Militärtechnologie und seinen Expansionsdrang. Nach dem Niedergang des ursprünglichen Superreiches Asetonien zogen sich die asetonischen Kriegerclans nach Westen zurück, wo sie um 1313 das Reich Lalalai gründeten. Um 4606 entfachten sie Kriege gegen alle Anrainerstaaten, in deren Folge sich das Land Neun im Süden Lalalais Ende 4616 unabhängig machte. Der Krieg der Lalalais war ethisch höchst fragwürdig, da in der Armee der Lalalais neben regulären Soldaten auch einige speziell zu diesem Zweck gezüchtete Monsterkrieger kämpften.

Lalawanga
Auf der größten Insel der Landwelt, der Großmischlandinsel (auf dem Blatt Mischland) befindet sich im Westen ein Reich namens Lalawanga. Bekannt ist das Land für seine dunkelblauen Hamster, die riesige Vorratskammern anlegen, welche wiederum regelmäßig von anderen Säugetieren geplündert werden.

Landmark
Eine Gegend an der südwestlichen Grenze Neosannas, aus wenigen durch Sprache und Handel verbundenen Kleinstädten bestehend, aber ohne offizielle Regierung oder Fahne. Die Einwohner gelten als äußerst pessimistisch.

Landwelt (novedanisch: Lanevael)
Die Gesamtheit aller bekannten Blätter. Man geht davon aus, dass die Landwelt rund ist, obwohl dies noch nicht mit letzter Bestimmtheit gesagt werden kann.

Langfahrt
Die Langfahrt ist ein Gedichtzyklus, welcher eine romantische Verklärung der Entdeckung Novedas durch Donier und Skater darstellt und in vielen Ländern der Novedanischen Union in der Grundschule auswendig gelernt werden muss.

Lasodanne
Angeblich eine gigantische Insel auf einem noch unbeschriebenen Blatt, welche dereinst untergegangen sein soll. Manche Geschichtsforscher identifizieren Lasodanne allerdings auch mit der Großmischlandinsel des Blattes Mischland.

Lesanna
Ein kleines Inselreich im mittleren Süden des Blattes Kernland. Mitglied des Eisanischen Bundes.

Licht des Friedens
Den Mysterien der Munkler zufolge offenbart sich der Schöpfergott Mul in einem strahlend weißen, alles befriedenden Licht, wenn man die neun heiligen Wege (Altruismus, Friedfertigkeit, Geduld, Gerechtigkeit, Hartnäckigkeit, Leidenschaft, Wahrhaftigkeit, Zuverlässigkeit und Liebe) erfolgreich in sich vereint.

Lada
Dalesanische Kolonie im Osten Kernlands mit 75 000 Einwohnern, nahe dem Gebiet des immerwährenden Regens von Novana gelegen. Schützt Kernland vor und meldet das Eindringen von Aggressoren aus dem Geheimen Flussland, wie z. B. den Kamelaniern.

Losb
Eine neosannische Stadt am Rükkenlandstrom, nahe der Grenze zu Cannaland. Hier war lange Zeit die südliche Grenze Neosannas, weswegen Losb Grenze der Zivilisation genannt wurde.

Lu
Eine große Hafenstadt im äußersten Südwesten Lalalais, nahe der Grenze zu Neun. Ein wichtiger Handelsort, da alle Waren aus Ländern westlich von Lalalai (Tunikagu, Mao) hier ein und aus gehen. Sehr bekannt für die staatliche Frisurenakademie.

Luk-Bucht
Zwischen der Ostküste Neosannas und der Küste Cannalands situierte Bucht mit zu Neosanna gehörenden Inseln.

Lulu
Eine militärstrategisch bedeutsame Hafenfestung in der Nähe des großen novedanischen Grenzwalls zu Lalalai. Es ist Novedas südwestlichste Stadt. In der novedanischen Lyrik existieren viele romantische wie zotige Gedichte über die landesweit berühmten Prostituierten, z. B. *Die Dirnen von Lulu*.

Luxe
Sehr eigenartige Kreuzungen aus Hunden und Katzen, die in der Bergregion der eisannischen Hauptstadt Holo leben.

M

Magische Kugel (Bûxxox)
Eine xlaovanische Kristallkugel, die dem Benutzer übernatürliche Kräfte verleiht. Je dunkler die Farbe der Kugel, desto gefährlicher die heraufbeschworene Magie. Gefürchtet ist deshalb die legendäre Schwarze Kugel.

Magischer Teppich
Die Ratach haben es mittels naturwissenschaftlich unerklärlicher, mental-konzentrativer Fähigkeiten vollbracht, magische Teppiche zu konstruieren, mit denen sie bis zu einhundert eisannische Kilometer weit fliegen können. Sie erreichen dabei ähnliche Flughöhen wie Drachen.

Männlich I.
Ein König Goldlands, der über die Stadt Nordburg und die Balbasteppe herrscht. Die Balbasteppe ist eine schneebedeckte, karge Landschaft im äußersten Norden Goldlands.

Mao
Mao ist ein sehr weiträumiges, uraltes Reich im Westen des Blattes Krug und gilt seit langer Zeit als *Ende der Welt*, da kein Schiff, das von Mao aus westwärts segelte, jemals zurückgekehrt ist.
Die Maos leben in sehr großen, meist stark befestigten Städten und pflegen keine nennenswerten internationalen Beziehungen (ein berühmtes Maosprichwort besagt: »Halte dich aus allem heraus, dann geht es dir immer gut!«), obwohl ab und zu Menschen aus anderen Ländern ihre großen Häfen anfahren. Das Landesinnere ist geprägt von gewaltigen, oft verwinkelten Bergen, in denen unzählige Höhlen existieren.

Mare
Das Seehoheitsgebiet eines jeden Staates in der Landwelt wird mit dieser aus Smaragdana stammenden Bezeichnung versehen.

Matla
Eine paradiesische Stadt auf dem Blatt Inselland. Es ist die nördlichste Stadt des Inselstaates Sisjoma. Ihre Bewohner nennen sich Matlander.

Mischland
Ein Blatt, über dessen Süden noch nichts Gesichertes bekannt ist. Im Osten befindet sich das Blatt Solan, im Westen das Blatt Inselland. Im Norden erstreckt sich Plüschland.

Moldech der Fjällen
Fjällen sind Menschen, die über Nasenburgenland verteilt in Reiterhorden leben. Die zentrale, unabhängige Stadt ihres Reiches ist der Moldech in Nasenburgenland, der in seinem Zentrum eine riesige Reiterbahn beherbergt, in deren Zentrum ein weißer Obelisk steht, welchem magische Kräfte zugeschrieben werden. Einige Fjällen verfügen auch erwiesenermaßen über seherische Fähigkeiten.

Moldech-Fluss
Ein großer Fluss in Nasenburgenland, der südöstlich der mächtigen Bergingerfestung Greb Fjella entspringt und sich südwärts durchs Land schlängelt, bis er nahe der kingwikker Großstadt Kinglburg in einem Fjord mündet.

Montagy
Eine kleine, unbefestigte Kolonie Novedas nahe des östlichen Eingangs der Luk-Bucht, erbaut an einer großen Flussmündung, von der man annimmt, dass sie ein Nebenarm des Rükkenlandstroms des Blattes Schwarzland ist. Ursprünglich von Kernländern angelegt und nach deren Wegzug in Vergessenheit geraten, bis Novedaner die Kolonie neu belebten.

Mul
Monotheistischer Gott der Munkler (siehe eigener Eintrag), »Personifizierte Liebe und ewiger Frieden« (Inschrift am Eingang der großen Munklerkathedrale Eokeil). Verschiedene Schismen innerhalb der Munklerkirche führen fortwährend zu regional verschiedenen, uneinheitlichen Darstellungen dieser Deität. Die Smaragdaner lehnen Mul ab, da sie ihn für einen »Egregoren der Schachteln Kernlands und deren Munklersekte« halten.

Mulu
Hafenstadt der Lalalais am südlichen Ende des Puniagrenzwalls von Noveda mit großer Militäranlage.

Munkler
Eine weitverbreitete religiöse Gemeinschaft mit zahlreichen Ablegern in verschiedenen Ländern. Von deren spiritueller Grundidee beeinflusste Sekten tummeln sich im Untergrund der meisten großen Städte Kernlands. Die Munkler beten zu einem Gott namens Mul (siehe Eintrag dort), in dem sie die Prinzipien *Liebe* und *Frieden* verkörpert sehen. Die Mitglieder dieser religiösen Gemeinschaft tragen niemals Waffen, da sie Gewalt verabscheuen. Sie beten und meditieren oft gemeinschaftlich in Kapellen, Kirchen, Tempeln und Kathedralen – sogar in Hütten oder Grotten, wenn sie keine Geldgeber finden. Prinzipiell können Gebete jedoch auch im Freien stattfinden. Ihr Ziel ist eine vollständige Befriedung der Welt und eine vollständige Harmonisierung dadurch, dass alle Menschen einander ohne jegliche Bedingungen lieben. Sie missionieren, indem sie Blumen verteilen und Menschen zu Diskussionen oder Gebeten einladen. Zum Glauben der Munkler gehört die grundlegende Vorstellung, nach ihrem Tod in Muls Königreich einzugehen, wo sie alle Ahnen und Angehörigen zu treffen hoffen. Nichtgläubige erwartet in ihrer Vorstellung nach dem Tod die Strafe, niemals wieder mit den Ahnen und Angehörigen vereint werden zu können, was einige Nichtmunkler eine durchaus angenehme Idee finden. Es existieren auch andere Vorstellungen von Strafen, zum Beispiel die, in der Zeit zurückgeworfen zu werden und ein bereits gelebtes Leben erneut durchleben zu müssen.
Begründer der Religion war 3728 Mulén Munkeln, ein Mann, der aus dem Nichts in Kernland aufgetaucht sei und sehr schnell etliche Anhänger gefunden habe. Unter diesen befand sich der Schachtel Famul, welcher über die Meere Lanevaels segelte, um die Religion der Munkler zu verbreiten. Dabei wurde er von manchen Völkern als weiser Mann verehrt, andernorts verjagte man ihn mit Schimpf und Schande.

Muta-Moli
Getränk, das aus Muta (Eisannisch für »Zucker«) und Moli (Eisannisch für »Kakao«) hergestellt und aufgelöst in heißem Wasser serviert wird.

Myrden
Zwetschgengewächse, die auf vielen Blättern der Landwelt bekannt sind. Sie sind für eine Vielzahl von Speisen als Beilage verwendbar und werden gebraten, frittiert und auch im Rohzustand verzehrt. Auf Reisen sind Myrden als Proviant aufgrund ihrer Leichtigkeit sehr beliebt.

N

Naomili
Naomili ist die Hauptstadt Videssas, einer großen Insel im Nordosten des Blattes Schwarzland. Naomili liegt am Fuße eines heiligen Berges, aus dem ein Fluss entspringt, der in einer Bucht endet, um die diese Stadt herum aufgebaut wurde. Naomili ist stark befestigt, da der heilige Berg reich an Goldvorkommen ist.

Nase
Viele Völker der Landwelt bezeichnen unterschiedliche geologische Formationen von kleinsten Landzungen bis zu gewaltigen Halbinseln als Nasen. So sind die Landzungen Nasenburgenlands z. B. in den Landesnamen inkorporiert.

Nasenburgenland
Auch bekannt als Land der Nasen. Dieses Gebiet bezeichnet weite Teile des östlichen kernländischen Festlands und umfasst den (losen) Zusammenschluss von neun kleinen novedanischen Forschungsstationen an allen Nasen der Küste, das Inland mit zwei gewaltigen Fjorden, die östlich im Land Kingwikk und westlich im Gebiet des Stadtstaates Amhafen enden sowie das Gebiet der nach dem ersten Bergingerkrieg ausgewanderten Schachteln wie auch den Moldech der Fjällen umfassen. Nasenburgenland ist das Reich mit den meisten miteinander in Harmonie lebenden Kulturen Lanevaels.

Nelai
Hafenstadt von Neun, bei der Städteplanung bewusst zur Insel Ialo hin ausgerichtet; im Zuge der seinerzeit florierenden Handelsbeziehungen zu Noveda als letzte Stadt Neuns 4606 erbaut.

Neosanna
Um 4830 kam die erste eisannische Expedition nach Schwarzland. Im Südwesten dieses Blattes gründeten die Eisannas auf einer großen Halbinsel 4860 die Kolonie Neu-Eisanna. Um 4945 Unabhängigkeit von Eisanna, ab 5000 Mitgliedschaft im Eisannischen Bund. Um 5090 Gebietserweiterung um Rükkenland und 5131 Eroberung von Gebieten im Süden der von Cannaland beanspruchten Küste.
Charakteristisch für Neosanna sind die massiven schwarzen Berge, die im Westen, entlang der weiträumigen Küstenlinie, direkt hinter den Stränden in die Höhe ragen. In den Bergwerken wird ein spezielles schwarzes Panzermetall gefördert, welches Schiffe nach geheim gehaltener Bearbeitungsprozedur in den Werften

angeblich unsinkbar macht. Hauptstadt ist die 200 000 Einwohner große Metropole Easan (siehe Eintrag dort).

Neu-Dalun
Eine Kolonie der Dalesaner, welche sich um 3399 von ihrem Mutterland unabhängig machte. Sie liegt auf einer kleinen Halbinsel im Südwesten des Geheimen Flusslandes und grenzt im Norden an Novana, im Osten an das Reich der Xlaover an.

Neun
Machte sich nach dem ersten großen Krieg zwischen Noveda und Lalalai 4616 unabhängig. Der Süden des Landes Lalalai wurde fortan demokratisch regiert. Neun investiert viel Geld in die Bildung, vor allem in die Ausbildung junger Menschen.
Benannt ist die junge Republik nach der gleichnamigen Großstadt an der südwestlichen Landesküste, wo es große Fischereibetriebe gibt. Die Neuner grenzen sich vor allem durch ihre eigene Sprache namens Neunisch von den Lalalais ab.

Niaböma-Land
Ein sehr rätselhaftes Land, welches im mittleren Osten des Geheimen Flusslandes existieren soll und deren Bewohner der Sage nach auf gigantischen Katzen durch die dichten Wälder reiten (*Katzenreiter*). Katzen und Menschen verständigen sich durch Klicklaute.

Nöla
Gerüchten zufolge ein riesiges, von Menschen bis dato unbetretenes Echsenwesenreich weit im Norden des Blattes Farnord.

Nomala
Eine kleine, friedliche Kommune im Westen Novedas, welche Handelsbeziehungen mit den benachbarten Indianern des Landes Imala unterhält.

Nordsüdozean (auch: Der große Nordsüdozean)
Die Landwelt (Lanevael, siehe Eintrag dort) gilt als – wie nach der viel diskutierten Auffassung kernländischer, schwarzländischer und kruger Wissenschaftler inzwischen bewiesen – rund. An der Universität von Arpus wird diese runde Form auch Planet genannt. Auf der nördlichen Seite des Planeten gibt es eine recht große Landmasse über fünf Blätter (Nordblätter), an welche sich nördlich von Krug sogar ein noch größeres sechstes Blatt (Äußerer Norden) anschließt, auf der südlichen Seite eine kleinere Hauptlandmasse, die sich ebenfalls über fünf Blätter (Südblätter) erstreckt, dafür sehr viel reicher an Inseln ist als die Nordseite. Die Gegend südlich der Südblätter ist derzeit noch nicht erforscht. Expeditionen im äußersten Südosten des Blattes Mischland seitens Rozanas konnten nicht jenseits einer von schwefelgelben, giftigen Bergformationen und toxischen violetten Flüssen durchzogenen Landmasse gelangen und mussten folglich abgebrochen

werden. Auch der weite Ozean im Süden Mischlands schreckt Menschen von Expeditionen nach Süden ab, da kein Festland in Sicht ist ...
Nordblätter und Südblätter werden durch einen durchgängigen riesigen Ozean getrennt, der erstmals von Kernländern in Richtung Südosten überquert wurde (nach Schwarzland), dann von Doniern Richtung Norden (nach Krug).

Nordsüdpassage
Eine in Kernland weitverbreitete Theorie, dass die Landwelt sich von Norden nach Süden per Schiff durchqueren ließe, würde man nur genug Mut aufbringen, aufs offene Südmeer hinauszufahren. So würde man schließlich am Ausgangspunkt im Norden vom Süden aus wieder ankommen, da der Planet als rund gilt.

Nordsüdroute
Eine Schiffsroute, die vom Blatt Kernland zum Blatt Solan führt.

Nostrol
Nostrol ist ein Land im mittleren Osten Solans mit nur einer kartografierten Hafenstadt namens Wut, welche Fremden nicht zugänglich ist. Nostrol liegt westlich von Cap Barrel und ist Angaben der Cap Barrelaner zufolge hauptsächlich um einen gewaltigen, sehr tiefen See herum aufgebaut, an dessen Grund eine riesige Unterwasserfestung namens Killabo liege. Die Bewohner Nostrols sind kleine Humanoide (Durchschnittsgröße: ein eisannischer Meter) mit bläulicher Hautfarbe. Sie bezeichnen sich selbst als Kobolde. Die Bewohner Cap Barrels behaupten weiterhin, dass Kobolde gleich Fischen im Wasser leben und sich in seltenen Fällen unsichtbar machen können.

Novana
Mitglied der Novedanischen Union. Dieses große Land liegt im äußersten Westen des Blattes Geheimes Flussland und stellt nach Noveda die zweitgrößte Militär- und Handelsmacht der Novedanischen Union dar. Der nördliche Teil des Landes ist für seinen niemals aufhörenden Nieselregen bekannt, was dazu geführt hat, dass einzelne Dörfer komplett überdacht sind. Der Regen sammelt sich in Quellen und wird zudem in Tonnen aufgefangen, da ihm heilende Kräfte zugeschrieben werden. Er trägt aufgrund seiner enormen Popularität außerhalb der Landesgrenzen erheblich zum Wohlstand Novanas bei.

Noveda
Noveda war ursprünglich eine Kolonie des auf dem Blatt Inselland gelegenen Reiches Donia im Küstenbereich des Blattes Krug, welches 2810 mit verstreuten asetonischen Stämmen im Inland zum Großreich Noveda zusammengeschlossen wurde. Dieses Riesenreich erstreckte sich über Tausende Jahre vom äußersten Südosten des Blattes Krug bis zu dessen äußersten Nordosten. Die Novedaner gelten als die besten Seefahrer

Lanevaels und haben viele Kolonien in nahezu allen bisher bekannten Gebieten gegründet, die schließlich als eigenständige Staaten unter dem Zusammenschluss Novedanische Union firmierten. 4606–4616 fand ein schrecklicher Krieg gegen Lalalai statt (1. Novedakrieg), der ungewöhnlich viele Tote forderte. 4664 kam es aufgrund von Ausgrabungsfunden in der Gegend der novedanischen Stadt Shiska, welche die Existenz des ursprünglichen Asetonien zweifelsfrei belegten, zu einer Unabhängigkeitsbewegung der Asetonier, was dazu führte, dass Noveda in drei Teile fraktioniert wurde: Noveda, Asetonien und das novedanisch-asetonische Mischvolk Shiskana.

Noveda ist eine Supermacht. Die novedanische Seefahrt erschließt mehr Blätter als jedes andere Volk, und die novedanischen Berge bieten einen nahezu unerschöpflichen Quell an Bodenschätzen, Nahrungsmitteln und Handelswaren.

Die Novedaner leben in Gruppen. Alle Novedaner und die Bewohner der Adeptenstaaten der Novedanischen Union können sich zu jedem Lebenszeitpunkt einer beliebigen anderen Gruppe anschließen. Durch die Auflösung der traditionellen Familienstrukturen konnten Bürgerkriege und Feindschaften innerhalb Novedas und der Unionsländer vollständig eliminiert werden, da man im Streitfall immer sagen kann »Ich verlasse jetzt deine Gruppe« beziehungsweise »Lanevael ist weit, du bist in unserer Gruppe nicht mehr erwünscht, such dir eine andere«.

Novedabier

Landweltweit sehr beliebtes Bier, welches die Novedaner auf ihre Reisen über die Meere mitnehmen. In jedem Mitgliedsstaat der Novedanischen Union wird eine eigene landestypische Variante gebraut. Zu großem kommerziellem Erfolg hat es das würzige Schwarzbier Cannalands gebracht, welches als Pjort (siehe Eintrag dort) bekannt ist.

1. Novedakrieg (Der große Noveda-Lalalai-Krieg, Der Großkrieg)

Der 1. Novedakrieg (4606–4616) gilt als der größte und blutigste Krieg, der auf der Landwelt jemals geführt wurde. In seinem Verlauf griffen die Lalalais zunächst das novedanische Festland und vor allem den Südwesten Novedas mit seinen strategisch wichtigen Hafenstädten an (4606–4610), dann mit Unterstützung der Bsonnas aus Smaragdana die novedanische Großinsel Ialo (4611–4613).

4613–4614 bemühten sich die Lalalais, die an die Novedaner im Anschluss an deren Gegenoffensiven verlorenen Städte auf eigenem Boden zurückzuerobern; und schließlich griff man im Nordwesten Novedas die Großstadt Eerenskal an (4615–4616).

Die Novedaner geben an, 170 000 Soldaten in Folge der Kriegshandlungen verloren zu haben, der Aggressor Lalalai habe 110 000 Soldaten verloren.

Die Lalalais geben an, die provokativen Novedaner hätten 200 000 Soldaten verloren, man selbst lediglich die Hälfte. Bis

heute existieren keine objektiv belegbaren Statistiken hinsichtlich der Kriegsverluste. Die Schlacht um Ialo und die Schlacht von Eerenskal werden zum 1. Novedakrieg gezählt, jedoch an anderer Stelle gesondert behandelt (siehe Einträge *Ialo* und *Eerenskal*).
[Zur Chronik des Großkriegs:]
<u>4606</u>
Im Frühling 4606 griffen die Lalalais Noveda ohne offizielle Kriegserklärung auf breiter Front an: Beim ersten Angriff konnten die Lalalais keine Städte oder Dörfer einnehmen, erzielten aber Geländegewinne. Dabei gelang es ihnen, fünf novedanische Kampfgruppen aufzureiben sowie eine stationäre novedanische Artilleriegruppe zu zerschlagen.
Die Novedaner, welche einen Krieg entlang einer breiten Front nicht gewohnt waren und zudem ihre Hauptschlagkraft in ihrer riesigen Marinegruppe sahen, machten eilig mobil, wobei sie im Laufe des Jahres viele Kampfgruppen aus dem Hinterland und von Mitgliedern anderer Mitglieder der Novedanischen Union aus Übersee an die Front führten.
Es gelang ihnen im Zuge eines Gegenschlages, eine lalalaische Infanterieeinheit, eine stationäre Artillerieeinheit und zwei Ballonbombenflotten zu zerstören sowie zweihundert Transportkutschen zu erbeuten. Wirksam zurückschlagen konnten sie die Lalalais zu diesem Zeitpunkt allerdings nicht.
Im Sommer 4606 gelangen den Lalalais vernichtende Schläge: Nicht nur wurde die strategisch wichtige Hafenstadt Lulu erobert, sondern den novedanischen Verbänden auch empfindliche Niederlagen zugefügt. Die lalalaische Führung gab sich als Resultat dieses Militärschlags siegessicher und hielt in Lulu eine demütigende Truppenparade ab. Sie hatte jedoch nicht mit den harten Gegenmaßnahmen gerechnet, welche die Novedaner postwendend einleiteten: Sie trieben Keile zwischen die Angriffsfront der Lalalais und warfen die angreifenden Lalalais im Norden sogar bis hinter ihre Grenze in die stark befestigte Garnisonsstadt Veila zurück. Des Weiteren führten die Novedaner konstant starke Truppenverbände aus dem Hinterland heran, was den Lalalais aufgrund ihrer zu diesem Zeitpunkt parallel geführten Kriege gegen die anderen, militärisch viel schwächeren Anrainerstaaten (Tunikagu, Imala) nicht möglich war.
Im Herbst 4606 begannen die Lalalais die gut ausgetüftelte Geliseioffensive, eine der berühmtesten Offensiven des gesamten Krieges. Sie verlief sehr erfolgreich: Die strategisch äußerst wichtige große Hafenstadt Skoto im Südwesten Novedas wurde teilweise erobert, wobei die wichtigen Flottenkoordinationszentren besetzt wurden. Dies führte dazu, dass die novedanische Flotte die novedanischen Bodentruppen im Südwesten des Landes nicht länger unterstützen konnte. Des Weiteren wurde die novedanische Seefestung Fels erobert. Zudem brachten die Lalalais neues Kriegsmaterial, vor allem eine furchterregende Monsterkriegereinheit, an die Front.

Nun wähnte sich die lalalaische Führung dem finalen Sieg über Noveda nahe. Es muss jedoch bedacht werden, dass die Geliseioffensive finanziell sehr kostspielig war und die Novedaner insgesamt aufgrund ihrer weit verzweigten Handelsbeziehungen zu den Völkern Lanevaels und intakten Versorgungswege von Osten her über viel höhere finanzielle und materielle Ressourcen verfügten als die Lalalais.

Da das umkämpfte Gebiet im harten Winter unmöglich zu bearbeiten war (die Rohre der Kanonen froren ein, Eis und Schnee erzeugten bei vorrückenden Truppen mehr Todesfälle als der Gegner), hatten die Novedaner bis zum Frühjahr 4607 genügend Zeit, ihre Gegenoffensive sorgfältig vorzubereiten …

4607

Die gründlich geplante Gegenoffensive der Novedaner hatte vor allem das Ziel, den Gegner zu schwächen. Der novedanische Generalstab hatte erkannt, dass die lalalaischen Verbände das bisherige Angriffstempo auf Dauer nicht aufrechterhalten konnten.

Im Frühjahr 4607 griffen die Lalalais ein weiteres Mal an. Im Zuge dieser Operation konnten keine wesentlichen Gewinne verbucht werden. Ziel war es, die bisher eroberten novedanischen Küstenstädte Mo, Lulu und Skoto zu halten und die dort vorhandenen Truppen zu verstärken.

Die Novedaner konzentrierten im Sommer 4607 ihre massiven Angriffe vor allem auf Skoto, wo sie die lalalaischen Besatzungseinheiten erheblich schwächten.

Spektakulär war indes die Rückeroberung der Seefestung Fels am nördlichen Abschnitt der Front durch novedanische Panzerkutschen. Dies war auch gleichzeitig die erste nennenswerte Niederlage des Krieges aufseiten Lalalais.

Der Sommer 4607 nahm sich für die Novedaner sehr verlustreich aus. Die Angriffe der Lalalais waren wütender als je zuvor, wobei vor allem ihre Luftwaffe schwere Schäden anrichtete. Zudem gelang den Lalalais die Eroberung der novedanischen Festung Dunga nördlich von Fels (vor den Toren des mittlerweile sehr stark befestigten Eerenskals) und die Besetzung der novedanischen Großstadt Pili durch die schreckliche lalalaische Monstereinheit, nachdem die Reste der verteidigenden novedanischen Artilleriegruppe zuvor kopflos geflohen waren. Entscheidend war in diesem Zusammenhang, dass die finanziellen Mittel der Aggressoren, wie von den Novedanern im Vorfeld klug berechnet, zu diesem Zeitpunkt nahezu aufgebraucht waren …

Vergleichsweise milde fiel die Gegenoffensive der Novedaner im Herbst 4607 aus, da die Generalgruppe die Front konsolidieren und die frisch herangeführten Truppen im Hinterland präzise für die für 4608 geplanten Operationen ausbilden wollte. Es gelang ihnen, die Festung Dunga zurückzuerobern und die lalalaischen Besatzer Skotos weiter zu schwächen.

4608

Nachdem sich beide Seiten im Winter 4607 neu formiert hatten, gingen die Novedaner im Frühjahr 4608 erstmals zu einer eigenen Großoffensive über. Ziel war die Rückeroberung der Stadt Skoto, welche auch auf spektakuläre Art und Weise gelang: Zunächst wurden die Lalalais umzingelt und dann unter heftigem Artilleriebeschuss aus der Stadt gejagt. Zudem zerstörten die Novedaner zwei montierte Artillerieeinheiten und eine Panzerkutscheneinheit; die gefürchtete lalalaische Monstereinheit wurde vollständig umgebracht, verbrannt und unterhalb der Stadt verscharrt.

Obwohl die Lalalais den Novedanern im Verlauf des Krieges gravierende Verluste zugefügt hatten, konnten sie die Initiative im Frühling 4608 nicht zurückgewinnen. Erstmals fehlte ihnen das Geld, wichtige Truppenteile zu ersetzen, und, was verschlimmernd hinzukam, die Ressourcenlieferungen durch Aislkrug stoppten, denen Lalalai zu allem Überfluss auch noch kurz darauf den Krieg erklärte, was zum Abzug wichtiger Einheiten von der Novedafront führte.

Die Novedaner setzten im Sommer 4608 den nächsten Hieb. Diese Sommeroffensive gilt in militärstrategischen Seminaren als beispielhaft. Nicht nur eroberte man die Städte Pili und Lulu zurück, auch die Opfer bei den Besiegten waren verhältnismäßig niedrig: Nur der Verlust einer lalalaischen Panzerkutscheneinheit war zu beklagen. Da diese Offensive sehr erfolgreich war und insgesamt wenig Todesopfer forderte, ging sie als *Charmeoffensive* in die Geschichtsbücher ein.

Im Sommer 4608 waren die Gegenmaßnahmen entlang der gesamten Front halbherzig. Die Lalalais zogen sich zurück.

Der Herbst 4608 brachte die nächste novedanische Angriffswelle mit sich. »Wir werden es den Lalalais mit Zins und Zinseszinsen zurückzahlen«, hatte der novedanische Oberkriegskonsul Nivdovia als Parole an seine Soldaten und an die novedanische Bevölkerung ausgegeben, dem entsprechend gingen die Novedaner vor. Sie drangen im Süden Lalalais weit ins Inland vor und besetzten die Stadt Bui (nach Kriegsende eine wichtige Zentrale der Regierung von Neun), wo sie gleichzeitig einen Brückenkopf errichteten. Das Kampfgeschehen war plötzlich in verstärktem Maße auf das südliche Territorium Lalalais verlegt, und nur bei der unbedeutenden novedanischen Kleinstadt Mo (eher ein befestigtes Dorf) hielten sich weiterhin hartnäckig die Verbände Lalalais.

Da die lalalaischen Kampfhandlungen mit den Indianern Imalas nordwestlich von Noveda zu diesem Zeitpunkt beendet und die Steppen Imalas, welche die Lalalais für den Anbau von Lebensmitteln benötigten, um ihr riesiges Heer zu versorgen, inzwischen vollständig besetzt waren, standen den Lalalais im Herbst 4808 im Norden frische Verbände für eine Gegenoffensive zur Verfügung. Dies mündete in der wiederholten Eroberung der Festung Dunga.

4609

Im Frühjahr 4609 wollten die Novedaner dann Nägel mit Köpfen (*Nagelkopfoffensive*) machen und die Lalalais zur Aufgabe weiterer Kampfhandlungen zwingen. Im Norden der Front gelang ihnen die Rückeroberung der Festung Dunga (die Stadt, die im 1. Novedakrieg insgesamt am häufigsten besetzt und dann wieder befreit wurde); bei der lalalaischen Nachbarstadt von Lulu, der Hafenstadt Mulu, gelang es ihnen, die sich hartnäckig verteidigenden Lalalais zur Kapitulation zu zwingen.

Die lalalaische Führung war damit beschäftigt, im Frühling 4609 möglichst viele Einheiten vor den wild anstürmenden Novedanern in Sicherheit zu bringen und die Front zu stabilisieren, wobei Kommandoeinsätze die Verfolger immer wieder in perfide Hinterhalte lockten.

Die Lalalais verstärkten im Sommer 4609 ihre noch vorhandenen Truppen, zogen aber aufgrund des ungewöhnlichen Sommerregens ihre überlegene Ballonbomberflotte vollständig zurück.

Die letzte Offensive für 4609 trug den Namen *Herbstgewitteroffensive*, in der die Novedaner hofften, die Lalalais vernichtend schlagen zu können und den für sie selbst bisher sehr verlustreichen Krieg vorzeitig beenden zu können. Dies misslang jedoch völlig. Das Herbstgewitter machte das Vorankommen nahezu unmöglich. Die Lalalais hatten zudem ihre Abwehrstellungen gut getarnt, sodass sich viele Infanteriegruppen Novedas unversehens im Hinterhalt wiederfanden.

4610

»Jetzt reicht es!«, war der neue Slogan, der überall in Noveda ausgegeben wurde, und mit dieser Losung auf den Wappen griffen die gut ausgerüsteten Novedaner bei schönstem Frühjahrswetter an. Dabei setzten sie den vernichtenden Schlag, den sie bei der Herbstgewitteroffensive nicht hatten setzen können. Friedensverhandlungen lehnten die Lalalais nach wie vor konsequent ab, obwohl die Niederlage auf dem Festland unabwendbar erschien.

Da die Lalalais nicht auf das Friedensangebot reagierten und sogar noch recht effektiv junge novedanische Infanteristen aus der Luft abschlachteten, ging man im Sommer 4610 zu einer weiteren Großoffensive über.

Die als solche bekannte Siegesoffensive im Herbst 4610 führte zur Rückeroberung von Mo und zur Einnahme der lalalaischen Stadt Veila am Fuße des Ändramelchgebirges. Da nun ein Vorstoß der Novedaner auf die lalalaische Hauptstadt drohte, erklärten sich die Lalalais zu Friedensverhandlungen mit Zugeständnissen an die Novedaner bereit, die sie auch einhielten – was den Landkrieg anging.

Zwischenbilanz

Die Novedaner hatten im Zuge ihrer Gegenoffensiven die Stadt Veila im Norden sowie die Küstenstädte Checklà und Mulu im Südosten Lalalais erobert. Bei Bui hielten sie einen Brückenkopf. Bis Ende 4610 gab es keine weiteren Kriegshandlungen in diesem Gebiet.

Während die Lalalais 4610 die Kriege gegen Tunikagu, Imala und Aislkrug mit befriedigenden Geländegewinnen beenden konnten, waren die Ausfälle an Kriegsmaterial (im Gegensatz zu den Novedanern, die von Osten her ständig Nachschub erhielten) nicht mehr zu kompensieren. So ging man im Frühling 4611 zum Angriff auf die novedanische Großinsel Ialo (siehe Eintrag *Ialokrieg*) über, da die Flotte Lalalais noch vollständig intakt war. Die Novedaner sahen von weiteren Festlandsangriffen auf Lalalai ab und verstärkten sukzessive ihre Truppen in den besetzten Gebieten, um einen Puffer zwischen ihren eigenen Ländereien und denen Lalalais zu erzeugen.

4613

Nachdem die Kämpfe um Ialo im Sommer 4610 zum Stillstand gekommen waren (siehe Eintrag *Ialokrieg*), griffen die Lalalais, die sich nach Beendigung der Kriege gegen die Anrainerstaaten ihres Reiches neu gesammelt hatten, die starken novedanischen Stellungen um Mulu, Checklà und Bui an, um ihr Staatsgebiet zurückzuerobern. Veila gaben die Novedaner kampflos auf, nachdem sie den Sommer 4613 hindurch starken Bombardierungen durch die lalalaische Luftflotte ausgesetzt gewesen waren.

Die Lalalais rückten sehr effizient gegen die an sich starken, aber schwer erschütterten novedanischen Verteidigungslinien vor und besetzten einen Stadtteil Mulus.

Die Novedaner eroberten postwendend den verlorenen Teil von Mulu zurück. Die Verluste der Novedaner waren wie schon oft in diesem mörderischen Krieg sehr hoch.

Die Novedaner konsolidierten Ende des Jahres 4613 ihre Verteidigungslinien und investierten vor allem um Mulu viel Geld in ein neuartiges Verteidigungskonzept.

4614

Der Kriegshammer der Lalalais fiel im Frühjahr 4614. Es gab keine nennenswerten Eroberungen, dafür kaum einen Truppenteil der Novedaner, der nicht Blut lassen musste.

Doch die Novedaner wussten ebenso gut, wie man seinen Gegner bluten lässt. Mit ihrem neuen System aus Langstreckenkanonen an vorderster Front, dahinter Artillerie, wiederum dahinter schwere Panzerkutschen und leichte Infanterie, gelang ihnen zwar nicht der Ausbruch, dafür eine erhebliche Schwächung der Angriffsreihen der Gegner um Mulu.

Im Sommer 4614 griffen die Lalalais ein weiteres Mal an. Es gelang ihnen, den bereits schon einmal eroberten Stadtteil Mulus zurückzuerobern und eine Artillerie- und eine Panzerkutschengruppe zu vernichten. An allen Frontabschnitten drängten sie die Novedaner weiter zurück und zogen somit die Schlinge um den novedanischen Brückenkopf immer enger.

Für die Novedaner wurde die Verteidigung immer schwieriger, obwohl sie immer noch gut mit Nachschub über den Seeweg versorgt wurden. Immerhin gelang es ihnen, die Truppenbestände der Lalalais um eine

mobile Antiballon- und eine Infanteriegruppe zu schwächen.
Die zweite Sommeroffensive 4614 verlief für die Lalalais recht zufriedenstellend. Es gelang ihnen, mit Unterstützung eines Sonderkommandos von Freischärlern, einen Teil der Stadt Bui zurückzuerobern und den Novedanern wiederholt schlimme Verluste zuzufügen.
Im Herbst 4614 setzten die Lalalais erneut zu einer Offensive an. Es gelang ihnen, die Schlinge um Mulu, Checklà und Bui beträchtlich enger zu ziehen, sodass Entsatzangriffe novedanischer Gruppen effektiv abgewehrt werden konnten. Die Novedaner saßen nun in einer tödlichen Falle. Doch waren die Lalalais dem Häuserkampf gewachsen?
Das Ende des Jahres 4614 war geprägt von erbarmungslosen Straßenschlachten, von vielen Veteranen als schlimmster Teil des Krieges angesehen. Die novedanischen Besatzungstruppen, die nur noch unzureichend über die Seewege mit Nachschubgütern versorgt werden konnten, weigerten sich hartnäckig, ihre Eroberungen in Lalalai aufzugeben, und zogen eine (zu diesem Zeitpunkt unter Verlusten noch mögliche) Evakuierung nicht in Betracht, obwohl die militärische Führung in Skum dies anbot, allen voran Armeekonsul Neidiva.
So begann ein grauenvolles Gemetzel, welches in dieser Form bis zum heutigen Tag nirgendwo wiederholt werden sollte.
Der Erfolg der Lalalais war überwältigend. Mulu konnte komplett zurückerobert werden. Da mit der Rückeroberung Mulus Lulu wieder gefährdet war, ordnete Armeekonsul Neidiva die vollständige Notevakuierung der novedanischen Einheiten über Checklà an.
Die Lalalais griffen währenddessen überraschenderweise die sich zurückziehenden Truppen nicht mehr an, da ihre eigene Armee von den harten Gefechten der letzten Monate und Jahre an Kampfwert eingebüßt hatte.
Somit waren die Novedaner aus Lalalai vertrieben, der Krieg jedoch noch nicht vorbei. Im Frühjahr 4615 griffen die Lalalais die Novedaner ein letztes Mal konzentriert an – bei der Schlacht von Eerenskal (siehe Eintrag zur *Eerenskalschlacht*). Das Ende dieser Schlacht war das offizielle Ende des 1. Novedakrieges.

Novedanische Union
Um 4000 von Noveda gegründet, als weltweit größtes und am weitesten verzweigtes Wirtschafts-, Militär- und Staatenvereinigungsgebilde geltend. Die Mitgliedsländer genießen Autonomie, haben aber die Auflage, den novedanischen Stern in ihre Landesfahne zu integrieren und ihrem Mutterland in Krisenzeiten zur Seite zu stehen.

Nussmy
Die östlichste Stadt Krekrus, situiert nahe dem Delta des großen Plüschlandstromes, welcher in die große Plüschlandbucht mündet.

O

Obrak

Die Obrak wohnen im mittleren Westen des Blattes Schissland. Sie sind dafür bekannt, Seefahrer aus fremden Ländern in Fallen zu locken. Manche dieser Fallen beinhalten Ungeheuer, andere Folterinstrumente. Offene Waffengewalt ist den Obrak fremd, und so gelang es den Eisannas, die die Halbinsel der Obrak 5005 erkundeten, viele von ihnen zu fangen und zu töten. Die Eisannas unterhalten eine namenlose Geheimkolonie auf drei Inseln nördlich der Obrakhalbinsel, wo sie die Methoden der Obrak erforschen. Die Obrak hatten im Jahr 5005 einige eisannische Expediteure zunächst in Hütten gelockt, wo es ihnen gelang, die fremden Eindringlinge mit sich mechanisch schließenden Wänden aus Dornen umzubringen. Expeditionsleiter des Eisannischen Bundes müssen dieses Ereignis in ihrer Abschlussprüfung in Verbindung mit einer möglichen Lösung wiedergeben. Der berühmteste dieser Expeditionsleiter ist der Neosanna Benelon (siehe Eintrag dort).

Die Obrak wohnen in Dörfern, denen sie keine Namen geben. Eines dieser Dörfer ist befestigt und liegt an einem großen See, der viele Geheimnisse birgt. Die Obrak verehren ein Sternzeichen, welches andere Bewohner der Landwelt als Sternzeichen des Sarges bezeichnen, da es sich genau in dem Inlandssee spiegelt, den die Obrak streng bewachen. Das Sternzeichen des Sarges besteht aus zehn Sternen, die eine kastenartige Form bilden. Die Obrak feiern auch ein Fest um die Jahresmitte, welches sie zu Ehren ihrer Königin und des Sternzeichens abhalten.

Odid

Ein dalesanischer Geschichtsforscher, welcher von 4980–5120 an der Universität von Arpus tätig war. Sein berühmtestes Werk ist *Aggression*, in dem er systematisch die Motive sämtlicher Zivilisationen untersucht, die für ihre Angriffskriege bekannt wurden, darunter die Berginger, die Lalalais, die Kamelanier und die Smaragdaner respektive deren Kriegerkaste, die Bsonnas.

Oi

In der Sprache der Neun gilt:
Oi = Eines (eines), der/die/das Eine (eine)
Oidu = Beides (beides), die Beiden (beiden)
Oiduj = Alles (alles), wörtlich »alle beiden« (»j Oidu«)

Okkolosoth

Eine sehr exklusive neosannische Sekte, deren Mitglieder ausschließlich aus Voll- oder Halbwaisen bestehen. Die Sekte ist bekannt für die These, dass nicht das Auge, sondern die linke Hand das Fenster zur Seele ist. Man erkennt die Sektierer in der Öffentlichkeit daran, dass sie im sozialen Kontakt sehr genau die Bewegungen der linken Hand ihres Gegenübers studieren.

Omøn

Sie wohnen in einem Bergreich im Nordosten des Blattes Plüschland. Über das Reich ist nicht viel bekannt, da es verboten ist, dieses Gebiet zu betreten und (offiziell) niemand jemals wieder lebend zurückgekehrt ist, um davon zu berichten. Die Existenz einer Festung ist durch Beobachtungen mit Fernrohren und waghalsige Heißluftballonfahrten zweifelsfrei bestätigt worden. Viele der Omøn scheinen sich zwischen den Dimensionen bewegen zu können. Ihre Ahnen existieren angeblich als Geister weiter, die danach trachten, menschliche Körper zu besetzen, auch wenn diese Behauptung nicht auf naturwissenschaftlichem Weg erforscht werden kann. Man erkennt Angehörige dieses Volkes an ihren fehlenden Gesichtszügen; statt eines Gesichtes scheint auf dem sichtbar vorhandenen Hals nur eine amorphe dunkle Masse zu existieren. Viele tragen auch dämonische Masken.
Den Xlaovanern zufolge waren die Omøn ursprünglich eine xlaovanische Sekte, die aufgrund ihrer verderblichen schwarzmagischen Praktiken aus dem Reich der Xlaover verstoßen wurde.

Operation Mischblut

Zwischen 5080 und 5100 wurden viele Rükkenländer mit Neosannas zwangsverheiratet. Diese Maßnahme wurde von den neosannischen Besatzern Rükkenlands angeordnet, da man in diesem sozialen Experiment eine Chance zur dauerhaften Befriedung der Region sah. Durch die Mischung dieser beiden Völker entstand eine Generation von Mulatten, deren Nachkommen sich weder der einen noch der anderen Volksgruppe zugehörig fühlen. Der berühmteste Sprössling dieses sozialen Experimentes ist der große Expediteur Benelon (siehe Eintrag dort).
Kennzeichnend für diese Mulatten war deren tiefe Verunsicherung aufgrund ihrer fehlenden Identifikation mit ihren neosannischen und rükkenländischen Verwandten. Viele lehnten sowohl die in ihren Augen rückständige rükkenländische Indianerkultur als auch die von ihnen als zu expansiv und imperialistisch erachtete neosannische Gesellschaft ab. Viele Mulatten empfanden auch den Druck, ihren Wert als Friedensstifter zwischen Neosannas und Rükkenländern beweisen zu müssen, als äußerst verunsichernd.
Es gibt unter ihnen Geschichtswissenschaftler, welche somit auch das Verhalten des großen Expeditionsleiters Benelon erklären, welcher von manchen als sehr unsicherer Mann dargestellt wurde und der deshalb versuchte, seinen Wert durch die Annahme von äußerst schwierigen Aufträgen durch seine Regierung zu beweisen.

Orphon

Der erste Munkler Easans. Er gründete zeitgleich mit der Ausrufung der Republik Neosanna 4945 den 1. Neosannischen Munklerzirkel. Die kleine Orphonkapelle wurde später zu einem prächtigen, farbenfrohen Tempel ausgebaut.

Ossmy
Eine große Stadt im Osten Krekrus, an einer wichtigen Handelsstraße des Blattes Plüschland gelegen.

Ostfahrtbucht
Eine weiträumige Küstenregion im Südosten des Blattes Schwarzland, wo Eisannas und Neosannas seit dem Jahr 5000 kleine Stützpunkte und Forschungsstationen zur Erkundung der Umgebung unterhalten. Die Bucht hat ihren Namen durch eine große Expedition der Eisannas um 4800 erhalten, bei der man bis zum bis dato unbekannten Blatt Schissland in den Osten vordrang.

Orakel der Heiligen Insel
An der nördlichen Grenze Goldlands gibt es einen fast immer zugefrorenen See mit einer unbewohnten Insel, welche von den Goldländern zu kultischen Zwecken gebraucht wird. Angeblich beginnt die Insel unter den kosmischen Schwingungen der Sterne zu sprechen und tut sodann Fragmente der Zukunft kund. Dies konnte bisher naturwissenschaftlich nicht überprüft werden, da Ausländer die Insel nicht betreten dürfen.

P

Papleta
Ein Kaiserreich im mittleren Süden Plüschlands. Die Papletaner haben ein weitläufig bekanntes Netzwerk aus (teilweise unterirdisch angelegten) Viadukten und Bewässerungskanälen erfunden, dank derer sie zu jeder Jahreszeit Nahrung anbauen können.
Sehr beliebt sind ihre Freizeit- und Wasserbäder, in denen allerlei Wasserspiele (am bekanntesten sind die sehr langen Wasserrutschen und sogar Wassergeisterbahnen) montiert wurden.

Papo-Pipu
»Das ganze Pipapo« ist zweifelsohne eine von diesem Volk geprägte Redewendung. Papo-Pipu begann 1600 als religiöse Gemeinschaft innerhalb Papletas, die sich der Freude am Leben widmete. Bald schon zogen die Papo-Pipus nach Nordosten in die Nähe von Lai, um ein kleines Königreich zu gründen, welches bis heute in sehr geringer Ausdehnung ohne feste Grenzen im äußersten Nordosten Plüschlands existiert. Der berühmte Plüsch, den die Bewohner Papo-Pipus in großen Quantitäten herstellen und über Papleta und Pu in alle Welt verkaufen, gab dem Blatt seinen Namen. Umso erstaunlicher ist die geografische Nähe zu den finsteren Omøn.

Pili
Eine stark befestigte größere Hafenstadt an der novedanischen Küste im mittleren Westen des Blattes Krug. Sie liegt an einem strategisch bedeutsamen Verteidigungswall, was die überwiegend freundlichen, gelassenen Bewohner jedoch wenig interessiert.

Piratain
Eine bei Seefahrern sehr unbeliebte größere Insel im mittleren Westen Solans. Hier treiben sich nicht nur kolossale menschenfressende Seeungeheuer herum, es treiben dort auch unzählige Piratenschiffe ihr Unwesen.

Pjort
Ein sehr starkes, pechschwarzes Bier aus Cannaland, welches bei übermäßigem Konsum Durchfall erzeugt. Die Neosannas verabreichen es ihren Seemännern als Strafmaßnahme, z. B. in Fällen grober Fahrlässigkeit im Dienst.

Plüschland
Ein Blatt, über dessen äußersten Norden nichts bekannt ist, da in seiner undurchdringlichen Wildnis niemand siedeln mag. Im Osten befindet sich das Blatt Kernland, im Westen das Blatt Krug. Südlich von Plüschland befindet sich das Blatt Mischland.

Plüschlandbucht
Eine gewaltige Bucht im Süden des gleichnamigen Blattes. Den südwestlichen Abschnitt der Bucht bildet die Küste Segals, im Westen mündet sie in die Küste Krekrus. Der Norden der Plüschlandbucht gehört anteilig zwei Mitgliedern der Novedanischen Union (Ainaidan und Staniana) sowie Segal, welches im Krieg gegen die Omøn im Jahr eins kernländischer Zeitrechnung an der Mündung eines vergifteten Stromes einen Brückenkopf errichtete. Dieser Brückenkopf ist von einem sehr berühmten Wallsystem umgeben, das inzwischen militärisch funktionslos geworden ist, aber zum Kulturerbe der Landwelt gezählt wird. Der nördliche Abschnitt der Plüschlandbucht mündet in das Staatsgebiet von Pu und die Ostküste dieser Riesenbucht gehört zum Land Papleta.

Posd
Ein Gelehrter der Universität von Halbstadt, welcher um 5050 eine umfassende Theorie über das Wesen der Zeit verfasst hat, welche auf der Dalahalbinsel auch in Buchform (*Theorie der Zeit*) veröffentlicht worden ist.

Pu
Pu ist ein großes Land im mittleren Osten des Blattes Plüschland. Im Norden gibt es eine große Gebirgskette, welche eine natürliche Grenze zu den riesigen verwunschenen Seegebieten bildet, wo garstige herrenlose Wesen hausen. Im Süden grenzt Pu an Papleta an, im Nordosten befindet sich die Pubucht und die Grenze zu dem friedlichen Volk Lai. 3322 gab es an dieser Grenze eine gewaltige Schlacht mit den Bergingern, die zwar verloren wurde, die Berginger aber bis heute davon abgehalten hat, in Pu einzufallen. Im Westen grenzt Pu an die Plüschlandbucht an.
Die Pu sind begeisterte Fußballer, die jedoch noch nie eine Landweltmeisterschaft gewinnen konnten. Berühmt sind sie auf

der Landwelt für die Hauptstadt mit dem längsten Namen – Talacirumalalalaika –, die von Fremden der Einfachheit halber Up genannt wird.

Pulla
Pulla ist eine große Insel im mittleren Süden des Blattes Inselland. Die Pullaner halten sich, ähnlich wie die Borgonyonyaner, weitestgehend aus dem Geschehen der Landwelt heraus.

Pulsaron
Ein kernländischer Wassergott, welcher schon in den ersten überlieferten Schriften der Schachteln Erwähnung findet:
»So machten sich die Eisen aus Mitteldala auf zu den vielen Inseln jenseits der Finger unserer Halbinsel, und ehe sie übersetzten, beteten sie zu Pulsaron, dass er ihre Leben vor dem Ertrinken in den reißenden Wasserstrudeln schonen möge.«

Puniawall
Nach den Plänen des novedanischen Großkonsuls Punia wurde zwischen 4616 und 4619 infolge des viele Todesopfer fordernden 1. Novedakrieges (4606–4616) ein riesiges Wallgebilde Hunderte von eisannischen Kilometern entlang der Grenze Novedas zu Lalalai gebaut, hauptsächlich am westlichen Rand des Waldes der tausend Ebben. Der Bau war sehr mühsam und forderte den Tod von Hunderten von Wallarbeitern. Der Wall wird unter anderem auch als Grenzwall Punia, Großer Wall, Riesenwall oder Noveda-Lalalai-Wall bezeichnet.

Q

Quonian (5080–5155)
Um 5130 der oberste novedanische Flottenkonsul der Südblätter; plante weitreichende Expeditionen im Gebiet des Blattes Solan, die allerdings kaum Verwirklichung fanden. Er scheiterte an den Feindseligkeiten der Völker Solans gegenüber den Unionsmitgliedern.

R

Ratach
Sie leben im äußersten Osten des Blattes Geheimes Flussland, hauptsächlich in sehr hohen Türmen und sogar Hochhäusern, die sie zudem noch teilweise auf sehr hohe Berge oder Plateaus gebaut haben. Diese Bauten gelten als Weltwunder. Die Ratach fliegen auf Teppichen zwischen diesen Türmen hin und her. Das Reich der Ratach nennt man auch das Ende der Landwelt. Die östlichste Stadt Ratachs heißt Weltende.

Ranuk
Rot schimmernder Mond, der die Sommerzeit über am Himmel zu sehen ist. Alle achthundert Jahre ist er ein ganzes Jahr lang am Himmel zu sehen. Bisherige Herrschaftszyklen in Jahreszeiten: 200, 1000, 1800, 2600, 3400, 4200, 5000.

Ranuks Fluch
In vielen Kulturen der Landwelt gibt es den Aberglauben, dass der Sommermond Ranuk die Menschen für ihre Überheblichkeit mit Dürre oder Flächenbränden straft. Bescheidenheit und Zurückhaltung werden hingegen mit Sommerregen und der plötzlichen Löschung von Bränden belohnt. Abergläubische Menschen bleiben dem Rotmondfest (siehe Eintrag dort) deswegen fern.

Rat der sieben Weisen
Die sieben Weisen leben auf einer Burg inmitten des großen Sees von Arpus, welcher zentral im Land Dalesa gelegen ist. Manche sagen, der See bilde nicht nur die Mitte Dalesas, sondern auch der Dalahalbinsel, oder überhaupt die Mitte Kernlands. Die sieben Weisen beratschlagen wichtige politische oder wirtschaftliche Themen.

Rautengezücht
Eine nur auf Kernland bekannte Züchtung, in der Botaniker verschiedene Rautenpflanzen kreuzen. Der Saft des Rautengezüchtes wirkt desinfizierend und antiseptisch.

Regent
Bezeichnung für das Oberhaupt einer jeden Gemeinde im Eisannischen Bund.

Rotmondfest
Ein kultisches Fest, das bei nahezu allen bekannten Völkern der Landwelt in unterschiedlichster Form zelebriert wird. Man feiert die Ankunft des rot schimmernden Mondes Ranuk (siehe Eintrag dort), welcher die Sommerzeit ankündigt.

Rükka
So nennen die Eisannas die dunkelhäutigen Menschen, welche die Rükkenlandhalbinsel bevölkerten, ehe sie von dort vertrieben bzw. deren Gebiete weitestgehend eingemeindet wurden.

Rükkenländer
Ein Volk von Menschen schwarzer Hautfarbe, welches 5090 nach Neosanna eingemeindet wurde, nachdem es einen erfolglosen Angriffskrieg gegen die Neuankömmlinge geführt hatte. Über die Geschichte Rükkenlands ist nicht viel bekannt, da wenig relevante Aufzeichnungen dazu existieren bzw. diese von der Regierung Neosannas unter Verschluss gehalten werden.

Rükkenlandindianer
Ein Indianerstamm, der in einem Waldgebiet im Herzen Rükkenlands lebt. Die Indianer haben eine schwarze Körperfarbe und töten Eindringlinge in ihr Waldgebiet mit Giftpfeilen. Ansonsten leben sie friedlich und im Einklang mit den Tieren und Pflanzen des Waldes.

Rükkenlandstrom
Der Fluss beginnt in den schwarzen Bergen nahe der neosannischen Küste im Südwesten des Blattes Schwarzland und fließt dann

zunächst unzählige eisannische Kilometer nach Süden und danach ebenso viele Kilometer Richtung Osten. Dort mündet er nach seiner Teilung in gigantische Binnengewässer oder ins Meer an der Küste des mittleren Südens.

S

Sanduhr-Magazin
Ein gedruckt wie handschriftlich publiziertes Magazin in Neun, das so populär ist, dass es nicht nur in alle Länder Krugs, sondern auch nach Plüschland, Mischland und Kernland exportiert wird. Es widmet sich größtenteils Interviews mit Herrschern und Abenteurern verschiedener Länder. Am beliebtesten sind die ausführlichen Reiseberichte.

Sannas
Abfällige Bezeichnung für Eisannas bei Feinden des Eisannischen Bundes, hingegen bedeutet »Sanna« auf Eisannisch einfach nur »Einwohner«.

Sannasprachen
Das Eisannisch, welches im Einflussbereich des Eisannischen Bundes gesprochen und verstanden wird. Während die Eisannas diese Sprachen in Eisannisch, Neosannisch, Eiskohldiasaisch und Ypsalaisch einteilen, sagen andere Völker dazu einfach Sannasprachen.

Sara
Eine Gruppierung von Inseln im Nordosten des Blattes Inselland; Heimat der Philosophen, Künstler und Meditierer. Zudem leben hier die Kodschas, menschenscheue Eulenwesen. Die größte Insel Saras im mittleren Nordosten verfügt über ein großes, geheimnisvolles Binnenmeer in Meeresnähe. Man sagt, dass es ins Bodenlose reiche. Die Saraner unterhalten diplomatische Beziehungen zu den Smaragdanern.

Schachteln
Das erste Volk Kernlands. Angeblich kamen die ersten Schachteln vor rund fünftausend Jahren aus der Erde unter den Nordbergen der Dalahalbinsel hervorgekrochen. Im Allgemeinen wird diese Sage heutzutage so interpretiert, dass die Erde die Menschen geboren habe, eine symbolische Parallele zur Geburt des Menschen aus dem Mutterbauch darstellend. Seitdem gibt es eine in der Landwelt weitestgehend akzeptierte Zeitrechnung, die mit dem Jahr null beginnt, als die ersten Schachteln erschienen sind. Viele Schachteln flohen im Zuge der Bergingerkriege nach Nasenburgenland. Die Nachkommen der Flüchtlinge leben heute an einem großen See innerhalb Nasenburgenlands, die Mehrheit der Schachteln ist nach wie vor in der Burg Schachtel am Fuße der Nordberge ansässig, welche zum Gebiet der Dala-Union gehört.

Schachtelfeder
Die feinsten Schreibfedern Kernlands

werden von den Schachteln in mühsamer Kleinarbeit zurechtgeschnitten und dann vor allem im Gebiet Nasenburgenlands teuer verkauft.

Schissland
Grenzt im Westen an das Blatt Schwarzland und im Osten (vermutlich) an das Blatt Inselland. Das Blatt grenzt im Norden (vermutlich) an das Blatt Atupia an. Über den Süden ist gar nichts bekannt. Schissland ist weitestgehend unerforscht, 4983 hat die bisher einzige eisannische Expedition stattgefunden.

Schmalberge
Eine Bergregion im Südwesten des Blattes Schwarzland.

Schwarzland
Ein Blatt, welches im Norden an das Geheime Flussland anschließt, im Osten an das Blatt Schissland, im Westen an das Blatt Solan. Über den Süden ist überhaupt nichts bekannt. Auch das südöstliche Innenland ist kaum erforscht. Neosanna bereite jedoch Expeditionen vor, so wird gemutmaßt.

Schwefelbusch
Sehr unangenehm riechender Dornenbusch, dessen schleimige Fäden allerdings auch schwere Wunden rasch heilen können. Die Bilbis verwendeten diese erstmals zur massenhaften Heilung von Verwundeten im ersten großen Bergingerkrieg 1990. Die schnelle Heilung der verwundeten Soldaten und Zivilisten aufgrund des Schwefelbusches war ein entscheidender Faktor, der es ermöglichte, die physisch überlegenen Berginger zurückzuschlagen.

Sea
Eine kleine Stadt im Westen Dalesas, am Grenzfluss Eleda, der die bis heute umstrittene Grenze zwischen Seleda und Dalesa bildet.

Sebem
Eine Hafenstadt an der Ostküste der Republik Neun. Zu Zeiten ihrer Zugehörigkeit zu Lalalai (vor der Unabhängigkeit Neuns) war sie Lalalais strategisch wichtigster militärischer Stützpunkt im Süden des Landes.

Segal
Eine sehr alte, bedeutende Kultur auf der großen westlichen Halbinsel des Blattes Plüschland. Die Hauptstadt ist Egla. Es existieren einzigartige, sehr spitze, kegelförmige Gebirge an der westlichen Landesgrenze zu Vodona und Noveda. Die Segaler sind penibel planende Straßen- und Häuserbauer. So ist ihr Straßennetz das detaillierteste der Welt, und sie sind, neben den Ratach des Geheimen Flusslandes, das einzige Volk, das eine Vielzahl sehr hoher Türme und sogar Hochhäuser baut. Die Segaler nennen den südlichen Küstenabschnitt, der nicht Teil der gewaltigen Plüschlandbucht ist, Außenmeerküste.

Seleda
Ein Land im Südwesten der Dalahalbinsel des Blattes Kernland. Diverse Kolonien und Besitztümer auf Kernland, trotz der Unternehmung weiter Seereisen keine nennenswerten Überseekolonien. Die Seleda-Kolonie im Nordosten Kernlands, welche im Osten an Nasenburgenland angrenzt und sich bis zur eisannischen Kolonie Beil im Norden erstreckt, ist aufgrund der Pracht aufwendig angelegter Städte innerhalb Kernlands zu einiger Berühmtheit gelangt. Die Seledaner pflegen freundschaftliche Beziehungen zu den Eisannas. In der Hauptstadt Seleda steht eine renommierte, 4829 gegründete Universität. Die Seledaner haben sich insbesondere in der Bergingerforschung einen Namen gemacht.

Shiskana
Ein 4666 entstandenes Mischvolk aus Novedanern und Asetoniern, welches viele Einwanderer aus Kernland (vor allem von der Dalahalbinsel) angezogen hat. Es liegt im mittleren Osten des Blattes Krug. Die Hauptstadt Shiska ist auf den ausgegrabenen Ruinen der Hauptstadt des ursprünglichen Riesenreiches Asetonien erbaut worden und gilt als Landweltkulturerbe. Die Shiskaner gelten als multikulturell und weltoffen.

Silabo
Silabo ist eine sehr schöne Hafenstadt im Nordosten der Insel Ialo. Ursprünglich ein verträumter Urlaubsort, in dem novedanische Familien flanierten und bei schönstem Seeblick gebratenen Fisch verköstigten, wurde die Umgebung im Zuge des 1. Novedakrieges (4606–4616) zu einer stark befestigten Militäranlage umfunktioniert.

Sima von Arpus
Ein dalesanischer Professor, welcher 4888 ein bis heute einflussreiches biologisches Ordnungssystem zu Unterteilung von Tierarten erstellt hat. Eine große Büste steht im Park der Universität Arpus, welche von den Studenten spöttisch »Eierkopffresse« genannt wird. Seine berühmteste Veröffentlichung ist *Das menschliche Säugetier*, welche im Grunde besagt, dass Menschen höher entwickelte Säugetiere sind.

Sima (Stadt)
Gelegen im nordöstlichsten Teil Dalesas, nahe dem magischen Wald der Bilbis sowie dem Territorium der Dala-Union.

Sisjoma
Ein Inselstaat, über dessen Genese viel gestritten wird. Der gängigen Geschichtsschreibung gemäß entstand durch den Zusammenschluss der Städte Matla, Sill und Sjov viele Jahre vor der Schachtelzeitrechnung die Sisjomakultur. Ein bedeutendes Bauwerk ist die gewaltige Bergfestung Asis am Ursprung des Juaflusses, die von im Boden vergrabenen Minen umgeben ist, welche von der Stadtwache bei Bedarf ausgelöst werden können. Der

Auslösemechanismus ist streng geheim. Die Steinmetze gelten als außerordentlich talentiert, und Gebäude dürfen grundsätzlich nur aus Stein erbaut werden. Nur sehr arme Sisjomas benutzen Holz oder, noch schlimmer, Lehm.

Skat
Ein Piratenvolk, das auf einer bergigen, sehr rauen Insel gleichen Namens im mittleren Süden des Blattes Inselland beheimatet ist. Die Skater stammen von dem Volk Donska ab. Feinde begrüßt man mit zwei überkreuzten, nach unten gerichteten Mittelfingern.

Skorpione
Skorpione gehören zu den natürlichen Feinden der Menschen auf der Landwelt. Ihre Größe kann von wenigen eisannischen Millimetern (wie auf Kernland) bis zu mehreren Metern (wie auf dem Blatt Schwarzland) reichen. Grundsätzlich werden sie kleiner, je weiter man nach Norden kommt, denn sie brauchen viel Sonnenwärme, um sich auszubreiten. Milimeterskorpione stechen auch zu, aber Menschen spüren dabei nicht mehr Schmerzen als bei einem Wespenstich. Ernsthafte Verletzungen fügen einem Menschen Solanskorpione zu; diese Skorpionfamilie erreicht die Größe einer menschlichen Hand. Tödlich sind die Conucortras des Blattes Schwarzland, die Menschen mit ihren Stacheln aufspießen können. Exemplare der Art Conucortra können die Größe eines Pferdes erreichen.

Skoto
Skoto ist eine sehr große und wichtige Hafenstadt Novedas im mittleren Osten des Blattes Krug. Sie gilt als militärisch und wirtschaftlich einflussreich. Im 1. Novedakrieg wurde die Stadt stark zerstört, dann neu aufgebaut und mit modernen Anlagen aller Art versehen. Zudem ist sie eine der ersten von den Doniern gegründeten Städte überhaupt.

Skum
Die Hauptstadt Novedas, im mittleren Osten der gewaltigen novedanischen Halbinsel gelegen. Auch bekannt als Penisnase. Hier befinden sich die wichtigsten Konsule des Landes.

Sloak
Ein sehr kleiner Inselarchipel im mittleren Westen des Blattes Solan, gehört seit 4590 zu Seleda.

Smaragdana
Großer Inselstaat im Osten des Blattes Inselland. Waffenlieferungen an Despoten und Terroranschläge wie Kriegshandlungen in verschiedenen Ländern sind in der politischen Ausrichtung Smaragdanas an der Tagesordnung. Über die Herkunft der Smaragdaner ist nicht viel bekannt. Es gibt zwielichtige Hinweise, dass sie von den Piraten Solans, den berüchtigten Kannarip (siehe Eintrag dort), abstammen, andere behaupten, sie seien versprengte Nachfahren der Asetonier. Smaragdana wird seit 4387

von einer Kriegerkaste regiert, die weltweit gefürchtet ist: den vergiftete Dolche tragenden Bsonnas (siehe Eintrag dort).

Soyan
Eine kleine Hafenstadt an der Ostküste Neu-Daluns. Hier halten sich viele Kernländer auf, bevor sie das geheimnisvolle Reich der Xlaovaner betreten. Im Jahr 644 kernländischer Zeitrechnung errichteten die Xlaovaner in dieser Region einige Dörfer, die sie jedoch aus unbekannten Gründen wieder verließen.

Solan
Ein Blatt, welches sich südlich von Kernland befindet. Über die Länder südlich von Solan weiß man nichts. Östlich Solans liegt das Blatt Schwarzland, im Westen das Blatt Mischland. Im Norden Solans befinden sich viele Inseln, nördlich von ihnen das Blatt Kernland. Im Nordwesten Solans liegen das Inselreich der Vogelflieger und die Inseln von Piratain, im mittleren Norden befindet sich das Inselreich der eisernen Zwerge. Im Süden Solans gibt es eine Festlandsebene. Im Südwesten befinden sich die Länder Nikodenien, Arl und Resetien, im Südosten unter anderem Totalia, Nostrol und Cap Gold.

Sonnlada
Eine an der Küste gelegene Forschungsstation im mittleren Süden Schwarzlands an der Mündung des großen Rükkenlandstroms. Sie wurde ursprünglich von Seledanern und Dalesanern gemeinsam betrieben, doch aufgrund mangelnden Interesses an weiteren Expeditionen in der Region aufgegeben und von novedanischen Seeleuten übernommen. Diese gründeten den Stadtstaat Montagy, kleinstes Mitglied der Novedanischen Union.

Spitzunheiml
Im nahen Osten Schwarzlands gegenüber Adevon befindet sich dieses Volk ohne bekannte Relationen zu irgendeiner anderen ortsansässigen Kultur. Die Bewohner von Spitzunheimls einziger Kleinstadt Un haben außergewöhnlich große Nasen, Ohren und Augen und starren einander unentwegt an. Für Kernländer, die manchmal im Kontext von Forschungsreisen Spitzunheiml passieren, ist dies nur schwer auszuhalten.

Srück
Eine Hafenstadt im äußersten Südwesten Neosannas an der Grenze zu Landmark, die ursprünglich zu Rükkenland gehörte.

Staniana
Staniana ist ein kleines Land im Norden der Plüschlandbucht, welches um 5000 gegründet wurde. Die Stanianas erheben Ansprüche auf große, bisher weitestgehend unerforschte Gebiete im Norden des Blattes Plüschland, was zu Auseinandersetzungen mit den Bergingerhorden geführt hat, die dieses Gebiet plump durchstreifen. Staniana ist Mitglied der Novedanischen Union.

Sternzeichen und Jahreszeiten
In der Landwelt gibt es sechzehn Sternzeichen, welche in Vierergruppen dem jeweiligen Mond zugeordnet sind. Sie basieren auf der okkulten Astrologie der Omøn. In dieser Astrologie wurden die Monate Sternenkonstellationen und die Sternenkonstellationen Prüfungen zugeordnet, welche der Magier zu absolvieren hat, eine Reise der Initiation, die mit einer Kränkung beginnt und bei der schwersten Prüfung, der Jagd, endet. Die Forschung zu den Sternzeichen wurde von den Xlaovanern archiviert und durch Kernländer und Novedaner auf der ganzen Welt nach und nach verbreitet. Gleichzeitig sind die Sternzeichen auch die Namen der Monate, welche auf den meisten Blättern der Landwelt verbreitet sind.
<u>Alion: Frühling (grüne Monate, »die grüne Zeit«)</u>
Gekränkter Monat
Monat des Sarges
Monat des Labyrinthes
Nachtmonat
<u>Ranuk: Sommer (rote Monate, »die rote Zeit«)</u>
Monat des Dachbodens
Eimonat
Ohrmonat
Palmenmonat
<u>Gelisei: Herbst (blaue Monate, »die blaue Zeit«)</u>
Fadenmonat
Selbstsüchtiger Monat
Monat der Gottheit
Monat des Rades
<u>Zilin: Winter (gelbe Monate, »die gelbe Zeit«)</u>
Abstiegsmonat
Monat des Haares
Inselmonat
Jagdmonat

Sternzeichen der Jagd
In der okkulten Astrologie der Omøn ist dies ein Drei-Stern-System, welches dem Sonnensystem der Landwelt am nächsten ist.

Sti
Eine nahezu vollständig von Wasser umgebene, stark befestigte Stadt im mittleren Süden Lalalais.

Straks
Straks ist eine Insel im mittleren Süden des Blattes Inselland, welche zwischen den Reichen Pulla (Osthälfte der Insel) und den Skaden (Westhälfte der Insel) aufgeteilt ist.

Stups
Eine kleine Ortschaft in Segal, auf einer wichtigen Verkehrsroute zwischen der bedeutenden Hafenstadt Seroton und der Hauptstadt Egla gelegen.

Südpakt
Ein militärischer und wirtschaftlicher Zusammenschluss dreier Inseln des Blattes Schwarzland: Eiskohldiasa, Adevon und Videssa. Dieser Bund existiert seit dem Jahr 4700. Dieser Pakt ist von historischer

Bedeutung, da er Adevon als Mitglied der Novedanischen Union und Eiskohldiasa als Mitglied des Eisannischen Bundes eint. Somit dient der Pakt hauptsächlich der Befriedung und Stabilisierung des Meeresgebietes Schwarzlands.

Sul
Eine sehr große Hafenstadt im Südosten Maos. »Sul« bedeutet auf Maoanisch »Schwein«, und noch heute besitzt Sul die größte Schweinezuchtanlage Krugs.

T

Talacirumalalalaika (auch: Up)
Die zentral gelegene Hauptstadt von Pu. Im Namen sind die Spuren der nach dem Zusammenbruch des Superreiches Asetonien ausgewanderten Menschen Lalalais zu erkennen.

Taska
Eine novedanische Insel im äußersten Norden des Blattes Inselland, von den Festlandnovedanern spöttisch Insel der Seligen oder Insel der See-Liegen (auch kombiniert zu Insel der Seeligen) genannt. Auf der Langfahrt des Volkes Donska blieben die Skater, die schon zuvor immerzu auf Inseln gelebt hatten, auf Taska zurück, während die Donier (manche nennen sie auch die Donia) auf dem Festland Krugs das Reich Noveda gründeten.

Telenova
Berühmter novedanischer Philologenkonsul, der zwecks besserer internationaler Kommunikation aus der Sprache der Donier eine allgemeine Unionssprache (Novedanisch) erschuf. Er galt zudem als Begründer der größten novedanischen Gruppe aller Zeiten (Sprachgruppe mit 49 484 Mitgliedern) und hatte zu Lebzeiten die längsten jemals vermessenen Haare aller Novedaner. Sein Referenzwerk *Novedanisch für Anfänger* gilt als eines der meistgedruckten Bücher in der Landwelt überhaupt.

Teufel (auch: Seeteufel)
Die kernländischen Seefahrer nennen Unterwassermonstrositäten wie Riesenkraken oder Riesenhaie Teufel. Aber auch Riffs oder Sandbänke, auf die Schiffe auflaufen, werden so bezeichnet. Dies entspricht einer uralten Sage der Schachteln, welche besagt, dass der Teufel eines Tages aus den Tiefen des Meeres aufsteigen wird, um die Menschen der Dalahalbinsel zu vernichten. Die Eisannas glauben, dass der Meeresgott Pulsaron den Teufel besiegen wird.

Träger des Goldenen Eisannischen Kreuzes
Höchste Würdenträger werden im Einflussbereich des Eisannischen Bundes für besondere Leistungen mit dem Goldenen Kreuz ausgezeichnet.

Trigamemmnon
Bezeichnung für eine Kaste von Weisen, die angeblich im untergegangenen Wüstenreich Froth-Shomroth (oder auch

Fron[n]-Shomroth) existiert haben soll. Uralte Pergamente aus Rükkenland und Krug weisen darauf hin, dass diese Weisen sich nach einem Orakel namens Trigamemmnon benannt haben, welches Vergangenheit, Gegenwart und Zukunft in sich vereinte: Kernländische Sprachforscher übersetzten Triga mit Dreifaltige und Memmnon mit Kenntnis.

Tsi
Eine stark befestigte Stadt im mittleren Osten Lalalais, nahe des Puniawalls.

Tsmu
Eine kleine Inselstadt, welche zu Kingwikk gehört und am Eingang eines Fjordes gelegen ist, der zur Kinglburg führt.

Tunikagu
Ein sehr großes Reich im mittleren Westen des Blattes Krug. Die Tunikaguer sind mit der Novedanischen Union verbündet, somit herrscht reger Austausch an Technologie und Kultur. In Tunikagu wurden moderne Schusswaffen erfunden und erstmals gebaut. Tunikaguer verstehen sich als sehr fortschrittlich und leben landweltweit in dem einzigen Land, welches an seinen Universitäten Zukunftsforscher beschäftigt. Vorfahren der Tunikagus waren die Tunikas, welche in kleinen Jäger-und-Sammler-Stämmen über das heutige Tunikagu verteilt lebten.

Turm der Geheimnisse
Ein fünfzig eisannische Meter hoher Holzturm in der lalalaischen Hafenstadt Lu. Seine opulente und mehrdeutige Symbolik ist hinsichtlich ihrer Bedeutung bis zum heutigen Tage nicht ganz geklärt. Die Verzierungen und Schnitzereien lassen sich in drei Gruppen einteilen:
Unbekannte Symbole, wie sie bisher auf keinem Blatt der Landwelt zu sehen waren. Dazu gehören Darstellungen von immer kleiner werdenden Menschen am Fuß des Turmes, aus deren Köpfen Kreise zu kommen scheinen. Diese werden als Gedankenformen interpretiert, wobei die Erbauer des Turmes dies nicht bestätigt haben.
In der Mitte des Turmes sind riesige Verzierungen, die aussehen wie Buchstaben aus einer unbekannten Sprache.
Weit oben, am Ende des Turms, finden sich die grünen Tänzer – Menschen und Tiere, welche einen Tanz aufführen, dessen Bedeutung ungeklärt ist.

Tuu
Eine neosannische Stadt im Süden des Landes, sehr pittoresk nordwestlich eines Seegebietes am Ende eines Seitenarms des großen Rükkenlandstroms gelegen, ursprünglich von einer rükkenländischen Fischer-und-Bade-Gesellschaft gegründet.

U

Ulgul-Alma
Die Ulgul-Alma sind wilde Kernländer, welche an einem Strandende im äußersten

Nordosten der Dalahalbinsel leben. Sie führen verrückte Tänze auf und beschmieren einander mit Schlamm, was die in dieser Region sehr lästigen Mücken vom Stechen abhält – und andere Kernländer von Besuchen.

V

Vaela
»Die Weltenblume«, eine von Novedanern in Neosanna gezüchtete große violette Blume, welche bei ordentlicher Bewässerung und starker Sonneneinstrahlung prächtig aufblüht.

Veila
Eine stark befestigte lalalaische Burgenstadt an der Grenze zum Indianerland Imala. Die Umgebung der Stadt ist ausgesprochen schön, fließt doch der große Imalastrom nördlich an ihr entlang, welcher die östlichen Ausläufer des großen Mittellandgebirges von Ändramelch streift.

Vemula
Eine kleine, friedliche Kommune im Nordwesten Novedas, welche Handelsbeziehungen zu den benachbarten Imalas hält.

Verbotenes Dreieck
Im Nordosten Tunikagus, an der Grenze zu Lalalai und Aislkrug, existieren große, von dichten Wäldern umschlossene Ruinenanlagen, die zwar mit dem bloßen Auge sichtbar, jedoch vor dem Zugang jeglicher Menschen durch eine unerklärliche unsichtbare Barriere geschützt sind, woraus sich der Name ergibt. Lalalai erkennt die Zugehörigkeit des Gebietes des Verbotenen Dreiecks zu Tunikagu nicht an.

Videssa
Eine mittelgroße Insel im Nordosten des Blattes Schwarzland, Mitglied der Novedanischen Union und des Eisannischen Bundes. Die Einwohner verhalten sich extrem hedonistisch und verbringen ihre Zeit überwiegend segelnd und faulenzend. Die Insel ist sehr reich an Bodenschätzen und Nahrungsmitteln und wird als einziges Gebiet Lanevaels sowohl von dem Eisannischen Bund sowie der Novedanischen Union beschützt (Südpakt).
Um 4900 von Dalesanern und Novedanern an unterschiedlichen Inselabschnitten zeitgleich, aber unabhängig voneinander entdeckt, reichten die Nachfahren beider Völker die Unabhängigkeitserklärung bereits um 4922 ein. Die Videssaner verehren einen heiligen Berg als Gottheit, der östlich ihrer Hauptstadt Naomili liegt, aus dem sie seit Gründung Videssas Gold zutage fördern. Sie sind das einzige der Landwelt bekannte Volk, welches seine Gottheit vollkommen vergegenständlicht hat.

Vize
In Lalalai ist dies die Person, die den Herrscher auf seinem Thron vertritt, wenn er auf Reisen ist.

Vodona
Ein kleines Volk auf der östlichen Novedahalbinsel des Blattes Krug. Mitglied der Novedanischen Union. Hauptstadt ist die bizarre Experimentalgemeinde Ainod, welche hermetische Sternriten befolgt.

Vulkaninsel (auch: Vulkan-Insel)
Eigentlich ist damit nur eine Hauptinsel gemeint, wobei die Vulkaninsel tatsächlich eine Gruppe von Inseln darstellt, welche 4300 plötzlich im mittleren Süden Kernlands zwischen Eisanna und Neuland aus dem Meer emporragte und binnen weniger Hundert Jahre grün und fruchtbar wurde. Dieser geobiologische Vorgang gilt als einmalig auf der Landwelt und ist nirgendwo sonst beobachtet oder berichtet worden. Die Vulkaninsel wurde prompt kolonialisiert; verschiedene kernländische Staaten unterhalten hier kleine Kolonien, die Eisannas eine sehr große, weswegen das Gesamtgebiet der Vulkaninsel zum Eisannischen Bund gezählt wird. Die Vegetation samt Tier- und Insektenwelt der Vulkaninsel unterscheidet sich mithin deutlich von derjenigen anderer Regionen des Blattes Kernland. So gibt es zwar Insekten und Tiere, die von den benachbarten Inseln eingewandert sind, es gibt aber auch Arten und Gattungen, welche sich nur auf dieser Inselgruppe finden. Darunter sind die sogenannten Feuerameisen, welche zwischen dem Vulkangestein leben und in ihren Ameisenstaaten Feuer aktiv nutzen.

W

Wald der Finsterhintern (auch bekannt als Finsternwald)
Nach Angaben verschiedener Völker Solans ein großes Waldgebiet südwestlich von Cap Barrel, welches sich im Südosten des Blattes Solan befinden soll. Die Finsterhintern sind angeblich Wolfsmenschen, die mit Wölfen gemeinsam in Rudeln leben und gegenüber Eindringlingen, welcher Provenienz auch immer, feindselig eingestellt sind.

Wald der tausend Ebben
Ein imposantes Waldgebiet mit uralten Bäumen, Ebben genannt, im Grenzgebiet von Imala, Noveda, Asetonien und Lalalai. Es wird offiziell Noveda zugesprochen. Das Holz der Bäume ist ungewöhnlich resistent gegen Rodungsmaßnahmen; somit stellt der Wald eine natürliche Grenze dar. Die Indianer Imalas behaupten, dass die Äxte die Bäume nicht zerstören können, weil unbekannte Wesen die Samen der Bäume von einer anderen, zwischen den Sternen gelegenen, Welt hergebracht und eingepflanzt hätten …

Wassermenschen
Im Gebiet des Sjovsees, welcher auf der Insel Sisjoma auf dem Blatt Inselland liegt, leben Menschen, die Kiemen haben und zu einem höheren Prozentsatz aus Wasser bestehen als die Festlandsmenschen. Sie werden wegen ihrer furchterregenden

quallenartigen Erscheinung in der Regel gemieden.

Weltende

Die südlichste Stadt Ratachs, gelegen im äußersten Südosten des Landes. Lange Zeit galt dieser Ort offiziell als das Ende Lanevaels.

X

Xlaover

Die Hauptstadt der Xlaovaner. Hier schweben viele Menschen und auch einige Gebäude und andere Objekte kurzzeitig durch die Luft, was Besucher oft im Zuge des ersten Eindrucks überwältigt. Dies sei auf Experimente zur Überwindung der Schwerkraft zurückzuführen, wie die Xlaovaner sagen. Östlich von der Hauptstadt Xlaover beginnen die verlorenen Wälder, in dem die Riesenspinnen von Xalo leben, welche die Sprachen der Menschen beherrschen. Die in Form eines Fürstentums namens Xalo organisierten Riesenspinnen erlauben den Menschen nicht, ihren Wald zu betreten, ebenso meiden sie die Nähe der Menschen.

Xil

Eine stark befestigte xlaovanische Hafenstadt im Südwesten des Landes.

(Reich der) Xlaover

Dieses Reich im mittleren Westen des Blattes Geheimes Flussland hat all seine Gesetze sowie seine moralischen und die Gesellschaft erhaltenden philosophischen Prinzipien auf Kenntnissen über Magie aufgebaut. Obwohl traditionell der weißen Magie verschrieben, existiert unter den hohen Meistern auch ein profundes Wissen über schwarze Magie, welche jedoch nur im äußersten Notfall angewandt wird. Merke: Es heißt Reich der Xlaover, aber sie nennen sich Xlaovaner.

Xolo

Nach den xlaovanischen Richtlinien zur Erlangung des Zauberergrades gibt es bestimmte Prüfungen, deren Inhalte über die Jahrtausende bisher stark variierten und auch von Fall zu Fall in der auszuführenden Form abweichen können. Besteht der Zauberlehrling diese Prüfungen, welche nur von den geheimnisvollen hohen Meistern abgehalten werden dürfen, darf er sich offiziell Xolo nennen – Zauberer. Es gibt weniger als einhundert Xolos auf der ganzen Landwelt, da die Prüfungen sehr schwer sind und oft von glücklichen Fügungen abhängen.

Xôsôx

Ein sehr altes, hermetisch abgeriegeltes Geheimkloster des Ordens selbigen Namens an einem nicht nennbaren Ort im Reich der Xlaover. Man munkelt, dort praktizierten die Eingeweihten des Ordens unter kontrollierten Bedingungen weiße wie schwarze Magie.

Y

Yep
In der Lalalaisprache so viel wie »klar doch«, »sicher«.

Yesher
Ein Vorort der dalesanischen Hauptstadt Arpus, wo viele Traumvillen und einige Märchenschlösser stehen. Viele Industrielle und Bänker lassen es sich in Yesher gut gehen.

Ypsalei
Eine kleine, 4733 ausgerufene Republik an der östlichen Grenze zum Reich der Xlaover, von eisannischen Seefahrern gegründet. Die Grenze wird durch einen Fluss zwischen der xlaovanischen Stadt Rover und der ypsalaischen Stadt Lens gebildet. Es handelt sich jedoch um eine fließende, nicht klar definierte Grenze. Die Regierung Ypsaleis hat großes Interesse an der Vermischung eisannischer Technik mit xlaovanischer Magie. Angeblich sind auf der Insel Dein einst auch kleine blaue Wesen mit Rüsseln mit einem runden Raumschiff gelandet, die sich friedlich verhielten und kleine Bodenproben in Plastiktüten füllten. Eisannische Reiter haben sie von einem nahe gelegenen Hügel beobachtet, die einmalige Chance zur Kontaktaufnahme jedoch ausgelassen. Für die Wahrheit der Begegnung sprechen die landweltweit einmaligen Tüten aus einem Plastik genannten Stoff, welche öffentlich zugänglich sind.

Yuxx
Eine Grenzfestung im äußersten Nordosten des Reiches der Xlaover. Erlangte 4501 internationale Berühmtheit, als hier ein rätselhaftes Volk aus dem Fremden kaum bekannten Niaböma-Land gastierte, welches auf zwei eisannische Meter hohen und acht eisannische Meter langen Riesenkatzen angeritten kam. Nordöstlich von Yuxx existiert ein mysteriöses Ruinengebiet.

Z

Zabangg
Schmale, zwei bis vier eisannische Meter lange, raubtierartige Rieseninsekten mit drei Hörnern, vierzehn Haupt- und Hunderten von Nebenfühlern am ganzen Körper. Sie machen Jagd auf Vögel, andere Insekten, aber auch auf kleine Säugetiere, weshalb man Babys und Kleinkinder im Sommer nicht unbeaufsichtigt spielen lassen darf, wenn man sich in Schwarzland oder Solan aufhält. In den schwarzen Bergen Neosannas kann man mitunter spektakuläre Kämpfe von Zabangg und Adlern sehen. Da die Zabangg auch Schlangen und kleine Skorpione jagen, werden sie von Menschen gelegentlich domestiziert.

Zackland
Mit der Gründung um 150 eine der ältesten Kulturen der Dalahalbinsel zu Kernland, darüber hinaus das erste Volk, das der Novedanischen Union 4860 als freies Land beitrat, welches nicht ursprünglich

eine novedanische Kolonie gewesen ist. Die Zackländer sind vom Körperbau her vergleichsweise kleinwüchsig, wenn auch nicht zwergenhaft. Sie leben in winzigen Stadtverbänden und befahren ihre schmalen Flüsse auf kümmerlichen Schiffen. Sie gelten als furchtbar ungeschickte Seefahrer, allerdings auch als außergewöhnlich verschlagen und sehr sportlich, unter anderem haben sie das landweltweit sehr populäre Fußballspiel erfunden.

Zeit
Auf der Landwelt haben sich größtenteils kernländische Sanduhren durchgesetzt. Ein Tag hat sechzig Sanduhrfüllungen, ein Monat dreißig Tage, ein Jahr sechzehn Monate.
Man teilt die Jahreszeiten folgendermaßen ein: Es gibt jeweils einhundertzwanzig Frühlings-, Sommer-, Herbst- und Wintertage, jede Jahreszeit hat also vier Monate. Den einzelnen Monaten werden namensgebende Sternzeichen zugeordnet (siehe Eintrag dort).
Auf dem Blatt Krug rechnet man auch in Sonnen- und Mondstunden.

Zilin
Fahlgelb schimmernder Mond, der die Winterzeit über am Himmel zu sehen ist. Alle achthundert Jahre ist er für ein gesamtes Jahr am Himmel zu sehen. Bisherige Herrschaftszyklen in Jahreszeiten: 600, 1400, 2200, 3000, 3800, 4600.

Zonka (4809–4894)
Ein Halbstädter Geheimwissenschaftler, welcher 4888 das sehr einflussreiche, über sechs Landweltblätter verbreitete Buch *Das Landweltgeheimnis* veröffentlicht hat, welches viele kryptische astrologische und mystisch-okkulte Zeichnungen enthält, ferner eine Vielzahl allgemeinphilosophischer Abhandlungen. Einige schludrige Kopien tragen auch den verkürzten Titel *Das Weltgeheimnis*.